QATNA

Maria Courant

QATNA

Historischer Roman
aus der Zeit Echnatons

Süddeutsche Verlagsgesellschaft
im Jan Thorbecke Verlag

ISBN: 978-3-88294-408-2
© Copyright 2009: Maria Courant
Satz und Gestaltung: Konstantin Lemm
Herstellung: Süddeutsche Verlagsgesellschaft Ulm

Süddeutsche Verlagsgesellschaft
im Jan Thorbecke Verlag

familiis

Inhalt

Vorszene 9

Kapitel I 1355 v. Chr. 11

Kapitel II Frühjahr bis Spätsommer 1353 v. Chr. 17

Kapitel III Spätsommer 1353 bis Frühjahr 1352 v. Chr. 87

Kapitel IV Frühjahr bis Ende 1352 v. Chr. 207

Kapitel V 1351 bis 1342 v. Chr. 291

Kapitel VI 1341 bis 1339 v. Chr. 363

Kapitel VII 1339 bis 1337 v. Chr. 445

Kapitel VIII 1337 bis 1333 v. Chr. 509

Anhang

Nachwort 557

Dramatis personae 559

Glossar 563

Sonnengesang 569

Karten 573

Vorszene

Blut, überall Blut. Es lief über die Statue der Göttin, der Herrin der Stadt. Es strömte aus ihr heraus, wo sonst duftendes Wasser sich ergoss, trat über den Beckenrand, färbte den Boden rot und immer floss weiteres Blut nach. Auf den hellen Wänden der großen Säulenhalle zeichneten rote Spuren von den Händen Verzweifelter, die ein letztes Mal versucht hatten sich aufzurichten, schaurige Muster.

Leichen, überall Leichen. Abgeschlagene Köpfe, abgeschlagene Gliedmaßen, zermetzelte Körper. Hier und da ein letztes Stöhnen und Jammern, Schreie der Sterbenden, Todesqualen.

Sonst – Stille.

Nach dem Kampfgetümmel überall nur noch Tod. Alle drei Palasthallen übersät mit Tod. Das Blut rann ohne Unterlass, rot in allen Facetten wie der schönste Purpur. Der Saft rann und färbte für die Ewigkeit.

Regungslos stand sie, unfähig zu begreifen, was geschehen war.

Dann schickte Belet-ekallim-Ischtar ihre Gabe und der Wind setzte ein. Es erhob sich ein kaum spürbarer Hauch, er schlich durch die Tore, zog leise durch die Hallen, streichelte sanft die Toten. Er nahm an Kraft zu, schwoll an zu gewaltigem Wehen. Zunächst fernes, dann immer lauter werdendes Heulen war zu vernehmen wie Wehklagen. Der Wind nahm weiter Fahrt auf, wurde zum Sturm. Heftige Böen peitschten durch die offenen Tore des Palastes. Sie ergriffen das Feuer des riesigen Kohlebeckens in der großen Halle, entfachten es lodernd. Es schwoll zischend an, entzündete alles, was brennen konnte. Die Flammen breiteten sich aus wie gierige Räuber, leckten an allem, was sich ihnen anbot, küssten die Staubfäden in den letzten Winkeln und ließen sie aufglühen. Der purpurne Blutteppich wurde zugedeckt von einem Meer hellrot-blau züngelnder Flammen. Hitze breitete sich aus, Rauchschwaden vernebelten die starr blickenden Augen der Seherin.

Sie schloss die Augen und nahm nun erst die Gerüche wahr. Die Wolke eines Brandopfers gigantischen Ausmaßes – ein Festmahl, Belet-ekallim, Herrin der Stadt, für welche Götter nur? – füllte die Luft, auch Gestank von versengtem Haar und Horn. Tote Leiber, gehüllt in dampfende Lederwamse und schmelzende bronzene Kettenhemden, wurden gurgelnd im Purpurblut erhitzt. Garendes, röstendes, verbrennendes Menschenfleisch allenthalben erdrückte ihre Sinne.

Als Kija beinahe das Bewusstsein verlor, da erkannte sie in ohnmächtiger Klarheit: die Stadt ist gefallen.

»Was ist mit Dir, junge Herrin? Kija! Wach auf.«

Leise und besorgt flüsterte eine Stimme. Kija fühlte, wie sie in warmen Armen lag und wie als kleines Mädchen gewiegt wurde. Sie konnte kaum die Augen zu öffnen. Maßloser Schrecken erfüllte sie.

»Kija, Liebling. Du hast geträumt, irgendetwas Furchtbares. Du bist ganz nass. Komm, trink einen Schluck.«

Aber sie wollte nicht trinken, sie wollte vergessen. Sie fiel zurück in den Schlaf.

Die treusorgende Amme Taja trocknete ihr das Gesicht und breitete eine frische Decke über das schlafende Mädchen, besprengte sie mit duftender Essenz und legte sich neben sie, um ihren weiteren Schlaf zu behüten.

I

1355 v. Chr.

Gespenstische Ruhe lag über Hattuscha, der Hauptstadt des Hethiterreiches. Nachdem der Schneesturm sich zwischen den Felserhebungen ausgetobt hatte, beschien ein fahler Wintermond die weiße Pracht, die die zerklüftete Stadt und die Königsburg ohne Unterschied bedeckte. Nicht einmal Schakale heulten. Menschen und Tiere hatten sich vor der Kälte verkrochen.

Was ihn geweckt hatte, konnte Schuppiluliuma nicht sagen. Vielleicht war es die plötzliche Windstille, vielleicht einfach nur das Gefühl, dass seine Gemahlin längst neben ihm ruhen müsste. Doch das tat sie nicht. Sie bürstete auch nicht ihr seidiges Haar. Sie war gar nicht im Schlafgemach, denn sein leises Rufen blieb ohne Antwort. Obwohl das Kohlebecken noch glühte, war es frisch im Zimmer und der zweitgeborene Sohn von König Tudhalija verspürte keine rechte Lust, das warme Bett mit den angenehmen Felldecken zu verlassen. Er war eben keine zwanzig mehr, sondern ein müder Krieger, der seine Winterruhe genoss, sagte er sich. Dennoch beunruhigte ihn Hentis Fehlen. Die Krankheit und der Tod des Königs hatten sie sehr mitgenommen. Dass Henti so an ihrem Schwiegervater hängen würde, hatte Schuppiluliuma überrascht. Seit sie damals vor vielen Jahren aus dem fernen Land im Westen an den Hof von Hattuscha gekommen war, hatte sie immer ein inniges Verhältnis mit seiner Mutter, Königin Taduhepa verbunden, weniger mit dem Vater Tudhalija. So war jedenfalls sein Eindruck gewesen. Vielleicht hatten die durchwachten Nächte an seinem Sterbelager die beiden einander nahe gebracht. Als der König schließlich von seinen Schmerzen erlöst wurde und, wie man ehrfürchtig in Hattuscha zu sagen pflegte, zu einem Gott wurde, da war Henti untröstlich, als sei ihr eigener Vater gestorben. Von diesem Schmerz hatte sie sich wohl immer noch nicht erholt, obwohl der König längst bestattet und der neue Labarna inthronisiert worden war.

Der neue Labarna! Schuppiluliuma ballte die Faust. Dass die Götter das zugelassen hatten! Natürlich war er der Älteste, natürlich stand ihm deshalb der Eisenthron zu. Aber hatte er den nicht entehrt, bevor er überhaupt darauf saß? Und dann diese Überheblichkeit! Er wählte denselben Thronnamen wie der Vater, als sei er ihm auch nur annähernd vergleichbar! War er ein

11

siegreicher Feldherr? Nein. War er ein umsichtiger Herrscher? Nein. Nichts rechtfertigte, dass er das Zepter führte, außer seiner Erstgeburt. Aber warum sollte er sich mit solchen Gedanken herumquälen mitten in der Nacht. Er konnte es nicht ändern.

Wo blieb Henti? Sie würde doch nicht bis zur Küche gehen, um sich einen Schlaftrunk zu holen. Dazu gab es Diener. Er rief erneut. Keine Antwort. Entweder schlief das Gesinde oder alle waren davon geschlichen. Schuppiluliuma wurde ärgerlich. Er erhob sich und tastete nach seinem Mantel, schlüpfte in die Fellschuhe, griff nach einem Span und entzündete ihn an der Glut. Er trat auf den leeren, kalten Gang hinaus.

Zumindest brannten noch alle Fackeln. Lange konnte er also nicht geschlafen haben. Er entschied sich, im Küchentrakt zu suchen. Irgendwann musste er auf einen Bediensteten stoßen. Er schritt die breite Steintreppe hinab, die in einen zentralen Raum im Erdgeschoß führte. Von hier gelangte man zu weiteren Treppen, in Gänge, Säle und die vielen Gemächer, die von Mitgliedern des Königshauses bewohnt wurden, außer der Königinmutter Taduhepa und dem neuen König. Sie residierten im größeren Nachbargebäude. Einer Eingebung folgend beschloss Schuppiluliuma, die Baderäume aufzusuchen. Vielleicht hatte Henti sich ein heißes Bad bereiten lassen. In der Halle war kein Mensch. Er öffnete die Tür zum Souterrain, wo sich außer Vorratsräumen auch die große Badeanlage mit den tönernen Wannen befand, die alle im Palast nutzten.

Schuppiluliuma blieb stehen, als er laute Stimmen hörte. Also hier steckte die geliebte Gemahlin, anstatt friedlich neben ihm zu schlafen. Er beschleunigte seine Schritte und erreichte eine der Zugangstüren. Er zauderte einen Moment. Hineinzuplatzen, wenn Frauen badeten, das schickte sich nicht. Doch dann vernahm er eine wohlbekannte Männerstimme, die nichts in diesem Haus zu suchen hatte. Schuppiluliuma merkte, wie er schon beim Gedanken an seinen Bruder wieder zornig wurde. Was hatte der um diese Zeit hier zu tun?

Schrie da nicht Henti? Mit einem Ruck riss er die Tür auf. Er erstarrte und stürzte sich dann mit einem Schrei auf Tudhalija. Er zerrte ihn hoch, warf ihn auf den Boden, war rittlings über ihm, presste mit aller Kraft den Körper auf den Boden, hielt ihn mit den Beinen umklammert. Rasend vor Wut begann er den Bruder zu würgen.

»Ich bringe dich um, du Tier. Ich bringe dich um!«, keuchte er ein ums andere Mal. Erst als er wie durch einen Nebel Henti schreien hörte, ließ er von ihm ab.

»Nein«, sagte er, während er sich erhob. »So einfach mache ich es dir nicht. Das ist Sache der Götter endlich über dich zu richten. Du widerst mich an! Bindet ihn«, befahl er den Wachen, die auf den Lärm hin herbeigeeilt waren.

Während Schuppiluliuma seiner zitternden Gemahlin den Mantel umlegte, ergriffen die Soldaten mit gewisser Scheu den gesalbten König des Hethiterlandes, der mühsam aufgestanden war und sich den Hals hielt. Ein Wort, ein Wink von ihm und sie hätten sich zu seinen Füßen geworfen, gleichgültig, was sie gesehen oder gehört hatten. Doch der König schwieg. Nackt stand er da und ließ sich ohne Widerstand, ja ohne eine Regung die Arme auf dem Rücken zusammen binden.

»Hängt ihm sein Gewand oder etwas anderes über, damit wir von diesem Anblick verschont werden«, wies Schuppiluliuma voll Verachtung seine Soldaten an.

Jetzt hob der König den Blick. Er schaute erst auf Henti, die sich in Schuppiluliumas Arm geflüchtet hatte und leise an seiner Schulter weinte, dann auf seinen Bruder, der wie ein Rachegott mit flammendem Blick vor ihm stand. Sein Gesicht verzog sich langsam zu einem breiten Grinsen und dann mehr und mehr zu einer schrecklichen Grimasse. Schließlich begann er wie ein besessener Dämon zu lachen. Die Soldaten ließen ihn entsetzt los. Schuppiluliuma war dadurch nicht zu beeindrucken. Er musste immer noch mit sich ringen, um seinen Hass zu zügeln.

»Bringt ihn ohne Aufsehen umgehend in den hintersten Raum der Wachstuben und sperrt ihn ein«, ordnete er an. »Bewegt euch oder wollt ihr das Los dieses Irren teilen? Ihr bürgt mit eurem armseligen Leben für ihn. Achtet darauf, dass ihn niemand zu Gesicht bekommt oder hört. Gibt er nur einen Laut von sich, so stopft ihm einen Knebel in den Mund. Und kein Wort zu irgendjemanden. Was ihr hier gesehen habt, wird eure Lippen niemals verlassen, sonst büßt ihr gegen alle unsere Gepflogenheiten mit dem Verlust von Zunge und Augen, das verspreche ich euch. Schwört mir, hier und jetzt.«

Die Männer taten, wie ihnen befohlen. Schuppiluliuma war ihr Feldherr, sie gehorchten ihm blind, obwohl es jetzt um den König ging.

Dessen Lachen war in ein irres Glucksen übergegangen. War er betrunken? »Ich war gut«, schrie er unvermittelt. »Ich war sogar sehr gut. Was sagt ihr dazu, meine süßen Turteltäubchen? Ist es so nicht viel besser?« Mit wem sprach er?

Abrupt wandte er sich zu Schuppiluliuma um. Seine Stimme klang plötzlich ganz normal, wenn auch etwas heiser.

»Bist du zufrieden, Bruder?«, sagte er. »Ich mache dir Platz wie Vater sich das immer erträumte, der alte Narr. Das ist doch ein kleines Abschiedsgeschenk wert, meinst du nicht? Und freiwillig hättest du es mir niemals gewährt. Nichts hast du mir gegönnt. Immer wolltest du alles für dich, alle Siege, alle Triumphe, Vaters und Mutters Zuneigung und die der Götter. Jetzt hast du sie. Behalte sie, mach damit, was du willst. Ich brauche nichts. Meine Schönen, ihr lüsternen Gespielinnen, wartet auf mich, ich komme.«

13

Wieder begann er zu lachen.

Hasserfüllt hieß Schuppiluliuma die Männer, den König, diese jämmerliche Gestalt, endlich zu entfernen.

»Schickt mir umgehend zwei Dienerinnen der Herrin und stellt eine Wache an den Treppenaufgang. Sendet einen Boten zur Tawananna, sie möge dringend zu mir kommen.«

Erst jetzt wandte sich Schuppiluliuma seiner Gemahlin zu.

»Henti, geht es wieder?«, fragte er sie liebevoll.

Henti nickte und antwortete leise: »Es sieht schlimmer aus, als es ist. Lass mich noch einen Augenblick hier. Die Frauen können mich dann zurück geleiten.«

»Kannst du gehen?« Und als sie wieder nickte, legte er den Arm um sie und sagte: »Ich warte auf dich oben im kleinen Wohnraum mit dem großen Kandelaber. Bis du kommst, wird es dort gemütlich warm sein und aus der Küche eine schöne Brühe auf dich warten. Das können wir jetzt vertragen, nicht?«

Er küsste Henti auf Augen und Mund und trennte sich erst von ihr, als die erschreckten Dienerinnen erschienen.

Königin Henti hatte sich einigermaßen gefangen, als sie wenig später eingehüllt in einen fellgefütterten Mantel im Wohnraum erschien. Doch beim Anblick ihrer Schwiegermutter, der Tawananna Taduhepa, kämpfte sie wieder mit den Tränen. Taduhepa kam auf sie zu und schloss sie in die Arme.

»Meine arme Kleine«, murmelte sie, »es tut mir so unsagbar leid.«

Sie strich ihr mütterlich über das Haar und führte sie zu den Sitzpolstern am Kohlebecken. »Hier, trink das, es wird dir gut tun.«

»Henti, meine Königin! Du musst jetzt stark sein und ich weiß, dass du das bist. Die weite gefährliche Reise aus deiner Heimat hast du als junge Frau gemeistert, fünf wunderbare Knaben hast du mir innerhalb weniger Jahre geschenkt und großgezogen und was heute geschehen ist, werden wir schnell vergessen haben. Aber jetzt muss ich dich bitten uns beiden genau zu schildern, was geschehen ist. Ich verspreche dir, dass keine Einzelheiten weiteren Personen als uns beiden bekannt werden.«

Henti nickte.

Mit gesenkten Häuptern hatten Taduhepa und Schuppiluliuma Hentis Worten gelauscht. Dann dankten sie ihr: die Tawananna küsste ihre Stirn und sprach einen Segen. Schuppiluliuma nahm sie bei den Händen und geleitete sie zur Tür, wo er sie ihren Dienerinnen übergab und zwei Wachen zum Schutz des Schlafgemachs beorderte.

»Ich komme so schnell wie möglich nach, Liebste. Versuch zu schlafen.«

Nachdem Henti gegangen war, sagte Königin Taduhepa traurig: »Vielleicht haben wir damals einen Fehler gemacht, mein Sohn.« Sie seufzte. »Bald siebzehn Jahre ist das nun her und mir erscheint es wie gestern.« Sie verhüllte vor Schmerz ihr Haupt.

»Haben wir nicht alle gehofft, dass Tudhalija sich besinnt? Dass er seinem jugendlichen Trieb zum Opfer fiel, benebelt von zu viel Met und Bier.«

»Schuppiluliuma! Tudhalija war zwanzig Jahre alt! Er war längst kein Jüngling mehr. Nein, du kannst ihn nicht in Schutz nehmen. Die Götter hatten ihn damals bereits geschlagen und wir hätten die Zeichen erkennen müssen. Um die Herrschaft unseres Hauses nicht zu gefährden haben wir schweigend zugesehen, wie deine arme Schwester keinen Ausweg mehr wusste als sich in den Tod zu flüchten. Wir haben das Unglück ihrer Freundin Kali hingenommen und waren sogar erleichtert, als wir später von dem furchtbaren Missgeschick hörten, das ihr und ihrem Bruder Hannutti widerfahren war. Weit weg, verheiratet im Lande Kizzuwatna, das war eine Lösung, die wie ein Wunder von unserer Schuld so ablenkte, dass bis heute niemand auf den Gedanken kam, der damalige Kronprinz hätte seine Finger im Spiel.«

Die Tawananna lachte bitter.

»Nein, Schuppiluliuma, wir müssen heute dafür bezahlen, dass wir damals versagt haben: deine Gemahlin und du, wir alle. Aber dem muss ein Ende gemacht werden! Wenn dein Vater das erlebt hätte.«

Vor Entsetzen schlug sie ihre Hände vor das Gesicht. »Wofür strafen uns die Götter, dass sie uns als Erstgeborenen einen solchen Sohn geschickt haben?«, fragte sie dann leise. Sie sah starr in die Flammen.

Derweil brütete Schuppiluliuma vor sich hin. Seine Mutter hatte recht. Der Bruder war geschlagen, geschlagen mit Verlangen, das die Götter unter strengste Strafe gestellt hatten, dem Verlangen nach der eigenen Schwester. Sie hatte seine Gier nicht stillen wollen, doch er nahm sich, was sie ihm zu Recht verwehrte, und nicht nur von ihr. Er machte auch vor ihrer Freundin nicht Halt. Mit Schaudern dachte Schuppiluliuma daran, was er damals gesehen hatte, als er zufällig am Mädchenzimmer vorbeikam. Der Bruder – wie im Rausch – war über Kali hergefallen. Mit Ziplantawi, der Schwester, war er offenbar schon fertig. Sie saß wie ein geprügeltes Tier wimmernd in einer Ecke des Zimmers. Ja, damals hätten sie bereits gegen ihn vorgehen müssen. Die Götter konnte man nicht betrügen, sie sahen alles. Was war nun zu tun?

»Wir müssen den innersten Rat des Panku zusammenrufen. Mehr Personen dürfen auf keinen Fall von dem nächtlichen Vorfall erfahren. Der große Rat wird unsere Entscheidung respektieren. Zu viel Schuld hat Tudhalija auf sich geladen. Zu häufig den Göttern gegenüber versagt. Es wird uns keine Wahl bleiben: er kann nicht weiterleben.«

Erst als Henti in tiefer Nacht wieder in ihrem Schlafgemach war, auf das

Heulen des Windes lauschte und sich unruhig auf dem Lager hin und her wälzte, fiel ihr ein, dass weder ihr Gatte noch ihre Schwiegermutter auch nur angedeutet hatten, sie selbst könne an dem schrecklichen Geschehen Schuld tragen. Für beide war es offenbar sicher, dass nur Tudhalija, der König, gefrevelt hatte. Sie war dankbar dafür, dass sie sich nicht hatte verteidigen müssen, aber sie wunderte sich. Normalerweise warf man eher den Frauen vor, sie hätten gezielt ihre Reize eingesetzt, als dass man Männer zur Verantwortung zog.

Was hatte ihren Schwager nur getrieben? Nie hatte sie ihm Avancen gemacht. Sie war keine junge Frau mehr, sondern zählte dreiunddreißig Jahre, hatte mehrfach geboren. Er wollte den gehassten Bruder treffen, das hatte er gesagt. Aber auf diese Weise? Waren sie denn im Krieg? Vielleicht. Tränen stiegen in Henti auf.

Als Schuppiluliuma in dieser fürchterlichen Nacht endlich das gemeinsame Schlafgemach betrat, war Henti in unruhigen Schlaf gefallen. Leise schickte er die Dienerinnen hinaus.

Bereits am nächsten Tag, der kalt und strahlend anbrach und mit der glänzenden Herrlichkeit des makellosen Schnees sich bitter von dem grauenvollen Geschehen der vergangenen Nacht abhob, tagte der innerste Rat des Panku. Dieser Versammlung des höchsten Adels Hattuschas gehörten nur wenige Personen an: die Tawananna, der designierte König und drei seiner Brüder.

Sie fällten das Urteil: der Wettergott von Hattuscha und die Sonnengöttin von Arinna hatten dem König ihr Vertrauen entzogen. Sein Versagen als König in vielen Belangen und sein schauderhaftes Freveln waren so schwerwiegend, dass es keine andere Strafe gab als den Tod. Man gewährte Tudhalija eine letzte Chance, niemanden weiter in seine Schuld zu verstricken und schickte ihm einen Dolch in sein Gefängnis. Doch er lehnte es ab sich selbst zu töten.

Direkt nachdem man Tudhalija verscharrt und dem Vergessen anheim gegeben hatte, bestieg Schuppiluliuma den Eisenthron. Die Götter und der Panku hatten die Tötung von Tudhalija sanktioniert. Man sprach die Verantwortlichen frei von jeglicher Schuld. Dann wurde der Mantel des Schweigens über die Vorkommnisse ausgebreitet.

Eine lange, fruchtbare Regierungszeit nahm ihren Anfang, die das Hethiterreich zu einem der mächtigsten im Kreis der Großreiche Ägypten, Babylonien, Mittani und Assyrien werden ließ. Erklärtes Ziel des neuen Königs war die Wiederherstellung der alten Reichsgrenzen, vor allem im Raum des fruchtbaren Halbmondes, wo das Reich Mittani und die syrischen Kleinstaaten lagen.

König Schuppiluliuma begann zusammen mit seinen Generälen sofort mit der Arbeit.

II

Frühjahr bis Spätsommer 1353 v. Chr.

Prinzessin Kija blieb stehen und lauschte. War das nicht die sonore Stimme des Königs? Mit wem sprach er? Sie war auf dem Weg zu den Räumlichkeiten ihrer Mutter, Prinzessin Iset, wollte aber vermeiden, womöglich der Königin, der Hauptgemahlin ihres Vaters, König Idanda von Qatna, in die Arme zu laufen. Vorsichtig spähte sie daher von der Galerie hinunter in den Hof. Sie sah dort unten ihren Vater, Königin Beltum und Akizzi, ihren ältesten Bruder. Bei ihnen waren zwei Fremde: ein ungefähr vierzigjähriger Mann von markanter Statur und ein sehr viel jüngerer, sicher jünger als ihr Bruder. Die beiden trugen lange, helle, gegürtete Wollgewänder, die reich mit vielfarbigen Bordüren verziert waren. Der ältere Mann hatte eine abgerundete, ebenfalls üppig geschmückte, bunte Kappe auf dem Kopf, die ganz anders aussah als die hier in Qatna üblichen Kopfbedeckungen. Der Kleidung nach mussten sie aus einer Region im Norden stammen.

Er sieht freundlich aus, dachte Kija und musterte den schlanken, dunkelhaarigen jungen Mann. Einzelheiten waren aus dieser Entfernung nicht zu erkennen. Dennoch hatte sie plötzlich das Gefühl, als sähe er genau in ihre Richtung. Erschrocken zog sie den Kopf zurück.

»Das ist ja unglaublich«, hörte sie den Vater ausrufen. »Wir hatten schon erfahren, dass es nach dem bedauerlichen Hinscheiden des Königs Tudhalija in der Stadt Hattuscha Unruhen gab, aber direkt anschließend wurde doch der älteste Sohn inthronisiert, oder?«

»Ja, das ist richtig«, antwortete der Besucher. »Es stellte sich aber in kürzester Zeit heraus, dass Tudhalijas Sohn, der ebenfalls Tudhalija als Thronnamen gewählt hatte, gänzlich ungeeignet als Regent war. Er verfügte nicht über die Fähigkeiten seines jüngeren Bruders Schuppiluliuma. Das hatte wohl auch der göttliche Labarna schon früh erkannt, denn er favorisierte seinen Zweitgeborenen. Zumindest nahm er ihn seit mehreren Jahren auf alle Kriegszüge mit, die dazu dienten, viele der abgefallenen Länder für Hattuscha zurückzuerobern.«

»Warum hat der König denn nicht Schuppiluliuma als Kronprinzen eingesetzt, wenn er merkte, dass sein Ältester nicht geeignet war?«

»Das ist in Hattuscha nicht so einfach möglich. Seit einem uralten Erlass muss der älteste Sohn des Labarna und der rechtmäßigen Tawananna als Nachfolger den Eisenthron besteigen. Es liegt nicht in der Macht des Königs, etwas anderes zu bestimmen. Das können nur die Götter. Der regierende König würde schwerste Schuld auf sich und das Land laden, wenn er eigenwillig etwas gegen den Willen der Götter bestimmte.«

Dem Fremden war das Entsetzen über die ungeheuerliche Frage König Idandas in der Stimme anzumerken.

»Verzeih meine ungeschickte Frage«, erwiderte Idanda, »so genau sind mir die hethitischen Thronfolgeregelungen nicht vertraut. Letztlich ist es ja überall üblich, dass der älteste Sohn dem Vater auf dem Thron folgt. War es also Machtgier Schuppiluliumas, dass er sich gegen seinen Bruder erhob?«

»Nein, keinesfalls! Ihn leitete nur die Notwendigkeit, um das eben Erreichte nicht wieder auf das Spiel zu setzen. Darin stimmten mit ihm übrigens auch die meisten der Prinzen, Offiziere und viele weitere des großen Panku-Rates überein. Aber abgesehen von Tudhalijas Versagen bei Regierungsgeschäften, seiner ungeschickten Art im Umgang mit dem Panku und seiner Pflichtvergessenheit, sagt man hinter vorgehaltener Hand, dass er sich auch eines schweren Verbrechens schuldig gemacht haben soll.«

»Was für ein Verbrechen? Das höre ich zum ersten Mal!«

»Ich weiß es nicht und konnte bisher auch nichts weiter darüber in Erfahrung bringen. Schweigen überall. Aber mir scheint, dass diese Tat das Fass zum Überlaufen brachte. Es kam zu einer Verschwörung gegen den regierenden König und er wurde getötet.«

»Das ist dennoch ungeheuerlich«, erregte sich König Idanda. »Wie kann das sein, Edler Eheja, dass es nicht zu einem landesweiten Aufruhr kam, als dieser Königsmord bekannt wurde? Oder ist das Land Hattuscha so abgestumpft, dass es blutigen Machtwechsel einfach hinnimmt?«

Während diesem Gespräch hatte die Gruppe langsam den Hof durchquert und verließ ihn nun zu Kijas höchstem Bedauern in Richtung der großen Palasthallen.

Was hatte das alles zu bedeuten? Wer waren diese Männer, die der König sogar mit in den privaten Wohntrakt der Familie brachte?

Kija kehrte in ihr Gemach zurück. Sie musste nachdenken. Soviel hatte sie begriffen: Zu Gast war ein edler Herr, der irgendwie mit dem Hof im fernen Land Hattuscha zu tun hatte. Zumindest war er sehr gut darüber informiert, was sich dort tat. Ein Hethiter konnte er nicht sein. Das hatte sie sich schon beim Anblick seiner Kleidung gedacht. Außerdem sprach er kein Hethitisch, sonst hätte der Vater die Unterhaltung in dieser Sprache geführt. Nein, er sprach Hurritisch, auch wenn einige Worte anders ausgesprochen und betont wurden als bei ihnen und manche Wörter ihr unbekannt vorgekommen waren.

Seinen Namen hatte sie erfahren: Eheja. Das klang nicht gerade hethitisch. Aber das hatte nichts zu sagen. Es gab überall nicht nur einheimische Namen in den guten Familien. Ihre Mutter trug zum Beispiel weiter ihren ägyptischen Namen Iset. Und in Qatna kamen eben so viele semitische wie hurritische Namen vor. Sie selbst würde unter allen Umständen immer ihren Namen behalten wollen, selbst wenn sie heiraten sollte.

Heiraten, daran wollte sie im Moment gar nicht denken, auch wenn sie im heiratsfähigen Alter war und jederzeit jemand aus ihrem Stand um sie freien oder sie nach dem Willen des Königs und des Rates verheiratet werden konnte. Ihre Freundinnen sprachen von kaum etwas anderem, und Ehli-Nikalu, ihre beste Freundin, machte da keine Ausnahme. Das endlose Gerede der Mädchen über ihre Verliebtheit in einen der jungen Männer Qatnas und ihre Hoffnungen und ihr Bangen, wem sie wohl in die Ehe zu folgen hatten, war Kija häufig zuviel. Eher beängstigten sie diese Unterhaltungen, was sie den Freundinnen gegenüber natürlich nicht eingestand. Unter keinen Umständen wollte sie die Freiheiten aufgeben, die sie dank der überaus großen Zuneigung ihres Vaters genoss. Allein der Gedanke, als verheiratete Frau außerhalb des Hauses sich nur verschleiert zeigen zu dürfen, engte sie ein. Obwohl sie wusste, dass eine Verschleierung auch sehr viel Nützliches mit sich brachte. Kija erinnerte sich an einige ihrer Unternehmungen, die dank ihrer Verkleidung unentdeckt geblieben waren.

Sie setzte sich auf und reckte sich. Wenn heiraten, dann käme für sie nur eine Verbindung mit einem Mann aus den besten Kreisen in Frage. So hatten die Weissagungen bei ihrer Geburt gelautet und dafür würde auch ihr geliebter Vater sorgen. Aber war es jetzt schon an der Zeit? Sie warf einen kritischen Blick in ihren Spiegel. Das ernste Gesicht, das ihr entgegen sah, war nicht mehr das eines Mädchens, sondern einer jungen Frau. Zerstreut griff sie nach ihrem Kajaldöschen, um sich die Lidstriche nachzuziehen, stellte es aber unverrichteter Dinge wieder zurück. Andere Dinge waren weitaus wichtiger.

Ein Königsmord war geschehen. War das nicht eine Herausforderung der Götter? Ein König war doch unantastbar. Kija konnte sich nichts ausmalen, was die Hethiter so erbost haben könnte, dass sie ihren gesalbten König töteten. Warum war der Vater eigentlich so erregt darüber, was sich im Land Hattuscha abspielte, das so viele Tagesreisen von Qatna entfernt lag, fragte sich Kija. Sie hatte aus dem Unterricht eine gewisse Vorstellung, wo es ungefähr zu suchen war.

»Nicht nur für den König, sondern auch für euch als Kaufherren ist es wichtig, dass ihr wisst, wo die Reiche liegen, mit denen ihr zu tun habt und Handel treibt. Ihr müsst wissen, welche Waren von wo kommen, damit ihr ihren Wert einschätzen könnt. Ihr müsst wissen, was der eine verkaufen und was der andere kaufen möchte, weil daran Mangel herrscht.«

Der Lehrer hatte einen Stock gegriffen und in den Sand gemalt.
»Stellt euch vor, das hier in der Mitte ist Qatna. Richtung Sonnenaufgang gelangt ihr in die Wüstensteppe Syriens und weiter an den Euphratstrom. Von dort flussabwärts kommt man in das gesegnete Land Babylonien und flussaufwärts in das gebirgige Land Mittani. Richtung Sonnenuntergang liegt das Große Meer des Westens. Im Süden erhebt sich das mächtige Zederngebirge und dahinter geht es weiter nach Kanaan und noch weiter bis nach Ägypten. Und nach Norden, immer entlang am Orontes-Fluss, liegen die Länder Alalach, das auch Mukisch genannt wird, Kizzuwatna und Hattuscha, das wohl ebenso viele Tagereisen von hier entfernt ist wie auf der anderen Seite Ägypten.«

Kija saugte alle Lehren begierig auf. Ihre Mutter hatte schon früh damit begonnen, ihr aus Ägypten zu erzählen, von dem Leben dort, von den Sitten und Gebräuchen bei Hof. Und sie hatte ihr Ägyptisch beigebracht, das sie jetzt so gut beherrschte wie ihre eigene Sprache. Mit großer Sorgfalt und Hingabe übte sie die vielen Hieroglyphen auf ihrer runden Schultafel. Lesen, Schreiben und Rechnen, das hatte sie dem Vater abgetrotzt, nachdem sie sich als kleines Mädchen heimlich in den Unterricht der Brüder eingeschlichen hatte. Natürlich wurde sie eines Tages entdeckt, da war sie vielleicht fünf oder sechs Jahre alt. Zunächst war König Idanda sehr ärgerlich, aber schließlich gab er nach. Seiner geliebten Tochter konnte er nur schwer etwas abschlagen, und das wusste sie. Sie hatte auf seinen Knien gesessen und ihn umschmeichelt, gebettelt und altklug behauptet, dass es für eine künftige Königin nur gut sein könne, alles zu wissen. Darüber hatte der König herzhaft gelacht und die Prinzenerzieher angewiesen, auch Kija auszubilden. Seine Gemahlin Beltum, der Kija, wie auch ihre Mutter Iset, ein Dorn im Auge waren, hielt es für völlig unnötig, dass ein Mädchen rechnen oder Keilschrift schreiben konnte. Wichtig war, dass sie all die notwendigen Frauenarbeiten erlernte, die Spindel zu drehen oder kostbare Stickereien auszuführen und sich auf ihre spätere Rolle als Ehefrau und Mutter vorzubereiten.

Taja, Kijas Amme stand in der Tür. Diese etwas rundliche, warmherzige und gutmütige Person mit fröhlichem Gemüt stammte aus einer Goldschmiedefamilie in Terqa am Euphrat und war im Alter von fünfzehn Jahren als Sklavin an den Hof von Qatna gekommen. Ihre Eltern hatten sie und weitere ihrer Kinder verkaufen müssen, um der drohenden Schuldknechtschaft zu entgehen. Am Hof war Taja durch ihre zuverlässige, fleißige und freundliche Art aufgefallen. Und da sie fast gleichzeitig mit Kijas Geburt ein Kind bekam, dieses aber sehr früh starb, erbat Iset sie sich vom König als Amme. Iset hatte auch vom König erwirkt, dass sie freigelassen und mit einem regulären Ammenvertrag versehen wurde. Nach der üblichen Stillzeit von zwei Jahren war sie von sich aus als Kinderfrau für Kija, die sie abgöttisch liebte, in Qatna geblieben.

»Schnell, junge Herrin, zieh dich um und schmücke dich. Die Familie versammelt sich im Speisesaal. Es sind Gäste da, die mit euch das Mahl einnehmen werden.«

»Was für Gäste?«, fragte Kija.

»Ein Kaufherr aus dem fernen Kizzuwatna hat zusammen mit seinem Sohn heute seine Aufwartung beim König gemacht. Ich habe gehört, dass der junge Herr ein gutaussehender Bursche sein soll. Die Mädchen in der Küche sprechen von nichts anderem. Nur die Götter wissen, wie solche Neuigkeiten schneller als der Wind zu ihnen gelangen. Aber nun beeil dich, wir sind spät dran. Komm – ich helfe dir. Wie sieht denn das Kleid aus? Deine Haare sind ganz zerzaust. Du benimmst dich gar nicht wie eine junge Prinzessin.«

Aus Kizzuwatna also, dachte Kija, und ein Kaufherr. Kein Wunder wusste er so gut Bescheid. Die Händler lebten davon, immer gut informiert zu sein und sie verfügten untereinander über ein hervorragend funktionierendes Netz, zu dem auch Qatna gehörte. Das Archiv für die wirtschaftlichen Angelegenheiten hier im Königspalast und das im Palast der Unterstadt, der kurz Stadthaus genannt wurde und in dem die Eliten der Stadt, aber auch fremde Kauffahrer ihre Kontore und Lager hatten, bargen hunderte von Tontafeln. Darauf waren wichtige Informationen jeglicher Art über Routen, Handelsverträge, Zölle, Preise und vieles mehr verzeichnet. Von diesem Wissen profitierte die Stadt. Und sie profitierte nicht schlecht.

Kija schlüpfte versunken in ein hemdartiges Kleid aus feinem Wollstoff, das Taja ihr hinhielt. Doch kaum hatte sie es sich über den Kopf gezogen, regte sich ihr Widerstand.

»Das ist ja fürchterlich. Es kratzt. Das kann ich unmöglich anziehen.« Sie griff nach dem Spiegel. »Und wie es aussieht, wie ein Sack.«

»Aber Kija, das ist ein wundervolles Kleid. Schau nur, wie fein es gewebt ist und all die hübschen Stickereien.«

»Nur uralte Frauen haben solche Stickereien an den Kleidern. Ich kann mich gar nicht darin bewegen, siehst du, es rutscht weg. So gehe ich nicht zum Abendessen.«

Kija schälte sich bereits aus dem Gewand wieder heraus.

»Du übertreibst. Das Kleid wurde extra für solch eine Gelegenheit gefertigt.« Taja wurde ärgerlich.

»Das ist mir gleichgültig. Wer hat es in Auftrag gegeben? Wahrscheinlich die Königin, um mir zu zeigen, wie sehr sie mich hasst.«

»Ist dieses dann vielleicht genehm?«, fragte Taja. »Bitte, beeil dich, Kija. Du willst doch nicht den Zorn des Königs auf uns ziehen.«

Nein, das wollte Kija nicht. Der Anfall war vorüber. Nach solchen Ausbrüchen schämte sie sich regelmäßig vor Taja. Doch jede Art von Einengung, vor allem wenn die Königin dahinter stand, rief ihre Abwehr hervor. Wie häufig hatte ihre Mutter geduldig versucht ihr zu erklären, dass sie dadurch nur sich selbst schadete. Mit einer um Vergebung bittenden Geste ließ sie sich das andere, viel schlichtere Kleidungsstück anlegen, das an den Schultern mit Fibeln geschlossen wurde. Dazu kam ein hübscher Gürtel um die Taille, der Kijas schlanke Figur betonte. Armreifen und eine mehrreihige Halskette aus bunten Perlen verwandelten sie im Nu in eine Schönheit. Die Augen wurden leicht schwarz umrandet und die Lider farblich passend zum Blau des Schmucks geschminkt. Dann versuchte Taja noch rasch, mit einem Kamm aus Elfenbein die schwarzen Locken zu bändigen.

»Gehen wir«, sagte sie, während Kija noch in ihren Handspiegel schaute. »Du bist sehr schön anzusehen, meine Kleine«, fügte sie befriedigt hinzu. Kija wusste, wie stolz ihre Amme auf sie war. Wie ein guter Geist umhegte und pflegte sie sie. Sie umhalste Taja liebevoll. Gemeinsam verließen sie die Kammer und traten auf die Galerie hinaus.

»Wo wird gegessen?« fragte Kija.

»Hier im Haus der königlichen Gemächer, im Speiseraum der Familie.«

»Sind das solche engen Freunde? Ich habe vorher noch nie von ihnen gehört und sie heute zum ersten Mal gesehen.«

Die Amme blieb stehen. »Wo seid ihr euch begegnet?«

Kija wurde rot. »Verrate mich nicht, ja?«, bat sie. »Ich habe sie zufällig vorhin von der Galerie aus gesehen, als sie den Hof durchquerten.«

Taja schüttelte den Kopf.

»Ich glaube nicht, dass sie enge Freunde sind, jedenfalls nicht von der Familie unseres geliebten Königs Idanda. Aber in Qatna waren sie wohl schon häufiger. Sie sind Gäste des Edlen Tiru. Es scheint wichtige Dinge zu geben, die besprochen werden müssen, deshalb sind sie gekommen, um den König persönlich zu unterrichten. Das jedenfalls sagte mir die Königin.«

Sie erreichten den großen Hof, um den sich die Wohnräume der königlichen Familie gruppierten, und durchquerten ihn, um in das Speisezimmer zu gelangen. Jetzt, am Abend, wehte von Westen her eine leichte Brise, vor allem auf der Terrasse vor dem Speiseraum. Auch tagsüber war es hier kühl, weil es keine direkte Sonneneinstrahlung gab. In der aufkommenden Dämmerung konnte der Blick über die tief in einer Ebene gelegene Unterstadt, die Residenzen der adeligen Familien und das Stadthaus schweifen. Hier und da erahnte man Fackelschein, offene Feuerstellen leuchteten im Zwielicht.

Viele der Familienmitglieder waren schon versammelt. Königin Beltum, eine matronenhafte Frau in mittleren Jahren, hatte am unteren Ende der langen Tafel Platz genommen. Nach Kijas Meinung war sie hässlich, nicht

22

nur wegen der etwas eng zusammenstehenden, vorgewölbten Augen, den zu buschigen Brauen, zu großen Ohren, dem verkniffenen Mund und dem gut erkennbaren Frauenbart über der Oberlippe, sondern vor allem wegen der gedrungenen Körperfülle. Dazu war sie oberflächlich, streng, ungerecht und humorlos, es sei denn, es ging um ihre Söhne, die sie abgöttisch liebte und maßlos verhätschelte. Ihr zur Seite saßen einige weibliche Verwandte.

Kija trat zu ihrer Mutter und begrüßte sie mit einer raschen Umarmung. Iset hatte ihren Platz neben den Schwestern der Königin, Kija saß auf ihrer anderen Seite. Es versetzte ihr immer wieder einen kleinen Stich, dass ihre schöne und kluge Mutter nur Nebenfrau des Königs war. Dadurch hatte sie hinter Beltum und ihrer Sippe zurückzustehen. Die engere Verwandtschaft des Königs, seine Brüder und Schwestern mit ihren Familien, die auch teilweise im Palast wohnten, waren zwar im Rang nicht über ihr, benahmen sich aber, wie Kijas fand, häufig so. Am meisten störte sie, dass ihre Mutter dies alles einfach so hinnahm. War sie nicht eine Prinzessin aus der Familie der Teje, der Großen königlichen Gemahlin des Pharaos Amenophis von Ägypten? Warum ließ sie sich diese herablassende Art, vor allem von der Königin, nur gefallen? Sie seufzte leise. Ihr sollte es niemals so ergehen, das hatte sie sich geschworen.

Das Geplauder erstarb und alle erhoben sich, als König Idanda mit den beiden Gästen eintrat. Kija hielt das Haupt gesenkt, wie es sich ziemte, um dem König und den Gästen ihre Ehrerbietung zu bezeigen.

»Begrüßt mit mir den Edlen Eheja aus Tarscha im Lande Kizzuwatna, der uns mit seinem Sohn Talzu die Ehre seines Besuches erweist.«

Die Anwesenden kreuzten ihre Arme vor der Brust und verneigten sich in Richtung der Gäste, die neben dem König am oberen Ende der Tafel standen und dort ihre Ehrenplätze erhielten. Nachdem der König und die Königin Platz genommen hatten, setzten sich alle nieder. Draußen hatte Dunkelheit die Dämmerung vertrieben.

»Ihr werdet unsere fabelhafte Aussicht schon noch genießen«, sagte König Idanda, Eheja zuwandt. »Für heute ist es zu spät. Lasst uns mit dem Mahl beginnen.«

Idanda nickte leicht mit dem Kopf. Da erhob sich Schala, die ehrfurchtgebietende Hohepriesterin der Stadtgöttin, von ihrem Platz. Sie öffnete weit ihre Arme zum Gebet.

»Hört uns, Belet-ekallim, Herrin der Stadt, Beschützerin des Landes, ihr Götter alle und ihr göttlichen Ahnen! Seid uns gnädig und segnet eure und unsere Speisen.«

Sie nahm die vor ihr stehende Trinkschale aus Fayence in die linke Hand. Mit der rechten spritzte sie einige Tropfen auf die Erde und brachte das

Trankopfer für die Götter und die königlichen Ahnen dar. Diener füllten alle Schalen mit Wasser, das mit erfrischender Minze versetzt war. Man erhob sich, um gemeinschaftlich zu trinken.

Kija spähte zum Kopfende des Tisches hinüber, um die Fremden aus der Nähe zu betrachten, während der König begann, die einzelnen Familienmitglieder vorzustellen. Eheja machte auf sie einen gutmütigen Eindruck. Er war deutlich jünger als ihr Vater. Ein rundlicher, etwas stiernackiger Typ in den besten Jahren, mit Bauch, dicken Backen, breitem Gesicht und lauter, aber wohlklingender Stimme. Eigentlich sah ihm sein Sohn nicht ähnlich. Dieser war relativ groß gewachsen, schlank und drahtig. Ob die beiden die vielen Namen, die der Reihe nach genannt wurden, gleich behalten konnten? Denn obwohl im engsten Familienkreis getafelt wurde, war eine große Gruppe zusammengekommen und die kleineren Kinder waren gar nicht dabei. Sie gehörte zu den Jüngsten am Tisch. Höflich lächelnd grüßten Vater und Sohn die angesprochenen Personen.

Nachdem König Idanda seine Gemahlin, Prinzessin Iset, aus der königlichen Familie des ägyptischen Theben stammend, wie er nicht ohne hörbaren Stolz hinzufügte, eingeführt hatte, ruhten seine Augen auf Kija. Ein freudiger Ausdruck huschte über sein Gesicht, den Kija allerdings nur flüchtig wahrnahm, weil sie den Blick senkte.

»Das ist mein siebtes und jüngstes Kind, gleichzeitig meine einzige Tochter: das ist Kija. Sie wird einmal eine Königin, müsst ihr wissen.« Er lachte und fügte sichtlich zufrieden hinzu: »So haben die Zeichen gesprochen, die bei ihrer Geburt gedeutet wurden.« Selbstbewusst erwiderte Kija den Gruß von Eheja und Talzu.

Idanda hatte in der Zwischenzeit einen Wink gegeben und die Dienerinnen begannen mit dem Auftragen. Sie stellten vor jeden eine flache, helle Tonschale mit farbigen Verzierungen. Kija merkte erst jetzt, wie hungrig sie war. Aus einem Korb fischte sie sich etwas von dem frischen, noch warmen Brot und tunkte es mit Appetit in das schmackhafte Mus aus Kichererbsen, das sie besonders liebte. Daneben lagen kleine, in einem Weinsud gegarte Zwiebeln mit süßlichem Aroma. Es gab gewürfelte Gurken, mit Öl übergossene Palmenherzen, kleine Linsen und eine Paste, die aus gehacktem Knoblauch, Öl und hartem Käse bestand und sehr pikant schmeckte.

Diener füllten filigrane Becher mit Wein. Kija war ganz vertieft in ihr Essen. Sie hielt inne, als sie die Ehejas Stimme hörte, der bat, etwas sagen zu dürfen. Er erhob sich von seinem Sitz.

»Edler König Idanda von Qatna, edle Königin Beltum, ihr hohen Herren und Frauen. Lasst mich euch danken für die überaus freundliche Aufnahme in eurem Hause. Nicht nur, dass ihr mich und meinen Sohn empfangen habt, gewährt ihr uns auch die Teilhabe an eurer Tischgemeinschaft und lasst uns mit euch dieses köstliche Mahl genießen. Wie es Sitte ist, haben wir als Gastgeschenk das Beste mitgebracht, was Kizzuwatna hervorbringt: rassige Pferde von den saftigen Weiden unserer Heimat. Mögen die Götter Qatnas und Kizzuwatnas ihre schützende Macht immerdar über euer Haus halten.«

Eheja ergriff seinen Becher, spendete einige Tropfen den angerufenen Göttern und stärkte sich mit einem herzhaften Schluck. Ein Raunen war durch den Saal gegangen, als Eheja die kostbaren Pferde erwähnte. Sie waren in der ganzen Levante berühmt, aber schwer zu erhalten und teuer. Diese besonders robuste Rasse war begehrtes Handelsgut, nicht nur der Wüstenscheichs der Aribi, sondern bis hinunter nach Kanaan und Ägypten.

Der König klopfte Eheja freundschaftlich auf die Schulter: »Nun ist der Dank auf unserer Seite, Eheja von Tarscha.«

Er klatschte in die Hände und gleich darauf erschienen zwei Diener. Idanda winkte sie näher und wies den einen an, zu Eheja zu gehen, der andere blieb vor Talzu stehen. »Empfangt dafür auch unser Gastgeschenk. Dies sind Gewänder, wie ihr sie nur in Qatna findet.«

Die Diener überreichten jedem ein weißes Festtagskleid, durchwirkt mit dunkelroten Streifen.

»Mögen sie euch an diese Begegnung erinnern«, sagte der König. »Mögen sie Zeugnis ablegen für unsere freundschaftlichen Verbindungen und mögen die Götter euch und euer ganzes Haus segnen.«

Kija sah, dass die Gäste beeindruckt waren von dieser Gabe. Wie die Pferde aus Kizzuwatna, so waren die rotverzierten Kleidungsstücke aus Qatna weit über die Grenzen des Landes geschätzt, denn es gab nirgends etwas Vergleichbares, nicht in Babylonien, nicht in Ägypten, nicht in Mittani oder gar im Land Hattuscha. Es war ein ganz spezielles, dunkles und dennoch leuchtendes, ins Violette hinein changierendes Rot, das auch nach vielen Wäschen nicht verblasste. Niemand wusste, wie und woraus die Farbe gewonnen wurde. Das war Qatnas kostbares Geheimnis.

Eheja blickte den König erstaunt an. Erfreut verneigte er sich. »Ich war schon mehrfach in Qatna und habe immer eure Färbe- und Webkunst bewundert. Von meinem Freund Tiru weiß ich, dass bei Festen der Adel von Qatna besondere Gewänder trägt, die mit diesem unnachahmlichen Rot geschmückt sind. Nie hätte ich zu hoffen gewagt, ein solches je mein Eigen zu nennen. Und sicher nicht Talzu, mein Sohn, der zum ersten Mal in den Mauern dieser Stadt weilt. Wir fühlen uns durch eure Hochschätzung überaus geehrt. Habt Dank!«

»Wir wollen es uns weiter schmecken lassen«, war die schlichte Antwort des Königs. Die beiden Männer schüttelten sich die Hände. »Greift zu!«

Dieser Aufforderung kamen alle gerne nach. Der nächste Gang bestand aus einer duftenden Suppe, die der Jahreszeit entsprechend aus eingeweichten

Bohnenkernen, jungem Lauch und geschrotetem Getreide bestand. Darüber waren frische Korianderblättchen gestreut. Ein richtiges Festmahl, dachte Kija. Sie beobachtete, dass Akizzi und Talzu offenbar einander mochten. Gerade erhoben beide ihre Becher und tranken sich zu. Ihr Bruder lachte gern und war bei seinen Freunden sehr beliebt. Die Mädchen und jungen Frauen schwärmten für ihn. Ihre Freundin Ehli-Nikalu pries mit leuchtenden Augen seine Vorzüge, sein Aussehen, sein Können, seinen Mut. Aber Akizzi konnte auch aufbrausen und poltern, ganz plötzlich, und dann bekam Kija manchmal Angst vor ihm.

Dagegen erschien ihr Talzu irgendwie vertraut. Er hatte ernste, weiche Züge. Seine Augen, die ihm ein gewisses Strahlen verliehen, wenn er lächelte, waren blau. Das war etwas Besonderes, geradezu Außergewöhnliches. Vielleicht war er gar nicht so viel älter als sie selbst. Sie schaute erneut zu den beiden am Tischende, als sie bemerkte, dass Talzu in ihre Richtung sah. Für einen Moment trafen sich ihre Blicke und er lächelte ihr zu. Dann rollte er wild mit den Augen, als sei er schlagartig irre geworden. Das sah so grotesk und belustigend aus, dass sie lachen musste. Jetzt schaute auch Akizzi zu ihr her. Offenbar war sie Gesprächsthema. Das gefiel ihr. Sie war sich wohl bewusst, dass sie ein außerordentlich hübsches Mädchen war. Das versicherten ihr nicht nur ihre Freundinnen immer wieder, sondern sie wiesen sie zudem auf die verstohlen bewundernden Blicke der jungen Männer hin, für die sie sich gewöhnlich nicht interessierte. Die Bewunderung stand ihr zu. Sie war schließlich die Königstochter, und zwar die einzige.

Als sich die Gäste nach saftigem, frischem Obst, Kuchen und einem letzten Schluck Wein verabschiedeten, war es spät. Akizzi bedeutete den Geschwistern noch kurz zu bleiben.

»Ich habe für morgen Talzu eingeladen, damit er sich die Palasthallen anschauen kann und vielleicht führt ihr ihn auch ein bisschen herum. Nicht alle, sonst wird der Arme ganz wirr. Wie steht es mit dir, Kuari?«

Der Angesprochene, Akizzis nächst jüngerer Bruder, nickte. Kija sagte: »Ich würde die beiden gerne begleiten.«

»Das hätte ich mir denken können«, lachte Akizzi. »Also gut, ihr zwei. Ich kann leider nicht mit euch kommen, denn Talzus Vater hat uns wichtige Dinge mitzuteilen. Es wird wohl auch um einen Handelsvertrag gehen, da müsstest du dann allerdings dabei sein, Kuari – wir werden sehen. Ich bin jedenfalls beruhigt, wenn ihr euch um Talzu kümmert. Er ist ein sehr netter Kerl, ich mag ihn. Bisher hat ihn sein Vater zu allen Verhandlungen mitgeschleppt. Außer dem Haus unseres Onkels Tiru und dem Stadthaus mit all den langweiligen Kaufleuten kennt er offenbar noch gar nichts. Heitert ihn ein bisschen auf, ich verlasse mich auf euch.«

»Nun, mein Sohn, hast du dich gut unterhalten?« Eheja blickte in Talzus müdes und dennoch aufgeregtes Gesicht.

»Ich habe mir nicht vorstellen können, dass es so einfach sein würde, mit einer königlichen Familie zu Abend zu essen«, erwiderte dieser. »Ohne großes Zeremoniell, und alle waren so freundlich und zuvorkommend. Ich habe mich fast wie zu Hause gefühlt, auch wegen des Geschirrs. Sie benutzen wie wir diese feinen Alaschija-Schüsseln.«

»Das ist nicht weiter verwunderlich«, sagte Eheja. »Es besteht guter Kontakt zur Kupferinsel. Einige Kaufleute aus Alaschija sind sogar hier vor Ort, wie ich feststellen konnte.«

Talzu nickte. Sein Vater ließ sich auf eines der dick gepolsterten Sitzmöbel sinken, mit denen ein behaglich eingerichteter Vorraum bestückt war.

»Erstaunlich fand ich die Menge an Tonwaren aus Ahhijawa. Wenn ich denke, wie stolz wir auf unsere wenigen Mischkrüge sind. Aber hier ist die gesamte Tafelausstattung aus dem Westen eingeführt worden.« Eheja schüttelte vor Verwunderung sein Haupt.

»Nur das wenigste stammt von dort«, fiel Talzu dem Vater ins Wort. »Der Kronprinz sagte mir, dass in der großen Töpferwerkstatt des Palastes ein Ahhijawer aus Mykene arbeitet. Ihn hat eine abenteuerliche Geschichte hierher verschlagen, die ich zu gerne hören würde. Ich bat Akizzi, ihn kennenlernen zu dürfen. Ach ja, Vater, Akizzi hat mich für morgen eingeladen. Er sagte, einige seiner Brüder würden mir die Palasthallen zeigen, während ihr weiter die politische Lage besprecht. Wenn es dir recht ist…«.

Ehejas Miene zeigte, wie Talzu befürchtet hatte, augenblickliche Missbilligung. »Es ist dir doch klar«, polterte er los, »dass ich es für absolut vorrangig halte, dass du deine Ausbildung durchläufst. Und unser Aufenthalt in Qatna ist Ausbildung für dich. Ich denke, dass wir morgen nicht nur über die Vorkommnisse im Norden beraten, sondern auch über einen Handelsvertrag sprechen werden. Das ist das eigentliche Ziel unserer anstrengenden Reise. Ein solcher Vertrag würde uns Zugriff auf Waren ermöglichen, die sonst nur die Handelsagenten der großen Paläste einkaufen können. Denk nur an unsere Ehrengeschenke, diese Prachtgewänder. Mir ist ein ganz besonderes Vertrauensverhältnis überaus wichtig. Aber du musst dich gleichermaßen beteiligen. Für wen baue ich das alles schließlich auf, wenn nicht für dich? Du wirst dich zwar in ein gemachtes Bett legen können, wenn du meine Nachfolge antrittst, doch bis dahin musst du alle Feinheiten unseres Geschäftes kennengelernt haben, die Kontakte pflegen. Immer erspüren, wie es um dein Gegenüber bestellt ist, immer am Puls des

Geschehens, immer besser informiert sein, immer über Neuheiten Bescheid wissen.«

Eheja redete sich in Rage. Erst als er den traurigen Gesichtsausdruck und die stille Abwehr seines Sohnes wahrnahm, lenkte er versöhnlich ein: »Meinetwegen. Bisher hast du alles zu meiner Zufriedenheit erledigt, wenn ich auch echte Begeisterung bei dir vermisse. Es steht in den Sternen, ob wir morgen schon einen Vertrag ansprechen, es kommt mir etwas verfrüht vor, sind es doch unsere ersten Begegnungen mit dem König und seinem Kronprinzen. Und natürlich mit der Königin. Die Frauen darfst du hier nicht außer Acht lassen! Sie haben ähnlich viele Rechte wie bei uns oder in Hattuscha. Das merke dir!«

Er sinnierte weiter: »Das Zusammensein mit den Prinzen kann unter Umständen für dich einmal von großem Nutzen sein. Man weiß nie, wer eines Tages wirklich auf dem Thron von Qatna sitzt. Aber auch der gute Leumund, den dir die Prinzen hoffentlich ausstellen werden, kann vorteilhaft für dich sein.« Eheja nickte bedächtig mit dem Kopf.

»Lass uns nun zur Ruhe gehen. Es ist schon spät.«
»Gute Nacht, Vater. Mögen die Götter über deinen Schlaf wachen!«
»Und über deinen, mein Sohn.«

Talzu betrat sein Schlafgemach und ballte die Faust. Er hatte sich wie immer sehr beherrscht, wenn der Vater ungehalten wurde. Natürlich meinte der es gut mit ihm, natürlich war er um seine Zukunft bedacht. Dafür hatte er dankbar zu sein. Aber so vieles im Denken seines Vaters war ihm fremd. Musste jede Begegnung mit anderen Menschen vom möglichen Nutzen her gesehen werden? Er war zu müde, um darüber weiter nachzudenken. Er legte sich nieder und breitete die leichte Decke über sich. Was würde der morgige Tag bringen? Er spürte, wie Vorfreude in ihm aufkeimte, die die Mißstimmung mit seinem Vater in die Nacht verwehte.

Ein Bediensteter meldete am nächsten Vormittag Talzus Ankunft. Es war ein sonniger Frühsommertag, noch nicht zu heiß, aber man merkte, dass er schon ein gutes Stück Weg hinter sich hatte. Vor allem der letzte, ziemlich steile Anstieg von der Unterstadt hinauf zum Königspalast hatte es in sich. Kuari und Kija begrüßten den Gast.

»Puh, das sind ganz schön viele Stufen«, gestand er.

Er hatte eine angenehme, weiche, eher tiefe Stimme und einen lustigen Akzent in der Sprache, der Kija am Tag zuvor schon bei seinem Vater aufgefallen war.

»Komm, stärk dich erst einmal«, lud Kuari Talzu ein.

Sie geleiteten ihren Besucher in ein kleines Gemach, das nicht weit von dem prächtigen Palasteingang entfernt war. Auf einem Tischchen waren frische Datteln, getrocknete Feigen und Nüsse hergerichtet. Kija goss Wasser in die Becher. Talzu trank in tiefen Zügen und hielt seinen Becher Kija erneut hin.

»Das tut gut!« Er nahm von den angebotenen Früchten. »Ihr habt köstliches Wasser. Es ist so frisch und kühl, als käme es aus unseren Bergen.«

Kija ergriff die Gelegenheit: »Ihr wohnt in den Bergen?«

Das unbekümmerte Zugehen auf andere Menschen war eine ihrer markantesten Eigenarten und recht ungewöhnlich für Mädchen und junge Frauen, die sich bei Unterhaltungen eher zurückhielten.

»Nein, nicht direkt. Wir haben dort ein Sommerhaus, aber wir leben in Tarscha. Das liegt an einem Fluss, der in den nahen Bergen des Taurosgebirges entspringt.«

»Ich dachte, Tarscha liegt am Meer«, unterbrach ihn Kuari.

»Beides ist richtig. Die Stadt liegt am Rand der fruchtbaren Ebene von Kizzuwatna, die durch die Anschwemmungen von mehreren Flüssen gebildet wird. Die Küste ist flach, oft sumpfig. Deshalb liegt Tarscha nicht direkt am Meer, sondern etwas im Landesinneren, wo das Gelände trocken und sicher ist. Der Fluss fließt mitten hindurch und ist gesäumt von Hafenanlagen, Kontoren und Werften. Kurz vor seiner Mündung bildet das Meer eine Lagune, die vielen Schiffen Platz bietet. Wir haben also direkten Zugang zum Meer und liegen gleichzeitig so geschützt, dass wir keinerlei Angriffe von der See her oder zerstörerische Stürme oder gar Flutwellen zu fürchten brauchen. Der gesamte Seehandel Kizzuwatnas wird hier abgewickelt. Nach Westen zu beginnt bald die Steilküste, die ein Ankern fast überall unmöglich macht und nur kleine Schiffe und Boote können auf den schmalen Strand gezogen werden. Außerdem rücken die Berge immer dichter an das Meeresufer, was die Anlage von Siedlungen sehr erschwert, wenn nicht ganz verhindert.«

Talzu hielt in seinem langen Vortrag inne und nahm etwas Obst.

»Und wie war das nun mit dem Wasser«, hakte Kija nach.

»Das wird aus dem Gebirge herbeigeschafft, vor allem zu besonderen Anlassen und für die, die es sich leisten können. Sonst gibt es Brunnen in der Stadt und das Flusswasser wird genutzt.«

»Seid ihr mit dem Schiff oder über Land gereist?«

»Wir sind über Land gekommen, eine Geschäftsreise, von Ort zu Ort.«

»Das ist interessant! Erzähl mal«, ermunterte ihn Kija. Erwartungsvoll lauschte sie.

»Wenn euch das nicht langweilt.«

Talzu lachte unsicher. Er war von der ungewohnten Aufmerksamkeit, die man ihm entgegenbrachte, überrascht.

»Von Tarscha reisten wir nach Adanija, das ist die Hauptstadt von Kizzuwatna.«

Kuari und Kija nickten.

»Mein Vater hat dort einige Geschäftsfreunde aufgesucht, die sich mit Waren oder Bestellungen an unserer Expedition beteiligen. Manche gaben uns Botschaften mit. Ich habe eine lange Liste geschrieben, damit wir nicht vergessen, was wo erledigt werden muss. Außerdem haben wir die notwendigen Reisepapiere erhalten, Mitreisende kennengelernt und Begleitpersonal angeworben. Es ist ein weiter Weg von vielen Tagesreisen nach Qatna und er führt durch mehrere Länder, auch über mittanisches Gebiet. Die Zeiten sind unruhig!«

Die ständigen Streitigkeiten im Gebiet, das unter mittanischer Vorherrschaft stand, waren für Kuari und Kija nicht neu.

»Ist es deine erste Reise?«, fragte Kija. Talzu nickte.

»Wie ging es weiter?«, wollte Kija wissen.

»Die letzte Station in Kizzuwatna war Lawazantija, das nicht sehr weit von der Grenze entfernt liegt. Der Besuch im Heiligtum der Göttin Schauschga ist Pflicht. Man braucht ihren Segen für die Überquerung der Gebirge, die gleich hinter der Ebene ihren Anfang nehmen. Wir in so vielen Städten Halt gemacht, dass ich deren Namen schon gar nicht mehr zusammenbekomme. Mein Vater hat mich überall seinen Handelspartnern vorgestellt. Er möchte, dass ich sein Handelshaus eines Tages übernehme. Es ist eines der ältesten und angesehensten in ganz Kizzuwatna.« Talzu seufzte leise und machte kein glückliches Gesicht.

»Aber du möchtest nicht?« fragte Kuari.

»Sieht man mir das so an?«

»Sehr erfreut siehst du nicht aus.«

»Es stimmt. Bitte verzeiht mir meine Freimütigkeit. Ich habe keine Freude am Handel. Ich liebe es zu lesen, zu schreiben, aber keine Handelsverträge oder Warenlisten. Ich finde es interessant zu sehen, was aus den einzelnen Ländern alles stammt, die kostbaren blauen Steine zum Beispiel, die wir hier bei euch einhandeln und die vom Anfang der Welt ganz weit im Osten stammen. Aber zu überlegen, wogegen sie eingetauscht werden sollen und zu welchem Tauschwert und wohin das eine geliefert, das andere abgeholt werden muss, das sind alles Dinge, die ich nicht erstrebe.«

»Was willst du denn stattdessen tun?«

»Ich möchte Diplomat werden, am liebsten Gesandter des Königs von Hattuscha. Er ist ein großartiger Herrscher, von dem die Welt noch viel hören wird! So vieles hat er schon erreicht in seiner kurzen Regierungszeit.«

Es war unverkennbar, dass Talzu von König Schuppiluliuma begeistert war.

Kijas Bruder Kuari, der einige Jahre älter als Talzu war, reagierte sachlich, überlegt, abgeklärt: »Was veranlasst dich zu solch kühnen Plänen?«

»Ich denke, ich kann gut zwischen streitenden Parteien vermitteln oder heikle Botschaften so überbringen, dass keiner seine Würde verliert. Außerdem habe ich große Lust die Welt zu bereisen, fremde Länder und Leute kennen- und ihre Sprachen verstehen zu lernen. Mit Sprachen tue ich mich zum Glück nicht schwer. Außer unserer Sprache spreche ich Hethitisch, Luwisch und Akkadisch.«

Kija erwiderte schnippisch: »Akkadisch ist doch selbstverständlich. Hethitisch aber spricht nur unser Vater gut.«

»Kija beherrscht zudem Ägyptisch von ihrer Mutter«, ergänzte Kuari nicht ohne Stolz.

»Kannst du auch lesen und schreiben?« Talzu blickte Kija bewundernd an.

»Ja sicher, und rechnen, stell dir vor!«

Kuari wandte sich beschwichtigend an Talzu. »Kija ist wissbegierig, schon als kleines Mädchen war das so. Irgendwann hat sie den König dazu gebracht ihr zu erlauben, mit uns Brüdern unterrichtet zu werden. Das ist der Vorteil, wenn man die einzige Tochter und eine große Schmeichelkatze ist.«

Kuari sah dabei seine Schwester liebevoll an. Von all ihren Brüdern war er ihr der liebste, wohl auch deshalb, weil er ihr zeigte, dass er sie als Gesprächspartnerin trotz des erheblichen Altersunterschiedes von gut zehn Jahren schätzte.

»Ich finde das absolut wunderbar. Ich fand es im ersten Moment nur überraschend und ungewöhnlich. Andererseits kommt es auch in Tarscha vor, dass Mädchen ausgebildet werden. Das bringen die Notwendigkeiten der Städte, die vorwiegend vom Handel leben, mit sich. Nicht immer stehen Söhne oder Schwiegersöhne zur Verfügung.«

»Vielleicht liegt es auch einfach nur daran, dass ich eine Prinzessin bin und nicht irgendeine Händlerstochter«, sagte Kija.

Irritiert erwiderte Talzu Kijas provozierenden Blick. Kuari kannte Kija. Er hatte keine Lust auf eine ihrer Auseinandersetzungen, die sie mit Wonne um nichts führen konnte, daher fragte er Talzu rasch: »Wenn du nicht Kaufmann werden möchtest, warum sagst du das nicht deinem Vater? Er kann es nur gut heißen, wenn du in den königlichen Dienst trittst.«

»Das ist nicht so einfach, wie du denkst. Zum König würde ich vielleicht sogar gelangen, denn meine Mutter stammt aus der königlichen Sippe von Hattuscha. Aber ich bin der einzige Sohn, überhaupt das einzige Kind.«

»Du meinst, von dieser Mutter. Hat dein Vater weitere Frauen oder ist das in Kizzuwatna nicht üblich?«

»Nein, eher nicht. Meine Mutter ist seine einzige Gemahlin und ich bin das einzige Kind. Seltsam, nicht? Meine Mutter ist eine sehr fromme Frau.

Sie ist oft traurig, vielleicht deshalb, weil sie keine weiteren Kinder hat. Ich weiß es nicht. Wir haben nie darüber gesprochen und ich scheue mich, sie oder meinen Vater danach zu fragen.«

Kija schaute nachdenklich zu Talzu. Was sie von ihm hörte, tat ihr leid, kam ihr aber auch merkwürdig vor. Ihr Vater Idanda war ein König und Könige hatten Prinzessinnen als Gemahlinnen. Doch Talzus Vater war nur ein Kaufherr. Sicher reich und angesehen und aus alter Familie, aber dass er mit einer Frau aus der hethitischen Königsfamilie verheiratet war, das war sehr ungewöhnlich. Sie hatte gehört, dass in Hattuscha außerordentlich strenge Sitten herrschten und viele Vorschriften zu beachten waren. Ob noch mehr hinter der Geschichte steckte? Vielleicht hatte sie ganz falsche Vorstellungen von Ehejas Position in Kizzuwatna? In Qatna waren die Kaufleute selbständig. Sie handelten auf eigenes Risiko, nicht im Auftrag des Königs und für den König, sondern sie statteten den König, der einer der ihren war, aus, damit er alle Aufgaben für die Gemeinschaft erfüllen konnte. Natürlich betrieb auch die königliche Familie eigene Unternehmen, denen der nächstjüngere Bruder des Königs vorstand und in dessen Fußstapfen Kuari einst treten würde. Sie hatte gedacht, dass das in Kizzuwatna ähnlich sein müsste.

»Habt ihr ein eigenes Königshaus oder gehört ihr zum Reich von Hattuscha?«,fragte sie Talzu.

»Genug jetzt mit der Fragerei«, unterbrach sie Kuari. »Lasst uns in die Hallen gehen!«

»Mir macht das nichts aus!«, sagte Talzu und lachte verlegen.

Vermutlich hat er selten die Gelegenheit über seine Kümmernisse zu sprechen, dachte Kija und unterdrückte damit ein Gefühl von Unsicherheit, das Talzu in ihr auslöste. Gehorsam erhoben sie sich.

»Natürlich möchte ich gerne den weit über eure Grenzen hinaus bekannten Palast sehen, vor allem in Ruhe die Audienzhalle erkunden. Wir haben sie gestern nur kurz durchquert, sie hat gleich einen großartigen Eindruck auf mich gemacht. Ich bin noch nicht in so vielen Städten und Palästen gewesen, aber was ich hier gesehen habe, hat nichts Vergleichbares«, sagte er galant.

Gleichgültig von welcher Seite aus man die Halle betrat, der Eindruck war einfach überwältigend, selbst für Kija und Kuari, die sie täglich durchschritten. Der schönste Blick war der von Westen. Von dem zentralen Tor, in dem sie jetzt standen, schauten sie in einen riesigen quadratischen Raum, der umlaufend im oberen Teil mit Wandmalereien geschmückt war. Zwischen den Säulen hindurch, die das weit ausladende Dach stützten, konnte man auf den gegenüberliegenden, monumental verzierten Durchgang in den nächsten Raum sehen, der genau in derselben Achse lag. In der Mitte zwischen den vier Säulen befand sich ein überdimensionaler Herd aus Basaltstein, der aus Feuerplatz und Kohlebecken bestand.

»Hier finden die Versammlungen der Edlen von Qatna statt«, sagte Kuari. »Jede Seite der Halle ist mehr als eine halbe Messleine lang. So groß ist kein Königssaal in ganz Asien, nicht in Mari, nicht in Babylonien, nicht in Mittani, auch nicht in Ägypten.« Kuaris Stolz war deutlich zu hören. »Siehst du die Säulen in der Mitte? Ihre Fundamente wurden aus hartem Basalt gearbeitet und die Säulen selbst sind uralte Zedernstämme aus den umliegenden Gebirgen.«

»Zedern gibt es auch in unserem Gebirge zu Hause, aber solch mächtige Stämme habe ich noch nie gesehen.« Staunend ließ Talzu seine Blicke schweifen.

Hoch über ihnen spannte sich weit das Dach. Im obersten Teil der Wände gab es an allen vier Seiten mehrere Fensteröffnungen, die Licht spendeten. In der Mitte über dem zentralen Feuerplatz erhob sich ein geschossartiger Aufsatz, dessen Öffnungen ebenfalls Licht hereinließen, aber auch dem Rauchabzug dienten. Kuari fuhr mit seinen Erklärungen fort: »Für Zusammenkünfte in der kalten Jahreszeit wird schon Tage vorher hier auf diesem Feuerplatz eingeheizt.«

Talzu nickte. »Es scheint mir mehr als drei Ellen zu messen. Das ist unglaublich.« Er drehte sich um und betrachtete einen weiteren Durchgang. »Wohin führt dieses Tor?«

»Da geht es nach draußen, zum Haus der Göttin und zum Südtor der Stadt«, erwiderte Kija.

Sie umrundeten die große Feuerstelle.

»Was verbirgt sich dort neben dem Eingang?«, fragte Talzu.

»Das ist der geheiligte Schrein, das Palastgemach unserer Göttin, der Göttin der Liebe und des Schreckens, der Schutzgöttin des Palastes und des Königs, der Herrin der Stadt, Belet-ekallim«, antwortete Kija ehrfürchtig und mit frommer Gebärde. »Hier wird sie an den Tagen der Versammlungen verehrt. Hier sprechen wir unsere Gebete, bringen ihr Speise-, Trank- und Rauchopfer dar.«

Sie schwiegen, befangen an diesem geweihten Platz. Doch dann baute die Neugier eine Brücke. »Zeigt mir noch mehr«, bat Talzu, »gestern ging alles so schnell.«

Er stand in der großen Nische, die die Hälfte der Seitenlänge der Halle in Anspruch nahm und dadurch den Eingang zum nächsten Raum noch betonte. Der Durchlass selbst war von Säulen flankiert und mit einem wunderbaren Vorhang, der über und über mit eingewebten Mustern geschmückt war, verschlossen. Kuari schob den Vorhang etwas auseinander und ließ die beiden passieren. Der riesige Thronsaal war nur halb so breit wie die Versammlungshalle. Direkt dem Eingangsportal gegenüber stand an der Wand ein prachtvoller, goldener Thron erhöht auf einem Sockel mit hoher

Rückenlehne und rot gepolsterten Armlehnen. Die Stuhlbeine waren als Löwentatzen ausgearbeitet. Ein zweiter, ebenfalls mit aufwändigen Elfenbeinschnitzereien und Goldverzierungen versehener Thronsessel stand auf einem etwas niedrigeren Podium in der Mitte der Außenwand.

»Dort am Ende des Saales ist der Thron der Königin und dieser hier uns gegenüber ist der des Königs. Die großen Vorratsgefäße dort vorne dienen der Aufnahme der Gaben oder Tribute, die zu einer Audienz mitgebracht werden. Und hier«, Kuari deutete auf eine Wandmalerei neben dem Thron, »hier siehst du, wie die Herrin der Stadt dem König die Insignien der Macht überreicht: das Diadem und das Zepter.«

»Welch herrlichen Mantel der König trägt, mit Fransen besetzt«, bemerkte Talzu. »Und all die Götter und Göttinnen, die Bäume und Tiere: Palmen und Zedern, Vögel, Fische. Ist das ein Göttertier?« Er deutete auf ein großes, graues Tier mit langem Rüssel.

»Das ist ein Elefant«, lachte Kija, »aber das ist kein Göttertier, sondern ein höchst lebendiges Wesen, riesig groß und mit gefährlichen Stoßzähnen ausgestattet. Es lebt in kleinen Herden und frisst Berge von Gras.«

»Es gibt nicht mehr sehr viele in Syrien«, ergänzte Kuari. »Wertvoll sind ihre Stoßzähne. Niemand außer den Fürsten der Länder, in denen sie leben, darf das Elfenbein besitzen, nur besondere Handwerker dürfen mit dem Material arbeiten und nur hier im Palast.«

Kuari war weiter zum Portal des nächsten Raumes gegangen, das am oberen Ende der Rückwand Zutritt in eine weitere, große und ebenfalls mit Malereien verzierte Halle gewährte.

»Das ist der Festsaal. Von hier aus geht es dahinten weiter in Dienst- und Lagerräume, auf dieser Seite gelangst du, wie du weißt, in die Wohnräume der königlichen Familie. Komm, wir zeigen dir noch die andere Seite.« Kija ging schon voran. Sie war zufrieden. Talzu war sichtlich beeindruckt und in staunendes Schweigen versunken. Auch freute sie sich über sein Interesse für die vielen Einzelheiten. Das war nach ihrem Herzen.

»Ich habe mir noch gar nicht die Malereien angesehen und die verzierten Portale – es gibt noch soviel zu entdecken«, wandte Talzu ein.

Aber Kuari winkte ab. »Gönnen wir uns eine kleine Pause! Lasst uns im Hof eine Erfrischung nehmen und etwas essen. Es muss hohe Mittagszeit sein, so wie mein Magen knurrt.«

In diesem Moment trat ein Diener an sie heran. Er verneigte sich und wandte sich an Kuari: »Mein Herr Akizzi schickt mich, um den Gast zu ihm zu geleiten.«

Kija Freude verflog augenblicklich. Sie hatte das Beisammensein mit Talzu genossen und wollte ihm noch so viele Fragen stellen. Man konnte gut mit ihm reden. Aber er verabschiedete sich bereits.

»Habt Dank, es war wunderbar. Wir können uns bald wieder treffen, vielleicht nachher schon. Mein Vater und ich werden noch ein, zwei Monate bleiben und es wird viele Gelegenheiten geben.«

Es war ihm anzumerken, dass er es ehrlich bedauerte sie zu verlassen. Die beiden sahen ihm nach wie er gehorsam dem Diener in Richtung der kleinen Audienzhalle folgte. In Kija breitete sich Ärger aus. Akizzi brauchte nur zu befehlen und schon rannten alle, um ihm zu Willen zu sein.

»Er ist ein sehr netter Mensch, ich denke wir werden gute Freunde werden«, sagte Kuari arglos.

»Das stimmt«, erwiderte Kija und ließ dann ihrer Enttäuschung ungezügelten Lauf: »aber letztlich ist er nur ein Kaufmannssohn.«

»Solche Bemerkung passt gar nicht richtig zu dir, Schwesterchen.«

Kija biss sich auf die Lippen. Warum hatte sie sich nur so schlecht unter Kontrolle? Sie fühlte Tränen aufsteigen, drehte sich ohne ein weiteres Wort um und flüchtete in ihre Kammer.

Nach dem Abschied von Kronprinz Akizzi, mit dem er ein vorzügliches Mittagsmahl eingenommen und anschließend den Nachmittag in intensiver Debatte verbracht hatte, kehrte Talzu beschwingt in die Unterstadt zurück. Der Tag begann sich zu neigen. Das Gelände zwang ihn zu einem etwas ausholenden Bogen. Er schritt viele Stufen hinunter und ging anschließend ein Stück parallel zu dem hochaufragenden Steilabfall, auf dem oben der Königspalast thronte. Immer wieder schaute er hinauf. Das war hier ein ganz anderes Leben als zu Hause.

Zwar lebte er in Tarscha in einem großzügigen Haus in der Oberstadt, zu dem ausgedehnte Lagerhallen und ein eigenes Kontor in bester Lage am Hafen gehörten. Es mangelte an nichts. Aber so lange er sich erinnern konnte, war es meistens still im Haus. Selbst die Diener und Sklaven sprachen mit gedämpften Stimmen, sobald sie den Wohnbereich der Familie betraten. Natürlich kamen gelegentlich auch Gäste zu Besuch, meistens befreundete Kaufherren, aber ein solch munteres Stimmengewirr, wie er es im Palast König Idandas beim Mahl erlebt hatte, gab es zu Hause nicht.

Als kleiner Junge war er fast ausschließlich mit den Frauen zusammen gewesen, seiner Mutter, der Amme, den unvermählten Schwestern des Vaters und weiterer weiblicher Verwandtschaft, die ihn alle sehr verwöhnten. Seinen Vater sah er dagegen selten. Es war nicht üblich, dass dieser sich in den Frauengemächern aufhielt. Manchmal nahm er ihn mit zum Hafen, zeigte ihm die Schiffe und Boote und erzählte, woher sie kamen und was sie geladen hatten. Er hatte dem Vater immer staunend zugehört und wenn er

35

zu den Frauen zurückkehrte, dann hatte er oft vor sich hin geträumt, wie es wäre, mit einem Schiff zu reisen, weit weg bis nach Ägypten.

Seine Mutter schätzte die Ausflüge mit dem Vater nicht. Sie verbrachte viel Zeit mit den Göttern, denen, die sie aus ihrer Heimat Hattuscha kannte und denen ihrer neuen Heimat Kizzuwatna. Es verging fast kein Tag, an dem nicht einer oder sogar mehrerer Gottheiten gedacht werden musste. Neben ihrem Schlafgemach befand sich ein Raum, in dem sie ihre Gebete verrichtete und Opfer darbrachte. Den kleinen Talzu ließ sie daran teilhaben und viele der heiligen Zeremonien waren ihm bestens vertraut. Sie hoffte innig, dass er einmal in den Tempeldienst eintreten würde, das wusste er, aber nicht gegen den Willen Ehejas. Er war oberstes Gebot.

An den Tag, an dem er in sein eigenes Gemach übersiedeln durfte, erinnerte sich Talzu gut. Damit verbunden war, dass er Unterricht erhielt. Es kamen unterschiedliche Lehrer ins Haus, die ihm lesen, schreiben und rechnen beibrachten. Sie lehrten ihn auch Akkadisch, die allgemeine Geschäftssprache, vor allem für die Kontakte nach Süden und Osten, und Keilschrift. Diese wurde auch für das Hethitische benutzt, die Sprache, in der seine Mutter sich so häufig wie möglich mit ihm unterhielt und die er wie das Hurritische fließend beherrschte. Alles machte ihm Freude und brachte Abwechslung in sein Leben. Am meisten begeisterte ihn, etwas über fremde Länder zu erfahren.

Talzu blieb stehen, weil ihm klar wurde, wie einsam er sich gefühlt hatte. Er war gerne allein, aber oft hatte ihn die Sehnsucht nach Spielgefährten erfasst, nach Brüdern und Schwestern. Mit gleichaltrigen Jungen, zumeist Lehrlingen und Handelsgehilfen, war er erst in Berührung gekommen, als sein Vater ihn häufiger mit in das Kontor nahm, um ihn früh mit den anstehenden Aufgaben vertraut zu machen. Sie zeigten aber eher Scheu vor ihm, weil er der Sohn des Herrn war.

In der Zwischenzeit hatte sich Talzu dem Brunnen der Unterstadt genähert. Die Sonne hatte sich bereits hinter dem hohen, umlaufenden Stadtwall versteckt. Mildes Abendlicht ergoss sich, zwischen den Gebäuden breitete sich die Dämmerung aus. Recht schnell würde es dunkel werden. Talzu drehte sich um und schaute noch einmal zum Palast hinauf. Er glaubte, auf der Terrasse einen Lichtschimmer wahrzunehmen. Dabei fiel sein Blick auch auf den Durchgang ihm gegenüber, aus dem eben sein Gastgeber Tiru herauskam. Er erkannte ihn sofort, obwohl er sich noch im Schatten befand. Schon wollte er auf ihn zugehen, als er bemerkte, dass der nicht allein war. Neben ihm erschien eine Gestalt, die in ein langes, dunkles Gewand gekleidet war. Der Kopf war mit einer Art Turban verhüllt. Talzu trat in eine Seitengasse, um die beiden passieren zu lassen. Dadurch wurde er unfreiwilliger Zeuge eines kurzen Gesprächs, denn sie setzten ihren Weg nicht fort, sondern blieben in unmittelbarer Nähe des Brunnens stehen.

»Wir müssen ihn besonders im Auge behalten. Berichte mir so oft du kannst über jeden seiner Schritte, mein Fürst.«

»Du kannst dich auf mich verlassen«, gab Tiru zurück, »ich halte dich schon auf dem Laufenden«.

»Schicke deinen Boten, er soll als Zeichen…«. In diesem Moment näherten sich unter Gelächter einige Frauen dem Brunnen, so dass Talzu den Rest des Satzes nicht verstehen konnte. Der Sprecher hatte rasch seinen Schal über das Gesicht gezogen. So zügig wie möglich setzte Talzu seinen Weg in der kleinen Straße fort, um Tiru, der sich in seine Richtung gewendet hatte, ja nicht zu begegnen. An den einzelnen Haustoren waren schon Fackeln entzündet worden, die den Weg etwas erhellten.

Tiru hatte seinem Geschäftspartner und Freund Eheja einige Räume in seinem Gästetrakt zur Verfügung gestellt, in denen er und Talzu wohnen konnten, solange sie in Qatna weilten. Der Kontakt zwischen den beiden Familien bestand bereits über mehrere Generationen. Wie Talzu wusste, stammte er aus den goldenen Tagen Qatnas, als dieses die politische Vorherrschaft über Syrien bis weit nach Kanaan hinein innehatte, und Kizzuwatna, über das der Handel mit den inneranatolischen Reichen abgewickelt wurde, noch ein selbständiges Land war. Zumeist nahmen die Kaufherren aus Kizzuwatna die strapaziöse Reise nach Qatna auf sich, während die Qatnäer sich nach Osten und Süden orientierten. Das war auch heute noch so. Aber unter geänderten Vorzeichen: nun war das Land klein, ein Stadtstaat mit Umland wie das reiche Ugarit an der Küste. Man hatte sich dem Handel verschrieben und überließ militärische und diplomatische Auseinandersetzungen den Großmächten. Auch Kizzuwatna hatte zwischenzeitlich seine neue Rolle im Spiel der Mächte gefunden. Das Land hatte lange geschickt laviert, um nicht zwischen Mittani und Hattuscha unterzugehen. Nun weckten neu entdeckte, geheimnisvolle Bodenschätze zusätzlich die Begehrlichkeiten der Nachbarn und man musste sich entscheiden. Der König und sein Adel hatten auf das erstarkende Hattuscha gesetzt. Die Folge war die vertragliche Bindung der beiden Länder. Im Herbst würde der Stellvertreter des Großkönigs Schuppiluliuma in Adanija feierlich in sein Amt eingeführt werden. Unter diesen Gedanken hatte Talzu sein Ziel erreicht. Eheja erwartete seinen Sohn.

»Du warst lange fort.« Ein fragender Blick streifte seinen Sprössling.

»Ja Vater. Prinz Kuari und Prinzessin Kija haben mir die großen Palasthallen gezeigt. Den restlichen Nachmittag habe ich mit Prinz Akizzi verbracht. Euer Austausch war wohl schon zur Mittagszeit beendet?« Eheja nickte. »Vater! Prinz Akizzi hat mich gefragt, ob ich mich an den Kampfübungen der jungen Qatnäer beteiligen möchte.«

Der Vater schmunzelte. »Ich sehe, man will dich in die künftige Elite der edlen Jugend aufnehmen. Was hast du geantwortet?«

Talzu druckste etwas verlegen. »Ich sagte ihm, dass ich mich in Tarscha zumeist mit anderen Dingen beschäftigt habe und daher wenig geübt bin. Er war so großmütig mir anzubieten, dass ein Ausbilder sich um mich kümmert, bis ich mithalten kann. Das darf ich doch annehmen, Vater?«

Eheja nickte. »Natürlich. Es ist eine große Ehre. Das wird dir gut tun, wenn du nicht nur sitzt und schreibst. Und es ist dir sicher wichtig, dich mit den anderen jungen Männern zu messen.«

Talzu blickte überrascht auf. Der Vater war heute außerordentlich milde gestimmt. War der ersehnte Handelsvertrag zustande gekommen oder wie konnte sein Stimmungsumschwung sonst zu verstehen sein?

»Obwohl ich gestehen muss, dass ich dich gerne bei der Abwicklung aller unserer Aktionen dabeihabe, wie du weißt. Schließlich könnte mir auf dem Rückweg nach Hause etwas zustoßen, was die Götter verhüten mögen.« Er machte eine unglückabwehrende Geste. »Aber morgen ist auch noch ein Tag. Jetzt erfrische dich und lege ein sauberes Gewand an. Wir werden zum Abendessen erwartet. Du kannst mir später weiter von deinen Erlebnissen berichten.«

Während des Essens besprachen sein Vater und Tiru ausführlich kommerzielle Belange und Talzu genoss es, in Ruhe gelassen zu werden. Er hing seinen Gedanken nach, ließ den erlebnisreichen Tag an sich vorbeiziehen. Immer wieder dachte er an die schöne Kija, deren Augen so lebhaft blitzten, wenn sie ihm ernsthafte Fragen stellte.

An sein Erlebnis auf dem Heimweg dachte er nicht mehr.

»Meine Brüder, Edle von Qatna! Ich habe euch zu dieser Versammlung rufen lassen, weil ich euch von Ereignissen in Kenntnis setzen möchte, die für unsere Stadt und unsere Handelstätigkeiten weitreichende Bedeutung haben könnten.«

Kija schaute sich um. Die große Halle war gut gefüllt. Man hatte überall Sitzmöbel aufgestellt und kleine Tischchen. Die Versammlung würde länger dauern. Der König saß etwas erhöht auf einem Sessel unter einem Baldachin neben dem Durchgang in den Thronsaal, ihm zur Seite die Königin. Um ihn herum hatten sich die einflussreichsten Kaufherren eingefunden, die zum Rat gehörten. Die übrigen Männer und Frauen des Stadtadels hatten sich nach Familien geordnet im Raum verteilt, so auch die Mitglieder der königlichen Familie.

Sie erhoben sich und verhüllten ihre Gesichter, als der König und Schala, die Hohepriesterin, sich dem Schrein der Belet-ekallim näherten. Sie öffneten die Vorhänge, die das Kultbild sonst vor aller Augen verbargen. Die goldglänzende Statue der nackten Göttin stand auf einem Sockel. Vor dem Körper hielt sie ein Gefäß, aus dem wunderbarerweise während der Zeremonien Wasser sprudelte und sich in eine Schale ergoss. Neben ihr waren wie zwei Wächter links und rechts die steinernen Sitzbildnisse von verstorbenen Königen von Qatna zu sehen. Sie waren feierlich in einen kostbaren, mit breitem Fransensaum verzierten Purpurmantel eingehüllt worden, der den rechten Arm freiließ. In der Hand hielten sie Schalen für die Opfer. Die bärtigen Gesichter wirkten fast lebendig, vor allem die Augen, die sich farblich absetzten. Das hohe, bauschige Haar wurde durch einen schmalen Goldreif, wie ihn heute auch der König trug, zusammengehalten.

Die Herrin der Stadt war unter ihnen, das spürte Kija. Sie wagte kaum den Blick zu heben, während Idanda und Schala die Speise- und Trankopfer vor den Statuen niederstellten: duftendes Fleisch, Brot und frisch gebrautes Bier, um die Gottheiten zu ehren und um ihren Beistand für die Stadt zu bitten. Gesang und Harfenklänge erfüllten die Halle. Sie ließen Kija erzittern. Der Duft des Rauchopfers kam von köstlichen Essenzen, Zedernholz und wohlriechenden Ölen.

Kija atmete tief und tiefer und schloss schließlich die Augen. Sie fühlte sich leicht. Nicht zum ersten Mal, sondern immer wieder ging es ihr so bei den heiligen Ritualen der Rauchopfer, so als schwebe sie. Etwas hob sie auf und trug sie davon. Vor ihren Augen sah sie die Stadt mit ihrem hohen Wall, den mächtigen Toren; es folgten satte Felder, Dattelhaine und Weiden; sie hörte, wie sich die Ähren im Wind wiegten, dann rauschte der schäumende Orontes, im Sonnenschein erglänzten die Gebirge, zwischen denen sie hindurchschwebte bis zum Meer. Doch bald verdunkelte sich der Himmel, Blitze zuckten, Donnerschläge krachten. Das Wasser erhob sich, es bäumte sich tosend auf, höher und immer höher wurde es zur bedrohlichen Wand, die in den tobenden Himmel hinein ragte. Dann kam es rasend auf sie zu, rollte sich zu einer gigantischen Welle ein, bereit, über ihr zusammenzubrechen. Sie wollte schreien, doch vor Entsetzen versagte ihr die Stimme.

So schnell wie die Bilder erschienen waren, so schnell verschwanden sie. Als Kija die Augen aufschlug, saß sie auf ihrem Platz und fand sich schützend umfasst von ihrer Mutter. Kija schaute sie verwirrt an. Der Schrein war wieder von Vorhängen verhüllt, die Opfergaben verschwunden, die Stimmen verklungen.

»Was hast du gesehen, mein Kind?« flüsterte Iset. »Sag es mir später«, fügte sie rasch hinzu, um nicht die Aufmerksamkeit auf sich und Kija zu ziehen. Iset reichte ihrer Tochter eine Schale, besprengte sie, wie es in Ägypten Sitte war, segnend mit etwas Wasser. Kija trank einige Schlucke. »Iss auch etwas«, drängte Iset und brach ein Stück Brot für sie ab. Niemand achtete auf die beiden, alle wandten sich dem König zu.

»Ihr Edlen«, setzte der König an. »Es sind Neuigkeiten zu uns gedrungen, die all die bisherigen Berichte unserer Kundschafter bestätigen und um viele Einzelheiten ergänzen. Erlaubt mir zunächst, kurz die bisherige Lage zusammenzufassen.

Unserer Stadt ist es bis zum heutigen Tage gelungen, selbständig zu bleiben. Im Gegensatz zu den meisten der syrischen und kanaanäischen Gebiete, deren Fürsten ägyptische oder mittanische Vasallen sind, genießen wir den Schutz Ägyptens ohne untertan zu sein. Zwar haben wir die Vormachtstellung im syrischen Raum verloren, doch können wir nach wie vor ungestört unseren Handelsgeschäften nachgehen. Aus den Unstimmigkeiten der Großkönige von Babylonien, Mittani und Ägypten haben wir uns durch ausgefeilte Diplomatie herausgehalten. Dank unserer Lage am Schnittpunkt der bedeutenden Überland-Handelswege von Norden nach Süden und Osten nach Westen, vor allem als Endpunkt der gefährlichen Route von Terqa am Euphrat durch die Wüste, sind wir für alle Partner interessant. Nicht nur wegen der vielen Rohstoffe und Waren, für die wir als Umschlagplatz dienen, sondern auch wegen unseres eigenen einzigartigen Erzeugnisses, dessen Geheimnis wir noch immer bewahren konnten.«

Idanda hielt inne und trank einen Schluck verdünnten, gesüßten Wein. Er fuhr fort. »Es muss in unserem Interesse sein, dass zumindest diese wirtschaftliche Vorrangstellung in Syrien, aber auch das gute Verhältnis zu Mittani, unseren syrischen Nachbarn sowie Ägypten erhalten bleibt.«

»Edler Idanda«, unterbrach ihn Uppija, der Sprecher des Rates, »wo liegen deine Befürchtungen, dass die von dir beschriebene Harmonie gestört werden könnte? Von welcher Seite könnte Gefahr drohen? Der mächtige Herrscher am Nil ist auf friedlichen Ausgleich mit den Nachbarn bedacht, legt nicht die Edle Iset« – hier verneigte sich Uppija in ihre Richtung – »dafür beredtes Zeugnis ab. Der König von Babylonien hat seine Schwester und wie man hört auch eine seiner Töchter nach Ägypten als Unterpfand gesandt. Es herrscht Friede zwischen Mittani und Babylonien, es herrscht Friede zwischen Mittani und Ägypten, was ja nun nicht immer der Fall war. Mehrere mittanische Prinzessinnen weilen im Harem in Theben. Und hörten wir nicht durch unsere ›Ohren‹, dass sogar schon zum zweiten Mal die heilkräftige Schauschga-Statue von Ninive von den Mittanikönigen an den Nil gesandt wurde, um dem erkrankten Pharao beizustehen?«

»Du hast zweifelsohne darin recht, Edler Uppija, dass es sich bisher so verhielt«, entgegnete König Idanda. »Nun aber könnte sich einiges ändern – das steht zu befürchten, wie wir aus sehr zuverlässigen Quellen erfahren konnten.«

Er holte tief Luft.

»Wie ihr wisst, ist nach dem Tod des großen Tudhalijas von Hattuscha das

Land geschwächt gewesen. Der inthronisierte Nachfolger kam zu Tode.«

Ein Raunen ging durch die Halle. Der König gebot mit einer Handbewegung Ruhe.

»Es war offenbar nicht nur sein Unvermögen, für die Belange des Landes zu sorgen, sondern er scheint auch schwerste Schuld auf sich geladen zu haben. Die Götter des Landes fällten das Urteil über die Verschwörer, deren Haupt der jetzige König war, und billigten ihre Tat. Über der Regierung von König Schuppiluliuma liegt eindeutig Segen.«

Der König ließ seinen Blick über die Versammlung schweifen. Dann sagte er: »Bevor ich euch erzähle, was ich selbst berichtet bekam, möchte ich euch einen Vorschlag unterbreiten. Im Hause des Edlen Tiru weilt seit geraumer Zeit als Gast der Kaufherr Eheja aus Tarscha, gleichzeitig Handelsgesandter des Landes Kizzuwatna. Er ist über die Vorgänge in Hattuscha bestens unterrichtet, nicht nur weil er enge Handelsbeziehungen dorthin unterhält, sondern auch weil er dem Königshause verwandtschaftlich verbunden ist. Es ist zwar nicht üblich, doch scheint es mir für heute angemessen, wenn wir ihn hier im erweiterten Rat zu Wort kommen lassen.«

Dieser Vorschlag fand allgemeine Zustimmung und Eheja wurde in die Versammlungshalle geleitet.

»Edler Eheja aus Tarscha, wir danken dir für deine Bereitschaft, zu uns zu sprechen und bitten dich, uns zu berichten, wie die Dinge im Norden stehen.«

»Edle von Qatna. Ich werde versuchen, euch die mir am wichtigsten erscheinenden Ereignisse seit dem Regierungsantritt des Labarna Schuppiluliuma vorzutragen. Schuppiluliuma nahm sogleich die Rückeroberungen verlorener Gebiete, die er bereits mit seinem Vater gemeinschaftlich begonnen hatte, wieder auf. Der erste Feldzug führte ihn gegen das Land Arzawa, das von Hattuscha aus gesehen sich im Westen bis an das Meer von Ahhijawa erstreckt. Es war durch das Bündnis, das der Pharao Amenophis mit seinem König Tarhuntaradu gegen das Land Hattuscha geschlossen hat, stark geworden. Bis nach Kizzuwatna hatte es seine Macht schon ausdehnen können. Schuppiluliuma gelang alsbald die Rückeroberung von Tuwanuwa, er drängte Arzawa weit in sein Kernland zurück und öffnete damit wieder die Routen in den Süden, den Südwesten und Westen. Mein Land Kizzuwatna schloss einen Vertrag mit dem König und genießt nun den Schutz und alle Privilegien von Hattuscha. Unsere Götter wurden in das Reichspantheon aufgenommen und erhalten im ganzen Reich dieselbe Verehrung und Pflege wie die des Landes Hattuscha.«

Kija bemühte sich zwar, aber sie begriff nicht alles, was Eheja vortrug. Vor allem wurde ihr klar, dass sie längst nicht eine so gute Vorstellung von der

Lage der erwähnten Länder und Städte, Gebirge und Meere hatte, wie sie sich immer einbildete.

»Nach diesem Erfolg griff Schuppiluliuma als nächstes den Nachbarn im Südosten an, einen der größten Feinde Hattuschas, nämlich Mittani.«

»Wir erhielten aus Mittani eine Kopie des Schreibens von König Tuschratta an den Pharao«, unterbrach ihn Idanda. »Wir wissen deshalb, dass der hethitische Angriff mit Bravour zurückgeschlagen wurde. Einen Teil der Beute schickte Tuschratta triumphierend nach Ägypten als Geschenk: Streitwagen, Pferde, Sklaven. Natürlich gehen wir davon aus, dass damit die Fronten zwischen den beiden Herrschern geklärt sind.«

»Momentan ist vielleicht euer Eindruck richtig«, entgegnete Eheja, »zumal das hethitische Heer in diesem Jahr an die Nordgrenze ausgerückt ist, um gegen die Stämme der Kaschkäer zu Felde zu ziehen.«

»Verzeiht meine Unwissenheit«, unterbrach ihn Uppija, »von diesen Kaschkäer-Stämmen haben wir noch nichts vernommen. Was hat es mit ihnen auf sich?«.

»Eigentlich sind das nomadisierende Hirten. Aber immer wieder bedrohten und bedrohen sie erfolgreich die hethitische Nordgrenze und fallen in das Reich ein. Die größte Schmach war, dass ihnen sogar die Plünderung der Hauptstadt Hattuscha gelang. Unbegreiflich, wenn ihr die Befestigungsanlagen kennen würdet.«

»Nun, sie müssen Schwachstellen haben, wie könnte eine solche Attacke sonst gelingen?« meldete sich Uppija erneut zu Wort. »Mir ist nicht klar, was von diesen Hirten zu befürchten ist, noch weniger ist mir klar, welches Interesse Schuppiluliuma an ihnen hat. Es gibt doch ausreichend Weideland im Lande Hattuscha, oder?«

»Dazu musst du wissen, dass sie in einer gebirgigen, dicht bewaldeten Region leben und nicht über üppige Weiden verfügen. Ein langer Gebirgsgürtel zieht sich entlang der Nordgrenze und trennt das Reich von Hattuscha vom Dunklen Meer im Norden, das auch das Obere Meer genannt wird. Nur einen Zugang gibt es zur Küste, dort wo der Marassanta, der Rote Fluss, das Gebirge durchbricht und bei der Stadt Zalpa ins Meer mündet. Am Marassanta liegt auch Nerikka, beide Städte geheiligte Orte der Hethiter und immer bedroht von den Kaschkäern, wenn nicht gar in ihrem Besitz. Aber das ist nicht der einzige Grund, weshalb sie im Zaum gehalten werden müssen. Es geht auch um die reichen Holzvorkommen und um Metall: das Geschenk des Himmels lagert – so sagt man – in ihrem Boden.«

Der Zufall wollte es, dass Kija eben in diesem Augenblick zu ihrem Vater blickte und wahrnahm, wie er Uppija mit den Augen ein Zeichen gab und dieser leicht mit dem Kopf nickte. Was hatte das zu bedeuten?

»Sicher habt ihr vernommen zu welcher Meisterschaft es manche Schmie-

42

de in Hattuscha gebracht haben. Sie genießen höchstes Ansehen und einige stammen ohne Frage aus den Kaschka-Ländern. Ich habe dort Waffen, Werkzeuge und Gerätschaften gesehen, von denen ich mir nicht vorstellen konnte, dass man sie herstellen kann, und Kizzuwatna braucht sich da nicht zu verstecken. Unsere Berge sind auch fruchtbar und unsere Schmiede verstehen wahrlich ihr Geschäft.«

Eheja gönnte sich einen Schluck Wein.

Kija beobachtete, dass auch ihre Brüder die Köpfe zusammensteckten. Das wunderte sie allerdings nicht. Es ging um Waffen, die würden immer ihre Aufmerksamkeit erregen. Aber Eheja hatte mit seiner Begeisterung seine gesamte Zuhörerschaft gefesselt. Gerüchte über Waffen und Kriegsgerät kursierten häufig, schwerer war es, gesicherte Informationen zu erhalten, die lebenswichtig sein konnten.

»Für dieses Mal hat Hattuscha jedenfalls die Oberhand über die Kaschkäer behalten und das ohne lange Kampfhandlungen. Der König und das Heer sind sogar in Eilmärschen gleich weiter Richtung Sonnenaufgang gezogen, wo sich weitere Länder beugen und einen Vasallenvertrag akzeptieren mussten. Um aber auf Mittani zurückzukommen. Mein Sohn und ich haben auf unserer Reise hierher Mittanigebiet nur gestreift. Die meisten Informationen erhielten wir vom König in Alalach. Mich wundert, dass ihr offenbar noch nichts davon gehört habt, dass König Tuschrattas Position gar nicht mehr so unangefochten ist, wie es bisher schien.«

Er sah fragend König Idanda an, der aber keine Miene verzog, sondern nur bedeutete: »Fahr fort!«

»Wie man mir sagte, streitet sich Artatama, der aus einer anderen Linie des Königshauses stammt, mit Tuschratta um die Macht. Das schwächt das Land mit Sicherheit und es würde mich nicht wundern, wenn auch Schuppiluliuma die Situation in irgendeiner Form für Hattuscha nutzen wird. Nicht nur in Alalach wird hinter vorgehaltener Hand darüber spekuliert.«

Eheja hatte damit seinen Bericht offenbar beendet, denn er verneigte sich und lehnte sich in seinem Stuhl zurück.

»Nun, ihr Edlen?« wandte sich Idanda an die Versammlung. »Ich denke, ihr teilt meine Besorgnis, dass Gefahr für alle syrischen Länder aufzieht. Hattuscha hat sich stark im politischen Geschehen zurückgemeldet und mir scheint, König Schuppiluliuma wird nicht ruhen, bis er den alten Traum der Hethiter in die Tat umgesetzt hat: die Vorherrschaft nicht nur in Kleinasien, sondern auch in Syrien und womöglich darüber hinaus. Da kann ihm ein schwaches, instabiles Mittanireich nur recht sein. Seine Feinde im Westen, Norden und Osten hat er offenbar zum größten Teil bereits unter Kontrolle gebracht. Es wird die große Frage bleiben, wie Ägypten sich verhalten mag. Eigentlich müsste Pharao Amenophis seinem Verbündeten Tuschratta zu

Hilfe eilen. Bisher hat uns auch Mittani einen gewissen Schutz geboten, vor allem, weil auch unser Kontakt an den Nil hervorragend ist. Jetzt aber laufen wir Gefahr, zwischen den Auseinandersetzungen der Großmächte zermahlen zu werden.«

Eine Pause trat ein. König Idanda erhob sich und trat auf Eheja zu. »Edler Eheja, wir sind dir zu großem Dank verpflichtet für deinen umfassenden Bericht. Mögen deine und unsere Götter ihre schützende Macht auf dich und die Deinen strahlen lassen. Ihr seid uns in Qatna in jedem Haus willkommen.« Der König winkte einige höhergestellte Beamte herbei. »Gebt dem Edlen Eheja das Ehrengeleit!«

Nachdem wieder Ruhe in der Halle eingekehrt war, ergriff Tiru das Wort: »Mir scheinen wahrhaftig böse Wolken aufzuziehen, Edler Idanda.«

Idanda nickte. »Ich wollte in Anwesenheit des Edlen Eheja nicht davon sprechen. Aber ich kann euch nur versichern, dass sich etwas äußerst Drohendes zusammenbraut. Unsere Informanten haben gemeldet, dass Schuppiluliuma Artatama den mittanischen Thron in Aussicht gestellt hat, wenn dafür Tuschratta ausgeschaltet wird. Welche Arroganz! Offenbar ist es für seine Sonne selbstverständlich, dass dies von hethitischen Gnaden vonstatten geht. Aber damit nicht genug. Es wird meines Erachtens ebenfalls mit dem neuen Herrscher in Assur zu rechnen sein. Laut Botenberichten hat er den festen Willen, die mittanische Oberhoheit abzuschütteln und Assur groß zu machen. Er nennt sich bereits König des Landes Assur, das sagt doch viel. Erste Kontakte zu Schuppiluliuma soll es schon gegeben haben.« Idanda machte ein bedeutungsvolles Gesicht.

»Was ist zu tun?«, fragte Uppija. »Was schlägst du vor?«

»Das ist schwer zu sagen. Noch ist die Zeit, in der in diesem Jahr die Waffen sprechen können, nicht abgelaufen. Es kann noch einiges passieren. Wir müssen unsere Erkundigungen auf jeden Fall weiter intensivieren, um möglichst auf dem Laufenden zu sein. Ich denke auch, dass wir die umliegenden Fürsten und Scheichs informieren sollten. Und zwar durch Boten und nicht durch Briefe, um jedes Risiko einer diplomatischen Verwirrung zu vermeiden.«

Der König wandte sich dem nächstsitzenden Schreiber zu und gab ihm einige Anweisungen. In der Halle war es zu einem anschwellenden Stimmengewirr gekommen. Idanda gebot Ruhe, als er wahrnahm, dass Tiru das Wort wünschte.

»Edle, wäre es nicht bedenkenswert, dass die syrischen Fürstentümer die Gelegenheit nutzen und sich endlich wieder zu einer starken Macht zusammenschließen? Die Kämpfe werden Hattuscha und Mittani auf Jahre binden. Mit den Ägyptern stehen wir gut und sie kümmern sich nicht um unsere Angelegenheiten, wenn sie nicht direkt betroffen sind, was heißt, wenn wir nicht pünktlich Holz und andere benötigte Dinge liefern – und das tun wir ja, wir liefern pünktlich.« Tiru sah sich in der Runde um. Beifälliges Gemurmel einiger der Anwesenden erhob sich.

»Ja, warum sollen wir uns immer irgendjemandem unterordnen?«, rief ein Kaufherr.

»Zahlen wir nicht viel zu viel an Schutzgeldern und das auch noch freiwillig?« ließ sich ein anderer vernehmen.

»Mit unseren Ressourcen, Verbindungen und Produkten brauchen wir uns nicht zu verstecken. Immer dieses Kuschen!« rief ein weiterer dazwischen. »Zeigen wir's ihnen allen!«

Der Tumult nahm zu. Es gab offenbar eine größere Fraktion, die Idandas auf Ausgleich bedachte Politik nicht stützte, als dieser und seine Anhänger sich bisher vorgestellt hatten.

»Um im schlechtesten Fall zwischen fünf Fronten zerrieben zu werden?«, brachte Uppija mit seiner durchdringenden Stimme alle zum Schweigen. »Ohne Kampf wird das nicht gehen, das wisst ihr. Mit welchen Waffen, mit welchen Männern wollt ihr kämpfen? Selbst wenn ihr alle höchstpersönlich die Streitwagen besteigen würdet, ist das lächerlich gegen die umgebenden Mächte. Haben die Ägypter nicht ihre Stützpunkte bereits dicht vor unserer Haustür? Und ebenso das Reich von Mittani, sei Tuschratta nun geschwächt oder nicht? Vom Expansionswillen Schuppiluliuma haben wir heute genügend vernommen. Nun kommt noch möglicherweise Assyrien auf den Plan, von Babylonien ganz zu schweigen. Nein, unsere Mittellage spricht meiner Meinung nach eindeutig dagegen, auch nur darüber nachzudenken. Wir würden nicht nur riskieren, die Unabhängigkeit, die wir immer noch genießen, zu verlieren und damit unseren Reichtum, sondern liefen Gefahr, dass unsere Städte in Schutt und Asche gelegt würden. Dann sind wir bestenfalls Vasallen von wem auch immer und entrichten Tribut. Wollt ihr das? Und«, fügte Uppija in Tirus Richtung gewandt provozierend hinzu, »verrate uns, wie eine Vereinigung der syrischen Länder überhaupt zustande kommen soll. Wer von all den Königen wird sich demütig vor einem syrischen Oberherrn beugen und selbst auf diese Würde verzichten? Wer? Soll sich Qatna womöglich unter die Vorherrschaft Amurrus begeben?«

Uppija setzte sich erregt auf seinen Platz. Der angesprochene Tiru zeigte keine Regung.

Idanda stand auf und ging zu Tiru hinüber: »Ich gebe dem Edlen Uppija recht, Tiru, Sohn des Naplimma«, sagte er. »Qatna ist sicher gut beraten, den behutsamen diplomatischen Kurs allen Beteiligten gegenüber weiterzuverfolgen, mit dem wir bisher sehr gut gefahren sind. Auch du, Schwager. Blüht dein Geschäft nicht wie nie zuvor?«

Kija hatte die Zusammenkunft der Edlen zusammen mit ihrer Mutter verlassen. Kija sah ihr an, dass sie sich sorgte. Ihre beherrschte Miene war noch eine Spur ernster als sonst, was in ihrem schönen Gesicht Falten erscheinen ließ. Sie zog Kija zu sich heran und schaute ihr tief in die Augen.

»Du bist plötzlich in meine Arme gesunken. Ist dir schwindelig geworden? Fühlst du dich unwohl?«

Kija hatte den Schrecken vom Morgen schon fast vergessen. Zuviel hatte sie dazwischen vernommen von all den Vorkommnissen, dazu die vielen Namen, die ernsten Gesichter der Anwesenden. Sie fühlte mehr, als dass sie wirklich verstand, wie weitreichend jede Entscheidung für Qatna sein könnte, geradezu schicksalsbestimmend. Deshalb war sie von den drängenden Fragen ihrer Mutter überrascht, aber auch erfreut. Sie fühlte wie selten eine Woge der Zuneigung für ihre Mutter, an der sie so häufig etwas auszusetzen hatte. Gleichzeitig verunsicherte sie die offene Besorgnis.

»Ich habe das manchmal«, sagte sie und versuchte, unbefangen zu wirken, »wenn ein Rauchopfer dargebracht wird und Zedernholz verbrannt wird. Es geht meistens schnell, mir wird leicht zumute, ich schwebe als ob ich wie ein Vogel Flügel hätte und ich träume, obwohl ich denke, ich sei wach. Ich sehe schöne Dinge, aber heute –«, sie stockte.

»Was war heute? Willst du es mir nicht sagen? Du hast etwas gesehen, was dir Angst machte, nicht wahr?«

»Woher weißt du das?«

»Ich habe in deinem Gesicht lesen können. Sag mir, was es war.«

Kijas Augen füllten sich mit Tränen. Iset sah sie nachdenklich an.

»Was ist mit mir?« fragte Kija.

»Ich bin mir noch nicht ganz sicher. Auf jeden Fall nichts, was dich beängstigen muss. Lass mich versuchen, es dir zu erklären. Kija, meine Tochter, du bist in einem Alter, in dem du jederzeit vom Mädchen zur Frau werden kannst.«

Kija nickte matt. Die Mutter hatte ihr die Mysterien der Frauen vor einiger Zeit erklärt. Jedes Jahr im Herbst mussten sich die jungen Frauen, die im Lauf des Jahres zum ersten Mal geblutet hatten, im Tempel der Belet-ekallim versammeln, um im Rahmen des Erntefestes die geheimen Einweihungsriten zu vollziehen.

»Ich vermute, dass deine Einweihung in diesem Herbst erfolgt. Der Übergang in die Erwachsenenwelt bringt viele Veränderungen mit sich. Das sind zum einen die deines Körpers.«

Iset lächelte zärtlich. »Du bist ein schönes Mädchen geworden, mein Schwan. Deine Brüste runden sich. Ich sehe, wie die jungen Männer Qatnas

46

dich bewundernd anschauen. Aber nicht nur dein Körper, auch dein Ka, deine Seele, verändert sich. Sie muss wie dein Körper in den neuen Abschnitt deines Lebens hineinwachsen. In dieser Übergangzeit kann es durchaus vorkommen, dass ein Mädchen wie du, begabt mit Vorstellungskraft, mit Interesse und Wissbegierigkeit, entrückt wird, verstehst du?«

Kija nickte und schüttelte dann den Kopf. »Ja – nein – ich weiß nicht. Dann ist doch alles gut, oder?« Sie blickte ihre Mutter erwartungsvoll an.

»Das kann ich dir nicht recht beantworten. Es könnte nämlich noch einen anderen Grund für deine Wachträume – oder vielleicht sollte ich besser sagen deine Trancezustände – geben und ich halte ihn sogar für wahrscheinlicher. Deine Amme hat mir gesagt, dass du immer wieder lebhaft träumst. Und manchmal, zwar nicht häufig, aber immer wieder, siehst du im Traum wohl auch entsetzliche Dinge. Wenn sie dich weckt, bist du benommen. Du sprichst nicht mit ihr, sondern schläfst schnell wieder ein und merkst nicht einmal, wenn sie dich trocknet oder neu kleidet. Mehrfach hat sie dich am nächsten Morgen gefragt, was in der Nacht war, aber du konntest dich an nichts erinnern. Weißt du, wovon ich spreche?«

»Ja«, sagte Kija, »ich glaube schon. An manchem Morgen fühle ich mich müde und habe das Gefühl, etwas erlebt zu haben, was mich angestrengt hat, aber ich kann mich nicht erinnern, was ich gesehen habe. Es ist nur ein schlechtes Gefühl übrig.«

»Das wirst du noch lernen«, murmelte Iset. »Aber was du bei den Rauchopfern siehst, daran kannst du dich zum Glück erinnern und das, wie du sagst, schon längere Zeit, mehrere Jahre. Deshalb glaube ich, dass du die Gabe des Gesichts hast, die in Ägypten der Gott Chons, der Gott des Mondes, wenigen Auserwählten schenkt.«

Kija sah sie entsetzt an: »Mutter, was bedeutet das?«

»Das bedeutet, dass die Götter dir Dinge, vielleicht auch Ereignisse offenbaren, die andere Menschen nicht sehen können.«

»Auch, wenn sie entsetzlich und schrecklich sind?«

Kija begann zu weinen. Unter Schluchzen erzählte sie: »Ich sah unsere Stadt, die Felder und Weiden, den Orontes und das Große Meer. Es war so wunderbar. Aber plötzlich bäumte sich das Wasser auf, wurde hoch und mächtig und rollte auf mich zu. Ich wollte schreien – mehr weiß ich nicht.« Erschöpft ließ sie ihren Kopf auf Isets Schulter sinken und umschlang die Mutter mit ihren Armen. Weinkrämpfe schüttelten den zierlichen Körper.

Iset versuchte, ihre Tochter zu beruhigen. »Das war heute ein langer Tag mit vielen aufregenden Neuigkeiten, meine Kleine, lass uns morgen weiter sprechen. Du wirst sehen, morgen ist alles nur halb so schlimm. Es ist wichtig, dass du verstehst, welches Geschenk dir zugeeignet wurde. Vielleicht wird es einmal sehr wichtig werden für uns alle und für unsere Stadt, dass du die

47

Gabe zur Seherin hast. Die Götter lieben dich, Kija, und sie bevorzugen dich. Du bist ihre Auserwählte hier in Qatna. Möge es zu unser aller Segen sein.«

◌◌◌

»Möchtest du mitzukommen? Ein Bote hat soeben gemeldet, dass die erwartete Karawane aus Tadmor vor dem Osttor gesichtet wurde.« Akizzi klopfte Talzu auf die Schulter, der sich soeben zusammen mit Eheja, Tiru und Luwaja, dem Herrn des Stadthauses, Vorsteher der Organisation der Kaufherren von Qatna, über einen Stapel fein gewebter Teppiche beugte.

»Seid gegrüßt ihr edlen Herren«, Akizzi kreuzte seine Arme. »Ich möchte euch den jungen Mann hier, den ich nun schon geraume Zeit in diesem weitläufigen Gebäude gesucht habe, entführen. Die Karawane aus Tadmor könnte interessant für ihn sein, bekommt er solch ein Ereignis doch nicht jeden Tag zu Gesicht.« Akizzi zeigte sein unbekümmertes, strahlendes Lächeln.

»Den Göttern sei Dank«, rief Luwaja aus. »Das wurde aber auch Zeit. Der Bote, der die baldige Ankunft ankündigte, ist bereits mehrere Tage hier. Wir fingen an uns zu beunruhigen, weil der Zug überfällig war.«

»Eure Sorge scheint berechtigt zu sein. Ich traf einen Kurier kurz vor dem Haupteingang, wo er nach deinem Aufenthaltsort Erkundigungen einzog, Edler Luwaja. Hätte ich gewusst, wo genau ich euch finden würde, hätte ich ihn hierher mitgebracht. So aber habe ich ihn in dein Kontor gewiesen, wo er dich erwartet.«

»Entschuldigt mich«, sagte Luwaja und wandte sich zum Gehen, »ich werde mich sofort darum kümmern.«

»Nun, was ist? Wollen wir aufbrechen?« wandte sich Akizzi an Talzu. Eheja nickte seinem Sohn zu.

»Gern.«

Sie folgten dem Gewirr unzähliger Räume im Erdgeschoss des Stadthauses, die voll gestopft mit Gütern jedweder Art waren, durchquerten die zentrale Halle, um den langgestreckten Ausgang im Osten zu erreichen. Dann marschierten sie durch die Oststadt mit den vielen unterschiedlichen Handwerkeransiedlungen, bescheidene Behausungen, die sich geordnet nach Gewerken in kleinen, unübersichtlichen Sträßchen verteilten. Talzu hätte sich nicht zugetraut, den Rückweg ohne Akizzis Hilfe zu finden.

»Das ist der kürzeste Weg«, erklärte Akizzi. »Ich möchte jetzt schnellstens wissen, was vorgefallen ist. Der Bote wollte mir nichts sagen. Normalerweise wird die Ankunft einer Karawane mit lautem Tamtam in der Stadt gefeiert. Die Treiber schmücken die Esel mit bunten Bändern oder Blumen vor dem Tor und dann ziehen sie hintereinander durch die Stadt zum Stadthaus.

Einige der Eselstreiber stammen ja aus Qatna, die froh sind nach langer Abwesenheit wieder zu Hause zu sein.«

Mittlerweile hatten sie das Osttor erreicht. Es bestand aus mächtigen Steinquadern, die nach oben ein Kraggewölbe bildeten. Zu beiden Seiten ragten hohe Tortürme auf. Die Wachen präsentierten ihre Lanzen, als sie den Kronprinzen erkannten und ihr Vorgesetzter trat an sie heran. »Mein Prinz, Edler Akizzi«, grüßte er und kreuzte die Arme.

»Wie ich höre, ist die Karawane aus Tadmor eingetroffen.«

»Das ist richtig. Sie lagert vor dem Tor. Der Beauftragte des Stadthauses überprüft noch die Siegelungen.«

»Hast du von einer Unregelmäßigkeit vernommen?«

»Ein Bote erschien vorhin am Tor und hatte eine Eilnachricht für den Edlen Luwaja. Man munkelt, die Karawane sei in einen Hinterhalt geraten und zu Schaden gekommen.«

»Auf qatnäischem Boden?«

»Das weiß ich nicht, mein Prinz.«

»Wer von den Scheichs begleitet die Karawane?«

»Scheich Idrimi müsste das sein, nach den Informationen, die wir aus dem Stadthaus erhalten haben.«

»Das heißt, ihr habt ihn noch nicht persönlich gesehen?«

»Nein, außer dem Boten hat bisher keiner aus der Karawane die Stadt betreten.«

»Ich danke dir.«

Akizzi wandte sich zu Talzu, der die Befragung konzentriert verfolgt hatte. »Das ist nicht ungewöhnlich, dass sie noch vor dem Tor lagern«, beruhigte er ihn. »Der Weg durch die Wüste ist anstrengend und staubig. Es gibt starke Temperaturschwankungen, tagsüber kann es glühend heiß werden. Gerade die letzte Etappe erfordert nochmals Kraft und Geschick, steigt man doch von beträchtlicher Höhe ins Tal des Orontes ab. Wenn dann endlich das Ziel erreicht ist, möchte man die Stadt in Würde betreten. Also wird nochmals gerastet, die Esel werden getränkt und man wartet, bis die Formalitäten erledigt sind. Mich wundert aber Scheich Idrimis Abwesenheit. Ich hätte erwartet, dass er einen Boten an den König schickt, um seine Ankunft zu melden und um die übliche Audienz zu ersuchen. Solange ich im Palast war, ist kein Bote eingetroffen. Es kann natürlich sein, dass er gleichzeitig mit dem anderen Kurier, den ich am Stadthaus traf, aufbrach, dann hätte ich ihn verfehlt. Nehmen wir es als gutes Zeichen! Schlechte Nachrichten sind ohnehin schneller als der Wind.«

Sie tauchten in die tiefe Toranlage ein. Sie bestand aus zwei Kammern, die jeweils durch drei hintereinander liegende, zweiflügelige Tore verschließbar waren. Auch außen erhoben sich flankierende Tortürme. Auf der anderen

Seite warf der Wall schon beträchtlichen Schatten. Nur den oberen Teil des Glacis streifte noch die Sonne. Das ist ein Schutzbollwerk, bei dem man sich klein und ohnmächtig vorkommt, dachte Talzu. Und genau dieses Gefühl war auch bezweckt worden. Wer wohl die Erbauer waren? Wie lange hatte man Lehmziegel und Steine, Kies und Erde aufgeschüttet, um solch imposante Höhe zu erreichen? Wie Ameisen mussten unzählige Arbeiter im Einsatz gewesen sein, um zu guter Letzt auch noch den harten, glatten Verputz auf die steile Böschung aufzubringen. Belagerungsrampen und Widderschildkröten, diese fahrbaren Schutzdächer mit Sturmböcken, oder einfache Sturmleitern, all diese ausgeklügelten Angriffstechniken waren hier wirkungslos, ein Untergraben des Walls unmöglich. Die dreifach gesicherten Tore widerstanden mit Sicherheit jedem Rammbock. Diese Stadt war uneinnehmbar, da war sich Talzu sicher.

Akizzi war mit langen Schritten vorausgeeilt. Talzu riss sich von seinen Betrachtungen los, um den Anschluss nicht zu verlieren. In einiger Entfernung war ein kleines Lager zu erkennen. Drum herum hatte sich neugieriges Volk eingefunden. Ein einzelnes, recht geräumig wirkendes Nomadenzelt war aufgeschlagen, daneben standen geduldig dick bepackte Esel und Maultiere, die als Reittiere dienten. Beim Näherkommen war zu erkennen, dass sie kleine Futtersäcke umgebunden hatten und sich labten, solange ihre Lasten kontrolliert wurden.

Akizzi ging ohne zu zögern auf das Zelt zu, dessen Eingang von zwei Wachen besetzt war. Sie waren von Kopf bis Fuß in lange Gewänder gehüllt, selbst die Gesichter waren verborgen. Talzu fühlte sich bei ihrem Anblick an eine Szenerie erinnert, ohne sie jedoch exakt einordnen zu können. Jeder der beiden hatte einen Bogen umgehängt. In der Gürtung trugen sie ein kurzes Krummschwert und in der Hand eine Lanze, mit der sie den Einlass in das Zelt versperrten, als sich Akizzi und Talzu diesem näherten.

Der Abgesandte des Stadthauses eilte herbei, um Akizzi die Referenz zu erweisen.

»Seid gegrüßt, mein Prinz und ihr, edler Herr.«

»Und auch du.«

»Dir muss eine Eingebung der Göttin gesandt worden sein, dass du dich hierher auf den Weg gemacht hast, mein Prinz. Im Zelt befindet sich Scheich Idrimi. Er hat angeordnet, niemanden außer einem Angehörigen des Königshauses zu ihm zu lassen. Auch hat er untersagt, einen Boten zu senden. Ich persönlich kann mir keinen Reim darauf machen. Jegliches Gespräch mit den Wachen ist an ihren verhüllten Gesichtern und ihrem beharrlichen Schweigen gescheitert. Offenbar darf hier niemand sprechen.« Er neigte sein Haupt und kehrte zu den Eseln zurück.

Der Wortwechsel war im Zelt wahrgenommen worden, denn die Wächter gaben den Eingang auf ein kurzes Kommando aus dem Inneren frei und ließen Akizzi und Talzu eintreten.

»Mein Prinz«, war leise zu vernehmen.

Im dämmrigen Licht war ein einfaches, niedriges Lager in der Mitte des Zeltes zu erkennen. Darauf lag eine Gestalt, die versuchte, sich mühsam aufzusetzen. Akizzi eilte zum Lager.

»Nicht, Scheich Idrimi, bleib liegen! Aber sag mir, was geschehen ist, wenn du kannst.«

Der Scheich sank zurück in die Kissen. Ein Blick von ihm genügte. Es wurden Sitzkissen für die Besucher gebracht und sie bekamen ein scharf gewürztes, duftendes Milchgetränk gereicht. Auf einen weiteren Wink trat ein junger Mann mit einem imponierenden Schnurrbart und dichten schwarzen Augenbrauen heran, der sich verneigte und sich dann ebenfalls auf einem Sitzkissen niederließ.

»Edler Prinz, edler Herr«, begann er. »Mein Vater wird durch meine Zunge zu euch sprechen. Er selbst ist verwundet und bedarf der Ruhe.«

»Verwundet?« rief Akizzi aus. »Wäre es nicht besser, ihn sofort in das Heilhaus bringen zu lassen, damit er alle nötige Hilfe erhält?«

Scheich Idrimi bedeutete mit einer matten Geste, dass er von diesem Vorschlag nichts hielt.

»Dann sollen die Heiler hierher kommen. Sagt mir, welche Art von Verwundung. Lasst mich sogleich einen Boten senden.«

»Schande über uns, edler Akizzi, Prinz von Qatna.« Der junge Nomadenprinz warf sich Akizzi zu Füßen.

»Steh auf, lass mich hören, was vorgefallen ist«, drängte dieser.

Der Sohn der Wüstensteppe sagte: »Vernehmt unsere Verzweiflung. Auf unserem Gebiet und unter unserem Begleitschutz geriet die Karawane auf der vorletzten Etappe kurz nach dem Aufbruch im Morgengrauen in einen Hinterhalt. Die Schurken hatten sich an einer unübersichtlichen Stelle hinter Felsen verborgen und ließen den größten Teil der Esel passieren. Dann umzingelten sie die letzten drei nebst ihren Treibern und den bewaffneten Bewachern, bei denen sich auch der Scheich befand, der die hintere Deckung übernommen hatte. Es ging alles blitzschnell. Die Eselsführer wurden besinnungslos geschlagen, sie sanken zu Boden. Drei Männer führten die Esel zu den Felsen davon, weitere Männer hatten den Kampf mit der Eskorte aufgenommen. Der Scheich und die anderen kämpften wie die Löwen, doch die Überraschung war zu groß gewesen. Sie verloren ihre Waffen, einer wurde erstochen. Der Scheich wurde mehrfach an Armen und Beinen verletzt. Zuletzt erhielt er einen Schlag mit einem Knüppel auf den Kopf, der ihn zu Boden warf und ihm die Sinne raubte – ihm, einem Scheich! Die Bande verschwand so schnell, wie sie aufgetaucht war. Bis wir anderen vom vorderen

Teil der Karawane das Fehlen bemerkten und umgekehrt waren, war es zu spät. Auch dauerte es geraume Zeit, bis wir herausbekommen konnten, was vorgefallen war. Wir haben uns also zunächst um die Verletzten gekümmert, die entlaufenen Ersatz- und Reittiere eingefangen, den Toten geehrt.«

Akizzi hatte sich erhoben. »Lass mich sehen, wie schwer die Verwundungen sind, Scheich Idrimi, und gib mir einen Boten, damit Hilfe kommen kann. Es nützt keinem etwas, wenn du stirbst. Ein solch dreister Überfall auf dem Boden des Landes Qatna kann nicht geduldet werden!«

Der Fürst straffte sich und flüsterte Akizzi zu: »Du hast recht. Dieser Raub muss aufgeklärt und gerächt werden. Gönnt mir nur noch etwas Ruhe, bis ich Kräfte gesammelt habe. Ich kann in dieser Verfassung nicht vor den König treten. Meine Leute versorgen mich gut. Erlaubt, dass wir hier lagern, während die restliche Karawane in die Stadt zieht. Wenn es dem König, meinem Herrn, gefällt, werde ich morgen vor ihm erscheinen.«

Ermattet vom Sprechen sank er zurück auf das Lager.

»Nun gut. Ich will dich nicht zwingen jetzt mit in die Stadt zu kommen, denn ich bin von eurer Loyalität zu Qatna überzeugt. Aber bevor wir den König und den Vorsteher des Stadthauses unterrichten, möchte ich noch wissen: Habt ihr eine Vorstellung, wer den Überfall, der mir klug geplant gewesen zu sein scheint, verübt hat?«

Idrimi und sein Sohn verneinten. »Der Scheich, mein Vater, sagt, dass die Halunken kein Wort gesprochen haben, auch nicht, als sie den einen oder anderen Schlag abbekamen. Gekleidet waren sie wie wir, ungewöhnlich war nur, dass sie ihr Gewand nicht herabhängen, sondern unten um die Beine gewickelt hatten. Sie waren dadurch äußerst behänd.«

Akizzi wollte sich schon zum Gehen wenden, als Talzu sagte: »Darf ich noch eine Frage stellen?«

»Gewiss. Was möchtest du wissen?«

»Was hatten die drei Esel, die von den Räubern mitgenommen wurden, als Last?«

Scheich Idrimi schloss entsetzt die Augen. Sein Sohn antwortete mit bebender Stimme: »Wir haben die Führung und Eskortierung der Karawane ungefähr vier Tagesreisen von hier übernommen, dort wo unser Gebiet beginnt, nachdem von Tadmor der Bote gekommen war und ihre Ankunft für einen bestimmten Tag gemeldet hatte. Wir lagerten zusammen und besprachen mit dem Frachtführer noch am Abend die Reihenfolge der Tiere im Zug. Es stellte sich heraus, dass einige wohl besondere Kostbarkeiten in ihren Sacktaschen führten, ohne dass wir erfuhren, was genau. Auf dem Rücken trugen sie dagegen nur leichte Bündel.«

»Lasst mich raten«, unterbrach ihn Talzu, »das sind die Tiere, die nun fehlen.«

52

Idrimis Sohn nickte und ließ den stolzen Kopf betroffen hängen.

»Wo ist der Frachtführer?«

»Er wartet zusammen mit den Treibern und dem Packmeister auf den Einzug in die Stadt, um Luwaja und all die Auftraggeber zu unterrichten. Wir hatten vereinbart, über das Geschehene zu schweigen, bis wir das Stadthaus erreicht haben, um keinen Aufruhr vor der Stadt auszulösen.«

»Das war klug gehandelt, mein Freund«, sagte Akizzi. »Soweit ich sehe, ist die Karawane bereit, das Tor zu durchschreiten. Ihr bleibt hier, wie besprochen, und erscheint morgen im Palast. Für Scheich Idrimi werden wir eine Sänfte schicken.«

»Ich danke dir, mein Prinz«, Idrimi versuchte sich zum Abschied aufzurichten. Akizzi und Talzu verließen das Zelt.

»Das ist eine üble Geschichte und so ganz undurchsichtig«, sagte Akizzi.

»Was machen wir jetzt?«, fragte Talzu.

»Niemand außer uns beiden weiß bisher genauer Bescheid, was geschehen ist. Sicher sind sie trotz des Boten vor allem im Stadthaus in größter Sorge. In erster Linie sind ja die Kaufherren von dem Verlust betroffen. Da aber der Überfall auf unserem Territorium stattgefunden hat, Leute zu Schaden kamen und auch fremde Kaufleute betroffen sind, fällt das in die Gerichtsbarkeit des Königs. Es muss eine Untersuchung stattfinden, das steht außer Frage. Ich werde auf schnellstem Weg in den Palast zurückkehren, um König Idanda in Kenntnis zu setzen. Am besten schicken wir vom Tor aus einen Boten in das Stadthaus, damit Luwaja zu der Besprechung dazu stößt. Talzu, es tut mir leid, dass unser kleiner Ausflug eine solch unangenehme Wendung nimmt. Das Beste wird sein, wenn du mit dem Boten zusammen in das Stadthaus zu deinem Vater zurückkehrst. Ich möchte dich bitten, über alles Stillschweigen zu bewahren, bis wir klarer sehen.«

Kija hielt sich mit den Frauen im großen Hof der königlichen Gemächer auf. Hier war es angenehm. Sie ließen sich ein gekühltes Getränk schmecken, eine Mischung aus dem Saft von Äpfeln und Wasser, gesüßt mit Honig. Das Eis dazu kam aus den Tiefen des Palastes. Neben der zentralen Brunnenanlage tief im Inneren des Palastes war auch der Eiskeller vor Generationen bei der Erbauung der Königsresidenz in den Felsen gehauen worden. Welche wagemutigen Männer jeden Winter das Eis auf Schlitten von den Gipfeln der Bergen herunter schafften und in den Keller einlagerten, wusste Kija nicht, aber sie war ihnen dankbar.

Die meisten Frauen hatten es sich auf Ruheliegen bequem gemacht, andere beschäftigten sich mit Handarbeiten. Sie webten schmale, farbenfrohe Bordüren, manche stickten. Kija hatte ihre Freundin Ehli-Nikalu neben sich. Es war ein offenes Geheimnis, dass sie in Akizzi verliebt war. Einer Verbindung der beiden stand nichts im Weg. Ehli-Nikalu war die Tochter des Edlen Uppija, Sohn des Akkula, dem Sprecher des Rates, also aus bestem Hause. Allerdings war von Akizzi nicht eindeutig zu sagen, ob sie ebenso hoch in seiner Gunst stand. Er genoss es, von den jungen Frauen angeschwärmt zu werden und scherzte mit allen, ohne sichtlich eine zu bevorzugen, obwohl er längst im heiratsüblichen Alter war.

»Möchtest du gerne außerhalb Qatnas verheiratet werden?« fragte Ehli-Nikalu Kija. »Ich kann mir das gar nicht vorstellen. Wo soll es besser sein als hier?«

»Nun, das wundert mich nicht von dir zu hören, Ehli-Nikalu«, ließ Kijas Amme Taja sich vernehmen. »Das pfeifen ja die Spatzen von den Dächern und die Schwalben verbreiten es in der Welt, dass dich nichts aus Qatna wegtreibt!« Sie lachte. Ehli-Nikalu zog sich scherzhaft eine Sandale vom Fuß und drohte, sie nach der Spötterin zu werfen. Auf die verschlossene Miene von Kija achtete sie nicht.

»Nein, ernsthaft. Nehmt doch mal Ägypten. Wie viele Töchter aus allen Königs- und Fürstenhäusern sind mit den Pharaonen verheiratet worden. Hat man je von ihnen wieder gehört? Nehmt zum Beispiel die Schwester des früheren Herrschers von Babylonien. Nur fünf Wagen kamen aus Ägypten, um die Prinzessin abzuholen. Keiner der babylonischen Gesandten hat sie am Hofe je gesehen, was ja unmissverständlich darauf deutet, dass der Pharao sie in den Harem verbannt hat.«

Ehli-Nikalu schien sich plötzlich darüber klar zu werden, dass sie Gefahr lief, etwas Falsches zu sagen. Sie warf einen vorsichtigen Blick auf Iset, Kijas Mutter, aber diese schlief entweder wirklich oder hatte die Augen geschlossen und ließ sich nichts anmerken. Nun etwas leiser fuhr Ehli-Nikalu fort, sich ihrem Lieblingsthema zu widmen. »Ist es nicht unglaublich, dass der Pharao auch noch eine Tochter von dem König zur Frau haben wollte? Wofür, frage ich mich? Na ja, als Gegenleistung schickte der Pharao wohl reichlich Gold nach Babylon, damit dort ehrgeizige Bauvorhaben durchgeführt werden konnten, sagt mein Vater. Aber sind die Könige von Ägypten und Babylonien nicht gleichrangig? Stellt euch vor: wie nun der Babylonier seinerseits um eine ägyptische Prinzessin freite, erhielt er aus Ägypten eine böse Abfuhr. ›Eine ägyptische Prinzessin wird nie irgendjemand zur Frau gegeben‹, ließ der Pharao ihm schreiben.« Ehli-Nikalu war sichtlich empört. »Das ist doch eine Beleidigung. Gleichzeitig ist deine Mutter der beste Beweis, dass ägyptische Prinzessinnen sehr wohl an fremde Herrscher gegeben werden.«

Kija interessierte sich nicht für diesen Tratsch, der sie ohnehin eher mit Angst erfüllte als unterhielt. Schließlich könnte sie eines Tages selbst betroffen sein, was sich die Freundin wohl nicht klar machte. Sie hing ihren eigenen Gedanken nach. Schon plapperte Ehli-Nikalu weiter: »Na und dann Mittani, das sind Viehzüchter und Bauern, obwohl die Knopfbecher von dort ja sehr hübsch sind mit all diesen niedlichen Vögelchen, Pflänzchen, Rosetten, Flechtbändern und Spiralen. Trotzdem, wenn sie jetzt auch noch zerstritten sind, dann ist das lebensgefährlich. Und nach Hattuscha, in diese Eiseskälte …«. Sie hielt schlagartig inne, weil Akizzi den Hof betrat.

»Ihr edlen Damen, seid gegrüßt. Verzeiht mir, dass ich hier so hineinplatze, aber ich hoffte, den König unter euch zu finden, den ich dringend sprechen muss.«

»Was ist passiert?« Kija war hellwach.

»Es geht um die Karawane aus Tadmor, die heute endlich eintraf.«

»Was ist so Besonderes mit der Karawane? Sie ist doch schon wer weiß wie viele Male eingetroffen.«

»Es soll noch nicht öffentlich werden und ich verpflichte euch zu strengstem Stillschweigen, aber sie wurde überfallen, und das auf qatnäischem Boden.« Akizzi hatte jetzt die Aufmerksamkeit aller Anwesenden auf sich gezogen.

»Ich hole den Vater«, sagte Kija und erhob sich sofort von ihrem Ruhebett. Kurze Zeit später erschien sie wieder im Hof in Begleitung des Königs.

»Du bringst schlechte Nachrichten, mein Sohn?«

»Ja, Vater. Die Karawane aus Tadmor wurde Opfer eines Hinterhalts, es kamen Menschen zu Schaden, ein Toter ist zu beklagen, und es wurden drei Esel geraubt, die mit kostbarer Fracht beladen waren.«

»Das war doch Scheich Idrimis Aufgabe sie zu schützen. Ich habe nichts von ihm bisher gehört.«

»Gerne will ich dir alles berichten, was ich in Erfahrung gebracht habe. Wollen wir aber nicht warten, bis Luwaja, der Vorsteher der Kaufleute, nach dem ich sogleich schicken ließ, hier erscheint, damit wir gemeinschaftlich beraten können, was weiter zu tun ist?«

»Ja, das ist vernünftig. Gehen wir in die Kanzlei, um ihn zu treffen. Wir sollten auch die Hohepriesterin hinzubitten.«

Die beiden Männer verließen den Hof. Akizzi schenkte Ehli-Nikalu ein strahlendes Lächeln, was diese mit Erröten quittierte.

Während die Frauen um sie herum wie ein Schwarm zwitschernder Schwalben darüber spekulierten, was passiert war, grübelte Kija, wie sie die Beratung vielleicht unauffällig belauschen könnte. »Ehli-Nikalu, ich kann dich nach Hause begleiten, wenn du magst«, schlug sie unvermittelt vor.

»Willst du mich los werden? Was ist mit dir? Du bist ja gar nicht bei der Sache, hast du mir überhaupt zugehört?«

Es tat Kija leid, aber das war die einzige Möglichkeit, erst einmal mit der Freundin ungefragt den Hof zu verlassen. Alles Weitere würde sich dann finden. Das Schicksal kam Kija zu Hilfe. Nachdem Ehli-Nikalu murrend ihre Sachen zusammen gepackt und Abschied genommen hatte, hörten sie am Kanzleieingang Männerstimmen. Auch Luwaja war eingetroffen, was nicht zu überhören war. Kija bedeutete der verdutzten Ehli-Nikalu, mit ihr in die Kanzlei zu treten, so dass sie ungesehen zuhören konnten. Doch sie hatte nicht an Akizzi gedacht. Offenbar hatte er etwas vergessen, denn plötzlich betrat er die Kanzlei und sah sich erstaunt den beiden gegenüber. Wie nicht anders zu erwarten, brach er in schallendes Gelächter aus. Er ergriff die jungen Frauen an den Händen und zog sie mit sich in den Hof.

»Mein König, du wirst die Prinzessin von Qatna nicht daran hindern können, aus erster Hand zu erfahren, was in der Stadt, in der Umgebung und in der großen weiten Welt vor sich geht.«

König Idanda blickte seine Tochter nachdenklich an. Sie war ein ungewöhnliches Mädchen. Was war ihr wohl von den Göttern bestimmt? »Nun gut«, sagte er schließlich. »Wenn die Hohepriesterin und der Edle Luwaja keine Einwände erheben, sollen die beiden bleiben, aber schweigen.«

Tage danach war die Aufregung um den Überfall auf die Karawane war etwas abgeebbt. Im Stadthaus ging man den notwendigen Beschäftigungen nach. Zwischenzeitlich waren alle Waren aufgenommen, die Einfuhrzölle berechnet, abgeführt und quittiert worden. Aufträge, die für Kaufherren aus Qatna selbst im fernen Babylonien, in Terqa oder Tadmor durchgeführt worden waren, kamen zum Abschluss. So manche tönerne Auftragstafel wurde zerschlagen, nachdem auch die Handelsagenten ihre Abrechnungen vorgelegt hatten und entlohnt worden waren. Die zum Weitertransport vorgesehenen Waren wurden nach Bestimmungsorten zusammengestellt und auf die entsprechenden Karawanen verteilt. Bevor sie gut verpackt wieder auf die Rücken von braven Schwarzeseln und Maultieren verladen würden, müssten sie noch durch die Siegel der auftraggebenden Kaufherren gekennzeichnet werden. Diese Siegelung diente nicht nur dem Wiedererkennen des Handelsgutes, des Absenders oder des Empfängers, sondern sollte auch sicherstellen, dass es unterwegs zu keinen Unregelmäßigkeiten kam, Waren unterschlagen wurden oder sich Schmuggelgut einschlich.

Eheja hatte – fast immer begleitet von Talzu – vieles bereits eingetauscht, was von Kizzuwatna dann weiter in den Norden gelangen sollte. Vor allem Olivenöl, das er im Auftrag des Palastes von Hattuscha kaufte, aber auch unterschiedliche Aromata für die Herstellung von kostbaren Salben und

Parfüms, Dufthölzer, die überall heiß begehrt waren, schmackhaften Feigensirup und getrocknete Früchte, Stoffe aus Wolle und Leinen sowie fertige Kleidungsstücke, Decken, Teppiche und Häute, einige Schmucksteine, geschnitzte Elfenbeinpaneele, die zur Verzierung von Möbelstücken dienen sollten und vieles mehr. Alles Handelsgüter, die in Qatna direkt produziert oder die hier zwischengehandelt wurden.

Nun fehlte noch die Karawane aus Ägypten. Wenn sie allerdings zu lange auf sich warten ließ, wollte Eheja in Ugarit erneut Halt machen und dort die fehlenden Produkte und Rohstoffe erwerben. Ugarit pflegte wie Byblos regen Austausch mit Ägypten. Regelmäßig legten ägyptische Schiffe an, vor allem an den Hölzern der Levantiner interessiert, die in Ägypten nicht wuchsen, dort aber zum Schiffs- und Hausbau dringend benötigt wurden: schlanke, hohe, wohlduftende Zedern, stabiler Buchsbaum, Halab-Kiefern, würzige Tannen und Wachholder.

Für Talzu waren das harte Arbeitsstunden. Akribisch mussten alle Vorgänge dokumentiert werden. Aus der Heimat waren einige Schreiben eingetroffen, die um den einen und anderen weiteren Dienst nachsuchten. Eheja hatte Talzu von einem Kontor zum anderen geführt, um ihn mit den Abwicklungsgepflogenheiten vertraut zu machen. Das Stadthaus in Qatna hatte zwar nicht die Ausmaße des Königspalastes, aber es war ein riesiges Gebäude mit Hallen, Höfen und ungezählten Räumen, in denen die Kaufherren Qatnas ihren Geschäften nachgingen. Hier gab es gesicherte Lagerhallen für Waren, die trocken liegen mussten. In den Kellern wurde verderbliche Ware gut gekühlt aufbewahrt. Große Vorratsgefäße, die im Boden eingelassen waren, enthielten Wein und Öl. Der gesamte Handel wurde hier abgewickelt: Aufträge notiert, Termine, Fristen, Preise, Kredite, Darlehen ausgehandelt, Absprachen getroffen, Korrespondenz erledigt, die Ladungen der einzelnen Karawanen organisiert, Packer, Treiber, Begleitpersonal für einzelne Stationen angeworben und die terminlichen Durchführungen der Überlandreisen kontrolliert. Talzu dachte immer wieder, wenn er das Stadthaus betrat, er sei in einen Bienenschwarm oder einen Ameisenhaufen geraten, solche Betriebsamkeit herrschte allenthalben.

Eheja und Talzu wurden mit einigen Familien bekannt gemacht, sie wurden zu Gastmählern eingeladen, sie konnten ihrerseits dank der großzügigen Ausstattung durch den Edlen Tiru zu Gegenbesuchen bitten. Ein Handelsvertrag mit dem Haus des Königs, der ihnen viele Einzelaktionen erspart hätte und der vor allem Zugriff auf Waren genehmigen würde, auf die es das Monopol besaß, stand zwar immer noch aus, aber Eheja war zufrieden mit dem Netz, das er Zug um Zug, Tag um Tag erweiterte. Das erforderte Geduld, Geschick, ein freundliches Wesen und gute Kenntnisse, Tugenden, über die Talzu durchaus verfügte, und doch merkte er, wie jeder Tag, den er im Stadthaus verbrachte, ihn Mühe kostete. Immer musste er sich zusammennehmen, um die Regeln der Höflichkeit nicht zu verletzen, Interesse heucheln.

Er wollte seinen Vater keinesfalls enttäuschen, aber er konnte nicht vor ihm verheimlichen, dass er jedes Mal, wenn er mit den jungen Männern im Schwertkampf trainierte oder Akizzi ihn zu einer Fahrt mit dem Streitwagen einlud, aufblühte. Am wohlsten fühlte er sich, wenn er in den Königspalast gerufen wurde, um dort an den Zusammenkünften teilzunehmen, die im Zusammenhang mit dem Überfall auf die Karawane aus Tadmor standen. Er war glücklich darüber, dass sein Dabeisein vor allem von Akizzi gewünscht wurde, als Freund und als Zeuge, wie dieser ihm versicherte. Auch wurden seine besonnenen Überlegungen geschätzt.

Die einzige, die das gelegentlich schnippisch kommentierte, war Kija. Bei ihr wusste Talzu nie so genau, wie sie zu ihm stand. Sie war ein besonderes Mädchen, das war ihm klar geworden. Sie war wunderschön. Sie hatte ein ebenmäßiges Gesicht mit einem etwas dunkleren Teint als die anderen jungen Frauen in Qatna, eine schlanke Nase und aparte, grünschimmernde Augen, die der ihrer Mutter ähnelten und die so schelmisch schauen konnten, aber auch blitzen, wenn sie sich über etwas ärgerte. Dazu eine hohe Stirn, schön geformte Wangenknochen und volle rote Lippen. Das Gesicht war umrahmt von außergewöhnlich großen dunklen Locken, die ihr ungebändigt weit über die Schultern herabfielen. Sie war schlank und hochgewachsen, dadurch wirkte sie einerseits zierlich, fast zerbrechlich und zart, andererseits wusste Talzu, wie behänd und wendig sie war und wie ausdauernd. Nicht nur ihre Schönheit, zog ihn an. Sie hatten eifrige Debatten über die unterschiedlichen Möglichkeiten geführt, wer hinter dem Überfall stecken konnte. Ihr Geist war wach, ihr Verstand flink, sie hatte Freude an den gemeinsamen Überlegungen, das war eindeutig. Immer wieder zog sie ihn damit auf, welch weiser Richter er werden könne, ihm fehle nur noch der lange Bart. Es gab viel zu lachen. Doch dann kamen Tage, da war sie herablassend, kühl, abweisend, ohne recht erkennbaren Grund. Dann fühlte er sich zwar etwas verletzt, aber übel nahm er ihr dieses Verhalten nie. Das wunderte ihn selbst. Wenn er an sie dachte, waren das immer freundliche, wohlwollende, bewundernde Gedanken. Er sprach mit Akizzi über ihre Stimmungsumschwünge.

»Verliebe dich bloß nicht in meine Schwester«, warnte der ihn unter schallendem Gelächter, »du wirst dein blaues Wunder erleben. Sie ist einfach launisch, eine eingebildete Ziege manchmal, viel zu verwöhnt und überhaupt noch ein kleines Mädchen, das nicht weiß, was es will. Da ist mir die süße Ehli-Nikalu tausend Mal lieber! Sie strahlt mich immer an und findet ohne große Diskussionen alles wunderbar, was ich mache. Hast du gesehen, wie sie dahin schmilzt?«

Talzu lachte zu solchen Bemerkungen gutmütig. Er vermutete einen tieferen Grund hinter Kijas Verhalten, der ja vielleicht auch mit ihm zu tun haben könnte. Akizzis Einschätzung konnte er jedenfalls nicht teilen. Er empfand Kija als äußerst anregend, klug, selbstbewusst und durchaus zielstrebig.

An Akizzi schätzte Talzu dessen unbekümmerte Art. Unter den jungen Männer war er unbestritten die Nummer Eins, was Geschicklichkeit, Ausdauer und Mut, vielleicht schon fast Tollkühnheit anbelangte. Und selbst wenn er über die Stränge schlug, hatte er die Lacher immer auf seiner Seite. Die regelmäßigen Ermahnungen des Königs, er habe ein gutes Vorbild zu sein, schüttelte er meistens ab, den unverhohlenen Stolz der Königin auf ihren Erstgeborenen nahm Akizzi dagegen gerne zur Kenntnis. Sympathisch an ihm war, dass er mit den meisten Menschen in gutem Einvernehmen stand, das war für den Kronprinzen von Qatna wichtig. Dass Akizzi aber auch schnell in Zorn geriet und dann sich nur schlecht unter Kontrolle hatte, hatte Talzu zwar beobachtet, er selbst war bisher nie Anlass oder Auslöser dazu gewesen. Der Zorn schien jedesmal schnell zu verrauchen und vergessen zu werden.

Der nächst jüngere Kuari war dagegen ein ganz anderer Typ. Auch er war fröhlich und freundlich, aber lang nicht solch ein Draufgänger wie Akizzi. Schon von der Statur her unterschieden sich die Brüder. Akizzi war muskulös und durchtrainiert, braungebrannt; Kuari eher schmal, aber durchaus drahtig. Der Trennung von staatlichen und wirtschaftlichen Belangen in Qatna folgend, würde Kuari einst die Handelstätigkeiten der königlichen Familie als normaler Edler von Qatna führen, die momentan Akallina, der Bruder des Königs, wahrnahm. Im Gegensatz zu Talzu kam Kuari augenscheinlich seinen Pflichten mit Freude nach, wenn er sich an der Seite seines Onkels im Stadthaus aufhielt. Dort begegneten sich die beiden jungen Männer immer wieder und Talzu beneidete Kuari ein bisschen, der so offensichtlich seinen Platz in der Welt gefunden hatte.

Eine besondere Fähigkeit hatte Kuari im Rechnen entwickelt, was Talzu imponierte, weil er sich selbst vor allem mit dem Umrechnen häufig schwer tat. Kuari wäre der richtige Sohn, dachte er, an ihm hätte Vater seine Freude. Er erinnerte sich an eine Begebenheit. Sie traten Kuari im Kontor der Familie über eine Sandtafel gebeugt bei der Arbeit. Neben sich hatte er einen Abakus und kontrollierte mit Hilfe der kleinen Steinchen, ob er schriftlich richtig gerechnet hatte.

»Hast du denn auch alle nötigen Tabellen, um zum Beispiel zu multiplizieren?«, fragte ihn Eheja.

Er hatte sie! Und auch Listen mit Hohlmaßen, Gewichten, Flächen- und Längenmaßen, die er alle sorgfältig in fein säuberlicher Keilschrift abgeschrieben hatte. »Das meiste kann ich im Kopf erledigen«, sagte er ganz selbstverständlich. »Nur bei schwierigeren Aufgaben, wenn ich zum Beispiel einen Querschnitt berechnen soll, dann nutze ich schon die Tafel.«

»Er wird nicht immer selbst rechnen müssen«, warf sein Onkel ein, »aber er muss später kontrollieren können, was ihm von den Schreibern vorgelegt wird, seien das nun Abrechnungen für Arbeitskräfte oder Berechnungen für Steuern und Abgaben.«

Eheja nickte anerkennend und klopfte dem Prinzen auf die Schulter. »Du bist ein tüchtiger junger Mann.«

Talzu schreckte auf, als er seinen Namen rufen hörte. Er war tatsächlich eingeschlafen an einem solchen Tag wie dem heutigen, am hellichten Vormittag oder hatte er vor sich hingedacht? Schnell ordnete er sein Gewand, gürtete sich und begab sich in die Eingangshalle. Eheja und Tiru erwarteten ihn. Sein Vater warf ihm einen tadelnden Blick zu.

»Wo steckst du? Du wirst nicht vergessen haben, dass wir im Palast erwartet werden. Ich dachte, du würdest schon die Stunden zählen und deine Flügelschuhe tragen. Wir werden heute, wie der Edle Tiru vorgeschlagen hat, die Sänften benutzen. Ich möchte nicht außer Atem vor dem König erscheinen.«

Im Thronsaal hatten sich bereits die meisten Beteiligten eingefunden. König Idanda und seine Gattin Beltum hatten sich zu dieser offiziellen Zusammenkunft auf ihren Thronen niedergelassen, nachdem sie zuvor die entsprechenden Reinigungsriten vollzogen, die Gewänder des Gerichts angelegt und den Göttern geopfert hatten. Der König, dem die Sorge um Gerechtigkeit und die Wahrung des Rechts oblag, war ausgestattet mit den Insignien seiner richterlichen Gewalt: Zepter und Siegelring. Auf einem erlesenen Stuhl hatte Scheich Idrimi seinen Platz erhalten. Ebenso der Oberste des Palastes, der wichtigste Beamte des Königs, weitere Zeugen, alles Teilnehmer der Karawane, dazu Luwaja, Akizzi und Talzu. Der Sitte gemäß waren auch einige Edle hinzu gebeten worden, die gänzlich unbefangen, da von den gesamten Vorfällen nicht informiert, sich ein Bild des Geschehens machen sollten und dem König beratend zur Seite zu stehen hatten. Weitere Personen sollten den korrekten Ablauf des Verfahrens bezeugen. Zu ihnen zählten Tiru und Akallina. Eheja war dazu gebeten worden, weil sein Sohn Talzu beteiligt war.

Mehrere Schreiber protokollierten die Gerichtsverhandlung. Sie hatten im Verlauf der Zeit seit dem Überfall auf die Karawane auf vielen Tontafeln die Aussagen von Scheich Idrimi, seinen Männern, Akizzi, Talzu und einigen anderen notiert. König Idanda hatte sogleich nach Bekanntwerden des dreisten Raubes eine Untersuchungskommission eingesetzt, deren Aufgaben darin bestanden, Spuren zu verfolgen, die Aussagen der Beteiligten gegeneinander abzuwägen und alles Erdenkliche zu erledigen, damit Licht in die gesamte Angelegenheit kam und die verletzte Ordnung dann vom König wieder hergestellt werden könnte. Sie wurde vom Obersten des Palastes angeführt, der auch gleichzeitig der vorgesetzte Beamte der Boten und des berittenen Nachrichtendienstes war.

Die Tatbestände waren einigermaßen klar: Raub von fremdem Eigentum (Esel und der Inhalt ihrer Sacktaschen), Totschlag eines Mitgliedes der Eskorte und Körperverletzung von Begleitern (Untertanen Qatnas und fremde Personen), vielleicht noch Verletzung fremden Territoriums (Gebiet des Nomadenstammes Idrimis, das zum Land Qatna gehört), wenn sich herausstellen sollte, dass nicht Qatnäer die Verbrecher waren. Bisher richtete sich die Anklage gegen Unbekannte, es sei denn, Scheich Idrimi würde der Tat überführt werden. Doch von seiner Illoyalität ging niemand aus. Dazu pflegten er und sein Stamm schon zu lange beste Verbindungen mit Qatna, unter dessen Schutz sie sich begeben hatten. Darüber hinaus war ihr Verhältnis vertraglich geregelt worden.

Wer also steckte hinter dem Ganzen?

Der König eröffnete die Verhandlung mit einer erneuten Anrufung der mächtigen Göttin und der königlichen Ahnen. Dann forderte er den Obersten des Palastes auf vorzutreten. »Sprich, was haben deine Untersuchungen ergeben?«

Der Oberste des Palastes widmete sich zunächst ausgiebig dem Hergang des Überfalls. Dann sagte er: »Fassen wir also zusammen: Die Räuber waren genauestens informiert. Sie wussten, wo sie auf der Strecke zwischen Tadmor und Qatna die Karawane am leichtesten überfallen konnten, sie wussten, wann die Karawane auftauchen und die Schlangenschlucht passieren würde, und sie wussten, wie die Lasten und die Begleitpersonen verteilt waren. Sie waren in jeder Hinsicht gut vorbereitet und sie kannten einen Fluchtweg, der sie und die Beute rasch genug in Sicherheit brachte. Ich kann daraus nur folgern: es muss innerhalb der Karawane einen Verräter geben, der genau über alles Bescheid wusste und der mit den Räubern zusammenarbeitet.«

Ein empörtes Raunen ging durch den Saal. Der Oberste des Palastes bat um Ruhe. »Ich bin noch nicht fertig. Es fehlen noch wichtige Details. Eines davon haben wir noch nicht benannt, obwohl es Hauptgegenstand dieser Verhandlung ist, und das ist die Beute. Man bringe den Frachtführer vor den König.«

Der vor Angst schlotternde Frachtführer wurde hereingeführt und warf sich vor dem König auf den Boden.

»Steh auf«, befahl ihm der Oberste des Palastes. »Was wir von dir wissen möchten, ist: Womit waren die drei geraubten Esel beladen und wem gehörte das gestohlene Gut?«

»Die Karawane wurde in Terqa am Euphrat im dortigen Kontor der Qatnäer Kaufherren zusammengestellt. Ich erhielt genaue Anweisung, mit welchen bereits versiegelten Sacktaschen, Kisten und Ballen der Packmeister und ich die Tiere zu beladen hatten und in welcher Reihenfolge sie geführt werden sollten. Daran haben wir uns während des gesamten Zuges genau gehalten. Es wurde mir bedeutet, dass die hinteren Esel besonders zu schützen seien. Das habe ich den jeweiligen Eskorten, die uns von Terqa bis Tadmor und von Tadmor nach Qatna brachten, auch jedesmal eingeschärft. Was ich sagen will, Herr, ist, dass ich über den Inhalt der jeweiligen Ladungen nicht genau Bescheid weiß. Nur aufgrund meiner Erfahrung kann ich erahnen, was wir transportieren. Genau gibt darüber die Frachtliste Auskunft, die ich dem Edlen Luwaja überreicht habe. Und auch die mitreisenden Handelsagenten der auftraggebenden Kaufherren waren vielleicht über den Inhalt unterrichtet.«

»Wir wollen den guten Mann in Frieden lassen«, sagte der Oberste des Palastes. »Ich wollte nur verdeutlichen, wie umfassend die Vorkehrungen sind, wenn eine Karawane sich auf den Weg macht. Natürlich wurden die Handelsagenten und der Edle Luwaja von mir befragt. Um es nicht weiter spannend zu machen: die geraubte Ladung gehört dem Königshaus, vertreten durch den Edlen Akallina.«

Die Nichteingeweihten waren entsetzt. Der Oberste des Palastes fuhr ungerührt fort:

»Es war der Gegenwert für kostbare Qatna-Gewänder, Zedern- und Buchsbaumholz, Olivenöl und Elfenbein, die letztes Jahr nach Babylonien an das Königshaus geschickt wurden. Und dieser Gegenwert bestand aus Lapislazuli-Steinen, anderen teuren Schmucksteinen, Perlen aus Dilmun, Silber und Gold, insgesamt eine Ladung von 200–240 Talenten. Ich möchte sagen: eine fette Beute, zu fett, um von einem einfachen Handelsagenten und ein paar Nomaden, die sich für einen Raub hergaben, ausgeheckt und durchgeführt zu werden. Wie sollen diese Leute die kostbaren Steine unters Volk bringen ohne aufzufallen?«

»Deine scharfsinnigen Folgerungen seien gepriesen«, sagte Idanda. »Nun enthülle uns das ganze Ergebnis. Wer steckt dahinter und wo ist die Beute?«

»Edler Idanda, beide Fragen kann ich trotz eingehender Befragungen, dem Einsatz unserer ›Ohren‹, die ich bis Terqa ausgesandt habe, und allen erdenklichen Bemühungen nicht beantworten. Ich kann nur einen schrecklichen Verdacht äußern, aber eine andere Schlussfolgerung scheint nicht mehr möglich: Der Drahtzieher muss eine hochgestellte Persönlichkeit in Qatna sein. Vielleicht sind es auch mehrere.«

Lähmender Schrecken breitete sich über die Anwesenden aus.

»Das ist eine schwere Anklage«, ließ sich der König vernehmen. »Prüfe dein Gewissen wohl. Mögen dir die Götter gnädig sein, wenn du dich irrst.«

»Und doch sind die Hinweise erdrückend, mein Gebieter. So eine Tat kann nur jemand planen und durchführen, der Zugang zu den Unterlagen im Stadthaus hat, jemand, der im Fernhandel engagiert ist und der alle Abläufe bestens kennt, jemand, der in der Lage ist, ohne Aufsehen Boten zu schicken und zu empfangen, der Nomaden als Handlanger anwerben kann, aber weiß, dass es keine vom Stamm des Idrimi sein dürfen. Damit sind alle fremden Handelsagenten und Kaufherren, die nach meinen Recherchen dieses Mal zu einem Drittel an der Karawane beteiligt waren, auszuschließen.«

»Das leuchtet mir ein. Aber sage mir, wer soll der Zuträger dieses Jemand gewesen sein? Woher hat er erfahren, dass die zu raubenden Esel an letzter Stelle sein würden, wie konnte er den genauen Termin wissen, an dem die Karawane die Schlangenschlucht erreichen würde? Er ist doch kein Hellseher.«

Auf diese Frage hatte der Oberste des Palastes eine Antwort. »Der Zuträger muss der Bote gewesen sein, der einige Tage vor dem tatsächlichen Eintreffen der Karawane die baldige Ankunft in Qatna dem Edlen Luwaja vermeldete.«

»Nun, so führ ihn vor«, befahl Idanda.

»Das ist unmöglich, denn er ist spurlos verschwunden. Offenbar hat er Qatna verlassen, nachdem er im Stadthaus bei Luwaja vorsprach.«

»War das einer von deinen Leuten, Scheich Idrimi«, fragte Idanda. Doch dieser schüttelte verneinend den Kopf.

»Er war ein Abgesandter des Kontors in Terqa, nicht heimisch in Qatna. Er war beauftragt, die Karawane bis kurz nach Tadmor zu begleiten, was völlig dem normalen Ablauf entspricht. Er verließ sie zu einem Zeitpunkt, als der restliche Verlauf der Reise absehbar war und begab sich nach Qatna. Hier hat er aber nicht nur Luwaja benachrichtigt, sondern wohl auch seinen hiesigen Auftraggeber über die Anordnung der Lasttiere in Kenntnis gesetzt, und dann die Stadt verlassen, sei es um zu verschwinden, sei es mit dem Auftrag, die angeworbenen Nomaden pünktlich loszuschicken oder die Beute in Empfang zu nehmen. Ich weiß es nicht.« Dem Obersten des Palastes war anzumerken, dass ihm die vielen Fragen sehr zu schaffen machten. Am schlimmsten aber war, dass seine Überlegungen und die Rekonstruktion des Gesamtverlaufes einfach nicht von der Hand zu weisen waren.

Der König winkte ihn zu sich heran. »Welche Kaufherren aus Qatna waren außer meiner Familie an der Karawane noch beteiligt?«

»Das waren Uppija, Sohn des Akkula, und Kuwa, Sohn des Palagga.«

»Beide sind über jeden Zweifel erhaben«, erwiderte Idanda und fuhr mit Verzweiflung in der Stimme fort: »Welcher Edle aus Qatna könnte es nötig haben, sich derart zu bereichern? Sagt mir das!«

»Ich kann mir keinen vorstellen«, antwortete der Oberste des Palastes.

»Vielleicht ist das auch gar nicht Sinn und Zweck des Raubes gewesen, ich meine, sich zu bereichern, das eigene Vermögen zu vermehren. Aber noch etwas ist zu sagen: bisher ist nichts aus der Ladung in Qatna aufgetaucht. Das hat nicht zwingend etwas zu bedeuten. Sie kann irgendwo hier versteckt sein und derjenige, der sie hat, wartet geduldig, bis Gras über die Sache gewachsen ist. Ich habe mit meinen Beamten alle Wachen an den fünf Toren vernommen und ihre Notizen überprüft, wer im infrage kommenden Zeitraum die Stadt mit Handelsware betreten hat. Ohne Ergebnis. Auch das hat nichts zu sagen. Das Raubgut könnte mit jedem Lebensmitteltransport in die Stadt eingeschmuggelt worden sein und daraus wäre den Torwachen kein Strick zu drehen. Deshalb kann ich mich nur auf mein Gefühl stützen und das sagt mir: Die Beute ist nicht in Qatna.«

Der Oberste des Palastes schwieg. Alle anderen Anwesenden ebenfalls. Dann verneigte er sich vor dem König und ergriff erneut das Wort.

»Meine Untersuchungen haben außer offenen Fragen, auf die ich zu meinem größten Bedauern keine Antworten zu geben vermag, aber doch zweifelsfrei erbracht, dass den ehrenwerten Scheich Idrimi und die gesamte Eskorte keine Schuld trifft. Sie haben die üblichen Sicherheitsvorkehrungen getroffen, sie haben unter Einsatz ihres Lebens gekämpft und dabei einen Mann ihres Stammes verloren. Sie haben anschließend alles ihnen Mögliche zur Aufklärung des Falles getan. Auch der Frachtführer, der die Verantwortung für die Durchführung des Transportes hatte, ist meiner Ansicht nach vom Vorwurf des Versagens zu entlasten. Dass er oder Scheich Idrimi hinter dem Überfall stehen oder beide gemeinschaftlich diesen geplant und mit den Räubern zusammengearbeitet haben, ist auszuschließen.«

Talzu hatte außer mit Kija auch mit Akizzi mehrfach über die denkbaren Hintergründe des Überfalls debattiert. Akizzi war in der Zwischenzeit der Überzeugung, dass der Raub der Tiere Zufall war. Er meinte, die Räuber hätten eben nicht alle Tiere mitnehmen können und sich deshalb die hintersten gegriffen. Vermutlich wären sie nach dem Öffnen der Sacktaschen außer sich vor Glück über ihre Beute und würden sich bald durch wilde Prasserei und vor allem durch prahlerisches Gerede im betrunkenen Zustand verraten, so dass sie leicht zu schnappen wären. Das war nicht gänzlich von der Hand zu weisen, aber Talzu erschienen die Überlegungen des Obersten des Palastes überzeugend und vollständig logisch zu sein und er grübelte, wer hinter dem Raub stecken könnte und zu welchem Zweck dieser stattgefunden hatte, aber ihm fiel nichts ein. Wer hatte einen Vorteil davon? In seinem Hinterkopf schienen Ereignisse auf, die er glaubte, mit dem Überfall in Zusammenhang bringen zu können: irgendetwas, was er gehört oder gesehen hatte. Aber wann und wo? So sehr er auch nachdachte, es blieb ihm verschlossen.

❧❧❧

Der Sommer breitete seine brütende Hitze über dem Land aus. Was im Frühjahr in den Boden gebracht worden war, stand zum guten Teil zur Ernte an. Talzu fühlte sich nach den Wochen heimisch in Qatna. Er hatte allein oder mit Akizzi, Kuari und Kija, mit denen ihn Freundschaft verband, die Stadt in alle Richtungen durchstreift.

Mit großem Vergnügen hatten Kija und er Dunijo, den Mann aus Mykene, in der Palasttöpferei besucht, wo unter seiner Anleitung Sklaven die dünnwandigen Gefäße auf den steinernen Drehscheiben herstellten, die er und weitere Helfer sorgfältig mit Ornamenten wie Rosetten, Spiralen oder Wellenlinien oder mit Palmen, Lilien und schlanken Gräsern bemalten. Meisterlich ausgeführt waren seine Meereskompositionen. Da tummelten sich Nautilus-Schnecken, Tintenfische, wendige Delphine in einer Wasserwelt voll von Korallen und Seegras. Ton gab es unendlich viel in den beiden Hauptflussbetten im Norden und Westen der Stadt und Dunijo kannte das Geheimnis, wie er das Rohmaterial bearbeiten und mischen musste, damit feinste Vasen, Platten, Schalen, Teller und Trinkgefäße aller Art entstanden, die überall hochbegehrt waren. Selbst einfache Küchenware wurde unter seinen Händen zur Kostbarkeit. Dabei traute man ihm diese Kunstfertigkeit bei der ersten Begegnung nicht unbedingt zu. Er war von kleiner, rundlicher Statur mit kräftigen Gliedmaßen. Besonders seine fleischigen Hände fielen ins Auge. Sein runder Kopf, der nur spärliches Kopf-, dafür aber kräftiges Barthaar aufwies, zeigte ein gutmütiges Gesicht mit flacher Stirn, Knubbelnase, breitem Mund und großen, abstehenden Ohren.

Kija hatte staunend vernommen, dass Talzu einige Brocken Ahhijawisch sprach, die er von Händlern in Tarscha gelernt hatte. »Chaire!«, hatte er Dunijo begrüßt. Dunijo war sichtlich erfreut und lud Talzu ein, häufiger bei ihm vorbeizuschauen, was dieser gerne tat und bei den Besuchen schnelle Fortschritte im Erlernen der Sprache machte. So erfuhr er auch von der abenteuerlichen Geschichte, die Dunijo nach Qatna verschlagen hatte, und die er Kija berichtete.

»Er hat im Palast von Mykene gelernt und später als Meister dort gearbeitet, war verheiratet und hatte Kinder. Aus Gründen, die ich nicht richtig verstanden habe, hat er sich aber irgendwie mit den Herren überworfen. Es könnte etwas mit seiner Frau zu tun gehabt haben oder Dunijo hätte in den Krieg ziehen sollen – ich kann dir das nicht sagen, so viele Worte verstehe ich noch nicht. Jedenfalls mussten er und seine Familie Mykene verlassen, und nicht nur das, sie mussten offenbar ganz aus dem westlichen Ahhijawa verschwinden. Also suchten sie sich ein Schiff, das sie über das Ahhijawische Meer zur Ostküste bringen sollte. Kurz vor dem Festland wurde ihr Schiff von Piraten aufgebracht. So reime ich mir das zusammen. Seither hat er Frau und Kinder nie wieder gesehen.

Er selbst hat wohl nur überlebt, weil er ein so geschickter, aber auch kräftiger Kerl ist. Er wurde nach Kreta verkauft, konnte fliehen, heuerte auf einem Schiff an, das ihn aber nicht zum mykenischen Stützpunkt im Osten namens Millawanda, brachte, sondern zur Kupferinsel, nach Kupirijo, das wir auch Alaschija nennen, und dort wurde er wieder auf dem Sklavenmarkt verkauft. Er kam zu einem Händler, der ihn an einen der Kupferminenbesitzer verhökerte. Die Arbeit in den Minen muss furchtbar gewesen sein, viele Tote, die einfach rausgeworfen und durch neue Arbeiter ersetzt wurden. Frag mich nicht wie, aber auch von dort konnte er fliehen. Als Ruderer auf einem Kauffahrerschiff ist er über das Große Meer gekommen. Dem Eigentümer war es gleichgültig, dass er entlaufener Minensklave war. Er ließ ihn in Ugarit sogar gehen. Von dort hat er sich der erst besten Expedition angeschlossen und so kam er nach Qatna und bot seine Dienste als Töpfer an.«

»Und seine Familie?«, fragte Kija.

Talzu zuckte mit den Schultern. »Er teilt das Schicksal von vielen Menschen, die einfach aus ihrem normalen Leben gerissen werden. Ich weiß nicht, ob das richtig ist, aber wie willst du das ändern? Sklaven werden überall gebraucht. Und hier ist er beinahe ein freier Mann, oder?«

»Ich kann mir nicht vorstellen, dass Vater ihn wieder gehen lassen würde. Weißt du wie teuer Waren aus Ahhijawa sind? Er hat in den wenigen Jahren, die er hier ist, schon so viele Lehrlinge im Töpfern und Malen ausgebildet, dass kein Mangel mehr in Qatna herrscht. Aber Vater sagt, dass er nicht verrät, was er mit dem Ton anstellt, wie er ihn mischt und was er alles hineinmengt, damit dieser so fein wird. Ebenso wenig hat er verraten, womit er die Gefäße überzieht, damit sie glänzen oder nicht glänzen und auch beim Reinigen nicht kaputtgehen. Damit hat er doch ein hervorragendes Unterpfand. Er lebt hier sehr gut, hat Dienerschaft und hohes Ansehen. Meinst Du, er möchte fliehen? Hat er etwas zu Dir gesagt?« Talzu verneinte.

Sie machten Ausflüge in die nähere Umgebung, durchstreiften die fruchtbaren Ackerebenen in dem flach eingesenkten Nebental des Orontes. Hier mündeten mehrere von Süden nach Norden fließende Zubringer in die Orontes-Aue. Der größte, der die Stadt westlich passierte, führte wie der Orontes selbst im Sommer Wasser, in dem die Kinder herum planschen und das einfache Volk sich reinigen konnten. Dort wurden viele Arbeiten erledigt, nicht nur gefischt oder Wäsche gewaschen. Das Wasser war wichtig für die Herstellung der unzählbaren Lehmziegel, die ständig in der Stadt benötigt wurden. Es war notwendig für die Tonvorbereitung der verschiedenen Töpfereien der Stadt, aber vor allem auch für das Gerben von Schaf-, Ziegen und Rindsleder und für die Textilherstellung, einer der wichtigen Erwerbszweige in Qatna. Stoffe und Kleidungsstücke wurden aus Wolle hergestellt, die zumeist von den Schafen der Nomaden stammte, welche in der östlichen Wüstensteppe ihre Herden hielten. Auch einige Bewohner der Stadt besaßen große Herden, die nur saisonal in die Umgebung zum Weiden getrieben wurden. Außer Wolle gewann man Flachs, der jetzt im Sommer geerntet wurde. Aus ihm wurden in mühevollen und zeitaufwändigen Verfahren unterschiedliche grobe oder feinste Stoffe, Seile und Schnüre hergestellt. In den Kontoren des Stadthauses lagen so viele unterschiedliche Stoffarten, dass man aus dem Staunen nicht herauskam. Am aufregendsten waren natürlich die mit Purpur gefärbten Gewänder, die Spezialität von Qatna. Nur dem König war erlaubt, die Farbe herstellen zu lassen Auf Talzus wiederholte Fragen, woraus der Farbstoff gewonnen wurde und wie die Färberei vonstatten ging, erhielt er von keinem seiner Freunde eine Antwort. Es war Kija, die ihm sagte, dass sie darüber bei höchster Strafe nie sprechen dürften und die Herstellung ein sorgfältig gehütetes Geheimnis sei, von dem die wenigsten wussten, vielleicht nur die Arbeiter und einige wenige Mitglieder des Königshauses. Talzu vermutete, dass alles, was damit zusammenhing in dem gesperrten, gut bewachten Viertel im Südosten der Stadt durchgeführt wurde, wo es oft so entsetzlich stank. Was sollte sonst dort geschehen? Höchstens Waffenschmiede konnte er sich noch vorstellen.

Sie besuchten die nahegelegenen Steinbrüche zwischen den lokalen Wadis im Westen, Süden und Osten, wo der zum Bauen benötigte Kalkstein gebrochen und dann weiter zu den Steinmetzen geschafft wurde. Ein Ausflug führte sie erneut in die Wüste zu Scheich Idrimi, der sich von seinen Verwundungen erholt hatte. Die beiden schönsten Erlebnisse waren für Talzu aber zweifelsohne die Reise in das Gebirge zu den gigantischen Zedernwäldern und das Treffen am Fluss, auch wenn beide nicht ohne Konflikte verliefen.

Akizzi hatte Talzu vorgeschlagen, ihn in das nordwestliche Gebirge, das sich im Rücken des Landes Ugarit erstreckte, zu begleiten, wo er die Arbeiten der königlichen Holzfäller kontrollieren sollte. Der Holzhandel war eine weitere wichtige Einnahmequelle für Qatna. Der Bedarf der südlichen, spärlich oder gar nicht bewaldeten Länder, vor allem Ägyptens, war offenbar unerschöpflich. Immer wieder kamen die Briefe mit Bestellungen: »Sendet mir schnellstens Stämme für den Schiffsbau und Holz für die Götterbarken«. Die Ägypter zahlten gut. Seit in Byblos und in Ugarit Vertreter des Pharaos residierten, verlief auch die Abwicklung der Geschäfte im wesentlichen reibungslos. Um den schwierigen und aufwändigen Weitertransport der Hölzer über das Große Meer brauchten die Qatnäer sich nicht zu kümmern. Sie hatten die schweren, hochgewachsenen Stämme nach dem mühseligen Fällen nur noch von den Höhen in die Ebene herabzuschaffen, was aber außerordentlich anstrengend und sehr gefährlich war. Viele Männer und Schlepptiere hatten dabei ihr Leben gelassen.

Akizzi und Talzu waren am frühen Morgen vom Fuß des Berges aufgestiegen, den Schneisen folgend, die die mächtigen Bäume beim Abgang so nach und nach hinterlassen hatten. Sie erreichten nach gut zwei Stunden strammen Marsches den Sammelplatz, wo der Verwalter die Arbeiten koordinierte und die Buchführung auf dem Laufenden hielt. Es war ein herrlicher, klarer Tag, eine Seltenheit, lag doch zumeist die sommerliche flirrende Hitze mit ihrem Dunst über dem ganzen Land. Die beiden jungen Männer beschlossen nach einer kurzen Rast, noch etwas höher hinaufzusteigen, um von dort das imponierende Libanon-Gebirge im Süden sehen zu können. Über ihnen die Wipfel der alten, ehrwürdigen Bäume – Zedern, Kiefern, Buchsbaum –, darüber wölbte sich ein tiefblauer Himmel.

»Ist das nicht paradiesisch schön?«, fragte Akizzi.

Talzu nickte und antwortete ergriffen: »Ich werde nichts von dem, was ich in Qatna erlebt habe, mein Leben lang vergessen.«

»Wir alle haben dich ins Herz geschlossen, Talzu. Lass uns ewige Freundschaft schließen und durch einen Schwur besiegeln. Ich will immer für dich einstehen, wenn du Hilfe brauchst, und ich bitte dich um dieselbe Gunst.« Sie umarmten sich und küssten sich auf die Wangen. Dann blieben sie schweigend in diesem wunderbaren Wald noch ein Weilchen sitzen, jeder seinen Gedanken nachhängend.

Sie waren bereits ein gutes Stück auf dem Rückweg vorangekommen und hielten kurz inne um durchzuatmen, als plötzlich aus dem Nichts ein Pfeil dicht an ihnen vorbeischwirrte und Akizzi um Haaresbreite verfehlte. Sie erstarrten. Talzu dachte sofort an einen Überfall und wollte Akizzi mit sich auf den Boden und in Deckung ziehen, als aus dem Dickicht zwei Jäger auftauchten, die ihrerseits entsetzt zwei Menschen, noch dazu den Kronprinzen von Qatna statt des erhofften Wildes vor sich sahen. Akizzi fand zum Glück schnell seinen Humor zurück, froh und erleichtert, dass nichts Bedrohliches hinter dem Ganzen steckte. Aber zurück in Qatna gab es eine erneute, äußerst ernste Auseinandersetzung zwischen dem König und seinem Sohn.

»Er hat ja recht«, sagte Akizzi später erstaunlich kleinlaut zu Talzu. »Es hätte schief gehen können. Ich war zu leichtsinnig. Ich bin der Kronprinz und habe Verantwortung, die ich nur allzu gerne beiseite schiebe. Aber«, setzte er mit einem eher gequälten Lachen hinzu, »jetzt werde ich ins Joch genommen. Der König hat mir eine Frist gesetzt, in der ich mich für eine Braut zu entscheiden habe. Wirst du die Eheschließung bezeugen, mein Freund?«

Talzu machte sich trotz dieser aufregenden Neuigkeit gleichfalls Vorwürfe. Sein Vater aber geriet in furchtbaren Zorn. »Was fällt dir ein? Ist es nicht genug, dass du dauernd von mir gebeten werden musst, bei der Sache zu bleiben! Dann seid ihr tagelang weg, aber nur, um Unsinn zu machen. Was wäre gewesen, wenn der Kronprinz zu Schaden gekommen oder gar getötet worden wäre? Wie leicht hättest du darin verwickelt werden können. Wer hätte dir geglaubt, dass du nicht dahinter steckst? Du bist trotz aller Gastfreundlichkeit ein Fremder in Qatna. Vergiss das nicht! Vor allem jetzt, wo die Situation sowieso angespannt ist, solange niemand weiß, wer hinter dem Karawanenüberfall steckt. Hast du daran nicht gedacht? Oder wenn es dich getroffen hätte – all meine Mühen wären mit einem Schlag vergeblich gewesen. Und was hätte ich deiner armen Mutter gesagt?«

Nicht lange nach dem Erlebnis in den Bergen wurde Talzu mehr und mehr bewusst, dass sich der Aufenthalt in Qatna langsam dem Ende zuneigte. Die Geschäfte waren im Wesentlichen abgewickelt, auch die Waren aus Ägypten waren zur Erleichterung seines Vaters endlich eingetroffen. Nun hoffte er noch auf den Abschluss des Handelsvertrages, der seine Unternehmungen in Qatna krönen würde. Eheja wäre bei Zustandekommen einer der wenigen, wenn nicht der einzige der Kaufherren in Kizzuwatna, der mit einem solchen Privileg ausgestattet wäre, was die Position seines Handelshauses ungemein stärken würde.

Talzu dachte wenig an diese Dinge, dafür umso mehr an seine Zukunft. Er fühlte sich Qatna ungemein verbunden, hatte er doch den Kronprinzen, den zukünftigen Königs von Qatna zum Freund. Wie gerne würde er hierbleiben! Aber das war nicht nur Akizzi, der diesen Wunsch übermächtig entstehen ließ. In seinem Herzen wusste er genau, warum – Kija! Und genauso wusste er, dass sie der Grund war, wenn er und Eheja Qatna so schnell wie möglich verließen. Von Tag zu Tag wurde es schlimmer, mit jeder Begegnung intensiver. War das Liebe, was er für sie empfand und keinesfalls empfinden durfte? Wie konnte er sich nur einbilden, dass sie sich für ihn interessierte? Was sollte sie an ihm finden? Er hatte sich bisher nicht bewährt, hing von seines Vaters Wohlwollen ab und war nicht Manns genug, seine eigenen Pläne durchzusetzen. Aber nicht nur all das quälte ihn. Er war klug genug, um zu erkennen, dass sein Hoffen von vornherein ohnehin vergeblich war: sie war die Tochter eines Königs und damit im Rang weit über ihm. Er musste sie sich so schnell wie möglich aus dem Kopf schlagen, sie umgehend vergessen. Aber je mehr er sich darum bemühte, desto mehr beschäftigten sich seine Gedanken und sein Sehnen mit ihr.

Im Palast drehte sich alles plötzlich um Akizzis Hochzeit. Er entsprach dem Wunsch des Königs und der Königin und entschied sich in der gesetzten Frist für Ehli-Nikalu, Tochter des Edlen Uppija, und warb um sie bei ihrem Vater. Idanda und Uppija handelten einen Ehevertrag aus, der mit einem Festmahl im Haus des Uppija zum Abschluss kam. Bei dieser Gelegenheit salbte Idanda nach altem Brauch das Haupt der Braut mit duftendem Öl. Er überbrachte dem Brautvater kostbare Gaben – Stoffe, Edelsteine, Elfenbein-arbeiten –, die Uppija feierlich in Empfang nahm. Damit waren Ehli-Nikalu und Akizzi nun offiziell versprochen. Beim nächsten Neumond sollte die Hochzeit sein.

Kija wusste nicht richtig, ob sie sich freuen oder traurig sein sollte, war doch Ehli-Nikalu ihre beste Freundin, obwohl sie so unterschiedlich waren. Nun würde deren Traum sich erfüllen. Sie würde Akizzis Frau, die Mutter seiner Kinder und später Königin von Qatna werden. Aber würde sie Ki-jas Freundin bleiben? Dann traf sie zufällig bei einem offiziellen Anlass im Stadthaus mit Talzu zusammen.

»Du siehst so ernst aus, Kija, machst du dir Sorgen, geht es dir nicht gut?«

Kija sah ihn überrascht an. Er war der erste, der sich in letzter Zeit auf diese einfühlsame Weise nach ihrem Befinden erkundigt hatte. Aber mit all diesen Menschen um sie herum konnte sie ihm keine Antwort geben. Womöglich fing sie noch an zu weinen.

»Komm heute eine Stunde vor Sonnenuntergang ans Westtor, aber so, dass man dich nicht erkennt«, flüsterte sie ihm zu, wandte sich um und verschwand in der Menge.

Die Aussicht sie zu treffen, noch dazu auf so ungewöhnliche und geheim-nisvolle Weise, ließ Talzus Herz wild klopfen. Er kehrte in Tirus Wohnsitz zurück. Bis zur ausgemachten Stunde war noch sehr viel Zeit, viel zu viel Zeit. Talzu beruhigte sich etwas und überlegte, wie er sich unkenntlich ma-chen könnte. Doch dann erschien ihm eine Verkleidung albern. Schließlich konnte ihm niemand verbieten zum Westtor zu gehen. Eine Vorstellung von Kijas Plänen hatte er nicht. Er entschied sich also für ein schlichtes, dunkles Leinengewand, das er ohne Hilfe anlegen konnte. Er nahm noch ein großes Tuch mit und verließ das Haus.

Anstatt den kurzen Weg durch die Stadt zum Westtor zu nehmen, spa-zierte er zum Nordtor hinaus. Dort waren sein Vater und er vor Wochen in Qatna eingetroffen. Was alles war in der Zwischenzeit geschehen? Was

war mit ihm geschehen? Er fühlte sich sicherer, gereifter. Plötzlich überkam ihn die Gewissheit, dass er seinen Weg machen würde, auch gegen den
Willen der Eltern. Das Leben war herrlich. Er schlang sich das Tuch nach
Nomadenart um den Kopf, so dass es auch den Nacken bedeckte und er
das Gesicht verhüllen konnte. Es war früh am Nachmittag. So entschloss
er sich, die Stadt zu umrunden. Er passierte das Nordosttor, wo die Straße
nach Emar und zum nördlichen Euphrat ihren Ausgang nahm, und erreichte
das Osttor. Diesmal war weder eine Karawane eingetroffen, noch ein Zelt
aufgeschlagen, aber es herrschte geschäftiges Treiben auf dem freien Platz
vor dem Tor und zwischen den eher armseligen Hütten, die nicht nur hier,
sondern rings um die Stadt angesiedelt waren. Von seinem Standort aus hatte
Talzu einen guten Blick auf die von Norden nach Süden verlaufende Ge-
birgskette, die das Tal des Orontes von der östlichen Hochebene trennte. Am
Hang zogen sich ziemlich weit Terrassen hoch, die alle landwirtschaftlich
genutzt wurden. Das war ihm alles nun vertraut. Im Süden erstreckten sich
große Palmenhaine, aber auch unterschiedliche Obstbaum- und Weingärten.
Dazwischen zogen sich Felder und Äcker, auf denen Gemüse, Gerste und
anderes Getreide reifte, durchbrochen von einfachen Gehöften. Der Rest
wurde als Weideland für Rinder, Pferde, Maultiere und Esel genutzt. Talzu
pflückte ein paar Feigen und ließ sie sich schmecken. Als er am Westtor
anlangte, war es später Nachmittag. Das Licht fiel golden auf die Stadt.

Hier, am wichtigsten Tor der Stadt, herrschte noch größere Betriebsamkeit
als an den anderen Durchgängen, weil hier der Weg vom Großen Meer im
Westen, vom Orontes und von der Furt des Qatna-Flusses endete. Zahllose
voll beladene Karren mit Gemüse, Futter, Wolle, gegerbtem Leder und Menschen drängten in die Stadt, andere wollten hinaus, dazwischen Fußgänger,
Esel, Berittene. Talzu folgte dem Strom in die Stadt und blieb in Tornähe
stehen. Er sah sich verstohlen um, unsicher, wer ihn von den Palastdienerin-
nen oder -dienern erwartete und wohin er geführt werden würde. Er kannte
niemanden der Umstehenden. Er wechselte die Seite, lehnte sich an die
Mauer und wartete.

»Folge mir«, zischte eine heisere Stimme plötzlich direkt neben ihm. Eine
dicht verschleierte Frau tauchte vor ihm auf. Ehe er ihr etwas erwidern konnte, setzte sie sich in Bewegung und ging zu seiner Überraschung nicht weiter
in die Stadt hinein, sondern durch das Tor hinaus und zum Fluss hinunter.
Sie folgte zügig einem Pfad, der von der Furt aus nach Süden führte, bis zu
einem Hain direkt am Wasser. In ihm verborgen war ein Verschlag.

Aus den Schleiern erschien Kija, augenscheinlich recht zufrieden mit ihrer
Aktion. »Da staunst du?«, begrüßte sie ihn forsch. »Die jüngeren Brüder
und ich haben vor Jahren hier als Kinder gespielt. Ich hab diesen Ort immer gemocht und komme manchmal her, wenn ich unbedingt alleine sein

möchte. Verstehst du das? Ich weiß, dass es sich für mich nicht schickt, aber ich finde die Vorstellung, dass ich mich frei bewegen kann wie jeder andere, befreiend.«

Sie sah ihn ernst an: »Wir teilen jetzt ein weiteres Geheimnis, du und ich, du wirst mich nicht verraten?«

»Das verspreche ich Dir, Kija, niemals«, antwortete Talzu feierlich. »Nun sag mir, was ist los?« Talzu ließ sich an der Böschung nieder und Kija folgte seinem Beispiel. »Was bedrückt dich? Ist es nicht gut und richtig, dass Akizzi heiratet?«

»Doch, natürlich. Sogar höchste Zeit, sagt seine Mutter. Es ist nur so, dass sich damit allerlei verändern wird und ich weiß nicht wie. Das macht mir Angst. Akizzi und Ehli-Nikalu werden einige Räume im Obergeschoss der königlichen Gemächer beziehen. Sie werden gerade hergerichtet. Ich kann mir nicht vorstellen, wie Ehli-Nikalu sein wird in Zukunft. Sie wird den Schleier der verheirateten Frau außerhalb des Hauses tragen, sie wird Kinder bekommen und bestimmte Pflichten haben als Frau des Kronprinzen.«

Kijas Stimme wurde immer leiser bis sie sagte: »Aber sicher wird sie nicht mehr meine Freundin sein können, so wie bis jetzt, mit der ich über alles reden konnte. Gut, sie hat keine Freude daran viel zu lernen, nur das Nötigste, und sie interessiert sich für Dinge wie Kleidung oder Schmuck, die mir nicht so wichtig sind. Aber wir haben viel gelacht zusammen, machten uns oft über Leute lustig, unterhielten uns über junge Männer oder irgendwelche komischen Tanten und Onkel. Wir konnten uns aufeinander verlassen. Wir haben auch unsere Sorgen miteinander geteilt. Sie verträgt sich zum Beispiel nicht sonderlich gut mit ihrem Vater, der oft an ihr herumnörgelt. Und ich, ich hab mich oft bei ihr über Akizzi beschwert, wenn er mich wieder mal nicht ernst genommen hat oder einen seiner Wutanfälle bekam. Und ich habe mich über die Königin bei ihr beklagt und mich ausgeheult, wenn sie meine Mutter oder mich gemein behandelte, und nun wird sie seine Frau und ihre Schwiegertochter, sie schuldet ihm und ihr Gehorsam in Zukunft, verstehst du? Es kann nie mehr so sein wie früher.«

»Vielleicht ist es einfach Zeit, dass du auf deinen eigenen Füssen stehst. Ich könnte mir vorstellen, dass ihr später, wenn sich alles eingependelt hat, eure Freundschaft fortführen könnt, wenn sie dann auch anders ist als bisher.«

»Pah, du redest wie meine Amme. Sie sähe am liebsten, wenn ich auch gleich in die Ehe gegeben würde. Dann kann ich mit Ehli-Nikalu zusammen dasitzen und Handarbeiten machen und warten, dass mein Mann mich ruft. Aber dazu habe ich keine Lust und ich wüsste auch nicht, wer das in Qatna sein sollte – keiner.«

»Sag mal ehrlich, was du machen willst? Wie soll denn dein Leben ausse-hen?«

»Das weiß ich nicht«, erwiderte sie heftig, »aber so auf jeden Fall nicht.«

»Kija, jetzt beruhige dich. Ich würde dir gerne helfen, aber ich habe keine Ahnung, was ich machen kann.«

»Ich will mich gar nicht beruhigen und du sollst mir auch nicht helfen.« Kija sah ihn zornig an. Ihre Augen funkelten. »Hast du überhaupt eine Vorstellung, was ich als Prinzessin von Qatna für Aussichten habe? Das Wahrscheinlichste ist, dass ich im Harem irgendeines Königs als Unterpfand für einen Vertrag, ein Schutzabkommen oder sonst was lande und das, obwohl mich mein Vater liebt. Und jetzt wäre das womöglich sogar die beste Lösung, wenn die Königin von Ehli-Nikalu erfahren sollte, was ich über sie denke.«

Talzu schwieg und blickte an Kija vorbei auf das strömende Wasser. Er hätte sie so gern in diesem Augenblick in die Arme genommen, um sie zu trösten, und sie sah so hinreißend aus in ihrem Zorn. Doch der Augenblick verflog.

Kija presste ihre Lippen aufeinander. Talzu legte seine Hand auf ihre Schulter und sagte sanft: »Kija, du bist voll Angst vor der Zukunft – ich auch. Alles ist spannend und gleichzeitig voll Schrecken, weil unsere Wege so vorgezeichnet scheinen. Du wirst die Frau ›irgendeines Königs‹, wie du sagst, und ich übernehme ein stabiles, langweiliges Handelshaus und sitze am Rechenbrett. Aber muss das wirklich so sein? Du und ich, wir haben viel gelernt und können noch viel mehr lernen. Bereits dieses Wissen erhebt uns über die meisten unserer Altersgenossen. Ob wir das nicht einsetzen können? Ich bin jedenfalls fest entschlossen, nach meiner Rückkehr nach Kizzuwatna mein Elternhaus zu verlassen und meine Dienste als Dolmetscher und Gesandter dem König von Hattuscha anzubieten. Kannst du nicht auch etwas mit deinen vielen Gaben anfangen? Du bist klug, schön, mutig, belesen...«, – jeder König müsste sich glücklich preisen, dich zur Gemahlin zu bekommen, wollte er noch hinzufügen, biss sich aber auf die Lippen – kein König sollte sie umarmen, nicht sie! Ihm wurde heiß bei diesen Gedanken. Er zog rasch seine Hand zurück und starrte wieder auf das ruhig dahinziehende Gewässer. Die Sonne stand schon ziemlich tief, die Dämmerung würde bald herein brechen.

Kija richtete sich auf: »Ja du, du bist ein Mann. Ihr könnt euren Wege gehen und euch vom Leben nehmen, was ihr wollt. Uns wird dagegen bestimmt, was wir zu tun haben, wir müssen uns fügen und dürfen nicht einmal klagen. Du kannst leicht daherreden. Sieh dir meine Mutter an ...«

»Sie macht auf mich keinen verbitterten Eindruck, sondern wirkt sehr ausgeglichen, im Gegensatz zu meiner Mutter«, unterbrach sie Talzu.

»Das ist es ja eben, sie ordnet sich einfach unter und ist auch noch zufrieden dabei.«

»Weißt du das denn so sicher?«

»Ich hab noch nie erlebt, dass sie gegen die Königin aufbegehrt.«

»Vielleicht ist sie eine sehr kluge Frau, die gemerkt hat, dass die Königin eifersüchtig auf sie ist.«

»Wie kommst du denn darauf?«

»Ich hatte den Eindruck, dass dein Vater nicht nur dich sehr liebt, sondern auch deine Mutter. Mir ist schon beim ersten Abendessen bei euch, kurz nachdem wir in Qatna angekommen waren, aufgefallen, welch zärtliche Blicke er für sie hat. So schaut er Königin Beltum nie an.«

»Und wenn es so wäre. Das nützt mir auch nichts.«

»Aber Selbstmitleid auch nicht, das ist mir klar geworden. Es lähmt einen nur.«

»Oh, was bist du bloß für ein weiser Ratgeber! Muss ich mich jetzt vor dir verneigen?«, sagte sie und erhob sich. »Wenn du nichts Besseres weißt als solche klugen Sentenzen – darauf kann ich dankend verzichten!«

Sie wollte ihn verletzen und es gelang ihr. Talzu stand ebenfalls auf. Die anfängliche Vertrautheit war verflogen. Ruckartig drehte sie sich um. Dabei rutschte sie und strauchelte. Talzu reagierte sofort und fing sie auf. Für den Hauch eines Moments streifte er mit seinen Lippen leicht ihren Hals. Dann stand sie sicher, er gab sie frei. Sie legte hastig ihre Schleier an und wandte sich wortlos zum Gehen.

Talzu ließ sie ziehen, schaute ihr nach, bis sie in der Dämmerung verschwand. Was hatte er Falsches gesagt? Was hatte sie so verärgert? Immerhin hatte sie sich heimlich mit ihm treffen wollen. Es war ihr Vorschlag gewesen. Also so abstoßend konnte er nicht sein. Oder war er nur gut dazu, dass sie ihr Mütchen kühlen konnte? Verachtete sie ihn, weil er ein Kaufmannssohn war? Er würde es ihr zeigen. Er würde es allen zeigen, wie er sein Leben in die Hand nahm. Er sah ganz klar seinen Weg. Wo immer es ihm möglich sein würde, wollte er vermitteln, Frieden stiften, zerstrittene Parteien wieder zusammenbringen. Wie er allerdings mit Kija wieder zu dem freundschaftlichen Miteinander finden könnte, das war ihm ein Rätsel.

Es war Nacht, als er zum Haus des Tiru zurückkehrte. Den ganzen Weg über hatte er sich den Kopf zerbrochen. Er befasste sich mit seinen Zukunftsplänen und endete doch immer wieder bei Kija. Sie war so temperamentvoll und lebenslustig, und auch so erfüllt von tiefgründigen Gedanken. Er erinnerte sich an ihr Gespräch über die Götter. Es beschäftigte Kija außerordentlich, dass es außer den ihr aus Qatna vertrauten Gottheiten, wo ja vor allem Beletekallim als Herrin der Stadt und des Königshauses sowie die vergöttlichten königlichen Ahnen verehrt wurden, so viele andere gab.

»Weißt Du, ich kann schon verstehen, dass die Götter jeweils etwas Spezielles verkörpern und jede Gottheit ihren eigenen Machtbereich hat, die

Götter der einzelnen Städte und Länder, der Sonnengott, der Mondgott, der Wettergott, die Heilgötter und all die anderen. Manche Götter haben sehr viel Macht, manche weniger. Und unsere vornehmste Pflicht besteht darin, alle Götter angemessen zu versorgen, ihnen reichlich zu opfern, ihnen Hymnen zu singen, zu beten und pünktlich ihre Feste zu begehen, damit sie uns nicht zürnen und uns nicht strafen. Wenn alles zu ihrer Zufriedenheit verläuft, dann sprechen sie auch zu den Priesterinnen und Priestern, immer auf unterschiedliche Art: im Traum, durch Opferschau oder die Deutung gewisser Zeichen. Das ist doch bei euch in Kizzuwatna genauso?«

Talzu nickte.

»Vielleicht sprechen sie auch zu jedem einzelnen von uns?« Kija sah Talzu fragend an, fuhr dann aber gleich fort: »Mir scheint, dass je größer ein Land ist, desto mehr Götter in ihm wohnen.«

Talzu nickte: »Im Land Hattuscha auf jeden Fall. Und keiner darf vergessen werden, das bringt Unglück über König und Reich.«

»Da besteht in Qatna zum Glück nicht so große Gefahr, dass womöglich nicht an alle Götter gedacht wird – davor mögen sie uns selbst bewahren! Aber was denkst du, Talzu, ob es nicht manchmal einfach nur andere Namen sind, aber eigentlich dieselben Götter? Wenn bei euch zum Beispiel eurer Göttin der Liebe geopfert wird, so würde man hier in den Tempel der Belet-ekallim, die auch Ischtar ist, gehen, oder?«

Er gab ihr recht. Das gehörte seiner Meinung nach auch zu einem guten Diplomaten, dass er über all diese religiösen Dinge, die Götter, die notwendigen Rituale und vieles mehr in den einzelnen Ländern genau Bescheid wusste, um nie jemanden zu beleidigen. Er hatte noch viel zu lernen.

Dann hatte ihn Kija ernst angeschaut und verschwörerisch gesagt: »Aber jetzt vertraue ich dir etwas an, worüber du nie und mit niemanden sprechen darfst. Gib mir dein Wort! In der Familie meiner Mutter werden schon auch viele Götter verehrt, aber einer besonders.« Sie erschauerte und sagte ehrfürchtig: »Es ist der Sonnengott Amun-Re. Er hat alle anderen Götter geformt. Er ist der alles überragende, weltumspannende, einzigartige Gott.«

Talzu spürte, dass sie ganz ergriffen von dieser Vorstellung war. Er selbst musste darüber erst nachdenken.

Ach Kija, wie wird nur alles werden? Die Vorstellung jetzt mit irgendjemanden sprechen zu müssen, brachte ihn auf den Gedanken, sich den Göttern anzuvertrauen. Vielleicht wüssten sie ja Rat. Er würde zu ihnen allen beten. Sie würden ihm sicher verzeihen, dass er die zwingend notwendigen Reinigungen nicht vollzogen hatte. So ging er direkt zum Götterschrein in Tirus Palast. Ganz vertieft und so mit sich und den eigenen Gedanken beschäftigt, hatte er die Zeit vergessen. In seinem lächerlichen Aufzug erreichte er sein Zimmer. Er hatte gerade das Kopftuch verborgen, als sein Vater eintrat.

Schweigend standen sie sich gegenüber.

»Was hast du mir zu sagen?« fragte Eheja nach einer Weile. Ein Donnerwetter kurz bevor stand.

»Ich musste nachdenken«, erwiderte Talzu trotzig. Diesmal wollte er nicht kampflos beigeben.

»Aha, nachdenken musste der gnädige Herr! Und das über Stunden. Und natürlich ohne dass irgendjemand weiß, wo. Verabredungen, ach egal, die kann ja ruhig der Alte wahrnehmen, nicht wahr? Was geht mich der ganze Laden an? So denkst du doch. Aber dieses Mal hast du den Bogen überspannt, mein lieber Freund. Ich stehe blamiert da. Auf die Frage, wo denn der Herr Sohn hin verschwunden ist, weiß ich nichts zu sagen. Auf die Bemerkung, bei wem du gelernt hast, solch kuriose Turbane zu winden, ob diese Kunstfertigkeit von deinen neuen Nomadenfreunden stammt, lasse ich die Schultern hängen und meine Lippen schweigen. Warum du zum abgesprochenen Treffen mit Kuari und seinem Onkel nicht erscheinst, ob du unpässlich bist – nicht das erste Mal übrigens –, stottere ich ein mühsames jawohl, unpässlich. Man tauscht Blicke. Der Edle Tiru lädt uns erneut zum Abendessen, aber ich kann ihm nicht sagen, wann du gedenkst zu erscheinen. Alles peinlich, äußerst peinlich. Bist du ein Knabe, der jeder Laune nachgibt und sich nicht im Griff hat? Wie willst du da in Zukunft Verantwortung übernehmen? Haben wir nicht erst vor kurzem nach dem unglückseligen Vorfall im Gebirge mit dem Kronprinz verabredet, dass du dich in den letzten Tagen, die wir in Qatna weilen, zusammenreißt? Hast du mir das nicht in die Hand hinein versprochen? Ich möchte jetzt sofort umfassend von dir wissen, warum du ohne Nachricht das Stadthaus verlassen hast und wo du warst. Antworte mir!«

Talzu sah seinen Vater mit festem Blick an: »Es ist, wie ich sage. Ich war vor der Stadt und musste nachdenken über mich und mein Leben. Dagegen kannst du nichts einzuwenden haben, das wird auch mir erlaubt sein.« Den Kopf hatte er stolz und selbstsicher gehoben und hielt des Vaters zornigem Blick stand.

»Du enttäuscht mich bitter, in jeder Hinsicht, du, mein einziger Sohn.«

Eheja schüttelte resigniert seinen Kopf. »Ich habe dir immer eine viel zu lange Leine gelassen. Vermutlich war es auch ein Fehler, dich hierher mitzunehmen. Das Aus- und Eingehen bei der königlichen Familie hat dir vollkommen den Kopf verdreht. Du denkst wohl, du gehörst auch schon dazu und bist etwas Besseres als ein ehrlicher Kaufherr aus Tarscha.«

Der Vater richtete sich auf und sagte: »Das wird sich alles in Zukunft ändern. Ich habe genug von deinen Extratouren. Sobald wir wieder in Tarscha sind, hat der Müßiggang ein Ende. Du wirst regelmäßig im Kontor erscheinen und alle dir übertragenen Arbeiten erledigen. Auch werde ich mit deiner

Mutter darüber sprechen, welches Mädchen für dich in Frage kommt. Es wird höchste Zeit, dass du dich wie ein Mann benimmst und nicht wie ein Jüngling, dem bange vor seiner Einweihung ist. Hast du mich verstanden?«

Ohne Talzus Antwort abzuwarten, ging Eheja aus dem Zimmer und ließ seinen Sohn wie einen dummen Jungen stehen.

Fein, dachte der. Jetzt habe ich es geschafft, in kürzester Zeit mich mit Kija und meinem Vater zu überwerfen. Ein guter Beginn für die Karriere als Diplomat! Aber das soll mir momentan gleichgültig sein. Sicher ist, dass ich kein Kaufmann werde, ob Vater das nun akzeptiert oder nicht. – Was Kija wohl gerade tut?

Kija war voll Zorn und Enttäuschung davon geeilt.

Das hätte ich mir denken können, dass er mich ebenso wenig versteht wie die anderen. Alle haben schlaue Ratschläge, wie ich mich verhalten soll, aber meine Sorgen und wie ich mich fühle, das interessiert keinen. Tränen rannen über ihre Wangen, aber sie fürchtete, ihre Schleier zu heben und womöglich erkannt zu werden, solange sie in der Weststadt war. Erst in der Nähe des Tempels zog sie die Schleier vom Kopf und rollte sie zu einem Bündel zusammen. Sie näherte sich dem südlichen Palasteingang, als sie ihren Namen rufen hörte. Wie aus dem Nichts tauchte ihre Amme Taja vor ihr auf.

»Kija, Liebling, wo warst du, bei den Göttern?« sagte sie aufgeregt. »Ich warte seit Stunden auf dich. All deine Lieblingsplätze habe ich nach dir abgesucht, nirgends warst du zu finden.«

»Was gibt es denn so Wichtiges?«, entgegnete Kija.

»Du bist aus dem Stadthaus verschwunden, eben als der König nach deiner Gegenwart verlangte. Ich wurde ausgeschickt um dich zu holen, aber du bliebst unauffindbar. Dein Vater ist sehr verärgert, vor allem weil die Königin ihm anschließend Vorwürfe machte, dass er dich zu sehr verwöhne und du seine Langmut schamlos ausnützen würdest. Du musst dich auf Strafe gefasst machen, junge Herrin. Ich hatte einfach keine Möglichkeit dich zu schützen oder eine glaubhafte Ausrede für deine Abwesenheit zu finden, so leid mir das tut. Aber warnen wollte ich dich wenigstens, deshalb laufe ich schon eine ganze Weile zwischen den Palasttüren hin und her, immer in Angst, dich zu verpassen.«

»Sorg dich nicht, dich trifft keine Schuld. Ich habe nicht gedacht, dass man mich vermissen würde. Weshalb ließ der König denn nach mir suchen?«

»Es waren einige Delegationen aus Nachbarländern im Stadthaus und der Gesandte des Königs von Amurru verlangte dich zu sehen.«

»Davon wusste ich nichts, wie dumm. Was soll ich denn jetzt tun? Was rätst du mir?«

»Ich kann dir gar nichts raten, mein Schatz, denn mein Auftrag ist eindeutig. Sobald du auftauchst, sollst du sofort vor dem König erscheinen, ohne auch nur dein Zimmer oder die Baderäume zu betreten.«

Sie passierten die Wachen und eilten durch die Hallen zum königlichen Wohnbereich. Als sie den Hof durchquerten, drückte Kija rasch der Amme ihr Bündel in die Hand: »Bitte, verwahr das für mich«, flüsterte sie ihr zu.

Taja nickte und raunte zurück: »Ich werde für dich zu Belet-ekallim flehen. Sicher wird es dir gelingen, deinen Vater wieder milde zu stimmen.«

Dann hatten sie die Terrasse erreicht. Das Leierspiel brach ab, die Gespräche verstummten, alle Augen richteten sich auf Kija, die am Eingang mit hocherhobenem Haupt stehengeblieben war. Königin Beltum musterte sie von oben bis unten abschätzig und KIja errötete, als ihr bewusst wurde, in welchem Zustand sie war: staubige Sandalen, schmutzige Füße, das Gewand ungeordnet, die Haare unfrisiert.

Der König drehte sich um, erhob sich von seinem Sessel und bedeutete ihr, ihm zu folgen. Obwohl er sie damit zwang, an allen Anwesenden vorbeizugehen, registrierte sie erleichtert, dass er alleine mit ihr sprechen wollte, ohne die Königin, ohne ihre Mutter, von der sie nur einen kurzen Blick erhaschte, gelassen wie immer. Sie folgte dem Vater durch den Speisesaal in den angrenzenden Wohnraum, in dem sich die Familie gerne im Winter versammelte. Von dort aus gelangte man in zwei vorgelagerte Zimmer, die ausschließlich dem König vorbehalten waren, sein privates Refugium, in dem er arbeitete, las, zuweilen auch schlief. Sie waren behaglich und komfortabel eingerichtet und man hatte aus beiden einen wunderbaren Blick über die nördliche Unterstadt. Im hinteren Zimmer gab es auch eine kleine Nische mit Ahnenfigürchen. Hier hielt der König Zwiesprache mit seinen persönlichen göttlichen Beratern. Sehr selten kam es vor, dass jemand Zutritt zu diesen Räumen erhielt. Kija war es als kleines Kind einige wenige Male erlaubt worden, sich ein Weilchen dort aufzuhalten. Sie erinnerte sich jetzt beim Betreten daran, wie sie damals auf seinen Knien saß und vor Freude jauchzte. Nun war ihr ganz und gar nicht nach Jauchzen zumute.

»Setz dich«, wies der König sie an und ließ sich selbst auf einem üppig gepolsterten Stuhl ihr gegenüber nieder. Sie setzte sich steif und aufrecht auf den angebotenen Hocker und senkte leicht den Kopf in Erwartung der Schelte. Aber sie hatte sich getäuscht. Der Vater ergriff ihre Hände und sagte: »Sieh mich an, Kija.«

Nach einer kleinen Pause, in der sie schwiegen und einander in die Augen blickten, sagte Idanda: »Du weißt, Kija, dass du von allen Kindern meinem Herzen immer ganz besonders nahestehst. Nun bist du beinahe eine erwachsene Frau, und ich will versuchen, trotz deines Betragens – nicht nur heute, sondern wiederholte Male –, dich wie eine solche zu behandeln. Ich möchte ein ernsthaftes Gespräch mit dir führen, das dich und deine Zukunft betrifft, bevor wir über die heutige Eskapade sprechen werden.«

Kija sah ihn ungläubig an. Alles Mögliche hätte sie erwartet. Harte Fragen, Vorwürfe, Androhung von Züchtigung oder von anderen Strafen. Darauf hatte sie sich gefasst gemacht. Einem Impuls folgend, wollte sie sich dem Vater zu Füßen werfen und seine Hände küssen. Aber er hatte vielleicht mit dieser Reaktion gerechnet und hielt sie zurück: »Wir fangen erst an!« sagte er, »jetzt hör mir zu, was ich dir sagen will.«

Der König ließ Kijas Hände los und setzte sich bequemer.

»Als meine einzige Tochter bist du die Prinzessin von Qatna. Wenn die Zeichen bei deiner Geburt richtig gedeutet worden sind, so kann es einer zukünftigen Königin tatsächlich nur dienlich sein, über vieles Bescheid zu wissen und zwei und zwei zusammenzählen zu können. Wissen ist Macht, meine Tochter! Doch wie dein Lebensweg verlaufen wird, das entscheiden nicht nur wir, sondern in erster Linie die Götter. Wir haben auf ihre Botschaften und Zeichen zu hören. Du bist eine schöne junge Frau, Kija, und im heiratsfähigen Alter. Es wird viele Männer geben, die von dir träumen und gerne um dich werben würden, denen es aber ihr Stand versagt, nur daran zu denken. So wird dir wohl selbst klar geworden sein, dass du nicht in Qatna bleiben kannst, wenn du heiratest, oder? Es können eben nur Angehörige der höchsten Eliten, Könige oder Prinzen, um dich anhalten.«

Kija nickte.

»Du hast ja an der letzten Ratsversammlung teilgenommen oder dir auf deine recht eigenwillige Art Zugang zu weiteren Informationen verschafft, bist also über die momentane allgemeine Lage im Bilde. Ich erwähne das deswegen, weil wir, auch wenn einige in Qatna anderer Meinung sind, mit dem zunehmenden Druck der Großmächte rechnen müssen. Ich schließe auch kriegerische Auseinandersetzungen trotz unseres Bestrebens um Ausgleich in naher Zukunft nicht aus. Mögen uns die Götter davor bewahren!«

Idanda erhob bittend seine beiden Arme.

»In diesem Fall wird es irgendwann darauf hinaus laufen, dass wir und die anderen levantinischen Staaten gezwungen sein werden, Stellung zu beziehen und uns definitiv für eine der Großmächte zu entscheiden − falls wir überhaupt noch Entscheidungsfreiheit haben und nicht einfach erobert werden. Wie wird sie heißen? Ägypten? Mittani? Hattuscha? Oder womöglich Assyrien, mit dem niemand rechnet? Wird Babylonien still zusehen? Wir wissen es nicht, noch nicht. Verstehst Du, was ich sagen will, Kija?«

»Ich denke ja«, erwiderte sie. »Alles ist momentan unsicher. Aber es könnte irgendwann ein Abkommen notwendig werden. Dann würde ein Unterpfand benötigt, um eine Verbindung, wie geartet auch immer, zu besiegeln. Und dieses Unterpfand wäre ich. So, wie eben meine Mutter hierher kam.«

»Ich freue mich, dass du das erkennst. Noch ist es sicher zu früh dafür, du hast noch nicht einmal die Einweihungen der Jungfrauen durchlaufen. Dennoch – es ist wichtig, dass du vorbereitet bist. Ich würde mich wohl sehr in dir irren, wenn ich nicht glaubte, dass du am liebsten dein Leben frei bestimmen können würdest. Das ist dir aber leider nicht gegeben, dir nicht und uns allen nicht. Ich weiß nicht, ob du darüber schon nachgedacht hast! Wir können uns nur möglichst gut auf unsere Bestimmungen vorbereiten, um nicht überrollt zu werden und schmählich unterzugehen. Du hast deine Pflichten zu erfüllen, den Göttern wie den Menschen gegenüber. Da gibt es kein Entrinnen. Bisher warst du frei wie ein Vogel. Ich weiß wohl, dass ich mich oft habe von dir um den Finger wickeln lassen und das sage ich ohne Vorwurf, denn ich habe es gern getan. Nun bist du kein kleines Mädchen mehr, Kija, auch wenn du es in gewissem Sinn immer bleibst.« Idanda sah sie trotz der Strenge liebevoll an.

»Im Gegenteil. Deine Mutter ist der Meinung, dass du von den Göttern die Gabe des Sehens geschenkt bekommen hast. Ich habe das auch schon gedacht. Was meinst du dazu?«

»Mutter sagte das zu mir, nachdem ich ihr erzählte, was ich am Tag des Rates träumte. Es könne aber sein, dass sie mir wieder genommen wird, nach den Weihen.«

»Das kann nur Schala, die Priesterin der Göttin, sagen. Sollte sich unsere Vermutung bestätigen, so ist der Wille der Göttin zu erforschen, ob dein Weg nicht vielleicht bestimmt ist ihr zu dienen, hier in Qatna. Die Ausbildung zur Priesterin ist hart und oft einsam. Es gibt viel zu lernen, nicht nur, was die Dienste an der Göttin anbelangt und die Auslegung ihrer Botschaften, sondern der Tempel ist zugleich auch das Heilhaus und, wie du weißt, die höchsten Priesterinnen sind in die Beratungen von politischen, militärischen oder wichtigen wirtschaftlichen Entscheidungen eingebunden.

Nun gut. Akizzi wird in wenigen Tagen endlich heiraten. Ich und seine Mutter haben ihm sehr viel Zeit dafür gelassen. Es wird eine junge Frau die Räume des Palastes mit neuem Leben füllen und die Thronfolge sollte in Qatna, so die Götter wollen und unser Haus schützen, gesichert sein. Damit ist es aber auch für dich an der Zeit, deinen Weg zu wählen. Du musst in dich gehen und dir klar werden, was deine Aufgaben sind und wie du sie erfüllen willst.

Bist du dir darüber bewusst, wie außergewöhnlich es ist, dass du zumindest eine gewisse Wahlfreiheit von mir geboten bekommst, Kija? Das entspringt meiner überaus großen Liebe zu dir, meine Tochter. Ich werde auch nicht den Wünschen der Königin folgen. Sie möchte dich auf das Schärfste für dein heutiges unverantwortliches und einer Prinzessin unwürdiges Verhalten – über das ich nicht weiter mit dir sprechen werde – bestraft sehen und sie hätte vermutlich recht mit ihrer Maßnahme. Ich bete zu den Göttern, dass sie dafür nicht eines Tages dich, aber auch mich strafen, wenn ich erkennen sollte, dass ich mich gänzlich in dir getäuscht habe und du dich meiner Zuneigung nicht würdig erweisen solltest.«

Der König legte eine Pause ein, bevor er fortfuhr.

»Ich erwarte von dir in Zukunft, dass du dich der Königin gegenüber äußerst respektvoll verhältst, auch wenn es dir häufig schwer fällt. Gib ihr keine weiteren Möglichkeiten zu berechtigten Klagen über dich! Nimm dir ein Beispiel an deiner Mutter. Sie ist wie du meinem Herzen nahe seit sie nach Qatna kam und meine Gemahlin wurde. Eine kluge Frau, deren Rat ich außerordentlich schätze. Sie hatte damals trotz ihrer jungen Jahre schnell erkannt, dass es schädlich wäre, die Königin zur Feindin zu haben. Da die beiden Frauen sich nicht anfreunden konnten, war Iset immer darauf bedacht, Beltum nie in ihrer Würde zu verletzen. Sie hat sich mit meiner Zuneigung zufrieden gegeben und dafür auf eine Vorrangstellung im königlichen Haushalt verzichtet, obwohl sie eine gebürtige Prinzessin von Ägypten ist. Sie war sogar so weitblickend, dass sie mich bewog, auf weitere Kinder zu verzichten, nachdem du geboren warst, damit es niemals zu einem Streit um den Thron oder gar zu Brudermord käme. Deshalb und um in innerem und äußerem Frieden zu leben, hat sie sich hier eingefügt, unsere Sprache vervollkommnet, uns in feiner ägyptischer Lebensart unterrichtet, aber immer unaufdringlich. Dafür wird sie respektvoll behandelt und in Ruhe gelassen, auch was ihre Religion angeht. Das solltest du anerkennen! Du hast ihr viel zu verdanken. Sie hat dich über Ägypten belehrt, dir Sprache und Schrift beigebracht. Und sie hat dir von den Göttern erzählt, das weiß ich. Aber sie hat nie versucht, eine Ägypterin aus dir zu machen, sondern immer gesehen, dass du eine Prinzessin von Qatna, nein – die Prinzessin von Qatna bist.«

Idanda ließ Kija einen Augenblick Zeit.

»Ich erwarte außerdem von dir, dass du dich von jetzt an deinem Stand und deiner Stellung gemäß verhältst. Prüfe dein Gewissen lieber zwei Mal, bevor du zukünftig zu spontanen Unternehmungen aufbrichst. Ich bin sicher, dass du das meistern wirst. Ich weiß, Kija, dass du Qatna Ehre machen und mich nicht enttäuschen wirst.«

Idanda stand auf und umarmte seine Tochter.

»Nun geh und reinige dich. Bleib heute Abend in deinem Zimmer. Deine Amme wird dich erwarten. Wir beide sprechen uns nach den Hochzeitsfeierlichkeiten wieder. Die Götter seien mit Dir, meine Tochter!«

⨷⨷⨷

Kija sah Talzu erst bei den Hochzeitsfeierlichkeiten wieder. Den ernsten, eindringlichen Worten des Vaters war ein Gespräch mit ihrer Mutter am nächsten Tag gefolgt, das Kija ähnlich beeindruckte wie das Zusammentreffen mit dem König. Zu ihrer eigenen Überraschung war sie nicht so trotzig wie sonst. Sie begann vielmehr, intensiv über alles nachzudenken, war ernst und zurückhaltend. Schließlich hatte sie um Erlaubnis gebeten, die Hohepriesterin Schala im Haus der Göttin aufsuchen zu dürfen. Das war ihr gewährt worden.

Schala empfing sie in ihren privaten Gemächern. Sie nahm sich Zeit für sie. All die Gedanken, Sorgen, Erlebnisse, Vorstellungen brachen aus Kija heraus, die sich in ihr aufgestaut hatten, bis sie erschöpft war. Schala geleitete sie zu einem kleinen Gemach, das sehr schlicht eingerichtet war. Sie wies Kija an, sich hinzulegen. Dann reichte sie ihr ein köstlich duftendes Getränk, das Kija in kleinen Schlucken zu sich nahm. Es schmeckte nach allerlei Gewürzen und mit jedem Schluck fühlte sie, wie ihr leichter ums Herz wurde. Dagegen wurde ihr Kopf immer schwerer. Schala hatte ein Öllämpchen entzündet, das diffuses Licht und aromatische Gerüche verbreitete. Kija erkannte Zedernholz und Lilienduft. Entfernt hörte sie Schala sagen: »Träume, Kija, und versuche dir den Traum zu merken.« Sie fiel in tiefen Schlaf. Die Göttin schwieg.

Von einem stechenden Schmerz im Unterleib erwachte sie, setzte sich auf und verschränkte erschreckt ihre Arme vor dem Leib. Im Zimmer war es dämmrig. Kija atmete tief und regelmäßig, um den Schmerz zu lindern. Plötzlich löste sich der Krampf. Es wurde warm zwischen ihren Beinen. Erschrocken sah sie, wie sich auf dem Lager ein Blutfleck ausbreitete. Gleichzeitig kamen ihr die Tränen. Sie kauerte sich zurück auf das Lager, das Gewand notdürftig zwischen die Beine gestopft und weinte, bis sie erneut einschlief. Die Göttin schwieg auch dieses Mal.

Leise Stimmen weckten sie. Im Nachbarraum hörte sie Schala mit einer anderen Frau flüstern. Der Schmerz war verschwunden. Die beiden Frauen traten zu ihr, als sie hörten, wie sie sich aufsetzte. Kija deutete auf das befleckte Laken.

»Willkommen«, sagte Schala lächelnd. »Willkommen, junge Frau.« Sie beugte sich zu Kija herab und umarmte sie. Dann deutete sie auf ihre Begleiterin: »Das ist Amminaje. Sie wird dich zu den Baderäumen bringen und die Reinigungsriten mit dir vollziehen. Du kannst zunächst noch im Haus der Göttin bleiben, wenn du möchtest. Dann wirst du aber dringend im Palast gebraucht, die Hochzeit steht unmittelbar bevor.« Sie nickte Kija liebevoll zu und verließ das Gemach.

Kija kehrte nach einigen Tagen in den Palast zurück und fügte sich ohne Widerrede in die ihr übertragenen Arbeiten. Sie richtete zusammen mit einigen Kusinen und Dienerinnen das Brautgemach im königlichen Palast her und schmückte es.

82

Zu den Feiern waren auch Eheja und Talzu geladen. Die Festgemeinschaft versammelte sich am Vorabend im Haus des Uppija. Schala und einige andere Priesterinnen und Priester vollzogen die vorgeschrieben Opfer für die Göttin, die königlichen Ahnen und weitere wichtige Gottheiten, um die Brautleute von allen Freveln zu entsühnen. Ehli-Nikalu weihte der Göttin einiges von ihren alten Spielsachen, Gegenstände aus ihrem Mädchenleben, eines ihrer Gewänder und einige Haarsträhnen, um ihr für die vergangenen Jahre zu danken und sie gnädig für ihren neuen Lebensabschnitt zu stimmen. Danach reinigte sich die Braut durch ein kultisches Bad im Kreise ihrer Freundinnen. Ebenso unterzog sich der Bräutigam den Reinigungsritualen.

Am nächsten Morgen brach der große Tag an. Wieder versammelten sich alle in Uppijas Palast. Ganz Qatna schien auf den Beinen zu sein. Nachdem Schala die Leber eines frisch geschlachteten, makellosen Lammes auf günstige Vorzeichen hin untersucht hatte, trat nach erneuten Opfern für die Götter Ehli-Nikalu vor. Sie sah hinreißend aus in ihrem Brautgewand aus kostbarem Leinenstoff, geschmückt mit zierlichsten Stickereien. Die Frauen hatten eine kunstvolle Frisur aus ihren langen schwarzen Haaren gezaubert, in die allerlei Blüten geflochten waren. Akizzi kam gemessenen Schrittes zu ihr und blieb dicht vor ihr stehen. Schala reichte ihm einen duftigen Schleier aus zierlichstem Gewebe. Damit verhüllte er seine Braut vor allen Zeugen und erhob sie durch diesen Akt zu seiner Ehefrau. Ehli-Nikalu empfing aus Schalas Händen einen Kranz, der aus Getreideähren geflochten und über und über mit Früchten und Blüten geschmückt war. Diesen setzte sie Akizzi auf das Haupt. Großer Jubel brach aus und die Gesellschaft begab sich zum Hochzeitsschmaus. Die größte Halle in Uppijas Palast war ausgerichtet worden, um all die Festbesucher zu fassen. Das junge Ehepaar wurde zu seinen Ehrenplätzen geleitet. Nachdem es sich gesetzt hatte, hob Akizzi den Schleier seiner Gemahlin und das Festmahl konnte beginnen. Es wurden die köstlichsten Speisen aufgetragen. Musikantinnen und Musikanten unterhielten die Gäste, Tänzer begeisterten durch ihr Können die Zuschauer. Man feierte ausgelassen.

Kija blickte immer wieder hinüber zu Ehli-Nikalu. Sie wirkte glücklich. Ihre Wangen waren gerötet und sie strahlte. Als sie den Blick bemerkte, winkte sie Kija fröhlich zu und schickte ihr eine Kusshand.

Am Abend geleitete die Festgesellschaft die Braut zum königlichen Palast hinauf. Sie wurde in eine prachtvolle Sänfte gesetzt, die reich mit Blumen verziert war. Fackelträger und Musikanten gingen voran. Beltum und Idanda warteten an der südlichen Palasttür und hießen ihre Schwiegertochter willkommen. Sie reichten ihr Datteln und einen Granatapfel als Symbol der Fruchtbarkeit. Kleine Sesam- und Honigkuchen wurden von Akizzi unter den Begleitenden verteilt. Alle betraten den Palast und warteten in der großen Audienzhalle, bis Ehli-Nikalu allein den riesigen Herd in der Mitte des Raumes umschritten hatte: Jetzt war sie in die Hausgemeinschaft der königlichen Familie aufgenommen. Kija nutzte die Gelegenheit und umarmte Ehli-Nikalu innig. »Willkommen, Schwester«, flüsterte sie ihr ins Ohr.

Bis zu den königlichen Gemächern wandelte das Paar durch ein Spalier von Menschen, die ausgelassen mit Blumen, Nüssen und getrockneten Feigen warfen und Wünsche für reichen Kindersegen ihnen mit auf den Weg gaben. Töpfe wurden zerschlagen, um mögliche, dem Paar übelwollende Dämonen in die Flucht zu jagen. Der Zug endete vor dem Hochzeitsgemach. Dort nahm Akizzi den weißen Schleier seiner Gemahlin ab und reichte ihn seiner Mutter. Er bedeckte Ehli-Nikalu nun mit einem purpurroten Schleier, das Zeichen für die bevorstehende erste Vereinigung der Jungfrau mit ihrem Gemahl und zugleich das Symbol für Qatnas Reichtum. Unter erneut aufbrandendem Jubel zog sich das Paar zurück.

Kija und Talzu hatten bei all dem Trubel kaum Gelegenheit miteinander zu sprechen. Immerhin hatte Kija bei der ersten Begegnung am Hochzeitsvorabend Talzu freundlich begrüßt. Ihr Ärger über ihn war verflogen. Außerdem hatte sie während ihres Aufenthaltes bei Schala erkannt, dass er mit seinem Vorwurf, sie gebe sich dem Selbstmitleid hin, durchaus recht hatte. So nutzte sie eine ruhige Minute, um ihn um Verzeihung für ihr unfreundliches Verhalten zu bitten.

Am Tag nach der Hochzeit wurden die Palasttore weit für jedermann geöffnet. Die Vermählung des Kronprinzen von Qatna sollte ein Freudenfest für alle Untertanen sein. Zahlreiche Abgesandte aus den Orten, die zum Land Qatna gehörten, waren gekommen, ebenso einige Wüstenscheichs, allen voran der treue Idrimi. Auch Fürsten oder ihre Gesandten aus den benachbarten Ländern waren erschienen und wurden im Bankettsaal üppig bewirtet. Unter ihnen war erneut der Legat von Abdi-Aschirta, dem König von Amurru. Kija konnte sich dieses Mal nicht entziehen und musste seinem Wunsch entsprechend vor ihm erscheinen. Ihr Vater stellte sie vor. Er betrachtete sie gründlich, fast unverschämt. Sie fühlte sich wie ein Stück Vieh, das auf seine Tauglichkeit hin taxiert wird. Währenddessen unterhielt sich der König höflich mit ihm, erkundigte sich nach dem Befinden des Königs und seiner Familie und ließ die devoten Antworten über sich ergehen. Der König von Amurru war auf Brautschau und es war naheliegend, dass er in einem der benachbarten Fürstentümer Erkundigungen über die möglichen Kandidatinnen einziehen ließ. Ob das eine Lösung für sie sein könnte? Amurru war nicht weit von Qatna entfernt, aber Abdi-Aschirta musste schon uralt sein, mindestens so alt wie ihr Vater. Kija schauderte und war froh, als sie entlassen wurde.

84

Talzu stand nachdenklich in der Nähe des Südeingangs der großen Halle mitten im Trubel und sog alles in sich auf. Zu seiner Freude sah er Kuari und Kija auf sich zukommen.

»Komm, lass den Kopf nicht hängen«, sagte Kuari, wohl wissend, dass der Freund sich grämte, weil der Aufbruch, der nur wegen der Hochzeit noch ein Mal von Eheja verschoben worden war, unmittelbar bevorstand. »Heute wollen wir fröhlich sein und feiern! Gehen wir ein bisschen den Gauklern zusehen und nachher zur Tafel, was meinst du?«

Die beiden zogen Talzu mit sich nach draußen und er ließ das gerne geschehen. Kija erschien ihm heute wie vor ihrem Treffen am Fluss. Sie plauderten zwanglos miteinander, Kija, neugierig wie gewohnt, fragte ihn nach den Hochzeitsbräuchen in Kizzuwatna. Dazwischen klatschte sie begeistert, weil ihr die akrobatischen Vorführungen so gut gefielen. Schausteller führten ihre Tiere vor. Eine Gruppe Liebesdienerinnen gab einige frivole Lieder zum Besten, begleitet von eindeutigen Gebärden:

„Wie der Apfelbaum unter den wilden Bäumen,
so ist mein Liebster unter den Burschen;
in seinem Schatten begehr ich zu sitzen,
und seine Frucht schmeckt süß meinem Gaumen.“

In der Menge wurde applaudiert und nach weiteren Darbietungen gerufen. Die Damen ließen sich nicht lange bitten:

„Der Schenkin Bier ist süß“, sangen sie, *„ihre Spalte ist süß wie ihr Bier – und ihr Bier ist süß! Und ihre Spalte ist süß wie ihr Geplauder – und ihr Bier ist süß. Ihr Bier ist süß, ihr Bier ist süß.“*

Scherzworte flogen hin und her. Man amüsierte sich aufs Beste.

Talzu ließ sich nach und nach von der guten Stimmung anstecken und vergaß für eine Weile seinen Abschiedsschmerz. Andere junge Männer, die er von den Waffenspielen und Wettkämpfen kannte, und einige von Kijas Freundinnen hatten sich zu ihnen gesellt. Es wurde gescherzt, geneckt, gelacht – wie würde er das alles in Tarscha vermissen. Talzu wurde es wehmütig ums Herz. Als Kija und er zufällig etwas abseits standen, griff er in seine Gewandtasche und holte eine goldene Kette mit einem kleinen Anhänger in Form eines Horus-Auges hervor.

»Kija«, sagte er leise, »ich weiß nicht, ob es noch eine Gelegenheit geben wird, bei der wir uns in Ruhe unterhalten können. Es gibt ja eigentlich auch nichts mehr zu sagen. Aber ich möchte, dass du weißt, dass ich immer an dich, Akizzi, Kuari und all die anderen in Qatna denken werde. Ich möchte dir dieses Amulett geben. Es soll dich vor allem Unheil schützen. Solltest du je in Not geraten und glauben, dass ich dir beistehen könnte, so schick es mir und ich werde auf Adlers Schwingen herbeieilen, wo immer ich auch gerade bin. Wirst du daran denken?«

»Sei nicht so dramatisch, Talzu. Was soll mir denn schon passieren?«, wehrte sie ab. »Aber ich freue mich sehr über dein Geschenk. Es wird mich ewig an dich erinnern und dann werde ich vor Tränen zerfließen, dass ich niemanden habe, vor dem ich mit meinen Weisheiten angeben und mit dem ich herumrechten kann.« Kija lachte, legte dann aber ihre Hand auf seinen Arm und sagte: »Ernsthaft, du wirst uns fehlen, Talzu. Ich danke dir für deine Gabe und ich hoffe, dass ich sie nie an dich zu schicken brauche. Lieber schreibe ich dir – auf Ägyptisch!«

Da war wieder ihr Schalk, den er so liebte. Sie verschwand in der Menge und Talzu glaubte schon, sie hätte den Platz verlassen, als sie plötzlich wieder auftauchte. Verschwörerisch winkte sie ihn etwas näher zu sich heran. »Gib mir deine Hand.« Sie legte ihm etwas in die Hand, das sich wie Stoff anfühlte, dann schloss sie seine Finger darum und flüsterte: »Gleich einstecken und niemandem zeigen.«

Sie ergriff seine andere Hand und zog ihn in den Kreis der Freunde. Gemeinsam gingen alle zurück in den Palast und teilten mit den Neuvermählten das Festessen.

III

Spätsommer 1353 bis Frühjahr 1352 v. Chr.

Die Herbst-Tagundnachtgleiche stand kurz bevor. Die Sonne war im Begriff, den Himmelsäquator von Norden nach Süden zu überschreiten. Bald würde die neue Saat ausgebracht werden und die Regenzeit einsetzen. Das meiste war geerntet, aber die Traubenlese stand noch aus und mit ihr das Herbstfest, das am ersten Tag des Monats ›Der erste Wein‹ begann. Jeder in der Stadt und so auch der Palast bereitete sich auf dieses Erntefest vor, um den Göttern zu danken für die reichen Gaben, die die Erde wiederum hervorgebracht hatte, und ihnen die zustehenden Anteile zum Opfer zu bringen.

Man wartete auf den Vollmond, der den Beginn der religiösen Feiern einleitete. In diesem Jahr erschien der Mond viel größer und näher als sonst. War das ein Omen? Ein gutes, ein schlechtes? Sorgfältig beobachteten die Priester den Himmel. Am Vorabend des Vollmonds stieg König Idanda auf die Dachterrasse des Palastes, während die Hohepriesterin die des Hauses der Göttin betrat. Beide opferten sie den höchsten Göttern Qatnas und erflehten ihren Segen. Auf allen Dächern waren Wohnhütten aus Ästen für die Götter erbaut worden, damit sie während der Festzeit die Stadt mit ihrer Anwesenheit beglückten und in Qatna verweilen konnten, wo immer es ihnen beliebte.

Ebensolche Laubhütten waren am Anfang der Ernte in den Weingärten errichtet worden, in denen die Besitzer und ihre Helfer zur Zeit der Lese hausten, um die Trauben vor gierigen Vögeln zu schützen. Zur Monatsmitte konnte das Fest mit der ›Begrüßung‹ und dem Ausschank des ersten Weines beginnen. Die Häuser wurden mit Weinlaub und Blumen geschmückt, in den Küchen herrschte Hochbetrieb.

Das Herbstfest war ein einziges Schwelgen. Für einen Tag herrschte Überfluss. Es duftete nach gebratenem Fleisch und Fisch, frischem Brot. Unzählige Gemüsegerichte waren zu kosten, frisch, gegart, gebacken oder gekocht, auch Käse in großer Auswahl, Kuchen und Süßigkeiten. Überall verteilt in der Stadt standen Körbe mit frischem Obst. Nicht nur für die Götter wurden viele unterschiedliche Sorten feinster Biere gebraut, sondern auch die Menschen labten sich nach Herzenslust. Außerdem gab es unterschiedliche süße und weniger süße Weine, frisch zubereitete Säfte, Milchgetränke – der ganze Segen wurde an diesem Tag ausgebreitet und genossen. Musikanten spielten, es wurde getanzt und gelacht, um darüber hinweg zu trösten, dass gleichzeitig die jährlich fälligen Abgaben an den Palast zu leisten waren.

Für Kija war das Erntefest in diesem Jahr eine ganz besondere Feier. Sie weilte mit einigen anderen adeligen Mädchen, die im Verlauf des Jahres zum ersten Mal geblutet hatten, bereits seit Tagen im Haus der Göttin, um sich auf die Zeremonien vorzubereiten. Durch sie würden sie endgültig in die Frauenschaft aufgenommen werden. Die Mädchen hatten im Haus der Göttin unterschiedliche Dienste zu verrichten. Täglich waren viele Reinigungen durchzuführen: Waschungen, Fasten und geistige Übungen, zu denen die Priesterinnen sie anleiteten. Dazu kamen Unterweisungen im Heilhaus in den wichtigsten Hilfen bei Frauenleiden, Schwangerschaft und Geburt. Es gab auch Stunden, in denen sie miteinander lachten und plauderten und die Priesterinnen ließen die Mädchen gewähren.

Dann kam der wichtige Abend. Während in der Stadt die letzten Vorbereitungen für das große Erntefest im Gange waren, versammelten sich die Mädchen. Sie hatten den ganzen Tag über gefastet. Nun wurden sie von den Priesterinnen erneut gereinigt. Das war an den Tagen zuvor ein vergnügliches Unternehmen gewesen. Die großen Wannen, die sich in einem wunderbar ausgemalten und zweckmäßig eingerichteten Baderaum befanden, waren mit lauwarmen, mit Duftölen versetzten Wasser gefüllt, in dem die Schar herumplantschen und sich gegenseitig begießen konnte. Doch heute verstummte das Lachen. Alle schwiegen und ließen die Waschung mit großem Ernst über sich ergehen.

Kija bekam ein einfaches, weißes Gewand gereicht. Ohne Schmuck würde sie vor die Göttin treten. Amminaje war die ihr zugeteilte Priesterin, die sie in dem nur durch kleine Öllämpchen schwach erleuchteten Haus der Göttin bis zu einer Pforte im Untergeschoß führte.

»Hier muss ich dich verlassen, Kija. Den Weg musst du, wie so vieles in deinem weiteren Leben, allein meistern. Aber sei versichert, die Göttin hat Freude an dir, du brauchst dich nicht zu fürchten.«

Kija stieg mit klopfendem Herzen die schmale, feuchte Treppe hinab. Unten verlosch wie durch einen Luftzug ihr Licht. War das ein Grab? Sie tastete sich in einem schmalen, dunklen Gang vorwärts. Fremde Geräusche streiften ihr Ohr und sie sog einen eigentümlichen Geruch ein. Waren das Lilien? Oder Moder und Verwesung? Bald erweiterte sich der Gang zu einem kleinen Gemach, das seltsam fahl zu leuchten schien. Kija blieb stehen, all ihre Sinne waren hellwach. Und da stand sie, wie aus dem Nichts erschienen, die Göttin, so wie Kija sie von ihrem rotgoldenen Standbild kannte, inmitten von Schwaden starken Räucherwerks. Kija warf sich vor ihr nieder und verbarg zitternd ihr Gesicht. So verharrte sie. In ihr breitete sich eine große Leere aus.

Stunden schienen vergangen zu sein, als eine feine Stimme sie aufforderte: »Steh auf, Kija von Qatna! Trink dieses Blut als Symbol für das Mysterium der Göttin.«

Kija erhob sich mühsam. Die Erscheinung der Göttin war verschwunden. Dafür stand eine verschleierte Frau vor ihr und reichte ihr einen Pokal, gefüllt mit einer dampfenden Flüssigkeit. Die Vorstellung, warmes Blut trinken zu müssen, erfüllte Kija mit Ekel. Sie zögerte, das Gefäß in die Hände zu nehmen.

»Trink!« befahl eine Stimme. War das die Göttin? Kija setzte gehorsam das Gefäß an die Lippen und nahm den ersten Schluck. Wohlige Wärme durchströmte ihren Körper, sie merkte erst jetzt, wie kalt ihr war. Das Getränk verströmte einen intensiven Duft und schmeckte köstlich. Andächtig leerte sie den Becher Schluck um Schluck, während seltsame Gedanken und Bilder in ihr aufstiegen. Bilder von Kindern, lebenden und toten. Bilder von Frauen, die lachten, weinten, wimmerten, schrien. Sie sah sich selbst auf einem kostbaren Diwan liegend, mit hochgewölbtem Leib und sie fühlte stechenden Schmerz.

»Komm, folge mir ans Licht des Leben.« Die Verschleierte öffnete eine Tür und ging voran durch einen mit vielen Fackeln erleuchteten Gang. Die plötzliche Helligkeit schmerzte Kija in den Augen, aber dankbar folgte sie ihrer Führerin, die sie über Treppen und Gänge bis in den Vorraum der Banketthalle des Tempels brachte. Dort erwarteten die Hohepriesterin, Amminaje und andere Priesterinnen die Initiantinnen, begrüßten sie mit Umarmungen und legten ihnen wärmende Wolltücher über die Schultern. Im Bankettsaal wartete eine mit herbstlichen Blumen geschmückte Tafel. Alle ließen sich nieder, fassten sich an den Händen und sangen der Göttin den Hymnus, den sie zu ihren Ehren eingeübt hatten. Schala besprengte die jungen Frauen, die nun ihre Weihen abgeschlossen hatten, mit heiligem Wasser. Erst dann wurde duftendes Brot gebrochen. Dazu gab es eine schmackhafte Gemüsesuppe und etwas Käse. Priesterinnen geleiteten sie in ihre Schlafräume. Morgen konnten sie das Haus der Göttin verlassen und das große Erntedankfest ausgelassen mitfeiern. Jetzt aber wurden sie für ihre letzte Nacht unter dem Dach von Belet-ekallim gesegnet. Dass sie über ihre Einweihung für immer zu schweigen hatten, wussten sie.

Talzu lag auf seinem Bett und stierte Löcher in die Luft. Seit wenigen Tagen war er wieder in Tarscha, Tagereisen entfernt von Qatna, Welten entfernt von Qatna. Fest umschloss er ein Medaillon, das er sonst um den Hals trug. Dort sollte es bleiben, solange er lebte – sein größter Schatz. Seine Gedanken schweiften zurück zu dem Tag, an dem Akizzi und Ehli-Nikalu sich als junges Ehepaar den Qatnäern präsentierten und in der ganzen Stadt gefeiert wurde. Das war sein Abschied von Kija gewesen, sein schmerzlichster, aber auch sein glücklichster Tag, denn sie hatten sich nicht nur in Freundschaft getrennt, Kija hatte ihm auch heimlich ein Geschenk zugesteckt. Das Amulett, das er ihr gegeben hatte und das sie für ihn beschützen sollte, verblasste dagegen, denn sie hatte ihm ein Stück von sich selbst geschenkt, eine Haarlocke, die er nun immer, sicher verwahrt, bei sich hatte. Wie nah sie ihm war. All die vernünftigen Gedanken, dass sie einfach nie die Seine werden könnte und er sie schnellstens vergessen müsste, waren wie weggeblasen. Alles wollte er für sie tun, um sich vielleicht eines Tages ihrer würdig zu erweisen. Irgendeine Art von Zuneigung musste sie für ihn verspüren, warum sonst solch eine Gabe: ihr Haar?

Zum Glück war der kostbare Zug ohne Probleme und Verluste nach Kizzuwatna gelangt. Die mitgebrachten Waren würden guten Profit bringen, hier, aber auch in Hattuscha, wohin der größte Teil des Handelsgutes noch transportiert werden musste. Sein Vater war zufrieden, wieder zu Hause zu sein, das war ihm anzumerken. Mit Elan warf er sich auf all die liegengebliebenen Geschäfte. Kaum hatte er seine Gemahlin Kali, all seine Familienangehörigen, Freunde und Handelspartner mit einem Willkommensfest begrüßt, traf er sich schon mit dem Verwalter des Kontors, um das Nötigste zu besprechen, bevor er nach Adanija aufbrach, um dort im Palast die erwarteten Berichte abzuliefern.

Über Talzu hatten die Eheleute wohl sofort gesprochen, denn nach der ersten zärtlichen Begrüßung bedeutete ihm seine Mutter, dass sie mit allen Plänen des Vaters für Talzu einverstanden war. Dann zog sie sich zurück, um den Göttern für die glückliche Heimkehr ihrer Liebsten zu opfern.

Für Talzu stand fest, er würde nicht Kaufmann werden. Sich einfach den Aufgaben, die er von seinem Vater auferlegt bekam, zu verweigern, sah er aber auch nicht als Lösung an. Es musste doch einen Weg geben, dass die Eltern ihn verstanden, ihm die Bürde erließen und ihm ihren Segen mit auf den Weg gaben.

Er wunderte sich schon längere Zeit, aber besonders seit seinem Aufenthalt in Qatna, dass er nicht den standesgemäßen Ausbildungsweg durchlaufen hatte. Schließlich stammte seine Mutter aus der hethitischen Königssippe. Es wäre naheliegend gewesen, ihn an den Hof von Hattuscha zu schicken, wie das sonst für die Söhne aus der engeren und weiteren königlichen Familie ab einem bestimmten Alter üblich war, zumal Kizzuwatna nun seit geraumer Zeit auch noch direkt mit dem Land Hattuscha verbunden war. In wenigen

Wochen würde im Rahmen großer Feierlichkeiten Schuppiluliumus zweiter Sohn Telipinu als Oberpriester von Kizzuwatna und damit als Stellvertreter des Königs von Hattuscha in Adanija eingesetzt werden. Aber offenbar war es weder der Wunsch seiner Mutter ihn mit ihrer Familie zusammenzubringen, noch der seines Vaters, der durchaus häufiger geschäftlich in den Norden reiste, ihn jedoch dorthin bisher nie mitgenommen hatte. Seine Mutter hatte ihm im Laufe der Jahre viel aus Hattuscha und auch einiges von ihrer Familie erzählt. Aber merkwürdigerweise kam nie Besuch aus ihrer Heimat, nur Briefe oder Nachrichten über Boten. Dabei hatte seine Mutter große Sehnsucht nach den Ihren und nach Hattuscha hatte, doch diesen Kummer trug sie mit sich und ihren Göttern aus.

Das berühmteste Familienmitglied war zweifellos ihr älterer Bruder Hannutti. Er war unter König Schuppiluliuma zum Oberkommandierenden der hethitischen Streitkräfte aufgestiegen. Außerdem zeigte ihm der König seine hohe Wertschätzung, indem er ihm die Statthalterschaft im Unteren Land übertrug, einem großen Gebiet südlich des Tatta-Meeres, wie der große Salzsee genannt wurde, mit einer weiten Ost-West-Ausdehnung, das im südlichen Taurosgebirge eine gemeinsame Grenze mit Kizzuwatna hatte und das sich im Norden an das hethitische Kernland anschmiegte. Das Untere Land hatte für das Reich von Hattuscha eine ganz besondere Bedeutung, stammte doch aus seiner Hauptstadt Puruschhanda der Eisenthron der hethitischen Herrscher, und das Eisenzepter: das Symbol für die Macht des Königs. Über das Eisen wurde viel gesprochen. Überall kursierten Gerüchte über seine unnachahmlichen Qualitäten. Wie Talzu wusste, kamen einige der für die Herstellung dieses Metalls nötigen Rohstoffe auch in Kizzuwatnas Bergen vor. Und die hethitischen Schmiede verstanden, daraus härtere Waffen herzustellen als die üblichen Kampfwerkzeuge aus Bronze: die hethitischen Wunderwaffen wurden sie im Ausland genannt. Wie sie das machten – das war das bestgehütete Geheimnis des Reiches. Auf seinen Verrat stand die Todesstrafe.

Talzu hängte das Medaillon wieder um den Hals und verbarg es unter dem Gewand. Er erhob sich und begann im Zimmer auf und ab zu gehen. Was sollte er nur tun? Seine Gedanken drehten sich immer wieder im Kreis. Irgendetwas stimmte nicht, irgendetwas wurde vor ihm verborgen. Nur was? Er kam mit keiner Frage weiter. In Qatna würden sie nun auch bald das Herbstfest feiern. Seine Gedanken wanderten unweigerlich wieder zu Kija. Wie würde sie handeln? Ihm hatte sie forsch geraten, doch einfach den Eltern mitzuteilen, dass er sich für Handel und Kaufmannstum nicht interessierte. Aber sie wusste ja aus ihrer eigenen Situation, dass es Pflichten gab und eigenständiges Handeln kaum möglich war. Warum war alles nur so schwierig? Vielleicht konnte er doch die Mutter bewegen seine Pläne zu unterstützen.

Auf sie würde sicher auch der Vater hören, der seine Frau äußerst respektvoll behandelte und ihren wenigen Wünschen eigentlich immer entgegenkam. Er überlegte, welcher Moment geeignet sei, und entschloss sich dann sie sofort aufzusuchen. Es war späterer Nachmittag und die Ruhezeit war beendet.

Die Gemächer seiner Mutter lagen im obersten Geschoss des weitläufigen Hauses. Ein wunderschöner Dachgarten mit vielen unterschiedlichen Pflanzen war diesen vorgelagert. Er erlaubte fast einen Rundumblick von der Ebene im Osten, dem Meer im Süden bis zum Gebirge im Westen. Fast immer wehte eine angenehme Brise.

Seine Mutter schien überrascht und erfreut über seinen Besuch. Sie bat Talzu zu sich auf die Terrasse, wo sie sich mit einer Handarbeit beschäftigt hatte. Wie so häufig, saß sie dort allein, was sie mehr schätzte als die Gesellschaft von Schwägerinnen, befreundeten Frauen oder ihren vertrauten Dienerinnen. Sie goss ihm mit Granatapfelsaft gemischtes, kühles Wasser ein und machte es sich auf einem Ruhebett bequem.

»Was hast du auf dem Herzen, mein Sohn?«

Talzu befiel, wie oft in der Gegenwart seiner Mutter, ein schlechtes Gewissen. Kam er nur zu ihr, wenn er etwas benötigte? Nein, sicher nicht, beruhigte er sich sofort.

Kali lächelte ihrem Sohn zu: »Ich sehe dir an, dass du mir etwas sagen möchtest. Hast du über die Vorschläge zu deiner Verheiratung nachgedacht? Es muss ja nichts überstürzt werden«, fügte sie rasch hinzu, als sie Talzus abwehrende Reaktion beobachtete.

»Mutter, ich kann nicht heiraten, so lange ich nicht auf eigenen Füssen stehe.«

»Aber das tust du doch. Sobald du dir über deine Wahl klar bist, wird dein Vater dich selbstverständlich mit allem Notwendigen ausstatten, angemessene Räumlichkeiten für dich und deine zukünftige Familie zur Verfügung stellen, und die Arbeiten im Kontor werden dann so zwischen euch geregelt, dass der Lebensunterhalt gesichert ist. Darüber brauchst du dich nicht zu sorgen.«

»Verstehst du denn nicht, dass ich selbst etwas schaffen möchte?«

Seine Mutter schaute ihn verständnislos an. »Wie meinst du das? Es ist ganz normal, dass der Sohn in die Fußstapfen des Vaters tritt. Auch dein Vater hat das Handelshaus nicht aufgebaut, ebenso wenig dessen Vater. Seit vielen Generationen wachsen die Söhne nach und nach in die unterschiedlichen Aufgaben hinein, bis sie eines fernen Tages – er möge für deinen Vater noch lange nicht kommen – selber an die Spitze des Unternehmens treten.«

»Mutter, ich fühle mich nicht dazu geeignet einem Handelshaus vorzustehen.«

»Aber das brauchst du jetzt auch gar nicht. Du lernst ja noch.«

»Ich habe einfach keine Freude am Kaufen und Verkaufen.«

»Wie willst du das denn schon wissen?«

»Immerhin bin ich jetzt seit mehreren Jahren an Vaters Seite tätig und ich denke, ich kann sehr wohl beurteilen, ob ich mit Begeisterung bei der Sache bin.«

»Ist das denn das wichtig? Die Familie deines Vaters zählt in Tarscha, in ganz Kizzuwatna und weit darüberhinaus zu den angesehensten überhaupt. Wer fragt danach, ob etwas Freude macht? Es ist deine Pflicht. Und du bist der einzige Sohn! Es würde deinem Vater das Herz brechen. Er denkt doch vor allem an dich und deine Zukunft bei all seinen Arbeiten. Talzu, ich beschwöre dich, enttäusche ihn nicht, respektiere seine Wünsche, mach dich und auch mich nicht unglücklich. Wie sehnlich hatte ich mir gewünscht, dass du der Priesterschaft beitreten würdest. Aber es war von vornherein klar, dass das nicht in Frage kam und ich habe mich gefügt. Du wirst sehen, wenn du erst eine Frau und Kinder hast, dann weißt du, wofür du dich plagst. Versuche nicht die Götter, die dich schon jetzt mit üppigstem Wohlstand gesegnet haben. Was hat dir nur so den Kopf verdreht? Ich begreife dich einfach nicht.«

Mit Mühe kämpfte Kali gegen die Tränen. Ihre Brust hob und senkte sich. Die ganze zierliche Gestalt schien zu zittern. Sie tat Talzu unendlich leid. Spontan legte er seine Hände um die ihren und sagte: »Ich bitte dich, Mutter, beruhige dich. Du wirst sehen, dass alles sich lösen wird. Verzeih mir, dass ich dich so aufgebracht habe! Es war nicht meine Absicht dich zu verstören. Verzeih mir!«

Er stand auf, verneigte sich vor ihr und verließ sie. Nein, sie würde ihm nicht beistehen. Einer Auseinandersetzung mit dem Vater zu seinen Gunsten wäre sie weder gewachsen, noch schien sie zu verstehen, was ihn bewegte. Mit keinem Wort hatte sie gefragt, offenbar gar nicht an eine solche Frage gedacht, was er denn stattdessen machen wollte. Sie rang um ihren Seelenfrieden, alles, was ihn bedrohte, machte ihr unsägliche Angst. Das zu erkennen, tat Talzu weh und er bedauerte zutiefst, ihr nicht helfen zu können. Dennoch wusste er noch klarer als bisher: Er musste sein Leben leben, seinen Weg alleine finden und gehen, auch wenn das ihn und die Eltern schmerzen sollte. Und auf dem Weg zurück in sein Zimmer hatte er plötzlich die erlösende Idee, wie er seinen Zielen ein deutliches Stück näher kommen würde.

❦❦❦

Erstmalig würden König Schuppiluliuma und seine Gemahlin Henti im Rahmen des achtunddreißig Tage dauernden Nuntarrijascha-Festes, dem ›Fest der Eile‹, auch nach Kizzuwatna kommen. Jeden Herbst hatte sich das

Königspaar der Anstrengung zu unterziehen, innerhalb eines guten Monats mit dem gesamten Reich den Herbstbeginn und den Erntedank zu feiern. Von einer Stadt zur anderen begaben sie sich, rastlos, um überall ihren Pflichten als Hohepriester der vielen Götter des Landes zu genügen. Nur die korrekte Durchführung der Festvorschriften garantierten den göttlichen Schutz für das gesamte Land und das Haus des Königs, die Fruchtbarkeit der Äcker und der Tiere, die Erfolge der hethitischen Heere, das Wohlergehen aller.

Kizzuwatna war die letzte Station der königlichen Kultreise und mit dem Herbstfest zugleich würde Telipinu in Anwesenheit des Königspaares, des Kronprinzen Arnuwanda, vieler Beamter und Würdenträger in Adanija feierlich in sein neues Amt als Vertreter des Königs von Hattuscha eingeführt werden. Im Land herrschte große Aufregung, so auch im Haus des Eheja, weil sein Freund und Schwager Hannutti zu den Feierlichkeiten erwartet wurde. Nach Jahren würde Kali ihren Bruder wiedersehen, Talzu einen seiner Onkel kennenlernen.

Drei Feste auf einmal mussten vorbereitet werden, denn auch die Feier des Erntefest für die Götter Kizzuwatnas, waren sie nun zwar auch Angehörige des hethitischen Pantheons, durfte in ihrer Heimat keinesfalls vernachlässigt werden. Es wurde als Abschluss der Festivitäten geplant, wenn die Gäste aus Hattuscha Adanija bereits wieder verlassen hatten.

Größte Sorgfalt wurde vor allem auf das Studium der vielen hethitischen Vorschriften verwendet, die in Kizzuwatna bisher fremd waren. Bei der Durchführung der Opfer durften keine Fehler unterlaufen. Alles musste bestens bedacht werden, bis der königliche Tross eintraf. Die Sorgen des kizzuwatnischen Königs und seines Stabes stellten sich allerdings als unberechtigt heraus. In Adanija war der Tempelpalast weitgehend geräumt worden, so dass die Mitglieder des Königshauses, die Beamten und Würdenträger sowie das gesamte Kultpersonal – Priester, Mundschenke, Köche, Tafeldecker, Musikanten, Sänger und Tänzer – eine würdige Herberge fanden. Bei ihrem Einzug in die Stadt säumten die Bewohner, die aus dem ganzen Land zusammengekommen waren, die geschmückten Straßen und bereiteten ihnen einen triumphalen Empfang.

Im Mittelpunkt des Erntefestes stand das Opfer für die Gottheiten, deren Bildnisse im Innenhof des Haupttempels aufgestellt worden waren. Diesen durften nur ausgewählte Personen betreten, die sich zuvor strengsten Reinheitsgeboten zu unterwerfen hatten. Zu den wenigen Familien von Kizzuwatna, denen diese Ehre zuteil wurde, zählte Ehejas. Auf den Altären standen Speisen als Opfergaben, Fleisch von unterschiedlichen Haus- und Wildtieren, unzählige Sorten an Brot, Früchte, Gemüse, Käse, Honig. Wein und Bier, das die knienden Mundschenke den Opfernden in schlanken Schnabelkannen zureichten, wurden vor den Altären und den Götterbildern ausgegossen. König Schuppiluliuma und Königin Henti, beide im für das Fest vorgeschriebenen prachtvollen Ornat, hielten über alle Gaben ihre ausgestreckten Hände, um den Göttern zu zeigen, wer ihnen den Tisch so reich gedeckt hatte. Das Königspaar vollzog gemeinschaftlich das Trinkzeremoniell, durch das sie des übernatürlichen Wesens der Gottheiten zum Segen des Landes teilhaftig wurden. Alle heiligen Handlungen wurden von Musik und Gesang begleitet. Leiern und Lauten, Trommeln, Zimbeln und Klappern, Hörner und Flöten erklangen zur Untermalung der Gesänge und Gebete des Königs oder der Königin. Das anschließende Mahl, das die Vereinigung der Götter mit den Menschen symbolisierte, zu dem Kali, Eheja und Talzu ebenfalls geladen worden waren, fand seinen Abschluss in einem gemeinschaftlichen Tanz, der durch die Festtänzer angeführt wurde.

Talzu erlebte das alles wie in einem Traum. Von den Zeremonien war er zutiefst ergriffen. Waren das wirklich Menschen, die sie vollzogen? Mehr als einmal hatte er sein Gesicht voll Ehrfurcht verhüllt. Die Musik, die Gesänge senkten sich in sein Herz. Könnte Kija doch neben ihm stehen und dieses Fest mit ihm zusammen begehen. Trotz der Erzählungen seiner Mutter und den Berichten des Vaters hatte er keine Vorstellung von der Pracht gehabt, die den König von Hattuscha immer und überall umgab. Mehrfach hatten König und Königin während des Festverlaufes ihre Kleidung bis zu den Schuhen gewechselt und zeigten sich in unterschiedlich leuchtenden Farben. Den hethitischen und hurritischen Gesängen konnte er gut folgen, aber viele Gebete und Hymnen wurden in Sprachen vorgetragen, derer er nicht mächtig war. Was war er nur für ein kleiner Wurm! Dennoch wurde sein Wunsch, in dieses Königs Diensten zu stehen, übermächtig.

Nur wenige Tage lagen zwischen dem Fest und der Amtseinführung Telipinus. Sie gehörten zu den wichtigsten in Talzus bisherigem Leben. Während der offiziellen Vorbereitungen nutzten der König und die Königin die Zeit, um mit den einzelnen Adelsfamilien Kizzuwatnas ins Gespräch zu kommen. Mit zu den ersten, die empfangen wurden, gehörten wegen der Verwandtschaft mit der hetititischen Königssippe Kali, Eheja und ihre Angehörigen.

Vorher hatte bereits General Hannuttis Schwester und Schwager in ihrem Stadthaus in Adanija besucht. Wie ein strahlender Held war er Talzu vorgekommen, als er von einer Eskorte begleitet vorfuhr, voll Elan und Kraft vom Wagen heransprang und mit ausgreifenden, energischen Schritten auf sie zukam. Hoch gewachsen, schlank, aber einem Krieger entsprechend durchtrainiert und muskulös war seine Erscheinung. Dagegen wirkte sein bartloses, vom Wetter gegerbtes Gesicht trotzdem feinsinnig, wenn auch nicht ohne Schalk, wie die Fältchen um Augen und Mund zeigten. Das Haar war dunkelbraun und leicht gewellt, von einer Stirnbinde, die die hohe Stirn eher betonte, wirkungsvoll gebändigt. Sein linkes Ohr war mit einem goldenen Ohrring und beide Arme mit breiten Armreifen geschmückt. Er trug den kurzen Rock eines Kriegers, aber ohne jegliche Rangabzeichen. Nur das Schwert steckte im Gürtel.

Ohne auf ein Zeremoniell zu achten, umarmte er seine Schwester mit liebevoller Herzlichkeit. Etwas förmlicher, doch sehr freundschaftlich fiel die Begrüßung der beiden Schwager aus.

»Und das ist dein Neffe Talzu.«

Hannutti drehte sich zu Talzu um, der dem General und Onkel alle vorgeschriebenen Ehrerbietungen bezeugte. Hannutti bedankte sich mit einem kurzen Kopfnicken und wandte sich sogleich den nächsten Familienangehörigen zu.

Im Hof wurden Erfrischungen gereicht. Talzu stand enttäuscht etwas abseits und beobachtete die Szenerie. Seine Mutter verfolgte aufmerksam das Gespräch der beiden Männer, das sich um die Feldzüge des vergangenen Sommers entspann. Hannutti schilderte anschaulich die Strapazen des unwegsamen Geländes im gebirgigen Norden, beschrieb die besondere Kampftaktik der feindlichen Kaschkäer, die so häufig dem Reich zu schaffen machten, und wie es dem hethitischen Heer gelungen war, sie dieses Mal zu besiegen.

»Was habt ihr mit ihnen gemacht?«, fragte Eheja. »Niedergemetzelt?«

Talzu hörte gefesselt zu. Das war ein ganz anderes Leben als im Kontor. Zwar reizte ihn das Leben eines Soldaten nicht. Menschen zu töten stieß ihn ab. Aber wie sein Onkel deutlich zum Ausdruck gebracht hatte, wählte auch der König von Hattuscha lieber andere Arten der Verständigung, als Gegner mit Krieg zu überziehen. Kizzuwatna war nur ein Beispiel, was mit Vertragsabschlüssen zu erreichen war.

Talzu schreckte aus seinen Gedanken auf, als sich alle erhoben. Wollte Hannutti schon wieder gehen? Nein, die beiden Männer zogen sich zurück. Kali trat zu ihrem Sohn. »Wie gefällt dir Hannutti? Das brauche ich gar nicht zu fragen. Ich habe deine bewundernden Blicke gesehen. Das ist nur zu gut zu verstehen. Er ist ein wundervoller Mensch! Wir werden zusammen das Abendessen einnehmen.« Sie wandte sich zum Gehen.

Talzu war sich selbst überlassen, was ihm gerade jetzt willkommen war. Er ging in sein Zimmer und verriegelte die Tür. Tarscha hatte er mit einem festen Entschluss verlassen und er gedachte, diesen in die Tat umzusetzen. Hatte er zunächst noch vor auftretenden Schwierigkeiten gebangt, so schien sich jetzt alles wunderbar zu fügen. Während der Feierlichkeiten war Talzu mehrfach mit einem nahezu gleichaltrigen Adjutanten namens Mursili aus dem königlichen Stab zusammengetroffen, der ihm sehr sympathisch war. Die beiden jungen Männer hatten sich gut unterhalten. Mursili stammte direkt aus Hattuscha und gehörte einer Schreiberfamilie an. Er selbst war aber mehr dem rauhen Kriegshandwerk zugetan. Seine Ausbildung erhielt er in der Hauptstadt, ein harter Drill, wie er Talzu berichtete. Dafür interessierte sich Talzu allerdings kaum. Er hatte aber Mursili so intensiv über den Ort und das Leben dort und besonders den Hof ausgefragt, bis dieser stutzig wurde.

»Warum willst du das alles so genau wissen? Man könnte glauben, du bist ein Spion.« Er hob fragend die Augenbrauen.

Talzu lachte. »Wie kommst du auf diese Idee? Weshalb und für wen sollte ich wohl spionieren?«

»Ich hab keine Ahnung und habe mir auch keine Gedanken gemacht. Außerdem siehst du wie eine ehrliche Haut aus.«

»Ich will dir den wahren Grund nennen, wenn du mir dein Wort gibst, mich nicht zu verraten.«

»Mach's nicht so spannend! Ich werde schweigen, ich verspreche es dir.«

Talzu erzählte daraufhin seinem neuen Freund von seinem Vorhaben. Mursili pfiff durch die Zähne. »Du hast ganz schön Mumm in den Knochen«, sagte er. »Mir wäre das alles zu riskant und vor allem zu anstrengend. Aber wenn du fest entschlossen bist, will ich dir helfen, soweit ich es kann.«

Voll spontaner Dankbarkeit umarmte Talzu Mursili. Ihr Plan sah vor, dass Talzu im hethitischen Tross an der Seite von Mursili Adanija verlassen sollte. Aus Tarscha hatte er neben seiner Kleidung, die er für die Festzeit benötigte, ihm liebgewordene Dinge in den Transportkisten mit nach Adanija geschmuggelt. Dazu Wintersachen, Schuhwerk und einen stabilen Sack, in dem er seine Habseligkeiten verstauen wollte. Einiges hatte er Mursili bereits übergeben. Den Rest schnürte er eben in ein Bündel um bereit zu sein, wenn der Tross direkt nach der Amtseinsetzung des Telipinu Adanija verlassen würde, als es an der Tür klopfte.

»Talzu, warum hast du deine Tür verriegelt? Was sind das wieder für Flausen«, polterte Eheja. »Öffne!«

Talzu warf rasch eine Decke über seine Sachen und schob den Riegel zurück. Vor ihm stand sein Vater, zu Talzus Überraschung begleitet von Hannutti.

»Ich hätte dich holen lassen, aber dein Onkel bestand darauf, dich in deinem Gemach aufzusuchen.«

Talzu verneigte sich vor dem hohen Gast, der Eheja bedeutete, dass er alleine mit Talzu sein wollte. Wortlos standen sich beide gegenüber und musterten sich gegenseitig.

»Ich habe sehr wohl bemerkt, dass du nicht zufrieden warst mit meiner Begrüßung. Ich wollte dich etwas beobachten. Schließlich ist dies unsere erste Begegnung seit deiner Kindheit.«

Hannutti setzte sich auf einen Hocker und zog einen weiteren für Talzu heran.

»Es wird dies unser einziges privates Treffen sein, während wir in Adanija sind, und ich wollte es nutzen, um mir einen Eindruck von meinem Neffen zu verschaffen. Was ich sehe, gefällt mir nicht schlecht.« Hannutti schmunzelte.

Hatte Talzu zunächst das Gefühl gehabt, sein Onkel sei gekommen, um ihn zu kritisieren, so erfüllten ihn die letzten Worte mit Freude.

»Erzähl mir von dir«, ermunterte ihn der General. Talzu berichtete knapp von seinem Werdegang, dem Leben in Tarscha und von der Reise nach Qatna. Hannutti ließ ihn sprechen, nickte dann und wann.

»Und deine Pläne?«

Talzu zögerte. Sollte er dem Onkel von seinen wirklichen Plänen berichten?

Während er noch nach Worten suchte, ergänzte Hannutti: »Ich kenne das Kontor in Tarscha sehr gut und weiß auch, wie wichtig deiner Mutter ist, dich in der Nähe zu haben. Du wirst sicher Eheja eine enorme Stütze sein.

»Sicher.«

Also auch vom Onkel war keine Hilfe zu erwarten. Hannutti schien die veränderte Stimmung seines Neffen nicht aufzufallen. »Berichte mir von deiner Mutter«, nahm er unbefangen den Faden wieder auf. »Wie geht es ihr, wie lebt sie? Ist sie glücklich?«

Offenbar hat Hannutti keine Ahnung von seiner Schwester, dachte Talzu, schlagartig von einem ihm sonst fremden Trotz erfüllt, oder es kümmert ihn einfach gar nicht. Was sollte er antworten? »Sie ist den Göttern sehr zugetan«, bemerkte er schließlich.

»Welch diplomatische Antwort.«

War da leichter Spott in der Stimme zu hören? Talzu war sich unsicher, was er von seinem Onkel halten sollte. Hannutti erhob sich.

»Wir wollen es dabei bewenden lassen. Wir sehen uns beim Abendessen.«

Hatte der große General genug mit seinem kleinen Neffen geplaudert? Hatte er sich falsch verhalten? Etwas Falsches gesagt? Er war ihm wohl einfach nicht wichtig genug. Also, lassen wir es tatsächlich dabei bewenden – er wird jedenfalls nicht meine Pläne durchkreuzen.

Alle waren auf den Beinen, um der Amtseinsetzung Telipinus beizuwohnen. Sie wurde feierlich im Palast vollzogen. König Schuppiluliuma und Königin Henti waren prunkvoll gewandet, ebenso Telipinu. Neben ihnen standen zu beiden Seiten die Großen, die mitgereist waren, direkt neben dem König sein oberster General, der Oberste der Wagenlenker, Hannutti. Der Großkönig von Hattuscha versah seinen Sohn mit den Insignien der Macht eines hethi-

98

tischen Statthalters, belehrte ihn vor den vielen Zeugen über seine Pflichten und ließ sich Einhaltung und Erfüllung mehrfach beeiden. Mit Telipinu wurde auch der Mitarbeiterstab inauguriert, der ihn bei seinen Aufgaben zu unterstützen hatte.

Nach den Zeremonien erhielten die Edlen von Kizzuwatna Gelegenheit, ihre Glück- und Segenswünsche vorzubringen und dem hethitischen Herrscherhaus ihre Ehrerbietung zu bekunden. Auch Eheja, Kali, Talzu und weitere Familienmitglieder traten vor. Gegen das Protokoll wandte sich der König an den verwunderten Hannutti. Talzu hatte den Eindruck, dass es um die Verwandtschaft zwischen ihm und Kali ging, denn der König winkte sie näher zu sich heran, bat sie, den Schleier zurückzuschlagen, betrachtete seine Verwandte unverhohlen und richtete einige Worte an sie. Eheja schien irritiert, wenn er auch keine Miene verzog. Wäre Talzu nicht nur halb bei der Sache gewesen, so hätte er sicher bemerkt, dass der König ihn ebenfalls aufmerksam betrachtete. So aber maß er dem Ganzen keine weitere Bedeutung bei. Ihn bewegte anderes.

Er fühlte sich innerlich gänzlich zerrissen. Vor den Toren der Stadt war der Tross des Königs bereit, am frühen Morgen aufzubrechen und mit ihm ziehen würden Mursili und Tanuwa.

Tanuwa, so wollte sich Talzu von nun an in seinem neuen Leben nennen. Während des Festmahles würde seine Abwesenheit nicht weiter auffallen. Sein Bündel hatte er im Schutz der Nacht deponiert. Dann würde er mit Mursili die Stadt verlassen und den Rest der Nacht bis zum Morgengrauen in dessen Zelt verbringen. Das Abenteuer konnte beginnen. Seine andere Hälfte dagegen war voll Trauer. Hatte er in Tarscha schon im Geheimen Abschied von seinen Lieben genommen, so stand nun hier in Adanija die Trennung von den Eltern bevor. Heimlich würde er sich davonschleichen, ohne ihren Segen. Er konnte nur auf die Hilfe der Götter bauen. Waren sie seinem weiteren Weg wohlgesonnen, so würde sich alles andere fügen. Er umfasste sein Medaillon – Kija, es gab kein zurück.

Während man überall in Kizzuwatna daran ging, das heimische Erntefest für die Göttinnen Ischhara und Ischtar, den Mond- und den Sonnengott, Halma und den Mondgaott Schangara sowie Tuhitra zu begehen, war das Lager der hethitischen Festgesellschaft bereits abgeschlagen. Alle Lasttiere waren beladen, der Haupttross hatte Adanija bereits verlassen und befand sich auf dem Weg zum Gebirge. Die Route zog sich zunächst eine Weile am linken Ufer des Samra-Flusses in nördlicher Richtung entlang, bog dann nach Nordwesten ab, um einem weiteren Flusstal zu folgen. Auch die engere Gefolgschaft und das Königspaar schickten sich an, Adanija zu verlassen und sich auf den Heimweg nach Hattuscha zu begeben. Hannutti gab gerade seinen Leuten letzte Anweisungen, als einer von ihnen ihm meldete, man wünsche ihn zu sprechen, ob er sich gleich im ersten Innenhof des Heiligtums einfinden könne. Zu seiner Überraschung winkte ihn eine tief verschleierte Frau des Adels, wie er leicht an ihrer Kleidung feststellen konnte, in eine Nische.

»Kali!«, sagte er völlig überrascht, als sie die Schleier zurückschob. »Warum so geheimnisvoll?«

Erst jetzt bemerkte er, dass seine Schwester geweint hatte.

»Was ist geschehen, Kali?«

»Hannutti, Talzu ist verschwunden.«

»Und das ist ungewöhnlich? Er ist doch ein selbständiger junger Mann, der sicher ab und an seine eigenen Wege gehen möchte.«

»Natürlich tut er das. Aber üblicherweise sagt er mir Bescheid oder schickt einen Boten mit einer Nachricht. Diesmal ist es anders, da bin ich mir gewiss.«

»Warum sollte er so etwas tun?«

»Ich denke, ich kann dir dazu etwas sagen. Siehst du, es ist so, dass von Anfang an Talzu und Eheja nur schwer den Weg zueinander fanden. Sie sind zu unterschiedlich. Eheja hat sich sehr um den Jungen bemüht, er hat ihn gut ausbilden lassen und ihn in seine Geschäfte eingeführt. Aber Talzu interessiert sich nicht für Handel. Er gibt sich zwar alle Mühe, aber er konnte Ehejas Vorstellungen nie entsprechen und dieser hat ihn häufig, manchmal vielleicht durchaus etwas ungerechtfertigt kritisiert. Hin und wieder kam es auch zum Streit, wobei ich sagen muss, dass Talzu vor allem mir zuliebe meist nachgab und einlenkte oder die Vorwürfe schweigend über sich ergehen ließ. Das änderte sich, nachdem er aus Qatna zurückkehrte. Eheja war nach der Rückkehr äußerst streng mit Talzu. Es muss einiges in Qatna oder unterwegs vorgefallen sein. Auch gab er mir den Auftrag, darüber nachzudenken, welche der jungen Frauen für Talzu als Gattin infrage käme. Talzu seinerseits gab nicht mehr nach, wenn es zu Auseinandersetzungen kam. Er erschien überhaupt sehr verändert, gereifter einerseits, aber auch häufig abwesend, als weile er in Gedanken woanders.«

»Er wird viel erlebt haben, und es war ja auch die erste größere Reise für ihn. Da ist es normal, dass er sich verändert hat. Oder denkst du, es gibt dafür eine andere Erklärung?«

»Eheja sagte, der Hof in Qatna, wo Talzu besonders freundschaftlich nicht nur vom Kronprinzen, sondern auch von dessen Geschwistern und anderen Jugendlichen des Adels aufgenommen wurde, habe dem Jungen völlig den Kopf verdreht. Er wolle nicht mehr Kaufmann sein. Und dann spielt wohl auch die Tochter des Königs eine gewisse Rolle.«

»Aha, daher weht also der Wind. Aber ehrlich, Kali, denkst du, er führt sich auf wie ein verliebter Grauganter und ist auf dem Weg nach Qatna?«

Kali schüttelte den Kopf. »Nein, du hast recht, das glaube ich nicht. Es gibt noch etwas, was ich dir sagen muss. Talzu war vor einiger Zeit bei mir. Er eröffnete mir, dass er keinesfalls das Kontor übernehmen wolle.«

»Sondern?«, unterbrach sie Hannutti.

»Ich war so außer mir vor Schrecken, dass er womöglich all das mühsam Aufgebaute in unserer Familie zerschlagen würde, dass ich ihn gar nicht gefragt habe, als er mich um meinen Beistand dem Vater gegenüber bat. Aber ich weiß, dass er sich mit Begeisterung und einer erstaunlichen Leichtigkeit mit fremden Sprachen beschäftigt, dass er alle Schreibarbeiten gerne erledigt. Er hat eine rasche Auffassungsgabe für Zusammenhänge und ein sehr ausgleichendes Gemüt. Er wollte in seiner vorsichtigen Art von mir wissen, warum er nicht zur Ausbildung an den Hof von Hattuscha geschickt wird. Warum er unsere Familie noch nicht kennengelernt hat, warum nie Besuch aus dem Norden kommt, darüber wundert er sich. Er stellt sich Fragen, Hannutti, verstehst du?«

Kali fing wieder leise an zu weinen. »Ich bin außer mir vor Sorge, dass ihm etwas zugestoßen ist, Hannutti. Er ist mein Ein und Alles. Es ist ein ganz besonderes Kind, das muss ich dir ja nicht sagen. Ich will einfach nicht glauben, dass ein Fluch auf ihm liegen soll, so wie die Götter ihn ausgestattet haben. Du hast ihn doch jetzt erlebt. Er ist wohlgebaut, er hat ein solch liebenswertes Wesen…«.

»Ich glaube nicht, dass ihm etwas zugestoßen sein soll, es sei denn, du hättest einen Verdacht. Will ihm oder euch jemand schaden?«

Kali schüttelte den Kopf.

»Also denk nach, Kali. Was hat er noch gesagt, was könnte uns weiterhelfen?«

»Hast du bemerkt, wie er dich angesehen hat? Er ist voll Bewunderung für dich. Und für den Hof von Hattuscha, davon hat er oft und immer wieder geschwärmt. Er spricht ausgezeichnet Hethitisch und Luwisch. Ich habe den Verdacht, dass er mit euch nach Hattuscha unterwegs ist. Wie er das bewerkstelligt hat, das weiß ich auch nicht, aber eine andere Lösung ist mir nicht eingefallen.«

Hannutti nickte. »Das könnte schon sein. In einer solch großen Gruppe fällt er kaum auf.«

»Du musst mir versprechen, nach ihm zu suchen. Schick mir sofort einen Boten, wenn du ihn gefunden hast, schwöre es mir bei Tarhunna! Falls er hier wieder auftaucht oder ich sonst etwas in Erfahrung bringe, sende ich dir Nachricht.«

»Und was mache ich mit ihm, wenn ich ihn finden sollte? Schicke ich ihn zurück?«

Kali blickte ihren Bruder lange in die Augen, dann sagte sie: »Nimm ihn mit dir und achte auf ihn. Wenn er wirklich in eurem Tross ist, so ist es wohl der Götter Wille, dem ich mich beuge. Möge er das Glück finden, das er sucht. Gehab dich wohl, Hannutti, gute Reise, die Götter seien mit dir. Und vergiss mich nicht!«

Bevor Hannutti etwas erwidern konnte, hatte sie ihm einen Kuss auf die Wange gehaucht und sich wieder verschleiert. Mit raschen Schritten verließ sie den Hof und war alsbald in der Menge verschwunden.

◎◎◎

Der Haupttrupp, in dem sich Talzu und Mursili befanden, kam gut voran. Immer seltener schaute Talzu zurück. Die Angst vor Entdeckung hatte sich gelegt, nachdem er merkte, dass niemand ihn nach dem Woher und Wohin fragte. Als Kamerad von Mursili wurde er in Ruhe gelassen. Der hatte ihn mit Kleidung und Schuhwerk versorgt und sich auch um die Traglasten gekümmert, die sie beide zu übernehmen hatten. »Das ist Tanuwa«, hatte er einfach in die Runde gesagt und damit schienen alle zufrieden zu sein. Talzu-Tanuwa begann sein Abenteuer zu genießen, zumal er erfuhr, dass der König, Hannutti, die engere Gefolgschaft und die Leibgarde des Königs einen anderen, zwar etwas weiteren, aber deutlich bequemeren Gebirgsanstieg benutzen würden.

Die erste Wegetappe von Adanija aus war ihm vertraut. Es war ein klarer und sonniger Herbsttag. Bäume und Büsche begannen sich zu verfärben. Das mächtige Gebirge vor ihnen rückte immer näher. Sie verließen am späten Vormittag den Fluss und kamen in ein nordwestlich abzweigendes Tal. Tanuwa frohlockte: Er war wirklich auf dem Weg nach Hattuscha. Das Gelände stieg langsam an. Es wurde Abend, als sie an einer geeigneten Stelle Halt machten, einige Zelte aufstellten und eine einfache Abendmahlzeit bereiteten. Nachdem die Wachen eingeteilt waren, wickelten sich Mursili und Talzu in Decken. Talzu war so erschöpft, dass er nur rasch sein Medaillon küssen konnte, bevor ihm die Augen zufielen.

Zwei weitere Tage benötigte der Zug, um auf immer schmaler werdenden Pfaden in die Nähe der Pass-Straße zu gelangen. Der Führer trieb sie unermüdlich an. Er befürchtete frühen Schneefall und dann würde die Abkürzung zu einer bösen Falle werden. Tanuwa lernte eine Reihe weiterer Kameraden kennen. Sie waren zumeist nicht sehr gesprächig, was nicht nur an dem anstrengenden Aufstieg lag. Mursili meinte, sie wüssten, dass er aus bestem Hause stamme und das mache sie befangen.

Nach der ersten Begeisterung dachte Talzu häufiger darüber nach, was er ganz offensichtlich alles nicht wusste und was er nicht bedacht hatte, als er

sich für diesen Fluchtweg entschied. Ohne Mursilis selbstlose Hilfe wäre er
bereits in großen Schwierigkeiten, das wurde ihm immer deutlicher. Aber
bisher war alles gut gegangen und er vertraute darauf, dass sich Lösungen
finden lassen würden, wäre er erst in Hattuscha.

Doch es sollte anders kommen. Dem unermüdlichen Einsatz des Trossfüh-
rers war es zu verdanken, dass sie vor dem Königspaar und seiner Begleitung
am verabredeten Treffpunkt an der Hauptroute anlangten. Diese führte über
einen Pass, die Pforte von Kizzuwatna, zum Ort Tuwanuwa und weiter in
das Untere Land, der Provinz des Hethitischen Reiches, der Hannutti als
Statthalter vorstand. Mensch und Tier waren allerdings am Ende ihrer Kraft
und hatten eine Pause dringend nötig. Der Lagerplatz war schon weit oben
im Gebirge. Auf dieser Höhe würde sich der Weg noch einige Zeit hinzie-
hen. Die Durchquerung des Hochgebirges, wo oberhalb der Baumgrenze die
weißen Gipfel aufragten, stand ihnen noch bevor.

Talzu merkte, wie ein Gefühl der Unruhe sich in ihm ausbreitete je näher
der Zeitpunkt heranrückte, an dem der König eintreffen würde.

»Was willst du tun, wenn er dich doch schon hier entdeckt?«, fragte ihn
Mursili, dem die Unrast des Weggefährten nicht verborgen blieb.

»Ich weiß es nicht«, gestand Talzu, der sehr wohl verstand, auf wen er anspielte. »Am liebsten wäre mir, ich bliebe unentdeckt und würde mich selbst
weiter durchschlagen – mit deiner Hilfe natürlich. Dann müsste ich allerdings in Hattuscha einen Weg finden, um an den König heran zu kommen.
Ich kann ja nicht einfach zum Palast hinauf marschieren und mich bei ihm
melden. Wenn durch unglückliche Umstände Hannutti mich hier erkennt,
werde ich wohl mich ihm zu Füßen werfen müssen. Zurückschicken kann er
mich jetzt nicht mehr, oder was denkst du?«

»Nein, ich glaube nicht, dass in dieser Jahreszeit soviel Aufwand für eine
Person betrieben wird. Vielleicht versteht er dich ja.« Mursili versuchte Talzu
Mut zu machen.

Lange brauchten sie nicht zu warten, dann erschien zunächst eine Vorhut
und meldete das Nahen des königlichen Trosses. Alles war bestens für die
Ankunft vorbereitet. Die Zelte für das Königspaar und die sie begleitenden
Großen und Oberen des Landes standen und waren mit dem Notwendigsten
eingerichtet, Kohlebecken verbreiteten angenehme Wärme. Die Küche war
installiert. Im Lager brannten mehrere große Feuer, über denen für die Begleitmannschaft nahrhafte Eintöpfe köchelten oder Fleisch an Spießen ge-
braten wurde. Talzu war zur Arbeit im Küchenzelt eingeteilt worden. Lauter
ungewohnte Tätigkeiten hatte er zu erledigen, aber er biss sich tapfer durch.
Die ihn immer wieder verstohlen musternden Blicke ignorierte er.

Hannutti sah sich unauffällig im Lager um, ohne Talzu zu entdecken. Er
machte sich im Nachhinein Vorwürfe, dass er seinem Neffen nicht richtig

103

zugehört hatte. Dunkel hatte er im Hinterkopf den Eindruck, dass Talzu ihm bei ihrem Gespräch in Adanija etwas mitteilen wollte, aber was? Sein ganzes Verhalten Talzu gegenüber war merkwürdig befangen gewesen. Was er wohl über seinen Onkel dachte? Er beorderte den Trossführer zu sich und fragte ihn nach dem Verlauf des Weges, ob es besondere Vorkommnisse gegeben hätte und nach der Stimmung der Mannschaft. Möglichst nebenbei erkundigte er sich auch nach Talzu. Der Trossführer verneinte seine Frage: »Nein, soweit ich weiß, ist kein Talzu im Zug. Aber ein neues Gesicht schien mir seit Adanija dabei zu sein, verbürgen möchte ich mich dafür allerdings nicht, vielleicht schon davor. Man sagt, dass er mit dem Adjudanten Mursili zusammen steckt, ein gewisser Tanuwa.«

»Es ist nicht so wichtig«, Hannutti winkte ab. »Du hast deine Sache gut gemacht.«

Kurze Zeit später ließ er sich beim König melden.

»Nun, was gibt es?«

»Meine Sonne!« Er verneigte sich ehrerbietig.

»Lass die Förmlichkeiten, mein Freund, und sage mir, was du möchtest.«

»Mein Schwestersohn aus Tarscha ist verschwunden und es könnte sein, dass er sich uns angeschlossen hat.«

»Wie kommst du zu dieser Annahme?«

»Kali sagte mir, dass er darauf brennt, für dich und das Reich tätig zu sein, dafür aber keine Erlaubnis des Vaters erhielt.«

Der König sah Hannutti nachdenklich an. Welch seltsame Begebenheit, sollte die Vermutung sich als wahr erweisen. Schuppiluliuma wischte diese Gedanken beiseite. Jetzt ging es um das Praktische. Wenn Hannuttis Neffe sich ohne Wissen der Eltern im Tross befand, könnte das zu Verwicklungen führen. Andererseits könnte man es auch als Familienangelegenheit ansehen. »Was erwartest du nun von mir?«

»Sollte er hier sein, so würde ich ihn mit mir nach Puruschhanda nehmen und ihm eine Grundausbildung angedeihen lassen, vor allem um herauszufinden, wo er genau einsetzbar sein könnte oder ob er nicht doch besser im Kontor in Tarscha aufgehoben ist.«

»Es ist dein Verwandter, Hannutti. Ich lasse dir völlig freie Hand.«

Hannutti dankte und entfernte sich. Sinnend blieb der König zurück.

Nachdem am nächsten Morgen das Lager abgebaut und der Tross abmarschbereit war, ließ Hannutti die gesamte Mannschaft antreten und Aufstellung nehmen. Mursili fand dabei nichts besonderes und sammelte seine Schar um sich, aber Talzu fürchtete Entdeckung und Blamage. Hannutti musterte sie nacheinander und stieß schließlich auf seinen Neffen, der den Blick gesenkt hielt. Also hatte sich Kali nicht getäuscht. Irgendwie imponierte ihm der junge Mann. Denn, dass hinter seiner Tat reifliche Überlegung stand und keine Kurzschlusshandlung, davon war er überzeugt. Ohne ein Wiedererkennen zu zeigen, hielt Hannutti eine kurze Ansprache.

»Die Mannschaften werden hier neu formiert. Der größere Trupp wird den König nach Hattuscha geleiten. Du und deine Leute, Adjutant, kommen zur Verstärkung in meine Gruppe und folgen mir nach Puruschhanda. Der Zug wird sich aber erst ein gutes Stück nördlich von Tuwanuwa aufteilen. Wir übernehmen jetzt die Spitze des Zuges. Abmarsch.«

»Das ist ja mal was Neues!« Mursili war sichtlich verblüfft. »Da werde ich wohl noch eine ganze Zeitlang nicht nach Hause kommen und habe plötzlich einen anderen Dienstherren. In Puruschhanda war ich noch nie, und General Hannutti unterstellt zu sein, ist kein Zuckerschlecken, das weiß jeder. Ich denke, das habe ich dir zu verdanken oder meinst du, er hat dich nicht erkannt?«

»Ich kann dir die Frage nicht beantworten, denn ich konnte ihn einfach nicht ansehen.«

»Also, er hat mit keiner Wimper gezuckt, soweit ich das beobachtet habe. Wenn du mir nicht erzählt hättest, dass ihr euch kennt, hätte ich mir jetzt auch nichts dabei gedacht, dass er mich rausgepickt hat. Jetzt schau nicht so.« Mursili klopfte Talzu aufmunternd auf die Schulter. »Es ist doch aufregend, was von der Welt zu sehen. Irgendwann wird er schon mit dir sprechen, denn in einer so kleinen Gruppe muss er dich auf jeden Fall entdecken. Oder du sprichst ihn an, das wäre vielleicht noch schlauer, was meinst du?«

»Du magst recht haben.« Talzu lachte schon wieder, unterkriegen ließ er sich nicht.

Nach zwei weiteren Tagen waren alle in Tuwanuwa eingetroffen, wo gerastet wurde. Seit der Rückeroberung dieses strategisch wichtigen Kreuzungspunktes am nördlichen Rand des Hochgebirges und dem Abschluss des Vertrages mit Kizzuwatna war die Region des Unteren Landes, die sie nun erreicht hatten, in ihrem östlichen Gebiet dauerhaft befriedet. Anders sah es an der Westgrenze aus. Dort musste immer noch mit Einfällen aus Arzawa gerechnet werden. Dem Statthalter dieser Provinz oblag also eine besondere Verantwortung für das Reich, die Schuppiluliuma und der Panku bei Hannutti in besten Händen wussten.

Nach einem weiteren Tagesmarsch trennte sich der Zug. Am Morgen nahm Hannutti Abschied vom Königspaar, das zunächst nach Nesa, der alten hethitischen Königsstadt, das auf halber Strecke nach Hattuscha lag, weiterziehen würde.

»Du wirst Brot essen und Wasser trinken!« Mit diesem üblichen Wunsch ging man auseinander. Der König hatte zuvor noch eine kurze Unterredung

105

unter vier Augen mit seinem Feldherrn, in der auch Talzu nochmals Erwähnung fand.

»Du wirst wissen, was du tust, Hannutti«, sagte der König, »aber ich gestehe, dass ich erstaunt war, dass du deinen Neffen nicht einfach rufen ließt, sondern die ganze Mannschaft antreten musste.«

»Das hatte zwei Gründe, Labarna. Zum einen hat er seinen Namen in Tanuwa geändert, so dass meine Nachforschungen nach einem Talzu ins Leere liefen. Zum anderen wollte ich ihn keinesfalls bloßstellen. Ich möchte mir zuerst seine Gründe anhören, bevor ich urteile.«

»Das spricht wie üblich für dich, mein Lieber. Hast du Kali benachrichtigt?«

Hannutti nickte. »Ich habe einen Boten nach Tarscha geschickt. Er müsste zwischenzeitlich dort angelangt sein.«

»Das ist gut. Nun geh. Ich flehe zu den Göttern, dass du deine Aufgaben in Puruschhanda rasch erledigt hast und auch unwirtliches Wetter nicht scheust, um bald deinem König nach Hattuscha zu folgen. Ich werde dich ungeduldig erwarten.«

Sie umarmten sich.

Hannutti und seine Begleiter verließen die Hauptroute bei Sonnenaufgang und wandten sich nach Nordwesten, um, wie Talzu dachte, das mächtige Bergmassiv zu umgehen, das sich zu ihrer Linken erhob. Die Landschaft hatte sich verändert. Karstige Gebirgsketten mit merkwürdigen Formationen zeigten sich. Weiter im Norden sollte es viele Höhlen, ja ganze Höhlenstädte geben, die zum Teil mehrere Stockwerke tief in die Tuffelsen gehauen worden waren und häufig als Wohnort oder Versteck genutzt wurden. Das hatte Mursili berichtet.

Gegen Mittag wurde Halt befohlen. Aber man rastete nicht, sondern die letzten leichten Wagen wurden zerlegt und das Gepäck auf alle nochmals verteilt. Dann bogen sie scharf auf einem breiten Pfad nach Westen ab und hielten direkt auf einen imposanten Gipfel zu.

»Das ist einer der Wohnsitze des Feuergottes, aber er schläft zum Glück«, sagte einer der Luwier aus Hannuttis Garde zu Talzu.

»Gibt es denn mehrere?«, fragte Talzu.

»Ja, einen der höchsten wirst du bald sehen. Wir passieren ihn auf dem Weg nach Puruschhanda. Seine Hauptwohnung hat er aber bei Nesa. Kennst du sein Geschenk?« Er flüsterte fast vor Ehrfurcht. Dann kramte er aus einem Beutel ein Messer hervor. Es war aus einem Stück, glatt, dunkel und glänzend.

»Sieh dich vor, Tanuwa, die Schneide ist geschliffen scharf.« Tanuwa prüfte sie mit der Fingerspitze.

»Was ist das? Glas?«

»Ich glaube, es ist ein Stein. Wenn der Gott zürnt, speit er mächtig Feuer, wirft ganze Brocken aus, dampft und stinkt. Alles wird dann so heiß, dass der Berg selbst zu schmelzen beginnt und ins Tal fließt. Wenn diese Masse wieder erstarrt, bleibt zurück, was wir Obsidian nennen.«

»Das ist ja unglaublich! Erzähl mir nicht, dass du das schon mal erlebt hast. Ich wäre gestorben vor Angst.«

»Nein, zum Glück kenne ich nur Geschichten darüber.«

»Warum leben die Menschen hier und fliehen nicht?«

»Du bist gut! Wir verehren den Feuergott. So vieles haben wir ihm zu verdanken! Nicht nur Obsidian. Er wird vor allem auch von den Schmieden im Reich verehrt. Du hast doch vielleicht von −«, er sah sich plötzlich verstohlen um, »− na ja, darüber darf ich nichts sagen, vergiss es. Auf jeden Fall ist hier bei uns seine Heimat, so viel steht fest. Um seine Wohnstätten breitet sich fruchtbares Land aus, schau dir nur dieses Tal hier an. Es ist doch an den Menschen, seinen Zorn nicht herauf zu beschwören.«

Sie hielten erneut und mussten sich vor einer Felswand versammeln, in die vor Urzeiten zwei hohe Stufen eingeschlagen worden waren. An diesem Altar wurden nun Brot und Früchte als Gaben niedergelegt. In eine kleine Senke goss Hannutti aus einer Schnabelkanne Wein. Dann sprach er ein Gebet. Erst danach durfte das Lager aufgeschlagen werden.

Bisher hatte Talzu keine Möglichkeit gefunden, sich seinem Onkel zu nähern. Von dem selbst war keinerlei Signal ausgegangen, dass er Talzu erkannt hatte und zu sprechen wünschte. Allerdings hatten sich ihre Wege auch kaum gekreuzt. Jetzt fasste er sich ein Herz und ging zu seinem Zelt. Die Wache befahl ihm zu warten.

Dann wurde der Eingang zurück geschlagen und Hannutti winkte ihn selbst herein. Talzu sank auf den Boden.

»Steh auf, Talzu, oder sollte ich eher Tanuwa sagen?«

War da wieder ein spöttischer Ton zu hören? Talzu erhob sich.

»Du hast deine arme Mutter in Angst und Schrecken versetzt«, sagte Hannutti. Dann ging er auf ihn zu und umarmte er ihn: »Willkommen, lieber Neffe. Du hast dir Zeit gelassen, dich zu offenbaren, aber sicher wirst du mir dafür eine gute Begründung geben können. Komm, setz dich zu mir.«

Hannutti wies ihm einen geschnitzten Klappstuhl an und nahm ebenfalls Platz.

»Was mache ich nun mit dir?«, fragte Hannutti, nachdem er schweigend seinem Neffen zugehört hatte.

»Ich kann dich nur bitten, mich in meinen Plänen zu unterstützen. Zurück nach Tarscha gehe ich auf keinen Fall.«

»Gut, wenn du dir da sicher bist, so nehme ich dich in meinen Dienst.«
Talzu wollte vor Glück aufspringen, aber eine Handbewegung Hannuttis
hielt ihn zurück.

»Freu dich nicht zu früh. Du wirst keinerlei Privilegien haben, nur weil
wir verwandt sind, darüber musst du dir klar sein, sondern wie alle anderen
behandelt werden. Wer weiß überhaupt davon?«

Talzu zögerte. Er wollte nicht die Unwahrheit sagen, andererseits fürchtete
er aber auch, Mursili zu verraten.

»Mir ist klar, dass dir irgendjemand aus dem Tross geholfen haben muss.
Mursili?«

Talzu nickte.

»Und ihm hast du gesagt, wer du bist?«

Talzu nickte erneut.

»Ist er zuverlässig?«

»Bisher hat er sich als wahrer Freund erwiesen, ich möchte nicht, dass er in
Schwierigkeiten kommt, bitte.«

»Also gut, Tanuwa. Du und Mursili werdet zu meiner Garde aufrücken und
auf dem restlichen Weg in meiner Nähe bleiben. In Puruschhanda werden
wir dann entscheiden, wie es weitergeht.«

»Verzeih mir, aber ich habe noch ein Anliegen. Es geht um meine Mutter.
Ich würde sie gerne benachrichtigen, dass es mir gut geht, dass ich mit dir
nach Puruschhanda ziehe und …«

»Das ist bereits geschehen«, unterbrach ihn Hannutti. »Geh jetzt und in-
formiere Mursili. Wir werden bei Tagesanbruch weiterziehen, meldet euch
dann beim Hauptmann der Garde.«

Der weitere Weg bis Nenessa, der fast vier Tage in Anspruch nahm, versetzte Talzu in Hochstimmung. Immer wieder versicherte er Mursili, dass er
sein Glück kaum fassen könne.

Sie folgten anfänglich dem Bergpfad weiter nach Westen, der zunächst
nochmals an Höhe gewann und dann immer entlang des Götterberges im
Norden verlief. In dem Tal, das sie anschließend durchzogen, kamen sie sich
klein, armselig und verletzlich vor. Auch hier stand nur ein rauher Bergpfad
zur Verfügung, der den Flusslauf mehrfach kreuzte. Die Furten überquerten
sie recht und schlecht auf den Lasttieren, auf umgestürzten Baumstämmen,
Steinen, von denen es reichlich gab, oder barfuß. Das Wasser war eiskalt.
Irgendwann verengte sich das Tal noch mehr und bildete eine enge Schlucht.
Der Fluss hatte sich in wilden Windungen durch das Vulkan- und Fels-
gestein gearbeitet. Die hohen, steil abfallenden Felswände links und rechts
begrenzten das Tälchen, das von Pappelwäldchen, Weiden und Zypressen
bestanden war. Überall lagen dicke Felsbrocken herum. Talzu erkannte an
der einen oder anderen Stelle Treppenstufen in den blanken Felswänden. Er

wies Mursili darauf hin, der zuckte die Schultern.

»Vielleicht führen sie zu Höhlenverstecken.«

Talzu musste sich ständig umschauen. Er war hingerissen von der wilden Schönheit der Schlucht. Wie hausten wohl die Menschen in den Felshöhlen? Was mochte sie dorthin vertrieben haben?

Plötzlich hörte er ein leises Grollen. Die noch unsichtbare Gefahr zog von oben herauf. Sein lauter Warnschrei brachte den Zug augenblicklich zum Stehen.

»An die Felswand«, brüllte der Hauptmann der Garde.

Sie zerrten und schoben die Tiere und suchten allesamt Deckung. Keine Minute zu früh. Ein gewaltiger Brocken stürzte herab, zersplitterte die Bäume, die ihm in Weg waren, und landete mit Wucht halb im Fluss, halb auf dem Pfad. Wasser spritzte nach allen Seiten. Mehr schien nicht passiert zu sein. Dennoch war Talzu vor Schreck gelähmt. Fest umklammerte er sein Medaillon, seinen Talisman, seine Verbindung zu Kija.

»Dich kann man brauchen!«

Die Anerkennung des Hauptmanns riss ihn aus seiner Erstarrung. Sein Blick kreuzte den Hannuttis, der ganz in seiner Nähe an der Felswand lehnte. Irrte er sich oder zwinkerte dieser ihm unmerklich zu?

»Weiter! Macht voran, vor Anbruch der Dunkelheit müssen wir hier raus sein!«

»Das war knapp.«

Talzu entdeckte Schweißperlen auf Mursilis Stirn, auch ihm saß der Schreck in den Gliedern. Sie ordneten sich wieder ein, zwängten sich an dem Felsbrocken, der nun unschuldig dalag, vorbei und marschierten schweigend und verbissen im Gänsemarsch. In Talzu aber breitete sich Freude aus. War er nicht von den Göttern gesegnet? Was wäre geschehen, wenn er nicht rechtzeitig vor der Gefahr gewarnt hätte. Vielleicht hatte er sogar einigen das Leben gerettet? Vielleicht sogar seinem Onkel?

»Warum wird ein solch gefährlicher und beschwerlicher Weg benutzt? Gibt es keinen anderen?«, fragte er bei nächster Gelegenheit seinen luwischen Gardenfreund.

»Natürlich, aber es ist mit Abstand der kürzeste und nur Einheimische kennen ihn.«

»Obwohl immer wieder solche Felsbrocken herunter krachen?«

»Ich habe das zum ersten Mal erlebt und ich bin schon einige Male hier durchgezogen.«

Talzu runzelte die Stirn. Zum ersten Mal? War hier vielleicht nicht der Zufall, sondern menschlicher Wille am Werk? Und wenn ja, wer wollte Hannutti und seinen Leuten schaden? Wer konnte überhaupt davon wissen, dass er eben jetzt diesen Weg nahm? Talzu erinnerte sich mit einem Mal an die

Vorkommnisse in Qatna, den Überfall auf die Karawane, das Herumschleichen verschleierter Nomaden – wenn es welche waren – und geheime Treffen mit Edlen. Das war es, was er die ganze Zeit hin und her gewälzt hatte. Er hatte eine Begegnung des Edlen Tiru mit einem bis zur Unkennlichkeit vermummten Mann in der Unterstadt von Qatna beobachtet und ihr Gespräch belauscht. Tiru, der Schwager des Königs. Konnte es sein, dass der in den Überfall verstrickt war? Wegen irgendetwas sollte er sein Gegenüber gleich benachrichtigen. Worum könnte es da bloß gegangen sein? Vielleicht sollte er Akizzi informieren oder besser noch: Kija?

Nicht weit entfernt vom Ende der Schlucht, das sie am späten Nachmittag ohne weitere Zwischenfälle erreichten, erwartete sie nach den Strapazen eine sprudelnde heiße Quelle. Welch eine Labsal für die wunden Füße, welche Erholung für den ganzen Körper. Übermütig bespritzten sie sich gegenseitig und tollten herum wie Kinder.

Die Umgebung hier war geprägt von bizarren Tuffsteinformationen, eine Felslandschaft, die der Feuerberg geschaffen hatte. Sie zog sich fast bis Nenessa, das sie anderntags erreichten. Der Ort markierte eine Art natürliche Grenze zwischen der eher eintönigen, steinigen Ebene von Ikkuwanija und dem felsigen Gebirge, an dessen Ausläufern er in dem weitläufigen Flusstal lag, dem sie nun schon so lange gefolgt waren. Wie eine verheißungsvolle Oase erschien Nenessa. Pinien, Zypressen und Obstplantagen erinnerten Talzu an das Umland von Qatna. Nun war es nicht einmal mehr eine Tagesreise nach Westen, immer weiter am Fluss entlang, bis sie endlich am Ziel waren: dem Regierungssitz Hannuttis.

Puruschhanda spielte in mehrfacher Hinsicht eine bedeutende Rolle im Reich Hattuscha. Es lag zentral und fungierte als Bollwerk gegen Angriffe aus dem Westen. Obendrein war es Aufmarschgebiet für die Westzüge der Hethiter. Aber auch für die Entstehung des Reiches war es wichtig. Es wurde berichtet, dass in alter Zeit Anitta, der legendäre Begründer des Reiches, als Tribut und Zeichen der Unterwerfung vom damaligen Fürsten von Puruschhanda ein Zepter und einen Thron aus Eisen erhalten hatte. Auch der Eisenthron der Tawananna sollte von dort stammen. Was es mit diesem Eisen auf sich hatte, war Talzu nach wie vor nicht gelungen in Erfahrung zu bringen. Er erinnerte sich, dass in Qatna von einer Wunderwaffe der Hethiter gemunkelt wurde und dabei das Wort Eisen fiel. Woraus bestand es? Metall? Was war so anders an ihm als an der herkömmlichen Bronze, aus denen ihre Waffen bestanden? Und war nicht auch gestern von seinem Luwier irgendeine Andeutung gekommen, die damit zu tun haben könnte? Vielleicht mit der Rohstoffgewinnung? Sie musste hier in der Nähe sein und zwar seit alters her.

Die Stadt lag in der Ebene am südöstlichen Ende eines großen Sees. Talzu hatte ihn schon aus den Bergen glitzern sehen.

»Ja, ja, das ist ein Meer, wenn auch ein stilles und mitten im Land und ganz anders als das Meer, das du kennst«, erläuterte ihm ein weiterer Luwier namens Mita. »Das Wasser ist nicht sehr tief und es schmeckt salzig. Im Sommer, wenn es heiß ist, trocknen die Ränder aus, das Meer wird immer kleiner. Und zurück bleibt ein weißer Schatz: Salz.«

Kleine Salzfelder gab es auch in der Nähe von Tarscha. Salz war ein äußerst kostbares Handelsgut, das besonders sorgfältig gelagert werden musste, damit es ja nicht feucht wurde.

»Keiner weiß, wie es in den See kommt, den wir Tatta-Meer nennen. Aber es ist jedes Jahr im Sommer wieder da und wird dann eingesammelt. Eine üble Arbeit. Ich bin froh, dass ich in die Garde aufgenommen wurde und herumkomme.«

»Hast du eine Ahnung, wie groß das Tatta-Meer ist? Bei diesem Licht sehe ich nur eine riesige gleißende Fläche.«

»Ich denke, so ungefähr zwei Tagesmärsche breit und mindestens vier lang, jedenfalls im Sommer. Wenn es im Herbst regnet, ist es viel größer. Der Binsengürtel zeigt, wie weit das Wasser reichen kann. Es gibt wilde Gänse und andere Vögel, die wir als Kinder gejagt haben.«

»Das heißt, du bist hier geboren?«

»Ja klar.«

»Dann wirst du deine Familie jetzt wiedersehen. Wie ich dich beneide.«

»Das wird nur ein kurzes Vergnügen werden«, sagte Mita, »aber ich freue mich natürlich sehr.«

»Warum kurz? Bleiben wir nicht hier?«

»Schon, aber wir haben ja immer in der Nähe des Generals zu sein. Und wir schlafen in Mannschaftsunterkünften. Niemand wohnt bei seiner Familie, wusstest du das nicht?«

Talzu schluckte. Was würde ihn erwarten?

Sie näherten sich der Residenz am frühen Nachmittag. Der Himmel hatte sich schon während der Nacht bedrohlich bezogen. Dunkle Wolken, vom Nordwind getrieben, verhießen Regen.

»Da, dort vorne ist es schon.« Mita freute sich.

Talzu schaute in die angegebene Richtung. In dieser Jahreszeit verschmolz die umlaufende Mauer aus Steinen und Lehmziegeln fast mit der Umgebung, so dass trotz der freien Sicht der Ort erst spät wahrgenommen wurde. Sie betraten die Unterstadt mit ihren eng nebeneinander errichteten Häusern und regelmäßig angelegten, gepflasterten Straßen durch das südliche Stadttor, im Rücken den bestimmenden Gipfel des Feuerberges, der die karge, bräunliche

111

Hochebene des Westens bewachte, die nur durch den Karawanenweg nach Ikkuwanija erschlossen zu sein schien. Talzu war trotz der respektablen Ausdehnung des Ortes enttäuscht. Das hier sollte der Sitz des Stellvertreters des Königs sein? Er stieß Mursili in die Seite und deutete nach vorn. Der rollte nur mit den Augen.

»Hauptsache, es gibt hier genügend Liebeshäuser! Na, Mita, wie sieht es damit aus? Irgendeine spezielle Empfehlung?«, versuchte er die angespannte Stimmung etwas aufzulockern. Die meisten um ihn herum wieherten vor Vergnügen. Talzu erreichte er mit seinem Späßchen allerdings nicht. Der war ganz mit Schauen beschäftigt.

Eine Menge Menschen war zur Begrüßung zusammengelaufen und begleitete die Ankommenden in die Oberstadt zum Palast. Am Zitadellentor blieb Talzu abrupt stehen. Er blickte über das weitläufige Areal vor ihnen. »Was ist denn hier passiert? Die meisten Gebäude sehen ja völlig heruntergekommen aus?«

»Was hast du erwartet? Einen Paradiesgarten mit Lustpavillon?«, erwiderte Mita gereizt auf Talzus Bemerkungen. »Die beiden Paläste und auch die anderen Gebäude sind uralt. Und sie wurden mehrfach zerstört. Zuletzt von diesen Marodeuren aus Arzawa. Das ist gar nicht lange her. Bisher sind eben nur einige Teile davon wieder bewohnbar gemacht worden, aber das wird sich rasch ändern, du wirst sehen.«

In diesem Moment öffnete der Himmel seine Schleusen. Puruschhanda versank in Grau und mit ihm Talzu und Mursili.

Der Palast war in heller Aufregung. Boten hatten die Ankunft des ägyptischen Thronfolgers Amunhotep gemeldet. König Idanda, Akizzi und der Rat debattierten über die denkbaren Hintergründe dieses außergewöhnlichen Ereignisses. Die einfachste Erklärung war, dass es zu spät im Jahr für die Rückreise zu Schiff nach Ägypten war und er die Zeit nutzte, um sich in Nordsyrien umzusehen. Da war es naheliegend, dass er auch Qatna einen Besuch abstattete. Es war mit Ägypten seit langer Zeit verbündet und als Zwischenhandelsposten immer loyal dem Reich am Nil gegenüber eingestellt. Als Gegenleistung garantierten die Ägypter militärische Hilfe gegenüber möglichen Feinden von Qatna, seien es Nachbarfürsten, Hurriter oder Hethiter.

Aber warum war er überhaupt in Syrien? Bisher hatten sich Pharaonen oder deren Nachfolger zumeist nur in die Levante begeben, wenn militärische Auseinandersetzungen anstanden. Dabei hatten sie dann noch die Gelegenheit genutzt, im Orontestal Elephanten zu jagen. Das war ein solch spektakuläres Ereignis, dass sie sogar in Inschriften und Bildern zu Hause in Ägypten davon berichteten. Offiziell war Amunhoteps Fahrt als Inspektionsreise durch die zu Ägypten gehörigen Länder Kanaans und Syriens deklariert worden, was durchaus verständlich war, würde er doch eines Tages den Pharaonenthron besteigen. Sein älterer Bruder, Kronprinz Thutmosis, war völlig unerwartet im dreißigsten Regierungsjahr des Vaters in Memphis, wo er wie alle Kronprinzen vor ihm seine militärische Ausbildung absolvierte, gestorben. Nun galt es, Amunhotep in aller Eile auf die neue Position vorzubereiten. Natürlich hatte er gemeinsam mit seinem Bruder die übliche Prinzenerziehung genossen, lesen und schreiben gelernt, Sport getrieben. Er war in die tieferen Geheimnisse der Religion eingeweiht und auf seine repräsentativen Pflichten hin erzogen worden. Aber die militärische Ausbildung in Memphis und die damit verbundenen Aufgaben eines Hohepriesters des dortigen Ptahtempels waren Thutmosis vorbehalten gewesen.

Seit dessen Tod war der nun bald zwanzigjährige Amunhotep unermüdlich, wenn auch mit keiner großen Begeisterung damit beschäftigt, sich alles Notwendige für die spätere Regierungsübernahme anzueignen. Deshalb wäre es aus Sicht der Qatnäer klug, wenn er sich einen Überblick über Ägyptens Vasallen im Norden und die befreundeten Fürsten verschaffte. Bisher zeigte sich Ägypten an allen Regionen außerhalb seines Kernlandes eher desinteressiert. Pharao Amenophis III., unter dem Wohlstand und Luxus vor allem durch das stetig nachströmende Gold aus dem nubischen Nilland südlich des ersten Nilkataraktes ihren Höhepunkt erreichten, hatte zwar das Weltgeschehen im Blick, zeigte aber keinerlei Neigung, Ägypten zu verlassen. Kanaan und Syrien wurden mehr und mehr sich selbst überlassen. Warum erschien nun also sein Sohn? Steckten geheime Expansionspläne dahinter? Gab es interne Querelen, Misstrauen gegenüber den Kundschaftern, Misstrauen gegenüber den Vasallen? Wollte man erfahren, auf welche Seite sich Qatna und die anderen nordsyrischen Fürsten schlagen würden, wenn es zwischen dem erstarkenden Hattuscha und Mittani zu einem Waffengang kommen sollte, der zugunsten Schuppiluliumas ausfiel? Immerhin waren Ägypten und Mittani Verbündete. Es schien durchaus vorstellbar, dass die Loyalitäten und die Waffenstärke der Pufferzone in Augenschein genommen werden sollte.

König Idanda sah seine Befürchtungen bestätigt, dass sich die Zeit des ruhigen Miteinanders dem Ende zuneigen könnte. Am meisten beunruhigten ihn, wie er der Hohepriesterin Schala anvertraute, die Berichte seiner Kundschafter aus Qatna selbst. Es gärte unter den Edlen, ohne dass greifbar wurde, wer zu den Unzufriedenen gehörte und was sie im Schilde führten. Dass sein Schwager Tiru nicht mit allem einverstanden war, das wusste der König. Aber er zweifelte nicht an dessen Loyalität, war er doch der Bruder der Königin. Es mussten unbedingt weitere Informationen eingeholt werden, doch konnte die Bespitzelung der Standesgenossen dem Klima in der Stadt nicht unzuträglich sein? Idanda sah trotz der Ehre, die Qatna widerfuhr, dem Besuch des hohen Gastes mit Unbehagen entgegen. Er bat Schala mehrfach, die Göttin zu befragen, ob der Aufenthalt von Amunhotep durch Störungen jedweder Art gefährdet sein könnte. Doch alle Vorzeichen erbrachten nichts Auffälliges.

Um den Gast würdig zu empfangen, wurde der Gästetrakt des Palastes aufwändig hergerichtet, die Ankunft des Prinzen sollte mit einem großen Gastmahl begangen werden.

Idanda quälten aber nicht nur die politischen Sorgen. Seit die ägyptischen Boten erschienen waren, hatte sich die Stimmung zwischen seinen Gemahlinnen deutlich verschlechtert. Königin Beltum überschüttete ihn mit Anschuldigungen gegen Iset. Sie fürchtete, die Nebenbuhlerin könnte sie ausstechen. Die wiederum hatte ihm versichert, nichts getan zu haben, was den Unmut der Königin geschürt haben könnte. Und Idanda glaubte ihr. Er kannte Beltum gut genug. Mit großer Geduld erläuterte er ihr die Wichtigkeit des Besuches für Qatna und versuchte, die Vorwürfe gegen Iset zu mäßigen. Sie war nun einmal die enge Verwandte des Kronprinzen von Ägypten und das konnte Qatna zu großem Vorteil gereichen. Beltum lenkte schließlich ein und versprach, sich an die Etikette zu halten. Nur gut, dass Kija im Haus der Göttin weilte. Sie hätte den Ärger der Königin erst recht angestachelt. König Idanda aber verbrachte viele Stunden in Zwiesprache mit den königlichen Ahnen.

Kija wachte auf und sah auf die ruhig neben ihr schlafende Amminaje. Draußen war der erste Hauch des Tages zu erahnen. Für den Tempeldienst war es viel zu früh.

Ein Traum – der Traum hatte sie zum Erwachen gebracht. Immer wieder derselbe Traum, der sie zutiefst verwirrte. Sie stand an ihrem Lieblingsplatz am Fluss und schaute den gurgelnden Wassern zu, über die einige aufgescheuchte Enten ihre Bahn zogen. Um sie herum herrschte Ruhe, nur das Zirpen der Grillen war zu hören und das beständige Gemurmel der Wellen. Abendstimmung, die Sonne sank. Es war angenehm warm. Sie ahnte Schritte, die sich ihr näherten. Sie drehte sich nicht um. Sie rührte sich nicht. Arme umfingen sie von hinten und sie nahm erregten Atem wahr, spürte eine Wange, die sich in ihr Haar vergrub. Eine warme Stimme flüsterte ihr kosende Worte ins Ohr. Eine Hand schlüpfte unter ihr leichtes Gewand, tastete und begann dann zart ihre knospenden Brüste zu liebkosen. Kija glaubte, die Besinnung zu verlieren und war gleichzeitig hellwach, ergeben und angespannt zugleich. Die Berührungen raubten ihr den Atem. Wie Wellen ergoss sich das immer mehr begehrende Streicheln über sie. Ihre Erstarrung löste sich, sie lehnte sich an den bebenden Körper hinter ihr und ließ sich fallen. Während sie die Augen schloss, stöhnte sie mit der wachsenden Lust. Sie legte den Kopf zurück. Weiche Lippen küssten ihren Hals. Sie spürte, dass alle Kraft sie verlassen würde, als ein Knall die Luft zerriss. Die Arme, die sie eben noch gehalten hatten, rutschten von ihr ab, ein Körper ging zu Boden. Kija öffnete die Augen, aber sie war unfähig sich umzuwenden. Sie wusste, wer da am Ufer ihres geliebten Flusses lag: es war der Kronprinz von Ägypten.

Kija versuchte gar nicht erst, noch einmal einzuschlafen. Sie wälzte sich unruhig hin und her, atemlos von dem Nachhall ihres Traumes und gepeinigt über das Ende. Schickte ihr die Göttin eine Warnung, war das eine Prophezeiung? Schließlich stand sie auf. Sie ging hinunter zu den Baderäumen und wusch sich das Gesicht mit kühlem Wasser. Fröstelnd wickelte sich in ihren warmen Umhang. Der Herbst war schon fortgeschritten, der Winter mit seinem Regenfällen und all den damit verbundenen Beschwerlichkeiten nicht mehr fern. Gedankenverloren durchschritt sie den großen Innenhof bis zum Eingangsportal des Tempelareals. Sie trat vor das Tor. Nur durch die breite Prachtstraße getrennt, einen Steinwurf von ihr entfernt lag in morgendlicher Stille der Palast.

Sie schaute hinüber.

Die ganze obere Etage des Westflügels war für die ägyptische Delegation eingerichtet worden. Dem Sohn des großen Pharao und seiner Königsgemahlin Teje sollte es an nichts mangeln. Eine Ewigkeit schien Kija seit seiner Ankunft in Qatna vergangen zu sein, soviel hatte sich ihrer Meinung nach verändert, dabei war es gerade einmal zehn Tage her, dass er mit seiner Gefolgschaft durch das Westtor in die Stadt eingefahren war.

Er sah prachtvoll aus. Schlank und aufrecht hatte er in dem eleganten, leichten, zweirädrigen Wagen gestanden, der von üppig geschmückten, rassigen Pferden gezogen wurde. Auf ihren Köpfen wehten Bänder und Straußenfedern. Die Rückendecken waren über und über mit bunten Ornamenten übersät. Selbst die Schwänze waren mit rotgoldenen Fäden durchwirkt. Amunhotep trug eine stufig geschnittene, bändergeschmückte Kurzhaarperücke. Bekleidet war er mit dem gefältelten Schurz, der mit einer Isisknoten genannten Schließe zusammengehalten wurde, und einem hauchdünnen Hemd mit schmalen Trägern. An beiden Oberarmen glänzten breite Manschetten aus Goldperlen, durchsetzt mit Lapislazuli, Karneol und Türkis. Das Imposanteste war aber der Brustschmuck. Ein breiter Kragen aus intensiv blauen Fayenceperlen in unterschiedlichen Formen unterstrich sein königliches Erscheinungsbild.

Kija hatte den Einzug vom Dach des Hauses der Göttin zusammen mit den Priesterinnen und den Novizinnen beobachtet. Sie war wie die anderen Frauen hingerissen, wie sie sich insgeheim eingestehen musste. Am Abend war sie mit Schala zum großen Festmahl gegangen. Sie konnte nicht leugnen, dass sie eine tiefe Genugtuung ergriff, als sie Königin Beltum an ihrem gewohnten Platz am Ende der Tafel vorfand. Neben dem Gast aus Ägypten aber saßen König Idanda zur Linken und seine Gemahlin Iset, Amunhoteps leibliche Tante mütterlicherseits, an dessen rechter Seite. Ihre Mutter war ganz nach ägyptischer Sitte gekleidet. Ein enganliegendes, weißes Trägergewand betonte ihre immer noch schlanke Figur. Statt eines Pektorals zierte sie eine feine Kette aus lauter goldenen Fliegen, immer wieder durchbrochen von Karneolperlen, dazu passende Ohrgehänge, und sie hatte ihren kostbaren Lotosring aus Elektron am rechten Mittelfinger, das Abschiedsgeschenk ihrer Mutter. Sie trug die beim Hof in Theben oder Memphis übliche Perücke aus echtem, schwarzem Haar. Die Haarmasse war in Strähnen gegliedert, die unten in Zöpfchen ausliefen. Sie umrahmte das sensible Gesicht, das durch ein in die Stirn reichendes Diadem aus bunten Fayenceperlen bekrönt wurde. Die Augen hatte sie sorgfältig geschminkt: mit Kajal waren die Lider umrandet und in den Augenwinkeln parallel zu den Brauen verlängert worden. Kija hatte ihre Mutter noch nie so ausschließlich als Ägypterin gesehen. Welche Verwandlung! War das die immer zurückhaltende, beinahe unauffällige Person, die sie kannte? Kein Wunder, dass der Vater sich in sie verliebt hatte. Sie war eine wahrhaft königliche Erscheinung.

Dagegen wirkte Kija in ihrem schlichten Gewand allein durch ihre jugendliche Schönheit. Sie hatte darauf bestanden, ihrem neuen Stand entsprechend an der Mahlzeit teilzunehmen. Sie hob sich auf fast provozierende Weise von all den anderen Frauen ab, wie zum Beispiel der Kronprinzessin, ihrer Freundin Ehli-Nikalu, die dem Anlass angemessen in großer Aufmachung bei Tisch erschienen war.

Die Mahlzeit verlief äußerst steif und anstrengend. Alle waren bemüht, sich streng nach dem Zeremoniell zu verhalten, das der Anwesenheit eines solchen Gastes Rechnung trug. Einzig Iset plauderte scheinbar gelassen, wie es ihre Art war, mit dem zukünftigen Pharao, einem der drei oder vier Großkönige der bekannten Erde. Die meisten anderen hielten sich scheu und respektvoll zurück.

Die allgemeine Unterhaltung wurde in Akkadisch geführt, da außer Iset nur Kija fließend Ägyptisch sprach. Sie wurde allerdings im Wesentlichen und eher mühsam von Amunhotep und Idanda bestritten. Sogar Akizzi versank in Schweigen. Kija musste plötzlich an das Begrüßungsessen mit Eheja und Talzu drüben im Familienspeisesaal denken. Damals war vor lauter munterem Stimmengewirr und angeregten Unterhaltungen, Lachen und Scherzen, das eigene Wort kaum zu verstehen gewesen. Jetzt schienen alle dankbar für die Darbietungen der Musiker und Sänger zu sein, die die Speisenabfolge begleiteten. Die Palastküche hatte sich selbst übertroffen. Nicht einmal bei den Hochzeitsfeierlichkeiten für Akizzi und Ehli-Nikalu waren solch raffinierte Gerichte serviert worden. Kija genoss Bissen für Bissen. Sie aß langsam und bedächtig und würdigte jede Einzelheit der ihr vorgesetzten Speisen.

Es kam ihr wie eine Wiederholung von etwas bereits Erlebtem vor, als sie Amunhoteps Blick auf sich ruhen fühlte, und doch war alles ganz anders als vor Wochen. Was für Augen! Dunkel wie die Nacht, undurchdringlich. Schauten sie ernst, gelassen? Nein, eher melancholisch, vielleicht sehnsüchtig – und unruhig. Sie machten Kija nervös und doch konnte sie ihre Augen nicht abwenden. Sie tastete sich durch das Gesicht, dieses schmale, längliche Gesicht, das von den mandelförmigen, breiten, fast schlitzartigen Augen und symmetrisch geschwungenen Brauenbögen, die fließend in eine schlanke Nase übergingen, beherrscht wurde. Sie betrachtete die leicht gewölbten Wangen, das runde Kinn, die sinnlich aufgeworfenen Lippen, bemüht, die Grenze des Schicklichen nicht zu überschreiten.

Kija riss sich von ihren Erinnerungen los. Die Sonne war aufgegangen. Sie zog den Umhang enger und ging zurück, um ihre tägliche Arbeit aufzunehmen. Sie hatte heute Gerätschaften für den Dienst der Göttin zu reinigen. Doch sie war nur halb bei der Sache. Immer wieder kreisten ihre Gedanken um Amunhotep. War ihr bisher das Haus der Göttin und die Ausbildung zur Priesterin als höchst erstrebenswert erschienen, so suchte sie nun ständig nach Gründen, die ihre Anwesenheit im Palast rechtfertigten – seinetwegen. Etwas an ihm zog sie magisch an. Waren es seine Augen, sein rätselhafter Blick, der ihr soviel mitzuteilen schien? Rief er sie nicht? Sie erinnerte sich an ihr erstes Gespräch. Sie hatte unter einem Vorwand um Erlaubnis gebeten, ihre Mutter besuchen zu dürfen, was ihr anstandslos gewährt wurde. Wie sie wohl insgeheim gehofft hatte, fand sie sie in Gesellschaft von Amunhotep, vertieft in den Austausch über die Familie und Neuigkeiten aus Ägypten.

»Kija, willkommen, welch eine Überraschung! Komm, setz dich zu uns.« Iset umarmte ihre Tochter. »Wir sprachen gerade über besten Hofklatsch.« Sie lachte. »Es gibt offenbar in Theben immer noch Familien, die sich mit einer Liebesheirat nicht abfinden können, man stelle sich vor, nach alle den Jahren.«

Wovon sprach die Mutter?

»Es geht darum«, ergriff Amunhotep das Wort, »dass mein Vater nach Meinung dieser Leute nicht standesgemäß geheiratet und damit gegen die Maßgaben der Götter verstoßen hat, weil er zur Großen Königsgemahlin keine Prinzessin aus königlichem Geblüt erwählte, sondern eine Frau, die aus der gehobenen Beamtenschicht stammt. So etwas hatte es noch nie gegeben! Aber ich würde handeln wie er, wenn ich die Frau fände, der ich mein Herz zu Füßen legen könnte.«

Kija hatte das Gefühl, als durchglühe sie seine weiche, einschmeichelnde, fast ein wenig weibliche Stimme. Sie stand auf und trat ans Fenster. Aber etwas zog sie zurück auf ihren Platz, sie wollte in seiner Nähe sein. Sie spürte ihn, obwohl sie zu weit entfernt saß, als dass sie sich hätten berühren können.

Ihr Widerspruchsgeist regte sich dennoch.

»Ihr sprecht von einer Heirat aus Liebe und trotzdem hat der Pharao – er möge leben, heil und gesund sein – eine große Anzahl Nebenfrauen in seinem Harem, die nur für ihn und seine Unterhaltung da sind. Wie ist das mit einer großen Liebe zu vereinbaren?«

»Deine Mutter hat mir erzählt, dass du eine vorzügliche Ausbildung genossen hast. Da wird dir sicher auch bekannt sein, dass die meisten Herrscher, vor allem der bedeutenden Reiche, nicht umhin können, schon aus politischen Gründen bestimmte Eheverbindungen einzugehen. Das hat Ägypten natürlich gar nicht nötig. Dem Pharao werden die Prinzessinnen geradezu angedient. Aber soll er deiner Meinung nach die Fürsten brüskieren, indem er sie wieder nach Hause schickt?«

Kija errötete. »Ich wollte dir nicht zu nahe treten.«

»Es gefällt mir, dass du dir deine eigenen Gedanken machst und sie auch äußerst. Das tun die meisten Frauen nicht, selbst in Ägypten. Und schon gleich gar nicht, wenn sie es mit einem Mitglied der königlichen Familie zu tun haben.«

Kija durchfuhr es heiß, als sie sich klarmachte, mit wem sie da so freimütig sprach. Ihr Gegenüber war schon jetzt einer der mächtigsten Männer der Erde, sein Vater wurde, wie sie von ihrer Mutter wusste, als lebender Gott verehrt. Einen kurzen Augenblick war sie versucht, sich vor ihm niederzuwerfen, doch dann siegte ihr Stolz. Schließlich war sie seine Cousine und Prinzessin von Qatna. Sie erhob sich. »Ich muss zurück ins Haus der Göttin.«

Amunhotep war ebenfalls aufgestanden. Bevor sie es verhindern konnte, hatte er ihre Hände ergriffen. »Wann sehe ich dich wieder?«

»Ich weiß es nicht.«

»Ich hoffe bald«, sprach Amunhotep leise und doch schallten diese wenigen Worte in ihren Ohren. Sie löste die Hände aus seinem Griff und eilte zur Tür, ohne Abschied von ihrer Mutter zu nehmen.

»Ich hab mich benommen wie eine dumme Gans, wie ein Kleinkind«, sagte Kija später zu Amminaje, als sie ihr abends von der Begegnung berichtete.

»Aber er scheint sich auf jeden Fall für dich zu interessieren, sonst hätte er um kein Wiedersehen gebeten.«

»Vielleicht langweilt er sich oder hat mich nur auf den Arm genommen.«

»Und was ist mit all den Geschenken?«

»Amminaje, du weißt ebenso gut wie ich, dass sie wunderschön und kostbar sind, aber nichts zu bedeuten haben. Es ist einfach üblich, Geschenke auszutauschen.«

»Aber einige hat er dir direkt gegeben, zum Beispiel dieses hübsche Salbgefäß.« Amminaje deutete auf ein kleines Glasgefäß, das in dem karg eingerichteten Zimmer ein Regalbrett zierte. »Man könnte meinen, man hätte eine blaue Weintraube in der Hand. Und dann der Brettspielkasten, den man auf allen Seiten benutzen kann. Hast du solch fabelhafte Arbeit schon einmal gesehen? Das muss Ebenholz sein. Und diese hauchdünnen, glasierten Fayenceplättchen! Solche Einlegearbeit gibt es in ganz Qatna nirgends. Wollen wir ›Zwanzig Felder‹ oder ›Senet‹ spielen?«

Das waren ägyptische Spiele, die Kija der Freundin beigebracht hatte. Aber sie winkte ab.

Nicht nur Iset, auch Kija wurde im Verlauf der Wochen immer wieder zu den Gesprächen, die König Idanda und Vertreter des Rates mit Amunhotep führten, hinzugezogen, um zuzuhören und zu übersetzen. Selbstverständlich waren auch Dolmetscher in Amunhoteps Gefolge, aber dem König war es wichtig, dass aus den eigenen Reihen die Unterhaltungen mitverfolgt wurden. Zu schwierig war aus seiner Sicht die Gesamtsituation und die Zukunft Qatnas, als dass man sich Missverständnisse durch sprachliche Unzulänglichkeiten erlauben konnte.

Amunhotep selbst zeigte kein großes Interesse für die politischen Debatten. Das Verhältnis Ägyptens zu Mittani sei doch ausgezeichnet, besiegelt durch eine dynastische, eheliche Verbindung. Außerdem hätte man Hattuscha ganz unter Kontrolle, nachdem das Land im Westen am Ahhijawischen Meer namens Arzawa auch erfolgreich in die antihethitische Koalition gezogen worden sei, ebenfalls besiegelt durch die Entsendung einer ägyptischen Prinzessin als Gemahlin für den dortigen König. Der Einwand von König Idanda, man habe aus zuverlässiger Quelle erfahren, dass es Schuppiluliuma gleich in seinem ersten Feldzug als Labarna gelungen sei, Arzawa in die Schranken zu weisen, wischte der Kronprinz vom Tisch, was den qatnäischen Rat nicht eben beruhigte. Waren die Ägypter schlecht informiert oder war es ihnen tatsächlich gleichgültig, was sich im Norden abspielte?

Idanda hatte natürlich auch den Regierungsantritt des Königs von Assyrien angesprochen sowie dessen Heirat mit einer Königstochter aus Babylonien. Von den Geheimverhandlungen zwischen dem Hethiterreich und Assyrien berichtete er ebenfalls. Bahnten sich da nicht neue Achsen an, die auch Ägypten schaden konnten? Was war, wenn Mittani dem hethitischen Druck nicht standhielt oder gar in die Zange genommen würde, durch Assyrien im

Osten und Hattuscha im Westen? Amunhotep hielt dagegen, Tuschratta von Mittani habe ausführlich von dem völlig erfolglosen Angriff der Hethiter auf Mittani an seinen Vater Amenophis III. geschrieben und reiche Beute mitgeschickt, die er den Hethitern abgenommen hatte: viele Streitwagen, bestens trainierte Pferde und jede Menge Sklaven. Dann winkte er ab, das Thema schien ihn zu ermüden. König Idanda – und er teilte seine Überlegungen Akizzi, Akallina, Uppija und auch Iset und Kija mit – beschlichen Zweifel, ob er es bei Amunhotep trotz dessen Jugend mit einem gewieften Taktierer zu tun hatte oder ob Ägypten aufgrund seiner Stärke und Macht in solche Arroganz verfallen war, die dunklen Wolken am nördlichen Horizont auszublenden.

Eindeutig war, dass der ägyptische Kronprinz weitaus mehr Interesse an Kija als an Politik und wirtschaftlichen Besprechungen zeigte. Es war Idanda nicht entgangen, mit welch wachsender Aufmerksamkeit er Kija bei jeder Begegnung betrachtete. Offensichtlich imponierte ihm ihre Art, die manch einem als zu forsch oder gar zu vorlaut für eine junge Frau erschien.

Idanda hatte ebenfalls beobachtet, wie bereitwillig Kija allen Treffen im Palast zugestimmt hatte. Natürlich hatte sie ihre Neugierde durch den Aufenthalt im Haus der Göttin nicht verloren, im Gegenteil – sie sollte ja nach der Vorstellung des Vaters eines Tages Schalas Platz als Hohepriesterin von Qatna einnehmen. Und dazu gehörten nicht nur die Kenntnis von Kulten und Ritualen, von Opferschau und Omina-Deutungen, von Heilkunde und Traumauslegung, sondern auch fundiertes Wissen über alle die Stadt und den Palast betreffenden Belange. Doch Idanda ahnte, dass über das Interesse an den Gesprächen mit dem hohen Gast und dem befriedigenden Gefühl, ihre Ägyptischkenntnisse ausspielen zu können, hinaus, Kija das Zusammensein mit Amunhotep nicht unangenehm war. Iset bestätigte seine Beobachtungen.

»Nur als Gedankenspiel«, sagte er zu ihr, »angenommen, aus den beiden würde ein Paar, was ganz unwahrscheinlich ist, was würde das für Qatna bedeuten?«

»Wir ständen noch eindeutiger an der Seite Ägyptens und wären damit sicheres Angriffsziel von Schuppiluliuma, wenn er tatsächlich Mittani erneut angreifen und besiegen würde.«

»Das ist richtig«, erwiderte der König. »Andererseits wäre Ägypten in jedem Fall zu militärischer Hilfe verpflichtet, ist es ja mit Mittani verbündet. Aber würde der Pharao tatsächlich Truppen schicken? Verzeih mir, Liebste, wenn ich daran zweifele. Zu sehr hat sich der Pharao in der letzten Zeit auf Ägypten selbst konzentriert, oder siehst du das anders?«

Iset nickte bedächtig. Sie selbst würde sich nichts sehnlicher wünschen, als dass Qatna zu Ägypten gehörte. Erst seit Amunhotep und sein Gefolge in Qatna weilten, spürte sie, wie sehr sie die Heimat, die Familie vermisste.

Vor allem bei der Götterverehrung, besonders der ihres geliebten Amun-Re, fühlte sie sich allein. Zwar hatte sie Kija eingeweiht, doch nie versucht, Kija zu einer ausschließlichen Verehrung ägyptischer Gottheiten zu bringen. Im Gegenteil, Kija lebte ganz mit und in den religiösen Gepflogenheiten Qatnas. Wäre sie sonst jetzt im Haus der Göttin? Allerdings wusste Iset, dass die Unterschiede der Religionen Kija sehr beschäftigten und viele Fragen in ihr aufwarfen. Iset bewunderte und schätzte die Klugheit des Königs, mit der er die politischen Konstellationen und Eventualitäten durchdachte, und sein besonnenes Handeln. Für Qatna schien er ihr der ideale Herrscher zu sein. Insgeheim aber gestand sie sich ein, dass sie glücklich wäre, wenn Kija an Amunhoteps Seite lebte. Und hatten die Zeichen nicht alle darauf gewiesen, dass sie Königin werden würde?

In Amunhoteps Begleitung war Minos, ein Maler von der fernen Insel Kreta nach Qatna gekommen. Er hatte in Ägypten im Palast von Auaris in Unterägypten wunderbare Wandmalereien angefertigt und bot nun seine Dienste König Idanda an. In seinem Gepäck befanden sich einige Proben seiner Kunstfertigkeit, die er auf kleinere Gipsplatten aufgetragen hatte. Sie wurden im Palast bestaunt. Ihre Besonderheit lag darin begründet, dass Minos nicht auf feuchtem Kalkputz malte und sich entsprechend dem Trocknungsvorgang beeilen musste, sondern über Farben verfügte, die er auf die trockene Wand auftragen konnte. Die Königin war entzückt über die Skizzen, die Minos auf Betreiben Idandas vorlegte und schon allein um Beltum einen Gefallen zu tun, bekam der Maler den Auftrag, für das Speisezimmer im königlichen Wohnbereich und die Kanzlei Malereien anzufertigen. Ihm wurde ein großzügiger, beheizbarer Werkstattraum mit Schlafnische im Osttrakt des Palastes zugewiesen.

Regelrechte Begeisterung löste die Ankunft des Minos bei Dunijo, dem mykenischen Töpfer, aus. Auch wenn ihre Dialekte sich deutlich unterschieden, so waren es doch heimatliche Klänge für beide und sie konnten sich gut verstehen. Sie wurden trotz des Altersunterschiedes schnell unzertrennliche Freunde. Kija wurde es zu ihrer eigenen Verwunderung ein bisschen wehmütig ums Herz, als sie eines Tages den beiden begegnete und sie spontan mit »chairé« begrüßte. Dadurch wurde sie an die Besuche bei Dunijo erinnert, die sie ihm mit Talzu abgestattet hatte. Wie mochte es dem fernen Freund wohl gehen? Nachdem er und sein Vater Qatna verlassen hatten, war nach mehreren Wochen eine kurze Nachricht über die glückliche Heimkehr eingetroffen, die Eheja mit Dankesworten beendete und der einige Geschenke beigefügt waren. Kija war ein hübscher Anhänger zugedacht, von dem sie vermutete, er könne von Talzu stammen. Über sein Befinden erfuhr sie aber kein Wort.

121

Kija benutzte ihre Palastbesuche immer wieder, sich die Fortschritte in den Westräumen im Erdgeschoss anzusehen. Besonders fasziniert war sie von einer täuschend echt aussehenden Imitation eines fast weißen Steines, den Minos Marmor nannte. Den echten Stein, nicht nur weißen, sondern auch gelben, roten und grünen, fand man in seiner Heimat, auf manchen der Inseln im Ahhijawischen Meer sowie in Ahhijawa selbst, soviel konnte sie verstehen, und dass er offenbar als Baumaterial für die Paläste, zu deren Verzierung, für Figuren und Gefäße diente. Minos zauberte mit seinen Pinseln und Spachteln die Illusion eines harten Gestein mit ganz charakteristischen Maserungen. Er hatte nicht nur die Wände damit gestaltet, sondern auch einige der Fußböden, was den Räumen ein phantastisches Aussehen gab. Die Kanzlei und der große Baderaum wurden ebenfalls derartig ausgeschmückt. Kija hatte die Königin selten so gelöst erlebt. Sie hatte den jungen Minos ins Herz geschlossen und war von seinen Werken begeistert. Sie erschien mindestens einmal am Tag an seinem Arbeitsplatz, um den Fortgang im Blick zu behalten. Eines Tages bat sie Schala zu sich, die in Begleitung von Kija dieser Einladung Folge leistete.

Selbst das konnte die gute Stimmung von Beltum nicht trüben. In Anwesenheit des Königs unterbreitete sie Schala den Vorschlag, die beiden kultisch genutzten Räume des Palastes ebenfalls von Minos ausmalen zu lassen. Sie hatte sogar ziemlich genaue Vorstellungen, wie die Gemälde aussehen sollten. Nicht nur Kija staunte.

Für das Heiligtum der Belet-ekallim sollten die Wände eine Steppenlandschaft, durchsetzt mit Felsen und Gräsern, wiedergeben, in der aber auch ein Flusslauf vorkam und die von einem Fries aus geometrischen und floralen Motiven eingefasst wurde.

»Versteht ihr? Es soll so aussehen, als käme das Wasser, das die Göttin uns spendet, direkt aus dem Fluss. Ist das nicht eine wundervolle Idee?« Die Königin blickte ihren Gatten an. Der lächelte ihr zustimmend zu.

»Und für den Raum der königlichen Ahnen habe ich mir Folgendes ausgedacht: Auf der Süd- und Westwand stelle ich mir eine Fluss- oder Meerlandschaft mit Fischen und unseren Rotschnecken vor, an die sich ein Garten anschließt. Da könnten vielleicht auch Tiere, Vögel zum Beispiel, zu sehen sein und Palmen. Und alles bunt und auch von aufwändigen Friesen eingefasst, wie sie Minos schon in den anderen Räumen angefertigt hat.«

Alle ließen sich von Beltums Begeisterung anstecken. Schala und Idanda gaben gerne ihre Einwilligung, dass Minos die heiligen Räume betrat.

»Wie wird die Königin ihm mitteilen, was er malen soll?«, fragte Kija Schala auf dem Rückweg.

»Da habe ich keine Sorge. Sie wird mit Händen und Füssen arbeiten oder selbst Zeichnungen anfertigen.« Schala schüttelte den Kopf. »Ich habe die

Königin noch nie in solcher Verfassung erlebt, nicht in all den Jahren. Sie war eigentlich immer zänkisch und eher übelgelaunt, es sei denn, sie hatte ihre kleinen Lieblinge um sich, vor allem Akizzi. In meiner Zeit als junge Priesterin war ich oft Zielscheibe ihres Spotts und ihrer Eifersucht. Viele Tränen habe ich deshalb vergossen, bis ich gelernt habe, sie zu verstehen. Aber heute ist mir zusätzlich klar geworden, was ich immer ahnte: Es ist oft heilsamer sich mit etwas zu beschäftigten, was man gerne tut, als Kräutersud einzunehmen oder sich Beschwörungen zu unterziehen – zumindest für eine gewisse Weile«, fügte sie lächelnd hinzu.

Kija erschrak bei diesen Worten und fühlte sich ertappt. Wusste Schala davon, dass sie mehrfach um einen Mohntrank gebeten hatte, weil sie nicht schlafen konnte, aufs Höchste ergötzt und gleichzeitig zutiefst gequält von dem immer wiederkehrenden Traum? Sie blickte verstohlen an sich herab, sie war noch schlanker geworden und der morgendliche Blick in den kleinen Spiegel zeigte ihr dunkle Ringe unter den Augen. Schala schritt aber ungerührt aus.

Ehli-Nikalu war in das Haus der Göttin gekommen, weil ihre monatliche Blutung ausgeblieben war und sie unter schrecklichem Erbrechen zu leiden hatte. Schala ordnete einen lindernden Trank aus Wildfenchelsamen an, befragte und untersuchte sie und verkündete ihr dann die freudige Botschaft. Ehli-Nikalu brach in Tränen aus. Deshalb schickte Schala nach Kija, damit sie ihrer Schwägerin und Freundin beistehen und sie zurück in den Palast geleiten konnte.

»Freust du dich denn nicht auf das Kind?«, fragte Kija, während sie die Schluchzende im Arm hielt.

»Doch, natürlich. Weißt du, ich weine einfach auch aus Erleichterung.«

Kija verstand kein Wort und sah sie fragend an.

»Willst du mir nicht sagen, was dich bedrückt? Ist es die Königin?«

»Nein. Beltum ist gut zu mir. Selbstverständlich hat sie mich gleich von Anfang an darauf hingewiesen, wie wichtig es ist, dass ich mich als gebärfähig erweise, was für ein Ausdruck! Und ich weiß auch, dass ich zu ihr mit bestimmten Klagen nicht kommen darf. Aber für ihre Verhältnisse behandelt sie mich recht liebevoll.«

»Was willst du damit sagen, du kannst mit bestimmten Klagen nicht kommen? Was für Klagen?«

Ehli-Nikalu sah sie unglücklich an. Dann brach es aus ihr heraus. »Ach Kija, du kannst dir gar nicht vorstellen, wie das ist. Ich hatte mir alles anders ausgemalt. Ich hatte zwar schon geahnt, dass sich Akizzi nicht soviel aus mir macht, aber ich war so verliebt in ihn. Das weißt du ja. Für mich konnte es kein größeres Glück geben, als seine Frau zu sein. Und ich bin ja eigentlich auch sehr glücklich. Nur – die Nächte sind manchmal so furchtbar. Aber das ist ja jetzt vorbei.« Sie wischte sich die Tränen mit dem Arm ab und sah Kija treuherzig an. »Jetzt bin ich ja schwanger! Ich bekomme einen Sohn, du wirst schon sehen, und alle werden mit mir zufrieden sein.«

Kija war froh, dass sie sich wieder beruhigte. Ihre eigenen Gedanken kreisten um ganz andere Dinge: die Anforderungen im Haus der Göttin, die vielen unterschiedlichen Themen dort, die ihren Wissensdrang noch stärker anfeuerten, als ihn zu stillen. Die Mysterien der Göttin ruhten zum größten Teil noch im Verborgenen und der Weg zu ihr war lang. Es gab Tage, da war Kija sich sicher, auf dem rechten Pfad zu sein. Doch ohne dass sie fähig war sie zu steuern, wanderten ihre Gedanken ständig wieder zu Amunhotep. Zu ihrem Erschrecken wurde ihr klar, dass er ihr erster und letzter Gedanke an jedem Tag war. All ihr Sehnen galt ihm. Er besetzte ihr Denken und was noch schlimmer war, er hatte Zweifel in sie gesenkt. Was er über seinen Gott, der, wie sie wusste, auch der Gott ihrer Mutter war, gesagt hatte, wühlte sie tief auf. So, wie er über ihn sprach, vermittelte er Kija die Vorstellung, es gebe außer ihm gar keine weiteren Götter. Aber das konnte nicht stimmen, war doch Re, der Sonnengott, der Erhalter der Welt, der in einer Barke den Himmel bei Tag und die Unterwelt bei Nacht durchfuhr, gleichzeitig der Schöpfergott, der als Amun alle Götter geformt hatte. War es denkbar, dass es nur einen alles überragenden, weltumspannenden, einzigartigen Gott geben könnte: den Sonnengott? Und ihre Götter und Göttinnen? Sie existierten doch! Offenbarte sich nicht Belet-ekallim selbst ihr, Kija, immer wieder in ihren Gesichten? Sollte das alles ein großer Irrtum sein, wie Amunhotep sagte? Einerseits erschien ihr die Vorstellung, nur einem Gott zu dienen, wundervoll, doch konnte wirklich ein Gott alles gewähren, was sonst auf so vielen göttlichen Schultern ruhte? Was Kija aber am meisten Herzklopfen bereitete, war der Gedanke, der sich ihr unentwegt aufdrängte und der Strafen nach sich ziehen musste: konnten Menschen über die Existenz von Göttern bestimmen? Sie warf sich der Göttin zu Füssen und flehte um Antworten. Schala aufzusuchen, getraute sie sich nicht. So blieb sie mit ihrer Ungewißheit und Angst allein. Selbst mit Amunhotep hatte sie darüber noch nicht gesprochen aus Sorge, er könne sie missverstehen oder sich verletzt fühlen. Er schien vollständig durchdrungen. Wenn er von seinem Gott sprach, leuchteten seine Augen. Sein ganzer Körper streckte sich ihm entgegen. Und er riss Kija mit sich und seiner Begeisterung fort.

»Verstehst du nicht, was das für Ägypten, ach, was sage ich, für die ganze bewohnte Erde bedeuten würde?« Er lachte, umarmte sie und schwenkte sie wie ein kleines Mädchen im Kreis herum. Als er sie wieder absetzte, gab er sie nicht frei, sondern hielt sie umfangen und schaute ernst in ihre Augen: »Kannst du mich nicht auf meinem Weg begleiten?« sagte er leise. »Du bist so schön, meine Kleine. Wie eine Blume. Und du verstehst, was ich spreche und denke. Mein Herz sagt mir, dass du Re wohlgefällig bist.«

»Ja!«, wollte Kija ihm voll Inbrunst antworten, doch ihre Amme betrat in diesem Augenblick das Zimmer. Das Wort blieb unausgesprochen und sie verließ eilig den Palast.

Kija seufzte tief. »Wie ist denn das Leben im Palast mit den Ägyptern«, fragte sie Ehli-Nikalu.

»Weißt du denn nicht, dass sie Qatna verlassen haben?«

Kija sah ihre Schwägerin fassungslos an.

»Es ist doch keine Reisezeit! Und einfach so, ohne Abschied?«

»Was ist los mit dir, Kija? Du bist ja ganz weiß im Gesicht. Gräm dich nicht. Akizzi sagte, dass Amunhotep wohl zurückkehren wird, nachdem er Byblos und vielleicht Ugarit besucht hat. Er wird also nur einige Wochen weg sein.«

Kija kämpfte gegen Tränen. Wie konnte Amunhotep nach all dem Vorgefallenen einfach so verschwinden wie ein Dieb? Oder hatten alle die Abreise vor ihr geheim gehalten? Sie versuchte sich zu fassen und besann sich auf ihre Aufgabe.

»Du musst mich für herzlos halten, Ehli-Nikalu, verzeih mir. Du bist mit Kümmernissen in das Haus der Göttin gekommen und ich schaue gar nicht richtig nach dir. Wenn du dich besser fühlst, begleite ich dich zum Palast. Haben wir den Fenchel? Er wird dir guttun.«

»Ich nehme deine Hilfe gerne an, Kija. Weißt du, ich vermisse unser vertrautes Beisammensein sehr.« Ehli-Nikalu hängte sich bei Kija ein.

»Alles hat sich in kurzer Zeit so verändert. Ich verstehe erst jetzt, wie gut wir es hatten, ohne Sorgen und Verantwortung.« Sie blieb mitten auf der Straße stehen.

»Habe ich dir gesagt, dass du deine Mutter besuchen sollst? Sie hat etwas für dich.«

Kija schaute auf dem Rückweg bei ihrer Mutter vorbei, nachdem sie Ehli-Nikalu in ihre Gemächer begleitet und dafür gesorgt hatte, dass sie sich bequem lagerte. Iset sah von einer Handarbeit auf. Sie schickte die Dienerinnen hinaus und winkte Kija zu sich.

»Du hast großen Eindruck auf den Kronprinzen gemacht«, sagte sie.

»Warum hat mir niemand gesagt, dass er abreist?«

»Amunhotep hat das so gewünscht. Er wollte dir und vermutlich auch sich selbst Zeit geben über alles nachzudenken, habe ich den Eindruck. Kija, ich halte es durchaus für möglich, dass du in seinem Leben eine große Rolle spielen könntest. Ist das nicht wunderbar?«

Kija rang nach Atem. Was sagte ihre Mutter da? In ihren kühnsten Träu-

125

men hätte sie das nicht für möglich gehalten. Natürlich hatte ihr Amunhotep gezeigt, dass sie ihm gefiel – aber war das ernst zu nehmen? Sie kannten sich ja kaum. Aber vielleicht war das gar nicht nötig. Vielleicht hatten ja die Götter sie zusammengeführt oder: der Gott?

»Was sagt Vater dazu?«

»Er wäre sehr stolz und glücklich. Stell dir vor, eine Prinzessin von Qatna als Ägyptens Königin. Dahinter müsste alles zurückstehen. Kija, das muss dein großes Ziel sein. Vergiss deine Ausbildung, verlass das Haus der Göttin, ich beschwöre dich. Du musst den Prinzen halten. Es wird allen zum Segen gereichen, du wirst sehen.«

»Dazu müsste er hier sein«, erwiderte Kija, obwohl ihr Herz aufgeregt klopfte. »Entschuldige Mutter, ich verstehe schon, was du meinst. Ich werde darüber nachdenken.«

»Scherzt du? Da gibt es nichts nachzudenken. Sollte der Prinz um dich werben, wirst du nicht zögern. Vor allem wird dein Vater nicht zögern. Ich dachte, du magst Amunhotep? Du hast doch wohl nicht diesen Jüngling aus Kizzuwatna im Kopf?«

Kija schaute ihre Mutter völlig überrascht an. Talzu? Wie kam sie auf ihn?

»Mutter, ich muss gehen.« Kija nestelte unruhig mit ihren Händen.

»Ich weiß, du hasst, wenn über dich bestimmt wird. Aber das ist unser Los, mein liebes Kind. Denk in Ruhe über alles nach. Wir sprechen ein anderes Mal weiter. Warte noch einen Augenblick. Ich soll dir etwas geben.«

Iset stand auf. Sie verließ den Raum, kehrte aber nur kurze Zeit später zurück. Sie übergab Kija ein zusammengerolltes Papyrusblatt und entließ sie mit einem Segensgruß. Kija verbarg die Rolle in ihrem Gewand. Was hatte das zu bedeuten? Von wem kam es? War es ein Brief? Sie eilte zurück ins Haus der Göttin in der Hoffnung in ihrem Gemach ungestört zu bleiben. Aber es gelang ihr gerade noch, die Rolle unter das Decktuch ihres Lagers gleiten zu lassen, da stand Amminaje in der Tür.

»Kija, die Herrin erwartet dich seit geraumer Zeit. Geh gleich zu ihr. Sie ist in ihrem Schlafgemach.«

»Was ist passiert?«

»Ich kann dir nichts weiter sagen. Eil dich. Sie liebt es nicht zu warten.«

Hörte sie da eine Rüge? Kija eilte schuldbewusst über den Hof in Schalas Gemächer. Der Abstecher zu ihrer Mutter war nicht vorgesehen gewesen. Was sollte sie Schala sagen? Sie hatte schon zu lange geschwiegen, sollte sie nun ihr Herz eröffnen?

Sie fand Schala auf ihrem Ruhelager. Bei ihrem Eintritt setzte sich die Hohepriesterin auf.

»Nimm die Schreibutensilien zur Hand«, sagte sie ohne weitere Begrüßung. Sie wirkte angestrengt. So hatte Kija sie noch nie erlebt. Eine Dienerin reichte ihr etwas zu trinken, was ihr wohl tat. Kija setzte sich im Schneidersitz auf ein dickes Kissen zu Schalas Füßen. Sie legte sich ein Brett über die Beine, bereitete eine feuchte Tontafel vor und schaute Schala erwartungsvoll an.

„Zu meinem Herrn spricht folgendermaßen Schala: Seit dem Untergang des Hauses deines Vaters habe ich nie wieder einen derartigen Traum gesehen. Meine Zeichen sind folgende beiden: In meinem Traum trat ich in den Tempel der Belet-ekallim ein und – siehe da – Belet-ekallim war nicht an ihrem Platz! Auch die Statuetten, die für gewöhnlich vor ihr stehen, waren nicht vorhanden. Ich sah es und weinte unaufhörlich. Dieser mein Traum geschah während der ersten Nachtwache. Das zweite meiner Zeichen: es wurde mir berichtet von einer Frau, die sich in Ekstase im Tempel der Herrin des Palastes, der kriegerischen Ischtar, erhob und sagte ‚König, ziehe nicht zu einem Ausmarsch aus, bleibe in Qatna!‘ Ich selbst sage nun unablässig: Mein Herr, sei nicht nachlässig, sei auf deinen Schutz bedacht.“

Schala wartete, bis Kija soweit war, dann sagte sie: »Ergänze noch das Übliche und vergiß nicht, eine Kopie für unser Archiv anzufertigen.« Sie sank ermattet in ihre Kissen zurück, sichtlich berührt von den Prophezeiungen, die sie eben diktiert hatte. Kija hatte sich so auf das Schreiben konzentriert, dass sie erst jetzt den Inhalt voll erfasste. Erschreckt sah sie Schala an. »Herrin, was hat das zu bedeuten?«

»Was denkst du, Kija? Wenn du im Haus der Göttin bleiben solltest, so wird es eines Tages zu deinen Aufgaben gehören, Orakel, Traumgesichte und Visionen zu deuten, deine eigenen und andere. Was also denkst du?«

Kija schaute auf den Text, den sie eben notiert hatte. »Ganz klar ist, dass der König Qatna nicht verlassen soll, um sich nicht außerhalb in Gefahr zu begeben. Oder um einen Krieg zu vermeiden, könnte das gemeint sein? Aber Krieg gegen wen und wann? Und warum hat uns die Göttin verlassen?«

»Wenn ich den Traum richtig deute, so droht Qatna Zerstörung, vermutlich in den ersten Stunden der Nacht. Dafür steht der leere, seiner Statuen beraubte Tempel. Ich habe lange mit mir gerungen, dem Traum Glauben zu schenken, denn nicht immer sind Traumgesichte von der Göttin gesandt. Manchmal sollen sie auch in die Irre führen. Es ist schwierig zu entscheiden, was wahr sein könnte und was nicht. Dann erinnerte ich mich an deine Vision, die du bei der Versammlung hattest und in der Qatna von einer ungeheuren Meereswoge bedroht wurde. Deine Mutter hat sie mir erzählt, damals, als es um die Frage ging, ob du im Haus der Göttin Aufnahme finden solltest. Nun erhielt ich fast gleichzeitig mit meinem eigenen Traum die Nachricht, dass es einen weiteren Hinweis auf Kampf oder Hinterhalt gibt. Deshalb denke ich, dass die Zeichen sich verdichten und es an der Zeit ist, den König zu warnen.

Du, mein Kind, wirst dem König die Tafel überbringen. Ich erlege dir bei Strafe strengstens Stillschweigen auf über alles, was wir gesprochen haben.«

Schalas Stimme, die bis dahin eher leise und müde geklungen hatte, schwoll bei den letzten Worten so an, dass Kija glaubte, die Göttin spräche durch sie zu ihr.

»Nun lass mich allein«, fuhr Schala in normalem Ton fort. »Ich werde fasten und die Göttin bitten, mir einen Ausweg zu offenbaren. Wenn du aus dem Palast zurückgekehrt bist, besprich mit Amminaje die Vorbereitungen für das Neumond-Fest. Alles muss wie gewöhnlich seinen Fortgang nehmen.«

Bis Kija alle Aufträge erledigt hatte, war es Abend geworden. Sie war müde und sehnte sich nach ihrem Lager. Im Dunkeln tastete sie sich durch das Zimmer und als sie unter die Decke schlüpfte, stieß sie auf die Rolle, die sie dort verborgen hatte. Morgen würde sie erfahren, was es mit ihr auf sich hatte, jetzt hatte sie nur noch einen Gedanken: schlafen.

Ein strahlender Spätherbsttag weckte Kija nach traumloser Nacht. Es musste kurz nach Sonnenaufgang sein. Sie fühlte sich erfrischt und befreit von dem Grauen des letzten Tages. Amminaje schlief noch. Leise versuchte sie das Papyrusblatt zu entrollen. Es war eng mit schwarzer Tinte beschrieben und ihr war sofort klar, wer ihr diese Zeilen geschickt hatte. Andächtig las sie:

„Schön erscheinst du,
du lebendige Sonne, Herr der unendlichen Zeit.
Du bist funkelnd, schön und stark,
die Liebe zu dir ist groß und gewaltig;
deine Strahlen, sie berühren jedes Gesicht.
Deine strahlende Haut belebt die Herzen;
Du hast die beiden Länder erfüllt mit Liebe zu dir.
Du erhabener Gott, der sich selbst formte,
der jedes Land erschuf und was darinnen ist, hervorbrachte
an Menschen, Herden, Wild und
allen Bäumen, die auf dem Erdboden wachsen –
sie leben, wenn du für sie aufgehst.
Du bist Mutter und Vater für die, die du erschaffen hast;
ihre Augen – wenn du aufgehst, sehen sie durch dich.
Deine Strahlen haben das ganze Lande erhellt,
jedes Herz frohlockt bei deinem Anblick,
du bist erschienen als ihr Herr.
Wenn du untergehst im westlichen Lichtland des Himmels,
dann schlafen sie wie im Zustand des Todes;
ihre Köpfe sind verhüllt, ihre Nasen verstopft,
bis dass dein Aufgang eintritt im östlichen Lichtland des Himmels.

Alle lebenden Pflanzen, die auf dem Erdboden wachsen,
gedeihen bei deinem Aufgang;
sie sind trunken von deinem Angesicht.
Alles Wild tanzt auf seinen Füßen,
die Vögel, die in den Nestern waren,
fliegen auf vor Freude;
ihre Flügel, die geschlossen waren,
spreizen sich in Lobgebärden
für die lebendige Sonne, ihren Schöpfer."

Kija war so vertieft in ihre Lektüre, dass ihr entgangen war, wie sie Amminaje beobachtete.

»Was liest du?«

»Amunhotep hat es geschrieben. Einen Lobgesang zu Ehren des Sonnengottes. Ich habe noch nie etwas Vergleichbares gehört oder gelesen. Er ist ergreifend. Entschuldige, ich bin im Augenblick unfähig, ihn dir vorzutragen«, sagte Kija. Sie hatte Tränen in den Augen.

»So etwas schickt er dir?« Amminaje sah die Freundin fassungslos an. »Er muss wahrlich sehr verliebt in dich sein und grenzenlosen Vetrauen in dich setzen, dass er dir seine geheimsten Gedanken offenbart.«

»Du wirst doch zu niemanden etwas darüber sagen? Ich flehe dich an«. Kija legte ihre Arme um Amminajes Schultern und sah ihr tief in die Augen.

»Du kannst sicher sein, dass ich schweige«, versprach die und küsste zärtlich Kijas Wangen.

»Wie willst du dich entscheiden, meine Kleine? Wirst du im Tempel bleiben oder mit ihm gehen?«

»Ach Amminaje, habe ich denn eine Wahl? Und vielleicht ist es auch besser, wenn ich gar nicht darüber nachzudenken brauche. Amunhotep ist ein so wunderbarer und guter Mensch. Er hat so viele Pläne und er möchte, dass ich ihm dabei zur Seite stehe. Wie könnte ich das verwehren. Er möchte allen Menschen Frieden und Liebe bringen und sie hinführen zu dem lebenspendenden Sonnengott, der für ihn der wichtigste der Götter ist. Weißt du, ich kann kaum erwarten, bis er wieder in Qatna ist.«

Wie weggeblasen waren die Tränen. Lachend wirbelte sie Amminaje in dem kleinen Zimmer herum, bis sie gemeinsam auf eines der Lager fielen.

Doch Amunhotep kehrte erst nach dem Winterneumondfest zurück.

◎◎◎

Für Talzu waren die Tage und Wochen in Puruschhanda eine harte Schule. Hannutti hatte ihn nicht umsonst gewarnt. Trotz seines ausgeglichenen

Gemüts und seines festen Willens, alles zur Zufriedenheit von Hannutti zu meistern, wäre er ohne Mursili, Mita und die anderen Kameraden das eine oder andere Mal versucht gewesen aufzugeben. Der Spätherbst und beginnende Winter brachten Regen, Sturm und unangenehm feuchte Kälte, wie sie Talzu in den schlimmsten Wintern in Tarscha nicht erlebt hatte.

»Warte es ab, Tanuwa. Nach dem Winterneumond wird es besser. Da wird es zwar klirrend kalt, aber die Sonne scheint und es liegt Schnee.« Mita krümmte sich vor Lachen, als Talzu ihn ungläubig ansah und sich vor Schreck schüttelte.

Die Kaserne, in der sie ihre Lager hatten, war häufig klamm, das Einschlafen erschwert. Meistens war aber Talzu dermaßen erschöpft, dass er abends wie in eine Erstarrung fiel; denn täglich wurde draußen trainiert – zur Übung und zur Abhärtung. Niemals vergaß er, als Nachtgruß sein Medaillon zu küssen: wenigstens dieser eine Augenblick am Tag gehörte Kija.

Häufig nahm Hannutti an Kampfübungen teil, er schonte sich nie, um seinen Leuten ein gutes Vorbild zu sein. Dafür liebten sie ihn und wären durch Feuer und Eis für ihn gegangen. Ein Lob aus seinem Mund feuerte jeden zu Höchstleistungen an. Der General nutzte diese Gelegenheiten, um die Einzelnen und ihre Leistungen zu beobachten. Er kannte jeden aus der Garde und viele aus der Truppe mit Namen und wusste um ihre Stärken und Schwächen. Talzu behandelte er wie alle anderen, vielleicht manchmal sogar ein bisschen strenger. Aber er verfolgte mit großem Stolz seine Entwicklung. Der Junge schlug sich wacker, keine Frage. Er war muskulös geworden und kämpfte mit Verstand und Überlegung, um mit seiner Kraft hauszuhalten, sei es mit dem Bogen, dem Schwert oder mit der Lanze. Ob es für eine wirkliche Schlacht reichen würde, musste man abwarten. Die für ihn völlig ungewohnte Witterung versuchte er einfach zu ignorieren, obwohl Hannutti mehr als einmal gesehen hatte, dass die feuchte Kälte ihm mehr als den anderen zusetzte. Das Zerlegen und wieder Zusammenbauen der Streitwagen machten ihm keine Mühe, er hatte die Konstruktion sofort durchschaut. Wie es mit dem Lenken klappen würde, das blieb abzuwarten. Am meisten freute Hannutti, dass er – wie er selbst – hervorragend mit Pferden umgehen konnte, obwohl er zuvor nie in einem Stall Dienst getan hatte. Wenn er Kummer haben sollte oder Heimweh, so verbarg er das gut. Von seinen Kameraden wurde er geschätzt und geachtet. Hannutti hatte während einer Besprechung seinen Hauptmann befragt. Der hatte vor allem Tanuwas Fähigkeit, Streitereien zu schlichten, lobend hervorgehoben. Man hörte auf ihn. Hannutti konnte mit seinem Zögling also ringsherum zufrieden sein. Er würde dem Reich Ehre machen. Er beschloss, ihn auf jeden Fall mit nach Hattuscha zu nehmen. Überhaupt wollte er ihn nicht von seiner Seite lassen. Eigenartig, dass der Junge sich ausgerechnet den Namen Tanuwa gewählt hatte. Eine Eingebung? Eine Ahnung? Hannutti wollte nicht weiter darüber nachdenken.

Talzu fragte sich, ob sein Onkel mit ihm zufrieden war. Manchmal hatte er den Eindruck, als würde dessen Blick länger auf ihm als auf anderen ruhen. Aber das konnte Einbildung oder Wunschdenken sein. Lob und Tadel erhielt er von ihm unterschiedslos wie die anderen. Mursili gegenüber berührte er das Thema nicht mehr, um den Freund nicht weiter zu belasten.

Ein persönliches Gespräch mit Hannutti hatte nach ihrem Zusammentreffen im Zelt nie mehr stattgefunden. Gerne hätte Talzu in Erfahrung gebracht, ob eine Reaktion der Eltern auf sein Verschwinden vorlag, obwohl er vermutete, dass Hannutti ihm gesagt hätte, wenn ein Bote mit Nachricht aus Tarscha eingetroffen wäre. Persönliche Fragen nach den Lebensumständen konnte er also nicht stellen. Er mutmaßte, dass sich aus Hannuttis Familie und damit ja auch der Familie seiner Mutter niemand in Puruschhanda aufhielt. Frau und Kinder schien er nicht zu haben, jedenfalls sprach niemand je davon und gesprochen wurde sonst allerlei. Er konnte ferner nicht nach den Plänen fragen, die Hannutti mit ihm hegte. Und dieses Problem beschäftigte ihn am meisten. Er wollte ja nicht in den Kriegsdienst eintreten. Musste er dennoch die ganze Ausbildung durchlaufen? Danach sah es momentan aus. War er womöglich gar nicht in der Lage, eine Entscheidung zu treffen, weil er seinem Onkel ausgeliefert war? Dann war er vom Regen in die Traufe gekommen, ohne Chance, über sich selbst zu bestimmen und das zu tun, wofür er sich fähig hielt und woran er Freude haben würde. Vermutlich war er der größte Träumer auf der Welt. Aber kampflos würde er nicht klein beigeben, und er wollte nichts unversucht lassen, seinem Ziel näher zu kommen. Er schwor sich alles zu tun, damit Hannutti möglichst wenig an ihm auszusetzen fand, vielmehr war zu hoffen, dass er sogar äußerst zufrieden mit ihm war. Dann wollte er die nächste Möglichkeit beim Schopfe packen und mit seinem Anliegen vorstellig werden.

Eine solche Möglichkeit ergab sich dann ganz überraschend.

Talzu hatte einiges über die hethitische Kriegstaktik gelernt. Dieses Thema war allbestimmend, denn das sich im Aufbau befindliche Reich konnte nur überleben, wenn es nicht nur kluge Verträge abschloss, sondern auch fähig war, Gegner auf dem Schlachtfeld zu besiegen. Dazu dienten in erster Linie die schnellen und leichten Streitwagen, die ein Mann allein tragen konnte, wie Talzu es auf dem Weg nach Puruschhanda erlebt hatte. Sie wurden von zwei Pferden gezogen und entweder mit zwei oder drei Mann besetzt: einem Fahrer, der mit dem Schild beide schützte, und einem Bogenschützen oder einem Wagenlenker, einem Schützen und einem Schildträger, der im Nahkampf mit der Lanze kämpfte. Hinter den Streitwagen folgten schwerbewaffnete Fußsoldaten und leichte Infantrie mit Pfeil und Bogen. Es war selbstverständlich, dass die Elite die Goldenen Streitwagenkämpfer – wie die jeweiligen Anführer der einzelnen Kontingente genannt wurden – stellte, nicht zuletzt aus Kostengründen, denn jeder Wagenlenker bildete sein Gespann selbst aus. Das war eine langwierige und teure Angelegenheit. Die Pferde dazu kamen aus Kizzuwatna und anderen Regionen des Reiches. Sie wurden sorgfältig gezüchtet und dann nach einem bestimmten Plan zu einem Zugpferd für ein Gespann oder als Reitpferd dressiert, wobei letztere nicht für den Krieg dienten, sondern vor allem von Kurieren genutzt wurden.

Talzu liebte es, in den Ställen zu sein. Die edlen Pferde erfreuten ihn und obendrein war es dort auch warm. Bisher hatte er mit Pferden wenig zu tun gehabt. Allerdings hatte er sich theoretisch intensiv mit ihnen beschäftigt. Davon berichtete er eines Tages, als er mit Mursili und Mita Stalldienst hatte. Er striegelte sein Lieblingspferd, das als Reitpferd ausgebildet wurde und mit dem sich fabelhaft verstand. Immer, wenn er den Stall betrat, hielt es schon nach ihm Ausschau und wieherte zur Begrüßung.

»Der Gaul hat wirklich einen Narren an dir gefressen!«, sagte Mita und nahm seine Arbeit auf.

»Ich weiß eben, was er braucht und wie man mit ihm umgehen muss. Aber das weiß ich auch von den Zugpferden.«

»Was erzählst du da für Geschichten, Tanuwa? Hast du uns nicht weismachen wollen, du hättest noch nie mit Pferden gearbeitet. Was stimmt denn nun?«

»Beides, lieber Freund, beides.«

»Das möchte ich hören. Du kannst dir überhaupt nicht vorstellen, wie aufwändig die Ausbildung der Pferde ist.«

»Also passt auf! Wichtig ist, dass man gute Zuchthengste und -stuten hat und dass man weiß, woher man gut gezüchtete Hengste bekommt – zum Beispiel aus meiner Heimat – denn nur diese kommen vor den Wagen. Und man sollte sie bezahlen können. Wenn sie vier Jahre alt sind, beginnt die Ausbildung, keinesfalls früher. Die Zugpferde arbeiten dann erst mal ein Jahr an der Longe, dann beginnen die zwei Jahre des Einfahrens. Die Pferde müssen fähig sein, den Wagen im Krieg, bei der Jagd, bei Paraden, bei Prozessionen entsprechend zu ziehen und …«.

Mita hatte mit offenem Mund zugehört und auch Mursili war herangetreten.

»Hör auf! Hör auf mit deinem Vortrag, du Angeber. Ich will augenblicklich wissen, wie du zu diesen Kenntnissen gekommen bist.«

»Das möchte ich auch«, ließ sich Hannuttis Stimme vernehmen.

Die drei schraken zusammen. Sie hatten nicht gemerkt, dass außer ihnen noch jemand im Stall war und dann auch noch der General selbst. Er trat zu ihnen heran.

132

»Ich wünsche dich nach Beendigung deiner Arbeit bei mir zu sehen«, sagte er zu Talzu gewandt und verließ den Stall.

War das gut oder schlecht? Der Stimme und Haltung Hannuttis war kein Hinweis abzugewinnen, ob er verärgert, belustigt oder einfach sachlich war.

Sie arbeiteten schweigend und zielstrebig weiter.

Mursili unterbrach nach geraumer Zeit die Stille. »Den einzigen Vorwurf, den er dir, aber auch uns machen könnte, ist dass wir palavert haben, oder? Du hast ja nichts Dummes gesagt, im Gegenteil.«

»Jetzt sag uns doch, woher du das alles weißt, ich platze sonst vor Neugier.«

»Eigentlich ist es ganz einfach. Meine Mutter hat zu Hause in ihrer Bibliothek die Abschrift eines alten hethitischen Textes, der sich ausführlich mit Zucht, Haltung, Fütterung und Ausbildung von Wagenpferden beschäftigt. Ein Pferdemeister hat ihn verfasst und den habe ich gelesen. Mehr nicht.«

»Gelesen? Mann, oh Mann. Ihr Götter, verschont mich«, stöhnte Mita. »Sag bloß, du kannst auch schreiben?«

»Ja, klar.«

Talzu beschloss, dem Befehl oder Wunsch Hannuttis so schnell wie möglich nachzukommen. Immerhin käme dadurch die lang ersehnte Begegnung unter vier Augen zustande. So hoffte er wenigstens.

Hannutti residierte in einem eigenen Flügel im westlichen der beiden Paläste, der bereits wieder instand gesetzt war. Talzu hatte ihn noch nie betreten. Die glatte, geschlossene Fassade, an der er entlang ging, war an der einen Seite durch eine vorgelagerte Säulenhalle aufgelockert, wo sich auch der Haupteingang befand. Talzu meldete sich bei der Wache, die ihn zu einem Räumchen brachte. Dort saßen einige Männer zusammen, von denen er einen oder zwei von der Reise her wiedererkannte. Sie vertrieben sich durch ein Brettspiel die Zeit.

»Warte hier«, sagte einer zu Talzu und verschwand.

»Jetzt komm, folge mir. Ich bring dich zum General.«

Talzu sah sich um. Im Erdgeschoss lagen in Reihe rechteckig angeordnete Zimmer. Einige dienten den Verwaltungsangelegenheiten. Dazu kamen die Arbeits- und Wohnräume des Personals, Vorrats- und Magazinraume, der Küchentrakt, ein großer Versammlungsraum, der an einen Thronsaal erinnerte. Eine zweite, vergleichbare Reihe schloss sich an. Verbunden waren die Einheiten durch Korridore. Es gab mehrere kleine Innenhöfe, die auch als Lichtquelle für die angrenzenden Räumlichkeiten dienten. Überall gingen Männer irgendwelchen Beschäftigungen nach, Soldaten, Offiziere, Bedienstete und Beamte. Ob es hier auch Frauen gab?

Sein Führer geleitete ihn durch eines der kleinen Treppenhäuser in das Obergeschoss, wo sich Hannuttis Wohnräume befanden. Das war doch etwas!

Er wurde also im privaten Bereich empfangen und nicht in einer Amtsstube. Talzu atmete tief durch. Schließlich machten sie vor einer hohen Türe halt.

»Geh nur hinein. Du wirst erwartet.«

Talzu dankte und öffnete die Tür. Er betrat einen relativ großen Raum, spärlich möbliert, aber durch ein großes Kohlebecken und knisterndes Feuer leidlich erwärmt. Er zog seinen Mantel fester um sich und wartete. Niemand war da.

»Komm näher ans Feuer«, sagte Hannutti und trat gleichzeitig aus einer kleinen Seitenkammer.

»Setz dich. Willst du etwas essen? Ihr jungen Leute habt doch immer Hunger.« Er klatschte laut in die Hände und gab der eintretenden Dienerin Anweisungen.

»Eine hübsche Person, nicht wahr?«, lachte er, als er Talzus aufmerkenden Blick registrierte.

»Da, nimm.« Hannutti reichte seinem Neffen einen Becher mit einem heißen, duftenden Getränk. Talzu nahm ihn dankbar entgegen und kostete gewürzten und mit Honig gesüßten Wein. Er schloss die Augen. Zu Hause hatte er ihn so oft genossen, ohne ihm Beachtung zu schenken. Jetzt erschien es ihm, als könnten selbst die Götter nichts Besseres zu sich nehmen. Er und seine Kameraden erhielten durchaus akzeptables Bier zu ihren Mahlzeiten, wenn auch nicht Sessar, die beste und alkoholreichste Sorte, die er bisher nur einmal hatte probieren können, an der königlichen Tafel in Adanija, und das war ewige Zeiten her.

Hannutti beobachtete seinen Neffen. Tanuwa hatte mit Sicherheit auf viele gewohnte Annehmlichkeiten verzichtet, seit er von zu Hause ausgerückt war. Geschadet hatte ihm das bestimmt nicht. War der Genuss jetzt nicht umso höher?

Die Dienerin brachte warmes, duftendes Fladenbrot, Schälchen mit eingelegten Oliven, Mus aus Kichererbsen sowie verschiedene Käse und Trockenobst.

»Ist sie nicht ein Schatz?« Hannutti zwinkerte der Dienerin zu, die nicht daran dachte darauf einzugehen. »Komm später wieder, mein Täubchen«, sagte er munter. Dann packte er sich allerlei auf seinen Teller und bedeutete Talzu, es ihm gleich zu tun. Der ließ sich nicht lange bitten. Noch kauend eröffnete Hannutti das Gespräch.

»Der Große der Streitwagengespanne wird an dir seine helle Freude haben, Tanuwa. Du kannst mit den Pferden nicht nur hervorragend umgehen, hast das nötige Einfühlungsvermögen für sie, sondern du weißt offenbar auch über ihre Zucht und Ausbildung Bescheid, weil du in Kizzuwatna aufgewachsen bist«, fügte er rasch hinzu, um Talzus Hinweis auf die berühmteste Exportware des Landes zuvorzukommen.

»Erzähle mir, wie es dazu kam. Bisher hatte ich die Vorstellung, der alte Eheja hätte nur seine Warenlager im Kopf.«

Talzu war verwirrt. Wie sprach Hannutti von seinem Vater? Dann fiel ihm wieder ein, dass die beiden ja schon seit Kindertagen Freunde waren. Er entspannte sich etwas, blieb aber auf der Hut. Er hatte keinerlei Vorstellung, in welche Richtung das Gespräch gehen sollte. Bisher hatte sich sein Onkel ihm gegenüber uneindeutig gezeigt. Eindeutig war er nur als Dienstherr aufgetreten.

»Ich war von klein auf sehr lernfreudig und wissbegierig und Mutter hat meine Neigungen unterstützt. Sie sprach mit mir hethitisch, sie brachte mir die Anfänge des Lesens und Schreibens bei und wies mich in späteren Jahren immer wieder auf Texte in ihrer Bibliothek hin – zumeist religiöse. Irgendwann habe ich beim Stöbern auch die Tafeln des Pferdetrainers gefunden. So war das.«

Hannutti erinnerte sich gut daran, dass seine Schwester Kali immer nur diesen einen Wunsch hatte, was man ihr aus Hattuscha nach Kizzuwatna mitbringen oder schicken sollte: Abschriften jeglicher Art. Das war in gewisser Weise verständlich, war sie ja als Mädchen zunächst für den Tempeldienst vorgesehen gewesen, der Lesen und Schreiben voraussetzte, bevor sie dann doch Ehefrau und Mutter wurde. Auch Eheja hatte von seinen Aufenthalten im Land seiner Gemahlin immer Schriften mitgebracht und vermutlich deshalb sogar manches Mal Schreiber bestochen, um an entsprechende Aufzeichnungen zu gelangen. Nun war Kalis Leidenschaft also ihrem Sohn zugute gekommen.

»Dann paart sich also deine Begabung mit hervorragendem theoretischem Hintergrund«, nahm Hannutti den Faden wieder auf. »Du solltest darüber nachdenken, dich zu einem Streitwagenkämpfer ausbilden zu lassen. Wer weiß, mit meiner Hilfe könntest du sicher rasch in den Rang eines Goldenen Streitwagenkämpfer aufsteigen. Dann würdest du nicht nur Verantwortung für eine große Gruppe Krieger tragen und an meiner Seite in die Schlacht ziehen, sondern du wärst auch Mitglied des Panku, des Adelsrates, und damit dicht beim König tätig. Das ist es doch, was du dir wünschst.«

»Das stimmt schon. Ich hatte es mir immer großartig vorgestellt, dem König zu dienen. Aber nicht als Kriegsmann.« Tanuwa sprach mit fester Stimme.

»Du machst dich aber hervorragend. Ich habe dich häufiger beobachtet, als du vielleicht weißt, und auch deinen Hauptmann befragt. Er attestierte dir in jeglicher Disziplin großes Können und wagemutigen, unermüdlichen Einsatz. Wo andere versagen, zu bequem, zu faul sind oder sich gar krank melden, hast du immer tapfer durchgehalten. Ich bin ziemlich zufrieden mit dir.«

Talzu wurde es heiß und kalt. Da war das Lob, nach dem er gegiert hatte. Und nicht nur das. Sein Onkel bot ihm in einem Maße seine Protektion an, wie er sie bisher kategorisch ausgeschlossen hatte. Denn, dass er ihn damit nur auf die Probe stellen wollte, glaubte Talzu nicht, nachdem ihn dieser Gedankenblitz durchzuckt hatte: Hannutti schien wirklich ein bisschen stolz auf ihn, seinen leiblichen Neffen, zu sein. Mit größter Wahrscheinlichkeit könnte er eine glanzvolle Karriere machen, gesetzt den Fall, er bewährte sich gleichermaßen bei Schlachten wie bei den Übungen. Und sicher würde diese auch seine Eltern, vor allem seinen Vater, mit ihm aussöhnen. Aber wollte er gerade nicht ein Handwerk erlernen, das anderen den Tod brachte? Nein, und abermals nein. Er wollte alles dafür tun, um das Töten überflüssig zu machen. Sollte er es wagen und seinem Vorgesetzten und Verwandten die Wahrheit sagen?

Hannutti schwieg eine ganze Weile und ließ die widerstreitenden Gefühle, die sich auf Talzus Gesicht abzeichneten, ihren Kampf austragen. Talzu sah Hannutti offen ins Gesicht.

»Ich bin nicht so wie...« Er stockte, nahm dann einen neuen Anlauf: »Ich kämpfe ohne jegliche Freude und gegen meine Überzeugung!«

Hannutti traute seinen Ohren nicht. Was bildete sich der Junge ein? Gab ihm, dem rechten Arm des Königs, der Jahr für Jahr sich für das Reich schlug und täglich im Feld sein Leben dafür riskierte, Widerworte! Er versuchte gelassen zu bleiben, obwohl er merkte, dass Ärger in ihm aufkeimte.

»Oho, sieh an, sieh an. Der erfahrende Kämpfer gibt seine Weisheiten zum Besten. Was soll das heißen? Ist kämpfen eine Frage der Freude und der Überzeugung? Es ist einfach notwendig, verdammt noch mal. Wie willst du sonst deine Widersacher und Feinde zum Schweigen bringen, verrat mir das mal.«

»Bei allem Respekt, Onkel, ich denke schon, dass es andere Mittel und Wege gibt. Und nutzt nicht auch das Reich diese Möglichkeiten? Wurden nicht schon viele Verträge mit anderen Fürsten ohne jegliche kriegerische Auseinandersetzung abgeschlossen?«

»Natürlich wird Blutvergießen vermieden, wo es geht. Das ist doch nicht die Frage. Wozu kostbare Arbeitskräfte verschwenden, wenn es nicht unbedingt nötig ist. Aber häufig gibt es keine andere Lösung! Denk an Mittani, denk an die Kaschkäer. Ich könnte beliebig viele Länder und Völker hinzufügen. Wir brauchen den Boden, damit das Reich gedeihen kann. Wir brauchen gesicherte Grenzen, um in Frieden leben zu können. Das ergibt sich nicht einfach nur so. Dein Problem ist, dass du keine Ahnung von diesen Dingen hast.«

»Ich bin mir nicht sicher, ob ich wirklich erst Menschen erschlagen haben muss, um zu wissen, dass das nicht richtig ist«, erwiderte Talzu.

»Selbst die Götter ziehen in den Krieg, denk an eure Schauschga.« Hannutti geriet immer mehr in Rage.

»Ist sie nicht erst in zweiter Linie die Göttin des Krieges? Verehrt wird sie bei uns vor allem als Göttin der Liebe.«

Er war einfach nicht zu glauben. Dieses Bürschchen hörte nicht auf zu argumentieren. Ein Grünschnabel, der alles besser wusste. So etwas hatte Hannutti noch nicht erlebt. Er musste an sich halten, um nicht laut zu werden. Aber diese Blöße würde er sich keinesfalls geben. Er, der zu den wichtigsten Männern im ganzen Reich gehörte! Er mäßigte sich, trank einen Schluck und sagte:

»Dennoch unterstützen die Götter den Krieg. Sie eilen immer dem Heer voraus! Wenn für das Reich nötig, greifen sie sogar direkt in eine Schlacht ein, etwa indem sie Stürme aufkommen lassen, Blitze schicken oder indem sie den gegnerischen König mit Krankheit schlagen. Bekunden sie damit etwa nicht ihren Willen?«

»Und wie häufig ging schon eine Schlacht verloren? Was hat das dann zu bedeuten?«

»Ich warne dich, Tanuwa!« Hannuttis Stimme wurde gefährlich leise. Er war aufs Äußerste verstimmt, das war nicht mehr zu übersehen und zu überhören. »Treib es nicht zu weit! Versündige dich nicht gegen die Götter! Vielleicht bist du einfach nur zu feige, wenn es Mann gegen Mann geht.«

Das Gespräch war beendet.

Hannutti schlief schlecht in der Nacht. Seine Bettgefährtin, die nach Talzus Weggang weisungsgemäß erschienen war, schickte er weg, obwohl ihm ihre sichtbare Enttäuschung leid tat. Trotz ihrer spröden Art liebte sie ihn hingebungsvoll, das hatte sie Hannutti ungezählte Male unter Beweis gestellt, und normalerweise nahm er ihre Zuneigung dankbar an. Aber heute wollte er alleine sein und nachdenken.

Warum fand er keinen richtigen Zugang zu Tanuwa? Bei jeder ihrer Begegnungen fing alles vielversprechend an und endete dann doch mit Vergrätzung auf beiden Seiten. Warum versteifte sich der Junge so? Er machte ihm die Offerten und der lehnte sie in fast unverschämter Weise ab.

Am nächsten Morgen hatte sich sein Zorn gemildert, aber noch nicht gelegt. Anstatt konzentriert die anstehenden Aufgaben zu erledigen, schritt er übellaunig und unruhig auf und ab, unschlüssig was er tun sollte. Einem Impuls nachgebend, gürtete er sein Schwert und verließ unter den erstaunten Blicken seiner Untergebenen, die auf Anweisungen warteten, den Palast. Die frische, winterliche Luft würde ihm gut tun. Es war ein klarer Tag. In der Ferne erhob sich der Feuerberg, das Kraterrund bedeckt mit Schnee.

Hannutti lenkte seine Schritte zum Übungsplatz, wo schon seit Tagesan-

137

bruch trainiert wurde. Auf einen Wink des diensthabenden Hauptmannes hielten alle inne und senkten zur Begrüßung ihres Generals die Waffen. Normalerweise fand Hannutti immer Zeit zu einem Scherz oder sagte einige aufmunternde Worte, gab hier einen Kommentar ab, verbesserte, tadelte oder lobte. Doch heute verhieß seine finstere Miene nichts Gutes.

»Macht weiter«, befahl er kurz angebunden. Er stellte sich etwas abseits auf einen erhöhten Platz und musterte die Schar, die nunmehr eher gehemmt und schweigend mit den Übungswaffen aufeinander losging.

»Was soll das denn werden, bitte schön?«, polterte Hannutti nach kürzester Zeit los. »Ist das alles, was ihr könnt? Da muss es Spaß machen, euer Gegner zu sein. Man könnte euch einfach niedermähen wie Halme. Jetzt schaut gefälligst zu, wie man das macht!«

Hannutti trat in die Mitte des Kreises, der sich rasch gebildet hatte; denn alle wussten, dass mit dem Statthalter des Unteren Landes, dem Oberkommandierenden der hethitischen Streitkräfte, in dieser Stimmung nicht zu spaßen war.

»Komm her!«, befahl er und deutete auf Talzu.

»Gib ihm ein richtiges Schwert«, blaffte er dann den Hauptmann an und zog seines aus der Scheide.

In der Runde war es nun völlig still, man hätte eine Feder fallen hören. Alle hielten den Atem an. Mita und Mursili waren kreidebleich geworden. Vor allen Anwesenden wollte der General Tanuwa vorführen. Ihr Götter, steht uns bei!

Hannutti und Talzu standen sich gegenüber. Sie senkten die Waffen voreinander, um sich die gegenseitige Ehrerbietung zu zeigen, wie es Adeligen ziemte. Hannutti hielt sich eisern an alle Regeln, aber er schenkte Talzu nichts. Dieser schlug sich erstaunlich gut. Nach und nach vergaßen seine Kameraden, wer da gegen wen kämpfte und feuerten ihn mit lautem Geschrei an. Doch auf Dauer nützte ihm das nichts. Gegen diesen erfahrenen Kriegshelden konnte er nicht lange bestehen. Er wurde immer unsicherer auf den Beinen, je mehr ihn die Kraft verließ. Seine Paraden reichten kaum mehr aus, um einen Streich abzuwehren. Blutende Schramme kam zu Schramme, alle nicht gefährlich, aber durchaus schmerzhaft. Schließlich strauchelte er und ging zu Boden. Hannutti ließ augenblicklich von ihm ab und steckte sein Schwert zurück in die Scheide. Sie tauschten schweigend einen langen Blick – der Junge auf dem kalten Winterboden liegend, schwer atmend, der Sieger, ohne sichtbare Zeichen der Anstrengung, über ihm.

Schließlich wandte Hannutti die Augen ab und schaute auf die anderen, die still geworden waren.

»So macht man das! Nehmt euch ein Beispiel an eurem Kameraden, ihr Schlappschwänze.«

138

Der Schaukampf der beiden war das Tagesthema beim Essen, auch wenn die Hauptperson, Tanuwa, fehlte. Mursili und Mita hatten ihm aufgeholfen. Er konnte sich kaum auf den Beinen halten. So trugen ihn die Freunde in ihre Unterkunft auf sein Lager. Mita besorgte ihm eine heiße Suppe aus der Küche, von der er aber nur wenig zu sich nahm. Er wollte einfach nur schlafen.

In der Nacht bekam er Schüttelfrost. Mursili erwachte, weil der Freund stöhnte und mit den Zähnen klapperte. Es half auch nichts, dass er seinen warmen Mantel über dem Frierenden ausbreitete. Die Stirn fühlte sich brennend heiß an. In seiner Verzweiflung legte sich Mursili zu Talzu auf das Lager, um ihn zu wärmen, und erwartete bang das Morgengrauen. Talzus Zustand hatte sich eher verschlechtert und Mursili beschloss, dem Hauptmann Meldung zu machen. Die kleinen Fleischwunden, die Talzu abbekommen hatte, waren ungereinigt und schmerzten mit Sicherheit. Ob Talzu das alles spürte, war nicht zu erkennen. Er war nicht ansprechbar.

Der Hauptmann zuckte mit den Achseln und tat das Ganze ab, nachdem er sich Mursilis Bericht angehört hatte. »Da muss der gute Tanuwa schon durch. So schlimm können die paar Kratzer ja nicht sein. Das gibt sich rasch. Schau, dass er etwas Warmes trinkt.«

Mursili war ratlos. Dass Talzu nicht nur an den Folgen des Kampfes litt, war für ihn offensichtlich. So hohes Fieber bekam man doch nicht, bloß weil man das Schwert geführt hatte. Vielleicht war ja Abwarten die richtige Lösung. Mursili versuchte, Talzu warmes Bier einzuflößen. Dann beschaffte er einen heißen Stein und legte ihn an Talzus eiskalte Füße. Mehr konnte er im Moment nicht tun, weil er seinen Dienst anzutreten hatte. Die Sorge um den Freund ließ ihn aber nicht los. Was war, wenn die Krankheit sich verschlimmerte? Nur er allein aus der Truppe wusste von dessen Herkunft und seiner Verwandtschaft mit Hannutti. Musste er nicht den General vom Zustand seines Neffen unterrichten? Erst gegen Abend konnte Mursili sich davonstehlen. Er fand Talzu nun ruhig liegend vor. Statt heiß, fühlte er sich am ganzen Körper kalt an. Mursili schüttelte ihn und rief seinen Namen, erhielt aber keine Antwort und Talzu regte sich nicht. Er horchte an Talzus Brust und hörte das Herz schlagen, aber schwach.

»Was ist mit ihm?«, fragte Mita, der dazukam.

»Er ist nicht bei Sinnen, aber er lebt. Bleib bei ihm, Mita. Wärme ihn, so gut es geht. Ich bin gleich zurück.«

Verbissen kämpfte sich Mursili durch alle Hürden im Palast. Er müsse unbedingt den General unter vier Augen sprechen. Einen Grund wollte er nicht angeben. Man lachte ihn aus und schickte ihn weg. Mursili blieb. Er flehte inbrünstig zu den Göttern um Talzus Leben und darum, dass endlich jemand ein Einsehen hätte und ihn zu Hannutti ließe. Sein Einsatz wurde schließlich belohnt. Ein Bediensteter nahm ihn immerhin mit in das obere

139

Stockwerk. Dort gelang es ihm, eine Dienerin, die dem General die Abendmahlzeit brachte, davon zu überzeugen, dass sie Hannutti bitten müsste, ihn anzuhören – hoffentlich war es nicht zu spät. Endlich öffnete sich die Tür für ihn. Er stürzte in das Zimmer, in dem vor kurzem Hannutti und Talzu zusammengesessen hatte. Ohne darauf zu warten, dass Hannutti ihn ansprach, warf er sich vor ihm nieder und schilderte Tanuwas Zustand.

»Wie heißt du?«, wollte Hannutti wissen und als er erfuhr, dass es Mursili war, der sich so für Talzu einsetzte, sagte er: »Es ist gut zu wissen, dass Tanuwa einen solch treuen und zuverlässigen Freund hat. Geh nun, ich kümmere mich um alles Notwendige.«

Talzus Erkrankung erschütterte Hannutti mehr, als er sich eingestehen wollte. Der Ärger war gänzlich verflogen. Er machte sich große Sorgen und Gedanken über sein Verhältnis zu dem ihm Anvertrauten. Würde wirklich alles gut werden, wie er es Mursili versprochen hatte? Was, wenn die Götter – … Er verbot sich weiter zu denken.

Sie hatten mit Worten gefochten, sie hatten mit Schwertern gekämpft. War es nicht Zeit zu einem Miteinander? Dann müsste Tanuwa einlenken. Er müsste einsehen, wie gut er es mit ihm meinte. Aber waren es nicht einfach seine, Hannuttis, ureigenen Wünsche, dass Tanuwa ein Krieger würde wie er selbst, die er durchsetzen wollte? Die berühmte Kriegerdynastie, sollte die Nachwelt einmal sagen. Hatte er nur aus eigener Eitelkeit versprochen ihn zu protegieren, obwohl das ganz gegen seine Prinzipien verstieß? Protektion war nicht nötig, wenn jemand seinen Mann stand und sich bewährte. Natürlich konnte er nicht unwidersprochen lassen, wie Tanuwa das Kriegshandwerk charakterisiert hatte. Sie waren keine Mörder! Sie handelten für die Götter und diese standen ihnen bei. Aber musste er die Haltung Tanuwas nicht zumindest achten? Feig war der beileibe nicht. Hannutti erkannte, dass sein Vorwurf ungerechtfertigt war und er zu heftig reagiert hatte. Der Junge hatte ihn aus der Reserve gelockt, wie er das nur von seiner eigenen Jugendzeit her kannte. Er war durchaus reizbar gewesen. Temperament war aber auch Bedingung, um ein ausgezeichneter Kämpfer zu sein. Er drehte sich im Kreis. Wo gab es das, dass ein Jungspunt selbst bestimmte, was er machen wollte? Hatte er nicht in die Fußstapfen des Vaters zu treten? – Unsinn, schalt er sich selbst. Nur wo jemand am besten einsetzbar ist, da ist sein Platz. Hatte er vielleicht die Profession seines Vaters übernommen? Nein, damals hatte sich die Frage gar nicht gestellt: Der Vater des jetzigen Königs hatte jeden Mann gebraucht, um das dezimierte und angeschlagene Reich zu verteidigen. Hannutti war von seinem ersten waffenfähigen Tag an mit dem annähernd gleichaltrigen Schuppiluliuma zusammen mit König Tudhalija in den Krieg gezogen. Später hatten sie eigene Feldzüge geführt, weil an mehreren Grenzen des Reiches ein Waffengang notwendig war.

Hannutti versuchte weiter, seine Gedanken zu ordnen. Vielleicht wollte er Tanuwa einfach in seiner Nähe haben? Dann konnte er sich schließlich besser um ihn kümmern und ihn kontrollieren. Seine Schwester sollte zufrieden mit ihm sein. Hatte sie ihm Tanuwa nicht anvertraut? Vielleicht gab es aber auch einen ganz anderen Grund, weshalb er sich nicht mehr von ihm trennen wollte. Liebte er ihn? Es fiel Hannutti schwer, diesen Gedanken zuzulassen. Er war ein rauher Krieger, das Idol seiner Gefolgsleute, die Stütze des Königs. Aus all diesen Gründen hatte er es immer vermieden, Gefühle zu zeigen oder gar sich zu binden, an niemanden – an fast niemanden. Nun musste er sich eingestehen, dass Tanuwa ihm ans Herz gewachsen war. Er imponierte ihm, er war stolz auf ihn und er würde ihm helfen. Er fasste einen Entschluss. Er würde alles tun, um Tanuwa genau dorthin zu bringen, wo der glücklich und nützlich war, auch auf die Gefahr hin, dass sie sich trennen mussten. Wenn es nach ihm ging, würden sie sich nie wieder verlieren. Das schwor er bei Tarhunna. Die Götter mussten dieses unschuldige Kind am Leben lassen. Er würde sie durch seine Opfer versuchen gnädig zu stimmen.

Sobald Tanuwa wieder kräftig genug sein würde, wollte Hannutti nach Hattuscha aufbrechen, um den König nicht länger warten zu lassen. Den wollte er dann auch wegen Tanuwa um Rat fragen. Nach Hannuttis Ansicht wäre der richtige Platz für ihn wohl beim Obersten der Schreiber, der die königliche Staatskanzlei leitete, für den diplomatischen Austausch zuständig war und sich um alle Angelegenheiten des Äußeren kümmerte. Besser gefiel ihm noch, wenn Tanuwa dort ausgebildet würde, dann aber den König und ihn selbst als Berichterstatter, als Übersetzer oder in diplomatischer Mission bei ihren Feldzügen begleitete. So könnte er das ganze Reich und seine Grenzen kennenlernen und sich ein eigenes Bild von den Vasallen und vor allem von den Feinden machen. Ausgezeichnet! Nun musste Tanuwa nur noch rasch genesen.

Hannutti, einige seiner Offiziere, Tanuwa, Mursili, die Begleitmannschaft und die Eskorte verließen das winterliche Puruschhanda im Morgengrauen. Der Winterneumond war nicht mehr fern und Hannutti wollte unbedingt pünktlich zum Fest in Hattuscha sein. Es war lange beratschlagt worden, welche Route sie benutzen wollten. Die, die ihnen jede Nacht ein sicheres Dach über dem Kopf gewährleisten würde, führte über Nenassa, Nesa, die Furt des Marassanta, Kussura und Tawinija nach Hattuscha. Diese kannten auch alle außer Tanuwa. Aber sie würden viele Tage, vielleicht zu viele Tage unterwegs sein, um am Fest teilnehmen zu können.

»Wie sieht die Alternative aus?«, fragte Tanuwa Hannutti.

»Es gibt zwei weitere Möglichkeiten, die deutlich kürzer sind. Zunächst folgt man grob dem Ostufer des Tatta-Meeres bis fast zu seinem äußersten Ende im Norden. Dann überqueren wir den Marassanta in der Nähe des Ortes Tippuwa, der schon auf der östlichen Seite liegt und wo wir uns auch gut mit frischem Proviant versorgen könnten. Von hier aus gibt es dann entweder einen direkten Weg nach Hattuscha, der bei Tawinija in die Hauptstraße einmündet, oder man folgt dem Lauf des Marassanta nach Norden bis die große Ost-West-Route kreuzt und wendet sich dann auf dieser scharf Richtung Sonnenaufgang. Das ist ein bisschen weiter, dafür ein bisschen bequemer. Ich möchte euch aber nicht verschweigen, dass beide Strecken auch erhebliche Nachteile haben.« Hannutti sah ernst in die Runde.

»Als da wären?«

»Zum einen sind die Wege nicht ausgebaut. Wir müssen reiten und auch das können wir nicht immer. Es gibt Saumpfade, da müssen wir die Tiere am Zügel führen. Ich weiß auch nicht, wie die Schneeverhältnisse sind. Das könnte aber fast das kleinere Übel sein.«

»Und das größere?«

Alle merkten auf. Hannutti holte tief Luft.

»Im letzten Sommer haben wir im Norden im Raum Tabikka den Kaschkäern, diesen elenden Räubern und Plünderern, eine empfindliche Niederlage beigebracht und Gebiete von ihnen zurückerobert, die sie sich widerrechtlich einverleibt hatten. Das betraf allerdings nur eines der Kaschka-Völker. Mit dem wurde dann auch ein Vertrag abgeschlossen, der allerdings die anderen Kaschkäer, dieses Lumpengesindel, überhaupt nicht interessiert. Unsere Kundschafter haben nun berichtet, dass viele ihrer Clans sich nach der Niederlage wieder verlagert haben.«

»Was soll das heißen: verlagert? Und wohin?«

»Sie haben sich neues Siedlungs- und Weideland gesucht, irgendwo im Osten und im Westen, wo genau, das wissen die Götter. Unsere nordwestlichen Provinzen Tumanna, Pla und Kalasma sind ihnen wohl anheim gefallen. Es wird viel Arbeit geben in den nächsten Jahren, um sie in Schach zu halten, darauf könnt ihr euch verlassen. Einige Sippschaften sind offenbar auch in Turmitta eingedrungen, haben es besetzt und wollen es als weiteres Kaschka-Land etablieren. Damit haben sie einen langgestreckten Keil direkt im Norden von Puruschhanda in das Reich getrieben. Ich vermute, dass sie sich auch auf der östlichen Seite des Marassanta ausgebreitet haben. Der Fluss ist ja kein großes Hindernis, wenn man Stromschnellen und entsprechende Jahreszeiten, in denen er Hochwasser führt, meidet. Angeblich haben sie sich auch den Nordzipfel des Tatta-Meeres angeeignet, genau da, wo man einen hervorragenden Blick über das ganze Gewässer und – je nach Witterung – darüber hinaus hat. Sie stehen, etwas übertrieben gesagt, damit vor unserer Haustür.«

Raunen ging durch das Beratungszimmer, bis einer der Offiziere sagte: »Im Klartext: wir wissen nicht, ob ein Teil des Weges durch wildgewordene Kaschkäer, die vor allem auf Hethiter schlecht zu sprechen sind, blockiert ist, richtig?«

Nach langem Hin und Her, Für und Wider einigten sie sich schließlich auf die kürzeste Strecke, in der Hoffnung, kaum oder gar nicht mit Kaschkäern zusammenzutreffen, und die Fährnisse der unwirtlichsten und anstrengendsten aller Alternativen zu meistern.

Es gefiel Tanuwa, dass Hannutti nicht einfach bestimmt hatte, sondern sie die Entscheidung gemeinschaftlich getroffen hatten. Das war ohnehin klug, trugen sie nun alle auch einen Teil der Verantwortung, aber viele von den Obersten hätten sich vermutlich anders verhalten. Es wurde ihm immer klarer, warum die Soldaten ihren General trotz seiner Strenge so sehr verehrten. Wenn es darauf ankam, war er einfach immer einer der ihren. Er setzte sich für sie gleichermaßen ein, wie sie sich für ihn.

Tanuwa ging in Gedanken noch einmal die vergangenen Tage durch, die Krise, die in ihm getobt hatte. War er Spielball der Götter und Menschen? Musste er deren Willen erfüllen? Waren seine Vorstellungen denn nicht richtig? Hannutti hatte ihn schließlich gerettet. Seine Heilkundigen hatten ihn versorgt. Hannutti hatte neben ihm ausgeharrt, seine Hand gehalten, die Stirn getrocknet, die Lippen befeuchtet. Und er hatte zugegeben: »Ich war im Unrecht – nein, sag jetzt nichts, wir werden alles klären und bereden, wenn es dir besser geht. Jetzt schicken wir nur Dankgebete an die Allmächtigen und Allwissenden. Und dann schläfst du dich schnell gesund.«

Hannutti hatte ihm von dem Plan berichtet, ihn mit nach Hattuscha zu nehmen und mit dem König zu sprechen, so dass er dort endlich die erforderliche Ausbildung in der königlichen Kanzlei durchlaufen konnte. Vorwissen, Sprachkenntnisse brachte er ja reichlich mit, es würde sicher schnell gehen. Auch würde er die Familie kennenlernen. Es war kein Geheimnis mehr: Man wusste nun in Puruschhanda, dass er Hannuttis Neffe war und das würde auch alle Welt erfahren. Aus Talzu war endgültig Tanuwa geworden.

Sie waren ausgezeichnet an diesem Tag vorangekommen.

»Wenn wir morgen noch einmal so weit kämen wie heute«, sagte Hannutti, bevor sich niederlegten, »müssten wir schon in der Nähe der Furt durch den Marassanta sein. Auf der anderen Seite des Bergzuges dürften wir dann vor Kaschkäern sicher sein.«

Sie brachen in der Morgendämmerung wieder auf. Es dauerte auch nicht lange, da lugte die Sonne als roter Ball zu ihrer Rechten über die schneeglänzenden Berge, stieg dann rasch auf und erstrahlte in all ihrer Pracht. Der Weg führte sie in Richtung Norden. Je weiter sie kamen, desto mehr wuchs die Anspannung, auch wenn niemand darüber ein Wort velor.

Wichtig war Hannutti, dass sie sich nicht trennten. »Zum einen tragen die Tiere unsere Zelte und die ganze andere Ausrüstung, die wir zum Übernachten benötigen, zum anderen möchte ich kein Risiko eingehen. Falls sich doch Kaschkäer hier herumtreiben sollten, ist es wichtig, dass wir alle zusammen sind.«

»Warum wird diesen Kaschkäern eigentlich solche Beachtung geschenkt? Es kann für ein Reich wie Hattuscha kein Problem sein, mit ihnen fertig zu werden. Sie sind Viehnomaden, wie du sagst, die im Sommer umherziehen, und sich sonst in kleinen Dörfern zusammenfinden. Sie müssten über Waffen verfügen, sich organisieren.«

»Kaschkäer sind nicht gleich Kaschkäer.« Dabei beließ es Hannutti und ordnete an: »Wir stellen den Zug etwas um. Ihr«, er deutete auf Mita und zwei weitere Männer, »übernehmt mit mir zusammen die Vorhut, einer sichert die Verbindung, falls die Hinteren abfallen sollten, das machst du. Und ihr kümmert euch um den Schluß des Zuges, damit uns keiner verloren geht.« Letztere Anordnung richtete sich an Tanuwa und Mursili.

»Also los!« Zu Tanuwa gewandt sagte er: »Über die Kaschkäer sprechen wir später, in Ordnung? Da gibt es Einiges, was du wissen musst, aber das ist nichts für unterwegs. Bis nachher.«

Alles verlief reibungslos, obwohl die letzte Strecke nicht ungefährlich war. Es war fast dunkel, bis auch die Lasttiere, Tanuwa und Mursili den Lagerplatz, nicht ganz am Fuß des Berges gelegen, erreicht hatten. Im Schein von Fackeln wurde Feuer entfacht, ein einfaches Lager errichtet und es dauerte nicht lange, bis sie sogar eine sättigende Suppe in den Magen bekamen.

Tanuwa hatte unterwegs beobachtet, wie einige Holz sammelten und mitnahmen. Trockene Späne und dünne Eichenästchen zum Entfachen des Feuers wurden gewöhnlich schon vom Abmarschort mitgeführt und gehütet wie ein Schatz. Wie sie allerdings zum Brennen gebracht wurden, war Tanuwa ein Rätsel. Er fragte den Feuermacher.

»Sieh mal, hier in diesem speziellen Kästchen, das unbedingt wasserdicht sein muss, bewahre ich meinen Zunder auf. Das ist sehr leicht brennbares Material, am besten getrockneter Zunderpilz, der meistens in totem Holz wächst. Du kannst aber auch anderes Zeugs benutzen, es muss nur alles knochentrocken sein. Diesen Zunder legst du nun bereit. Dann nimmst du harten Silexstein und schlägst damit hier auf den goldgesprenkelten Pyritstein, ungefähr so. Hast du gesehen? Der zweite Stein gibt Funken ab und die entzünden nun meinen Zunder. Jetzt schnell harzgetränkte Wollspunte auf die Flämmchen und Späne und Ästchen und schon brennt das Feuer.«

»Zur Not kannst du zwei Stöcke oder Steine aneinanderreiben, das funkti-

144

oniert auch, sieht aber nicht so gekonnt aus.« Mursili natürlich!

Der nächste Morgen war wieder frisch und klar. Aber Schneefall war nicht auszuschließen. Sie folgten einem Nebenflüsschen des Marassanta und verließen so schnell es ging die bergige Region. Im Tal sah alles ruhig und friedlich aus. Unterwegs trafen sie auf keine einzige Ansiedlung. Am Marassanta, der hier recht breit war und reichlich Wasser führte, wandten sie sich nach Norden und hielten sich parallel zu seinem Lauf flussabwärts.

»Weit kann die Furt nicht mehr sein!«

»Der Fluss ist mächtig voll!«

»Es hat auch viel geregnet.«

»Ich frag mich, wie wir da rüber kommen sollen.«

»Schwimmen!«

Die Männer langweilten sich. Das Geplänkel ging hin und her. Plötzlich gellte ein schriller Pfiff wie von einem Raubvogel. Hannutti gab augenblicklich das Zeichen zum Halt. Tanuwa und Mursili, die heute vorausgeritten waren, galoppierten auf sie zu und kamen auf der Höhe von Hannutti zum Stehen.

»Da vorne ist die Furt.«

»Großartig. Nichts wie hin und dann auf die andere Seite!«

»Sie ist nicht frei.«

»Was heißt das?«

»Soweit wir sehen konnten, befinden sich auf beiden Seiten des Flusses Menschen und Herdenvieh.«

»Hethiter? Luwier?«

»Nach den Zelten und der Kleidung zu urteilen, würde ich sagen: weder noch«, antwortete Mursili. »Ganz sicher bin ich nicht, aber ich denke, es sind Kaschkäer.«

»Haben sie euch gesehen?«

»Ich glaube nicht.«

»Also, ihr wisst es nicht. In Ordnung.« Hannutti wandte sich um und rief: »Formiert euch, sofort.«

Diszipliniert bildeten sie einen Keil, bei dem die Lasttiere ganz hinten am breiten Ende in der Mitte Aufstellung nahmen, an der rückwärtigen Flanke von zwei Mann geschützt. So verharrten sie einen Augenblick, aber vor ihnen tat sich nichts. Bis zur nächsten Biegung war die Flussaue gut zu übersehen.

»Mist. Damit war nicht zu rechnen! Gleich auf beiden Seiten. Ich dachte, sie seien viel nördlicher. Vermutlich sind sie über unsere Anwesenheit genauso verblüfft, wie wir über ihre. Womöglich ist auch Tippuwa in ihrer Hand, obwohl ich mir das nicht vorstellen kann. Es ist gut befestigt. Aber bei diesen Schweinehirten muss man mit allem rechnen. Immerhin haben sie vor gar nicht so langer Zeit auch in Hattuscha geplündert.«

Davon hatte Tanuwa noch nichts gehört. Was waren das für Menschen?

»Wir müssen gut überlegen«, fuhr Hannutti fort. »Einen Angriff halte ich für keine gute Idee, auch wenn ich mir noch kein Bild von der Lage gemacht habe. Aber Zelte und Viehzeug in Pferchen, das bedeutet, dass sie nach Winterweideplätzen auch auf der anderen Seite suchen, wo Eichenwäldchen und Buschwerk etwas Nahrung versprechen. Dann sind auch die Männer alle dabei. Selbst wenn die Überraschung mit uns wäre, so gelänge uns doch nur auf dieser Seite sie zu überwältigen. Das bringt uns gar nichts.«

»Dann müssen wir nach Süden ausweichen.«

»Nein! So schnell gebe ich nicht klein bei. Der Umweg kostet uns Tage!«

»Hier kostet es uns vielleicht das Leben!« Hannutti warf dem Sprecher einen wütenden Blick zu.

»Wir bräuchten ein Boot! Oder was ist mit Flößen? Dann können wir sie umgehen, ohne ganz abgedrängt zu werden.«

»Mann, was redest du denn? Wo sollen wir jetzt auf die Schnelle ein Boot oder Ziegenfelle herbekommen. Und selbst, wenn wir sie hätten, müssten wir eine geeignete Stelle zum Übersetzen finden.«

»Warum sprechen wir nicht einfach mit ihnen?« Alle verstummten nach dieser Frage von Tanuwa, aber jeder dachte sich seinen Teil: sprechen? Mit solchen Verbrechern? Und wie überhaupt? Konnte hier vielleicht irgendjemand Kaskäisch?

Hannutti sah seinen Neffen nachdenklich an. Der Junge setzte ihn immer wieder in Erstaunen. Es war klar, dass er nicht scherzte. Schließlich sollte das nach seinem Wunsch seine Zukunft bestimmen: mit Menschen sprechen, verhandeln, überzeugen.

Vor ihnen war weiterhin nichts zu sehen und zu hören.

Alle starrten Hannutti an, sie warteten auf seine Entscheidung.

»Probier es! Wenn alle Stricke reißen, müssen wir dich raushauen und dann nach Süden fliehen.«

Tanuwa hob grüßend die Hand und wendete sein Pferd.

»Halt«, rief Mursili. »Kann ich ihn nicht begleiten?«

»Ja, du und Mita, ihr geht mit ihm. Wir werden beobachten, was sich unten an der Furt tut. Wenn ihr könnt, gebt ein Zeichen, wenn ihr in Schwierigkeiten seid – der Pfiff vorhin war gar nicht schlecht! Seid ihr nicht zurück, wenn die Sonne im Westen steht, greifen wir an. Die Götter mit euch!«

So lange brauchten die Männer nicht zu warten. Am frühen Nachmittag meldete der Wächter, dass Mursili zu Pferd auf dem Weg zu ihnen war. Zuvor hatten sie beobachtet, dass die drei das diesseitige Lager erreichten und abgestiegen waren, alsbald in einem Zelt verschwanden, dann plötzlich ein Pfeifen und Rufen hüben und drüben einsetzte und danach alles wieder still wurde, bis Mursili erschien.

146

»Tanuwa muss zaubern können oder so etwas«, sagte er atemlos. »Wir können hinüber, folgt mir.«

»Und wenn das eine Falle ist?«

»Nein, es ist keine.«

»Wie willst du das wissen?«

»Weil Tanuwa und der Stammesälteste einen Pakt geschlossen oder sich verbrüdert haben oder etwas in der Art. Ich habe es nicht so recht begriffen. Tanuwa bürgt jedenfalls für unsere Sicherheit, sagt er.«

Hannutti schaltete sich ein.

»Wir haben keine andere Wahl. Senkt die Lanzen, versucht die Schwerter zu verbergen, aber haltet eure Dolche bereit, ohne sie zu zeigen. Gekämpft wird nur, wenn ich das Kommando gebe.«

Geordnet und schweigend zogen sie hinunter zur Furt. Ebenso schweigend standen die Menschen auf beiden Seiten des Flusses. Man hörte nur das gelegentliche Blöken von Schafen und Meckern von Ziegen. Alle schienen den Atem anzuhalten.

Das Wasser war nicht allzu hoch, aber die Strömung wirkte gefährlich.

»Ihr sollt euch am Tau festhalten«, hörten sie Tanuwas vertraute Stimme rufen. Er trat eben zusammen mit Mita aus dem größten Zelt in Begleitung eines alten, wettergegerbten, aber ehrwürdig dreinblickenden Mannes, vor dem sie sich feierlich verneigten und dann auf ihre Pferde stiegen und zu ihnen aufschlossen.

»Sie haben ein Seil aus Pflanzenfasern geflochten, das habe ich nicht genau verstanden. Aber wir sollen uns festhalten, damit wir der Strömung widerstehen.«

Sie querten ohne Schwierigkeit die Furt, die Reiter und die Maulesel, die sie hinter sich herzogen. Tanuwa ritt als letzter. Drüben angekommen, drehte er sich um und winkte über den Marassanta hinüber. Die Menschen auf dieser Flusseite hatten eine Gasse gebildet und ließen Hannutti und seine Begleitung passieren. Kurz darauf schwenkten sie auf den Weg nach Tippuwa ein, indem sie wiederum einem Nebenfluss des Marassanta in nordöstlicher Richtung folgten. Kaschkäer sahen sie keine mehr. Sie erreichten das Stadttor von Tippuwa beim letzten Dämmerschein. Der Name Hannuttis reichte aus, damit es ihnen umgehend geöffnet wurde. Sie fanden beste Aufnahme.

Am Abend wurden Mursili und Mita von den Kameraden bestürmt, über ihre Erlebnisse zu berichten. Bis Tanuwa von seiner Besprechung mit Hannutti zurückkam, wollten sie nicht warten.

»Ihr wisst ja, wie die Göttin Schauschga ist«, begann Mursili und freute sich an den neugierig dreinschauenden Gesichtern. »Mal schickt sie uns in den Krieg, mal geht sie uns in der Liebe voran. Nein, Scherz beiseite. Ich glaube schon, dass wir unter ihrem Schutz standen, denn als wir uns dem

Lager näherten, von wo aus unsere Gruppe übrigens vorher tatsächlich nicht entdeckt worden war, was glaubt ihr, auf wen wir da zuerst stießen?«

»Keine Ahnung. Auf wen?«

»Auf drei junge, hübsche Frauen, die auf uns drei hübsche, junge Kerle warteten.«

»Woher willst du wissen, dass sie hübsch waren?«, warf Mita ein. »Sie haben sich doch sofort Tücher vor das Gesicht gezogen.«

»Na, jedenfalls sind sie nicht kreischend davon gerannt, oder? Sondern haben uns mit einigem Wohlgefallen zur Kenntnis genommen.« Mursili stolzierte wie ein eitler Pfau im Zimmer auf und ab.

»Tanuwa machte irgendwelche Gesten, fragt mich nicht, was sie bedeuten sollten. Die Mädels schienen ihn jedenfalls verstanden zu haben. Sie winkten uns zu folgen, nachdem wir unsere Pferde festgemacht hatten. Mittlerweile waren auch andere Leute auf uns aufmerksam geworden, ließen uns aber in Ruhe. Die Frauen brachten uns zum größten Zelt des Lagers, in das wir alsbald hineingebeten wurden. Tanuwa hatte uns gesagt, wir sollten ihn nur machen lassen, und dieser Anweisung sind wir natürlich gerne gefolgt.« Er erntete Gelächter.

»Im Zelt saß ein alter Mann – ihr habt ihn ja gesehen – auf einem mit prachtvollen Fellen ausgepolsterten Sitz. Das ist ganz offensichtlich das Oberhaupt der Sippschaft. Dann waren da noch zwei jüngere Männer, vielleicht Söhne oder seine Leibwache. Tanuwa kreuzte seine Arme vor der Brust«,

»und wir auch«, krähte Mursili dazwischen,

»machte Verbeugungen«,

»und wir auch«,

und warf sich schließlich vor dem alten Mann auf den Boden nieder.«

»Wir nicht.« Die umstehenden Männer schlugen sich auf die Schenkel vor Lachen.

»Der alte Mann bedeutete, Tanuwa solle sich erheben.«

»Warum hat er sich denn niedergeworfen? Vor einem Kaschkäer?«, fragte einer aus der Runde.

»Offenbar hatte er schon mit Nomadenscheichs zu tun, irgendwo in Syrien, und da werden die Stammesoberhäupter wohl so begrüßt, und er hat sich gedacht, das könnte auch hier nicht schaden – hat es ja auch nicht.«

Ein bewunderndes Raunen erhob sich.

»Wie ging es dann weiter?«

»Tanuwa öffnete seinen Beutel, holte etwas von unserem getrockneten Brot heraus und einige schöne Salzkristalle. Beides überreichte er dem Alten. Der klatschte daraufhin in die Hände und eine der jungen Frauen erschien mit einem sehr wertvollen Metalltablett – hast du das gesehen, Mita? – und

148

bot uns Becher mit lauwarmer Ziegenmilch an. Nicht so ganz mein Fall.« Mursili schüttelte sich.

»Bisher war noch kein Wort gesprochen worden. Tanuwa sagte auch nichts, sondern wartete, bis er von dem Häuptling angesprochen wurde. In einem Kauderwelsch, völlig unverständlich, mit Knacklauten und Knoten in der Zunge.«

»Tanuwa antwortete in Hethitisch, Hurritisch, versuchte es schließlich mit Luwisch. Ein paar Brocken schien einer der jüngeren Männer zu verstehen, aber sprechen!« Mursili machte ein vielsagendes Gesicht. »Eigentlich wiederholte er nur immer eine Grußformel, mehr war nicht drin.«

»Wie habt ihr es denn dann geschafft, dass der Alte begriffen hat, worum es geht?«

»Darauf kommst du nicht – ich war jedenfalls platt. Tanuwa ist findig, das muss ihm der Neid lassen. Er holte aus seinem Bündel ein kleines Papyrus-Blatt und ein Stückchen Holzkohle und dann zeichnete er erst unsere Gruppe: drei Striche und er zeigte auf uns drei, und viele weitere Striche und er deutete in die Richtung, wo ihr auf uns gewartet habt. Der Alte nickte, hatte also die Sache verstanden. Dann zeichnete er den Fluss mit so ein paar Schlangenlinien und zeigte mit der Hand in Richtung anderes Ufer und damit war dann offenbar alles klar. Der Alte sagte etwas, der eine Mann verließ das Zelt, dann ging ein Riesengebrülle und Gepfeife los und schließlich stand der Alte auf, machte eine Geste und Tanuwa sagte zu mir, ich sollte flugs losreiten und euch holen. Den Rest kennt ihr. Nicht schlecht was?«

»Ich glaube, dass aus Tanuwa mal ein ganz Großer wird!«, sagte Mita überzeugt.

Tanuwa hatte sich als einer der ihren bewährt, aber allen war klar geworden, dass er eine andere Zukunft als sie haben würde.

Hannutti gönnte ihnen in Tippuwa keine lange Rast, so gerne sie noch ein wenig verweilt hätten. Man fühlte sich innerhalb der Befestigungsmauern geborgen. Viele der Häuser waren solide Fachwerkbauten, denn Bauholz gab es in der Umgebung genügend, mit Innenhöfen und gut geheizt. Die Wärme genossen sie besonders. Hannutti und seine Offiziere hatten mit dem Stadtkommandanten die Situation besprochen. Die Route nach Tawinija war offenbar frei, aber von der Weiterreise in dieser Jahreszeit riet man ab, auch weil kein größerer Ort auf ihrer Strecke lag. Fünf bis sechs Tage würden sie brauchen.

»Fünf bis sechs Tage! Da hätten wir ja auch außen herum marschieren können«, sagte Hannutti, als sie durch das Stadttor im Nordosten das gastfreundliche Tippuwa verließen. »Das muss schneller gehen. Die Mondsichel wird immer dünner, der Neumond ist nicht mehr fern. Wir müssen es rechtzeitig zum Fest schaffen.«

149

Tatsächlich machten sie gute Strecke. Das Hochplateau war zwar schnee-bedeckt, aber der Schnee war trocken und fest und knirschte unter den Hufen. Das gute Wetter blieb ihnen zwei Tage treu. Hannutti und die anderen, die diese Route auch zu anderen Jahreszeiten genutzt hatten, meinten, dass sie wohl bereits zwei Drittel des Weges bis Tawinija hinter sich gebracht hatten. Am dritten Tag war morgens der Himmel verhangen. In der Nacht war es et-was wärmer geworden, es roch nach Schnee. Bis zum Mittag gelang es ihnen noch sich zu orientieren. Vor ihnen erhob sich ein alleinstehender Berg, eine eindeutige Landmarke, die sie östlich passieren mussten, um auf die Route zu gelangen, die wiederum zu einer Furt führte, denn einen größeren Fluss hatten sie noch zu überwinden. Gegen Mittag war plötzlich der Gipfel nicht mehr zu sehen, so tief hingen die Wolken.

»Es wird bald schneien. Wir sollten schnellstens einen Unterstand finden. Ein Dorf ist nicht in der Nähe, wohin wir uns wenden könnten«, sagte einer der Männer, der sich in der Gegend auskannte. »Am Berg ist ein Überhang, wie eine flache Höhle, da könnten wir etwas Schutz finden.«

»Dann übernimm du die Führung bis dahin. Ihr anderen schließt auf.«

Die ersten Flocken fielen, bald wirbelten sie lustig durcheinander, man sah kaum die Hand vor Augen. Und es kam Wind auf, Ostwind.

»Wie weit ist es noch?«

»Wir müssten es bald geschafft haben, bleibt dicht beieinander.«

Das Gestöber wurde so stark, dass Reiten nicht mehr möglich war. Jeder führte nun sein Pferd und eines der Maultiere am Zügel und versuchte, sei-nen Vordermann nicht aus den Augen zu verlieren.

Hannutti war ganz nach vorne aufgerückt. Gemeinsam mit dem Führer hielt er angestrengt Ausschau nach dem Bergüberhang. Falls sie den Berg nicht finden sollten, mussten sie anhalten und einen Kreis bilden, sich so gut wie möglich schützen und abwarten, sonst bestand die Gefahr, dass sie sich hoffnungslos verliefen. Aber wie viel Zeit war wirklich vergangen? Konnten sie schon in der Nähe sein, waren sie daran vorbei gelaufen oder lag alles noch vor ihnen?

Der Schneesturm fegte Schneekristalle vor sich her, die auf der Haut wie Nadeln stachen. Die Männer verhüllten sich. Die Tiere hatten keine Lust weiterzugehen, und es kostete die ganze Kraft ihrer Führer, sie hinter sich her zu ziehen. Dabei erfroren ihnen beinahe die Finger, die sie notdürftig mit Stofffetzen umwickelt hatten. Stunden schienen vergangen zu sein, da erschallte der erlösende Ruf: »Da vorne ist es.«

Wie durch ein Wunder oder dank der hervorragenden Intuition ihres Füh-rers waren sie offenbar direkt auf die Höhlung zugelaufen, die immerhin so breit war, dass die Tiere dicht an dicht nebeneinander stehen konnten. Für die Menschen blieb aber kaum Platz, an ein Feuer war nicht zu denken. Auch lag sie nicht günstig zum Wind, der immer wieder Schneewehen hineinblies. Das brachte sie auf die Idee, aus der Not eine Tugend zu machen. Sie formten notdürftig Quader aus dem Schnee und setzten diese nach und nach aufeinander. Die Bewegung und die Aufgabe taten ihnen gut und hielten sie einigermaßen warm, wenn sie auch ihre Hände kaum mehr spürten. Hinter der Mauer fanden sie etwas mehr Schutz. Die Leiber der Tiere strahlten Wärme ab, so dass die malträtierten Gesichter und Hände auftauten und dann anfingen zu glühen. Auf Hannuttis Rat hin kaute jeder auf etwas getrocknetem Brot herum. Ansonsten blieb ihnen nur, in der Kälte und Nässe zu warten.

Der Schneesturm legte sich am späten Nachmittag, zumindest war es noch nicht ganz dunkel, als sie hinter ihrer Schneemauer hervorlugten. Das Heulen des Windes hatte aufgehört. Nur das Schnauben der Tiere war gelegentlich zu hören. Vor ihnen breitete sich eine weiße Wunderwelt aus, aber an ein Weiterkommen war nicht zu denken.

»Warum erweitern wir die Schneemauer nicht noch«, sagte Tanuwa, »damit wir eine Art Pferch erhalten, in dem die Tiere sich aufhalten könnten. Wir müssten das Gepäck, die Reitdecken, einfach alles abladen, falls es wieder anfängt zu schneien. Der Vorteil wäre, dass wir uns auf die Reisesäcke lagern könnten. Die dicken Filzdecken nehmen wir als Unterlage.«

Es kam wieder Leben in die Gruppe und man machte sich umgehend an die Arbeit.

»Einer muss immer Wache halten. Wer weiß, welches Getier hier herumstreift: Wölfe, Luchse, Schakale, Leoparden oder womöglich Bären.«

»Wildschweine wären mir lieber«, Mursilis unverwüstlicher Humor brach sich Bahn. Sie verköstigten sich aus ihren Proviantbeuteln, und auch die Tiere erhielten ihre Futtersäcke umgehängt. Hannutti sprach ein Gebet. Er dankte Tarhunna, dem Wettergott des Himmels, und dem Gott des Berges, in dessen Obhut sie sich befanden, für den Schutz, den sie ihnen gewährten, und flehte um eine ruhige Nacht. Sie krochen dicht aneinander und irgendwie gelang es allen, Schlaf zu finden. Tanuwa küsste wie jeden Abend sein Medaillon, nahm Abschied für diesen Tag von Kija. Er hatte die letzte Wache vor dem Morgengrauen übernommen.

Der restliche Weg nach Hattuscha verlief ohne besondere Vorkommnisse, obwohl das Land immer bewaldeter und gebirgiger wurde und man den Weg sehr gut kennen musste, um sich nicht in dem Gewirr von kleinen Tälern, größeren Ebenen, Fluss- und Bachläufen zu verirren. Der Wettergott des Himmels schickte ihnen wieder stabiles, sonniges, wenn auch kaltes Wetter. So schafften sie täglich eine Strecke von Dorf zu Dorf, denn je näher sie an die Hauptstadt herankamen, desto dichter war die Besiedlung. Jeden Abend fanden sie eine sichere Unterkunft. Dennoch kamen sie zu spät in Hattuscha an: das Winterneumond-Fest hatten sie um einen Tag verpasst.

Ihr Einzug in Hattuscha glich einem Triumph. Hannutti, der Held! Schon weit vor der Stadt hatten sich Menschenmassen versammelt, um den Obersten der Krieger und sein tapferes Gefolge willkommen zu heißen und zum Südwesttor, dem Löwentor, zu geleiten. Dieses Tor war in die gewaltige Befestigungsmauer um die Oberstadt herum eingelassen und wurde von zwei riesigen, furchteinflößenden Steinlöwen bewacht. Vorbastionen und monumentale, flankierende Turmbauten verliehen ihm einen beeindruckenden Anblick. Es hatte zwei Durchgänge, die jeweils mit schweren Holztoren verschließbar waren. Diese wurden jeden Abend versiegelt und jeden Morgen wurde die Unversehrtheit der Siegel vor dem Öffnen überprüft.

Tanuwa hatte eine solche Anlage noch nie gesehen. Selbst die Tore Qatnas schienen ihm in der Erinnerung dagegen kleiner. Für all die anderen aufwändigen Bauten der Oberstadt, die sie am westlichen Rand passierten, um zur Unterstadt und zum Fuß der Königsburg zu gelangen, hatte er keine rechte Aufmerksamkeit. Er suchte die Zitadelle zu erspähen. Der Königspalast lag auf einem Felsrücken, von wo aus die tiefer liegende Unterstadt mit dem großen Tempelareal und die weiter oben in den Felshang gebaute Oberstadt zu überblicken waren. Eine solide Festungsmauer umgab ihn. Die Straße führte über einen Sattel und dann auf ein breites, stabiles Viadukt. Es überspannte den Taleinschnitt südwestlich des Felsplateaus, das die Burg trug. So gelangten sie in den Süden der Zitadelle. Dort gingen die Mauern der alten Stadtbefestigung in die wuchtigen Burgmauern über. Tanuwa ließ seinen Blick schweifen: diese Stadt war riesig! Es würde viel zu entdecken geben. Sie erreichten das äußere Haupttor, das wiederum von Löwen bewacht wurde. Wie konnte eine solche Stadt und eine solche Burg von Kaschkäerhorden geplündert werden?

Hatte Tanuwa erwartet, dass sie am Tor vom Großkönig empfangen würden, so irrte er sich. Einer der oberen Palastbediensteten empfing Hannutti und sein Gefolge mit dem üblichen Gruss »du wirst Brot essen und Wasser trinken.« Er reichte ihnen einen Willkommenstrunk, den sie dankbar entgegennahmen und auf das Wohl des Königs und der Königin anstießen, nachdem sie den Göttern ihren Anteil gespendet hatten. Sie waren in Hattuscha angekommen und hatten den langen Weg von Puruschhanda in einer ungeheuer kurzen Zeitspanne trotz der winterlichen Hindernisse gemeistert. Sie ließen sich gegenseitig hochleben und vor allem natürlich Hannutti.

Die Pferde und Lasttiere wurden ihnen von Stallburschen abgenommen. Sie selbst schritten auf einem von Schnee freigefegten, breiten roten Pflaster vom Burgtor über den ersten Hof, um in den unteren Burghof zu gelangen.

»Hier sind die Wachleute, Stallungen und auch eines der Waffenlager untergebracht«, flüsterte Mursili und wies zurück auf das Hallengebäude. »Es

152

gibt noch zwei weitere, hintereinanderliegende Höfe. Alle Höfe sind in der gleichen Art geplant und angelegt. An den jeweiligen Längsseiten befinden sich durchgehende, offene Pfeilerhallen, wie du sie hier siehst«, Mursili deutete nach rechts und links, »oder Mauern, die die einzelnen Bauten untereinander verbinden. Und an den Schmalseiten haben sie schöne Torhäuser als Abtrennung und dadurch hat man diesen phantastischen Eindruck.« Er war ein ausgezeichneter Führer. »Das meiste sind Verwaltungs- und Haushaltsräume des Palastes. Da links ist noch ein Torbau, dort kommt man heraus, wenn man den Aufweg aus der Unterstadt benutzt. Direkt daneben siehst du eine Art Versammlungsstätte, wenn nicht die große Audienzhalle benutzt werden soll. Hier und weiter oben haben die höchstrangigen Palastbeamten ihre Resindenzen, übrigens auch dein Onkel. Wir werden genügend Zeit haben, alles zu erkunden. Heute werden wir den Göttern danken, baden, essen, feiern und schlafen! Nichts weiter.«

☙☙☙

Alles war anders in Hattuscha als in den Städten und an den Höfen, die Tanuwa bisher besucht hatte.

Die Stadt lag hoch in den Bergen. Kam man von Süden, schaute man auf den südlichsten und zugleich höchsten Punkt Hattuschas, wo das mit Sphingen geschmückte Tor stand, eines von mehreren verteidigungstechnisch ausgeklügelten Toren innerhalb des umlaufenden Walls. Von dort blickte man über ein nach Norden abfallendes Gewirr aus zerklüfteten Hängen und Kuppen, durchsetzt von mächtigen Felsen. Auf dem größten stand die Burg, auf den kleineren Tempel und Verwaltungsgebäude. Zwischen den markantesten Erhebungen und steilsten Hängen durchzog eine tiefe, zum Teil senkrecht eingeschnittene Schlucht das Gelände. Schluchten begrenzten auch im Osten und Westen den gesamten Berghang, auf dem sich die Stadt verteilte. Das machte ihren abweisenden Charakter aus, der durch die Stadtmauer verstärkt wurde. Nur nach Norden öffnete sich der Blick. Dort lagen in der weiten Talebene, die sich nach Nordwesten fortsetzte und von Bächen und einem Nebenflüsschen des Marrassanta durchzogen war, die fruchtbaren Nutzflächen der Stadt, jetzt wie der gesamte Ort unter einer Schneedecke verborgen. Die Stadt beherrschte und war gleichzeitig von Natur aus geschützt. Dazu gab es allenthalben reichlich sprudelnde Quellen, ausreichend Weide- und Jagdgründe und vor allem dichten Mischwald mit Eichen, Wacholder, Kiefern in höheren Lagen, weiter unten andere Nadelbäume, Eschen, Pappeln, Ahorn, Ulmen und Obstbäume, und damit ausreichend Holz zum Bauen und zum Feuern. Bei der Kälte und dem pfeifenden Wind, der vor allem am Abend auftrat, war das ohne Frage das Erfreulichste.

Aus allen Himmelsrichtungen führten Straßen auf die Stadt zu und dann durch die prachtvollen Tore ins Innere: von Westen, vom Marassanta durch das West-, von Norden und vom Meer des Nordens, von Zalpa und Nerikka, den beiden wichtigen Kultstädte, die an die Kaschkäer verloren gegangen waren durch das Nordtor. Von Osten, von Samuha, dem Hauptort des Oberen Landes, durch das Tor, das von einem in Stein gemeißelten Schutzgott bewacht wurde. Von hier konnte man über eine lange Steintreppe direkt hinunter zur Burg absteigen. Von Süden nutzte man das Löwentor. Das waren die wichtigsten.

Noch mehr als die Stadt, die Tanuwa durch ihre schiere Größe beeindruckte, verwunderte ihn die Königsburg, die, auf mehreren Ebenen angelegt, sich auf dem Felsen fast in der Mitte der Ostseite des Ortes erhob. Hier war der höchste Punkt im Norden, und hier befanden sich der obere Burghof und die private Residenz des Königs. Sie durfte Tanuwa am dritten Tag erstmalig betreten, nach dem offiziellen Empfang in der majestätischen Audienzhalle, die an der Westseite des mittleren Burghofes lag.

Bisher hatte er den König und die Königin nur außerhalb ihrer Hauptstadt erlebt. Nach seinem Eindruck waren schon die Zeremonien in Adanija mit äußerster Präzision und Strenge durchgeführt worden. Aber das war nichts gegen den Festakt, der in der Königshalle vonstatten ging, um Hannutti und sein Gefolge willkommen zu heißen. In Hattuscha schien das königliche Paar nicht zu den Menschen, sondern bereits zu den Göttern zu gehören. Ohne aufwändige Reinigungen war es strikt verboten, sich ihnen zu nähern. Allerdings musste Tanuwa gestehen, dass ihm das wiederholte Baden in warmem Wasser außerordentlich behagte. Am Morgen der Zeremonie erhielt er auch frisch gereinigte Kleider, die genau den Vorschriften entsprachen und die wunderbar dufteten. Er fühlte sich wie neugeboren. Den anderen ging es ebenso. Flankiert von Mitgliedern der königlichen Leibgarde schritt die Gruppe würdevoll von von ihrer Unterkunft durch das Seitentor in den mittleren Burghof hinauf zur Audienzhalle. Am Portal wurden sie von einem Zeremonienmeister in Empfang genommen und erhielten einige Einweisungen. Sie folgten ihm durch mehrere Eingangsräume. Tanuwa und Mita hielten sich dicht bei Mursili und imitierten ihn so gut es ging. Endlich gelangten sie in ein Treppenhaus, stiegen hinauf und betraten die eigentliche Halle, deren Decke auf fünf Reihen von Holzpfeilern ruhte. Von der Größe, Eleganz und Ausstattungspracht entspricht diese Halle aber keineswegs der Audienzhalle in Qatna, dachte Tanuwa. Der Raum dort mit den vier massiven Stützsäulen, der riesigen Feuerstelle und den herrlichen Gemälden war ihm plötzlich so gegenwärtig. Er sah sich, Kuari und seine geliebte Kija dort herumstreifen und sein Herz zog sich voller Wehmut zusammen.

Doch der Anflug verging rasch beim Anblick des Königspaares, das am

Ende des Saales thronte. Prachtvoll in weißes Leder gewandet, die Gesichter geschminkt, waren sie nicht mehr als die Personen Schuppiluliuma und Henti zu erkennen. Sie waren zu Vertretern der höchsten Götter geworden, des Wettergottes von Hattuscha und der Sonnengöttin von Arinna. Tanuwa wagte kaum den Blick zu heben und doch wollte er unbedingt die berühmten Throne sehen, die der Fürst von Puruschhanda seinerzeit als Geste der Unterwerfung dem Labarna übersandt hatte. Sie seien aus himmlischem Material, war ihm gesagt worden, kostbarer als alles andere auf der Welt. Dagegen seien die silbernen und goldenen Throne der anderen Großkönige fast wertlos. Doch was er sah, enttäuschte ihn zutiefst: das grausilbrige Material, das sollte so kostbar sein? Der König erhob sich, mit der rechten Hand umfasste er den Krummstab. Alle sanken zu Boden. Mit fast überirdischer Stimme, die in dem Saal ihren Widerhall fand, sprach er das Morgengebet.

> *„Sonnengott des Himmels,*
> *mein Herr,*
> *des Menschen Hirte,*
> *herauf kommst du,*
> *Sonnengott des Himmels,*
> *aus dem Meer,*
> *und an den Himmels trittst du.“*

Während der König wieder Platz nahm, durfte sich die anwesende Menge an Hofleuten erheben. Nun traten Priester hinzu, angeführt vom Kronprinzen Arnuwanda. Musik setzte ein und Tanuwa überlief Gänsehaut. Diese harmonischen Klänge hatten ihn schon in Adanija zutiefst berührt. Er konnte sich nicht erklären, warum man so häufig die Hethiter im Süden für roh hielt. Nichts von allem stimmte. Arnuwanda schritt zu einem Altar und nahm den begleitenden Priestern die Gaben ab, die er dort nach und nach niederlegte. Zum Schluss umrundete er den Opfertisch und goss Wein aus einer heiligen Kanne aus. Dann hielt er im Zentrum inne, streckte die Hand über die Gaben aus und überreichte sie durch diese Geste den Göttern, als Dank für die gelungene Reise ihrer Diener aus dem Unteren Land.

> *„Du, Sonnengöttin von Arinna, bist eine angesehene Gottheit.*
> *Dein Name ist unter den Namen angesehen*
> *Über Himmel und Erde übst du gnädig die Königsherrschaft aus*
> *Ihm, dem begnadeten Mann, gewährst du,*
> *Sonnengöttin von Arinna, Verzeihung und Gnade.*
> *Jedes Landes Vater und Mutter bist du.“*

Nach dieser Zeremonie erhob sich das Königspaar und die engere königliche Familie nahm Aufstellung. Die Neueingetroffenen traten einer nach dem anderen vor, zeigten ihre Ehrerbietung und wurden ihrerseits persönlich willkommen geheißen. Tanuwa war so aufgeregt, dass er, als die Königin Henti ihn freundlich ansprach und sich nach seinem Wohlergehen erkundigte, kaum zu antworten wagte. Alles erschien ihm überirdisch und er war fast froh, als der Empfang vorüber war und sie das Gebäude verließen.

Tanuwa lernte schnell, dass die Zeremonien nur eine Seite war, die das Königspaar als Repräsentanten der Macht der Götter Hattuschas inszenierte. Die andere Seite zeigte König Schuppiluliuma, seine Gemahlin Henti sowie ihre Söhne als ganz normale Menschen, mit normalen Bedürfnissen, guten und schlechten Tagen. Das wurde deutlich, als nach der offiziellen Begrüßung Hannuttis und seines Gefolges ein eher privates Treffen folgte, zu dem der, Tanuwa und andere in die Privatgemächer der Königsfamilie geladen wurden. In den beiden zweigeschossigen Hauptgebäuden, das eigentliche Palais und das zweite, davorliegende Gebäude, das unter anderem die private Bibliothek des Königs beherrbergte, lebte außer der königlichen Familie auch die Tawananna, die Witwe des verstorbenen Königs Tudhalija und Schuppiluliumas Mutter. Sie blieb Tawananna, solange sie lebte. Erst dann durfte Henti diesen Titel führen. Das war Tanuwa neu.

In einem großen Raum im Untergeschoß des Palais fand der Empfang statt. Unzählige Teppiche auf dem Boden, auf den Sitzgelegenheiten und an einigen Wänden zeigten geometrische Muster, auf anderen waren auch Szenen dargestellt, darunter eine Jagd. Hier musste man sich einfach wohlfühlen. Außerdem duftete es nach den Köstlichkeiten auf den langen Tischen. Die waren mit gewebten, bunten Tüchern überdeckt. Alle erschienen in normaler, wenn auch festlicher Kleidung. Schuppiluliuma hieß Hannutti schon an der Tür willkommen, umarmte ihn und schlug ihm dann anerkennend auf die Schulter.

»Ich hätte es nicht für möglich gehalten, dass du dich auf den Weg machst. Umso mehr danke ich den Göttern, dass du es gewagt hast und heil angekommen bist. Du weißt, wie sehr ich dich hier benötige. Wie ich höre, hattet ihr einen anstrengenden Weg.«

»Halb so wild«, wehrte Hannutti ab. »Du kennst mich, je schwieriger, desto verlockender. Da hätte es noch um einiges schwieriger kommen können. Ich ärgere mich nur, dass wir nicht pünktlich zum Fest da waren. Das muss nächstes Mal besser laufen!«

Er lachte.

»Nächstes Mal ist dein Schützling und Neffe auch schon vertrauter mit Weg und Gegebenheiten. Offenbar ist es ihm zumindest mitzuverdanken, dass ihr nicht noch später eingetroffen seid. Wo steckt der Nachwuchsheld? Ah, er macht der Königin den Hof, das ist recht!« Schuppiluliuma zog Hannutti mit sich durch den Raum zu seiner Gemahlin und Tanuwa hinüber.

156

»Verzeih, meine Liebe, wenn ich dir deinen jungen Verehrer abspenstig mache.« Tanuwa sank auf den Boden, doch der König befahl ihm sich zu erheben.

»Ich habe bereits von deinen Fähigkeiten vernommen, Sohn des Eheja und der Kali und Kaschkäer-Bezwinger! Auch sonst sollst du zu allerlei zu gebrauchen sein. Nun, wir wollen dich gerne in unseren Dienst nehmen, aber es muss einiges noch in Ordnung gebracht werden, denkst du nicht auch?«

Tanuwa nickte etwas beklommen, sehr wohl verstehend, worauf der König anspielte. Es war sein inniger Wunsch, mit den Eltern ins Reine zu kommen. Wie er das anstellen sollte, war ihm aber unklar.

»Wie wäre es mit einem Schreiben?«, fragte Schuppiluliuma, als hätte er die Gedanken seines Gegenübers gelesen. »Wir werden ohnehin einen Boten nach Süden senden. Du könntest deine Eltern um Verzeihung bitten, kurz erneut deinen Standpunkt darlegen und mitteilen, dass du dich nunmehr in königlichen Diensten befindest und alsbald die Ausbildung beim Obersten der Schreiber antreten wirst.«

König und Königin weideten sich an Tanuwas überraschtem, glücklichem Gesicht. Ein rascher, dankbarer Blick zu seinem Onkel, dann ergriff er, während er auf die Knie sank, spontan des Königs Hand um sie zu küssen. Doch dieser wehrte ab.

»Nun junger Mann, du wirst rasch feststellen, dass hier ein ebenso harter Dienst zu leisten ist wie bei deinem Onkel. Und wir setzen große Erwartungen in dich! Aus diesem Grund werden wir ebenfalls dem Boten eine Note für unseren Freund Eheja und seine Gemahlin mitgeben, ebenso wie dein Onkel. Vielleicht gelingt es durch unsere vereinte Fürsprache, dass sie dir die unbotmäßige Flucht vergeben und du den notwendigen Segen der Altvorderen für deinen zukünftigen Weg erlangst, wenn sie erfahren, wie viel du gelernt und geleistet hast. Ich zweifle nicht daran.«

Bisher hatte Tanuwa selbst kein Wort gesprochen. Doch in seinem Kopf arbeitete es wie wild. Zu gern hätte er eine Bitte vorgebracht. Wie könnte er das anstellen?

»Wenn Tanuwa so schaut«, kam ihm da Hannutti lachend zu Hilfe, »dann liegt etwas an. Diesen Gesichtsausdruck kenne ich: er wird sich nicht ändern, bis er los ist, was er auf dem Herzen hat. Der Bursche kann sehr beharrlich sein.«

»So sprich, sag, was du möchtest. Wir werden es gerne erfüllen, wenn es in unserer Macht steht.«

»Großmächtiger, gütiger König«, begann Tanuwa ernsthaft, ohne zu bemerken, wie alle versuchten ein Lächeln zu verbergen, »ja, ich habe ein Anliegen. Du sprachst von einem Boten, der nach Süden geschickt wird. Außer dem Schreiben an die Eltern wäre noch eine Sendung nötig, die er mitnehmen möge und zwar nach Qatna.«

Zum Glück, es war heraus.

»Qatna? Ach – Kattanna!« Schuppiluliuma sah fragend von Tanuwa zu Hannutti.

»Tanuwa war im letzten Jahr einige Wochen mit seinem Vater dort. Er hat viele Kontakte dort geknüpft«, erläuterte Hannutti.

Das war ja höchst interessant. Vielleicht konnte der Junge noch nützlicher sein als er selbst ahnte. Das musste er erst in Ruhe mit Hannutti besprechen. Deshalb entließ der König Tanuwa mit dem Bescheid, er möge alle Briefe vorbereiten. Der Bote könnte diese zumindest bis Ugarit transportieren. Als alle sich verabschiedeten, bedeutete der König Hannutti noch zu bleiben. Es gab noch viel zu besprechen.

Die beiden Männer zogen sich in einen kleinen Raum zurück.

»Hannutti, mein Freund und treuer Mitstreiter«, begann Schuppiluliuma das Gespräch. »Kein langes Geplänkel. Es hat sich einiges getan, seit wir uns in den Bergen getrennt haben. Ich habe dir dennoch keinen Boten geschickt, weil ich hoffte, dass du wie besprochen hierher kommen würdest. Es gibt jetzt so vieles zu bedenken, zu planen und vorzubereiten. Diese wenigen Wochen bis der Frühling naht und mit ihm die Zeit des rauhen Kriegshandwerks, sind die Ruhe vor dem Sturm, glaub mir.« Der König trank einige Schlucke heißen Met.

»In Mittani sind erneut Unruhen ausgebrochen.«

»Welcher Art?«

»Zwischen König Tuschratta und dem von uns unterstützten Artatama. Wie wir wissen sind die eigenen Untertanen zum großen Teil nicht mit Tuschrattas Herrschaft zufrieden. Jedenfalls rivalisieren die beiden ja um den Thron in Waschukanni.

»Das kann doch nur vorteilhaft für uns sein. Je mehr das Land im Innern geschwächt ist, desto leichteres Spiel für uns, sie im Feld zu schlagen und unter unsere Herrschaft zu bringen.«

»Noch besser stünde die Sache, wenn wir uns gar nicht mit ihnen schlagen müssten. Ich sehe mit großer Besorgnis dem nächsten Jahr entgegen. Wenn es schlecht läuft, haben wir womöglich im Westen, im Norden, im Osten und im Südosten zu tun. Das wäre deutlich mehr, als wir verkraften könnten.«

»Gehen wir davon aus, dass Arzawa Ruhe bewahrt und wir die Kaschkäer zurückhalten können, dann müssten wir den Fürsten von Azzi-Hajasa in die Pflicht nehmen, damit er die Nordflanke Mittanis im Auge behält. So hätten wir die Hände frei für Mittani selbst.« Der Feldherr entwickelte eine schlüssige Strategie. Doch der König schien nicht damit zufrieden. »Wenn sie Ruhe bewahren, wenn wir sie in Schach halten können, zu viele Wenns, mein Lieber.«

»Du hast einen anderen Plan?«

Der König nickte. »Ich gehe davon aus, dass Pharao Amenophis III. offiziell zu König Tuschratta stehen wird. Schließlich sind die beiden verbündet. Also habe ich nochmals einen unbedingt zuverlässigen Boten zu Artatama geschickt und ihm unsere volle Unterstützung beim Erringen des Throns von Mittani zugesichert, wenn es ihm endlich gelingt, Tuschratta zu besiegen, zu vertreiben, zu beseitigen, nenn es wie du magst.«

»Aber welche Garantien hätten wir, dass Artatama, wenn er erst den Thron innehat, nicht in die Fußstapfen seines Vorgängers tritt. Was, wenn er sich dann ebenfalls gegen uns wendet?«

»Zum einen ist er Hattuscha verpflichtet. Er müsste natürlich den Treueeid ablegen. Außerdem gehe ich davon aus, dass er zunächst erst einmal mit dem Stabilisieren der Lage im eigenen Lande und bei den Vasallen beschäftigt wäre. Aber deine Bedenken haben völlige Berechtigung. Es wäre nicht das erste Mal, dass die Fronten gewechselt werden. Fraglich auch, wie Ägypten sich verhalten wird, käme Artatama an die Macht. Doch ich war nicht untätig.«

»Das hätte mich auch gewundert, mein König! Du machst mich neugierig. Was also hast du unternommen?«

»Wie die Götter so spielen. Zwei Dinge treffen vielleicht glücklich aufeinander. Ich glaube, es ist mir gelungen, den Pharao deutlich freundlicher uns gegenüber zu stimmen.«

»Das ist kaum zu glauben. Wie hast du das bewerkstelligt?«

»Ich habe meinem ägyptischen Bruder eine Grußbotschaft gesandt und ihm versichert, dass wir an einer Einflussnahme im Süden der Levante und auch im ägyptischen Interessenbereich im nördlichen Syrien nicht im geringsten interessiert sind. Im Gegenteil, dass wir die Handelsinteressen Ägyptens – es geht ja eigentlich ausschließlich um Bauholz, was sie unbedingt brauchen – in der Region nicht nur akzeptieren, sondern garantieren. Außerdem habe ich noch einige Andeutungen in Bezug auf bestimmte Rohmaterialien einfließen lassen, eine Menge Freundlichkeiten geschrieben und das Ganze mit den üblichen Geschenken, unter anderem einem kunstvollen Dolch aus unserem Himmelsmetall«, der König zwinkerte Hannutti vielsagend zu, »auf den Weg gebracht.«

»Und hast du Antwort?«

»Kurz vor deinem Eintreffen kehrte der Bote zurück! Allein das schon ein Triumph. Aber er brachte auch ein so freundliches Antwortschreiben, wie ich es in meinen kühnsten Träumen nicht erwartet hätte. Da, lies! Wenn es keine Finte ist, haben wir wohl einen wichtigen Streich gelandet. Ich werde den Eindruck nicht los, dass diese Ägypter nur eines interessiert und das ist Ägypten. Alles andere scheint ihnen ziemlich gleichgültig zu sein, solange die Holzlieferungen reibungslos laufen. Jedenfalls haben sie das Land

Arzawa fallen gelassen, nachdem ihr König ihre Erwartungen – Hattuscha zu erobern oder wenigsten zu zerschlagen – nicht erfüllt hat, obwohl er mit einer ägyptischen Prinzessin verheiratet ist. Die Ärmste kann jetzt in der Hauptstadt Abasa versauern. Unseren Gegenschlag hat der Pharao nicht kritisch kommentiert, sondern ihn gänzlich ignoriert!«

»Das sind keine schlechten Neuigkeiten, mit denen du aufwarten kannst, hervorragend. Seinen Appetit auf unseren himmlischen Werkstoff kann der Herr vom Nil dagegen wenig verleugnen, auch wenn er das sehr blumig ausdrückt!«

»Dafür werden sich nach und nach alle interessieren, Hannutti. Das ist unsere stärkste Waffe! Wir müssen die Angst davor überall schüren und sie selbst und vor allem das Herstellungsverfahren unbedingt schützen.«

Beide stärkten sich mit Met.

»Du hattest eine zweite Sache erwähnt.«

»Richtig. Rate, wer mit uns Kontakt aufgenommen hat?«

»Betrifft das auch Mittani?«

»Du bist auf der richtigen Spur.«

»Doch nicht dieser Aufschneider?«

»Eben der. Kannst du dir vorstellen, dass er, obwohl Assyrien noch nicht aus den Fängen Mittanis entkommen ist, bereits wünscht, in die Bruderschaft der Großkönige aufgenommen zu werden? Man kann gespannt sein, was der Pharao zu ihm sagen wird. Er ist ja immer besonders empfindlich, wenn es um den Status eines Großkönigs geht! Ein unangenehmer Zeitgenosse, dieser Assur-uballit. Mit dem werden wir rechnen müssen. Er hat sich vorgenommen, Assyrien groß zu machen, und dafür zieht er alle Register. Mit dem babylonischen König plant er Heiratsbündnisse, das schreibt er mir ganz unverfroren. Und mit uns möchte er die Gespräche wieder aufnehmen. Jetzt kommt der Vorschlag natürlich nicht ungelegen, denn Assyrien könnte genau der Garant sein, den du oben angesprochen hast. Sollte Artatama von Mittani Hattuscha nicht in gebührender Weise entgegenkommen, so können wir Mittani in die Zange nehmen: wir von Westen und der Assyrer von Osten. Erst recht, falls doch König Tuschratta als Gewinner aus dem Familienzwist hervorginge. Einen Zweifrontenkrieg würde das Land nicht überstehen. Assyrien ist sehr an einer Westausdehnung interessiert. Also könnte Mittani zwischen uns und Assyrien aufgeteilt werden. Über die gemeinsame Grenze wird man sich schon einigen.«

»Damit hätten wir aber auf jeden Fall Krieg, den du ja zu vermeiden wünschst.«

»Wir müssen abwarten. Ich werde mich hüten, Assur-uballit zu früh zu antworten. Vorher müssen wir uns auch unbedingt noch mehr Klarheit über all diese Fürstentümer in Nordsyrien verschaffen, wie eng sie an Mittani oder

Ägypten assoziiert sind: Ugarit, Mukisch, Karkamisch, Kattanna. Da gibt es noch eine Menge Arbeit zu erledigen.«

Das wäre eine ideale Aufgabe für Tanuwa, dachte Hannutti. Besser könnte er seinen Schützling kaum unterstützen. »Wir könnten meinen Neffen einbinden«, schlug er dem König vor, »er kann sicher hervorragend Auskunft geben. Die meisten der von dir erwähnten Länder haben er und sein Vater bereist. Länger waren sie allerdings nur in Kattanna. Da weiß er besonders gut Bescheid, zumal er im dortigen Königshaus ein- und ausging. Mit dem Kronprinz ist er befreundet, soweit ich weiß.«

»Ich habe auch schon daran gedacht, dass er von Nutzen sein könnte, als er vorhin zu meinem Erstaunen erwähnte, er habe einen Brief nach dort zu besorgen. Wir sollten allerdings wissen, worum es sich handelt, meinst du nicht auch?«

Er wechselte plötzlich das Thema. »Hast du deine Familie schon besucht und ihnen Tanuwa vorgestellt? Die meisten dürften ihn nicht kennen.«

»Nein, bisher nicht. Ich habe zwar meine Mutter kurz begrüßt, aber der eigentliche Willkommensbesuch steht noch aus. Ich wollte auch Tanuwa nicht gleich mit der ganzen Sippschaft überfallen.«

»Der junge Mann wird uns viel Freude machen, da bin ich mir sicher. Gut, dass er seinen Weg nach Hattuscha gesucht und gefunden hat.« Der König erhob sich. »Laß es für heute genug sein, Hannutti. Ich danke dir für dein Kommen, mein Freund!«

»Meine Sonne!« Hannutti erhob sich ebenfalls und verneigte sich. Sie umarmten sich und Hannutti war entlassen.

»Findest du nicht auch, dass sich Onkel und Neffe sehr ähnlich sehen? Der Körperbau, beide die blauen Augen. Und auch die ganze Art«, fragte Schuppiluliuma am Abend sinnend seine Gemahlin, als sie die Ereignisse des Tag besprachen. »Ich hatte mir die beiden schon in Adanija genauer angesehen.«

»Ist das nicht zu erwarten bei solch engem Verwandtschaftsgrad?«

»Ja, zweifellos. Jedenfalls hat Tanuwa nichts von Eheja an sich. Ich kann zumindest nichts entdecken.«

»Ich muss dir gestehen, dass ich Eheja herzlich wenig Aufmerksamkeit geschenkt habe.« Henti sah ihren Gatten nachdenklich an. »Kann es sein, Lieber«, sagte sie dann, »dass du das begrüßt? Ich meine, dass der Junge nicht Eheja ähnelt.«

Schuppiluliuma wandte sich ab. Ein Augenblick des Schweigens senkte sich über beide. Henti drängte ihn nicht, doch sie wunderte sich, als sie bemerkte, dass ihr Gemahl sich mit einer Antwort schwertat. Schließlich zuckte er verlegen mit den Achseln, ohne auf ihre Frage einzugehen.

»Mir ist etwas anderes aufgefallen«, nahm Henti leichthin den Faden wieder auf, »und das ist die Art und Weise, wie Hannutti mit dem Jungen umgegangen ist. In Adanija habe ich die beiden gar nicht zusammengesehen. Und unterwegs, das war seltsam, wie Hannutti ihn eigentlich verleugnete...«.

»Das hat er mir erklärt«, unterbrach sie Schuppiluliuma, »er wollte ihn nicht vor allen bloßstellen: sein Neffe, von zu Hause durchgebrannt, dann noch unter falschem Namen, wie klingt das?«

»Ja, gut«, fuhr Henti fort, »aber jetzt ist das Verhältnis wie umgewandelt, die zwei sind ein Herz und eine Seele. Hannutti habe ich selten als so uneigennützigen Fürsprecher erlebt. Selbst den Namenswechsel scheint er gut zu heißen. Ich frage mich, wieso?«

Zu Hentis erneutem Erstaunen überging der König ihre letzte Bemerkung. Talzu oder Tanuwa schien für ihn keine Rolle zu spielen. Stattdessen sagte er: »Vielleicht musste Hannutti sich erst einmal damit vertraut machen, dass er Verantwortung für ein Ziehkind, wenn du so willst, trägt, auch wenn dieses Ziehkind durchaus auf eigenen Füssen stehen können müsste in dem Alter. Übrigens hat sich dieser Eindruck heute durchaus bestätigt. Auch wenn der Junge noch etwas schüchtern ist, sagen wir besser beeindruckt von unserem Hof, und unbeholfen, was die ganzen Gepflogenheiten anbelangt, so kann ich Hannuttis Einschätzung nur unterstreichen: dieser junge Mann weiß genau, was zu tun ist. Er wird seinen Weg machen.«

Darin konnte die Königin dem König nur zustimmen. Auch ihr war er sehr positiv aufgefallen. Henti ging zu Schuppiluliuma hinüber und strich ihm zärtlich über das Haar. Schuppiluliuma zog sie auf seinen Schoß. Zu selten waren die Gelegenheiten für solche kleinen Intimitäten, die Aufgaben für das Reich zu vielfältig. Er seufzte. In seine Gedanken hinein sagte Henti, die noch beim vorigen Thema verweilte: »Mir fällt übrigens noch etwas ein, was ich merkwürdig fand, und das war der ziemlich verkrampfte Umgang zwischen Kali und Hannutti in Adanija.«

»Dem würde ich keine Bedeutung beimessen, Liebes. Das war ein offizieller Anlass und die beiden hatten sich lange nicht gesehen. So viel ich weiß, hängt Kali außerordentlich an diesem Bruder, wie auch sonst an der Familie. Sie hat oft Heimweh, das weiß ich von Hannutti selbst.« Schuppiluliuma küsste Henti auf die Stirn. »Das Problem werden wir heute nicht lösen, meine Liebste, lass uns über etwas anderes sprechen.«

Dieses plötzliche Beenden des Themas gab Henti noch mehr zu denken. Es war offensichtlich, dass Schuppiluliuma ihr etwas verschwieg oder eher, dass er ihr etwas verschweigen musste. Henti wusste, dass es bestimmte Dinge gab, über die es dem hethitischen König untersagt war zu sprechen, mit niemandem, auch nicht mit seiner Gemahlin, die in allen Belangen sein unbedingtes Vertrauen genoß und seine bevorzugte Gesprächspartnerin war.

Aber konnten Eheja, Tanuwa, Hannutti etwas mit einem Staatsgeheimnis zu tun haben? Wohl kaum. Was also konnte hinter Schuppiluliumas sonderbarem Verhalten stecken?

Hentis Neugier war geweckt.

Lange Ausruhzeit wurde Tanuwa nicht zugestanden, was ihm recht war. Schon am Tag nach dem Empfang brachte ihn Hannutti persönlich zum Großen der Schreiber, Mitannamuwa, dem Leiter der Staatskanzlei. Er war von schlankem, fast zierlichem Körperbau mit feingliedrigen Händen. Sein schmales, ernstes Gesicht war geprägt von einer hohen Stirn. Er blickte wach und durchdringend. Das mit ersten grauen Strähnen durchsetzte Haar ließ ihn vermutlich etwas älter wirken, als er war. Sein langes Gewand unterstrich die würdige Erscheinung. Er wirkte nicht unsympathisch auf Tanuwa, aber streng. Seine Amtsräume lagen am mittleren Burghof in enger Verbindung mit dem wichtigsten Archivgebäude sowie der Palastbibliothek. Dass in Bezug auf ihn bereits alles abgesprochen war, merkte Tanuwa daran, dass zwischen den beiden Männern nur wenige, wenn auch herzliche Worte gewechselt wurden. Dann verließ Hannutti die Staatskanzlei.

»Benti, Tattija, Warschija, ihr anderen, kommt her und begrüßt euren neuen Kollegen«, rief Mitannamuwa. »Das ist Tanuwa, Sohn des Eheja aus Kizzuwatna und der Kali aus Hattuscha, Schwester des Oberkommandierenden der Streitkräfte, General Hannutti,« führte er Tanuwa ein. Der versuchte sich die Namen zu merken, die Mitannamuwa der Reihe nach nannte.

»Wir beide, Tanuwa, werden uns jetzt kurz unterhalten, damit ich ungefähr einschätzen kann, auf welchem Kenntnisstand du bist. Dann wirst du zunächst in die Obhut des Oberschreibers Benti«, er wies auf einen Mann in mittleren Jahren mit harten Gesichtszügen, »übergeben. Er wird dich mit den Gepflogenheiten und Aufgaben der Kanzlei vertraut machen. Ihn kannst du auch immer fragen. Heute musst du dich allerdings zum größten Teil selbst beschäftigen, da wir dringende Erledigungen zu machen haben. Am besten, du nutzt die Zeit, um deine eigenen Briefe zu verfassen, die mit dem Kurier nach Süden gehen sollen. In den nächsten Tagen wirst du schwerlich Zeit dazu finden.«

Alle gingen wieder an ihre Arbeit, nur Tanuwa folgte Mitannamuwa in einen kleineren Raum, der eine Art Besprechungszimmer darstellte. Ohne weiteres begann der Oberste der Schreiber mit seiner Prüfung. Er befragte Tanuwa nach seinen Sprachkenntnissen. Einen Mustersatz musste Tanuwa in Luwisch, Hurritisch und Akkadisch übersetzen. Dann bekam er mehrere Tafeln vorgelegt, von denen er die ersten Zeilen vorzulesen hatte. Das lief besser als er befürchtet hatte nach der langen Pause. Seine Ängste legten sich etwas, und leise keimte Freude in ihm auf, als Mitannamuwa sagte: »Vier Sprachen ist nicht schlecht.«

163

»Einige Brocken kann ich auch Ahhijawisch.«

»Gut, das wird Königin Henti freuen! Wie du sicher weißt, ist sie eine Prinzessin aus Ahhijawa, Tochter des Großkönigs Attarsija oder Atreus von Mykene, bei uns Mukanu genannt. Aber zurück an die Arbeit. Fehlt dir also noch Palaisch, was du aber rasch lernen wirst, wie ich dich einschätze. Hattisch und Sumerisch kommen ja eigentlich nur in kultischen Zusammenhängen vor, sie beträfen dich also nur, wenn du dich in diese Richtung qualifizieren solltest. Wollen wir mal sehen, wie es mit dem Keilschriftschreiben steht.«

Er legte eine feuchte Tonplatte vor Tanuwa nieder und drückte ihm den Griffel in die Hand.

»Wir werden beides prüfen. Erst werde ich dir diktieren und später, wenn wir hier fertig sind, schreibst du noch etwas ab. Bist du bereit?«

Tanuwa nickte und konzentrierte sich. Der Anfang lief gut. Eine gewöhnliche Grußformel. Von den folgenden Sätzen musste er aber verschiedene Worte auslassen, weil er sie nicht kannte. Überhaupt verstand er nicht recht, worum es ging. Gute Götter, das würde eine Blamage geben. Sein Hochgefühl war wie weggeblasen. Der Oberste der Schreiber nahm die Tafel kommentarlos an sich. Er überreichte ihm eine neue Tafel und ein für ihn fremdes Schreibgerät.

»Wie steht es mit Hieroglyphen?«

Tanuwa errötete. Doch dann sagte er tapfer: »Wir haben in Tarscha nur Keilschrift benutzt, daher verfüge ich über diese Fertigkeit nicht.«

»Nun, das lässt sich alles lernen, deshalb bist du ja hier«, erwiderte Mitannamuwa gelassen. Tanuwa traute kaum seinen Ohren.

»Nun folge mir. Ich zeige dir den Platz, an dem du den Probetext abschreiben kannst. Bringe ihn zu Benti, sobald du ihn fertig hast. Dann kannst du an deine privaten Schreibarbeiten gehen. Schreibmaterial und sonstige Utensilien findest du vor. Hast du alles erledigt, kannst du für heute in deine Unterkunft gehen. Ich lasse morgen nach dir schicken.«

Tanuwa schaute sich in dem großen Arbeitsraum um, überwältigt von der Menge der Schreiber und den mit Tontafeln gefüllten Regalen. Mit dem Abschreiben hatte er keinerlei Mühe, zumal er den Text, einen Auszug aus einem Werk, das die Geschichte König Gilgameschs von Uruk erzählte, kannte. Er war rasch fertig und mit dem Ergebnis durchaus zufrieden. Er hatte gleichmäßige Keile produziert, die Sumerogramme sauber platziert und die Linien gut gehalten. So erschien er nach kurzer Zeit bei Benti und übergab ihm beide Tafeln, die der wortlos entgegennahm.

Nun musste er sich an den Brief an die Eltern setzen. Wieder und wieder hatte er ihn im Kopf vorbereitet. Knapp und kurz wollte er in seinen Ausführungen bleiben. Er hoffte, dass seine Zeilen die Herzen von Vater und Mutter erreichen mögen und die Schreiben des Königs und Bruders beziehungsweise Schwagers die nötige Überzeugungsarbeit leisteten, die wohl nötig war. So war er auch mit dieser Arbeit bald fertig.

Ein junger Mann, nicht sehr viel älter als er selbst, hatte sich neben ihm niedergelassen. Eben schaute dieser auf, traf seinen forschenden Blick und lächelte ihm zu.

»Du bist neu hier?«, fragte er flüsternd.

Tanuwa nickte und stellte sich ebenso leise vor. »Ich stamme aus Kizzuwatna.«

»Ich heiße Naninzi. Es ist noch gar nicht lange her, da bin ich durch Kizzuwatna gekommen. Es war noch einigermaßen warm in der Ebene.«

»Ruhe!«, rief einer der Schreiber.

»Lass uns draußen weiter sprechen.« Naninzi stand auf und ging zur Tür. Tanuwa folgte ihm in einen Flur. Sie plauderten etwas über Kizzuwatna, das Wetter dort und über dies und das. Tanuwa fiel auf, dass sein Gegenüber allzu konkrete Aussagen nach dem Woher und Wohin vermied. Immerhin brachte er in Erfahrung, dass er Kurierdienste leistete. Das interessierte ihn sehr, aber auch hier blieb Naninzi vage. Tanuwa vermutete, dass ihm verboten war, Fremden gegenüber von seinen Aufträgen zu sprechen. Das musste er akzeptieren.

»Ich muss jetzt mal weitermachen«, sagte er schließlich. »Du kannst nicht zufällig etwas Ägyptisch?« Er dachte an das Schreiben für Qatna und an Kija. Das wär's doch! Sie hatte schon ziemlich damit angegeben, dass sie ägyptische Hieroglyphen schreiben konnte. Zu seiner riesigen Verblüffung sagte Naninzi: »Ja, klar. Ein paar Zeichen kann ich schon. Was brauchst du denn?«

»Eine übliche Grußformel wäre phantastisch.«

»Die ist ganz einfach! Komm, ich schreibe sie dir auf.«

»Du musst mir aber noch sagen, was das heißt, was wir da in den Ton drücken.«

»Er möge leben, heil und gesund sein.«

»Es muss heißen: sie möge leben, heil und gesund sein«, sagte Tanuwa.

Naninzi lachte. »Also für eine Dame! Kein Problem. Da musst du noch ein Zeichen ansetzen und schon ist die Sache geritzt.«

Tanuwa war begeistert. Welch ein Zufall! Er war ein Glückspilz. Zu gern würde er Kijas Gesicht sehen, wenn Akizzi ihr die Zeichen zeigte. Mit Begeisterung machte er sich an den Brief an Akizzi. Es lag ihm so sehr auf der Seele, die Freunde in Qatna wissen zu lassen, wie es ihm ergangen und vor allem, dass er seinen Zielen treu geblieben war. An alle dachte er und schrieb einzeln ihre Namen nieder, um sie zu grüßen. Ganz zum Schluss fügte er den gerade gelernten Gruß an. Kija würde schon wissen, dass sie gemeint war. Was sie wohl tat? Sie blieb ein Traum. Sein Traum. Sein Lebenselixier. Er tastete nach seinem Medaillon. Diese herrlichen schwarzen Locken, in die man sich vergraben konnte. Und diese inspirierenden Auseinandersetzungen, ihre Scharfsinnigkeit, ihre spitze Zunge. Plötzlich fiel ihm wieder ein, was er ihr unbedingt mitteilen wollte, schon die ganze Zeit, und nun hätte er es beinahe vergessen. Nur wie? Er konnte doch nicht einfach noch eine Tafel beschreiben, dazu war der Inhalt zu heikel. Was, wenn er sich komplett irrte? Er überlegte, bis er einen guten Einfall hatte. Er packte seine Sachen zusammen, nickte Naninzi freundlich zu und eilte zum Gästetrakt.

Tanuwa nahm ein Blatt seines sorgsam gehüteten Papyrus aus seinem Bündel, dazu Pinsel und Tusche. Er begann mit einem Segensspruch. Etwas ungelenk notierte er dann so kurz wie möglich seine Beobachtungen, die er damals in Qatna gemacht hatte, und das Gespräch, das er zwischen dem Edlen Tiru und dem Nomaden belauscht hatte. Vielleicht hatte es etwas zu bedeuten, vielleicht auch nicht. Er hoffte, dass Kija die gemalten Keilzeichen entziffern konnte und mit der Nachricht etwas anzufangen wusste. Aber wer, wenn nicht sie? Schlimmstenfalls konnte sie sie ja einfach vernichten. Er rollte den Papyrus zusammen. Dann siegelte er ihn sorgfältig, schrieb außen Kijas Name nieder. Dann hatte er noch eine Eingebung und wickelte ein Kettchen drumherum. Schließlich versenkte er alles in ein Kästchen, das er mit allerlei Kleinigkeiten als Geschenke füllte. Auch dieses verschloss und siegelte es. Morgen, wenn Mitannamuwa ihn rufen ließ, würde er alles zusammen packen und für den Kurier übergeben.

Falls Mitannamuwa ihn rufen ließ!

König Idanda nahm die Warnungen, die Schala ihm nach ihrem Traum vom verlassenen Tempel übersandt hatte, durchaus ernst, aber er teilte ebenso ihre Ansicht, das Leben in Qatna müsse den gewohnten Gang gehen. Deshalb wurde wie jedes Jahr das Winterneumondfest vorbereitet und abgehalten, auch wenn gerade dieses Fest speziell für ihn mannigfaltige Gefahren bergen konnte, wie sich Idanda ganz kühl klarmachte. Er würde sich ihnen stellen und den Willen der Götter akzeptieren. Sein Haus hatte er so gut wie möglich bestellt. Doch dachte er mit Sorge an seinen ältesten Sohn. Ob dieser reif war für eine solche Bürde? Der König zuckte mit den Achseln. Was sollte er tun, wenn es dem Gott Mot gefallen sollte, ihn mit sich zu nehmen? Er hatte Akizzi die beste Ausbildung angedeihen lassen, versucht, ihm ein gutes Vorbild zu sein. Mehr konnte er nicht tun. Nun musste der schon selbst seinen Mann stehen. Gelassen bereitete sich der König auf seine Pflichten vor. Doch betete er, die Götter mögen ihn noch eine gewisse Zeit auf seinem Platz belassen. Er lächelte über sich selbst.

Kija, Ehli-Nikalu und einige andere junge Frauen und Männer und nahmen zum ersten Mal am Neumondsfest teil. Wie bei fast allen großen Festen war es Bedingung, die Einweihung erhalten zu haben. Nur wenige ausgewählte Personen hatten Zutritt zu dem kleinen Heiligtum zu Ehren der königlichen, vergöttlichten Ahnen, das im Nordwesten des Palastes lag.

Minos hatte es tatsächlich geschafft und den Raum an seiner hinteren Querwand mit herrlichen Malereien ausgestattet, die tagsüber durch das von Norden einfallende Licht zum Leben erwachten. Hergestellt hatte er den ganzen Fries in seiner Werkstatt, indem er Paneel für Paneel mit einem Gipsverputz versehen und auf diesem geglätteten Untergrund seine Farben aufgetragen hatte. Der Hintergrund war meist in einem weiß-beige Farbton gehalten, die Motive in Dunkel- und Braunrot, Schwarz, Weiß, Ocker und Dunkelgrau. Dazu kam ein graublauer und hellblauer Farbton, in dem unter anderem die Blattranken und Gräser ausgearbeitet waren, was der ganzen Darstellung eine außergewöhnliche Wirkung verlieh. Sie zeigte eine Flusslandschaft, die Ufer bewachsen mit Gräsern, Blumen und Palmen. Entlang der Uferlinie war ein Zug von vier Schildkröten zu sehen, im Wasser tummelten sich Delphine und andere Fische, Krebse und die heiligen Schnecken. Das Ganze war umrahmt von geometrischen Mustern, Blattranken und aufwändig gestalteten Spiralen. Die fertigen Paneele waren so sorgfältig und passgenau mit Gips in der Wand verankert worden, dass man auf den ersten Blick keine Unebenheit im Gemälde wahrnahm. Zum Schluss hatte Minos einen Überzug aus Milch auf den Malereien aufgebracht, die dadurch geheimnisvoll und wie poliert glänzten.

Kija hatte ihm still bei dieser abschließenden Tätigkeit zugesehen. Sie konnte sich einfach nicht vorstellen, dass die Götter solche Gaben, wie Minos sie besaß, verliehen und gleichzeitig Tod und Verderben zu den Menschen schicken konnten. Hatte Qatna sich versündigt? Aber vielleicht waren die Botschaften lauter Trugbilder. Vielleicht würde sich alles wenden, wenn Amunhotep zukünftig seine schützende Hand über Qatna halten würde. Käme er doch. Sie sehnte ihn so unendlich herbei. Den Blick seiner Augen, seine Umarmung, die süßen Worte, die er ihr sagte. Kija schreckte aus ihren Gedanken hoch. Sie nickte Minos zum Abschied freundlich zu.

In den religiösen Vorstellungen Qatnas kamen um den Winterneumond Lebende und Verstorbene sich besonders nahe. Die Toten hatten ihre Kraft nicht verloren. Doch um ihre Sippe auch weiterhin zu stärken und zu schützen, mussten sie in der jeweiligen Hausgemeinschaft integriert bleiben. Daher wurde ihrer immer wieder gedacht und zu Neumond in der ganzen Stadt und im Umland ein Fest zu ihren Ehren gefeiert. Man opferte ihnen und bat sie um Segen.

167

Der König, gleichzeitig oberster Priester, nahm im Palastheiligtum Zwiesprache mit den verstorbenen Königen Qatnas auf. Er lud sie und alle Vorfahren zum gemeinsamen Festmahl mit den Lebenden in die Banketthalle des Palastes ein. Dort hatten sich am Abend des Winterneumondes die Edlen des auserwählten Kreises eingefunden.

Tage zuvor hatte Schala die Priesterinnen und die Novizinnen, die an der Zeremonie teilnahmen, in ihre Aufgaben eingewiesen. Mit Kija sprach sie gesondert. Sie wollte sicher sein, dass sie auf den Ablauf vorbereitet war und sich nicht erschreckte. Schala beobachtete mit einiger Sorge die Veränderungen im Wesen der jungen Frau. Sie war verliebt, das war offensichtlich. Doch war die Verbindung mit Amunhotep ihre Bestimmung? Meinte es der Kronprinz von Ägypten ernst mit Kija oder war sie nur sein angenehmer Zeitvertreib hier in der Fremde? Schala musste sich eingestehen, dass bei diesen Fragen sie nicht nur der innige Wunsch leitete, Kija möge ihre Nachfolge im Amt der Hohepriesterin antreten, sondern auch ihre persönliche Zuneigung zu diesem Menschenkind. Aber sie wusste nur zu gut und aus schmerzlicher eigener Erfahrung, dass Kija allein die Fährnisse meistern musste. Sie wollte ihr mit all ihrer Liebe beistehen.

Die Dunkelheit im großen Festsaal war nur durch wenige Fackeln erhellt. Leises Gemurmel durchzog den Raum, man erwartete die geladenen Totengeister.

Da trat aus dem Nichts der Gott El, der Welterschaffer und Göttervater hervor. In königliche Gewänder gehüllt stand er majestätisch mitten in der Festversammlung. Das hohe Alter des Vaters der Menschheit zeigte sich nur durch das eisgraue Haar, seine Haltung aber war die eines Mannes in den besten Jahren. Obwohl Kija wusste, dass der Hohepriester den Gott verkörperte, erstarrte sie bei seinem Anblick. Die Festteilnehmer warfen sich nieder, verhüllten ihre Gesichter und hießen den Gott durch einen verhaltenen und fast eintönigen Singsang willkommen:

> *„Oh El! Oh Söhne Els!*
> *Oh Versammlung der Söhne Els!*
> *Oh Zusammenkunft der Söhne Els.*
> *Oh El und Aschirat!*
> *Sei gnädig, oh El*
> *Sei Stütze, oh El*
> *El, eile, El, komm schnell*
> *Zur Hilfe Zaphons, des Gottesberges,*
> *Zur Hilfe Qatnas*
> *Mit der Lanze, oh El,*
> *mit der erhobenen, oh El.*
> *Mit der Streitaxt, oh El,*
> *mit der zerschmetternden, oh El.“*

Der Gott durchschritt den Raum und ließ sich auf dem ihm bestimmten Thron nieder. Alle erhoben sich und nahmen ebenfalls Platz. Wie vorgeschrieben, reichten zwei Priester nun dem Gott einen Becher nach dem anderen mit einem berauschenden Kräutertrank, der mit Mohnsaft versetzt war. Den ersten spendete er den Göttern der Unterwelt. Dann trank er und trank, bis er kaum mehr Herr seiner Sinne war.

Es war ziemlich still geworden. Jeder versuchte die Götter des Jenseits durch das Ausschütten des Trankopfers gnädig zu stimmen und genoss ebenfalls von dem Rauschtrank. Dabei betete man um die Erscheinung der geliebten Toten, indem man die Namen der Verstorbenen vor sich hin murmelte und sie so wieder zur Person werden ließ. Nein, sie waren nicht vergessen von ihren Angehörigen, sie konnten gewiss sein, dass sie gepflegt und geachtet wurden! Sie konnten zufrieden in der anderen Welt existieren. Doch heute war ihr Mahl hier auf das Schönste bereitet. Warum säumten sie nur?

Mit einem Donnerschlag erschien in der festlichen Versammlung Mot, der Gott der Unterwelt, schrecklich anzusehen mit seinem riesenhaften, menschenverschlingenden Maul. Ein Aufschrei durchzog den Saal und wieder verhüllten alle ihr Haupt, dann Totenstille. Beschwörend umkreiste Mot El, den Herrn und Meister der Götter, in der Hand ein Räucherfässchen, das betörenden Duft verströmte. Mot ließ den vom Alkohol Berauschten durch die Rauchessenzen in tiefe Trance fallen. Entsetzt verfolgte die Gemeinschaft, wie El seiner Sinne beraubt wurde. Nichts konnte er mehr bewirken. Während aller Augen auf die Priester gerichtet waren, die El auffingen, als er wie tot von seinem Stuhl glitt, verschwand Mot. Aber er hatte, gnädig gestimmt durch die Opfer und seinen Sieg über El, den Weg für die Totengeister freigegeben: Die Verbindung zum Totenreich war hergestellt. Nun endlich wurden die Statuen, in denen die Geister der verblichenen Könige und Königinnen von Qatna Einzug hielten, enthüllt. Prachtvoll gewandet wirkten sie im Fackellicht lebendig. Vor ihnen standen die Schalen, in denen sie ihre Spenden empfingen.

Jubel brach aus, man klatschte in die Hände. Deshalb nahm zunächst niemand wahr, dass der König immer noch reglos am Boden lag, obwohl Schala als Verkörperung der Königin des Himmels dem leblos liegenden Gott bereits eine Arznei eingeflößt hatte, die ihn aus dem Trancezustand erwecken sollte. Aber nichts geschah. Schala gebot Schweigen. Sie bettete den Kopf des Gottes in ihren Schoß und netzte seine Lippen immer wieder mit dem Wiederbelebungsmittel. Sie prüfte seinen Atem und das Pulsieren des Blutes.

Kija war hinzugetreten und beobachtete voll Entsetzen die auf dem Boden Kauernde. Was, wenn der Gott nicht mehr erwachte? Ihr Blick fiel auf die Königin. Aschfahl war sie geworden und ihre Begleiter mussten sie mit Gewalt festhalten, um zu verhindern, dass sie die Zeremonie störte.

Erst in diesem Augenblick ahnte Kija, dass etwas nicht in Ordnung sein könnte. Oder gehörte das alles zum vorgeschriebenen Ritual? Nach Minuten, die Kija wie eine Ewigkeit erschienen, rührte sich der König. Seine Augenlider zitterten, dann schlug er die Augen auf und machte Anstalten sich zu erheben. Befreiter Lobgesang brandete auf. Die Tieropfer waren vollzogen worden. Gebäck, Öl, Bier, Honig, Sesam und vieles mehr stand bereit. Das gemeinsame Mahl konnte beginnen. Kija allerdings sah, wie der Vater, gestützt von zwei Priestern, sich mühsam erhob. Seine Bewegungen waren langsam und eine geraume Weile saß er still an seinem Platz. Aber er lächelte Beltum beruhigend zu. Ein seltsam bedrohliches Gefühl überkam Kija, dem sie aber nicht nachgeben konnte. Denn nun feierten alle ausgelassen, labten sich mit Speisen. Vor allem wurde getrunken, um das Wiedersehen mit den Toten zu begehen. Die Priester und Priesterinnen hatten alle Hände voll zu tun. So auch Kija, die während des Rituals und des die ganze Nacht andauernden Gelages auf eine ihr zugeteilte Gruppe von Festteilnehmern ein Auge haben musste. Viele Anwesende wurden von dem Treffen mit den Ahnen so heftig ergriffen, dass ihr Körper nicht mehr in der Lage war, es zu ertragen. Sie erhielten Beistand, Arznei, Reinigung mit warmem Wasser. Im schlimmsten Fall brachten Diener sie in das Heilhaus.

»Das kann doch nicht wahr sein!«

Kija blieb stehen, als sie Akizzis aufgebrachte Stimme vernahm. Sie machte sich durch Klopfen bemerkbar und betrat die Kanzlei.

»Ich störe euch hoffentlich nicht?«

Der König winkte sie heran. Er wirkte müde, aber er lächelte seiner Tochter beglückt zu. »Komm nur, mein Kind, setze dich zu mir. Du machst mich froh mit deinem Erscheinen.«

Kija ließ sich neben ihm nieder, schmiegte sich an ihn und küsste ihm Hände und Wangen. Dann sah sie ihren Vater besorgt an. Er schien ihr immer noch gezeichnet von dem Erleben beim Neumond-Fest. Ein ebenso besorgter Blick galt ihrem Bruder Akizzi, der erregt auf und ab ging. Etwas schien ihn maßlos zu ärgern.

»Darf ich fragen, worüber ihr streitet?«

Akizzi schwieg. Aber er sah den König herausfordernd an.

»Akizzi ist empört, weil ich Kontakt mit einem Verbindungsmann in Hattuscha aufgenommen habe. Er ist zufällig heute dem Boten, den dieser an mich gesandt hat, begegnet.«

»Und das war nicht das erste Mal, dass dieser Bote im Palast war, solltest du hinzufügen, Vater. Ich wünschte, ich wüsste, wie lange du schon hinter unserem Rücken mit den Hethitern verhandelst, oder wissen etwa Uppija, Akallina, Tiru oder Luwaja davon?«

Der König straffte sich. »Ich denke, ich handele zum Wohle Qatnas. Ansonsten frage ich mich, ob du mir gegenüber den richtigen Ton triffst, mein Sohn. Bin ich dir Rechenschaft schuldig?«

»Ja, Vater, mit aller Ehrerbietung, das bist du. Mir und all den Edlen Qatnas.«

»Warum und zu welchem Zweck ist das denn geschehen? Ich meine, warum knüpfst du Beziehungen mit den Hethitern? Du hast doch sicher gute Gründe«, warf Kija ein, bemüht, die Situation zu beruhigen.

»Das kann ich dir sagen. Es ist Vaters Taktik, möglichst mit allen Ländern ein gutes Verhältnis zu haben. Das ist natürlich auf den ersten Blick nicht verwerflich und zugleich eine diplomatische Höchstleistung. Aber es muss Ägypten irritieren, wenn nicht gar nachhaltig verärgern, wenn ausgerechnet mit dem Erzfeind der Schulterschluss gesucht wird, nicht wahr? Nun denkt Vater, wir hätten Ägypten im Sack, dafür garantieren uns ja die Edle Iset und letztlich du, Schwesterchen.«

Akizzi bedachte Kija mit einem grimmigen Lächeln. Sie errötete gegen ihren Willen. War ihre Zuneigung zu Amunhotep so offensichtlich?

»Es würde mich nicht wundern, wenn geheime Boten auch zu Tuschratta von Mittani und nach Assyrien unterwegs wären. Schließlich kann man nie wissen, wie sich die Dinge entwickeln. Habe ich nicht recht?«

Akizzis Besserwisserei ließ den König aufspringen. Einen Moment glaubte Kija, er wolle die Hand gegen Akizzi erheben. Aber Idanda hatte sich unter Kontrolle.

Scharf sagte er: »Ich verbiete dir dieses unbotmäßige Verhalten, Akizzi! Tadeln lasse ich mich vielleicht vom Rat, aber nicht von dir! Was ist deiner Meinung nach so falsch an meinen Bemühungen? Hattuscha ist die kommende Macht. Schuppiluliuma wird nicht ruhen, bis er Mittani niedergerungen und Nordsyrien erobert hat. Da müssen wir gewappnet sein. Willst du Qatna zermahlen lassen zwischen den Mächten?«

»Glaubst du, Qatna würde deshalb nicht zermahlen, nur weil mit allen Handelskontrakte abgeschlossen wurden? Würde es Schuppiluliuma interessieren, wenn es zwischen Hattuscha und Ägypten hart auf hart käme, ob Qatna existiert oder nicht?«

»Oh ja, das glaube ich sehr wohl, dass ihn das interessieren würde. Wir halten hier die Stellung gegenüber den Ländern am Euphrat und Tigris. Die Rohstoffe und Produkte von dort werden immer benötigt, ebenso wie diese Länder die Waren begehren, die wir zu bieten haben.«

»Handel und Reichtum, das sind die Kategorien, die dein Denken steuern.« Akizzi geriet mehr und mehr in Rage. Sein unbeherrschtes Wesen ging mit ihm durch.

171

»Ich kann über deine politische Kurzsichtigkeit und die Fehleinschätzungen der Kräfteverhältnisse nur in Trauer mein Haupt verhüllen. Abgesehen davon lebst du durch Qatnas Reichtum nicht schlecht, oder?«

Kija verfolgte entsetzt die Auseinandersetzung. Noch nie hatte sie die beiden in dieser Art miteinander reden hören. Was war nur in Akizzi gefahren? Wie könnte sie in diesem Konflikt vermitteln?

»Was willst du denn?«, wandte sie sich dem Bruder zu. »Was glaubst du, ist das Richtige?«

»Das weiß Vater genau,« zischte Akizzi. »Wir sind an Ägypten gebunden und tun gut daran. Mehr denn je stehen wir unter diesem mächtigen Schutz. Und ausgerechnet, wenn der ägyptische Kronprinz sich nicht nur in Syrien aufhält, sondern auch noch in unseren Mauern weilt, marschieren hier munter die hethitischen Boten ein und aus. Ich kann es nicht fassen.«

»Es ist außerordentlich bedauerlich, dass du offenbar unfähig bist, meine Argumente in Ruhe zu durchdenken«, sagte König Idanda. »Ich wünsche, dass du mich jetzt mit Kija alleine lässt.«

Akizzi ballte wütend die Hände zu Fäusten. Er verneigte sich steif und verließ die Kanzlei. Fassungslos erhob sich Kija, ging zu ihrem Vater und umarmte ihn. Wie furchtbar musste dieser Wortwechsel für ihn sein. Idanda sah seine Tochter dankbar an.

»Meine Kleine, es tut mir leid, dass du das erleben musstest. Weißt du, das Schlimme ist, dass Akizzi mit einem Vorwurf ja recht hat. Es ist nicht richtig, dass ich mich ohne den Rat in Kenntnis zu setzen nach Hattuscha gewandt habe. Was ich dir jetzt anvertraue, muss unter uns bleiben, Kija! Ich habe niemanden davon berichtet, weil ich sicher bin, dass wir einen oder mehrere Verräter im Rat sitzen haben. Ich weiß trotz aller Bemühungen unseres Geheimdienstes noch immer nicht, wer es ist. Und ich kann mir auch einfach niemanden vorstellen: Uppija, Tiru, Luwaja – keiner könnte gegen die Interessen Qatnas handeln. Doch alle Anzeichen sprechen dafür. Würde hier und jetzt ruchbar, dass wir in Kontakt mit den Hethitern stehen, gäbe es mit Sicherheit nicht nur Verwicklungen mit Ägypten, sondern auch hier in Qatna selbst und zumindest mit einigen unserer syrischen Nachbarn. Du weißt, dass sie zum Teil ganz andere Vorstellungen haben, wie es in Syrien aussehen sollte. Manchmal bin ich so ratlos und so müde. Und ich habe auch immer wieder den Eindruck, dass die Götter uns ihre Hilfe versagen.«

König Idanda setzte sich fröstelnd an das Kohlebecken und rieb sich wärmend die Hände.

»Wird Akizzi schweigen?«

»Sicher, mach dir darüber keine Sorgen.«

Einige Wochen nach dem Neumond-Fest kehrte Amunhotep nach Qatna zurück. Er hatte eine beschwerliche Reise hinter sich. Die Winterregen hatten die Wege in Matsch aufgelöst und nahezu unpassierbar gemacht. König Idanda wertete die Rückkehr als gutes Zeichen. Es konnte nur einen Grund geben, dass der Prinz solche Mühsal freiwillig auf sich nahm: das Wiedersehen mit Kija. Er brachte viele Neuigkeiten aus Ugarit und Byblos mit, allerlei Güter, Geschenke und Briefe, darunter einen für Akizzi.

Dieses Mal konnte Kija den Kronprinzen geziemend begrüßen. Gelassen wollte sie sein, das hatte sie sich vorgenommen. Doch schon die Gedanken an ihn brachten sie in Aufruhr. Als sie ihm dann gegenüberstand, sah sie nur noch ihn. Sie warf ihm einen brennenden Blick zu. Amunhotep ließ seine Augen lange auf ihr ruhen. Dann lächelte er ihr zu und zog sich in den Westflügel zurück, um sich von der Reise zu reinigen.

Kija benötigte einige Augenblicke, um sich wieder zu sammeln. Sie beschloss, die Zeit bis zur gemeinsamen Mahlzeit im Palast zu verbringen. Seit langer Zeit saß sie wieder einmal mit den Geschwistern im Familienwohnraum zusammen. Die Wogen zwischen dem König und Akizzi schienen sich geglättet zu haben. Die vertraute Umgebung tat ihr wohl, alles schien so normal. Wie anders war ihr derzeitiges Leben und würde es bleiben, sollte sie Priesterin werden.

Das Schreiben an Akizzi, das die Ägypter aus Ugarit mitgebracht hatten, stand im Mittelpunkt des Gesprächs.

»Ratet, von wem der Brief kommt«, fragte dieser, als er gut gelaunt den Raum betrat.

Kija hatte sich längst ihre Gedanken dazu gemacht. »Das ist nicht schwer«, gab sie sofort zurück, »er kann ja nur von Talzu sein, wenn er aus Ugarit gebracht wurde. Ich wüsste nicht, wer dir von dort sonst schreiben sollte oder hast du um eine Prinzessin aus Ugarit angehalten, du Herzensbrecher?« Allgemeines Gelächter erhob sich, das den Bespöttelten aber keinesfalls aus der Fassung brachte.

»Alles falsch, liebe Schwester! Auf der Hülle steht der Name eines Schreibers eines gewissen Generals Hannutti.« Akizzi weidete sich an Kijas verblüfftem Gesicht.

»Hannutti? Das ist eine äußerst wichtige Persönlichkeit in Hattuscha. Soweit ich weiß, ist er so etwas wie die rechte Hand von König Schuppiluliuma«, ließ sich Kuari vernehmen. »Was hast du denn mit ihm zu tun?« Kuari war nun ebenfalls neugierig. »Nun rück schon raus damit.«

Kija erstarrte. Sie dachte an die Auseinandersetzung zwischen dem König und Akizzi vor nur wenigen Tagen. Wie aufgeregt war Akizzi wegen der

173

Kontakte nach Hattuscha und jetzt sprach er ganz gelöst über einen Schreiber eines hethitischen Generals, ohne Anzeichen von Unrechtsbewusstsein. Was wurde hier gespielt?

»Heißt das, dass der Brief in Hattuscha abgefasst wurde?«, fragte sie heiser.

Akizzi war völlig arglos, das merkte sie sofort an seiner Antwort. Er machte sich einen riesigen Spaß aus der ganzen Angelegenheit.

»Natürlich kommt er aus Hattuscha, das siehst du doch schon an der Form der Tafel! Und zwar von einem gewissen Tanuwa.«

Kija fiel ein Stein vom Herzen. Also doch von Talzu, sie hatte es ja gewusst. Sie nahm Akizzis Faden auf und spann ihn weiter. »Ach, von Tanuwa, warum sagst du das nicht gleich. An ihn hatte ich gar nicht mehr gedacht. Das ist ja großartig.«

»Ich verstehe überhaupt nichts mehr. Wovon, verflixt noch Mal, redet ihr eigentlich?« Kuari sah verständnislos von einem zum anderen.

Allerdings staunte auch Akizzi: »Unsere kleine, schlaue Schwester ist nicht zu schlagen. Kannst du hellsehen?«

Kija schwieg. Aber ihre Gedanken wanderten zurück zu dem Tag, als ihr Talzu von seinen Plänen erzählt hatte. Dass er Tarscha verlassen wollte, notfalls auch gegen den Willen seiner Eltern, um nach Hattuscha zu gehen. In diesem Falle wollte er seinen Namen in Tanuwa ändern. Sie hatte ihn damals ausgelacht und sich nicht vorstellen können, dass er sich durchsetzen würde. Aber offensichtlich war ihm genau das gelungen.

»Gut, ich will euch nicht weiter auf die Folter spannen. Es ist wirklich eine Botschaft von Talzu. Wissen die Götter, wie Kija das erraten konnte. Er ist in Hattuscha in Diensten des Königs, wo er auch ausgebildet wird, so wie er es sich immer gewünscht hat. Er gehört zum Gefolge des Generals Hannutti und führt den Namen Tanuwa. Sein Leben scheint ziemlich hart zu sein, aber er ist zufrieden. Er denkt an uns – hier seht, alle Namen hat er einzeln aufgeführt – und sendet uns seine Grüße.«

»Ich bin froh, von ihm zu hören«, sagte Kuari. »Er ist ein feiner Kerl. Und heutzutage ist es vielleicht nicht schlecht, eine Vertrauensperson in Hattuscha zu haben. Was ist mit Eheja?«

»Von seinen Eltern hat er nichts geschrieben. Aber hier steht noch eine spezielle Botschaft für Kija!«

Akizzi hielt ihr die Tafel hin. Da standen vier ägyptische Zeichen. Kija musste lächeln. Was für ein Ehrgeiz. Er hatte also tatsächlich nicht vergessen, dass sie ihm in Ägyptisch schreiben wollte und sich daran gemacht, es auch zu lernen. »Sie möge leben, heil und gesund sein«, las sie. Das wünsche ich auch für dich, Talzu, dachte sie warm.

174

»Ich muss mit dir sprechen, Kija.«

Kija hatte den Wohnraum der Familie verlassen und war eben auf dem Weg durch die Hallen, als Akizzi sie einholte und in die verwaiste Kanzlei zog.

»Setz dich«, sagte Akizzi und nahm ein gerolltes Papyrusblatt aus seinem Ärmel.

»Was ist das?«

»Das genau würde ich gerne von dir erfahren, liebe Schwester. Unser Freund Talzu oder Tanuwa, wie du willst, hat ein ganzes Konvolut geschickt. Die Tafel an mich und uns alle und dann diese Rolle, die mit deinem Namen versehen ist und die in einem der beigefügten Geschenke verborgen war, gesiegelt und umwickelt mit einer zarten Goldkette, die der gleicht, die du trägst. Er kann unmöglich davon ausgegangen sein, dass ich das Schreiben an dich nicht finden würde, also wollte er es aus anderen Gründen versteckt wissen. Und ich wiederum will wissen, was er dir und nicht mir schreibt. Kija. Ich befürchte – verstehst du, was ich meine? Das würde alle Pläne mit Amunhotep stören und womöglich zu einem ungeheuren Eklat führen. Ich bitte dich, öffne das Schreiben. Wenn darin steht, was ich vermute, muss es schleunigst vernichtet werden und wir müssen absolutes Stillschweigen darüber bewahren.«

Er reichte Kija die Rolle.

Sie strich sanft mit der Hand über den Papyrus, das Siegel, die Kette. Mit Papyrus hatte Talzu sich in Qatna eingedeckt. Sie war dabei gewesen, als er sich die einzelnen, hellfarbigen, geschmeidigen Blätter sorgfältig zusammenstellte. Nur die beste Qualität hatte er ausgesucht. Sie konnte sich nicht vorstellen, dass es so etwas in Hattuscha gab. Ein eigenes, neues Siegel, beachtlich! Zum Glück waren die umlaufenden Zeichen in Akkadisch, die Hieroglyphen in der Mitte waren ihr unbekannt. Sie hatten nichts mit ägyptischen zu tun. Also waren das hethitische Schriftzeichen. Offenbar machte Talzu rasche Karriere. Sie überlegte, ob sie die Kette abnehmen sollte, ob sie überhaupt den Brief hier öffnen sollte, wie Akizzi von ihr erwartete.

»Ich würde den Brief lieber allein im Haus der Göttin lesen«, sagte sie.

»Das kann ich dir beim besten Willen nicht erlauben, Kija, das verstehst du sicher. Bedenke doch, was auf dem Spiel steht. Was, wenn du unterwegs aufgehalten wirst, du das Schreiben womöglich verlierst oder sonst etwas passiert. Nein, das kommt nicht in Frage. Sei zufrieden, dass ich es dir überhaupt gegeben habe und noch dazu ungeöffnet.«

»Was fällt dir ein? Du kannst mir nicht einfach Nachrichten, die für mich bestimmt sind, vorenthalten oder gar öffnen. Ich sage dir das im Guten, Akizzi, sollte ich jemals mitbekommen, dass du mich in dieser Art hintergehst – …«.

Akizzi ließ sie nicht ausreden. »Entschuldige, Schwester. Selbstverständlich wird das niemals vorkommen. Ich bin einfach unruhig. Ich muss dich nicht erinnern, weshalb. Es ist so wichtig für Qatna, dass Amunhotep auf unserer Seite steht, ich möchte jedes Risiko vermeiden. Du weißt, wie ich Talzu als Freund schätze, aber Liebesschwüre dir gegenüber wären völlig unangebracht. Also bitte, Kija, öffne den Papyrus, damit wir Klarheit haben.«

»In Ordnung. Treffen wir folgende Verabredung. Wenn deine Befürchtung sich bewahrheiten sollte, gebe ich dir den Brief und wir verbrennen ihn. Wenn er harmlos ist, behalte ich ihn, ja?«

»Was soll das? Kein Brief von ihm an dich kann harmlos sein! Begreifst du das denn nicht? Wie kommt er überhaupt dazu, an die Prinzessin von Qatna zu schreiben?«

»Vielleicht, weil wir auch Freunde sind, schon vergessen?«

Akizzi biss sich auf die Lippen. Eine Unstimmigkeit zwischen ihm und Kija wäre jetzt wenig angebracht. Und seine Schwester hatte schon immer gewusst, was sie wollte.

»Einverstanden.«

Er ließ sich auf einem der Schreiberplätze nieder, während Kija vorsichtig das zierliche Kettchen von der Rolle schob und in ihrem Gewand verbarg. Dann erbrach sie das Siegel und hielt nun das Blatt in den Händen. Es war eng beschrieben. Der Brief begann mit einer der üblichen Grußformeln. Sie musste allerdings lächeln, als sie sah, welche Gottheit Talzu für sie gewählt hatte: »Schauschga möge dich am Leben erhalten«, stand da geschrieben. Doch anschließend erschien nichts von alledem, was Akizzi sich ausmalte! Sie überflog die Zeilen und verstand zunächst kein Wort. Wovon sprach Talzu? Erst beim zweiten Mal lesen dämmerte ihr, worauf der Freund anspielen mochte. Ein Schreck durchfuhr sie und sie hoffte, dass Akizzi nicht zu ihr herschaute. Was Talzu beobachtet hatte, musste sie unbedingt für sich behalten. Nicht einmal Akizzi wollte sie Mitteilung machen, sondern höchstens ihrem Vater. Der konnte vielleicht am ehesten einordnen, was das alles zu bedeuten hatte. Nichts Angenehmes auf jeden Fall, das wurde ihr schlagartig klar.

Akizzi hatte sich das Warten mit dem Studium einer Tontafel vertrieben, um seine Schwester nicht noch mehr zu erbosen. Deshalb reagierte er auch nicht gleich, als sie aufstand, zum Kohlebecken trat und den trockenen Papyrus in helle Flammen aufgehen ließ.

Akizzi sprang auf. »Was tust du?« Seine Miene verdüsterte sich. »Also hatte ich recht mit meiner Vermutung! Diese Vermessenheit soll er mir büßen!«

»Akizzi, Bruder«, sagte Kija, die sich gefasst hatte, beschwichtigend, »bitte hör mir einen Augenblick ruhig zu. Nichts von dem, was du Talzu unterstellt hast, hat er geschrieben. Das musst du mir glauben, ich würde dich nicht belügen.«

»Warum hast du mir dann nicht gezeigt, was er zu sagen hatte?«

»Weil ich darüber nur mit Vater sprechen kann. Am besten, du vergisst das Ganze.«

Sie küsste ihn ganz gegen ihre Gewohnheit auf die Wange und verließ dann rasch die Kanzlei. Akizzi blieb voll Sorge und Zweifel zurück. Konnte er sich auf Kija, konnte er sich auf seinen Freund Talzu verlassen? Was nur hatte er geschrieben? Und warum an Kija? Groll stieg in ihm auf. Er war der Kronprinz und kein dummer Junge. Was erdreistete sich Kija ihn so abzuspeisen? Auf wessen Seite war sie? Er hatte gedacht, sie liebe Amunhotep. Nun doch Talzu? Hatte die Nachricht etwas mit den Kontakten des Vaters zu Hattuscha zu tun? Das erschien ihm schließlich die plausibelste Lösung. Aber dann stand Kija auf der Seite des Vaters? Obwohl dieser eine Verbindung von Kija und Amunhotep stützte, hatte er trotzdem die Fühler zu den Hethitern ausgestreckt. Was für ein verwirrendes und gefährliches Spiel. Er hasste diese Bürde, die mit Herrschaft und Macht verbunden war und beschloss, seinen Ärger zu ertränken und eine seiner Gespielinnen aufzusuchen. Ehli-Nikalus Schwangerschaft langweilte ihn.

Die anderen Botschaften, die zusammen mit Amunhotep Qatna erreicht hatten, waren ebenfalls nicht erfreulich. Rib-Addi, der Fürst von Byblos, unterrichtete König Idanda davon, dass die Sicherheit der Karawanenwege sich sehr verschlechtert hätte. Eine Karawane, die in Qatna ihren Ausgang genommen hatte und deren Eselsladungen für die Weiterverschiffung nach Ägypten gedacht waren, hatte bei der Ankunft in Byblos den Verlust einiger Tiere mit wertvollem Frachtgut zu vermelden. Ein ähnlicher, ebenfalls ungeklärter Vorfall war Rib-Addi berichtet worden, der eine Karawane aus Naschala mit Ziel Ugarit betraf.

Rib-Addi schrieb ferner, er habe beim König von Amurru, sowie beim König von Qadesch, und weiteren benachbarten Fürsten angefragt, ob sie auf ihren Territorien Ähnliches beobachtet hätten. Antwort sei bisher nur vom Herrscher Amurrus eingetroffen, der erklärte, er habe Amurru unter fester Kontrolle, sein Land sei sicher. Das könne aber nicht stimmen, so Rib-Addi, denn er hätte aus zuverlässiger Quelle erfahren, dass es auch in Amurru zu Überfällen auf Karawanen gekommen sei. Er wisse allerdings nicht mit welchem Schaden.

»Sobald die Wege wieder besser passierbar sind, müssen wir Kontakt mit Rib-Addi aufnehmen«, sagte Idanda, als er mit den engsten Mitgliedern des Rates die Mitteilungen Rib-Addis durchsprach, »um herauszufinden, ob die Überfälle mit dem unsrigen vergleichbar sind. Zumindest in einem Fall wissen wir bereits, dass es dabei um kostbare Beute ging. Allerdings war dem Schreiben nicht zu entnehmen, ob es ein Eigner aus Qatna war.«

»Es ist doch seltsam, dass ausgerechnet in diesem Sommer sich die Überfälle häuften. Das war in den vergangenen Jahren nicht so. Mir scheint, da möchte jemand Unruhe schüren.« Uppija schüttelte den Kopf: »Aber weshalb?«

»Ich bin mir nicht sicher, was schwerer zu gewichten ist: dass die Transportwege stärker als früher gefährdet sind und besser geschützt werden müssen oder dass womöglich in allen Fällen die erbeuteten Güter die Hauptrolle spielen. Für unser Haus waren ja erhebliche Einbußen zu verzeichnen, wie ihr euch sicher erinnert, weil bei dem Raubzug gezielt nur die kostbarste Fracht entwendet wurde«, sagte Akallina.

»Das wird sich erst klären lassen, wenn wir Näheres wissen.«

»Sicher, Edler Tiru, da hast du recht. Was ich aber gar nicht verstehe, ist, was Rib-Addu von König Abdi-Aschirta berichtet. Warum behauptet dieser, dass in Amurru keine Karawanen überfallen wurden, obwohl das gar nicht stimmt?« Uppija blickte fragend in die Runde.

»Ihr wisst doch, wie stolz und eitel Abdi-Aschirta ist. Schon der Verdacht, er habe nicht die volle Herrschaft über alles, was in seinem Land geschieht, bringt ihn wahrscheinlich zur Raserei. Vermutlich kann Rib-Addi froh sein, dass er ihn nicht gleich zum Waffengang herausgefordert hat«, erwiderte Idanda.

Alle lachten.

»Was ist eigentlich mit seinem Sohn Azira?« Tiru sah Idanda fragend an.

»Was meinst du damit?«

»Ich dachte, er hätte ein Auge auf deine Kija geworfen?«

»Was redest du da?«

»Die schlechteste Verbindung wäre das nicht, wenn Qatna und Amurru zusammengingen, das weißt du genau, Idanda.«

»Ich bitte dich, Tiru, fang nicht wieder damit an.«

»Du musst mich nicht für dumm verkaufen, lieber Schwager. Mir ist völlig klar, wen du für deine Prinzessin im Auge hast.« Verärgert erhob sich Tiru und verließ die Versammlung.

Tanuwas Sorgen, ob er den Anforderungen des Großen der Schreiber genügen würden, waren unberechtigt. Das erfuhr er von Hannutti, der ihm mit Stolz berichtete, wie zufrieden sein zukünftiger Lehrmeister sich über ihn und seine Fähigkeiten geäußert hatte.

»Aber viele Worte kannte ich gar nicht und konnte sie daher auch nicht schreiben.«

»Niemand erwartet von dir, dass du mit der ausgeklügelten Fachsprache hethitischer Verwaltung und Rechtsprechung auf die Welt gekommen bist«, sagte Hannutti. »Deine Sprachkenntnisse sind exzellent und dass du auch Ahhijawisch angegeben hast, war ein kluger Zug.«

»Dabei wusste ich gar nicht, dass die Königin von dort stammt. Wie kann das sein?«

»Es gibt durchaus auch friedliche Kontakte zu den Ländern am großen Meer des Sonnenuntergangs. Dass der König von Arzawa in seinem Größenwahn uns eines Tages feindlich gesonnen sein und uns zu mehreren Feldzügen zwingen würde, konnte man nicht ahnen. Königin Henti kam zusammen mit anderen Adeligen aus Ahhijawa und Arzawa nach Hattuscha, wie das so üblich ist. Damals begleiteten sie, glaube ich, eine heilversprechende Götterstatue. Und dann hat eben der Blitz eingeschlagen bei ihr und dem König.« Hannutti lachte.

Bei ihm selbst hatte wohl bisher kein Blitz eingeschlagen, dachte Tanuwa. Diese Sorge quälte offenbar auch Hannuttis Mutter, Tanuwas Großmutter, eine rüstige, edle Dame namens Schummiri. Sie hatte den endlich heimgekehrten Sohn zusammen mit zahllosen Familienmitgliedern und Freunden in ihrem weitläufigen Haus, das zwischen Burg und Großem Tempel in einer vornehmen Wohngegend lag, begrüßt. Ihre erste Frage war, wann er endlich zu heiraten und ihr Enkel zu bringen gedenke. Hannutti hatte gutgelaunt diese Gelegenheit sofort genutzt.

»Ich erspare dir die Mühe, dich mit Stillkindern abzugeben, liebe Mutter, und bringe dir hier als Ersatz einen erwachsenen, wohlerzogenen und höchst gebildeten Enkelsohn! Das ist Tanuwa, Kalis Sohn.«

Trog ihn sein Eindruck oder ebbten die Gespräche augenblicklich ab? Nun, das war vielleicht verständlich, nachdem die Verbindung zu Kali ja eher eingeschränkt war. Da war man neugierig auf den Sohn, aber doch zurückhaltend. Schummiri hieß ihn freundlich willkommen. Sie machte ihn mit den vielen Anwesenden bekannt. Hannutti zeigte ihm einige der Räume des Hauses und erklärte ihm das Prinzip, nach dem es – wie die meisten der Adelshäuser, aber auch die Paläste und Tempel Hattuschas – errichtet worden war.

»Das Haus wird als verkleinerter Kosmos betrachtet: Der Mittelpfeiler hier im Hauptsaal entspricht der den Himmel stützenden Säule. Hier befindet sich in allen Häusern, in den Palästen und in den Tempeln der Thron oder der Stuhl des jeweiligen Hausherren, des Königs, des Gottes. Hier ist auch der Ehrenplatz für hohe Gäste. Das Dach des Hauses symbolisiert den Himmel, die vier Ecken die Himmelsrichtungen. Der Herd ist der Mittelpunkt des Hauses, hier opfern wir den Hausgöttern. Und der Boden stellt die Erde dar, unter der sich die Unterwelt befindet. «

Im Hauptraum wurde Hannutti umlagert und nach seinen Abenteuern befragt. Tanuwa verlor ihn mehrfach aus den Augen. Er war froh, als er beim

Festmahl neben ihm saß, sonst wäre er sich etwas verloren vorgekommen, obwohl alle sehr entgegenkommend zu ihm waren.

Zwei Dinge fielen ihm erst später auf, als er an diese erste Begegnung mit der Familie zurück dachte. Das eine war, dass sich nur eine Großtante intensiv nach seiner Mutter erkundigt hatte. Aber noch befremdlicher war gewesen, als er durch Zufall sah, wie bei ihrem Weggang am Abend mehrere Personen mit den Händen Schutzzeichen gegen sie machten, als hätten sie sich vor Unheil in Acht zu nehmen. Er stand vor Rätseln. Zu fragen wagte er nicht.

Die Arbeit in der Kanzlei machte ihm viel Freude, auch wenn er ein großes Pensum zu bewältigen hatte. Man hatte eine Art Stundenplan für ihn entworfen. Und so wanderte er täglich zu unterschiedlichen Lehrern. Den größten Nachholbedarf hatte er im Hieroglyphen schreiben und lesen, machte aber rasche Fortschritte, weil er oft bis in den Abend hinein zu Hause übte.

Zu Hause, das war Hannuttis Wohnung in einem Gebäude an der Westseite des unteren Burghofs. Dort hatte ihm der Onkel zwei Zimmer zu seiner persönlichen Verfügung zugewiesen. Wie seinerzeit zu Hause in Tarscha hatte er sich außer um seine Ausbildung um nichts zu kümmern. Alle Notwendigkeiten wurden ihm von Bediensteten abgenommen. Dieses Privileg dankte Tanuwa durch den großen Einsatz, mit dem er sich allen Aufgaben stellte.

Neben der Hieroglyphenschrift erhielt er Unterricht in Palaisch, der Sprache des Nordwestens. Ferner erfuhr er, wie die diversen unterschiedlich anfallenden Textarten zu behandeln waren: Ritual- und Festtexte, Gebete, mythologische Erzählungen, sumerische und akkadische Literatur, Texte, die sich mit historischen Aufzeichnungen befassten. Dazu kam das korrekte Aufsetzen von Briefen, die Vorbereitung von Staats- und sonstigen Verträgen, Protokolle der Panku-Beratungen, die Aufzeichnung von Gesetzen. Obendrein galt es auch die Archive und Bibliotheken zu verwalten. Man behalf sich, indem man auf den Regalen Tonetiketten anbrachte, auf denen knappe Inhaltsangaben zu den einzelnen Keilschrifttafelgruppen ihr Auffinden erleichterte.

Als Ausgleich zu dieser staubigen Schreibarbeit, wie Hannutti die verantwortungsvollen Arbeiten der Staatskanzlei bezeichnete, hatte Tanuwa – wenn auch eingeschränkt – weiterhin am regelmäßigen Training teilzunehmen. Das hatte Hannutti in Hinblick auf seine Teilnahme an den Kriegszügen verlangt. Tanuwa spürte, dass ihm das tägliche Üben gut tat und es erlaubte ihm auch weiterhin den Kontakt mit den Kameraden.

Besonders gern widmete Tanuwa sich dem Kennenlernen des Landes Hattuscha, aber auch aller anderen Länder, mit denen Hattuscha zu tun hatte.

Über viele gab es umfängliche Dossiers in den Archiven, die ständig ergänzt und aktualisiert wurden. Zu seiner Freude stieß er auch auf Kattanna, wie Qatna in hethitisch genannt wurde. Der Verfasser schien nicht selbst dort gewesen zu sein oder höchstens auf der Durchreise Halt gemacht zu haben, hatte aber allerlei Informationen zusammengetragen, unter anderem auch den Hinweis auf roten Farbstoff, mit dem Gewänder und anderes dauerhaft eingefärbt werden konnten. Tanuwa wurde beauftragt, die Informationen zu verbessern, weil man wusste, dass er in Stadt und Land mehrere Wochen verbracht hatte.

Tanuwa machte sich an die Arbeit. Er überlegte, wozu seine Angaben dienen könnten und schon nach kurzer Zeit wurde ihm klar, dass er ein Problem hatte. Das wurde verstärkt, als Mitannamuwa ihn wissen ließ, der König persönlich wolle sich gelegentlich mit ihm über Kattanna unterhalten. Er fühlte sich wie in einer Falle. In Qatna vertraute man ihm. Akizzi war sein Freund! In Hattuscha vertraute man ihm auch, sehr sogar. Er bekam Einblicke in die Archive. Über kurz oder lang wurde er mit der diplomatischen Korrespondenz vertraut gemacht. Er wusste, was im Zentrum der Macht vor sich ging, in Hattuscha und unterwegs, wenn er, wie angestrebt, Hannutti und den König bei Feldzügen und Reisen begleiten und bei Verhandlungen jedweder Art unterstützen sollte. Mit einem Wort: er hatte sich und sein Leben in den Dienst Hattuschas zu stellen. Und nur diesem war er zu unbedingter Ergebenheit verpflichtet, spätestens, wenn er einen entsprechenden Amtseid ablegen würde.

Was aber war mit Qatna, was mit König Idanda, Akizzi und was war mit Kija? Im Nachhinein war er froh, dass er wirklich nichts über das geheime Viertel und die Tätigkeiten dort erfahren hatte. So konnte er nun auch nichts verraten. Ansonsten konnte er außerordentlich viel mitteilen.

Auf wessen Seite stand Qatna eigentlich? Was war alles geschehen seit seiner Abreise? Hätte er doch den berühmten Zauberspiegel aus dem Märchen! Draußen tobten die Winterstürme, sie pfiffen in Böen um die Häuser. In Tanuwas Herzen tobte es auch. Er konnte nur zu den tausend Göttern flehen, dass Qatna nie ein Problem für Hattuscha darstellen würde und seine Informationen, die er nun noch sorgfältiger abwägte, überflüssig sein wurden. Bei all den Überlegungen dachte er auch an seine Schreiben an Akizzi und Kija. Er hatte alles arglos in der Kanzlei zum Weitertransport abgeliefert. Also wusste man um seine Verbindung und hatte sich möglicherweise gewundert, was er so Dringendes dem Kronprinzen zu schreiben hatte. Die Tafel hatte er in die übliche Hülle gepackt und gesiegelt. Und der Papyrus? Vielleicht waren die Nachrichten gar nicht weiter gegangen? Wie arglos er gewesen war! Er hatte viel mehr zu lernen als Hieroglyphen zu schreiben!

Er glaubte zu wissen, wen man nach Süden geschickt hatte, denn Naninzi war nicht mehr in der Kanzlei aufgetaucht. Wohin nach Süden? Ugarit hatte es geheißen. Ugarit hatte von seiner Lage her mindestens eine ebenso schwierige Situation zu meistern wie Qatna, sollte es zum Waffengang zwischen Hattuscha und Mittani kommen. Er argumentierte schon wie König Idanda! Momentan konnte er nichts anderes als sich auf Fragen gefasst machen. Vorher musste er allerdings mit sich ins Reine kommen, wie er die beantworten wollte. Am besten sagte er einfach die Wahrheit und man respektierte diesen Sonderfall. Nein, darauf wollte er es nicht ankommen lassen. Niemand wusste von seiner Liebe zu Kija. Nicht einmal Mursili hatte er sich anvertraut, auch nicht Hannutti. Sein Vater könnte als einziger etwas ahnen, aber der war weit weg. Kein Wort hatte er bisher aus Tarscha vernommen. Er hatte also keine Garantie, dass die Briefe abgegangen waren. Er war noch nicht einmal in einem echten Dienstverhältnis und schon hatte er sich in Schwierigkeiten gebracht. Er würde Hattuscha mit all seinen Kräften dienen, doch über allem stand das feierlich gelobte Hilfeversprechen für Kija. Was, wenn sie eines Tages ihr Amulett zu ihm schicken würde? Dann wäre er an ihrer Seite und nichts könnte ihn hindern. Ob die Götter Hattuschas das hinnehmen würden? Man sagte, es sei sinnlos zu lügen, weil sie immer wüssten, ob jemand die Wahrheit sagte oder nicht. Wenn ihn aber niemand nach Kija fragte, so würde er ja auch nicht lügen.

Schweren Herzens nahm er seine Holztafel zur Hand, versah sie mit einer frischen Wachsschicht und stellte alles zusammen, was ihm über Qatna berichtenswert erschien.

In der Zwischenzeit war Tanuwa mit der weitläufigen Hauptstadt gut vertraut. Wann immer es seine Ausbildung oder seine Aufgaben erlaubten, streifte er umher: allein, selten mit Hannutti, zumeist mit Mursili und Mita oder mit den neuen Freunden aus der Kanzlei. Durch sie hatte er auch erfahren, dass der Palast bei weitem nicht der einzige Platz war, an dem in Hattuscha geschrieben, kopiert und archiviert wurde. Allein im Großen Tempel des Wettergottes von Hattuscha gab es mehr als fünfzig feste Schreiber. Und dabei waren die anderen Tempel noch gar nicht berücksichtigt. Der Bedarf an guten Schreibern war enorm, denn in allen königlichen Residenzen musste dasselbe Niveau herrschen. Dazu kamen die vielen Schreiber, die den König unterwegs begleiteten, auch auf Kriegszügen, und die unterschiedlichen Dolmetscher!

Wie vor einem knappen Jahr mit Kija in Qatna, so ließ Tanuwa sich jetzt hier in Hattuscha alles genau erklären. Besonders beeindruckend war ohne Frage der Komplex des Großen Tempels des Wettergottes von Hattuscha in der Unterstadt, ein riesiges Areal und nur eines von vielen. In der Oberstadt gab es Tempelviertel, wo zum Teil zwanzig und mehr Häuser der Götter eng beieinander lagen. Unzählige Gottheiten wurden in Hattuscha verehrt und alle bedurften einer Wohnstatt, allein oder mit andern Göttern. Niederere Götter verfügten zumindest über einen Kultplatz, eine Stele, einen heiligen Stein oder einen Hain.

»Hier ist alles sorgfältig durchdacht«, erklärte Hannutti bei einem der Gänge. Schnee hielt die ganze Landschaft noch unter einer weißen Decke. Alles sah majestätisch und unberührt aus.

»Nimm beispielsweise die Anordnung der wichtigsten Bauten. Die Wohnstätten der Götter liegen abgeschlossen und oberhalb des Königspalastes, und dieser liegt wiederum oberhalb der Unterstadt mit den vielen Wohnvierteln. So ist es gelungen, in Stein die Ordnung der Welt abzubilden.«

»Aber warum ist der Große Tempel dann in der Unterstadt?«

»Er wurde vor langer Zeit errichtet und ist zusammen mit der Burg die Keimzelle der Stadt. Hier haben die wichtigsten beiden Reichsgötter ihren Sitz: der Wettergott des Himmels und die Sonnengöttin von Arinna. Früher war die Stadt nicht so groß. Erst so nach und nach wurde und wird nach Süden hin erweitert. Die Stadtmauer dort ist noch ziemlich neu und nicht überall fertig. Wir müssen uns gelegentlich die Baustelle ganz im Süden anschauen. Das wird ein gigantisches Bollwerk. Ich habe die Planskizze und ein Tonmodell gesehen.«

»Diese Bauten da auf den drei einzeln stehenden Felsklippen, die sehen aus wie kleine eigene Burgen. Wer wohnt da?«

»Die Toten«, sagte Hannutti. »Es sind Heiligtümer des Totenkults«, erklärte er, als Tanuwa die Stirn runzelte. »Wer weiß, wozu noch alles. Man muss da nicht sein.«

»Die Nordostbefestigung ist ja auch erstaunlich. Ich bin ihr entlang des Steilhangs bis hinunter zum Bach gefolgt. Warum gibt es da eine Lücke?«

»Alle Versuche dort sind gescheitert, weil das jährliche Hochwasser im Frühjahr alles Mauerwerk wieder zusammenschlug. Aber das Gatter ist außer im tiefsten Winter ständig bewacht!«

»Diese Schlucht, die sich rechts und links von dem Gatter weiterzieht…«

»Darüber lass uns ein anderes Mal sprechen. Wir werden erwartet.« Rüde hatte Hannutti Tanuwa unterbrochen.

»Offenbar hat jede Stadt ein Geheimnis!«

»Was willst du damit sagen?« Hannutti blieb stehen.

»Na, es gibt immer irgendwelche unzugänglichen Viertel, die ummauert und bewacht sind. Fragt man, was da geschieht, so gibt es eine ausweichende oder keine Antwort«, lachte er.

»Wo ist das denn so?«

»Zum Beispiel in Qatna.« Tanuwa biss sich auf die Lippen.

»Ach, und was wird dort verborgen?«

»Ich weiß es nicht, sondern kann nur Vermutungen äußern. Aber das ist eine Sache, über die ich seit längerem mit dir sprechen möchte, Onkel.« Wieder ein Fehler. Hannutti hatte ihm gesagt, dass er diese Anrede nicht wünsche. Er solle ihn privat mit Namen und in der Öffentlichkeit wie alle anderen mit seinem Titel ansprechen.

»Worüber? Über Qatna? Gerne, aber das müssen wir verschieben. Ich werde im Panku erwartet. Gehab dich wohl einstweilen.«

◎◎◎

»Du weißt nicht, wie du mich inspirierst und beflügelst, Kija, meine Schöne. Seit ich Qatna verlassen habe, musste ich unablässig an dich denken. Ob Re dich mir geschickt hat? Immer wieder habe ich ihn in den letzten Wochen gefragt. Voll Frohlocken und Dank quollen die Zeilen an ihn aus mir heraus. Viele sind inzwischen hinzugekommen. Wirst du sie lesen?«

Leise sagte Kija: »Du hast mich so glücklich gemacht mit dem, was du mir schicktest, Amunhotep. Schön erscheinst du, du lebendige Sonne, Herr der unendlichen Zeit«, begann sie zu rezitieren.

Da stand sie in ihrem schlichten Gewand, das Gesicht so ernsthaft und hingebungsvoll, umrahmt von den dunklen Locken. Ihre Augen leuchtend – Amunhotep sank vor Ergriffenheit auf die Knie. Er umfasste ihre Taille. Als er den Blick zu ihr hob, waren seine Augen mit Tränen gefüllt.

»Mein Alles«, hauchte er. »Ja, du bist die von Re Gesandte.«

Kija nötigte ihn sanft sich zu erheben.

»Ich habe große Pläne, weißt du? Wenn ich einst den Platz meines Vaters einnehmen werde – möge dieser Tag fern sein –, so werde ich all das, was er und die Königin angelegt haben, zur Vollendung bringen. Ich werde allen das einzige, wahre Licht verkünden, den Lebensspender und Weltenherrscher, den Vater aller Götter, zusammen mit meiner Königin. Wir werden ihm herrliche Tempel erbauen, überall im Land, lichtdurchflutete. Das schwarze Land, Kemet-Ägypten, wird noch mehr erblühen. Es wird ausstrahlen auf die Länder, die ihm untertan sind und auf die verbündeten Fürstentümer. Alle Länder werden eines Tages im Licht wandeln und wirken. Wir werden die Hohepriester des Sonnengottes sein und seine Botschaft überall verkünden.«

Kija lauschte den Visionen. Was Amunhotep sagte, klang überzeugend. Vergessen waren die militärischen Bedrohungen, die den Vater quälten. Vergessen die schlechten Vorzeichen, die Schala umtrieben. Vergessen die üblen Nachrichten, die mehr Rätsel enthielten, als dass sie welche lösten. Vergessen ihre eigenen bösen Träume. An Amunhoteps Seite zu leben, mit ihm zusammen für seine Ideen einzustehen, in ihm aufzugehen – dafür würde sie alles opfern. Er war ihre Bestimmung! Amunhotep hatte ihr behutsam das Schultertuch abgenommen und streichelte ihre Hände und Arme. Er fuhr hinauf zu den Schultern, dann vergrub er seine Finger in ihrem Haar. Kija überließ sich seinen Zärtlichkeiten.

Ihr Dienst im Haus der Göttin fiel Kija zusehends schwerer. Sie erwartete tagtäglich, dass Schala sie zur Rede stellen würde. Doch nichts dergleichen geschah und so verflogen die Befürchtungen schnell. Sie ging auf Wolken. Um sie herum fühlte sich alles gedämpft an. Vom Leben im Palast, den geschäftigen Umtrieben im Stadthaus oder den Aktivitäten in den einzelnen Stadtvierteln bekam sie nichts mit. Ihr tat die ruhige Regelmäßigkeit im Haus der Göttin gut. Und sie lernte viel, von dem sie sicher war, auch als Königin Gebrauch davon machen zu können: Fähigkeiten in unterschiedlichen Schriften zu schreiben und viele Aspekte der Heilkunde.

Kija war voll Bewunderung für die Fähigkeiten mancher Priesterinnen mit heilenden Händen, die durch Intuition und immenses Wissen im Heilhaus Erkrankungen behandelten. Es gab Aufzeichnungen über bestimmte Leiden der inneren Organe wie Galle, Milz, Blase oder Leber oder Erkrankungen des Kopfes, Augenprobleme, Zahnschmerzen, Nasenlaufen, Husten, Lungen- und Herzerkrankungen, Hautunregelmäßigkeiten, Geschwüre, Geschwülste, Blutprobleme. Aber auch so genannte Besessenheit oder die Behandlung eines vom bösen Blick betroffenen Menschen, ferner unterschiedliche Erkrankungen des Geistes und viele mehr fanden Erwähnung. Kija lernte nach und nach die Wirkung von Heilmitteln kennen, die teilweise von weit herkamen. So wurde zum Beispiel bei Augenerkrankungen Alaun eingesetzt, das in Ägypten oder Hattuscha besorgt werden musste, und das auch zum Reinigen benutzt wurde. Viele Mittel kannte Kija aus dem alltäglichen Leben ohne zu wissen, dass sie medizinisch eingesetzt werden konnten – Öl, Knoblauch, Buchsbaum. Von anderen Medikamenten hatte sie noch nie vorher gehört.

Im Heilhaus wurde das geheime Wissen um Rezepturen, wie die Herstellung von Rauschtränken, die zu bestimmten Feiern benötigt wurden, bewahrt. Die richtige Zusammensetzung und Dosierung stellte eine große Verantwortung dar und setzte die gute Kenntnis der Person voraus, die das Getränk zu sich zu nehmen hatte. Das hatte Kija gerade beim Neumond-Fest mit ihrem Vater erlebt. Ferner oblag den Frauen der Umgang mit schmerzstillenden Mitteln, die in höherer Dosierung Trancezustände erzeugen konnten. Eines davon wurde aus der Mohnpflanze gewonnen, die vor den Toren Qatnas in einem dem Tempel zugehörigen Areal angebaut wurde.

Das größte Augenmerk des Heilhauses galt den Frauen und ihren Belangen. So kümmerten sich die Heilerinnen um Monatsblutungen, Schwangerschaften und leisteten Geburtshilfe, sie verfügten auch über Kenntnisse, wie beispielsweise Scham- und Achselhaare schonend beseitigt werden konnten.

Selbst bei Klagen der Frauen über nachlassende männliche Potenz konnten sie häufig Abhilfe schaffen.

Wie ein Schwamm sog Kija alle Lehren in sich auf. Darüberhinaus aber erlebte sie täglich das wundersame Glück, wenn dankbare Augen ihr von der Erleichterung sprachen, die sie durch ihren Einsatz vielen Frauen bei ihren Leiden verschaffen konnte.

Amunhotep sah Kija dennoch beinahe täglich. Ihr schien, dass alle in ihrer Umgebung die Begegnungen mit Amunhotep gut hießen und unterstützten. Immer wieder ergaben sich Situationen, in denen sie beide plötzlich allein waren. Amunhotep nutzte diese Gelegenheiten, um ihr von Re, dem Sonnengott, zu sprechen, was er in der Gegenwart anderer, außer Iset, vermied. Sie hörte gebannt seinen Ausführungen zu, die eine fast berauschende Wirkung auf sie hatten. Welche Ausstrahlung er hatte! Ein Heilsbringer für die Menschheit.

»Ich werde bald nach Ägypten zurückkehren«, sagte er eines Abends zu ihr.

Kija sah überrascht von ihrem Brettspiel auf. Sie hatte ganz vertieft über ihren nächsten Zug nachgedacht, um Amunhotep vielleicht doch noch zu schlagen. Er hatte das komplizierte Spiel, zu dem fünf Ebenholz- und fünf Muschelplättchen und ein Spielbrett aus Perlmutter und Lapislazuli gehörten, rasch gelernt und es darin bereits zu einer solchen Meisterschaft gebracht, dass sie all ihre Raffinesse einsetzen musste um mitzuhalten.

»Der strengste Winter neigt sich dem Ende zu. Sobald es die Wege einigermaßen erlauben und der Orontes nicht mehr Hochwasser führt, werde ich zur Küste aufbrechen. Es wird höchste Zeit, dass ich Qatna verlasse, auch wenn es schrecklich werden wird, von dir getrennt zu sein, mein Augenstern. Zu Hause werde ich dann alles in die Wege leiten. Es ist so vieles zu bedenken und zu regeln. So schnell wie nur irgend möglich schicke ich nach dir.«

Ein wenig fühlte sich Kija von dieser Ankündigung überrumpelt.

»Wirst du davor mit meinem Vater sprechen?«, fragte sie etwas zögerlich.

»Sicher. Ich habe ohnehin noch einiges mit ihm zu klären.«

»Darf ich fragen, um was es sich dabei handelt?«

»Ja natürlich, mein Herz. Ich habe keine Geheimnisse vor dir. Es geht im wesentlichen um das Schreiben, das wir für deinen Bruder aus Ugarit mitbrachten. Ich habe zunächst nicht darüber nachgedacht. Warum auch? Es ja naheliegend, dass die Fürstentümer, zumal durch mannigfaltige Handelsunternehmungen verknüpfte wie Ugarit und Qatna, miteinander korrespondieren. Schließlich haben wir auch aus Byblos Briefe überbracht. Diese betreffen sicher Angelegenheiten lokaler Natur, die uns nicht interessieren. Nun haben wir aber erfahren, dass der Brief an Akizzi nicht aus Ugarit, sondern aus Hattuscha kam.«

Kija errötete.

Amunhotep sah sie erstaunt an. »Weißt du etwas davon?«

Etwas verärgert über ihre Reaktion sagte sie leichthin: »Dieser Brief hat ja nichts zu bedeuten. Er kommt von dem Sohn eines Handelspartners aus Kizzuwatna, der momentan in Hattuscha weilt.«

»Ach so ist das.«

Kija nickte erleichtert.

»Was verstehst Du unter momentan, Liebste? Wie man mir sagte, handelt es sich um eine Person aus dem nächsten Umfeld General Hannuttis, falls dir der Name etwas sagt.«

»Ja, ich erinnere mich, Kuari sprach von diesem General. Aber auch das lässt sich erklären, denn die Mutter dieser Person, wie du sie nennst, stammt aus Hattuscha. Da ist es doch naheliegend, dass Kontakte bestehen.«

»So nenn du mir doch den Namen, Liebes, wenn du so gut informiert bist.«

»Er heißt Talzu.«

»Dann müssen wir von unterschiedlichen Menschen sprechen. Der Absender heißt jedenfalls nicht Talzu.«

Kija war irritiert. Offensichtlich wusste Amunhotep viel mehr, als er ihr gegenüber den Anschein erweckt hatte. Und sie war wie in ein offenes Messer gelaufen. Aus einer harmlosen Geschichte wurde plötzlich etwas sehr Unangenehmes. Denn nun musste Amunhotep ja erst recht den Eindruck haben, sie sage nicht die Wahrheit oder es gäbe etwas zu verheimlichen. Ob er womöglich auf beide Schreiben anspielte? Aber auch das wäre gar nicht schlimm. Denn der Hauptbrief war ja problemlos und das Schreiben an sie betraf ausschließlich Qatna. Von wem hatte er nur dies alles erfahren? Von Akizzi mit Sicherheit nicht, dann wäre es ein offenes Gesprächsthema zwischen ihnen und nicht ein halbes Verhör. Nein, diese Informationen waren ihm zugetragen worden. Von jemanden, der womöglich ihr oder ihrer Familie schaden wollte?

»Weißt du, das ist eine längere Geschichte«, versuchte sie abzuwiegeln.

»Erzähl sie mir ruhig, wir haben ja Zeit.«

Kija hörte eine gewisse Scharfe heraus, die sie überraschte. Sie berichtete ihm ausführlich von Talzus Aufenthalt in Qatna und seinen persönlichen Kümmernissen. »Und deshalb nennt sich Talzu jetzt Tanuwa«, schloss sie.

Amunhotep hatte ohne sie zu unterbrechen zugehört, nur hin und wieder mit dem Kopf genickt. Nach einer kleinen Pause bemerkte er: »Offenbar bist du diesem jungen Mann recht nahe gekommen oder er dir.«

War Amunhotep eifersüchtig? Oder – es durchfuhr Kija heiß – unterstellte er ihr etwa …? Sie weigerte sich, den Gedanken zu Ende zu führen. Aber in diesem Moment wurde ihr klar, welche Erwartungen Amunhotep an seine zukünftige Braut hegte. Nichts, aber auch gar nichts durfte ihren Ruf beflecken. Ihr Widerspruchsgeist erhob sich. Vertraute Amunhotep ihr nun oder nicht? Talzu war ein netter Kerl und ihrer aller guter Freund, weiter nichts. War das etwa verboten?

»Ich weiß nicht, was du willst«, sagte sie. Ihre Augen sprühten. »Ich kann und will dir zu Talzu nicht mehr sagen, als ich erklärt habe, denn mehr gibt es einfach nicht. Wenn du das nicht verstehst, so kann ich dir nicht helfen.«

Amunhotep sah sie erstaunt an. Kein Kuschen, keine Unterwürfigkeit, sondern Widerrede. Sie gab nicht nach, und er musste sich eingestehen, dass ihm genau das an ihr so gefiel. Er lenkte ein.

»Beruhige dich, meine Schöne. Wir wollen das Thema beenden. Ich habe es nicht so gemeint. Lass uns in unserem Spiel fortfahren. Du bist am Zug!«

Kija wollte sich schon entspannt in ihr Sitzkissen zurücksinken lassen, als Amunhotep noch einen weiteren Pfeil absandte.

»Alles Weitere werde ich, wie ich vorhin schon sagte, vor meiner Abreise mit deinem Vater besprechen. Er wird mir dann sicher auch Aufklärung darüber geben können, in welchem Zusammenhang mit eurem harmlosen Talzu-Tanuwa in Hannuttis Diensten der hethitische Gesandte steht, der in meiner Abwesenheit unter größter Geheimhaltung den Hof von Qatna besucht hat.«

Sie erstarrte. Oh, Vater, dachte sie. Du bringst mich in Verlegenheit. Ich kann doch nicht so tun, als ob ich nichts von alledem mitbekommen hätte. Zwingst du mich zu einer Entscheidung, wem gegenüber ich mich loyal zu verhalten habe? Dann verkehrte sich ihr Gefühl in Ärger. Warum behelligte Amunhotep sie mit all diesen unnützen Anschuldigungen? Wütend machte sie sich Luft: »Ich dachte, wir genießen die wenigen Stunden, die uns noch bleiben – schon zittere ich vor dem Tag deiner Abreise –, aber du hast nichts als Fragen, Vorwürfe und Unterstellungen für mich. Aus einem freundschaftlichen Schreiben eines netten Jungen machst du eine Staatsaffäre. Aus einer Mücke wird ein Elefant. Kennst du mich so schlecht? Und weißt du, was mich am meisten erschreckt? Dass du überhaupt solch niedrige Gedanken haben kannst.«

Sie sprang von ihrem Sitz auf. Das Spielbrett und die Steine fielen dabei zu Boden, die Partie war unrettbar verloren. Traurigkeit breitete sich in ihr aus. Fassungslos schaute sie Amunhotep in die Augen, dann lief sie aus dem Zimmer und flüchtete in das Haus der Göttin.

Tagelang, eine Ewigkeit, hörte Kija kein Wort von Amunhotep. Unerbittlich verrannen die Tage. Auch sonst war Schweigen um sie herum. Selbst ihre Freundin Amminaje schien so beschäftigt, dass es zu keinem traulichen Gespräch kam. Kija versah ihren Dienst wie vorgeschrieben. Die wenigen

Pausen verbrachte sie bei der Göttin in der Hoffnung, sie würde ihr helfen oder einen Rat geben, wie sie diese schwierige Situation meistern könnte. Doch die Göttin schwieg, wie so oft. Vielleicht grollt sie mir, weil ich drauf und dran bin, sie zu verlassen?

Kija zermarterte sich den Kopf. Was sollte sie nur tun? Trotz dieses Streits liebte sie Amunhotep. Sie würde alles für ihn in Qatna zurücklassen, sie würde mit ihm gehen, sie würde an seiner Seite Herrscherin von Ägypten werden, sie würde ihn in all seinen hochfliegenden Plänen unterstützen. Er hatte doch selbst gesagt, dass sie die von Re für ihn Erwählte sei. Warum sprach er dann nicht mehr mit ihr? Was erwartete er nur von ihr? Sollte sie sich entschuldigen? Aber wofür? Sie hatte doch nichts Falsches getan, was sich gegen ihn oder Ägypten richtete. War sie wirklich ehrlich in allem zu sich selbst? Wie das schmerzte! Sollte sie mit ihrem Vater sprechen? Aber er war eigentlich ja der Auslöser für die Missklänge zwischen Amunhotep und ihr. Hätte sie nur damals das Gespräch zwischen ihm und Akizzi nicht mitbekommen, dann wäre sie unbefangen, unbelastet, unschuldig. Andererseits war es doch Vaters gutes Recht, zu sprechen mit wem er es für richtig hielt. Qatna war Ägypten nicht untertan, es war ein freies Land. Aber Kija spürte, dass ihre Argumente auf nicht ganz sicheren Füßen standen. Dennoch regte sich ihr alter Trotz. Sie würde nicht klein beigeben.

Wie aus dem Boden gewachsen stand plötzlich Schala vor ihr oder war es ein Traumgesicht? Schala! Sie stürzte wie eine Ertrinkende in die Arme der geliebten, weisen Frau. Vergessen hatte sie in diesem Moment, dass das die höchste Priesterin der Göttin war – nein, es musste doch die Göttin selbst gewesen sein, die sie ihr geschickt hatte. Erlösungstränen flossen. Schala legte den Arm um Kija und geleitete sie in ihre privaten Gemächer, die Kija nun so vertraut waren. Sie träufelte aus einem Salbgefäß einige Tropfen auf ihre Fingerkuppen und rieb damit Kijas Stirn und ihre Schläfen ein. Ruhe überkam sie und ihr Kopf wurde klar und frei. Schala reichte ihr ein stärkendes Getränk, das wunderbar nach Minze, Thymian und seltenen Blütenblättern duftete. Sie hob ihre ausgestreckten Hände und segnete sie.

Was Schala geschickt vor Kija zu verbergen wusste, war der große Konflikt, in dem sie sich selbst befand. Was sollte, was konnte sie guten Gewissens ihrem Schützling raten?

Da war sie, Schala, zunächst selbst und ihre Interessen für den Tempel. Sie liebte Kija wie eine Tochter. Sar eindeutig die geeignete Stütze und mögliche Nachfolgerin im Amt der Hohepriesterin. Sie war von den Göttern mit vielen Fähigkeiten ausgestattet worden. Es schien der Wille der Göttin, dass Kija in ihrem Haus verblieb. Hätte sie erst alles erlernt, was ihr der Tempel weitergeben konnte, so würde sie Schala an Wissen und Können weit übertreffen. Ihre Sensibilität galt es noch zu verfeinern. Aber Schala wusste von ihrer eigenen Entwicklung, dass es Zeit brauchte, bis man sich selbst, seine Eitelkeiten, seine Bedürfnisse überwunden hatte und sich ganz in den Dienst der Göttin und der anderen Götter, der Stadt und des Landes Qatna und des Königtums stellen konnte.

Für Qatna wäre es sowohl dienlich, Kija als Hohepriesterin auszubilden und zu halten. Aber genauso nützlich und am richtigen Platz wäre sie als Gemahlin des ägyptischen Thronfolgers. Das würden die Götter entscheiden. Und vielleicht der König, wenn auch ungewollt. Schala hatte ausführlich mit dem König immer wieder besprochen, welche diplomatischen Schritte dem Erhalt des Landes am meisten zugute kämen. Sie konnte die Argumente des Königs bestens nachvollziehen. Aber was war mit den anderen Edlen? Nicht alle teilten Idandas Ansichten. Und wie lange würde dieser König dem Land vorstehen? Irrte sie sich bei der Auslegung der unterschiedlichen Zeichen? Sie dachte mit Schauder an das Neumondfest zurück, als sie um das Überleben des Königs bei der Zeremonie bangte. An ihrem Trank konnte es doch nicht gelegen haben?

Und schließlich Kija. Was war ihr bestimmt? Was hatte sie selbst in der Hand? Schala hatte lange über sie nachgedacht und auch die Göttin befragt, doch konnte sie kein klares Bild gewinnen. Sie sah viel Kummer und Leid und unruhige Zeiten. Erst spät in Kijas Lebensbogen würde es ruhiger und glücklicher werden.

Die größten Probleme bereitete Schala Amunhotep. So sehr sie sich auch bemühte, gelang es ihr nicht ihn einzuschätzen. Idanda ging es ebenso, wie sie wusste. War das ein lauterer, hehrer Charakter, der sein Leben den Göttern und dem Dienst an seinem Land geweiht hatte? Oder war er ein Wolf im Schafpelz, der seine religiösen Inszenierungen, von denen Qatna während seines Aufenthaltes einige erlebt hatte, nutzte, um ganz pragmatische Ziele zu erreichen? Ziele, die für Ägypten immer an erster Stelle gestanden hatten: Macht und materieller Wohlstand. Die Anhäufung märchenhafter Schätze und die Bauten zum Ruhm der Götter und der Pharaonen, die die ganze Welt in Staunen versetzten, sprachen für sich. Amunhotep war es ja nicht allein, der eines Tages das Land beherrschen würde. Die Macht der Priester in Theben war weit über die ägyptischen Grenzen gefürchtet. Ihnen konnte sich kaum ein Pharao entziehen. Es grenzte schon an ein Wunder, dass sie die Eheschließung seines Vaters, Amenophis III., mit Teje geduldet hatten. Allerdings war deren Familie in der Priesterschaft von Theben durchaus gut vertreten, was sicher nützlich gewesen war. Nun konnte diese Tatsache auch einer Verbindung zwischen Amunhotep und seiner Kusine Kija, die immerhin eine Nichte der Teje war, zugute kommen. Soviel war klar: sollte Amunhotep Kija zu seiner Gemahlin erheben, so konnte die sich nicht verweigern. Was sie ohnehin nicht täte, sondern vielmehr ihm mit fliegenden

Fahnen folgen würde, ihm, der größten Liebe ihres Lebens. Schala sah nur zu gut, wie die junge Frau diesem charismatischen Menschen verfallen war. Oder war ihr eigenes Zweifeln an Amunhotep aus einer gewissen Eifersucht geboren und völlig ungerechtfertigt? Vielleicht liebte Amunhotep Kija wirklich? Schala hatte sich selten so ohnmächtig gefühlt. Überall lagen Schleier, die Zukunft verschloss sich ihr. »Ich werde immer für dich da sein, meine Kleine«, flüsterte die Hohepriesterin unhörbar, »was auch geschieht. Und es wird viel geschehen, viel Leid wirst du erfahren, Kija von Qatna. Aber du wirst geläutert und rein sein, wenn das Ende naht.«

Kija war mit ihren eigenen Kümmernissen beschäftigt. Dass auch für die Hohepriesterin nicht immer alles reibungslos verlief, das wusste sie, aber letztlich stand ihr doch die Göttin bei.

Die Göttin! Das war vielleicht die größte Sorge, die Kija quälte. Bevor Amunhotep in ihr Leben getreten war, war sie gern im Haus der Göttin tätig. Zwar hatte sie die Frage beschäftigt, wie es sein könnte, dass es so viele unterschiedliche Götter gab und die unterschiedlichen Länder jeweils andere Götter verehrten. In diesem Punkt hatte Schala sie leicht überzeugen können, indem sie ihr erläuterte und belegte, dass zumeist doch nur die Namen der Götter verschieden waren und in einigen Fällen die jeweiligen Zuständigkeiten. Schwieriger war es bei der Debatte um die Vielzahl der Götter. Früher hatte Kija sie nie in Frage gestellt. In der Götterwelt gab es Hierarchien wie bei den Menschen: Großkönige, Könige, Fürsten, lokale Fürsten bis zum Oberhaupt einer einfachen Familie. Zweifel kamen auf, als ihr Iset das erste Mal andeutete, es könne einen obersten Gott zwar in unterschiedlichen Erscheinungsformen geben, der aber alles in sich vereinigte. Sie sprach von Re. Sie sprach von Amunhoteps Re. Natürlich erlaubte Re weitere Götter neben sich, dennoch bohrte in Kija unablässig die Frage, welchen Platz Belet-ekallim in diesem Götterhimmel innehatte. Schloss Re in letzter Konsequenz nicht die anderen Götter aus? Und damit auch die Göttin, der sie diente und zukünftig als Priesterin hatte dienen wollen? Könnte sie einfach ihre Göttin gegen Re austauschen? War sie in ihm verborgen? Wenn Amunhotep glühend von Re sprach, erschien ihr alles einfach und klar. Aber wenn sie sich in der Stille ihre eigenen Gedanken machte, war alles kompliziert und schwierig. Und sie war voller Angst, dass die Göttin sie für ihre frevelhaften Gedanken schrecklich strafen oder gar verlassen würde.

Noch anderes quälte sie. Die Sorge, als Fremde den Aufgaben einer Ehefrau, Mutter und Königin im fernen, großen Ägypten nicht gewachsen zu sein. So vieles hatte sie von den ägyptischen Eigenarten, von unzähligen Hofintrigen, gehört. Das Leben spielte sich an einem endlos langen Fluss ab und Oben war genau auf der entgegengesetzten Seite der ihr bekannten Länder.

191

Dann war da noch dieser Streit. Zu wem gehörte Qatna denn nun? War es ein selbständiges Land, wie der Vater meinte, und konnte es deshalb seine Koalitionen frei bestimmen, oder musste man sich der ägyptischen Oberhoheit unterstellen, wie Akizzi es forderte? Sollten sich die syrischen Staaten wieder zusammenschließen oder käme das einem Affront allen Großmächten gegenüber mit entsprechenden Konsequenzen gleich? Und wem war sie, Kija, zur Loyalität verpflichtet: dem Vater und Qatna oder Amunhotep und den Interessen Ägyptens?

All diese Nöte vertraute sie Schala an.

»Worüber habt ihr euch eigentlich gestritten?«, fragte Schala, die sich mit großer Aufmerksamkeit Kijas Ausbruch angehört hatte. Es war erstaunlich, was diese junge Frau alles bewegte. Auch wenn sie noch viel lernen musste, vor allem über sich selbst, so verfestigte sich Schalas Meinung erneut: Kija war zum Handeln geboren und nicht dazu, dass man über sie bestimmte. Aber vielleicht erwarteten die Götter als Gegenleistung für ihre Gaben Demut, wer konnte das wissen?

Kija schilderte ihr die Auseinandersetzung mit Amunhotep. »Ich weiß einfach nicht, ob es an mir ist einzulenken«, sagte sie.

»Was sagt dein Herz?«

Sehr leise kam die Antwort. »Ich weiß es nicht, ist das nicht furchtbar?« Kija schaute Schala verzweifelt an. »Müsste ich nicht alles tun, um Amunhotep glücklich zu machen, allen Unbill von ihm abzuhalten, Streitereien aus dem Weg zu gehen, wo ich ihn doch liebe? Aber immer, wenn ich zu ihm eilen möchte, sagt mir eine innere Stimme: nein. Es wäre ein Eingeständnis. Und dazu besteht keine Veranlassung. Aber kann so etwas unter Liebenden eine Rolle spielen?«

»Wenn der Geliebte der Kronprinz von Ägypten ist, vielleicht schon.«

»Was soll ich nur tun, Schala? Er kann doch nicht ohne Aussöhnung Qatna verlassen.«

»Warte noch und höre sorgfältig in dich hinein. Vertrau auf die Göttin«, sprach Schala ihr mütterlich zu, »sie wird dir eine Lösung schicken.«

Im frühesten Morgengrauen des nächsten Tages kam eine Dienerin aus dem Palast bis an das Tor. Einzutreten in das Haus der Göttin weigerte sie sich standhaft. Also holte man Kija, nach der sie verlangte. Kija kannte die junge, zierliche Frau. Sie gehörte zur Dienerschaft des königlichen Paares und war zusammen mit anderen von König Idanda und Königin Beltum zum Dienst bei Amunhotep bestimmt worden.

»Was willst du?«, fragte Kija sie verwundert.

»Bitte Herrin, komm mit mir«, antwortete sie so leise, dass Kija gezwungen war, sich zu ihr zu beugen, um sie zu verstehen. Sie ergriff Kijas Rechte und schob ihr etwas in die Hand, einen kleinen Skarabäus aus Lapislazuli. Etwas unbeholfen, doch erkennbar war auf der Unterseite ihr Name eingeritzt.

»Er, der Gott, schickt dir dies«, flüsterte sie. »Ich soll dich zu ihm bringen, aber du musst allein kommen. Wirst du mir jetzt sofort folgen?«

Kijas Herz tat einen Sprung. Der Vortag mit all seinen Zweifeln war vergessen, aller Kummer, alle Ängste, aller Ärger waren wie weggewischt. Nur eines zählte in diesem Augenblick: er rief nach ihr. Keinen Augenblick würde sie zögern. Alles zog sie zu ihm. Ohne weitere Überlegung legte sie ihren Mantel fester um sich und trat hinaus in den kalten Morgen. Behände huschte die Dienerin über die Straße, so dass Kija kaum folgen konnte. Die Schnelligkeit überrumpelte sie, wie überhaupt das Auftauchen ihrer Führerin. Hatte Kija vermutet, sie würden das Südportal des Palastes benutzen, so irrte sie sich. Die Dienerin folgte der Palastmauer auch auf der Westseite und brachte sie zu einer Pforte am Ende des Westtraktes, in dem der ägyptische Kronprinz residierte. Sie winkte ihr, sich zu beeilen. Kija war verwirrt, aber unfähig nachzudenken. Ganz unköniglich raffte sie ihr Gewand, um schneller laufen zu können. Durch die Pforte, eine Treppe mit unzähligen Stufen hinauf – war sie je hier gewesen? Als sie endlich innehielten, standen sie auf dem Dach des Palastes, hoch über der Stadt. Kija schwindelte bei dem Blick nach Norden. Hier waren es nicht nur die drei Palaststockwerke, die aufragten, sondern es kam noch die gesamte Höhe des Steilabfalles des Felsplateaus hinzu, auf und in das der Palast gebaut war.

Was sollte sie hier oben? Ihre Begleiterin war wie vom Erdboden verschluckt. Die Klappe, durch die sie auf das Dach gekommen waren, war geschlossen. Sie war allein, allein auf dem Dach des Palastes im Morgengrauen im Spätwinter. Sollte sie lachen? Weinen? Schreien? Hatte sie einen Fehler gemacht? War dies eine Falle?

Nein, das konnte nicht sein. Sie war mehrfach auf dem Palastdach gewesen, vor oder nach dem Herbstfest zum Beispiel, es existierten mehrere Zugänge zu ihm. Es musste eine andere Lösung geben. Der Himmel rötete sich schon im Osten. Kija ging zurück zu dem Platz, wo sie das Dach betreten hatte. Erst jetzt sah sie auf dem Boden eines der verzierten Muschelplättchen liegen, mit denen sie zuletzt zusammen mit Amunhotep gespielt hatte. Sie hob es auf. Nicht weit davon entfernt sah sie ein zweites, dann ein drittes – eine Spur, eine Spur, der sie folgen sollte. Sie führte sie zu den Dachaufbauten über der Versammlungshalle, dem höchsten Punkt. Eine Leiter war angelehnt, mit der sie die erste Etage erreichen konnte. Doch auch die zweite Etage sollte sie hinaufsteigen, wie eine weitere Leiter sie einlud. Endlich war sie oben.

Vor ihr stand in der Dachmitte ein schlichter Altar. In diesem Augenblick spitzte über den Horizont das glühend rote Sonnenrund und sandte die ersten Strahlen in die erwachende Welt. Da legte Amunhotep seine Arme wie in ihrem Traum von hinten um sie, so dass seine Hände auf ihren verhüllten Brüsten ruhten. Er trat neben sie, gekleidet in ein weißes, weites Gewand. Um seinen Hals trug er einen breiten, kostbaren Kragen, auf dem Kopf ein weißes Tuch in königlich-ägyptischer Manier gebunden. Er ergriff ihre rechte Hand, sie erhoben im Gleichklang ihre Arme und reckten sie der aufgehenden Sonne entgegen. Mit klarer Stimme sang rezitierend Amunhotep Zeilen in den Morgen, die sie zu kennen glaubte und die sich doch verändert hatten:

> *„Schön erscheinst du im Horizonte des Himmels,*
> *du lebendige Sonne, die das Leben bestimmt!*
> *Du bist aufgegangen im Osthorizont*
> *und hast jedes Land mit deiner Schönheit erfüllt.*
> *Schön bist du, groß und strahlend, hoch über allem Land.*
> *Deine Strahlen umfassen die Länder bis ans Ende von allem,*
> *was du geschaffen hast.*
> *Du bist Re, wenn du ihre Grenzen erreichst*
> *und sie niederbeugst für deinen geliebten Sohn.*
> *Fern bist du, doch deine Strahlen sind auf Erden;*
> *du bist in ihrem Angesicht, doch unerforschlich ist dein Lauf."*

Strophe um Strophe erklang. Kija konnte unmöglich den Worten folgen. Sie hatte sich ganz dem Klang der Stimme hingegeben, die sie aus dem Hier entführte in eine himmlische Welt. Der Gesang verstummte. Amunhotep bahnte sich einen Weg unter ihren Mantel und liebkoste sie sanft. Die Sonne war aufgegangen und beschien ihre Diener. Kija überließ sich seinen Händen und seiner Stimme, die ihr Zärtlichkeiten ins Ohr flüsterte, ihr von Liebe und Zukunft sprach, sie »meine Schöne und Einzige« nannte. Langsam drehte sie sich ihm zu. Ihre Blicke versanken ineinander und sie verschmolzen in einem Kuss.

Der ewige Schnee in Hattuscha war endlich zum größten Teil geschmolzen, nur an schattigen Stellen hielt er sich noch hartnäckig. Tanuwa hatte in den wenigen Monaten, die er jetzt in der Hauptstadt weilte, große Fortschritte gemacht. Man war mit ihm zufrieden.

Nach dem Neujahrsfest, das im ganzen Reich gefeiert werden würde, würde die Saison des Zababa, des Kriegsgottes, beginnen. Für die Planungen folgte eine Panku-Beratung auf die andere. Die Schreiber mussten bisweilen sogar Nachtschichten einlegen und beim Licht der Öllampen und Fackeln ihre Arbeiten erledigen. In der Kanzlei liefen die Fäden zusammen und Mitannamuwa, der Oberste der Schreiber, bereitete die eingehenden Informationen für die Sitzungen des Panku vor. Nicht immer musste gekämpft werden, vieles ließ sich vertraglich regeln, aber bis es zu einem Abschluss kam, war der Arbeitsaufwand der Kanzlei enorm.

Tanuwa war Hannutti zugeteilt, der darauf bestand, dass sein Neffe zu allen Vorbereitungsgesprächen hinzugezogen wurde, damit er auf dem Laufenden war. Bei der abschließenden Panku-Besprechung ging es nun um die endgültigen Entscheidungen. Es war das erste Mal, dass Tanuwa teilnahm und sich ein Bild machen konnte, was sich hinter der Bezeichnung Panku, dem Adelsrat der Herren, verbarg.

Anwesend waren der Großkönig, der Labarna und die Tawananna, die Königinmutter, die nach dem Tod ihres Gatten die Mitregentin ihres Sohnes war. Ferner die Gemahlin des Großkönigs, Henti, und die Obersten oder Großen, alles Prinzen aus der königlichen Sippe, die den König berieten. Sie hatten in ihren Ressorts nach dem König die höchste Amtsgewalt und kultische Funktionen inne und konnten durchaus eigenständige Heereskommandos führen. Tanuwa erstaunte, dass sie untereinander gleichgestellt waren. Noch mehr überraschte ihn, als er erfuhr, dass diese Ämter weder auf Lebenszeit verliehen wurden, noch erblich waren, sondern nach Befähigung besetzt wurden. Man hatte sich also ständig zu bewähren.

Außer den Großen war auch die nächste Führungsebene, die Vorsteher, im Panku vertreten. Weiter gehörten dazu die Regenten der verschiedenen Landesteile, die Landesherren, oder in Grenzprovinzen die Herren der Grenzwarte, und verschiedene vertraglich gebundene Vasallen, die aus unterschiedlichen Gründen zu Herren ernannt worden waren. Sie waren aber nicht alle erschienen, wie Tanuwa erfuhr, vermutlich wegen der Jahreszeit. Über die verschiedenen Befugnisse des Panku hatte sein Ausbilder Mitannamuwa ihn zuvor aufgeklärt: er beratschlagte nicht nur, wirkte an Gesetzen und Verträgen mit, sondern war auch das oberste Gericht, dem sich sogar König und Königin zu unterstellen hatten. Und er befand über den Thronfolger, der vom König vorzuschlagen war und nach dem Erlass des Telipinu der älteste Sohn des Königs und der Königin sein sollte. Diese erlauchte Gesellschaft hatte sich also in der Audienzhalle zusammengefunden, begleitet von einer Heerschar von Schreibern.

Nach Gebeten und Anrufungen der Götter begann die Debatte darüber, was in der guten Jahreszeit notwendigerweise zu erledigen war, um die Sicherheit des Landes weiter zu verbessern. Bis auf den Süden und einige Landstriche im Osten gab es ringsherum weiterhin Unruheherde. Da aber Mittani nach wie vor durch die inneren Zwistigkeiten gebunden schien, würde kein Angriff von dieser Seite drohen.

»Wir sind gut beraten, uns zu ersparen in diesem Jahr Mittani anzugreifen. Konzentrieren wir uns auf die akuten Probleme im Norden und Westen des Reiches.«

Allgemeine Zustimmung unterstützte die Worte des Königs. Zida, der Bruder des Königs, Oberster der Leibgarde und Regent im Oberen Land, sowie Hannutti, Feldherr und Statthalter des Unteren Landes, gaben ihre Einschätzungen über die Völker der Kaschkäer und der Arzawa-Länder ab.

Man war sich schnell einig, dass zunächst ein größerer Stoßtrupp genügen müsste, um die Rückeroberungen hethitischen Gebiets von Arzawa und die Festlegung des westlichen Grenzgürtels nach dem grandiosen Sieg beim Berg Tiwatassa zu sichern. Denn die hethitischen Kundschafter vor Ort hatten keinerlei Anzeichen entdecken können, dass neue militärische Unternehmungen gegen Hattuscha in den Arzawa-Ländern geplant wurden. Natürlich musste die Grenze sorgfältig beobachtet werden. Das Kommando für diese Operation erhielt Himuili, der damit seine Niederlage gegen Arzawa-Gruppen vor zwei Jahren wieder auswetzen konnte. Er sollte über Puruschhanda und Ikkuwanija an den großen West-See vorrücken, die Fortschritte beim Bau des dortigen Quellheiligtums begutachten, einen Bericht darüber nach Hattuscha schicken und erst danach zum Grenzort Puranda ziehen.

Komplizierter war die Entscheidung, wie mit den Kaschka-Ländern zu verfahren sei, ein Problem, das die Gemüter erhitzte und Anlass zur Empörung bot.

»Sie sind wie lästige Schwärme von Stechmücken, dieses Geschmeiß! Können sie sich nicht sammeln, um sich einer ordentlichen Entscheidungsschlacht zu stellen? Nein, sie fallen immer in kleinen Trupps unvorhersehbar über uns her. Stürmen aus ihren undurchdringlichen Wäldern in den Bergen hervor und genauso schnell verschwinden sie wieder. Das macht einen völlig verrückt.«

»Es macht auch überhaupt keinen Sinn, Streitwagen gegen sie einzusetzen. Sie verstecken sich hinter Bäumen und Felsen und sind völlig unberechenbar.«

»Sie kämpfen einfach nach anderen Regeln, wie es ihnen passt. Um sie in den Griff zu bekommen, bedürfte es unserer ständigen militärischen Präsenz, aber überall! Wir können doch nicht jedem Bauern, Hirten, Jäger, Köhler, Töpfer einen Soldaten zur Seite stellen, der aufpasst!«

»Man müsste eine Art Mauer der Grenze entlang bauen.«

»Nein, das ist unsinnig. Wir gehen doch fest davon aus, dass wir die verlorenen Gebiete zurückerobern. Wenigstens Nerikka muss wieder hethitisch werden! Welche Grenze willst du also mit einer Mauer versehen. Mit so einer starren Befestigung graben wir uns ja selbst das Wasser ab.«

»Stell dir vor, was das an Arbeitskräften und Material kostet. Und die Kaschkäer sehen neugierig zu, oder?«

»Wir könnten später ihnen mit der Anlage von Festungen den Weg versperren, damit sie nicht mehr so leicht in das Reich einfallen können. Sie müssen eine gute Lage haben, möglichst auf einer Anhöhe und stark befestigt werden und sie brauchen Zugang zu Wasser und gutem Ackerland. Dieses System könnte man durch kleinere Wachtürme und Ausgucke ergänzen, aber das ist ja Zukunftsmusik. Erst mal müssen wir das Gesindel in den Griff bekommen.«

»Wie wollen wir das anstellen? Wir können doch nicht jedes Jahr ausrücken und sie niedermachen oder nach Hattuscha verschleppen. Auf Dauer schaden wir uns ja auch selbst.«

»Du kannst aber auch nicht riskieren, dass sie hier wieder in Hattuscha erscheinen und plündern.«

»Was es zusätzlich so schwierig macht, sind die vielen unterschiedlichen Stämme und Sippschaften. Die einen ziehen ständig umher, die anderen wechseln zumindest nach geraumer Zeit die Wohnsitze, eine Hauptstadt haben sie nicht, einen König haben sie nicht, Verträge sind ihnen gleichgültig, jedenfalls all denen, mit denen man sie nicht direkt abgeschlossen hat.«

»Ich sehe außerdem eine neue Gefahr aufscheinen: Wenn sie sich noch weiter ausdehnen, grenzen sie im Westen fast an die Arzawa-Länder. Verbündeten sie sich mit diesen, hätte das fatale Folgen für das Reich. Sie haben sich von Nordwesten bis nach Nordosten zwischen dem Großen Meer im Norden und dem Reich schon überall verteilt.«

»Zum Glück sind nicht alle so militant. Die in Turmitta scheinen bisher zumindest friedliche Viehzüchter zu sein.«

»Also friedlich ist keiner von denen!«

All diese Einwürfe wurden von Hannutti ignoriert.

»Es ist ohne Frage unangenehm«, ergriff er das Wort, »dass Turmitta bis an das Tatta-Meer von ihnen bevölkert wird. Ich kann sie von Puruschhanda aus fast sehen. Pla im Nordwesten wird vom Reich dadurch beinahe abgeschnitten. Das kann so nicht hingenommen werden.«

»Wir müssen also im Nordwesten ihr Weidegebiet eingrenzen. Vielleicht können wir das vertraglich regeln. Versuchen müssen wir es auf jeden Fall. Bei den anderen Gruppen sehe ich allerdings schwarz. Die werden sich wehren, alle, die auf den Schätzen der Erde sitzen.« Der König schüttelte sorgenvoll sein Haupt.

»Ihr Herren«, ließ sich Hannutti erneut vernehmen, »lasst mich folgenden Vorschlag für unseren Feldzug unterbreiten: Wir teilen das Heer auf. Sobald das Neujahrsfest vorbei ist, zieht das Hauptkontingent der Streitwagen und der Fußkämpfer unter viel Aufsehen und mit den üblichen Vorverhandlungen direkt nach Norden, Richtung Nerikka, unserem verlorenen heiligen Ort. Zeitlich etwas versetzt rückt eine andere Gruppe, im Wesentlichen Fußsoldaten, nach Osten ab. Sammelpunkt und Ausgangsbasis ist dafür in

Samuha. Dorthin sollen auch die Hilfstruppen der östlichen Vasallen kommen. Gleichzeitig überquert eine weitere Gruppe im Westen den Marassanta und bringt sich gegen die Kaschkäer oberhalb von Turmitta in Position. Wir müssen das Bergland sichern, um die Wege nach Pla offen zu halten. Dort wird der Verhandlungsweg gesucht. Scheitert er, muss zugeschlagen werden.«

»Das sehe ich auch so«, sagte Prinz Zida.

Hannutti ließ sich nicht beirren und fuhr fort: »Die Angriffe der drei Kontingente müssen möglichst gleichzeitig erfolgen – das ist der Trick! Es wird ein bisschen schwierig werden, das zeitlich abzustimmen, aber der Triumph anschließend wird umso größer sein. Wenn sich herumspricht, dass seine Sonne an drei Plätzen gleichzeitig erschienen ist und gekämpft hat, lenken die Kaschkäer vielleicht endlich ein.«

»Das ist ein fabelhafter Plan!«

»So wird es gelingen!«

Der König erbat Ruhe. Noch war sein bester Feldherr nicht fertig mit sprechen.

»Unsere Fußkämpfer müssen wir bis zum Abmarsch schulen, dass sie sich der Kampfesweise unserer Gegner etwas annähern: also Kampf in kleinen, wendigen Grüppchen, denen nicht gleich die Puste ausgeht. Die Streitwagen rücken immer auf, soweit das möglich ist, und erledigen den Rest. Wir legen möglichst alles Verzichtbare in Schutt und Asche. Die bekannten Lagerstätten müssen wir natürlich schonen. Gefangene und Vieh bringen wir nach Hattuscha.«

Uneingeschränkte Zustimmung billigte auch diesen Vorschlag des brillanten Taktikers.

»Im Vorfeld sollten wir möglichst unsere Kenntnisse über die unterschiedlichen Stämme noch verbessern. Dabei wird uns sicher auch die Kanzlei, vor allem mit ihren Übersetzern zur Seite stehen. Man muss die Gefangenen, die zu uns übergelaufen sind befragen und die Kaschkäer, die ohnehin in unserem Heer dienen. Darum müssen sich im Einzelnen die Offiziere der Unterabteilungen kümmern.«

»Wohl gesprochen, Hannutti, mein Freund«, sagte Schuppiluliuma. »Wir können uns glücklich schätzen, dich in unseren Reihen zu wissen.« Die anderen Panku-Mitglieder gaben ihren Beifall durch leisere und lautere Kommentare und vernehmliches Fußgetrappel zu erkennen. Der Gott Zababa durfte mit ihnen zufrieden sein!

◈◈◈

Die Taubengöttin, die Verkünderin des Frühlings, hatte in Hattuscha Einzug gehalten. Es gab schon sonnige Tage, die nach draußen lockten. Tanuwa dachte immer öfter an zu Hause. Der Frühling in Tarscha war auch zauberhaft. Die Straßen und Plätze bevölkerten sich, man entfloh der winterlichen Enge. Überall wurde das Neujahrsfest vorbereitet. Ob danach endlich von den Eltern Antwort käme? Oder hatten sie ihm immer noch nicht verziehen? Sollte er sich vielleicht erneut an sie wenden? Tanuwa verdrängte die Überlegung. Stattdessen schweiften seine Gedanken nach Qatna. Auch von dort hatte er nichts gehört. Er dachte an Akizzi und Ehli-Nikalu. Ob sie glücklich waren? Und Kija? Seine süße Kija? Nur einmal war sie ihm wirklich nahe gewesen, nur einmal hatte er flüchtig ihre weiche Haut berührt, den Duft ihrer Haare geatmet. In seiner Erinnerung malte er sich diese Begegnung am murmelnden Qatna-Fluss immer mehr aus. Sie hatte sich genähert, sich erschreckt, als sie ihn an ihrem Lieblingsplatz vorfand und wollte sich sofort wieder entfernen. Doch er fasste sie an der Hand und zog die Zögernde neben sich ans Ufer. Im Dämmerlicht wandte sie ihm ihr Gesicht zu und er hob langsam ihren Schleier. Sie hielt die Augen geschlossen. Ihr leicht geöffneter Mund war so verlockend gewesen …

Hannutti unterbrach rüde seine Träumereien.

»Wir werden die Familie besuchen«, sagte er. »Das ist mal wieder fällig.«

Tatsächlich waren sie während des gesamten Winters nur ein-, zweimal zu Gast im Hause von Hannuttis Mutter gewesen. Tanuwa hatte sich damit abgefunden. Er war eingedeckt mit Arbeit und zumeist froh, wenn noch etwas Zeit mit den Gefährten verblieb, bevor er todmüde ins Bett sank. Sie statteten den Schankstuben und Liebeshäusern feuchtfröhliche Besuche ab und es ging, dank der Lebenslust von Mursili, immer hoch her. Einige Male besuchten sie auch ein Badehaus. Sie ließen sich in Tonwannen in heißem Wasser, das mit pflegenden Essenzen angereichert war, von geübten Händen verwöhnen. Erhitzt rannten sie dazwischen immer wieder nackt hinaus in die Kälte, wälzten sich im Schnee, bewarfen sich mit Bällen und tobten herum wie kleine Kinder. Er musste darüber lachen, was sie schon alles zusammen angestellt hatten. Manchmal rückte dann sogar Kija etwas in den Hintergrund. Die Freunde halfen ihm auch, dass er den Familienanschluss nicht besonders vermißte. Aber er wunderte sich immer noch über die erkennbare Zurückhaltung ihm gegenüber. Vielleicht lag sie ja daran, dass er das Elternhaus auf ungehörige Weise verlassen hatte und man war zu vornehm, ihm das vorzuhalten. Hannutti war ihm eine Antwort auf seine Frage schuldig geblieben. Aber ihm fiel das wohl auch gar nicht weiter auf, zu viel anderes bewegte ihn.

»Auf der Panku-Beratung wurde bestätigt, dass du mit mir auf den Feldzug gehen wirst«, sagte er eben. »Wir werden den König nach Nerikka begleiten und richtig für Aufregung sorgen.«

Er warf einen Blick auf seinen Neffen, gespannt auf dessen Reaktion. Doch

Tanuwa verzog keine Miene. Stattdessen begann er wieder mit seiner üblichen Fragerei – unersättlich, der Junge!

»Warum ist dieses Nerikka eigentlich so wichtig? Das wollte ich dich schon längst fragen.«

»Ich weiß nicht genau seit wann, aber Nerikka und Zalpa, das auch ganz im Norden liegt, sind uralte Städte der Hethiter. Nerikka ist sogar eine der wichtigsten Kultstädte des Reiches überhaupt. Dort sollte nach den göttlichen Vorschriften immer der König gekrönt werden. Dass sie in den Händen von Feinden ist, ist eine Schmach. Aber mit Nerikka und dem Norden hat es noch eine weitere Bewandtnis. In den das Becken von Nerikka umgebenden Bergen sind Silber, Blei, Kupfer und andere Metalle verborgen. Und je weiter das Gebirge sich nach Osten zieht, desto mehr scheint es davon zu geben.«

»Ja, und?«

»Das sind Rohmaterialien, die das Reich unbedingt braucht.«

Tanuwa blickte ihn fragend an.

»Nun, für Gerätschaften, für die Tempel zum Beispiel, aber vor allem um Waffen herzustellen.«

»Die hethitische Wunderwaffe?«

»Nennt man sie so?« Hannutti lachte. »Das ist gut!«

Sie hatten das Haus der Familie erreicht. Weitere Fragen musste Tanuwa zurückstellen. Wer diese Erdschätze gewann und wie? Und wie sie aussahen? Und wie sie nach Hattuscha kamen? Wurden sie einfach geraubt oder eingetauscht?

Der Empfang im Hause seiner Großmutter schien ihm dieses Mal deutlich herzlicher und gelöster zu sein. Er war nun vertrauter mit den Gepflogenheiten und hatte einiges über die Familienmitglieder erfahren. Während Tanuwa überlegte, ob ein besonderer Anlass vorliegen könnte, öffnete sich hinter seinem Rücken eine Tür, die Gespräche verstummten. Er wandte sich um und hielt überrascht in der Bewegung inne. Bis er begriff, wer da auf ihn zukam, hatte Eheja seinen Sohn bereits erreicht. Sie standen sich gegenüber, beide wortlos, forschten im Gesicht des Gegenüber: Tanuwa überrascht, Eheja erstaunt: welche Veränderung war mit dem Jungen vor sich gegangen! Da stand ein schmucker, kräftiger, zufrieden wirkender junger Kerl vor ihm. Nichts mehr war von dem bleichen, zurückhaltenden Jüngelchen übrig geblieben, das er aus Tarscha in Erinnerung hatte. Eheja brach in sein erfreutes, herzhaftes Lachen aus, öffnete seine Arme und umfing den verlorenen Sohn. Rufe wurden laut, Hannutti klatschte in die Hände. Herzlich begrüßten sich die beiden. Wiederholt schob Eheja Tanuwa auf Armeslänge von sich, schüttelte den Kopf und sagte: »Lass dich in Ruhe ansehen! Das ist ja unglaublich.«

Es gab an festlich gedeckter Tafel ein ausgiebiges Festmenu. Zunächst einen Milchgang, der aus unterschiedlich gewürztem Quark sowie mit

200

Kräutern angemachter Dick- und Sauermilch von Kuh, Schaf und Ziege bestand. Dann wurden zweierlei Suppen aus Gemüse, Linsen und Erbsen, angereichert durch Graupen und Getreide aufgetragen. Es folgten kalte und warme Fleischterrinen aus Hase, Ente und Schaf und leckere Fischpasteten. Es duftete herrlich nach gebratenen Forellen und frischem Brot. Dazu gab es frisches Quellwasser und das berühmte Sessar-Bier. Als Nachtisch wurden süßer Wein, Nüsse, getrocknete Äpfel, Birnen, Pflaumen, Aprikosen, Feigen, Honigbrote und Kuchen gereicht. Und zum Abschluss: verschiedene Käse.

Soviel hatte Tanuwa schon lange nicht mehr gegessen und so entspannt und glücklich hatte er sich schon lange nicht mehr gefühlt. Er hatte mit dem Vater über die Familie, Freunde, Bekannte, das Kontor, wichtige Ereignisse in Tarscha gesprochen. Die Eltern hatten seine Entscheidung akzeptiert. Eheja hatte ihm ein Schreiben seiner Mutter übergeben. Das würde er wie einen kostbaren Schatz hüten und erst lesen, wenn er alleine war.

Fragen hatte ihm der Vater keine gestellt. Ob aus Desinteresse oder falsch verstandener Rücksicht, konnte Tanuwa nicht entscheiden. Die Kluft zwischen ihnen war sicher nicht kleiner geworden, im Gegenteil, der Vater blieb ihm seltsam fremd. Er selbst hatte sich auch sehr verändert, war selbstbewußter und selbständig geworden. Er beschloss, dankbar zu akzeptieren, dass der familiäre Friede wieder hergestellt war und nicht darüber zu grollen, dass seine Arbeit den Vater nicht interessierte. Vielleicht brauchte er Zeit.

Spät in der Nacht ging man auseinander. Obwohl er nicht mehr ganz nüchtern war, bemerkte Tanuwa dennoch beim Weggehen aus den Augenwinkeln wie wieder Abwehrgesten gegen das Böse hinter ihnen gemacht wurden. Wissen die Götter, was das soll, dachte er sich. Heute werde ich mich nicht darüber aufregen.

Seine Mutter hatte rührend und liebevoll geschrieben, aber eine Liste von Ermahnungen mitgeschickt. machte sie sich nur Sorgen, das belastete und kränkte ihn. Wieder war er schuld daran, dass sie zu den Göttern flehen musste. Aber er würde das tragen und seinen Weg gehen. Er ließ es mit einem kleinen Gruß an sie, seine alte Amme, die Tanten und Onkel und die sonstige Familie als Antwort bewenden. Sein Vater konnte ja berichten. Er hatte seine Geschäfte schnell abgewickelt. Zu einem ausgiebigen, klärenden Gespräch war er offensichtlich nicht bereit. Tanuwa akzeptierte die Entscheidung. Aber mit Hannutti würde er reden. Auf dem Feldzug würden sie mehr als genug Zeit haben.

Eine Neuigkeit, die Eheja zu berichten gewusst hatte, hatte allerdings nicht nur bei Tanuwa für großes Furore gesorgt. Es sei im Laufe des Winters bis Tarscha durchgedrungen, dass der ägyptische Thronfolger Amunhotep überraschend in der Levante überwinterte. Dass er sich in Byblos und Ugarit aufhielt, setzte niemanden in Erstaunen, aber es hieß, er sei die meiste Zeit in Kattanna gewesen. Man rätselte, was das zu bedeuten hätte: reiner Zufall oder ausgeklügelter Plan? Tanuwa wurde gerufen. In Hattuscha galt er als der beste Kenner Kattannas.

»König Idanda hat eine Tante des Kronprinzen als Nebenfrau, vielleicht war das der Grund.«

Er gestand sich sofort ein, dass er selbst nicht recht davon überzeugt war.

»Ein Familienbesuch, gut und schön. Aber so lange? Byblos und Ugarit sind ägyptisches Territorium, Mittani ist ein enger Verbündeter, eine Schwester des Königs weilt im Harem Amenophis', warum also Kattana, das nicht Vasall und nicht verbündet ist, soweit wir wissen? Offenbar hat der König sogar eher Bedenken, was Ägypten anbelangt. Warum hätte er sonst, wenn auch nicht direkt, den Kontakt zu uns gesucht?«

Das war Tanuwa neu. Wollte man deshalb so viele Informationen von ihm haben? Er erinnerte sich an die vielen Diskussionen in Qatna, als er mit dem Vater dort war und dieser eingehend vom Rat nach den Zuständen in Hattuscha befragt worden war. Was tat sich in Qatna? Warum war der Kronprinz dort? Er wusste nichts, aber auch gar nichts von diesem Amunhotep. Der Vater hatte gehört, er solle ein schöner Mann sein mit charismatischem Charakter. Was auch immer das heißen mochte. Und dann war er auch noch der Thronfolger von Ägypten. Was war mit Kija? Sie sprach perfekt Ägyptisch, sicher würde sie zum Übersetzen hinzugezogen oder als Gesellschaft. Die beiden würden oft zusammen sein. Tanuwa spürte plötzlich ein fremdes Ziehen in seinem Bauch. Bisher hatte er weder Eifersucht noch Neid gekannt, doch jetzt hatte er den Eindruck, dass beide Gefühle ihn überfluteten. Und er dachte an die Prophezeiung: Kija, die Königin. Etwa die zukünftige Königin von Ägypten? Er musste unbedingt Naninzi, den Kurier, aufsuchen, vielleicht wusste der Genaueres.

Der Frühlingsanfang wurde in Hattuscha jubelnd begrüßt und aufwändig gefeiert. Das Neujahrsfest, Purallija-Fest genannt, diente gleichzeitig der Bestätigung des Großkönigs in seinem Amt und war mit großartigen Zeremonien verbunden. Die Bevölkerung war davon zumeist ausgeschlossen. Sie feierten auf ihre Weise ausgelassen und fröhlich. In den Schenken und Häusern war man froh, die rauhe Winterszeit wieder einmal überstanden zu haben.

König und Königin aber begaben sich nach den Festivitäten in der Hauptstadt wie im Herbst auf die mühselige Reise durch ihr wachsendes Reich. Mit allen Untertanen wollten sie an bestimmten Kultorten das »Fest des Krokus« gemeinsam begehen. Überall sprossen nun diese Frühlingsboten und leuchteten in freundlichem Gelb. Während ihrer Abwesenheit wurde in Hattuscha der Feldzug vorbereitet. Immer mehr Truppenkontingente aus den unterschiedlichen Garnisonen trafen ein. Zida war nach Samuha im Osten aufgebrochen, um dort alles Nötige in die Wege zu leiten.

Mit wachsender Distanz beobachtete Tanuwa das Zusammenziehen der Streitkräfte. Die Stadt und das Umland hallten wider von Exerzierlärm. Streitwagenbesatzungen und Fußtruppen machten sich Konkurrenz. Man stachelte sich gegenseitig an wie heißblütige Hengste. Täglich galt es Streitereien zu schlichten und bei Schlägereien einzuschreiten, wobei viele der Kampfhähne oft nicht wussten, weshalb sie sich überhaupt geprügelt hatten, verstanden sie doch oft die Sprache des anderen nicht einmal. Mita und Mursili blühten richtig auf. Die Winterpause hatten sie als herbe Prüfung empfunden. Jetzt tat sich endlich wieder etwas. Der Dienstplan war hart, vom Morgengrauen bis in die sinkende Nacht war alles durchgeplant. Hannutti schien überall gleichzeitig zu sein. Er sonnte sich in der allseitigen Anerkennung. Fast wurde er wie der Mensch gewordene Kriegsgott Zababa, der auf einem Löwen steht, in der rechten Hand die Lanze schwingt und in der linken den Schild, verehrt: stark wie ein Bär und tapfer wie ein Löwe sei er, dabei wendig und flink wie ein Pferd, muskulös und gutaussehend, ein Liebling der Götter, aber auch aller Frauen, so sprachen die Soldaten voll Hochachtung über ihren Feldherrn.

Tanuwa wurde in der Kanzlei zusammen mit anderen Berichterstattern in die entsprechenden Tätigkeiten eingewiesen. Nicht nur Depeschen waren wichtig, sondern auch ausführlichere Lagebeschreibungen, Notizen über Aufmarschwege, über Routen, die möglicherweise später durch Straßen zu erschließen waren, überhaupt alle nützlichen Beobachtungen unterwegs, Quellen, Furten, Orte, ferner Gelände, das für den Anbau von Getreide nutzbar wäre, Anforderungen für Nachschub, Vertragsvorbereitungen und vieles mehr. Am wichtigsten war, neben den Ereignissen die Heldentaten des Königs festzuhalten, die er später den Göttern bei seinem jährlichen Rechenschaftsbericht vorzutragen hatte. Es würden viele Meldereiter vom jeweiligen Aufenthaltsort des Königs hin und her gehen, um die Verbindung zwischen den drei Truppenkontingenten und zur Hauptstadt zu halten. Der König und die anderen Kriegsherren mussten auch an ihren Einsatzplätzen im Feld immer darüber auf dem Laufenden sein, was sich in Hattuscha, im Reich, an den Grenzen und in der restlichen Welt abspielte. Manche Nachrichten würden des Nachts auch durch Feuerzeichen weitergeleitet. Tanuwa war erneut beeindruckt, wie durchdacht all die Systeme funktionierten. Nicht nur das Nachrichtenwesen, sondern auch die Organisation in der Stadt. Alle mussten mit Nahrung versorgt wurden, jeder brauchte seine Waffen. Es mussten ausreichend Rohstoffe vorhanden sein. Dazu bedurfte es wiederum guter Vorratswirtschaft und spezieller Handwerker. Nein, er bereute keinesfalls, sich für Hattuscha entschieden zu haben.

Als das Königspaar die Kultreise beendet hatte, rüsteten sich auch Schuppiluliuma und Arnuwanda, sein ältester Sohn und Kronprinz. Sie nahmen regelmäßig an den Übungen teil. Es war für Tanuwa erstaunlich zu beobachten, wie der König sich unter den Soldaten veränderte. Da war er nicht fern und unnahbar, sondern ein Mensch aus Fleisch und Blut. Er trug dasselbe Gewand wie seine Offiziere und beim Streitwagenfahren war er nicht zu besiegen, nicht einmal von Hannutti.

Die Verabschiedung des Heertrosses war mit großartigen Zeremonien verbunden. Zum Schluss traten der König und die Königin gemeinsam vor die versammelten Streiter. Sie beteten zur Sonnengöttin von Arinna, zum Wettergott des Landes und allen Göttern:

„Im Land Nerikka, in Hursama, im Land Kastama, im Land Serisa, im Land Himuwa, im Land Taggasta, im Land Kammama plünderten die Kaschkäer die Tempel, die ihr, die Götter, in diesen Ländern besaßt. Sie zerschlugen die Bilder von euch, den Göttern. Sie raubten Silber und Gold, Trankopfergefäße und Schalen von Silber und Gold und von Kupfer, eure Bronzegeräte und eure Kleidung; sie teilten diese Gegenstände unter sich auf. Sie verjagten die Priester und die heiligen Männer, die Gottesmütter, die Gesalbten, die Musiker, die Sänger, die Köche, die Bäcker, die Pflüger und die Gärtner und machten sie zu ihren Sklaven. So ist es geschehen, dass in jenen Ländern niemand mehr eure, die Namen der Götter anruft; niemand bringt euch mehr die täglichen, monatlichen und jährlichen Opfer dar; niemand veranstaltet mehr eure Feste und Spiele. Wir geloben, die heiligen Stätten wieder ihrer Bestimmung zuzuführen, gewährt uns eure Hilfe."

Zustimmung erscholl aus ungezählten Männerkehlen; viele schlugen gegen ihre Schilde. Dann setzte sich der Tross nach Norden in Bewegung.

Ob es König Idanda gelungen war, Amunhoteps Verdächtigungen in Bezug auf die Kontakte zu Hattuscha zu zerstreuen, war nicht herauszubekommen. Er hatte sie mit handelstechnischen Notwendigkeiten begründet. Der Ägypter könnte doch misstrauisch geworden sein, folgerte Idanda aus der Tatsache, denn Amunhotep hatte nicht nur mit ihm, sondern auch mit Luwaja und Akallina gesprochen hatte. Wobei diese Gespräche ihm andererseits nur allzu erklärlich erschienen, waren die beiden doch die wichtigsten Handelsvertreter Qatnas. allerdings waren sie nicht in alle Schachzüge Idandas eingeweiht – das konnte dieses Mal ein Vor- oder Nachteil sein. Wer wollte das entscheiden? Er konnte und wollte die beiden nicht ausfragen und sich selbst dadurch womöglich in die nächste Verlegenheit manövrieren.

Mehr beunruhigte Idanda hingegen die Tatsache, dass Amunhotep den

Kontakt zu Tiru gesucht hatte. Oder war es umgekehrt? Hatte Tiru um eine Audienz bei Amunhotep nachgefragt? Dieses Detail konnten auch des Königs ›Ohren‹ nicht klären. Sie berichteten aber von einer Zusammenkunft der beiden, die offensichtlich geheim gehalten werden sollte. Kein qatnäischer Dolmetscher war hinzugezogen worden. Sie musste dem Thronfolger aber so wichtig gewesen sein, dass er ohne die übliche Bedeckung und gegen seine sonstige Gewohnheit in landesüblicher Kleidung Tiru in dessen Haus aufgesucht hatte. Nur der Wachsamkeit und Versiertheit der ›Ohren‹ war es zu verdanken, dass sie ihn dennoch erkannt und verfolgt hatten.

Tiru und immer wieder Tiru. Dem König fiel es schwer, weiter seine Augen vor der Tatsache zu verschließen, dass sein Schwager in irgendeine Geschichte verwickelt sein musste, die einfach nicht herauszubekommen war. Harmlos verpackte Nachfragen bei seiner Gemahlin Beltum hatten diese nur wie immer sofort erbost, sobald sie auch nur den Hauch einer Kritik an ihrer Familie, besonders an ihrem Bruder zu hören meinte. Schließlich war das die vormalige Königsfamilie Qatnas und sie war mit Respekt zu behandeln, das war ihr Standpunkt. Lag da vielleicht der Hund begraben?

Amunhotep verließ Qatna vor dem Neujahrsfest offenbar in bestem Einvernehmen mit allen. Zu seinen Ehren wurde noch einmal ein üppiges Festmahl anberaumt. Der Palast hatte unzählige, wertvolle Geschenke zusammengetragen und Amunhotep mit auf die Reise als Gaben für den Pharao, seine Gemahlin und weitere Mitglieder der königlichen Familie gegeben. Iset hatte unzählige Briefe für ihre Lieben verfasst. Im Gegenzug hinterließ Amunhotep seiner Tante, die untröstlich über seine Abreise war, sein eigenes, kunstvoll gearbeitetes, bewegliches Altarbild aus Stein, das mit aufwändig geschnitzten Holztüren verschließbar war. Es war für die Ausübung ihrer persönlichen Frömmigkeit gedacht. Zuvor hatte er mehrere der wunderbaren roten Gewänder in Auftrag gegeben sowie neue Handelsabkommen mit diversen Kaufherren Qatnas geschlossen.

Offiziell hatte Amunhotep nicht um Kija angehalten. Idanda war darüber nicht erfreut. Doch schien ihm das gesamte Verhalten des Kronprinzen Kija gegenüber so eindeutig zu sein, dass er sich darüber nicht sorgte.

Amunhotep fiel es sichtlich schwer, sich von Kija zu trennen und auch Kija konnte sich das Leben in Qatna nicht mehr ohne ihn vorstellen. Die letzten Tage versuchten die beiden, so viel wie möglich zusammenzusein und weitere Pläne zu schmieden. Amunhotep schilderte Kija wieder und wieder, was er in Ägypten alles erledigen musste und wie er dann aber so schnell es ging eine standesgemäße Eskorte senden würde, um sie zu holen. Nicht über das Meer, sondern durch alle Länder der Levante sollte der prachtvolle Brautzug nach Süden sie zu ihm bringen. Er wolle ihr von Ägypten aus entgegen eilen.

Als der Abschied nicht mehr aufzuschieben war, hatte sich Amunhotep noch einen besonderen Trost für Kija – oder war er für ihn selbst? – ausgedacht: er schmückte sie mit wertvollem Geschmeide aus Gold, Edelsteinen und kostbarer Fayence. Sie waren allein. Kija trug ihr schlichtes Gewand. »Schließ die Augen«, befahl er. Dann steckte er ein Diadem in ihr Haar, um den Hals legte er ein Pektoral, Reifen zierten ihre Oberarme und die schlanke Taille ein Gürtel. Dann hielt er Kija einen Spiegel vor. »Sieh nur, wie unsagbar schön du bist!«

Er ließ Ohrgehänge in ihre Hand gleiten, die sie selbst befestigen musste. Stolz und aufrecht stand sie vor ihm. Er konnte sich nicht satt sehen. Diesen Anblick verschloss er in seinem Herzen. Ganz zuletzt vertraute er ihr weitere Zeilen seines Sonnengesanges für Re an als Vermächtnis bis zum Wiedersehen. Sie küssten sich ein letztes Mal, dann trat Amunhotep hinaus, verabschiedete sich von den vielen, die gekommen waren, um ihm Lebewohl zu sagen, bestieg sein Gefährt und machte sich auf den langen Heimweg. Eine große Menschenmenge gab dem hohen Gast das Geleit bis weit vor das Westtor. Mit ihm zogen Boten des Königs nach Byblos, Qadesch und Amurru.

Kija hatte dem Geliebten versprochen, die kurze Zeit bis zu ihrem Wiedersehen zu nutzen und ihre Ausbildung zu vervollkommnen. Bald würde sie die Seine werden. Konnte es ein größeres Glück auf Erden geben? Dennoch konnte sie ihre Tränen nicht zurückhalten, als sie von derselben Stelle auf dem Dach des Tempels aus ihm nachblickte, von der sie ihn das erste Mal gesehen hatte, als er vor Monaten in Qatna eingefahren war. Wann würden sie sich wiedersehen? Kija überkam ein seltsames Gefühl, doch sie schob es auf ihren Abschiedsschmerz. Gedankenverloren legte sie ihren neuen Schmuck ab, Stück um Stück. Es verblieb ein Goldkettchen mit einem Amulett um ihren Hals. Alles andere verwahrte sie in ihrer Truhe.

IV

Frühjahr bis Ende 1352 v. Chr.

Die Frühjahrs-Tagundnachtgleiche rückte näher. Schon geraume Zeit stieg die Sonne wieder. Man machte sich in Qatna und in den dazugehörigen Ortschaften bereit für die Bestellung der Äcker und Gärten, die im ersten Monat des Jahres, dem Aussaatmonat Nisan, vonstatten ging. Der Beginn eines Jahres wurde mit dem ›Fest des Anfangs des Neuen Jahres‹ gefeiert, das sich über mehrere Tage hinzog, wobei die Bevölkerung nur an den letzen vier Tagen beteiligt war. Der Ablauf jedes einzelnen Tages, der immer am Abend begann, war genau vorgeschrieben, und es galt höchste Sorgfalt bei der Einhaltung der Rituale, damit es ein gutes, ertragreiches Jahr werden würde. Die größte Bürde oblag dem König und der Königin, ihr Wohlbefinden, ihre Kraft, ihr guter Wille waren die Garanten für die Erneuerung des Wohlwollens der Götter und ihrer Segnungen.

Die umfangreichen Festvorbereitungen nahmen den Palast und die Angehörigen der unterschiedlichen Tempel gänzlich in Beschlag und brachten Kija willkommene Ablenkung. Sie hatte sich selten auf ein Fest so gefreut wie auf dieses. Sie wollte es in vollen Zügen genießen, wenn auch durchsetzt mit Wehmut, wie sie Ehli-Nikalu gestand. Vielleicht war es ihr letztes großes Fest in Qatna.

»Wie fühlst du dich?«, fragte sie die Freundin. »Man sieht noch gar nicht, dass du ein Kind erwartest.«

»Aber ich spüre es deutlich«, erwiderte diese glücklich. Sie sah rosig und gesund aus. Kija war erleichtert, dass sich alles wieder zum Guten gewendet hatte.

»Und freut sich der Vater auch? Ich kann mir Akizzi gar nicht richtig in dieser Rolle vorstellen.«

Das Leuchten auf Ehli-Nikalus Gesicht erlosch.

»Akizzi hat viel zu tun«, sagte sie einsilbig, »und er zeigt seine Freude auf seine Art und Weise. Bitte, frag mich nicht weiter«, fügte sie flehend hinzu, als sie sah, wie Kija zum Sprechen ansetzte.

»Wirklich, mir geht es gut und ich bin zufrieden, das musst du mir glauben. Du kannst dir nicht vorstellen, wie die Königin mich verwöhnt und auch meine Mutter. Sie lesen mir jeden Wunsch von den Augen ab. Ich muss aufpassen, dass sie mich nicht stopfen wie eine Gans.«

Ehli-Nikalu hatte zu ihrem üblichen Redeschwall zurückgefunden. Eindeutig aber war, dass zwischen ihr und Akizzi nicht alles stimmte. Kija wollte bei nächster Gelegenheit ihre Mutter und Taja fragen.

»Ich kann mir einfach nicht vorstellen, dass du Qatna bald für immer verlassen sollst!« Der Stimmungsumschwung kam ganz plötzlich und Ehli-Nikalu schaute Kija traurig an. »Wir haben doch unser ganzes Leben miteinander verbracht. Und jetzt werden wir uns womöglich nie wiedersehen!«

Kija nahm die Freundin in die Arme. »Sieh mal, es ist doch mein innigster Wunsch, mit Amunhotep glücklich zu werden. Das wirst du mir gönnen, nicht wahr?«

Ehli-Nikalu nickte und versuchte, die Tränen zu unterdrücken. »Aus tiefstem Herzen wünsche ich dir einen Mann, der dich liebt, schätzt und auf Händen trägt«, rief sie überschwenglich. »Du wirst so wundervoll als Königin aussehen, angetan mit diesen durchscheinenden Gewändern, den wunderbaren Kronen.« Kija lachte, so kannte sie ihre Freundin.

»Königin – soweit ist es noch lange nicht! Und noch bin ich hier«, sagte sie innig. »Wir werden uns niemals vergessen, meine Schwester. Und wir werden uns auf keinen Fall das wunderbare Neujahrsfest verderben lassen, versprochen?«

Die ersten drei Tage des Festes zeigten den gleichen Verlauf der Kulthandlungen. Man flehte zum Gott Baalum, dem Regen- und Fruchtbarkeitsgott, seiner Gemahlin und zu den vergöttlichten Königen und ihren Gemahlinnen.

Zwei Stunden vor dem Ende der Nacht verließen der König und die Königin sowie ihr Gefolge den Palast durch das Südportal. Fackelträger erleuchteten ihren Weg. Sie zogen in feierlicher Prozession über die breite Straße zum Haus der Götter, das nicht weit entfernt vom Heiligtum der Belet-ekallim lag. Dort wurde ein Goldgefäß geweiht, das zum Schöpfen des heiligen Wassers des Orontes diente, das fleißige Träger aus dem Fluss geholt und in dem dafür vorgesehenen Becken gesammelt hatten. Mit diesem Wasser wurde der Oberpriesters des Gottes Baalum gewaschen. Erst anschließend öffnete er den leinenen Vorhang vor dem Allerheiligsten. Alle verbargen ihr Gesicht bis er sprach: »Baalum, Herr der Erde, Wolkenreiter, stelle die Söhne von Qatna von allen Lasten frei. Beschütze dein Haus.«

Nun wurden die Haupttore des Tempels geöffnet, damit die Götter ungehindert ein- und ausgehen konnten, während Sänger zusammen mit Musikern sie mit ihrer Kunst unterhielten. Der Rest des Tages diente weiteren Vorbereitungen und es wurde festlich getafelt.

Am vierten Tag begannen die heiligen Kulthandlungen deutlich früher in der Nacht. Der Oberpriester sprach ein Gebet, schritt dann in den Haupthof des Heiligtums. Er wandte sich nach Norden und sprach eine weitere Segensformel:

„Mächtiger und kampfkräftiger Fürst,
der du über die Wolken eilst,
der du die Wolken wie Kälber vor dir hertreibst,
der du über Donner und Blitz verfügst:
komme dreimal über Qatna!"

Erst nach Sonnenaufgang betrat der König, angetan mit feierlichem Ornat, den Tempel und erhielt vom Oberpriester das königliche Zepter überreicht. Diese heilige Handlung erinnerte einerseits an die Investitur des Königs bei seinem Regierungsantritt. Andererseits musste der König von Qatna jährlich seine Herrschaft erneuern und bestätigen lassen: von den Göttern und vom Rat der Stadt.

König und Königin begaben sich nach dieser bedeutsamen Zeremonie auf den Weg durch die Äcker und Felder in allen vier Himmelsrichtungen bis an die symbolischen Grenzen des Landes. Er dauerte bis in die Abenddämmerung an. Alle sollten sich von der wiedergewonnenen Macht des Königtums überzeugen können.

An allen Plätzen, an denen sie haltmachten, wurden Passagen aus den Schöpfungsmythen rezitiert und man bat den Gott immer wieder um Wasser, Brot, Wein, Öl, Nahrung für das Vieh und das Gedeihen aller Lebewesen. Die Menschen standen an den Wegen, auf den Hausdächern oder auf Anhöhen und überall wurde um Segen gebetet.

Die Festlichkeiten des fünften Tages begannen vier Stunden vor dem Nachtende, wie am Tag zuvor. Nach Sonnenaufgang übergab die Priesterschaft dem König die Statue des Gottes, der mit ihr auf einem Wagen durch Qatna zog, bis er schließlich wieder beim Haus der Götter anlangte, wo dankbar seine Rückkehr zur Kenntnis genommen und der Gott feierlich von seinen Dienern begrüßt wurde.

Dann wollte auch der König das Heiligtum betreten. Doch das wurde ihm solange verwehrt, bis er seine Waffen, die Krone und das Zepter ablegt hatte. Erst jetzt zog der König ein, um sich weiteren Prüfungen zu unterwerfen. Im Angesicht der Königin und des Hofstaates zog der Oberpriester den König an seinen Ohren und stellte ihm die Frage:

»Hast du Freveltaten begangen oder gesündigt?«

Um diese Frage zu unterstreichen, gab er dabei dem König eine schallende Ohrfeige, so dass diesem Tränen in die Augen traten. Doch er beantwortete die Frage, wie es vorgeschrieben war: »Ich habe immer ohne Sünde gehandelt.«

209

Um diese Behauptung auf ihren Wahrheitsgehalt zu überprüfen, wurde das Orakel befragt.

Für Kija waren all diese Rituale neu. Sie hatte bisher nur an den öffentlichen Feiern teilnehmen dürfen. Ihre Ergriffenheit, die sie sonst immer bei den heiligen Handlungen verspürte, verdunkelte heute nicht ihren Verstand. Mit Bangen erwartete sie das Ergebnis des Orakels, hing doch davon die Bestätigung ab, ob auch die eher eigenmächtigen Handlungen des Vaters von den Göttern sanktioniert wurden.

Ein makelloses Jährlingsschaf wurde geschlachtet und vorschriftsmäßig so zerlegt, dass die Opferschauer die Leber und ihre Umgebung aufmerksam betrachten und den darin verborgenen Willen des Gottes deuten konnten. Kija kannte aus dem Haus der Göttin Lebermodelle und die schriftlich festgehaltenen Deutungen. Sie hatte gelernt, dass sich in diesem wichtigen Lebensorgan die große Welt im Kleinen widerspiegelte. Offenbar war die Leber makellos wie das geopferte Schaf und verhieß Qatna eine gute Zukunft. Kija atmete auf und auch auf dem Gesicht des Königs Erleichterung zeichnete ab. Er schritt zur Statue des Gottes und umfasste die Hände, damit sich dessen Kraft auf ihn übertrug. Nun erst erhielt seine königlichen Insignien zurück. In der Abenddämmerung wurde das Ritual zur Bestätigung wiederholt, diesmal mit einem Stier. Da auch dieses Ergebnis zur vollsten Zufriedenheit ausfiel, klang der Abend mit einem erneuten Festmahl aus.

Am sechsten Tag musste der Gott für den König seine Kraft unter Beweis stellen. Goldene Götterstatuen wurden in das Heiligtum gebracht, wo ein Schaukampf durchgeführt wurde, der der Geräuschkulisse nach zu urteilen mit aller Härte geführt wurde. Alle traten gegen Baalum an, doch sie konnten ihn nicht niederringen, er war ihr Herr und Meister und triumphierte. Das war das Signal für die Götter aus dem Umland, ihm ihre Aufwartung zu machen. In der Abenddämmerung zogen sie durch alle Tore in Qatna ein und wurden vom Jubel der Bevölkerung begleitet in den Tempel gebracht. Dort wurden sie am nächsten Morgen alle sorgfältig gewaschen, gesalbt und mit duftenden Essenzen parfümiert. Dann erhielten sie neue Kleider und waren für den ersten Höhepunkt der Feierlichkeiten am achten Tag vorbereitet. Alle Statuen wurden dem Volk gezeigt. Es wurde Zeuge, wie alle Götter Baalum, dem beherrschenden Regenspender und mächtigen Blitzeschleuderer, ihre Ehrerbietung erwiesen und Treue und Segen im neuen Jahr versprachen. Nach dem Treue-Eid zog man mit den Götterstatuen, angeführt von dem königlichen Paar, unter Musik und Gesang den Prozessionsweg zum Fluss. Dort wurden Barken bestiegen und man fuhr eine kleine Strecke auf dem Wasser flussabwärts. Dann wurden die Barken auf Transportwagen gehoben und zum Haus des neuen Jahres gezogen, wo große Ofer abgehalten wurden. Die mitfeiernde Bevölkerung unterstütze jauchzend und singend den Weg der Götter. Doch die wichtigsten Zeremonien standen noch aus. Die Götter waren mit neuen Kleidern versehen, mit vorzüglichen, erlesenen Speisen und Getränken gelabt worden. Sie erwarteten nun ihre Geschenke. Deshalb legte der König am nächsten Tag Kostbarkeiten, Silber, Gold und andere Abgaben, die aus allen Kaufherrenfamilien der Edlen von Qatna gestiftet worden waren, vor die Götter im Haus des neuen Jahres als Opfer nieder. Die Götter nahmen alles wohlgefällig an und zeigten sich zufrieden mit den Gaben, die sie ihren irdischen Verwaltern für die Tempel überließen und so gewährleistet wussten, dass sie das ganze Jahr die sorgfältige Pflege erhalten würden, zu denen die Menschen den Göttern gegenüber verpflichtet waren. Dafür hatte El sie geschaffen.

Nun musste das neue Jahr doch gut werden. Jeder einzelne schickte seine persönlichen Bitten in den Himmel hinauf. Auch Kija stimmte mit übervollem Herzen ein. Was würde dieses Jahr ihr bringen? Und all ihren Lieben? Dem Vater, der Mutter, den Geschwistern, Ehli-Nikalu, die ausgelassen an ihrem Arm mittanzte? Ein Kind würde geboren werden! Ach, und Amunhotep? Und Schala? Und Talzu? Ganz plötzlich musste sie an den Freund denken, er hätte die Feierlichkeiten genossen und mit seinem feinen Wesen in sich aufgesogen. Wie wohl im fernen, kalten Hattuscha das Neujahrsfest gefeiert wurde? Man versammelte sich, um gemeinsam den Fruchtbarkeitsgott singend zu verherrlichen:

„Er goss aus Öl und sagte: »Erfrische Erde und Himmel«.
Er umkreiste die Ränder des Ackerlandes,
den Emmer im durchfurchten Tiefland.
Auf das Ackerland komme der Regen Baalums,
und für das Feld der Regen des Höchsten!
Süß sei für das Ackerland der Regen des Baalum,
und für das Feld der Regen des Höchsten!
Süß sei er für den Weizen in der Furche,
im frisch gepflügten Feld wie Wohlgeruch,
auf der Ackerfurche wie Kräuterduft!
Es huben den Kopf die Pflüger,
nach oben die Getreidearbeiter.
Aufgebraucht war nämlich das Brot in ihren Körben,
aufgebraucht der Wein in ihren Schläuchen,
aufgebraucht das Öl in ihren Gefäßen."

Nicht alle konnten sich vollen Herzens tagelang dem Feiern hingeben. Während das Herrscherpaar und sein Gefolge im Haus des neuen Jahres weilten, hatten die Schafherdenbesitzer, also vor allem die nomadisch lebenden Untertanen Qatnas, alle Hände voll zu tun. Das Neujahrsfest war die Zeit der

Schur. Deshalb nahmen die Scheichs auch nur an bestimmten Tagen an den Feierlichkeiten in Qatna teil.

Es bedurfte besonderer Geschicklichkeit, Kraft und Ausdauer, die vielen Tiere zu scheren. Die Schur wurde den Göttern geweiht. Priester achteten darauf, ob sich unter den Tieren solche mit besonderem Fell befanden. War dieses beispielsweise in einer besonderen Art gesprenkelt, so verhieß das dem Eigentümer Glück, Fruchtbarkeit und Wohlstand und wer sehnte sich nicht danach? Auch auf den Äckern war man eifrig zugange. Was im Herbst in den Boden gelangt war, wurde jetzt gelockert oder von sprießendem Unkraut befreit, manches ließ sich sogar schon ernten. Andere Felder wurden unter Gesang hergerichtet und die Saat eingebracht.

In der Abenddämmerung des zehnten Tages folgte der letzte Höhepunkt des Neujahrsfests. Nach der rituellen göttlichen Hochzeit des Baalum und seiner Gemahlin, die die Fruchtbarkeit der Menschen garantieren sollte, bewirtete der König alle Anwesenden mit einem üppigen Festmahl als Dank an die Götter für das vergangene Jahr und mit der Bitte um den Segen für das eben angebrochene. Das Fest dauerte bis in die tiefe Nacht. Es wurde gegessen und getrunken, getanzt, gesungen, gelacht. Viele nahmen sich Baalum und seine Gemahlin zum Vorbild, in der Hoffnung, die Vereinigung dieser Nacht würde mit Kindersegen belohnt. Ausgelassene Fröhlichkeit herrschte allenthalben.

Erschöpft verließen am nächsten Morgen Götter und Menschen das Haus des neuen Jahres und kehrten auf demselben Weg nach Qatna zurück wie sie gekommen waren, oder traten direkt die Heimreise an. Wer konnte, zog sich zur Ruhe zurück. Dem König aber oblagen noch etliche Pflichten. So waren Ämter neu zu besetzen oder zu bestätigen, Treueeide abzunehmen und vieles mehr. Ausgelaugt, aber froh, alles gut überstanden zu haben, begab sich Idanda in sein privates Refugium. Er musste nachdenken. War es nicht seltsam, dass keine von Schalas Warnungen eingetreten war, was er ständig während der Zeremonien befürchtet hatte? Oder auf wann bezogen sich diese? Die Götter ersparten ihm weitere Grübeleien. Der Körper forderte sein Recht und Idanda fiel in langen, traumlosen Schlaf.

❦❦❦

Das Frühjahr bescherte üppiges Blühen und Grünen und deutlich wärmere Temperaturen. Die nach Byblos, Amurru und Qadesch ausgesandten Boten kehrten zurück. Wie befürchtet, stellte sich heraus, dass wiederum das Königshaus von Qatna Verluste zu verzeichnen hatte. Rib-Addi ließ ausrichten, wie sehr er es bedaure, dass ausgerechnet Tiere und Ladung seines geliebten Bruders Idanda beim Überfall auf die Karawane, die nach Byblos führte, abhanden gekommen waren. Ansonsten hätten seine Erkundigungen ergeben, dass immer nach derselben Taktik bei den Überfällen vorgegangen worden wäre, eben die, von der auch aus Qatna berichtet worden war. Außerdem seien immer Nomaden verwickelt gewesen. Das hätten Aitakkama von Qadesch und die anderen angefragten Fürsten bestätigt, außer Abdi-Aschirta, der Herrscher von Amurru, der weiterhin abstritte, dass auf seinem Boden eine Karawane überfallen worden sei. Sein Bruder Idanda möge ihn informieren, was er zu tun gedenke. Er selbst wolle den Pharao unterrichten.

Der Fürst von Qadesch hatte auch persönlich an Indanda geschrieben, aber keine neuen Erkenntnisse mitzuteilen. Seine Nachforschungen bei den Nomaden, die auf dem Boden von Qadesch ihre Herden weideten, waren ohne Ergebnis geblieben. Das überraschte in Qatna nun allerdings niemanden.

»Irgendjemand sammelt da immense Schätze zusammen. Aber wer und wozu?« Das war die Frage, die immer wieder gestellt wurde.

Nachdem Kija von der Rückkehr der Boten gehört hatte, erkundigte sie sich nach einigem Zögern im Palast nach Amunhoteps Weiterreise. Der war ohne Aufenthalt in Byblos sofort in See gestochen. Nachricht oder gar ein Schreiben für sie hatte der Kurier nicht erhalten. Aber nach Kijas Berechnung könnte der Geliebte bereits in Taru, einem der Hafenorte von Ägypten, angekommen sein und seine Weiterreise nach Theben angetreten haben.

Schala hatte ihr freigestellt, im Haus der Göttin zu bleiben oder in den Palast zurückzukehren. Eine innere Stimme riet Kija zu bleiben. Trotz des streng geregelten Tagesablaufs hatte sie das Gefühl, sie könne sich hier freier und unbefangener bewegen als im Palast. Mit Amminaje verband sie in der Zwischenzeit eine tiefe Freundschaft. Sie hatten über den Dienst für die Göttin zueinander gefunden. Manche Gespräche hatten sie geführt, vor allem abends in der gemeinsamen Schlafkammer, aber auch viel zusammen gelacht. Verdankte Kija einen Teil ihrer nach und nach erworbenen Ernsthaftigkeit Amminaje, so war diese dankbar für Kijas oft ungestüme Fröhlichkeit, von der sie sich gerne anstecken ließ. Die Freundin gehörte zu den Frauen mit heilenden Händen und hatte sich viel über medizinische Dinge angeeignet. Getragen war das bei ihr von einem tiefen Mitgefühl für alle Kreatur und echtem Mitleiden. Ihre grenzenlose Zuneigung für Kija tat einer ebenso handfesten Kritik, wenn sie sie für nötig befand, keinen Abbruch. Dieses Gegengewicht, das von Liebe und Achtung getragen wurde, schätzte Kija über alle Maßen. Aber auch das Zusammensein mit den anderen Frauen und Mädchen im Haus der Göttin war dem Leben im Palast vorzuziehen. Die Stimmung hatte sich dort sehr verändert.

»Nein!«, sagte Iset, »du hast dich verändert und deshalb kommt dir das Leben hier so anders vor. Du bist nicht mehr die Kleine, die überall herum hüpft, ihre Nase in Dinge steckt, die sie nichts angehen, der Königin freche Widerworte gibt, die Brüder oder die Amme ärgert, in der Küche nascht oder den König um den Finger wickelt. Na, das vielleicht schon noch«, lachte sie.

»Solch ein schreckliches Kind war ich?«, gab Kija zurück. »Das ist ja grässlich. Hoffentlich bekommt Ehli-Nikalu ein süßes, freundliches und artiges Mädchen, damit es auch eine nette Prinzessin von Qatna gibt! Mutter, was ist zwischen Ehli-Nikalu und Akizzi?«

Diese Frage brannte ihr schon die ganze Zeit auf der Seele. Meistens war Ehli-Nikalu fröhlich. Die Schwangerschaft bekam ihr gut. Langsam wölbte sich ihr Leib und Kija hatte zu ihrem Entzücken ertastet, wie das Kindchen gegen die Bauchdecke trat. Ein überwältigendes Gefühl und ehrfurchterfüllend: da wuchs von der Göttin gesandtes neues Leben. Aber an manchen Tagen schien Ehli-Nikalu bedrückt oder hatte sogar geweint.

Amminaje hatte Kija gesagt, dass es vor allem zu Beginn der Schwangerschaft normal war, wenn die Stimmungen wechselten. »Du musst dir ausmalen, was sich im Körper alles verändert, wenn ein Menschlein in dir heranwächst«, hatte sie erklärt. Aber Kija erinnerte sich nur allzu gut an die wiederkehrenden Andeutungen Ehli-Nikalus, die sie immer noch nicht verstehen konnte.

»Für viele Männer ist es eine Qual, wenn ihre Frauen schwanger sind«, erklärte Iset, »weil sie ihrem Liebesdrang nicht mehr folgen können.«

»Dafür gibt es doch Abhilfe«, empörte sich Kija.

»Nun, die nimmt Akizzi wohl durchaus auch in Anspruch. Damit geht seiner Frau vielleicht viel seiner Zuwendung verloren, die sie jetzt, vor allem beim ersten Kind besonders nötig hätte. Doch im Vertrauen, Kija, ich könnte mir auch vorstellen, dass Akizzi nicht gerade ein rücksichtsvoller Liebhaber ist. Vielleicht hat er sie gezwungen. Das könnte Ehli-Nikalu sehr gekränkt haben. Sie war so verliebt in ihn. Nach der Hochzeit hatte ich schnell den Eindruck, sie fürchte sich vor den gemeinsamen Nächten.«

»Das könnte stimmen. So etwas Ähnliches hat sie einmal angesprochen, ohne dass ich begriffen habe, was sie meint.«

»Ich will nicht schwarz sehen, aber es könnte durchaus sein, dass ihr das Schicksal so vieler, vielleicht der meisten Frauen droht. Sie hat dem zukünftigen König, wenn der Rat ihn eines Tages – möge er tausend Jahre fern sein – als König bestätigt, Söhne und Töchter zu gebären, aber sie hat wohl nicht seine Liebe errungen. Vielleicht lässt ihn das ihr gegenüber unbesonnen und häufig rücksichtslos sein. Als Bettgespielin scheint sie auch nicht seinen Geschmack zu treffen und er nicht den ihren. Sie täte gut daran, sich so schnell wie möglich damit abzufinden und das Beste daraus zu machen. Die Kinder werden ihr helfen, du wirst sehen. Sie wird wie die Königin in ihren Kindern aufgehen. Das ist nicht das schlechteste Los! Akizzi wird sicher nicht lange warten, bis er sich nach seiner Neigung bindet, könnte ich mir denken.«

»War das bei Vater und dir auch so?«, fragte Kija entsetzt.

»Nein, das war Fügung der Götter. Er kannte mich ja vorher nicht. Aber dein Vater ist auch ein ganz anderer Mensch als Akizzi. Er hat immer darauf geachtet niemanden zu verletzen, auch wenn sich das nie ganz vermeiden lässt. Aber selbst die Königin weiß, dass er sich darum bemüht.«

Ziemlich fassungslos verließ Kija ihre Mutter. So hatte sie sich die Ehe nicht vorgestellt. Zum Glück war es zwischen ihr und Amunhotep anders. Mit jedem Tag wuchs Kijas Unruhe, der ersehnte Bote werde eintreffen und mit ihm die offizielle Brautwerbung und die Ankündigung der Eskorte.

Doch nichts geschah.

Im Palast kümmerte man sich um ihre Mitgift. Dabei schien Ehli-Nikalu mehr Anteil zu nehmen als sie selbst. Jedenfalls hielt die Freundin sie immer auf dem Laufenden.

»Was tue ich ohne dich?«, fragte Kija. »Du musst mit, das ist klar, wenn auch leider, leider dann Qatna keine Königin bekommt.«

Zu spät biss sie sich auf die Lippen. Dieser Scherz war in jeglicher Hinsicht missglückt. Wie gerne hätte Ehli-Nikalu die Freundin begleitet, auch wenn sie die Vorstellung, Qatna verlassen zu müssen, zutiefst verabscheute! Hatte Kija ein Omen ausgesprochen? Ehli-Nikalu brach in Tränen aus. Nur zu gut wusste sie, dass sie vor der glücklichen Geburt eines ersten, gesunden Kindes alles andere als rechtlich gesichert war. Wie schnell konnten sich gute in schlechte Zeiten verwandeln, selbst oder gerade in einem Königshaus.

»Es tut mir leid, bitte verzeih mir. Das war so gedankenlos von mir. Ich wollte dir nur sagen, wie dankbar ich dir bin, dass du all diese Dinge für mich abwickelst, zu denen ich selbst weder Zeit noch Lust habe, und wie sehr auch ich dich schon heute vermisse. Ist alles wieder gut?« Reumütig umarmte Kija sie. »Was macht denn mein kleiner Neffe? Bestimmt streckt er mir jetzt die Zunge heraus, um mich für meine dummen Worte zu strafen!«

Ehli-Nikalu musste lachen. »Was redest du nur?« Dann küsste sie Kija. »Ich muss gehen.«

Es war nicht das erste Gespräch, das der König mit Kija über ihre Verbindung mit dem Thronfolger von Ägypten führte. Aber nachdem einige Wochen ins Land gegangen waren und nichts aus dem Reich am Nil diesbezüglich zu hören war, obwohl der Handelsaustausch nach der Winterpause längst wieder zu Wasser und zu Lande in Gang gekommen war, machte sich der König zunehmend Sorgen. Die ständigen ironischen Bemerkungen der Königin wie ›man greift nicht nach den Sternen‹ verbesserten seine Stimmung keineswegs. Auch Iset gelang es nicht, ihn zu beruhigen. Zumal die gesamte politische Situation weiterhin sehr verwickelt war, wenn sie sich nicht sogar verschlechtert hatte.

Die beiden rivalisierenden Familien um die Herrschaft in Mittani trugen zur Ungewissheit der Situation bei. Mit einem baldigen Angriff Hattuschas auf das geschwächte Reich musste fest gerechnet werden. Davon wären Vasallen und Anrainer gleichermaßen betroffen. Die syrischen Separatisten würden noch mehr Morgenluft wittern, ohne das Verhalten Ägyptens, Babyloniens oder Assyriens einzukalkulieren. Wenn nur die Ausplünderung der Karawanen endlich aufhörte. Diese Unsicherheit auf den Transportwegen spielte der Syrienfraktion geradezu in die Hände, wenn sie nicht ohnehin dahinter steckte. Das war eine Erkenntnis, die sich in Indanda immer mehr verfestigte. Nichts anderes ergab einen Sinn. Die Beute würde dazu benutzt werden, um zögerliche Stadtoberhäupter zu kaufen und dadurch auf deren Seite zu ziehen, und vor allem würden Truppen damit angeworben. Scheich Idrimi hatte ihn im Rahmen des Neujahrfestes davon informiert, dass junge Männer seines Stammes von Fremden angeprochen worden wären, ob sie nicht mit ihnen gehen und Abenteuer erleben wollten. Genauso würde das laufen: ahnungslose junge Männer würden bewaffnet werden und für eine sinnlose Sache ihr Leben opfern. Was für ein Wahnsinn! Mittani und Hattuscha sowie Ägypten und Babylonien würden nachgerade gezwungen werden sich zu einigen und gemeinschaftlich alles im Levanteraum in Stücke zu hauen und dann unter sich aufzuteilen. Sahen sie das nicht?

Kijas Erscheinen riss Idanda aus seinen Überlegungen. Er seufzte tief. Er war in letzter Zeit immer so müde, das musste das Frühjahr sein. Sicher würde es ihm und allen gut tun, wenn ein herausragendes Ereignis für Aufregung sorgte. Kijas Vermählung mit Amunhotep würde auf einen Schlag Qatna zum Gesprächsthema weit über die Grenzen Syriens hinaus machen und dessen Handelsmacht immens stärken.

»Setz dich, Kind, mach es dir bequem.«

Kija küsste dem Vater die Hände und die Wangen, dann ließ sie sich nieder. Das private Refugium war offenbar sein hauptsächlicher Aufenthaltsort. Er bestellte sie nur noch dorthin, wenn er sie sehen wollte oder es etwas zu besprechen gab. Ob das gut war, dass er sich so zurückzog? Sie sah Idanda erwartungsvoll an.

»Du findest es vermutlich ebenso befremdlich wie wir alle, dass wir aus Ägypten noch kein Zeichen erhalten haben. Ich denke darüber nach, was die Ursache sein könnte und ich möchte nichts übersehen. Selbstverständlich können wir nicht ausschließen, dass dem Pharao eure Verbindung missfällt oder er bereits während der ungewollten Abwesenheit des Prinzen im Winter eine andere Gemahlin für ihn ausgesucht hat, von der Amunhotep nichts wissen konnte, weil er hier, in Byblos und Ugarit weilte. Doch in einem solchen Fall käme zumindest eine Botschaft, um uns von der neuen Sachlage in Kenntnis zu setzen. Außerdem wäre es ihm in Ägypten nicht untersagt, zusätzlich die Frau seines Herzens an sich zu binden, wenn vielleicht dann auch nicht als Große Königsgemahlin – also später, nachdem auch Teje zu den Göttern eingegangen sein wird. Ich will keine unnötige Sorge verbreiten, Kija, vielleicht löst sich bald alles auf. Ich möchte dich dennoch fragen: fällt dir etwas ein, was Amunhotep hindern könnte?«

»Vater, du hast doch gesehen, wie wir uns getrennt haben, beide voll Schmerz, voneinander lassen zu müssen. Er hat mich mit Geschenken überhäuft.«

»Ja, sicher. Und so oft wart ihr ja auch gar nicht zusammen, dass es zu einem Streit hätte kommen können – worüber hättet ihr auch streiten sollen, ihr zwei Turteltäubchen?« Der König dachte mehr laut vor sich hin, als dass er mit Kija sprach. Er tätschelte ihre Hände. »Ich dachte ja nur …«

»Du irrst, Vater«, unterbrach ihn Kija. »Wir haben uns gestritten, einmal, und sehr heftig.«

»Darf ich fragen, worum es ging?«

»Um den Brief, den Talzu an Akizzi geschrieben hatte. Erinnerst du dich? Ich kam kurz nach Amunhoteps Abreise zu dir, weil auch an mich eine Nachricht beigefügt war, deren Inhalt ich dir mitteilte.«

»Aber du hast mir nichts davon gesagt, dass es deshalb eine Auseinandersetzung zwischen dir und Amunhotep gab.«

»Das erschien mir unerheblich angesichts des Inhalts, der ja nur Qatna betraf.«

»Leider betrifft er weit mehr als nur Qatna, aber das ist ein anderes Thema.«

Idanda dachte kurz an die scharfsinnige Kombinationsleistung, die der junge Kizzuwatnäer vollbracht hatte. Letztlich hatte ihn diese in seinen eigenen Nachforschungen und Vermutungen nicht nur bestärkt, sondern endlich auf eine konkrete, richtige Fährte gebracht. Seitdem hatte er seinen Schwager Tiru unter verschärfte Beobachtung gestellt. Aber solange der sich unauffällig und ruhig verhielt, waren ihm die Hände gebunden – leider. Wichtig war noch herauszufinden, wer die eigentlichen Drahtzieher waren, solche Leistung traute er Tiru nicht zu, der war nur Mitläufer. Gut, aber jetzt ging es um etwas anderes.

»Entschuldige, ich war abgelenkt. Also nochmal. Worüber habt ihr euch gestritten?«

»Amunhotep hatte von irgendjemandem erfahren, dass der Brief an Akizzi nicht aus Ugarit abgesandt worden war, sondern in Hattuscha verfasst und dort auf den Weg gebracht wurde, Ugarit also nur Zwischenstation war. Er brachte den Absender Talzu, vielmehr Tanuwa – diese beiden Namen haben ihn sehr verwirrt, aber ich hab ihm alles erklärt –, Schreiber des Generals Hannutti, mit dem Boten in Verbindung, der während seiner Abwesenheit im Palast bei dir war, Vater. Auch das hat ihm jemand verraten. Darüber wollte er dann mit dir sprechen! Hat er das nicht?«

Idanda schüttelte den Kopf. »Nein«, sagte er. »Nach dem Boten hat er mich gefragt und warum ich eine solche Geheimniskrämerei um ihn gemacht hätte, aber von Talzu hat er kein Wort gesagt.«

»Das war aber noch nicht alles!« Kija merkte, wie sofort wieder Ärger in ihr aufstieg. »Das Schlimme war, dass er mich doch tatsächlich verdächtigte, ich sei in Talzu verliebt oder er in mich. Das fand ich so unerhört, dass ich heulend ins Haus der Göttin gerannt bin. Er hat sein Unrecht eingesehen und nach einigen Tagen eingelenkt. Alles war bestens, als er ging, glaub mir, Vater!«

Der König schwieg. Das Gespräch strengte ihn unverhältnismäßig an. Müde rieb er sich die Augen.

»Was ist dir, Vater? Du wirkst so matt.«

»Ich bin müde, das stimmt. Ich werde alt, mein Kind. Alles strengt mich an.«

»Aber Vater, du bist doch nicht alt!« Kija stand auf, setzte sich zu ihm und schmiegte sich an ihn, wie sie es als Kind oft getan hatte. Besorgt fragte sie: »Ist das schon länger so?«

»Nein, nein. Mach dir keine Sorgen. Das wird sich legen. Das werden die Nachwehen vom Frühlingsfest sein. Diese vielen Tage hintereinander. Bis der neue Erdbewohner anlangt, bin ich wieder munter, du wirst sehen. Dann zieht hier neues Leben ein. Der muss mich trösten, wenn mein kleiner Liebling mich verlässt.«

In der Meinung, Kija ausreichend beruhigt zu haben, ließ er sie gehen. Doch dann kreisten trotz der Müdigkeit seine Gedanken um das Gehörte. War Amunhotep etwa eifersüchtig auf einen potentiellen Vorgänger, so sehr, dass er fürderhin schwieg? Dann hätte er die letzte Zeit in Qatna nur Theater gespielt. Oder waren es seine Kontakte zu Hattuscha? Aber er hatte dem Prinzen ausführlich erläutert, wer sein Partner dort war und welche Vorteile der direkte Austausch bestimmter Waren für beide Seiten ohne den umständlichen Zwischenhandel über Kizzuwatna haben könnte, vorausgesetzt, es bestand Friede zwischen Mittani und Hattuscha. Er hatte ihm ferner erklärt, dass dies eine persönliche Beziehung sei und er hätte die Kaufmannskollegen in Qatna nicht irritieren wollen. Gewissermaßen ein Vorfühlen auf höchster Ebene. Amunhotep hatte den Eindruck erweckt, er habe alles verstanden. Doch warum dann das Gespräch mit Tiru? Und worüber war gesprochen worden? Warum hatte er von Talzu nichts gesagt? Vielleicht, weil ihm da bereits klar war, dass der nicht der Erwähnung wert sei – das wäre denkbar. Dabei war der Junge gut. Er wünschte, Akizzi besäße nur etwas von dessen Weitblick und der Besonnenheit. Aber Akizzi gab sich wirklich Mühe. Er durfte nicht ungerecht werden. Wenn das Kind erst einmal geboren sein würde, verbesserte sich sicher auch das Verhältnis zwischen ihm und Ehli-Nikalu. Vielleicht sollte er mit Akizzi darüber sprechen? Es wäre doch furchtbar, wenn Ehli-Nikalu eines Tages so missgelaunt werden würde wie die Königin. Er verwarf den Gedanken. Ehli-Nikalu war ein harmloses Mädchen. Die beiden würden sich schon zusammenraufen, sie waren ja noch jung.

Kija machte sich Sorgen um den Vater. Die Haut erschien ihr in schlechtem Zustand. Ob sie mit Schala oder Amminaje darüber sprechen sollte?

Sie schaute in ihrem Zimmer nach, doch der Raum war leer. Kija konnte der Versuchung nicht widerstehen. Sie öffnete ihre Truhe und holte einzeln die Schmuckstücke heraus, betrachtete, streichelte und küsste sie, bevor sie sie wieder zurücklegte. Zum Schluss griff sie nach den Papyrusblättern, obwohl sie jedes Wort auswendig konnte. Sie legte sich nieder und drückte sie an ihr Herz. Der Geliebte war ihr so nahe. Sie hörte ihn sprechen. Wie ein Märchen würde ihr Wiedersehen werden. Sie in der Sänfte, er auf seinem Streitwagen – so wäre das Zusammentreffen. Nur ein brennender Blick zwischen ihnen. Und weiter bis zum nächsten Ort oder Lager. Erst dort würden sie sich unbeobachtet endlich in die Arme sinken und sich küssen, küssen, küssen. Die Phantasien brachten ihren Körper in Aufruhr. Sie spürte seine Hände auf ihren Brüsten, seine Lippen auf den ihren. Die Sehnsucht nach ihm war so stark, dass sie sie schmerzte. Hörte sie ihn flüstern?

> *„Oh, du meine überaus Verlockende!*
> *Der Glanz deiner Augen ist süß für mich.*
> *Sage sogleich »ja«, meine geliebte Schwester!*
> *Deines Grußes Kuss auf die Brust ist süß für mich –*
> *sage sogleich »ja«, meine geliebte Schwester!*
> *In deinem Haus begann mich schon bald Sehnsucht*
> *Nach dir zu verzehren; Mutters kleiner Honigkuchen!*
> *Meine Schwester, Sehnsucht nach dir begann mich*
> *Schon bald zu verzehren! Sage sogleich »ja«,*
> *meine geliebte Schwester!*
> *Du bist fürwahr eine Prinzessin – sage sogleich »ja«,*
> *meine geliebte Schwester!"*

Kija verbot sich solche Gedanken. Wie könnte sie sonst die Ferne zwischen ihnen ertragen? Stattdessen malte sie sich den weiteren Verlauf der Reise aus.

Am Ufer des Nils sah sie eine mit Blüten, goldenen Stangen, einem kostbaren Baldachin geschmückte Barke liegen. Unter dem Baldachin standen weithin sichtbar zwei erhabene Sessel, davor gepolsterte Fußschemelchen. Dort würden sie nebeneinander, angetan mit weißen, leichten Gewändern, thronen. Hinter ihnen Sklaven, die ihnen Kühlung zufächelten. Auf dem Wasser würden sie dahingleiten, auf beiden Seiten von Booten eskortiert, vor ihnen Herolde und Trompetenschall. Die Menschen stünden am Ufer, winkten und jubelten.

Kija schreckte hoch. War sie eingeschlafen oder war das eine Vision? Eine wundervolle Vision?

Sie schaute in seine Richtung, aber er merkte gleich, dass sie ihn nicht erkannte. Nun, er hatte sich verändert. Er war muskulöser, männlicher und ernster geworden. Dann die hethitische Kleidung, fast wie ein Krieger, mit kurzem Hemd und Rock. Aber er, er hatte sie sofort gesehen. Sie stand still da in einem langen, weißen Gewand, das sich in einer Brise bauschte. Er ging auf sie zu und sah, dass sie lächelte. Nicht ihr ironisches Lächeln, sondern ein erkennendes, erfreutes, inniges Lächeln. Er breitete seine Arme aus und ging schneller. Und sie? Sie rannte auf ihn zu und warf sich in seine Arme. Er schwenkte sie voll Wiedersehensfreude herum. Dann blieben sie stehen, eng umschlungen, Wange an Wange, klopfendes Herz an klopfendem Herzen. Er atmete den Duft ihrer Haut. Er tastete vorsichtig mit den Lippen nach ihrem Mund, der ihn bereits erwartete.

»Komm raus, Tanuwa, es geht los«, schrie Mursili und riss den Gerufenen unsanft aus seinem Traum.

In der Gegend um Nerikka hatte der Gott Zababa schrecklich gewütet. Alle Vorverhandlungen waren gescheitert. Tanuwa hatte unbedingt daran teilnehmen wollen, weil er mit den Kaschkäern aus Turmitta so friedfertig hatte sprechen können. Doch Hannutti untersagte es ihm. Er sollte erst Erfahrungen sammeln und etwas mehr von der Sprache aufschnappen. Geschickt wurden dagegen erfahrene Unterhändler, unterstützt von früher versklavten oder freiwillig zu den Hethitern übergegangenen Kaschkäern, die jetzt in hethitischen Diensten standen. Doch sie waren entweder getötet oder verstümmelt zurückgeschickt worden, wo sie nach Überbringen der Botschaft zumeist rasch starben, wenn nicht die Kameraden sie von ihren Leiden erlösten.

An eine vertragliche Regelung war also hier nicht zu denken. Die Wut der Soldaten über die brutale Provokation kannte keine Grenzen. Tanuwa war fassungslos über die Grausamkeit, mit der er zum ersten Mal in seinem Leben in Kontakt kam. Dennoch gelang es ihm, Hannutti erneut zu verärgern. Auf dessen Frage, ob er nun einsehe, dass dem Reich keine Wahl bliebe, als hart durchzugreifen, wagte er die Entgegnung, ob es nicht das Versäumnis der Hethiter gewesen sein könnte, frühzeitig dafür zu sorgen, dass man im friedlichen Mit- oder Nebeneinander leben könne.

»Es ist doch Platz genug da, oder?«

»Darum geht es doch gar nicht!«, schnaubte Hannutti. »Du willst oder kannst das wohl nicht verstehen. Das war ursprünglich hethitisches Gebiet, vom großen Meer des Nordens bis hinunter nach Nesa, vor Urzeiten von unseren Herrschern erobert und besiedelt. Wir haben die Tempel erbaut, wir haben das Wasser gefasst, Kanäle gegraben und Röhren verlegt, die sauberes und verschmutztes Wasser getrennt transportieren, feste Häuser und Paläste errichtet, Vorratsgruben eingerichtet, so dass auch in schlechten Erntejahren niemand hungern muss. Aber diese Horden wollen das nicht. Das siehst du ja.«

»Vielleicht wollen sie einfach anders leben.«

Der junge Mann brachte Hannutti zwar häufig zur Weißglut, aber er hatte ihm auch etwas beigebracht: nämlich die festgefahrenen Gedankenwege zu verlassen und sich von alten Vorgaben zu lösen. Bisher war es unvorstellbar gewesen, dass man die erprobte und bewährte Strategie, die gegen Reiche wie Mittani zum Einsatz kam, aufgab und sich die des Gegners zueigen machte. Sich womöglich auf dessen Niveau herabließ. Was aber jetzt einzig und allein zählte, war der Erfolg. Sie mussten den Norden in den Griff bekommen, um den Rücken freizuhaben für die große Aufgabe, die im Südosten anstand: die Niederringung Mittanis und die Rückeroberung Nordsyriens mit all seinen Schätzen.

Trotz hoher Verluste auf beiden Seiten war Hannuttis Taktik zum größten Teil glänzend aufgegangen. Die unterschiedlichen Kaschkäer-Völker hatten das Gefühl, überall auf Hethiter zu stoßen. Ihre kleinen, bisher so erfolgreichen Angreifertruppen wurden am Lagerplatz, der noch gar nicht kampfbereit dazuliegen schien, plötzlich von hethitischem Fußvolk, das in voller Montur aus den Zelten drängte, und einsatzbereiten Streitwagen empfangen. Bei der Flucht in die Wälder und auf die Berge wurden sie, entgegen früherer Auseinandersetzungen, von ebensolchen kleinen hethitischen Kampfgruppen verfolgt und niedergemacht. Oft löschten die Hethiter die Lager oder Ansiedlungen, wohin die Kaschkäer flüchteten, aus, ungeachtet, ob ihre Bewohner Alte, Frauen oder Kinder waren. Die Leichen blieben den Tieren zum Fraß. Rauch stieg über den Wäldern, in den Tälern und Ebenen auf, und zeigte an klaren Tagen weithin die Zerstörung der oft ärmlichen Dörfer an. Das Vieh wurde zusammengetrieben und mitgeführt. Ergaben sich die

Angreifer rechtzeitig, so wurden nur die Wohnstätten zerstört, sie selbst aber gefangen genommen. Man würde später entscheiden, ob sie in Hattuscha als Sklaven arbeiten würden, oder was mit ihnen geschehen sollte.

Tanuwa war froh, wenn Mursili und Mita mit ihren Trupps jeweils heil von den Einsätzen wiederkamen. Vor allem Mursilis Tatendrang und sein Humor waren ungebrochen, auch wenn sich manchmal, vielleicht nur von Tanuwa wahrgenommene, zynische Töne hineinschlichen. Er ließ das Grauen möglichst nicht an sich heran.

Oft war es seltsam für Tanuwa, dass er bei den vielen als kleine Scharmützel bezeichneten Kämpfen zurückbleiben musste – unmännlich im Zelt sitzen und schreiben. Aber er war auch dankbar dafür, nicht weil er zu feig für einen Kampf gewesen wäre, sondern weil er hoffte, durch seine Tätigkeit vielleicht eines Tages etwas erreichen zu können. So war auch sein Ruf in der Truppe: man wusste, dass er ein taktisch kluger Kämpfer, aber ein noch erfolgreicherer Vermittler war und dafür wurde er sehr geachtet. Tanuwa ließ sich von den Freunden und vielen anderen Kameraden ausführlich berichten, wo sie gewesen waren und was sie alles erlebt hatten. Auch hierbei tat sich Mursili besonders hervor, denn er konnte nicht nur anschaulich beschreiben, sondern vieles fiel ihm auf, was andere gar nicht bemerkten.

Seine Berichte waren nicht dazu angetan, Tanuwas Meinung von der Sinnlosigkeit ihres Unterfangens zu ändern. Arme Dörfler und Viehhirten. Was war da zu holen? Dahinter musste mehr stecken. Der erbitterte Widerstand ließ darauf schließen, dass es etwas zu verlieren gab, etwas anderes als Weide- und Ackerland, das ihnen mit Sicherheit vom König zugewiesen werden würde. Vielleicht war das Heer noch nicht soweit vorgedrungen. Irgendwo mussten die Schätze liegen, von denen Hannutti gesprochen hatte. Die ganze Geschichte blieb ihm unklar.

Kontakt mit den gefangen genommenen Kaschkäern herzustellen, die bis zu ihrer Überführung nach Hattuscha in einer Art Pferch untergebracht waren, gelang ihm selten. Die Männer blickten finster und wandten sich sofort ab, die Frauen hielten sich ohnehin fern. Ein Anführer war oft nicht erkennbar. Wenn doch, so wurde er vor einen der Offiziere gebracht und mithilfe eines Dolmetschers befragt. Antworten gab es aber selten. Kaum einer lief zu den Hethitern über. Er hätte das hier vor Ort vermutlich auch nicht lange überlebt. Den gut aussehenden Tanuwa verfolgten heimlich die Blicke der Mädchen, doch wenn er sie mit seinen Brocken Kaschka-Sprache anredete, verkrochen sie sich verängstigt. Er konnte sich denken, warum.

Die Kämpfe zogen sich hin. Trotz vieler Erfolge war der Feind alles andere als besiegt. Die vielen Attacken nahmen kein Ende und das Heer kam kaum voran. Nerikka war nicht befreit.

Die Meldungen von den beiden anderen Schauplätzen waren dagegen erfreulich. Im Nordwesten waren wie erhofft vertragliche Regelungen zustande gekommen. Vermutlich hatte sich die Kunde von der veränderten Taktik der Hethiter in Windeseile ausgebreitet oder, das vermutete Tanuwa aufgrund der Erfahrung an der Marassanta-Furt, die dort siedelnden Gruppen waren weniger angriffslustig. Sie gelobten bei ihren und den vielen hethitischen Göttern, Frieden zu halten, und in den ihnen zugewiesenen Weidegebieten zu bleiben. Im Nordosten hatte Zida nach nur wenigen Kämpfen ebenfalls einige Abkommen schließen können. Er hatte sich daher weiter in den Nordosten des Reiches begeben, um den dortigen hethitischen Vasallen die Kontrolle über die hoffentlich dauerhaft befriedeten Nachbargebiete zu übertragen, damit das hethitische Heer entlastet war.

Im Feldlager traf mit diesen Neuigkeiten auch die Nachricht König Idandas von Qatna an den Großkönig Schuppiluliuma von Hattuscha ein, was Tanuwa von Hannutti erfuhr. Offenbar war der König bereit, sich den Hethitern zu unterwerfen.

»Was hältst du davon?«, wollte Hannutti wissen.

»Ich bin sehr erstaunt. Vor allem, nachdem wir ja von Vater gehört haben, dass der ägyptische Kronprinz in Qatna war. Ob es zu einem Zerwürfnis mit Ägypten kam?«

»Das Schreiben wurde von einem Boten gebracht, der mehrfach zu König Idanda privat beordert worden war. Der Rat hat ihn offenbar nie zu Gesicht bekommen. Der König legte wohl auch größten Wert darauf, dass niemand von seiner Anwesenheit etwas erfährt. Das riecht doch verdächtig nach einem Alleingang. Doch weshalb?«

»Vielleicht fühlt der König sich bedroht«, sagte Tanuwa nachdenklich.

»Von wem, warum? Junge, wenn du etwas weißt oder vermutest, dann raus mit der Sprache. Es kann äußerst wichtig sein.«

Also erzählte Tanuwa ihm die gesamte Geschichte des Karawanenüberfalls, welche Beute gemacht wurde und wie er den Bruder der Königin bei einem geheimen Treffen mit einem Nomaden zufällig belauscht hatte.

Hannutti sagte nichts weiter dazu, nur, dass er dem König von ihrer Unterhaltung berichten würde. Bei sich aber dachte er: es brodelt in Qatna. Der Bruder der Königin – das ware nicht das erste Mal, dass solch einer Unfrieden sät.

»Übrigens sagte mir Vater später, dass es im Rat Streit gab, weil der König Qatna als Handelsknotenpunkt unbedingt unabhängig halten wollte, immerhin in gutem Einverständnis mit den Großmächten. Eine andere Partei ist ganz pro-ägyptisch und eine dritte möchte die alte Herrlichkeit Qatnas wiederhergestellt sehen, aber das habe ich ja schon alles berichtet.«

Hannutti horchte auf. In dieser Schärfe hatte er sich das noch gar nicht vor Augen geführt, welche Kräfte in der kleinen Stadt miteinander stritten. Alles nützliche Informationen in Bezug auf die Planungen für den Feldzug gegen Mittani und, so die Götter gnädig waren, auch nach Nordsyrien.

»Sonst war wohl keine weitere Nachricht aus Qatna dabei?«, unterbrach Tanuwa seine Überlegungen.

»Erwartest du etwas?«

Tanuwa wurde verlegen.

»Ich hatte an den Kronprinzen geschrieben, dessen Freund ich bin.« Er berichtete Hannutti von ihrem Ausflug in die Berge, dem vermeintlichen Attentat und ihrem Freundschaftsversprechen.

»Das erklärt natürlich, warum du um Qatna immer so besorgt bist, mein Lieber. Ich muss dich enttäuschen. Es kann sein, dass ein Bote oder eine Nachricht auf dich in Hattuscha wartet.«

Tanuwa nickte.

»Und was ist mit dieser Kija?«

Tanuwa wurde tatsächlich rot wie ein ertappter Junge.

»Du bist verliebt! Das ist ja fabelhaft. Ich dachte schon, du interessierst dich nicht für Frauen. Ist sie wenigstens hübsch? Keine Angst, ich werde dein süßes Geheimnis nicht verraten. Pass nur auf, dass der Ägypter sie dir nicht wegschnappt.«

Hannutti hörte nicht auf zu reden und Tanuwa freundschaftlich zu necken. Doch der wurde immer ärgerlicher. Sah der Onkel denn nicht seine Not? Die Königstochter von Qatna. Und er – ein Kaufmannssohn.

Nerikka und die Furt durch den Marassanta waren in Sichtweite. Der Heerwurm hatte sich bei gutem Wetter seltsam unbehelligt immer weiter nach Norden gewälzt. Unter den Soldaten wurde bereits gefrozelt, man wolle wohl statt zu kämpfen in neuer Bestzeit bis an das Dunkle Meer durchmarschieren.

Man war durch bergiges Land auf unwegsamen, verwahrlosten Straßen, die einstmals von Hethitern angelegt worden waren, tief in kaschkäisches Gebiet eingedrungen. Hannutti war bei der Nachhut geblieben. Er wollte nicht den Fehler machen, zu sehr in Feindesland vorzustossen und dann den Nachschub abgeschnitten zu bekommen, weil hinter ihm abgeriegelt wurde. Aber so viele Späher er auch ausschickte, alles blieb ruhig. Kein Kaschkäer zeigte sich. Der Botenverkehr konnte ungehindert aufrecht erhalten werden. Das beunruhigte ihn fast noch mehr. Was hatte das zu bedeuten? Waren die Feinde nicht hinter ihm oder an den Flanken, dann blieb nur eine Lösung: sie befanden sich nördlich. Denn dass sie sich davon gemacht haben sollten und in Verstecken den Abzug der Hethiter erwarteten, das war auszuschließen. Hannutti hatte mit seinen Männern fast das Hauptlager erreicht, als ihm plötzlich Tanuwa mit einem Trupp entgegenkam.

224

»Seine Sonne erwartet dich dringend«, sagte er nach kurzer, militärischer Begrüßung und wendete sofort sein Pferd. Ein weiteres hatte er für Hannutti mitgeführt. Dieser sprang aus dem Stand auf und folgte seinem Neffen. Als sie außer Sicht waren, zügelte Tanuwa sein Pferd.

»Sie haben sich in der Ebene vor der Stadt gesammelt! Eine riesige Menschenmenge, deutlich mehr Kämpfer als wir es sind«, sagte er, als Hannutti zum ihm aufgeschlossen hatte.

Hannutti pfiff durch die Zähne.

»Ich hatte so ein Gefühl, dass sie vor uns sein müssten. Aber so viele? Lass uns eilen.«

Nach kurzem scharfem Ritt erreichten sie das königliche Lager. Es war im Süden, noch oberhalb der Ebene aufgeschlagen worden, so dass man einen guten Überblick gewinnen konnte. Die erhöhte Lage dürfte aber auch der einzige Vorteil gewesen sein. Wie Tanuwa gesagt hatte, wimmelte es von Kriegern. Die Feuer in der Nacht zeigten ihnen, dass auch die Bergkämme ringsherum von Feinden besetzt waren. Alles in allem eine unglaubliche Überzahl.

»Sie haben uns bewusst hierher durchgelassen«, sagte Hannutti, als er sich im großköniglichen Zelt zur Beratung eingefunden hatte. »Dass wir Nerikka wiederhaben wollen, ist ihnen klar. Sie konnten also die Zeit, die wir benötigten, um nach Norden vorzudringen, nutzen, um sich zu sammeln. Aber das hier ist nicht nur ein Stamm. Erstaunlich!«

»Das ist nicht das einzige Erstaunliche, mein Lieber!« Schuppiluliuma sah seinen Feldherrn nachdenklich an. »Sie haben jetzt einen König! Es ist einem Mann namens Pihhunija gelungen, mehrere Stämme des Nordens zu einigen. Ganz selbstbewusst hat er mir einen Boten gesandt. Sie würden der Schlacht mit Freude entgegensehen, lässt er ausrichten.«

»Das ist ein ungeübter und schlecht bewaffneter Haufen«, meinte einer der Offiziere.

»Das würde ich nur zum Teil bestätigen wollen. Ungeübt was unsere Kampfweisen angeht vielleicht, zumal sie offenbar nur über Fußtruppen verfügen, was sie aber durchaus wettmachen können durch ihre unberechenbaren Einsätze. Ich bin sehr gespannt auf ihre Formierung. Aber schlecht bewaffnet, das sind sie sicher nicht. Darf ich dich daran erinnern, dass sie nicht nur über die Rohstoffe verfügen, sondern auch ausgezeichnete Schmiede sind? Nein, nein. Wir werden unser ganzes taktisches Geschick aufbieten müssen, um hier nicht in eine Falle zu geraten. Schlagkräftig sind wir nur, wenn wir unsere Streitwagen einsetzen können und das geht nicht von hier oben aus.«

»Das Lager haben wir ringsum gesichert, vor allem in unserem Rücken. Dort wird auch eine stark bewaffnete Truppe bleiben, koste es, was es wolle«, sagte der König. Hannutti nickte zustimmend.

225

»Wir sollten Späher aussenden, möglichst übergelaufene Kaschkäer, um wenigstens in unserer unmittelbaren Umgebung in Erfahrung zu bringen, wie viele von ihnen sich in den Bergen verteilt haben. Vielleicht ist das nur List, um uns glauben zu machen, sie verfügten über jede Menge Entsatzleute. In Wirklichkeit werden die Feuer womöglich nur von wenigen Männern unterhalten.«

Tanuwa wusste nicht, wen er mehr bewundern sollte, den König oder seinen Onkel. Beide schienen gänzlich gelassen zu sein, als ginge es nur um die richtigen Spielzüge, um den Gegner in die Knie zu zwingen. Sie übertrafen sich an taktischen Einfällen, besser gesagt, sie ergänzten einander hervorragend.

Die Tage und Nächte, die dann folgten, vergaß Tanuwa sein Leben lang nicht. Wie sich durch den Einsatz der Späher herausstellte, wurden die Feuer im Wesentlichen von Frauen und Kindern unterhalten, die sich tagsüber versteckten, wenn sie nicht Holz sammelten. Die Feuer dienten aber nicht nur der Irreführung des feindlichen Heeres, sondern auch der Nachrichtenübermittlung. Das wusste man im hethitischen Heer von früheren Auseinandersetzungen. Deshalb wurde beim nächtlichen Überfall die Frau, die erkennbar das Feuer hütete, am Leben gelassen, um die kaschkäischen Kämpfer Glauben zu machen, ihre Schliche sei nicht entdeckt worden. Alle anderen wurden erschlagen, erschossen, erstochen und durch Männer aus dem hethitischen Heer ersetzt.

Der erste Kampftag wurde von Fußtruppen bestritten. Man flehte zu Hattuschas Götter, besonders Zababa, dem Kriegsgott, und dem Wettergott, um gnädige Unterstützung. Dass die Unternehmung rechtens war, versicherte der König in seinem Gebet.

Schuppiluliuma und Hannutti hatten die Männer in zwei Gruppen geteilt und im Morgengrauen Aufstellung nehmen lassen. Auf halber Höhe waren Bogenschützen positioniert worden, die den Fußtruppen zu früh heranstürmende Gegner vom Leib halten sollten. Doch die Feinde blieben in Stadtnähe und ließen die hethitische Infanterie eine lange Strecke marschieren, in der Hoffnung, sie bereits dadurch zu ermüden. Ein elementarer Irrtum. Geordnet und unter Absingen mutmachender Lobeshymnen für Zababa kamen die Truppen heran. Noch war der Morgen erträglich warm. Die beiden Gruppen, angeführt von hochrangigen Offizieren, hatten sich unterwegs getrennt, so dass eine Lücke zwischen den Heeresteilen entstand. Das Aufeinandertreffen war hart. Zwar mähten die Bogenschützen die vordersten Feinde nieder, doch durch das Fehlen der Streitwagen kam es zu keiner Entlastung. Man hatte die Männer darauf vorbereitet, dass der Feind ohne Schlachtordnung angreifen würde, was genauso eintraf. Jeder war demnach auf sich gestellt und musste von allen Seiten mit Attacken rechnen. Nur dank der vielseitigeren Bewaffnung durch Lanzen, Säbel und Kurzschwerter und des besseren Schutzes durch Lederhelm und Schuppenpanzer hielten die Soldaten des Großkönigs tapfer stand. Wo sie konnten, eilten sie einander zu Hilfe, doch schien der Feind überall zu sein. Immerhin war er durch ihre Aufteilung gezwungen worden, sich mit zwei Kontingenten zu befassen, so dass nicht die ganze Wucht der zahllosen Gegner auf die Hethiter prallte. Viele auf beiden Seiten kamen zu Tode oder wurden schwer verwundet. Dabei war den Hethitern kaum möglich, die Ihrigen zu bergen, weil jeder Arm zum Kampf gebraucht wurde. Die Kaschkäer wechselten offensichtlich einander ab. Immer neue, frische Kämpfer schienen sich in das Getümmel zu werfen. Dazu verbreitete ihr ohrenbetäubendes Geschrei Furcht und Schrecken. Die gut ausgebildeten Hethiter wehrten sich verbissen. Eine Entscheidung aber konnte keine der Parteien erzwingen. Gegen Abend zogen sich die Hethiter ins Lager zurück. Die zunächst befürchtete Verfolgung unterblieb. Das Risiko wäre für die nur zu Fuß kämpfenden Kaschkäer zu groß gewesen.

Zumindest war die Strategie aufgegangen, wenn auch zu einem hohen Preis. Die erschreckend dezimierten Hethiter hatten durch ihren Kampf den Kameraden die Möglichkeit erstritten, dass die leichten Streitwagen währenddessen in die Ebene gebracht und dort zusammengesetzt werden konnten. Sie kamen am nächsten Morgen zum Einsatz. Wie Götter bestiegen König Schuppiluliuma, General Hannutti, seine Offiziere Mursili, Mita und viele andere zusammen mit den Lenkern, die gleichzeitig auch die Schildträger waren, die mit zwei Hengsten bespannten Streitwagen. Doch trotz des Einsatzes des bewährten und deutlich überlegenen Kampfmittels brachten auch dieser und die folgenden Tage dem Großkönig keinen eindeutigen Sieg. Zwar verringerten sich die Verluste, doch vor allem deshalb, weil der Feind sich immer wieder in die Stadt oder in die Berge zurückzog, um dann an anderer Stelle plötzlich wieder hervorzubrechen. Das war unendlich ermüdend und führte zu keinem Erfolg. Ihre Reserven an Kämpfern schienen unerschöpflich. Die erbeuteten Hieb- und Stichwaffen nötigten allen Respekt ab: hier waren solide und kunstfertige Handwerker am Werk. Die Bogen waren dagegen jämmerlich, den hethitischen aus Holz und Horn unterlegen. Dennoch trafen auch viele Pfeile ihr Ziel.

»Er hat geheiratet!«

König Idanda stand, ohne sich angemeldet zu haben, in der Tür. Iset sah überrascht von ihrer Handarbeit auf, erhob sich und eilte dem König entgegen.

»Mein Lieber! Willkommen, tritt ein!«

Sie räumte einige Dinge aus dem Weg. Dann bat sie ihren Herrn, sich an ihrer Seite niederzulassen.

»Möchtest du dich nicht erfrischen?«

»Nein, das möchte ich nicht«, erwiderte er. »Ich möchte wissen, was du dazu sagst? Du musst doch eine Meinung haben?«

»Beruhige dich, Liebster. Und sage mir, wer geheiratet hat? Du hast noch nicht erwähnt, von wem du sprichst.«

»Amunhotep!«

»Der Kronpzinz von Ägypten?« Iset war fassungslos. »Das ist doch ganz unmöglich! Er wollte doch – wen hat er denn ...?«

»Die Tochter eines gewissen Aja aus Ipu, wo deine Familie auch beheimatet ist. Sie heißt Nofretete.«

»So plötzlich? Ohne, dass jemand etwas erfahren hat?«

»Wir hier in Qatna haben nichts erfahren, meine Liebe. Kein Bote, keine Nachricht, nicht einmal du, als enge Verwandte – nichts.«

»Vielleicht ist dem Boten etwas zugestoßen?«

»Und dem, der nach Byblos, Ugarit, Mittani, was weiß ich wohin gesandt wurde, wohl nicht?«

»Also andere haben Nachricht bekommen? Woher weißt du es denn? Ist das sicher wahr?«

»Ja, es ist wahr, glaubst du, Rib-Addi schreibt Märchen? Der hat keine natürlich Ahnung, dass wir uns wegen Kija Hoffnungen gemacht haben. Solch eine Beleidigung, wie schändlich! Was bezwecken diese stinkenden Hunde? Verzeih, Iset. Ich wollte dich nicht kränken, aber ich bin außer mir. Ich bin so wütend, am meisten auf mich selbst. Ich habe gespürt, dass da etwas nicht stimmt. Der junge Prinz hat sich einen Spaß mit uns erlaubt. Ich hätte Kija niemals auch noch in ihrer Neigung fördern dürfen, das arme Kind. Diese Liebesverbindungen sind ohnehin unsinnig. Die Eltern suchen die Richtigen aus und das ist gut.«

»Lieber, lass doch die Selbstvorwürfe. Das war nicht zu erkennen, glaub mir. Und bevor wir nichts Genaueres wissen, dürfen wir Amunhotep nicht verurteilen. Er hat es ernst mit Kija gemeint, ich bin mir sicher. Ich habe so viel Zeit mit ihm verbracht, auch mit beiden zusammen. Sie waren ineinander verliebt, bestimmt. Es muss andere Gründe geben, weshalb der Tochter aus einer königlichen Nebenlinie der Vorzug gegeben wurde.«

»Wenn der Kerl zu Hause überhaupt etwas von Kija erzählt hat. Es war doch eigenartig, dass gar kein Gruß mehr kam. Vielleicht liegt es doch an mir. Vielleicht hat er mir verübelt, dass ich mich nach Hattuscha gewandt habe, obwohl ihn das nichts angeht. Er ist nicht mein Oberherr. Unsere Gastfreundschaft und Arglosigkeit schamlos auszunutzen! Ein unschuldiges Mädchen so in die Irre zu führen und dann einfach fallenzulassen. Wird nicht mehr benötigt – die Prinzessin von Qatna, man stelle sich das vor! Ob Königin Teje dahinter steckt? Womöglich kannte er diese Nofretete schon vorher und sie waren sich bereits versprochen. Diesem Phantasten traue ich alles zu. Mit dem wird die Welt noch ihr Wunder erleben. Iset, was bin ich nur für ein Narr.«

Idanda barg seinen Kopf an Isets Brust. Sie hatte ihn noch nie so erlebt. Erzürnt, verzweifelt, resigniert. Seine dauernde Müdigkeit schien sich in letzter Zeit gebessert zu haben und sie war voll Hoffnung, dass er zu seiner Spannkraft zurückfinden würde. Und nun dieser Schlag. Im Nachhinein war es ein Glück, dass es zu keiner offiziellen Brautwerbung gekommen war. Alle hätten dann über Qatna gelacht. So blieb die Kränkung auf Qatna selbst beschränkt. Wenn Amunhotep nicht geredet hatte, wusste außerhalb niemand davon. Aber das war schlimm genug. Wie würde Kija die Nachricht verkraften?

»Was wird mit Qatna?« fragte der König und richtete sich wieder auf. »Auf die Ägypter ist kein Verlass. Sie wollen unser Holz und alles, was sie sonst noch gebrauchen können. Der Rest ist ihnen gleichgültig, du wirst sehen. Wir sind viel zu weit weg. Was wir hier im Norden treiben, das ist doch für sie wie Fliegengesumm. Die Fürsten schicken ihnen ihre Töchter als Gemahlin und preisen sich dann noch glücklich, wenn sie sie in ihren Harem stecken. Da brauchen die Herren vom Nil gar nicht zu werben. Was habe ich mir nur dabei gedacht? Warum soll ausgerechnet meine Tochter anders behandelt werden? Aber eine Haremsfrau dieses Schwandroneurs wird sie niemals! Nicht, solange ich lebe und wenn es darüber Krieg gäbe.«

Iset war hilflos. Idandas Verzweiflung übertrug sich auf sie und sie wusste nicht, was sie sagen sollte, wie sie ihn trösten könnte. Es war zu schrecklich. Wasser auf die Mühlen von Königin Beltum. Wie würde sie vor Schadenfreude jubeln und erst recht ihr Bruder. Er würde sich sicher gleich wieder bemühen, Kija an diesen Schaftreiber Abdi-Aschirta zu verschachern.

»Wir müssen versuchen, die Geschichte möglichst zu unterdrücken, denkst du nicht auch, Lieber? Kija kann doch eine kleine Liebelei nicht versagt sein?«

»Iset, was soll das? Darauf wird sich Kija nie einlassen. Sie hat sich so ernsthaft mit allem auseinandergesetzt, das weißt du am besten. Wer sie kennt, hat gesehen, dass sie diesem Heilsbringer verfallen ist.«

»Idanda!« Iset rückte etwas ab. Es kam selten vor, dass sie ihm widersprach, doch diesen Unterstellungen musste sie etwas entgegnen. »Idanda! Du versündigst dich. Ich denke, es ist deine Verzweiflung, die dich so sprechen lässt und deshalb will ich dir vergeben. Bitte, lass uns darüber nicht streiten. Respektiere meinen Glauben, wie du das bisher immer getan hast. Amunhotep ist kein Scharlatan, wenn du das damit sagen willst. Er ist zutiefst von der

Wahrheit durchdrungen. Er weiß um seine Sendung. Er wird den Menschen, den Völkern das Heil bringen.«

»Wird er sie fragen, ob sie das wollen?«, fragte Idanda bitter.

»Was redest du? Sind gewöhnliche Menschen überhaupt in der Lage zu erkennen, was ihnen zum Heil gereicht und was nicht?«

Sie lenkte ein. »Aber jetzt geht es nicht darum. Sag mir, wann willst du mit Kija sprechen?«

»Ich werde zunächst Schala zu mir bitten, habe ich mir gedacht.«

»Wer weiß denn schon alles von der Neuigkeit?«

»Der Bote kam direkt zu mir, aber er kann mit etlichen anderen sprechen, Akizzi, Luwaja, Uppija, womöglich Tiru, oder bereits gesprochen haben, denn es waren ja keine Geheimnisse, die Rib-Addi ausrichten ließ. Solch eine Nachricht macht rasch die Runde.«

»Sollte dann Kija nicht so schnell wie möglich unterrichtet werden? Es wäre doch furchtbar, wenn sie von dritter Seite davon erführe.«

»Lass du nach ihr schicken. Ich habe dazu momentan keine Kraft. Vielleicht sprichst du mit ihr von Frau zu Frau. Du kannst dir am ehesten zusammenreimen, was passiert ist oder warum so schnell geheiratet wurde. Kennst du diese Nofretete?«

Iset verneinte.

»Und den Vater?«

»Ja, aber ich erinnere mich nur sehr schwach an ihn und die Familie. Sie sind verwandt auf jeden Fall. Mehr kann ich leider nicht sagen.«

»Wahrscheinlich ist das eine einzige Familienklüngelei, wie das in Ägypten eben so gehandhabt wird. Bruder heiratet Schwester, Onkel Nichte, Tante Neffen, was weiß ich, und man schaut, dass man alles beisammen hält. Dann braucht sie ihn nur noch entsprechend zu umschmeicheln, dafür ist dieser Weichling empfänglich, das sieht man ja schon an seinem Gesicht, und einiges mehr zu versprechen und vielleicht nicht nur zu versprechen als Kija, und schon hat sie ihn eingefangen. Womöglich ist bereits ein Kind unterwegs.«

Dem König fielen immer neue Verdächtigungen ein. »Mach es meiner Kleinen so leicht wie möglich, ich bitte dich. Ich ziehe mich zurück, verzeih mir Liebes. Ich brauche Ruhe und etwas Zeit.«

Wie ein geschlagener Mann verließ er mit schweren Schritten das Zimmer, nicht ohne vorher Isets Hände und Wangen geküsst zu haben.

Iset saß minutenlang schweigend und schaute hinaus in den sonnigen Frühsommertag. Wie ein Sturm hatte die Mitteilung des Königs sie überfallen. Plötzlich war Stille. Sie musste erst wieder zur Besinnung kommen. Vielleicht war des Königs Idee, zunächst mit Schala zu sprechen, sinnvoll. Sie wäre vor allem diejenige, die Kija wieder aufrichten müsste. Ob sie sie zu sich bitten sollte? Eile war angebracht. Iset beschloss, die Amme in das Haus der Göttin zu schicken, um Kija zu holen.

Als Kija den Hof betrat, erstarben die Gespräche. Sie schaute verwundert in die Runde und verneigte sich zum Gruß. Einzig Ehli-Nikalu erhob sich, wenn auch recht schwerfällig. Ihr Leib wölbte sich wie eine Kugel, der Tag der Geburt war nicht mehr fern. Während sie noch auf Kija zuging, ergriff Königin Beltum von ihrem Polster aus das Wort. Ohne den Gruß zu erwidern, sagte sie mit honigsüßer Stimme: »Das war wohl nichts mit Ägyptens Krone! Vaters Liebling genügt nicht, wie schade. Was soll man dazu aber auch nur sagen?«

Kija hörte nur den beißenden Spott, den die Königin über sie ergoss, den Inhalt hatte sie dagegen noch gar nicht erfasst. Ehli-Nikalu war entsetzt stehen geblieben. Sie schwankte und Kija eilte zu ihr, um sie zu halten.

»Es tut mir so unendlich leid für dich, meine Schwester«, sagte sie leise unter Tränen.

Kija richtete sich auf. Ihr erster Impuls war, auf die Königin loszugehen, mit Worten oder handgreiflich oder einer Mischung aus beidem. Diese impertinente Person! Mögen sie die Götter schlagen mit Aussatz oder Pest! Aber sie beherrschte sich. Diesen Triumph, nein, den würde sie ihr nicht gönnen. Die Ausbildung im Haus der Göttin machte sich bemerkbar: Kija hatte sich unter Kontrolle. Aufrecht und äußerlich gelassen, beinahe majestätisch sagte sie kühl, die Königin fest im Blick: »Die Krone von Ägypten? – die muss man überhaupt haben wollen. Mich persönlich interessiert Besseres.«

Die Königin erbleichte. So unbotmäßig getraute sich niemand mit ihr zu sprechen. Dieses verzogene Biest. Kein kleines Mädchen erdreistete sich da, sondern eine selbstbewußte, junge Frau hatte sie als Gegnerin. Beltums Zorn steigerte sich ins Unermeßliche.

»Kija!« rief sie.

Doch Kija war bereits auf der Treppe zum Obergeschoß. Sie würdigte keine der Anwesenden auch nur eines weiteren Blickes. Erhobenen Hauptes schritt sie Stufe um Stufe hinauf, die zitternde Taja im Schlepptau.

Immerhin war jetzt klar, was die Mutter ihr sagen wollte. Doch anscheinend wusste es bereits der ganze Palast und in kürzester Zeit das Haus der Göttin, die Edlen von Qatna, alle, die von den Plänen Kenntnis erhalten hatten oder jetzt davon erfuhren. Kija ballte die Fäuste. Keinem gegenüber wollte sie Schwäche zeigen. Sie beeilte sich, um in die Gemächer ihrer Mutter zu kommen.

❧❦❧

Er hatte also eine andere zu seiner Gemahlin gemacht. Alles Mögliche hatte Kija sich ausgemalt, aber darauf war sie nicht gekommen. Dabei war es eine naheliegende Lösung. Als Kronprinz von Ägypten konnte man sich das erlauben. Schließlich liefen doch alle den Ägyptern nach, drängten ihnen ihre Prinzessinnen auf. Sie würde sich nicht aufdrängen, eher würde sie davonlaufen. Das ging ja schon mit diesen Verdächtigungen los. Mit so einem Mann konnte sie sich doch nicht binden. So ein Schurke! Sie brach in Tränen aus, zerfloss vor Selbstmitleid, heulte vor Wut, bis sie völlig leer war. Dann erst beruhigte sie sich etwas.

Ihr Blick fiel auf die Truhe. Darin lag der Schmuck, den er ihr geschenkt hatte. Dieser Hund! Wie eines seiner Lustmädchen hatte er sie ausbezahlt, und sie hatte es gar nicht gemerkt.

Aber nein. Das konnte nicht sein. Er hatte fest geglaubt, dass sie für ihn bestimmt sei. Hatte er nicht diese wunderbaren Zeilen geschrieben? Und gesagt, sie hätte ihn dazu angeregt? Waren das alles Lügen? Auch ihre Mutter war davon überzeugt, dass etwas anderes hinter der Entscheidung stecken musste.

Sie musste raus aus dieser Enge, aus dem Haus der Göttin, am besten aus der Stadt. Wie sie sich nach dem geliebten Orontes sehnte. Ihr stilles, einsames Plätzchen. Sie stand von ihrem Lager auf, griff nach einem Schleiertuch und verließ die Kammer. Wenn ihr nur niemand begegnen würde! Am Tor fragte man sie, ob sie die übliche Begleitung benötigte. Sie schüttelte abwehrend den Kopf und trat rasch auf die Straße, aus Angst, man würde sie zurückhalten wollen. Sie musste es bis zum Palast schaffen. An ein Verlassen der Stadt war nicht zu denken. Man kannte sie und es schickte sich nicht, dass sie allein unterwegs war. Aber es musste doch ein Refugium geben, wo sie sich in ihrem Schmerz verkriechen konnte. Um die Zeit der Mittagshitze war die Straße nicht allzu belebt. Sie gelangte zur kleinen Pforte am Ende der Palastmauer. Sie war offen. Kija riss sich das Tuch vom Kopf und atmete tief durch. Dann hastete sie, wie schon einmal, die unzähligen Stufen hinauf. Auch die schwere Luke konnte sie allein öffnen. Nach und nach beruhigte sich ihr klopfendes Herz.

Nur wenig entfernt sah sie die Dachaufbauten über der großen Halle. Dort hatten sie sich vor gar nicht langer Zeit ein Versprechen gegeben. Hatten sie nicht gemeinsam den Sonnengott gepriesen? Keine Leitern lehnten heute an den Mauern. Heute war sie allein und verlassen. Verlassen von ihrem Geliebten.

Und wenn er verhext worden war? Wahrscheinlich hatte er direkt nach seiner Ankunft in Ägypten von ihr gesprochen und jemand hatte deshalb einen Bann über ihn gelegt. Jemand, der gegen ihre Verbindung war. Die Königin von Ägypten oder diese Person, die ihn sich jetzt genommen hatte. War sie vielleicht schöner? Was für ein Name! Nofretete – die Schöne ist gekommen. Das war doch ihr Name! Meine Schöne, so hatte Amunhotep sie unzählige

232

Male genannt. War er vielleicht geblendet worden? Dachte er, sie sei bereits bei ihm? Aber nein, sie war noch nicht gekommen. Eine andere lag in seinen Armen! War sie begehrenswerter? Sicher hatte sie alle möglichen Finessen angewendet, um ihn auf sich aufmerksam zu machen und er war auf sie hereingefallen. Ohne die richtigen Beschwörungen würde er auch nicht erlöst von den Dämonen. Sie müsste zu ihm, ihn retten. Aber wie? Sie war ja hier angekettet. Ganz unmöglich, dass sie sich in einen Wagen setzte und sagte: nach Theben. Sie müsste sich verkleiden und als Mann reisen. Das kam nicht in Frage. Sie war die Prinzessin von Qatna. Nein, abermals nein. Sie liefe ihm nicht nach. Seinetwegen musste sie sich von der Königin verhöhnen lassen, vor allen Frauen. Was für eine Schmach!

Die Sonne stand im Westen. Kija stand auf. Sie war steif geworden. Sie reckte und streckte sich und ging ein paar Schritte. Hier oben würde sie niemand suchen. Wie wohl das tat. Sie lehnte sich an die sonnendurchwärmte Westmauer, dann legte sie sich flach auf den Rücken, ließ sich bescheinen und atmete tief ein und aus.

Als sie wieder erwachte, war es fast Nacht. Sie hatte traumlos geschlafen und fühlte sich etwas besser. Ihre Tränentücher waren getrocknet. Leichter Wind wehte vom Meer her. Sie erhob sich und fröstelte. Seit Stunden hatte sie nichts gegessen und getrunken. Doch hier gab es kein Wasser. Sie würde hinab steigen müssen. Aber diesen friedvollen Ort mochte sie nicht verlassen. Noch nicht. Sie konzentrierte sich, um das Durstgefühl zu besiegen. Am Himmel zeigten sich die ersten Sterne, hell leuchtete der Abendstern. Kija kauerte sich an der Wand nieder und betrachtete das Firmament. War sie nicht selbst schuld an dem Debakel? Sie hätte vielmehr auf Amunhotep eingehen müssen. Er war doch schon fast ein Gott. Wie ihre Mutter hätte sie sich ihm zu Füssen werfen müssen, ihn überschütten mit ihrer Liebe, Verehrung, Dankbarkeit. Aber nein, sie hatte ja die Stolze sein müssen, Widerworte geben, alles besser wissen. Welcher Mann mochte das schon?

Sie musste plötzlich an Talzu denken. Er hatte einige Streitgespräche mit ihr ausgehalten und obwohl sie ihn mehr als einmal schäbig behandelt hatte, hatte er ihr immer Respekt erwiesen. Sie konnte sich nur an ein Mal erinnern, als er sich traurig über ihren Hochmut geäußert hatte, und dafür hatte sie sich später auch bitter geschämt. Da war sie ja auch fast noch ein Kind gewesen. Aber er hatte sie zu Recht getadelt. Der Kaufmannssohn. Sie musste in all ihrer Verzweiflung und ihrem Ärger lächeln. So hatte sie ihn beschimpft. Sie war doch eine dumme Gans. Er hatte das nicht verdient. Trotz all ihrer Übungen, die sie im Haus der Göttin absolvierte, hatte sie nichts gelernt: sie war nach wie vor hochmütig, eitel und stolz. Sie stand auf und ging einige Schritte in der Dunkelheit.

Das ist Selbstzerfleischung, was ich hier betreibe, dachte sie dann. Es ist richtig und notwendig, dass ich selbstbewusst bin. Die Leute müssen schließlich verstehen, wen sie vor sich haben: die Tochter des Königs. Es war schon seltsam so allein auf dem hohen Dach in der Nacht. Vielleicht wäre es besser, wenn sie langsam zurückginge. Vorsichtig bewegte sie sich in Richtung Luke. Erleichtert tastete sie nach dem offenstehenden Einlass. Unter ihr gähnte ein tiefer Schlund, in den sie eintauchen musste. Wie ein Gang in die Unterwelt. Sie hatte zu lange gewartet.

Hatte sie bei Amunhotep auch zu lange gewartet? War nicht ihre Verliebtheit für ihn ein Irrtum? Zu feig war er, um ihr wenigstens eine kleine Nachricht zu schicken. Oder war sie ihm so gleichgültig, dass er nicht einmal den Anstand wahrte? Auch ihrem Vater gegenüber! Immerhin war er ein König und kein ägyptischer Vasall. Welch hochmütiges Land! Die Götter würden es strafen, wie schon einige Male. Im Zweifelsfall entrissen sie einer Dynastie die Herrschaft, schickten Fremdvölker, die dann über Ägypten herrschten, oder Hungersnöte, wenn die Überschwemmung des Nils ausblieb. Ihr Zorn wuchs erneut, sie empfand Hass und Rachsucht. Bis sie vor sich selbst Abscheu bekam – sie, eine Dienerin der Göttin. Warum ließ sie sich so gehen? Über ihr breitete sich ein klarer Sternenhimmel aus und vertrieb eine Weile die bösen Gedanken. Sie fröstelte stärker. Zögernd kletterte sie die ersten Stufen nach unten. Wenn sie die Luke schloss, würde das ein fürchterliches Spektakel geben und man wurde womöglich auf sie aufmerksam. Außerdem war sie dann gefangen in diesem finsteren, senkrechten Schlauch. Angst kroch in ihr hoch. Sie war allein mit den huschenden Schatten. Es knackte, es krabbelte, dann fiepte es in einer Ecke. Immer mehr Geräusche drangen an ihr Ohr. Sie kauerte sich so gut es ging auf eine Stufe. Klein und erbärmlich kam sie sich vor.

Und was, wenn es der Wille der Göttin war? Kija setzte sich auf. Plötzlich fiel ihr der Traum ein, den sie von Amunhotep hatte, vor Wochen, kurz nachdem er in Qatna eingezogen war. Wie ein Blitz stieg die Erinnerung an das grausige Erschrecken in ihr auf. Die Göttin wünschte die Verbindung zwischen ihnen nicht. Wenn der Prinz sich mit ihr einließ, würde er sterben. Das hatte ihr der Traum sagen wollen. Und deshalb hatte Belet-ekallim ihm verboten, sich ihr weiter zu nähern, denn die Göttin hatte sie, Kija, erwählt. Wie konnte sie nur so blind und taub sein? Deshalb hatte die Göttin jedesmal gezürnt, wenn sie sich zu sehr auf Amunhoteps Vorstellungen einließ, wenn er beispielsweise davon sprach, dass sie beide die Hohepriester des einzigen Re sein würden. Hatte sie ihr nicht die Gabe des Gesichts in all den letzten Wochen und Monaten verweigert, um sie zu strafen und auf den richtigen Weg zurückzuführen? Diese Gedanken stärkten sie und entrissen sie ihrem Schmerz. Hatte sie sich nicht längst innerlich entschlossen, der Göttin für immer zu dienen?

Noch eine Frage quälte sie. Warum hatte Belet-ekallim erlaubt, dass sie dem Prinzen so nahe kam? Wollte sie ihre Standfestigkeit auf die Probe stellen? Oder sollte Amunhotep ihr etwas zeigen, was sie schon seit geraumer Zeit in ihrem Herzen bewegte? Eine Idee, der sie nicht hatte erlauben wollen, von ihr Besitz zu ergreifen. Wollte die Göttin ihr durch Amunhotep zeigen, dass die Vorstellung einer einzigen Gottheit die richtige war, jedoch nicht eines Gottes, sondern einer, nein - der einzigen Göttin? Sie hatte die Lösung gefunden!

Auf dem Dach des Palastes in tiefster Nacht fasste sie nach all ihrem Hadern und Jammer den Entschluss: Sie würde Schala bitten, sie harter Reinigungsriten zu unterziehen, damit sie geläutert in den Schoß der Göttin zurückkehren konnte, um ihr, nur ihr aus aller Kraft zukünftig zu dienen. Das war die Aufgabe in ihrem Leben. In dieser neuen Zuversicht und Geborgenheit schlief sie in ihrer unbequemen Haltung ein. Im Morgengrauen kehrte sie aufrechten Ganges in das Haus der Göttin zurück, ohne den Wachen Beachtung zu schenken.

❧❦❧

Den Hethitern war es nach und nach gelungen, die meisten der umliegenden Hügel und Berge zu erobern. Sicher keine Heldentat, waren sie ja nur von Frauen und Kindern bewacht gewesen. Doch sie zogen auf diese Art den Gürtel immer enger. Längst schon war das hethitische Lager in die Ebene verlegt worden. Im Südwesten hatte man den Marassanta erreicht. Noch immer leisteten die Kaschkäer erbitterten Widerstand. Alle Verhandlungsangebote waren weiterhin ausgeschlagen worden. Ihren König Pihhunija hatte niemand zu Gesicht bekommen, dafür verhöhnten seine Boten den Großkönig in seinem Auftrag. Es war zermürbend und die Stimmung im Heer sank von Tag zu Tag. Unterstützung aus Hattuscha war nicht zu erwarten, dagegen erreichte sie eines Tages die Nachricht, dass sie so rasch wie möglich an der Grenze zu Arzawa erwartet würden. Man konnte aber nicht abziehen, ohne einen entscheidenden Sieg errungen zu haben. Die Situation wurde kompliziert. Alle kamen nun zum Einsatz, auch leicht Verwundete. Gefangene wurden nicht mehr gemacht, wen man erwischte, wurde getötet.

Schließlich wurde beschlossen, Nerikka zu belagern, bevor womöglich noch weitere Kaschkäer hinzukamen. Die Stadt musste so schon zum Bersten überfüllt sein. Den Göttern wurde ein Opfer nach dem anderen gebracht. Warum schenkten sie Hattuscha nicht den Sieg? Die ursprüngliche Überlegenheit der Feinde war längst gebrochen und dennoch wurde man ihrer nicht Herr. Murren war zu hören, das nicht nur Tanuwa besorgt registrierte. Die Soldaten hassten das untätige Herumstehen, schwereres Belagerungsgerät war nicht vorhanden. So waren sie zum Warten verdammt. Sie vertrieben sich die Zeit, indem sie versuchten, durch magische Handlungen die Kampfkraft der Feinde zu lähmen. Zum verhaltenen Gesang eines Zababa-Liedes wurde erbeutetes Kriegsgerät der Kaschkäer mit Utensilien von Frauen vertauscht.

„Eine Spindel brachten sie,
einen Pfeil entfernten sie;
einen Schminkpinsel brachten sie,
eine Streitkeule entfernten sie.…"

So sangen die Männer. Das Lied hatte unendlich viele Strophen, sie nützten alle nichts. Schon war der nächste Kurier von General Himuili von der arzawischen Grenze eingetroffen. Er benötigte dringend Unterstützung, sollten die Erfolge des vergangenen Jahres nicht verlustig gehen.

Trotz der Schmach gaben deshalb die Hethiter nach nur wenigen Tagen die Belagerung von Nerikka auf und zogen sich in ihr Lager nahe der Furt zurück. Dieser Schachzug griff nun endlich. Die aus der Enge befreiten Kaschkäer verließen die Stadt. In der Nacht griffen die Hethiter an. Unzählige Kaschkäer verloren ihr Leben. Als der Morgen graute, war die Ebene übersät mit Toten und Sterbenden. Überall roch es nach Blut, Schweiß und Exkrementen. Dem Stöhnen und Schreien der verwundeten Gegner wurde durch den Gnadenstoß ein Ende gemacht. Schließlich war nur noch das Schnauben der Pferde zu hören.

Tanuwa hatte sich während des gesamten Feldzugs rege an den taktischen Überlegungen und den Diskussionen zwischen den Heerführern beteiligt. Er drängte zwar immer wieder, Verhandlungsangebote zu unterbreiten, aber er musste mit jedem rückkehrenden Boten eingestehen, dass die Feinde nicht aufgeben würden und den Hethitern tatsächlich keine Wahl blieb, als weiterzukämpfen. Doch dieser Überfall – war der eines Großkönigs von Hattuscha würdig? War das der strahlende Sieg, den die Götter schenkten?

Er dachte an die anfänglichen Kämpfe, als es noch Mann gegen Mann ging. Jeder hatte da zumindest eine gewisse Chance, auch wenn ihn das gegenseitige Abschlachten grauste. Er suchte mit Mursili und Mita das Gespräch darüber, aber die beiden waren im Rausch. So nah wie seit Jahren nicht war das Ziel. Nerikka! Es musste wieder hethitisch werden. Im Triumph würden sie dort einziehen und dann weiter marschieren bis nach Zalpa, an das Dunkle Meer im Norden. Das Reich würde unter dem glorreichen Herrscher Schuppiluliuma seine alte Größe wiedererlangen. Tanuwa sah ein, dass mit den beiden nicht zu reden war. Ihre Begeisterung steckte ihn gegen seinen Willen an. Und dann kam der Tag, als Hannutti mitten in der Schlacht von seinem Streitwagen sprang, um ein paar Fußsoldaten zu Hilfe zu kommen. Tanuwa hatte etwas erhöht stehend die Szene aus einiger Entfernung beobachtet. Dort wo er war, schenkte ihm niemand Beachtung. Er sah, dass Hannutti immer mehr in Bedrängnis geriet, zu viele Kaschkäer setzten ihm gleichzeitig zu. Dann bemerkte er, wie ein kaschkäischer Bogenschütze nach einem Pfeil griff, um auf Hannutti zu schießen. Ohne zu zögern hatte er seinen eigenen Bogen gehoben und angelegt, bevor der andere sein tödliches Geschoss absenden konnte. Der abgehende Pfeil zischte noch in seinen Ohren, als er den anderen bereits zu Tode getroffen fallen sah. So war das also, einem Menschen das Leben zu nehmen, so einfach. Lange weiterdenken konnte er nicht, denn nun waren Krieger auf ihn aufmerksam geworden. Wie er sich später eingestand, war es weniger die Angst, selbst Zielscheibe zu werden, oder gar die Sorge um Hannutti, die ihn Pfeil um Pfeil aus dem Köcher ziehen ließ, sondern ein unbändiges Machtgefühl, das ihn plötzlich überfiel. Er legte an, zielte und keiner der Pfeile verfehlte seine Bestimmung. Ein Kaschkäer nach dem anderen ging zu Boden, selbst als Hannutti längst die Situation unter Kontrolle hatte. Tanuwa hörte erst auf, als kein Pfeil mehr in seinem Köcher steckte. Wie in Trance erlebte er, dass Hannutti ihn zu sich auf den Streitwagen hob und ins Lager brachte.

Jedes Mal, wenn er daran dachte, war er froh, dass Hannutti am Leben war. Er schulde ihm sein Leben, hatte der Onkel gesagt, und die Freunde hatten anerkennend ihre Waffen aufeinandergeschlagen. Er selbst schämte sich zutiefst. Nun war er auch einfach nur ein Mörder. Wo waren seine hehren Vorsätze und Überzeugungen? Ausgelöscht, als habe er zu viel Bier oder Wein getrunken. Er bat die Getöteten um Verzeihung. Zu den Göttern, besonders zu Zababa, flehte er, ihn in Zukunft zu verschonen, doch nun um den Konflikt wissend. Jeder würde unter bestimmten Bedingungen töten, jeder. Und nur weil er das Privileg genoss, zur königlichen Kanzlei zu gehören, konnte er sich davon freihalten, meistens jedenfalls. Das war nicht sein Verdienst, sondern ein Geschenk. Er durfte keinem Soldaten mehr einen Vorwurf machen, solange der Kampf ehrlich war. Aber die Gegner abzuschlachten in der Nacht? War das der Wille der Götter? Genügte der Erfolg, um das zu vergessen? Auch darüber den Stab zu brechen, stand ihm nicht zu, das wusste er jetzt. Er konnte sich nur mit all seiner Kraft dafür einsetzen, wo immer es möglich war, den militärischen Konflikt zu vermeiden.

Die Kaschkäer gaben nach dem nächtlichen Gemetzel auf, vielleicht auch, weil sie zwischenzeitlich erfahren hatten, dass die anderen Stämme im Nordosten und -westen nicht kämpften, sondern bereits längst Verträge mit Hattuscha abgeschlossen hatten. König Pihhunija schickte eine Delegation, die Unterwerfung anbot und um Friedensverhandlungen ersuchte. Diese wurden gewährt. Auf freiem Feld wurde dafür ein Prunkzelt errichtet. Der Großkönig erschien in vollem Ornat, um die Besiegten zu empfangen. Pihhunija, ein würdiger älterer Mann, von gerader Haltung und klarem Blick,

237

fixierte ihn eine geraume Zeit unerschrocken, bis er und die ihn begleitenden Stammesoberhäupter die vorgeschriebenen Ehrbezeugungen vor seiner Sonne ausführten. Die vertraglichen Bestimmungen waren sorgfältig vorbereitet worden und durchaus annehmbar. Den Kaschkäern des Stammesverbands unter der Führung von Pihhunija verblieb das Meiste des Acker- und Weidelandes. Nerikka und andere Ortschaften gingen formal an die Hethiter zurück, konnten aber von den dort lebenden und arbeitenden Kaschkäern weiter wie bisher bewohnt werden, nur von den Tempeln hatten sie sich fernzuhalten. Jährlicher Tribut und Abgaben sowie die Verpflichtung zur Waffenhilfe waren festgelegt. Als Dolmetscher und Verhandlungsführer war vom König Tanuwa bestimmt worden. Es war sein erster wichtiger Auftritt vor den Augen und Ohren des Großkönigs. Wie seinerzeit auf dem Weg von Puruschhanda nach Hattuscha ließ er den Anführern Salz und Brot reichen. Er sah die Überraschung in ihren Augen, als er sie respektvoll ansprach und in ihrer Sprache begrüßte. Offenbar hatte er den richtigen Ton gefunden. Still lauschten sie ihm beim Vortrag der einzelnen Bestimmungen und nickten nach jedem Paragraphen. Dann schworen sie bei ihren und den hethitischen Göttern, die Vereinbarungen zu halten. Schuppiluliuma als oberster Kriegsherr bekräftigte beim Wettergott von Hattuscha, bei den Schutzgottheiten Karzi und Hapantali, Zababa, der Throngöttin und der Königsgottheit des Tafelhauses des Throns: Im Falle des Eidbruchs würden die Kaschkäer verflucht werden. Wie ein Gott stand er vor ihnen, der mächtige Herrscher und sprach: »Wenn ihr eine der Abmachungen brecht oder aber kommt, um in das Hattuscha-Land einzufallen, soll Zababa euch eure Waffen umwenden und euer eigenes Fleisch fressen. Eure Pfeile soll er umwenden, und sie sollen eure eigenen Herzen durchbohren.«

Trotz der Übereinkunft, das Thema Amunhotep und Kija nicht mehr zu berühren, musste über das zukünftige Verhältnis zu Ägypten gesprochen werden. Der König drängte im Rat auf eine Entscheidung. Er führte neben der allgemeinen Unzuverlässigkeit der Ägypter und ihrem augenscheinlichen Desinteresse an der Region auch die Problematik in Mittani ins Feld. »Über kurz oder lang wird sich zeigen, wer in Mittani die Oberhand gewinnt, König Tuschratta oder sein Konkurrent Artatama. Mir ist unbegreiflich, wie sie zu einem solchen Zeitpunkt, wo die Hethiter vor der Tür stehen, Thronstreitigkeiten vom Zaune brechen können«, sagte Idanda.

»Es müsste beiden klar sein, dass sie nicht nur Mittanis Existenz aufs Spiel setzen, sondern uns alle in Mitleidenschaft ziehen. Das haben wir nur der Machtgier Artatamas zu verdanken!« Uppija schüttelte den Kopf.

»Oder dem Versagen Tuschrattas, dem die eigenen Leute davon laufen«, meinte Luwaja. »Aber ganz gleichgültig, wer nun schuld ist – diese innere Auseinandersetzung schwächt das Land ungemein und lockt die Geier von Westen und Osten und womöglich von Norden ins Land. Das sollte uns eine Warnung sein«, fügte Akallina hinzu.

»Eben. Das ist auch meine Meinung. Nur der Zusammenschluss und Zusammenhalt Syriens kann uns vor einem ähnlichen Schicksal bewahren.«

»Nur, mein lieber Tiru: davon sprach ich nicht, sondern vielmehr dass wir uns so unauffällig wie möglich zu verhalten haben«, erwiderte Akallina.

»Oder die richtigen Pakte schließen sollten«, warf Idanda ein. »Wir müssen auf die geeignete Schutzmacht setzen. Nur das kann uns retten.«

»Und wie heißt die, Schwager? Wohl kaum mehr Ägypten, nachdem man dein süßes Töchterchen dort nicht haben will. Du wirst Qatna ins Unglück stürzen, nur weil deine Eitelkeit gekränkt wurde und man deiner Kija Schmach und Schande zugefügt hat! Das ist die Wahrheit! Du denkst nur an dich und nicht an das Wohlergehen des Landes.«

Idanda wurde bleich, erwiderte aber nichts.

»Tiru, du vergreifst dich nicht nur im Ton«, wies Uppija ihn hart zurecht. »Wer will hier Qatna ins Unglück stürzen? Du bist es doch, der gegen die Stadt und ihre Interessen handelt. An Amurru willst du uns verschachern. Was wurde dir dafür versprochen? Die Stadtherrschaft?«

Tiru sprang auf. Fast sah es so aus, als wolle er auf Uppija losgehen. Doch er zügelte sich, als er sah, dass alle anderen Ratsherren sich ebenfalls erhoben hatten.

»Ihr wollt mich missverstehen. Das ist doch zu offensichtlich. Anstatt dass wir uns entschließen, vernünftig zu handeln, wollt ihr eure Pfründe sichern. Nichts abgeben, sich niemandem unterordnen, lieber eine Schutzmacht kaufen«, sagte er beißend.

»Besser einer Schutzmacht Tribut leisten, als Karawanen überfallen und ausplündern wie gewöhnliche Räuber.« Idanda sah seinen Schwager herausfordernd an.

»Das bringt das Fass zum Überlaufen. Ihr werdet nicht wagen, mir das zu unterstellen! Das werdet ihr mir büßen.«

»Mäßigt euch«, sagte Uppija, der Sprecher des Rates, »und setzt euch. Das sind schwere Anschuldigungen gegen Tiru. Kannst du sie belegen, Idanda, Sohn des Ulaschuda? Hast du Zeugen, Beweise?«

Der König verneinte. Talzus Beobachtungen und die Informationen von Scheich Idrimi – das war zu wenig, um gegen Tiru im Rat zu obsiegen. Warum hatte er nur davon angefangen? Idanda ärgerte sich über sich selbst. Wie dumm, jetzt waren die Gauner womöglich gewarnt. Wo waren nur seine übliche Gelassenheit, seine Überlegenheit und Weitsicht?

239

»So bist du verpflichtet, dich bei deinem Schwager zu entschuldigen. Sonst schädigst du seinen Ruf und er kann dich dafür zur Rechenschaft ziehen.«

»Aber er kann mich und meine Familie ruhig schmähen?«

»Hört sofort auf. Wir verhandeln hier nicht euren privaten Zwist, sondern es geht um Qatnas Zukunft. Wir müssen entscheiden, wie wir uns verhalten, das ist das Gebot der Stunde.«

»Ja, Luwaja hat unbedingt recht. Ich denke, dass wir bisher gut daran getan haben, uns sowohl Ägypten als auch Mittani gegenüber neutral zu verhalten. Sollten wir aber gezwungen werden, Farbe zu bekennen, so kann ich nur unbedingt dazu raten, uns unter Amenophis' Schutz zu stellen. Ägypten ist hier in der Levante überall präsent, mit Babylonien verschwägert und mit Mittani verbündet und verschwägert. Auf keinen Fall sollten wir uns Hattuscha zuwenden. Sollte wider Erwarten Hattuscha über Mittani siegen und Anstalten machen es sich einzuverleiben, dann muss Ägypten als Verbündeter handeln. Es wird wohl kaum seine Interessen hier aufgeben wollen und zukünftig den Hethitern die Zedern abkaufen«, meldete sich Kuzija, Sohn des Akaba, zu Wort.

»Da hast er recht«, war zu hören.

Gabulli, der Sohn des Schenna, sagte: »Wir sollten nicht vergessen, dass sicher der Assyrer auch noch ein Wörtchen mitreden und seinen Teil abbekommen möchte. Das alles wird sich abspielen, ohne dass wir überhaupt berührt werden, vorausgesetzt wir bleiben an Ägyptens Seite.«

Die meisten nickten zustimmend. So ging der Rat auseinander.

Idanda zog sich in sein Refugium zurück. Die Ratssitzung hatte ihn enorm angestrengt. Er musste sich ausruhen. Doch der Kopf arbeitete unablässig weiter. Also nicht nur Akizzi, sondern auch fast alle im Rat waren gegen ihn. Vielleicht standen Akallina und Uppija noch auf seiner Seite, obwohl er nicht ganz sicher war, dass sie seine Ansicht vertraten, Hattuscha sei die zukünftige Macht in Nordsyrien. Dabei war das für ihn offensichtlich. Hatte Schuppiluliuma nicht schon geschafft alles aufzumischen, allein durch die Androhung seiner Wunderwaffe? Und die Verhandlungen mit Assyrien? Wer weiß, was er noch alles unternehmen würde – ein Bündnis mit Babylonien, die Versöhnung mit Ägypten – und dann? Nein, er würde erneut allein handeln müssen. Irgendwann würde man ihm sein kluges Vorausschauen danken! Aber heute verstanden die Edlen des Rates nicht, worum es ging. Um das Problem Tiru musste er sich später kümmern. Da war höchste Vorsicht angebracht. Eigentlich dürfte man ihn nicht mehr aus den Augen lassen. Probleme, Sorgen, Probleme – überall, es war zum Verzweifeln. Wenn er sich nur nicht so müde fühlen würde. Vielleicht sollte er ins Heilhaus schicken, damit man ihm Linderung verschaffte.

∻

»Ich weiß es aus erster Quelle!«

»Namen, ich möchte Namen hören.«

»Was erdreistest du dich? Glaubst du mir etwa nicht?«

»Mein lieber Tiru, ich kann mich nicht nur einfach auf dein Wort verlassen, vergib mir, mein Fürst.« Scheich Pusur verneigte sich übertrieben vor Tiru, fügte dann aber scharf hinzu: »Ich riskiere Kopf und Kragen.«

»Nicht nur du!«

»Also dann, bitte, von wem hast du deine Informationen?«

Tiru knirschte mit den Zähnen. Er verspürte keinerlei Drang, sich diesem Nomadenscheich noch mehr auszuliefern. Aber ohne dessen Hilfe wären sie nicht soweit gekommen.

»Von der Königin«, sagte er schließlich.

Der andere pfiff durch die Zähne. »Ist sie wirklich verlässlich? Oder ist das das Geschwätz einer Frau, die sich wichtig machen will?«

»Du räudiger…«, Tiru war außer sich. Welche Frechheiten würde er sich noch erlauben?

»Sag nichts Falsches, mein Fürst!« Der Nomade lachte ihm breit ins Gesicht. »Du weißt, dass mein Dolch keine Beleidigungen duldet. Beantworte lieber meine Frage, damit ich weiß, was ich dem großen Abdi-Aschirta von Amurru zu übermitteln habe.

Tiru beschloss, dem stinkenden Wüstensohn nichts weiter zu verraten. Das Nötigste hatte er erfahren, das musste reichen. »Sag ihm, dass wir uns schleunigst treffen müssen, vor dem nächsten Neumond, um endgültige Entschlüsse zu fassen. An der üblichen Stelle.«

»Ich hab wie immer den weitesten Weg«, knurrte der Scheich.

»Was ist mit Aitakkama?«

»Dem Fürsten von Qadesch? Was soll mit ihm sein?«

»Du weißt genau, was ich meine. Ist er dabei?«

»Wir werden sehen! Sei nicht so ungeduldig, Tiru, mein Fürst.«

Tiru hatte genug von diesen Unverschämtheiten. Warum musste man sich mit solchen Kreaturen abgeben?

»Geh jetzt, Pusur, aber pass gefälligst auf! Ich habe keine Lust, deinetwegen noch mehr Unannehmlichkeiten hier in Qatna zu bekommen.«

»Sei nicht so aufgeregt, Tiru, mein Fürst. Man könnte ja glauben, du plantest Unrecht. Ruhig Blut. Leb wohl bis zu unserem gesunden Wiedersehen.«

Der Nomadenscheich verneigte sich erneut übertrieben vor Tiru. Schallend lachend verließ er den kleinen, versteckten Raum. Vor der Tür verhüllte er sich, schlüpfte aus einem Nebeneingang aus Tirus Haus und verschwand in der Dämmerung.

241

Tiru schäumte vor Wut. Er genehmigte sich einen großen Schluck Wein und spülte seinen Ärger hinunter. Aufreizend frech war dieser Wüstenschleicher, aber seine Sache machte er gut. Daran war kein Zweifel. Ihre Pläne waren auf bestem Weg. Wie nützlich, dass ihnen Idanda auch noch so hilfreich in die Hände spielte. Wer werden sehen, wer zuletzt lacht, lieber Schwager! Dir wird dein Lachen bald vergehen. Auf dein Wohl!

Immer wieder dachte König Idanda an seinen Fehler, den er vor Wochen seiner Gemahlin gegenüber gemacht hatte. Wie konnte es nur dazu kommen? Seit dem Streit mit ihr, hatte er sie gemieden. Der Spott, den sie Kija hatte spüren lassen, hatte ihn ins Mark getroffen. Mit Kija hatte sie gleichzeitig ihn gedemütigt. Hatte er bisher immer viel Verständnis für ihre unbedachte Eifersucht und die häufigen Sticheleien aufgebracht, war sie diesmal zu weit gegangen.

Es war Iset, die sich für die Erzrivalin einsetzte.»Vergiss die Kränkung, wenn du irgend kannst. Versöhne dich mit der Königin. Es ist nicht gut, wenn in diesen schwierigen Zeiten sie womöglich gegen dich steht. Auch wegen Akizzi. Sie hat zumindest einen gewissen Einfluss auf ihn, das solltest du bedenken.«

»Ach meine Geliebte, was täte ich ohne dich? Aber, wir reden nur von mir. Verzeih, ich habe dich noch gar nicht nach deinem Befinden gefragt. Du bist schließlich nicht nur von deiner, sondern auch von meiner Familie beleidigt worden. Wie ich dich kenne, trägst du alles mit Fassung und Würde.«

Iset schwieg. Sie sah, wie sehr der König litt. In wenigen Tagen war er zu einem alten Mann geworden, so erschien es ihr. Sie sorgte sich zunehmend, dass er so häufig über Müdigkeit und Übelsein klagte. Bisher hatte sie gedacht, die vielen Belastungen seien schuld. Jetzt wieder die Aufregung im Rat. Und dann all die Heimlichkeiten. Ob die notwendig waren? Eine gefährliche Sache, erneut einen Boten nach Hattuscha zu schicken und diesmal zu keinem Mittelsmann, sondern zum Großkönig direkt. Sie schwieg dem König gegenüber über ihr eigenes Leid. Bei ihr sollte er sich ausruhen, sich wohlfühlen. Sie selbst suchte unentwegt nach Gründen, die Amenophis, Teje, Amunhotep entlasten könnten, doch ohne den Anlass oder die Argumente für die Vermählung mit Nofretete zu kennen, war sie ratlos. Dass niemand aus der Familie wenigstens ihr eine Erklärung für das Verhalten zukommen ließ, das brachte sie an den Rand des Ertragbaren. All dies vertraute sie nur Amun-Re an und suchte Trost vor seinem Bild.

Nach dem Gespräch mit Iset hatte der König seine Gemahlin Beltum zu sich gebeten. Iset hat wie üblich recht, dachte er, als er sah, wie Beltum, kaum hatte sie den Raum betreten, auf ihn zueilte und ihn um Verzeihung für ihr Verhalten bat. Er umarmte sie kurz, was sie dankbar annahm. Danach gab sie sich wie immer an ihren guten Tagen. Sie erzählte allerlei, was er eigentlich gar nicht hörte, weil er mit seinen Gedanken ganz woanders war. Wie es dazu kam, dass er ihr gegen seine Gewohnheit von seinen Sorgen berichtete, wusste er anschließend nicht mehr zu sagen.

Beltum hörte artig zu, ohne Einwände, ohne Kommentare oder Besserwisserei, die er an ihr nicht ausstehen konnte. Sie ließ ihn sprechen. Für ihn war das wie lautes Nachdenken. Er wog dabei Für und Wider ab, verfolgte ersten einen Gedankenstrang, dann den nächsten. Im Verlauf dieser Überlegungen erwähnte er auch, dass er sich durchgerungen und zu Schuppiluliuma geschickt habe. Erst jetzt blickte er auf und sah auf Beltum. Er sah ihr versteinertes Gesicht und erkannte im gleichen Augenblick, dass er einen großen Fehler begangen hatte. Er versuchte, den Faden wieder aufzunehmen und so zu tun, als habe er ihre Reaktion gar nicht wahrgenommen. Er sprach von Karawanen und Handelsabkommen, von den benachbarten Fürsten, von König Tuschratta. Doch es war bereits zu spät sie abzulenken, der Schaden nicht mehr abzwendbar. Die Gemahlin um Stillschweigen zu bitten, wollte er nicht. Womöglich weckte er dadurch noch weitere schlafende Hunde. Zwar war ihr immer auferlegt nichts weiterzutragen, was der König ihr anvertraute. Aber was ihm gerade passiert war, konnte sich ohne weiteres bei ihr wiederholen, in einem Gespräch mit einer ihrer Schwestern oder Schwägerinnen. Was wusste er schon, worüber die Frauen so sprachen. Ihr Götter! Ein Unglück kommt selten allein.

Das Leben im Palast, im Haus der Göttin, in der Stadt nahm seinen gewohnten Gang. Die Karawanen aus Tadmor, aus Byblos und Ugarit trafen unbeschädigt und ohne Zwischenfälle in Qatna ein, neue wurden auf den Weg gebracht. Die Kaufherren gingen ihren Geschäften nach, besuchten Handelspartner oder überprüften ihre Waldbestände. Auch Tiru bereitete sich unter den argwöhnischen Augen des Königs ›Ohren‹ auf seine alljährliche Tour vor, die ihn bis an die Küste führen würde. Man machte dem König entsprechende Meldung und wollte wissen, ob man ihm folgen sollte. Doch der König winkte ab. Route und Geschäftspartner waren hinreichend bekannt. Eine Gefahr war nicht zu erkennen.

Unruhe erfüllte Idanda, weil keinerlei Antwort aus Hattuscha eintraf. Andererseits war davon auszugehen, dass der Großkönig längst an einer der Fronten im Einsatz war. Wie mittanische Späher ermittelt hatten, waren hethitische Truppen im Norden und im Westen im Feld. Offenbar hatte Hattuscha sich Mittani für den Spätsommer aufgehoben oder verschonte es in diesem Jahr. Das erfüllte den König von Mittani mit größerer Sorge, als wenn bereits die Waffen gekreuzt würden. Seinerseits im Hethiterreich einzufallen konnte er nicht wagen. Artatama lauerte nur auf seine Abwesenheit, um sich seine Hauptstadt Waschukanni anzueignen.

Mit Mittani befand sich ganz Nordsyrien in Anspannung, denn der Aufmarschweg der Hethiter konnte nur über Kizzuwatna, den Amanos-Pass, die Euphrat-Furt bei Karkamis erfolgen, um nach Harran, der heiligen Stadt des Mondgottes, oder Irrite, einer der wichtigen Residenzstädte, oder gar nach Waschukanni zu gelangen. Gleichermaßen könnte es Schuppiluliuma aber auch einfallen, die mittanischen Vasallenstaaten zu plündern und zu zerstören, um das Reich des Tuschratta auf diese Weise zu schwächen.

Idanda schickte Boten zu den Königen von Ugarit und Alalach. Das waren unverfängliche Adressen und vielleicht gab es von dort bessere Informationen. Das Warten zermürbte ihn und machte ihn reizbar, was besonders Akizzi zu spüren bekam. Die Differenzen zwischen Vater und Sohn hatten eher zu- als abgenommen. Idanda fand ständig etwas an ihm zu kritisieren. Akizzi konnte einfach den Anforderungen des Amtes nicht genügen, das war sein Eindruck. Was sollte er noch tun, um ihn besser darauf vorzubereiten, wenn Akizzi sich trotzig verweigerte? Manchmal fühlte der König sich wie gelähmt und das bezog sich nicht nur auf seinen geistigen, sondern auch seinen körperlichen Zustand. Doch das behielt er für sich und versuchte, Schwächen zu verbergen.

Tiru traf mittags mit Abdi-Aschirta von Amurru, Aitakkama von Qadesch und Pusur, dem Nomadenscheich, dessen Stamm südöstlich von Qadesch seine Weidegründe hatte, nicht weit von dem großen Tallager der königlichen Zedernwälder am Südrand des nordwestlichen Gebirges zusammen. Ganz dreist, vor den Augen des Löwen, an der Hauptroute zur Küste, von wo Qatna sein Meeresgetier bezog. Hier würde niemand mit ihnen rechnen. Und wenn es doch unvorhergesehenerweise zu einer Begegnung mit Qatnäern kommen sollte, so würde sich niemand wundern, ihn oder auch Aitakkama hier zu sehen. Welchen Weg sollten sie sonst zu den Gebirgen nördlich und südlich der Senke oder zu den Orten am Meer nehmen?

Der Treffpunkt, ein etwas abseits gelegener Rastplatz, hatte sich bewährt. Er wurde nur äußerst selten aufgesucht und nachts gemieden, weil er böse Geister beherbergen sollte. Für die Verschwörer ideal, auch wenn Tiru eben deshalb am liebsten den Ort sofort wieder verlassen hätte.

»Es ist also wahr?«, ergriff Abdi-Aschirta das Wort.

»Ihr könnt mich gefälligst einweihen, weshalb dieses Treffen so furchtbar dringend war. Ihr anderen seid ja offenbar bereits bestens im Bilde!«

»Beruhige dich, Aitakkama. Keiner wird dich übergehen. Also, Tiru, berichte.«

»Idanda hat Qatna an Schuppiluliuma von Hattuscha verraten.«

»Weshalb sollte er so etwas tun?«, fragte Aitakkama. »Das glaube ich nicht.«

»Weshalb? Das will ich dir mitteilen. Aus gekränkter Ehre!«

»Was soll das, Tiru? Das ist nicht seine Art. Und was könnte seine Ehre so verletzt haben?«

»Nun, würde es deine Ehre nicht kränken, wenn erst um deine Tochter von einer Person höchsten Adels gebuhlt, sie dann aber schmählich, womöglich geschwängert, sitzen gelassen würde?«

Tiru war nicht wohl bei dieser Übertreibung, aber es galt, den immer zögerlichen König von Qadesch endlich auf ihre Seite zu ziehen, deshalb legte er noch nach. »Idanda ist außer sich vor Schmerz und Wut und hat geschworen, unter dem Einsatz aller Mittel, diese Schande zu rächen, auch wenn er über Leichen gehen müsste. Du weißt ja, wie vernarrt er in seine Kija ist.«

Aitakkama stand mit offenem Mund da.

»Wer war der Schurke, der ihm solche Schmach zugefügt hat?«

»Der Kronprinz von Ägypten.«

»Amunhotep?«

»Eben der.«

»Das ist eine äußerst prekäre Situation. Alle kann man fordern in so einem niederträchtigen Fall von Ehrverletzung, nicht aber den Kronprinzen von Ägypten.« Aitakkama schüttelte noch immer ungläubig den Kopf.

»Aber genau das hat Idanda nun angezettelt«, sagte Abdi-Aschirta. »Indem er sich auf Hattuschas Seite schlägt, schlägt er dem Pharao ins Gesicht. Einen solchen Affront wird, ach was sage ich, kann der Pharao sich nicht bieten lassen. Nicht nur, dass Schuppiluliuma dadurch einen strategisch äußerst günstigen Brückenkopf gewinnt, um alle Länder in Nordsyrien in die Zange zu nehmen, steht er auch noch direkt an der ägyptischen Grenze. Aufmarschgebiet für Qadesch«, Abdi-Aschirta schaute Aitakkama bedeutungsvoll und gleichzeitig herausfordernd an, »Amurru, Byblos und so weiter und so weiter, die ganze Levante steht doch dann offen!«

»Das habt ihr euch ausgedacht!« Aitakkama unternahm einen weiteren, schon sehr abgeschwächten Versuch, Idanda die Stange zu halten, aber er rang mit sich, das sah man ihm deutlich an.

»Nein, das haben wir nicht!«, hielt Abdi-Aschirta dagegen. »Komm schon, Tiru, sag ihm, woher die Informationen stammen.«

Aitakkama sah Tiru erwartungsvoll an, während Pusur gelangweilt auf etwas herum kaute. »Nun sag es endlich, Tiru, mein Fürst!«

»Von meiner Schwester.«

»Beltum, Königin von Qatna«, ergänzte Abdi-Aschirta genüsslich. »An ihrem Wort wirst du ja wohl nicht zweifeln?«

»Du kannst dir nicht ausmalen, wie gekränkt meine Schwester ist. Sie lässt

245

der König seit Jahr und Tag links liegen. Gibt sich nur mit seinem Kebsweib ab und verwöhnt darüber hinaus die Tochter nach Strich und Faden. Und nun verkauft dieser alternde Mann aus lauter Verliebtheit in die eigene Tochter zur Krönung auch noch unser schönes Qatna und mit ihm die ganze Levante an den Hethiter.« Tiru lief zu Höchstform auf.

»Das kann so nicht länger gehen! Wir müssen endlich handeln!«

»Was können wir tun?«

»Idanda muss verschwinden, verstehst du? Mit seinem Sohn, dem Kronprinzen, haben wir leichtes Spiel. Akizzi steht ohnehin auf unserer Seite. Er darf natürlich nie erfahren, dass wir dahinter stecken. Das darf niemand erfahren, darauf werden wir hier und jetzt schwören bei den Göttern und unseren Ahnen. Wenn Gras über die Sache gewachsen und die Zeit reif ist, werden wir offen den Zusammenschluss der Levantestaaten forcieren, notfalls mit militärischem Nachdruck, dafür haben wir ja vorgesorgt.« Abdi-Aschirta lachte vielsagend.

»Noch nicht mitbekommen, dass etliche Karawanen uns ihren Tribut gezollt haben, wenn auch nicht ganz freiwillig?«, fragte er, als Aitakkama offensichtlich nicht verstand, wovon er sprach.

»Du steckst hinter diesen Überfällen?«

»Wir, mein Lieber, wir! Mitgefangen, mitgehangen. Wie sollen wir denn deiner Meinung nach die nötigen Söldner bezahlen? Und einige Fürsten werden vielleicht auch lieber Gold und Edelsteine nehmen, als in einen Krieg verwickelt zu werden. Das ist alles notwendig, damit unser Plan gelingt. Du siehst, wir haben an alles gedacht.«

Aitakkama wand sich, aber schließlich sah er die Notwendigkeit ein, Idanda zu beseitigen, verhielt er sich doch völlig uneinsichtig. Selbst gegen den ausgesprochenen Willen der Edlen von Qatna hatte er sich im Alleingang Schuppiluliuma zu Füssen geworfen! Das war unverzeihlich.

Die Tat musste in Qatna ausgeführt werden. Die Verantwortung dafür übernahmen Tiru und Pusur, wobei letzterer besonders in der Pflicht stand. Wie Tiru betonte, bestünde zumindest die Möglichkeit, dass er der Tat verdächtigt werde, da er sich im Rat von Qatna mehrfach für einen neu zu schaffendes Syrisches Reich ausgesprochen hatte. Es sei denn – so fügte er verschlagen hinzu –, es gelänge, Scheich Idrimi oder besser noch seinem Sohn das Ganze in die Schuhe zu schieben – als späte Rache für die Vermutung, sie hätten die Tadmor–Karawane ausgeplündert. Tiru schlug ferner vor, dass der König durch Gift geschwächt werden sollte, um dann den Todesstoß zu erhalten. Er verschwieg allerdings seinen Mitverschwörern, dass er bereits seit Wochen dem König ein schleichend wirkendes Gift verabreichen ließ. Alle würden sich noch über ihn wundern!

»Wir können dann in Ruhe die Beisetzung Idandas und Inthronisierung

Akizzis abwarten, bevor wir zu den nächsten Taten schreiten«, schloss er zufrieden.

»Was ist mit Idandas Tochter? Sie ist wach und eigenwillig. Sie könnte für uns zur Gefahr werden!«

»Ach was«, sagte Abdi-Aschirta wegwerfend. »Die Kleine verheiraten wir mit meinem Azira, dann ist Schluss mit ihren Eskapaden. Wir haben sie unter Kontrolle. Sie wird schon eine willige Stute werden. Die muss man zureiten, wenn ihr versteht, was ich meine.«

Die vier Verschwörer leisteten den Eid. Dann gingen sie eilig auseinander. Abdi-Aschirta klopfte Tiru zum Abschied auf die Schulter: »Sei versichert, mein Freund, du wirst schon auf deinen Posten kommen!«

⊗⊗⊗

Ehli-Nikalu konnte bald täglich mit der Niederkunft rechnen. Sie wünschte, es wäre endlich soweit. Sie trug schwer an dem Kind. Gebet um Gebet schickte sie zur Göttin und viele Opfer spendete sie ihr wie auch ihre Mutter und die Schwiegermutter. Alles war vorbereitet für die Ankunft des neuen Menschleins. Viele Frauen konnten untrügliche Anzeichen bei der Schwangeren erkennen, die auf einen Sohn hinwiesen und ebenso viele Zeichen deuteten auf ein Mädchen. Man würde sich in Geduld üben müssen. Ehli-Nikalu erfuhr alle denkbare Pflege. Ihr Bauch wurde mit lindernden Ölen behandelt, der Rücken und die Beine massiert, sie unterzog sich rituellen Bädern, all ihre Essgelüste befriedigte man, sofern es sich nicht um verbotene Nahrung handelte. Sie hatte ordentlich zugelegt.

Aber ihre und aller Geduld wurde auf eine harte Probe gestellt. Tag um Tag verging. Ehli-Nikalu war es nicht erlaubt, das Gebärzimmer zu verlassen, bis ihre Reinheit wieder hergestellt war. Auch konnten so am ehesten übelwollende Geister abgehalten werden. Die Muttergöttin wurde durch beschwörende Gesänge um eine leichte Geburt angefleht, noch aber hatte das Kind sich nicht in die richtige Lage gedreht. Die beiden Mütter wechselten sich Tag und Nacht ab, um bei der Prinzessin Wache zu halten, eine der Hebammen war immer anwesend. Eine Dienerin stand bereit, um bei Einsetzen der Geburt rasch eine der Priesterinnen oder Schala selbst zu holen, damit sie die Geburtsomina festhielt.

Mitten in der Nacht setzten die Wehen ein. Sie waren zwar regelmäßig, waren aber viel zu leicht, um dem Kind ans Licht der Welt zu verhelfen. Das hatte sich endlich gedreht, die Hebamme ertastete das Köpfchen in der richtigen Position. Dankbar lächelte Ehli-Nikalu.

»Ob Kija kommen kann?«, bat sie.

»Kind, das wird schwer möglich sein. Sie muss sich dann umfänglichen Reinigungen unterziehen.«

»Es ist aber wichtig, Mutter.« Ehli-Nikalus Augen füllten sich mit Tränen.

»Gut, ich werde nach ihr schicken, beruhige dich, Liebes.«

Eine stärkere Wehenwelle erfasste sie. Und erschreckt umfasste sie ihren Bauch.

»Der Schmerz wird wie von Messern sein, meine Kleine. Stell dich am besten auf das Schlimmste ein, was du dir an Schmerzen vorstellen kannst. Wir werden dich so gut es geht unterstützen.«

»Ach, Mutter. Du musst mir verzeihen. All meine Verfehlungen dir gegenüber. Ich war nicht immer einer Meinung mit dir…«

»Es gibt nichts zu verzeihen, Liebes, mach dir keine Sorgen. Du wirst ein gesundes Kind gebären. Das ist das einzige, worauf du dich jetzt konzentrierst. Alles andere ist nebensächlich oder kann warten.«

»Mutter, wenn mir die Göttin der Geburt nicht gewogen sein sollte, so musst du dafür sorgen, dass Akizzi erfährt, dass ich immer nur ihn geliebt habe. Versprich es mir.«

»Aber ja, ich verspreche es dir, auch wenn er deine Liebe nicht verdient hat.« Diese letzten Worte hörte Ehli-Nikalu nicht und sie waren auch nicht für ihre Ohren bestimmt, eine erneute Wehe überrollte sie.

»Sollte sie sich nicht besser erheben?«

Die Hebamme winkte ab. »Es ist noch Zeit. Die Pforte ist fest verschlossen. Ich gebe ihr später wenn nötig etwas Rizinusöl.«

Stunden vergingen. Ehli-Nikalu war in Schweiß gebadet. Mehrfach war mühsam ihr Gewand gewechselt worden. Sie kämpfte, aber sie war ruhig. Sie hatte alles geregelt. Sollte die Göttin sie zu sich holen, so würde sich Kija um ihr Kind kümmern. Das hatte ihr die Freundin und Schwägerin vor Zeugen versprochen. Kija hatte sie umarmt, bevor sie zurück in den Tempel musste und lächelnd gesagt: »Du wirst deine Kinderschar hübsch selber aufziehen, liebste Ehli-Nikalu, glaub mir!« Dann hatte sie ihr eine Kusshand zugeworfen und war verschwunden. Möge ihr Wunsch in Erfüllung gehen, doch wenn nicht, so wusste Ehli-Nikalu ihr Kind in bester Obhut. Jetzt konnte kommen, was da wolle. Sie entspannte sich, bis die nächsten Wehen über sie hereinbrachen und gegen ihren Willen sich ihr Schreie entrangen.

»Der Kopf, ich sehe das Köpfchen. Es ist voll mit Haaren, was für ein gutes Omen. Rasch, helft mir, sie aufzurichten.«

Ehli-Nikalu wurde mit vereinten Kräften hochgehievt, dann setzte sie sich in Hockerstellung auf den Boden, die Arme auf beiden Seiten bei den Frauen eingehängt. Kaum nahm sie wahr wie ihre Schenkel und ihr gebeugter Rücken mit Öl und dann mit Kuhmilch eingerieben wurden. Auch das beschwörende Gemurmel hörte sie nicht. Mit letzter Anstrengung presste sie das Kind aus sich heraus. Dann raubte der Schmerz ihr kurz die Sinne.

Sie kam wieder zu sich, als die Frauen sie zurück auf das Lager brachten. Doch sie hielt ihre Augen geschlossen. Lebte sie? Lebte das Kind? Sie hörte nichts, Göttin! Doch, da! Plärren.

»Sieh doch nur, Mutter Ehli-Nikalu! Öffne die Augen! Sieh deinen Sohn! Was für ein prachtvoller kleiner Kerl!«

Man legte ihr das Kind auf den Bauch. Dort durfte es liegen, solange das Gesichtchen und der winzige Körper notdürftig gereinigt wurden. Es krähte lauthals vor sich hin, doch seine Mutter lachte und weinte zugleich.

Schala war erschienen, um die Rituale beim Durchtrennen der Nabelschnur durchzuführen. Sie rief die Geburts- und Heilgöttin Gula an, denn das war der Augenblick, in dem sie das Schicksal des Neugeborenen entschied. Wie vorgeschrieben, waren dem Knaben ein Dolch und ein Pfeil in jede Hand gelegt worden, damit er ein starker und heldenhafter Mann werden würde. Allerdings waren zwei Anläufe nötig, bis die Waffen in der nötigen Position liegen blieben. Schala zuckte zusammen und hoffte, niemand hätte das bemerkt. Dann sprach sie einen Segen über das Kind, während es abgenabelt wurde.

Auf dem Rückweg zum Haus der Göttin seufzte sie tief. Auch diesem Kind war, wie so vielen, kein langes Leben bestimmt. In welche Worte würde sie die widersprüchlichen Vorhersagen kleiden, damit es für die Eltern erträglich wäre? Man musste das Ergebnis der Mundwaschung noch abwarten. Jetzt wollte sie zunächst die frohe Botschaft der gut überstandenen Geburt im Tempel verbreiten.

Im Palast hatte das freudige Ereignis längst die Runde gemacht, und auch im Stadthaus und in der Stadt wurde es rasch bekannt. Überall, bis in die letzten Dienstbotenkammern und Tagelöhnerhütten brach begeisterte Freude aus. Akizzi tanzte vor Glück. Einen gesunden, strammen Sohn hatte er gezeugt, so wurde ihm berichtet. Er schickte ein kleines Amulett für den Neugeborenen, seiner Gemahlin aber eine kostbare Halskette mit Ohrringen. Er wollte ihr Abbitte leisten, wenn sie das Wochenbett verlassen hatte und sie zukünftig besser achten, das versprach er insgeheim. Dann suchte er den König auf. Dieser hielt sich wie jetzt fast immer in seinem privaten Gemach auf. Eine Dienerin versorgte ihn soeben mit etwas Wein und Brot. Sie verschwand als der Kronprinz hinzutrat. Leicht verwundert blickte er ihr nach, doch nur einen kurzen Augenblick nahm ihn das gefangen. Er brannte darauf, dem Vater gegenüberzustehen.

»Akizzi«, sagte der aufgeräumt. »Was hat denn der Lärm zu bedeuten?« An seinem erfreuten Lachen erkannte Akizzi den Spaß.

»Nun sag schon, spann deinen armen alten Vater nicht auf die Folter. Ist es ein Junge?«

Glücklich umarmte er seinen Ältesten, als der seine Vermutung bestätigte. »Der Göttin und allen Göttern sei Dank.« Das kam aus tiefstem Herzen.

»Und die junge Mutter?«

»Auch wohlauf, auch wenn die Geburt wohl nicht leicht war. Es soll ein ganz schöner Brocken sein!« Akizzi war so unsagbar stolz. Was gab es Wichtigeres in einem Königshaus als das Sichern der Erbfolge! Das war geschafft. Akizzi war wie immer unbekümmert, obwohl er wusste, wie viele Gefahren einem Neugeborenen drohten und wie viele Kinder im Laufe der ersten Lebensjahre zu den Göttern geholt wurden. Doch heute sollte ihn das alles nicht berühren.

»Wie wollt ihr ihn nennen?«

Das war eine sehr wichtige Frage.

»Er könnte nach einem der Großväter heißen, Idanda oder Naplimma oder einem der königlichen Ahnen, zum Beispiel Sinadu oder Addu, oder vielleicht auch Ulaschuda, wie dein Vater. Welcher passt zu ihm, was denkst du?

»Du hast noch einige Tage Zeit. Sicher werden die Frauen dabei mitreden wollen. Und vergiss nicht, die Priester zu befragen. War Schala da?«

»Ja!«

»Das ist gut. Lass ein festliches Mahl bereiten, mein Sohn. Wir wollen diesen Freudentag würdig begehen. Ich werde mich davor noch etwas ausruhen.«

❧❧❧

Kija fuhr auf. Ihr eigener Schrei hatte sie geweckt. Sie keuchte und war in Schweiß gebadet.

»Amminaje«, wimmerte sie, »Amminaje, die Göttin hat sich mir wieder zugewandt. Aber wie grausam straft sie mich und uns alle.«

Amminaje war sofort aus ihrem ohnehin leichten Schlaf aufgefahren. »Was hast du gesehen?«

»Ich bitte dich, geleite mich zu Schala«, gab sie zitternd zur Antwort und erhob sich mühsam von ihrem Lager. Der Morgen graute. Amminaje sah erschrocken Kijas bleiches Gesicht. Sie trocknete sie ab und zog der apathisch Dastehenden ein frisches Gewand über. Dann machten sie sich auf den Weg in Schalas Gemächer.

Auch Schala war augenblicklich hellwach. Sie gab Amminaje den Auftrag, in der Küche eine Brühe für Kija zubereiten zu lassen. Sie segnete Kija, setzte sich ihr still gegenüber und wartete, bis sie sich gesammelt hatte.

»Der König wird sterben.« Trocken schluchzte sie. Ihre Stimme bekam einen seltsam tiefen Klang. Schala wusste: die Göttin ist anwesend. Sie sank vor Kija auf den Boden, wo sie verharrte.

»Es ist Nacht. Der König schreitet zu einem Abgrund, angetan mit dem königlichen Gewand, doch ohne die Insignien der Macht. Skorpionmann und Skorpionfrau, deren Anblick Tod ist, stellen sich ihm in den Weg. Er weicht zurück, doch dann geben sie den Weg frei. Sie zwingen ihn zum Weitergehen. Einen Schritt noch, den geht er zu viel. Er taumelt, er stürzt. Er stürzt in eine tiefe Grube, von Menschenhand gemacht. Die Wände sind glatt und das Loch ist zu tief, um allein herauszukommen. Keine Hilfe ist da. Der König versinkt, er versinkt in tausenden von großen, todbringenden Skorpionen. Sie klappern und richten ihre gigantischen Stacheln auf. Alle stechen den König. Er verfärbt sich schwarz. Sein Atem wird schwer, er ringt um Luft, doch er wehrt sich nicht. Er ruft nicht um Hilfe. Er wartet, bis seine Augen brechen.«

Von draußen drang munteres Vogelgezwitscher in den stillen Raum.

Kija kam zu sich. Sie schüttelte sich, dann schrie sie: »Qualvoll wird er zugrunde gehen. Ach, warum nur, warum?«

Schala war sogleich bei ihr. Sie legte den Arm um sie und drückte sie sanft an sich. Dann winkte sie die zurückgekehrte Amminaje heran und übergab Kija in ihre Obhut. Wie ein kleines Kind ließ sich die junge Frau von der Freundin mit der wohltuenden Brühe füttern. Sie war gänzlich erschöpft. Schala aber vollzog das schwere Amt und notierte, was durch Kijas Mund vorausgesagt worden war.

Sie musste mit dem König und dem Kronprinzen sprechen. Das Ritual der »Hochzeit des Totengeistes« musste umgehend vorbereitet werden. Nichts dürften sie unversucht lassen, um das bedrohte Leben des Königs zu retten. Und das ausgerechnet gleichzeitig mit dem Fest zur Geburt des ersten Kindes von Akizzi und Ehli-Nikalu. Wieviel Zeit blieb dem König?

Würden die Rituale überhaupt Wirkung zeigen? Hatten die Götter in den von Menschen geplanten Tod nicht bereits eingewilligt? Oder wie war das sonst zu verstehen, dass Skorpionmann und Skorpionfrau, die Hüter des Sonnenauf- und untergangs, den Weg freimachten? Der König war ohne die Insignien der Macht, sie blieben zurück für den Nachfolger. Nur: warum schickte die Göttin dann die Warnung? Kämpfte die Göttin um ihn? Gegen wen? Oder war die Ankündigung des Todes so zu verstehen, dass Idanda schnellstens sein Haus bestellen und alles für die Nachfolge regeln musste? Vielleicht auch deshalb der kurze Aufschub, den die beiden Dämonen ihm gewährten? Wofür wurde der König so hart gestraft? Irgendeinen Bogen hatte er überspannt. Er würde vermutlich durch Gift und durch Erstechen sterben, dafür standen die Skorpione. Musste sie das dem König wirklich alles berichten? Nein, das durfte sie nicht. Aber das meiste.

Schala ließ sich am frühen Nachmittag bei Idanda melden. Er hatte sich zur Begrüßung aus seinem bequemen Sessel erhoben, und sie dachte, sie stünde einem alten Mann gegenüber. Er war blass und die Gesichtshaut wirkte ungesund und fleckig. Warum hatte ihr das niemand gesagt?

Idanda bot ihr Platz und Stärkung an. Für beides bedankte sie sich. Doch mit Entsetzen nahm sie wahr, wie langsam und mühsam der König sich selbst niedersetzte und nach dem Becher griff. Einen Moment fürchtete sie, er würde ihn fallen lassen, weil die Hand ihm den Dienst zu versagen schien. Was ging hier vor?

»Liebe Schala«, ergriff der König das Wort. »Dass du höchstpersönlich erscheinst, um mir zur Geburt meines ersten Enkels zu gratulieren, rührt mich sehr und ich danke dir. Es erfüllt mich mit großer Dankbarkeit den Göttern gegenüber, dass der Fortbestand unserer Familie gesichert ist. Denn das wird nicht das letzte Kind dieses gesunden Paares sein, da bin ich mir sicher.«

Schala überkam fast Übelkeit vor Schmerz darüber, was sie dem König alles sagen müsste. Nicht nur die Zeichen für ihn, nein auch für dieses Kind und für die Stadt standen schlecht. Sie griff nach ihrem Becher und trank, um ihre Verlegenheit zu überspielen, während es in ihrem Kopf fieberhaft arbeitete. Und wenn sie sich irrte? Wenn sie nicht genügend Omina eingeholt hatte? War es nicht falsch, dass sie sich nur auf Kijas Voraussagen verließ? Hätte nicht auch ihr die Göttin sich offenbaren müssen, nachdem sie Kija monatelang gemieden hatte? Vielleicht war ein böser Geist am Werk und lockte sie in eine Falle? Nein, sie konnte jetzt nichts sagen, ohne weitere Gewissheit erlangt zu haben. Doch sie musste in Erfahrung bringen, was den König bedrückte und seit wann er sich nicht wohl fühlte. Sie erfuhr von dem Boten, der an Schuppiluliuma abgegangen war und von dem er leichtsinnigerweise der Königin erzählt hatte, den Auseinandersetzungen mit Akizzi, den Problemen mit einigen Ratsmitgliedern, den Ängsten, dass ein oder mehrere Verräter in ihrer Mitte weilten, den Sorgen um Kija. Vieles wusste oder ahnte sie, manches war ihr neu und sie war froh gekommen zu sein. Hoffentlich nicht zu spät.

»Sag mir, Idanda, seit wann fühlst du dich schlecht?«

»Das kann ich dir gar nicht genau sagen. Aber wenn ich richtig darüber nachdenke, habe ich seit dem Neujahrsfest nicht mehr zu meiner gewohnten Form zurückgefunden. Es wird mir wohl allmählich alles etwas viel!« Er lachte verlegen.

»Beschreib mir, wie sich das äußert, bitte!«, drängte Schala.

»Ich bitte dich, nur ein kleiner Schwächeanfall«, wehrte der König ab.

»Bitte!«, sie ließ nicht locker.

»Zuerst bemerkte ich ständig auftretende Müdigkeit und Mattigkeit. Kaum hatte ich geruht und ein bisschen gearbeitet, war ich schon wieder völlig erschöpft. Dann legte sich das Ganze für eine Weile und ich frohlockte, alles sei überwunden. Nun fühle ich mich wieder wie zuvor, vielleicht

252

sogar noch etwas schlimmer. Ich will dir ehrlich antworten, Schala. Es gibt Augenblicke, da denke ich, ich sei gelähmt. Meine Hand, mein Bein will mir nicht gehorchen, keine Kraft, kein Gespür. Nach geraumer Zeit ist alles wieder wie gewohnt.«

»Schmerzen?«

»Eher nicht.«

»Hast du beobachtet, ob es bestimmte Zeiten sind, wenn die Müdigkeit besonders auftritt?«

»Wie meinst du das?«

»Zum Beispiel nur am Abend oder nach einer Mahlzeit. In der Nacht gar nicht. Das meine ich.«

»Lass mich nachdenken. Wohl eher am Nachmittag und gegen Abend, aber so genau kann ich dir das nicht sagen.«

»Was nimmst du am Mittag und Nachmittag zu dir?«

»Schala, hast du einen Verdacht?«

»Nun, deine Gesichtsfarbe und deine Haut geben mir zu denken. Vielleicht gibt es ein Problem mit der Leber oder der Galle.«

»Ach so, ich dachte schon…«

»Was dachtest du?«

»Nein, vergiss was ich sagte, es war nur eine Idee.«

»Mein König, alles ist wichtig, wenn es um dich geht! Du repräsentierst Qatna. Also bitte, was hast du gedacht?«

»Dass es sich vielleicht nicht um eine Krankheit handelt, die die Götter gesandt haben, sondern ein Mensch dahinter steckt.«

»Inwiefern?«

»Mir erscheint das jetzt gänzlich absurd, während wir darüber sprechen, aber ich dachte kurz, dass Gift eine Rolle spielen könnte.«

Schala verzog keine Miene. Das war auch ihr Verdacht. Und dann Kijas Traum! Oh, ihr Götter.

»Wer könnte dir so übel wollen und vor allem, wer könnte dir Gift verabreichen? Das müsste ja in einer Speise oder einem Getränk sein, wie in diesem hier, das wir gerade trinken. Vor allem, wenn du keine Schmerzen hast. Schmerz- oder Schlafmittel könnten falsch dosiert entsetzlich wirken.«

»Ach, Schala, ich muss über all das in Ruhe nachdenken. Natürlich habe ich Feinde. Es gibt im Rat Streitereien darüber, an wen Qatna sich zukünftig halten soll.«

»Davon habe ich gehört.«

»Dann die Sache mit Kija. Diese unaufgeklärten Karawanenplünderungen. Akizzi hat auch seine eigene Meinung. Es kommt schon vieles zusammen. Aber nichts, was meiner Einschätzung nach so außergewöhnlich wäre, dass man auf eine solche Weise gegen mich vorgehen würde. Nein, nein. Ich

253

denke, du hast recht, dass Leber oder Galle angegriffen sind und ich mich deshalb so schlecht fühle.«

Sollte sie den König nicht bei dieser Meinung lassen? Zumindest bis sie selbst klarer sah?

»Hast du mit irgendjemanden darüber gesprochen?«, erkundigte sich Schala.

»Nein, nicht direkt. Ich habe manchmal daran gedacht, nach dir zu schicken, aber«, mit einem Bedauern winkte der König ab, »es ging immer wieder unter. Der eine oder andere mag bemerkt haben, dass ich mich nicht so stark fühle: Kija, Akizzi, Iset, die Königin. Hast du nicht ein wirksames Kraut für mich?«

»Ich werde mich sofort darum kümmern. Und ich werde Anweisungen geben, was du in der nächsten Zeit zu dir nehmen solltest und was nicht.«

»Das könntest du gut mit der Dienerin besprechen, die mich immer bedient.«

»Gut, schick sie zu mir. Die Götter mit dir, Idanda, König von Qatna!«

Schala versuchte, sich an die infragekommenden Rituale für den Schutz des Königs zu erinnern. Sie war noch ganz verwirrt. Wenn sie nur wüsste, ob sie gegen eine Störung der inneren Organe anzukämpfen hatte oder ob der König aufgrund von Gift erkrankt war. Einige Zeichen sprachen für letzteres, insbesondere Kijas Vision. Welches Gift könnte es sein? Gift, das müde machte und zu Lähmungen führte, dabei fast geschmacklos war oder von Gewürzen übertönt werden konnte. Im Essen? Im Trinken? Müdigkeit und Übelkeit wies eher auf ein Pflanzengift, Lähmungen ließen sie an Schlangenbisse denken. Unmöglich. Aber ohne weitere Kenntnisse konnte sie kein Gegengift finden. Sie hatte so viel auf einmal zu bedenken. Zunächst waren die Ursachen für den Zustand des Königs zu prüfen. Ferner musste sie das richtige Schutzritual herausfinden, aber zuvor die Göttin befragen, ob sie dieses anwenden dürfte. Für das Leben des Königs nach seinem Tod wäre es von größtem Übel, wenn sie vorher dem Willen der Götter zuwider gehandelt hätte. Was sollte sie zuerst tun?

Die Überlegungen wurden zu ihrem Ärger unterbrochen, als ihr die Bedienerin des Königs gemeldet wurde. Das Wesen besaß die Unverschämtheit sie zu bitten ans Tor zu kommen. Sie weigerte sich standhaft, das Heiligtum zu betreten. Nun gut, die paar Schritte würden ihr nicht schaden. Unterwegs überlegte sie, was der König meiden sollte. Es war wie verhext. Was bei Erkrankung der Leber oder Galle schädlich war, wie beispielsweise Öl oder fette Milch, konnte bei Vergiftung nützlich sein. Was sollte sie raten?

Ein Sud aus Zwiebeln, Thymian und Hundsrose konnte in keinem Fall schaden. Wenig Fleisch, weiches Obst, nicht zu frisches Brot – hilflose Versuche, das war ihr klar.

Entgegen ihrer Vorstellung traf Schala nicht auf eine forsche, fast freche Magd, sondern auf ein verschüchtert wirkendes, zierliches Mädchen, das ihr aufmerksam zuhörte und artig wiederholte, wenn auch mit kaum vernehmbarer Stimme, was die Hohepriesterin ihr aufgetragen hatte. Schala befragte sie intensiv nach den Ess- und Trinkgewohnheiten des Königs, aber viel brachte sie nicht in Erfahrung. Er nahm die üblichen Mahlzeiten zu sich, meist gemeinschaftlich mit der Familie. Ob er zwischendurch nach etwas verlangte, wollte Schala wissen. Ja, manchmal am Nachmittag. Und zwar getrocknete Früchte. Ob immer sie diejenige sei, die diese Gänge erledigte. Doch, ja, fast ausnahmslos, war die Antwort. Ob sie aus Qatna stamme und wie lange sie schon im Palast weile, wollte Schala dann wissen. Sie sei aus einer Familie, die seit Generationen den jeweiligen Königen diente. Schala entließ das zunehmend verängstigte Ding schulterzuckend. Einen rechten Reim konnte sie sich nicht machen. Die Dienerin schien den König abgöttisch zu verehren und ihm hingebungsvoll jeden Wunsch von den Augen abzulesen, und er seinerseits war sicher gut zu ihr. Trotzdem gab sie sich schüchtern und hatte Angst, das Haus der Göttin zu betreten. Das war seltsam.

»Verzeih, Hohepriesterin.« Es war Kija, die hinzu trat.

»Was gibt es denn?«

»Warum hast du mit ihr gesprochen?«

»Sie ist Dienerin bei deinem Vater.«

»Ich weiß. Und sie gehörte zur Dienerschaft Amunhoteps, so lange er in Qatna weilte. Sie war diejenige, die mich …« Kija verstummte. Aber Schala wusste sofort, worauf sie anspielte.

Das war sehr interessant! Amunhotep. An ihn hatte sie noch gar nicht gedacht.

»Komm mit mir, wir wollen nicht im Hof bleiben.« Zurück in ihren Gemächern, berichtete Schala Kija von ihrem Besuch beim König. Kija erschrak zutiefst.

»Ihr Götter! Ich wollte es dir damals gleich sagen, schon vor Wochen, als ich das letzte Mal ausführlich mit dem König zusammen war – bevor diese unglückliche Nachricht kam. Warum habe ich das nicht getan? Er schickte mich weg, weil er so ermüdet war und sich alt fühlte. Wäre ich nur sofort zu dir gekommen!«

»Wir müssen jetzt sehen, was wir tun können, und zwar schnellstens.«

◈◈◈

»Was willst du? Du weißt doch genau, dass du nicht hierher kommen sollst, dummes Ding.«

»Verzeih mir, Herr, aber ich musste einfach. Sie weiß alles!« Sie zitterte am ganzen Körper.

»Wer ist sie?«, war die barsche Frage.

»Die Hohepriesterin.«

»Schala? Wie kommst du denn darauf?«

»Sie ließ mich rufen und hat mir eine Frage nach der anderen gestellt, wie lange ich schon im Palast diene, was der König isst und trinkt und wann und ob ich ihm alles bringe und lauter solche Sachen. Und ich soll einen Sud für ihn kochen lassen.«

Das Mädchen wurde immer hysterischer.

»Reiß dich zusammen. Du weißt, was sonst blüht! Das hat alles nichts zu bedeuten. Man sieht ja, dass es dem König nicht sonderlich gut geht. Da ist es doch klar, dass er nach jemanden Heilkundigen schickt. Das hatte ich dir doch gesagt! Du musst damit rechnen, dass er sich Hilfe holt. Weißt du das nicht mehr? Rede!«

»Doch, Herr, doch. Das hast du gesagt.« Sie war dem Weinen nahe.

»Na siehst du. Du kannst ganz beruhigt sein. Komm her, meine Kleine. Jetzt stell dich nicht so an! Komm her, habe ich gesagt. Du bist doch mein kleines Vögelchen, nicht wahr! Denk immer daran, wer dein Meister ist und mach keine Fehler. Sonst …«

Des Königs Dienerin zuckte zusammen.

»Hör jetzt genau zu! Du setzt drei Tage aus, klar? Am Nachmittag des vierten Tages nimmst du alles, was noch in der Phiale ist. Das musst du hinbekommen, wie, ist deine Sache. Niemand darf etwas merken. Dann ist dein Dienst beendet. Verlass den Palast, wie besprochen. Hast du mich verstanden?

»Ja, Herr.«

»Deutlich, mein Täubchen, ich möchte deutlich hören, ob du mich verstanden hast.« Tiru griff das Mädchen grob am Arm.

Ihre Augen flackerten. »Ja, Herr«, sagte sie etwas lauter.

»Na siehst du, das ist doch gar nicht schwer. Jetzt verschwinde und komm nur noch, wenn ich dich holen lasse, du Schäfchen. Und mach dir keine Sorgen wegen deiner Mutter.«

Während sie davoneilte, hörte sie ihn dröhnend lachen.

⊙⊙⊙

Nach reiflicher Überlegung erschien es Schala am sinnvollsten das Orakel zu befragen, dann gäbe es zumindest Gewissheit. Die Zeit drängte. In wenigen Tagen würde im Palast die Geburtsfeierlichkeiten beginnen. Also blieben ihr ein oder zwei Tage für die Anrufung. Dafür waren umfängliche Vorbereitungen notwendig. Vor allem galt es ein geeignetes Opfertier zu finden. Dann wählte Schala ihre Helferinnen aus. Nach anfänglichem Zögern zog sie auch

Kija hinzu, obwohl sie noch Novizin war und es um ihren Vater ging. Aber hatte nicht die Göttin die erste deutliche Warnung ihr offenbart? Und sie wäre nur Helferin. Mit dem Opfer selbst käme sie nicht in Berührung.

Der Opferraum im Heiligtum war von allen bösartigen Dämonen und Geistern gereinigt worden, die sich möglicherweise hatten Zutritt verschaffen können. Schala spürte die Reinheit des Raumes. Nun war er in Dämmerlicht getaucht, als die Schar der Priesterinnen und Helferinnen ihn nach den vorgeschriebenen Waschungen betrat. Auf dem Altar standen Gefäße mit geweihtem Wasser, Wein und gemahlenem Korn. Aus den Räucherschalen stiegen betäubende Dämpfe auf. Schala schritt zum Altar und sprach die Worte: »Durch die Hingabe dieses Lammes, oh Belet-ekallim, möge es uns gelingen, dich günstig zu stimmen, damit du uns gnädig Dinge der Zukunft erschauen lässt. Deiner Gottheit möge es gefallen, uns durch die Teile dieses Tieres das Orakel zu erteilen.«

Zypressenharz wurde erneut auf die Räucherschalen gestreut. Wie Nebel durchzog der Rauch den Raum. Zwei Priesterinnen schütteten Bier und Gerste als Gabe über die Bronzeschale, in der Holzkohlen glühten. Erst jetzt wurde das erwählte weiße Lamm hereingeführt.

Eine Priesterin hob beschwörend ihre Arme und sprach:

„Verhüte, oh Göttin, dass etwas Unreines den Ort der Wahrsagung berühre!
Verhüte, dass das Lamm, das zu beschwören ist, untauglich sei oder mangelhaft!
Verhüte, dass beim Schlachten dieses Tieres ein unreines Opfergewand
Oder etwas Unreines, das eine der Priesterinnen gegessen oder getrunken hat,
die Beschwörung unwirksam mache und uns die Schau ins Künftige verwehre!
Verhüte, dass dem Mund deiner Priesterin die Antwort voreilig entschlüpfe!"

Es war nun an Schala, die Orakelfrage zu stellen. Sie hatte sich ganz versenkt und ihre Stimme war überirdisch klar.

»Ich frage dich, Belet-ekallim, große Herrin, ob Qatna und sein König Idanda glücklich sein werden?«

Ein dumpfer Gongschlag dröhnte durch den Raum, während eine Tempeldienerin mit einem raschen Stich in die Halsschlagader das Lamm tötete. Schweigend wurde das Ausbluten abgewartet. Dann übernahm eine Priesterin den leblosen Körper und öffnete ihn mit kundigen Schnitten. Weiteres Räucherwerk wurde währenddessen verbrannt, Bier und Mehl geopfert. Schala trat an das Tier und betrachtete sorgfältig die Lage der Eingeweide. Sie löste achtsam die Leber heraus, den Sitz des Lebens und der Seele, in die die Gottheit ihre Spuren gezeichnet hatte. Nach dem Ausbluten wurde sie mit geheiligtem Wasser übergossen. Erst jetzt begab sich die Hohepriesterin mit der Leber in der Hand zu dem erhöht stehenden Orakelstuhl. Alle fielen nieder. Zwei Priesterinnen, die die Orakelworte notieren mussten, setzten sich links und rechts von ihr nieder, zwei andere Priesterinnen nahmen neben ihr Aufstellung. Die eine reichte Schala eine Platte, auf der sie die Leber so niederlegte, dass der große Lappen nach Westen ausgerichtet war. Sie besahen die Leber sorgfältig und schweigend.

„Die Pyramide ist wie ein Löwenkopf, also werden Diener den Herrn bedrängen."

„Seht, sie gleicht einem gespaltenen Löwenohr. Nach den Schriften bedeutet das, dass die Götter den König an der Grenze verlassen werden."

„Der kleine Lappen sieht aus wie ein Schafsohr oder eine Ochsenzunge – untreue Vasallen oder Feinde wollen dem König Übles."

Weitere Beobachtungen der drei Opferschauerinnen waren nicht zu verstehen.

Schala verharrte bewegungslos. Ihr Gesicht war bleich und erstarrt. Sie lauschte in sich hinein, um in der Versenkung die Worte der Göttin richtig auszulegen.

Hinter dem Altarvorhang wurde ein monotoner, rhythmischer Hymnus angestimmt, in den die Priesterinnen eine nach der anderen einstimmten. Endlich öffnete Schala ihre Augen, ihr Blick wie aus weiter Ferne, wie vom anderen Ufer der Welt zurückgekehrt.

„Ein großes Standbild ist erbaut und reicht bis zu den Wolken. Granit ist sein Haupt, Sandstein sein Leib und Ton seine Füße. Wenn die Erde bebt unter den tönernen Füßen und der Sturm braust um das granitene Haupt, wird der König auffahren zu seinen Ahnen."

Ein Schrei zerriss die atemlose Stille, so dass alle sich vor Schreck die Gesichter verhüllten. Kija und Schala brachen fast gleichzeitig zusammen.

Sieben Tage nach der Geburt verließen Ehli-Nikalu und ihr Sohn das Gebärzimmer des Palastes. Alle notwendigen Reinigungen waren an der jungen Mutter vollzogen worden. Zwar waren die Spuren der Schwangerschaft und Geburt noch längst nicht alle verschwunden, aber jetzt freute sie sich, endlich wieder unter Menschen zu sein und von allen bewundert zu werden. Dass auch der Vater des Kindes ihr so viel Aufmerksamkeit zuteil werden ließ, entschädigte sie für manchen Kummer.

Alle waren in der großen Halle versammelt und warteten. Ehli-Nikalu betrat sie mit dem Kind auf dem Arm vom Thronsaal herkommend. Am Portal vor dem Palastheiligtum der Belet-ekallim, wurden sie von Schala und anderen Priesterinnen und Priestern willkommen geheißen und gesegnet. Dann schritt sie weiter bis zur Mitte, wo Akizzi auf sie wartete. Sie legte den Kleinen, den das alles nicht zu kümmern schien, vor ihm auf den bloßen Boden. Vor den Augen aller Anwesenden bückte sich Akizzi und hob das Kind empor. Damit erkannte er es als das seinige an. Erst jetzt waren die drei auch rechtlich eine Familie. Die Position von Ehli-Nikalu hatte sich ungemein verbessert, sie war nicht nur seine Hauptgemahlin, sondern auch die Mutter seines Sohnes. Ohne triftigen Grund konnte Akizzi sie nun nicht mehr einfach verstoßen. Doch im Moment dachte sie nicht an solche Belange. Sie war so glücklich wie selten in ihrem Leben.

Gemeinsam umrundete das Paar mit dem Jungen den riesigen Feuerplatz, nicht nur um ihn symbolisch durch das brennende Feuer noch einmal zu reinigen, sondern auch um ihr Kind in die Familie, die Hausgemeinschaft, die Stadt und das Land Qatna aufzunehmen. Begeisterung machte sich in der Halle breit und der Junge fing erschreckt von dem plötzlichen Lärm an zu weinen, beruhigte sich aber rasch wieder, als alle gespannt lauschten, um ja nicht den Namen zu verpassen:

»Ammut-pan soll er heißen«, verkündete Akizzi laut.

Das musste gefeiert werden.

Idanda war froh, als er sich am frühen Nachmittag etwas von dem Trubel zurückziehen konnte. Seit ein, zwei Tagen fühlte er sich besser und die Festfreude tat ein Übriges. Er war aufgekratzt und vergnügt. Aber er wollte nicht übermütig werden, es war höchste Zeit für eine Ruhestunde. Beltum war ununterbrochen mit dem Winzling beschäftigt und dabei sehr zufrieden und fröhlich, während die Eltern die Glückwünsche und Gaben entgegennahmen, umringt von den vielen Familienmitgliedern. Man würde seine kurze Abwesenheit gar nicht bemerken. Er winkte Kija zu, deren Blick er kreuzte und entfernte sich unauffällig, indem er den Weg durch die Kanzlei und über die verborgene Tür nahm, um in sein Lieblingszimmer zu gelangen. Mit Kija würde er heute Abend ausführlicher sprechen. Das hatte er mit ihr ausgemacht.

Ihm war heiß. Er ließ sich auf seinem Ruhelager halb sitzend, halb liegend nieder und fächelte sich Kühlung zu. Sein treuer Geist hatte die Rückkehr bemerkt. Sie erschien im Türrahmen und dankbar nahm er ihr Angebot an, ihm ein kühlendes Getränk zu holen. Das liebe Ding, immer zurückhaltend, immer diskret. Idanda konnte sich ohne weiteres vorstellen, dass dieses Menschenkind schon schlimme Dinge erlebt hatte, so schreckhaft und vorsichtig wie es war.

Er döste ein bisschen vor sich hin. Ein Luftzug durchstrich den dämmrigen Raum. Er ließ seinen Gedanken freien Lauf. Vielleicht war er doch etwas eingenickt, denn er erschrak, als die Dienerin wieder eintrat. Sie kam zur rechten Zeit, um seinen Durst zu löschen. Sie reichte ihm einen großen Becher, auf dem etwas frisch gestoßenes Eis schwamm. Granatapfel und erfrischende Gewürze, die er nicht recht zuordnen konnte, dufteten ihm entgegen. Er trank gierig mit großen Schlucken.

»Was ist da noch drin außer Granatapfel?«, fragte er.

»Eine Essenz aus Hundsrose«, antwortete sie. »Die Hohepriesterin hat doch gesagt…«

»Ja, ja, das ist richtig. Hast du nur diesen Becher gebracht oder mehr?«

»Hier ist noch etwas im Krug, mein König.«

»Ich danke dir. Lass mich nun allein, mein Kind.«

Der König lehnte sich zurück und schloss die Augen.

Die Dienerin betrachtete ihn still einen Augenblick. Dann machte sie einige Zeichen in seine Richtung, verneigte sich mit gekreuzten Armen und verließ das Zimmer.

Als er wieder erwachte, war es draußen schon leicht dämmrig. Er wollte sich aufrichten, doch ein stechender Schmerz warf ihn zurück in die Kissen. Sein Hals fühlte sich brennend an. Er angelte mühsam nach dem Becher, doch der war geleert. Den Krug konnte er nicht erreichen. Er versuchte sich zu erinnern. Es war der Jubeltag, um die Ankunft des kleinen Ammut-pan zu begehen. Wie lange er wohl geschlafen hatte? Wo war das Mädchen? Woher kam der Schmerz?

Er hörte Stimmen vor der Tür. Jemand sagte mit Bestimmtheit:

»Der König wünscht nicht gestört zu werden!«

»Er hat mich zu sich bestellt. Und ich gehe jetzt hinein.«

Der König musste trotz seiner Benommenheit und des Schmerzes lächeln. Das war Kija.

»Vater«, sagte sie, als sie ihn so hilflos liegen sah. »Was ist dir?«

Idanda schüttelte schwach den Kopf und leckte sich über die Lippen.

»Du hast Durst? Warte, ich hole dir rasch frisches Wasser.«

Sie kehrte in Windeseile zurück, kauerte sich neben ihn und hielt ihm einen Becher an den Mund. Er trank langsam, das Schlucken fiel ihm unendlich schwer. In seinem Hals war Feuer.

Er versuchte sich zu räuspern, aber es kam nur ein Krächzen heraus.

»Soll ich Schala holen?«, fragte Kija. »Was ist mit deinem Hals? Hast du Fieber?«

Der König schüttelte den Kopf. Schlafen würde das Beste sein.

Er flüsterte: »Komm morgen früh, meine Kleine. Ich bin jetzt zu matt, um mit dir zu sprechen. Komm früh!«

»Die Götter mit dir, liebster Vater.«

Kija verließ in tiefster Unruhe den Raum. So schnell konnten sich die Worte der Göttin doch nicht erfüllen! Sie fragte nach der Dienerin mit der Schala gesprochen hatte. Niemand hatte sie in der letzten Stunde gesehen. Zuvor hatte sie aber mitgeteilt, dass der König ohne Störung zu wünschen bleibe. Das war nichts Ungewöhnliches, außer an diesem besonderen Tag.

Doch die Dienerschaft hatte sich darüber nicht gewundert. Kija gab den Auftrag, einen lindernden Trank für den Hals zuzubereiten und dem König eine leichte Mahlzeit zu bringen. Auch sollte unbedingt jemand in seiner Nähe bleiben, sich um seine Bettstatt kümmern, ihm Kühlung zufächeln und für seine Bequemlichkeit sorgen. Sollte sich sein Zustand verschlechtern, möge man umgehend in das Haus der Göttin schicken. Diesmal suchte sie sofort Schala auf und berichtete ihr alles.

Den König quälten böse Ahnungen. Der Schlaf wollte nicht kommen. Er setzte sich etwas auf und schaffte es, einen Schluck zu trinken. Das Wasser schmeckte köstlich wie nie zuvor, auch wenn es immer noch in seiner Kehle brannte. Hundsrose, ob die ihm nicht bekommen war? Aber sie war von Schala angeordnet worden, die wusste, was sie tat. Schala! Mit ihr musste er noch so viel regeln und mit Akizzi. Wie würde das Leben für Iset werden, wenn er einmal nicht mehr lebte? Und Kija? Er beruhigte sich. Kija war in guter Hut im Tempel. Aber Iset! Beltum würde seine Wünsche respektieren. Er musste sie das versprechen lassen. Warum kam der Bote aus Hattuscha nicht zurück? Vielleicht war er gar nie angekommen? Abgefangen worden? Ein Unglück? So vieles konnte geschehen. Die Misere hatte mit diesem merkwürdigen Besuch von Amunhotep begonnen. Dieser Dämon. Die Bilder in seinem Kopf verschwammen. Er schreckte auf. Wer war im Raum? Nein, niemand war da. Für einen Moment hatte er gedacht, sein Vater stünde vor ihm. Ihr Götter, wacht über Qatna! Was war das für ein Tumult? Träumte er wieder?

Doch das war Tirus Stimme. Was wollte denn ausgerechnet er jetzt? Bei seinem Schwager war es ihm besonders unangenehm, sich in solch schlechter Form zu zeigen. Er riss sich zusammen, als ein Diener eintrat und den Edlen Tiru meldete, der sich nicht abweisen ließ. Er wolle den König um Verzeihung bitten.

Sieh her, das war eine gute Nachricht. Er hatte sich die ganze Zeit nicht vorstellen können, dass Tiru sich illoyal verhielt. Es war zwar schon spät, draußen herrschte Finsternis und kühle Nachtluft strömte in das Zimmer, aber für eine Versöhnung war es nie zu spät. Er winkte zustimmend. Der Diener half ihm, sich aufrechter zu setzen, zupfte das Gewand zurecht und bat dann den Gast herein.

Tiru erschien nicht allein, sondern in Begleitung eines Nomadenscheichs, den er noch nie zuvor gesehen hatte. Schon vom Eingang her rief Tiru ohne zeremonielle Begrüßung:

»Idanda, Schwager, das Rätsel der Überfälle ist gelöst! Hier, dieser ehrenwerte Scheich kann uns alle erdenkliche Auskunft geben.«

Beide Männer kamen näher. Idanda wollte etwas sagen, doch sein Hals war immer mehr angeschwollen, so dass ihm das Sprechen noch schwerer fiel.

»Du kannst nicht sprechen, mein König?«, fragte Tiru. »Das ist sehr gut.« Idanda glaubte sich verhört zu haben. Hilflos lag er auf seinem Lager, unfähig sich zu bewegen oder zu sprechen. Er fixierte Tiru. Ahnungen formierten sich zu Gewissheit. Während seine Lippen einen Fluch gegen diese beiden Verbrecher formten, zog der Scheich einen schmalen, langen Dolch aus seinem weiten Gewand und reichte ihn Tiru.

»Von schräg unten musst du zustoßen«, flüsterte er.

Tiru setzte Idanda den Dolch an die Brust. Seine Grimasse ließ ihn einem schrecklichen Dämon gleichen. Was er sagte, hörte Idanda nicht mehr. Der Dolch fuhr ohne Widerstand in sein Herz. Die beiden lagerten ihn wie zur Ruhe und zogen eine bunte Decke über ihn. Dann verließ zunächst Tiru den Raum und geraume Zeit später auch der Nomade, nachdem er die Lampen gelöscht hatte.

Kija und Amminaje erwachten gleichzeitig. Es war heiß im Zimmer und draußen totenstill. Ein unheimliches Grollen war zu vernehmen. Wer zürnte? El und Yaw oder Ischtar? Beide Frauen richteten sich auf.

»Was hat das zu bedeuten?«

»Das ist das Zeichen, gleich wird die Erde beben«, sagte Kija. »Wir müssen aufstehen, sofort.«

Sie wickelten sich in ihre Gewänder.

»Komm, schnell raus hier. Am besten auf den Hof. Wir wecken die anderen.«

Sie hasteten in die nächstgelegenen Kammern und riefen laut auf den Fluren. Dann kam der erste Stoß. Er war leicht, wie ein leises Schwanken auf einem Schiff. Schreie durchzogen das Heiligtum. Draußen kam Wind auf.

»Zum Hof oder auf die Straße«, rief Kija, »lauft zum Hof.«

Dann suchte sie ihren Weg zu Schala. Sie wusste, dass sie die Nacht bei der Göttin verbringen und um Hilfe für den König und für Qatna flehen wollte.

»Göttin«, betete Kija leise, während sie weiter hastete, »du wirst Schala schützen. Du wirst deine Dienerin nicht verlassen.«

Schala lag wie tot. Ohne auf die vorgeschriebenen Riten zu achten, stürzte Kija zu ihr, legte ihr Ohr an die Brust. Das Herz schlug kräftig. Sie weinte vor Erleichterung, rüttelte und schüttelte die Schlafende. Der Fußboden schwankte, als Schala endlich die Augen öffnete.

»El zürnt«, sagte Kija. »Steh auf.«

Schala kam langsam zu sich.

»El zürnt? Dann ist es geschehen!«

Kija zog Schala einfach hinter sich her zum Hof. Dort hatten sich alle

Frauen versammelt. Schala war jetzt hellwach. »Fehlt jemand?«, war ihre erste Frage. Dann schaute sie sich um. Die Gebäude hatten offenbar bisher keine Schäden genommen soweit das im flackernden Fackelschein zu erkennen war. Es lagen keine herabgefallene Steine herum, nichts brannte. Noch einmal ertönte Grollen und Ächzen, als stöhnten die Mauern unter einer Last. Der Wind war stärker geworden.

Kija war voller Sorge hinausgetreten und versuchte zu erkennen, ob der Palast beschädigt war oder seine Bewohner sich auf dem Dach versammelt hatten. Schala rief sie zurück.

»Wir bleiben zusammen. Folgt mir in den Garten. Dort müssen wir das Morgengrauen erwarten. Hoffen wir, dass die Mutter Erde sich wieder beruhigt. Fleht zu den Göttern um Erbarmen, betet zu El und Ischtar, zu Yaw und Belet-ekallim.«

Offenbar halfen die insbrünstigen Gebete, denn weiteres Schwanken blieb aus. Keine Erdspalte hatte sich aufgetan. Der Wind hatte sich gelegt. Klarer Sternenhimmel zeigte sich. Nicht lange und sie hörten den ersten, klagenden Ruf eines Nachtvogels. Das war das erlösende Zeichen.

»Vielleicht war nicht Qatna gemeint«, murmelte Schala. »Oder El schickte einen Vorboten? Eine weitere Warnung? Eine Verwarnung? Auf jeden Fall ein schlechtes Vorzeichen.«

Das frühe Tageslicht zeigte nur wenige Schäden innen und außen. Sie würden schnell zu beheben sein. Die Lehmziegel hatte sich wieder einmal bewährt.

In Kija machte sich Hoffnung breit. Die Erde hatte nur leicht gebebt und als Sturm konnte man dieses Windchen nicht bezeichnen. Das konnten nicht die Zeichen sein, die dem König galten, sicher hatten sie eine andere Bedeutung. Dorthin, wo das Beben stark gewesen war, wo auch immer das gewesen sein mochte – vielleicht in Amurru oder in Alalach –, dorthin ging die Botschaft der Götter. Dennoch war es für Kija eine harte Geduldsprobe zu warten, bis sie ihren Vater aufsuchen durfte. Schala hatte ihr untersagt zum Palast zu gehen, bevor die großen Tore geöffnet würden, auch wenn sie selbst in höchster Sorge um den König war. So schrecklich es auch sein mochte, im Augenblick konnten sie nichts tun. Aus dem Palast war keinerlei Nachricht gekommen, auch die Dienerin war nicht erschienen. Hoffen und warten. Sollte das Orakel richtig gedeutet worden sein, war es ohnehin zu spät.

Die Wachen wirkten verschlafen. Im Palast war alles still, nur aus dem Küchentrakt kamen vertraute Geräusche. Hier waren noch weniger Schäden erkennbar als im Heiligtum. Offenbar hatten sich alle erneut schlafen gelegt, nachdem die Erde sich beruhigt hatte. Kija interessierte das alles nicht. Hoffentlich war sie nicht vor der Zeit gekommen und der Vater hatte sich noch gar nicht erhoben. Hoffentlich konnte sie ihn gleich in die Arme schließen und das Gespräch führen, für das er sie zu sich beordert hatte. Es lag ihm wohl sehr am Herzen. Doch je mehr sie sich seinem Refugium näherte, desto mehr krampfte sich ihr Herz zusammen. Was hatte Schala gesagt? ›El zürnt? Dann ist es geschehen!‹

Niemand war im Wohnraum zu sehen und auch nicht im Vorzimmerchen. Vielleicht hatte das Beben der Erde den Diener vertrieben und er war nicht zurückgekehrt?

Dank, Göttin! Der Vater schlief noch! Kija trat leise näher. Aber er rührte sich nicht. Er atmete nicht.

»Vater!« Sie stürzte an die Lagerstatt, netzte ihren Finger und hielt ihn an seinen Mund. Der Hauch eines Hauches schien aus dem Mund zu kommen oder irrte sie?

»Vater!«

Erst jetzt nahm sie den nassen Fleck auf der Decke wahr. Rot. Sie hob die Decke an und entdeckte den Dolch. Ihrem ersten Impuls folgend, zog sie die Waffe aus dem Leib. Mehr Blut quoll hervor. In diesem Moment öffnete Idanda die Augen und Kija glaubte ein Lächeln um seinen Mund zu sehen. Ihre Tränen flossen. Hilflos hatte sie ein Tuch gegriffen und versuchte, die Wunde zu stillen, ohne sich von seinen Augen zu trennen.

»Mein Sonnenschein!«, flüsterte der König.

Er versuchte noch etwas zu sagen. »Talzu weiß, es war T…«, verstand sie.

Der König nahm unter größter Willensanstrengung einen neuen Anlauf: »A…«, mehr kam nicht heraus.

»Du musst die Mö…«, die Stimme des Königs erstarb.

Ein Leuchten glitt über sein Gesicht. Als es erlosch, war auch das letzte Blut aus der Wunde geflossen. Der König von Qatna war auf dem Weg zu seinen Ahnen.

An der Brust des Königs liegend, in Tränen aufgelöst, so fand Schala Kija. Alle Vorhersagen hatten sich erfüllt. Doch trotz des eigenen Schmerzes galt es jetzt, einen kühlen Kopf zu bewahren, das war sie dem König schuldig. Sie zog Kija zärtlich, aber bestimmt hoch und schloss dem Verstorbenen die Augen.

»Setz dich hier neben den König, Kija«, sagte sie. »Du hältst jetzt über ihn Wache.«

Umsichtig regelte sie dann die nötigsten Dinge. Die Spuren der Gewalttat kaschierte sie, so gut es ging. Ein frisches Tuch wurde über den König gelegt, die Waffe verborgen. Sie schärfte Kija ein, niemanden in das Gemach zu lassen.

264

Dann schickte sie eine Dienerin in die Küche, einen Diener zu Akizzi, einen Diener postierte sie am Eingang des königlichen Wohnraumes, um Unbefugte abzuhalten und kehrte in das Sterbezimmer zurück. Vorsichtig öffnete sie kurz den Mund des Königs. Seine Zunge war geschwollen und verfärbt. Auch das hatte sie vermutet. Sie sprach einen Segen über Idanda. All die Rituale, die jetzt vonnöten waren, mussten noch warten, bis sie mit Akizzi gesprochen hatte, damit die Weichen richtig gestellt werden würden. Während des Wartens schaute sie sich sorgfältig im Zimmer um, bis ihr Blick an dem irdenen Krug neben dem Bett hängen blieb. Sie nahm ihn auf und roch kurz daran: Granatapfel. Aber was noch? Dieses Rätsel würde sie im Haus der Göttin zu klären versuchen.

Akizzi erfasste offenbar mit einem Blick die Lage und blieb entsetzt am Eingang stehen. »Das kann nicht sein, ihr Götter! So plötzlich! Was ist geschehen? Was ist mit Kija?«

Schala erhob sich und schob Akizzi in den Vorraum.

»Der König hat offensichtlich über einige Zeit Gift erhalten, das den Zweck hatte, ihn so wehrlos zu machen, dass ein Meuchelmörder ihn niederstechen konnte. Das ist gestern Abend oder heute Nacht geschehen. Vielleicht während des Zornes des El, vielleicht hat der Gott aber auch deshalb seine Zeichen geschickt. Ich weiß es nicht, aber es fällt mir schwer, an einen Zufall zu glauben.«

»Was sagst du da? Ihr Götter! Welch ein Unglück. Wer kann so etwas tun? Weiß es die Königin schon?«

»Nein, ich wollte zunächst mit dir sprechen, damit du für den Rat vorbereitet bist.«

»Was meinst du damit?«

Sie wurden unterbrochen, weil der Diener mit des Königs Morgenmahl zurückkehrte. Schala nahm es ihm ab und entließ ihn. Dann kehrte sie zu Akizzi zurück.

»Nun, du musst dich darauf einstellen, dass man dich nicht als König bestätigen wird. Nicht, wenn dein Vater ermordet wurde.«

Akizzi erbleichte. »Das darf niemand erfahren, Schala.«

Weder Akizzi noch Schala hatten bemerkt, dass Kija hinzugetreten war. In der Hand hielt sie die Mordwaffe. Ihr leidenschaftliches Weinen hatte kaltem Zorn Platz gemacht. Hatte sie vorher wie ein verzweifeltes Kind gewirkt, so schien sie jetzt eine Rachegöttin zu verkörpern.

»Wir müssen herausfinden, was gestern Abend nach meinem Weggang passiert ist. Ob der König noch jemanden empfangen hat. Er sprach von »den Mördern«. Wer von den Dienern war bei ihm? Warum ist diese verschüchterte Dienerin spurlos verschwunden ...«

Fast gleichzeitig fragten die beiden anderen: »Der König lebte, als du kamst? Und hat noch gesprochen?«

»Lass mich den Dolch sehen«, sagte Akizzi plötzlich.

»Kennst du ihn?«

»Ich glaube schon. Es ist ja ein recht auffallendes Stück. Hier, dieser schlanke und aufwändig geschnitzte Elfenbeingriff mit den Wildtieren. Diesen oder einen sehr ähnlichen habe ich im Zelt des ehrenwerten Scheich Idrimi gesehen. Er gehört meines Wissens seinem Sohn. Aber das ist doch ganz unmöglich!«

»Wir werden alles in Ruhe besprechen. Doch jetzt können wir nicht zu lange warten. Die notwendigen Rituale müssen ihren Lauf nehmen«, sagte Schala mit Dringlichkeit, »sonst schaden wir der Seele des Verstorbenen.«

Akizzi entgegnete: »Du hast recht, Edle Schala, Hohepriesterin von Qatna. Aber zunächst ist zu entscheiden, wie die offizielle Verlautbarung aussehen muss. Sie zu formulieren wird schwierig genug werden. Wenn die Wahrheit verkündet wird, dass der König ermordet wurde, muss er besonders bestattet und der Palast entsühnt werden. Das Königtum kann in unserer Familie nicht verbleiben. Große Unruhe wird in Qatna und bei den Nachbarn entstehen, und das ausgerechnet jetzt, in dieser angespannten Situation. Das können wir uns nicht erlauben. Kein Sterbenswort darf diesen Raum über die wahren Umstände verlassen.«

»Wie kannst du so reden? Vater muss gerächt werden. Feige Mörder haben ihn wehrlos gemacht und abgestochen, schlimmer als jedes Tier. Wir müssen die Schurken finden, alles aufdecken. Warum musste er denn sterben? Es sind mehrere darin verwickelt. Das kannst du nicht einfach verheimlichen, nur um deiner Macht willen!«

»Kija, Schwester, versteh doch. Es geht nicht um mich. Es geht um Qatna.«

»Du kannst dir deine Heuchelei sparen. Dir geht es einzig und allein um den Thron. Du warst schon die ganze Zeit gegen Vater. Vielleicht hat er ja dich gemeint!«

Eine neue Woge des Entsetzens ergriff sie. Sie sank auf einen Hocker, legte den Kopf in die Hände und weinte. Das konnte Akizzi nicht abhalten. Wütend wollte er auf seine Schwester losgehen, doch Schala hielt ihn zurück.

»Setz dich!«, sagte sie streng.

Sie wartete kurz, dann sagte sie: »Kija, du musst uns jetzt sagen, was der König noch gesprochen hat. Wiederhole genau seine Worte.«

»Ich sage sie nur dir.«

»Akizzi ist dein Bruder und der künftige König, er muss sie genauso erfahren wie ich.«

»Du hast dich also längst für ihn entschieden«, stellte Kija resigniert fest.

»Ebenso wie du dich für Qatna entschieden hast«, sagte Schala ohne ein Zögern. »Ich will und werde nicht die Suche nach der Wahrheit behindern. Im Gegenteil. Aber es wäre keinesfalls im Sinne eures Vaters, wenn Qatna durch innere Unruhen Schaden nähme und sich dann äußeren Feinden zum Fraß anböte. Amurru zum Beispiel lauert nur auf die Gelegenheit, sich Qatna einzuverleiben. Ich vertraue also auf deine Vernunft und bitte dich jetzt erneut, uns die letzten Worte des Königs zu wiederholen.«

Kija schluckte. Sie sah ein, sie hatte keine andere Wahl. Aber alle Worte würde sie nicht wiederholen, zwei gehörten ihr, ihr allein!

Stockend sagte sie:

»Er muss schon fast verblutet gewesen sein, als ich kam, doch wie durch ein Wunder lebte er noch. Vielleicht war es auch der Wunsch der Göttin, dass er mir noch sagen sollte, wer ihn umgebracht hatte und warum. Er gab mir einen klaren Auftrag. Zuerst sagte er: ›Talzu weiß, es war T…‹. Dann versuchte er noch etwas zu sagen. Vielleicht meinte er eine zweite Person, aber ich verstand nur ›A…‹, mehr kam nicht heraus. Und ganz vernehmlich sagte er: ›Du musst die Mö…‹ und das heißt: du musst die Mörder finden und entlarven. Oder?«

»Was meinte er mit ›Talzu weiß‹?« Akizzi sah Schala an, doch diese zuckte mit den Schultern.

»Kija, was meinte Vater damit?«

Sollte sie all ihr Wissen preisgeben? Aber die Würfel waren gefallen. Akizzi sollte König werden und das Königtum in der Familie bleiben. Irgendwann säße der kleine Ammut-pan auf dem Thron. Und wenn Akizzi ihr je Schaden zufügen wollte, so könnte sie ihr Wissen um die unwürdigen Vorgänge an diesem frühen Morgen ausspielen. Er würde es nicht wagen.

So berichtete sie von Talzus Beobachtung, die den Verdacht des Vaters zur Gewissheit hatte werden lassen: Tiru war der Verräter oder zumindest einer der Verräter. Tiru, sein Schwager, der Bruder der Königin. Und sie fügte hinzu: »Vielleicht war die zweite Person ein Nomade. Er fällt in Qatna nicht auf. Ich sage ja, dass wir den Diener finden und fragen müssen, mit dem ich gestern Abend gesprochen habe…«

»Das stand in dem Schreiben, das Talzu an dich sandte?«, unterbrach sie Akizzi.

Kija nickte.

»Wir werden darüber noch sprechen«, sagte Akizzi. »Und bei ›A…‹ hast du gleich an Akizzi gedacht, ist ja auch naheliegend!«

Akizzi flüchtete sich in seine Ironie, die genau so beißend sein konnte, wie seine Zornesausbrüche fürchterlich.

»Nein, das stimmt nicht! Nur als ich dich so reden hörte, nachdem Vater gerade erst … Verzeih mir, das war nicht richtig. Ich war wütend und habe dich ungerechtfertigt angegriffen, es tut mir leid. Tatsächlich habe ich einen schrecklichen Verdacht.«

Kija zitterte.

Schala stand auf und legte schützend ihren Arm um Kija.

»Sollen, nein müssen wir das jetzt nicht verschieben?«, fragte sie. »Wir müssen uns um den König kümmern, wir müssen die Königin, Uppija, den Sprecher des Rates, und die Priesterschaft informieren. Das ist unabdingbar. Akizzi, wir brauchen hier vertrauenswürdige Leute aus der Dienerschaft. Notfalls musst du sie – nun, du weißt, was zu tun ist. Sie sollen mir helfen, den König zur Aufbahrung vorzubereiten. Gib mir die Waffe. Ich nehme sie in Verwahrung. Du musst mit dem Hohepriester des Baalum sprechen und, wenn ich hier soweit bin, umgehend mit deiner Mutter und den anderen Familienmitgliedern.«

»Und was soll ich sagen?«

Plötzlich machte auch Akizzi einen hilflosen Eindruck. Hoffentlich wird er seiner neuen Rolle gewachsen sein, dachte Schala und erinnerte sich an Idandas Vorbehalte gegenüber seinem Ältesten. Aber zu Akizzi gab es keine Alternative – ein Tiru gleich gar nicht. Akizzi war auf das Amt vorbereitet worden. Auch wenn er mit Sicherheit nicht Idandas Format hatte, so kannte er doch seine Rolle. Vielleicht wuchs er mit Hilfe der Götter ja hinein.

»Du sagst: der König ist plötzlich heute Nacht verstorben, vermutlich durch ein Leber- oder Magenproblem, das ihn schon geraume Zeit plagte. Und das gestrige Festmahl tat ein Übriges. Gefunden hat ihn Kija, die er heute Morgen zu sich bestellt hatte. Die Wachen können bestätigen, dass sie den Palast betreten hat.«

»Ja, aber ich kam sehr früh!«

»Du warst so voll Schmerz, dass du erst sehr spät nach Akizzi geschickt hast.«

»Und du? Dich haben die Wachen doch auch gesehen und die Diener.«

»Ich hatte eine Mitteilung für den König, deshalb kam ich ungerufen. Und dann habe ich mich zunächst um dich gekümmert. Mach dir keine Sorgen. Es steht niemandem zu, mein Verhalten zu hinterfragen.«

»Was ist aber mit dem Zorn des El?«

»Er bezog sich nicht auf Qatna. Dazu war das Beben der Erde viel zu leicht. Vermutlich traf es die Küste, wir müssen die Nachrichten abwarten, die sicher bald eintreffen werden.«

»Und was, wenn Tiru sich äußert?«

»Er wäre ein Schwachkopf, sich selbst ans Messer zu liefern.«

»Nun, das sagst du, weil du Kija glaubst. Was aber, wenn er Idrimis Sohn anklagt?«

»Aber mit welcher Begründung? Du siehst Dämonen, Akizzi. Der Dolch ist in meiner Verwahrung. Wenn Tiru davon weiß, so verrät er, dass er anwesend war. Voraussetzung ist, wir drei schweigen. Und die Dienerschaft. Du musst umgehend den Diener und die Dienerin finden. Geh jetzt und schick mir zwei zuverlässige Helfer. Kija, du gehst auch. Nimm diesen Krug mit und verwahre ihn so, dass ihn niemand berührt. Dann sagst du Ammanije, dass der König gestorben ist und dass sie sofort zu mir in den Palast kommen soll. Sie weiß, was zu tun ist. Du selbst bleibst im Haus der Göttin. Nimm etwas zu dir!«

Dank des klugen Verhaltens von Schala ging alles vonstatten, ohne dass irgendjemand Verdacht schöpfte oder unangenehme Fragen stellte. Die Königin war außer sich vor Schmerz. Bis zur völligen Erschöpfung beklagte sie den König und Gemahl. Es gelang Akizzi und Ehli-Nikalu kaum sie zu bewegen, wenigstens einige Stunden zu schlafen. Sie verließ nur kurz das Sterbezimmer. Immerhin gab das Iset Gelegenheit, auf ihre stille Art ihren Herrn und Gebieter noch einmal zu sehen. Trotz ihrer Trauer kam ihr das Aussehen des Königs seltsam vor. Doch sie würde schweigen. Was wusste sie von den Bestattungssitten dieses Landes? Fast nichts. Würde ihr geliebter Gatte im Westen auf sie warten? Nur das zählte für sie.

Dumpfe Schläge auf Bronzebecken verkündeten in der ganzen Stadt der Bevölkerung den Tod des Herrschers. Boten wurden ausgesandt, um die furchtbare Nachricht auch im Umland bekannt zu machen. Vierzehn Tage dauerten die Totenrituale, die – da das Land nun ohne Herrscher war – mit der Notzeit begannen. Alle in die Zeremonien Eingebundenen, Priesterinnen und Priester, Klageweiber und sonstige Kultakteure, die Königsfamilie, die höchsten Würdenträger und ihre Gemahlinnen, unterwarfen sich daher einem Fasten. Zu Ehren des Toten wurde ein Pflugrind geschlachtet und Wein gespendet. Danach zerbrach man die Weinkanne und übergab sie dem Toten. Nach Sonnenuntergang wurde ein Sühneritus vollzogen und die Totenwache begann.

Noch in der Nacht wurde der tote König von grotesk maskierten Männern in das Haus der Gestorbenen gebracht. Niemand Unbefugter hatte Zutritt und es gab nur Vermutungen, was dort geschah. Dem aufsteigenden Rauch nach zu urteilen, wurde mit Feuer gearbeitet. Auf Feuer wiesen auch die Mengen an Bier, Wein und einem speziellen Getränk, die angefordert wurden, wohl um es zu löschen. Genau wissen wollte das niemand. Ehrfürchtig und ängstlich zugleich wurde der Platz gemieden. Wer dort den Dienst verrichtete, war geheim. Speiseopfer an die Ahnen und die Götter der Erde sowie die Bewirtung der Trauernden begleiteten die geheimnisvollen Abläufe.

Nach dem Aufenthalt im Haus der Gestorbenen kehrte der König in seinen Palast zurück. Er wurde achtsam auf eine hölzerne Trage gelegt und in den Audienzsaal gebracht, wo er aufgebahrt in den nächsten Tagen allgemein betrauert werden konnte. Doch zunächst wurde er in die Obhut der Priesterinnen übergeben.

Schala und ihre Helferinnen hatten ein Wunderwerk vollbracht. Der König war mit seinem schönsten Ornat gekleidet worden, bei dem der königliche, mit Fransen besetzte Mantel herausragte. Prachtvolle Ketten und Armreifen zierten ihn. Das Haar war nach der Sitte am Oberkopf zu einem breiten Knoten aufgesteckt und mit einem schmalen Band zusammengehalten. Sein Bart war kunstvoll geglättet. Das Gesicht, die geschlossenen Augen, der Mund wirkten wie bei einem friedlich Schlafenden. Nur wenige Eingeweihte wussten, dass auf seinem Gesicht eine sorgfältig geschminkte, lebensecht wirkende Totenmaske lag. Erst jetzt wurde der König auch mit seinen Herrschaftszeichen versehen. Sein erhöht auf einem kostbaren Kissen liegender Kopf erhielt zum letzten Mal die Krone aufgesetzt. In die rechte Hand wurde ihm der Krummstab gelegt, das Symbol des gerechten Hirten, der sich um seine Schafe treusorgend kümmert. In der Linken, die angewinkelt über der Brust lag, steckte das Zepter. Vor ihm wurde eine Lampe angezündet und ein Gefäß mit Feinöl aufgestellt. Erst danach konnte das Wiegen-Ritual vollzogen werden. Die Götter erhielten ihren Lieblingstrank Bier, dazu Schafskeulen, Rosinen, Oliven und Brote gespendet, ferner Wollflocken. Dann nahm die Beschwörerin eine Waage zur Hand., in deren eine Schale legte sie Silber, Gold und Edelsteine, in die andere Lehm. Im Zwiegespräch mit ihrer Gehilfin sprach sie:

„Einer soll Idanda bringen; wer bringt ihn herbei?"

„Die Männer von Qatna und die Richter werden ihn herbringen."

„Sie sollen ihn nicht herbringen."

„Nimm das Silber und Gold."

„Ich werde es mir nicht nehmen."

Bei der dritten Wiederholung antwortete die Beschwörerin: „Den Lehm werde ich mir nehmen."

Dann zerbrach man die Waage, legte sie zum Toten, sang und begann mit einer weiteren Totenklage. Rinder und Schafe wurden geopfert. Die Schreie der Klagefrauen füllten die Halle, sie zerrissen ihre Gewänder wie das Ritual es vorschrieb. Priester wechselten sich bei der Totenwache ab und brachten Rauchopfer dar, deren Düfte die Halle erfüllten und die Götter der Unterwelt wohlgefällig stimmen sollten. Trauer hatte sich über das Land Qatna gebreitet. Überall wurde das Tagwerk unterbrochen oder ausgesetzt. Man nahm Abschied vom geliebten König.

Der plötzliche und unerwartete Tod des Königs hatte in Qatna und vor allem im eiligst zusammengerufenen Rat tiefe Bestürzung hervorgerufen.

Dennoch ging das Leben weiter und die Stadt konnte nicht ohne Führung bleiben. Wie vorgeschrieben, übernahm der Vorsteher des Rates, Uppija, vorübergehend die Amtsgeschäfte des Königs.

»Ihr Edlen Qatnas! Trauer wegen des Hinscheidens unseres geliebten Herrschers umwölkt unser Angesicht. Verhüllt eure Gesichter und betet zu den Göttern der Unterwelt um eine gnädige Aufnahme.« So eröffnete Uppija die Sitzung.

Dann bat er den Kronprinzen zu berichten. Der war erschüttert, sprach aber gefasst davon, dass der König sich seit geraumer Zeit nicht wohlgefühlt habe, ohne diesem Unwohlsein die nötige Beachtung geschenkt zu haben. Erst mit zunehmender Einschränkung durch die Erkrankung und begleitenden Schmerzen habe er in das Heilhaus geschickt, offenbar zu spät. Nach Einschätzung der Experten rührten seine Beschwerden vom Magen oder aber gar von der Leber her, vermutlich einer Kombination aus beidem.

»Der gestrige Festtag mit den üppigen Mahlzeiten, der Genuss von ungemischtem Wein, all das hat offenbar schlagartig zu Krämpfen, Koliken und dem raschen Tod geführt, so dass kein Ritual, kein Gebet, keine Arznei mehr die Todesgottheit beeinflussen konnte.«

»Als ich ihm gestern noch meine Aufwartung machte, um ihm zu seinem prachtvollen Enkel zu gratulieren«, ließ sich Tiru mit Grabesstimme vernehmen, »da klagte er in seiner beherrschten Manier, dass er sich schlecht fühle. Ich bot ihm an, zum Heilhaus zu senden, aber er lehnte ab. Hätte ich es doch nur getan! Ob er schon ahnte, was dann geschah? Oh, ihr ungerechten Götter, warum er? In der Blüte seiner Jahre!«

Uppija ging sofort dazwischen und bat ihn zu schweigen, um nicht weiteres Unglück heraufzubeschwören. Akizzi glaubte seinen Ohren nicht zu trauen. Fassungslos betrachtete er seinen Onkel. Konnte jemand so überzeugend lügen? Doch vielleicht log er nicht, sondern der König hatte Kija etwas ganz anderes mitteilen wollen. Zumindest gab Tiru zu, den König aufgesucht zu haben. Das musste alles noch sorgfältig, aber im Geheimen geprüft werden. Jetzt standen andere wichtige Dinge an. Dass er als Thronfolger bestimmt würde, dürfte zwar nur eine Formsache sein, aber sicher sein konnte man nie. Gänzlich unklar war, wie sich Tiru verhalten würde.

»Der König wird zu den königlichen Ahnen gehen. Wir werden alles dafür tun, damit sein Weg in die Unterwelt glückt und er dort bis in alle Zeiten wie es ihm gebührt fortleben kann.« Uppija machte eine kurze Pause, bevor er fortfuhr: »Wir hier Versammelten müssen jetzt die Folgen für Qatna bedenken, deshalb sind wir zusammengekommen. König Idanda hat Qatna in vorbildlichem Zustand hinterlassen. Der Thron für seinen Nachfolger ist bestens bereit. Es ist an uns, diesen nun zu bestimmen. Mir als Sprecher des

Rates steht der erste Vorschlag zu, und ich empfehle Akizzi, den erstgeborenen Sohn Idandas und der Beltum, der sorgfältig für das Amt ausgebildet wurde.«

Allgemeine Zustimmung war zu vernehmen.

»Was hat es aber mit dem Zorn des El auf sich?«, fragte Gabulli. Er strich sich durch den langen grauen Bart und die Sorge wegen des schlechten Omens war ihm deutlich anzumerken. »Müssen wir das nicht bedenken?«

»In der Priesterschaft ist man der Meinung, dass das Beben der Erde nicht Qatna galt. Doch hat sie vorgeschlagen, dass sich der künftige König einem Gottesurteil stellt, damit jeder Zweifel ausgeräumt wird.

Wieder zeigte sich allgemeine Zustimmung. Akizzi verzog keine Miene.

»Gibt es weitere Vorschläge für die Nachfolge des Edlen Idanda?«, fragte Uppija in die große Runde. Niemand meldete sich.

Uppija, aber auch Akallina und andere schauten mehrfach zu Tiru hinüber. Er hatte nie einen Hehl daraus gemacht, dass er mit der politischen Linie seines Schwagers nicht einverstanden war. Jetzt könnte er sprechen. Könnte sich zur Wahl und gegen Akizzi stellen. Aber er tat es nicht. Scheute er das Gottesurteil?

»Gut, so bestimmen wir den Kronprinzen Akizzi, den erstgeborenen Sohn Idandas, Sohn des Ulaschuda, und der Beltum, Tochter des Naplimma, zum Thronfolger von Qatna. Nach den Bestattungsfeierlichkeiten hat er sich dem Gottesurteil zu unterziehen, um unsere Wahl zu bestätigen. Erst dann wird er inthronisiert. Mögen die Götter mit uns und mit Qatna sein!«

Uppija trat zurück und setzte sich auf seinen Platz.

Ein Priester trat zu Akizzi. Unter Rauch- und Trankopfern wurde der designierte König gesalbt und zu dem leeren Stuhl auf einem Podest in der Mitte des Raumes geführt. Erst danach löste die Versammlung sich auf. Alle erwiesen dem künftigen König ihre Ehrerbietung. Akizzi versuchte gelassen zu wirken, doch sein Herz klopfte vor Stolz. Für einen kurzen Augenblick vergaß er die bedrohlichen Ereignisse, seine Angst vor dem bevorstehenden Gottesurteil. So würde es in Zukunft immer sein: alle würden sich vor ihm verneigen. Er würde der Gebieter sein, der König von Qatna.

Als Letzter trat Tiru an ihn heran. Instinktiv erhob sich Akizzi. Um fast einen Kopf überragte er seinen Onkel.

»Lass mich wissen, wenn ich dir mit meiner großen Erfahrung und meinen guten Kontakten beistehen kann, mein lieber Neffe«, sagte der. »Ich bin jederzeit für dich da, nun da du vaterlos geworden bist.« Er umarmte Akizzi übertrieben. Akizzi hatte, wie ihm plötzlich auffiel, bisher seinem Onkel nie richtige Beachtung geschenkt. In diesem Moment hatte er das Gefühl, eine Schlange wände sich um ihn.

Ehli-Nikalu hatte sich mit ihrer Mutter, der Dienerschaft und dem Kleinen in ihre Gemächer zurückgezogen. Trauer über den Tod ihres Schwiegervaters, den sie schätzen gelernt hatte, und Sorge um die Zukunft quälten sie. Hoffentlich war das kein schlechtes Omen für Ammut-pan, dass an der Feier seiner Geburt der König verschieden war. Akizzi hatte ihr nur kurz mitteilen können, dass der Rat ihn als Thronfolger bestätigt hatte. Er war stolz. Wie würde er als König sein? Und als Gemahl? Sie würde viele Pflichten übernehmen müssen, auch wenn Beltum ihren Titel Königin zeitlebens behielt. Ehli-Nikalu würde ihren Gatten nach Kräften unterstützen und ihre Aufgaben gerne erfüllen. Liebevoll strich sie ihrem Söhnchen über das seidige Haar und gab ihm die Brust.

Akizzi bat noch am selben Abend die Hohepriesterin und seine Schwester um ein Treffen. Er musste unbedingt mit jemanden Vertrauenswürdigen sprechen. Im Palast waren alle mit den Vorbereitungen für die Totenfeiern beschäftigt. Mit Ehli-Nikalu konnte er all das, was ihn bewegte, nicht besprechen. Sie interessierte sich vor allem für das Kind. Und er wollte nicht noch mehr Familienmitglieder beteiligt sehen, das konnte sie und ihn in Gefahr bringen. Deshalb hielt er sich auch Kuari gegenüber zurück, mit dem er sich sonst gerne besprach. Sein jüngerer Bruder hatte die Besonnenheit des Vaters geerbt. Er durchdachte alles sorgfältig, bevor er zur Tat schritt und war daher ein guter Ratgeber. Doch hier konnte er nicht helfen. Der Kreis der Mitwisser musste möglichst klein gehalten werden.

Sie trafen sich im Westflügel des Palastes im obersten Geschoß. Dort hatte Akizzi sich nach der Abreise Amunhoteps einige Räume mit herrlicher Aussicht nach Westen und Norden eingerichtet, um nach Belieben ungestört sein zu können. Schala und Kija benutzten den Haupteingang und gelangten über das Treppenhaus hinauf, ohne die Audienzhalle betreten zu müssen. Es war das erste Mal, dass Akizzi sie in diese Gemächer bat. Sie blieben in dem mit Teppichen, Hockern und einigen Fellen behaglich eingerichteten Empfangsraum. Welche sonstigen Zimmer sich dahinter anschlossen und wofür ihr Bruder sie brauchte, darüber wollte Kija nicht nachdenken.

Nach den Aufregungen genoss Kija einen Augenblick die Scheinruhe. War es wirklich erst Stunden her, dass Vater in ihren Armen gestorben war? Müssten sie nicht weinen und klagen, zu den Göttern flehen und ihnen Beschwichtigungsopfer darbringen, anstatt zu politisieren oder Mörder zu jagen? Alles war unwirklich. Sie nahm das Fayencegefäß und trank gekühlten Wein in kleinen Schlucken. Durfte in der Trauerzeit Wein getrunken werden? Verstohlen blickte sie zu Schala.

Ihr wurde bewusst, wie nah dieses Zimmer an dem Treppenaufgang zum Dach lag. Gab es womöglich eine Verbindungstür zwischen der obersten Etage und dem Treppenhaus, die sie übersehen hatte, obwohl sie die halbe Nacht dort zugebracht hatte? Dann würde sich das Rätsel lösen, wie Amunhotep von ihr ungesehen und ungehört auf das Dach gekommen und seine Dienerin so schnell von diesem verschwunden war. Amunhotep – Amunhotep!

Unsanft brachte Akizzi sie zurück in die Wirklichkeit.

»Ihr hättet ihn erleben sollen!« Akizzi war noch immer erregt. »Sagt ganz selbstverständlich, er habe dem König seine Aufwartung gemacht, mein feiner Onkel. Wenn Kija recht hat und er hinter allem steckt, dann war das äußerst geschickt, denn er weiß genau, dass Wachen und Diener ihn gesehen haben und es nur eine Frage der Zeit ist, bis wir das herausfinden.«

»Aber er kann nicht ahnen, dass wir ihn in Verdacht haben. Er wird denken, wir folgen der gelegten Spur, die uns zu Idrimi und seinen Sohn führt. Oder er ist sich sicher, dass wir gar nichts unternehmen werden. Aus seiner Sicht muss es danach aussehen. Wir wiederum wissen nicht, ob er nicht doch die Wahrheit sagt. Vielleicht war er wirklich beim König und hat ihn lebend verlassen.«

»Meiner Meinung nach lügt er. Vater hat mich weggeschickt, weil er unbedingt bis zum Morgen ruhen wollte. Er konnte kaum sprechen und war müde. Warum sollte er dann Tiru vorlassen, damit er ihm gratuliert? Da muss Tiru schon mit wichtigeren Mitteilungen gelockt haben, sonst hätte Vater ihn mit Sicherheit abgewiesen, schon um ihn nicht die Schwere seiner Erkrankung auch nur erahnen zu lassen.«

»Das klingt einleuchtend. Wir werden den Diener befragen. Ich habe ihn und die Wachen ermittelt.«

»Und die Dienerin?«

»Von ihr gibt es keine Spur. Sie scheint nicht mehr im Palast zu sein. Ich lasse sie durch eine verschwiegene, alte Sklavin suchen, bisher ohne jeden Erfolg. Weshalb ist sie für dich so wichtig?«

Schala schaltete sich ein. »Dieses verängstigt wirkende Mädchen war von Idanda Amunhotep zu seiner persönlichen Bedienung überlassen worden, so lange er hier war.«

»Ja und?«

»Akizzi! Sie muss diejenige gewesen sein, die dem König das Gift verabreichte, wer sonst? Doch wer war ihr Auftraggeber?«

»Du meinst, Vater hat das alles durchschaut und …«

»Amunhotep sagen wollen. Ja, das wollte ich sagen.« Kijas Herz verkrampfte sich, als sie ihren schrecklichen Verdacht aussprach.

Akizzi schüttelte den Kopf. Er stand auf und begann im Raum hin- und herzulaufen. »Welchen Gewinn könnte Amunhotep dadurch haben, König Idanda vergiften zu lassen? Vergiften und Erstechen? Hat das Mädchen den König auch erstochen? Nein, es war schon weg. Man hat es in der Küche am

274

Nachmittag zum letzten Mal gesehen, dann verliert sich seine Spur. Also wer könnte diesen gemeinen Auftrag in die Tat umgesetzt haben? Idrimi oder sein Sohn? Ein zufälliges Zusammentreffen? Eine gemeinschaftliche Aktion? Warum? Warum? Warum?«

»Akizzi, hör auf. So kommen wir nicht weiter, es geht alles durcheinander. Wir müssen den einzelnen Fäden folgen. Aber ich bin völlig erschöpft. Können wir nicht morgen fortfahren?«

»Ihr werdet morgen ohne mich auskommen müssen, zu vieles ist für die Bestattungsfeierlichkeiten vorzubereiten, doch haltet mich auf dem Laufenden«, sagte Schala, die bisher dem Gespräch der Geschwister schweigend gefolgt war. Die beiden Frauen verließen den grübelnden Akizzi.

Vom toten König war ein Sitzbild angefertigt worden, das am siebten Tag im Palast aufgestellt wurde. Von den klagenden Frauen mehrfach umrundet, verbrannte man gleichzeitig ein Gewand, ein Salbölgefäß und Stroh. Aus Trauer zerbrach man einen Wein- und einen Bierkrug. Rinder und Schafe wurden den Göttern, den Ahnen und der Seele des Toten geopfert, der auch die Leber erhielt. Trankopfer gab es für die Götter, Brotopfer für die Seele des Toten, für die man später trank und dabei den Toten laut bei seinem Namen rief.

Die nächsten Tage waren der Ausstattung des Toten im Jenseits gewidmet. Damit er dort als König begrüßt und in den Kreis der Ahnen aufgenommen werden würde, musste im Diesseits alles bestens für ihn bestellt werden. So wurden unter anderem Rinder und Schafe auf einer saftigen Wiese an einer Quelle geschlachtet, vor dem Sitzbild des Königs, das auf einem Wagen mitgeführt worden war, damit der König seine Tiere, das für sie vorgesehene Weideland und die Versorgung mit Wasser begutachten konnte. Er erhielt ferner einen Weinkrug, eine Hacke und einen Spaten, einen Pflug, Dreschflegel und viele weitere nützliche Dinge. Anschließend wurde er in einem Zelt auf einen goldenen Thron gesetzt, ausgestattet mit Pfeil und Bogen und genoss dort mit den Seinen ein Totenmahl. Am Ende des Tages häufte man am Haupttor des Palastes für ihn Getreide und Früchte auf. Der Tote wurde mit Blumen geschmückt. An einem anderen Tag setzte man das Bild auf einen Wagen, der es zum Zelt brachte. Dort ergriff der bestimmte Nachfolger die silberne Axt und schlug damit einen Weinstock ab, einem anderen Sinnbild des Lebens. Der wurde mit Bändern und frischen Weintrauben für die Lebenden, mit aus Wolle gefertigten für die unterirdische Sphäre versehen und zum Tisch des Toten gebracht. Danach wurden weitere Beigaben für ihn bereitgestellt: ein kostbares Tablett, Räder aus Teig, ein Prachtgewand, ein Feinölgefäß. Dann kehrten alle in den Palast zurück. Während der Nacht wurde ein feierliches Weinopfer für den Toten abgehalten. Je ein

Mundschenk stand rechts und links vom Herd. Mit ihren Kannen schütteten sie den für die Seele des Toten bestimmten Wein hinein, doch durfte das Feuer nicht erlöschen. Es folgte der Ritus »Angelegenheit der Füße«, um die Seele zu besänftigen. Dazu legte man auf die Knie des Sitzbildes des Toten Brote und sprach: »Siehe, dir haben wir Soldatenbrot auf deine Füße gelegt, zürne nun fernerhin nicht! Und sei deinen Kindern gut! Dein Königtum soll weiter für Enkel und Urenkel dauern. Und es wird dazu kommen, dass deinem Haus Ehrfurcht entgegengebracht wird und die Opfer dir aufgestellt sind.« Nach diesem Versprechen legte man Brot und Früchte vor die Füße. Darauf folgte der Seilritus. Das Seil symbolisierte die letzte Verbindung zum Diesseits, an dem der Tote nicht mehr hängen sollte. Dazu ertönten Gesänge und die Klagen der Frauen.

»Wer hätte gedacht, dass meine kleine Schwester einmal mein Stab und Stecken, meine engste Beraterin und Vertraute werden würde?« Akizzi konnte seine Späße nicht lassen.

»Hör endlich auf, mich immer kleine Schwester zu nennen und mach dich nicht ständig lustig über mich.«

»Ich mache mich nicht lustig, Kija. Tatsache ist, dass wir beide diejenigen sind, die Vater am nächsten standen und nun gemeinsam versuchen, die rätselhaften Umstände seines Todes zu klären. Also keine Scherze mehr, sondern Ernst. Du nötigst mir Respekt ab, Kija, und glaub mir. Ich sehe dich schon geraume Zeit nicht mehr als kleines Mädchen. Wenn ich das dennoch zu dir sage, so meine ich es brüderlich und liebevoll. Kannst du das verstehen?«

Sie nickte versöhnlich. »Wollen wir beginnen?«

»Hören wir uns an, was der Diener zu sagen hat. Kannst du das Nötigste festhalten, nur für alle Fälle? Hier ist ein frisches Wachstäfelchen.«

Dem Diener, ein kleiner, drahtiger Mann mittleren Alters, sah man sein schlechtes Gewissen an. Er hielt das Gesicht gesenkt hielt, wirkte fahrig und verunsichert. Bei seinem Eintritt warf er sich zu Boden und winselte: »Gnade, Gnade!«

Er berichtete, immer wieder durch Akizzis und Kijas Nachfragen unterbrochen, was seit dem Spätnachmittag des Todestages geschehen war. Die besagte Dienerin hatte ihm den Dienst beim König übertragen und angeordnet, der König dürfte nicht gestört werden. Nur die Prinzessin sei aber überhaupt erschienen und hätte sich über die Anordnung des Königs, die nicht ungewöhnlich war, hinweggesetzt mit der Begründung, der König erwarte sie. Sie hatte dann nach kurzer Zeit befohlen, dass niemand den König stören, er ihn aber bewachen solle, nachdem er ihm aus der Küche eine leichte Mahlzeit besorgt hätte. Akizzi ließ sich genau beschreiben, woraus die Mahlzeit bestanden hatte, aber Kija flüsterte ihm ins Ohr, dass diese genau nach Schalas Vorschriften zubereitet worden wäre und nirgends Gift enthalten gewesen sein konnte, weil der König es in diesen Speisen hätte schmecken müssen.

»Fahr fort. Was geschah dann?«

»Dann kam der Edle Herr.«

»Welcher Edle Herr?«

»Der Edle Tiru, königlicher Herr, und er sagte, er wolle den König um Verzeihung bitten. Ich meldete das dem König und er erschien darüber sehr erfreut zu sein. Ich geleitete die Herren hinein.«

Mittlerweile rann ihm der Schweiß über das Gesicht.

»Wen denn noch? Du sprachst bisher nur vom Edlen Tiru.«

»Ja, es war noch ein fremder Scheich dabei, der etwas über irgendwelche Karawanenüberfälle wüsste, das rief der Edle Herr noch am Eingang, so dass ich es hören konnte, während ich mich entfernte, um die üblichen Erfrischungen zu besorgen.«

Kija und Akizzi tauschten einen Blick.

»Weiter!«

»Sie wollten wohl nichts zu sich nehmen. Denn bis ich etwas auftragen konnte, ging der Edle Herr schon wieder und sagte zu mir, unser vornehmster König wolle schlafen, sobald der andere Gast gegangen sei. Der kam kurz danach aus des Königs Zimmer und ich geleitete ihn zum Palasttor, wie es sich gehört. Dann schaute ich vorsichtig ins Zimmer, und tatsächlich waren alle Lampen gelöscht und nichts war zu hören.«

Akizzi und Kija tauschten wieder einen Blick.

»Warum habe ich dich am frühen Morgen nicht gesehen?« Kijas Stimme war vorwurfsvoll und kalt.

Der Diener fing an zu zittern.

»Nun sprich endlich, beantworte die Frage.«

Er hätte sich wie angewiesen im Vorraum gelagert, um gleich bei der Stelle zu sein. Und dann hätte er dieses schreckliche Grollen gehört und der Boden hätte unsagbar gewackelt.

»Ich war so erschrocken und voll Angst, von Dämonen erschlagen zu werden«, er machte schnell ein Schutzzeichen gegen das Böse, »dass ich kopflos nur nach draußen gerannt bin.«

Er schrie plötzlich so laut, dass die Wachen hereinstürmten.

»Ich weiß, dass ich gefehlt habe. Vergebung! Vergebung! Ich hätte meinen gnädigsten König niemals verlassen dürfen. Mögen die Götter mich strafen für dieses Unrecht.«

Er warf sich erneut zu Boden.

»Warum kamst du nicht sofort zurück?«

»Ich war entsetzt über mein Versagen und voll Angst, dafür schrecklich

277

bestraft zu werden, deshalb verkroch ich mich in meiner Kammer, als der Zorn des El sich gelegt hatte«, heulte er. »Und die Strafe war furchtbar, sie kann nicht schlimmer werden.« Er raufte sich die Haare. Sein Schmerz und sein reuevoller Jammer schienen echt.

»Nehmt ihn mit und haltet ihn in Gewahrsam.«

»Die Wachen haben bestätigt, was diese elende Kreatur gesagt hat: Tiru und der fremde Scheich sind zusammen gekommen, und zwar durch den Haupteingang. Tiru hat durch diesen den Palast nach einer Weile auch wieder verlassen. Er hat nicht mehr an den Festivitäten teilgenommen. Und wenn ich jetzt darüber nachdenke, stimmt das. Ich habe ihn den ganzen Abend nicht mehr gesehen. Gedacht habe ich mir nichts dabei. Um ehrlich zu sein – ich habe ihn überhaupt nicht vermisst. Mutter wüsste dazu vielleicht etwas zu sagen. Nach Möglichkeit würde ich sie aber gerne aus der Sache heraushalten.«

»Seltsam, dass die Wachen den Fremden nicht nach seinem Namen gefragt haben«, sagte Kija.

»An so einem Tag und in Begleitung eines Edlen von Qatna? Warum sollten sie? Der Scheich hat übrigens den Südausgang genommen. Anschließend ist er im Dunkeln niemanden mehr aufgefallen. Die Wachen von den Stadttoren können gar nichts sagen. Klar ist: es war nicht Idrimi oder sein Sohn, das haben der Diener und einer der Wachleute bezeugt, die die beiden bei der Verhandlung im Palast gesehen haben.«

»Und Scheich Idrimi? War er oder jemand aus seiner Familie überhaupt in Qatna?«

»Diese beiden hat niemand im Palast gesehen, all die Tage nicht. Ob sie in der Stadt waren, können wir nicht ausschließen, aber ich denke, eher nicht. Sie zu fragen, sollten wir tunlichst vermeiden.«

»Wenn sie gar nicht hier waren, dann bleibt doch nur der Schluss, dass Tiru und der namenlose Scheich Idrimi beziehungsweise seinem Sohn etwas anlasten wollen.«

»Und wenn der Diener im Auftrag von Idrimis Sohn gehandelt hätte? Das würde erklären, weshalb er weglief und sich versteckte?«

»Nein, das erscheint mir nicht zutreffend. Zum einen wäre es von Idrimis Sohn unklug gewesen, ihm eine so auffällige und geradezu bekannte Waffe für die Tat zu geben, zum anderen wäre schwer verständlich, warum der Kerl dann nicht ganz verschwand. Er hätte Qatna doch problemlos verlassen können, zumal er kein Sklave ist.«

»Oder die sind alle zusammen besonders ausgekocht! Niemand verdächtigt Idrimis Stamm, weil man sagt, so dumm wären sie nicht gewesen, solch eine Adresse zu hinterlassen. Aber mal ehrlich, was sollte Idrimis Sohn gegen den König haben, dass er ihn tötet?«

»Stolz, Rache, Vergeltung, weil der König kurzfristig den Verdacht nicht ausschloss, sie hätten die Karawane ausgeraubt.«

»Nein, unmöglich. Ich hatte Idrimi in Anwesenheit seines Sohnes sofort versichert, dass niemand von uns an ihrer Loyalität zweifelt. Das haben wir mehrfach wiederholt. Bei der Befragung in ihrem Lager und bei der Verhandlung war Talzu dabei. Nein, das scheidet aus und etwas anderes fällt mir nicht ein, was es zwischen dem König und dem Stamm gegeben haben könnte. Nein, meines Erachtens wollten die Mörder den Verdacht auf Idrimis Leute lenken. Warum, weiß ich nicht.«

»Du glaubst also nicht, dass der Diener es war? Er könnte im Auftrag von Tiru und dem Scheich gehandelt haben und lief deshalb weg? Aber das kann auch nicht sein. Er scheint von dem Mord tatsächlich nichts zu wissen und sagt vermutlich die Wahrheit. Wenn das Erdbeben nicht gewesen wäre, hätte er vermutlich den König am Morgen entdeckt und nicht ich.«

Kija ließ den Kopf hängen. Es überkam sie immer wieder die Erkenntnis: Vater war tot. Nie wieder würde er sie zärtlich beim Namen nennen. Nie mehr würde er seine schützende Hand über sie halten. Was würde aus ihr und ihrer Mutter werden? Sicher würde sich jetzt bewähren, dass ihre Mutter sich immer so zurückhaltend gegeben hatte. Nur während der Zeit mit Amunhotep, da war Iset die heimliche Königin Qatnas gewesen. Not würden sie nicht leiden, Mutter hatte ein ansehnliches Vermögen und für sie war gut vorgesorgt. Doch die Königin konnte ihnen dennoch das Leben schwer machen. Wäre alles wie geplant verlaufen, wäre sie jetzt längst in Ägypten, umjubelte Gemahlin – nein, Schluss damit.

Auch Akizzi hing seinen Gedanken nach. »Warum bist du auf die Idee gekommen, die Dienerin handelte im Auftrag von Amunhotep?«, fragte er in die Stille hinein. »Zwar wurde sie zu seiner Bedienung abgestellt während seines Besuchs, doch ist das ein etwas dürftiges Argument. Und weshalb sollte Amunhotep ihr überhaupt einen solchen Auftrag gegeben haben? Ich habe die ganze Nacht darüber nachgedacht und mir ist kein Motiv für einen Mordanschlag seitens des Ägypters eingefallen. Wie also kommst du darauf?«

Kija sah ihren Bruder lange an. In ihrem feinen Gesicht zuckte es verdächtig. All die schmerzlichen Erinnerungen überkamen sie und ihre Augen füllten sich mit Tränen.

»Es gab Streit zwischen mir und ihm«, sagte sie schließlich, »wegen Vaters hethitischer Kontakte. Amunhotep dachte, Talzu hätte damit zu tun. Jemand hatte ihm verraten, dass der Brief an dich aus Hattuscha kam und nicht aus Ugarit und jemand hatte ihm erklärt, dass während seiner Abwesenheit ein hethitischer Bote heimlich beim König war. Ich war so wütend auf ihn, weil er mich mit lauter sinnlosen Verdächtigungen überhäufte, aber als er dann von dem Boten sprach, was sollte ich da sagen? Wer hat ihm das bloß alles zugetragen? Du doch nicht? Wer wusste überhaupt davon?«

Kija hatte sich in einem Wortschwall erleichtert. Jetzt hielt sie inne und schaute Akizzi schmerzerfüllt in die Augen. War daran ihr Glück zerbrochen? War Amunhotep in der Lage, sie bis zu seiner Abreise hinzuhalten, als sei sie sein Liebstes auf der Welt, um dann den Auftrag für einen Mord zu geben, einen Mord an ihrem geliebten Vater? Nein, sagte ihr Herz.

Akizzis Überlegungen gingen offenbar in dieselbe Richtung.

»Kija«, sagte er, »das ist absurd, was du befürchtest. Amunhotep hat es nicht nötig, zu solchen hinterlistigen, unwürdigen Methoden zu greifen. Er hätte Vater nur zur Rede stellen müssen. Abgesehen davon, hat ihn das nicht zu interessieren, mit wem wir korrespondieren. Qatna ist schließlich unabhängig. Das ist für mich auch wieder eine Bestätigung, unbedingt auf Ägypten zu setzen. Eine meiner ersten Handlungen wird sein, Amenophis III. zu schreiben, da sei versichert. Entschuldige«, sagte er, als er Kijas Reaktion bemerkte. »Aber es ist unabdingbar, dass wir guten Kontakt zu ihnen pflegen. Du musst dich damit arrangieren, auch wenn es schmerzt. Das wird schon«, versuchte er etwas hilflos sie zu trösten. Warum mussten Frauen auch immer gleich so empfindlich reagieren?

»Auf jeden Fall hat Amunhotep nichts mit dem Tod von Vater zu tun, das ist eindeutig. Allerdings bleibt die Frage, woher er die Informationen hatte, da gebe ich dir recht. Wer wusste von dem Hethiter? Nur Vater, du, ich. Vielleicht auch deine Mutter oder meine? Ich weiß nicht, worüber Vater sich mit den Frauen austauschte. Aber sonst? Er war übermäßig vorsichtig. Es war der pure Zufall, dass ich dahinter kam. Bei den Göttern!« Akizzi sprang auf und tigerte hin und her. »Es nimmt kein Ende. Wir bekommen immer mehr Fragen und keine Antworten. Also, jetzt nochmal zu dieser Giftmischerin. Ich vermute, dass sie im Auftrag von Tiru und dem Scheich handelte. Mit irgendetwas haben sie sie bestochen. Wahrscheinlich wollte sie Silber oder Gold, um sich freizukaufen.«

»Ich denke eher, dass sie erpresst wurde, denn alle sagen, dass sie dem König absolut ergeben war, ja ihn verehrte und liebte, und Vater hat ihr vertraut. Er sagte mir, wie sehr er sie schätzte, ihre aufmerksame und rücksichtsvolle Art. Und sie tat ihm leid, weil sie so verschüchtert war. Er meinte, sie hätte wohl schon Schreckliches erlebt und deshalb sei er gut zu ihr.«

»Also gut. Ist ja gleichgültig, ob sie bestochen oder erpresst wurde. Weißt du etwas von ihr? Vielleicht bringt uns das weiter. Hat sie Familie im Palast? Das müssen wir herausfinden. Aber jetzt zu Tiru und dem Scheich. Was haben diese beiden miteinander zu schaffen? Was führt sie zusammen? Auf jeden Fall die Karawanenüberfälle. Das wissen wir von unserem aufmerksamen Freund Talzu. Und diese Dienerkreatur hat gehört, dass Tiru sie als

Türöffner genutzt hat. Sie wissen etwas davon oder haben ihre schmutzigen Hände im Spiel.«

»Ich denke, sie hängen selber drin. Erinnere dich: es waren Nomaden, die die Tadmorkarawane plünderten.«

»Bei allen anderen Überfällen, von denen wir durch Rib-Addi oder Aitakkama wissen, waren auch immer Nomaden beteiligt.«

»Dann muss die nächste Frage lauten: Wozu dienen die Überfälle und was machen sie mit der Beute? Vermutlich wollte Vater darüber mit mir sprechen. Vielleicht hatte er etwas Neues in Erfahrung gebracht.«

»Warum mit dir? Warum nicht mit mir? Ich bin sein Sohn«, Akizzi ballte die Faust.

Kija schwieg. Was sollte sie sagen?

Akizzi fing sich wieder, doch um seinen Mund legte sich ein bitterer Zug. »Weißt du, was Uppija zu Tiru letzthin im Rat gesagt hat, nachdem der Vater übelst angegriffen hatte? Er hat ihm vorgeworfen, dass er mit Abdi-Aschirta gemeinsame Sache machen würde. Er würde Qatna an diesen verschachern und ob der Herr von Amurru ihm dafür die Stadtherrschaft versprochen hätte. Daraufhin wurde Tiru wütend und sagte, Vater würde Qatna an eine Schutzmacht verhökern, oder so. Und dann erwiderte Vater: das sei doch besser, als Karawanen zu überfallen und auszuplündern wie gewöhnliche Räuber.«

»Aber Akizzi, das ist ja genau die Lösung! Warum sagst du das denn jetzt erst?«

»Ist mir gerade erst wieder eingefallen. Damals dachte ich, sie würden sich alle gegenseitig provozieren, aber jetzt sieht es so aus, als hätte Vater mehr als nur etwas geahnt und vermutlich hat er mit Uppija sogar darüber gesprochen. Aber was bedeutet es nun wirklich?«

In Kijas Kopf arbeitete es fieberhaft. »Es gibt ein Komplott, an dem sind zumindest ein Nomadenscheich, den bisher keiner kennt, Tiru von Qatna und Abdi-Aschirta von Amurru beteiligt. Sie wollen, dass Syrien ein selbständiges Reich wird. Um die anderen Fürsten durch Bestechung auf ihre Seite zu ziehen, plündern sie die Karawanen. Die Informationen, wo die beste Beute sitzt, waren jeweils leicht zu beschaffen. Niemand hätte zum Beispiel Tiru die Einsichtnahme in die Frachtzusammenstellungen im Stadthaus verweigert. Vater war strikt gegen ein syrisches Reich. Wir beide wissen, dass er zum Schluss am besten fand, sich Hattuscha zu unterstellen. Das wurde wohl verraten und deshalb musste er sterben. A – bdi-Aschirta wollte er mir sagen, das erscheint mir jetzt eindeutig.«

Akizzi pfiff anerkennend durch die Zähne. Kijas Scharfsinn war wirklich bemerkenswert. Er spann ihre Gedanken weiter. »Und warum ließ sich Tiru nicht jetzt zum König wählen, sondern hat auch für mich gestimmt?«

»Vielleicht, weil er im Vorborgenen bleiben will, bis es soweit ist. Vielleicht, weil er wusste, dass die meisten oder sogar alle für dich stimmen würden, und vielleicht, weil er denkt, er kann dich auf seine Seite ziehen.«

»Da irrt er sich aber gewaltig. Ich bin doch keine Puppe, mit der man nach Belieben spielen kann. Ich habe immer gesagt, dass ich für Ägypten bin.«

»Akizzi, dann bist womöglich auch du in höchster Gefahr! Du musst alle Vorkehrungen zu deinem Schutz treffen!«

»Noch bin ich nicht einmal König! Ich muss mich übrigens einem Gottesurteil unterziehen, wusstest du das?«

»Nein. Aber es ist vernünftig, um keinen Zweifel aufkommen zu lassen. Nur, wie soll das gehen?« Kija erschrak. Was, wenn Akizzi dabei zu Tode käme? »Du musst mit Schala darüber sprechen!«

Akizzi nickte. Seine Laune war sehr gedämpft, die erste Hochstimmung verflogen. Nichts lief glatt. In Bezug auf den Königsmord gab es zwar recht stimmig wirkende Vermutungen, aber keine Beweise. Selbst, wenn sie die Tötung beweisen könnten, durften sie nichts unternehmen, sondern mussten schweigen, um seine Krönung nicht zu gefährden. Und was war mit diesem Bediensteten, der immer noch in Gewahrsam war? Er ahnte wahrscheinlich längst, dass etwas nicht stimmte. Er und das Mädchen, falls sie wieder auftauchte, könnten sie verraten oder erpressen. Sie können nicht am Leben bleiben, dachte Akizzi. Soll so meine Herrschaft beginnen?

Am Abend des dreizehnten Tages wurden alle Palastportale geschlossen. Von den Dächern erklangen Hörner und Becken. Gleichzeitig wurden die Stadttore, alle Heiligtümer, das Stadthaus, ja alle Häuser der Stadt verriegelt. Es war der Tag ›Wenn in Qatna ein großes Unheil geschieht‹ und alle wussten: nun würde die Reise des Königs in das Land ohne Wiederkehr beginnen.

In den Tempeln versammelten sich die Priesterschaften und edlen Familien um die Altäre zu den Opfern. In den Vorderhöfen der Heiligtümer waren Hirten, Bauern, Handwerker und kleine Händler zusammengekommen, um ihre Gaben den Göttern zu überbringen.

Nur wenige Auserwählte gaben dem König Geleit: der oberste Priester des Baalum und die Hohepriesterin der Herrin der Stadt sowie deren Helfer, des Königs Familie, angeführt von Akizzi, dem gewählten Thronfolger, und Idandas Gemahlin, Königin Beltum, alle ihre gemeinsamen Söhne, seine Tochter Kija, des Königs leibliche Brüder und Schwestern. Seine Gemahlin Iset dagegen fehlte. Sie trauerte nach ägyptischem Ritus um den geliebten Verstorbenen.

Alle Begleiter umstanden den aufgebahrten König, der neben dem Schrein der Herrin der Stadt, den Blick nach Westen gerichtet, seinen Platz hatte. Wie ein Schlafender wirkte er. Kija spürte einen scharfen Schmerz, als sie in das liebe Gesicht sah. Angst überkam sie, sie könne es irgendwann vergessen. Jedes Detail versuchte sie bewußt in sich aufzunehmen, während sie mit Tränen kämpfte. Noch war das Portal zum Thronsaal dicht verhängt. Doch unerbittlich nahte der endgültige Abschied.

„Ich fürchte mich vor dem Tode, deshalb hetze ich durch die Wüste,
das Schicksal meines Freundes liegt schwer auf mir.
Werde auch ich, wie er mich niederlegen müssen,
ohne je wieder aufzustehen in alle Ewigkeit?"

So rezitierte der oberste Priester des Baalum aus den Gilgameschversen, die von den Heldentaten Gilgameschs und seines Freundes Enkidu berichteten, aber vor allem von Gilgameschs Suche nach Unsterblichkeit. Der Priester fuhr mit tiefer, dröhnender Stimme fort, die jeden im Raum durchdrang:

„Unbarmherzig ist der Tod, keine Schonung kennt er.
Bauen wir ewig ein Haus? Segeln wir ewig?
Findet ewig Zeugung statt auf Erden?
Steigt der Fluss ewig, die Hochflut dahinführend?
Seit jeher gibt es keine Dauer,
der Schlafende und der Tote, wie gleichen sie sich!"

Wehklagen erhob sich. Doch gebieterisch wurde es untersagt. Der Weg in die Unterwelt begann.

Es galt sieben Tore zu durchschreiten und zu meistern, denn jedes war von schrecklichen Pförtnern bewacht. Gaben sie den Weg nicht frei, so war der König auf ewig verdammt, als herumirrender, elender, die Gesellschaft der Lebenden bedrohender Geist ohne Erlösung sein Dasein zwischen Diesseits und Jenseits zu fristen. Deshalb mussten für alle Pförtner und später für die Götter der Unterwelt, Mot, der Herr, und Allani, die Herrin, und all die anderen genügend Gaben und Geschenke, Essen und Trinken mitgenommen werden. Betörende Gesänge sollten sie besänftigen. Jeder der Anwesenden konnte dem König noch einmal etwas mitteilen und ihn berühren, dann nahm der Zug Aufstellung. Er wurde vom Obersten Priester angeführt. Vier Priester folgten ihm, nachdem sie die Bahre mit König Idanda aufgenommen hatten. Alle anderen traten an ihre zugewiesenen Plätze und trugen, was ihnen gegeben worden war.

Die ersten der sieben Stationen bedeuteten das Abschiednehmen des Königs von seinen irdischen Aufgaben. In der großen Halle hatte er soeben seine letzte Audienz gegeben. Nun stand er vor der ersten Pforte.

„Den sieben großen Pförtnern der Unterwelt gibt er Geschenke.
Der gerechte Hirte – sein Herz kannte die Ordnung der Unterwelt.
Der König – er opfert die Geschenke für die Unterwelt als Opfer.
Idanda opfert die Geschenke für die Unterwelt als Opfer.“

Aus dem verhängten Portal zum Thronsaal trat im Fackellicht eine furchtbar anzusehende Gestalt. Auf dem Kopf waren Wildentenfedern angebracht, das Gesicht wurde durch eine Maske verhüllt, die an ein Wildschwein erinnerte. Der Körper war rot wie Blut, und Blut schien auch über das Schaffell zu rinnen, das um die Lenden gewickelt war.

»Komm, Idanda – tritt ein!«, sprach sie mit sanfter, hohl klingender Stimme, ganz anders als von dem grimmigen Aussehen zu erwarten gewesen wäre. Sie trat zu der Bahre und nahm die Krone des Königs von dessen Haupt. »Sei beruhigt Idanda! Das ist die rechte Gabe für die Unterwelt.«

Das Portal wurde nun von unsichtbaren Händen so weit geöffnet, dass der Zug passieren konnte. Dann schloss es sich lautlos.

Mit dem König wurde der Thronsaal durchschritten. Nie wieder würde er auf dem Thron hier Recht sprechen. Aber ein beweglicher Thron wurde für ihn im Zug mitgeführt. Da erreichte man die zweite Pforte und ein ebenso bedrohlicher Bewacher ließ den König und sein Gefolge erst in die Bankett-halle, nachdem er als Gabe des Königs Thron erhalten hatte. Unter uralten Gesängen wurde die letzte oberirdische Mahlzeit genommen. Den Göttern aber spendete man Bier und feinstes Mehl.

Kija war mit Kuari zusammen und sie war dankbar für seine Nähe. Wie würde der Weg zum Ort ohne Wiederkehr sich weiter gestalten? Sie hatte keine rechte Vorstellung, auch wenn die Kenntnis des Ablaufs und der damit verbundenen Zeremonien zu ihrer Ausbildung gehörten. Wie anders war das wirkliche Erleben! Kija schauderte. Bisher hatte sie über den Bestattungs-platz der Familie und der Ahnen nie nachgedacht. Dass es in regelmäßigen Abständen Zusammentreffen mit den königlichen Ahnen gab, das wusste sie, aber nicht, wo diese stattfanden. Das war nur Eingeweihten bekannt und ab heute zählte sie zu diesen.

Die Priester ergriffen erneut die Bahre, der Zug formierte sich wieder. Wo-hin würde er führen? Kija sah sich um. Es gab Tore und Türen in die anderen Palastteile im Nord- und im Südosten. Doch das konnte ja nicht der Pfad in die Unterwelt sein, oder doch? Während Kija noch überlegte, sprang in der Nordwand eine Türe auf, die sie noch nie als solche wahrgenommen hatte. Der Bankettsaal war an allen vier Wänden mit mehreren großen Reliefs geschmückt, Szenen aus unterschiedlichen Festen des Jahreskreises waren wiedergegeben. Die im Norden zeigte eine üppig gedeckte Speisetafel, wie sie beim Winterneumondfest geboten wurde. Doch das Relief diente nicht

284

nur als Wandschmuck, sondern verbarg die dritte Pforte. Eine Meisterleistung der Erbauer und Steinmetze.

»Komm, Idanda – tritt ein!«, erscholl eine metallisch klingende Stimme und gleichzeitig griff ein von Kopf bis Fuss mit Schuppen übersätes Wesen nach des Königs Stab. Mit den Worten: »Sei beruhigt Idanda! Das ist die rechte Gabe für die Unterwelt« gab der Pförtner die schmale Tür frei, die geräuschlos zuglitt, als alle eingetreten und mehrere Treppenstufen steil hinunter gegangen waren. Sie waren gefangen!

Die schwach erleuchtete Treppe war so breit, dass vier Personen nebeneinander gehen konnten. Sie drängten sich dicht auf den insgesamt siebzehn Stufen – wie Kija zählte – zusammen, denn am Ende der Treppe versperrte eine Flügeltür das Weitergehen. Eingepresst in den kleinen Raum überkam sie erneut peinigende Angst. Sie keuchte. Was, wenn es für sie alle keine Rückkehr gäbe? Mit ihrer freien Hand tastete sie nach Kuaris Gewand und klammerte sich an ihn.

Da öffnete sich der rechte, breitere Türflügel und ein dämonenhaftes Wesen erschien im flackernden Fackellicht. Nachdem die rituellen Worte gesprochen waren und der Wächter mit dem Zepter beschenkt worden war, kamen sie in einen abschüssigen Gang. Bald erreichten sie den fünften Einlass. Kija kannte die Erzählung des Ganges der Göttin Ischtar in die Unterwelt, bei der sie sieben Tore zu überwinden hatte. Wurde dieser Gang hier wiederholt? Dann gab es Hoffnung. Doch noch steckte sie selbst unter der Erde. Sie roch den kalten Moder, hörte das Rascheln der Gewänder. Vor ihr nur Ungewissheit. Dennoch waren alle Lebenden wieder zurückgekehrt, an diesen Gedanken klammerte sie sich. Dem Pförtner wurde ein reines Gewand übergeben und sie durchschritten eine massive Doppeltür. Weiter ging es in die Tiefe bis eine weitere, gleichartige Tür erneut Halt gebot. Im schummrigen Licht erschien ihr Bewacher und forderte sein Geschenk. Ein prachtvolles Salbgefäß, gefüllt mit duftendem Öl wurde ihm überreicht. Direkt hinter dem Durchlass kamen einige Stufen und der Korridor führte weiter nach unten. Doch schon nach wenigen Schritten trafen sie auf eine Wand aus großen Kalksteinblöcken.

Kijas Herz begann zu rasen. Sie war also doch hier gefangen, eingemauert zusammen mit dem toten König. Und dazu ein Großteil der königlichen Familie. Was, wenn die Mörder sie hier festhielten, dem Tod anheim gaben? Sich den Thron Qatnas so erschlichen? Wie sollten sie von diesem Ort entkommen, warum durften sie nicht gehen? Krampfhaft versuchte sie Luft zu bekommen. Kuari wandte sich ihr zu. Sie sah seine großen Augen, die im Lichtschein noch größer erschienen. Schaute er sie strafend an? Kija versuchte sich zusammenzunehmen. All ihre Gedanken waren Hirngespinste, sagte sie sich, wir werden nach oben zurückkehren, nur Vater nicht. Sie schloß die

Augen. Alle standen bewegungslos. Dann setzte der Gesang ein. Man bat den letzten Wächter, seine Tür zu öffnen. Wasser wurde ihm gespendet, Mehl wurde ihm geopfert. Da ließ er sich erweichen. Der Oberpriester, die Bahre mit dem König, Person um Person verschwanden nach und nach aus Kijas Blicken. Erst als sie nach einer geraumen Zeit selbst weitergehen konnte, erkannte sie, dass der Gang im rechten Winkel nach rechts abbog, durch eine weitere Holztür, die letzte Pforte, führte, hinter der ihr Hüter stand und triumphierend eine der kostbaren Ketten hochhielt. Der Gang endete im Nichts.

Vor ihnen öffnete sich ein in Fels gehauener Schacht, aus dem schwacher Lichtschein drang. Hinabgelangen konnte man nur über eine lange Holzleiter. Kija reichte hilfreichen Händen das Bündel hinunter, das sie bis hierher getragen hatte, und kletterte dann etwas wacklig zum ersten Absatz hinunter. Dort lag eine weitere Leiter nach unten an. Auf dem Absatz glaubte sie eine der kostbaren Granitvasen zu erkennen, die Amunhotep als Geschenk mitgebracht hatte. Auf dem Fußboden angelangt, hatte sie das Gefühl, als erhebe sich über ihr ein schwarzer, hoher Turm. Sie vermied weitere Blicke nach oben. Die ganze Gesellschaft war nun in einem nicht sehr großen, rechteckigen Raum versammelt, der teils aus dem sorgfältig geglätteten Fels gehauen, teils aus großen Steinblöcken gebildet war und den nur eine Fackel spärlich erleuchtete. In der Felswand rechts öffnete sich ein grob herausgehauener Eingang, flankiert von zwei gleichartigen Sitzbildern verstorbener Könige aus dunkelgrauem Stein, die man anläßlich der Feier bekleidet hatte, Sinnbilder ewig dauernder Macht, unabhängig von Familie und Zeit. Ihre linke Hand hatten sie vor den Oberkörper gelegt, die Rechte war auf dem Knie aufgestützt und hielt ein Gefäß. Sie waren in den typischen, langen Mantel mit breitem Wulstsaum gehüllt. Die Gesichter wirkten im geisterhaften Licht lebendig: bewegten sich die vollen Lippen? Sprachen sie Segen oder Fluch? Ihre mit weißem und dunklem Stein eingelegten Augen schienen jeden Neuankömmling durchdringend zu fixieren. Sie trugen dieselbe Frisur, die man dem König gemacht hatte. Kija kannte diese Statuen aus dem Ahnenheiligtum des Palastes. Dort trugen sie allerdings die Hörnerkrone, das Attribut ihrer Göttlichkeit. Soeben gossen zwei Priester in die Schalen der Könige frisches Bier. Dazu legten sie auf ihren Schoß duftendes Brot, ein Geruch, den Kija dankbar wahrnahm. Er brachte sie dem Leben wieder ein Stück näher. Staunend betrachtete sie die vielen mitgebrachten Dinge, die man von Hand zu Hand die Leitern heruntergereicht hatte.

Die Prozession betrat in derselben Ordnung wie bisher einen hallenartigen Raum. Man war am Ziel – dem Palast des toten Königs und aller königlichen Ahnen. Fackeln wurden in Halterungen gesteckt, so dass nicht nur der Hauptraum erleuchtet war, sondern auch die Eingänge von drei Seitenkammern aufschienen. Kija stand mit dem Rücken zum Eingang und sah sich vorsichtig um. Vier große Holzsäulen trugen wie in der Audienzhalle oben im Palast hier die Decke. In der Mitte des Gevierts hatte man Kohlebecken aufgestellt und bestückte sie eben mit glühender Holzkohle. Der Fußboden war mit einer weichen Masse bedeckt. War das zerfallener Stoff oder alte Wolle oder Teppiche? Dazwischen blinkten einzelne Goldplättchen, wie sie auch auf Kleider zuweilen aufgenäht waren. Achtsam wie alle anderen trat Kija ein.

Die Bahre des Königs war von den Priestern in den dem Eingang gegenüberliegenden Raum getragen worden, dessen breiter Durchgang durch zwei, mit reichen Schnitzereien versehenen Holzsäulen begrenzt war. Dort stand ein Prunkbett mit kostbaren, goldglänzenden Stoffen und üppig mit Kissen ausgestattet. Das war der dem König von den Göttern zugewiesene Platz für das spätere Mahl. Der König wurde behutsam auf das Bett gehoben und die Bahre zur Seite gestellt, nachdem die verbliebenen Beigaben, die er in seinem neuen Leben brauchte, sowie die Geschenke für die Götter auch auf das Bett gelegt oder davor abgestellt worden waren. Sein Bogen für die Jagd gehörte dazu und der Lederköcher, der mit Goldblech beschlagen war und auf dem in feinster Treibarbeit mehrere Jagdszenen dargestellt waren. In ihm steckten Pfeile mit bronzenen Spitzen. Weitere Pfeile lagen daneben. Oder der goldene Libationsarm, damit der König die vorgeschriebenen Trankopfer vollführen konnte, Salbgefäße, Schmuckstücke, feines Tafelgeschirr und vieles mehr.

In diesen Raum wurde ebenfalls der von den Göttern bestimmte neue Thron des verstorbenen Königs, ein hochlehniger Stuhl aus Elfenbeinpaneelen zusammengesetzt, gleich links vom Eingang aufgestellt. Dazu gehörte eine gepolsterte, mit purpurfarbenem Stoff bezogene Fußbank. Ganz vertraut sollten dem König die Räume sein: seine Audienzhalle, der Thron- und der Bankettsaal.

Die Familienmitglieder hatten in der Zwischenzeit in der unterirdischen Audienzhalle auf steinernen Sitzbänken, die man mit Kissen belegt hatte, und auf geschnitzten Klappstühlchen Platz genommen. Auf der gegenüberliegenden Seite waren ebenfalls steinerne Bänke in die Wand eingelassen und durch runde Basen gestützt. Darauf und auf dem Boden standen Turme von ineinander gestapelten Schalen, Teller, Platten, Trinkgefäße, Flaschen und unzählige Krüge sowie andere Vorratsgefäße. In dieser Küche machten sich die Priesterinnen zu schaffen.

Unter Gesang wurden die Unterweltsgötter eingeladen, zusammen mit den königlichen Ahnen zum Festmahl, dem *Kispu*, zu kommen, das König Idanda ihnen bereitet hatte. Auch wurden ihnen die mitgebrachten Geschenke in Aussicht gestellt. Immer wieder wurde diese Anrufung gemeinschaftlich wiederholt.

Während weiterer Rituale wurde das Fleisch – makelloses Lamm und saftiges Rind – fertiggebraten. Rasch verbreitete sich der Duft nach geröstetem Fleisch, der den anfänglich beißenden Qualm vergessen ließ.

Kija beobachtete, wie die Priester auf der gegenüberliegenden Seite des Viersäulenraumes vor einem riesigen, offenen Steinsarkophag Station machten und etwas hineinlegten, vielleicht Schalen mit Opfergaben. Sie stimmten einen monotonen, beschwörenden Wechselgesang an. Dann verschwanden sie in der links an den Sarkophag anschließenden Kammer, wo sie Bier und Milch spendeten. Erst viel später erfuhr Kija, dass sich dort die letzten Überreste aller hier Bestatteten seit Errichtung der königlichen Gruft auftürmten: Knochen, Schädel, Opfergaben wie Schmuck oder Geschirr. Anschließend zogen die Priester in den neuen Thron- und Bankettraum des Königs, wo er auf seinem Speisebett lagerte. Auch hier gossen sie Milch und Bier in Schalen. Sie füllten Getreide und Mehl und Salz in aufgereihte Gefäße, lauter Gaben fremder Fürsten, zum Teil uralt.

Als das Fleisch gar war, stand Akizzi auf. Er rief im Namen seines Vaters, des Königs Idanda von Qatna, alle namentlich bekannten Vorfahren der Familie zu Tisch: den Vater des Vaters, Ulaschuda, dessen Gattin, die Eltern von Ulaschuda und die seiner Gemahlin, die jeweiligen Großeltern und auch all die, deren Namen niemand mehr wusste. »Kommt! Esst dies! Trinkt dies! Und empfangt mit Segen König Idanda von Qatna in eurer Mitte.«

Die Priester gossen Milch und Bier als Opfer für die Götter der Unterwelt und die Ahnen aus. Sie boten ihnen duftendes, geröstetes Fleisch, Getreide, Salz, frisches Brot und Butter an. Schala und ihre Priesterinnen bedienten zunächst den toten König und stellten mannigfaltige Speisen vor ihm nieder. Dann erhielten alle etwas und es begann das gemeinsame Schmausen. Man stärkte sich mit Bier und die Stimmen wurden lauter. Während Kija schweigend etwas Brot kaute, dachte sie an die vielen Generationen, die in diesen unterirdischen Räumen versammelt waren. Wie viel lebende und vor allem verstorbene Verwandtschaft nur von einer Person, ihrem Vater! Eine unendlich lange Kette bis zum Anbeginn, als die Götter sich die Menschen schufen, damit sie ihnen dienten und sie gut versorgten. Waren diese Menschen nicht alle verwandt? Eine große Familie? Wäre es dann nicht richtig, dass sie alle in Frieden miteinander lebten? Sie nahm gedankenverloren einen neuen Bissen. Aber wenn nicht einmal die Götter sich daran hielten?

Alle weiteren notwendigen Behandlungen des Verstorbenen, die in einer der Seitenkammern der Gruft vorgenommen wurden, waren nur Eingeweihten bekannt und unterstellt. Deshalb fanden die offiziellen Totenrituale ihren Abschluss am Morgen nach der Grablege. Sehr früh wurden die Bewohner Qatnas davon geweckt, dass Priester mit unsäglichem Geschrei vom Palastdach aus die den Toten umschwärmenden Dämonen wegjagten. Nun öffneten sich alle Haustüren wieder und wer konnte, lauschte dem Wechselgesang zwischen einem Priester auf dem Dach und Priestern, die vor dem westlichen Hauptportal die Götter des Grabes darstellten.

»Wohin ist Idanda gegangen?«

Die Götter, bei denen er sich befand, antworteten: »Er ist zum Totenhaus gegangen.« Frage und Antwort mussten solange wiederholt werden, bis die Götter mit Opfern befriedigt worden waren und Tücher erhalten hatten, erst dann antworteten sie auf die Frage »Wohin ist Idanda gegangen?« »Hierher ist er gegangen!«

Auch diese Frage wurde sechs Mal wiederholt, beim siebten Mal kam endlich die erlösende Antwort der Götter: »Die Mutter ist ihm entgegengegangen und hat ihn an der Hand genommen und geleitet.«

Ein Gefäß wurde nun auf dem Dach zerbrochen. Eine letzte Klage erklang und ein letztes Totenmahl wurde abgehalten. Dann war sichergestellt: Idanda war im Totenreich angelangt, von den Lebenden in aller Form verabschiedet, bestens ausgestattet und von den Ahnen willkommen geheißen.

Die berühmte Stadt Nerikka bekam Tanuwa nicht zu sehen. In Eilmärschen zog der größte Teil des Heeres unter der Führung von Hannutti nach Südwesten, quer durch das soeben befriedete Kaschkäergebiet an die Grenze von Arzawa, um den Feldherrn Himuili zu entlasten. Der Landesteil Haballa wurde besiegt und gebrandschatzt. Dann wurde im Namen des Großkönigs Schuppiluliuma in Haballa ein treuer Anhänger der Hethiter als Regent eingesetzt, Arzawa zur Warnung. Im Spätsommer war Tanuwa erstmalig wieder in Hattuscha und schlief in einem richtigen Bett.

Sorgfältig wurden in der Kanzlei die vielen Notizen und Beobachtungen von Tanuwa und der anderen Schreibern, Gesandten und Kurieren ausgewertet. Für den königlichen Rechenschaftsbericht aber wurde Folgendes niedergelegt:

„Als ich, Schuppiluliuma, der Großkönig, im Land Arzawa kämpfte, griffen in meinem Rücken die Truppen der Kaschkäer zu den Waffen, und sie fielen in das Land Hattuscha ein, und sie verwüsteten das Land. Da ließ ich, Schuppiluliuma, im nächsten Jahr meine Truppen bei Nacht aufmarschieren und die Streitmacht der Feinde umzingeln. Die Götter händigten mir ihre Armee aus: die Sonnengöttin von Arinna, der Wettergott des Himmels, die Schutzgottheit von Hattuscha, Zamama, Ischtar, Sin, Lelwani. Ich schlug die Armee der Feinde und besetzte ihr Land. Und aus welchem Land auch immer eine Streitmacht in die Schlacht gezogen war, die Götter gingen vor mir her, und die Götter lieferten mir die Länder aus, die ich aufgezählt habe und die Krieg erklärt hatten. All diese Länder rang ich nieder. Die feindlichen Truppen starben in Massen. Die eroberten Menschen, Ochsen, Schafe und den Besitz des Landes nahm ich nach Hattuscha mit. Als ich nun das Land Arzawa vernichtet hatte, ging ich nach Hattuscha heim. Die Beute, zehntausend Fußsoldaten und sechshundert Pferdewagen mit Wagenlenker-Herren, brachte ich nach Hattuscha und siedelte sie in Hattuscha an. Wohin ich aber zu Felde zog, da hielt ich das Land des Feindes mit starkem Arm besiegt. Ich vernichtete die Länder, und ich entmachtete die Länder."

V

1351 bis 1342 v. Chr.

Die vorgeschriebene Trauerzeit war zu Ende, der Palast entsühnt und gereinigt. Längst waren auch Nachrichten über das Beben der Erde in Qatna eingegangen. Es verwunderte weder Schala noch Akizzi und Kija, dass in dessen Zentrum an der Küste erhebliche Schäden verursacht worden waren, besonders in Irqata, der Hauptstadt von Amurru. Der Rat war beruhigt, konnte er nun mit Sicherheit davon ausgehen, dass die Warnung oder Strafe des Gottes El nicht dem König von Qatna gegolten hatte.

Dennoch wurde Akizzi das Gottesurteil nicht erlassen. Niemand wollte einen Fehler machen. Die Entscheidung wurde außerdem damit begründet, dass unzählige Meerestiere in dem gesamten Küstenabschnitt ihr Leben hatten lassen müssen, darunter auch die für Qatna so wichtigen ›Keulen des Enkidu‹, die heiligen Schnecken. Der Meeresgott Yaw hatte seinen Anteil gefordert. Das war eine furchtbare Nachricht, denn es würde sehr lange dauern, bis ausreichend viele nachgewachsen waren und eingesammelt werden konnten. Es war unklar, wie lange der vorhandene Farbstoff für die Herstellung der begehrten Purpurstoffe reichen würde. Und das traf besonders empfindlich das Königshaus, das die alleinige Verfügungsgewalt daüber innehatte.

Je näher es heranrückte, desto mehr fürchtete Akizzi das ihm auferlegte Gottesurteil, zumal er keine Vorstellung hatte, was auf ihn zukommen würde. Ließen die Götter mit sich handeln? Sahen sie ein, dass er aus politischen Gründen nicht hatte anders handeln können? Seine Furcht steigerte sich von Stunde zu Stunde in namenlose Angst. Zunächst hatte er versucht, dies vor Ehli-Nikalu, seiner Mutter und der übrigen Familie zu verbergen. Seine Anspannung bekämpfte er mit seinem Allheilmittel. Er zerrte Ehli-Nikalu zu sich auf das Lager und fiel über sie her. Nach all den Wochen und Monaten des Wartens war das sein gutes Recht. Ausgeliefert und demütig ließ sie ihn gewähren. Das war ihr von den Göttern geforderter Beitrag, versuchte sie sich zu trösten. Irgendwann war Akizzi so zermürbt, dass er im Schoß seiner Gemahlin hemmungslos weinte wie ihr Säugling. Hilflos und trotz allem voll Mitleid streichelte sie ihren Löwen, sprach ihm Hoffnung zu. Schließlich sandte sie eine Nachricht an Kija.

Kija erschien wie ein Schatten am Abend, wollte mit Akizzi alleingelassen werden und ging nach kürzester Zeit zurück ins Haus der Göttin. Danach fühlte Akizzi sich besser, wenn auch nicht erlöst. Aber nunmehr gefasst erwartete er die Nachricht, die ihn in den Tempel des Baalum lud.

Außer den Priestern war der Rat vollständig versammelt, um Zeugnis abzulegen. Akizzi musste in Anwesenheit aller Platz nehmen, man verband seine Augen und reichte ihm einen Pokal. Nach Anrufung der Gottheit unter Umschreiten seines Sitzplatzes befahl der Oberste Priester:

»Trink, Akizzi von Qatna, und erweise dich würdig.«

Vorsichtig kostete er. Etwas Bitteres füllte den Mundraum und erzeugte ein pelziges, giftiges Gefühl. Er musste sich maßlos beherrschen um nicht zu spucken, zu husten, das Gesicht unmännlich zu verziehen. Mit jedem weiteren Schluck hatte er den Eindruck, als würde der Durchlass in seinem Hals immer enger. Doch er leerte den Becher bis zur Neige, ohne sich eine Blöße zu geben. Währenddessen flehte er zu allen Göttern, ihm ihre helfende Hand zu gewähren. Er musste den Trank bei sich behalten. Er durfte nicht ins Schwitzen geraten. Er musste nach dem Genuss aufrecht stehen und bis zum Eingang des Heiligtums gehen können. Dort durfte er von Dienern abgeholt und in den Palast gebracht werden. Das waren die Bedingungen.

Akizzi wollte es selbst kaum glauben, aber alles gewährten ihm die gnädigen Götter. Er war ohne Fehl und Tadel. Herolde verkündeten es im ganzen Land: »Akizzi, Sohn des Idanda, wird König von Qatna!«

Die Orakelpriester hatten bald den geeigneten Tag für die Inthronisierung des neuen Königs ermittelt. Bis er mit der Krönung als Abschluss der Zeremonien sein Amt wirklich antreten konnte, musste er im Verlauf der Feierlichkeiten unterschiedliche Nachweise seiner Kraft und seines Könnens erbringen, damit die Stadt und das Land keinen Schaden nahmen. Erst dann würde Qatna ein großes Fest erwarten.

Geschnatter erfüllte das Haus der Göttin. In den späten Nachmittagsstunden hatten sich im sonst stillen Hof Töchter aus allen Adelsfamilien Qatnas, dienten sie nun im Heiligtum oder nicht, versammelt. Aus ihrer Schar wurden durch Befragungen der Priesterinnen schließlich sieben junge Frauen erwählt, die bleiben durften, darunter Kija, weil sie alle vorgeschriebenen Merkmale erfüllten. Die übrigen unruhig durcheinander Schwirrenden verschwanden abends und es wurde wieder still. Trauerten die einen, weil sie nicht infragekamen, so waren die Ausgesuchten sich nicht sicher, ob sie glücklich zu sein hatten über die große Ehre, die ihnen und ihren Familien zuteil wurde. Sie waren erwählt worden darum zu losen, wer von ihnen beim Ritual der Heiligen Hochzeit die Göttin repräsentieren würde. Die Priesterinnen waren verantwortlich für die Ausrichtung dieses Festabschnittes.

Ihnen oblag die sorgfältige Vorauswahl. Die endgültige Entscheidung traf die Göttin selbst. Sie legte die Hand auf die junge Frau, in deren Gestalt sie sich dem König nähern würde. Sie lieh sich nur deren Körper und der König würde nie erfahren, welche Erwählte für dieses eine Mal die Seine werden würde. Über all das war Stillschweigen zu bewahren.

Das beste Omen für den neuen König und für Qatna wäre eine anschließende Schwangerschaft der Stellvertreterin, das Geschenk der Göttin an ihren geliebten König und ihr geliebtes Land. Deshalb hatte Schala ihre kundigsten Priesterinnen mit den Mädchen sprechen lassen. Noch in derselben Nacht hielt sie das Losverfahren ab. Einzeln betraten sie erfurchtsvoll ein Kämmerchen neben dem Altarraum. Schala bot ihnen eine zugedeckte Schale, aus der sie mit geschlossenen Augen eine Bohne nahmen und sie ungesehen der Hohepriesterin übergaben. Eine nach der anderen zog eine schwarze Bohne, bis nur noch die weiße in der Schale lag und nur eine Person noch vor dem Eingang wartete: Kija. Schala schloss, ohne eine Regung zu zeigen, das Verfahren ab und schickte die Mädchen zu Bett. Ein Ergebnis erfuhren sie nicht.

Unter großer Beteiligung aller Bewohner Qatnas und vieler hochstehender Gäste wurde Akizzi als König eingesetzt. Bei dem mehrtägigen Fest wurde den einzelnen Aspekten des Königtums gebührend Rechnung getragen. Der König war der oberste politische Repräsentant des Landes und gleichzeitig der höchste Priester – diese Ämter gehörten unverbrüchlich zusammen –, er war aber auch oberster Bauer, Hirte, Jäger und Pfleger des Landes.

Die Feierlichkeiten wurden eröffnet, indem ihm im Tempel des Baalum das Gewand der Gottheit, angelegt wurde, mit der der neuen Identität Akizzis Ausdruck verliehen wurde: alle künftigen Handlungen als König verrichtete er im Auftrag der Götter.

Dann bestieg er zusammen mit seiner Gemahlin den mit Pferden bespannten zweirädrigen Wagen mit den Worten: »Mir, dem König, hat die Throngöttin die Insignien der Herrschaft und die Kutsche gebracht.« In einer langen Prozession gelangte der Zug zum Palast, den Akizzi als Kronprinz verlassen hatte und als König von Qatna durch das Südtor wieder betrat. Durch die Audienzhalle hindurch wurde er zu seinem Thron geleitet, dem Symbol für die Dauerhaftigkeit der Herrschaft, und erhielt das eigens für ihn angefertigte Zepter. Ein Priester überreichte ihm den mit Silberbeschlägen verzierten Krummstab aus Gold, das Zeichen der richterlichen Gewalt, der dann rechts vom Thron aufgestellt wurde. Ein weiterer Priester überreichte die siegreiche Lanze, das Abbild der königlichen Macht und militärischen Gewalt. Sie fand links vom Thron ihren Platz.

»Der König hat den Grabstock, die Königin den Mahlstein. Sie bereiten euch

Göttern für alle Zeiten Brotlaib und Trankspende«, wurden die bäuerlichen Qualitäten des königlichen Paares besungen, gaben doch die Götter ihnen die Fähigkeit, die Wachstumskräfte der Natur zu beeinflussen. Schließlich wurde dem König der Mantel des Hirten umgetan, denn der oberste Hirte garantierte dem weidenden Land Frieden und Wohlstand. Man pries den obersten Jäger, der die Menschen durch seinen sicheren Pfeilschuss ernährt und den Heger und Pfleger der Natur, der Zedern aufforstet, Dattelpalmen und Wein pflanzt. Trank- und Speiseopfer für die Götter und die Ahnen sowie Festmahle begleiteten die Zeremonien.

Schala hatte lange Zwiesprache mit ihrer Göttin gehalten. Warum Kija? Was wollte die Göttin mit dieser Wahl zum Ausdruck bringen? Stand sie für etwas Gutes oder musste man sie als drohendes Zeichen werten?

Schala hatte sofort die Aufzeichnungen überprüft. War ihr ein Fehler unterlaufen? Hätte Kija nicht einbezogen werden dürfen in die Schar der jungen Frauen, weil sie aus des Königs Familie stammte? Doch die Schriften sagten zu diesem Thema nichts. Aus allen Adelshäusern, hieß es schlicht. Die Ehe unter Geschwistern wurde in Qatna vermieden. Die Heilige Hochzeit war nicht mit einer Verheiratung zu vergleichen, sie war ein einmaliger Akt. Aber er konnte für Kija als Prinzessin von Qatna Nachteile bringen. Allerdings würde niemand je erfahren, dass es Kija war, die die Göttin verkörperte. Die Frauen hatten darüber zu schweigen und sie verblieben, wenn sie nicht ohnehin zu den Novizinnen gehörten, mindestens einen guten Monat im Haus der Göttin. Kam es zu einer Schwangerschaft, so wurde das Kind gleich nach der Geburt der Mutter abgenommen. Es gehörte dem Tempel.

Von der Göttin für die Heilige Hochzeit erwählt zu werden, war schon normalerweise das Höchste im Leben einer jungen Frau. Bei einer Königseinsetzung die Göttin zu vertreten – eine Steigerung gab es nicht. Aber bei Kija war sich die Hohepriesterin einfach nicht sicher. Schala überlegte hin und her, ohne einen Ausweg zu sehen. Alles an der Inthronisation bei Akizzi war außergewöhnlich. Letztlich war sie von den Göttern erkauft. Schala gab sich keinen Illusionen hin. Ob sie sich rächten? Auch wenn jetzt scheinbar alles seinen gewohnten Gang nahm? Die befragten Vorzeichen blieben im Dunkel. Schala bekam keine Antworten auf ihre Fragen. Schließlich machte sie sich selber Mut, indem sie entschied, dass keine Antworten kamen, weil ihre Fragen unnötig waren. Kija war ihre auserkorene Nachfolgerin, alles weitere spielte vielleicht für die Göttin keine Rolle. Doch nur schweren Herzens akzeptierte sie die Wahl: Kija würde als Inkarnation von Belet-ekallim, der Herrin der Stadt, und der Liebesgöttin Ishara mit ihrem Halbbruder Akizzi das Ritual der Heiligen Hochzeit vollziehen.

Nun galt es, die Erwählte auf die heilige Handlung einzustimmen. Schala

294

ließ Amminaje rufen, die der Freundin beistehen sollte. Auch Amminaje war einst von der Göttin erwählt worden und hatte beim Neujahrsfest ihren Dienst verrichtet, allerdings nicht als Jungfrau, das war nur bei den Krönungen erforderlich. Schalas Gedanken wanderten viele Jahre zurück. Sie war es bei Idandas Amtsantritt gewesen, die das göttliche Lager mit ihm teilte. Ob er es je geahnt oder gar gewusst hatte? Über all die Jahre war ihr Verhältnis von Vertrauen und Achtung geprägt worden. Er war ein einfühlsamer, rücksichtsvoller und zärtlicher Liebhaber gewesen, dennoch voll Kraft und Zuversicht. Es war ihr so leicht gefallen, damals im Blütenbett.

»Bereite alles vor, Amminaje«, sagte Schala in die Gegenwart zurückkehrend. »Heute Abend erhält die Erwählte den Kranz und wird für den morgigen Tag vorbereitet.«

»Du bist es!«

Amminaje stürmte in das gemeinschaftliche Zimmer und fiel Kija ausgelassen um den Hals. »Du, meine Schöne, und sonst keine. Dich will die Göttin! Sie hat dich auserwählt und gesegnet, von Anfang an. Aber du sagst ja gar nichts! Bist du nicht glücklich?«

»Du willst sagen, ich und der König – wir, also du meinst, der König und ich sollen das Ritual durchführen? Du musst dich irren. Ich bin seine Schwester!«

»Was macht das? Es ist der Wille der Göttin. Du hast das Los gezogen. Sie wird sich deiner bedienen und dem Land Segen und Fruchtbarkeit schenken.«

Amminaje tanzte vor Entzücken herum. Es war die höchste Gunst, die die Göttin einem Mädchen oder einer Frau erweisen konnte. Welch Freudentag!

Kija ließ sich auf ihr Lager sinken. Das war doch nicht möglich. Alles in ihr wehrte sich. Nein, nicht Akizzi!

»Glaub mir, mein Schatz, du brauchst keine Angst zu haben. Heute Abend wirst du bekränzt als Auserwählte der Göttin. Und der morgige Tag und Abend wird sorgfältig vorbereitet. Du wirst merken, wie rasch die Göttin Besitz von dir ergreift. Dann bist du nicht mehr Kija – sie wird dich zum heiligen Lager führen«, sagte sie ehrfurchtsvoll. »Ich hole dich, wenn es soweit ist!«

Kija haderte. Obwohl sie wusste, dass die Göttin sie für ihren Ungehorsam und Eigensinn strafen musste. Warum sie? Sie wollte diese Ehre nicht. War das die Strafe dafür, dass sie Akizzi unterstützte in Dingen, die auf tönernen Füssen standen? Aber das war ja nicht ihr freier Wille. Man hatte sie gezwungen zu schweigen, weil es für Qatna so besser war.

Nach einer Weile gestand sie sich ihre Angst ein. Angst vor Akizzi, den sie als Bruder kannte und aus den Erzählungen von Ehli-Nikalu als Liebhaber erahnte. Sie hatte sich ihre Entjungferung so anders vorgestellt. Sie dachte an Amunhotep, an seine Küsse, seine Hände. Ach, die verlorenen Träume. Kija weinte.

Eine ehrfurchtgebietende Stimme riss sie aus ihrem Selbstmitleid. »Es geht nicht um dich, Kija von Qatna, nicht um deine Wünsche, deine Träume. Du hast die dir auferlegten Pflichten zu erfüllen und du hast der Göttin freudig zu dienen, was immer sie von dir verlangt.«

Kija sprang auf, Schamesröte im Gesicht. Sie hatte Schala nicht kommen hören. Wie konnte es sein, dass sie für die Hohepriesterin so durchschaubar war? Schala zeigte keine Regung. »Geh in die Badestube. Dort wirst du erwartet.«

Im Kreis der Frauen wurde die Erwählte der Göttin unter Gesängen und Reigentänzen gesalbt. Dann erhielt sie einen Kranz aus duftenden, zarten weißgelblichen Blüten aufgesetzt. Man gab ihr das Geleit zum Schlafgemach und vertraute sie der Obhut der Priesterin Amminaje an. Sie erzählte Kija einfühlsam wie sie sich den Ablauf vorzustellen und was sie zu tun hatte. Amminajes Erläuterungen und ihr Zuspruch, aber vor allem ihre Nähe taten Kija wohl. Gemeinschaftlich riefen sie die Göttin an und reuevoll bat Kija sie um Vergebung für ihre überhebliche Unbotmäßigkeit.

Der nächste Tag war ausgefüllt mit den Vorbereitungen der Zeremonie. Kija hatte unruhig und wenig geschlafen und nichts geträumt. Die Müdigkeit bewirkte, dass sie ruhiger war. Sie wurde wieder und wieder gewaschen, von allen störenden Härchen befreit, gesalbt und parfümiert. Die Priesterinnen sangen Liebeslieder und rezitierten aus den vorgeschriebenen Mythen, während sie Kija schmückten. Irgendwann überkam sie die pure Lebensfreude. Lachen und Scherze flochten sich zwischen die heiligen Texte. Kija ließ sich nur zögerlich anstecken. Sie wusste, was von ihr erwartet wurde und versuchte sich darauf einzustimmen. Sie wollte keinen Fehler machen. Angst und Verweigerung waren noch immer ihre Begleiter. Dankbar nahm sie das kühle Getränk entgegen, das sie am späten Nachmittag erhielt. Seit dem gestrigen Abend war ihr Fasten auferlegt worden. Innerlich und äußerlich hatte sie rein zu sein, wenn die Göttin in ihr Wohnung nahm. Die Priesterinnen begannen sie zu schminken. Staunend verfolgte Kija im Spiegel die Veränderung, die mit ihr vorging. War sie das? Sie sah eine schöne, begehrenswerte junge, nackte Frau, das Haupt geziert mit der Perücke der Göttin und all ihrem Schmuck. Ein wohliges Gefühl durchfuhr sie. Selbstvergessen trank sie den nächsten Becher. Man hatte ihr ein federleichtes, durchsichtiges Gewand umgelegt. Beim Anblick ihres eigenen Spiegelbildes erfasste sie ungekanntes

Verlangen. Die Dienerinnen der Göttin steckten ihr Ringe an die Finger. Mehr und mehr verschwand die Person Kija bis sie nicht mehr zu erkennen war. Die Priesterinnen huldigten der Göttin, opferten ihr und flehten sie herbei. Fackeln und Räuchergefäße wurden entzündet. Der Zug setzte sich in Bewegung, der die Göttin dem König zuführte.

Die Heilige Hochzeit im Haus der Belet-ekallim war einer der Höhepunkte des Festes. Hatte der neue König bereits seine Geschicklichkeit bei der Jagd, seine Fertigkeit als Landmann, seine Zuverlässigkeit als Hirte unter Beweis stellen müssen, so wurde nun der Bund zwischen der Göttin und dem König als dem Vertreter der Bevölkerung zum Gedeihen des Landes geschlossen. Durch die Vereinigung der Liebesgöttin mit dem neuen König sollte seine Fruchtbarkeit bestätigt und damit seine Legitimierung als neuer Herrscher offensichtlich gemacht werden. Erst dann war er würdig, die Krone zu tragen.

Akizzi war während der gesamten Zeremonien in großer Anspannung. Er und Ehli-Nikalu durften keine Fehler machen. Zwar standen ihnen die Zeremonienmeister zur Seite, doch die öffentlichen Handlungen mussten ihnen selbst gelingen, sie konnte ihnen niemand abnehmen. Bisher war alles bestens verlaufen. Doch nun galt es für den jungen König, den Beweis seiner Manneskraft vor Zeugen zu erbringen. Bisher hatte er noch keinen einzigen zweifelnden Gedanken daran verschwendet, ob er fähig sein würde, auf Abruf eine Frau zu beglücken, im Gegenteil, er hätte jede Wette gehalten, dass ihm das nicht nur mit einer, sondern gleich mit mehreren gelingen würde. Die Hierodulen konnten ein Lied davon singen. Aber so im Mittelpunkt stehend und als Pflichterfüllung: das war eine neue Erfahrung. Und nicht irgendeine Frau erwartete ihn, sondern die Erwählte der Göttin!

Das Eintreten seiner Gemahlin unterbrach ihn in seinen Überlegungen. Dass sie immer wieder solch ungeschickte Momente wählte!

»Was gibt es, meine Liebe?«

»Ich wollte dir Glück wünschen«, antwortete sie. »Es ist sicher ein gutes Omen, dass heute, am Jahrestag unserer Vermählung, dich die Göttin erwartet.«

Akizzi war einen Augenblick beschämt. Er musste unwillkürlich an seinen Vater denken. Trotz seines Amtes und der vielen Aufgaben hatte er es geschafft, seiner Mutter ein aufmerksamer Gatte zu sein. Und Akizzi wusste, dass Beltum für ihn keine einfache Ehefrau gewesen war. Er nahm Ehli-Nikalu in den Arm: »Wir holen alles nach«, versprach er, »wenn die Zeremonien endlich abgeschlossen sind. Doch jetzt muss ich mich vorbereiten, das verstehst du sicher. Gib Ammut-pan einen Kuss von seinem Vater.«

Er schob sie sanft aus dem Zimmer. Ein Jahr, dachte er. Vor einem Jahr hatte ich eine süße Jungfrau in meinem Bett. Das könnte meinetwegen zur Regel werden. Trotz des ihm auferlegten Fastengebots versuchte er, seine aufkommende Unruhe mit einigen Bechern Wein zu beruhigen. Ob sie die Verkrampfung lockern würden?

In den frühen Abendstunden holten ihn die Diener von den königlichen Gemächern ab und führten ihn in den großzügig ausgestatteten Baderaum des Palastes, wo er sorgfältig mit parfümierten Schwämmen gewaschen wurde. Die Haare wurden geschabt, Nägel geschnitten, nichts durfte die Göttin stören oder gar verletzen. Musik und verlockender Gesang junger Mädchen begleitete diese Zeremonie. Sie versetzte Akizzi in erwartungsvolle Stimmung. Man salbte den König von Kopf bis Fuß mit duftenden Ölen bis seine Haut weich und geschmeidig war. Bis auf seinen Ring trug er keinen Schmuck. Dann hüllte man ihn in ein leichtes Wickelgewand.

Im Heiligtum war sorgfältig das Liebeslager für die Göttin und den König vorbereitet worden. Der Raum war in weiches Licht getaucht und über und über mit Blumengirlanden geschmückt. Wohlriechende Essenzen verbreiteten ihren Duft. Musikantinnen schlugen leise die Saiten der Harfen und liebliche Musik erklang als Begleitung für ein Liebeslied: »Ich habe mein Bett mit Myrrhe, Aloe und Zimt bereitet…«

Das breite Bett aus Ebenholz stand unter einem Baldachin aus Laub, durchsetzt mit Zederngrün. Goldene Rosetten zierten es und funkelten wie blitzende Sterne im flackernden Licht. Elfenbeinschnitzereien erzählten Geschichten von der Liebesgöttin. Liebevoll hatten die Priesterinnen es unter Gesängen gepolstert. Lage um Lage hatten sie weiche Filzdecken aufgetürmt, kostbare Felle, seidige Stoffe, doch obenauf lag makellos weißes Linnen. Ein Kranz von duftenden Blüten zierte das Kopfende, das mit weißen Kissen ausgestattet war. Blüten waren über das Lager verteilt.

Während der König, nur mit einem schlichten Lendenschurz bekleidet, hereingeführt wurde, sangen die Tempeldienerinnen das Lob der Liebesgöttin:

„In das Badehaus ging sie zum Waschen, wusch und reinigte sich und salbte sich mit feinem Parfüm; nun schmückte sie sich, Liebreize laufen ihr wie Hündlein hinterher.“

Man geleitete den König unter den Baldachin und zum Bett und lud ihn ein sich zu lagern. Fast etwas unbeholfen setzte er sich zunächst an den Rand. Er ließ seine Hand über das glänzende, glatte Linnen gleiten. Um ihm das Warten auf die Göttin zu versüßen, reichte ihm eine junge Priesterin einen tiefblauen Fayencebecher mit einem Getränk, das er gierig zu nsich nahm und um mehr bat. Es rann ölig und feurig zugleich seine Kehle hinab und brachte ihn in Wallung. All die Menschen um ihn herum – er nahm sie nicht mehr wahr. Er dachte an die Göttin, er malte sich aus, wie sie gleich erscheinen würde, überirdisch schön und willens sich ihm, dem König von Qatna, hinzugeben. Diese Gedanken erregten ihn. Er legte sich voller Erwartung ausgestreckt nieder.

Die Musik setzte kurz aus, dann stimmten die Harfen eine himmlische Melodie an. Der König öffnete seine Augen. Vor dem Bett stand die Göttin in mädchenhafter Erscheinung, bekleidet mit einem durchscheinenden Schleiergewand, das mehr offenbarte als verbarg. Ihre schwarzen, langen Haare, in Stirn- und Nackenlocken gelegt, umrahmten ein Gesicht, das golden glänzte, die Augenbrauen schwarz getönt, die Augen schwarz umrahmt, der Mund rot gefärbt. Sie war geschmückt mit goldenen Fingerringen und Edelsteinketten. Eine solche Schönheit hatte Akizzi noch nie gesehen.

„Ich bin die Königin aller Sterne. Die Weisheit des Lebens kommt aus meinem Schoß, der wunderbar ist", sangen die Sängerinnen leise.

Die Göttin kam näher und öffnete dabei ein wenig ihr Gewand. Sie ließ den König ihre Brüste sehen, die aufgerichteten Spitzen geziert mit roter Farbe, ebenso wie das verheißungsvolle Dreieck ihrer Scham. Das Gewand rutschte gänzlich herab als sie dicht vor dem Bett stand. Nackt stand sie vor dem König und gab sich seinen begehrlichen Blicken preis. Dann stieg sie zu ihm auf das Bett und löste seinen Schurz, unter dem sich sein Geschlecht bereits zum Willkommen der Göttin aufgerichtet hatte. Sein Verlangen, sie sofort zu besitzen, war übermächtig, diese zierliche Jungfrau, ihre Brüste klein, fest und doch saftig wie köstliche Äpfel, wie Kirschen ihr Mund, wie Minze ihr Atem. Sie, die Liebesgöttin, zitterte. Der König wusste nicht, ob vor Erregung oder Furcht. Einen kurzen Augenblick überkam ihn Stolz und Besitzgier, als sei er wirklich der erste Gatte dieser Göttin, die sich benahm wie ein junges Mädchen, das sich noch nie zuvor mit einem Liebhaber vereinigt hatte. Das erregte ihn unsagbar. Im Rausch ergriff er sie und legte sie neben sich. Er versuchte an sich zu halten, betastete die verlockenden Brüste und küsste sie, dann wanderte rasch seine Hand zu ihrer Scham. Die aneinander gepressten Schenkel verwehrten ihm den Zugang. Seine Erregung wuchs. Fast gewaltsam drückte er sie mit den Händen auseinander und betrachtete voll Lust den Eingang in den himmlischen Garten, die zartrosa Lippen, den verheißungsvollen Hügel. Ungestüm legte er sich auf die nun Wehrlose, seine Hände hielten die ihren fest. Er weidete sich an dem Anblick der Brust, die sich rasch hob und senkte, des makel- und zeitlose göttlich-goldenen Gesichts, das keine Regung der Göttin erkennen ließ. Und doch deuteten kleine Zuckungen der Gliedmaßen die noch nicht untergegangene Gegenwehr an, was sein Verlangen noch mehr anstachelte, sie zu der Seinen zu machen, sie zu schwängern. Ohne sich länger zügeln zu können, drang er in sie ein. Berauscht von ihrer mädchenhaften Sinnlichkeit nahm er den unterdrückten Schrei gar nicht wahr, sondern gab sich ganz seiner eigenen Lust hin, während eine Priesterin und ein Priester im Wechselgesang die vorgeschriebenen rituellen Worte der Inana, die ihren Geliebten Dumuzi begehrend herbeisehnt, rezitierten.

„Sie ist ein hügeliges Land in der Ebene;
sie ist ein Feld, das der zu-Vogel besucht,
sie ist ein hohes Feld, sie ist ein brachliegendes Feld,
meine Vulva ist ein wartender Hügel,
ich bin das Mädchen – wer wird ihr Pflüger sein?
Meine Vulva ist ein brachliegendes Feld.
Ich bin die Königin, wer wird den Pflugochsen dort hinstellen?

Herrin, der König wird sie für dich pflügen,
Dumuzi, der König, wird sie für dich pflügen.

Pflüge meine Vulva, mein Geliebter,
Inana badete ihren reinen Leib.

Meine Vulva ist feucht, meine Vulva ist feucht,
ich, die Königin des Himmels, meine Vulva ist feucht,
ich, die Königin des Himmels, meine Vulva ist feucht,
lass den Mann auf dem Dach seine Hand auf meine Vulva legen,
der starke Mann lege seine Hand auf meine Vulva."

Der König ließ ab von der Göttin. Er rollte sich auf die Seite, streckte sich aus und schloss die Augen, um dem Genuss nachzuhängen. Wie einen Hauch fühlte er ein federleichtes Tuch über seinem erhitzten Körper. Zarte Frauenhände streichelten und kosten ihn sanft. Nach und nach begann er, seine Umgebung wahrzunehmen. Er hörte Musik, er hörte das Preislied auf die Liebesgöttin, die so viele Gestalten annehmen konnte.

„Besingt die Göttin! Die Ehrfurchtgebietende unter den Göttinnen!
Gepriesen sei die Herrin der Menschen, die Große unter allen Göttern!
Ischtar besingt! Die Ehrfurchtgebietende unter den Göttinnen,
die Herrin der Menschen, die Große unter allen Göttern!

Ja sie! Bekleidet mit Verlockung und Liebreiz,
geschmückt ist sie mit geschlechtlicher Lust, Erotik und verführerischer Fülle.
Ischtar! Mit Verlockung und Liebreiz ist sie bekleidet,
sie ist geschmückt mit geschlechtlicher Lust, Erotik und verführerischer Fülle.

Honigsüß die Lippen! Lebenskraft ihr Mund!
Bei all dem, was zu ihr gehört, vermehrt sich das glückliche Lachen!
Prachtvoll ist sie: ir'imu-Juwelen sind über ihren Kopf geworfen.
Schön sind mit ihrer Farbe ihre bunten Augen, schillernd."

Hände drängten den König sanft, aber bestimmt sich aufzurichten. Er öffnete unwillig die Augen, nicht bereit, den himmlischen Ort schon zu verlassen. Seine Erregung kehrte zurück, während er nur an seine schlanke Göttin dachte, mit den leicht gerundeten Hüften, der köstlichen Taille, dem niedlichen Bauchnabel, der mit einer Goldrosette geschmückt worden war. Er wandte sich um und sah das Bett neben sich leer. Priesterinnen standen neben ihm, sie reichten ihm zu trinken und nötigten ihn dann sich zu erheben. Der Lendenschurz und der königliche Mantel wurden ihm angelegt. Dann geleiteten sie ihn zum Altar. Er spendete wie alle Anwesenden erlesenes Bier für die Göttin, das sie so schätzte. Und er selbst trank, leerte Becher um Becher, um sich erneut zu berauschen. So vernahm er fast benommen die abschließenden Gesänge.

„Die weit ausgedehnte Erde schmückte sich mit Edelsteinen und Lapislazuli,
schmückte sich mit Diorit, Chalcedon, Karneol und Meteorit.
Der Himmel bekleidete die Pflanzen mit ihrer Schönheit und stand in ihrer Pracht.
Die reine, unberührte Erde stellte sich dem reinen Himmel blühend dar.
Der Himmel, der allerhöchste Himmel, kniete auf der Erde und schwängerte sie,
legte in sie den Samen für die Helden, für Bäume und Schilfrohr.
Die süße Erde, diese Kuh der wohlgestalteten Glieder,
hegte den Samen des guten Himmels in ihrem Schoß:
Sie rüstete sich voller Freude, die Pflanzen des Lebens zu gebären.
Die frohe Erde trug an ihrer Fruchtbarkeit,
sie ›schwitzte‹ Wein und Honig.“

Wie er wieder in den Palast gelangt war, daran konnte sich Akizzi nicht erinnern. Er war sich nicht sicher, ob er diesen überhaupt verlassen hatte. War alles ein Traum? Dann durchfuhr ihn das triumphierende Gefühl: er hatte die Göttin besessen. Sie hatte sich ihm ausgeliefert. Und er hatte seine Sache gut gemacht. Dafür würde sie ihn und das Land segnen.

Heute würde er gekrönt! Dann war er König mit allen Rechten und Pflichten. Er würde das Land zu noch größerer Blüte bringen, zu noch größerem Reichtum. Der Name Qatnas sollte über Syrien hinausragen. Unter dem Schutz Agyptens würden sie Mittani und Hattuscha und allen trotzen, die ihre gierigen Hände ausstrecken sollten. Sie würden sie sich verbrennen! In der langen Kette der Könige von Qatna würde einer alle überstrahlen: er, Akizzi, Sohn des Idanda. Heute aber würde das erste glanzvolle Fest unter seiner Herrschaft gefeiert werden, dem noch viele folgen mochten, von denen man in ganz Syrien und darüber hinaus sprechen sollte.

◈◈◈

»Wo wurde sie gefunden?«

Akizzi hatte die beiden ›Ohren‹ sofort vorgelassen, als ihm gemeldet wurde, weshalb sie erschienen waren.

»Sie wurde aus dem Orontes gefischt, etwas nördlich, in Richtung Zinzar. Ihr Körper hatte sich im Schilf verfangen.«

»Wie kam es, dass ihr so schnell davon erfahren habt?«

»Der Bauer, der sie fand, erkannte das Siegel des Königs, das sie am Handgelenk trug. Noch in derselben Nacht brachte er sie mit dem Boot bis zur Furt bei Qatna. Dort übergab er die Leiche jemanden von der Wache, der sie in das Heilhaus brachte.«

»Aber weshalb soll es sich genau um das Mädchen handeln, das hier verschwand?«

»Die Hohepriesterin hatte uns benachrichtigt und den Auftrag erteilt, jemanden aus der Küche mitzubringen, der sie kannte. Der Koch hat bestätigt, dass sie es ist, obwohl sie entstellt wurde.«

»Der Diener, den wir immer noch in Gewahrsam haben, könnte sie auch erkennen«, sagte der König nachdenklich. »Habt ihr die Familie ausfindig gemacht?«

»Noch nicht. Aber wir haben endlich einen Hinweis von dem Koch erhalten, wo sie gewohnt haben könnte.«

»Gut, kümmert euch gleich darum, aber verschwiegen! Kein Wort darüber zu irgendjemandem. Wenn ihr neue Erkenntnisse habt, kommt sofort zu mir.«

Kurz darauf erschien die Botin des Heilhauses, die der König bereits sehnsüchtig erwartete. Schala hatte in dieser äußerst heiklen Angelegenheit auf Kija zurückgreifen müssen, obwohl sie sie eigentlich schonen wollte.

Kija hatte nach dem Vollzug der Heiligen Hochzeit von den Priesterinnen getragen werden müssen, da sie kaum imstande war selbst zu gehen. Ihr Blick war starr und hart. Die Wirkung des Rauschtrankes, versetzt mit den Aphrodisiaka, war bereits verflogen, zurückgeblieben war erkennbar: Schmerz. Schala gab Amminaje einen Wink und diese verschwand mit Kija, bevor der König, abgelenkt von Liebesdienerinnen, seine Augen wieder öffnete. Kein Mann durfte die Göttin so sehen. Amminaje setzte sich auf Kijas Bett, nachdem sie ihr die Gesichtsmaske abgenommen, sie vorsichtig mit lauwarmem Wasser etwas gewaschen und ihr ein mit einer Heilpaste bestrichenes Tuch für die wunde Scham gegeben hatte. Sie wiegte sie wie ein kleines Kind in ihrem Armen, streichelte sie und flüsterte kosende Worte. Kija blieb steif und regungslos. Ammanije konnte nicht erkennen, ob sie schlief oder wachte. Irgendwann war sie selbst trotz ihrer unbequemen Haltung eingenickt. Als sie im Morgengrauen verspannt und mit eingeschlafenen Gliedern erwachte, schaute sie in Kijas klare Augen. Ihre Position hatte sie nicht verändert.

»Er stank nach Wein. Er ist brutal und selbstsüchtig. Eine Frau, selbst die Göttin, ist für ihn Mittel, um seine Lust zu befriedigen. Wie es ihr geht, interessiert ihn nicht. Wenn er so das Land regieren wird, ist es schlecht um Qatna bestellt.«

Amminaje erwiderte nichts. Was half es Kija zu erklären, dass mit etwas mehr Erfahrung in Liebesdingen, eine Frau durchaus in der Lage war, ihren Partner zu führen, ihm mitzuteilen, was sie selbst wünschte. Für Kija war es das erste Mal gewesen. Die Angst vor dem Schmerz der Entjungferung war für kein Mädchen schön, beglückend, erfüllend. Dass der König kein rücksichtsvoller Liebhaber war, das wussten einige Frauen in Qatna zu berichten. Gestern Abend war alles zu schnell gegangen, trotz der Hilfen für Kija. Erst jetzt nahm Amminaje die blauen Flecken an den Armen wahr. Was sollte sie ihr Tröstendes sagen? Kija erhob sich und verschwand. Später verlor sie Ammanije gegenüber nie mehr ein Wort darüber. Die eigenen Empfindungen waren beim Ritual ohne Bedeutung. Die körperlichen Verwundungen heilten schnell und Kija ging ihrem gewohnten Leben im Haus der Göttin nach.

Es war das erste Mal, dass sie ihren Bruder, den König seitdem wiedertraf. Keinerlei Anzeichen deuteten daraufhin, dass er sie erkannt haben könnte. Es lag an ihr, den gewohnten Ton zwischen ihnen zu finden, damit er keinen Verdacht schöpfte. Schon beim Betreten des Raumes wurde ihr klar, dass Akizzi ganz von der Angelegenheit des toten Mädchens eingenommen war. Er würde ihr keine persönliche Beachtung schenken. Das machte vieles einfacher.

»Die Hohepriesterin sagt, das Mädchen sei ertrunken. Aber sie ist nicht freiwillig ins Wasser gegangen. Es gibt Male an ihrem Körper, die zeigen, dass man sie festhielt und ihren Kopf unter Wasser tauchte, bis sie tot war.«

»Dann hat also irgendjemand sie aus dem Weg geräumt, der befürchtete, sie könnte reden.«

»Ich denke, es bestätigt unsere Vermutung, dass sie nicht aus freiem Herzen gehandelt hat, sondern zu der Tat gezwungen wurde. Es muss etwas Schreckliches dahinter stecken, sonst hätte sie nicht ihren geliebten Herrn«, – Kija brach ab.

»Vielleicht erfahren wir mehr, wenn ihre Familie gefunden wurde. Dass niemand im Palast etwas über sie weiß, kommt mir seltsam vor. Üblicherweise werden doch alle, die zur persönlichen Bedienung des Königs abgestellt werden, besonders sorgfältig ausgesucht, die Familien überprüft. Aber über sie gibt es nichts. Sage der Hohepriesterin meinen Dank. Ich werde Nachricht senden, wenn ich etwas Neues erfahre.«

Doch bevor es dazu kam, zeitigte die Ankunft des von König Idanda so herbeigesehnten Boten aus Hattuscha eine weitere bedenkliche Situation. Der Vater hatte also tatsächlich an den Großkönig geschrieben, ohne irgendjemanden etwas davon zu sagen. Keine Kopie des Schreibens fand sich unter den Tafeln der Kanzlei oder der Archive. Den Schreiber konnte Akizzi nicht ausfindig machen. Allerdings ließ die Antwort durchaus Rückschlüsse auf den Inhalt der Nachricht zu. Der Großkönig verlangte die offizielle Unterstellung Qatnas unter die hethitische Herrschaft. »Vasallen«, so sagte der Kurier, »würde der gesamte militärische Schutz Hattuschas und seiner Götter gewährleistet. Über die entsprechenden Tributleistungen könne man jederzeit sprechen.«

König Akizzi quälte sich. Sollte er im Rat von des Vaters Alleingang berichten? Oder sollte er den Boten umgehend wegschicken mit der einfachen Mitteilung an den Großkönig, König Idanda sei gestorben? Schließlich kam er zu dem Entschluss, das Problem offen im Rat zu besprechen. Er hatte die Handlung seines Vaters schließlich nicht zu verantworten. Er wies dem Boten Quartier an und bat ihn, auf die Entscheidung des Rates zu warten. Etwas Gutes hatte die Sache: Sie bot einen plausiblen Grund, um erneut an den Pharao zu schreiben. Auf die Todesmitteilung von König Idanda und seiner eigenen Inthronisation war bisher aus Ägypten keine Antwort eingetroffen. Dazu war die Zeit auch zu knapp. Aber es konnte nicht schaden, Amenophis' Aufmerksamkeit verstärkt auf Qatna zu lenken.

Wie Akizzi vorhergesehen hatte, schlugen die Wogen hoch im Rat. Vor allem Tiru wetterte, ohne den Verstorbenen direkt anzugreifen. Aber auch Akallina und Uppija zeigten sich irritiert. Idanda hatte wirklich niemanden eingeweiht. Es würde ein diplomatischer Kraftakt werden, die Botschaft für den Großkönig so abzufassen, dass sie ihn nicht beleidigte, gleichzeitig aber deutlich machte, dass Qatna nicht daran dachte, sich Hattuscha zu unterwerfen.

Nicht nur Hattuscha war Thema der Beratungen, sondern auch die von Akizzi angeregte Grußadresse an Amenophis, die betonen sollte, dass Qatna sich unter Ägyptens Schutz stehend empfand.

»Warum müssen wir uns überhaupt jemanden unterstellen? Hat Qatna es denn nötig sich anzubiedern? Ich verstehe dich nicht, Akizzi! Du schlägst doch dasselbe vor wie dein Vater, nur der Name der Großmacht ist anders! Und was sagt dein armes Schwesterchen dazu?«

Akizzi ballte seine Faust vor Ärger. Sein Onkel nahm den Faden ohne Unterbrechung wieder auf. Zu einem weiteren Schlagabtausch zwischen den beiden kam es nicht, da die Mehrheit des Rates zu verstehen gab, dass sie auf der Seite des Königs stand.

»Das muss nun nicht alles wieder aufgerollt werden, Tiru«, sagte Uppija in seiner gewohnt ruhigen Art und Akizzi war seinem Schwiegervater dankbar.

»Wir hatten uns entschieden. Daran hat sich nichts geändert, außer dass wir jetzt besonders vorsichtig sein müssen, um diplomatische Verwicklungen zu verhindern.«

Akizzi nickte befriedigt. Man einigte sich darauf, den Großkönig von Hattuscha mit blumigen Worten und reichen Geschenken zunächst zu vertrösten mit der Mitteilung, König Idanda weile seit kurzem nicht mehr unter den Lebenden und Akizzis Inthronisierung sei gerade erst vonstatten gegangen.

»Wenn der Bote wieder in Hattuscha ist, befindet sich der Großkönig vermutlich immer noch auf dem Feldzug, dann kommen das Herbstfest, der Winter. Ich denke, bis zum nächsten Frühjahr wird nicht viel passieren und dann sehen wir weiter«, meinte Uppija abschließend.

Die erste Schlacht war geschlagen und Akizzi hatte sie gewonnen. Befriedigt entließ er den Rat. Das grimmige Gesicht seines Onkels ignorierte er. Er beschloss, sich zur Feier des Tages zu erfreuen. Nach seinem Regierungsantritt hatte er die Zimmer im Westen für seine Zwecke noch schöner herrichten lassen. Hier traf er sich mit einigen Gefährten. Man räkelte sich auf weichen Kissen, ließ sich von Liebesdienerinnen verwöhnen, lauschte der Musik, wagte auch das eine oder andere Spielchen, was sich bis in die frühen Morgenstunden hinzog. Welch glückliches Schicksal, dachte Akizzi. Er war König, seinen Worten im Rat wurde Bedeutung beigemessen. Er war rundum mit sich zufrieden.

Doch er hatte die Rechnung ohne Tiru gemacht. Bald täglich ließ er sich im Palast sehen. Er machte Königin Beltum seine Aufwartung, ebenso Ehli-Nikalu mit der Begründung, er müsse doch schauen, wie sich der Großneffe entwickle und ein bisschen Großvaterersatz spielen. Mit Akizzi suchte er jede Gelegenheit zum Austausch über die Zukunft des Landes. Meist honigsüß, als wolle er dem Neffen zur Seite stehen bei seinen schweren, verantwortungsvollen Ämtern. Doch hin und wieder zeigte er sein wahres Gesicht. Mit jedem Treffen fiel es Akizzi schwerer an sich zu halten. War er nicht der Mörder seines Vaters? Wusste Tiru, dass Akizzi das wusste? Offenbar nicht.

»Du warst trotz deiner jungen Jahre so weitsichtig zu erkennen, dass man die Finger von den Hethitern lassen muss«, sagte Tiru schmeichelnd. »Du wirst es weit als König bringen!« Er lobte die Verbindung zu Ägypten. Im Rat hatte er sie eben noch bitter bekämpft, nun pries er sie als guten Spielzug, der die staatsmännische Klugheit Akizzis herausstreiche. Besser könne er der syrischen Sache nicht dienen. Die ständigen Einflüsterungen machten Akizzi nach geraumer Zeit schwankend. Zu verlockend war die Vorstellung, nicht nur ein Stadtkönig zu sein, der den Willen des Rates zu vertreten hatte, ein Gewählter aus ihrer Mitte, im Zweifel austauschbar. Als Herrscher eines Syrischen Reiches sah die Welt anders aus. Dann schriebe er an Amenophis »mein Bruder« und vor allem: der Pharao an ihn!

Tiru spürte mit sicherem Instinkt die aufkommende Unsicherheit des Königs, auch wenn dieser sich ihm gegenüber immer eindeutig erklärte. Mit so einem Grünschnabel würde er leicht fertig werden! Er setzte auf Akizzis Eitelkeit. Später würde es ein Leichtes sein, ihn über einen verhängnisvollen Stein stolpern zu lassen.

Akizzi hatte dem hethitischen Boten neben der Antwort für den Großkönig eine etwas längere Botschaft für Talzu, nein, für Tanuwa mitgegeben, in der er ihn nach Qatna einlud. Kurz überlegte er, ob er Kija von allem in Kenntnis setzen sollte, verwarf das aber. Seine Schwester wusste ohnehin viel zu viel. Es war besser, wenn sie sich ihren Aufgaben im Haus der Göttin widmete. Zum Winterneumondfest könnte sie geweiht werden. Sie als Mitstreiterin auf seiner Seite zu haben war nicht schlecht, doch durchschaute sie ihn mehr als ihm lieb war. Ob Ehli-Nikalu mit ihr gesprochen hatte? Sie war ihm verändert bei der letzten Begegnung vorgekommen. Gut, das war ein offizieller Anlass gewesen. Sie litt auch viel stärker als er unter dem Tod des Vaters. Schließlich waren dadurch sie und ihre Mutter ganz von ihm, dem König, abhängig. Er war das Oberhaupt der Familie. Das war bestimmt kein erbauliches Gefühl für Kija. Vielleicht war Tirus Idee gar nicht so dumm. Warum nicht Kija mit Azira, dem Sohn des Abdi-Aschirta von Amurru, verheiraten? Ob das dem Vater gefallen würde? Wohl kaum.

Noch vor dem Herbstfest stand fest, dass Kija schwanger war. Sie trug das Geschenk der Göttin. Schala hatte schon seit Tagen vermutet, was sich jetzt bestätigte. Kija war von Übelkeit geplagt und ihre Blutungen waren ausgeblieben. Sie war zwar noch jung und es konnte sein, dass die vielen Aufregungen die monatliche Regel unterbrachen, doch alle Anzeichen ließen keinen anderen Schluss zu. Bis auf weiteres änderte sich äußerlich an ihrem täglichen Leben nichts, außer dass sie stärker unter fürsorgender Beobachtung von Schala und Amminaje stand. Niemand sonst erfuhr davon. Offiziell würde erst nach der glücklichen Geburt des Kindes das gute Omen für den König und das Land verkündet, solange blieb das Geheimnis im Haus der Göttin verborgen.

Kija nahm die freudige Botschaft wortlos zur Kenntnis. Sie verbrachte die Zeit mit den anderen Novizinnen, vervollkommnete ihr Wissen über Heilkunst und die Wirkung von Kräutern. Hin und wieder dachte sie an ihre Mutter und sehnte sich nach ihr. Sorgenvoll bemerkte Amminaje, dass zumindest nach außen hin Kija ihre Schwangerschaft gar nicht wahrnahm. Aber vermutlich war es viel zu früh zu erwarten, sie würde sich auf das Kind freuen.

Das hethitische Pantheon war durch die diesjährigen Feldzüge wieder um einige Gottheiten vermehrt worden. Die aus den eroberten Ländern mitgeführten Götterstatuen wurden im Großen Tempel des Wettergottes feierlich übergeben und in den Verbund der hethitischen Götter aufgenommen. Dadurch sollten nicht die Besiegten geschwächt werden. Es galt vor allem, keinen Gott durch Missachtung zu beleidigen. Tanuwa erfuhr, dass die Götter sogar in ihren Heimatsprachen angeredet und möglichst von vertrauten Priestern gepflegt wurden, damit es ihnen an nichts fehlte. Sie sollten sich in Hattuscha wohlfühlen.

Das tat Tanuwa auch. Nach den vielen Wochen und Monaten unterwegs, in ständiger Anspannung, genoss er trotz der vielen Arbeit den verbleibenden Sommer in der Hauptstadt. Oft saß er in der Nähe des Sphinx-Tores und ließ seine Blicke über die Stadt streifen. Überall wurde gebaut. Neue, große Tempel entstanden im Bereich der Oberstadt. Riesige Wasserbassins und weitere Vorratsgruben wurden angelegt, in denen auf raffinierte Weise überschüssiges Getreide für Notzeiten eingelagert wurde.

Endlich war er auch in das Geheimnis Hattuschas eingeweiht worden. Im nordöstlichen Bereich der Unterstadt, nahe der Schlucht, wurden in mehreren Schmieden nicht nur Kupfer, Gold oder Silber verarbeitet, sondern das Geschenk des Himmels! Solche Schmieden waren auch auf der gegenüberliegenden Seite der Schlucht zu finden, am Fuß des gewaltigen Felsmassivs, das noch innerhalb des umlaufenden Mauerrings lag. Das ganze Areal war zusätzlich durch eine Doppelmauer gesichert und streng bewacht. Imposante Holzstapel säumten die Wege, Köhler waren Tag und Nacht damit beschäftigt Holzkohle herzustellen.

»Um die Schmieden und vor allem die Schmelzöfen zu betreiben, wird so viel Holzkohle benötigt, dass sie vor allem in den umliegenden Wäldern gemacht wird, nicht nur hier«, erklärte Hannutti.

»Und wozu braucht man diese Unmengen von Gesteinsbrocken?«

»Das ist unsere Wunderwaffe, wie du sie nennst«, lachte Hannutti.

»Steine? Machst du Witze?« Unläubig blickte Tanuwa auf den unscheinbaren Haufen.

»Nichts liegt mir ferner. In diesen Steinen ruht das himmlische Metall, das wir Eisen nennen. Und bei uns fällt es auch nicht nur vom Himmel, sondern wird in Schwerstarbeit an geheimen Plätzen aus der Erde geholt.«

»Zum Beispiel in den Kaschkäer-Ländern.«

»Genau. Wie immer scharf kombiniert!«, lachte Hannutti. »Das Metall wird entweder vor Ort aus den Steinen geschmolzen oder zur Bearbeitung hierher transportiert. Nur der Großkönig verfügt über die dazu nötigen Möglichkeiten und den notwendigen Schutz. Um reines Eisen zu gewinnen, brauchst du viel Zeit und viel Hitze. Komm, ich zeige dir einen Schmelzofen.«

Hannutti und Tanuwa mussten ein Stückchen in die Schlucht hinuntersteigen. An den Hängen waren mehrere große Rennöfen installiert.

»Vom Frühjahr bis zum Herbst weht in der Schlucht sehr häufig ein besonders kräftiger und regelmäßiger Wind. Er facht diese Öfen stark und langdauernd an. Dadurch erhitzt sich die Glut ausreichend, um das Eisen zum Schmelzen zu bringen. Kein Mensch muss sich mit einem Blasebalg abmühen.«

»Das sind doch nur Lehmöfen!«

»Stimmt. Aber sie bestehen aus besonders tonigem Lehm und sind deshalb feuerfest. Den Ofenschacht errichtet man über einer Grube. Zum Schmelzen wird in dem Ofen abwechselnd Holzkohle und Erz übereinander geschichtet und dann feuert man. Gut einen Tag und eine Nacht dauert das. Danach muss der Ofen ganz abgetragen werden, bis man in der Grube das mit Schlacke vermischte Eisen vorfindet. Es sind noch weitere Arbeitsgänge nötig, um gutes Rohmaterial zu bekommen, aus dem Geräte für die Tempel, für die Landwirtschaft und eben Waffen hergestellt werden können.« Hannutti weidete sich an Tanuwas Gesicht. Der war zutiefst beeindruckt.

»Einer der Schmiede hat durch Zufall entdeckt, dass das Eisen noch härter gemacht werden kann, als es ohnehin schon ist. Frag mich nicht, wie. Ich weiß es nicht und will es auch gar nicht wissen. Doch jedes Schwert, jeder Dolch ist den Vettern aus Bronze bei weitem überlegen.«

»Das ist ja unglaublich. Aber mit diesen Waffen wurde in den Kaschka-Ländern und in Haballa nicht gekämpft, das hätte ich doch gesehen.«

»Du hast recht, mein schlauer Tanuwa! Nur der König und einige der Großen führen sie bisher, zumeist bei entsprechenden Zeremonien. Doch die Produktion läuft.«

Weiteres ließ er sich nicht entlocken. Beim Verlassen des Eisenviertels nahm er Tanuwa einen feierlichen Eid ab, dass er niemals dieses Geheimnis verraten würde.

»Tanuwa, du weißt, dass nur auf wenige Verbrechen in Hattuscha die Todesstrafe steht. Aber sollte dieses Geheimnis deine Lippen überschreiten, so wirst du ohne Erbarmen sterben.«

»War das das Verbrechen, das der Bruder des Königs begangen hat? Wurde er deshalb umgebracht?«, entfuhr es Tanuwa.

Hannutti kämpfte mit sich. Schließlich sagte er fast schroff: »Es gibt nur Gerüchte darüber, welches Verbrechen sich Tudhaljia hat zu Schulden kommen lassen. Nur der innerste Zirkel weiß davon. Deshalb schließe ich aus, dass es um die Eisenherstellung ging. Weshalb er wirklich sterben musste, das ist mir nicht bekannt. Wie hast du davon erfahren?«

»Es war Thema in …«

»Qatna, ich ahnte es. Was wurde dort eigentlich nicht besprochen? Das scheinen mir aufgeweckte Leute zu sein. An allem interessiert. Kein Wunder sind sie so reich. Und dann verfügen sie noch über solch liebreizende Töchter, dass du keinem Mädchen aus dem großen Reich Hattuscha auch nur einen Blick gönnst. Oder denkst du etwa gar nicht an die Liebe der Frauen?«

Tanuwa ließ sich nicht auf das Spielchen ein. »Du redest wie Großmutter! Geziemt es sich nicht, dass ich warte, bis du mir mit gutem Beispiel vorangehst?« Das saß.

Der König hatte seine engsten Ratgeber zu sich bestellt. Man traf sich auf einer der sonnengeschützten Terrassen mit Blick über die Stadt. Ein lauer Wind machte die Hitze gut erträglich. Der König war nicht in bester Stimmung, das sah Hannutti sofort. Neben dem König saß Mitannamuwa, der Vorsteher der Kanzlei. Auf einem Tischchen vor ihm lagen Tontäfelchen und etliche der Arbeitstafeln.

»Wir haben zwei Schreiben aus Kattanna erhalten«, leitete Schuppiluliuma das Treffen ein. Mit einer Handbewegung forderte er Mitannamuwa auf, das Wort zu übernehmen.

»Eines davon ist an seine Sonne gerichtet. Absender ist ein König Akizzi. Nach den üblichen Höflichkeitsfloskeln berichtet er, dass König Idanda, sein Vater, vor kurzem gestorben sei. Die Bestattungsrituale für den König und seine eigene Inthronisierung hätten eine frühere Antwort an seine Sonne verzögert. Man möge ihm vergeben. Momentan sei man in Kattanna damit beschäftigt, alles wieder zu ordnen. Wenn auch nicht wörtlich«, sagte Mitannamuwa, »aber so ungefähr könnte man das, was er schreibt, übersetzen: Wir melden uns wieder, wenn es uns beliebt.«

Viele Stimmen im Rat erhoben sich, nachdem Mittanamuwa seinen Bericht beendet hatte.

»Ganz schön dreist.«

»Ja, oder dumm.«

»Oder gerissen.«

»Irgendetwas tut sich in Syrien, das ist sicher. Der Kronprinz von Ägypten war nicht umsonst dort, glaubt mir.«

Der König wartete ab, bis sich die erste Aufregung gelegt hatte. »Was stand noch in dem Schreiben? Irgendetwas zum Tod des Königs? Er war doch noch gar nicht so alt.«

»Nein, nichts weiter. Ein letztlich nichtssagender, abwiegelnder Brief, der weder Bezug auf die vorige Nachricht Idandas, noch auf unsere Antwort nimmt.«

»Und was ist mit dem zweiten Schreiben?«

»Es ist an unseren jungen Tanuwa gerichtet: ›Akizzi, König von Qatna, grüßt Tanuwa, seinen Freund‹, steht da auf Hurritisch.«

»Das ist ja erstaunlich!«

»Nun, eigentlich nicht«, mischte sich Hannutti ein. »Tanuwa und der junge König sind Freunde, das hatte ich einigen von euch ja berichtet. Es wissen hier vielleicht nicht alle Anwesenden, dass Tanuwa im letzten Jahr zusammen mit seinem Vater Eheja mehrere Wochen in Kattanna weilte und dort freundschaftlich im Königshaus aufgenommen wurde.«

»Und was schreibt der Freund dem Freund?«

Mitannamuwa zuckte die Achseln. »Wir haben den Brief nicht geöffnet.«

»Sollten wir das nicht tun?«

Alle schauten erwartungsvoll den König an. Dieser wandte sich an Hannutti.

»Was rätst du?«

Hannutti dachte kurz nach. Die Gedanken überschlugen sich. »Tanuwa vertraut mir. Ich würde denken, wir sollten ihm das Schreiben übergeben, ohne das Siegel zu brechen. Er wird mir sicher alles berichten.«

Der König nickte zustimmend. »Gut. Verlassen wir uns darauf. Du übernimmst die Verantwortung, Hannutti, dass auch wirklich alle Informationen in der Kanzlei landen.«

»Wie verhalten wir uns nun diesem König Akizzi gegenüber? Willst du das Schreiben einfach auf sich beruhen lassen?«

Schuppiluliuma erwiderte: »Eine diplomatische Herausforderung, zugegeben. Es wäre ein unglaublicher Vorteil, wenn wir mitten in Syrien einen Verbündeten sitzen hätten, an einer strategisch hervorragenden Stelle. Am besten noch, ohne dass die benachbarten Fürsten etwas davon wüssten.«

»Was dein Zögling über Kattanna berichtet hat, ist übrigens sehr nützlich für unsere Belange und bescheinigt ihm ausgezeichnete Kenntnisse«, sagte Mitannamuwa zu Hannutti gewandt. »Leider hat sich die Situation nun geändert. Der alte König war ganz offensichtlich ein kluger und weitblickender Pragmatiker. Über den neuen König hat sich Tanuwa in seinen Aufzeichnungen kaum ausgelassen. Überhaupt über die jüngere Generation nicht, aber warum auch? Ein so rascher Thronwechsel war ja nicht absehbar. Nun wäre es wichtig zu wissen, wie er König Akizzi einschätzt. Ich werde ihn umgehend befragen oder sollen wir ihn lieber jetzt gleich holen lassen?«

Schuppiluluma rieb sich nachdenklich das Kinn und sein Blick richtete sich für einen Moment in die Ferne. Bilder formten sich vor seinem inneren Auge, die er für immer hatte vergessen wollen. Er presste den Becher in seiner Hand und trank einen tiefen Schluck von dem mit Wasser gemischten Wein. Dieser junge Mann lag ihm am Herzen. Es war ungewöhnlich solche Rücksicht walten zu lassen, dennoch gab der König seinem Gefühl nach.

»Ich habe Sorge, dass wir ihn in Verlegenheit bringen würden, so unvorbereitet. Überlassen wir es doch Hannutti, ihn in dieser Angelegenheit zu befragen. Er kann ihn dann auffordern, alles Wichtige zu notieren.«

»Damit ist die Antwort an den Kattannäer aber noch nicht gegeben«, antwortete der Angesprochene. »Wie wäre es, wenn wir statt eines offiziellen Schreibens, das uns eine Blöße geben könnte, Tanuwa als – sagen wir – inoffiziellen Gesandten nach Kattanna schickten? Er wäre ein völlig unverdächtiger Bote. Vermutlich weiß niemand außer König Akizzi und einigen Familienangehörigen, dass Tanuwa jetzt in den Diensten Hattuschas steht. Die meisten halten ihn für den Sohn eines Kaufherren.«

Schuppiluliuma sah fragend zu Mitannamuwa. »Ist er denn schon in der Lage, eine solche Aufgabe zu übernehmen?«

»Wenn er nicht gleich morgen abreisen muss, werden wir ihn entsprechend vorbereiten.« Mitannamuwa lachte zufrieden.

»Was meint ihr anderen?«

»Ich halte das für eine gute Idee. Der neue König scheint ihm zu vertrauen. Es muss natürlich sicher sein, dass Tanuwa weiß, auf wessen Seite er steht.«

»Das werden wir zu prüfen wissen.«

Die Sitzung war beendet, denn der König erhob sich. Mitannamuwa stand etwas unschlüssig, dann fragte er: »Wirst du Tanuwa das Schreiben übergeben, Hannutti?«

»Nein. Er soll es auf dem üblichen Weg erhalten.«

»Das ist gut!« Mitannamuwa nickte anerkennend.

»Hervorragend, dass du kommst, Tanuwa, ich muss mit dir sprechen. Was hast du auf dem Herzen?«

Tanuwa begrüßte seinen Onkel mit einem freundlichen Nicken und brachte sein Anliegen vor. »Ich würde gerne zum Herbstfest die Eltern besuchen.«

»Wenn das keine glückliche Fügung der Götter ist! Was für eine gute Idee. Deine Mutter wird sich sicherlich schon vor Sehnsucht nach dir verzehren.«

Tanuwa blickte seinen Onkel erstaunt an. Dass seine Bitte gleich wohlwollend aufgenommen wurde, damit hatte er nicht gerechnet.

»Wir können bis Nesa zusammen reisen. Ich werde nach Puruschhanda zurückkehren. Dieses Mal auf ordentlichen Wegen.« Hannutti zwinkerte seinem Neffen in Erinnerung an den gemeinsamen Ritt nach Hattuscha zu. »Es ist höchste Zeit, dass ich dort nach dem Rechten sehe. Der Aufenthalt nach dem Haballa-Feldzug war viel zu kurz. Wirst du die ganze Zeit in Tarscha bleiben?«

Tanuwa zögerte eine Idee zu lange, also beschloss er, die Flucht nach vorne anzutreten.

»Nein. Ich möchte auch eine Einladung von König Akizzi annehmen.«

»Und da sitzt du hier noch herum?« Hannuttis Sarkasmus war nicht zu überhören. Immerhin hat er nicht gelogen, dachte er.

Tanuwa schwieg.

Hannutti sprang erregt auf und packte Tanuwa an den Schultern. »Sag mal, wolltest du mir, Mitannamuwa, deinen Kollegen und Gefährten allen Ernstes erzählen, du besuchst deine Eltern in Tarscha und machst dich in diesen unruhigen Zeiten dann vergnügt auf den Weg nach Kattanna? Was soll die Geheimniskrämerei? Hast du etwas zu verbergen?«

»Ich wollte dich nicht beunruhigen, Onkel«, sagte Tanuwa.

»Du sollst mich nicht Onkel nennen, verdammt noch mal. Und lenk nicht ab mit solch dummem Geschwätz. Beunruhigen! Dass ich nicht lache. Es ist mir gleichgültig, was du in Kattanna machst, ob du deine holde Liebste küsst oder mit dem König Ringelreihen tanzt, aber ich habe nicht verdient, dass du mir solche Märchen auftischt. Abgesehen davon, ist es dir wohl nicht entgangen, dass du dem Reich gegenüber Verpflichtungen hast. Du bist in vieles hier eingeweiht worden, was niemanden außerhalb Hattuschas etwas angeht...«

»Ich verrate doch nichts!« Tanuwa sah seinem Onkel gerade in die Augen. Mut hat er, ging Hannutti durch den Kopf. Trotzdem, diese Lektion musste sein. Es war zu seinem eigenen Besten und er wollte sie ihm lieber selbst erteilen, als sie Mittannamuwa zu überlassen. »Unterbrich mich gefälligst nicht. Das versteht sich von selbst, dass du nichts preisgibst, oder? Darauf hast du geschworen. Aber dazu gehört auch, dass du nicht einfach das Land verlassen kannst, ohne dass man weiß, wohin du deine Schritte lenkst. Was, wenn du von Raubgesindel überfallen würdest oder man dich entführte oder mittannische Vasallen dich als Geisel gefangen nähmen? Du bist nicht mehr der Kaufmannssohn aus Tarscha. Du bist jetzt in den Diensten des Großkönigs. Für Reisen erhältst du ein Begleitschreiben, das dich als in den Diensten seiner Sonne stehend ausweist, und das dir nach allgemeinen Gepflogenheiten größtmöglichen Schutz gewährt. Manchmal hast du einfach keine Ahnung, willst aber alles besser wissen.«

»Es tut mir Leid, ehrlich«, versuchte Tanuwa die Wogen zu glätten. »Ich gestehe, dass ich schon lange gerne wieder nach Kattanna möchte, aber die Idee zum Herbstfest zu reisen, kam mir erst spontan.«

»Das kannst du Großmutter erzählen, sie würde es dir nicht glauben. Es hängt mit dem Schreiben zusammen, dass du von deinem Freund Akizzi erhalten hast, stimmt's?«

Tanuwas Augen weiteten sich vor Staunen. »Woher weißt du davon?«

»Wie naiv bist du? Nichts bleibt hier verborgen und schon gleich gar nicht ein Brief aus Kattanna, vom König an dich, Tanuwa, einen Schreiber!«

Hannutti wandte sich ab und schaute hinaus über den Hof, der in der gleißenden Mittagssonne ausgestorben dalag.

»Nach all dem, was wir zusammen erlebt haben, verstehe ich aber vor allem nicht, dass du mir gegenüber kein Sterbenswörtchen hast verlauten lassen. Habe ich dir nicht bewiesen, dass du mir vertrauen kannst?« Das fügte er sehr leise hinzu.

Als Tanuwa wieder schwieg, fuhr er fort. »Ich dachte natürlich, du kämest mit dem Brief gleich zu mir. Das ist so etwas Außergewöhnliches, darüber schweigt man nicht. Ich täte das jedenfalls nicht.«

Worüber Hannutti alles schweigt, möchte ich nicht wissen, dachte Tanuwa. Aber das tat hier nichts zu Sache. Im Moment fühlte er sich nur ungerecht behandelt.

»Ich habe den Brief eben erst von Mitannamuwa erhalten«, sagte er. »Kaum, dass ich ihn lesen konnte. Ich wollte wenigstens kurz über den Inhalt nachdenken, bevor ich darüber spreche. Und ehrlich gesagt, konnte ich mir nicht vorstellen, dass ich die Erlaubnis erhalten würde, meine Freunde in Kattanna zu besuchen. Es liegt ja nichts Wichtiges an. Hier, lies selbst.«

»Lies vor«, brummte Hannutti. Wer prüft hier wen, dachte er bei sich. Dieser Mitannamuwa ist ein Fuchs. Beinahe hätte er Zwietracht zwischen ihnen gesät. Trotzdem! Es war kein gutes Zeichen, dass Tanuwa ihm nicht voll vertraute. Oder sein Instinkt war überirdisch. Hannutti fühlte sich nicht wohl in seiner Haut. Verhielt er sich richtig dem Neffen gegenüber? Ach Unsinn. Womit schlug er sich herum: das Reich ging vor.

»Hörst du mir überhaupt zu?«, unterbrach Tanuwa sich.

»Ja, ja – Vater gestorben, und weiter?« Der Junge übersetzte mühelos vom Hurritischen ins Hethitische. Großartiger Kerl. König Akizzi hatte tatsächlich nichts Wichtiges geschrieben. Außer dem schrecklichen Verlust des Vaters ginge es allen gut, ein Sohn sei ihm geboren worden. Die Ernte sei üppig und Ähnliches.

»Zwei Dinge beunruhigen mich allerdings doch etwas, weil ich mir keinen richtigen Reim darauf machen kann«, sagte Tanuwa. »Zum einen schreibt er, das Rätsel der Karawanen sei fast gelöst – warum so geheimnisvoll? Warum schreibt er nicht einfach, wer es war? Und dann: warum möchte er, dass ich komme? Er weiß ja, dass ich nicht mehr in Tarscha bin und mich im Kontor langweile, sondern hier. Was glaubst du?«

Hannutti hatte sich wieder beruhigt. »Das sind berechtigte Fragen«, sagte er. »Offenbar möchte er etwas mit dir besprechen und zwar speziell mit dir. Was ist das für ein Mensch, dieser Akizzi?«

Tanuwa musste sich erst Gedanken machen über diese Frage. Sie war schwer zu beantworten, besonders weil er Akizzi hauptsächlich als Kijas Bruder wahrnahm. Er hatte ihren Ärger über ihn meistens verstehen können.

313

Aber was sagte das über Akizzis Wesen aus? Schließlich antwortete er: »Was das Äußere betrifft, seid ihr euch nicht unähnlich. Er sieht blendend aus, ist gut gewachsen, eher ein Kämpfer, mutig. Die Mädchen waren damals alle in ihn verliebt, auch weil er fast immer gut gelaunt ist, bereit zu Scherzen und waghalsigen Unternehmungen. Das zog die jungen Männer auf seine Seite. Für einen guten Wettkampf, gleichgültig in welcher Disziplin, war er immer zu haben. Mit Abstand der beste Wagenlenker. Die Königin himmelt ihn an. Aber der König, ich meine König Idanda, war oft ärgerlich auf ihn, weil er der Meinung war, der Kronprinz nehme die Dinge nicht ernst genug und es mangele ihm an Übersicht oder besser an Weitsicht. Aber welchem Vater kann man es schon recht machen?« Tanuwa seufzte. Dann fuhr er fort: »Er ist manchmal vielleicht etwas jähzornig, was ihm anschließend Leid tut. Andererseits hat er sich sehr angestrengt, seinen Aufgaben gerecht zu werden. Das hat seine Wahl jetzt bestätigt, oder?«

»Meinst du, er wird den politischen Weg seines Vaters fortführen?«

»Das weiß ich nicht. Wir waren zwar oft zusammen, aber darüber haben wir nie gesprochen. Insgesamt weiß ich davon viel zu wenig. Ich war froh, wenn ich aus dem Stadthaus entfliehen konnte und bei den Ratsversammlungen sind Fremde nicht zugelassen. Oder nur ausnahmsweise. Vater war einmal anwesend. Wie hätte ich auch ahnen können, dass König Idanda so schnell zu seinen Ahnen eingehen würde?«

Hannutti hatte genug gehört, um sicher zu sein, dass es Tanuwa nicht darum ging ihm wichtige Auskünfte vorzuenthalten. »Und von deiner Kija schreibt er nichts, dieser Schurke«, sagte er versöhnt und ohne irgendeinen Unterton.

»Warum sollte er?«

»Er weiß also nichts von deiner, sagen wir, Zuneigung zu der jungen Dame?«

Tanuwa schüttelte den Kopf und wünschte sich, dass dieses Thema möglichst schnell beendet sein würde. Seine Gefühle für Kija waren allein seine Angelegenheit. Sie trugen ihn durch schwere Zeiten und niemand sollte daran rühren. »Ich hoffe, es geht ihr – und ihrer Mutter vor allem – gut«, sagte er insbrünstig und Besorgnis schien mitzuschwingen. »Kija war der erklärte Liebling ihres Vaters. Er vergötterte sie, erlaubte ihr vieles und Akizzi war manchmal eifersüchtig auf sie, könnte ich mir denken. Königin Beltum jedenfalls hasst sie womöglich noch mehr als Prinzessin Iset, die Mutter, das war nicht zu übersehen. Akizzi behandelte Kija meistens wie ein kleines Mädchen, nahm sie zu ihrem Ärger nicht richtig ernst. Er zog sie dauernd auf, aber nicht bösartig. Wie es jetzt unter den veränderten Bedingungen, ohne Idandas Schutz, um die beiden steht, das wüsste ich zu gern.«

»Darüber wollte ich mit dir sprechen.«

Tanuwa war erneut überrascht. »Über das Wohlergehen von Kija und ihrer Mutter?«

»Nicht direkt natürlich. Hör zu. Es ist auch ein Schreiben von König Akizzi an seine Sonne gebracht worden. Es entspricht nicht den Erwartungen, die man hier hegte.«

»Was für Erwartungen?«

»Dazu musst du wissen, dass vor vielleicht zwei Monaten ein inoffizieller Bote eine Note von König Idanda überbracht hatte, in der dieser Kattanna unter den Schutz Hattuschas gestellt sehen möchte.«

»Das ist ja unglaublich«, platzte Tanuwa heraus. »Nicht Ägypten?«

»Entweder war dem König klar, dass sich zukünftig Hattuscha nichts in den Weg stellen wird oder es steckt etwas anderes dahinter. Stimmt diese Annahme, sollst du herausfinden, was das ist.«

»Ich?«

»Du!« Hannutti lachte. »Du wolltest doch eine diplomatische Karriere machen. Da wird es Zeit, dass du auch mal alleine losziehst und nicht immer an meinem Rockzipfel hängst! Es wird eine schwierige, verantwortungsvolle Aufgabe sein, die du erfüllen sollst. Du bist zwar Gesandter seiner Sonne, aber nicht in offiziellem Auftrag. Denn Idandas Sohn scheint einen anderen Weg einzuschlagen als sein Vater – das zumindest wurde aus seiner eher nichtssagenden Botschaft deutlich. Ihn und womöglich die ganze Spitze Kattannas für Hattuscha umzustimmen, wäre ein voller Erfolg. Aber selbst, wenn es dir gelänge, Licht in das Dunkel zu bringen, wo Kattanna steht oder hinsteuert, wie die Kräfteverhältnisse in ihrem Rat beschaffen sind und so weiter und so weiter, hättest du deine Mission bravourös erfüllt. Nun, was sagst du? Ich dachte, du freust dich. Schließlich habe ich dich vorgeschlagen.« Erwartungsvoll schaute er Tanuwa an.

Wie hatte er Hannutti nur so falsch einschätzen können? Bisher war er sich immer noch nicht so sicher darüber gewesen, was sein Onkel mit ihm im Sinn hatte. Obwohl er sich nach dem Schlagabtausch in Puruschhanda nicht mehr beklagen konnte. Nun verstand er, weshalb Hannutti so enttäuscht war, dass er mit dem Brief nicht gleich gelaufen gekommen war – aber das war nun mal nicht seine Art. Er erhob sich und umarmte Hannutti.

»Ich bin noch ganz sprachlos, verzeih mir. Ich habe es nicht für möglich gehalten, dass mein sehnlichster Wunsch auf diese Weise erfüllt werden wird. Auch nicht, dass ich nach so kurzer Zeit mit einem solch wichtigen Auftrag betraut werde. Das habe ich dir zu verdanken!«

»In erster Linie hast du dir das selbst zu verdanken. Mitannamuwa ist außerordentlich zufrieden mit dir. Du bist fleißig und sehr begabt. Das hast du auch auf dem Feldzug unter Beweis gestellt. Doch, doch«, bekräftigte er, als Tanuwa bescheiden abwinkte. »Aber bei aller Euphorie, Tanuwa, die dir von

315

Herzen gegönnt sei, möchte ich dich ernsthaft ermahnen: Du darfst niemals vergessen, auf wessen Seite du stehst. Die Interessen unseres Reiches gilt es zu wahren und zu mehren. Dieses Gebot steht an oberster Stelle. Alles andere hat dahinter zurückzutreten. Und noch eines sollst du wissen: Ich bürge für dich mit meinem Leben.«

⊖⊙⊙

»Warum erfahre ich erst jetzt davon?«, fuhr König Akizzi seinen Onkel Akallina und seinen Bruder Kuari, an. Wütend lief er im Empfangsraum des Palastes auf und ab.

»Mäßige dich im Ton«, entgegnete Akallina. »Wir haben die furchtbare Botschaft ja auch erst soeben erhalten.«

»Und es sind wieder Güter von uns, die geraubt wurden?« Akizzi steckte den Rüffel unkommentiert weg.

»Viel schlimmer diesmal«, sagte Kuari. »Das meiste gehörte dem Pharao!«

»Das ist ja katastrophal!« Akizzi war entsetzt.

»Das ist noch nicht alles! Abdi-Aschirta von Amurru, an dessen Südgrenze es passierte, hat uns bei Amenophis angeklagt, wir hätten die Karwane nicht vorschriftsmäßig gesichert. So sollen wir die entsprechenden Stellen in Amurru nicht über den Reiseweg unterrichtet haben. Die Karawane sei nicht ausreichend und nur von zwielichtigen Gestalten eskortiert gewesen. Offenbar hätten wir es wohl darauf abgesehen, dass sie beraubt würde, vermutlich für den eigenen Bedarf.«

»Das ist ja eine infame Unterstellung. Woher weißt du das alles?«

»König Rib-Addi von Gubla erhielt vom Pharao ein entsprechendes Schreiben mit der Aufforderung, uns durch einen Boten die Vorwürfe zu unterbreiten.«

Akizzi erbleichte. »Er schreibt nicht direkt an uns? Welch eine Beleidigung! Und ausgerechnet dieser Sohn einer räudigen Hündin steckt dahinter. Welch unsägliche Dreistigkeit! Wahrscheinlich hat er sich selbst alles in die Tasche gesteckt, wie schon die Beute aus den Überfällen im vergangenen Jahr.«

Akizzi tobte.

»Und uns schiebt er es in die Schuhe. Die Pest soll ihn treffen!«

Schweigend ließen die beiden anderen den Zornausbruch über sich ergehen. Sie kannten Akizzi.

»Und ich dachte, das hätte endlich ein Ende mit diesen Räubereien«, Akizzi jammerte weiter. »Was können wir nur tun?«

»Du musst so schnell wie möglich einen zuverlässigen Boten zu Amenophis schicken. Der muss lückenlos klarstellen, dass wir nichts mit dem Überfall zu tun haben und sehr wohl alle Sicherheitsvorkehrungen erfüllt haben. Eine andere Möglichkeit sehe ich nicht.«

»Haben wir wirklich die Zwischenstationen in Amurru nicht informiert?«, wollte Akizzi wissen.

»Das muss ich prüfen. Verbürgen möchte ich mich nicht. Aber falls das nicht geschehen sein sollte, hatte es seinen Grund. Solange nicht klar ist, wo der Verräter oder die Verräter sitzen …«

Akizzi winkte ab. Er kannte die Verräter und konnte doch nichts von seinem Wissen den beiden gegenüber verlauten lassen. Götter!

»Schickt Akija zu mir in die Kanzlei. Und ihr bereitet alles Notwendige vor.«

Akizzi stärkte sich mit einem kühlen Trunk frisch gebrauten Biers. Das half ihm beim Nachdenken. Dann ging er in die Kanzlei und besprach das Schreiben an Pharao Amenophis. Es musste klug formuliert sein, nicht zu viel, nicht zu wenig aussagen. Die wichtigsten Nachrichten würde er Akija direkt anvertrauen. Auf ihn konnte sich das Königshaus blind verlassen. Er würde sich eher das Leben nehmen, als irgendwo etwas auszuplaudern, was nicht für falsche Ohren bestimmt war. Syrien, den ganzen Levanteraum kannte er wie seine Gewandtasche. Mehrfach war er in Ägypten gewesen, bis im tiefen Süden im Lande Kusch. Überall hatte er Kontaktpersonen, die ihm in der Not weiterhalfen. Ein engmaschiges Netz hatte er im Laufe der Jahre geknüpft. Letztlich musste er heil durch Qadesch und Amurru kommen. Das würde er sicher schaffen. Er war der richtige Mann für diese heikle Aufgabe.

»Fertige zunächst das Begleitschreiben für Akija aus«, wies er den ersten Schreiber an. »Bring es mir zum Siegeln, wenn du fertig bist. Komm mit.« Akizzi winkte den zweiten Schreiber, ihm in den Hof zu folgen. Dort war es viel angenehmer als in dem stickigen Raum. Diener eilten herbei und brachten Kissen, damit der König es sich bequem machen konnte. Der Schreiber ließ sich vor ihm nieder, ein kleines Tischen über die Knie gestellt.

»Das wird kein einfacher Brief«, Akizzi seufzte. Göttin, gib mir die richtigen Worte ein. Er schickte ein Stoßgebet zum Himmel. Es war für Qatna so wichtig, dass der Kontakt zu Pharao Amenophis sich wieder normalisierte. Nicht nur wegen des Schutzes, den das Reich am Nil ihnen gewährte. Die Ägypter waren auch die besten Abnehmer ihrer Waren und Produkte, und sie verfügten über unerschöpfliche Goldquellen. Wer profitierte nicht alles davon. Akizzi fühlte Ärger in sich aufsteigen, je länger er darüber nachdachte, wie er am besten das Schreiben formulieren sollte. Eigentlich war es unerhört, wie Amenophis III. und vor allem sein Sohn sich Qatna gegenüber benahmen. Erst wochenlang die Gastfreundschaft nutzen, dann verschwinden ohne weiteren Dank oder Geschenke zu schicken. Jetzt diese schrecklichen Unterstellungen. Und nun musste er auch noch betteln, dass man ihm Gehör schenkte. Qatna war Ägypten nicht untertan. Noch nicht. Vielleicht wäre es wirklich besser, wenn Syrien wieder selbständig wäre. Buckeln und schmeicheln Richtung Ägypten, buckeln und schmeicheln und um Gunst buhlen in Hattuscha, in Babylonien, in Mittani, bei den Nachbarn, demnächst noch in Assyrien. Wie er das hasste. Er stand auf und ging erregt auf und ab, während der Schreiber wartete. Endlich ließ er sich wieder nieder, nachdem er einen Diener nach mehr Bier geschickt hatte.

»Also gut, fangen wir an. Es hilft alles nichts. Du schreibst auf Wachs. Wenn wir fertig sind, bringst du den Brief zum Edlen Akallina. Er und der Edle Kuari sollen ihn prüfen, verstanden? Erst dann schreibst du ihn ins Reine und fertigst die notwendigen Kopien an.«

Der Schreiber nickte. Das übliche Geschäft eben.

»Sage zum Großkönig von Ägypten: Nachricht des Akizzi, deines Dieners. Ich falle zu Füssen meines Herrn, meiner Sonne, siebenmal.

Prüfe, mein Herr, die mit dem Boten gesandten Berichte, dann wirst du erkennen, dass Qatna treu auf deiner Seite steht. Es ist nicht Qatna, das dich bestohlen hat.

Seit zwei Jahren werden in unserer Region immer wieder Karawanen beraubt. Es ist Qatna, das bestohlen wird, obwohl wir alle erdenklichen Vorkehrungen trafen, um die Karawanen zu schützen. Doch wer sind die Räuber? Prüfe sorgfältig, meine Sonne, wo die Karawanen angegriffen werden und du wirst erkennen, wer dahinter stecken könnte.

Qatna bittet dich um Hilfe, mein Herr. Deine Feinde sind dieselben wie meine Feinde. Wir aber stehen treu zu dir und zu deinem Sohn.

Möge es dir, deinem Haus, deiner Großen Gemahlin und all deinen Gemahlinnen, deinen Söhnen und Töchtern, deinen Wagen, Pferden und Kriegern, deinem Reich und allem, was dir gehört, wohl ergehen.

Ich schicke dir Geschenke, die dein Herz erfreuen mögen.«

Ein wenig war es wie in seinen Träumen. Er stand mit Akizzi auf der Terrasse im königlichen Wohntrakt, als Kija in der Tür erschien. Der König hatte sie rufen lassen, ohne ihr zu sagen weshalb. Sie sah wunderschön aus in dem langen, feinen Gewand. Das schwarze lockige Haar, durch ein schlichtes Band gehalten, umrahmte ihr Gesicht. Sie war noch tausendmal schöner als in seiner Erinnerung. Immer noch mädchenhaft schlank, doch die Gesichtszüge fraulicher, weicher, oder bildete er sich das ein? Er erkannte den typischen schnippischen Zug um den Mund. Gleich würde sie Akizzi fragen, warum er sie ohne Angabe von Gründen herzitiert hätte. Aber so war es nicht. Nach kurzem Stutzen hatte sie ihn erkannt. Ein strahlendes Lächeln erschien auf ihrem Gesicht und ließ es leuchten. Dann lief sie erfreut wie eine kleine Schwester völlig unbefangen auf ihn zu und umarmte ihn.

»Talzu, was machst du hier? Warum hast du dich nicht angemeldet, du Schurke. Ist das schön dich zu sehen. Wie siehst du aus? Steht dir nicht schlecht, das Röckchen und wie braun du bist! Ich denke, du sitzt in der Schreibstube?«

Er schwenkte sie herum, klopfenden Herzens, sie endlich in den Armen zu halten, den betörenden Duft ihrer Haut und ihrer Haare zu atmen. Zu sagen brauchte er zunächst gar nichts, weil Kija unentwegt ihn mit Fragen und Kommentaren überschüttete. So genoss er still diesen unsagbar glücklichen Moment, bis sie sich aus seiner Umarmung löste, um die anderen Anwesenden zu begrüßen.

»Ihr habt alle geschwiegen! Was seid ihr für eine schreckliche Familie! Kuari, du hättest mich doch wenigstens vorwarnen können.«

»Wie sollte ich. Wir alle wussten ja nichts von Talzus, Tanuwas Kommen.«

»Wann bist du eingetroffen?«

Wie er ihre geliebte Stimme in sich aufsog. Dieser Frau würde er bis an sein Lebensende verfallen sein. Er musste sich zusammennehmen, um sie nicht nur anzustarren. Er räusperte sich und versuchte, möglichst ungezwungen zu klingen. »Eben recht zu einem köstlichen Mittagsmahl und einer kleinen Ruhepause, also vor nur wenigen Stunden. Hätte ich geahnt, wo du bist, hätte ich dir eine Nachricht am Tor hinterlassen.«

»Du musst alles genau berichten!«

»Ja, aber nicht jetzt«, unterbrach Akizzi. »Ich habe einiges mit Talzu, nein Tanuwa – an den Namen muss ich mich erst gewöhnen – zu besprechen. Wir werden uns zu einem ausgedehnten Abendessen mit der ganzen Familie versammeln, die Vorbereitungen laufen schon. Deine Ankunft muss gefeiert werden.«

»Ich möchte auch euren Sohn begrüßen. Wie geht es Ehli-Nikalu? Was macht deine Mutter, Kija? Ist Dunijo noch hier?«

»Verschiebe deine Fragen, Tanuwa. Sie werden später alle beantwortet werden«, lachte Akizzi.

Tanuwa zuckte bedauernd mit den Schultern: »Wenn seine Majestät ruft, kann man wohl nichts machen.« Er grinste. Er fühlte sich so wohl in dieser familiären Umgebung. Offenbar hatten sie ihn wirklich ein bisschen vermisst und schienen sich zu freuen, dass er da war. Akizzi brannte etwas auf den Nägeln, sonst hätte er nicht schon fast unhöflich gedrängt.

»Wie lange kannst du bleiben?« Kija lächelte, aber ihre Augen blickten sehr ernst.

»Einige Tage, auf jeden Fall bis zum Beginn des Herbstfestes.«

»Das ist besser als nichts.« Sie wandte sich ohne Abschied zum Gehen. Tanuwa blickte ihr versonnen hinterher. Hatte er etwas Falsches gesagt?

»Was ist mit Kija?«

Akizzi hatte Tanuwa mit in seine intimen Gemächer im Westflügel genommen. Hier ließen sich die beiden nieder. Granatapfelsaft mit Eis wurde ihnen serviert.

»Euer Palastbrunnen ist ein Wunderwerk. Nirgends habe ich so eine phantastisch durchdachte Einrichtung gesehen. Dass ihr jetzt noch über Eis verfügt, ist kaum zu glauben. Aber noch einmal, Akizzi, was ist mit Kija? Als sie ging, kam sie mir so ernst vor.«

»Findest Du? Ich habe sie schon ewig nicht mehr so gelöst wie heute erlebt. Das muss mit dir zusammen hängen. Sie mag dich! Sie leidet sehr unter Vaters Tod. Und natürlich auch unter – ach Tanuwa, es gibt so viel zu besprechen. Wir haben einige Sorgen. Deshalb bat ich dich auch zu kommen. Ich brauche deinen Rat, mein Freund. Hier in Qatna ist niemand, mit dem ich ohne Angst und unbefangen reden kann. So vieles hat sich verändert seit du hier warst und vor allem seit ich König bin.«

Tanuwa begriff, dass Akizzi sich erst all seine Sorgen von der Seele reden musste, bevor er in der Lage wäre, Auskünfte, die Tanuwa weit mehr interessierten, zu geben. Akizzis Herz war so übervoll, dass er Tanuwa auch gar nicht nach dem Woher und Wohin gefragt hatte. Offenbar fand er nichts Besonderes dabei, dass dieser so plötzlich erschienen war, in eindeutig hethitischer Kleidung und obendrein mit einem delikaten Auftrag versehen. Geduldig hörte Tanuwa ihm zu. Akizzi sprach von der geheimen Kontaktaufnahme König Idandas mit einem Vertrauten in Hattuscha und später mit König Schuppiluliuma. Er sprach von dem Komplott gegen den König, wie durch Tanuwas Notiz an Kija der Vater den Verrätern auf die Schliche gekommen war, von dessen Sterben und Tod. Wie gemeinsam mit Schala und Kija beschlossen wurde den Mord geheimzuhalten, um die Nachfolge nicht zu gefährden, vom Gottesurteil, dem er sich unterziehen musste, von der Dreistigkeit Tirus und Abdi-Aschirtas, von dem Mord an dem Mädchen – sein Redefluss war unerschöpflich. Sie waren vom kühlen Saft zu kühlem Bier übergegangen. Tanuwa ließ den König reden und unterbrach ihn kaum.

»Ach Tanuwa, liebster, treuer Freund, du kannst dir nicht vorstellen wie gut das tut, über diese Last zu sprechen. Es gab Tage, da dachte ich, ich werde verrückt. Schala und Kija sind hinter ihren Tempelmauern verschwunden. Mit Ehli-Nikalu oder gar der Königin kann ich all diese Themen nicht besprechen, das ist schließlich auch nicht Frauensache.«

Tanuwa musste unwillkürlich lächeln. Das war Akizzi! Hatte er es nicht zwei klugen und besonnenen Frauen zu verdanken, dass er überhaupt auf dem Thron saß?

320

»Du siehst, wie sehr ich mich zwischen allen Stühlen befinde«, fuhr Akizzi in seiner Darstellung fort.

»Die einen wollen ein selbständiges Syrien. Vielleicht ist das nicht einmal die schlechteste Idee. Das habe ich in der letzten Zeit immer wieder denken müssen. Stell dir vor, diese Ratte von Abdi-Aschirta hat schon wieder um Kija angehalten. Er will sie mit seinem Sohn verheiraten, diesem dümmlichen, dicken Azira. Als Unterpfand für den Zusammenschluss der Länder soll sie dienen. Ich hab es ihr noch gar nicht gesagt. Nach der letzten Unverschämtheit, uns beim Pharao wegen der Karawane anzuschwärzen, was erwartet da diese falsche Schlange eigentlich? Aber das ist noch mal etwas anderes.«

Tanuwa wurde es heiß und kalt. Akizzi sprach über Kija wie über einen Ballen Stoff. Der leerte seinen Becher in einem Zug und bedeutete dem Diener gleich nachzuschenken.

»Dein König zerrt auch an meinen Nerven. Er beruft sich auf Vaters völlig unbedachtes und im Alleingang verfasstes Schreiben und erwartet Unterwerfung und Tribut von uns. Das ließ er uns durch einen durchaus hübschen, schlanken Boten übermitteln.« Akizzi verdrehte vielsagend die Augen.

Naninzi, schoss es Tanuwa durch den Kopf, während er verständnisvoll lachte.

»Ich frage dich, Tanuwa, weshalb sollten wir uns unterwerfen? Wir sind ein unabhängiges Land. Aber wie vermittelt man das dem hohen Herrn, ohne unhöflich zu sein oder gar in Ungnade zu fallen? Wir haben uns große Mühe gegeben, keinen Fehler in der Formulierung zu machen. Bisher sind wir allerdings ohne Antwort.«

Wenn Akizzi wüsste …, aber auf die Idee, dass Tanuwa die Antwort bringen könnte, kam er nicht. Nun, das hatte Zeit. Ihm würde schon etwas einfallen.

»Und dann diese Verwerfung mit Ägypten. Das ist das Schwierigste für mich. Ich war ja immer dafür, dass wir uns Ägypten unterstellen, wenn wir schon unbedingt eine Schutzmacht brauchen. Ist doch erklärlich, oder? Zumindest in dem Punkt hatte Vater uneingeschränkt Recht, dass wir uns davor hüten müssen, in den absehbaren Untergang Mittanis hineingezogen zu werden. Die meisten im Rat sind genau derselben Ansicht. Aber jetzt? So eine vertrackte Geschichte. Was ratst Du mir?«

Ohne Tanuwa zu Wort kommen zu lassen, fuhr er fort: »Erinnerst du dich, wie Vater mir dich immer als leuchtendes Vorbild an Besonnenheit und Überlegtheit anpries?« Akizzi umarmte Tanuwa. »Er hat dich sehr geschätzt. Ich war manchmal schon fast ein bisschen eifersüchtig. Nein, ich weiß ja um deine Fähigkeiten. Weshalb hätte ich dich sonst gebeten zu kommen. Denkst du, Vater wäre mit mir jetzt zufriedener?«

Tanuwa lachte. »Das war ein bisschen viel auf einmal.«

Akizzi fiel in sein Lachen ein. »Es ist wundervoll, dass du da bist. Ich hätte es nicht für möglich gehalten, wie einsam man als König ist. Wie vergnügt sind wir damals losgezogen, erinnerst du dich? Das ist alles vorbei. Entweder verbietet es die königliche Würde oder es wird dir als Bevorzugung ausgelegt oder es steht sonst etwas dagegen. All die schönen Kampfspiele. Zum Glück sind mir die Frauen gewogen geblieben! Und ich ihnen!« Akizzi strich sich über das Kinn.

»Was sagt deine Gemahlin dazu?« Tanuwa war nicht an Einzelheiten von Akizzis amourösen Abenteuern interessiert.

»Ehli-Nikalu hat sich ganz schön verändert, seit wir geheiratet haben, das kannst du mir glauben. Und seit sie nun das Kind hat – jedenfalls ist sie mit Ammut-pan vollauf beschäftigt und mit ihr ihre Mutter und die Schwiegermutter. So ist das eben. Lass dir das gesagt sein, mein Freund! Nimm dir nur das Beste von den Frauen und lass ansonsten die Finger von ihnen. Aber der Kleine ist süß, ein strammer Bursche, ganz der Vater!«

Behutsam versuchte Tanuwa das Gespräch wieder auf Ägypten zu lenken. »Mir ist nicht klar geworden, weshalb der Pharao Qatna plötzlich so schlecht behandelt. Die Beziehungen waren doch immer bestens, schon wegen Prinzessin Iset. Und dass König Idanda die Fühler nach Hattuscha ausgestreckt hatte, wusste er doch nicht.«

»Doch, das wusste er, zumindest Amunhotep, sein Sohn, wusste es.«

»Wie kommst du darauf?«

»Er hat zunächst Kija deshalb zur Rede gestellt und anschließend Vater.«

»Ich verstehe nicht – ?«

Akizzi berichtete ausführlich von Amunhoteps Aufenthalt in Qatna. Von den Hoffnungen, die sich mit ihm verbunden hatten. Dabei merkte er nicht wie Tanuwa zunehmend erbleichte. Sein Magen zog sich immer mehr zusammen, als Akizzi von Kijas Kummer sprach. Bei der Erwähnung von ihren Gefühlen für den Thronfolger, hatte er es bald kaum mehr ausgehalten. Seine Kija, seine arme Kija. Eifersucht und Mitgefühl wechselten sich ab. Nun verstand er ihren Blick, er war nicht ernst, sondern traurig gewesen.

»Nun hat er diese Nofretete geheiratet«, schloss Akizzi seinen Bericht. »Ich hab nie begriffen, warum Vater darüber dermaßen erbost war.«

In Tanuwa arbeitete es. Ihm war klar, dass er alle persönlichen Gedanken aus seinem Kopf zu verbannen hatte. Gefühle durfte er keinesfalls zeigen. Es galt, Zeit zu gewinnen. Er nahm einen tiefen Schluck Bier und versuchte das Gehörte zu ordnen. »Also der Reihe nach. Alles war in Ordnung. Man machte sich sogar Gedanken über eine eheliche Verbindung zwischen Ägypten und Qatna, richtig?«

Akizzi nickte.

»Der Kronprinz erfährt von dem hethitischen Boten, der aber von dem Geschäftsfreund in Hattuscha kam, nicht vom Großkönig, richtig?«

Akizzi nickte erneut.

»König Idanda versuchte den Kronprinzen mit der Erklärung zu beruhigen, es ginge um Handelsgeschäfte mit Hattuscha, und dieser reiste in bestem Einvernehmen ab.«

»Ja, aber er war vorher noch bei Tiru. Mein Onkel ist wirklich ein Problem. Eigentlich gehörte er vor Gericht oder ich müsste ihn töten lassen, aber das geht nicht. Ich würde mich verraten, verstehst du? Es ist zum Verzweifeln.«

Tanuwa verzog keine Miene. Stattdessen überlegte er laut. »Was kann der Ägypter bei Tiru gewollt haben? Er kann doch nur geprüft haben, ob er auf des Königs Seite steht. Wenn er so gut informiert war, wie du sagst, wusste er aber längst, dass Tiru meistens anderer Meinung als sein Schwager war. Ob er ihn als Ersatz für Idanda als König im Blick hatte? Aber das hätte nichts, gar nichts gebracht. Keinem. Höchstens, wenn Amunhotep deinem Vater nicht geglaubt hätte, was die angeblichen Handelskontakte nach Hattuscha anging. Dann könnte es doch sein, dass Ägypten hinter dem Mord an deinem Vater steckt und nicht die, die du in Verdacht hast. Und es würde auch erklären, warum die Brautwerbung ausblieb und jetzt der Pharao nicht an dich direkt schreibt, sondern an seinen Vasallen Rib-Addi von Byblos.«

»Dann müsste aber jetzt auch Tiru auf dem Thron sitzen und nicht ich, oder? Amunhotep und ich mochten uns zwar nicht besonders, zugegeben, aber er wusste, dass ich absolut für Ägypten war und bin. Ich habe mehrere Briefe an den Pharao geschickt und ihn unserer Loyalität versichert.«

»An deiner Argumentation ist etwas dran. Vielleicht ist Qatna momentan zu unwichtig für Ägypten? Man müsste wissen, was sich dort tut, vor allem, was Abdi-Aschirta von Amurru dem Pharao alles einflüstert.«

»Das Sicherste wäre, auch Abdi-Aschirta aus dem Weg zu räumen«, murmelte Akizzi erbost. Dann sagte er: »Wir haben vor kurzem noch einmal einen Boten zu Amenophis gesandt. Vielleicht hat er endlich Erfolg, kann den Pharao von unserer Unschuld bei den Karawanenüberfällen überzeugen und alles renkt sich wieder ein. Ich hatte auch schon dran gedacht, Kija zu Amenophis zu schicken. Aber was brächte das? Sie verschwände wie andere Königstöchter im Harem, wenn sie nicht direkt zurückgeschickt würde. Götter, wäre das eine Schmach.«

Tanuwa litt Qualen. Wie konnte Akizzi nur andauernd so über Kija sprechen. Seine Schwester war ihm als Mensch offenbar völlig gleichgültig. Für seinen Vorteil war er eindeutig geneigt, sie einfach zu verkaufen. Kija! Er nahm sich zusammen.

»Hat Prinzessin Iset nicht ihre Kanäle?«

»Ich habe sie nicht um Hilfe gebeten«, antwortete Akizzi. »Sie war Vaters Geliebte – sein gutes Recht als König. Sie wird hier respektiert, dabei wollen wir es belassen.«

Akizzi erhob sich.

»Mein Lieber, wir werden die Probleme heute nicht lösen. Ich muss dich um Vergebung bitten, dass ich dich gleich so überfallen habe, wo du nur wenige Stunden in unseren Mauern weilst. Geschweige denn, dass ich dich nach deinem Wohlergehen gefragt habe. Heute Abend musst du uns alles genauestens berichten. Du wirst viele bekannte Gesichter sehen. Möchtest du der Königin deine Aufwartung machen, bevor du dich zurückziehst?«

Tanuwa nickte und folgte der Dienerin.

Wenn Akizzi das Gefühl hatte, er säße zwischen allen Stühlen, so konnte Tanuwa ihm das bestens nachempfinden. Er war in Qatna im Auftrag seines Herrn, um das Fürstentum auf hethitische Seite zu ziehen. Außerdem wurde erwartet, dass er nach seiner Rückkehr in die Hauptstadt alle wichtigen Informationen, die er auf der Reise zusammentragen würde, getreulich zum Vorteil des Reiches weitergab. So weit, so gut. Sein Freund Akizzi vertraute ihm offenbar blind, alles offenbarte er ihm, gab sich völlig in seine Hand. Das war nur allzu verständlich, sie hatten schließlich Bruderschaft geschlossen. Aber durfte Akizzi die Frau, die er mehr als sein Leben liebte, beleidigen, über sie verfügen? Darüber war er mehr als nur beruhigt. Hoffentlich war Kija im Haus der Göttin in guter Obhut. Dort stand sie zudem unter dem persönlichen Schutz der Hohepriesterin. Vielleicht garantierte ihr das eine gewisse Sicherheit vor den Einfällen ihres Bruders und Königs.

Tanuwa konnte allerdings nicht herausfinden, ob sie noch so streitbar war, um sich zu verteidigen. Ihre frühere unbeschwerte Fröhlichkeit schien sie verloren zu haben. War sie krank? Tanuwa beobachtete, dass sie die Speisen, die ihr sonst so viel Freude bereitet hatten, kaum berührte. Dabei war ein Festmahl aufgetragen worden, das an Schuppiluliumas Tafel nicht hätte üppiger ausfallen können. Immer wieder wanderten seine Blicke zu Kija, die neben ihrer Mutter saß, zu weit weg von ihm, als dass sie auch nur wenige Worte hätten wechseln können.

Akizzi hatte nicht zu viel versprochen. Alle waren gekommen, die Familie, die Freunde und Wettkampfgefährten. Er bewunderte gebührend den kleinen Ammut-pan und machte seiner Mutter artige Komplimente. Ehli-Nikalu schien wirklich nur Augen für ihren süßen Jungen zu haben, bis die Amme ihn zum Schlafen holte. Akizzi, aber vor allem Kuari fragten den Freund nach seinen Erlebnissen aus und Tanuwa bemühte sich, möglichst lustig zu berichten, nur um Kija lachen zu sehen, was ihm ab und zu gelang. Seine Flucht aus Adanija mit des Königs Tross, der gute Mursili, der Ritt im Winter nach Hattuscha boten einige gute Szenen. Ansonsten versuchte er, möglichst wenig von sich preiszugeben. Das war nicht schwer, denn die Freunde berichteten ihrerseits von Erlebnissen, selbst der ernsthafte Kuari beteiligte sich lebhaft und wusste Tanuwas Sachverstand zu schätzen. Es war ein munterer, fröhlicher Abend, der damit endete, dass die Männer unter sich blieben – bis zum feuchtfröhlichen Ende im Morgengrauen.

Tanuwa genoss gegen seine Gewohnheit das Fest, das ihm zu Ehren stattfand, und das warmherzige Willkommen. Es war Frühherbst, die Ernte war vorzüglich, alles gab es im Überfluss, die Nacht war lau und Kija hatte ihm beim Abschied zugeflüstert, wo und wann sie sich treffen würden.

Während der Vorbereitungen für das Erntefest machte Tanuwa unzählige Besuche. Nicht besonders wohl fühlte er sich, als er Tiru seine Aufwartung machte, doch das war Pflicht, das musste sogar Akizzi zugeben. Den Gastfreund des Vaters konnte er nicht meiden. Eheja hatte keine Ahnung von dessen Verwicklungen, und Tiru wäre vielleicht misstrauisch geworden. Zudem hatte Eheja Tanuwa allerlei für ihn mitgegeben, es galt etliche Aufträge abzuwickeln. So zögerte Tanuwa nicht, sondern brachte dieses Treffen als erstes hinter sich.

Lange blieb er im Stadthaus bei Kuari. Dieser Mann war wirklich am richtigen Platz. Ein Glück für die ganze königliche Familie. Kuari wollte einiges von Tanuwas Leben in Hattuscha wissen, wie die Kanzlei organisiert sei und ähnliche Dinge. Für Tanuwa war es dagegen äußerst wichtig, aus Kuaris Sicht die Ereignisse der letzten Monate geschildert zu bekommen. Akizzi hatte nicht die Unwahrheit gesagt, als er behauptete, niemand aus der Familie außer Kija sei in die Vorgänge um den Tod des Vaters eingeweiht worden. Kuari machte sich zwar Gedanken, wusste aber nichts Genaues. Eher nüchtern, aber nicht unherzlich berichtete er Tanuwa von den Schwierigkeiten, die seiner Meinung nach zwischen Akizzi und Ehli-Nikalu bestanden. Er schilderte die Veränderungen, die er bei Akizzi seit seiner Wahl zum König beobachtet hatte und er präsentierte Tanuwa endlich eine verwertbare Erklärung, warum König Idanda in einer einsamen Entscheidung sich ohne erkennbare Not Hattuscha unterwerfen wollte. Der abgeklärte und gewiefte alte Politiker war Opfer seiner Gefühle geworden: nur die Schmach, die Kija angetan worden war, und der damit verbundene, eigene Ehrverlust hatten ihn geleitet.

In Tanuwa stritten die widerstrebendsten Gefühle. Wie war das Verhältnis zwischen Kija und Amunhotep wirklich? War da eine der üblichen Heiratsallianzen geschmiedet worden? Hatte der Kronprinz ein Auge auf Kija geworfen, wie Tanuwa in Hattuscha befürchtet hatte, als er von dessen ungewöhnlich langem Aufenthalt in Qatna hörte? Hatte sich Kija in Amunhotep verliebt? Darüber hatte bisher niemand offen gesprochen. Er erhoffte sich Aufklärung durch einen Besuch bei Prinzessin Iset, die ihn ebenfalls zu sich gebeten hatte. Kurz keimte in Tanuwa die Hoffnung auf, auch Kija wäre anwesend, aber Iset empfing ihn allein. Der König fehle ihr, gestand sie.

Gäbe es Kija nicht, würde sie am liebsten nach Ägypten heimkehren. Die gewünschten Auskünfte erhielt Tanuwa von Iset nicht. Über Amunhotep zu sprechen ging sie geschickt aus dem Weg. Kija sehe sie selten, sie sei kurz nach seiner Abreise in das Haus der Göttin gewechselt. Manchmal empfinde sie ihre Einsamkeit unerträglich – eben ein Frauenschicksal. Deshalb freue sie sich auch besonders über seinen Besuch. Ein Hauch der großen, weiten Welt käme dadurch in ihre Kammer. Erst als Tanuwa sich erhob um zu gehen, fiel ihm auf, wie vieles sie ihn gefragt hatte, nach seiner Vergangenheit in Tarscha, den Eltern, besonders der Mutter, den Beweggründen für seinen Weggang, seiner Arbeit in Hattuscha, den Erlebnissen auf dem Feldzug, Hannutti, Schuppiluliuma und Henti, den Städten, in denen er gewesen war.

Nachdem er sich endlich verabschiedet hatte, musste Tanuwa in sich hinein schmunzeln. Ihren Wissensdurst hatte Kija eindeutig von ihrer Mutter. Er überdachte rasch seine Aussagen, in Sorge, er habe Unerlaubtes erzählt – die Zeit der Unschuld war vorbei. Doch die mütterliche Neugierde hatte ihm gut getan. Weder seine Mutter, schon gar nicht seine Großmutter oder sonst jemand aus der väterlichen Familie in Tarscha, noch die Familienmitglieder in Hattuscha nahmen solchen Anteil an seinem Werden, an seinen Plänen, Hoffnungen, Zielen, interessierten sich für seine Beobachtungen und Überlegungen zur Welt und den Göttern.

Da es noch nicht allzu spät war, beschloss er Dunijo noch einen Besuch abzustatten. Sein ahhijawäischer Wortschatz hatte sich erheblich verbessert. Dunijo hatte noch nicht erfahren, dass Tanuwa in Qatna weilte. Tanuwa betrat seine Werkstatt, ohne dass Dunijo von seiner Arbeit aufsah. »Chaire, Dunijo«, sagte er.

»Setz dich«, kam die Antwort.

Überrascht über diese kurzangebundene Rede, nahm er gehorsam Platz und wartete. Welch wunderbare Arbeiten standen in den Regalen. Tanuwa ließ seine Blicke schweifen. Zierlichste Formen, dünnwandige Tassen, Teller, mannigfaltig geformte Krüge, Schalen, ausgefallene Bemalungen, hier war ein Meister am Werk. Er wollte sich genauer umsehen. Da endlich hob Dunijo den Blick, stutzte und erkannte Tanuwa.

»Talzu, du bist das! Ich kann es nicht glauben. Ich dachte Minos sei hereingekommen. Hätte ich nur geahnt…«, ein Wortschwall ergoss sich, während er auf Tanuwa zustürmte, ihn leidenschaftlich umarmte und auf die Wangen küsste.

»Wer ist Minos?«

»Hast du nicht die neuen Wandmalereien im Palast gesehen? Das musst du unbedingt. Er ist begnadet. Er kam mit diesem ägyptischen Prinzlein und seither bin ich nicht mehr einsam. Du musst ihn gleich kennenlernen.«

Dunijo schickte einen seiner Lehrlinge los, um Minos aufzutreiben, einen anderen schickte er nach Wein.

»Warst du in Ahhijawa? Du sprichst ja fabelhaft.«

»Dunijo, du übertreibst maßlos. Du musst auch langsam mit mir reden. Ich habe zwar etwas gelernt, aber noch lange nicht genug. Dagegen sehe ich, dass deine Sachen noch schöner geworden sind. Könnte ich nur etwas davon mitnehmen! Willst du nicht mit mir nach Hattuscha kommen?«

Entsetzt kreuzte Dunijo seine beiden Zeigefinger. »Verschone mich. Was machst du in dieser Wildnis? Bleib du lieber hier, als mich zu verschleppen.«

Er umarmte ihn erneut.

»Das ist Minos«, stellte er dann den eben Eintretenden vor. »Er redet ein bisschen komisch, weil er von der Insel Keftu, wie man hier zu Kreta sagt, kommt, aber sonst ist er ein netter Kerl. Und das ist Talzu«, stellte er den Besucher seinem Freund vor. »Er stammt aus Tarscha und hat dort in den Hafenkaschemmen unsere Sprache gelernt. Macht das schon ganz ordentlich.«

Sie hatten einen vergnüglichen Abend. Minos zeigte in seiner Werkstatt Tanuwa einige Entwürfe und Proben. Auch von dessen Meisterschaft war er tief beeindruckt. Solche Kunstwerke fehlten in Hattuscha. Davon musste er unbedingt berichten. Natürlich nötigte Dunijo ihm ein Souvenir auf, obwohl Tanuwa warnte, es würde nicht heil zu Hause ankommen. »Scherben bringen Glück«, sagte er trocken. »Dann bringst du sie das nächste Mal zum Flicken wieder mit.«

Viel Zeit für seinen eigentlichen Auftrag blieb Tanuwa nicht. Das Herbstfest würde das Königspaar und die Priesterschaften tagelang in Beschlag nehmen. So lange konnte er nicht verweilen. Er würde direkt nach Beginn der Feierlichkeiten seine Rückreise antreten und eiligst über Tarscha nach Hattuscha zurückkehren müssen, um rechtzeitig zu Beginn des hethitischen Erntefestes dem König zur Verfügung zu stehen.

Viel Nützliches hatte er in den letzten Tagen erfahren, doch noch hatte er keine zündende Idee, wie er Akizzi auf Hattuscha einschwören könnte. Vielleicht war das auch verfrüht. Man hatte in Hattuscha absichtlich darauf verzichtet, die Auseinandersetzung mit Mittani in diesem Jahr fortzuführen. Erst sollten innerhalb des Reichsgebietes und an allen Grenzen außer der im Südosten solide Verhältnisse geschaffen werden, bevor man zum großen Schlag gegen Mittani und Nordsyrien ausholte. Fieberhaft wurde auch an einer Strategie gearbeitet, wie man Ägypten weiter ruhig halten könnte. All das konnte Tanuwa Akizzi nicht anvertrauen. Dass Akizzi seinerseits fest auf Ägypten setzte, war aus dessen Sicht bestens nachzuvollziehen, nicht nur wegen Iset. Warum also sollte er plötzlich und ohne Kenntnisse der Planungen und damit ohne echte Argumente auf Hattuscha umschwenken und dann auch noch den Rat von der unbedingten Notwendigkeit dieses Sinneswandels überzeugen? Es gab nichts Handfestes, womit ihn Tanuwa momentan glaubwürdig konfrontieren konnte. Kija ins Spiel zu bringen war sinnlos, denn Akizzi hatte im Gegensatz zu seinem Vater überhaupt kein Problem damit, dass Amunhotep sich für eine andere entschieden hatte, im Gegenteil. Für den Rat war das außerdem zu dünn, nicht umsonst hatte Idanda darauf verzichtet, ihn zu konsultieren.

Wahrscheinlich kam es jetzt in erster Linie darauf an, wie der Pharao sich Qatna gegenüber weiter verhielt. Womöglich musste man einfach die Zeit für Hattuscha arbeiten lassen. Wenn Ägypten Qatna wiederholt enttäuschte, wären Akizzi und der Rat viel zugänglicher für die Offerten aus Hattuscha. Allerdings musste man aufpassen, Qatna nicht durch zu langes Stillhalten den Separatisten in die Arme zu treiben. Das konnte nur zu einem fürchterlichen Blutvergießen führen, denn weder Hattuscha noch Ägypten würden sich das bieten lassen.

Nach diesen Überlegungen gab Tanuwa beim nächsten längeren Gespräch Akizzi den Rat, doch im Sinne der Politik seines Vaters zu versuchen, mit allen ein akzeptables Verhältnis zu haben, auch wenn ihm das schwerfiele, gerade bei Abdi-Aschirta von Amurru. Doch hielte er ihn mehr auf Abstand, wenn er unverbindlich, aber freundlich auf Vorschläge antwortete, anstatt mit ihm zu streiten oder ihn zu brüskieren. Zusätzlich zum Boten, den er direkt an den Pharao gesandt hatte, solle er doch auch die Fürsprache Rib-Addis von Byblos nutzen, der Qatna eindeutig wohlgesonnen sei. Auch hier solle er nur von Qatna sprechen, ohne sonst jemanden anzuklagen oder Namen zu nennen.

»Tanuwa, kannst du nicht bei mir bleiben?«, sagte Akizzi ein ums andere Mal. »Mir erscheint alles so viel leichter, wenn du dich darum kümmerst. Lass doch Hattuscha sausen, hier kannst du genauso gut Karriere machen. Wir werden dich reich belohnen.«

Tanuwa lachte.

»Ich fühle mich überaus geehrt durch deine Komplimente und dein Angebot, König von Qatna, aber du weißt so gut wie ich, dass für jemanden wie mich kein Platz ist.«

»Du hast ja recht. Aber du musst mir versprechen, dass du so oft wie möglich wiederkommst und mir mit deinem Rat zur Seite stehst.«

Dann endlich kamen die Fragen, die Tanuwa befürchtet hatte.

»Wie ist das, wenn ich dir eine Botschaft sende?«

»Kein Problem. Man weiß, dass wir befreundet sind.«

»Es wird also allgemein bei Hof bekannt, wenn du ein Schreiben erhältst?

Nur gut, dass ich keine Geheimnisse von mir gegeben habe.« Er lachte in seiner unbekümmerten Art. »Wenn es mithin je brenzlig wird, dann muss ich einen bestgetarnten Boten senden, Kija zum Beispiel!« Er schlug sich vor Lachen über seinen gelungenen Scherz auf die Schenkel.

»Hat man dich eigentlich nach Qatna gefragt?«

»Ja, natürlich, vor allem als mein Vater zu Besuch kam. Das war so ähnlich wie bei euch damals, als Vater vor eurem Rat Rede und Antwort stand.«

»Das ist gut! Das bedeutet, dass man uns im fernen Hattuscha wenigstens zur Kenntnis nimmt. Akallina und Kuari haben sich intensiv darum bemüht, direkte Handelsbeziehungen zum Hof herzustellen, um den Zwischenhandel über Kizzuwatna zu reduzieren. Das wird deinem Vater gar nicht gefallen.« Akizzi lachte erneut, allerdings etwas verlegen. »Bisher ist in dieser Hinsicht noch nichts Verbindliches zustande gekommen, du kannst ihn beruhigen. Wurdest du von Vaters und später von meinem Schreiben an den Großkönig informiert? Weißt du vielleicht sogar, warum wir noch keine Antwort erhalten haben? Du hast doch mit deinem Onkel Hannutti beste Kontakte ganz nach oben.«

»Soweit ich weiß, wurde seine Sonne durch deine Nachricht davon unterrichtet, dass König Idanda ›zum Gott geworden ist‹, wie man in Hattuscha beim Tod des Königs sagt. Üblicherweise ist das in Hattuscha mit einer langen Trauerzeit verbunden, erst danach werden offizielle Dinge wieder in Angriff genommen. Da der Großkönig nur an seine Brüder Kondolenzschreiben schickt, wird vermutlich abgewartet, bis man meint, hier ginge alles wieder seinen normalen Gang. Ich habe dein Schreiben nicht in der Hand gehabt«, sagte Tanuwa wahrheitsgemäß, »aber vielleicht war es so formuliert, dass gar keine Antwort gegeben werden muss?«

»Das weiß ich jetzt nicht mehr genau. Ich müsste einen Diener in die Kanzlei schicken, um die Abschrift zu holen. Aber was du sagst, leuchtet mir ein. Das ist die Erklärung: Eine Antwort ist gar nicht zu erwarten. Das werde ich im Rat sagen, wenn das Thema wieder zur Sprache kommt. Wenn ich dich nicht hätte! Du kannst ja ein gutes Wort für uns einlegen! Mit solch einem Fürsprecher in Hattuscha kann uns nichts mehr passieren.«

❧❧❧

Der Tag, dessentwegen er überhaupt nach Qatna gereist war, war gekommen. Kija hatte wohlüberlegt den Tag vor dem eigentlichen Beginn der Zeremonien gewählt. Überall war man damit beschäftigt, rechtzeitig mit den Vorbereitungen fertig zu werden. Die letzten Laubhütten wurden gebaut, die Mahlzeiten vorbereitet, alles war auf den Beinen. Da würde es kaum auffallen, dass sie eine Weile im Haus der Göttin fehlte. Nur ihrer Freundin Amminaje sagte sie, wohin sie ging.

Seit Kija im Tempel weilte, war auch Taja, ihre Amme, nicht mehr im Palast. Ehli-Nikalu hatte eine eigene für den kleinen Ammut-pan. Taja lebte seither in einem Häuschen in der nordöstlichen Stadt. Es war nicht das erste Mal, dass sie Kija besuchte, im Gegenteil. Sie genoss das normale Leben dort, wie sie sagte, die kleinen Handwerksbetriebe, die Garküchen, das laute, umtriebige Leben auf der Straße.

Dahin hatte Kija Tanuwa gebeten.

In ein schlichtes, in Qatna übliches Gewand gehüllt, war Tanuwa durch die Stadt geschlendert, schon mit Wehmut im Herzen, wenn er an die baldige Abreise dachte. Da er viel zu früh aufgebrochen war, nutzte er die Gelegenheit, sich all die Plätze in Erinnerung zu bringen, die er während des ersten Aufenthaltes besucht hatte. So gelangte er auch in die Nähe des verbotenen Viertels. Emsiges Treiben auch dort, das war zu hören. Es roch seltsam, um nicht zu sagen, es stank! Nach Fisch? Nach altem, sehr altem Fisch? Tanuwa wurde es beinahe übel. Außerdem wurde mit Feuer gearbeitet, Rauch stieg allenthalben auf. Sollten dort Schmiede am Werk sein? Doch wie war dann der mörderliche Gestank zu erklären? Er entstand nicht beim Schmieden. Und wozu die Geheimhaltung? In Qatna gab es mit Sicherheit keine Wunderwaffe. Nicht einmal Akizzi, der König, trug einen Eisendolch. Keine Schmuckstück, keine Werkzeug, wie er sie in Hattuscha zu Gesicht bekommen hatte, waren ihm hier je aufgefallen. Er kannte nur ein einziges Geheimnis, das in Qatna gehütet wurde, und dessen Verrat man mit dem Leben bezahlte, das war das Geheimnis der roten Farbe. Die damit gefärbten Kleider und Stoffe stanken aber überhaupt nicht. Rätselhaft. Tanuwa wollte keinesfalls auffallen, deshalb passierte er die hohe Umfassungsmauer zügig. Was machte man mit Feuer? Er musste sich in Tarscha erkundigen, wie man Stoff färbte. Dumm, dass er nicht früher auf die Idee gekommen war.

Die Begrüßung durch Taja war zurückhaltend, was Tanuwa nicht verwunderte. Sie hatten sich nie näher kennengelernt. Er war ein Fremder und sie riskierte einiges, dass sie das unschickliche Treffen unterstützte. Tanuwa wusste von Kija, dass ihre Amme alles für ihren Liebling tat. Das Haus war bescheiden, aber sehr gepflegt. Es bestand aus einem Küchenraum im Erdgeschoß und einem Gemach im oberen Stock. Dorthin geleitete Taja Tanuwa. Sie bediente ihn mit einem köstlichen Getränk, das grünlich schimmerte, erfrischend roch und schmeckte, bevor sie sich nach unten zurückzog. Er spürte, wie ihn seine bisherige Gelassenheit schlagartig verließ. Sein Herz klopfte. Es steigerte sich zum Herzrasen, als er unten Stimmen hörte und Schritte auf der Stiege vernahm. Allerdings waren das keine leichtfüßigen, sondern eher schlurfende, die sich die Treppe hinauf quälten. Dazu leises

Ächzen. Schließlich erschien eine bucklige Alte, der er einen Stock gegönnt hätte, damit sie sich beim Gehen etwas leichter täte. Er erhob sich höflich, während sie zu seiner Verwunderung ihren Gesichtsschleier löste.

»Kija, du bist unverbesserlich!«

»Gib zu, dass du mich nicht erkannt hast!«

»Wie sollte ich, bei dieser Perfektion! Hast du dich in dieser Pose etwa durch die ganze Stadt geschleppt?«

Sie nickte und erlöste sich aus ihrer Verkleidung. »Das hat endlich wieder einmal richtig Spaß gemacht«, sagte sie zufrieden. »Was ich dir alles zu verdanken habe! Talzu-Tanuwa, sei gegrüßt.«

Als seien nicht Monate, sondern Stunden seit ihrer letzten Begegnung vergangen, so empfand Tanuwa das Wiedersehen. Kein Fremdeln, keine Floskeln, sondern gleich eine vertraute, nahe Atmosphäre hatte Kija geschaffen. Seine Befangenheit war wie weggewischt. Er ergriff ihre Hände.

»Lass dich anschauen. Du bist zu dünn«, befand er. »Bekommst du nichts Anständiges im Haus der Göttin? Erzähl mir von dir! Jede Einzelheit möchte ich wissen, seit ich abgereist bin.«

»Wie lange wirst du bleiben?«

»Zu kurz. Ich muss vor Beginn des Herbstfestes wieder in Hattuscha sein.«

»Ruft dein Herr?«

Was Akizzi in stundenlangen Gesprächen nicht bemerkte, Kija brachte es nach Minuten auf den Punkt.

»Wie bekommst du das unter eine Decke, Hattuscha zu dienen und Freund des Königs von Qatna zu sein?«

»Das sind keine Gegensätze.«

»Noch nicht!«

»Lass uns von dir sprechen, Kija. Warum hast du dich für die Göttin entschieden oder ist das noch nicht fest?«

Wie zuvor bei Akizzi, so hatte Tanuwa das Gefühl, bei Kija eine Pforte aufgestoßen zu haben, die all die bisher eingeschlossenen Gedanken herausquellen ließ. Sie sprach von den Unterredungen mit dem Vater, der ihr freigestellt hatte zu heiraten oder der Göttin zu dienen, von der Ankunft von Tanuwas versteckter Nachricht, von dem Mord am Vater, dem Begräbnis, von ihren Ängsten, was sich ohne ihn für sie und Iset verändern würde, von Akizzis Machtgier.

»Aber war es nicht nötig, dass er den Thron übernahm? Niemand war darauf so gut vorbereitet worden wie er?«, warf Tanuwa ein.

»Dass du ihn verteidigst, hätte ich wissen müssen«, sagte sie bitter. »Ihr Männer denkt immer an solche Dinge und findet gute Gründe, um eure Entscheidungen zu untermauern. Selbst die Götter decken offenbar den

Betrug. Die Mörder laufen frei herum. Aber irgendwann wird Qatna für all das bezahlen müssen.«

Traurig sah sie ihn an.

»Bist du glücklich im Haus der Göttin?«, fragte er besorgt.

»Ich war es viele Wochen.«

»Was ist geschehen?«

Kija blickte auf ihre Hände und schwieg.

Er hob ihr Kinn, so dass sie sich in die Augen sahen. »Hat es etwas mit dem Kronprinz von Ägypten zu tun?« fragte er forschend.

»Auch.«

»Kija«, sagte er leise, »weißt du, dass ich dich liebe, mehr als mein Leben?«

Als sei sie von einer Schlange gebissen worden, fuhr Kija zurück. »Was ist das für ein Geschwätz? Mach dich nicht lustig über mich. Ich warne dich. Nur weil Amunhotep geheiratet hat, musst du nicht denken, dass ich Trübsal blase, niemand mich mehr will und ausgerechnet du mich trösten könntest. Noch weiß ich nicht, ob er nicht die andere aus einem der üblichen Gründe heiraten musste, die ihr Männer euch immer zurechtlegt, angeblich zum Vorteil des Landes. Außerdem«, sie stand auf, »außerdem werde ich für immer der Göttin dienen!«

Tanuwa war aschfahl geworden. Er hatte sich ebenfalls erhoben. Ihr Gesicht schien zu glühen, als sie leise, aber klar und deutlich sagte:

»Ich trage ihr Kind.«

Dann sank sie plötzlich in Talzus Arme und wimmerte wie ein kleines Mädchen. Fassungslos hielt er das zitternde Bündel. Er streichelte vorsichtig ihr Haar und versuchte flüsternd sie zu beruhigen.

»Psst«, kam es von der Treppe.

Kija schrak zusammen. Sie löste sich von ihm und griff nach ihrer Verkleidung.

»Schwöre bei deinen und meinen Göttern, niemandem davon zu erzählen! Sonst werde ich alle Verwünschungen, die ich kenne über dich heraufbeschwören.«

Talzu nickte und legte die Rechte auf sein Herz.

»Wann sehe ich dich wieder?«

»Beim nächsten Mal, wenn es das geben sollte.«

»Erinnerst du dich, was ich dir bei meiner Abreise versprochen habe?«

Sie nickte, griff an ihren Hals und zeigte ihr Amulett.

»Es gilt. Wirst du das nicht vergessen?«

Doch sie war bereits die Treppe hinunter verschwunden.

Das Erntedankfest wurde mit aller Üppigkeit begangen. Für Qatna war es ein ertragreiches Jahr gewesen. Erstmalig vollzogen Akizzi und Ehli-Nikalu alle Rituale und Zeremonien. Auf den Straßen und in den Gassen herrschte ausgelassene Fröhlichkeit.

Tanuwa hatte sich das sonst übliche Geleit verbeten. Er wollte die Feierlichkeiten nicht stören. Am Abend wohnte er dem Ritual auf den Dächern bei und teilte die Hoffnung der Bewohner, die Götter fänden Gefallen an den für sie errichteten Laubhütten. Das anschließende Mahl war gleichzeitig sein Abschiedsessen. Wieder waren viele gekommen, doch Schala und Kija hatten im Tempel unabkömmliche Verpflichtungen. Der Abschied war bewegt und herzlich, besonders von Akizzi. Mit dem Morgengrauen verließ Tanuwa schweren Herzens die Stadt.

Immer wieder rief sich Tanuwa unterwegs die Begegnung mit Kija in Erinnerung. Wie konnte es nur so mit ihm durchgehen? Er wusste, dass sie nichts von seiner Liebe zu ihr hören wollte. Ob Kaufmannssohn oder Schreiber, wenn auch in des Großkönigs Diensten, und nicht nur Sohn eines Kaufherren aus Kizzuwatna, sondern auch einer hethitischen Prinzessin, es nützte nichts, er passte nicht in ihre Lebensvorstellung. Sie liebte ihn nicht! So einfach war das. Sie liebte Amunhotep. Hielt sie es nicht trotz ihres Grolls, trotz ihres verletzten Stolzes für möglich, dass er sich hatte verheiraten müssen? Unabhängig von ihrer Liebe zueinander? Ja, so musste es sein. Amunhotep war auch in sie verliebt, sie hatten sich ihre gegenseitigen Gefühle offenbart. Und sie liebte ihn so, dass sie sich vorstellen konnte, seine Nebenfrau zu werden. Nein. Entweder Königin oder aber Priesterin, das hatte sie sagen wollen. Aber was hieß bloß, sie trug das Kind der Göttin? Sie war schwanger, sie erwartete ein Kind, aber von wem?
Es konnte doch nur von Amunhotep sein und wurde das Kind der Göttin genannt, weil Kija in ihrem Haus lebte. So war das wohl zu verstehen. Warum freute sich Kija nicht über das Kind, wenn Amunhotep der Vater war und sie ihn so sehr liebte? Sie war nicht glücklich. Sie hatte verzweifelt geweint. War es in Qatna womöglich untersagt, vor der offiziellen Heirat ein Kind zu bekommen? Wusste Amunhotep vielleicht davon gar nichts. Fragen, quälende Fragen, keine Antworten, weil er niemanden einweihen durfte.

Was hatte Amunhotep, was er nicht hatte? Außer, dass er Pharao von Ägypten werden würde. Tanuwa lachte bitter. Kuari hatte ihn als äußerst religiös geschildert, ganz einem Gott, man konnte sagen ganz seinem Gott zugetan. Für Politik interessierte er sich nicht oder er tat zumindest so, hatte Akizzi gesagt. Und für Handel hatte er auch nicht viel übrig, falls er nicht darüber mit Tiru gesprochen hatte. Kuari berichtete, dass er ihn nicht einmal in all den Wochen im Stadthaus besucht hatte. Nur kurz vor seiner Abreise hätte er plötzlich Aufträge vergeben und Bestellungen diktiert. Dunijo hatte ihn Prinzlein genannt. Wahrscheinlich so ein verwöhnter Bursche. Aber anscheinend doch auch sportlich. Sicher durfte man ihn nicht unterschätzen. Sehr sprachbegabt war er wohl nicht. Zumindest sprach er schlecht Akkadisch und kaum Hurritisch, wenn nicht auch das Verstellung war, weil er dadurch viel mit Kija zusammen sein konnte, die oft als Übersetzerin fungiert hatte, wie ihm erzählt worden war. Prinzessin Iset fand Amunhotep schön und charismatisch. Sie verehrte ihn fast wie einen Gott. Aber bei ihr war das bis zu einem gewissen Grad auch verständlich. Sie war seine Verwandte und sie war in Ägypten aufgewachsen. Sie wusste, wie man mit Pharaonen und ihren Söhnen umzugehen hatte. Sein Besuch in Qatna zählte für sie zur schönsten Zeit ihres Lebens, hatte sie Tanuwa zu verstehen gegeben.

Und Kija? Sie hatte sich gefreut, ihn zu sehen, aber wohl mehr, wie man sich über die Ankunft eines Bruders freut, der länger weg gewesen war. Sie schätzte ihn als Freund, sonst hätte sie nie ein geheimes Treffen mit ihm riskiert, ihm nicht so viel und vor allem ihr größtes Geheimnis anvertraut. Das war doch besser als nichts. Und dennoch: Warum nur liebte sie ihn nicht? Für sie war er der freundliche Kaufmannssohn und Schreiber, ein netter, treuer, anhänglicher und zuverlässiger Kerl. Doch – etwas musste sie für ihn empfinden: sie trug sein Amulett! Sofort hatte sie ohne nachzudenken danach gegriffen, als er sie an sein Versprechen, ihr in jeder Not beizustehen, erinnerte! Womöglich brauchte sie einfach Zeit. Er würde geduldig warten. Einen Traum durfte auch er haben, ein Lebenstraum. Er umfasste sein Medaillon, hob es an die Lippen und küsste es innig.

Tanuwa fragte sich, was die jeweiligen Herbstfeste so unterschied, in Qatna, Adanija und Hattuscha. Die Südländer nahmen das Leben vielleicht etwas leichter, denn dort war überquellende Freude und Ausgelassenheit das Besondere. In Hattuscha traf das vielleicht für die einfache Bevölkerung zu, für König und Königin und ihr Kultgefolge war es eine einzige Anstrengung. Ein Jahr war es nun her, dass er seine Heimat verlassen hatte – schon ein Jahr oder nur ein Jahr? Er war sich nicht sicher. Der erneute Besuch in Tarscha auf dem Rückweg von Qatna hatte ihn jedenfalls in der Richtigkeit seiner Entscheidung bestätigt.

Eheja strahlte vor Behäbigkeit. Mit Tanuwas Ergebnissen war er hochzufrieden. Sie würden guten Profit bringen. Dass die Qatnäer versuchten, mit Hattuscha direkt ins Geschäft zu kommen, ließ ihn kalt. »Sie werden rasch merken, dass sie keinerlei Vorteil dadurch haben werden. Was glaubst du, was für Zölle ihnen überall abgeknöpft werden, die sie jetzt einsparen. Lass sie nur machen, sie werden reumütig zu uns zurückkehren.«

Er rieb sich selbstvergessen seinen beträchtlichen Bauch und lachte herz-

334

lich. Neben des Vaters immer massiger werdenden Gestalt wirkte seine Mutter dünn und verhärmt. Tanuwa wurde den Verdacht nicht los, dass sie nicht nur viele Stunden beim Gebet zubrachte, sondern sich auch selbst kasteite. Als er ihr auf dem Herweg die vielen Nachrichten und Geschenke übergeben und lebhaft von der Familie berichtet hatte, war so etwas wie Freude über ihr Gesicht gehuscht. Die war nun längst wieder erloschen. Grau erschien ihm ihr Gesicht beim Abschied. Deshalb hielt er auch die Frage zurück, warum die Familie jedesmal einen Abwehrzauber nötig hatte, wenn er und Hannutti Großmutters Haus verließen. Jeder zusätzliche Schmerz musste ihr erspart werden. So gerne hätte er ihr geholfen, sie wenigstens getröstet. Aber wie? Sie segnete ihn und weinte verstohlen, als er sein Pferd bestieg. Er war froh, als er Tarscha hinter sich hatte und atmete tief durch.

Je mehr Tanuwa sich Hattuscha näherte, desto konzentrierter dachte er darüber nach, was er dort berichten würde.

»Du wirst, ach was sage ich, du bist mit Sicherheit schon ein guter Diplomat, so wie du dir das gewünscht hast«, empfing ihn Hannutti, als sie sich während der Herbstreise des Königspaares in Puruschhanda wiedertrafen, nachdem er sich seinen offiziellen Reisebericht angehört hatte. »Geschliffen! Der König und der Oberste der Kanzlei sind voll des Lobes darüber, was du erreicht hast. Es wird sicher nicht dein letzter Besuch in Kattanna gewesen sein. Und dass du auch noch pünktlich zurück gewesen bist, das hat sehr viel Eindruck gemacht, lass dir gratulieren. Du hast dir und mir damit große Ehre gemacht. Ich bin sehr stolz auf dich. Der Wermutstropfen dabei ist, dass der König es nun auf dich abgesehen hat und dich für sich haben möchte. ›Ich könne den Göttern danken, dass ich ja dein Onkel sein dürfe, das müsse mir reichen‹, sagte er. Aber ich habe gleich abgewehrt. Also bleibt alles zunächst beim Alten, aber Schuppiluliuma wird nicht locker lassen, bis er hat, was er möchte. Ich kann das verstehen.«

Wie häufig übertrieb Hannutti und verpackte in Scherze, was ihm eher schwer fiel zu sagen. Dass man sich um ihn stritt, war für Tanuwa ein erhebendes Gefühl und ein guter Lohn.

»Was habe ich schon Großes getan? Es erschien mir naheliegend, dem König noch vermeintlich die freie Wahl zu lassen, so lange wir im Auge behalten, was sich in Syrien und in Ägypten tut. Die Gruppe derer, die ein unabhängiges Syrien anstreben, ist äußerst aktiv, Ägypten dagegen sehr auf sich selbst bezogen. Überall hörte ich Klagen, Briefe würden nicht beantwortet, Boten nicht zurückgeschickt. Die Goldgeschenke blieben aus.«

»Wie verträgt sich diese Aussage aber mit dem langen Aufenthalt des Kronprinzen über Winter.«

»Darüber gehen die Meinungen tatsächlich auseinander. Die meisten sagen, dass er ja nicht als Kronprinz vorgesehen war und nach dem plötzlichen

Tod seines älteren Bruder nun rasch sich alles aneignen musste, so auch gute Kenntnis über Vasallen, Verbündete, Assoziierte. In Kusch, dem Land im Süden Ägyptens, war er bereits, jetzt sollte er die Levantestaaten besuchen und verpasste die rechtzeitige Abreise. Er ist nicht annähernd so wagemutig wie du«, lachte Tanuwa, »er zieht nicht bei Wind, Wetter und Schneesturm durch die Gegend!«

»Ich freue mich, dass ich dich damit wenigstens nachhaltig beeindrucken konnte. Aber zurück zum Thema. Weshalb blieb er ausgerechnet in Kattanna?«

»Er war auch in Ugarit, Byblos und anderen Fürstentümern, nicht nur in Kattanna. Doch dort fühlte er sich etwas heimischer als an den anderen Höfen, weil seine Tante da lebt.«

»Und ihre Tochter, nicht wahr? Tanuwa, Tanuwa, ich durchschaue dich.«

»Kija wird in diesem Herbst zur Priesterin der Herrin der Stadt geweiht werden.«

»Eine bemerkenswerte junge Dame. Sie will also ihren eigenen Kopf haben – soweit das möglich ist – und nicht unter der Fuchtel des Königs und seiner Mutter stehen, nicht dumm.«

»Stell dir vor, der eigene Vater hatte ihr das geraten.«

»Wollte er sie lieber in Kattanna behalten, als irgendeinem Fürsten ins Bett zu legen? Das ist doch wahre Elternliebe. Was hast du über seinen Tod herausgefunden? Mir kannst du ja ruhig sagen, was du offiziell verschwiegen hast.«

Tanuwa sah Hannutti erschreckt an. »Was meinst du mit verschwiegen? Denkt Mitannamuwa, ich hätte etwas verschwiegen?«

»Nein, das tut er nicht, aber ich.«

»Warum?« Tanuwa warf Hannutti einen misstrauischen Blick zu.

»Ich hab so ein seltsames Gefühl, verstehst du? Außerdem ist das doch bei den Herren Gesandten immer so. Sie berichten ihren Auftraggeber nur so viel, wie sie für absolut nötig erachten. Den Rest behalten sie für sich. Ist wohl auch der Sinn der Sache«, knurrte er. »Jetzt schau mich nicht so an, berichte lieber.«

»Über den Tod des Königs konnte ich mit mehreren Personen sprechen. Ich war sogar in der Küche, um Erkundigungen einzuziehen. Der König hatte sich seit geraumer Zeit aus der Öffentlichkeit zurückgezogen, das sagten Uppija, der Sprecher des Rates und königliche Schwiegervater, Akallina, der Bruder Idandas, Akizzi, Luwaja und andere. Er ärgerte sich über die wachsende Stimmung ihm gegenüber im Rat, besonders angeschürt durch seinen Schwager Tiru.«

»Dem Geschäftspartner deines Vaters Eheja?«

»Eben dem. Das war aber nicht der einzige Grund, sondern er fühlte sich auch körperlich unwohl, was er vor der Familie und allen anderen geheim hielt. Selbst seine Gemahlinnen und seine Tochter Kija merkten nichts. Im Nachhinein sieht es so aus, dass der König an einer langwierigen, schweren Krankheit verstarb. Für seine Umgebung, die davon nichts wusste, wirkte es aber wie ein plötzlicher Tod.«

»Das weißt du aus der Küche?«

»Nicht nur aus der Küche. Aber dort sagte man mir, dass sie aus dem Heilhaus, von der Hohepriesterin persönlich, eines Tages, allerdings schon kurz vor seinem Tod, besondere Anweisungen erhielten, was der König zu sich nehmen dürfte und was nicht.«

»Was sagen denn seine Bediensteten? Die wissen doch immer am besten Bescheid. Sicher war da eine Kleine dabei, die dem König das Bettchen wärmte.«

»Das ist zugegeben etwas seltsam. Mindestens zwei Personen, die den König versorgten, ein Mann und eine Frau, waren nicht auffindbar. Seit dem Tod des Königs hatte sie niemand mehr in der Palastküche gesehen oder wusste etwas über ihren Verbleib. Aber ich kann dich beruhigen: Akizzi musste sich vor seiner Wahl einem Gottesurteil unterziehen!«

»Also zweifelte man an des Königs natürlichem Tod?«

»Man wollte wohl besonders vorsichtig sein, weil in der Todesnacht die Erde bebte, ein schreckliches Omen. Das Beben war zwar in Qatna nur leicht zu spüren, trotzdem wollte der Rat keinen Fehler gegenüber den Göttern begehen. Daher das Gottesurteil, das Akizzi problemlos meisterte, wie er mir stolz berichtete.«

Hannutti nickte. »Vorsicht ist sicher angeraten, wenn man mit den Allmächtigen zu tun hat.«

Das klang ironisch. Gütige Götter! Er musste sich verhört haben.

»Hast du deine Kija gesehen?«

Wahrheitsgemäß antwortete Tanuwa: »Nur kurz. Während der Mahlzeiten besteht kaum eine Möglichkeit mit jemanden anderen zu sprechen, als mit den unmittelbaren Nachbarn. Man sitzt an festen Plätzen bis zum Ende des Mahls.«

Offenbar waren Kattanna und Tanuwas gesamte Reise für Hannuttti erledigt.

»Hannutti, ich habe der Königin etwas aus Kattanna mitgebracht, was ihr sehr gefallen hat.«

»Du hast der Königin etwas mitgebracht? Du bist ein richtiger Galan! Was denn?«

Tanuwa erzählte von Dunijo und Minos und ihren Meisterwerken. »Ein Gemälde konnte ich nicht transportieren, aber ein Salbfläschchen und einige andere Töpferwaren haben tatsächlich die Reise überlebt. Ich dachte, Königin Henti freut sich, etwas aus ihrer Heimat in den Händen zu halten.«

337

»Du verehrst sie, hab ich recht?«
»Ich finde sie sehr bewunderungswürdig. Sie ist klug, fremdartig schön und freundlich. König Schuppiluliuma und sie sind ein ideales Paar. Schuppiluliuma liebt sie sicher sehr. Alle zusammen, die Eltern und die Prinzen, ergeben eine großartige und vorbildliche Familie. Die Götter haben Hattuscha gesegnet.«
»Die beiden waren einmal sehr verliebt«, sagte Hannutti. »Sie konnten sich das erlauben. Damals war Schuppiluliuma zwar der Liebling des Vaters, aber er war nicht der Kronprinz. Wer konnte ahnen, dass dieser …« Hannutti brach ab. »Hoffen wir das Beste. Bisher sieht es danach aus, dass die Götter uns gewogen sind, schau nur die diesjährige Ernte an. In Henti waren wir im Übrigen alle verliebt, ohne Ausnahme. Aber es war ja klar, wer sie am Ende bekommen würde.«
Hörte Tanuwa da eine gewisse Bitternis? Hatte sich deshalb Hannutti nicht gebunden?

Akija kehrte ein paar Wochen nach dem Herbstfest aus Ägypten zurück. Seine Nachrichten versetzten König Akizzi in solch hervorragende Laune, dass der ein spontanes Festmahl anberaumte, zu dem er die Edlen mit ihren Gemahlinnen, aber auch Schala, Kija und andere Vertreter aus den Priesterschaften bat.
»Edle von Qatna, meine Freunde«, rief der König strahlend in die schmausende Menge, »gewährt mir kurz euer Ohr. Ihr werdet euch fragen, was wir heute feiern? Wir feiern die Wiedergeburt unserer ausgezeichneten Beziehungen mit Ägypten. Wisst, dass Pharao Amenophis nicht nur unzählige kostbare Geschenke geschickt hat, er sandte uns auch Gold zur weiteren Verschönerung der Stadt. Das Wichtigste aber ist, dass er uns von aller Schuld freispricht, die der Herrscher von Amurru auf unsere Schultern zu laden gedachte. Er versichert Qatna seiner Freundschaft, dankt für die freundliche Aufnahme, die wir seinem Sohn, dem Edlen Amunhotep, gewährt haben. Niemand in Syrien stünde so hoch in seiner Gunst wie Qatna. Zutiefst bedauert er, dass sein Freund, König Idanda, nicht mehr unter uns weilt, doch wisse er ihn in den seligen Gefilden des Westlandes, wo er ihn einst wiedersehen werde. Er gratuliere dem Rat zu der guten Wahl des Nachfolgers und so weiter und so weiter. Ist das ein Grund zum Feiern, sagt selbst?«
Beifall erscholl. Man ließ den Pharao hochleben. Im Überschwang ließ man auch Prinzessin Iset hochleben, aber nicht einmal das konnte die heutige Freude bei Königin Beltum trüben. Zu erleichtert war sie mit ihrem Sohn über die lang erhofften, erlösenden Worte. Tiru und seine Leute ließen sich nichts anmerken. Im Gegenteil. Tiru war der erste, der sich erhob, um dem

König zu dieser frohen Botschaft Glück zu wünschen. Der Zufall wollte es – oder hatten sie sich gesucht? –, dass in diesem Augenblick Akizzis und Kijas Blicke sich kreuzten. Beide wussten: hier sprach eine Schlange mit gespaltener Zunge. Doch hatte sie jetzt vielleicht ihren Giftzahn verloren.

Am Tag nach dem Fest ließ sich Kija überraschend bei ihrem Bruder in seinen privaten Gemächern melden. Seit langer Zeit war das nicht mehr vorgekommen. Eigentlich seit Akizzis Inthronisierung nicht. Umso mehr freute er sich.

»Welch freudiges Ereignis«, begrüßte er sie. »Ich bin gerührt, dass du wieder einmal den Weg zu mir findest, Schwesterchen.«

Er wollte sie umarmen, doch blieb Kija so abweisend, dass er Abstand von ihr hielt.

»Einen Trunk wirst du mir nicht verweigern. Mach es dir bequem. Was hast du auf dem Herzen?«

»Ich muss mit dir reden.«

»Das dachte ich mir. Über Tiru, die falsche Schlange?«

»Ich dachte, du hättest dich versöhnt mit ihm. Man sagt, dass du seinen Plänen nicht unbedingt abgeneigt gegenüberstehst.«

»Wer behauptet so etwas?« Auf Akizzis Gesicht entstanden Zornesfalten.

»Du weißt, wie viel im Palast geredet wird. Die Wände haben Ohren. Vorsicht ist immer geboten. Aber ich bin nicht gekommen, um mit dir über Tiru zu streiten, Akizzi. Ich weiß schon, dass du den Schein wahren musst, selbst wenn es schwer ist. Zu weit bist du selbst verstrickt. Und seine Einflüsterungen sind verlockend, nicht wahr? Herr über Syrien! Aber vergiss niemals, Akizzi: er lügt!«

Ihre Stimme hatte ihren Klang verändert, Kija sah starr geradeaus und Akizzi wurde bewusst, dass sie in diesem Moment eine Vision hatte. Fast ehrfürchtig stand er auf und neigte seinen Kopf.

»Er will die Macht für sich selbst, doch die werden ihm die Götter verwehren!«

Kija griff nach ihrem Becher. Das Gesicht war vorbei. Akizzi setzte sich verunsichert nieder. Kija sah wieder ganz normal aus und sprach auch so. Wollte sie ihn provozieren? Es wäre nicht das erste Mal. Von wem konnte sie nur schon wieder all diese Dinge wissen? Außer mit Königin Beltum hatte er nie laut über seine Überlegungen gesprochen. Bei Tanuwa hatte er höchstens etwas anklingen lassen. Ob sie mit ihm gesprochen hatte? Es war furchtbar, wenn man nicht wirklich Herr im Haus war!

Kija hatte eine Pause eingelegt. Sie holte tief Luft und sagte: »Ich möchte dir ein Angebot unterbreiten. Ich möchte Informationen von dir, du erhältst dagegen welche von mir. Was meinst du dazu?«

»Sind wir im Stadthaus?«, scherzte Akizzi. »Gut. Worum geht es? Was willst du wissen? Und was hast du zu bieten?«

»Ich werde dir sagen, wer das Mädchen ermordet hat und warum. Als Gegenleistung wünsche ich, dass ich zukünftig mit den Boten, die nach Ägypten gehen oder von dort kommen, sprechen kann. Allein.«

»Ist dir so wichtig zu wissen, wie er lebt, was er tut, wen er liebt? Warum willst du dir das antun? Vergiss ihn doch einfach.«

»Das ist meine Sache. Versprich es mir!«

»Wir werden einen guten und würdigen Gemahl für dich finden.« Akizzi versuchte Kija von ihrer Bitte abzubringen. Die Botenberichte würden sie nur verletzen. Was sollte diese Selbstquälerei?

»Den fetten Azira etwa? Wage es nicht, auch nur daran zu denken. Schwöre mir hier und jetzt bei der Göttin und unserem Vater, dass du meinen Aufenthalt im Haus der Göttin respektierst. Ich werde zum Winterneumond geweiht. Jeder dient auf seine Weise unserem Land!« Bleich vor Zorn war Kija aufgesprungen. Sie zwang ihn, sich ebenfalls zu erheben und den Schwur zu leisten. Was sollte er gegen eine solche Besessene tun?

»Wirst du meine Bitte erfüllen?«

»Habe ich eine Wahl? Du hast immer deinen Kopf durchgesetzt, Vaters Liebling. Mach, was du willst! Aber diskret, wenn ich bitten darf! Du kannst hier mit Akija meinetwegen sprechen. Aber komm nachher nicht und beklag dich bei mir. Weibervolk! Ihr versteht es, uns Männer an den Rand des Wahnsinns zu treiben und du besonders. Wer will schon mit dir zusammen sein?« Akizzi redete sich in Wut. Warum unterlag er immer wieder und dann noch diesem Mädchen? Er, der König. Irgendwann würde sie ihn noch kennenlernen.

An Kija perlten seine Verletzungen ab. Im Gegenteil. Sie fühlte sich stark durch Akizzis Bosheiten. »Wenn du dich wieder beruhigt hast, würde ich meinen Teil des Handels erfüllen«, sagte sie.

Akizzi nickte.

»Die Hohepriesterin hat Nachforschungen veranlasst, um etwas über den Tod und die Herkunft des Mädchens ausfindig zu machen, nachdem du die Ermittlungen offenbar eingestellt hast.«

»Ich hatte Wichtigeres zu tun und die ›Ohren‹ wurden nicht mehr vorstellig bei mir, sonst hätte ich mich gleich im Haus der Göttin gemeldet, bestimmt.«

Kija fuhr fort. »Wir haben ihre Mutter gefunden. Sie lebt versteckt in einem Dorf am Orontes, im Norden des Landes. Vermutlich war das Mädchen auf dem Weg zu ihr, als sie gestellt und getötet wurde. Doch das wusste der oder wussten die Mörder nicht. Man hielt die Mutter für tot, die Familie für ausgestorben. Daher war auch im Palast nichts von ihr und ihrer Herkunft bekannt.«

»Aber dann wäre sie doch nicht in die Dienerschaft aufgenommen worden. Sie war ja keine Sklavin.«

»Richtig. Sie kam mit einer Empfehlung. Du wirst bei deiner Klugheit sicher selbst darauf kommen, von wem sie die erhalten hatte.«

»Doch nicht von Tiru?«

»Doch. Er brachte sie zur Königin. Sagte, sie hätte den Tod der Familie miterleben müssen und sei deshalb sehr verstört.«

»Aber das stimmte nicht?«

»Etwas Wahres ist sicher dran. Aber nicht die ganze Familie wurde ausgelöscht. Außer der Tochter lebte eben auch die Mutter. Früher sicher eine bildschöne Frau. Sie redet heute mühsam und nur das Nötigste. Es war nicht in Erfahrung zu bringen, wie sie an Tiru geriet. Doch sie wurde sein Liebesspielzeug, an dem er sich nach Belieben austobte, schlimmer als an jeder Sklavin. Sie war ihm ausgeliefert. Es gelang ihr irgendwie, dass er ihre Tochter verschonte. Dafür musste sie alles tun, was Tiru von ihr verlangte, sonst ließ er die Mutter vor ihren Augen büßen. So zwang er sie, dass sie Vater regelmäßig von dem Gift gab. Was hätte sie tun sollen?«

»Wusste die Mutter das?«

»Nichts Genaues.«

»Wie kommt es, dass sie nicht mehr bei Tiru ist?«

»Nachdem der Plan aufgegangen und der König verstorben war, brauchte Tiru die beiden nicht mehr. Der verhärmten, geschundenen Frau war er vermutlich längst überdrüssig. Er ließ sie durch einen Sklaven töten. Doch dieser hatte Erbarmen mit der Kreatur, wenn es denn Erbarmen ist, so weiterleben zu müssen. Er ließ sie als gestorben aus der Stadt fortschaffen. Sie floh. Wie sie ihrer Tochter Nachricht geben konnte, wo sie zu finden sei, wissen wir nicht. Zu einem Wiedersehen der beiden kam es nicht, denn Tiru hatte nie die Absicht, das Mädchen laufen zu lassen.«

»Es ist zum wahnsinnig werden. Wir können nichts gegen ihn unternehmen. Gar nichts. Unser Wissen nützt nichts.«

»Wer weiß. Vielleicht kommt der Tag, an dem sich alles aufklärt und er seiner gerechten Strafe zugeführt wird. Was wissen wir von dem Willen der Götter?«

Hätte sie auf Akizzi hören sollen? Was hatte sie sich von der Befragung Akijas erhofft? Dass er ein geheimes Schreiben an sie aus der Tasche zauberte? Wenigstens einen kleinen Gruß, der ihr sagte, er habe sie nicht gänzlich vergessen?

Nichts dergleichen kam zum Vorschein. Stattdessen eine anschauliche Schilderung des Familienlebens am Hof in Theben. Die Gemahlin des Kronprinzen sei eine äußerst aparte Frau, nicht so schön wie die Prinzessin von

Qatna, aber ihr nicht unähnlich. Das war natürlich pure Schmeichelei. Sie erwarte ihr erstes Kind. Die Schwiegereltern seien höchst entzückt von ihr. Und der Gemahl lese ihr jeden Wunsch von den Augen ab. Zeige sich sehr besorgt um sie, obwohl seiner Einschätzung nach, das nicht nötig sei. Sie wisse sehr genau, was zu tun sei, auch für ihren Gatten.

Doch, die beiden übernähmen viele offizielle Pflichten. Er hätte auch mehrfach mit dem Kronprinzen sprechen können, denn der Pharao hatte Tage, an denen er sich so schlecht fühlte, dass er niemanden empfing. Ihm sei aufgefallen, dass Amenophis – er möge leben, heil und gesund sein – sich manchmal beim Sprechen schwer täte. Es sei nur eine Vermutung, so nah kam man als Gesandter nie an seine Majestät heran, aber er hatte den Eindruck, dass die Bediensteten und auch der Kronprinz sich abwandten, wenn der Pharao sprach, ob aus Demut oder um einem schrecklichen Geruch zu entgehen, könne er nicht entscheiden.

Was denn wohl hinter dem langen Schweigen Qatna gegenüber steckte, wollte Kija wissen, und wie es zu dem Sinneswandel kam? Das Schweigen sei Resultat unglücklicher Umstände, meinte Akija. Vermutlich war man in Sorge wegen des Ausbleibens des Kronprinzen gewesen. Bei seiner Rückkehr hätten sich dann die Ereignisse überstürzt. Probleme an der Südgrenze und in den westlichen Oasen, die Vorbereitungen für die Heirat, die ganz in Händen der Königin Teje lagen, aus deren Familie übrigens die Braut stammte, aber das wisse die Prinzessin zweifellos, und vieles mehr, hatten dazu geführt, dass sträflicherweise die gebotene Höflichkeit zu kurz gekommen sei. Der Pharao hatte das zutiefst bedauert. Auch die Königin Teje! Das hatte sie ausdrücklich gesagt. An ihre geliebte Kusine Iset hatte sie entsprechend geschrieben und Geschenke geschickt, was Kija bereits wusste. Ihre Mutter hatte sie umgehend unterrichtet und ihr das Schreiben gezeigt. Iset hatte ihr auch gesagt, dass sie nunmehr sicher sei, dass König und Königin nichts von Amunhoteps Neigung zu Kija wüssten. Wie sie früher schon vermutet hatte, könne sie sich jetzt erst recht vorstellen, dass die Eltern Nofretete ausgewählt hatten, davon ausgehend, die Vermählung fände im Winter statt. Nachdem dann der Kronprinz nicht heimkehrte, hätten sie ihn mit dem Wunsch, er möge heiraten, umgehend nach seiner Ankunft in Ägypten konfrontiert, so dass er keine Möglichkeit gehabt hätte abzulehnen, ohne Nofretete und mit ihr die gesamte Familie seiner Mutter Teje zu kompromittieren.

Kija entließ Akija.

»Du musst dich arrangieren, Kind«, hatte ihre Mutter ihr geraten. Arrangieren! Arrangieren damit, dass sie eben Pech gehabt hatte, wie Akizzi das charmant ausdrückte. Amunhotep und sie waren Opfer von Umständen geworden. Konnte sie von ihm verlangen, dass er zu ihren Gunsten eine

Staatsaffäre heraufbeschwor? Nein, natürlich nicht. Aber er hatte sie verraten. Sitzengelassen und verraten. Ihre Liebe hatte er verraten, ihre Liebe, die er unter den Schutz von Amun-Re gestellt hatte. Ein Feigling war er, ein unsäglicher Feigling. Kija steigerte sich mehr und mehr in ihren Schmerz hinein. Sie verteidigte ihn und klagte ihn an. Sie liebte und sie hasste ihn gleichermaßen. Und sie sehnte sich so unendlich nach ihm, nach seinen Armen, seinen Lippen. Könnte sie doch sterben. Als Amminaje spät in der Nacht das gemeinsame Schlafgemach betrat, hatte Kija sich in den Schlaf geweint.

Schreiend erwachte Kija. Sie sah überall Blut. Es lief über die Statue der Göttin, der Herrin der Stadt. Es strömte aus ihr heraus, wo sonst duftendes Wasser sich ergoss, trat über den Beckenrand, färbte den Boden rot und immer floss weiteres Blut nach. Auf den hellen Wänden der großen Säulenhalle zeichneten rote Spuren von den Händen Verzweifelter, die ein letztes Mal versucht hatten sich aufzurichten, schaurige Muster.

Leichen, überall Leichen. Abgeschlagene Köpfe, abgeschlagene Gliedmaßen, zermetzelte Körper, grausam entstellte Gesichter. Hier und da ein letztes Stöhnen und Jammern, Schreie der Sterbenden, Todesqualen.

Sonst – Stille.

Kein Kampfgetümmel mehr, nur Tod. Alle drei Hallen übersät mit Tod. Er kroch durch den ganzen Palast. Und das Blut rann ohne Unterlass, rot wie der schönste Purpur. Der färbte für die Ewigkeit. Die Toten verloren ihre menschliche Farbe, ließen sich kaum mehr als Körper erkennen, verloren ihre Konturen. Alles verschwamm zu schönstem, schrecklichstem Purpurrot.

Sie stand regungslos, ließ die Bilder an sich vorüberziehen und flüchtete sich schließlich in das Rot, das sie ebenfalls aufzusaugen schien, unfähig zu begreifen, was geschehen war.

Ischtar schickte ihre Gabe und der Wind setzte ein. Es erhob sich ein kaum spürbarer Hauch, er schlich durch die Tore, zog leise durch die Hallen, streichelte sanft die Toten. Er nahm an Kraft zu, schwoll an und strömte unablässig in immer gewaltigerem Wehen. Zunächst fernes, dann immer lauter werdendes Heulen war zu vernehmen, ein klagendes Geräusch, das sich in die Ohren stahl, dort zum Wehklagen wurde und in immer stärkerem Rauschen sich verlor. Der Wind nahm weiter Fahrt auf, wurde zum Sturm. Heftige Böen peitschten durch die offenen Tore des Palastes. Sie ergriffen das Feuer des riesigen Kohlebeckens in der großen Halle, entfachten es lodernd. Es schwoll zischend an, entzündete die Vorhänge und alles, was brennen konnte. Die Flammen breiteten sich aus wie gierige Räuber, leckten an allem, was sich ihnen anbot, küssten die Staubfäden in den letzten Winkeln und ließen sie aufglühen. Der Blutteppich wurde zugedeckt durch

343

ein Meer von hellrot-blau züngelnden, vernichtenden Flammen. Unsägliche Hitze und Rauch breiteten sich aus, Qualm vernebelte die starr blickenden Augen der Seherin und brachten sie zum Tränen, die Hitze drohte sie zu ersticken.

Sie schloss die Augen und nahm die Gerüche wahr. Die Wolke eines Brandopfers gigantischen Ausmaßes – ein Festmahl, Belet-ekallim, Herrin der Stadt, für welche Götter nur? – füllte ihre Nase: der charakteristische Geruch von versengtem Haar und Horn. Tote Leiber, gehüllt in dampfende Lederwämse und schmelzende bronzene Kettenhemden, wurden gurgelnd im Purpurblut erhitzt. Gestank von bratendem, röstendem, verbrennendem Menschenfleisch erdrückte ihre Sinne.

Als Kija es nicht mehr ertragen konnte, was sie sah, roch, schmeckte, fühlte, und sie nur noch das Bewusstsein verlieren wollte, erkannte sie in ohnmächtiger Klarheit: der Palast ist gefallen.

»Kija, was ist mit dir? Kija, wach auf, Liebes. Wach auf, Kija, komm zu dir.« Amminaje versuchte verzweifelt Kija zu wecken. Sie zitterte am ganzen Körper als hätte sie Schüttelfrost und hohes Fieber. Endlich schlug sie die Augen auf. Tränen rannen ihr über die Wangen.

»Amminaje, es ist so furchtbar. Wir müssen fliehen.«

»Liebes, beruhige dich doch. Es ist nichts. Du hast geträumt. Kija!«

»Derselbe Traum«, flüsterte sie, »schon wieder derselbe Traum.«

Kija bäumte sich plötzlich auf.

»Was ist dir?«

»Ein stechender Schmerz«, keuchte Kija. »Es wird ganz warm zwischen meinen Beinen. Amminaje, mir ist so elend!« Sie ließ sich zurücksinken. Unablässig liefen die Tränen. Amminaje rief nach einer Dienerin und erteilte ihr ihre Aufträge. Dann nahm sie Kija in den Arm, flüsterte ihr tröstende Worte zu und wartete, bis Schala erschien.

»Sie hat das Kind verloren. Sie hat das Kind der Göttin verloren!«

Entsetzt blickte Amminaje in das ernste Antlitz der Hohepriesterin.

»Und sie hatte wieder diesen Traum«, flüsterte sie.

»Oh Göttin, strafe uns nicht, oh Herrin, verlass uns nicht!« Schala hob flehend die Hände.

Apathisch lag Kija auf ihrem Lager und schien von allem nichts zu bemerken, während kundige Hände sie versorgten, damit die Göttin nicht auch ihr Leben nahm.

Schala rang mit sich. Sie müsste dem König zumindest die Warnung durch das Traumgesicht melden. Dass die Heilige Hochzeit ohne Segen geblieben war, blieb Geheimnis des Tempels. Natürlich war es ein Unterschied, ob es überhaupt zu einer Schwangerschaft gekommen war oder nicht. König Idanda hätte Schala vermutlich die Wahrheit gesagt. Aber Akizzi? Seine Herrschaft war auf Lüge gebaut und sie hatte ihre Hand dazu gereicht, freiwillig, um Qatnas willen, wie sie gedacht hatte. Hatte sie die Wünsche der Götter nicht richtig gedeutet? Hatte sie sich versündigt? Was wollte die Göttin ihr sagen? Oder strafte sie Kija? Schala fühlte sich einsam und alt. Aber was sie begonnen hatte, würde sie zu Ende führen. Sie würde sich jederzeit dafür verantworten. Zum König ging sie nicht.

Kija erholte sich rasch. Sie schien als sei eine Bürde von ihr genommen. Mit den wiedergewonnenen Kräften widmete sie sich unermüdlich dem Dienst für die Göttin und ihrer umfangreichen Ausbildung. Ihre gute Laune kehrte zurück, sie fand freundliche Worte für jedermann, selbst mit Akizzi war sie versöhnt, konnte wieder unbefangen mit ihm scherzen.

Akizzi machte sich seinen Reim darauf: Frauen! Er war aber froh um die wiedergewonnene Verständigung zwischen ihnen. Kija ließ sich häufiger im Palast sehen, traf auch öfter mit Ehli-Nikalu zusammen. Zur Wintersonnwende teilte der Palast mit, dass die Gemahlin des Königs ihr zweites Kind erwartete. Fast gleichzeitig wurde Kija zur Priesterin geweiht. Man feierte das Fest für die Ahnen ohne besondere Vorkommnisse. Der Winter war noch nicht allzu hart. Alles nahm seinen gewohnten Gang.

Trotz der Winterzeit verbreitete sich in Windeseile die Kunde über alle Länder: Pharao Amenophis III. weilte nicht mehr unter den Lebenden. Im achtunddreißigsten Jahr seiner Herrschaft war der Großkönig, Gebieter über Ober- und Unterägypten, Träger der Doppelkrone, Herrscher des weißen und roten Hauses, der Pharao, auf dem Weg mit der Barke in das jenseitige Leben, in die Unsterblichkeit der Götter. Während das Land am Nil sich von schwarzer Erde zu grünenden Feldern verwandelte, wurde der Körper des Königs durch fachkundige Hände der Einbalsamierer für das Jenseits vorbereitet. Gegenüber der Hauptstadt Theben, auf der Westseite des Nils hatte sich der König inmitten der Totenstadt einen wuchtigen Grabtempel bauen lassen, wo der Leichnam seine Wohnstatt finden würde.

Nach siebzig Tagen, noch vor den Frühlingsfesten in Qatna und Hattuscha, trat Amunhotep als Amenophis IV. die Regierung an. In Theben wurde er gekrönt. Seine Große Königsgemahlin war Nofretete. Doch Königin blieb des Königs Mutter, die Witwe Amenophis' III., Teje.

Die nächsten Jahre schienen Kija eine stete Wiederholung des Gleichen zu sein. Es gärte überall, doch es kam nirgends zu entscheidenden Durchbrüchen oder Ergebnissen. Hattuscha festigte unter dem tatkräftigen und ehrgeizigen Schuppiluliuma seine Macht in Kleinasien, die beabsichtigte Eroberung Mittanis und in dessen Sog Nordsyriens, die zwangsläufig den Schlagabtausch zwischen Hattuscha und Ägypten zur Folge haben müsste, blieb aber aus. Von der viel besungenen Wunderwaffe zeigte sich keine Spur. In jedem Frühjahr rechnete Kija damit, dass sich im neuen Jahr die Zeichen erfüllen würden, und in jedem Herbst dankte sie den Göttern für eine mehr oder weniger gute Ernte und dass alles geblieben war wie zuvor.

Sie selbst ging ganz in ihrem neuen Status auf, der ihr viel inneren Frieden gab. Zumindest deckte er ihre Schmerzen zu, so dass sie gelassen wirkte. Täuschte sie sich und die anderen? Sie wusste das selbst nicht. Es zeigte sich, dass sie nicht nur ihre seherische Gabe von der Göttin zurückerhalten hatte, sondern auch mit heilenden Händen gesegnet war. Allerdings behandelte sie die vielen Kranken, die zu ihr kamen, nicht nur intuitiv, sondern sie dachte viel über mögliche Zusammenhänge nach, experimentierte, und freute sich, wenn Heilungen gut vonstatten gingen. Wann immer es die Zeit erlaubte, hielt sie sich im Heilhaus auf. Doch erfüllte auch ihre Hauptaufgabe, Schala in allen Belangen zur Seite zu stehen, sie zumeist mit großer Freude. Sie lernte unendlich viel und ihre Bewunderung für diese großartige Frau war grenzenlos. Nie vergaß sie darüber aber ihren eigenen Kopf. Das Denken ließ sie sich nicht verbieten, von niemanden.

Was Kija selbst nicht bemerkte waren die Veränderungen, die sich auch äußerlich an ihr vollzogen hatten. Sie war schlank, doch waren die Körperkonturen weicher. Das Gesicht hatte die kindlichen Züge verloren, der Blick war reifer. Man sprach von ihrer Schönheit.

In Syrien kam es währenddessen zu dauerhaften Unruhen, verursacht vornehmlich durch den König von Amurru, Abdi-Aschirta, was niemanden in Qatna überraschte. Dank der Wachsamkeit des Geheimdienstes wusste man bestens über dessen doppeltes Spiel Bescheid. Es war schon eine bodenlose Frechheit, mit welch übertriebenen Beteuerungen er den neuen Pharao Amenophis IV. und den ägyptischen Rabisu, den Vorsteher der nördlichen Fremdländer, der vor seiner Nase in Sumura residierte, seiner unbedingten und grenzenlosen Loyalität versicherte. Gleichzeitig schürte er heimlich an allen Ecken und Enden, um die syrischen Staaten zum Abfall zu bewegen. Ungerührt setzten er und seine halbnomadischen Stammesfürsten in der gesamten Region ihre Überfälle auf Karawanen, aber zunehmend auch auf einzelne Städte fort, ohne dass offenbar wurde, wer dahintersteckte. Es hieß

346

allgemein, es seien Nomaden aus der Syrischen Wüste. Akizzi von Qatna wusste es besser, doch hatte er trotz der Dienste der ›Ohren‹ keine Beweise gegen Abdi-Aschirta in der Hand. Und vor allem hatte er keine Verbündeten. Aitakkama von Qadesch antwortete ausweichend auf eine entsprechende Anfrage, so dass König Akizzi vermutete, dieser stecke mit Abdi-Aschirta unter einer Decke. Die Könige im Norden waren ständig in die Querelen zwischen Mittani und Hattuscha involviert. Die Länder im Süden lagen zu stark unter der Kontrolle von Amurru und Qadesch, so dass es zu keiner Kontaktaufnahme kam.

Wie es Akija, Akizzis Gesandten, gelungen war, eine Abschrift des letzten Schreibens vom Fürsten von Amurru an den Pharao zu erhalten, blieb sein Geheimnis. Aber Akizzi schüttelte sich vor Abscheu über dessen unlautere Schleimerei:

> *„An den König, die Sonne, meinen Herrn.*
> *Eine Nachricht von Abdi-Aschirta, deinem Diener, dem Schmutz unter deinen*
> *Füßen.*
> *Ich werfe mich vor den Füßen des Königs, meines Herrn,*
> *sieben mal und sieben mal nieder.*
> *Ich bin ein Diener des Königs und ein Hund in seinem Haus,*
> *ich wache über Amurru für den König, meinen Herrn.“*

In diesem Stil ging es fort, eine Lüge nach der anderen. Viele waren unsagbar erleichtert, als fünf Jahre nach Akizzis Thronbesteigung die Nachricht von seinem Tod in Syrien die Runde machte. Man munkelte, er sei schwer erkrankt, andere mutmaßten, er sei ermordet worden. Rib-Addi von Byblos unterrichtete umgehend den Pharao, der wie gewöhnlich schwieg. König Akizzi hatte nicht nur den Rat in Kenntnis gesetzt, sondern auch Schala und Kija, denn die kolportierten Todesumstände erinnerten ihn an den dramatischen Tod des Vaters, König Idanda. Wenn dem so wäre, dann steckte womöglich gar nicht Abdi-Aschirta hinter dem Mord, sondern nur Tiru und der nach wie vor unbekannte Scheich? Ohne genauere Informationen konnten sie nur spekulieren. Kija wiederholte ihre Warnungen, Akizzi sei womöglich das nächste Opfer. Er möge seine Getränke und Speisen vorkosten lassen.

Zu Akizzis Überraschung kündigte Abdi-Aschirtas Nachfolger, dessen Sohn Azira, nach kürzester Zeit seinen Besuch in Qatna an. Man wappnete sich. Brüskieren wollte man Azira keinesfalls. Deshalb wurden alle Vorbereitungen getroffen, um ihn gebührend zu empfangen. Er war sehr beleibt und schwitzte schnell, das Gesicht durch Narben entstellt, die eine böse Krankheit verursacht hatte. Das mitreißende Charisma seines Vaters, das bei den Halbnomaden und Nomaden Amurrus und darüber hinaus so Anklang

347

gefunden hatte, fehlte ihm. Dass er häufig die Zielscheibe von väterlichen Demütigungen, Spott und Häme gewesen war, der seine Unzufriedenheit mit dem Sohn nicht verbergen konnte, das rächte sich. Denn es hatte zur Folge, dass er mit den Machenschaften seines Vaters nichts mehr zu tun haben wollte, so sagte er wenigstens. Die Mitglieder des Rates hörten das mit Interesse. Wäre dem so, dann würden sich die Kräfteverhältnisse in Syrien deutlich verschieben. In erster Linie war wichtig, dass die Routen durch Amurru wieder sicher würden. Das lag den Kaufherren von Qatna besonders am Herzen. Ansonsten blieb man höflich, aber skeptisch.

Zum Empfang in der großen Audienzhalle des Palastes waren neben den Edlen und ihren Gemahlinnen auch die Priesterschaften eingeladen, allen voran die Hohepriesterin der Belet-ekallim und ihr Gefolge. Azira erbat sich, dass Kija ihm gegenüber sitzen sollte. Nicht nur König Akizzi, auch Königin Beltum sowie Ehli-Nikalu beobachteten verstohlen wie Azira die Prinzessin von Qatna mit den Augen verschlang. Sie dagegen würdigte ihn keines Blickes. Nach etlichen Bechern gewürzten Weins begann er, Preislieder auf die schöne Prinzessin zum besten zu geben, denen Kija und Schala bald mit der Begründung entgehen konnten, die morgigen Zeremonien vorbereiten zu müssen. Der Hauptzweck des Besuches war erkennbar. Azira wollte um Kija freien. War eine Brautwerbung sein freier Wille, fragte sich Akizzi, oder hatten ihm diese noch der Vater und Tiru suggeriert? Die nächste schwierige Situation, stöhnte er heimlich. Wie Kija zu Azira stand, hatte er nicht vergessen.

»Warum gibst du sie ihm nicht? Das möchte ich gerne wissen, mein Sohn. Das ist doch eine hervorragende Lösung, die allen nur dienlich ist. Du wirst doch wohl keine Angst vor dieser kleinen Dämonin haben? «

»Du meinst, dass du damit Kija endlich los hättest, nicht wahr, Mutter?«

Beleidigt verzog Königin Beltum die Lippen. »Warum sprichst du so mit mir? Das gehört sich nicht. Nichts ist üblicher, als dass Prinzessinnen verheiratet werden. Hunderte von Allianzen wurden so geschmiedet. Sie passen doch prächtig zusammen, beide etwas über zwanzig, ein schönes Paar.«

So war Königin Beltum. Akizzi verstand immer besser, warum der Vater so manches Mal seiner Gemahlin zürnte, ihr aber wieder verzieh.

»Denk doch, welche Achse sich dadurch ergäbe!«

»Er ist ein verweichlichter Viehtreiber, dick und unansehnlich, und wer weiß, ob er nicht ebenso wie sein Vater Böses im Schilde führt. Er ist Qatna nicht gut gesonnen.«

»Akizzi! Was sagst du nur für Unsinn! Wie kommst du dazu, Abdi-Aschirta und Azira so zu verleumden?« Die Königin war erzürnt.

»Nein! Umgekehrt! Ich muss dich fragen, Mutter, weshalb du nichts von den Schandtaten zumindest des Vaters weißt? Mit Sicherheit hat dein Gemahl, mein Vater, dich vor ihm gewarnt.«

348

»Das waren doch nur Einbildungen. Er war wie besessen von diesen Gedanken, Abdi-Aschirta hecke etwas aus, sei gar Urheber der Karawanenüberfälle. Aber Tiru hat mir immer wieder versichert, das nichts Wahres an diesen böswilligen Unterstellungen ist.«

»Du hast mit Tiru darüber gesprochen?«

»Mehrfach. Du wirst ja wohl nichts dagegen haben, wenn ich mit meinem Bruder spreche! Ich bin doch recht enttäuscht von dir. Ich habe dich immer und überall unterstützt. Was hast du gegen Tiru? Er hat sich neulich wieder bei mir beklagt, du betragest dich unbotmäßig, dabei wolle er nur dein Bestes. Auch Idanda stand er immer zur Seite, half, wo er konnte. Aber dein Vater hatte ja seinen eigenen Kopf. Dann nahm er auch noch Kontakt mit diesen Hethitern auf. Tiru war hellauf entsetzt.«

»Vater hat sich Tiru in dieser Sache anvertraut?«

»Natürlich nicht. Er war doch kurz vor seinem Tod ein echter Geheimniskrämer, anstatt auf Leute zu hören, die es gut mit ihm meinten. Und dann diese Affäre von Kija mit dem Ägypter. Da benahm er sich doch wie ein verliebter Täuberich. Bei der eigenen Tochter! Wo gibt es das? Sie hat ihm völlig den Kopf verdreht, seit sie auf der Welt ist. Sie war doch schließlich schuld daran, dass er uns an Schuppiluliuma ausliefern wollte. Ich habe mit Tiru darüber beratschlagt, was man tun könne, aber da war es schon zu spät. Der Bote war bereits abgereist.«

Akizzi glaubte seinen Ohren nicht trauen zu können. Entsetzen stand ihm ins Gesicht geschrieben. Warum nur hatte der Vater nicht daran gedacht, seine Vorhaben vor Beltum geheim zu halten? In ihrem Bedürfnis nach weiblichem Geschwätz konnte sie nichts für sich behalten!

»Von dir wusste Tiru also alles! Dass ich darauf nicht gekommen bin. Aber ich hätte es auch nicht für möglich gehalten, dass du Vater so ans Messer liefern würdest! Mutter, du hast offenbar keine Ahnung, was du getan hast! Nur deine augenscheinliche Unkenntnis macht den dauernden Verrat verzeihbar und die Strafe, die du selbst davon getragen hast.«

Verwundert und verletzt blickte die Königin zu ihrem Sohn. »Du sprichst in Rätseln.«

»Was, bei den Göttern, hast du Tiru noch alles verraten? Die Frachtlisten? Wichtige Korrespondenz?«

»Akizzi! Er ist mein Bruder und er ist völlig loyal!«

»Nein, das ist er eben nicht. Geh jetzt, Mutter, ich möchte dazu nichts weiter sagen. Aber ich verbiete dir als König von Qatna und oberster Priester des Landes mit allem Nachdruck, über dieses Gespräch auch nur eine Silbe Tiru oder sonst irgendjemanden gegenüber zu erwähnen. Dies sei dir im Guten gesagt. Schwöre es mir bei der Schutzgöttin der Stadt.«

»Es war Mutter«, sagte Akizzi verzweifelt. »Sie hat Vater auf dem Gewissen, zumindest, was den Verrat von Informationen angeht, so dass der oder die Mörder leichter zuschlagen konnten. Ich will Vaters eigenen Beitrag nicht mindern, aber vermutlich hätte man mit den Hethitern irgendwie überein kommen können. Deshalb hätte er nicht sterben müssen.«

»So langsam rundet sich das Bild ab«, sagte Kija. »Ich finde, es erleichtert zu ertragen, was nicht mehr zu ändern ist, wenn man weiß, wie und warum es geschah.«

»Hast du etwas herausgefunden?«

»Nicht direkt. Aber ich bin sicher, dass Azira mir etwas dazu sagen wollte. Er machte Andeutungen. Er wisse so einiges, was sich in Qatna getan hätte und noch täte, wovon wir keine Ahnung hätten und entsetzt wären, wenn wir genaueres wüssten. So in der Art.«

»Vielleicht möchte er sich wirklich von den Taten seines Vaters distanzieren.«

»Das wird die Zukunft zeigen. Jetzt ging es ihm vornehmlich darum mich zu ködern, damit es mir leichter fällt, seine Braut zu werden.«

»Du hast seine Werbung doch nicht angenommen?« Akizzi schaute Kija fassungslos an.

»Nein, so ist das nicht richtig ausgedrückt. Ich habe sie nicht von vornherein abgelehnt. Was hättest du an meiner Stelle getan? Ist es nicht verständlich, dass ich wissen will, was passiert ist?«

»Und was hat er gesagt?«

Kija zuckte die Achseln. »Nichts von dem, was ich erhoffte.« Sie schnaubte verächtlich und ahmte Aziras nasale Stimme gekonnt nach: »Nein, mein Täubchen! Gabe um Gabe. Werde erst die Meine. Nur soviel sei dir verraten: es wäre kein schlechtes Geschäft, wenn sich Qatna mit Amurru bände. Mehr war aus ihm nicht herauszubringen.«

»Dieser widerliche Wichtigtuer. Wie soll es nun weitergehen?«

»Ich habe mir Bedenkzeit ausbedungen.«

»Wie lange?«

»Ein Jahr.«

»Das hat er geschluckt, obwohl du Priesterin bist?«

Kija nickte. »Ein Jahr haben wir Zeit, um herauszufinden, was er uns sagen kann. Akizzi, denk doch: wenn er offen vor aller Welt die Wahrheit sagen würde, dann könnten wir endlich handeln. Wir könnten Vaters Mörder zur Rechenschaft ziehen, ohne dass dir ein Nachteil daraus erwüchse. Es muss uns gelingen, ihn innerhalb der Frist vor Zeugen zum Sprechen zu bewegen. Gleichzeitig müssen wir uns ausdenken, weshalb trotzdem eine Verbindung zwischen mir und ihm nicht in Frage kommt. Denn ich werde ihn nicht heiraten, das ist dir hoffentlich klar. Auch wenn das sicher verschiedenen

Leuten in Qatna nur zu gut passen würde, der Königin zum Beispiel.«

»Treib dein Spiel mit ihm nicht zu weit, bloß um zu erfahren, was wir bereits wissen. Davor kann ich dich nur warnen. Du weißt genau, dass ich dich schützen will, aber wenn du dich in Verruf bringen solltest, sind meine Hände gebunden.«

»Du willst Vater gar nicht rächen. Du willst in Ruhe hier deine Macht auskosten und ich bin dir im Weg. Ich habe schon verstanden.«

»Kija, du übertreibst maßlos. Ich habe geschworen, dich nicht fallen zu lassen.«

»Dann spar dir auch deine halbherzigen Warnungen. Ich tue wenigstens etwas.«

»Indem du mit dem Feuer spielst! Was könnte Grund sein, dass du nach einem Jahr aus dem Durcheinander wieder rauskommst?«

»Zum Beispiel, weil weiter Karawanen überfallen werden und Azira dahintersteckt oder weil er eine andere ehelicht, denn offiziell hat er doch nicht um mich angehalten, oder?«

»Nein. Er wollte vermutlich. Aber so dumm ist er nicht, sich freiwillig eine Grube zu graben, in die er stolpern könnte.«

Mit dem Tod Abdi-Aschirtas von Amurru war nicht nur südlich von Qatna Bewegung in die angrenzenden Länder gekommen, sondern auch in die nördlichen. Ausgerechnet nachdem der herausragende Fürsprecher für die syrische Unabhängigkeit zu seinen Ahnen eingegangen war, versuchten die Könige von Nuhasse und Mukisch einen eigenen Einigungsversuch, der sich vor allem gegen das langsam aber stetig vordringende Hattuscha richtete.

Der König von Ugarit war vor fünf Jahren gestorben und sein Sohn, Niqmaddu II., war ihm auf dem Thron gefolgt. Ähnlich wie Qatna war Ugarit in erster Linie an florierendem Handel, vor allem zur See, interessiert. Um diesen ohne Störungen verfolgen zu können, hatten die Könige von Ugarit seinerzeit auf Ägypten gesetzt. Eine kluge Entscheidung, die Ägypten, nachdem die Auseinandersetzungen mit Mittani beendet waren, mit einem Bündnis belohnte. Ugarit profitierte kräftig davon. Denn der Überland- und der Seehandel nach Ägypten, aber auch nach Alaschija und darüber hinaus weit nach Westen wurden über Ugarit organisiert und das ließ man sich von allen Seiten gut bezahlen. Der Thronwechsel in Ugarit fand fast gleichzeitig mit dem in Ägypten statt. Schnell wurde deutlich, dass der damalige Kronprinz, der Ugarit noch einen langen Besuch abgestattet hatte, sich als Pharao nicht mehr für die nördlichen Regionen erwärmen konnte. Mit Schuppiluliuma von Hattuscha hatte er sogar ein Freundschaftsabkommen geschlossen. Als

Niqmaddu das durch seine Kundschafter erfuhr, wusste er, was die Stunde geschlagen hatte. Er reagierte wie König Idanda und suchte zumindest den freundlichen Kontakt mit Hattuscha, vor allem die Handelsbeziehungen im Blick haltend. Damit hatte er sich allerdings in Nordsyrien isoliert. Seine Nachbarn versuchten zwar, sich Mittani einigermaßen vom Leib zu halten, eine Allianz mit Hattuscha aber lehnten sie ab. Zunächst bemühten sie sich, Niqmaddu zu überzeugen, dass er sich ihnen anschließen sollte. Als das nichts fruchtete, griffen sie, die Unsicherheiten um den Tod des Abdi-Aschirta herum ausnutzend, das Land Ugarit an und plünderten es, um es auf diese Weise in eine antihethitische Koalition zu zwingen. Im Gegensatz zu Ägypten, das auf alle Hilfegesuche beharrlich schwieg, reagierte Schuppiluliuma auf Ugarits Bitte um Unterstützung sofort und schickte Truppen. Endlich hatte Hattuscha den lang ersehnten Brückenkopf in Nordsyrien. Es verstärkte seine Bemühungen um Qatna, um auch den zweiten, ebenso wichtigen Handelsknotenpunkt unter hethitische Kontrolle zu bringen. Doch König Akizzi verweigerte sich, trotz aller Versuche seines Freundes Tanuwa, ihn auf friedliche Weise zu gewinnen.

Kija sah Tanuwa in diesen Jahren regelmäßig und konnte dadurch seine Entwicklung Schritt für Schritt miterleben. Wann immer es möglich war, machte er bei seinen diplomatischen Missionen, die ihn nach Nordsyrien, in die südliche Levante, ja bis nach Ägypten führten, in Qatna Halt. Und er war häufig mit königlichen Aufträgen unterwegs. Längst standen Tanuwa eigene Schreiber zur Seite. Äußerlich hatte er sich kaum verändert, außer dass seine Statur männlicher geworden war. Auch sein Wesen war das gleiche geblieben: zuverlässig und klug, immer hilfsbereit und selbstlos. Nur manchmal beobachtete Kija eine Traurigkeit, die sie eigenartig berührte. Dann stand etwas zwischen ihnen, das Kija nicht benennen wollte, was meistens verflogen war, bevor es zu Fragen kommen konnte.

Kija schätzte seinen Scharfsinn, seine gute Beobachtungsgabe, seine besonnenen Überlegungen und sie nahm auch lebhaften Anteil an seinen abenteuerlichen Reisen, die ihn in der gesamten bekannten Welt herumkommen ließen. Wie sie ihn beneidete! Alles, wirklich alles interessierte sie. Aus Spaß wechselten sie während ihrer Unterhaltungen immer wieder die Sprachen, selbst in Ägyptisch hatte Tanuwa sich Grundkenntnisse angeeignet. Kija musste mit ihm üben, ihn in der Aussprache verbessern, ihm neue Worte beibringen. Das war lustig, Lehrmeisterin zu spielen. Was er ihr voraus hatte, war die Sprache der Länder des Ahhijawischen Meeres, die Sprache von Dunijo und Minos. Die drei amüsierten sich prächtig und sie verstand nichts. Damit konnte Tanuwa sie richtig ärgern. Auch damit, wenn er ihr zum wievielten Mal erzählte, bei wem er Unterricht genoss. »Königin

Henti hier, Königin Henti da, die Königin hat gesagt, die Königin hat geruht zu tun«, sagte sie dann schon mal etwas erbost, »das muss eine wundervolle Frau sein.«

Natürlich stritten sie sich weiterhin auch häufig, spaß- und ernsthaft, aber Kija respektierte Tanuwa nun so sehr, sie bewunderte seine vielen Fähigkeiten und seinen unermüdlichen Einsatz, dass sie ihn nie wieder wegen seiner Herkunft verletzte. Jede Arroganz ihm gegenüber hatte sie abgelegt. Über seine Vorstellung, dass die Länder auch ohne Krieg miteinander auskommen können müssten, wenn sich jedes etwas zurücknähme, dachte sie oft nach. Warum eigentlich nicht? Warum griffen die Männer immer gleich nach Waffen? Dann dachte sie an ihre eigene Streitbarkeit und gelobte Besserung. Tanuwa meinte, das sei etwas ganz anderes. Man müsse sich mit Worten sehr wohl auseinandersetzen, um zu Klarheiten zu kommen und mit ihr könne er das besser, als mit sonst irgendjemanden auf der Welt. Eben ganz diplomatisch.

Nie wieder sprach er in all den Jahren zu ihr von seiner Liebe, doch spürte sie, wie sehr er ihr zugetan war. Einmal fragte sie ihn, warum er nie von einem Mädchen erzähle oder sich verheirate? Er sagte nichts dazu, aber sein Blick verriet ihr, dass sich ihr gegenüber nichts verändert hatte. So mied auch sie dieses Thema.

Über Pharao Amenophis unterhielten sie sich nie direkt. Aber wenn Tanuwa aus Ägypten kam und in Qatna einkehrte, dann war sie besonders neugierig, wollte alles noch ausführlicher berichtet bekommen als ohnehin, war anschließend besonders still, besonders betroffen. Sie merkte schmerzhaft, dass sie Amenophis mit gleichbleibender Intensität liebte und hasste, Jahr für Jahr, auch wenn im alltäglichen Leben sie das nicht mehr beeinträchtigte. Und sie wusste, dass Tanuwa das wusste. Amminaje gestand sie verwundert, dass sie jedesmal, wenn Tanuwa Qatna verließ, voller Trauer und voller Gewissheit war, dass er wiederkehren würde. Sie fühle sich wohl in seiner Gegenwart. Amminaje dachte sich ihren Teil. Sie schickte unzählige Gebete zur Göttin, diese beiden Menschen, die so offensichtlich zusammengehörten, zusammenzuführen, doch die Göttin erhörte sie nicht.

Als Kija Tanuwa von Azira berichtete, glaubte er, sein Herz bleibe stehen. Wie konnte sie nur ein solches Risiko eingehen? Dass sie Aziras Werbung nicht sofort ausgeschlagen, sondern nur eine Bedenkzeit erbeten hatte, war ein richtiger Schlag.

»Ich habe das doch nur getan, um Klarheit zu erlangen und Vaters Mörder zu überführen!«

»Ist der Preis nicht zu hoch? Was willst du ihm sagen, wenn er wiederkommt?«

»Er solle mir endlich mitteilen, was er bisher nur angedeutet hat.«

»Ich denke, das tut er erst, wenn du ihm die Hand zum Bund gereicht hast?«

»Ich habe einen Fehler gemacht. Das weiß ich jetzt.«

»Vielleicht gibt es ja noch rechtzeitig eine Lösung«, versuchte er sie zu trösten.

Jedenfalls werde ich ihn niemals heiraten«, sagte sie leise und bestimmt. »Eher nehme ich mir das Leben.«

Beides glaubte Tanuwa ihr und sie sah die Sorge um sie seine Stirn umwölken.

Azira schickte im Lauf des Jahres immer wieder Geschenke für Kija, die sie unbesehen der königlichen Schatzkammer weiterreichte. Von seinem angeblichen Wissen aber gab er nichts preis. Kija verfluchte ihre damalige Naivität und verblendete Überstürztheit. Wie leicht hätte sie sich auf ihr Priesterinnentum berufen können. Jetzt saß sie in der Klemme, denn das Jahr schritt fort und Azira gab sich keinerlei Blöße, die eine Zurückweisung seines Antrages ohne Gesichtsverlust hätte rechtfertigen können. Und Mißstimmigkeiten zwischen Qatna und Amurru galt es unbedingt zu vermeiden. Kija wusste selbst, dass vom politischen Kalkül her gesehen eine Heiratsallianz zwischen beiden Königshäusern hervorragend wäre. Hoffentlich hielt Akizzi Wort. Sollte er ihr die Verbindung befehlen, weil der Rat sie beschlossen hatte, könnte nicht einmal Schala sie schützen. Sie war eine solche Närrin. Mit jedem Tag quälte sie sich mehr. Eine Schreckensvision, ihr Leben an Azira binden zu müssen. Niemals!

Auch die Nachrichten aus Ägypten, die sie außer durch Tanuwa in der Regel durch die eigenen qatnäischen Boten und den Geheimdienst erfuhr, waren alles andere als beruhigend. Noch im ersten Regierungsjahr war eine Tochter geboren worden, die den Namen Merit-aton, Liebling des Gottes Aton, erhielt. Die Kundschafter berichteten, wie in nie dagewesener Weise der Pharao, wohl unter dem Einfluss seiner Gemahlin Nofretete, sein privates Familienleben als öffentlich-staatliche Institution im Palast in Theben zelebrierte. Alle sollten an diesem Familienglück teilnehmen, Zeugen beim Ankleiden, bei den Mahlzeiten, bei den Gottesdiensten, beim Besuch des Badehauses, beim Frisieren, beim vertrauten Zusammensitzen sein. Das waren sicherlich Übertreibungen, mutmaßte Kija, aber ein Körnchen Wahrheit verbarg sich wohl in den Darstellungen.

Die alten Götter wurden zwar noch verehrt, aber nach der Geburt der zweiten Tochter, Maket-aton, überraschte der König die Untertanen mit einem neuen Gott: Aton. Wie Kija von Amenophis selbst wusste, gab es diesen Gott schon längst, doch so, wie ihn Amenophis jetzt seinem Land präsentierte, war er wie ein neuer Gott. Er war nun als Oberster der Götter zu verehren. Im Jahr danach wurde mit dem Bau eines riesigen Aton-Tempels in Theben begonnen. Die alteingesessene Priesterschaft raste.

Königinmutter Teje unterstützte zwar den König, doch auch sie beobachtete mit Sorge die zunehmende Ausschließlichkeit, die der Pharao für seinen Gott an den Tag legte. Im ganzen Land ließ er Tempel bauen und weihte sie. Weil ihn der wachsende Widerstand in Theben ärgerte, ließ er sich auf der Ostseite des Nils, auf halbem Weg nach Memphis, eine riesige neue Hauptstadt aus der Wüste stampfen, die er geplant hatte und die er mit der Setzung der ersten Grenzstelen öffentlich bekannt machte. Sie wurden in der neuen Schriftsprache, beschriftet, die ab sofort nur noch zu verwenden war. Die Stadt erhielt den Namen Achet-aton, der Horizont des Aton.

Kaum war die dritte Tochter, Anchesenpa-aton, auf der Welt, wurde handstreichartig fast die gesamte Regierungsmannschaft ausgetauscht. Alle, die gegen den Pharao waren, verschwanden im Nichts. Der Unmut in der Bevölkerung wuchs. Und dann passierte noch etwas nie Dagewesenes: der Pharao tauschte seine Namen aus. Selbst seinen Geburtsnamen! Von nun an nannte er sich Echnaton, Strahl des Aton.

Im Jahr, als Abdi-Aschirta das Zeitliche segnete und Nofretete die vierte Tochter, Neferneferu-aton-tascherit, gebar, zog der Hof von Theben nach Achet-aton. Echnaton schwor, Achet-aton nie zu verlassen.

Zwischen der Geburt von Neferneferu-re und der sechsten Tochter, Setepen-re, geschah etwas so Unerhörtes, dass Ägypten gespalten wurde zwischen tiefster Verwunderung und Zorn, Widerstand und Empörung: Echnaton ließ alle Tempel der alten Götter schließen oder zerstören. Ab diesem Moment gab es in Ägypten ausschließlich Aton, das Licht! Er offenbarte sich seinem Hohepriester Echnaton und der Hohepriesterin Nofretete.

Kija sammelte all diese Mitteilungen, die sie über die Jahre erreichten und bewegte sie in ihrem Herzen. Echnaton hatte seinen Plan verwirklicht, wie er ihn ihr schon damals in Qatna entwickelt hatte. Er hatte durchgesetzt, dass sein Gott als der einzige verehrte wurde. Er hatte ihm Tempel und eine Stadt gebaut, aber alles mit einer anderen Frau an seiner Seite. Das waren doch ihre gemeinsamen Vorstellungen gewesen! Er stellte sich gegen sein ganzes Volk für den Gott, aber nicht für sie! Sie hatte er vergessen! Nein, er hatte sie nicht vergessen, aber sie bedeutete ihm nichts, nichts, nichts! Längst hatten sich die Kontakte zwischen Qatna und Ägypten eingependelt, wenn aus Ägypten überhaupt je eine Nachricht kam. Dann aber schickte man König Akizzi, der Königinmutter, seiner Gemahlin, seinen Brüdern, seiner Schwester und allen Verwandten die besten Grüße. Da waren natürlich Schreiber am Werk, die genau um die Familienverhältnisse in Qatna wussten, das war ihr klar und doch fühlte sie sich jedes Mal neu gekränkt: Sie war nur eine unter vielen aus Akizzis Familie.

Manchmal war sie stolz darauf, dass er so konsequent war und für seine Ziele kämpfte. Vielleicht war es für ihn unerheblich, mit welcher Frau neben ihm? Dann wäre Nofretete austauschbar! Aber warum dann das Vorführen einer schönen, liebevollen Familie? Sechs Mädchen! Also liebte er sie. Allerdings konnte man viele Kinder bekommen, auch wenn man sich nicht liebte. Ehli-Nikalu erwartete ihr Viertes und war zwischen ihr und Akizzi Liebe?

Ob Echnaton, wie er sich nun nannte, sie je geliebt hatte? Warum, Göttin, vergingen diese ewigen Fragen niemals? Warum konnte sie ihn nicht vergessen? Weil er Visonen hatte? Weil er ihr einen neuen Zugang zur Welt gezeigt hatte? Weil sie seine Berührungen immer noch spürte? Einmal in ihrem Leben würde sie ihn wiedersehen wollen. Sie wollte in seinen Augen sehen, wie er überlegte, wen er da vor sich hatte, und wie die Erinnerung aufstieg an eine Episode in seinem Leben, wie seine Augen zu leuchten begannen – Träume, Träume.

Die Wirklichkeit aber hieß Azira von Amurru! Mit Akizzi hatte er sich mittels Boten bereits über seine Vorstellungen ausgetauscht, wie der Brautzug nach Iqarta, seiner Hauptstadt, kommen sollte, wieviel Geleit nötig sein würde, wie die Vermählung vonstatten gehen sollte, und er hatte die Frage der Brautgeschenke einerseits und ihrer Mitgift andererseits angesprochen.

»Es lässt nicht locker«, hatte Kija Tanuwa gestanden. Er war wieder einmal auf der Durchreise und wie immer war einer seiner ersten Wege zu ihr ins Haus der Göttin gewesen. Nun sassen sie im herrlichen Palastgarten und genossen den kühlen Schatten.

»Wir haben von keiner Karawane vernommen, die dieses Jahr überfallen und beraubt worden wäre. Nichts scheint gegen Azira zu sprechen. Was soll ich tun, Tanuwa? Ich kann doch nicht fliehen. Ich sterbe bei dem Gedanken, er könne mich berühren. Was war ich nur für eine dumme Gans. Ich war so versessen darauf, dass Vaters schreckliche Todesumstände endlich ans Licht kommen und die Mörder bestraft werden. Azira hat mir außer den Andeutungen damals nicht ein Sterbenswörtchen verraten. Am Ende hat er keine Ahnung, wie das Akizzi gleich vermutet hatte.«

Akizzi, der sich zu ihnen gesellt hatte, zuckte ratlos die Schultern. »Ich hätte sie gewarnt, glaub mir. Aber sie hatte schon die verhängnisvollen Worte gesprochen, ohne mich zu fragen«, sagte er zu Tanuwa. »Wenn Azira offiziell um sie anhält, habe ich vor ihm und dem Rat keinerlei Argumente, Kija zu verweigern. Sie wäre nicht die erste und nicht die letzte Priesterin, die sich verehelicht.«

»Du hast mir versprochen, meinen Stand zu respektieren!«

»Aber das kann ich doch nur, wenn du dich auch entsprechend verhältst!

Was ist bloß in dich gefahren? Dumme Gans ist geschmeichelt«, brüllte Akizzi zurück.

Tanuwa verfolgte hilflos den Streit der Geschwister. Für ihn war Kija verloren, wäre sie erst Königin in Amurru – ihr großen Götter von Hattuscha! Nicht einmal jetzt konnte er um sie freien, um sie aus der mißlichen Situation zu retten, nur weil er nicht von Stand war. Und was hätte er zu bieten? Er – ein Schreiber, Sohn eines Kaufmanns. Er ballte die Fäuste. Solange Kija in Qatna weilte, konnten sie sich wenigstens begegnen. So sehr er auch überlegte, ihm fiel keine Lösung ein. Das ausgehandelte Jahr würde bald zu Ende gehen. Und selbst Kija war bewusst, dass sie dann Azira nach Amurru zu folgen hatte. Es würde zu neuen Verwicklungen mit Ägypten kommen, die sie verschuldet hätte, denn irgendwann würde Aziras Doppelspiel auffliegen. Die Rache Echnatons würde doppelt schrecklich ausfallen. Verweigerte sie sich aber Azira, so würde das Qatna und seinen König in eine furchtbare Situation innerhalb Syriens bringen. Wie sie es drehten und wendeten: Kijas unbedachte Worte würden ihr, aber auch Tanuwas Leben zerstören. Es war das schlimmste Lebewohl, als er die Stadt verließ. Würden sie sich wiedersehen?

Kija, der Mensch, den er mehr liebte als sein Leben, blieb in einer auswegslosen Lage zurück. Er konnte nicht helfen, nichts daran ändern. Er dachte daran, sie zu entführen, gemeinsam mit ihr zu sterben. Doch wie zuvor Kija musste er einsehen, dass sie erwachsen waren und Verantwortung trugen, der sie sich nicht aus egoistischen Wünschen heraus entziehen durften. Tanuwa hasste sich für seine vernünftigen Gedanken. Was war das für eine Liebe? Hatte er nicht geschworen, Kija immer zu Hilfe zu kommen, wenn sie in Nöten war? Jetzt hatte sie selbst mutwillig die Nöte herbeigeführt. Niemand konnte mehr etwas dagegen tun.

Aber er irrte sich!

Wer sonst als die gnädigen Götter wiesen ihm den Weg, wie Kija der drohenden Falle entrinnen konnte. Tanuwa machte, was sonst eher selten vorkam, auf seinem Rückweg in diversen Fürstentümer Nordsyriens Halt und machte den Herrscherhäusern seine Aufwartung. Er hatte es nicht eilig nach Hause zu kommen. Die Sorgen um Kija hielten ihn zurück. Wie es Sitte war, wurde für solch einen hohen Gast, wie es Tanuwa als hethitischer Gesandter war, ein Festmahl gegeben und man unterhielt sich. So kam die Sprache auch auf die südlichen Länder, vornehmlich Amurru. Was in Qatna verborgen geblieben war, – wie, das konnten weder Tanuwa noch Akizzi sich später erklären –, darüber lachten die Könige Tränen. Alsbald nach dem Tod des Vaters war König Azira in mehreren Fürstenhäusern Syriens – wenn zumeist auch nicht persönlich – vorstellig geworden. Anders als in Qatna hatte er in Tunip, Nija, Halab, Mukisch und den anderen Stadtstaaten allerdings offiziell um die Hand einer der Töchter angehalten, mit dem Versprechen, sie zu seiner Königin zu machen. Vermutlich wäre die Geschichte gar nicht aufgeflogen. Aber Azira hatte dummerweise nur einen Boten auf die Reise geschickt. Bei den Fragen nach dem woher und wohin war dem mehr als ein Fehler unterlaufen. Vor allem hatte er zu viel geplaudert, die Zunge gelöst durch einige gute Becher Bier, Met oder Wein. Nun ließ sich problemlos seine Reise nachvollziehen, von einer Auserkorenen zur anderen. Tanuwa erstellte eine Liste, in welcher Reihenfolge der König hatte werben lassen und wo er selbst tätig geworden war. Ein ansehnlicher Harem käme da zusammen, der seinesgleichen in der gesamten Levante suchen dürfte. Man ergötzte sich königlich an diesem Unterfangen. Er wolle wohl den Pharao überflügeln! König Azira war zum Gespött aller geworden. So würde er vermutlich gar keine Gemahlin erringen.

Tanuwa aber dankte mit heißem Herzen dem gnädigen Geschick. Er wünschte Azira vorbehaltlos eine treusorgende Gattin, die ihn glücklich machen sollte, wenn es nur Kija nicht traf. Von Ugarit aus schickte er Naninzi umgehend nach Qatna zurück, um die erlösende Botschaft zu übermitteln. Gemäß seinen Nachforschungen stand Kija erst auf Platz vier – was für eine Unverfrorenheit. Die Prinzessin von Qatna als dritte Nebenfrau? Oder wollte Azira Lose ziehen lassen? Sollte um den Rang der Hauptgemahlin gewürfelt werden? Das bliebe Aziras Problem, aber ohne die Prinzesin von Qatna! Nach Lage der Dinge konnten beide Seiten das Gesicht wahren. Woher die vielen Geschenke für all die Prinzessinnen stammten, darüber brauchten weder Tanuwa noch Akizzi lange nachzudenken.

Kija konnte ihr Glück kaum fassen. Ihr fiel ein Felsbrocken vom Herzen. Sie versprach der Göttin zusätzliche Opfer, ein ganzes Jahr lang, weil sie sie verschont hatte. Und sie versprach weitere Opfer für ihren guten Freund Tanuwa, damit die Göttin ihre schützende Hand über ihn hielt.

⊗⊗⊗

Seit Jahren war Tanuwa dauernd unterwegs. In Hattuscha blieb das oberste Ziel die Eroberung Mittanis und seine Eingliederung in das Reich von Hattuscha. Tanuwa war im Lauf der Jahre immer stärker in die Vorbereitungen diplomatischer Art, die zu einer gänzlichen Isolierung des Landes führen sollten und die von jährlichen Angriffen begleitet waren, eingebunden. Schließlich ruhten sie wesentlich in seiner Hand. Damit war er zu einem der engsten Berater des Königs in dieser Angelegenheit aufgestiegen, der ihn schätzte und dies durch reiche Schenkungen zum Ausdruck brachte. Tanuwa verfügte mittlerweile über eigenes Land, das von Bauern und Sklaven bewirtschaftet wurde. Auch im Palast hatte er einige ihm zugewiesene Räumlichkeiten, wie sie für einen Vorsteher der Schreiber angemessen waren.

Neben den Königssöhnen Arnuwanda und Telipinu sowie seinem Onkel Hannutti gehörte Tanuwa zu einer kleinen Gruppe, die zur Erreichung der hethitischen Ziele einen Plan erarbeiten, der mehrere Jahre überspannte. Der Plan wurde dem König und dem versammelten Panku zur Beratung vorgelegt. Er sah vor, die gesamte Kraft zu bündeln, um die Probleme im Südosten zu lösen, solange der Norden und der Westen sich ruhig verhielten. Mit diplomatischen Mitteln hoffte man Ägypten dauerhaft zu gewinnen, ebenso Ugarit und Qatna in Nordsyrien als Stützpunkte hinter den Fronten. Assyrien war ein denkbarer Partner bei militärischen Einsätzen, denn das Land gierte nach dauerhafter Unabhängigkeit von Mittani. Für Hattuscha lag es außerhalb seines Interessengebietes, so dass Schuppiluliuma leichten Herzens Assyrien die volle Souveränität versprechen konnte, wenn es den Pakt gegen Mittani erfülle.

Für Ägypten, Ugarit, Qatna und die anderen levantinischen Kleinkönigtümer wurde Tanuwa als oberster hethitischer Gesandter bestimmt. Ein Mann namens Pamba übernahm diese Rolle für die Länder Ischuwa, Assyrien und Babylonien. Auf ihren Schultern ruhte nun sehr viel Verantwortung.

Tanuwa wusste, dass er bei dem Antrittsbesuch in Ägypten in seiner neuen Funktion gewisse Anknüpfungspunkte vorfand. Bereits Amenophis III. hatte sich in seinen letzten Regierungsjahren seinem Bruder Schuppiluliuma gegenüber sehr gemäßigt verhalten. Der damalige Kronprinz war während seines Aufenthaltes in Ugarit nicht nur mit mittanischen Vertretern, sondern mehrfach mit dem hethitischen Gesandten zusammengetroffen. Dieser vermittelte in der Hauptstadt den Eindruck, dem Prinzen und jetzigen Pharao käme es in erster Linie auf die Wahrung der wirtschaftlichen Interessen Ägyptens an und die konnte Hattuscha durchaus zusichern. Mit großer Wachheit hatte der Gesandte ein umfassendes Bild von ihm gewonnen. Dessen ernsthafte Bemühung um die rechte Pflege der Götter, besonders des Sonnengottes, war ihm nicht entgangen. Auf dieser Ebene konnten sich die beiden Länder trefflich begegnen, spielte doch die Sonne auch in Hattuscha eine erhebliche Rolle.

Dieses Wissen nutzte seine Sonne, König Schuppiluliuma, gleich in dem ersten Schreiben an Pharao Amenophis IV., dem er zu seiner Thronbesteigung gratulierte. Anstatt ihn nur mit den üblichen Förmlichkeiten zu langweilen, war entschieden worden, den Brief so persönlich wie möglich zu halten, als sei man schon längst engstens befreundet. Für die Anrede wählte der König den intimen Kosenamen Hureja. Den hatte Kija Tanuwa gegenüber erwähnt, als dieser vor dem Herbstfest in Kattanna weilte. Man musste Amenophis so beeindrucken, dass die Glückwunschadressen der anderen Könige aus Alaschija oder Mittani verblassten. Dazu gehörte selbstbewusstes Auftreten. Der neue König wurde an die Abkommen mit seinem Vater erinnert und an die ausstehenden Gaben, die man seit geraumer Zeit vergeblich erwartete, darunter zwei Statuen aus Gold, zwei aus Silber und ein großes Stück Lapislazuli. Im Gegenzug solle der Bruder nur sagen, was immer er wünsche, Schuppiluliuma würde es schicken. Die edlen Worte wurden durch originelle und kostbare Geschenke untermauert: ein fünf Minen schweres silbernes Hirschrhython, ein weiteres in Form eines jungen Widders, zwei silberne, verzierte Teller, insgesamt zehn Minen schwer und einen eleganten Dolch aus dem Geschenk des Himmels.

Der Erfolg konnte sich sehen lassen. Tanuwa übermittelte nach seiner zweiten Ägyptenreise ein informelles Stillhalteabkommen in Bezug auf Mittani und Syrien, das beide Könige gegenzeichneten. Wenige Jahre später wurde daraus ein Freundschaftsvertrag, ohne dass Tuschratta oder sein Gegenspieler davon wussten. Ahnungslos hatte Tuschratta seine Tochter Taduhepa als Braut zu Amenophis IV. geschickt. Jeden Sieg gegen Hattuscha meldete er voll Stolz an Amenophis und schickte ihm einen Großteil der Beute. Amenophis interessierte das alles längst nicht mehr. Er schwieg. Die Schlinge um Mittani zog sich immer enger zu.

Dazu trugen auch die Fortschritte bei, die das Dauerwerben um das Land Ugarit zeitigten. Direkt nach Erhalt der Botschaft von König Idanda hatte der hethitische Hof nicht nur diesem geantwortet, sondern auch Kontakt mit Ugarit aufgenommen und angeboten, einen hethitischen Vasallenvertrag abzuschließen. Als Lohn würde Hattuscha sein Herrschaftsgebiet erheblich vergrößern. Doch Ugarit blieb Ägypten gegenüber loyal. Das änderte sich im zweiten Regierungsjahr des neuen Herrschers Niqmaddu II., der erkannte, dass das Blatt über kurz oder lang sich zu Ungunsten Mittanis wenden würde. Nicht unschuldig an dieser Erkenntnis waren die Besuche eines gewissen hethitischen Gesandten namens Tanuwa.

Ugarit stand zu dieser Zeit in höchster wirtschaftlicher Blüte. Schiffe aus Ägypten, Alaschija, Kreta, Ahhijawa, Arzawa und dem fernen Westen steuerten die Hafenstadt an. Es war außerdem wichtiger Umschlagplatz für Waren aus dem ganzen Vorderen und Mittleren Orient. Mehrere große Paläste zeugten vom unermesslichen Reichtum Ugarits. In besonderen Stadtvierteln hatten sich ausländische Händler dauerhaft niedergelassen. Trotz seines Reichtums war Ugarit aber militärisch schwach. Es musste sich wie die anderen Fürstentümer der Levante mit den Großmächten arrangieren. Zunächst hatte Niqmaddu wie sein Vater auf Ägypten gesetzt. Ägypten hatte das belohnt, indem der Hof von Theben eine ägyptische Prinzessin schickte, die er heiratete, um die Beziehungen zu festigen. Doch damit schien sich das Bemühen Ägyptens in der Region erschöpft zu haben, so dass Niqmaddu den Offerten Hattuschas, Ugarits Gebiet zu vergrößern, nicht mehr ganz ablehnend gegenüberstand. Wie das geschehen solle, wollte Niqmaddu von König Schuppiluliuma wissen. Der legte ihm nahe, die mit Mittani verbündeten Länder Mukisch und Nuhasse zu erobern, um Ugarits Gebiet auszudehnen.

Niqmaddu attackierte zwar nicht, aber die betroffenen Fürsten erfuhren durch Spione oder Verrat von diesem Plan. Zufall? Hethitische Intrige? Der Schaden jedenfalls lag beim Herrscher Niqmaddu. Denn nun griffen die Könige ihrerseits zu den Waffen und plünderten Ugarit, um Niqmaddu zurück auf ihre Seite zu bringen. Sie erreichten, wie man in Hattuscha erhofft hatte, das Gegenteil. Niqmaddu rief die Hethiter um Hilfe. Was er nicht wusste: Hattuscha hatte nicht nur auf Ugarit gesetzt, sondern gleichzeitig einen Protektionsvertrag mit einem der Könige von Nuhasse, Sarrupsi, abgeschlossen. Und nicht nur mit diesem. Der fein ausgeklügelte hethitische Plan war aufgegangen. Endlich hatte Hattuscha dauerhaft den Fuß in der Tür Nordsyriens.

Niqmaddu schloss mit Schuppiluliuma einen Vertrag ab, in dem sich die Ereignisse etwas anders darstellten, der aber seinen Zweck erfüllte:

»Als der König von Mukisch, der König von Nuhasse und der König von Nija von Schuppiluliuma abfielen, sammelten sie ihre Truppen und erpressten Ugarit und zerstörten das Land. Da wandte sich Niqmaddu an den Großkönig und König von Hatti und schrieb: ›Mein Herr möge mich aus der Hand der Feinde retten. Die Könige erpressen mich‹. Der Großkönig sandte Prinzen und Große nebst Fußtruppen nach Ugarit. Es gelang die Wiederherstellung der Lage in Ugarit! Gehuldigt sei dafür Schuppiluliuma. Und der Großkönig von Hatti sah Niqmaddus Treue. Nun haben beide einen Vertrag geschlossen.« Es folgten diverse Bestimmungen.

Dieser Vertragsabschluss gehörte mit zu den größten Leistungen Tanuwas, durch den er sich überall großen Respekt erwarb.

⊗⊘⊗

»Vor dir muss man sich wirklich in Acht nehmen«, sagte Akizzi in seiner üblichen gutgelaunten Art, als Tanuwa sich wieder einmal in Qatna aufhielt. »Eh' du dich versiehst, hast du die Fronten gewechselt und einen Vertrag unterzeichnet!«

Er selbst dachte aber nicht daran, einen vergleichbaren Vertrag abzuschließen. Auch der Rat der Edlen war mit dem herrschenden Status sehr zufrieden. Mit Amurru hatte man keine Last mehr. Azira hielt sich Qatna gegenüber auffallend zurück, obwohl er sehr wohl in die Fußstapfen seines Vaters getreten war und keineswegs das Bestreben, ein Syrisches Reich zu schaffen, aufgegeben hatte. Allerdings konzentrierte er sich mehr auf Byblos

361

und weitere südliche Fürstentümer. Ägypten ließ die ganze Region völlig in Ruhe. Dadurch floß der Warenverkehr unbeeinträchtigt weiter wie bisher. Im Gegenteil: der Bedarf an bestimmten Gütern und Rohstoffen nahm sogar zu, vor allem im Zusammenhang mit dem Bau der neuen Hauptstadt des Pharaos. Qatna wurde reich und reicher.

Zwischenzeitlich waren bald acht oder neun Jahre vergangen, seit Akizzi den Thron bestiegen hatte, fast gleichzeitig wie Amenophis IV. in Ägypten und Niqmaddu in Ugarit. Das stete Auf und Ab schien zur Gewohnheit zu werden.

Doch dann spitzte sich die Lage plötzlich zu. Wie aus heiterem Himmel holte Hattuscha zu einem entscheidenden Schlag aus: es schloss eine Allianz mit Babylonien. Die Tage Mittanis schienen gezählt.

VI

1341 bis 1339 v. Chr.

»Tanuwa grüßt Kija, Priesterin und Prinzessin von Qatna.
Mögest du und die Deinen gesund sein. Möge es ein gutes, fruchtbares Jahr werden.
Etwas Unerwartetes ist passiert und ich werde längere Zeit nicht kommen können. Doch sorge dich nicht, wir werden uns wiedersehen.
Wenn du mich brauchst, schicke zu meinem Onkel.«

Kija blickte verstört auf die Nachricht.
»Was hat das zu bedeuten?«, fragte sie ihren Bruder, König Akizzi.
»Ich habe keine Ahnung. Er hat mir nichts anderes übermitteln lassen. Wir werden uns in Geduld fassen müssen. Ich werde natürlich Erkundigungen einziehen lassen.«
»Woher hast du die Schreiben?«
»Von einem hethitischen Gesandten namens Pamba. Er ist auf dem Weg nach Osten und wird sich hier der nächsten Karawane nach Terqa anschließen.«
»Konntest du ihn nicht befragen?«
»Selbst wenn er etwas weiß, so wird er nichts verlauten lassen.«
»Wenigstens könnten wir ihn fragen, wann er Hattuscha verlassen hat.«
»Das kann ich dir beantworten. Direkt nach dem Neujahrsfest.«
»Und ob Tanuwa noch in Hattuscha war oder wann und wohin er reisen musste ...«
»Vergiß es, Schwesterchen. Er antwortete äußerst höflich, dass er über all diese Frage leider nichts sagen könne, da er nicht informiert sei. Und so weiter und so weiter.«
Kijas Herz zog sich zusammen. Was nur konnte geschehen sein, dass Tanuwa eine solche Botschaft schickte? Sie wirkte hektisch verfasst, als müsse er überstürzt irgendwohin aufbrechen. Kija konnte nicht ahnen, wie nah sie der Wahrheit mit ihren Überlegungen kam.

Hattuscha war es im Verlauf der letzten Jahre gelungen, den Ring um Mittani immer enger zu ziehen. Einen wesentlichen Beitrag zum Gelingen leistete außer dem zerstrittenen mittanischen Königshaus letztlich dessen weit entfernter Verbündeter: Pharao Amenophis, der sich seit geraumer Zeit Echnaton nannte. Er ließ Hattuscha gewähren. Alle Anrainer hatte der hethitische Großkönig daher mit Bedacht nach und nach auf irgendeine Weise gegen Mittani vereinen können. Nur auf dessen Grenzen im Südosten, an den beiden großen Strömen Euphrat und Tigris, und im Gebiet dazwischen, hatte Hattuscha keinerlei Einfluss. Es war die letzte schwere Aufgabe, den Herrscher von Babylonien in die Allianz gegen Mittani einzubinden.

Doch wodurch? Was konnte Hattuscha ihm bieten, sollte Mittani fallen? Diese Frage bereitete nicht nur dem König schlaflose Nächte. Landzuwachs natürlich. Man trug ihm das fruchtbare Euphrat-Tal an, bis zum Land Astata, wo Babylonien zukünftig eine gemeinsame Grenze mit dem Hethiterstaat haben sollte. Der Babylonier ließ sich sehr bitten. Sein Vorteil sei nicht so immens, ließ er verlauten. Schließlich laufe er Gefahr, dass er den Zorn Ägyptens auf sich ziehe, wenn er sich gegen dessen Verbündeten Tuschratta von Mittani stelle, und er ginge des schönen Goldes verlustig, das der Pharao ihm zuweilen zukommen ließe. Man sei ja auch verschwägert. Nun, ließ Schuppiluliuma ihm durch seinen Boten vermelden, das sei das geringste Problem. Man könne doch gleichfalls die Allianz durch eine Heirat besiegeln. Er selbst hätte keine Tochter in passendem Alter und seine Schwestern wären für seinen geliebten Bruder wohl schon etwas in die Jahre gekommen, doch vielleicht könne er bei ihm um eine Braut werben.

Darüber ließe sich durchaus reden, antwortete Burna-Buriasch von Babylonien. Zufällig habe er eine bildschöne, gesunde, aufgeweckte Tochter in absolut passendem Alter, eine Perle unter ihresgleichen, sein Ein und Alles. Ihr Name sei Malnigal. Die könne er seinem geliebten Bruder zur Frau geben.

»Ausgezeichnet, das läuft ja wie am Schnürchen.«

König Schuppiluliuma rieb sich die Hände und wandte sich an seine Gemahlin Henti: »Damit lässt sich doch leben, nicht wahr? Was haben wir nur für fähige Unterhändler. Ich bin äußerst zufrieden mit dir, Pamba. Endlich sind wir dem Ziel ein gutes Stück näher gekommen. Im nächsten Frühjahr wird die Entscheidung fallen. Gegen vier Seiten wird Mittani sich nicht halten können.«

Allgemeine Zustimmung der anwesenden Familien- und Ratsmitglieder unterstützte des Königs Einschätzung.

»Du schaust nicht besonders begeistert drein, mein Lieber. Gibt es noch etwas?«

364

Der Gesandte stand mit versteinerter Miene. Selten hatte er sich so schwer getan weiterzusprechen. »Meine Sonne«, sagte er ernst. »Der Großkönig von Babylonien knüpft die Unterstützung unserer Pläne an die Bedingung, dass seine Tochter deine Hauptgemahlin und einstens Tawananna von Hattuscha wird.«

Eisiges Schweigen breitete sich im Saal aus. Die Königin erbleichte und Schuppiluliuma musste an sich halten, um nicht einen Fluch über seine Lippen entschwinden zu lassen. Welch grausame Forderung!

»Geht, ich bitte euch, Freunde. Wir tagen ein andermal weiter. Ich lasse euch rufen.«

Der König rang um Fassung.

Tanuwa erfuhr von diesem Schicksalsschlag durch Hannutti.

»Ich weiß schon, warum ich mich nie gebunden habe«, sagte er bitter. »Es gibt nur Ärger und Verdruss. Irgendetwas läuft meistens schief oder kannst du mir ein Gegenbeispiel nennen?«

»Nofretete und Echnaton.«

»Da ist auch das letzte Wort noch nicht gesprochen«, erwiderte Hannutti prophetisch.

»Was glaubst du, wie wird die Entscheidung aussehen?« Tanuwa fragte, obwohl er die Antwort bereits kannte.

»Ohne Unterstützung Babyloniens, das uns gegen Mittani, Syrien und wenn nötig sogar gegen Ägypten den Rücken freihalten würde, wird es schwer oder fast unmöglich, Mittani dauerhaft niederzuringen und letztlich zu zerschlagen. Bleibt das unser Ziel, so wird unser Herr sich fügen müssen. Alles andere wäre ein solcher Affront, dass wir Gefahr liefen, Babylonien gegen uns aufzubringen.«

»Und dann würde das Blatt sich wenden. Hattuscha müsste sich gänzlich aus dem nordsyrischen Raum heraushalten.«

»Das würde uns erheblich beschneiden und den konsequenten Ausbau des Reiches empfindlich stören. Auf Dauer sind wir auf die Ernteerträge, Rohstoffe und Produkte aus diesem Gebiet angewiesen.«

»Aber unsere Königin kann doch nicht plötzlich zur Nebenfrau werden! Sie ist die Mutter aller fünf Prinzen.«

»In diesen Apfel wird sie wohl beißen müssen. Wie soll das denn sonst gehen? Die beiden Frauen können nicht gleichgestellt sein, das verbietet unsere Verfassung. Es ergibt auch keinen Sinn. Stell dir vor, die Gemahlinnen sind unterschiedlicher Meinung.«

»Verliert der Kronprinz seinen Status, wenn die neue Herrscherin Söhne gebiert? Das ist unmöglich.«

»Kann ich mir auch nicht vorstellen. Das wird auf eine Pankuentscheidung hinauslaufen, nehme ich an.«

»Das kann der König Henti keinenfalls antun. Dazu stehen sich die beiden viel zu nahe. Und sie verlöre alle Privilegien. Wir müssen einen anderen Weg finden, um Babylonien zu ködern.«

»Da bin ich gespannt! Man sagt dir zu Recht großes Geschick nach, Tanuwa, aber hier zweifle ich, dass es dir gelingt, eine angemessene Lösung zu finden. Der Großkönig sieht die Chance, seine Tochter in höchster Position unterzubringen. Was Ägypten ihm verweigert hat, das kann ihm unser König nicht verwehren, weil dein Kollege geschlafen hat oder weil wir alle verblendet von dem vermeintlich so nahen Ziel waren. Von vornherein hätte um eine Nebengemahlin geworben werden müssen. Aber wer rechnet auch mit solcher Dreistigkeit? Hinterher ist man immer schlauer.«

Nicht nur Tanuwa, alle rangen auf ihre Weise um eine Lösung dieser fatalen Situation. Hannutti hatte die Situation hervorragend charakterisiert: man konnte nicht einmal die Anfrage zurückziehen, ohne König Burna-Buriasch, seine Familie und seinen Hof tödlich zu beleidigen. Die Gebietserweiterung hatte man schon ins Spiel gebracht, es blieb tatsächlich nichts. Man hatte leichtfertig alle Spielsteine aus der Hand gegeben.

Nach nur wenigen Tagen wurde Tanuwa vor den König gerufen. Gegen die übliche Gepflogenheit hatte er sich in den privaten Gemächern einzufinden. Der sonst so lebensfrohe König sah schlecht aus: grau im Gesicht, seine Bewegungen fahrig, als habe er längere Zeit nur wenig geschlafen. Trotz der angenehmen Temperatur im Zimmer, schien er zu frösteln. Keiner der Großen war bei ihm.

»Tanuwa. Du hast dich bisher in allen dir gestellten Aufgaben bewährt und mir und dem Reich beste Dienste geleistet. Ich vertraue dir heute das Kostbarste und Liebste an, das mir im Leben begegnet ist: meine Gemahlin.« Als hätte ihm diese Mitteilung körperliche Schmerzen bereitet, stützte sich der König auf einen Stuhl. Er verharrte und schien intensiv die Holzmaserung zu betrachten. Dann straffte er sich: »Du wirst sie unauffällig und sicher in ihre Heimat eskortieren. Ihr werdet so schnell wie möglich reisen. Aller anderen Pflichten bist du bis auf weiteres enthoben. Und noch eines, Tanuwa, du bürgst mir für sie mit deinem Leib und Leben.«

Der König schien am Ende seiner Kräfte. Er bedeutete Tanuwa zu gehen.

Tanuwa war wie vor den Kopf gestoßen, sprachlos, fassungslos. Wie in einem Nebel eingehüllt erreichte er seine Gemächer. Dort erwartete ihn bereits Hannutti.

»Er kann sie doch nicht einfach wegschicken!«, sagte er, bemüht, die Haltung wiederzufinden. Hanutti schien sich bereits mit den Tatsachen abgefunden zu haben. »Es war der Wunsch der Königin. So könne sie den Göttern Hattuschas, dem Reich und ihrem geliebten König am besten dienen, hat sie im Panku gesagt. Sie ist eine unglaubliche Frau. Was für ein Charakter! Ohne sie – unvorstellbar, wie das sein soll in Zukunft.«

Tanuwa ließ sich auf ein Polster fallen und griff nach dem Becher Bier, den ein Diener ihnen gebracht hatte. In einem Zug leerte er ihn und ließ sich sogleich nachschenken. Und auch Hannutti suchte Zuflucht bei der wohltuenden Wirkung des Alkohols.

»Und die Prinzen? Sie haben doch auch etwas zu sagen.«

»Was sollen sie sagen. Ihre Mutter hat sich entschieden, und sie müssen das respektieren. Es war mir sofort klar, dass Henti niemals einfach in die zweite Reihe tritt. Nicht, dass sie nicht tolerant ist. Als Nebenfrau hätte sie die Babylonierin sicher akzeptiert, zumal sie sich der Liebe ihres Mannes gewiss sein kann. Aber ihre Position als Hauptgemahlin aufzugeben und einer anderen Platz machen zu müssen, nicht mehr an den Panku Beratungen teilzunehmen, nicht mehr an Schuppiluliumas Seite die priesterlichen Aufgaben auszuüben und all die vielen Pflichten sonst, denen sie so vorbildlich nachgekommen ist, das geht einfach nicht. Es geht doch auch um ihre Würde und die des Königs.«

»Und der König hat das hingenommen?«

»Er hat die Suppe schließlich eingebrockt. Er kann froh sein, dass sie es ihm so leicht macht.«

»Das hat er doch niemals gewollt, Hannutti.«

»Ich weiß«, knurrte dieser. »Aber manchmal zweifle ich selbst, ob das alles richtig ist, was wir tun. Um des Reiches willen! Da wird einfach eine Familie getrennt. Weißt du, was man über sie sagen wird: Sie wurde vom Großkönig wegen einer Jüngeren, Hübscheren, Willigeren, was weiß ich, verstoßen! Das wird gar nicht lange dauern. Und niemand wird fragen, was wirklich gewesen ist.« Hannutti wandte sich mit bitterer Miene dem Bier zu. »Mich tröstet, dass sie dann weit weg ist und das üble Geschwätz nicht zu hören braucht.«

»Weit weg. Das ist sie dann. Wir werden Wochen brauchen. Was wird ihre Familie sagen?«

»Gute Frage. Ihr Vater soll ein streitbarer Mann sein, wenn er noch lebt. Wir erfahren hier nichts aus Mykene. Nicht, solange kein belastbarer Frieden mit Arzawa geschlossen wurde. Weißt du, Tanuwa, ich beneide dich und beneide dich nicht.«

Fragend sah Tanuwa ihn an und ließ sich den Becher vollschenken.

»Ich beneide dich um die Zeit, die du mit Henti verbringen wirst, aber du wirst der letzte sein, der Abschied von ihr nehmen muss.« General Hannutti wandte sich ab.

»Komm, lass uns trinken«, sagte er dann.

Der nächste Tag brachte Kopfschmerzen und Ernüchterung. Kein Platz für Sentimentalitäten.

Die Reise musste sorgfältig geplant und vorbereitet werden. Die Arbeit lenkte ab und das tat gut. Tanuwa hatte darum gebeten, dass seine Freunde, die Offiziere Mursili und Mita, und einige ihrer besten Männer ihn begleiteten, was ihm anstandslos gewährt wurde. Er brauchte ein schlagkräftiges Grüppchen, das sich im Zweifelsfall unbedingt aufeinander verlassen konnte, das, sollte es hart auf hart kommen, für das Leben ihrer Königin auch den Tod nicht scheute. Welche Reiseroute sollten sie nehmen? In der königlichen Kanzlei besprach Tanuwa mit Mitannamuwa, Hannutti, den beiden Freunden und anderen die möglichen Wege.

»Der direkte Weg führt von Hattuscha nach Westen über den Marassanta, dann immer auf der Hochebene weiter, allerdings ein gutes Stück durch Kaschkäer-Gebiet bis nach Gurtija an der Grenze zum Land Haballa. Von dort geht es nach Süden am Gurtija-Fluss entlang und weiter nach Lalanda«, sagte Hannutti. »Das ist die Route, die du immerhin streckenweise schon kennst.«

»Ab hier kann man sich wieder nach Westen halten bis man zum Sijanti-Fluss gelangt. Dessen Lauf folgt man bis zum Palast von Kuwalija. Der Fürst von Kuwalija kann dann weiterhelfen. Ich bin als Kurier nicht weiter gelangt. Gibt es hier überhaupt irgendjemanden, der jemals am Ahhijawischen Meer war?«

Betretenes Schweigen.

»Aus den Aufzeichnungen geht hervor, dass man von Kuwalija aus dem Sijanti-Fluss weiter folgt bis er sich mit dem Astarpa zum Mira-Fluss vereinigt, von dessen Mündung die Hafenstadt Millawanda nicht mehr weit ist, wenn man ein Schiff für die letzte Strecke benutzt.« Mitannamuwa blickte von seinen Notizen auf.

»Wieviele Tagereisen sind das wohl?«

»Schwer zu sagen.«

»Mir gefällt das nicht, dass wir über besetztes und sogar fremdes Territorium müssen. Das stellt doch ein unnötiges Risiko dar«, warf Mursili ein.

Tanuwa nickte. »Das ging mir auch durch den Kopf. Wir sind ja nicht in Eile, sondern wollen so sicher wie möglich an das Ziel gelangen. Ich schlage vor, wir reisen auf dem üblichen Weg über Puruschhanda nach Westen bis zu den Seen von Pedassa.«

»Ja, aber von dort bis Kuwalija ist es etwas mühsam, es sei denn ihr nehmt einen erheblichen Umweg in Kauf.«

»Ich befürchte, dass wir diese Entscheidung vor Ort treffen müssen.«

»Auf jeden Fall müssen wir besten Proviant mitführen, wenn wir nicht nur Schaffleisch und Wasser zu uns nehmen wollen. Auf dem ganzen Weg gibt es ja nichts anderes, außer noch etwas Fladenbrot.« Mursilis Gesicht zeigte einen bekümmerten Ausdruck.

»Deine Sorgen möchte ich haben!«

Trotz der ernsten Situation musste Tanuwa schmunzeln. Er wusste, weshalb er Mursili unbedingt bei sich haben wollte.

»Als was reisen wir? Händler? Viehtreiber? Handwerker? Fahrendes Volk?« Mursili griff sich an den kurzen Waffenrock und drehte sich anmutig um seine eigene Achse. Dankbar für die Auflockerung, lachten alle über den belustigenden Anblick.

»Aber der Hinweis ist nützlich. Wir sollten überlegen, wie wir uns glaubhaft tarnen können, wenn wir den direkten hethitischen Einflussbereich verlassen. Die herumziehenden Nomadenstämme auf der Hochebene können gereizt reagieren. Sie sind gebrannte Kinder durch die arzawischen Einfällen. Da haben sie häufig nicht nur ihr Vieh verloren, sondern auch ihr Frauenvolk!«

»Schwierig. Ich muss darüber nachdenken. Vielleicht sollten wir auch die Königin befragen, was sie sich vorstellen kann. Was meinst du, Hannutti?«

»Keine schlechte Idee.«

»Wie sieht es mit dem Gepäck aus?«

»Keine Ahnung. Auch das muss erst noch in Erfahrung gebracht werden.«

»Bei viel Gepäck werden wir am ehesten eine Handelsarawane zusammenstellen, obwohl die immer zu Überfällen reizt.«

»Mir wäre am liebsten, wenn wir Pferde benutzen könnten«, sagte Tanuwa. »Bei Gefahr ist man mit ihnen einfach am wendigsten. Aber ihr seid alle nicht gewohnt, lange zu reiten und schon gar nicht die Königin.«

»Warten wir ab, was die Königin sagt.«

»Wann brechen wir auf?«

»Vielleicht am besten, wenn auch das Heer ins Feld zieht. Falls es in Hattuscha Spione gibt – und die gibt es –, dann lassen sie sich vielleicht ablenken oder gar täuschen. Je unauffälliger ihr euch davon macht, desto besser.«

»Dann bleibt wenig Zeit! Lasst uns sie nutzen und noch einmal kräftig mit den Kameraden und unseren Liebsten auf den Putz hauen, Freunde.«

Das war Mursili, wer sonst. Doch Tanuwa war alles andere als nach feiern zumute. Er ordnete seine dienstlichen und privaten Angelegenheiten, sandte kleine, möglichst nichtssagende Botschaften an die Eltern und nach Qatna. Dann stellte er sich auf die kommende Herausforderung ein.

⊰⊰⊱

Nach den Ritualen, die zu Beginn eines jeden Feldzuges vom Großkönig und seiner Gemahlin durchzuführen waren, brach das Heer unter Führung

Schuppiluliumas, des Kronprinzen Arnuwanda, Zidas und Hannuttis zum Ruhme der Götter Hattuschas in Richtung Sonnenaufgang auf. Man zog nach Samuha im Oberen Land, wo alle militärischen Kampagnen im Osten ihren Ausgang nahmen, ohne dass das eigentliche Ziel für die Feinde gleich ersichtlich wurde. Da die Kaschkäervölker sich an ihre Abkommen hielten, galt der Feldzug in diesem Jahr der Bekämpfung der Unruhen an der Grenze zwischen Kizzuwatna und Mittani im nördlichen Teil entlang des Euphrat, wo auch das wichtige, mit Hattuscha verbündete Land Ischuwa lag.

Während des allgemeinen Durcheinanders verließen unbeachtet eine der gewöhnlichen Eselskarawanen, die einige Maultiere und Packpferde mitführte, sowie zwei geschlossene Reisewagen die Stadt durch das Löwentor Richtung Süden. Etwas später machte sich noch ein kleiner Reitertrupp auf und folgte dem Weg ebenfalls nach Süden. In Tawanija vereinigte er sich mit Karawane und Reisewagen. Gemeinschaftlich erreichte die Gruppe ohne Zwischenfälle die Stadt Nesa. Dort bog sie nach Westen ab und kam wohlbehalten in Hannuttis Residenz Puruschhanda an.

Tanuwa besprach unterwegs mit der Königin nur das Nötigste – er wie auch die sie begleitenden Damen respektierten ihren Wunsch nach Alleinsein und Ungestörtheit. Er war feinfühlig genug, um sich vorzustellen welche Qualen sie durchlebte. Er dachte an ihre Söhne und den schrecklichen Verlust für sie. Für Tanuwa war sie die Königin und würde es immer bleiben, auch wenn sie ihn gleich zu Anfang der Reise darauf hingewiesen hatte, dass sie zwar die Mutter der Prinzen war – das konnte ihr keiner nehmen –, sie sich nunmehr aber wieder Prinzessin von Ahhijawa nennen würde.

Mit welcher Haltung und Grazie hatte sie an der Seite des Königs noch am Morgen der Abreise ihre priesterlichen Pflichten erfüllt! Während Tanuwa, und wohl nicht er allein, mit den Tränen kämpfte, waren König und Königin nochmals in den Palast zurückgekehrt. Tanuwa konnte sich nur ausmalen, was dort geschehen war. Was waren das für Götter? Was war das für eine Welt, die Liebende aus einer scheinbaren Laune des Zeremoniells heraus trennte? Tanuwa musste an Kija denken und verspürte ein scharfes Ziehen in seinem Brustkorb.

Vor Zeugen, darunter etlichen Schreibern, hatten Henti und Schuppiluliuma ihre Ehe für beendet erklärt. Henti verzichtete auf ihr Königinnentum und alle damit verbundenen Privilegien, nicht aber auf das Thronrecht ihrer Söhne. Sie blieben, gleichgültig mit wem der König zukünftig eine Ehe eingehen würde, in der Rangfolge unbeeinträchtigt. All ihren Landbesitz, ihre Güter und alles, was sie zurücklassen musste, überschrieb Henti zu gleichen Teilen ihren Söhnen. Für ihr Gesinde hatte sie genaue Verfügungen getroffen, so dass durch ihren Weggang niemand Schaden erlitt. Die Vertreter des

Panku billigten alles, was sie anordnete. Henti gab Stück für Stück die Insignien ihrer Macht, die Krone, den Mantel, das Königinnensiegel zurück in die Hände ihres einstigen Gemahls. Dafür erhielt sie ihre Mitgift und mit dem König gemeinschaftlich ausgesuchte Dinge, die sie in die Heimat begleiten sollten: kostbarster Schmuck, Kleidungsstücke, ihre Jagdwaffen und einiges mehr.

Dann durfte Henti unbeobachtet vom Hofstaat Abschied von den anwesenden Söhnen und danach vom König nehmen. Würden sie sich jemals wiedersehen? Mit versteinerten Mienen verließen König und Prinzen die Königsburg und begaben sich zum Heer. Nur wenig später holte Tanuwa die tief verschleierte Henti, begleitet von zwei ihrer Hofdamen, an der Tür ihres bisherigen Heimes ab. Ohne sich umzuwenden, schritt sie zum Reisewagen und gab das Zeichen zur Abfahrt.

Alle Opfer, die die im Palast Zurückbleibenden der Schutzgottheit des Herdfeuers des Labarna in die Mitte und an den vier Ecken der Herde niedergelegt hatten, alle Räucherzeremonien nutzten nichts. Um die Mittagsstunde erloschen die Feuer, nun nicht mehr gepflegt und bewahrt von der Wachsamkeit, Zuverlässigkeit und den treusorgenden Händen der Königin, der Herrin. Ihre Verbannung wurde offensichtlich, noch bevor sie das Land verlassen hatte. Wehklagen füllte den vereinsamten Palast.

Mit jedem Tag entfernten sich Henti und Schuppiluliuma von einander, er Richtung Sonnenaufgang, sie Richtung Sonnenuntergang.

Von Samuha wandte sich das Heer nach Süden und gelangte über die große Kultstadt Sarissa zum Pass von Tegarama und in die Honigstadt Malidija. Dort errichtete man ein Lager. Die Stimmung des Königs schwankte zwischen Trauer, Verzweiflung, Zweifel und Wut. Das bekamen die Offiziere und vor allem der Feind zu spüren.

Hannutti wagte es schließlich, den Freund und König zur Rede zu stellen. »Meine Sonne, kann ich offen sprechen?«

Schuppiluliama saß im geschlossenen Zelt auf einem niedrigen Stuhl und stützte seinen Kopf mit den Händen. Trotz der Dunkelheit konnte Hannutti tiefe Furchen im Gesicht des Königs erkennen. Es schmerzte ihn den sonst so starken Kämpfer so zu sehen.

»Ich kann mir denken, was es ist, aber nur zu.« Die Stimme des Königs erinnerte an die eines trotzigen Kindes, das wusste, dass es gleich zurecht bestraft würde. »Ich bin ein Rindvieh, das willst du doch sagen. Das habe ich schon erkannt. Deshalb habe ich von Sarissa aus in meiner Not einen Eilboten zu Henti nach Puruschhanda geschickt mit der Bitte, sie solle bleiben. Kaum war er weg, wurde mir klar, dass ich sie und mich erneut nur quäle. Die Würfel sind gefallen. Die Vogelflugdeuter kamen zum selben Ergebnis wie die Eingeweideschauer: Mittani wird nur zu besiegen sein, wenn Babylonien auf unserer Seite ist. Und der Preis ist Henti. Ich gestehe, dass ich versucht war an den Göttern zu zweifeln. Sie ist die Mutter meiner Söhne! Aber dafür strafen sie mich noch zusätzlich. Vielleicht werde ich wahnsinnig. Sie fehlt mir, jetzt da ich weiß, dass sie weit weg ist, für immer. Wie ist das auszuhalten?«

Was konnte ein Mann darauf antworten? Hannutti konnte Schuppiluliumas Schmerz nachvollziehen. Doch war es nicht hilfreich ihn darin noch zu bestärken. Also sagte er das, was ihm als Kämpfer Hattuschas dazu einfiel. »Schuppiluliuma, mein Freund. Ich verstehe deinen Schmerz. Aber du bist Großkönig von Hattuscha und das bedeutet Opfer zu bringen. Dein persönliches Glück musst du zurückstellen. Sei den Göttern dankbar für die vielen Jahre mit einer Gemahlin wie Henti, für die gesunden Prinzen, für das Erreichte. Du musst dich fangen, verschließ den Kummer in deinem Herzen. Es gibt so vieles zu tun, zu bedenken, zu erkämpfen. Das ist deine Pflicht, die du für dein Land erfüllen musst. Ich, meine Sonne, wir alle stehen hinter dir.«

Schuppiluliuma umarmte Hannutti. »Ich danke dir für deine Freundschaft.«

»Mein König, ich schätzte mich glücklich, wenn ich dir mit Trost zur Seite stehen könnte. Und ich denke, wir werden auch wieder freudige Tage erleben, du wirst sehen.«

Noch schien der König davon nicht überzeugt zu sein, doch Hanutti nahm seinen Versuch eines Lächelns als gutes Zeichen.

◈◈◈

Kurz vor dem Aufbruch aus Puruschhanda erreichte Henti Schuppiluliumas Nachricht. Tanuwa überbrachte sie ihr in ihre abseits liegenden Gemächer, denn niemand sollte von ihrer Anwesenheit in Puruschhanda wissen. Erst wenn sie längst die Grenzen des Reiches überschritten haben würde, erführen alle von ihrem Weggang und der Brautwerbung des Großkönigs in Babylonien. Sie hatte sich in dem wohlvertrauten Puruschhanda etwas erholt, war ein wenig entspannter geworden. An einem Morgen hatte sie ihn in ihrer Muttersprache begrüßt und erstmalig seit dem Verlassen Hattuschas gelächelt.

»Ich freue mich auf zu Hause«, hatte sie gesagt und tief geseufzt. »Ich werde wie ein Vogel sein, der keine Bürde zu tragen hat.«

Tanuwa hatte wohl geahnt, was das Schreiben enthielt. Von Hentis Reaktion aber war er sehr überrascht. Die bisher so beherrschte und eher sanftmütige Königin bekam noch im Beisein von Tanuwa und ihren Gesellschafterinnen einen Tobsuchtsanfall. Offenbar hatte der Ausbruch ihr aber gut getan – wie ein klärendes Gewitter. Denn am nächsten Tag war sie heiter und gelassen und drängte zum Aufbruch. Auf die Frage, ob sie dem Boten eine Antwort mitzugeben hätte, winkte sie nur ab.

Dass eine Karawane von einigen Bewaffneten eskortiert wurde, war auf dem Weg nach Westen in den unruhigen Zeiten völlig unauffällig. Die Begleitung von Frauen war zwar ungewöhnlich, doch konnte man jederzeit sagen, dass einige der Händler beabsichtigten sich in Lalanda niederzulassen und daher mit Sack und Pack unterwegs waren. Für die Königin und ihre Damen war entsprechende Kleidung besorgt worden. Eine entzückendere Großmutter habe er sein ganzes Leben noch nicht gesehen, sagte Tanuwa, als die Königin sich am Abreisemorgen in ihrer Kostümierung zeigte. Man hatte die nötigen Waren dabei, die Tarnung war perfekt. Dank Mita, der den breiten luwischen Dialekt von Puruschhanda sprach, gab es keinerlei Anstände mit dem Führer und den Dörflern und Nomaden, denen man begegnete. Bis zu den Seen gelangten sie unbehelligt.

Dennoch waren sie wachsam und vorsichtig wie scheue Katzen. Da die Besiedlung spärlich war, gab es Streckenabschnitte, auf denen sie allein unterwegs waren. Dann bat Tanuwa die Königin auf einem der Pferde zu reiten. Nach anfänglichem Zögern fing sie Feuer, es machte ihr zunehmend Spaß. Tanuwa gab ihr Reitkleidung, die sehr gut verbarg, dass eine Frau auf dem Pferderücken saß. Nach ihrem ersten Galopp war sie regelrecht euphorisch.

»Ich hätte nicht für möglich gehalten, dass das Leben so herrlich sein kann. Ich fühle mich frei wie ein Adler.«

Bei den Übungsritten kam es wiederholt zu kürzeren Gesprächen zwischen ihnen, die Tanuwa immer mehr Bewunderung für die Königin abverlangten. Sie erzählte ihm, wie es dazu gekommen war, dass sie vor vielen Jahren die Reise nach Hattuscha mitgemacht hatte. »Eines Tages erschienen Boten bei meinem Vater, der damals der Wanax, also der König der Ahhijawer war. Sie kamen aus Arzawa und überbrachten eine seltsame Nachricht. Der mächtige König von Hattuscha sei erkrankt und die Orakel hätten ihm Heilung zugesichert, wenn die Götter des fernen Westens ihm zur Seite stünden. Was das zu bedeuten hätte, fragte mein Vater. Man erwarte von ihm, dass er das Abbild unserer höchsten oder einer besonders heilbringenden Gottheit zusammen mit einem Priester oder einer Priesterin und entsprechendem Gefolge in das ferne Hattuscha schicke. Es wurde lange beratschlagt, bis entschieden war dieser Bitte nachzukommen. Unser bester Keramikmeister fertigte eine wunderbare Figur der Herrin Atana aus Ton an. Sie wurde bekleidet, geschmückt und dann geweiht. Ich hatte, seit die Boten angekommen waren, bei meinen Vater gebettelt, mich mit auf die Reise zu schicken. Es war mir viel zu langweilig in Mykene. Ich wollte etwas sehen von der Welt. Mit einem Schiff fahren. Andere Sprachen lernen. Die Boten erschienen mir schon höchst aufregend. Natürlich erlaubte er es mir nicht. So beschloß ich heimlich mitzugehen. An die Gefahren habe ich nicht gedacht, auch nicht an den Kummer, den ich dem Vater und der Mutter bereiten würde, wenn ich sie verließe. Wie lange ist das her.« Sie lachte.

»Ich habe mir Männerkleider besorgt und habe mich unter die Jungen gemischt, die zum König von Arzawa reisten. Zum Glück – muss ich heute sagen – wurde ich schon im Hafen beim Besteigen des Schiffes erkannt. Doch waren meine Eltern wohl überzeugt, dass es besser war mich gehen zu lassen. Ich tauschte die Kleider wieder gegen Frauengewänder aus und war stolzes Mitglied der Gesandtschaft. Der König von Hattuscha konnte an der Hochachtung seines ahhijawischen Bruders keinen Zweifel mehr hegen. Wochen waren wir unterwegs, bis wir an den Hof nach Hattuscha kamen. Mehr als einmal hatte ich meine Tollkühnheit bereut, aber es gab kein Zurück. Mein Vater hatte entschieden. Du siehst Tanuwa, du bist nicht der einzige, der sich nicht in sein vorgegebenes Schicksal fügen wollte.« Sie zögerte, doch dann fuhr sie fort: »Und dein Schicksal ist ja auch nicht vorgegeben, sondern erzwungen. Irgendwann wird sich alles wieder fügen, du wirst sehen.«

Bei diesen Andeutungen beließ sie es. »Später einmal, vielleicht«, vertröstete sie Tanuwa. Was hatten ihre Aussagen zu bedeuten? Er konnte sich keinen Reim darauf machen. Doch sie wusste etwas von ihm, das war eindeutig. Ihr Götter, wenn sie nur sprechen würde!

Ein anderes Mal berichtete sie von der Ankunft in Hattuscha, von der Aufnahme am Hof Tudhalijas und seiner Gemahlin, der jetzigen Königinmutter Taduhepa, die sie unter ihre Fittiche nahm und ihr immer gewogen blieb. Von der Bewunderung der jungen Männer und der späteren Werbung des jetzigen Königs. Sie mussten sehr lange auf die Einwilligung ihres Vaters warten. Die Kontakte zwischen Arzawa und Hattuscha waren immer labil, je nachdem, wer in Arzawa das Sagen hatte. Sie bangten, ob der Bote Ahhijawa und Mykene, das auf der anderen Seite des Westmeeres lag, überhaupt erreichte, bis er dann endlich mit der erlösenden Antwort zurückgekehrt war. Viele kostbare Geschenke hatte er im Gepäck, auch persönliche für Henti, von den Eltern, Geschwistern, Verwandten, Freundinnen. Hentis Stimme wurde zärtlich, als sie daran zurückdachte. Wen würde sie noch vorfinden, wenn sie die Heimat gesund erreichen sollte?

»Herrin, darf ich dich etwas fragen? Ist Henti ein ahhijawischer Name?«

Die Königin brach in schallendes Gelächter aus. Irritiert zügelte Tanuwa das Pferd. Hatte er etwas Lustiges gesagt?

»Du bist wahrlich der erste Mensch, der mich in Hattuscha danach fragt. Wirst du das Geheimnis bewahren? Natürlich wirst du, mein Lieber. Also höre. Schuppilulima und seine Gefährten riefen mir immer etwas nach. Ich fragte die Königin, was das hieße. Sie sagte: »Gänschen«. Verstehst du? Sie nannten mich Gänschen. Ich sprach noch nicht so gut Hethitisch. Ich wiederholte also ›chen‹, das ist Gans in meiner Sprache. Und sie machten daraus Chenti, was sie viel einfacher aussprechen konnten, als meinen eigentlichen Namen. Und dabei ist es geblieben. Die ehemalige Königin von Hattuscha heißt ›Gänschen‹. Ist das nicht urkomisch?« Sie musste erneut lachen, ohne Groll und Bitternis.

»Herrin, darf ich erfahren, wie du in deiner Sprache genannt wirst?«

»Areimene«, sagte sie langsam. Es klang wie Musik.

»Und du? Ich habe dich nie mit einer Frau gesehen. Willst du dich nicht endlich verheiraten? Du bist gut situiert, nicht mehr ganz der Jüngste«, sagte sie neckend, »hast ein hohes Amt inne und wirst weiter aufsteigen, da bin ich sicher.«

Als habe sie eine geheime Kammer geöffnet, erzählte ihr Tanuwa in einem für ihn ungewöhnlichen, nicht abbrechen wollenden Wortschwall dankbar von Kija.

»Das wäre eine Tochter nach meinem Herzen«, sagte die Königin. Dann fügte sie leise hinzu: »aber Mädchen haben die Götter uns nicht geschenkt. Immer ist es wichtig, dass wir Frauen Söhne gebären – ein Mädchen nur und alles wäre vielleicht anders gekommen.«

»Und wenn du einfach bei ihm geblieben wärst, Herrin?«

»Als Nebenfrau, im zweiten Rang, nach einem jungen Ding, vielleicht einem wirklichen Gänschen? Nein, das wäre für alle drei und den ganzen Hof schrecklich und unwürdig. Wenn Malnigal ehrgeizig ist, dürfte sie es sich nicht lange bieten lassen, dass der König in erster Linie bei mir Rat suchen würde, von unserer gegenseitigen Zuneigung ganz abgesehen. Wenn sie Hauptgemahlin ist, muss sie diese Position auch ausfüllen. Vielleicht fehlte mir der Mut zum Sterben, das wäre das Eindeutigste und Bequemste gewesen! Mach nicht so ein entsetztes Gesicht! Wie du siehst, hänge ich am Leben!«, und leise fügte sie hinzu: »und an einer unsinnigen Hoffnung.«

Ihr Blick verlor sich in der Ferne, dann fuhr sie fort. »Meine Entscheidung hat vor allem mit Wertschätzung und Achtung zu tun, finde ich. Achtung mir selbst gegenüber, gegenüber dem König und umgekehrt. Glaub mir, ich hätte es auch nie für möglich gehalten, dass Achtung eines Tages einen höheren Stellenwert haben könnte als die Liebe zweier Menschen. Aber wie schnell würde diese Liebe in Gram und Ärger sterben und dann bliebe Verachtung übrig. Nein. Jetzt haben wir unsere Liebe bewahrt, wir haben sie gerettet, um den Preis, nicht mehr nebeneinander aufzuwachen.«

Sie verhüllte ihr Gesicht und Tanuwa ließ sich etwas zurückfallen.

Die Gespräche und die geselligen Rasten, aufgelockert von so manchem Auftritt des unverwüstlich fröhlichen Mursili, machten die Reise auch in dieser kargen Landschaft kurzweilig. Trotz des manchmal mühsamen Pfades kamen sie recht gut voran. Noch war es nicht zu der glühenden sommerlichen Hitze gekommen, sondern es herrschte eine angenehme Temperatur. Häufig war es auch windig. Mit Wasser waren sie immer ausreichend versorgt. Bald würden sie die Seen von Pedassa erreichen. Hier erst endete irgendwo der Herrschaftsbereich Hannuttis. Einen festen Grenzverlauf gab es nicht. Man orientierte sich an Gewässern und Gebirgen. Zur Grenzstadt Lalanda im Norden waren es nur noch wenige Tagesreisen. Das war die einzige größere Ortschaft weit und breit. Dorthin wollten sie gar nicht, sondern nach Westen. Jetzt lag die schwierigste Strecke vor ihnen. Das Terrain war ihnen unbekannt. Die übersichtliche Hochebene wurde von einer bergigeren Region abgelöst. Keiner von ihnen wusste, wer sie unter Kontrolle hielt. Ortschaften gab es kaum, nur einige ärmliche Ansiedlungen. Ihr nächstes Ziel war der Palast von Kuwalija, der fast schnurgerade westlich liegen musste. Dort würden sie sicher Aufnahme finden und einen Führer bekommen, der sie in das Tal des Mira-Flusses brachte. Ab da dürfte es keine Probleme geben.

Tanuwa, Mita und Mursili beschlossen, den bisherigen Führer gut zu entlohnen und zu seiner Sippe zu entlassen. Solange sie in Seenähe waren, gab es Abwechslung auf dem Speisezettel. Sie holten nicht nur köstliche Fische aus dem Wasser, sondern erlegten mehrere Wildenten, die sie aus dem Schilf aufscheuchten. Dazu gab es ein kresseartiges Gewächs sowie Wasserminze, die sie mit geschnittenen Zwiebeln mischten. Für den weiteren Weg blieb ihnen nichts übrig, als sich nach der Sonne zu richten und möglichst gradlinig voranzukommen. Das langestreckte Gebirge passierten sie an seiner Nordseite. Schluchten und Übergänge durch die Wälder vermieden sie. Die nutzten sie aber zum Jagen. Holz gab es ausreichend, ebenso frisch sprudelnde Quellen. Dennoch empfanden sie die Gegend als unwirtlich, weil sie menschenleer zu sein schien. Nach Tanuwas Einschätzung mussten sie sich längst auf dem Territorium von Kuwalija befinden. Sie waren seit den Westseen fünf Tage unterwegs. Nach jeder Biegung erwartete er, den Palast zu sehen. Waren sie schon zu weit geraten? Sie hatten bereits mehrere kleinere Flüsse passiert. Irgendwann mussten sie den Sijanti genannten Fluss erreichen. Von dort aus konnten sie sich am ehesten orientieren. Tanuwas Nervosität steigerte sich, je höher die Sonne stieg. Es gab weit und breit keine menschliche Seele, die sie fragen konnten.

Es ging auf Mittag zu. Die Anspannung im Troß war mittlerweile spürbar, da machte ihn Mita auf eine Rauchsäule vor ihnen aufmerksam. Das war ungewöhnlich. Was hatte das zu bedeuten? Tanuwa gebot Halt. So sehr er sich nach Menschen umgeschaut hatte, beunruhigte ihn nun dieses Anzeichen. Er beschloss zusammen mit Mita die Lage zu erkunden. Sie näherten sich vorsichtig. Als sie eben einen Felsvorsprung umrundet hatten, fiel vor ihnen das Gelände abrupt ab. Im Zwielicht wären sie vermutlich einfach hinuntergefallen. Sie standen, wie sie rasch erkannten, oberhalb eines Steinbruchs. In einiger Entfernung hatten sich Arbeiter um ein Feuer versammelt und stärkten sich. Erleichtert lachten Tanuwa und Mita. Dann riefen sie und winkten, um sich bemerkbar zu machen. Die Männer sprangen auf. Mita rief ihnen auf Luwisch einen Gruß zu, der erwidert wurde. Auch die Männer winkten nun.

»Sag ihnen, wir holen die anderen.« Tanuwa wandte sich zum Gehen. Sie führten die Karawane einen Hang hinunter, um auf den Grund des Steinbruchs zu gelangen. Es war ein auffallend hübscher, heller, glatter Stein. Frischen Bruch konnten sie nicht erkennen, aber darauf achteten sie auch gar nicht. Endlich erreichten sie die Männer. Acht kräftige Burschen hatten sich um ein Feuer versammelt, wo sie dem Geruch nach zu urteilen ein Schaf brieten. Sie luden die Gesellschaft ein, sich zu ihnen zu gesellen, die Frauen schauten sie zunächst scheu, dann rasch dreist an.

Nachdem sie Brot und Salz getauscht hatten, unterhielt Mita sich mit den Männern beim Feuer. Er erzählte ihnen, sie seien Händler, die sich etwas verirrt hätten. »Wir wollten nach Lalanda, aber jetzt werden wir eben den Herrn von Kuwalija besuchen. Er hat ein Auge für gute Ware.« Tanuwa stieß ihn unauffällig in die Rippen. Erst da ging ihm auf, dass es bestimmt nicht klug war vor diesen armen Teufeln von teuren Tauschgütern zu reden. Er blickte scharf in die Runde. Täuschte er sich oder warfen sich die Kerle verstohlene Blicke zu?

»Nach Kuwalija ist es nicht mehr weit«, sagte einer der bärtigen Männer. Er drehte sich halb um seine Achse und wies in die Richtung. »Dieser Schneise müsst ihr folgen. Sobald ihr aus dem Wald kommt, könnt ihr den Palast erkennen.«

Mit leuchtenden Augen fragte ein anderer: »Was habt ihr denn für Waren?«

Tanuwa folgte der Unterhaltung aufmerksam. Irgendetwas kam ihm nicht geheuer vor. Die Kerle sahen zwar stark wie Bären aus, aber nicht wie Steinbrucharbeiter. Lasttiere, einen Unterstand, gebrochene Steine, nichts davon konnte er entdecken, während er sich vorsichtig umsah. Hier stimmte etwas nicht. Einer der Burschen näherte sich nun der jüngeren von Hentis Begleiterinnen und legte den Arm um sie. Das brachte den Krug zum Überlaufen.

Tanuwa gab auf hethitisch einige kurze Befehle. Er schnappte sich sein Pferd, schwang sich auf, beugte sich hinunter und hob Henti vor sich auf das Pferd, wendete und galoppierte davon. Das alles spielte sich so schnell ab, dass die überraschten Männer nur staunend dastanden und dem Davonstiebenden hinterhergafften.

Tanuwa hatte rasch gemerkt, dass sie nicht verfolgt wurden. In der freien Landschaft zügelte er das Pferd und blickte sich um. Niemand war zu sehen. Deshalb beschloss er in der angegebenen Richtung weiter zu reiten. Nachdem die erste Aufregung sich gelegt hatte, wurde ihm bewusst, dass er dicht an sich gepresst Henti, die Königin von Hattuscha, im Arm hielt. Seine rechte Wange lehnte an ihrem Kopf, und er gab sich dem Duft ihres Haares hin, das unter dem herabgerutschten Tuch hervorgequollen war. Sie bildeten eine Einheit mit dem Pferd. Elegant und locker hielt sich die Königin auf dem Pferderücken, vertrauensvoll an ihn gelehnt. Könnte er so mit Kija reiten! War ein größeres Glück vorstellbar?

In Gedanken versunken waren beide. Sie schwiegen. Dennoch verlor Tanuwa keinen Augenblick seine Wachsamkeit. Er entdeckte als erster in der Ferne den Palast. Sie näherten sich einem Weiler, der von etwas Ackerland umgeben war. Er sprang ab und half Henti beim Absteigen.

»Du bist ein guter Junge, Tanuwa«, sagte sie innig. »Du wärst wirklich fähig, mich mit deinem Leben zu schützen. Ich danke dir. Deine edle Abstammung und deine hervorragende Gesinnung zeigen sich in allen deinen Taten!« Dann fuhr sie in lockerem Ton fort: »Können wir hier nicht auf die anderen warten? Mir schienen die Burschen nicht so gefährlich zu sein. Mita, Mursili und die anderen sind doch sicher mit ihnen fertig geworden.«

»Ich habe wohl zu übervorsichtig reagiert, verzeih mir, Herrin.«

»Du musst dich nicht entschuldigen. Lieber zu vorsichtig als ein unverbesserlicher Draufgänger. Ich schätze deine Überlegtheit und Umsicht. Und es macht Spaß mit dir zu reiten!« Ein verschmitztes Lächeln überzog ihr Gesicht. »Damit hast du mir eine richtig große Freude gemacht. Ich hätte gute Lust, auf diese Art weiter zu reisen, als immer in dem Wagen zu hocken, aber leider schickt sich das nicht. Hoffentlich kommen wir noch durch viele einsame Gegenden!«

Sie warteten im Schatten eines Baumes und behielten das Gelände im Auge und nach nicht allzu langer Zeit sahen sie Staub aufwirbeln.

Mita, Mursili und die anderen Männer der Eskorte hatten ihre verborgenen Waffen gezogen und sich rasch der Männer bemächtigt, die sich zwar tapfer und nach Kräften wehrten, aber chancenlos waren. Außer Messern trugen sie keinerlei Waffen am Leib. Ganz arglos waren sie aber auch nicht. Tanuwas Instinkt hatte ihn nicht getrogen.

»Alles in Ordnung«, sagte Mursili, als sie die Königin und Tanuwa einholten. »Ihr hättet Mita, den Löwen, sehen sollen, wie er einen Hünen nach dem anderen niederstreckte. Jedes Mal, wenn er mit seiner Donnerfaust ausholte, ging einer ächzend zu Boden. Wir anderen standen herum, zählten, damit er wusste, wie viele es noch zu erledigen galt, und klatschten Beifall. Für diesen Helden ein Kinderspiel.«

Alle lachten, selbst Mita, der sonst schnell in heftigen Zorn geriet, weil er sich häufiger dem Gespött seines Kameraden ausgesetzt sah. Doch heute wusste er, was er geleistet hatte. Man war froh, dass das Abenteuer glimpflich abgelaufen war.

»Wir wollen uns hier nicht aufhalten. Versuchen wir so schnell wie möglich den Palast zu erreichen.«

Wie Mita viel später, als sie wohlbehalten in Kuwalija zusammensaßen, berichtete, waren sie auf eine Bande von armen Teufeln gestoßen, die sich aus der Not heraus zusammengerottet hatte: geflohene Leibeigene, verarmte Bauern, junge Kerle, die in dieser einsamen Gegend nicht als Hirten leben wollten. Offenbar führten sie gerade nichts im Schilde, denn sie waren vom Auftauchen der kleinen Karawane selbst völlig überrascht worden. Die Gegend kannten sie hervorragend, jeden Pfad, jede Furt. So machte Mita ein Geschäft mit ihnen: sie zeigten ihnen den Weg nach Kuwalija, dafür ließen die Hethiter sie ziehen mit dem Versprechen über ihre Begegnung zu schweigen. Sie brachten die vermeintliche Handelskarawane auf den Weg zum Palast von Kuwalija, dann gaben sie Fersengeld und verschwanden so schnell sie konnten im Wald.

»Ich hoffe, du billigst unsere Entscheidung, Tanuwa«, fragte Mita.

»Ich hätte die armen Hunde vermutlich auch laufen lassen. Ich hoffe nur, dass nicht doch einer mit etwas mehr Verstand dabei war. Dass wir keine einfachen Händler sind, dürften ihm eure Waffen verraten haben. Vielleicht verlockt sie ein Lösegeld. Wir müssen verdammt wachsam sein. Die Kerle wissen, dass Kuwalija nicht unser Endziel ist. Sie könnten unauffällig herumlungern und uns auflauern.«

»Du übertreibst, Tanuwa. Wir erhalten doch sicherlich eine zusätzliche Eskorte, wenn wir Kuwalija wieder verlassen, und wir reisen weiter Richtung Süden und nicht nach Norden.«

»Ja, du hast Recht. Aber du kannst dir nicht vorstellen, welche Bürde auf mir liegt. Die Königin hat weitere Scherereien nicht verdient.«

Im Palast, der bessere Tage gesehen hatte, wurden sie äußerst freundlich aufgenommen. Dass Hethiter ab und zu auftauchten war schon erstaunlich, aber eine leibhaftige Prinzessin von Ahhijawa, das war eine Rarität. Fürst Zapalli war zu gut erzogen, um indiskrete Fragen zu stellen, obwohl er sich sicher wunderte, warum die Reise der Prinzessin von Osten nach Westen und nicht umgekehrt verlief. Tanuwa erlöste ihn, indem er ihm verriet, dass sein hoher Gast frisch verwitwet danach verlangte, aus dem nördlichen Kizzuwatna nach Hause zurückzukehren, lange Seereisen aber mied. Damit gab sich Zapalli zufrieden. Er, seine Gemahlinnen und sein Hofstaat bewirteten die Damen und die drei Offiziere auf das Beste. Die anderen Reisenden wurden in der Palastküche üppigst verköstigt.

Nachdem Tanuwa und Mita sich in die für ihre Ohren etwas seltsam anmutende Aussprache eingehört hatten, klappte die Verständigung recht gut. Henti und ihre Begleiterinnen, die durchaus des Luwischen mächtig waren, hielten sich dagegen zurück, um keine weitere Aufmerksamkeit auf sich zu ziehen. Der Fürst würde früh genug erfahren, wem er Herberge gewährt hatte.

Tanuwa stellte unendlich viele Fragen nach den Ereignissen der letzten Jahre, wie das Verhältnis zwischen Kuwalija und Arzawa war, wie man zu Hattuscha stand, wer nun eigentlich über die Region herrschte, die sie seit den Seen von Pedassa gequert hatten und vieles mehr. Alles nützliche Informationen für die Zukunft. Es stellte sich heraus, dass Kuwalija ein Teilstaat von Arzawa war, das es als Oberherrn anerkannte. Vormals selbständig und mit weitaus größerer Ausdehnung, war der prächtige und weitläufige Palast, der in uralten Zeiten auf einem der beiden Siedlungshügel errichtet worden war, mehrfach zerstört worden. Der Fürst bewohnte nur noch einen Teil des Hauptgebäudes, der dafür aber wunderbar ausgestattet war. Aufwändige Teppiche zierten Sitzmöbel und Wände. Schöne Töpferware, auch einige aus Ahhijawa wie Henti gleich bemerkte, kostbare Gerätschaften aus Metall wurden ihnen mit einem vorzüglichen Mahl präsentiert.

Ihrer Bitte, den Göttern Dank abzustatten, kam Zapalli gerne nach. Ein langgestreckter, rechteckiger Fachwerkbau diente als Tempel, in dem eine weibliche und eine männliche Gottheit verehrt wurden. Ihre Gaben erhielten sie auf Altären, wie sie noch keiner der Reisenden gesehen hatte. Sie liefen an den Enden in großen Hörnern aus, die sich wie ein kleiner Baldachin über den Opfern in der unteren Mulde spannten. Die Reisegruppe erhielt ausgezeichnetes Quartier und genoss nach den Strapazen der langen Strecke die umfassende Gastfreundschaft in luxuriöser Umgebung.

»Kuwalija lag früher an wichtigen Hauptrouten durch das Land. Hier kreuzten sich der Weg von Nord nach Süd und mehrere Verbindungen von Osten nach Westen, durch die jeweiligen Flusstäler, die alle dem großen Westmeer entgegen streben«, erläuterte der Fürst. »Heute haben wir eher das Gefühl, wir wohnten am Ende der Welt. Solch ein Besuch wie euer ist höchst selten und ihr müsst uns vergeben, wenn wir unziemliche Fragen stellen, weil wir natürlich nach Neuigkeiten lechzen. Andererseits waren wir froh, dass das arzawische Heer auf seinen Zügen nach Osten uns verschonte. Wir mussten Streitwagen und Kämpfer stellen, aber sie fielen nicht wie

Heuschrecken bei uns ein, um alles niederzumachen. Einsamkeit hat auch Vorteile.« Zapalli lachte zufrieden.

Schweren Herzens ließ Zapalli die Gäste ziehen. Er gab ihnen eine Eskorte und schickte einen Eilboten nach Millawanda voraus, um die Ankunft der Prinzessin dem dortigen Statthalter Apta zu vermelden. Mehr konnte er nicht tun. Tanuwa ordnete an, dass sie zur Sicherheit die Verkleidung als Händler beibehielten. Jedweden Zusammenstoss mit Arzawäern, auf deren Territorium der längste Teil des Weges verlief, wollte er unter allen Umständen vermeiden. Mit Ahhijawa war Arzawa freundschaftlich verbündet, so dass eine Prinzessin Areimene sicher gut aufgenommen worden wäre, aber Hethiter?

Dank der Tarnung und der Eskorte verlief der Rest der Reise glücklicherweise reibungslos. Die Reisegesellschaft zog nach Südwesten bis zum Mira-Fluss. Hier erwartete sie ein Paradies. Der Fluss durchzog mäandernd ein breites Tal, in dem sich Felder, Olivenhaine, Obst- und Weingärten abwechselten. Der Weg führte abwechselnd auf der einen oder anderen Flusseite immer dicht an den Berghängen entlang, denn im Frühjahr nach der Schneeschmelze trat der Mira häufig über sein Bett und überflutete die Auen. Dörfer und größere Ansiedlungen lagen oft weniger als eine Tagesreise auseinander, weil man jetzt mit Wagen und Tieren viel zügiger vorankam.

Eine der letzten Nächte vor Erreichen des Meeres verbrachten sie in einem idyllisch gelegenen Ort, der sich auf den Abhängen zu beiden Seiten einer tiefen Schlucht erstreckte, durch die sich ein reißendes Wildwasser ergoss und wasserfallartig herabstürzte. Wehmütig stand Tanuwa etwas abseits und beobachtete die Königin, die sich an diesem Naturschauspiel nicht satt sehen konnte und unter Jauchzen immer wieder ihr Gesicht von Gischt benetzen ließ. Er tröstete sich insgeheim damit, dass er von allen vermutlich der einzige sein würde, der sie wiedersehen könnte. Denn sobald es zu freundschaftlichen Verbindungen mit Arzawa – und damit wohl auch wieder mit Ahhijawa – käme, wäre er durch die Kenntnis der luwischen und ahhijawischen Sprache zum Gesandten in diese Region besonders geeignet.

Wehmütig fühlte er sich aber auch, weil beim Betrachten der Königin unweigerlich seine Gedanken zu Kija wanderten. Trennte auch eine Generation die beiden Frauen, so stellte er doch viel Verwandtschaft in ihrem Wesen fest. Beide hatten sich ungekünstelte Freude bewahrt. Beide erschienen ihm unkompliziert, wenn es darauf ankam. Sie waren gute Beobachterinnen. Beide hatten Vorstellungen von ihrer Lebensgestaltung, sie hatten Würde und verdienten großen Achtung. Er dankte den Göttern für jeden gemeinsamen Tag mit dieser wundervollen Frau. Als sie sich umwandte, sah sie den großen Ernst in seinen Augen. Sie ging auf ihn zu, umarmte ihn schweigend, schloss die Augen und hauchte einen Kuss auf seine Stirn.

»Wir werden diesen Augenblick nie vergessen«, sagte sie. Dann wandte sie sich zum Gehen.

Nach wenigen Reisetagen verästelte sich der Mira-Fluss in immer mehr Wasserläufe. Die Luft war bereits erfüllt von salzigem Geschmack. Seevögel waren zu hören, vor allem das Geschrei der Möwen. Nun mussten sie sich entscheiden, ob sie auf die südliche Seite des Flusses wechselten und die gesamte Bucht, an deren äußerstem Ende auf einem Sporn Millawanda lag, auf dem Landweg umrundeten oder Boote benutzten. Die Königin entschied, dass sie nach entsprechenden Booten Ausschau halten sollten, die sie auf dem Hauptarm bis an die eigentliche Flussmündung brachten. Vielleicht war man auch so in der Lage nach Millawanda überzusetzen. Die Lasttiere müsste man dann solange einstellen.

Henti sog tief die Luft ein. »Ist das nicht wunderbar, endlich wieder am Meer zu sein? Ich wusste gar nicht, wie sehr es mir gefehlt hat. Die Bewegungen der Wellen, das Rauschen, die wechselnden Farbtöne von blau über grün zu grau in unzähligen Nuancen.«

Die Boote brachten bei herrlichstem Sonnenschein ihre Passagiere und die Lasten über das Wasser. Man saß geschützt unter aufgespannten Sonnensegeln und genoss die Überfahrt. Zunächst nahmen sie Kurs auf die äußerste Landzunge, von wo man aus einen guten Blick auf die gegenüberliegende Seite der Bucht hatte. Dort streckte sich ein steil aufragender Bergzug ins Meer. Er ging fast nahtlos in eine imposante Insel über, auf der sich ein berühmtes Heiligtum befand, das der großen Mutter geweiht war. Dann ruderten sie an der Westküste der millawandischen Halbinsel entlang nach Süden, wo sie am frühen Nachmittag im Hafen anlegten. Die Nachricht musste wie ein Lauffeuer hinauf zum Palast des Statthalters gedrungen sein, denn sie hatten das Ausschiffen noch nicht beendet, als der Statthalter Apta, einige Würdenträger und eine Priesterin bereits herbei geeilt kamen, um Prinzessin Areimene und ihr Gefolge würdig zu begrüßen und auf die Burg zu geleiten. Den Abend verbrachten sie auf einer Terrasse, von der aus sie das Schauspiel eines dramatischen Sonnenunterganges erlebten. Ein köstliches Mahl mit frischen, über dem Feuer gebratenen Fischen, in Öl eingelegten Tintenfischen, Oliven, frischem Schafskäse und in Honig gebackenen kleinen Kuchen belohnte sie für all die Mühsal. Sie hatten das wichtigste Etappenziel heil erreicht.

Tanuwa setzte sich mitten in der Nacht auf. Er teilte ein Zimmer im obersten Geschoß des Palastes mit Mita und Mursili. Die Freunde schliefen fest. Was hatte ihn so plötzlich erwachen lassen? Ein Traum. Er hatte von Qatna geträumt – das tat er öfter, doch dieses Mal war es nicht Kija, die ihn auf diese

Weise besuchte. Und schlagartig fiel ihm ein Name ein: Dunijo. Es musste schon die ganze Zeit in ihm gearbeitet haben, seit der König ihm diesen Ort genannt hatte: Millawanda. Tanuwa war nun hellwach. Er versuchte krampfhaft sich zu erinnern, was Dunijo ihm damals von seiner Familie erzählt hatte. Tanuwa stand auf, griff nach seinem Umhang und schlich leise aus dem Zimmer. Er ging die Treppen hinunter und suchte den Ausgang zur Terrasse. Über ihm funkelten tausend Sterne, Grillen zirpten und es roch würzig nach Meer und Kräutern, wildem Thymian, Rosmarin, Salbei. Er ließ sich auf den Treppenstufen nieder und konzentrierte sich.

Als erstes kam ihm in den Sinn, dass Dunijo wie Henti aus Mykene stammte. Er und seine Familie, Frau und vier oder fünf Kinder, hatten fliehen müssen, warum, das hatte er damals nicht verstanden. Sie nahmen ein Schiff nach Millawanda. Aber kurz vor der Küste kamen die Piraten, die die Familie trennte, zumindest verlor er die Familie. Man verkaufte ihn. Und die restliche Familie? Er musste die Herrin fragen. Eigentlich könnte sie vom Alter her Dunijo kennen und wenn er wirklich schon damals ein so berühmter Töpfer war, vielleicht erst recht. Ungeduldig sehnte er den Morgen herbei. Schließlich erhob er sich in der Morgendämmerung und ging hinunter zum Hafen, wo bereits lebhaftes Treiben herrschte. Er erkundigte sich, ob ein Schiff nach Mukanu, nein nach Mykene, oder irgendeinen anderen Bestimmungsort auf der anderen Seite des Meeres, jenseits der Inseln, ablege und erfuhr, dass man eines von dort erwartete, es aber noch nicht in Sicht sei. Das beruhigte ihn etwas. Ein wenig Gnadenfrist.

Er streifte durch den erwachenden Ort, der sich an die Hänge oberhalb des Hafens schmiegte. Die Häuser der Reichen und Adeligen, hatten die besten Lagen und den schönsten Blick. Was man von unten her davon sah, war die nach vorne offene Vorhalle, die nach Süden oder Südwesten und Westen ausgerichtet war. Sie wurde von zwei prächtigen Säulen, in anderen Fällen von Pfeilern getragen. Manchmal zeigte sich auch ein seitlicher Hof, den man ebenfalls durch einen Säulendurchgang erreichte. Zwischen den Häusern war ausreichend Platz für Gärten. Hier ließ es sich aushalten. Heiligtümer konnte er nicht erkennen. Er erfuhr später von Apta, dass man für die Pflege der Götter zumeist kleine, kapellenartige Räume oder Häuschen benutzte. Sie waren mit Wandmalereien geschmückt, es gab Altäre und Bänke, die zum Ablegen von Gaben gedacht waren. Natürlich erhielten die Götter auch Nahrungsmittel, Rauch- und Trankopfer. Wenn er da an die gigantischen Tempelbauten in Hattuscha dachte, überkamen ihn Zweifel, ob Ahhijawa auf Dauer zu den Großreichen zählen könnte.

Als die Sonne aufgegangen war, kehrte er in den Palast zurück. Er traf die Königin zusammen mit den Damen, Mursili und Mita beim Morgenmahl. Apta kümmerte sich offenbar bereits um seine Amtsgeschäfte. Tanuwa nutzte die günstige Gelegenheit und erzählte die Geschichte von Dunijo, dem Töpfermeister aus Mykene, von der Flucht und den Piraten. Er beschrieb sein Aussehen, sein Wesen, seine Art zu sprechen und er beschrieb seine Werke. Henti lauschte und hing ihren Erinnerungen nach.

»Begegnet bin ich ihm kaum«, sagte sie nachdenklich, »aber seine Erzeugnisse kenne ich nur allzu gut. Das letzte bekam ich doch aus Kattanna oder irre ich mich?«

Tanuwa nickte. Dass sie daran dachte!

»Du willst Erkundigungen einziehen, ob seine Frau hier lebt, nicht wahr? Wie heißt sie?«

»Ich weiß es nicht.«

»Also haben wir nur seinen Namen. Ich werde Apta bitten zu helfen. Vielleicht ist sie zu finden. Aber zu große Hoffnungen solltest du nicht hegen, es sind so viele Jahre vergangen.«

»Ich danke dir, Herrin!« Es war wahrlich nicht selbstverständlich, dass jemand in Hentis Stellung sich um die Belange eines Handwerkers kümmerte.

»Ich war übrigens im Hafen. Dort wird das Schiff aus Mykene täglich erwartet. Der Kapitän soll sehr zuverlässig und das Schiff in gutem Zustand sein.«

Die freundliche Stimmung der Königin verflog augenblicklich. Sie nickte Tanuwa dankend zu und verließ die Gesellschaft. Tanuwa biss sich auf die Lippe. Henti ertrug ihr Schicksal mit einer Haltung die ihn manchmal vergessen ließ, was diese Reise für sie bedeutete.

Erst am Abend trafen alle wieder auf der Terrasse zusammen.

»Ihr Name ist Erita und sie lebt als Wirtschafterin gar nicht so weit entfernt von hier.« Henti lächelte verschmitzt, als sie Tanuwas ungläubige Miene sah. »Doch, doch, es ist wahr. Zwei ihrer Töchter sind sogar noch bei ihr. Es ist eindeutig die Frau von Dunijo.« Apta nickte zur Bestätigung. »Wie soll es nun weitergehen? Wirst du dich bei König Akizzi für seine Freilassung aus dem Dienst in Qatna einsetzen? Das wäre sicher für ihn ein schwerer Schlag. Plötzlich müsste er sein feines Geschirr teuer einhandeln!« Allgemeines Gelächter erhob sich.

»Ich habe noch eine Mitteilung, die euch alle betrifft«, fuhr Henti fort, indem sie Tanuwa, Mursili und Mita in den Blick nahm. »Ihr braucht mich nicht weiter zu geleiten, sondern könnt so schnell wie möglich in eure Heimat zurückkehren. Ihr werdet gebraucht. Nein, euer Protest ist sinnlos. Apta wird sich bestens um meine Überfahrt nach Mykene kümmern. Und auch ihr, meine Lieben«, Henti wandte sich an ihre Damen, »solltet euch genauestens überlegen, ob ihr nicht doch nach Hause wollt. Noch habt ihr die Gelegenheit.«

Beide schüttelten sofort ihre Köpfe, was Henti gerührt zur Kenntnis nahm. »Also gut, wenn das euer unumstößlicher Entschluß ist, danke ich euch. Wir anderen aber müssen uns trennen. Ich denke, ihr solltet übermorgen aufbrechen. Apta hat die Bootsfahrt bereits vorbereitet.«

»Dann wollen wir doch umgehend die Vorzüge einer Hafenstadt genießen, damit wir zu Hause ordentlich angeben können«, sagte Mursili fröhlich. »Ich weiß, ich weiß«, entgegnete er auf Tanuwas tadelnden Blick, »kein Sterbenswörtchen wird meinen heißen Lippen entweichen, aber etwas amüsieren können wir uns doch trotzdem.«

Erst kurz vor dem Abschied nahm Henti Tanuwa zur Seite. »Ich werde hier bleiben«, verkündete sie.

»Hier in Millawanda, im Palast?«

»In Millawanda. Aber in einem eigenen Haus.«

»Du willst nicht zu deiner Familie zurückkehren?«

»Nein«, sagte Henti. Das klang bestimmt und definitiv. »Ich werde alles so arrangieren, dass niemand erfährt, wer ich bin – wer ich war. Auch Zapalli und Apta haben unsere Geschichte, ich arme, frisch Verwitwete hätte aus Furcht vor zu langen Schiffsreisen den Landweg aus Kizzwatna gewählt, anstandslos geschluckt. Niemand kennt mich hier, niemand wird auf die Idee kommen, Areimene und Henti in Zusammenhang zu bringen. Mein König wird niemals durch mich kompromittiert werden.«

Nun doch den Tränen nahe, gestand sie Tanuwa, dass sie es einfach nicht fertig brächte, auch noch den Boden zu verlassen, der sie wenigstens etwas mit Schuppiluliuma, den Söhnen und der ganzen Familie, den Freunden, den Dienern, einfach allen, die ihr lieb und teuer waren, verband. »Ich lege meinen Kopf auf die Erde und lausche«, sagte sie. »Der Wind, wenn er aus Osten weht, und die Götter werden mir Kunde bringen, wie es um alles bestellt ist. Was meinst du? Wird das funktionieren?«

Tanuwa ergriff spontan ihre Hände und nickte.

»Tanuwa, werden wir einen Weg finden, dass ich vielleicht manchmal Botschaften bekomme, wie es um die Familie und das Reich steht? Wirst du das für mich auf dich nehmen?«

Tanuwa warf sich der Königin zu Füssen, um ihr seine bedingungslose Bereitschaft zu versprechen.

»Du musst vorsichtig sein, du darfst nichts schreiben, was als Verrat gedeutet werden könnte. Es muss belanglos klingen und nur ich werde wissen, was du mir sagst.«

Das hätte auch von Kija stammen können, dachte Tanuwa. Diese findigen Frauen. Sie legten zusammen die wichtigsten Bedeutungen fest. Der König sollte der alte Hirsch sein, die Stadt Hattuscha der große Rastplatz. In Windeseile kam so viel zusammen, dass selbst Tanuwa der Kopf schwirrte. Dabei wurde viel gelacht. Zu drollig klangen manche Sätze.

»Werden wir uns das alles merken können?«

»Natürlich! Vieles kann ich auch sicher erraten, verstehst du. Es dürfen ohnehin nur kleine Botschaften sein. Ob du heil wieder angekommen bist, zum Beispiel, und ob alle gesund aus dem Feldzug heimgekehrt sind. Ob Kinder geboren wurden.«

»Ich schicke die Nachrichten am besten an Apta. Du wirst ihn einweihen müssen, dass du heimliche Botschaften aus deiner ehemaligen Familie in Kizzuwatna erwartest. Verrate ihm doch, du habest fliehen müssen, weil der Bruder deines verstorbenen Mannes dich unbedingt zur Frau wollte, du ihn aber abstossend findest. Nun sei dies der einzige Weg, in Kontakt mit deinen Kindern zu bleiben.«

»Was du dir alles ausdenkst!« Henti drohte mit dem Finger. »Aber ich bin auch der Meinung, dass Apta vertrauenswürdig ist. Schreib Luwisch und auf Haut, das fällt hier am wenigsten auf.«

»Wirst du antworten?«

»Kaum. Ich glaube, das bringt dich in größte Gefahr. Wir werden sehen. Aber ich werde an dich denken, mein lieber Junge. Du hast noch etwas auf dem Herzen?«

»Ja, Herrin. Du weißt etwas über mich, was du mir bislang nicht sagen wolltest. «

Henti zögerte etwas, entschloss sich dann aber doch zu einer Antwort. »Wissen ist zuviel gesagt, Tanuwa Es ist mehr eine Ahnung. Ich denke, du musst dich bei guter Gelegenheit an den König wenden oder geduldig warten, bis er auf dich zukommt. Er scheint mir der einzige zu sein, der dir weiter helfen kann. Nur soviel kann ich dir sagen, es hat etwas mit deiner Herkunft zu tun, über der ein Geheimnis liegt.« Sie hob bedauernd die Arme. »Die Ungewissheit quält dich, ich weiß, und das tut mir leid. Aber du bist auf bestem Weg, Tanuwa, hab Vertrauen in die Götter! Alles wird sich lösen, das fühle ich. Meine besten Gedanken werden dich immer begleiten. Hab Dank für alles, was du für mich getan hast und noch tun wirst, für deine Treue und deine Zuneigung.«

Wie schon einmal hauchte sie einen Kuss auf seine Stirn. Tanuwa sank ergeben auf die Knie und küsste ihre Hände.

Beim Auseinandergehen schenkte Henti jedem ihrer tapferen Begleiter ein kleines, dennoch kostbares Schmuckstück. Tanuwa reichte sie einen tiefblauen, mit goldenen Sprenkeln durchsetzten runden Lapislazuli, der als Ring gefasst war. Darin war kaum sichtbar eine zierliche Hirschkuh eingraviert. Sein Blick versprach ihr, dass er ihn von nun an immer als unlösliches Band tragen würde.

Der Abschied von Henti und ihren Frauen, aber auch dem zuvorkommenden Gastgeber war bewegend und solange man vom Boot aus Aptas Palast noch sehen konnte, herrschte Schweigen. Doch dann überraschte Tanuwa seine Kameraden mit einer abenteuerlichen Idee. Sie sollten doch die Gelegenheit nutzen und Abasa, der Hauptstadt von Arzawa, noch rasch einen Besuch abstatten.

»Du meinst, ein wenig herumspionieren? Das ist nach meinem Geschmack.« Mursili war gleich dabei.

»Und was, wenn wir auffliegen? Wenn man uns als Hethiter erkennt?«

»Sind wir nicht Meister der Verkleidung und erfolgreiche Händler? Du sprichst doch schon so ein arzawisches Luwisch, dass niemand merkt, woher du wirklich stammst, Mita. Ich radebreche Ahhijawisch und Mursili hält den Mund. Nein, ernsthaft. Was haltet ihr von meinem Vorschlag? Informationen über Abasa könnten doch von großem Nutzen für das Reich sein.«

Vermutlich fiel es nur Mursili auf, dass Tanuwa lange nicht so traurig war, wie zu erwarten gewesen wäre, vor allem dessen Unternehmungslust machte ihn stutzig. Verstießen sie nicht gegen das Gebot, so rasch wie möglich Feindesland zu verlassen und zurückzukehren? Sie beschlossen, zu dritt nach Abasa zu reisen, um möglichst nicht aufzufallen. Die Kameraden sollten einstweilen bei den restlichen untergestellten Tieren warten.

Mitten in die Höhle des Löwen! Sie erreichten Abasa in wenigen Tagen, allerdings auf beschwerlichen Wegen. Der Ort lag direkt am Meer und die Hafenanlagen waren beachtlich. Mehrere Schiffe und viele Boote ankerten. Überall gab es Stände und Garküchen, allerlei unterschiedliches Volk war unterwegs, einige sicher zu einheimischen Stämmen gehörig, aber auch Leute von der Insel Keftu, die man hier Kreta nannte, und von den Ahhijawa-Eilanden. Die Drei konnten sich ohne Probleme darunter mischen. Schon aus der Ferne hatten sie die Zitadelle gesehen, deren Abhänge dicht bebaut waren. Die Häuser erstreckten sich bis fast zum Fluss, der im Norden der Siedlung ins Meer floss. Auf dem Plateau befanden sich die Königsburg und die schmucken Palastbauten des Stadtadels.

Vorsichtig versuchten sie in ihrer Herberge im Hafenviertel einiges in Erfahrung zu bringen. Ein Zufall kam ihnen zu Hilfe. Männer, die zur Garde des Herrschers gehörten, ließen sich an ihrem Tisch nieder. Ein Wort gab das andere, Mursilis spaßige Einlagen taten ein Übriges. Man lud sich gegenseitig zum Trinken ein. Ein scharfes, alkoholisches Gesöff wurde ausgeschenkt, das aber die Zunge der Gardisten löste, während Tanuwa, Mursili und Mita sich in Acht nahmen. So erfuhren sie allerlei Wissenswertes über die Stadt, die Festung, den Herrscher, rivalisierende Familien, ungerechte Offiziere, die

387

schönsten Dirnen. Ihren neuen Freunden hatten sie auch zu verdanken, dass sie sich in Abasa frei umschauen konnten. Sie nahmen sie sogar mit hinauf zum Herrschersitz, vorbei an einem imposanten Heiligtum am Aufweg, das der großen Mutter geweiht war.

War Tanuwa der eigentliche Drahtzieher der Unternehmung gewesen, so war es aber Mursili und vor allem Mita zu verdanken, dass sie als erfolgreich bezeichnet werden konnte. Das musste sich Tanuwa gegen Ende der langen Reise eingestehen, als sie längst auf dem heimischen Hochland angelangt waren. In Abasa hatte er völlig den Kopf verloren, war er nicht mehr er selbst gewesen.

Es hatte harmlos begonnen. Schon am ersten Abend war ihm die Wirtstochter ins Auge gefallen. Sie schien ihm eine solch verblüffende Ähnlichkeit mit Kija zu haben, dass er zunächst zu träumen glaubte und kein Auge von ihr lassen konnte. Immer wieder winkte er sie an den Tisch, um etwas zu bestellen. Das verstand man hier in allen Sprachen. Er war nicht der einzige, auf den ihr apartes Aussehen Eindruck machte. Wie kam eine solche syrisch-ägyptische Schönheit hierher? Dann fiel Tanuwa ein, dass der jetzige oder einer der früheren Herrscher von Arzawa eine ägyptische Prinzessin zur Frau hatte. Sie war sicher nicht ohne Gefolge gekommen. Dem ihm so wichtigen Gespräch mit den willkommenen Informanten konnte er kaum folgen. Mehrfach musste Mursili ihn anstoßen. Schließlich verließ Tanuwa den Tisch und das Haus.

»Du hast dich in sie verguckt. Tanuwa ist verliebt, endlich hat es dich auch einmal erwischt«, frotzelten die Freunde.

»So ein Blödsinn. Sie ist süß, zugegeben, aber verliebt? Dazu gehört doch wohl ein bisschen mehr«, wehrte er ab. Doch merkte er während der Nacht und des gesamten nächsten Tages, wie seine Gedanken um sie, nein, um Kija kreisten. So zum Anfassen nah! Wie sie ihn ansah! Wie sie lachte! Wie sie sich geschmeidig zwischen den Bänken und Tischen bewegte. Sie ist eine Wirtstochter, sagte er sich, fassungslos über die Empfindungen, die ihn einfach überrollten. Was gäbe er darum, dieses Mädchen in seinen Armen zu halten. Er konnte nichts anderes mehr denken. Wie einen Schlafwandler zogen die Freunde ihren sonst so wachen und disziplinierten Führer durch Abasa. Ihre Späße hatten sie eingestellt. Sie merkten, dass sie ihn nicht erreichten. Er begann ihnen beinahe Leid zu tun.

Am Abend suchte er gleich nach der gemeinsamen Mahlzeit draußen Zuflucht, in der Herberge hielt er es nicht mehr aus. Sie, von der er nicht einmal einen Namen wusste, die andere Kija, sie nahm ihn so gefangen, wie er es noch nie in seinem Leben erlebt hatte. Er folgte dem Strandverlauf, ohne darauf zu achten, wohin er ging. Der kräftige Wind war sein Freund.

Schließlich gelangte er an einen Unterstand, wo er sich niederließ. Wie sie ihn dort gefunden hatte, wusste er nicht, er fragte sie auch nicht. Kija!

Drei Tage gab er sich einem Rausch hin, sah nicht nach links, nicht nach rechts.

Dann erwachte er schlagartig aus seinem Traum. Wie gewohnt wollte er nach seinem Medallion greifen, doch es war nicht mehr an seinem Hals. Das Band war irgendwann zerrissen, das Medaillon von ihm unbemerkt irgendwo zu Boden gerutscht. Als ihm der Verlust bewusst wurde, gebärdete er sich wie ein Rasender. Die Freunde durchsuchten alle Gassen, durch die sie gewandert waren, vergeblich. Sie stellten die Herberge auf den Kopf, vergeblich. Es grenzte an ein Wunder, dass es sich schließlich in dem mit Steinen durchsetzten Sand wieder fand. Schweigend ließ es die andere Kija Tanuwa in den Schoß gleiten. Zum Dank wollte er sie umarmen, doch sie stieß ihn sacht von sich.

»Du hast nie mich gemeint, nicht wahr?«, sagte sie leise und ihre Augen füllten sich mit Tränen.

Heiße Reue durchflutete Tanuwa, als er ihr endlich in die Augen blicken konnte. Wie sollte er sich ihr bloß erklären? Er ertrug diesen Zustand, diese Jagd nach einem Traumbild nicht mehr.

»Nein, du hast recht.«

Er sah ihr nach, bis sie verschwunden war. Dann verging er ganz in seinem Schmerz und seiner Scham.

So fand ihn Mursili. »Komm«, sagte er.

Die Freunde hatten gepackt und die Tiere beladen. Alles war zum Aufbruch bereit. Da verschwand Tanuwa. Ratlos sahen sich die beiden an. Was sollten sie tun? Ohne Tanuwa konnten sie Abasa nicht verlassen. Es war doch nicht möglich, dass er zu der Wirtstochter zurückgekehrt war? Ihre Sorge war glücklicherweise unbegründet. Es dauerte nur kurz, bis Tanuwa wieder zu ihnen stieß. Wo er gewesen war, was er getan hatte, sagte er nicht. Er verstaute einiges in seinem Bündel, nahm es über die Schulter und ohne einen weiteren Blick zurückzuwerfen schritt er durch das Tor. Unterwegs war er schweigsam, doch schien ihm der strenge Marsch gut zu tun. Bei der abendlichen Rast griff er zum ersten Mal seit Tagen wieder kräftig zu. Mita und Mursili nickten sich verstohlen zu – der Anfall war vorüber. Bis sie die zurückgebliebenen Kameraden erreichten, hatten sie alles Nützliche, was sie in Abasa gesehen und erfahren hatten, sorgfältig durchgesprochen. Über irgendetwas sonst fiel kein Wort.

»Verstehst du denn nicht? Ich habe Kija verraten.«
»Aber sie liebt dich doch gar nicht.«

»Was tut das denn zur Sache? Ich, ich liebe sie aber. Und ich habe sie mit einer Wirtstochter betrogen, nur weil sie ihr ähnlich sah.«

»Ehrlich gesagt, verstehe ich dich nicht. Was ist schon passiert? Es ist doch ganz normal, dass du dich danach sehnst, deine Liebste im Arm zu halten. Aber wenn sie nun einmal nicht da ist, dann musst du eben eine andere umarmen. Deshalb liebst du doch Kija nicht weniger.«

»Du verstehst mich wirklich nicht. Ich hab das andere Mädchen – stell dir vor, ich weiß nicht einmal ihren Namen – missbraucht. Ich bildete mir einfach ein, sie sei Kija. Ich war wild entschlossen, sie sofort vor der großen Mutter zu der Meinen zu machen – ich war wie von Sinnen. Damit hätte ich dann beide Frauen betrogen. Sie war wahrhaftig. Sie liebte mich, Tanuwa, mit ihren Küssen. Und hat mir meine Leidenschaft geglaubt. Wann und wodurch sie gemerkt hat, dass sie nur ein Ersatz für eine andere ist, weiß ich nicht. Und mich dadurch beschämt, dass sie ohne Forderungen, ohne Vorwürfe einfach traurig davon ging.«

Wie ein geprügelter Hund legte Tanuwa seinen Kopf in beide Hände und Hannutti konnte den jämmerlichen Anblick nur schwer ertragen. Männer durften sich um solche Angelegenheiten nicht solche Gedanken machen, schon gar nicht wenn die Lage so aussichtslos war. »Du solltest endlich heiraten! Vergiss die Taube, die du nicht erlangen kannst, begnüge dich mit einem Spatz.«

»Das sagst ausgerechnet du? Wo ist denn dein Spatz?«

Hannutti lachte: »Das weißt du doch, hier und dort… Komm, lass den Kopf nicht hängen, doch nicht wegen Frauen! Die Welt ist voll von ihnen.« Er legte freundschaftlich den Arm um seinen Neffen.

Hungrig griffen die beiden Männer zu, als das gebratene Fleisch und die Zuspeisen aufgetragen worden waren. Nach den ersten Bissen wandte sich Hannutti wieder Tanuwa zu. »Alles in allem war deine Unternehmung im Westen doch ein voller Erfolg. Ich hätte nicht für möglich gehalten, dass ihr so unbehelligt bis nach Millawanda durchkommen würdet. Dass ihr auch noch solch genauen Auskünfte über Abasa mit nach Hause bringt – das ist nach meinem Herzen! Was hat der alte Mitannamuwa dazu gesagt?«

»Er hat mich einen ausführlichen Bericht verfassen lassen, was denkst du denn. Alles andere hat ihn zum Glück nicht interessiert.«

»Der König hat momentan leider für deine Heldentaten kein offenes Ohr. Hoffentlich normalisiert sich alles wieder, wenn die kleine Raubkatze sicher im Käfig ist.«

»Was soll das heißen? Von wem sprichst du?«

»Das bleibt strengstens unter uns, ja? Ich habe ein wenig mit dem Gesandten Pamba geplaudert, nachdem er das letzte Mal aus Babylon zurückkehrte. Du kennst ihn ja, er ist immer sehr vorsichtig bei allem was er sagt. Dennoch scheint uns da ein sehr selbstbewusstes und temperamentvolles Wesen ins Haus zu stehen. Das wird bestimmt ein lustiger Winter.«

Tanuwa war sich nicht sicher, ob Hannutti scherzte oder spottete. Hannutti fuhr fort. »Du Glücklicher wirst sie ja nun wohl als einer der Ersten näher kennenlernen!«

»Was meinst du denn damit?«

»Ich habe läuten hören, dass du zu der Ehreneskorte gehörst, die die babylonische Prinzessin nach Hattuscha geleiten wird. Das wird ein Glanzstück werden müssen! Nicht nur eine diplomatische Meisterleistung allenthalben, sondern so eine spezielle Gratwanderung zwischen ganz geheim, damit niemand dem Brautzug schaden kann, und ganz glanzvoll und offiziell, damit dem Geltungsbedürfnis Babyloniens Genüge geleistet wird, natürlich ohne Ägypten zu provozieren. Da ist doch wahrlich ein Meister gefragt.«

Tanuwa starrte Hannutti fassungslos an. »Das ist nicht dein Ernst? Der König kann das nicht von mir verlangen. Nicht nach dieser Reise mit der Königin.«

»Mein lieber Tanuwa! Was höre ich? Was haben deine persönlichen Gefühle mit deinen Aufgaben zu tun? Du bist Hattuschas erfolgreichster Diplomat. Nun kannst du dein ganzes Geschick ausspielen. Das war doch dein Wunsch. Dafür wurdest du ausgebildet. Du kannst dich nicht verweigern. Diesmal will der König jeden Fehler vermeiden. Ich denke, du wirst sicher die Aufforderung erhalten, mit Pamba einen Plan vorzulegen, wie ihr die Aufgabe bewerkstelligen wollt.«

In Tanuwas Kopf überschlugen sich die Gedanken. Nein, nein, nein! Alles in ihm wehrte sich gegen des Königs Ansinnen. Doch Hannutti hatte recht: verweigern konnte er sich nicht.

»Jetzt warte doch ab, bis das Ganze spruchreif ist. Ich hätte dir gar nichts sagen sollen, so kurz nach der Rückkehr aus Ahhijawa.«

So ein Tausendsassa, dachte Hannutti. Er hat es also geschafft, jedenfalls zum guten Teil, sich den Wünschen des Königs geschickt zu entziehen ohne einen Affront heraufzubeschwören. Alle Achtung!

Soeben ging die Beratung des Panku zu Ende, die aus Dringlichkeit in Hattuscha abgehalten worden war, obwohl der König im Feld stand. Er hatte sich eilig eingefunden. Pamba und Tanuwa hatten ihren Plan entwickelt, wie sie gedachten, die babylonische Prinzessin Malnigal sicher nach Hattuscha zu bringen. Er trug eindeutig Tanuwas Handschrift.

Dass er zwischen Hattuscha und Babylonien hin und her pendle, sei nichts Ungewöhnliches mehr für die nordsyrischen Stadtstaaten, sagte Pamba. Niemand würde zumindest bei der Hinreise große Notiz von ihm nehmen, wohl aber von aufwändigen Reisewagen oder Sänften. Deshalb schlage er vor, die übliche Handelskarawane auszurüsten, die dieses Mal in erster Linie die Brautgaben beförderte, ergänzt durch alle nötigen Transportmittel für den Rückweg, die aber erst vor Ort zusammengesetzt würden, damit der babylonische Herrscher zufrieden gestellt sei. Wenn man alles bereits in Hattuscha verplombe und mit den königlichen Siegeln versehe, so würden sicher die Kontrollen entfallen. Man gebe sich in Bezug auf den fälligen Zoll mit den Packlisten zufrieden. Dadurch könne man auch die normale Route über Kattanna an den Euphrat benutzen. Die umfangreichere Eskorte sei durch die unruhigen Zeiten erklärlich, falls überhaupt jemand sich dafür interessiere.

Schwieriger gestalte sich die Rückreise ab dem Moment, an dem man das babylonische Herrschaftsgebiet verließe. Die Durchquerung der Wüste sei dabei das kleinere Problem, aber es sei unabdingbar, Akizzi von Kattanna einzuweihen und sich seiner Verschwiegenheit zu vergewissern.

»Das wird für Tanuwa wohl keine Schwierigkeit sein«, sagte der König.

Dieser nickte und erbat dann das Wort. »Meines Erachtens lauern die größten Gefahren in der nordsyrischen Region. Trotz aller Vorsorgen, müssen wir bedenken, dass die Reise der Prinzessin doch bekannt werden könnte. Wir wären gut beraten, mit einer kleinen List zu arbeiten. Von Kattanna aus bricht die Karawane auf der gewohnten Strecke über Ugarit nach Norden auf. Aber – ohne die Prinzessin. Ich denke, sie ist in bester Obhut auf einem Schiff, das sie nach Tarscha bringt. Auch hier muss eine Eskorte ihren Schutz gewährleisten. Man hört ja immer wieder von Piratenüberfällen. Doch kann dagegen mit wenigen Kniffen Vorsorge getroffen werden. So sollte nicht unbedingt ein Pracht- sondern ein normales, kleineres Handelsschiff genutzt werden. In Adanija treffen dann alle wieder zusammen.«

Der König nickte anerkennend. »Dorthin wird der Hofstaat der Prinzessin entgegenreisen, sie auf hethitischem Boden mit allen Ehren willkommen heißen und sie dann geziemend nach Hattuscha heimführen, so dass sie und ihr Vater zufrieden sein werden. Was meint ihr?«, wandte sich der König an die anderen Berater. »Mir scheint das ein guter Plan zu sein.«

Allgemeine Zustimmung der Panku-Mitglieder bestätigte des Königs Worte.

»Es ist also beschlossen, dass Pamba und Tanuwa den Brautzug wie besprochen durchführen.«

Nachdem das Stimmengewirr sich wieder beruhigt hatte, bat Tanuwa den König noch etwas sagen zu dürfen. »Ich möchte noch etwas vortragen, was mir einige Brisanz zu bergen scheint. König Akizzi von Kattanna wird unsere Pläne nicht gefährden. Dafür verbürge ich mich persönlich. Doch was ist, wenn der Pharao durch Dritte informiert wird oder gar vom König von Babylonien, seinem Schwager? Muss er sich nicht Gedanken machen, was das zu bedeuten hat? Muss er sich nicht ferner brüskiert fühlen, wenn Hattuscha ihn nicht vorab als – sagen wir – Freund und Vertrauten, ja zu-

392

künftigen Verwandten, eingeweiht hatte? Wir haben mit Ägypten einen Freundschaftsvertrag.«

»Was also schlägst du vor?«, fragte der König.

»Schickt gleichzeitig mit der Abreise der Karawane einen Gesandten nach Ägypten, der dem Pharao ungefähr Folgendes übermittelt: Es sei König Burna-Buriasch von Babylonien wie auch unserer Majestät ein Anliegen gewesen, den Kreis der Brüder zu vervollkommnen und durch die Eheschließung mit der liebreizenden Prinzessin Malnigal im Herbst zu besiegeln. Die Feinde seines Freundes und Bruders Echnaton würden durch diese zusätzlichen verwandtschaftlichen Bindungen auch zu den Feinden Hattuschas und so weiter, und so weiter.«

»Tanuwa hat recht«, warf Mitannamuwa ein. »Es wäre ein erneuter, schwerwiegender Fehler Echnaton zu übergehen und vor vollendete Tatsachen zu stellen. Zwar scheint sich der Pharao für Belange außerhalb Ägyptens nicht zu interessieren, doch kann dieser Schein auch trügen. Die Konsequenzen jedenfalls wären fürchterlich, wenn Mittani aufgrund unseres ungeschickten Verhaltens ägyptische Unterstützung erhielte. All die mannigfaltigen Bemühungen wären zumindest für die nächsten Jahre vergeblich gewesen.«

Der Bruder des Königs fügte hinzu: »Wenn wir in Nordsyrien auf massiven Widerstand stoßen und uns Ägypten zum Feind machen, können wir unsere diesbezüglichen Pläne begraben. Dazu sind die anderen Grenzbereiche noch viel zu unsicher.«

Schuppiluliuma wehrte ab. »Ihr müsst mich nicht überzeugen. Ich bin der gleichen Meinung. Selbstverständlich müssen wir meinen lieben Hureja, wie ich ja das Privileg genieße, Echnaton zu nennen, umgehend informieren. Und natürlich gibt es nur einen, dem wir diese heikle Botschaft anvertrauen wollen. Tanuwa, denkst du, dass du rechtzeitig mit dem Eintreffen des Brautzuges aus Terqa ebenfalls wieder in Kattanna sein kannst? Denn ich wünsche, dass du dann die Prinzessin auf der Schiffspassage begleitest.«

Tanuwa verneigte sich tief zur Bestätigung.

»So bereite mit Pamba und Mitannamuwa alles bis in die kleinste Einzelheit vor. Dann begib dich unverzüglich nach Kattanna, um mit König Akizzi alles Notwendige zu besprechen. Naninzi soll dich begleiten und für alle Fälle am Hof von Kattanna bleiben, bis alles abgewickelt ist. Du begibst dich von dort weiter nach Ägypten. Unser aller Gebete begleiten dich. Die Götter seien mit dir und uns!«

◈◈◈

Es gab einiges, was Tanuwa Akizzi geschickt zu unterbreiten hatte. Und er war froh um die Reisetage, die ihm die Gelegenheit boten sich über die einzelnen Punkte Gedanken zu machen. Das eine oder andere konnte er mit Naninzi besprechen, aber im Wesentlichen lag es an ihm, Akizzi zur Kooperation zu bewegen. Denn noch immer war die offizielle Ausrichtung Qatnas eindeutig nach Ägypten. In all den Jahren war es Tanuwa nicht gelungen, Akizzi auf die hethitische Seite zu ziehen. Erleichtert hatte er aber festgestellt, dass dieser jetzt auch den Einflüsterungen einiger Scheichs und Stadtfürsten widerstand, die ein selbständiges Syrisches Reich anstrebten. Wie viele Male hatten sie Vor- und Nachteile debattiert. Die Verlockung war groß, doch konnte Tanuwa aufzeigen, zu welchem unsinnigen Blutvergießen diese Bestrebungen führen würden. Das hatte Akizzi wohl doch schließlich überzeugt und Kija erspart, als Unterpfand einer Koalition dienen zu müssen. Hoffentlich blieb das so.

Naninzis Mitreise als Mittelsmann war aus Sicht des Königs und des Panku nachvollziehbar, doch erleichterte sie Tanuwas Mission keinesfalls. Wie sollte er Akizzi erklären, dass König Schuppiluliuma dessen Anwesenheit in Qatna wünschte – eines hethitischen Kuriers. Er könnte sagen, dass er ihn, Tanuwa, kontrollieren sollte. Wahrscheinlich war das tatsächlich zumindest ein Teil seines Auftrags. Das sah Tanuwa ganz nüchtern.

Was sollte er Akizzi überhaupt über die Aktion sagen?

Dass Pamba ab und dann seinen Weg über Qatna nahm, war bisher nie ein Problem gewesen. Er reiste als Kaufherr und zahlte die fälligen Gebühren. Dass er offenbar seine Geschäfte immer in unglaublicher Geschwindigkeit abwickelte, hatte ihm in Qatna und Tadmor den Spitznamen rasender Esel eingebracht, was ihn nicht störte. Dieses Mal würde er allerdings ein relativ großes Gefolge dabei haben. Tanuwa hatte darauf gedrungen, möglichst wenige Hethiter dafür auszusuchen, sondern Leute aus Kizzuwatna, Hurriter und Luwier zu nehmen. Zusammenschlüsse von Handelsherren mit Eskorte waren aus dieser Region ja gang und gäbe. Er dachte an seine eigene erste Reise zurück, die genau in solch einer Gruppe stattgefunden hatte.

Tanuwa hatte weiterhin angeregt, Malnigal als Pambas Braut oder Gattin auszugeben, die er nun zu sich holen wollte. Doch wie würde die als kapriziös geschilderte junge Dame auf dieses Ansinnen reagieren? Und ihr Vater? Und war es in Ordnung, seinen Freund Akizzi so zu betrügen? Was, wenn irgendjemand in Qatna die Prinzessin erkannte – was sehr wahrscheinlich war, bestanden doch zwischen Babylon und Qatna direkte Kontakte. Das wäre ein fürchterlicher und hochpeinlicher Skandal. Nein, er musste und wollte Akizzi so weit wie möglich einweihen. Sollte er gleich von Malnigal sprechen oder erst, wenn er zurück aus Ägypten kam? Aber weshalb war er dorthin unterwegs? Tag und Nacht wälzte er seine taktischen Überlegungen hin und her.

Akizzi würde einschlagen, wenn es ihm gelänge, diesem die Folgen der Heirat als etwas sehr Positives für Qatna darzustellen.

Und brachte sie nicht Vorteile?

Wenn Mittani durch die geschmiedete Allianz zerschlagen würde, hätte auch Qatna nichts mehr von dieser Seite zu befürchten. Die ganze Levante würde befriedet, die Stadtstaaten könnten viel freier agieren. Aber selbst Akizzi wusste, dass Hattuscha hier nicht als uneigennütziger Befreier auftrat, sondern ausgeprägte Interessen in der Region hatte. Und auch Burna-Buriasch von Babylonien beteiligte sich nicht nur zum Spass. Dagegen war Qatna auf den reibungslosen Handelsverkehr mit diesem absolut angewiesen.

Tanuwa seufzte, er musste es riskieren. Er würde Akizzi zu ködern versuchen. Er würde ihm sagen, dass er ihm als einzigem Stadtfürsten das Geheimnis der Reise anvertraute – weil sie Freunde waren. Akizzi sollte denken, dass er das hinter dem Rücken seines Dienstherren tat. Welch schäbige Aktion! Aber damit hätte er Akizzi im Boot! Dieser musste dann ebenfalls ein vehementes Interesse daran haben, dass die Reise der Prinzessin geheim blieb, diese sich sozusagen ohne sein Wissen abspielte, um nicht in Loyalitätskonflikte mit Echnaton zu kommen – dafür hätte er aber einiges gut bei Burna-Buriasch. Tanuwa wiederum würde dem Freund versprechen, dass er Echnaton als offizieller hethitischer Gesandter – natürlich unter dem Siegel der Verschwiegenheit – von der Heirat in Kenntnis setze, Qatna aber aus dem Spiel ließe. Falls über die Reiseroute gesprochen würde, konnte er sich darauf berufen, dass er diese Planung Pamba zu überlassen hatte, von dessen guten Kontakten zu Qadesch er aber wüsste.

Das war überhaupt die Idee. Er würde Echnaton im Namen Schuppiluliumas um Erlaubnis bitten, dass der Brautzug über Qadesch reisen dürfte, also über Territorium, das unter ägyptischer Oberhoheit stand. Warum war er darauf nicht schon früher gekommen? Aitakkama von Qadesch würde man selbstverständlich nicht informieren, um absolute Geheimhaltung zu gewährleisten. Schließlich wusste auch Echnaton von der separatistischen Bewegung im levantinischen Raum, die Ägypten virulent betraf. Ja, das war gut. So konnte es gehen. Und Naninzi musste dann wirklich als Mittelsmann in Qatna bleiben, um die entsprechenden Nachrichten umgehend sowohl nach Babylon als auch nach Hattuscha weiterzuleiten.

Das nächste knifflige Thema war Dunijo. Tanuwa hatte eine Botschaft von seiner Frau Erita für ihn in seiner Tasche. Dass sie so schnell in Millawanda gefunden wurde, grenzte schon an ein Wunder. Ein noch größeres wäre es, wenn die Eheleute wieder vereint würden. Beide lebten als Unfreie. Vermutlich könnte man Erita und die Töchter auslösen. Aber sollten sie nach Qatna kommen? War nicht Ahhijawa ihre Heimat? Und welche Geschichte musste er sich nun wieder einfallen lassen um zu begründen, weshalb er soweit nach Westen gereist war? Verhandlungen mit Arzawa und Ahhijawa seitens der Hethiter? Das durfte er keinesfalls verlauten lassen. Wenn das nach Ägypten gemeldet würde, das sich tief enttäuscht von Arzawa abgewendet hatte, weil es so schmählich gegen Hattuscha versagt hatte – nein, unmöglich. Das zerschlüge die eben geknüpften zarten Bande zwischen Schuppiluliuma und Echnaton und führte nur zu Misstrauen. Nun denn! Akizzi musste akzeptieren, dass er über Vieles eben nicht sprechen durfte. Oder sollte er zunächst mit Kija darüber beraten?

Wie jedesmal war die Freude in Qatna groß, wenn Tanuwa erschien, auch wenn es nur ein kurzer Zwischenhalt war. Für ihn selbst war es stets wie ein Nachausekommen, so viele Freunde und Bekannte hatte er hier. Es stellte sich heraus, dass seine Sorgen unbegründet waren, er war sich mit Akizzi erstaunlich schnell einig. Offenbar hatte er sich besser auf das Gespräch vorbereitet als angenommen – oder der Freund vertraute ihm wirklich fast blind. Das Thema Dunijo hatte er bei Akizzi noch ausgeklammert. Auch Dunijo selbst hatte er nur herzlich begrüßt. Er wollte keine unnötigen Hoffnungen bei ihm wecken.

Allerdings hätte er wissen müssen, dass er Kija nicht einlullen oder mit vagen Geschichten abspeisen konnte. Tanuwa hatte sie, wie meistens, am Tor zum Haus der Göttin abgeholt. Leichten Schrittes ging sie neben ihm her und stellte all ihre Fragen auf einmal.

»Was ist passiert? Weshalb hast du geschrieben, du kannst nicht kommen? Weshalb hast du nicht geschrieben, dass es vorbei ist. Oder ist es nicht vorbei?« Sie sah ihn mit einer Mischung aus Sorge, Erleichterung und Ärger an.

Tanuwa lachte: »Lass dich doch erst einmal begrüßen, Kija von Qatna. Ich bin so glücklich dich zu sehen und wohlauf zu finden.«

Er ergriff ihre Hände. Mehr Nähe erlaubte er sich nicht. Wenn, dann war es Kija, die ihm manchmal im Überschwang wie einem Bruder um den Hals fiel.

»Schau, ich habe dir etwas mitgebracht.« Tanuwa holte aus seiner Gewandtasche ein kleines Salbgefäß in Form eines zierlich gearbeiteten Löwenköpfchens hervor. Es bestand aus einem undurchsichtigen, gelben Schmuckstein, wie Kija ihn noch nie gesehen hatte. Ein außergewöhnliches Stück.

»Was ist das?«

»Man nennt es Bernstein und man sagte mir, er käme vom Meer am nördlichen Ende der Welt, unvorstellbar weit weg.«

»Er ist wunderschön, ich danke dir. Woher hast du ihn?«

»Das ist eine lange Geschichte.«

»Hat sie mit dem Ring zu tun, den du jetzt trägst?«

Wie so häufig, versetzte ihn ihre treffsichere Intuition in Erstaunen.

»Kija, ich kann dir davon erst auf dem Rückweg ausführlich berichten, so lange musst du dich gedulden. Aber ich habe Nachrichten für Dunijo und dabei bitte ich dich um deine Unterstützung.«

Kija nickte. Ihr war klar, wohin Tanuwas Weiterreise führen würde. Es war ein stillschweigendes Abkommen zwischen ihnen, dass sie Ägypten, Echnaton, Nofretete möglichst nicht erwähnten. Über alle größeren Entwicklungen dort berichtete Tanuwa immer getreulich, wenn er sich auf dem Heimweg befand, nicht nur ihr, sondern auch Akizzi und den Edlen. Kija war kurz versucht, ihm eine Nachricht, einen Gruß mitzugeben, wie Prinzessin Iset das immer tat. Doch sie verbat es sich umgehend. Tanuwa beobachtete ihren kleinen inneren Zwist und der verriet ihm mehr als jedes Wort, wie es immer noch um Kija stand. Das schmerzte.

»Was für Nachrichten hast du denn für Dunijo?« Sie hatte sich gefangen und schaute ihn erwartungsvoll an.

»Du wirst es nicht glauben ...«, setzte Tanuwa an,

»du hast seine Frau gefunden«, vollendete Kija den Satz.

»Kija, wie kannst du das wissen?« Ehrfürchtiges Staunen legte sich auf Tanuwa.

»Das war keine Kunst«, erwiderte sie lachend. »Wenn du schon so Luft holst, um mich auf eine Sensation vorzubereiten, was kann das dann anderes sein?«

»So gut kennst du mich?«

»Vielleicht viel besser als du es für möglich hältst«, sagte sie verschmitzt. Tanuwa musste an sich halten, sie nicht in die Arme zu nehmen – zu kostbar war dieser Augenblick. Wie hatte er nur einen Wimpernschlag ....?

»Nun mach es doch nicht so spannend. Das könnt ihr immer gut, mich auf die Folter spannen. Du weißt, wie sehr ich auf solche Neuigkeiten brenne. Wo ist sie? Wo hast du sie gefunden?«

»Das alles gehört zu meiner Geschichte, die ich dir jetzt versagen muss. Nur so viel: Sie heißt Erita und lebt mit zwei der Töchter als Wirtschafterin in einem Adelshaus in Millawanda, einer Stadt am Ahhijawischen Meer. Ich habe einen Brief für Dunijo von ihr mitgebracht. Aber ich habe mich nicht getraut, ihm den zu überreichen.«

»Ich kann es mir denken weshalb. Wie sollen die beiden zueinander kommen? Akizzi wird Dunijo kaum freigeben. Können nicht die Frauen nach Qatna kommen?«

»Hierher? Wo sie alle fremd sind? Wäre es nicht an der Zeit, dass Dunijo heimkehren darf? Er hat so treue Dienste geleistet. Hast du keine Idee, wie wir es bewerkstelligen können, dass Akizzi einwilligt ihn zu entlassen?«

»Lass mich darüber nachdenken, bis du zurück bist.«

»Gut. Ich vertraue dir das Schreiben für Dunijo an. Verfahre du nach Gutdünken. Unnötig zu sagen, dass ich bei Akizzi keine Silbe darüber verloren habe. Und noch etwas: ich reise in geheimer Mission. Akizzi weiß davon, aber sonst niemand. Hab ein Auge auf ihn, dass er sich nicht ungewollt etwas ausplaudert. Und sei nett zu Naninzi, er wird in Qatna wohl demnächst Wurzeln schlagen.«

»Noch etwas, mein Gebieter?«

Er liebte diesen unbeschwerten, vertrauten Ton zwischen ihnen. Immer ein wenig schnippisch ihre Antworten, die ihn reizten, sie im Gegenzug zu provozieren.

◌◌◌

»Du machst dem rasenden Esel Konkurrenz. Selbst unser Akjia kann Syrien und Kanaan nicht schneller durchqueren, eine Audienz erlangen und schon wieder zurück sein.« Akizzi umarmte den Freund und geleitete ihn in seine privaten Räume im Westtrakt, wo sie ungestört beraten konnten.

»Was gibt es Neues in Achet-Aton und in Qadesch?« Akizzi lachte verschwörerisch.

Trotz der Jahre als König hatte er sich immer noch die jungenhafte Unbekümmertheit bewahrt, die ihn immer wieder sympathisch machte, auch wenn man sich hin und wieder maßlos über ihn ärgern konnte, weil er zu unbedachten Handlungen neigte. Er war behäbiger geworden und hatte erkennbar an Körperfülle zugelegt, wie auch Ehli-Nikalu, seine königliche Gemahlin, die Mutter seiner vier Söhne, auf die er sehr stolz war. Bis auf den Ältesten, der mehr nach seinem Onkel Kuari zu geraten schien, waren die anderen drei Abbilder ihres Vaters – als er noch jung und spritzig war. Zwei Nebengemahlinnen versüßten dem König manche Nacht, bekämpften sich aber bei Tag oft so lautstark, dass sogar die Königinmutter einschritt.

»Was du mir vor der Abreise gesagt hast, fand ich bestätigt. Achet-Aton ist prachtvoll geworden. Keine Stadt kann sich mit ihr messen. Sie ist bis ins Kleinste durchdacht und planvoll ausgeführt – und doch wirkte sie wieder so konstruiert auf mich, nicht gewachsen, verstehst du? Aton ist allgegenwärtig. Es war sehr schwierig und bedurfte vieler Geschenke, um zum Pharao vorgelassen zu werden. Wann das zu geschehen hat, bestimmt übrigens Nofretete. Ihr hat man auch vorzulegen, was man sagen möchte. Erst dann entscheidet sie, ob es ihren Gemahl interessiert oder nicht. Sie legt das Protokollarische fest. Ich möchte mich nicht dafür verbürgen, ob der Pharao alles verfolgt und verstanden hat, was ich ihm sagte. Er wirkte abwesend, sah übrigens auch nicht besonders gut aus, geradezu gealtert, soweit ich das aus der Entfernung wahrnehmen konnte. Ich war zum Glück

398

schnell wieder entlassen. Es war auch höchste Zeit, wenn der Plan gelingen soll. Was ich im Auftrag des Großkönigs sagte, wurde von zwei Schreibern erfasst und alle Wünsche genehmigt. Da sind wir auf der sicheren Seite. Insofern können wir mit der Reise zufrieden sein. Habt ihr schon Nachricht von Pamba?«

»Das entzieht sich meiner Kenntnis. Kümmert sich darum nicht dein Naninzi? Ein ausgesprochen netter Kerl.«

»Und Qatnas ›Ohren‹ sind ihm nicht auf den Fersen?«, lachte Tanuwa, der längst mit Naninzi gesprochen hatte.

Der König machte ein unschuldiges Gesicht. »Wenn du die Ankunft der Karawane aus Tadmor meinen solltest, so kann ich dir mehr sagen. Sie wird in den nächsten Tagen erwartet. Weißt du noch?« Akizzi spielte auf eines ihrer ersten gemeinsamen Erlebnisse an.

»Bis heute sind die Vorkommnisse von damals nicht gänzlich aufgeklärt. Niemals wurde irgendeines der gestohlenen Güter in Qatna feilgeboten. Keiner der Verantwortlichen konnte dingfest gemacht werden. Entweder sind sie jetzt alt oder leben nicht mehr. Wozu war das Ganze also nütze?«

Tanuwa schwieg dazu. Auf was für Füßen stand Akizzis Königtum? Auf tönernen! Mögen die Götter weiterhin mit ihm sein. Die Nachricht, dass die Karawane bald eintreffen sollte, brachte ihn dagegen auf Trab.

»Es bleibt wenig Zeit zum Ausruhen. Es gibt noch Vieles zu erledigen. Diverse Aufwartungen hatte ich auf meine Rückkehr verschoben. Ich bitte dich, dass ich mich zurückziehen darf.«

◈◈◈

Offenbar hatte Kija mit Akizzi nicht über Dunijo gesprochen. Das fiel Tanuwa erst ein, nachdem er den König verlassen hatte. Nun, das würde er bald erfahren. Allerdings musste er zunächst dringend das Schiff persönlich in Augenschein nehmen, das Naninzi während seiner Abwesenheit zusammen mit einem Beauftragten Akizzis für die Weiterfahrt angeheuert hatte. Dadurch verschob sich zu seinem Kummer die Begegnung mit Kija immer mehr. Sie verfügte im Haus der Göttin über persönliche Räume, die sie bescheiden und geschmackvoll gestaltet hatte. Dort empfing sie Tanuwa, kurz bevor die Karawane in Qatna eintreffen sollte.

»Eigentlich schade, dass wir uns nicht mehr heimlich treffen. Das hat mir immer großen Spaß gemacht. Erstaunlich, dass uns nie jemand erkannt hat, so ungeschickt, wie du dich manchmal verkleidet hattest. Ach, Tanuwa, was stellen wir nur so alles in unserem Leben an. Aber jetzt erzähle mir endlich von deinen Unternehmungen. Akizzi wollte mir absolut nichts sagen. Höchste Geheimhaltung. Was braut sich da zusammen?«

»Wie meistens, Kija, hast du die Geschichte bereits auf den Punkt gebracht. Alles, was ich dir jetzt anvertraue, muss unter uns bleiben. Ich gebe mein Leben in deine Hand. Willst du, dass ich weiterspreche?«

Sie nickte ohne Zögern.

Und so berichtete Tanuwa von der Werbung um Malnigal und dem schrecklichen Schicksal Hentis.

Kija schwieg geraume Zeit.

»Von ihr ist der Ring, stimmts?«

»Du hast recht. Sie gab ihn mir als Dank.« Verwirrt über den Ton in ihrer Stimme, blickte Tanuwa ihr forschend ins Gesicht.

Warum verärgerte sie das?

Ihre Augen wurden dunkel vor Zorn, ihre Stimme klang wie Donner. Sie hatte die Hände zu Fäusten gerollt. »Als Dank? Wofür? Dass du sie aus dem Reich hinauskomplimentiert hast im Auftrag deines machtbesessenen Herrn? Er wird alles zu Fall bringen. Wie Heere von Ameisen werdet ihr über uns herfallen und uns niederwalzen. Alle, selbst Echnaton hast du eingewickelt mit deiner blendenden Taktiererei, ihm Sand in die Augen gestreut. Er, der ganz seinem Gott dient, wird ahnungslos überrollt werden. Die Gier deines Königs wird vor Ägypten nicht Halt machen. Alles wird er unter seine Herrschaft bringen wollen und du bist sein Handlanger. Aber ich werde es nicht zulassen, dass Ägypten untergeht. Ich werde alles tun, was in meiner Macht steht, um Echnaton zu warnen und koste es mein Leben. Du tust immer so gut, berätst hingebungsvoll meinen Bruder, führst sogar auseinandergerissene Paare zusammen, das ist alles nur Tarnung, damit du deinen schändlichen Machenschaften nachgehen kannst, du Emporkömmling …«

Kija war aufgesprungen und ging wie eine Rachegöttin auf den vollkommen überrumpelten Tanuwa los. Sie verlor all ihre Kontrolliertheit. Die ganzen aufgestauten Gefühle brachen sich in einem Augenblick Bahn. Wie von Sinnen hieb sie mit ihren Fäusten auf Tanuwa ein, beschimpfte ihn. Gleichzeitig schüttelten sie Weinkrämpfe, die viele ihrer Worte unverständlich machten. Vergeblich versuchte Tanuwa sie zu beruhigen, ihre Hände zu fassen zu bekommen, ihr zu erklären. Jeder Versuch steigerte ihren Zorn, den sie erst in den Griff bekam, als mehrere Dienerinnen voll Schrecken herbeieilten, um nach dem Rechten zu sehen. Da hielt sie erschöpft inne.

»Ich halte mein Wort«, sagte sie. »Du aber geh! Geh mir aus den Augen. Du zerstörst mein Glück.«

Wie in einem Alptraum gefangen kam sich Tanuwa vor. Kijas Worte hatten ihn schwer getroffen. Es ging nicht mehr darum, dass sie ihn missverstanden hatte, es ging nur noch darum, dass sie ihn hasste, während sie den Pharao bis zur Selbstaufgabe liebte. Blindlings lief er duch die Gassen. Er gab nicht

400

acht darauf, wohin er ging, nur weg von ihr! Er bog in ein Seitensträßchen ein und rieb sich das Gesicht mit beiden Händen. Was war er für ein Narr. Hatte sich wie ein Schuljunge abkanzeln lassen. Was verstand sie in der Geborgenheit ihres Tempels schon von den Problemen der Welt? Was maßte sie sich an über den Herrscher von Hattuscha zu sprechen und zu richten? Er wurde wütend. Sollte sie ihn doch einen Emporkömmling nennen! Er arbeitete jedenfalls hart daran, damit Blutvergießen vermieden wurde, Blut von Tausenden von Männern, die sich alle für ihre Götter und die gerechte Sache schlugen. Er hatte die Treppen hinauf zum Palast erreicht. Für einen Moment hielt er inne, versuchte sich zu beruhigen. Er musste Kija endgültig vergessen! Er musste sie in seinem Herzen begraben. Dann durchfuhr es ihn heiß. Wie konnte er ihr nur so leichtsinnig Staatsgeheimnisse anvertrauen? Hoffentlich hatte sich die Prinzessin und Priesterin von Qatna wenigstens so in der Gewalt, dass sie erkannte, welchen Schaden ein Wortbruch anrichten würde.

Zurück im Palast, hatte er sich soweit unter Kontrolle, dass er sich mit versteinerter Miene beim König melden ließ. Er berichtete knapp, er habe die Familie von Dunijo gefunden und bäte um seine Freilassung.

»Was ist geschehen?« Akizzi hatte den Freund noch nie in solch einer Stimmung erlebt.

»Nichts. Es ist alles in Ordnung. Unser Plan wird wie besprochen durchgeführt. Sobald die Karawane eingetroffen ist, werde ich mich umgehend mit der Dame und ihren Begleiterinnen auf das Schiff begeben und ich würde Dunijo bei dieser Gelegenheit gerne mitnehmen. Bestimme seinen Preis. Pamba wickelt hier diskret alles Weitere ab, so dass keinerlei Verdacht auf Qatna fallen wird. In Windeseile bist du uns los.«

»Mein Freund, ich weiß nicht was dich so sehr verstimmt hat und ich werde nicht weiter in dich dringen. Doch um dir meine Freundschaft zu beweisen, will ich gewähren, was du verlangst, auch wenn Qatna dadurch seinen größten Handwerksmeister verliert.«

Akizzi ließ Dunijo tatsächlich rufen, entlohnte ihn reichlich und gab ihn frei. Als wenige Tage später Tanuwa sich von Akizzi verabschiedete, ahnte er den Grund seiner Verstimmung, hatte sich doch Kija geweigert zum üblichen Abschiedsmahl zu erscheinen. Entgegen seiner sonstigen Gewohnheit, das mit der unberechenbaren Launenhaftigkeit der Frauen abzutun, spürte Akizzi, dass sich etwas Elementares zwischen die beiden geschoben hatte. In fast rührender Hilflosigkeit fragte er, als sie sich trennten: »Aber wir bleiben doch Freunde, Tanuwa?«

»Ja, das bleiben wir«, antwortete er. Fest und herzlich umarmte er Akizzi. Ein Lächeln aber war nicht auf sein Gesicht zu zaubern.

Die Seereise verlief ohne Zwischenfälle, doch war Tanuwa, als er endlich in Adanija die Braut übergeben konnte, am Ende seiner Kräfte. Wären nicht die Gespräche mit dem immer noch fassungslosen, dankbaren und überglücklichen Dunijo gewesen, der von Tarscha aus das nächste Schiff nach Westen nahm, er hätte mehr als einmal daran gedacht, sich über die Reling zu stürzen. Verlangte ihm der Streit mit Kija seine ganze Disziplin ab, so prüfte ihn die babylonische Prinzessin bis aufs Blut – seine zukünftige Herrin! Er beneidete den König nicht, wenn auch Malnigal wirklich eine Schönheit war. Der einzige Trost war ihm, dass Prinzessin Areimene – wie er Königin Henti nur noch nannte – all das nicht miterleben musste. Er hoffte von Herzen, dass Dunijo sein Ziel unbeschadet erreichen würde, nicht nur um seinet- und seiner Familie willen, sondern auch weil er ein idealer Bote war. Lange Nachrichten konnte Tanuwa nicht verfassen, dafür hielt ihn Malnigal zu sehr auf Trab, doch das Wichtigste konnte er ihr mitteilen, so dass sie fürs Erste beruhigt sein würde.

Wie gut es gewesen war, Land- und Seeweg zu benutzen, zeigte sich, als in Adanija die Nachricht eintraf, Pamba säße noch in der Stadt Alalach fest, wohin sich die Karawane nach einem Angriff durch mittanische Marodeure gerettet hatte. Ein Teil der Fracht war verloren. Ob die Attacke Prinzessin Malnigal gegolten hatte oder als gewöhnlicher Überfall einzustufen war, würde man erst mit Pambas Eintreffen klären können. Dennoch hatte Tanuwas Vorsicht sich bezahlt gemacht und er hatte es zudem geschafft, dass Malnigal rechtzeitig vor dem Herbstfest, in dessen Rahmen sie das Land und das Land sie kennenlernen sollte, eingetroffen war.

In Adanija und im ganzen Land Kizzuwatna wurde die Ankunft der babylonischen Prinzessin mit allem Pomp gefeiert. Sie sollte keinesfalls nach Hause vermelden, sie sei unter Banausen geraten. Im Beisein des gesamten Hofes begrüßte die Tawananna ihre neue Schwiegertochter und führte sie unter strengster Beachtung aller zeremonieller Vorschriften ihrem Sohn, dem König von Hattuscha, zu. Wie die meisten, schien auch Schuppiluliuma tief beeindruckt von der Jugend und der außergewöhnlichen Schönheit Malnigals zu sein. Sie wirkte lieblreizend und eher schüchtern, als sie dem König zum ersten Mal ihre Hand reichte, um sich von ihm zu ihrem Sitz geleiten zu lassen.

Tanuwas verändertes Wesen blieb weder den Freunden noch Hannutti verborgen, doch respektierten sie sein Schweigen. Er arbeitete weitaus härter als ohnehin schon, was sich gut zusammenfand mit den Bedürfnissen des Reiches.

Mit der Heirat von Schuppiluliuma und Malnigal waren die diplomatischen Mittel zur Isolierung Mittanis alle ausgespielt. Das Land stand allein, die Falle konnte zuschnappen. Hattuscha holte zum militärischen Schlag aus, der seinesgleichen suchen sollte. Offenbar hatte der Kriegsgott persönlich seine Finger im Spiel, denn selbst die gewieftesten Taktiker wären vermutlich nicht auf die Lösung verfallen wie Mittani fallen sollte, hätte sie nicht Zababa tatkräftig unterstützt.

Dabei sah es zunächst alles andere als gut aus. Man glaubte sich in Hattuscha endlich am Ziel. Man glaubte, man hätte endlich Mittani eingekreist, da meldete der Geheimdienst, das seit geraumer Zeit zu Hattuscha gehörige Land Ischuwa im Osten sei zu Mittani übergelaufen. Das wiederum hätte Tuschratta von Mittani solchen Rückenwind gegeben, dass er noch kurz vor der Winterkampfpause in einem Handstreich gegen den abgefallenen König von Nuhasse im Westen vorgegangen sei, dessen Familie ermorden ließ und das Land wieder Mittani unterstellte.

Tanuwa hatte den König noch nie so aufgebracht gesehen. Vor dem gesamten Panku überhäufte er die für Ischuwa zuständigen Informanten mit Vorwürfen und Anklagen. Wie es habe geschehen können, dass ein solches Abkommen zwischen Ischuwa und Mittani ohne ihr Wissen geschmiedet wurde? Man sollte sie blenden lassen und ihnen die Ohren abschneiden, wenn sie unfähig seien zu sehen und zu hören, was sich vor ihrer Nase abspielte.

»Da brach die ganze Verzweiflung aus ihm heraus«, sagte Hannutti später zu Tanuwa, als sie zusammen auf dessen Terrasse einen der letzten warmen Spätherbsttage genossen. »Stell dir vor, all unsere Bemühungen wären vergeblich gewesen. Diese Aktion mit Henti und Malnigal womöglich umsonst! Deine Einschätzung unserer neuen Herrin bestätigt sich übrigens leider. Nicht nur die Dienerschaft klagt, sie macht offenbar auch dem König zu schaffen. Die Tawananna hat sich kürzlich geweigert sie zu empfangen, bis sie sich bei ihr entschuldigt hat.«

»Was ist vorgefallen?«

»Nun, sie hat der alten Dame mitgeteilt, dass es wohl an der Zeit sei abzudanken und ihr das Siegel zu übergeben. Ist das nicht dreist? So jung sie ist, sie weiß genau was sie will. Und sie ist maßlos verwöhnt. Wehe, ihre Abendmilch ist nicht richtig temperiert – na ja, lassen wir das. Es gibt wahrlich Wichtigeres zu besprechen.«

Tanuwa nickte. Er hatte ohnehin nur mit halbem Ohr zugehört. Ihn beschäftigte die neue Lage. Es musste eine Lösung geben.

»Wenn ich das richtig sehe«, sagte er, »hat unser sorgfältiger Käfig um Mittani zwei Löcher bekommen, eines im Norden und eines im Südwesten.« Tanuwa hatte sich einen Stock gegriffen und skizzierte eine grobe Karte in den sandigen Boden. »Was wäre, wenn wir uns aber eben diese Tatsache zu Nutze machten?«

»Sprich! Was hast du dir ausgedacht?«

»Wir schicken umgehend dem König von Nuhasse Hilfstruppen.«

»Jetzt, wo der Winter anbricht?«

»Sie müssen doch nicht aus Hattuscha abrücken. Einige sind in Adanija stationiert. Bis die Pässe zwischen Kizzuwatna und Mukisch unpassierbar sind, ist noch etwas Zeit. Das ist zu schaffen. Aber wenn Tuschratta erfährt, dass Nuhasse mit Hilfe hethitischer Kämpfer sich von den mittanischen Fesseln befreit hat, dürfte es für ihn zu spät im Jahr sein, um nochmals einzugreifen. Alle werden denken – und wir werden das geschickt zu unterstützen wissen –, dass wir durch dieses Eingreifen fieberhaft die Offensive im Südwesten vorbereiten, die alle im Frühjahr erwarten. In der Zwischenzeit wird wohl im letzten Winkel bekannt geworden sein, dass nun auch der König von Babylonien zur Allianz gegen Mittani gehört.«

Hannutti blickte Tanuwa etwas verständnislos an. »Aber genau das tun wir ja. Wir bereiten die Offensive im Südwesten vor.«

»Das müssen wir jedenfalls lautstark verbreiten. Wir belassen es aber dort zunächst bei den Truppen in Nuhasse, die sich das eine oder andere Scharmützel liefern können. Das Haupttheer aber sollte so früh wie möglich im neuen Jahr von Westen und Norden gleichzeitig und möglichst überraschend in Ischuwa einrücken und erbarmungslos den Aufstand niederschlagen, wenn nötig die Städte niederbrennen, den König in Ketten legen oder vor das Joch spannen, was weiß ich.«

Was hat nur diese Härte in ihm ausgelöst, dachte Hannutti und sah seinen Neffen nachdenklich an. Gleichzeitig aber war er fasziniert, welch kühnen Plan dieser entwickelte.

»Bevor die Mittanier zu Hilfe eilen können, stoßen wir bereits in Eilmärschen mitten ins Herz ihres Reiches vor«, Tanuwa führte den Stab fast gerade nach Süden, »und erobern die Hauptstadt Waschukanni. Vielleicht gelingt es sogar, Tuschratta gefangen zu nehmen. Ist das geschafft, so dürfte es ein Leichtes sein, nach Westen vorzudringen, sich mit den Truppen in Nuhasse zu vereinigen und dann einen syrischen Stadtstaat nach dem anderen bis an die ägyptische Grenze einzunehmen. Die Grenze zu Ägypten müssen wir natürlich unbedingt respektieren. Übrigens muss Ugarit doch Waffenhilfe leisten. Und die verbliebenen Truppen aus Kizzuwatna müssen rechtzeitig in Marsch gesetzt werden. Das ist aber alles nur eine Frage der sorgfältigen Abstimmung.« Tanuwa richtete sich auf und stützte sich auf seinen Zeigestock: »Was denkst du? Das könnte doch klappen.«

»Das ist sogar großartig. Alle werden nach Mukisch starren, keiner wird uns im Norden erwarten. Das ist ein genialer Plan. Der König und der gesamte Generalstab werden begeistert sein. Wichtig ist, dass unsere Absichten absolut geheim bleiben. Nur die Wenigsten dürfen bis ins letzte Detail eingeweiht werden. Die Vorbereitungen müssen so verteilt werden, dass niemand den tatsächlichen Ablauf des Feldzuges erahnen kann. Lass dich umarmen! Mir scheint, du hast die Lösung dieses schrecklichen Problems gefunden. Den Göttern und besonders Zababa sei Dank.«

Als hätten sich wirklich die tausend Götter Hattuschas zum Wohle des Landes zusammengeschlossen, so trat ein, was die Priester nach sorgfältiger Befragung aller Orakelmöglichkeiten, besonders der Leberschau, angekündigt hatten: Der Frühling hielt fast einen Monat früher als sonst Einzug im Reich, so dass das Königspaar zwar unter größeren Strapazen, doch genau nach den Vorschriften das »Fest der Krokusse« begehen konnte. Das Volk jubelte überall begeistert der schönen Königin zu und Malnigal genoss die Huldigungen.

Umgehend nach dem Fest wurden die vielen auf das ganze Land verteilten Vorbereitungen in Hattuscha zusammengeführt. Unzählige zerlegbare Streitwagen waren anfertigt worden, Waffen, Tornister für die persönliche Habe der Einzelnen und vieles mehr. Nach den exakt ausgearbeiteten Plänen wurden nun die Truppen ausgehoben und zusammengestellt, Pferde, Lasttiere, Lebensmittel, Zelte wurden zugeteilt. Die einzelnen Kontingente erhielten ihre Marschbefehle.

Wie Tanuwa vorgeschlagen hatte, waren noch im späten Herbst schlagkräftige hethitische Gruppen nach Nuhasse geeilt und hatten die völlig überraschte mittanische Besatzung in Ugulzat, der Hauptstadt des Sarrupsi, gefangen genommen. Wer Widerstand leistete, wurde getötet, nur wenige retteten sich durch Flucht. Sarrupsi wurde als König wieder eingesetzt. König Tuschratta von Mittani tobte, doch unternehmen konnte er nichts mehr, da der Winter mit Dauerregen und Schneefall die Wege nahezu unpassierbar machte. Im Frühjahr erhielten die Hethiter in Nuhasse nach Plan Verstärkung. Das Haupttheer rückte wie gewöhnlich und für alle fremden Kundschafter gut erkennbar aus Hattuscha ab. Es wandte sich aber nicht nach Süden, sondern schlug den Weg nach Osten ein, nach Samuha. Sollte es erneute Kämpfe gegen die Kaschkäer geben?

In Samuha nahm ein Feldzug seinen Anfang, der Geschichte schreiben sollte. In einer nur wenige Monate dauernden Kampagne eroberten die Hethiter unter Großkönig Schuppiluliuma, seinem Oberkommandierenden Hannutti und den Feldherren Lupakki und Kantuzzili alle Länder von Ischuwa bis an das Große Meer, wo ägyptisches Territorium begann.

In Sarissa teilte sich das Heer. Das Hauptkontingent zog in Eilmärschen über das Gebirge weiter nach Malidija und über den Euphrat nach Ischuwa. Eine deutlich kleinere Abteilung suchte unter der Führung General Hannuttis den Durchzug durch hethitisches Gebiet bis an den Mala, wie die Hethiter

405

den Euphrat nannten, dem sie solange entlang der begleitenden Gebirgsket-
te nach Süden folgte, bis sie die Einmündung des Ischuwa-Flusses erreicht
hatte. Sie zog weiter nach Osten entlang des Flusses bis zur Furt von Anzita.
Von dort stieß sie wie ein Adler in das fruchtbare Land Ischuwa nach Süden
vor und erreichte fast gleichzeitig mit dem Haupteer die Königsstadt, deren
aufsteigende Rauchfahnen ihr schon von Ferne den Weg wiesen. Ischuwa
war gänzlich unvorbereitet der beidseitigen Attacke ausgeliefert. Bevor
die anderen Orte ebenfalls in Schutt und Asche gelegt wurden, unterwarf
sich der König der Gnade des Großkönigs und schwor, niemals wieder mit
Mittani zu koalieren, sondern unverbrüchlich Vasall Hattuschas zu bleiben.
Das Land hatte sofortige Waffenhilfe zu leisten, Pferde, Vieh, Schafe und
Ziegen abzuliefern. Es bekam als Strafe eine hohe Tributleistung an Kupfer
auferlegt, das hier in den umgebenen Bergen gewonnen wurde. Ansonsten
wurden das Land und seine Bewohner verschont.

Die aus Süden anrückenden Mittanitruppen empfingen die Hethiter bereits jenseits des Passes, der zur Tigrisquelle führte und schlugen sie zurück.
Sie verfolgten sie den Fluss entlang durch unwegsames Gebirge, immer dem
flüchtigen Tuschratta nach Süden hinterher. Er konnte sich absetzen, doch
seine Hauptstadt Waschukanni wurde erobert und geplündert, die Herrschaft
über Mittani an einen hethiterfreundlichen Mann übergeben. Der König
von Babylonien aber hielt Wort: Als König Tuschrattas Sohn, der mit zwei-
hundert Streitwagen nach Süden zum vermeintlichen Verbündeten geflohen
war, um Unterstützung und Aufnahme bat, wurde ihm beides verweigert.
Aktiv in den Kampf schaltete sich Babylonien nicht ein.

Rastlos trieb König Schuppiluliuma seine Kämpfer weiter, nun nach Westen,
über die heilige Stadt Harran zurück an den Euphrat. Um das aufsässige und
gut befestigte Karkamis zu umgehen, wählte man den südlicheren Übergang
über den Fluss bei Emar im Land Astata, das sich unterwarf, und erreichte
so Nuhasse, wo sich die dort stationierten Truppen dem Heer anschlossen.
Es folgte die Eroberung oder die freiwillige Unterwerfung aller nordsyrischen Fürstentümer, die bislang unter mittanischer Oberhoheit gestanden
hatten: Barka, Halpa, Mukisch, Nija und Tunip, letzteres Qatna im Norden
direkt benachbart. Mit allen Lokalkönigen, die innerhalb ihrer Länder volle
Souveränität behielten, wurden Vasallenverträge geschlossen. Sie standen
nunmehr unter dem Schutz Hattuschas. Niqmaddu von Ugarit zog König
Schuppiluliuma bis Alalach im Lande Mukisch entgegen, um ihm zu huldi-
gen. Dort verkündete Schuppiluliuma folgende Neuordnung für die Region:
Die Länder Mukisch und Nija wurden aufgelöst. Ihre Gebiete wurden zum
guten Teil für seine Dienste Ugarit zugeschlagen. Die Mukisch-Hauptstadt
Alalach verblieb als Stadtstaat unter direkter hethitischer Verwaltung. Seinen
Sohn Telipinu, bisher in Adanija Vertreter der hethitischen Herrschaft, setzte

er als Vizekönig von Hattuscha mit Residenz in der Stadt Halpa ein. Er war Richter bei Streitigkeiten zwischen den Vasallen und wurde so ausgestattet, dass er Aufstände niederschlagen und Einfälle abwehren konnte.

Schuppiluliuma hatte sein Ziel erreicht. Nordsyrien war bis zur ägyptischen Grenze in seiner Hand. »Vom Berg Libanon bis zum entfernten Ufer des Euphrat machte ich sie zu meinem Gebiet«, ließ er später in seinem Rechenschaftsbericht für die Götter Hattuschas vermerken. Wie Echnaton zugesichert, wurde der ägyptischen Hoheitsbereich respektiert. Doch was sollte mit dem selbständigen Kattana, das, wie man nur allzu gut wusste, eindeutig Ägypten zuneigte, geschehen? Wie würde der Großkönig sich entscheiden? Sollte auch Kattana erobert werden? Während Schuppiluliuma noch zögerte und den Bitten Tanuwas nachgab, König Akizzi eine Chance zur Unterwerfung zu gewähren – die Mission, ihn und den Rat der Edlen dazu zu bewegen, übernahm Tanuwa selbst – wurde dem Großkönig kurzfristig das Heft aus der Hand genommen. Zwei Fürsten, deren Länder auf ägyptischem Hoheitsgebiet lagen, forderten ihn zum Kampf heraus: Azira von Amurru und Aitakkama von Qadesch.

Trotz der drohenden Gefahr waren alle erleichtert. Es sollte endlich losgehen, etwas passieren, das ungewisse Warten ein Ende haben. Jahrelang hatte der Konflikt in der Luft gelegen, mehr oder weniger dicht am Ausbrechen. Das hatte die Nerven aller strapaziert. Man schwankte zwischen aufgesetzter Gelassenheit und angespannter Bereitschaft, gegebenenfalls sofort loszuschlagen.

Den Anfang machte Azira von Amurru, der Herrscher über viele Stammesfürsten vom Libanongebirge bis an die Meeresküste. Er sah seine große Stunde gekommen. Letztlich war er doch in die Fußstapfen seines Vaters getreten und hatte sich an die Spitze der Koalition gestellt, die ein unabhängiges Syrisches Reich anstrebte. Über Jahre hatte er geschickt ein doppeltes Spiel betrieben. Obwohl die Bündnisse mit den anderen Herrschern Südsyriens und Kanaans gegen Ägypten längst geschlossen waren, beruhigte er Echnaton wiederholt. Man fürchte einen hethitischen Angriff, schlösse sich daher zusammen. Heuchlerisch schrieb er: *„Wenn Schuppiluliuma nur nicht hier in Amurru, dem Land meines Herrn, hereinkommt. Ja, ich habe Furcht wegen des Landes meines Herren."* Echnaton möge Truppen zur Unterstützung schicken.

Was dieser nicht tat. Wohl aber hatte er erfahren, dass Azira zum Nachteil Ägyptens paktierte. Drohend schrieb er ihm: »Ihr eßt gemeinsam und trinkt starke Getränke zusammen. Warum tust du das? Warum bist du auch mit Herrschern befreundet, gegen die der König kämpft? Willst du mit deiner

ganzen Familie unter der Axt sterben?« Doch mehr als diese Unmutsäuße-
rung brachte Ägypten nicht zustande. »Heiße Luft, die ein zahnloser Löwe
ausstößt«, hatte Azira gelästert.

Jetzt aber standen die Hethiter mit einem Heer in Nordsyrien. Damit hatte
Azira trotz allseitiger Warnungen nicht gerechnet, nicht rechnen wollen.
Die Nachrichten aus den Kampfgebieten verkündeten einen hethitischen
Sieg und eine Unterwerfung nach der anderen. Der hethitische Heerzug
zog unerbittlich nach Süden, man hatte mit dem Schlimmsten zu rechnen.
    Azira schickte offizielle Botschaften zu den Königen von Qadesch und
Qatna und all den anderen. Man müsse sich verbünden und gemeinschaftlich die Hethiter zurückschlagen. Gleichzeitig hatte er durch geheime Boten den Verschwörern Aitakkama, Tiru und dem Scheich Pusur mitteilen
lassen, jetzt sei der günstigste Augenblick endlich zu handeln. Sie sollten
all ihren Einfluss geltend machen, die angeworbenen Söldner bereitstellen
und unter dem Deckmantel, man müsse die Hethiter abwehren, die eigenen
Oppositionen ausschalten. Doch Aziras Pläne wurden durchkreuzt. Aitakkama von Qadesch, der von Anfang an skeptisch den Separationsplänen
gegenübergestanden hatte, zögerte. Er sah keine echten Chancen gegen die
übermächtigen Hethiter auf der einen und die unberechenbaren Ägypter
auf der anderen Seite ein eigenes Syrisches Reich durchzusetzen. Auch
lehnte er den dicklichen Azira als potentiellen Oberherren ab. Das wäre er
lieber selber geworden.
    Ohne Azira zu antworten, fragte er bei König Akizzi an, ob es nicht klüger
wäre, sich den Hethitern zu unterwerfen, zumal der Pharao sie ja abgeschrieben habe.

◈◈◈

Der König von Qatna stöhnte.
    »Ich habe das Gefühl, von allen Seiten bedrängt zu werden. Widersprüch-
liche Informationen treffen ein. Wie soll ich da eine Entscheidung vorbereiten?«
    »Ich dachte, du hättest dich eindeutig für Echnaton entschieden«, entgeg-
nete Kija. Sie hatte voll Sorge den Bruder in seinen privaten Gemächern
aufgesucht, um die Lage mit ihm zu erörtern und vor allem, um sich zu vergewissern, dass er den Pharao auf dem Laufenden hielt. Irgendwann musste
er doch reagieren und zu Hilfe eilen.
    »Was heißt entschieden, liebe Schwester? Ich bin nicht allein. Es gibt einen
Rat in Qatna. Außerdem müssen wir in erster Linie unsere eigenen Belange
sehen. Und alles ist so kompliziert.«

»Klär mich auf! Vielleicht finden wir gemeinsam eine Lösung.«

Es war lange her, dass Kija von sich aus das Gespräch mit Akizzi gesucht hatte. Er schätzte sie außerordentlich für ihre klugen Nachfragen und Überlegungen, gleichzeitig fürchtete er sie auch genau deshalb. Doch heute war er dankbar. Zu verworren war alles.

»Wo fange ich an? Mit dem, was dich sicher am meisten bewegt. Ich habe mehrere Boten zu Echnaton geschickt, wie auch zu den benachbarten Fürsten. Wir blieben entweder ohne Antwort oder erhielten eine nichtssagende. Und Echnaton hat sich ganz seinem Gott hingegeben, sagt man. Er interessiert sich nicht für uns.«

»Aber sieht er denn nicht, dass der Hethiter nicht halt machen wird, bis er alles erobert hat, womöglich auch Ägypten? Du musst ihm das eindringlich vermitteln.«

»Schwester, beruhige dich. Ich vertraue dir jetzt etwas an, worüber du keinesfalls sprechen darfst – mit niemandem. Zwischen dem Pharao und dem hethitischen Großkönig ist alles geklärt. Ägypten lässt Mittani fallen und Hattuscha respektiert Ägyptens Hoheitsgebiet. Das macht es uns ja so schwer zu entscheiden – wir sitzen zwischen den Stühlen.«

»Hat dir das Tanuwa gesagt?« Akizzi nickte.

»Und du glaubst ihm?«

»Warum sollte er mir die Unwahrheit sagen? Welchen Vorteil hätte er davon?«

»Um uns alle einzulullen – damit die Hethiter in Seelenruhe sich auch Qatna unter den Nagel reißen können.«

Akizzi sah seine Schwester verblüfft an. »Ich dachte, dass Tanuwa auch für dich ein Freund sei. Er hat sich doch immer bemüht auf unserer Seite zu stehen. Was ist bloß vorgefallen zwischen euch?«

Schroff winkte Kija ab.

»Also weiter«, sagte er. »Soweit zu Ägypten. Von dieser Seite haben wir momentan nichts zu erwarten. Aber es gibt zwei Neuigkeiten, die dich vielleicht überraschen werden – falls Schala mir nicht wieder einen Schritt voraus ist! Mich verwirren sie eher. Azira von Amurru hat uns ja alle aufgefordert, wir sollen uns gegen die Hethiter zusammenschließen ...«

»Das weiß ich.«

Akizzi sagte unwillig: »Warte doch, lass mich ausreden! Gleichzeitig hat er nämlich an die Verschwörer Boten gesandt, jetzt sei es Zeit zuzuschlagen.«

Wieder unterbrach ihn Kija: »Woher weißt du das?«

Zufrieden, mehr als Kija zu wissen, antwortete Akizzi: »Wir haben dank der Wachsamkeit der ›Ohren‹ den Boten, den Azira an Tiru geschickt hat, gefangen genommen. Er hat mit gewisser Unterstützung allerlei Wissenswertes zum Besten gegeben.«

»Du meinst, wir könnten jetzt endlich alles aufklären? Den Mord an Vater? Die ganzen Intrigen, die Überfälle und Räubereien? Das ist ja unglaublich, nach all den Jahren.«

»Gemach, gemach. Du weißt nur zu gut, dass wir eben nicht alles aufdecken können. Wir selbst haben wenigstens die Bestätigung, dass unsere damaligen Vermutungen richtig waren. Für die Ratsversammlung muss sehr sorgfältig erwogen werden, was wir preisgeben und was nicht. Da liegt ja mein Problem. Aber es kommt noch etwas. Fast gleichzeitig erhielt ich eine Botschaft von einem der Verschwörer.«

»Aitakkama von Qadesch?«

»Brilliant!« Akizzi konnte Kija eine gewisse Anerkennung nicht verwehren. Ihre Kombinationsgabe war phantastisch. »Ja, genau. Und weißt du jetzt womöglich auch noch, was er mir vorschlägt?«

Kija schüttelte den Kopf.

»Wir sollten in Betracht ziehen, uns Hattuscha zu unterwerfen. Was sagst du dazu?«

»Bist du sicher, dass die Nachricht von ihm kam?«

»Es war sein Siegel.«

»Eine Falle?«

»Wenn ich das nur wüsste. Entweder fürchtet er wirklich die Macht der Hethiter und sieht, dass aus Ägypten keine Hilfe kommt oder er mag Azira nicht oder, oder, oder. Was sollen wir tun? Nichts? Abwarten? Haben wir etwas zu befürchten? Wird man nicht unseren Status respektieren? Eines ist klar: Einen Waffengang jetzt würden wir nie bestehen, schon gar nicht allein. Wir sind nicht ausreichend vorbereitet und dann gegen die hethitische Wunderwaffe, was sollen wir da ausrichten?«

»Was soll das für eine Waffe sein?«

»Man munkelt doch immer wieder davon. Ich weiß auch nicht so genau. Ich muss Tanuwa das nächste Mal fragen. Aber das ist jetzt auch nicht so wichtig. Wichtig ist, dass ich mir klar werden muss, welche Haltung ich im Rat vertreten soll, und das schnellstens. Wir müssen die Götter befragen.«

Selten hatte sich Kija so ratlos gefühlt. Warum hatte Echnaton Mittani verraten? Stimmte das wirklich? Es schien so, denn sonst hätte er doch zumindest Truppen gesandt. Auch den Übertritt Ugarits zu Hattuscha billigte er anscheinend. Zog er sich aus Nordsyrien zurück? Dann gab es womöglich das Abkommen mit Schuppiluliuma. So wie es Tanuwa ihr anvertraut hatte. Aber konnte man dem Wort des hethitischen Königs trauen? Würde er Grenzen achten? Würde er ein unabhängiges Fürstentum, wie es Qatna war, ebenfalls achten? Hatte sie womöglich Tanuwa zu Unrecht beschimpft? Widerstreitende Gefühle wühlten sie auf. Was war das Beste für Qatna? Sie musste Zwiesprache mit der Göttin suchen.

Noch vor der Ratsversammlung traf Tanuwa in Qatna ein und bat den König um eine sofortige Unterredung, ohne jedes Zeremoniell, zu der auch Schala und Kija hinzugezogen werden sollten.

»Auf dich ist doch einfach Verlass. Tanuwa, lieber Freund, sei uns willkommen! Du kommst zur rechten Zeit. Was bringst du an Neuigkeiten?«

Tanuwa schilderte kurz die Lage in den nordsyrischen Fürstentümern nach der Neuordnung durch Schuppiluliuma. Dann kam er auf Qatna zu sprechen. Der Großkönig erwarte ein eindeutiges Signal. Tanuwa verwies auf die Absprache zwischen Schuppiluliuma und Echnaton und das Versprechen, ägyptisches Territorium zu respektieren. Was der Großkönig einzig und allein wolle, wäre eine klare Stellungnahme Qatnas zugunsten der Hethiter, vor allem gleiche Handelsprivilegien wie Ägypten. Es läge ihm fern Qatna zu erobern und in das Reich einzugliedern. Selbst ein Vasallenvertrag bräuchte nicht abgeschlossen zu werden, ein Handelsvertrag würde genügen, damit der Warenverkehr mit Babylonien, mit dem man jetzt schließlich offiziell verbündet und verschwägert sei, reibungslos und kostengünstig abgewickelt werden könnte. Damit wäre auch Echnaton nicht provoziert.

»Hohepriesterin von Qatna, mein König!« Tanuwa streifte die dabei stehende Kija mit einem kurzen Blick, der sie seltsam berührte. »Ihr alle wisst um meine Fürsorge für diese Stadt. Ich bitte euch von Herzen, den Vorschlag des Großkönigs sehr ernst zu nehmen. Es ist ein außergewöhnliches Angebot. Das brauche ich wohl nicht zu betonen. Noch weilt der Herrscher mit dem Heer in Alalach. Ich möchte euch nahelegen, umgehend einen Gesandten dorthin zu senden.«

»Wir müssen das alles erst im Rat besprechen!«

»Ich weiß, aber zögert nicht zu lange.«

Tanuwa verneigte sich und machte sich ohne weiteres Verweilen in der Stadt auf den Rückweg. Zwischen ihm und Kija war kein einziges persönliches Wort gewechselt worden.

»Er meinte das bitter erst. Ich denke, er wollte uns wirklich warnen. Wenn wir nicht einschlagen, wird der Hethiter auch Qatna angreifen.«

Schala nickte zustimmend.

»Was höre ich? Meine Schwester wird schwankend? Du auch, Schala? Mir scheint es eher ein Zeichen der Schwäche des ehrenwerten Großkönigs zu sein, wenn er höflich um einen Handelsvertrag bittet. Vielleicht fürchtet er Qatna mehr als wir denken.«

Akizzi sinnierte kurz über diesen Aspekt. Dann sagte er: »Mir kommt da eben ein Gedanke, der womöglich das Blatt wenden könnte.« Sein Gesicht erhellte sich merklich. Er war offensichtlich zufrieden mit sich. Die beiden Frauen sahen ihn fragend an, doch Akizzi wehrte ab. »Nein, ich werde darüber jetzt nichts sagen. Wir müssen über all dies im Rat sprechen.« Fast befehlend fügte er hinzu: »Geht jetzt und holt die Weissagungen der Göttin ein.«

Grußlos verließ Kija sein Gemach.

»Willst du mir nicht doch sagen, was du vorhast, König Akizzi?« Schala unternahm noch einen Versuch. »Es erleichtert meine Anfragen bei der Göttin.«

Der König zögerte kurz. Dann entschloss er sich, Schala in seinen Plan einzuweihen. Es konnte nicht schaden, diese mächtige Frau auf seiner Seite zu haben. Und wenn sie wenigstens Kija in Schach hielt, damit war schon viel gewonnen.

Bereits nach wenigen Tagen trat der Rat in der großen Halle des Palastes zusammen. Man spürte allenthalben Verunsicherung und Furcht. Grüppchen standen zusammen und unterhielten sich aufgeregt. Alle wussten, es ging um das Schicksal der Stadt.

Die Hohepriesterin hatte immer wieder die Göttin befragt, ob die Pläne des Königs gelingen, wie sich die Hethiter verhalten würden, wie die Ägypter, wie die anderen Fürsten. Fragen über Fragen, doch die Göttin verweigerte ihr klare Antworten. Sie schickte weder Kija noch anderen Priesterinnen Visionen. Die inneren Spiegel blieben schwarz. Die Priesterschaften des Baalum und anderer Götter zeigten sich genauso verstört über die uneindeutigen Omina. Was würde Qatna erwarten? Den König schien die Unklarheit kaum zu berühren. Keine schlechten Vorhersagen seien doch insgesamt günstig zu werten. Kija bekam Angst. Führte ihr Bruder etwas im Schilde? Was für ein Spiel spielte er? Göttin, warum hilfst du nicht?

Das Königspaar eröffnete die Versammlung der Edlen.

»Das wird wohl eine unserer schwierigsten Zusammenkünfte«, sagte König Akizzi schlicht. »Lasst uns die Herrin der Stadt, die Götter und unsere geliebten Ahnen um Beistand bitten.«

Der König skizzierte die Lage: Das nördlich benachbarte Tunip war in hethitischer Hand, das hethitische Heer zwar noch weiter nördlich im Einsatz, aber auf dem Vormarsch in Richtung Qatna. Azira von Amurru hätte dazu aufgerufen, die gesamte Region solle sich unter seinem Oberbefehl gegen die Hethiter zur Wehr zu setzen. Allerdings sei Aitakkama von Qadesch willens sich Hattuscha zu unterwerfen.

Hier unterbrach ihn Tiru aufgebracht. Das sei ganz unmöglich. Niemals würde sich der Fürst kampflos den Hethitern ergeben.

»Wie kommst du darauf, Edler Tiru? Hier ist sein Schreiben.«

»Eine Fälschung. Das ist eine Finte des Königs«, wandte Tiru sich an die Allgemeinheit, »um den Rat zu verunsichern. Du steckst doch mit dem Gesandten des Hethiterkönigs unter einer Decke!«

»Du meinst Tanuwa?«, fragte Akizzi ehrlich erstaunt. »Ihr alle kennt Tanuwa, damals noch Talzu mit Namen, seit er als junger Mann das erste Mal mit seinem Vater zu Besuch kam. Er ist unser Freund!«

»Und doch Gesandter des Großkönigs.«

»Du lenkst ab, Edler Tiru. Was sollte das bringen?«

»Das ist doch offensichtlich: Du willst, dass auch Qatna sich ausliefert.«

»Es dürften alle im Saal wissen, dass ich immer für Ägypten als Schutzmacht plädiert habe. Was soll also deine bodenlose Unterstellung?« Akizzi blieb gelassen. Sein Onkel gab ihm auch noch die Trümpfe in die Hand! »Allerdings ist uns dein Einwand sehr wertvoll. Wie kommt es, dass du über Aitakkama und seine tatsächlichen Wünsche so gut im Bilde bist?«

Tiru blickte etwas verunsichert drein. Worauf zielte der König?

»Ich will euch die Antwort geben, ihr Edlen.«

Der König erhob sich. Er hatte nun die volle Aufmerksamkeit der Versammlung.

»Eine schlimme Antwort, Freunde. Schlimm besonders für mich, denn was ich zu sagen habe, betrifft ein Mitglied meiner Familie. Doch es muss sein. Die Wahrheit muss ans Licht. Hier, hier steht der Verräter! Gemeinsame Sache mit König Azira von Amurru, König Aitakkama von Qadesch und Scheich Pusur, dem Führer der Nomaden auf dem Boden Qadeschs, hat er gemacht. Unterjochen wollten diese Vier die Fürsten Syriens und Kanaans. Ein eigenes Syrisches Reich hast du immer wieder im Rat gefordert, Tiru. Das haben alle noch in den Ohren. Aber nur, weil du König sein wolltest. Ebenso wie Azira oder Aitakkama. Wer hätte wen ausgeschaltet? Doch soweit wird es nicht kommen! Schluss mit euren Machenschaften! Aitakkama hat die Zeichen der Zeit endlich erkannt. Wahnsinn sich gegen zwei oder womöglich drei Großmächte gleichzeitig zu stemmen!«

Akizzi machte eine Pause, um seine Worte wirken zu lassen. Er blickte in entsetzte Gesichter. Tiru war erstarrt.

»Die eigenen Leute habt ihr betrogen. Gefordert, man müsse gemeinsam gegen die Hethiter zu Felde ziehen. Tatsächlich ging es nur um die Unterwerfung der unwilligen Nachbarn. Andere, nicht ganz abgeneigte Herrscher wurden mit den geraubten Schätzen aus den Karawanen gekauft. Schätze, die du zum Teil deiner eigenen Familie gestohlen hast. Nicht einmal vor dem Eigentum Echnatons habt ihr Halt gemacht. Söldner habt ihr angeheuert. Die Blüte der Jugend wolltet ihr opfern. Alles aus niederen Machtgelüsten. Deine eigene Stadt hast du schmählich hintergangen, Tiru! Ihr Götter!«

Der König ließ sich auf seinem Thron nieder und verhüllte kurz das Gesicht, um sein Entsetzen noch zu unterstreichen.

Erschüttert erhob sich Uppija, der Sprecher des Rates. »Was hast du dazu zu sagen, Tiru, Sohn des Naplimma?«

Tiru saß zusammengesunken auf seinem Platz. Er schien völlig überrumpelt. Schweigend brütete er vor sich hin.

»Und du, Akizzi, woher weißt du das alles? Gibt es Beweise für deine Behauptungen?«, fragte Uppija, nachdem Tiru sich offenbar nicht verteidigen wollte.

»Ich kann Zeugen aufbieten.« Er berichtete von dem geständigen Boten aus Amurru. »Auch schlage ich vor Tirus Haus sowie seine Räume im Stadthaus zu durchsuchen. Einige Beutestücke sind mit Sicherheit wiederzuerkennen.«

Diese Idee war dem König gerade erst eingefallen. Doch schien er ins Schwarze getroffen zu haben, denn auch dazu äußerte sich Tiru nicht, was der Rat als Eingeständnis wertete.

»Edle von Qatna«, sagte Uppija, nach kurzer Beratung mit den übrigen Mitgliedern des innersten Zirkels, »ich denke, wir sollten uns jetzt den wichtigen Entscheidungen zuwenden. Daher verfügen wir, dass Tiru vom Rat ausgeschlossen und zunächst unter strengen Hausarrest gestellt wird, bis wir uns seiner Angelegenheit widmen können.«

Widerstandslos ließ sich Tiru abführen.

Wie in Erz gegossen, grau im Gesicht, verfolgte Königinmutter Beltum die Entlarvung ihres Bruders, ausgerechnet durch ihren geliebten ältesten Sohn. Schließlich erhob sie sich mühsam und verließ, gestützt von ihren Damen, den Saal. Beinahe tat sie Kija Leid. Sie blickte zu Akizzi hinüber. Welche Meisterleistung. Das hatte sie dem Bruder nicht zugetraut. Niemand – außer Schala und ihr – konnte ahnen, dass er von der Verwicklung Tirus in den Tod des Vaters wusste. Niemand konnte ihm beweisen, dass er das wusste und so hatte er die Gefahr durch Tiru endlich erfolgreich ausgeschaltet und saß auf einem sauberen Thron – zumindest für die Menschen. Die Götter wussten es besser! Und fuhr er nicht fort, seine Herrschaft auf Lügen zu bauen? Nein, keine Lügen, sondern Verschweigen! Warum erzählte er dem Rat nicht, was Tanuwa ihm übermittelt hatte? Richtig, davon hatte er nichts gesagt. Dagegen hatte er behauptet, die Hethiter seien auf dem Vormarsch nach Qatna. Kija nutzte den allgemeinen Tumult um zu Schala zu gelangen und sie zu fragen.

»Schweig darüber«, raunte diese ihr zu. »Unbedingt.«

Das klang wie ein Befehl. Kija wurde schwarz vor Augen. Sie taumelte. Ohne dass Schala sie aufgefangen hätte, wäre sie gestürzt. Diese winkte Amminaje zu Hilfe. Sie geleitete Kija zu ihrem Platz zurück und reichten ihr Wasser. Noch war ihr Blick verschleiert. Unzusammenhängende, unverständliche Wörter kamen in ihren Sinn. Das Schwindelgefühl hielt an. Sie wollte sprechen, doch kein Laut kam über ihre Lippen. Ihr wurde übel. Sie begann zu zittern. Tastend, immer noch fast blind, versuchte sie sich zu erheben. Amminaje verstand sofort und führte sie hinaus. Mühsam schwankte Kija durch eine Seitentür ins Freie.

»Wie ging es weiter, nachdem ich weg war?«

Kija lag auf einem Ruhebett im Wohngemach ihrer Mutter. Es war ihr unmöglich gewesen, mit Amminaje in das Haus der Göttin zurückzukehren. Als sie sich etwas erholt hatte, Übelkeit und Schwindel nachließen und auch die Augen wieder klar geworden waren, hatte sie unter Tränen die Freundin gebeten, sie in die Räume ihrer Mutter zu begleiten, wo sie sich allein ausruhen wollte. Eine Flüchtige war sie. Geflohen in die Räume ihrer Kindheit.

Sie hielt Zwiesprache mit der Göttin, die ihr das Zeichen gesandt hatte. Etwas Unrechtes war im Gange, was sie nicht sehen sollte oder sehen konnte. Ungeduldig erwartete sie die Rückkehr ihrer Mutter. Iset zeigte sich nicht verwundert über ihre Anwesenheit. Sie hatte die Tochter liebevoll in die Arme genommen, wie in Kindertagen gebettet, mit kühlem Obstsaft verwöhnt und ihr Kühlung zugefächelt.

»Akizzi hat sich gemacht«, sagte sie. »Ob zu seinem und zum Vorteil der Stadt, vermag ich nicht zu sagen. Jedenfalls bemüht er sich um Qatnas Wohl. Doch frage ich mich, ob er die richtigen Mittel wählt.«

Sie seufzte.

»Mutter, bitte, nun sag schon, was beschlossen wurde.«

»Ich sehe, du bist auf dem besten Weg der Besserung, mein Kind.« Iset musste trotz der ernsten Lage lächeln. »Man kam überein, dass man mit Azira nichts mehr zu tun haben wollte. Entweder weiß er nun, dass sein Bote an Tiru ins Netz ging und der Plan nun offiziell bekannt ist oder er wird es umgehend erfahren. Ich bin gespannt, wie er sich verhält.«

»Wahrscheinlich frech wie immer!«

»Das steht zu befürchten. Ein unkultivierter Mensch. Gut, weiter. Es wurde beschlossen, Pharao Echnaton erneut auf Aziras Unlauterkeit hinweisen. Dein Bruder wird das Schreiben zugleich als Ergebenheitsadresse an den Pharao nutzen.«

»Das heißt, Qatna weist Hattuscha zurück!«

»Wieso zurückweisen?«

Kija biss sich auf die Lippen. »Ich meinte, Qatna wird sich Hattuscha nicht unterwerfen.«

»Nein. Solange dazu keine echte Notwendigkeit besteht, nicht. Und die scheint nicht zu bestehen.«

»Ja soll denn gekämpft werden, wenn die Hethiter angreifen? Das ist doch verrückt. Wir sind gar nicht ausreichend gerüstet!«

»Gekämpft werden wird dann vermutlich schon, aber ohne Qatna. Es wird neutral bleiben. Offenbar hat Aitakkama aktuell seine Meinung erneut geän-

415

dert und will nun doch zusammen mit Azira die Hethiter angreifen anstatt sich zu unterwerfen, so sagte zumindest der König.«

Dieser Schakal, dachte Kija. Er hat keine Silbe von dem gesagt, was Tanuwa ihm so dringend angeraten hatte. Warum nur nicht? Sie zermarterte sich den Kopf bis sie glaubte Akizzis Pläne zu verstehen. Er würde es irgendwie schaffen, dass Aitakkama und Azira die Hethiter angriffen. Er ließ zum Beispiel Aitakkama sagen, Qatna würde eher an Aziras und seiner Seite kämpfen, als sich je den Hethitern unterzuordnen. Oder er schickte Tanuwa einen Boten, er hätte durch Kundschafter erfahren, die beiden würden die Hethiter angreifen oder sonstwas – irgendeine Schurkerei war da jedenfalls im Gange. Sollte es zu diesem Kampf kommen, dann hätte Schuppiluliuma seine Abmachung mit Echnaton gebrochen, denn er zöge gegen ägyptische Aliierte, nein gegen ägyptische Untertanen zu Feld. Womöglich auf ägyptischem Territorium. Dann müsste Echnaton reagieren. Das konnte er sich nicht bieten lassen. Qatna aber wäre fein heraus. Vielleicht ließen sogar beide Seiten die Stadt in Ruhe. Zumindest wäre die Entscheidung aufgeschoben. Wie hatte er den Rat nur so um den Finger wickeln können? Und Schala? Ihre geliebte und verehrte Herrin. Was spielte sie für eine Rolle, welche Ziele verfolgte sie? Warum hatte sie ihr untersagt zu sprechen? Was für eine schmutzige Angelegenheit war das? Hätte sie nur Tanuwa wieder auf ihrer Seite. Er war der einzige, mit dem man vernünftig reden konnte. Sie griff nach ihrem Amulett. Doch dann verbot sie sich diese Gedanken. Er war genauso machthungrig. Unterstützte er nicht seinen König mit grandiosen Plänen, wo er nur konnte? Ansonsten war er ein Befehlsempfänger, sonst nichts. Erst sehr viel später gestand sie sich ein: Das bin ich auch, eine Befehlsempfängerin. Führe ich nicht auch nur den Willen der Hohepriesterin, der angeblich der Wille der Göttin ist, oder den Willen des Königs aus? Welche Handlungsfreiheit habe ich?

Spione hatten bestätigt, was Tanuwa nach seiner Rückkehr aus Qatna in Alalach dem König, Hannutti und dem ganzen Stab angedeutet hatte. Es sei denkbar, dass Azira von Amurru die vermeintliche Gunst der Stunde für seine eigenen Pläne zu nutzen gedächte. Er zöge um Irqata Truppen zusammen, die sich ostwärts dem Orontes-Fluss zuwandten. Bewegungen wären auch um Qadesch zu beobachten. Dagegen verhielte sich Qatna ruhig. Von dort war nichts zu befürchten.

Schuppiluliuma zog sich schließlich nur mit Hannutti zur Beratung zurück. Fast widerwillig beugte sich der König der Notwendigkeit nach Süden zu ziehen. Das Erreichte durfte nicht leichtfertig aus der Hand gegeben werden. Zwar sollte unbedingt noch versucht werden mit Azira und Aitakkama zu verhandeln, doch wenn es sich nicht vermeiden ließ, musste man reagieren und die Angreifer mit Waffengewalt zurückschlagen.

»Ein ganz ungutes Gefühl habe ich in Bezug auf Qatna«, gestand Schuppiluliuma. »Tanuwa scheint nichts bei König Akizzi erreicht zu haben, denn bisher ist kein Gesandter bei uns erschienen. Glaubst du, wir können Tanuwa in diesem Fall wirklich vertrauen? Es ist doch seltsam, dass er in all den Jahren immer wieder in Qatna weilte, auch länger, und dennoch den König nicht von Ägyptens Seite wegbrachte. Hat er dir irgendetwas berichtet? Ich möchte, dass du vertrauenswürdige Männer nach Qatna schickst, verstehst du, Hannutti, aber keine aus Tanuwas Stab. Wir brauchen unbedingt Klarheit, was dort im Gange ist.«

»Ich glaube, es liegt nicht an Tanuwa – er hat sicher sein Bestes versucht –, sondern an der Verbohrtheit von Qatnas König und den Edlen. Sie möchten unabhängig handeln können, und mit Ägypten sind sie verschwägert.«

»Das hat den früheren König doch auch nicht gestört.«

»Nun, vielleicht möchte der Sohn aus dem Schatten des Vaters hervortreten. Aber das Spekulieren nützt nichts. Es soll geschehen, wie du sagst. Ich schicke meine besten Kundschafter. Wenn Qatna etwas im Schilde führt, so werden wir das rechtzeitig erfahren. Im Zweifelsfall werden wir angreifen.«

Während das Heer sich in Eilmärschen auf den Weg machte und dem Lauf des Orontes folgend schon wenige Tage später die Ebene südlich von Tunip erreichte, wo das Lager aufgeschlagen wurde, hetzten Unterhändler nach Amurru und Qadesch, um die drohende Auseinandersetzung abzuwenden. Die Bemühungen endeten katastrophal. Was die Fürsten getrieben haben mochte, blieb im Dunkeln, doch überlebte nur einer der Gesandteb, der fürchterlich geschunden zu Schuppiluliuma zurückgeschickt wurde. In einem Sack brachte er die abgeschlagenen Köpfe der anderen mit. Das war die Antwort.

Diese Provokation durch die Fürsten Azira von Amurru und Aitakkama von Qadesch konnte der Großkönig nicht hinnehmen, auch wenn dadurch mit Sicherheit die Beziehung zu Ägypten erheblich gestört werden würde. Man stellte sich der Schlacht. In der Ebene westlich des Orontes griffen die vereinten Kämpfer der Fürsten und Nomaden die hethitischen Truppen an. Schnell wurde deutlich, dass sie die Hethiter völlig unterschätzt hatten. Sie mussten immer mehr nach Süden zurückweichen, bis sie schließlich besiegt und aufgerieben wurden. Viele wurden getötet, das Land verheert. Erst als sie Gnade erflehten, kam der Kampf zum Stehen. Azira war flüchtig. Aitakkama sowie Geiseln aus den einzelnen Fürstenhäusern und den Familien der beteiligten Scheichs nahmen die Hethiter gefangen. Sie sollten mit nach Hattuscha. Schuppiluliuma sandte sofort eine Botschaft an Echnaton und erklärte, dass dessen Vasallen Azira und Aitakkama ihm keine Wahl gelassen hätten, als das Abkommen zu brechen. Allen war klar, man musste darauf gefasst sein, dass Echnaton seinerseits den Pakt als verletzt ansehen und sie angreifen würde.

In dieser Situation wandte sich Schuppiluliuma nach Qatna. Wenn es schon zum Konflikt mit Ägypten kommen sollte, dann konnte man sich auch Qatna noch einverleiben. Die Stadt war tatsächlich nicht gerüstet, so berichteten Hannuttis Kundschafter.

Der Großkönig ließ Tanuwa holen. Ob der König von Qatna ein Spieler sei, fragte ihn Schuppiluliuma, der darauf spekuliere, dass seine Stadt verschont würde? Oder ob er denke, ein hoher Wall sei ein ausreichender Schutz? Ein hoher Wall reiche vielleicht für Feinde von außen, aber was mit denen sei, die in der Stadt lauerten? Der König lachte zu seinen Worten, doch klangen sie drohend. Vermutlich sei Akizzi einfach nur ein Dummkopf, fuhr der König fort, der glaube, wenn er sich nicht blicken lasse, würde auch ihn keiner sehen. Das wäre doch kein standesgemäßer Freund für Tanuwa.

Dieser versank beinahe im Boden vor Scham über den Spott. Er konnte sich keinen Reim darauf machen, warum Akizzi nicht längst, wie er ihm geraten hatte, einen offiziellen Gesandten zu Schuppiluliuma geschickt hatte. Was war in Qatna los? Seine Unruhe wuchs noch mehr, als Hannutti ihm glaubhaft versicherte, der König sei durchaus in der Stimmung, dieses unbotmäßige Verhalten nicht durchgehen zu lassen. Man hätte vorgesorgt, dass verschlossene Tore kein Hindernis darstellten.

Eine Nacht quälte sich Tanuwa. Er war hin und her gerissen. Warum gab er Qatna, Akizzi und Kija nicht auf? Er hatte doch sein Möglichstes getan, um sie zu warnen. Was konnte er dafür, wenn sie nicht auf ihn hörten? Im Gegenteil! Wahrscheinlich hatte Kija wieder die Meinung vertreten, er hätte sie verraten, alles wäre nur eine Falle. Dass sie ihn so missverstanden hatte! Sie musste diesen Echnaton besinnungslos lieben – sonst hätte sie doch ihren klaren Kopf behalten. Sie war ihm gleichgültig. Solche Anklagen, wie sie ihm entgegen geschleudert hatte, brauchte er sich nicht bieten zu lassen, schon gar nicht von einer eingebildeten Prinzessin, die sich für etwas Besseres hielt. Dann beschlichen ihn Zweifel. Er konnte sie doch nicht einfach dem Angriff ausliefern! Schuppiluliuma war wutentbrannt, weil kampfwütige, sich selbst überschätzende abtrünnige Hunde seine Pläne durchkreuzt hatten. Ihretwegen hatte er das immer noch labile Verhältnis zu Echnaton aufs Spiel setzen müssen. So eine unnötige Aktion. Er würde Qatna dafür büßen lassen. Tanuwa sank auf den Boden und flehte zu den Göttern. Es musste doch eine Lösung geben! Erschöpft fiel er in einen unruhigen Schlaf.

Kija! Da stand sie vor ihm. Wütend blitzte sie ihn an, beschimpfte ihn und sank dann plötzlich in seine Arme und küsste ihn mit einer Leidenschaft, wie er sie bei ihr nicht vermutet hätte – das Traumbild zerfiel. Tanuwa schreckte hoch. Der Morgen näherte sich und er hatte keine Idee, was er tun sollte. Jede geheime Warnung für Qatna wäre jetzt Hochverrat. Schließlich beschloss er, den König zu bitten, ihm einen letzten Versuch der Umstimmung zu gewähren. Zur Not würde er ihm von Kija berichten, vielleicht konnte er ihn damit erweichen. Viel Hoffnung hatte er allerdings nicht. Es war ja auch eher lächerlich, dem König mit einer unglücklichen Liebe zu kommen: Kaufmannssohn schmachtet Prinzessin an, die aber den Pharao liebt, der wiederum mit einer anderen verehelicht ist – man würde sich totlachen über ihn.

»Das war der allerletzte Moment!«
Auch Hannutti war sichtlich erleichtert, als er Tanuwa davon unterrichtete, dass endlich eine Delegation aus Qatna vorstellig geworden war. »Die haben Nerven! Sie sagen, es seien umfängliche Vorbereitungen für den Empfang des hethitischen Herrschers und seines Gefolges vonnöten gewesen. Na ja, ich hab schon bessere Ausreden gehört. Doch unser König hat akzeptiert. Schauen wir uns also mal dein geliebtes Qatna an und … ist ja gut«, beschwichtigte er den Neffen, der ihm einen bösen Blick zuwarf. Er hatte verstanden, Kija sollte nicht erwähnt werden. Er war sehr gespannt, ihre Bekanntschaft zu machen.

Die Stadt und der Palast waren festlich zum Einzug geschmückt. Viel Volk war auf den Beinen und jubelte dem fremden Herrscher zu. Die gesamte königliche Familie, viele Edle, Würdenträger, Priesterinnen und Priester hießen die hethitische Abordnung am Westtor willkommen und geleiteten sie in den Palast, der wegen seiner Größe und der reichen Ausstattung allgemeines Staunen bei den Gästen hervorrief. Die Darbietungen und vor allem die Bewirtung waren vorzüglich. Man hatte an alles gedacht, um den Aufenthalt so angenehm wie möglich zu gestalten. Nach den vielen Wochen des Feldzugs genossen die Hethiter die kultivierte Umgebung.
Beim großen Festmahl hatte König Schuppiluliuma Tanuwa zu sich und Hannutti gerufen, damit er ihnen unauffällig über die teilnehmenden Personen Auskunft erteilen konnte. So ergab sich bis zur Rückkehr ins hethitische Lager keine Möglichkeit für Tanuwa, mit Akizzi mehr als Begrüßungsworte zu wechseln. Mit Kija gelang nicht einmal das. Sie vollzog zusammen mit Schala die Riten. Er suchte ihren Blick, den sie ohne eine sichtbare Regung erwiderte. Es hatte sich also nichts geändert. Doch beobachtete er, dass sowohl der König als auch Hannutti sie immer wieder aufmerksam betrachteten.
Am kommenden Tag erschien unter der Führung von König Akizzi eine Abordnung aus Qatna zum Gegenbesuch im großköniglichen Zelt. In ihrer

Begleitung befanden sich einige Söhne aus Qatnas Adel, die die Hethiter der Sitte gemäß nach Hattuscha an den Königshof begleiten würden. Vor allem aber hatte der Großkönig sie geladen, um über das Abkommen zu sprechen. Zu seiner Verblüffung legte der qatnäische Unterhändler Luwaja, der Vorsteher der Kaufleute, einen umfassenden Vertragsentwurf vor, der die Handelsbeziehungen zwischen dem Reich Hattuscha und Qatna regeln sollte. Diesen übergab er zur Prüfung durch hethitische Beamte an Tanuwa, der das Königshaus bei den Verhandlungen vertrat und als Übersetzer fungierte. Den ungewöhnlichen Schritt begründete Luwaja damit, dass Qatna durch die lange Handelstätigkeit über eine gewisse Standardisierung bei den Verträgen verfüge und man dem Edlen Tanuwa und seinen Kollegen Arbeit ersparen wollte.

Schuppiluliuma war beeindruckt, nicht zuletzt von dem ungewöhnlichen Selbstbewusstsein seiner neuen Partner. Sie warteten nicht demütig darauf, was ihnen präsentiert werden würde, nein, schon fast ein bisschen dreist, waren sie es, die die Vorgaben machten. Aber ausnahmsweise gefiel das dem König. So bedeutete er Tanuwa durch einen Wink, seinerseits den vorbereiteten hethitischen Vertragstext zu übergeben. Die eigentlichen Verhandlungen konnten warten. Er war begierig zu sehen, was Qatna alles zu bieten hatte. Das wurde nun im Einzelnen gezeigt. Bestechend für den hethitischen Großkönig waren vor allem die ihm als Gastgeschenk überreichten Gewänder. Sie waren übersät mit noch nie gesehenen tiefroten, wundervollen Mustern. Das Rot nannten die Qatnäer Purpur. Bisher hatte Schuppiluliuma nur Tanuwas Kleid zu Gesicht bekommen, das mit einem breiten derartigen Purpurstreifen verziert war. Von ihm wusste er auch, dass über die verwendeten Substanzen und den Herstellungsprozess der Farbe und des Färbens in Qatna nichts herauszubekommen war. Das sollte sich ändern, schwor sich der König.

Luwaja legte auch eine Liste vor, welche Güter aus Hattuscha man in Qatna mit einiger Aussicht auf Erfolg zu verhandeln gedachte – das wäre doch nach dem Herzen Mitannamuwas, flüsterte Schuppiluliuma Hannutti lachend zu. In bester Stimmung trennte man sich. Zum Abschied schenkte Schuppiluliuma seinem neuen Freund, König Akizzi, einen Dolch aus dem Geschenk des Himmels, um ihn seiner Wertschätzung zu versichern. Die hethitische Wunderwaffe zum Anfassen! Akizzi vibrierte vor Erregung. Ob der Großkönig nicht einen Fehler machte, sie in seine Hände zu geben?

Noch vor dem Herbstfest war der Vertrag zwischen den Hethitern und Qatna abgeschlossen. Die Verhandlungen hatten Tanuwa ermöglicht, für wenige Tage in Qatna zu weilen, bevor er nach Hattuscha zurückkehrte. Einiges hatte sich verändert. In seiner Eigenschaft als offizieller Gesandter wohnte er nicht mehr im Palast, sondern residierte in einem Haus in der Oberstadt, nicht weit vom Stadthaus entfernt, wo auch die meisten Treffen stattfanden. Es lag aber sicher nicht nur an seinem Status, dass sich zwischen ihn und Akizzi eine gewisse Fremdheit eingeschlichen hatte Steif begrüßten sich die Freunde, als sich endlich die Gelegenheit zu einem privaten Gespräch in Akizzis Gemächern fand.

»Mir ist erst jetzt klar geworden, dass du ein Hethiter bist, der dem Großkönig dient. Ist das nicht seltsam? All die Jahre habe ich das ignoriert. Du warst mein Freund und Ratgeber. Keinen Gedanken habe ich daran gegeben, was ich dir alles anvertraue, dir, einem potentiellen Feind!«

»Ich habe dein Vertrauen nie missbraucht, mein König.«

»Du vielleicht nicht …« Akizzi sah ihn nachdenklich an. »Hättet ihr angegriffen?«

Tanuwa nickte.

»Und du hättest uns nicht gewarnt?«

»Ich habe euch gewarnt! Wie ein klappernder Storch habe ich auf dich eingeredet.«

»Natürlich hat er uns gewarnt, mehrfach sogar. Vermutlich bis an die Grenze des Erlaubten.«

Beide Männer drehten sich zur Tür. Kija. Wie immer im schlichten Gewand der Priesterin, das ihre mädchenhafte Figur so gut zur Geltung brachte. Und doch eine gereifte, würdige Persönlichkeit, deren unglückliche Liebe ihren Zügen diesen Hauch von Melancholie verlieh. Das machte sie für Tanuwa noch um ein Vielfaches anziehender. Er wäre gerne seinem Impuls gefolgt, sie zu umarmen. Doch er blieb starr sitzen. Ausgerechnet von ihrer Seite hätte er keine Hilfe erwartet. Erst als sie auf ihn zuging, erhob er sich. Sie legte ihm die Rechte auf die Schulter: »Sei gegrüßt, Talzu von Tarscha.«

Es durchfuhr ihn. Warum benutzte sie seinen alten Namen?

»Die Götter mit dir, Kija von Qatna«, erwiderte er ihren Gruß.

»Die Göttin«, verbesserte sie ihn mit sanfter Stimme. »Die Göttin mit dir.«

»Setz dich zu uns, Schwester.«

»Seid ihr bei der großen Aussprache?«

»Ich reise morgen. Der Vertrag ist ausgehandelt. Es ist mein Abschiedsbesuch.« Wie förmlich das klang.

»Oh, das ging ja rasch. War der Vertrag deine Idee? Soweit ich weiß, haben die anderen Fürstentümer alle einen Vasallenvertrag abschließen müssen oder sollte ich sagen: dürfen?«

Ärger stieg in Tanuwa auf. Was war daran wieder falsch?

»Die Prinzessin ist wie immer sehr gut informiert«, gab er zurück. »Vermutlich hast du diesmal zu bemängeln, dass Hattuscha nun über gleiche

Handelskonditionen wie Ägypten verfügt? Ist das etwa ein Schaden für Qatna?«

»Den Kaufherren ist es sicher recht. Aber politisch gesehen trägt Qatna natürlich Schaden davon. Echnaton wird diese Aktion jedenfalls nicht zu unseren Gunsten auslegen.«

»Ich wusste gar nicht, dass Echnaton sich für Qatna interessiert.«

»Wie sehr er sich für uns interessiert, werden wir spätestens im nächsten Frühjahr erfahren, wenn seine Truppen erscheinen und auf diese Weise Rechenschaft abzulegen ist.«

»Ach, hat Qatna sich Ägypten unterstellt? Ich dachte, die Stadt sei unabhängig. Offenbar entgehen mir die wichtigsten Entscheidungen.«

»Das kann ich mir nicht vorstellen. Euer sogenannter Handelsbeauftragter, der wohl eher die Funktion hat alles auszukundschaften, wird euch doch bestens auf dem Laufenden halten. Wie man hört, versteht er von Stoffen, Essenzen, Edelsteinen herzlich wenig.«

Schweigend verfolgte Akizzi den Schlagabtausch der beiden, der zusehends schärfer wurde.

»Ich bin sicher, dass du dich für uns bemüht hat, Tanuwa«, griff er beschwichtigend ein. »Der Vertrag ist die beste aller schlechten Lösungen. Du wusstest immer, dass ich mich am ehesten Ägypten verbunden fühle, mit dem wir alte, gute Kontakte pflegen. Warum sollten wir das ändern, zumal du mir anvertraut hast, dass Hattuscha und Ägypten sich verbrüdert haben – wenn das auch niemand offiziell weiß? Dagegen hat die Hinwendung unseres Vaters Idanda zu Hattuscha ihm den Tod gebracht, wie du dich erinnerst. Übrigens haben wir jetzt endlich alles aufgeklärt, die Überfälle, das Attentat. Tiru steht unter strengstem Hausarrest.«

»Wir haben alles aufgeklärt?« In Kijas übertrieben erstaunter Frage schwang mehr mit, als Akizzi lieb sein konnte. »Du solltest uns unbedingt umgehend im Heilhaus aufsuchen, lieber Bruder. Offenbar ist mit deinem Gedächtnis nicht alles in Ordnung. Überhaupt ist mit dir einiges nicht in Ordnung. Das beobachte ich schon geraume Zeit. Es ist doch krank zu denken, man könnte Großmächte gegeneinander ausspielen. Auf Kosten anderer. Aber ich sehe, ich störe euer trautes Männergespräch. Ich lasse euch lieber allein.«

Kija erhob sich und schaute auf die beiden brüskierten Männer hinab. »Leb wohl, Talzu von Tarscha, die Göttin halte ihre schützende Hand über dich und führe dich auf guten Wegen! Gute Nacht, Bruder.«

Bevor Tanuwa und Akizzi etwas erwidern konnten, hatte sie das Zimmer verlassen und mehr Fragen für Tanuwa aufgeworfen, als Antworten gegeben.

»Was ist mit ihr?«

»Ich weiß es nicht. Wirklich nicht. Sie ist wohl unglücklich. Sie hat sogar das Haus der Göttin verlassen und sich in die Gemächer ihrer Mutter zurückgezogen! Die Hohepriesterin hat mir untersagt sie zu fragen. Weißt du, was ich manchmal glaube? Sie hätte heiraten sollen. Schau dir Ehli-Nikalu an. Sie ist doch ein Prachtsweib, rund und drall – ein Kind nach dem anderen kommt und sie ist zufrieden. Dagegen Kija, beinahe verhärmt, nichts auf den Rippen. Das ist nicht schön, oder?« Akizzi seufzte und rieb sich fast verlegen sein eigenes, recht gerundetes Bäuchlein. »Wahrscheinlich jammert sie tatsächlich ihrer großen Liebe nach. Das würde mich bei ihr nicht überraschen, so dickköpfig wie sie ist.«

Tanuwa unterließ es, Akizzi zu befragen, was Kija mit ihren Vorwürfen gemeint hatte. Er war froh, dass zum Ende ihres Gesprächs – letztlich dank Kijas Verhalten – wieder so etwas wie ein vertraulicher Ton zwischen ihnen aufgekommen war. Den wollte Tanuwa nicht gefährden. Doch arbeitete es in seinem Kopf, nachdem er dem König Lebewohl gesagt hatte. Er war versucht, noch den hethitischen Handelsbeauftragten aufzusuchen und ihm entsprechende Instruktionen zu geben. Doch dann beschloss er, erst selbst nachzudenken und Erkundigungen einzuziehen. Ihm erschien die Gesamtsituation in den neuen hethitischen Gebieten Syriens bis an die nun verschobene Grenze zu Ägypten zu labil.

Der lange Heimweg nach Hattuscha gab ihm Gelegenheit über Kija und die letzte Begegnung mit ihr nachzudenken. Nein, er konnte Akizzi keinesfalls zustimmen. Kija war eine seltene Schönheit mit ihrem grazilen Körper, dem oft geheimnisvoll wirkenden Blick aus ihren wachen Augen, den feingliedrigen schlanken Händen. Sie überhaupt mit Ehli-Nikalu vergleichen zu wollen, war schon verfehlt. Und ihre Zunge, wie immer geschliffen scharf. Wäre nicht diese schreckliche Trübung zwischen ihnen, er hätte den Disput genossen. Das war inspirierend als kreuze man die Klinge mit einem außerordentlich klugen Gegner. Sie zögerte keine Sekunde, parierte sofort, doch bevorzugte sie eindeutig den eigenen Angriff. Und sie war sehr gut informiert. Besser als er, das musste er zugeben. Was hatte sie mit ihren Anspielungen auf Akizzis Gedächtnis gemeint? Was mit dem gegeneinander Ausspielen der Großmächte? Das müsste sich wohl auf Ägypten und das Hethiterreich beziehen. Doch was könnte Akizzi in dieser Hinsicht schon bewirken? War der Mord an König Idanda nun aufgeklärt oder nicht? Wie war das gelungen?

Als Kija so plötzlich vor ihm gestanden hatte, hätte vermutlich ein Wink, ein Lächeln, ein verbindliches Wort gereicht und er wäre ihr erneut verfallen. Sie war am Anfang des Treffens für ihn gar nicht einzuschätzen gewesen. Benutzte seinen früheren Namen. Was wollte sie ihm damit sagen? Und dann diese Betonung der Göttin. Natürlich war sie Priesterin der Göttin, aber das hieß normalerweise nicht, dass sie allen anderen Göttern ihre Aufmerksamkeit versagte. Doch sie hatte ihn korrigiert, sie hatte dezidiert alle anderen Götter ausgeschlossen, als er sie grüßte und bei ihrem Segensspruch. Wandelte sie auf Echnatons Spuren? War das ein Geheimnis, das sie womöglich mit Echnaton teilte? Dass sie die einzige Göttin und er den einzigen Gott verehrten? Nein, das ergab keinen Sinn, das schloss sich sogar aus. Doch könnte seine Idee einer einzigen Gottheit bei Kija auf fruchtbaren Boden gefallen sein. Seine Gottheit war männlich, ihre weiblich. Trat sie gegen ihn an? Kija und immer wieder Kija. Warum ließ dieses Weibsbild ihn nicht los. Sie hatte ihn erst scheinbar gegen Akizzi verteidigt, um ihn anschließend ins Messer laufen zu lassen. Er musste sie endlich aus seinem Leben streichen. Zu eindeutig gehörte ihr Herz Echnaton und seinen phantastischen Träumen. Was faszinierte sie nur an diesem merkwürdigen Menschen? Er hatte den Pharao nur offiziell, niemals als Mensch, als Mann erlebt. Trotz seines ganzen familiären Zurschaustellens, trug er immer die Maske des unnahbaren Gottkönigs, der einerseits sanft wirkte und dennoch eisenhart war wie das Geschenk des Himmels. Seinen Gott würde er gegen alle Widerstände erzwingen. War es das wert? Gleichzeitig musste Tanuwa zugeben, dass er den Ägypter auch bewunderte. Er glaubte zutiefst an die Richtigkeit seines Handels, er glaubte bedingungslos an seinen Gott und er fühlte sich gesteuert von der heiligen Pflicht, allen Menschen diesen Gott nahezubringen, sie zu ihm zu führen. Das im Verbund mit seiner schönen Frau. Welche Kräfte in ihr ruhten! Wenn Echnaton je in seinen Kräften nachlassen würde, sie nicht, niemals. Hatte sie Herzensgüte, Mitleid? Das wusste er nicht. Doch er wusste, dass es besser war, Nofretete nicht zur Feindin zu haben.

◈◈◈

Der von Hattuscha befürchtete ägyptische Angriff blieb aus, doch der geliebte Bruder Echnaton grollte. Nicht genug, dass er ständig mit den Querelen innerhalb der unter ägyptischer Oberhoheit stehenden Fürstentümer belästigt wurde. Jetzt musste er vernehmen, dass König Schuppiluliuma entgegen seinen Beteuerungen Eroberungen im ägyptischen Teil Syriens verzeichnete und auch den Abfall ägyptischer Vasallen zugunsten Hattuschas zu verantworten hatte. Damit meinte er Aitakkama von Qadesch. Er zitierte den hethitischen Gesandten Lurma zum Bericht in den Palast in Achet-Aton. Der verteidigte die Handlungsweise seines Herrschers, der zur Reaktion auf eine unverschämte Provokation seitens ägyptischer Untertanen geradezu gezwungen worden sei, und verwies auf die Korrespondenz.

Echnaton winkte ab. Es sei trotzdem tiefstes Unrecht, er nähme das seinem Bruder äußerst übel, aber jetzt gäbe es Wichtigeres zu tun. Damit war der Gesandte entlassen.

Tanuwa fasste die Lage zusammen. »Ägypten wird neben Mittani, zu dem ich später noch kommen werde, die größte Unsicherheit bleiben. Pharao Echnaton ist politisch gesehen ein schwacher Herrscher, doch entfaltet er eine ungeheure Wirkung durch die Verkündigung eines einzigen Gottes, der nur durch ihn, Echnaton, und vielleicht noch durch Nofretete zu den Menschen spricht. Alle anderen Götter hat er verboten. Ihre Wohnhäuser ließ er zerstören oder schließen. Waren er und seine Familie anfänglich beim Volk beliebt, so scheint ihm der Kontakt zur Bevölkerung weitgehend verloren gegangen zu sein. Nur die, die ihm in seinem Glauben folgen – viele vermutlich nur zum Schein –, nimmt er wahr. Sie hat er in seiner aus der Wüste neu erschaffenen Hauptstadt Achet-Aton um sich geschart. Übrigens ein einzigartiges Meisterwerk an Stadtplanung.«

Man konnte Tanuwas Bewunderung heraushören.

»Konntest du in Erfahrung bringen, was der Pharao mit diesem Gott Aton bezweckt? Es muss doch Gründe geben, warum er sich freiwillig mit allen anderen Göttern anlegt?«

»Das ist schwierig von den wenigen Besuchen her zu beurteilen. Ich kann nur meinen Eindruck mit ungenügenden Worten schildern. Aton wurde bereits von den Eltern Echnatons bevorzugt verehrt. Damit ist er aufgewachsen. Zu Beginn der Herrschaft ließ Echnaton die anderen Götter noch bestehen. Nur der Gott des Jenseits, Osiris, wurde von Anfang seiner Herrschaft an ausgeschaltet. Das war sicher ein bedeutender Einschnitt für alle Ägypter, dass kein Totengericht mehr stattfand. An der Stelle des Osiris bestimmte der König, wer für das Jenseits gerechtfertigt war. Im Laufe der Jahre wurde sich der Pharao wohl immer sicherer, Aton als den Gott schlechthin erkannt zu haben und dessen Heilskönig zu sein, der Künder des wahren Glaubens. Ich denke, er ist wahrhaftig zutiefst von diesem Glauben überzeugt.«

»Wer aber ist Aton? Das hast du nicht gesagt.«

»Die Frage müsste lauten: was ist Aton? Soweit ich das verstanden habe, ist Aton Licht und Leben, Vater und Mutter gleichzeitig. Man stellt ihn als Sonnenscheibe dar, von der Strahlen ausgehen, die in menschlichen Händen enden, um die Verbindung des Gottes mit der Erde zu symbolisieren. Durch das Licht und im Licht offenbart er sich. Im Gegensatz zum bisherigen Sonnengott ist es der Schein der Sonne, der die Welt durchdringt, der Leben spendet. Deshalb ist Aton allmächtiger Weltenherrscher. Er benötigt keine Gattin, er hat keinen Feind. Sein Sprachrohr ist der König, sein Verkünder, sein Prophet.«

»Also Sonne und Licht – das ist natürlich mit das Wichtigste. Aber was ist mit dem Wettergott, dem Kriegsgott, der Göttin der Liebe und, und, und? Das soll alles eins sein? Unglaublich!«

»Unerhört, würde ich sagen. Und welch geschickter Spielzug das Leben nach dem Tod, den Ägyptern bisher das Elementarste in ihrem Leben, durch königliche Hand zu regeln! Das ist absolute Macht. Sie müssen alle zittern, ob sie vor den Augen des Königs genügen. Niemand darf mehr etwas Schlechtes tun.«

Ungläubiges Staunen breitete sich aus.

»Ich weiß nicht recht«, sagte Tanuwa nachdenklich. »Ich hatte eher den Eindruck gewonnen, es komme dem König darauf an zu vermitteln, dass das Leben auf Erden wichtiger ist als das nach dem Tod. Aber ich kann mich irren.«

»Lasst uns diese Überlegungen momentan nicht vertiefen, wir verlieren sonst aus den Augen, worüber wir eigentlich sprechen wollten«, mahnte Mitannamuwa. »Tanuwa, fahre in deinem Bericht fort.«

»Wohin wir sonst im Land kamen, war große Verunsicherung zu spüren. Man fürchtet sich vor Spitzeln. Manche reden hinter vorgehaltener Hand, manche murren ganz offen. Es rumort im Volk und im Adel. Eine Reihe von Missernten und es käme nach meiner Einschätzung schnell zu einem Aufstand der Untertanen den Nil entlang. Anlass zu Ärger hat auch die Große Königsgemahlin hervorgerufen. Ihr Einfluss auf den Pharao ist immens. Sie hat erreicht, dass er sie fast wie seine Mitregentin behandelt. Echnaton ließ ihr als Hohepriesterin des Aton ein eigenes Heiligtum bauen, zu dem er keinen Zutritt hat. Und sie erhielt wie er selbst einen neuen Geburtsnamen: Neferneferu-aton, was bedeutet: Aton ist der Vollkommenste. Das passt vielen nicht. Vor allem die Priesterschaft des Amun in Theben, dem ›Sitz der Throne der ganzen Welt‹, ist zutiefst erzürnt. Zur Strafe hat Echnaton ihren Hohepriester kurzerhand als Leiter eines Steinbruchs in die östliche Wüste geschickt, um so jeden Widerstand zu ersticken. Doch scheint mir dadurch die Flamme eher weiter entfacht worden zu sein.

Nach meinem letzten Besuch habe ich noch etwas festgestellt, was Lurma sicher bestätigen kann. Für die Ausbreitung des Aton-Glaubens über Ägypten hinaus ist dem Pharao nichts zu viel. Alle Menschen, so lässt er verbreiten, möchte er zum einzigen und wahren Licht namens Aton führen und ihnen die Teilnahme an diesem Glück zukommen lassen. Im Land Kusch im Süden Ägyptens dürfte das schon weitgehend gelungen sein. Das nächste Ziel aber sind jetzt mit Sicherheit die Fürstentümer der Levante, von denen einige nicht abgeneigt sind, den neuen Gott anzunehmen, bis hinauf nach Mittani, das immerhin den Sonnengott als obersten Gott verehrt. Und – nur zur Erinnerung – Echnaton ist mit dem flüchtigen König Tuschratta verschwägert, der alles daran setzt, seinen Thron und das Land zurückzugewinnen!«

Raunen ging durch die Panku-Versammlung. Aus dem Wirrwar der Stimmen waren empörte Rufe zu vernehmen.

»Um Himmels willen, Echnaton wird alles durcheinander bringen.«

»Ohne nur einen Fuß aus Ägypten zu setzen, bringt er überall hin Aufruhr.«

»Er ist doch wahnsinnig!«

»Ein Fanatiker!«

»Die Götter werden ihn, sein Land, womöglich uns alle für seine Nichtachtung bestrafen! Wie kann er nur ihre Pflege einstellen?«

»Man muss ihn zügeln.«

»Warten wir den Winter ab, was er an Entwicklungen bringt«, versuchte der König die Gemüter zu beruhigen. »Wir müssen unser Kundschafternetz von Mittani bis Ägypten so eng wie möglich knüpfen«, wandte er sich an den Großen der Schreiber, Mitannamuwa.

Der nickte. »Überall sind unsere Männer vor Ort oder zu ihren Einsatzgebieten unterwegs, meine Sonne. Wir haben auch innerhalb des Hattuscha-Landes die Stationen an den wichtigsten Wegen so vermehrt, dass uns selbst bei schlechtester Witterung Nachrichten schnell erreichen. Wir müssen immer einen Vorsprung haben!«

Der König neigte anerkennend sein Haupt.

»Wir dürfen außerdem nicht in den Fehler verfallen, unseren Blick ausschließlich nach Süden zu richten«, gab Hannutti zu bedenken. »Die anderen Grenzen müssen ebenso sorgfältig beobachtet werden. Unsere Freunde, die Kaschkäer, sind verdächtig zahm. Das verursacht mir ein ungutes Gefühl.«

»Nun, auch dort haben wir Späher eingesetzt. Aber alles verhält sich ruhig. Vielleicht, weil sie zum Teil in unser Heer eingebunden wurden und momentan auch der Handelsaustausch mit ihnen gut funktioniert. Unsere ausgeklügelte Vorratswirtschaft, vor allem die Getreidespeicher machen sich bezahlt. Ohne unsere Hilfslieferungen vergangenen Winter hätte es im Norden bitter ausgesehen, oder?«

»Niemand zweifelt an deiner Klugheit, Mitannamuwa. Mit Honig fängt man Naschkatzen!«

An diesen Spruch musste Tanuwa wieder denken, als er Monate später die nächste große Panku-Zusammenkunft verließ. Echnaton hatte seinen geliebten Untertanen in Kanaan, Amki, Upe und den anderen Fürstentümern keine Truppen oder sonstige Hilfen zur Abwehr äußerer oder innerer Feinde geschickt, er dachte auch nicht daran, gegen Hattuscha militärisch vorzugehen und die verlorenen Gebiete zurückzuerobern. Dafür aber hatte er Aton-Priester ausgesandt, die den neuen Glauben verbreiten sollten. Damit es dem einen oder anderen König leichter fiel sich darauf einzulassen, schickte der Pharao mit seinen Abgesandten Geschenke und Gold! Ausgeschlossen von dem Segen wurden die Länder Amurru und Qadesch, die in seinen Augen abtrünnige Verräter waren und ihre Strafe erhalten hatten. Qatna belohnte – oder strafte – er mit Schweigen.

König Tuschratta musste von irgendeiner Seite Unterstützung erhalten haben. Denn er war wieder in Mittani – was von ihm übriggeblieben war – erschienen und schürte die Stimmung gegen den von Schuppiluliuma eingesetzten König, den er als hethitischen Sklaven beschimpfte. Die Gefahr, dass die Waffen gezogen würden, wuchs von Tag zu Tag. Die hethitischen Eroberungen des vergangenen Jahres würden verloren gehen, wenn Hattuscha nicht tätig werden würde. Mehr noch: es drohten in der ganzen Levanteregion unabsehbare Kleinkriege, jeder gegen jeden. Keiner würde mehr die Gründe wissen, weshalb man übereinander herfiel. Wie war das zu verhindern? Man war im Panku-Rat zu keinem einstimmigen Ergebnis gekommen. Ein Teil befürwortete einen erneuten Waffengang. Dagegen sprachen sich viele vehement aus. Man gewänne keine zufriedenen Untertanen, wenn jährlich eine Spur der Zerstörung gelegt werde. Auch Mittani zu verheeren, brächte doch gar nichts außer verbrannter Felder und zerstörter Städte, die jahrelang zu nichts zu gebrauchen wären. Und man reize womöglich unnötigerweise Assyrien. Zudem sei damit das Problem Echnaton nicht im mindesten gelöst. Die Kräfte würden auf einem Nebenschauplatz verschwendet. Gegen Echnaton wiederum sei es noch sinnloser mit Waffen anzutreten. Schließlich wolle man ja Ägypten nicht erobern. Außerdem entziehe sich der Pharao auch eindeutig einer kriegerischen Auseinandersetzung. Er kämpfe mit anderen Waffen. Doch wie solle man darauf reagieren? Man vertagte sich.

Hannutti und Tanuwa kehrten von einem der seltenen Familienbegegnungen im Haus der Schummiri zurück. Es war ein vergnüglicher Abend gewesen, der alle Sorgen für ein paar Stunden vergessen ließ. Schummiri hatte ihren Enkel Tanuwa sehr ins Herz geschlossen und auch er fand Gefallen an seiner Großmutter, deren Lebensklugheit er zu schätzen gelernt hatte. Doch bei aller Zuneigung hatte er sich bisher nie getraut, ihr die ihn quälenden Fragen zu stellen. Kam einmal die Rede auf seine Mutter, so spitzte er besonders sie Ohren, aber mehr als vage Andeutungen hörte er nicht heraus. Sicher schien ihm zu sein, dass Eheja nicht sein Vater war, aber wer dann? Nie wurde er den Verdacht los, dass Hannutti etwas darüber wusste, doch dieser hatte immer abgewiegelt. Bliebe der König, wie Henti ihm im letzten Jahr angeraten hatte. Was für einen Grund hätte er gehabt, den König mit solch einer Geschichte anzusprechen? Verzeih, meine Sonne, weißt du nicht zufällig, wer mein Vater ist? Unmöglich. Der hatte andere Sorgen. Königin Malnigal war wieder schwanger und noch launischer und eigenwilliger als sonst. Dabei konnte sie so reizend sein. Tanuwa wurde aus seinen Gedanken gerissen.

»Es ist unglaublich, dass so viele kluge Köpfe darüber nachdenken, wie das Problem mit Echnaton gelöst werden könnte und bisher einfach kein vernünftiger Vorschlag kam. Wo sind deine Ideen? Du bist doch sonst immer bei etwas Kniffligem vorne.«

Tanuwa machte ein schuldbewusstes Gesicht.

»Was heißt das jetzt? Du weißt nichts oder du hast bereits einen Plan in der Hinterhand?«, insistierte Hannutti.

Tanuwa wurde es heiß und kalt. Tatsächlich hatte er einen ungeheuerlichen Einfall gehabt. So ungeheuerlich, dass er ihn verzweifelt wieder vergessen wollte.

»Lass mir noch etwas Zeit, Hannutti. Ich muss mit den Göttern sprechen. Sollte etwas an meiner Idee sein, so kann ich sie nur dir und dem König anvertrauen.«

Hannutti schwieg gegen seine Gewohnheit und sagte nur zum Abschied: »Kann ich dem König Hoffnung machen?«

»Bitte, Onkel, warte damit noch.«

»Aber nicht zu lange! Und nenn mich nicht Onkel!«

Wie weggewischt waren alle anderen Überlegungen. Hannutti hatte Recht. Es war keine Zeit zu verlieren. Die Entscheidungen für das neue Jahr mussten jetzt gefällt werden.

Aber durfte er so massiv in ein Menschenleben eingreifen? Tanuwa opferte im Großen Tempel und bat die Götter um Rat. Vergeblich. Offenbar dachten sie, sie hätten bereits genug getan. Hatten sie ihm den Gedanken eingegeben? Er verbrachte eine schlaflose Nacht in Zwiesprache mit sich und den Göttern. Ließ all das Erlebte noch einmal an sich vorüberziehen. Als der Morgen kam, hatte er endlich den Entschluss gefasst und ließ Hannutti melden, er möge eine private Besprechung mit dem König verabreden, nur sie drei. Es ginge um Pharao Echnaton.

Die Einladung, den König in der ersten Stunde nach Sonnenuntergang in seinen privaten Gemächern aufzusuchen, erging bereits am kommenden Tag. Tanuwa wurde in ein kleines Zimmer geführt, wo der König und Hannutti ihn erwarteten. Ohne jegliches Zeremoniell forderte Schuppiluliuma ihn auf, sofort zur Sache zu kommen.

»Mit Mittani werden wir fertig. Dort liegt nicht das Problem, sondern durch Echnatons Unternehmungen laufen wir Gefahr, unseren eben gewonnenen Einfluss in der Levante wieder zu verlieren, richtig?«

Beide Männer nickten.

»Wie ist Echnaton aber beizukommen? Nicht mit Waffengewalt – da müssten wir schon das Land am Nil selbst angreifen, woran hier keiner denkt. Nicht mit Geschenken – Gold, Silber, Edelsteine – das alles hat er selbst genug!«

»Vermutlich könnten wir ihn mit unserem Geschenk des Himmels locken, aber das wollen wir ganz für uns behalten, jedenfalls jetzt noch«, sagte Schuppiluliuma fast ein wenig verschmitzt.

Tanuwa blickte überrascht auf. Noch nie war in seiner Gegenwart so offen von diesem Geheimnis gesprochen worden. Der König hatte sein Erstaunen bemerkt. Er klopfte ihm auf die Schulter und sagte: »Hannutti hat dich eingeweiht, das weiß ich und ich weiß auch, dass du darüber schweigen wirst bis in den Tod. Nun fahr fort, komm zum Punkt!« Er war sichtlich gespannt.

»Vielleicht könnte ihn das Geschenk des Himmels wirklich reizen. Ich muss zugeben, dass ich daran gar nicht gedacht habe. Aber an eine andere Art von Geschenk habe ich gedacht. Pharao Echnaton wird dieses Jahr groß das Erneuerungsfest feiern. Zwölf Jahre ist er nun auf dem Thron. Zu diesem Anlass werden Delegationen aus aller Herren Länder in Achet-Aton vorsprechen.«

»Wir werden natürlich auch eine entsenden«, unterbrach ihn der König.

»Selbstverständlich. Und ebenso Kattanna. Nur sollte es außer Purpurstoff, Elfenbein und Duftöl noch etwas anderes schicken: eine Braut.«

Enttäuscht wanderte des Königs Blick von Tanuwa zu Hannutti. »Was soll daran besonders sein? Der Harem des Pharao ist überfüllt, wie man hört. Die edlen Damen leben in schönster Umgebung gefangen vor sich hin, aller Freuden beraubt, scheint sich Echnaton doch nur für seine Nofretete zu interessieren. Ein Gott – eine Gattin.«

Erschreckt machten Tanuwa und Hannutti abwehrende Zeichen – war das nicht Lästerung der Götter?

»Es ist aber eine ganz besondere Braut, eine, die zeitweise den ersten Platz in Echnatons Herzen einnahm und er in ihrem.«

Tanuwa berichtete Schuppiluliuma von der unglücklichen Liebesbeziehung zwischen dem damaligen Kronprinz Amunhotep und Kija, die Schuppiluliuma ja gerade als Priesterin der Schutzgöttin von Qatna kennengelernt hatte. Er schlug vor, Kija als Waffe gegen Echnaton einzusetzen. Allein durch ihre Anwesenheit würde sie den Pharao mäßigen. Er würde sich ihr und nicht der Levante zuwenden.

»Und du bist sicher, dass sie ihn noch liebt?«, fragte der König.

»Sie liebt ihn, ja verzehrt sich nach ihm und gleichzeitig hasst sie ihn dafür, dass er sie vergessen hat. Es ist ihr Lebenstraum mit ihm vereint zu sein.«

»Und hat er sie vergessen?«

»Ich weiß es nicht«, antwortete Tanuwa. »Ich bin mir aber sicher, wenn eine Frau schafft, ihn auf sich aufmerksam zu machen, dann ist es die Prinzessin von Qatna.«

»Wir werden darüber nachdenken.« Der König entließ Tanuwa.

Dankbar floh er in seine Räume und gab sich seinen bitteren Gedanken hin. Hatte er Kija verraten oder schenkte er ihr auf diese Weise das Glück, das er ihr – wie sie ihm vorgeworfen hatte – geraubt hatte? Für ihn war jetzt jede Hoffnung gestorben. Vermutlich wäre ihm in Zukunft nicht einmal mehr vergönnt sie zu sehen, geschweige denn zu sprechen. Vor Schmerz wollte er sterben. Es geht um ihr Glück und nicht um deines und es geht um das Wohl Hattuschas, hämmerte er sich unablässig in den Kopf.

»Der Plan gefällt mir, je länger ich darüber nachdenke«, sagte Schuppiluliuma zu Hannutti, der sprachlos Tanuwas Bericht gefolgt war. Was war nur jetzt wieder in den Jungen gefahren? Verschacherte er die Frau, die er mehr als sein Leben liebte, an einen anderen Mann und sei es auch der Pharao? Irgendwann dämmerte es Hannutti, dass Tanuwa aus selbstloser Liebe zu ihr handelte. Sie sollte glücklich werden.

»Was sagst du dazu? Hannutti?« Der König riss seinen Feldherrn aus dem Nachdenken. »Keine schlechte Idee, nicht wahr? Er liebt sie, stimmt's?«

Hannutti nickte gegen seinen Willen. »Ja, er liebt sie. Seit seinem ersten Aufenthalt in Kattanna und obwohl er nicht ihrem Stand angehört.«

»Und sie? Wie steht sie zu ihm?«

»Sie schätzt ihn sehr. Es gab sicher Zeiten, da brachte sie ihm ähnliche Zuneigung entgegen wie einem Bruder. Soweit ich weiß, hat sie sich auch mit vielen Sorgen an ihn gewandt. Doch – sie mag ihn sehr gern. Aber was hilft das? Ich finde die Frage viel wichtiger, wie wir sie dazu bringen sollen, sich unserer Sache anzuschließen.«

»Nun, nach Tanuwas Vorstellung müsste sie ja vor Freude bersten, Endlich erhält sie diese unverhoffte Chance, dem Geliebten nahe zu sein. Aber ich teile deine Skepsis, mein Freund. Liebe aus der Ferne kann etwas sehr Schönes sein, doch das bisherige Leben aufgeben, das hohe Ansehen, das sie als Priesterin in Kattanna genießt, die Vertrautheit mit allem – das ist etwas anderes. Auch wird sie sich die Frage stellen, was sie in Ägypten erwartet. Da ist zum Beispiel die Gattin des Pharao. Nofretete wird sie kaum mit offenen Armen empfangen. Vielleicht lässt sie sie gar nicht vor den Pharao treten.«

»Man müsste etwas so Verlockendes für die Prinzessin in der Hand haben, dass sie nicht anders kann, als zu Echnaton zu gehen, ihn zu erobern und zu mäßigen, zumindest, was seine Aktivitäten in der Levante anbetrifft.«

»Ja. Oder etwas, dass sie dazu zwingt, unseren Plänen zu willen zu sein.«

Hannutti sah den König fragend an. »An was denkst du, meine Sonne?«

»Kannst du dir wirklich nichts vorstellen, Hannutti?« Nach einer kleinen Pause, die er Hannutti zum Nachdenken gewährte, fuhr er fort: »Du und

Tanuwa, ihr habt dem Reich mehrfach sehr geholfen. Dadurch habt ihr euch weiteren Aufschub verdient.«

In Hannuttis Miene spiegelte sich erst nach einigem Rätseln Verstehen, Entsetzen, Erleichterung und erneutes Entsetzen. Der König wusste um das Geheimnis! Das hatte er immer vermutet. Aber Schuppiluliuma hatte ihm nie auch nur angedeutet, dass er informiert war. So hatte er sich in Sicherheit gewiegt. Nun hatte er selbst dazu beigetragen, dass Tanuwa ebenfalls nicht verschont werden würde. Ihr Götter! War das der vorgezeichnete Weg? Gab es kein Entrinnen aus dem Schicksal? Was würde weiter geschehen? Wie groß war Kijas Zuneigung zu Tanuwa? All diese Gedanken schossen ihm durch den Kopf. Endlich erhob sich Schuppiluliuma und trat zu Hannutti.

»Es tut mir leid, lieber Freund, das musst du mir glauben. So lange es geht, werde ich meine schützende Hand über euch halten und nach Auswegen suchen. Momentan aber ist es womöglich der rettende Anker, um das so vielen Ländern drohende Chaos, sollte Echnaton weiter unbeirrbar seinen Weg verfolgen, abzuwenden. Lass uns also den Göttern danken und hadere nicht mit ihnen. Wir werden alles vorbereiten und Tanuwa offiziell nach Kattanna schicken. Naninzi wird mein persönlicher Bote an die Prinzessin werden. Du siehst, mein Lieber, ich weihe dich in alles ein. Nichts geschieht hinter deinem Rücken. Tanuwa aber wollen wir doch beide schonen, nicht wahr?«

Es fiel dem König schwer, seinem General und vertrauten Freund vor Augen zu führen, dass er ihm, dem König, ausgeliefert war. Doch die Götter verlangten dies zum Wohle des Landes, und wie alle anderen hatte auch er sich ihnen zu beugen.

Noch bevor Tanuwa mitten im Winter nach Qatna aufbrach, um wohl den schwersten Auftrag seines Lebens auszuführen, erreichte die Nachricht vom Tod der beiden Pharaonentöchter Neferneferure und Setepenre, erst vier und zwei Jahre alt, Hattuscha.

◈◈◈

Die Überraschung war groß, als Tanuwa und sein Gefolge in Qatna lange vor dem Frühlingsfest eintrafen. Es war eine äußerst mühsame Reise gewesen, die aber wenigstens ein Wiedersehen mit den Eltern in Tarscha ermöglicht hatte. Vor allem die sonst eher beherrschte Kali wollte ihren Sohn gar nicht mehr aus den Armen lassen. Tanuwa fand die Mutter sichtbar gealtert. Eheja dagegen war kugelrund und wirkte in der Gegenwart seiner Gemahlin unpassend vergnügt. Tanuwa hatte auch diesmal viele Geschenke, ebenso ein, zwei Briefe der Familie mitgebracht, darunter einen von Hannutti, den dieser ihm besonders anvertraut hatte. Er müsse ihn vernichten, falls irgendetwas schief ginge, bevor sie Tarscha erreichten. Das solle er schwören. Nun hoffte

Tanuwa seine Mutter würde ihm sagen, was Hannutti so Wichtiges zu übermitteln hatte. Doch er hoffte vergeblich. Ihre eben noch fröhliche Stimmung war verflogen, nachdem sie die Nachricht gelesen hatte. Wortlos verschwand sie zum Gebet und erlaubte ihm nur noch von ihr Abschied zu nehmen. All seine drängenden Fragen beantwortete sie mit solch schmerzlichem Blick, dass er sie in seine Arme schloss und ihr liebevoll tröstende Worte ins Ohr flüsterte. Dann küsste er ihre Hände und ließ sie schweren Herzens zurück. Eheja zuckte wie jedesmal in solchen Situationen ratlos die Achseln. Er geleitete die Gruppe zum Hafen, wo sich trotz der winterlichen Stürme ein Schiff gefunden hatte, das sie nach Arwada oder Sumura bringen wollte.

Hätte sich Tanuwa nicht auf seine Mission einstimmen müssen, er hätte die ganze Zeit während der unangenehmen Überfahrt vor sich hin gegrübelt, worum es in dem Schreiben gehen könnte. Irgendein Problem zwischen Hannutti und Kali, wegen Hannutti und Kali, durch Hannutti und Kali? Hatte es mit der Familie zu tun? Hatte es womöglich etwas mit ihm und seinem Auftrag zu tun? Aber was? Seine ganze Überlegungskunst, Kombinationsgabe, Phantasie ließen ihn im Stich. Ob Hannutti etwas drohte, was die Mutter so aus der Fassung brachte? Hannutti war still und in sich gekehrt gewesen vor seiner Abreise. Das war Tanuwa gar nicht so bewusst geworden. Zu sehr war er mit seinem eigenen Schmerz beschäftigt. Nun war er auch noch der Überbringer der freudigen Nachricht in Qatna, die ihn selbst in so tiefes Unglück stürzte. Aber der König konnte ja nicht ahnen, wie nahe ihm Kija stand. Kija! Immer wieder überfielen ihn schreckliche Zweifel, ob er richtig gehandelt hatte. Vielleicht tat er Kija einen großen Gefallen. Aber was würde ihr in Ägypten bevorstehen? Was war von Echnaton zu erwarten, womöglich zu befürchten? Was von Nofretete? Hatte er nicht einen furchtbaren Fehler gemacht? Der drohende Verlust ließ ihn alles Vorgefallene vergessen, alles, was an Trennendem zwischen ihnen stand. Warum hatten die Götter ihm dieses Schicksal bestimmt? Warum konnte er nicht einfach eine Frau seines Standes lieben? Warum ausgerechnet eine Prinzessin? Hätte es geholfen, wenn er ihr gleichgestellt gewesen wäre? Deshalb hätte sie sich noch lange nicht in ihn verlieben müssen? Zumindest hätte er dann um sie werben können, gleich beim ersten Besuch in Qatna. Wie lange war das her, und er liebte sie wie damals. Seine Liebe würde nie aufhören. Gleichgültig, was auch geschah, immer würde er sein Versprechen halten und ihr zur Seite stehen, wo er konnte. Er musste auch in Ägypten immer ein wachsames Auge auf sie haben. Was konnte ihr dort nicht alles drohen. Der Gedanke beflügelte ihn. Er ging daran, sich sorgfältig einen Plan auszudenken, wie er Kija in Ägypten jederzeit zur Verfügung stehen könnte. Nicht er persönlich, aber sein verlängerter Arm. Eine vertrauenswürdige Person aus ihrem engsten Umkreis. Er überlegte. Natürlich, Amminaje! Sie würde die Freundin sicher nicht im Stich lassen und in die Fremde begleiten. Mit Amminaje musste er alles besprechen. Erleichtert ging er in Sumura an Land.

◎◎◎

Das Wiedersehen mit Akizzi verlief zum Glück ohne Spannungen. Akizzi war nicht nachtragend. Diesmal freute er sich wieder über das Kommen des Freundes wie in alten Zeiten, obwohl ihm klar war, dass dieser nur aus einem sehr wichtigen Grund eine solch gefährliche Reise im Winter auf sich genommen hatte. Er ordnete umgehend ein Begrüßungsmahl an, zu dem er die engere Familie und die obersten Würdenträger der Stadt einlud. Tanuwa sah viele der alten Bekannten wieder, vermisste aber auch einige, die im Winter gestorben waren. Dagegen hatte sich die Kinderschar um Ehli-Nikalu erneut vermehrt. Sie selbst ging ganz in ihrer Mutterrolle auf. Kein Groll zeichnete mehr ihr Gesicht. Über die vielen Eskapaden ihres Gatten sah sie großzügig hinweg. Es wurde eine vergnügte Tafel.

Wie vor Jahr und Tag saß Tanuwa neben Akizzi, dem König, am Kopfende der Tafel im Speisezimmer und sein Blick ruhte immer wieder auf Kija, die neben Schala platziert war. Ihre Begrüßung war freundlich, aber nicht herzlich gewesen, allerdings war auch die Hohepriesterin dabei. Kija war in das Haus der Göttin zurückgekehrt. Nun, er würde Gelegenheit finden mit ihr zu sprechen. Das lag dieses Mal in der Natur seines Auftrags. Was ihn ritt, konnte er sich später nicht erklären, vielleicht fühlte er sich zu sehr an sein erstes Gastmahl hier erinnert, aber als sich sein Blick wieder mit dem Kijas kreuzte, rollte er wild mit den Augen. Das hatte sie damals zum Lachen gebracht und auch jetzt gelang ihm zumindest ein Lächeln in ihr ernstes Gesicht zu zaubern. Das Band war also doch noch nicht völlig zerrissen.

»Was hast du dieses Mal zu bieten?«, fragte Akizzi. »Es muss ja schon etwas sehr Besonderes vorliegen, wenn du dich bei diesem Wetter auf den weiten Weg machst.«

Sie hatten sich mit süß gewürztem, heißen Wein in Akizzis Refugium im Westflügel des Palastes zurückgezogen. Draußen herrschten nasskaltes Schneetreiben und heulender Wind.

»Ich habe eine Nachricht für dich vom Großkönig von Hattuscha.« Tanuwa brachte aus dem Beutelchen am Gürtel eine versiegelte Tontafel zum Vorschein.

»Weißt du, was sie enthält?«, fragte Akizzi.

Tanuwa nickte.

»Nun, dann kannst du sie mir auch vorlesen. Komm gleich zur Sache, das Vorgeplänkel kannst du dir schenken.«

»Immerhin nennt dich der Großkönig Freund. Das willst du dir entgehen lassen?«

»Ich wusste es. Es ist etwas Ernüchterndes«, jammerte Akizzi in gespieltem Ernst. »Leg schon los. Das ist ja Folter.«

»Ja, mein Freund, du hast recht, es ist ernst. Sehr ernst sogar. Ich bedauere, dass ich dir das nicht ersparen kann. Ich bitte dich: lies selbst.«

»Na gut, gib her. Wenigstens ist der Brief in Akkadisch.«

Er las: »Meine Sonne, Großkönig Labarna Schuppiluliuma von Hattuscha grüßt seinen Freund Akizzi, König von Qatna. Möge es dir und den Deinen wohl ergehen.

Es ist dir sicher einsichtig, dass es zu keinem weiteren Aufruhr in deiner Region kommen darf, der meinen geliebten Bruder, Pharao Echnaton, erneut kränken könnte. Man muss ihn besänftigen und sein Herz anlässlich seines Erneuerungs-Festes mit einer Braut erfreuen. Töchter habe ich keine. Irgendeine noch so edle Hethiterin können wir nicht nach Achet-Aton senden, die ihm im Rang nicht angemessen ist. Doch deine liebreizende Schwester erfüllt alle Bedingungen. Sie wird das Herz des Pharao erobern. Sie wird ihm Söhne schenken und ihn über den Verlust seiner geliebten Töchter trösten. Sie wird ihn besänftigen und seine Wunden heilen.«

Akizzi starrte Tanuwa entgeistert an.

»Habe ich da alles richtig verstanden? Ich soll Kija dem Pharao als Braut andienen? Wozu soll das gut sein? Das wird nicht ohne ihre Einwilligung gehen! Du kennst sie ja. Und gesetzt den Fall, sie willigt ein, dann müsste sie in wenigen Tagen aufbrechen, um pünktlich vor seiner Majestät zu erscheinen. Wie soll sie das anstellen?«

Gute Frage. Aber es musste gelingen. Zu viel stand für Hattuscha auf dem Spiel. Kija hatte keine Wahl. Was zunächst die perfekte Lösung zu sein schien, nämlich zwei Menschen zueinander zu führen, die die Götter füreinander bestimmt hatten, war der knochentrockenen, grausamen politischen Notwendigkeit gewichen. Hattuscha bestand darauf, dass Kija ging. Und nicht nur das. Hattuscha bestand darauf, dass sie nur ein Ziel verfolgte: Echnaton für sich zu gewinnen. Sie musste seine Große Königsgemahlin werden. War dieser Schritt getan, verlor nicht nur Nofretete an Einfluss, sondern Kija konnte Echnaton zukünftig auch davon abhalten, in der Levante Unruhe zu fördern und damit Hattuschas Interessen zu beeinträchtigen. Alles andere war den Hethitern gleichgültig.

»Du sagst nun schon zum wiederholten Mal, dass Hattuscha darauf besteht, dass Kija nach Ägypten reist. Was sind das für Töne? Wie sollten wir denn zu diesem Schritt gezwungen werden? Wir haben doch einen gegenseitigen Vertrag!«

»Akizzi, was glaubst du, was auf Dauer wichtiger ist? Ein friedlicher Pharao oder ein zufriedenes Qatna?«

Akizzi erbleichte. »Schuppiluliuma zeigt also die Krallen. Ist das eine Drohung? Geht Kija nicht, so wird Qatna der Preis sein, ja?«

Tanuwa nickte. Dann sagte er eindringlich: »Akizzi, vielleicht wird all das, was wir eben besprechen, für immer unter uns beiden bleiben. Vielleicht ist Kija beglückt von der Aussicht zu Echnaton zu kommen. Hast du mir nicht selbst bei unserer letzten Begegnung gesagt, sie liebe ihn trotz allem, was er ihr angetan hat? Sprich doch mit ihr.«

»Morgen«, erwiderte Akizzi knapp. »So Schwerwiegendes kann und will ich nicht alleine entscheiden.«

»Die Meinungen im Rat waren unterschiedlich, aber mehrheitlich begrüßen die Ratsmitglieder zu meiner Überraschung den Vorschlag deines Großkönigs. Bei meiner Mutter, der Königin, wundert mich das nicht«, Akizzi lachte bitter, »aber bei einigen anderen hätte ich zumindest tiefergreifende Fragen erwartet, zum Beispiel von Schala. Die blieben aus. Die Begründung im Brief reichte ihnen völlig aus.«

»Und was sagt Kija zu alldem?«

»Sie war nicht im Rat und ich habe noch nicht mit ihr gesprochen. Ich möchte, dass du dabei bist.«

»Du meinst, sie hat noch keine Ahnung?«

»Und wenn schon. Kija wusste seit Kinderzeiten, dass sie als Unterpfand verheiratet werden könnte. Sie hat es Vaters Vernarrtheit und meiner Langmut zu verdanken, dass sie noch in Qatna ist.«

Da war wieder diese Überheblichkeit einer Frau gegenüber, die Tanuwa an Akizzi und seinesgleichen so hasste.

Als Kija erschien, sah Tanuwa mit einem Blick, dass sie bereits im Bilde war. Es war auch einfach undenkbar, dass ihre Herrin und Ziehmutter Schala sie nicht sofort unterrichtet hatte. Aber wie sie auf die Neuigkeiten reagiert hatte, konnte er in ihrem Gesicht nicht erkennen. Regungslos ließ sie sich von Akizzi den Brief des Großkönigs vorlesen. Dann sagte sie: »Ich muss darüber nachdenken. Dich, Talzu, erwarte ich so bald wie möglich zum Gespräch im Haus der Göttin.«

Tanuwa kreuzte seine Arme und verneigte sich.

»Das ist wieder typisch!« Akizzi sah den Freund klagend an, nachdem Kija den Raum verlassen hatte. »Man kann nicht vernünftig mit ihr reden. Was kannst du ihr mitteilen, was ich ihr nicht auch sagen könnte? Na ja, gehen wir an die Vorbereitungen.«

◈◈◎

Kija war so erregt wie schon lange nicht mehr. Als Schala ihr eröffnete, der Rat hätte sie – ebenso wie der Großkönig von Hattuscha – als Braut für Echnaton auserkoren, war sie völlig überrascht. Die Göttin hatte ihr keinerlei Vorwarnung zukommen lassen. Nach all den Jahren, nach all dem vergeblichen Warten, nach all den Tränen gäbe es für sie beide eine Zukunft? Das war unglaublich. Es durchfuhr sie heiß. Wie er wohl jetzt aussah? Sein Blick, seine Stimme, seine zarten, weichen Hände, alles war ihr schlagartig vor Augen. Ließ sich das Rad der Zeit zurückdrehen?

Dann gewannen die mahnenden Stimmen Oberhand. War das überhaupt in Echnatons Sinne? Was, wenn er sich gar nicht mehr an sie erinnerte? Oder sie nicht mehr mochte? Sie würde sich bestimmt nicht aufdrängen. Was war mit Nofretete? War sie nicht mehr am Hof? Die letzten Berichte des Gesandten Akija deuteten gewisse Verstimmungen in der königlichen Familie an. Drei der sechs Töchter waren im Laufe eines Jahres gestorben. Das war nicht nur für die Eltern schrecklich, das war auch ein furchtbares Omen für das ganze Land. Zürnte der Gott? Lag es an Nofretete?

Und nun sollte sie einspringen? Als Ersatz? Als zweite Wahl? Womöglich als Lückenbüßerin? Man konnte mit ihr nicht umgehen wie mit einem Ball, den man nach Belieben hierin und dorthin wirft. Der Rat wünschte, der Großkönig befahl – so ging das nicht. Sie hatte sich mit ihrem Leben als Oberpriesterin der Göttin arrangiert. Sie hatte auch die schwere Krise überwunden, die Schala und sie zeitweilig entzweit hatte, weil Kija nicht einsehen wollte, dass zum Wohle des Landes Opfer gebracht werden müssten, auch von den Göttern. Das schien ihr absurd. Doch nachdem sich die Göttin ihr immer wieder offenbart hatte, lenkte sie ein, in dem Bewusstsein, deren Macht und Stärke und ihr Lob zu verkünden. Sie war zu all ihren Tätigkeiten zurückgekehrt, leitete das Heilhaus, widmete sich der Orakelschau, ging der Hohepriesterin zur Hand, wo sie konnte. Nun sollte das vorbei sein? Ein gänzlich anderes Leben würde sie am Hof in Achet-Aton erwarten. Alles, was ihr vertraut war, müsste sie hinter sich lassen auf die Gefahr hin, dass Echnaton sie keines Blickes würdigte und in seinen Harem verbannte. Nein, das kam nicht infrage. Von ihren gemeinsamen Plänen war nichts übrig geblieben. Die hatte er längst mit dieser anderen Frau verwirklicht. Was blieb ihr dann noch?

Sie sprach lange mit Schala. Schließlich würde die ihre Nachfolgerin verlieren. Doch Schala war der Meinung, sie müsse sich dem Wunsch des Rates beugen. Der gleichen Ansicht waren auch ihre liebste Freundin Amminaje und Iset, ihre Mutter. Schließlich suchte sie Zuflucht bei der Göttin. Nach einer durchwachten und durchfasteten Nacht im Tempel deutete sie das

Schweigen der Göttin als Ablehnung des Plans. So ließ sie Akizzi ausrichten, sie zöge es vor in Qatna zu bleiben.

Doch die Würfel waren längst gefallen. Das wurde ihr nach dem Gespräch mit Tanuwa deutlich. Man hatte sie allein mit ihm gelassen, wie es ihr Wunsch gewesen war. Was sie ihn zu fragen hatte, war nicht für fremde Ohren bestimmt. Wie sie bereits befürchtet hatte, steckte viel mehr dahinter, als dem Pharao zu seinem Jubiläum zu gratulieren.

»Ich bin also euer Instrument, eure Geheimwaffe, um Krieg zu vermeiden. Hehre Worte. Der Pharao soll ruhig gestellt werden. Ich soll ihn davon abbringen, seinen Gott in der Levante zu verbreiten. Was ist schlecht an seinem Gott – außer dass er keine Göttin ist?« Das schob sie mit einem feinen Lächeln hinterher.

Tanuwa ging nicht darauf ein. Stattdessen sagte er beherrscht: »Ich dachte, wir tun dir einen Gefallen und du bist glücklich, ihm endlich nahe zu sein. War das nicht dein innigster Wunsch?«

Kija schwieg. Er also! Er war auf die Idee gekommen. Sie konnte sich vorstellen, dass er als einer der wenigen tatsächlich fähig dazu war, seine eigenen Wünsche und Träume zurückzustellen und ihr Glück im Auge zu haben. Selbst zu verzichten, um ihr zu ermöglichen mit dem Geliebten zusammenzuleben, ohne all die perfiden Hintergedanken, die die anderen damit verbanden. Er war eine reine, liebende Seele. Unter dieser plötzlichen Erkenntnis erschauerte Kija. Dann straffte sie sich.

»Und was ist, wenn ich versage? Wenn ich ihm nicht gefalle? Ich bin keine fünfzehn mehr. Ich bin auch keine Jungfrau mehr, wie du weißt.« Das klang bitter. Die Wunde, die ihr Akizzi geschlagen hatte, blieb als Narbe erhalten.

»Du wirst nicht versagen, Kija! Ihr im Heilhaus wisst um alle Geheimnisse, die man nur kennen kann, um einen Mann zu betören und glücklich zu machen, stimmt es nicht? Der König braucht einen Sohn, den Nofretete ihm offensichtlich nicht gebären kann. Dafür zürnt ihr der Herrscher, wie man hört.«

Kija sah ihm gerade in die Augen, lange, schweigend.

Schließlich ertrug Tanuwa ihren Blick nicht mehr. Hatte sie alles in ihm gelesen, was er vor ihr zu verbergen suchte?

»Warum nennst du mich eigentlich wieder Talzu?«, fragte er leise.

»Das hat mir die Göttin aufgetragen«, antwortete sie erstaunt. »Habe ich dir das nicht gesagt?«

»Sie hat von mir gesprochen?«

»Immer wieder, doch kann ich dir darüber nichts sagen. Aber sage du mir, Talzu von Tarscha, was würde geschehen, wenn ich mich weigerte, den Auftrag auszuführen – anders kann man euer Ansinnen ja nicht bezeichnen?«

»Was glaubst du?« Sein Gesichtsausdruck sagte ihr mehr als tausend Worte.

»Deine Hethiter würden sich die Stadt untertan machen, vermute ich. Im Zweifelsfall zerstören«, ergänzte sie. »So wichtig ist es dem Großkönig Frieden zu bewahren und seinen tausend Göttern noch einige weitere hinzuzufügen? Soll ich das glauben? Soll ich lachen oder weinen? Ist er nicht einfach raffgierig und machthungrig? Ein Wolf im Schafspelz? Und du verkaufst ihn mir als Friedensfürst. Das muss ich erst verarbeiten. Warum gibt er dann Qadesch und Amurru nicht an Echnaton zurück?«

Darauf hatte Tanuwa keine Antwort parat.

»Bist du sicher, Talzu von Tarscha, dass man dich in alles einweiht, was in Hattuscha ausgekocht wird? Bist du nicht auch nur ein Ball im großen Spiel der Mächtigen, den man hin und her wirft wie es den Herren beliebt? Auch wenn du es in Hattuscha weit gebracht hast und vieles bewirken konntest, wie weit reicht dein Arm wirklich?«

Kija fragte das ganz ernsthaft, ohne ihre sonst übliche Süffisanz. Offenbar machte sie sich Sorgen. Sorgen um ihn. Die Zweifel, die ihn schon seit Wochen quälten, brachen ungezügelt aus ihm heraus: »Kija, ich kann dir all diese Fragen nicht beantworten. Ich weiß nicht mehr, was gut und richtig, was wichtig, was nützlich, was unabdingbar ist. Was ich weiß ist, dass ich dich liebe und dich vor allem Unbill beschützen möchte. Flieh mit mir, noch ist es Zeit. Wir werden einen Platz zum Leben finden, vertrau mir.«

Bei allen Göttern! Hatte er das laut gesagt oder nur gedacht? Ihr Gesicht brachte ihm darüber keine Aufklärung. Kija blickte ihn unverändert fragend an. Dann erhob sie sich stolz.

»Für deine Erläuterungen danke ich dir, mein Freund. Ich denke, mehr kannst du nicht für mich tun.«

Tanuwa stand gleichfalls auf und sagte: »Wie du dich auch entscheiden wirst, Kija von Qatna, ich werde in Gedanken und in Taten immer um dich sein. Wenn du in Not geraten solltest, rufe nach mir, ich werde dich hören. Schick dein Amulett. Ich habe noch etwas vorbereitet. Hier, nimm diesen Ring. Ich bitte dich nur um dieses eine: trage ihn immer bei dir. Wenn allerschlimmste Umstände eintreten sollten, was die Götter verhüten mögen, kannst du ihn als letzten Ausweg benutzen. Er enthält ein Mittel, das einen todesähnlichen Schlaf bewirkt, der einige Tage andauert. Du musst darauf drücken. Sei vorsichtig! Ich bete zu den Göttern, dass die Vorsichtsmaßnahme nie zum Tragen kommen wird. Leb wohl, Kija.«

Tanuwa legte das Schmuckstück auf ein kleines Tischen. Er verneigte sich tief vor Kija und verließ das Haus der Göttin.

Es schienen nur Minuten vergangen zu sein, dass Talzu sie verlassen hatte. Kija versuchte ihre Gedanken zu ordnen und eine Entscheidung zu finden, als sie leise ihren Namen hörte. Zunächst dachte sie, Talzu sei zurückgekehrt, doch dann erkannte sie Amminajes Stimme. Kija öffnete die Tür und sah sie in Begleitung einer tief verschleierten Frau.

»Sie ließ sich einfach nicht abweisen«, erklärte Amminaje, »und stammelte dauernd deinen Namen.«

Kija nickte und bat die Fremde herein. Amminaje blieb unschlüssig stehen. Auf einen Wink von Kija ließ sie die beiden allein. In Windeseile huschte sie über eine geheime Treppe zurück zu Kijas Gemächern und verbarg sich in einer benachbarten Kammer, von wo aus sie das Zimmer durch eine versteckte Öffnung gut überblicken konnte. Diese Einrichtungen gab es mehrfach im Haus der Göttin. Sie dienten dem Schutz der Priesterinnen vor ungebetenen Gästen.

Kijas hatte ihr Gefühl nicht getrogen. Der Schleier hatte kein weibliches Gesicht bedeckt. Die Züge kamen ihr nicht unbekannt vor. Aber erst als die Person sie flüsternd begrüßte, erkannte sie an der Stimme und dem starken Akzent Naninzi, den hethitischen Gesandten.

Unwillig runzelte sie die Stirn. »Was soll die Geheimnistuerei? Warum kommst du in dieser Verkleidung hierher? Das ist ein verbotener Platz für dich! Du brichst den Frieden der Göttin. Weißt du, was das bedeutet?«

Naninzi warf sich auf die Knie. »Vergib mir, Herrin. Doch ich fand keinen anderen Weg, um zu dir zu gelangen. Ich habe dir eine Botschaft des Großkönigs zu überbringen, die nur für dich bestimmt ist. Dafür bürge ich mit meinem Leben.«

»Ich genieße ja seltene Aufmerksamkeit zur Zeit«, sagte sie. »Nun denn, steh auf. Wie lautet die Botschaft?«

Mühsam rappelte sich Naninzi auf. Die ungewohnten Kleider waren hinderlich. Unter anderen Umständen hätte Kija Spaß gehabt. Danach war ihr jetzt überhaupt nicht zumute. Naninzi übergab Kija ein Täfelchen mit dem Siegel des Königs, der ihn als dessen Boten auswies. Doch weiteren Text enthielt es nicht. Also winkte sie Naninzi zu sich und bedeutete ihm zu sprechen. Er verneigte sich, schloß die Augen und wiederholte mit leiser Stimme die Worte des Königs. Wie vom Donner gerührt stand Kija einige Minuten schweigend. Dann sank sie auf einen Schemel nieder. Ihre Gedanken rasten, das Herz klopfte ihr bis zum Hals. Sie musste Zeit gewinnen. Sie vertröstete Naninzi auf den nächsten Tag und bestellte ihn in der Abenddämmerung zum Haus ihrer Amme. Dort werde sie ihm alles sagen, was der König zu hören wünschte. Mit Mühe rief sie eine Novizin herbei und betraute sie mit dem Auftrag, ihren wieder tiefverschleierten Gast hinauszugeleiten. Dann brach sie zusammen.

Sie kam wieder zu sich unter den sorgenden Händen Amminajes, die sie mit belebenden Essenzen und kühlem Wasser umhegte. Kija zitterte am ganzen Leib.

»Hast du gesehen, wer das war?«

Amminaje nickte.

»Hast du auch verstanden, was er gesagt hat?«

»Nein! Er sprach zu leise. Worum ging es?«

»Ich darf es dir nicht sagen.« Das klang verzweifelt. »Und du musst über diesen Besuch schweigen. Schwöre es mir hier und jetzt. Niemand darf davon erfahren, niemand, hörst du!« Erst als die ihr alles versprochen hatte, ließ sich Kija auf ihr Lager sinken. »Ich ruhe mich jetzt etwas aus. Nachher werde ich zu Schala gehen. Ich will sie und dich, liebste Freundin, bitten, mich zum König zu begleiten.«

Amminaje nickte. Sie legte eine warme Filzdecke um Kijas Schultern, sah nach dem Kohlebecken und verließ dann still das Gemach.

Doch an Ruhe war nicht zu denken. In Kijas Kopf überschlugen sich die Gedanken. Der Großkönig drohte ihr und der Stadt. Sie hatten ihm bedingungslos zu willen zu sein. Unverschämt verlangte er noch dazu, sie solle Qatnas Geheimnis verraten. Warum gierte nur alle Welt nach diesem Rot? Gab es nicht auch andere schöne Farben? Viele Leute waren im Lauf der Jahre bei dem Versuch, das Geheimnis zu stehlen, zu Tode gekommen. Sie lachte bitter. Sollte er das Geheimnis doch kennen. Man konnte in Hattuscha nichts damit anfangen, gar nichts.

Ihr selbst drohte er nicht nur mit der Zerstörung der Stadt, dem Auslöschen ihrer Familie, sondern er erpresste sie zusätzlich. Offenbar befürchtete er allen Ernstes, dass ihr das Schicksal Qatnas gleichgültig sein könnte. Deshalb ging er auf Nummer sicher und zog noch einen Stich aus dem Ärmel, indem er sie persönlich nötigte. Mit dem Leben einer Person, die ihr nahestand. Nicht schwer zu erraten, wen er meinte, konnte es sich ja nur um einen Hethiter handeln. Selbst Naninzi dürfte verstanden haben, um wen es ging. Das war ihr gleichgültig. Verriet er etwas, würde er seine Zunge verlieren, die Hände oder gleich sterben.

Göttin, welch ein Wahnsinn! Was in Ägypten fast als notwendig angesehen wurde, das stellte man in Hattuscha unter Todesstrafe! Wie konnten die Götter so Unterschiedliches von den Menschen hier und dort fordern? Ihr Wille war so häufig unerforschlich. Nun sollte sie helfen. Sie! Wie kam der König dazu zu denken, sie würde sich durch seine Erklärungen beeindrucken lassen? Doch sie gestand sich ein, dass er sie durchaus richtig eingeschätzt hatte: einen Freund konnte sie nicht im Stich lassen. Sie musste den Willen des Königs erfüllen. Aber – wurde sie dadurch nicht auch schuldig? Nicht vor ihrer Göttin. Belet-ekallim verlangte dafür nicht den Tod. Oder doch? Kija dachte an ihr Kind, das sie verloren hatte. Sie schüttelte diese Gedanken ab. Das war lange her. Jetzt galt es die Gegenwart zu meistern. Schuld – sie war doch ohnehin verstrickt. All diese Unlauterkeiten um Akizzis Thronbesteigung, wie schwer lasteten sie auf ihrer Seele. Konnten die Menschen

441

überhaupt ohne Schuld bleiben? Das muss die Göttin entscheiden! Sie wird mich leiten und schützen. Entschlossen erhob sie sich. Ich werde nach Ägypten reisen und den Auftrag erfüllen. Meine Familie, Qatna und keiner, der mir lieb ist, sollen durch mich Schaden erleiden. Und vielleicht wird es sogar wahr und durch meinen Einsatz wird Frieden herrschen. Das wäre ein großer Lohn. Alles Weitere wird sich finden, dafür wird die Göttin sorgen.

Kijas feierlich vor Zeugen gegebene Einwilligung, mit allen Konsequenzen an den Pharaonenhof nach Achet-Aton zu wechseln, brachte allenthalben große Erleichterung.

»Wollte sie das nicht schon vor Jahr und Tag?« flüsterte Königin Beltum ihrer Schwiegertochter zu. Sie zog verständnislos die Schultern hoch, als sie in Ehli-Nikalus tränennasses Gesicht blickte.

Akizzi nahm Kijas Zusage ohne eine Nachfrage entgegen, froh, von dieser Bürde befreit zu sein und dankbar, dass die Schwester ihm irgendwelche Zwangsmaßnahmen erspart hatte. Vieles stand zwischen ihm und ihr, das war Akizzi bewusst, doch wäre es furchtbar gewesen, sich in Unfrieden von ihr trennen zu müssen. Er hatte so schon genügend Unangenehmes zu meistern. Umgehend informierte er Tanuwa von der guten Wendung.

Danach brach fieberhafte Hektik aus. So vieles war vor der Abreise vorzubereiten und zu regeln. Während sich Kija im Heilhaus, aber auch bei ihrer Mutter über vieles kundig machte, das ihr für ihre Mission nützlich erschien, endlose Gespräche mit ihren Brüdern Akizzi und Kuari führte, wurde unter Aufsicht von Königin Beltum und mit Hilfe von Iset die Mitgift zusammengestellt. Dass Kija die beiden Frauen zusammenführen würde, war fast ein kleines Wunder. Doch gaben sich weder Mutter noch Tochter der Illusion hin, dass Beltum aus plötzlicher Freundschaft handelte. Sie war einfach froh, dass wenigstens Kija aus Qatna verschwand. Unverblümt befragte sie ihren Sohn, ob Iset nicht gleich mitreisen könnte, sie würde sich doch sicher nach Hause sehnen. Dabei wusste sie sehr wohl, dass die Witwe unverbrüchlich zur königlichen Familie Qatnas gehörte.

Kijas Aussteuer wurde nach und nach sorgsam in Truhen und Kisten verpackt: Gewänder, Schuhe, Gürtel, Schleier und vieles mehr, was zur Kleidung gehörte. Stoffe vielfältiger Machart, Teppiche und kleinere Läufer, kostbare Wandbehänge, gefärbte und ungefärbte Wolle, darunter auch die hochbegehrte blaue. Dazu kamen viele hunderte Schekel gelbes und rotes Gold, wertvoller Schmuck und vieles mehr.

Um die Geschenke für den Pharao kümmerte sich Akizzi persönlich. Er suchte deshalb sogar Kuari und Akallina im Stadthaus auf. Qatna würde sich nicht lumpen lassen. Boten und ein Vortrupp wurden nach Ägypten geschickt, die alles für die Ankunft der Prinzessin vorzubereiten hatten.

Mehrere Frauen würden Kija begleiten, eine standesgemäße Eskorte sowie Gesinde, das für die Umsorgung unterwegs zuständig war. Am wichtigsten aber war für Kija, dass Amminaje sich entschieden hatte, die Freundin zu begleiten. Schweigend umarmten sie sich in innigem Einverständnis, als Amminaje berichtete, Schala hätte schweren Herzens eingewilligt, eine weitere Priesterin zu verlieren. Dass Tanuwa an ihrem Entschluss nicht unbeteiligt war, hatte Schala ihr allerdings verschwiegen. Doch ließ sie Amminaje mehrfach vor der Abreise zu sich rufen. Über die Instruktionen, die diese dort von ihr, aber auch von Tanuwa erhielt, legte man ihr strengstes Stillschweigen auf. Erst jetzt dämmerte es Amminaje, dass Kijas Reise und der damit verbundene Auftrag kein Honigschlecken werden würden. Im Gegenteil. Besser, sie machte sich auf das Schlimmste gefasst. Umso mehr freute sie sich über die liebevolle Fürsorge, die vor allem von Tanuwas Seite für Kija zu spüren war. Warum war er nur nicht eines Königs Sohn? Wie einfach wäre dann alles.

❧❧❧

»Schnecken? Du wagst es, mir tote Schnecken zu bringen? Die stinken ja widerlich. Will sich die Prinzessin von Kattanna über den Herrscher von Hattuscha lustig machen?«

Naninzi warf sich zu Boden, um den zornigen Herrscher zu beschwichtigen. »Nein, meine Sonne, es ist nicht so, wie du vermutest. Nichts läge der Prinzessin ferner, als dich zu beleidigen. Sie schickt dir die Tiere, weil in ihnen die Purpurfarbe wächst. So erfüllt sie deinen Befehl.«

»Steh auf«, sagte der König ungeduldig, »und erkläre mir das genauer.«

Eilfertig erhob sich der Kurier.

»Man kann nur bestimmte Schnecken gebrauchen. Es sind Spezialisten, die wissen welche. Sie sondern einen gelblichen Schleim ab, der im Sonnenlicht erst grün, dann blau, schließlich purpurn und scharlachrot wird, dabei aber diesen ekelerregenden, lang anhaltenden Geruch abgibt. Viele Arbeitsschritte sind nötig, bis man das eigentliche Färbemittel gewonnen hat. Aus den großen, noch lebenden Schnecken muss ein bestimmter Teil herausgeschnitten werden, den die Prinzessin Drüse nannte. Die Drüsen müssen zusammen mit den kleinen Schnecken tagelang in Salz gelagert und anschließend in Urin gekocht werden. Und man braucht Tausende und Abertausende der Tiere, um nur etwas Farbe zu erhalten.«

Der König war sichtlich erstaunt. »Und die Viecher kriechen in Kattanna herum?«

»Nein, sie leben im Meer.«

»Das ist ja unglaublich!«

Tanuwa war eben auf dem Weg zum König gewesen. Unabsichtlich war er daher Zeuge des kurzen Gesprächs geworden. Er erstarrte. Noch verbarg ihn ein Pilaster, noch hatte offenbar niemand von ihm Notiz genommen. Er hatte sofort verstanden, worum es ging. Vorsichtig trat er den Rückzug an, gelangte glücklich zur Tür und hetzte wie ein Verfolgter über den oberen Hof zurück in seine Unterkunft. Erst als die Sicherheit seiner vier Wände ihn umgab, wagte er eine Analyse des eben Gehörten. Naninzi war in Qatna gewesen. Davon hatte er überhaupt nichts gewusst. Er hatte Kija aufgesucht und hatte von ihr das Geheimnis der roten Farbe mitgebracht. Was um alles in der Welt hatte das zu bedeuten? Wie kam Kija dazu, das Geheimnis, auf dessen Verrat in Qatna der Tod stand, preiszugeben. Aus Rache? Nein, das war doch nicht denkbar. Rache wofür? Für eine große Freude, die ihr hoffentlich bereitet wurde – das ergab keinen Sinn. Nein, das hatte sie niemals freiwillig getan. Doch womit konnte König Schuppiluliuma sie gezwungen haben? Tanuwa war fassungslos. Sollte er Hannutti fragen? Er zögerte. Warum war die Reise Naninzis vor ihm geheimgehalten worden? Er musste ja fast gleichzeitig mit ihm in Qatna gewesen sein. War etwas gegen ihn im Gange? Doch was und vor allem: weshalb? Ratlos lief er im Zimmer auf und ab. Misstraute man ihm? Er hatte nur ein einziges Geheimnis, abgesehen von seiner Liebe zu Kija. Von seiner Absprache mit Henti wusste niemand und niemand wusste, dass sie nicht nach Mykene weitergereist war. Aber sonst? Vor allem Hannutti war von ihm immer in alles eingeweiht worden. War das falsch? Stand Hannutti nicht auf seiner Seite?

Ich sehe lauter böswillige Dämonen, sagte er sich. Seinem Onkel konnte er doch vertrauen. Vieles behielt er von vornherein für sich, Verschwiegenheit war oberstes Gebot seines Amtes.

Sollte er den König vielleicht direkt auf Naninzis Mission ansprechen? Schließlich war dieser ihm unterstellt. Was für eine Rolle spielte Naninzi? Konnte er ihn nach den Schnecken fragen? Nein, das ging alles nicht. Er hätte verraten, dass er gelauscht hatte, wenn auch unfreiwillig. Wer hätte es ihm geglaubt? Das war seiner nicht würdig.

Schnecken! Das war ja unglaublich. Schnecken sollten eine solche Farbe liefern, die sich auch durch sorgfältigstes Waschen nicht mehr entfernen ließ? So langsam ergaben die vielfältigen Andeutungen und Beobachtungen, die er im Laufe der Jahre gesammelt hatte, ein stimmiges Bild. Die Keulchen von Qatna, das waren Schnecken. Von ihnen kam der bestialische Gestank, der an manchen Tagen über dem verbotenen Viertel in Qatna gehangen hatte. Vielleicht würde er Akizzi beim nächsten Besuch mit seinem Wissen einfach konfrontieren. Der würde sich wundern. Aber der würde sich auch wundern, warum man in Hattuscha davon Kenntnis hatte oder steckte womöglich er dahinter? War Akizzi gezwungen worden? Ein Bote versagte Tanuwa weiteres Nachdenken. Warum er nicht längstens vor dem König erschienen sei?

VII

1339 bis 1337 v. Chr.

Aus allen Himmelsrichtungen erschienen Delegationen am Hof von Achet-Aton, um den Pharao zu feiern und ihm zu seinem Erneuerungsfest Geschenke oder den fälligen Tribut zu überbringen. Die Herrscher Hattuschas und Babyloniens hatten ihre Glückwünsche durch kostbarste Gaben unterstrichen. Assyrien, Arzawa, Alaschija, selbst Mittani sandten ihre Boten, ebenso wie die unzähligen kleineren Fürstentümer, die Ägyptens Sonne ihre Ehrerbietung erwiesen. Soeben war im Süden, im fernen Landesteil Kusch erfolgreich ein Aufstand niedergeschlagen worden. Wer nicht im Kampf getötet worden war, geriet in Gefangenschaft. Die Anführer wurden gepfählt oder gefesselt an die Streitwagen gebunden und kamen so zu Tode. Die nach Achet-Aton Mitgeschleppten hatte man ins Joch gespannt, damit sie die schwer mit Gold, Edelsteinen, Elefantenzähnen, Ebenholz, Myrrhenbäume, Gewürzen und Leopardenfellen beladenen Wagen am thronenden König vorbeizogen.

Atons Macht wuchs von Tag zu Tag. Selbst die Königinmutter Teje, bislang eher zurückhaltend und darauf bedacht, die Priesterschaften der nun verbotenen Götter mit zu bedenken, zollte ihrem Sohn und seinem Gott Respekt und machte ihre Aufwartung in der neuen Hauptstadt. Sie fand Echnaton in keiner besonders guten Stimmung vor. Auch vermisste sie zumeist seine Gemahlin Nofretete sowie die drei Töchter, Meritaton, Anchesenpaaton und Neferneferuaton-tascherit. Blieben sie den Feiern aus Trauer über den allzu frühen Tod der anderen drei Mädchen fern, die nun im neuangelegten Familiengrab in den Ostbergen ruhten?

⊷⊶⊷

Kija wurde auf der Reise ins ferne Achet-Aton immer klarer, dass sie auf sich selbst gestellt sein würde. Vermutlich hinge alles von der ersten Begegnung ab. Wenn es ihr da nicht gelang, den Pharao auf sich aufmerksam zu machen, würde es sehr schwer werden sich ihm überhaupt zu nähern. Immer wieder spielte sie gedanklich allerlei Szenarien durch. Die Delegationen empfing man sicherlich im Palast, in einer großen Audienzhalle, an dessen Ende das königliche Paar umgeben von seinen Töchtern thronte. Sechs Mädchen hatten Echnaton und Nofretete, drei davon hatten sie schon zu Grabe tragen müssen. Wie grausam. Ihr eigenes Kind war noch so winzig gewesen und sie selbst so jung, und doch dachte sie häufiger mit Trauer an seinen Tod.

Seltsam, wie ungleich alles verteilt war. Beltum hatte nur Söhne geboren und Nofretete bekam ausschließlich Mädchen. In Qatna wurde eindeutig den Knaben weit mehr Aufmerksamkeit entgegen gebracht als Mädchen. Auch wenn in Ägypten Mädchen und Frauen höheres Ansehen genossen, waren ein oder am besten viele Söhne in der Familie hoch willkommen. Die Zierde ihrer Mütter, Stab und Stecken ihrer Väter. Wie das wohl für Nofretete war? Talzu hatte ihr angedeutet, dass Echnaton ungeduldig auf einen Sohn wartete. Oh Göttin, sie kam sich wie Zuchtvieh vor.

Beim ihrem Abschied aus Qatna hatte der Schmerz überwogen. Ob sie Schala und ihre geliebten Schwestern im Haus der Göttin, die Mutter, ihre Brüder, die Freundinnen, allen voran Ehli-Nikalu, die Neffen und Nichten, ihre Amme, all die, mit denen sie ihr bisheriges Leben verbracht hatte, ob sie sie jemals wiedersehen würde? Sie hatte die Räume ihrer Kindertage durchschritten, ihre vielen Verstecke und Lieblingsplätze noch einmal aufgesucht, war durch die Stadt und die nähere Umgebung gestreift. Das hatte sie zuletzt mit Talzu getan. Niemals hätte sie sich träumen lassen, das dieser Talzu eine solche Rolle in ihrem Leben spielen würde. Was für eine Ironie des Schicksals. Kija musste lachen. Wie oft hatte sie ihn an seinen Stand erinnert, wahrscheinlich immer dann, wenn sie sich unterlegen fühlte, dann war ihr nichts Besseres eingefallen, als ihn deutlich spüren lassen, dass er einer Prinzessin von Qatna nicht würdig genug war. Wie war sie nur damals albern gewesen. Und jetzt? Rang und Stand waren bedeutungslos. Er war ausschlaggebender für ihre Entscheidung gewesen, als die Drohung Schuppiluliumas, die Qatna in Schutt und Asche zu legen.

Die Stadt in Schutt und Asche legen – Kija stockte. Da war er wieder, ihr Traum, der sie seit Jahren heimsuchte. Ganz deutlich erschienen die inneren Bilder mit dem brennenden Palast, den Leichen, dem Blut, dem ätzenden Qualm, den qualvollen Schreien. Würde er jetzt enden? War die Gefahr für Qatna gebannt, nun, da sie sich dem Willen des Hethiters gebeugt hatte? Ein unbeschreibliches Hochgefühl durchfuhr sie. Sie, sie allein, Kija von Qatna, hatte das Schicksal der ganzen Stadt in Händen gehalten und sie hatte nicht versagt, sondern ja gesagt zu dem, was ihr vom Schicksal auferlegt war. Nun würde auch alles andere gelingen. Die in den letzten Jahren wachsende Lethargie war wie abgeschüttelt. Sie fühlte sich lebendig wie schon lange nicht mehr. Alles war vorstellbar, sie musste nur danach greifen. Sie würde den Geliebten zurück erobern, im Sturm. Die Jahre der Trennung, was zählten sie schon? Sie hatten sie ausgiebig für ihn vorbereitet. Damals wäre sie den vielen Aufgaben einer Königsgemahlin keinesfalls gewachsen gewesen, doch jetzt fürchtete sie sich nicht mehr davor. Mit jeder Strecke, die sie auf dem schaukelnden Planken zwischen sich und Qatna brachte, fiel Schwermut von ihr ab und in der frischen Brise kehrten Leichtigkeit und Frohsinn zurück. Übermütig umarmte sie Amminaje und schwenkte sie mit ungewöhnlicher Kraft im Kreis herum.

»Es muss ein einzigartiges Spektakel werden!«

»Was, liebste Kija?«

»Mein Auftritt beim Pharao natürlich. Er muss staunen, überrascht sein. Ich muss ihn und seine Gedanken sofort fesseln! So sehr, dass ihn all die anderen Gabenbringer nicht mehr interessieren.« Sie lachte. »Vielleicht habe ich auch schon eine Idee, wie das zu bewerkstelligen ist und vielleicht weihe ich dich ein, teure Freundin.«

Eingeschifft hatte sich die Reisegruppe, angeführt von Akija als offiziellem Gesandten, in Sumura. Bis dahin hatten sie Geleit bekommen. Dann legte das kleine Schiff ab und die Lieben verschwanden aus den Blicken. Kija sah nach Süden, streckte ihr Gesicht in den Wind. Die Reise auf dem Schiff war wenig komfortabel und dennoch genoss sie dieses Abenteuer. Der Seegang machte ihr im Gegensatz zu Amminaje nichts aus. Sie hatte besten Appetit, fühlte sich gesund und trotz der räumlichen Begrenztheit frei. Was sie bisher nur aus Erzählungen kannte, das sah sie mit eigenen Augen, das erlebte sie jetzt selbst. Wie hatte sie es nur all die Zeit in dem kleinen Qatna ausgehalten, wo die Welt doch so groß und bunt war?

Die Zwischenhalte entlang der Küste waren eine gute Vorübung für Kija, sich daran zu gewöhnen, dass sie die Hauptperson war. Besondere Hochachtung schenkten ihr Rib-Addi, der König von Byblos, und seine Gemahlin. Ohne Akija an ihrer Seite hätte sie sich vermutlich häufig unwohl gefühlt. Doch Qatnas Gesandter war mit allen Gepflogenheiten vertraut und instruierte die Prinzessin in solch ruhiger und unauffälliger Art, dass sie sich zunehmend entspannter auf ihre Gastgeber einstellte und die Aufenthalte an Land schätzte. Es wechselte eine gewisse Ungezwungenheit auf dem Schiff mit dem Einhalten von Etikette an den Höfen, die sich mehr und mehr an den ägyptischen Gepflogenheiten orientierte.

In Byblos waren Kijas Sachen auf ein größeres, stabileres Schiff gebracht worden, in dessen relativ flachen Rumpf schon verschiedene Hölzer aus dem Gebirge Platz gefunden hatten, mächtige Zedernstämme, aber auch Tannen, Pinien, Eichen und Wachholder. Außerdem waren Kupfer, Zinn und vieles andere mehr verladen worden. Die gesamte Fracht war für Ägypten bestimmt.

»Wir legen noch in Biruta, Sidunu, Tyros beziehungsweise Usu und Akka an«, erläuterte Akija. »Alles schöne Städte, die durch Handel zu großen Reichtum gekommen sind. Sie schicken ihre Waren mit unserem Schiff nach Ägypten. Du wirst dich wie zu Hause fühlen. Man spricht ausschließlich über Gewinn und Verlust, die längsten Bestellisten, die besten Routen, die schnellsten Esel. Dazu der übliche Klatsch und Tratsch.«

Kija lachte. »Trotzdem ist es doch ein anderes Leben an der Küste. Der Blick auf das endlose Wasser, wie wohltuend und spannend! Das Meer ändert ständig seine Farbe und seine Gestalt. Es ist so wundervoll.«

»Beten wir zu Baalum, dass er uns gutes Wetter schenkt, und zum Meeresgott Yaw. Ich möchte dir gerne ersparen, die Wasser fürchten zu lernen.«

Je weiter sie nach Süden kamen, desto wärmer wurde es. Sie hatten Qatna bei für die Jahreszeit ungewöhnlicher Kälte verlassen. Nun konnten sie sich schon manchmal ohne einen dicken Filzumhang an Deck bewegen. Als sie Akka erreichten, war es richtig angenehm. Gerne wäre Kija auch hier an Land gegangen. Doch der Kapitän trieb zur Eile an. So schnell wie möglich sollte Ladung gelöscht und neue an Bord gebracht werden, dazu frisches Wasser und Lebensmittel.

»Warum hetzt er so? Gibt es schlechtes Wetter?«

Akija schüttelte den Kopf. »Die Strecke, die jetzt kommt, ist bei den Seeleuten nicht sehr beliebt. Da kaum Häfen mit guten Anlegestellen in der nächsten Zeit anzusteuern sind, segelt man etwas mehr hinaus auf die See. Das wird nicht geschätzt wegen der gegenläufigen Strömung und der wechselnden Küstenwinde. Man hat lieber den Blickkontakt zum Land.«

»Ich finde es großartig! Wir werden wieder Delfine sehen.«

»Delfine vermutlich schon, aber fast noch sicherer Piraten«, erwiderte Akija trocken. »Je länger das Schiff hier vor Anker liegt, desto weiter wird sich die Kunde davon verbreiten und alle, die sich schon lange auf Beute freuen, werden sich schleunigst zusammenrotten. Daher die Hast. Noch können wir uns übrigens entscheiden von hier den Landweg zu nehmen. Er führt, haben wir erst einmal das Gebirge überwunden, immer parallel zur Küste nach Süden bis wir mit Gaza einen ägyptischen Vorposten erreichen. Von da ab kann nichts mehr passieren. Das ägyptische Territorium ist sicher.«

»Wie lange wird das dauern?«

»Viele Tage länger als mit dem Schiff, wenn uns der Nordwind günstig gesonnen ist. Wir haben ungefähr die Hälfte der Strecke zurückgelegt. Noch sieben, acht Tage auf dem großen Grünen und wir erreichen das Delta des Nils. Zu Land – ich weiß nicht, vielleicht doppelt so lang? Es hängt von so vielem ab.«

448

Aber Kija überlegte nicht lange. »Das Schiff ist voll teurer Fracht«, sagte sie, »und es befinden sich einige Bewaffnete an Bord, dazu die streitbaren Seeleute. Also müssen doch alle davon ausgehen, dass wir durchkommen. Wir bleiben an Bord.«

Akija verneigte sich zum Einverständnis.

Alle Gottheiten des Meeres, die Windgötter und der Wettergott waren gnädig, denn die Fahrt bis zur Nilmündung verlief ohne Probleme. Nur einige, kleinere Schaluppen hatten dem Schiff nach Akka hinter dem vorspringenden Gebirge aufgelauert. Sie stellten keinerlei Gefahr dar. Hohngelächter empfing sie von der Reling. Einige Matrosen warfen den armen Hunden gutmütig Kleinigkeiten zu. Das Schiff manövrierte nach nur sieben Tagen auf See geschickt mit Hilfe der Ruderer in eine verborgen liegende Lagune. Das war, wie Akija der Prinzessin berichtete, eine Meisterleistung des Kapitäns, denn das Einlaufen in das Mündungsgebiet erforderte äußerstes Geschick. Überall lauerte Auflaufgefahr durch Sandbänke und unzureichende Wassertiefe. Häufig musste deshalb auf dem Meer in kleinere Schiffe umgeladen werden. Ein manchmal tödliches Unterfangen.

Vor Sonnenuntergang erreichten sie die massige, vor dicken Mauern und unzähligen Wachtürmen strotzende Festung Taru auf der östlichen Seite der Meeresbucht, wo das Schiff anlegen konnte. Nachdem ein bewaffneter Posten alles an Bord kontrolliert hatte, durfte man das Schiff verlassen. Der Festungskommandant persönlich erschien, um den Gast und seine Begleitung zu einem Festmahl einzuladen.

Kija von Qatna betrat ägyptischen Boden.

Hatte sie erwartet, dass sie jubilieren würde, so war das Gegenteil der Fall. Vielleicht lag es an der beklemmenden Atmosphäre der Trutzanlage und der Präsenz so vieler Soldaten oder es war der anstrengenden Reise geschuldet. Amminaje jedenfalls fand am Abend unter dem Schlafnetz ein Häufchen Elend vor. Die Brise vom Meer brachte nur etwas Linderung gegen die Schwüle.

»Das ist alles nicht zu schaffen«, sagte Kija. »Was tun wir hier in diesem fremden Land? Hast du diese fürchterlichen schwarzen Dämonen gesehen? Sie dienen wahrhaftig in des Pharaos Armee. Und alle sprechen Ägyptisch – so schnell, dass ich manches gar nicht verstehe. Bei dieser Feuchtigkeit wird jede Schminke verlaufen. Die Perücken werden in sich zusammenfallen. Ich werde zum Fürchten aussehen!«

Amminaje wusste nicht, ob sie wegen des nicht abbrechenden Klageliedes lachen oder aus Mitleid weinen sollte. Schließlich versuchte sie Kija zu beruhigen. »Es sind noch einige Tage, bis wir nach Achet-Aton gelangen werden. Lass uns versuchen zu schlafen. Morgen sieht die Welt wieder anders aus.« Sie schlüpfte zu Kija unter das Netz.

Lange Zeit zum Ausruhen in Taru gab es nicht. Die Zeit drängte. So verließ das Schiff die sichere Bucht und nahm Kurs westwärts bis zur Einfahrt in einen Nilarm, über den sie nach Memphis gelangen würden. Der erste Halt auf dem Weg nach Süden brachte Kija etwas Vertrautes, das gleichzeitig Heimweh auslöste. Sie bekamen Quartier im Palast von Peru-Nefer, einem Hafenort und militärischen Stützpunkt am Ostufer des Nilarmes. Schon in der Eingangshalle begrüßten Kija kunstvolle Wandmalereien: herrliche Nillandschaften, Zyperngras, das sich im Wind wiegte, Enten und anderes Wassergetier, Boote. Kein Vergleich zu den dagegen fast armselig wirkenden Gemälden in Qatna und doch eindeutig dieselbe Hand: Minos! Ja, Minos, bestätigte der Palastherr. Wie es ihm gehe? Ein wundervolles Gesprächsthema und doch gelang es Kija nur mit Mühe ihre Tränen solange zurückzuhalten, bis sie sich in ihr Gemach verabschieden konnte. Im Lauf dieser trostlosen Nacht erkannte sie, dass es nicht nur die Sehnsucht nach der Geborgenheit zu Hause war, die sie weinen ließ, sondern dass sie von Angst gebeutelt wurde. Angst vor ihrer Aufgabe, Angst vor einem möglichen Versagen, Angst davor, in einem ägyptischen Harem auf immer zu verschwinden, Angst vor einem Mann, den sie glaubte zu lieben wie bisher keinen Mann und der sie gekränkt hatte wie bisher kein Mann. Wie sollten sie beide jetzt nach so vielen Jahren zusammenkommen – sie, die kleine, eingebildete Prinzessin von Qatna, und er, einer der mächtigsten, wenn nicht der mächtigste Herrscher der Welt, oder gar ein Gott?

Als habe Amminaje die Nöte der Freundin gespürt, wälzte sie sich zunächst in unruhigem Schlaf, stand dann endlich auf und schlich in Kijas Raum hinüber.

»Kija! Du wirst es schaffen. Hast du bisher nicht immer erreicht, was du dir vorgenommen hast? Wir müssen alles klug bedenken und vorbereiten. Alle Zeichen stehen günstig. Die Königin ist bei Echnaton in Ungnade gefallen. Der Tod der Mädchen wird ihr zur Last gelegt. Der Herrscher ersehnt einen Sohn und glaube mir, er ist auch nur ein Mann! Wir werden dich herausputzen, mein Täubchen. Du bist schön und geheimnisvoll. Und du weißt, worauf es ihm ankommt. Gib dich der Göttin hin, lass dich von ihr leiten, sie wird dich nicht im Stich lassen, du wirst sehen.«

Müde schmiegte Kija sich in Amminajes Arme. »Du hast recht und kamst zur rechten Zeit, Liebste. Nehmen wir also mit Hilfe der Göttin den Kampf auf.«

Sie erreichten die Stelle, wo sich die vielen Nilarme aus dem ehrwürdigen Strom herauslösten. Erst jetzt zeigte der Blick nach Süden den Fluss in seiner vollen Breite, rechts und links begleitet von jeweils einem Streifen Fruchtland. Die vier Monate des Sprießens waren schon vergangen und die

Jahreszeit der Hitze, in der geernet wurde, angebrochen. An deren Ende stand das Neujahrsfest und mit diesem das Einsetzen der Nilschwemme. Noch führte der Fluss ausreichend Wasser, so dass das Vorankommen unter Segel keine Schwierigkeit darstellte. Ein unglaubliches Schauspiel bot sich der Reisegesellschaft, kurz bevor sie in Memphis anlangten. Akija war schon eine Weile unruhig an Deck auf und ab geschritten und hatte immer wieder nach Westen gespäht. Plötzlich winkte er Kija aufgeregt zu sich und deutete Richtung Sonnenuntergang. Majestätisch erhoben sich in weißer, stolzer Schönheit gegen den glutroten Abendhimmel riesige Gebilde, die den Himmel zu berühren schienen.

»Das sind die Grabmäler von Pharaonen, die längst nach Westen gegangen sind«, erklärte Akija voller Ehrfurcht. Wir nennen sie wegen ihrer Form Pyramiden. Auf der Weiterfahrt werden wir noch weitere sehen, doch keine sind so riesig, formvollendet und rühmenswert wie diese dort drüben. Ihre Spitzen sind mit Elektron, einer Mischung aus Silber und Gold, überzogen, daher strahlen sie im Sonnenlicht.«

»Die sollen Menschen erdacht und errichtet haben?«

Akija nickte. »So sagt man.«

Memphis glich einem Ameisenhaufen. Es war eine umtriebige Stadt, in der all das erledigt wurde, was in der Gottesstadt Achet-Aton keinen Platz fand. Vielleicht sei das sogar die heimliche Hauptstadt, sagte Akija und ergänzte: »Hier hat die Königinmutter die Fäden in der Hand. Einige meinen ohnehin, Echnaton habe ihr die eigentliche Regierungstätigkeit überlassen. Ich kann das nach meinen Beobachtungen nicht bestätigen, aber einen gewissen Einfluss hat sie bestimmt. Sie ist gerade zu Besuch bei den Feierlichkeiten in Achet-Aton. Du wirst sie also kennenlernen, Herrin.«

Was Kija in Memphis zu sehen bekam, gefiel ihr. Hier pulsierte rege Handelstätigkeit, hier waren diverse militärische Einrichtungen angesiedelt. Gleichzeitig war es das brillant funktionierende Verwaltungszentrum des ganzen Landes und der Dienstsitz des Ersten Dieners des Aton, des aus Asien stammenden Wesirs von Unterägypten, Aper-el. Er hatte den Posten noch nicht lange inne. Der Pharao hatte in seinem vierten Regierungsjahr, veranlasst durch massive Kritik aus der Beamtenschaft, kurzerhand fast alle führenden Köpfe ausgewechselt und die Schlüsselpositionen mit ausgezeichneten Personen besetzt, obwohl sie zum Teil aus einfachen Schichten stammten oder Ausländer waren. Nur wenige Würdenträger, die schon unter seinem Vater gedient hatten, blieben im Amt, darunter sein engster Vertrauter und erster Beamter, der Königliche Staatssekretär, Truppenkommandant, Befehlshaber der Streitwagentruppe und Gottesvater, sein Schwiegervater Aja.

451

Kijas Hab und Gut wurde in Memphis auf eine der größeren Nilbarken umgeladen. Ein Traum aus vergangenen Zeiten stieg in Kija auf, als sie das großzügige Gefährt bestieg. Damals hatte ihr Echnaton ausgemalt, wie sie als Brautpaar den Nil auf einer geschmückten Barke hinauffahren würden, umjubelt von den Menschen an beiden Ufern. Nun war sie allein und unbeachtet. Aber sie fuhr zu ihm und der Tag würde kommen, an dem der Traum in Erfüllung ginge! Sie genoss die Fahrt bei Tag und die erholsamen Nächte, für die man immer am Ufer anlegte. Unablässig wehte ein leichter Wind aus Norden. Sie lauschte auf all die neuen und fremden Geräusche, die der Fluss mit sich brachte. Wie anders roch die Luft. Nach nur wenigen Tagen legte die Barke in Achet-Aton, dem Horizont des Aton an. Die Stadt lag in einer einsamen, sandigen Wüstenebene auf der östlichen Uferseite, eingebettet in halbkreisförmig umgebende, felsige Berge.

»Man erzählt sich«, sagte Akija, dem Kijas aufmerksames Betrachten nicht entgangen war, »dass Echnaton auf der Suche nach einem geeigneten Platz für die neue Hauptstadt mit seinem Streitwagen einige Zeit lang flussabwärts gezogen war. Fast genau zwischen Theben im Süden und Memphis im Norden glaubte er in einer der Felsformationen das Achet-Schriftzeichen für Horizont zu erkennen und nahm das als Hinweis seines Gottes hier an diesem reinen, unberührten Ort zu siedeln.«

Kija bezog mit ihrem Gefolge ohne viel Aufsehen ein Quartier in der Südstadt, ein palastartiges, schneeweißes Gebäude, bestens ausgestattet, mit Fenstern im Dachgeschoß, die man öffnen und schließen konnte, so dass in den Räumen eine angenehme Temperatur herrschte. Es gefiel ihr auf Anhieb. Draußen war es ziemlich heiß, aber dank der trockenen Wüstenluft, ließ sich die Hitze gut ertragen, vor allem in dem wundervollen Garten, der auch über einen künstlichen Teich verfügte. Sie waren glücklicherweise so früh eingetroffen, dass genügend Zeit blieb sich auszuruhen und dann alle nötigen Vorbereitungen bis zum eigentlichen Festtag zu erledigen. Von der Stadt, ihren Tempeln und Palästen sah Kija nichts. Das musste warten. Dagegen verbrachte sie viel Zeit damit, sich von der königlichen Familie, dem Hof und seinen Gepflogenheiten ausführlich berichten zu lassen. Akija hatte einen Untergebenen des aus Syrien stammenden Ersten Propheten des Herrn der Beiden Länder, des Kammerherren und Oberbaumeister des Königs, dem Obersten Mund des ganzen Landes, Tutu, dafür gewinnen können, der Prinzessin bei ihren unzähligen Fragen Rede und Antwort zu stehen. Sie erfuhr dabei nicht nur sehr viel Nützliches, sondern wurde auch immer sicherer im Ägyptischen.

Das Erneuerungsfest, Sedfest genannt, wurde am siebenundzwanzigsten Tag des zweiten Monats Schemu in der Jahreszeit der Hitze gefeiert. Die ganze Bevölkerung des Landes, von Kusch im Süden bis zur Mündung des Nils und darüber hinaus in den ägyptischen Gebieten des Sinai, Kanaans und Syriens, war auf den Beinen.

Unter Echnatons Vater diente das Fest dazu, nach dreißig Regierungsjahren die physische und magische Kraft des Herrschers unter Beweis zu stellen und sie durch das Wohlwollen aller Götter zu erneuern. Unter Echnaton war es dagegen ein Jubelfest für Aton, der zusammen mit dem König alle drei Jahre das Regierungsjubiläum mit Prozessionen zu Wasser und zu Lande, Tänzen, Rezitationen und Gesängen beging. Jetzt, im zwölften Jahr der Herrschaft, wurden zusätzlich Kampfspiele abgehalten. Die umfangreiche Vorbereitung des Festes unterstanden dem Leiter der beiden Throne bei den Aufgaben des Sedfestes. Vor allem musste die Lebensmittelversorgung für die vielen Menschen von nah und fern bestens durchdacht und organisiert werden. Viehherden, Wein- und Bierlieferungen kamen aus allen Landesteilen, zum Teil sogar aus Syrien.

Der Hauptfesttag begann für die Allgemeinheit mit einer Prozession. König und Königin verließen den Großen Palast, begrüßt von der Bevölkerung, die dem Paar mit den Gesichtern im Staub und mit hoch erhobenen Händen huldigte.

> *„Der große Lebende Aton,*
> *der Herr des Regierungsjubiläums,*
> *der Herr der ganzen Welt,*
> *der Herr des Himmels,*
> *der Herr der Erde,*
> *derjenige, der im Haus des Aton in Achet-Aton ist."*

Das das königliche Paar und einige der wichtigsten Würdenträger, die Wesire des Oberen und Unteren Landes sowie der Vizekönig von Kusch, bestiegen ein geschmückten Boot. Es wurde den Nil entlang bis zu der Stelle gezogen, wo der König mit einem speziellen Ornat bekleidet seinen Thron im Sedfest-Palast einnahm. Er trug die weiße und rote Krone als Symbol für die beiden Länder, dazu Krummstab und Wedel. Vor dem Pharao erschienen Beamte und Hofpersonal sowie ihre Gemahlinnen. Sie wurden für ihre treuen Dienste mit Ehrengold aus der Hand des Königs oder der Königin belohnt. Das waren breite Halskragen aus Gold, Fayence oder edlen Steinen. Anschließend speiste man sie mit dem Brot des königlichen Frühstücks. Dazu gab es Bier, Fleisch und Geflügel. Die so Geehrten waren es, die nach der Zeremonie das Königsschiff zurück zu rudern und das Königspaar in Sesseln zu tragen hatten bis man die nächste Feststation beim Festhaus des Königs an der Nordmauer des Großen Aton-Tempels erreichte. Der König nahm erhöht unter einem Baldachin auf seinem Thron Platz, neben ihm die Königin. Dann wurden für seine Majestät die Prinzessinnen herbeigeholt. In den Händen hielten sie goldene Wasserkrüge und Kannen aus Elektron. Sie stellten sich zu Füßen des Thrones auf und sprachen:

„Rein sind deine Wasserkrüge aus Gold und deine Kannen aus Elektron. Die Tochter, sie gibt dir kühles Wasser, du Herrscher, der lebt, heil und gesund ist."

Nachdem der König sich gestärkt hatte, war die Stunde gekommen die vielen Abgesandten aus aller Herren Länder zu empfangen und ihre Glückwünsche und Geschenke entgegen zu nehmen. Als Gegengabe erhielten sie den Lebenshauch des Aton. Tutu kündigte die einzelnen Abordnungen an, die sich in ehrfürchtiger Haltung näherten. Die Stunden verrannen. Der König schien kaum mehr wahrzunehmen, wer ihm gemeldet wurde. Die den Thron Umstehenden wirkten ebenso ermüdet wie der König selbst und immer noch schien der Strom nicht abzureißen. Selbst die zum Teil fremdartige, originelle Kleidung mancher Gabenbringer oder ihre außergewöhnlichen Tributleistungen – gefährliche Panther oder Leoparden –, erregten schon kaum mehr Aufsehen. Nur die Königinmutter Teje schien mit unverminderter Aufmerksamkeit dem Geschehen zu folgen. Nofretete hatte sich mit den beiden jüngeren Mädchen zurückgezogen, aber die Älteste, Meritaton, war beim Vater geblieben.

Plötzlich kam Bewegung in die Festgesellschaft. Ein Raunen ging durch die Menge. Laut und durchdringend erschallten Trompeten. Als ginge ein Strahl des Aton eine direkte Verbindung mit seinem thronenden Hohepriester Echnaton ein, so wurde dessen Gesicht golden beschienen. Der König versuchte zu sehen, was vor ihm geschah, doch er war geblendet. Erst allmählich erkannte er eine zierliche Gestalt, die ganz allein langsam und stetig auf ihn zuschritt. Die Menschen, die den Aufweg flankierten, waren zurückgewichen und hatten ehrfürchtig die Gasse erweitert. Es war nicht zu erkennen, wer da kam. Ein Mensch? Ein Gott?

Der König erkannte zu Füßen seines Thrones ein gesichtsloses Wesen, von Kopf bis Fuß eingehüllt in leuchtend rotes Purpurtuch. Es schien in einem weißen, lichtdurchfluteten Raum zu schweben. Von den unten stehenden Menschen war nichts mehr zu sehen und zu hören. Unendlich graziös erhob sich ein Arm und aus den Schleiern entblößte sich eine kleine, winkende Hand. Sie winkte den Pharao zu sich heran. Gebannt hatte Echnaton den Blick nicht wenden können. Nun erhob er sich um dem Ruf Folge zu leisten. Wie in Trance schritt er die Stufen hinab, nur darauf konzentriert, die Gestalt nicht aus den Augen zu verlieren. Je näher er kam, desto betörender wurde der Duft, der ihn umfing. Eine kleine Tür in seiner Erinnerung sprang auf. Wo hatte er dieses seltsame Parfüm schon gerochen? Nicht in Ägypten. Er konnte jedoch den Gedanken nicht weiter verfolgen, denn mit jedem Schritt gab der duftige Schleiermantel mehr Geheimnisse preis. Der König sah die grazile Figur einer Frau, er erahnte ihre unverhüllten Brüste. Ihr Gesicht konnte er nicht erkennen.

Eine Handbewegung ermunterte ihn, den Umhang zu entfernen. Doch er wollte sich Zeit lassen. Er hatte so lange nicht gespielt. Er umrundete langsam die Purpurdämonin, ließ spielerisch seine Hand über ihren Rücken gleiten. Dann begann er vorsichtig das feine Gewebe abzunehmen, bis es schließlich zu Boden glitt.

Nur die Personen, die neben dem Thron auf der Empore ihren Platz hatten, konnten sehen, was der König sah, und erneut war ein Raunen zu vernehmen. Es offenbarte sich eine wundersame Erscheinung. Unter einer fremdartig wirkenden, schwarzen Haarperücke war die hauchdünne, goldene Maske eines lächelnden Gesichtes zu erkennen. Die geschminkten Augen und der volle Mund fügten sich ein und zeigten ein vollkommenes Antlitz. Das bodenlange, weiße, mit kostbaren goldenen Bordüren besetzte Trägergewand ließ die Brüste frei, deren Spitzen aufreizend rot eingefärbt waren. Als einziger weiterer Schmuck wuchs eine kleine, zarte Lotosblüte zwischen den Brüsten hervor. In der linken Hand hielt die Frau ein kleines Gefäß, das den unwiderstehlichen Duft verbreitete. Während der König schweigend in das Betrachten dieser unaussprechlichen Schönheit vertieft war, begann sie einen ihm wohlbekannten Hymnus vorzutragen: erst leise, nur für den Pharao hörbar, dann immer lauter und lauter, bis die unsichtbare Menge einstimmte. Aus hunderten Kehlen erklang der Lobgesang auf Aton, das Licht.

> *„Schön erstrahlst du am Himmelshorizont,*
> *du lebendige Sonne, die von Uranfang lebt!*
> *Wenn du aufgehst im Osten,*
> *erfüllst du jedes Land mit deiner Schönheit.*
> *Du bist licht, groß und glänzend,*
> *hoch über jedem Land.*
> *Deine Strahlen umfangen die Erde*
> *bis zum Ende all dessen, was du geschaffen hast.*
> *Du bist Re, wenn du zu ihren Grenzen gelangst,*
> *wenn du sie willfährig machst für deinen geliebten Sohn.*
> *Bist du auch fern, deine Strahlen sind auf Erden,*
> *du scheinst auf ihre Gesichter,*
> *doch unerforschlich ist dein Lauf.*

Gehst du unter im Westen,
dann ist die Erde dunkel, als wäre sie im Zustand des Todes.
Die Schlafenden sind in den Kammern,
bedeckt sind ihre Häupter, kein Auge sieht das andere.
Raubte man alle ihre Habe unter ihren Köpfen hinweg,
sie merkten es gar nicht.
Alle Raubtiere kommen aus ihren Höhlen,
jede Schlange ist bissig,
die Finsternis ist ein Grab.
Schweigend liegt die Erde da,
denn ihr Schöpfer ist zur Ruhe gegangen in seinem Horizont.
Hell aber wird die Erde, wenn du im Horizont aufgehst.
Leuchtest am Tag als Sonne auf,
dann schickst du deine Strahlen und vertreibst die Finsternis.

Die Beiden Länder sind tagtäglich im Fest.
Was auf Füßen steht, ist aufgewacht, denn du hast sie aufgerichtet.
Ihre Leiber sind rein, und sie haben Kleider angelegt,
ihre Arme sind in Anbetung erhoben, weil du erstrahlst.
Dann gehen sie ihrer Arbeit nach im ganzen Land.
Alles Vieh ist zufrieden mit seinen Kräutern,
Bäume und Blumen wachsen.
Die Vögel fliegen aus ihren Nestern auf,
ihre Schwingen preisen deine Lebenskraft.
Alles Wild springt auf den Füßen umher,
alles, was fliegt und flattert, lebt,
seit du aufgegangen bist für sie.
Die Schiffe fahren stromab und stromauf,
jeder Weg steht offen, weil du leuchtest.
Die Fische im Strom springen vor deinem Angesicht,
deine Strahlen dringen auch in die Tiefe des Meeres."

Echnaton war ergriffen. Voller Entzücken erhob er die geöffneten Hände der Sonne entgegen, die jetzt tief im Westen stand. Jubel und Trompetenschall erklangen. Welch ein triumphaler Sieg für ihn und Aton. Und den verdankte er dem Wunderwesen vor ihm stand, dem Tränen wie Perlen in den Augen schimmerten. Erst als der letzte Ton verklungen war, drehte die Erscheinung sich um und entfernte sich. Es war, als ginge sie in das rote Licht des Abendhimmels ein.

Ungeduldig hatte der König die noch ausstehenden Zeremonien durchgeführt. Die Übergabe des Viehs an den Gott, die Besuche in den Atonheiligtümern der Stadt, das große Festbankett. Seine Augen suchten unablässig nach der Schönen. Sie musste doch unter den Gästen weilen. Sobald sich die Gelegenheit bot, ließ er Tutu, den Ausrichter des Festes, zu sich rufen. Tutu war alles andere als wohl in seiner Haut. Er hatte den Auftritt der Gesandtschaft aus Qatna genehmigt, ihn aber völlig falsch eingeschätzt. Akija hatte ihm gesagt, man wolle seiner Sonne eine Braut präsentieren – nichts Ungewöhnliches bei solchen Anlässen. Diesmal aber waren fast alle Vorschriften nicht beachtet oder gar gebrochen worden. Wie würde der König darauf reagieren? Tutu machte sich auf das Schlimmste gefasst. Zu seiner Erleichterung verlor der König kein kritisches Wort, sondern hatte nur eine Frage: Wo war die geheimnisvolle Schöne? Tutu solle sie unverzüglich zu ihm bringen, sobald er sich in seine Gemächer zurückgezogen habe.

Völlig erschöpft hatte Kija sich von Amminaje zu ihrem Ruhebett geleiten lassen. Wie sie zurück in das Haus gekommen war, daran konnte sie sich kaum erinnern.

»Es war so wundervoll«, sagte Amminaje. »Ich glaube, die Göttin hatte Wohnung in dir genommen, Kija, Herrin. Hätte ich nicht mit eigenen Augen gesehen, was geschehen ist, ich würde es nicht glauben, wenn man mir davon erzählte. Der Pharao muss ein Stein sein, wenn er nicht von dir beeindruckt wurde.« Sie kniete neben Kija und fächelte ihr Kühlung zu. »Wir dürfen nicht zu lange warten mit dem Umkleiden. Du musst vorbereitet sein, wenn der Bote dich holen kommt.«

»Ach, Amminaje, du bist so sicher! Und ich bin so voller Zweifel. Hast du gesehen, wie welk und krank Amunhotep wirkte? Fast wie ein alter Mann und er steht doch in der Blüte seiner Jahre! Ich habe ihn kaum wieder erkannt. Erst als er dicht vor mir stand – ja, das waren seine träumerischen, schmalen Augen, sein sinnlicher Mund, die edle, schlanke Nase. Und seine Hände, seine zarten, weichen Hände!«

»Der erste Schritt stand jedenfalls unter Segen«, unterbrach sie Amminaje. »Deshalb sollten wir froh und dankbar sein. Jetzt darfst du nicht nachlassen. Bedenke doch, wie lange du ihn nicht gesehen hast. Das Bild, das du in deinem Herzen ihm bewahrt hast, ist dagegen nicht älter geworden. Ihr müsst euch wieder neu kennenlernen. Aber du wirst sehen, bald seid ihr so vertraut wie einst in Qatna. Nun komm«, sagte sie, »lass mich dich baden.«

Nur ein leises Rascheln verkündete Echnaton den Eintritt der sehnlichst Erwarteten.

Der Pharao hatte sich nach den Feierlichkeiten in seinen privaten Palast östlich des Großen Palastes, wo die Königsfamilie zumeist residierte, zurückgezogen. Diese Frau hatte ihn tief berührt. Wer war sie nur? Sie waren sich schon begegnet, nur wann und wo?

Kija hatte für ihren mitternächtlichen Besuch ein schlichtes, leicht gefälteltes, langes weißes Gewand gewählt, nur mit Hilfe von Gewandnadeln an den Schultern und dem hübschen Gürtel gehalten, den Echnaton ihr in Qatna zum Abschied geschenkt hatte. Dazu trug sie die vorgeschriebene Perücke und seine Ohrringe von damals. Ihre Augen waren schwarz umrandet und wirkten in der schummrigen Beleuchtung geheimnisvoll leuchtend. Ein zarter, betörender Duft ging von ihr aus. Sie blieb im Türrahmen stehen und ließ Echnaton Gelegenheit sie zu betrachten und in seinen Erinnerungen zu forschen, woher er sie kannte. Schließlich sagte sie leise, aber mit erkennbar ironischem Unterton: »Deine Schöne ist endlich gekommen, Amunhotep-Echnaton, auch wenn du nicht nach ihr geschickt hast.«

In Echnaton arbeitete es, das war ihm anzusehen. Was hatte die Anspielung auf Nofretetes Namen zu bedeuten? Er erhob sich von dem Bett, auf dem er sich gelagert hatte, und ging ihr entgegen. Sie nahm seine Hand und ließ sich in das Zimmer ziehen, näher ans Licht. Mit den Augen tastete er ihr Gesicht ab, dann hob er fast zaghaft seine Hände und löste mit geschickten Griffen ihre Perücke. Dichte, schwarze Locken fielen herab.

»Kija«, flüsterte er in plötzlichem Erkennen. »Meine kleine Kija aus dem fernen Qatna! Wie schön bist du geworden!«

Seine Finger spielten versonnen mit ihren Locken, während die lang verschütteten Erinnerungen zurückkehrten. Eine ganze Weile standen sie so voreinander, schweigend. Dann trat Echnaton hinter Kija und schob sie sanft zu einem gepolsterten Sitz. Sie ließen sich nieder. Vor ihnen stand ein Tischchen mit verlockenden Kleinigkeiten, doch weder Echnaton noch Kija hatten dafür einen Blick. Immer noch schweigend, versenkten sich ihre Blicke ineinander, als versuchten sie in die Seele des anderen zu schauen und vielleicht Antworten zu finden auf die noch ungestellten Fragen.

Endlich brach Echnaton das Schweigen.

»Du bist verschmolzen, verstehst du? Du bist verschmolzen mit der Königin an meiner Seite.«

Er blickte Kija forschend an, um zu prüfen, ob sie ihm folgen konnte. Ob sie Verständnis zeigte für seine Worte. Kijas Miene blieb unbewegt, sie wartete auf weitere Erläuterungen. Doch innerlich wuchs ihre Erregung. Er wusste also genau, was sie quälte.

»Als ich damals nach Hause kam, schwankten die Eltern zwischen Erleichterung und Ärger. Keiner der Boten hatte sie erreicht, so dass sie im Ungewissen waren, warum ich nicht zurückkehrte. Nachdem sie bereits meinen älteren Bruder verloren hatten, waren sie außer sich vor Sorge. Einen weiteren Sohn, der dann statt meiner die Nachfolge hätte antreten können, war den beiden ja nicht vergönnt. Als ich endlich in Theben eintraf, wartete viel Arbeit und eine Braut auf mich. Sie hatten die Eltern für mich erwählt.

Obwohl sie dir äußerlich nicht sehr ähnlich sieht, so fand ich doch Charakterzüge wieder, die ich an dir kennen- und schätzen gelernt hatte. Wie du pflegt sie mit mir die Pläne der Wegbereitung für Aton. In diese Aufgabe gebe ich meine ganze Kraft, davon bin ich erfüllt, ja geradezu gefangen genommen.« Er blickte versonnen auf Kija und schwieg einige Momente. »Ich sah dich in ihr. Sprach sie auch ein-, zweimal mit Kija an. Das Phantastischste aber war, dass sie den Kosenamen, den ich dir gegeben hatte, als Namen trug: die Schöne ist gekommen! Kannst du dir vorstellen wie mich das beeindruckt hat? Irgendwann war sie du oder du sie, ich wusste es gar nicht, so nah warst du mir. Aber ich will dir gestehen, dass irgendwann dein Bild zu verblassen begann. Denn Nofretete entwickelte ihren eigenen Charakter. Sie ist eine starke und eigenwillige Frau, auch darin dir durchaus vergleichbar, die viel für Ägypten bedeutet. Unermüdlich setzt sie sich für unsere gemeinsamen Pläne ein, bedingungslos und überzeugt folgt sie mir auf meinem Weg. Mehr und mehr empfand ich sie als andere Hälfte von mir. Wir zusammen, wir waren die Geschöpfe des Lichts und seine irdischen Repräsentanten. Wir waren auch eine glückliche Familie. Das glaube ich zumindest, von Aton gesegnet mit sechs gesunden Töchtern. Dann begann Nofretete zunehmend ihre eigenen Wege zu gehen. Anfangs fand ich das gut: Wir waren die vier gleichberechtigten Hände des Aton. Immer häufiger aber gab sie Anordnungen ohne Abstimmung mit mir. Manchmal weiß ich nicht mehr, wer in Ägypten herrscht – sie oder ich.«

Echnaton griff nach einem Glas. Während er in bedächtigen Schlucken trank, musterte Kija ihn. Ihren ersten Eindruck fand sie bestätigt. Echnaton sah blass und krank aus. Der straffe, trainierte Körper, an den sie sich erinnerte, wirkte hinfällig. Die Haut schlaff, überall Fettansätze, vor allem um den Bauch, der im Sitzen gut erkennbar mehrere Falten bildete. Fast abstoßend. Wo war seine Ausstrahlung geblieben? Was er sagte, klang so nüchtern und sachlich. Sie war bei seinen Worten immer ruhiger geworden. Sie lauschte weiter, was er erzählte und überlegte, ob sie sich allen Ernstes in diesen Mann verlieben oder ihn gar lieben könnte. Doch das lag gar nicht mehr in ihrer Entscheidung! Sie musste! Sie musste diesen Mann betören.

»Hörst du mir zu?«

Kija errötete und nickte.

»Du bist mir so vertraut, meine Kleine, meine Schöne. Als wären nicht viele Jahre vergangen. So nah erscheint mir plötzlich mein Aufenthalt in Qatna. Weißt du noch, wie wir den Sonnenaufgang auf dem Dach eures Palastes erlebt haben? Hätte ich dich doch nur damals gleich mitgenommen, anstatt mich an die Sitte zu halten.«

Kija wurde es warm ums Herz. Er hatte sie vielleicht wirklich nicht vergessen? Da war eine vage Versuchung in ihr, die Augen zu schließen und sich fallen zu lassen. Sie verbot sich diese Regung. So leicht konnte sie es ihm nicht machen.

Echnaton lächelte. »Ich sehe, du trägst, was ich dir damals schenkte!« Er griff hinter sich nach einem aufwändig geschnitzten Kästchen, das er ihr überreichte. »Das wird dazu passen.«

Eingebettet in feines, gelbliches Tuch lag eine ovale Gemme aus blauem Lapislazuli, in dem es silbern und golden glitzerte. Ein außergewöhnliches Schmuckstück, schon wegen seiner Größe.

»Steck es an.«

Völlig überraschend, mitten in diese warmen, intimen Atmosphäre schaltete Echnaton um. Er überfiel Kija mit Fragen, mit denen sie viel später gerechnet hatte. Spürte er ihre Zurückhaltung? Spürte er womöglich, dass sie nicht ganz freiwillig gekommen war, sie, die stolze Kija? Seine Stimme klang plötzlich hart und schneidend, wie damals bei seinem Verhör.

»Warum bist du gekommen, Kija von Qatna?«

Er sah sie durchdringend an. Kija richtete sich auf. Wie viele unterschätzten diesen Herrscher wohl?

»Dass du dich einfach als Gabe für meinen Harem von deinem Bruder hast schicken lassen, das kann ich mir nicht vorstellen, Prinzessin von Qatna. Oder du müsstest dich grundlegend geändert haben. Du bist diesem wankelmütigen Weichling doch nicht verpflichtet, oder? Außerdem müsste ich dann allen Ernstes glauben, er hätte ein schlechtes Gewissen mir gegenüber oder er erwartet eine außerordentliche Gegenleistung. Was also ist es?«

Ärger stieg in Kija auf. Sie wusste um die vielen Schwächen ihres Bruders, doch auch dem Pharao von Ägypten stand es nicht zu, so abwertend über ihn in ihrer Gegenwart zu sprechen. Ihr Gesicht verdunkelte sich. Doch bevor sie etwas sagen konnte, hatte Echnaton sich erhoben, ergriff ihre Hände und zog sie zu sich hoch: »So kenne ich dich, meine kämpferische Wildkatze«, sagte er zärtlich, wieder völlig verwandelt. »Ach Kija. Wie habe ich es nur solange ohne dich ausgehalten?«

Er hob ihr Kinn, sie konnte seinem Blick nicht ausweichen. »Und du? Du hast mich gehasst, habe ich nicht recht? Doch vergessen hast du mich nicht. Das konntest du nicht, weil du gespürt hast, wir gehören zusammen.«

Unvermittelt gab er sie wieder frei und ließ sich erneut auf seinen Sitz fallen. Er griff nach einer Frucht, die er gedankenverloren hin und her drehte, während er Kija nicht aus den Augen ließ. Für sie beinahe nicht zu verstehen, murmelte er: »Vielleicht bist du die Auserwählte. Vielleicht will mir das Aton schon länger mitteilen. Er schickt mir die Mädchen, dann lässt er sie sterben. Was nur, was, Allmächtiger, willst du mir sagen? Ist sie es, die den Sohn gebären könnte?«

460

Er hatte durch Kija hindurch gesehen. Als er sie wieder wahrnahm, hatte sein Gesicht einen resignierten Ausdruck angenommen.

»Ich bin so unsagbar müde, Kija. Hilf mir!«

Diese Worte rührten sie, mehr, als alle Liebesschwüre, die sie ihm einfach nicht hätte glauben können. Der König war müde, das sah sie. Nicht die gesunde Müdigkeit nach getaner Arbeit hielt ihn umfangen, sondern die zu vielen Bürden, die unerfüllten Wünsche, die unangenehmen Auseinandersetzungen und vieles andere mehr drückten ihn nieder und machten den Wunsch nach Schlaf übermächtig – ausgerechnet bei dem obersten Diener des Lichts! Sie erhob sich, kauerte sich neben ihn auf den Boden und schmiegte ihre Wange an seine Hüfte. Dann sagte sie: »Warum ruhst du nicht etwas nach diesem langen Tag? Ich werde über deinen Schlaf wachen, wenn du möchtest.«

Die nächsten Tage und Wochen hatten etwas Unwirkliches. Durch Kijas Pflege, der er sich voll und ganz anvertraute, blühte Echnaton nach kurzer Zeit auf. Als erstes übte sie täglich mit ihm atmen, wie sie es bei Schala erlernt hatte. Das bewährte sich sofort. Der Pharao entspannte sich zusehends und schlief wieder gut. Kijas mitgebrachte Arzneien taten ein Übriges. Den Rat ihrer Mutter befolgend, hatte Kija gebeten, bei all ihren Maßnahmen ägyptische Heiler hinzuzuziehen, deren medizinische Kenntnisse weltberühmt waren. Es dauerte nicht lange und das Leben machte dem Pharao sichtlich Freude. Er strotzte vor Energie und nahm zur Überraschung seines Hofes und besonders der Großen Gemahlin sogar die Regierungsgeschäfte wieder auf. Viele der Beamten atmeten auf und schrieben diese positive Wandlung ihres Herrschers der neuen Dame an seiner Seite zu.

Aber vor allem, so beteuerte Echnaton, könne er sich wieder aus vollem Herzen seinem Gott zuwenden. Er gestand Kija, dass er zuvor in Zweifel, nein – in Verzweiflung gekommen sei, weil er dachte, Aton habe sich von ihm abgewandt. Wie er darauf komme, fragte ihn Kija? Er sah sie mit seltsamem Blick an. Dann nahm er ihre Hände und flüsterte: »Warum schickt er mir keinen Sohn? Oder hat auch er nur auf dich gewartet?«

Kija antwortete nicht.

Schnell wurde deutlich, dass Kija in Nofretete eine Todfeindin hatte, die nicht klein beigeben würde. Damit hatte Kija gerechnet, doch der unverhohlene Hass traf sie härter, als sie für möglich gehalten hatte. Obwohl Echnaton sich von Nofretete abgewandt hatte, bevor Kija überhaupt im Land weilte, so machte diese Kija für alles verantwortlich. »Das neue Lieblingsspielzeug« oder »seine Jungbrunnenkatze« nannte sie Kija zornig in einer der Auseinandersetzungen mit Echnaton. Er würde ihrer sicher schnell wieder über, wenn er ihre Reize durchprobiert hätte wie seinerzeit in Qatna.

Dabei sah Nofretete durchaus, dass Kija eben kein dummes Gänschen und keine Bettgespielin, sondern eine intelligente, willensstarke Frau, die durchaus die Mutter eines Sohnes werden könnte. Das sagte sie eines Tages auch hämisch zu Kija. Im ersten Moment wunderte die sich nur über die merkwürdige Ausdrucksweise. Erst geraume Zeit später verstand Kija, was Nofretete gemeint hatte.

Zunächst aber durchlebte sie glückliche Tage. Echnaton hatte Nofretete und die Töchter aus seinem nahen Umfeld verbannt. Kijas Fürsprache, man müsse doch versuchen sich zu vertragen, änderte nichts an seiner Entscheidung, sondern bestärkte sie. Hierin war Kija einem Ratschlag ihrer klugen Mutter gefolgt, an die sie häufig dankbar und sehnsuchtsvoll dachte. Sie hatte ihr eingeschärft, Echnaton gegenüber niemals schlecht von Nofretete oder den Mädchen zu sprechen, sondern eher ihre Vorzüge hervorzuheben. Nur so würde es ihr gelingen, Echnaton auf ihre Seite zu ziehen. Nofretete hatte sich gefügt in der Hoffnung, die Verliebtheit des Königs erschöpfe sich so noch schneller.

Es erstaunte Kija, wie schnell ihr gelang, den König an sich zu binden, aber auch, wie froh es sie selber machte, dass Echnaton durch sie wieder jugendlich lachte, ja zu Streichen aufgelegt war. So fuhren sie zusammen in seinem golden wie Aton leuchtenden Streitwagen auf der Hauptstraße, der Insel des Aton durch Achet-Aton. Zuerst nach Norden bis zum Palast am Fluss. Eigentlich wollte Echnaton ihr die Häuser des Aton und seine Stadt, die er zusammen mit seinem Baumeister Maanachtuef geplant hatte, in allen Einzelheiten zeigen. Doch dann hatten sie solche Freude dahinzusausen, dass Echnaton seine Pferde immer mehr anfeuerte bis Kija vor Wonne jauchzte und ihn anflehte, nun auch zurück nach Süden zu fahren soweit es nur ging. Sie gelangten beinahe bis zur südlichen Stele, einer von insgesamt vierzehn, die auf den die Stadt umgebenden Bergen die Grenzen des Stadtgebietes markierten. Hier war unweit des Nils ein herrlicher Platz.

»An dieser Stelle, weit genug entfernt von der Hektik des Stadtzentrums, werden wir einen Palast für dich bauen«, sagte Echnaton zufrieden, »und wir nennen ihn Maru-Aton – das Lusthaus des Aton–, denn es ist eine Lust mit dir zu leben, meine Kija.«

Er rannte wie ein verliebter Junge über die freie Ebene. »Hier kommen mehrere Gebäude hin, ein Wohnhaus und ein Haus für das Gesinde, nicht ganz so groß, auch wenn ich gerne mit dir Verstecken spiele! Irgendwann möchte ich dich doch auch finden!« Er wandte sich Kija zu, aber sie lief lachend auf und davon und ließ sich erst nach einer guten Strecke einfangen. Noch außer Atem plante der König weiter. »Aber eine große Eingangshalle muss sein! Von da aus gelangt man dann in die Empfangssäle, die Baderäume und Treppenhäuser. Dort drüben, der Platz ist ideal für unsere beiden Sonnenschattenkapellen.«

Er schritt den Grundriss ab, damit Kija eine genauere Vorstellung erhalten sollte. »Hier beginnt der Altarhof, hier kommen Statuen hin und auf der gegenüberliegenden Seite auch, siehst du, so ungefähr. Und hier beginnt die Treppe zum Opferaltar, genau nach Osten ausgerichtet. Wir brauchen doch Atons Segen.« Kija konnte nicht anders, sie musste ihn umarmen. Er löste sich, voller Eifer und Freude an seinen Plänen: »Dann muss natürlich ein großer Garten angelegt werden und ein Teich und du brauchst Brunnen.«

»Darf ich mir etwas wünschen?«

»Was du willst, mein Sonnenschein!«

»Ich wünsche mir solche wunderschönen Malereien, Tiere und Pflanzen, Landschaften. Es soll mich immer ein Garten umgeben, drinnen und draußen.« Sie lachte, fast etwas verlegen. »Da ist noch etwas: ich möchte gerne lernen wie man einen Streitwagen lenkt.«

Während der neue Palast im Bau war, betreut vom besten Baumeister, lernte Kija die Stadt kennen. Der erste Weg gebührte Aton. Echnaton nahm sie mit in den ausgedehnten Tempelkomplex, das Haus des Aton in Achet-Aton, den Mittelpunkt der neuen religiösen Welt, der direkt nördlich an das Stadtzentrum grenzte. Der König hatte die ganze Anlage entsprechend dem Sonnenlauf in einer Ost-West-Achse geplant. Eine Umfassungsmauer mit einem großen Eingangstor umschloss zwei aus Stein errichtete Tempel, die Aton ist gefunden, Gempaaton, und die Wohnung des Benben, Hut-Benben, hießen.

Sie betraten Gempaaton durch eine große gedeckte Säulenhalle, dem Haus des Jubels. Dann durchschritten sie sechs Höfe, die durch reliefverzierte und mit Fahnen geschmückte Pylone voneinander getrennt waren. In den Höfen befanden sich lange Altarreihen, die für den Adel als Opfertische dienten. Das Volk hatte seine Altäre außerhalb des Gebäudes. Ihm war der Eintritt ins Heiligtum selbst verwehrt.

Vom Tempel Gempaaton gelangten Echnaton und Kija vorbei am Schlachthaus der Opfertiere und der Benbenstele zum Tempel, wo die königlichen Opfer bisher von Nofretete dargebracht wurden, dem Hut-Benben. Staunend stand Kija in einer Säulenportikus, in der riesige Königsstatuen aufgestellt waren. Gleich dahinter öffnete sich ein weiteres hohes Einzugstor auf einen Hof. Später erinnerte sich Kija wie sie das erste Mal Zeugin eines Opfers wurde. Echnaton schritt, begleitet von den versammelten Würdenträgern in einer Prozession zum Hochaltar im Zentrum des hellen Hofes. Unter den Klängen himmlischer Musik von Harfen, Lauten und Leiern stieg er die Stufen hinauf zum Allerheiligsten und brachte Aton seine Gaben dar. Ihr fiel ihr gemeinsames Erleben auf dem Palastdach in Qatna ein, die aufgehende Sonne – auch damals hatte sie sich in andere Sphären versetzt gefühlt. Niemals konnte man dem Göttlichen näher sein.

463

»Was hat es mit Benben auf sich?«

»So nennt man das heilige Mal im Tempel von Nai-ti, über dem der Gott Re als Urgott aufging. Ich wünschte seine Anwesenheit auch hier im neuen Zentrum.«

»Ein männlicher Gott also.«

Es war nicht das erste Mal, dass sie sich über das Thema austauschten. Kija hatte Echnaton erzählt, wie sehr seine Idee eines allmächtigen Gottes sie nach seiner Abreise bewegt hatte. Doch war für sie selbstverständlich, dass diese Position einer weiblichen Gottheit, der Lebensspenderin, gebührte. Für sie hatte die Göttin eine so bestimmende Bedeutung erlangt, dass sie sich nicht mehr vorstellen konnte, je von ihr zu lassen.

»Weißt du, mein Herz, in meiner Vorstellung sind weder Re noch Aton männliche Götter. ›Es lebt Re, Herrscher der Horizonte, der im Lichtland jubelt, in seinem Namen, Re-Vater, der als Aton kommt‹, so singen wir. Doch Aton, das ist Licht, das sich als Sonnenscheibe zeigt, als der Ort, an dem Aton sich aufhält. Das göttliche Licht als Lebensspender ist nicht männlich oder weiblich, es ist beides, es ist Vater und Mutter, Mann und Frau. Nur bei uns Menschen muss es zwei Geschlechter geben, die in der Gottheit vereinigt sind. Deshalb dient Aton nicht nur der König als Hohepriester, sondern gleichberechtigt auch die Königin als seine Hohepriesterin, so wie im ganzen Land alle Menschen, bis hinunter zum gemeinen Mann und der gemeinen Frau. Und das tun sie frei und offen. Man geht nicht mehr vom Licht in die tiefste Dunkelheit, um zum verborgenen Allerheiligsten zu gelangen, sondern jetzt ist überall Licht! Wir brauchen auch kein Bildnis der Gottheit mehr, weil der Schein der Sonne überall anwesend ist, verstehst du?«

Verstehen, ja, das tat Kija schon, aber danach leben? Dieses Licht-Göttliche, das war so fern, so ungreifbar. Und es schwieg. Wohin ging man denn, wenn man Kummer hatte oder einem die Brust vor Glückseligkeit überquoll? Und immer war da die Ungewissheit, ob man alles richtig gemacht hatte, ob Aton zufrieden war mit den Opfern.

Echnaton ließ ihr Zeit.

Dagegen machte er sie sehr schnell mit wichtigen Personen seiner Regierung bekannt, von denen sie bisher nur Tutu, dem Ersten Propheten, und Pentu, dem königlichen Leibarzt, länger begegnet war. Dazu gehörten Ipi, der Palastvorsteher in Achet-Aton, Parennefer, der Vorsteher aller handwerklichen Arbeiten des Königs und Oberster aller Arbeiten im Tempel des Aton. Dann Merire, der Hohepriester des Aton mit dem Titel Größter der Schauenden, ferner Panehesi, der Zweite Prophet und Vorsteher der Rinder des Aton, er war der höchste Beamte im Wirtschaftsbereich des Tempels. Dazu kamen Nacht, dem die Stadt Achet-Aton anvertraut war, Maja, der General und Wedelträger zur Rechten, der noch den Titel Rekrutenschreiber trug, Ranefer, der Oberstallmeister und Wagenlenker und Mahu, der Polizeichef. Den Wesir Unterägyptens hatte Kija schon in Memphis getroffen. Nun begrüßte sie seinen Kollegen, den Wesir von Oberägypten, der den Namen Nachtpaaton trug sowie Thutmosis, das Haupt der Militärverwaltung in Kusch, der Vorsteher der südlichen Fremdländer. Wer noch fehlte, war der wichtigste Vertraute des Königs: Aja, der Vater von Nofretete. Vor ihm hatte Kija höchste Achtung, vielleicht sogar Angst. Doch das verriet sie nicht.

»Wer hat dir am besten gefallen von meinen Getreuen«, fragte Echnaton Kija am Abend.

»Thutmosis«, antwortete sie ohne Zögern. Als sie Echnatons verständliches Erstaunen sah – Thutmosis hatte eine außergewöhnlich dunkle Hautfarbe, aufgeworfene Lippen, er war ein eher abstoßender Mann, der sehr diziniert und militärisch kurz angebunden wirkte –, lachte sie verschmitzt. »Ich meine natürlich den Bildhauer!«

Die Werkstatt des berühmten Bildhauers Thutmosis hatten sie am Tag zuvor besucht, weil Echnaton mit ihm und seinen Kollegen, dem Oberbildhauer Juti und dem Vorsteher der Arbeiten, dem Bildhauer Bak, einige Aufträge besprechen wollte. Thutmosis' Gut lag in der Nähe von Kijas erstem Quartier in der Südstadt, in dem immer noch ihr Gesinde untergebracht war. Auf dem weitläufigen, schönen Grundstück befanden sich neben dem großzügigen Werkstattgebäude, dem Steinlager und der Freifläche zum Arbeiten, sein statiöses Wohnhaus sowie acht gleichförmige, kleinere Wohneinheiten, die von seinen Gesellen und Lehrlingen bewohnt wurden. Kija war begeistert. Die Atmosphäre erinnerte sie an Dunijos Töpferwerkstatt im väterlichen Palast. Doch statt des Surrens der Scheibe, war hier ein stetiges Pickeln zu hören, wenn die Klöpfel auf die Meißel stießen, mit denen der Stein abgearbeitet wurde. Sie sahen bereits fertige, zum Teil überlebensgroße und noch größere Statuen, die offenbar ohne Überzug und Bemalung aufgestellt werden sollten, aber alles andere als gleichförmig wirkten. Neugierig erkundigte sich Kija und erfuhr, dass diese aus unterschiedlichen Steinsorten aufgebaut worden waren. Doch ging die Kunstfertigkeit so weit, dass auch andere Materialien, wie Fayence und Glas, mit verarbeitet wurden. In den Regalen standen kleine und große Gipsmodelle, an den Wänden hingen halbfertige Reliefs, weitere Gipsmodelle und jede Menge Werkzeug. Einer der Arbeiter war nur damit beschäftigt die Meißel zu schärfen. Dann fiel ihr Blick auf eine wunderschöne Büste aus Ton, an deren Umsetzung in Stein der Meister persönlich wohl gerade zugange war: Nofretete. Schon im jetzigen Stadium der Arbeit erkannte man sein hervorragendes Können, denn er hatte alles Charakteristische der Großen Königsgemahlin vollendet getroffen. Kija war voller Bewunderung.

»Vielleicht könnte ich mich tatsächlich noch einmal in ihn verlieben«, hatte Kija vor kurzem Amminaje anvertraut, »weißt du warum? Ich kenne niemanden, der so hocherfreut und glücklich wirkt, wenn er mich sieht – außer dir vielleicht«, fügte sie rasch hinzu, als sie Amminajes enttäuschtes Gesicht sah. Liebevoll umarmte sie die Freundin. Das war, nachdem sie und Echnaton diesen wundervollen Ausflug in die östlichen Berge gemacht hatten. Es war Kijas Idee gewesen ohne Gefolge hinaufzusteigen, obwohl sie eine sehr weite Strecke zurückzulegen hatten. Sie wollte nicht nur die königliche Grabanlage besuchen, um den ›gesegneten Verklärten‹ ihre Referenz zu erweisen, sondern sie wollte soweit wie möglich hinauf klettern und auf die Stadt hinuntersehen, um sie in ihren ganzen Ausmaßen zu erfassen. Hand in Hand standen sie, als die Sonne ihre Strahlen über den Horizont schickte und die Stadt des Aton in weiß-goldenem Glanz erstrahlen ließ: im Norden das große Verwaltungsgebäude, der Palast am Fluss, die Nordstadt, dann der Nordpalast, an den sich allmählich die nördliche Vorstadt anschloss; der Große Aton-Tempel, an dessen südwestlicher Außenmauer sich parallel das riesige Tempelmagazin erstreckte. Direkt südlich davon, diesseits der großen Prachtstraße konnten sie das Wohnhaus des Königs, das Staatsarchiv, das Haus des Lebens, den Kleinen Aton-Tempel sowie die Gebäude des Militärs und der Polizei erkennen. Auf der anderen Straßenseite aber, mit dem Wohnhaus des Königs durch eine die Prachtstraße überwölbende Brücke verbunden und zum Nilufer hin ausgerichtet, erstrahlte der Große Palast, siebenhundert Meter lang, erbaut aus weißem Kalkstein, verziert mit bildhauerischen Meisterleistungen aus Alabaster, Quarzit und Granit in unterschiedlichen Farben, die in der Sonne unablässig changierten.

Ja, diese ersten glücklichen Wochen gehörten ihnen beiden. So oft es die vielfältigen Pflichten erlaubten, verbrachte Echnaton seine Zeit mit Kija allein. Nur flüchtig begegnete sie Mitgliedern der weitverzweigten königlichen Familie, die zum Teil ja auch ihre Familie war, aus dem sonstigen Adel oder gar den Damen des königlichen Harem. All das könne warten, hatte der König beschieden. Aus ihrer Zweisamkeit schloss er die Welt aus. Ob er seine Mädchen oder Nofretete sah oder besuchte, wusste Kija nicht. Sie fragte ihn auch nicht danach.

Viel Zeit verbrachten sie mit intensiven Gesprächen, vornehmlich über religiöse und politische Fragen. Das waren Gelegenheiten, bei denen Kija sachte versuchte, das Gespräch auf die syrischen Angelegenheiten zu bringen. Echnaton fand es naheliegend, dass sie sich um ihre Heimat sorgte, und nahm lebhaften Anteil an ihren Sorgen. Mehrere Male ließ er sich ausführlich von ihr schildern, was sich in den letzten fünfzehn bis zwanzig Monaten in Qatna und in Syrien abgespielt hatte. Er fragte nach den Beziehungen von Akizzi zu Azira von Amurru ebenso wie nach denen zu Aitakkama von

Qadesch oder Niqmaddu von Ugarit, die er alle persönlich von seinem damaligen Aufenthalt kannte, als sie noch wie er selbst Kronprinzen waren. Vor allem fragte er sie nach Schuppiluliuma. Welchen Eindruck der hethitische Herrscher auf sie gemacht hätte? Was sie glaube, welche Strategie er und seine Feldherren wirklich verfolgten? Der Einfall in Amurru und Qadesch habe doch gezeigt, dass es den Hethitern nur um die Eroberungen ägyptischen Territoriums ginge. Hatten sie sich nicht auch schon Ugarit einverleibt, von Mittani wolle er gar nicht sprechen? Und da solle man Schuppiluliuma vertrauen können, dass er die gemeinsame Grenze respektiere, wie er durch seinen Gesandten Tanuwa habe beteuern lassen. Bei dem Namen Tanuwa zuckte Kija unwillkürlich zusammen. Nicht nur, weil sie sich an den damaligen Streit seinetwegen zwischen ihr und Echnaton erinnerte, sondern weil der Freund ihr nur durch die Nennung seines Namens plötzlich so nah war.

»Du kannst dir nicht vorstellen, wie froh ich bin, endlich aus vertrauenswürdigem Mund zu vernehmen, was sich wirklich tut. Was glaubst du, was ich sonst alles zu hören und zu lesen bekomme.« Zur Untermauerung ließ Echnaton die gesamte Korrespondenz der letzten Zeit herbeischaffen, die in Achet-Aton aus dem Norden eingetroffen oder dorthin abgegangen war. Mit Alabasteretiketten versehen, befanden sie sich wohl geordnet und beschriftet in Holzkästen, die im Staatsarchiv aufbewahrt wurden. Die meisten Briefe stammten von König Rib-Addi von Byblos. Aber dazu traten viele Namen, die Kija bestens bekannt waren, und es war für sie sehr interessant zu lesen, was die Könige so geschrieben hatten.

»So ein Schleimer«, rief sie empört aus. Sie wies auf ein Schreiben aus Alaschija.

»Kija, es ist einfach wunderbar, all diese Dinge mit dir besprechen zu können. Und dass du die Briefe lesen und verstehen kannst, seien sie in Akkadisch oder sonst wie abgefasst – was hast du nur alles in dein süßes Köpfchen hineingestopft!«

Kija war jedesmal froh, dass sie sich gut vorbereitet hatte. Sie wusste, dass sie buchstäblich jedes Wort auf die Goldwaage zu legen hatte, um nichts Falsches zu sagen. Aber ihr Einsatz lohnte sich. Wie mäßigend sie wirken konnte, zeigte sich umgehend. Sie schlug Echnaton vor, Schuppiluliuma ein sichtbares Zeichen seiner Ernsthaftigkeit abzuverlangen, was die Grenze in Syrien anbelangte. Wenn er, Echnaton, akzeptiere, dass Schuppiluliuma nur aufgrund der Provokation von Azira und Aitakkama in ägyptisches Territotium eingefallen sei, so solle die Gegenleistung darin bestehen, dass Schuppiluliuma die beiden Länder Amurru und Qadesch wieder der ägyptischen Oberhoheit überstelle. Damit seien dann diese Streitigkeiten doch ausgeräumt, meinte Kija. Er wolle dies mit Aja, Tutu und den anderen zuständigen Beamten besprechen, versprach Echnaton. Kurz darauf verließ tatsächlich ein ägyptischer Bote Achet-Aton in Richtung Hattuscha mit einem entsprechenden Schreiben des Pharaos an seinen »geliebten Bruder Schuppiluliuma«.

Viel Zeit verbrachten sie mit Zärtlichkeiten, bei denen es zumeist nicht blieb. Es gab Tage, da vergrub sich Echnaton wie ein Ertrinkender in ihren Schoß, verausgabte sich völlig. Mehr als einmal schmeckte sie seine Tränen, wenn er ermattet neben ihr lag, sie mit seinen Armen umfasst hielt, als wolle er sie nicht mehr loslassen. Amminaje und Sabu unterstützten Kija dabei, dass der König in stetig neues Entzücken verfiel, wenn er sie am Abend zu Gesicht bekam. Er sollte auf dem Weg zu ihr schon immer gespannt sein, was ihn erwartete. Meistens gelang es ihr vorzüglich, seine Stimmungen schon beim ersten Blick richtig einzuschätzen und sich ihnen entsprechend zu verhalten. Wünschte er aufregende Abwechslungen, wünschte er Entspannung oder gar Trost, wünschte er lustige Spiele, Kija versuchte allem gerecht zu werden. Sie war überrascht, welche ungeahnten Fähigkeiten in ihr schlummerten, sich so auf einen Mann einzustellen. Aber zufrieden war sie nicht. Es fiel ihr zwar immer leichter – nachdem sie sich anfänglich regelrecht überwinden musste und dankbar auf die von Amminaje angebotenen kleinen Hilfen zurückgegriffen hatte – den König intim zu empfangen, je besser sie Echnaton kennenlernte und zu verstehen glaubte. Doch alle Liebesdienste, die über eine gewisse Zärtlichkeit hinaus gingen, empfand sie als Pflicht. Das Gefühl inniger Liebe zu ihm wollte sich nicht einstellen, obwohl Echnaton alles tat, um sie glücklich zu machen. Im Gegenteil, je mehr er ihr seine Liebe beteuerte und zeigte, desto weniger fühlte sie sich davon berührt. Er aber schien nichts davon zu bemerken und schenkte ihr sein volles Vertrauen. Warum konnte sie ihm nicht frei begegnen? Lag es daran, dass sie ihm nicht die Wahrheit gesagt hatte, wer sie geschickt hatte und warum? Ironie des Schicksals: Wie hatte sie sich all die Jahre nach ihm gesehnt und nun war sie bei ihm, lag in seinen Armen, hätte jubilieren müssen, weil sie am Ziel ihrer kühnsten Träume war. Doch so empfand sie nicht. So oft sie ihr Herz prüfte, das Gefühl, das sie in Gedanken an Echnaton immer zuerst wahrnahm, war grenzenloses Mitleid und in zweiter Linie Zuneigung, keineswegs jedoch Liebe. So sehr sie die Göttin anflehte, es blieb dabei. War das ihre Strafe? Oder war sie zu ungeduldig? Liebe musste ja wachsen und sie war ja erst so kurz bei ihm.

Als sie Amminaje eines Tages ihren Kummer klagen wollte, unterbrach sie diese sofort und bedeutete ihr zu schweigen. Sie bürstete hingebungsvoll Kijas Haar und sprach erst nach geraumer Zeit weiter, in ihrem heimatlichen Dialekt. »Herrin, wir müssen außerordentlich vorsichtig sein. So sehr es mich schmerzt, dir dies sagen zu müssen, aber ich bin in der Zwischenzeit sicher, dass du ständig beobachtet wirst und alles, was hier geschieht, der Großen

Königsgemahlin zugetragen wird. Nein, sag keinen Namen! Ich möchte dich nur bitten, niemandem hier zu vertrauen. Wir sind auf uns allein gestellt. Nie darf ein Wort deine Lippen verlassen, dass dich verraten könnte. Alle müssen glauben, dass du über alle Maßen in den König verliebt bist. Du bist seine Gespielin, bei der er sich gerne erholt, nichts weiter. Und vielleicht wirst du ihn doch eines Tages lieben, wer weiß das schon?«

Nach einer kleinen Pause fügte sie leise hinzu: »Kija, es geht um dein Leben.«

Sabu und Memi also, das Dienerehepaar, das ihrem Haushalt vorstand, wen sonst konnte Amminaje gemeint haben? Sabu hatte zu allen Räumen Zutritt. Die ungefähr vierzigjährige, muntere Frau war Kija nicht unsympathisch. Sie machte ihr keinen Vorwurf. Wusste man, welchen Zwängen sie unterlag? Wer war wohl noch alles gegen sie? Nofretete natürlich. Sie konnte Unzählige aufhetzen! Aja, ihren Vater, mit der mächtigste Mann des Landes oder die Königinmutter Teje. Und es gab so viele Möglichkeiten ihr zu schaden. Erst kürzlich hatte sie miterlebt, wie ein Vorkoster nach dem Probieren der Speise zu Boden ging. Sabu hatte ihr von anderen Vergiftungen berichtet und wer alles wohl nicht zufällig dem tödlichen Biß der Kobra zum Opfer gefallen war. Die erneute Erkenntnis, unter so vielen drohenden Gefahren allein eine Aufgabe bewältigen zu müssen, jagte Kija schiere Angst ein. Immer häufiger suchte sie Trost und Zuflucht bei ihrer Göttin. Ob sie sie im fernen Ägypten überhaupt hören konnte? Echnaton würde alles tun, um sie zu schützen. Doch wie weit reichte sein Arm?

Warum nur liebte sie ihn nicht? Oder erkannte sie vielleicht die Liebe nicht? Sie war ja gerne mit ihm zusammen, ihre Gespräche waren anregend. Es gab so vieles Neues, was er ihr zeigte. Vielleicht hatte sie ja ganz falsche Vorstellungen von der Liebe? Vielleicht gab es das, was sie sich unter Liebe verstand gar nicht. Unzählige Prinzessinnen würden sie beneiden. Vielleicht musste sie sich nur etwas mehr Mühe geben. Vielleicht, vielleicht, vielleicht. Sie strich all diese quälenden Gedanken aus ihrem Kopf. Wichtig allein war, dass der König glücklich war.

Aufmerksam beobachtete Kija Woche um Woche das Geschehen um sich herum und Echnatons Verhalten ihr gegenüber. Kein Treffen verging, ohne dass er sie mit irgendeiner Aufmerksamkeit bedachte. Doch sah er sie mit weniger hungrigen Augen an als zu Beginn. Schließlich schrieb sie es der Allgegenwart seiner Familie zu, den vielen Abbildern, die im Wohnhaus des Königs, aber auch in den anderen Palästen und an vielen öffentlichen Plätzen das glückliche Familienleben in unterschiedlichen Szenerien zeigten, dass sich still manche Missklänge zwischen ihnen einschlichen. Diese Bilder sollten den Untertanen, die mit Aton nicht sprechen konnten, zeigen wie sie alle – vorgelebt von ihrer Königsfamilie – von seiner Liebe umschlossen waren.

469

Da spielten die nackten Mädchen zu Füßen der Eltern, auf einer anderen Darstellung saß Nofretete auf des Königs Schoß oder er küßte sie.

Das alles hatte bis jetzt gegolten.

Mit Nofretete und den Mädchen zeigte sich der Pharao nur noch, wenn die Anwesenheit der Großen Königsgemahlin unbedingt erforderlich war, wie beim Neujahrsfest, das mit dem Einsetzen der Nilschwemme gefeiert wurde. Und mit Kija hatte er keine neue Familie gegründet. Noch nicht! Sie ersehnte von Tag zu Tag mehr die Fertigstellung ihres Palastes Maru-Aton herbei. Dort würde sie selbst besser vor Angriffen geschützt sein als in den anderen Palästen. Obendrein hätte sie dort mit Echnaton ihr ureigenes, kleines Reich, ihre Gefühle für ihn könnten sich freier entwickeln und dann würde sie ihn auch auf Dauer an sich fesseln. Aber bis sie in Maru-Aton einziehen konnte, würde es noch Monate in Anspruch nehmen. Ein Sohn! Ein Sohn für den König und für Aton – das wäre die Lösung. Doch sie fühlte keinerlei Anzeichen einer Schwangerschaft.

Dafür schlug das Schicksal erneut zu. Schon kurz nach dem Neujahrsfest, das man drei bis vier Monate später als in Qatna beging, bekam die erst sechsjährige Neferneferuaton-tascherit, die vierte Tochter von Nofretete und Echnaton, hohes Fieber. Alle Gebete, alle Heilkünste waren vergeblich, das Kind war nicht zu retten und starb in den Armen seines herbei geeilten Vaters.

Hatte bei den anderen Mädchen die Trauer und der tiefe Schmerz um ihren Verlust die Eltern geeint, so löste der Tod dieses Kindes unterschiedliche Reaktionen aus. Nofretete geriet außer sich. Sie überhäufte Echnaton mit Vorwürfen und bezichtigte schließlich Kija der Zauberei. Sie habe das Kind mit dem tödlichen Fieber belegt.

Für Echnaton war der Verlust des Kindes geradezu katastrophal. Das Reich der Toten, das gab es nicht mehr wie noch zu seines Vaters Zeiten. Es war ausgelöscht worden unter den Strahlen Atons. Hier und jetzt war Leben, hier und jetzt wurde bestraft, wer Verfehlungen beging. Der Richter auf Erden war der König im Namen Atons. Nur seine Huld ermöglichte dem Einzelnen ein Weiterleben nach dem Tod. Er schenkte die Gnade der Todesüberwindung, das Leben als gesegneter Verklärter war dann allein der Anschauung Atons gewidmet. Nichts anderem. Aber warum nur wollte Aton die unschuldigen Mädchen in so jungen Jahren statt im diesseitigen Leben lieber als Verklärte haben? Was nur wollte die Gottheit ihm dadurch sagen, nun schon zum vierten Mal? Er begriff es nicht. Das konnte doch nicht an ihm, dem ergebenen Sohn und Diener liegen? Trug Nofretete die Schuld? Hatte Aton ihm deshalb Kija ausgerechnet am Erneuerungs-Fest zugeführt? Sie hatte ihn tatsächlich in nur wenigen Wochen verjüngt und mit neuen Kräften erfüllt. Es wunderte ihn, dass sie noch nicht schwanger war.

470

Aber auch sonst war ihr Einfluss wohltuend. Würde es doch mit ihrer Hilfe zu einem guten Abschluss bei den leidigen Querelen mit den Hethitern kommen, ohne dass ein Schwertstreich nötig gewesen war. Vermutlich war es dieser Moment, in dem er den Entschluss fasste, die vorgeschriebene Trauerzeit abzuwarten und dann so schnell wie möglich Kija zu seiner offiziellen Gemahlin zu machen. Über Nofretete wollte er sie nicht stellen, um nicht weitere Unruhe in das Land zu bringen, aber die ›Hochgeliebte Frau des Königs‹ sollte sie werden.

Doch zunächst erfüllte die herzzerreißende Totenklage für Neferneferuaton-tascherit das Land. Unter Atons Strahlen, der ohne Unterschied auf die Glücklichen wie auf die Traurigen sah, wurde das Körperchen aus dem Sterbezimmer getragen und von der Bahre in einen kleinen steinernen Schrein umgebettet, der auf einem von Rindern gezogenen Schlitten zum königlichen Familiengrab in den Bergen hinausgebracht wurde. Am Eingang der Gruft wurden Totenfigürchen mit dem Namen der gesegneten Verklärten zerschlagen. Dann wurde das tote Kind zu seinem Ruheplatz neben ihren Geschwistern gebracht, versehen mit allem, was nötig war: Schmuck, Gewänder, Gefäße, Schminkutensilien, Speisen und Figuren zum Spielen.

»Schade«, sagte Hannutti zu Tanuwa, »ihr wärt ein unschlagbares Paar. Deine Einschätzung von Kija war absolut richtig. Der König ist wieder einmal außerordentlich zufrieden mit dir. Dein Landbesitz wird sich erneut vergrößern! Eben sprach der Gesandte aus Ägypten vor. Der Pharao streckt uns die Hand nach all den Monaten des Schweigens entgegen. Er will Schuppiluliuma den Einfall in Amurru vergeben, weil ihn tatsächlich ägyptische Untertanen provoziert hätten, wie sein geliebter Bruder durch den Mund des Gesandten seinerzeit bereits gesagt hätte. Nun bräuchte der geliebte Bruder im fernen Norden die eroberten Länder nur noch zurück in die Hände Ägyptens zu geben und man könne die ganze Geschichte vergessen. Das hätte von dir sein können!« Hannutti schlug sich auf die Schenkel und lachte herzhaft.

»Vielleicht stammt die Idee sogar von dir?« fragte er, nachdem er sich beruhigt hatte, »oder traust du Kija dieses Geschick zu?« Er wartete keine Antwort ab, sondern fuhr fort: »Damit ist ein weiterer Waffengang auf nordsyrischen Boden zumindest für dieses Jahr vom Tisch. Der König und Mitannamuwa stufen die Botschaft jedenfalls nicht als Falle ein. Es hätten ja auch schon längst Truppenbewegungen an der Grenze beobachtet worden sein müssen. Doch es ist überall ruhig, außer dass die Aton-Diener überall unermüdlich im Einsatz sind. Naninzi ist eben aus Qatna zurückgekehrt und hat das bestätigt. Ebenso die anderen Kundschafter.«

In Tanuwa arbeitete es. Schließlich fasste er sich ein Herz. Wem sollte er vertrauen, wenn nicht seinem Onkel? »Mir scheint, man hält mich aus dem Süden heraus. Ist dir das auch aufgefallen? Offenbar hat Naninzi meine Position ergattert.« Das versuchte er scherzhaft vorzubringen, doch hörte Hannutti sehr wohl, dass Tanuwa über die Entwicklung nicht glücklich war.

»Ich muss zugeben, dass ich mich auch schon darüber gewundert habe. Üblicherweise wird das ja im Panku beratschlagt und beschlossen, wenn sich bei den Zuständigkeiten der Gesandten etwas ändert. Ich habe den König danach gefragt – verzeih, dass ich dir das nicht sagte – aber er meinte erstaunt, ob du nicht auch einmal eine Pause verdient hättest. Das wiederum konnte ich nur unterstreichen.«

Tanuwa zuckte mit den Achseln. Er hielt die Erklärung für nicht stichhaltig.

»Vielleicht kümmerst du dich ein bisschen um Anna?«, schlug Hannutti aufmunternd vor. Anna war eine entfernte Kusine, ein hübsches, munteres junges Ding, die sich seit geraumer Zeit bei jedem Besuch der beiden Männer im Hause der Großmutter Schummiri auffällig um Tanuwa bemühte. Sie war Tanuwa nicht unsympathisch. Er zog sie gerne auf, was sie mit Schmollmund quittierte und gleichzeitig seine Aufmerksamkeit in vollen Zügen genoss. Doch in Tanuwas Leben spielte sie keine Rolle, sondern eine andere, die so weit von ihm entfernt war wie nie zuvor. Jedes Wort über sie schmerzte ihn. So antwortete er schärfer als nötig: »Ich bin nicht auf Brautschau, wenn du das meinst.«

»Niemandem scheint es ein Zufall zu sein«, nahm Hannutti ohne auf Tanuwas Bemerkung einzugehen den vorigen Faden wieder auf, »dass Echnaton plötzlich aktiv wird, sondern alle schreiben diese Sensation deiner Kija zu. Und dabei ist die Prinzessin nur wenige Wochen an seinem Hof. Alle Achtung.«

Tanuwa riss sich zusammen. »Kija von Qatna hat viele großartige Fähigkeiten. Es freut mich, dass sie offenbar in Ägypten recht rasch Fuß gefasst hat. Ich werde mit dem Gesandten selbst sprechen, um Genaueres zu erfahren.«

»Vermutlich wird seine Sonne dich dieses Mal nach Ägypten schicken, um das vertragliche Abkommen zu betreuen.«

Darauf hoffte auch Tanuwa. Einer plötzlichen Regung folgend umarmte Hannutti seinen Neffen und sah ihn eindringlich an: »Ich wünsche es dir aus ganzem Herzen. Glaube nicht, ich weiß nicht wie du leidest, mein lieber Junge.«

Doch beide hofften vergeblich. Schuppiluliuma beauftragte statt Tanuwa und ohne Rücksprache erneut Naninzi. Tanuwa war wie vor den Kopf gestoßen. Alles, was er denken konnte war, dass er Kija nicht sehen würde. Er konnte ihr auch nicht einmal eine Nachricht schicken, da er Naninzi nicht mehr traute. Irgendwann, irgendwo musste er einen Fehler gemacht haben, nur welchen? Hatte ihn Naninzi vielleicht verleumdet aus Ärger, weil er, der Jüngere, ihm vorgezogen worden war? Oder hatte gar der König ihm nicht verziehen, dass er sich so weit wie möglich der Eskortierung der damaligen Prinzessin Malnigal entzogen hatte? Oder war aufgeflogen, dass er im geheimen Kontakt mit der vormaligen Königin stand? Warum wurde er dann nicht zur Rede gestellt und ihm die Gelegenheit gegeben sich zu rechtfertigen?

Er irrte sich in allen Mutmaßungen. Der König selbst teilte ihm mit, dass er auf Wunsch Mitannamuwas zum stellvertretenden Leiter der Staatskanzlei berufen werden würde, sobald der Panku das nächste Mal tage. Zunächst konnte Tanuwa gar nicht recht fassen, was ihm da angetragen wurde. Mit relativ jungen Jahren ein solch wichtiges Staatsamt zu übernehmen, waren Vertrauensbeweis, Auszeichnung und Wertschätzung übermaßen. Er warf sich seiner Sonne zu Füßen. Heiß durchfuhr ihn die Erkenntnis, dass er – nunmehr im Zentrum der Macht angekommen – vielleicht nicht nur den Knoten um Kija durchschlagen könnte, sondern endlich auch dem Rätsel seiner Herkunft auf die Spur käme.

Er hatte sein neues Amt noch nicht lange angetreten, als Hattuscha die Nachricht von der Erhebung Kijas zur Königlichen Gemahlin erreichte.

In der Nacht, in der Echnaton Kija seine Werbung vortrug, weinte sie. Sie wusste nicht, ob über ihr Glück oder ihr Unglück. Seit sie in Ägypten war, schwieg die Göttin. Obwohl sie häufig aufgeregt träumte, erinnerte sie sich an nichts, wenn sie erwachte. Aber in der Nacht, als sie erfuhr, dass sie die Königliche Gemahlin werden würde, dachte sie an ein Bild, das ihr in Qatna wiederholt im Traum gezeigt worden war: Amunhotep, der eben sie noch liebkosend plötzlich wie tot zu Boden fiel. Was war ihm und ihr bestimmt?

Die Entscheidung des Königs, die er umgehend der Königinmutter, Teje, der Großen königlichen Gemahlin Nofretete, allen seinen Regierungsmitgliedern und wichtigen Beratern kundtat, hatte Kijas Position verfestigt. Man hatte jetzt über den deutlich erkennbaren Einfluss, den sie auf Echnaton nahm, hinaus mit ihr zu rechnen. Daher war es nicht verwunderlich, dass Aja ihr seine Aufwartung machte. Es war das erste persönlichere Gespräch zwischen den beiden. Zu Kijas Überraschung, die ihn bisher gefürchtet hatte – schließlich war er Nofretetes Vater –, verstanden sie sich auf Anhieb. Aja war gut über vierzig Jahre, von schlanker Gestalt, nicht allzu groß. Er hatte ein ovales Gesicht, gegliedert durch auffallende Augenbrauen, die parallel zu den Augenoberlidern verliefen. Sein ehrwürdiges Aussehen verdankte er vor allem der faltigen Stirn, die auf intensives Nachdenken schließen ließen. Die weit außen liegenden Wangenknochen konturierten die Nase. Der Mund war gerade und durch einen Oberlippenbart geziert. Kija erkannte schnell, dass sie einen Pragmatiker vor sich hatte. Aja war seinem König und Schwiegersohn mit Sicherheit äußerst ergeben, doch war er von keinerlei Schwärmerei geprägt. Nüchtern nannte er die Dinge beim Namen und versuchte, im Rahmen der Möglichkeiten für König und Land das Beste zu erreichen. In diesem Zusammenhang ordnete er wohl auch Echnatons Beziehung zu Kija ein. Momentan war sie die richtige Frau an des Königs Seite, vor allem, wenn sie einem Thronfolger das Leben schenken sollte. Die Regierungsführung sei bei ihm in guten Händen, versicherte er, wenn der König keine Alleingänge machte, wie er mit kaum wahrnehmbarem Lächeln anfügte. Diese Haltung kam Kija sehr entgegen, deckte sich doch ihr Anliegen mit dem Ajas: Ägypten sollte unbehelligt von Kriegen im Norden und Süden wachsen und gedeihen. Wachsen und Gedeihen sollten aber auch die Nachbarn, wie sie in die Unterredung einfließen ließ. So wie Aja sie anblickte, hatte sie den Eindruck, er hätte sie verstanden. Dennoch beschloss sie, auch bei ihm auf der Hut zu sein. Zwar waren sie miteinander verwandt – er war der Cousin ihrer Mutter –, doch was besagte das schon in Ägypten.

Die Königinmutter Teje besuchte sie ihrerseits, nachdem sie die Einladung erhalten hatte. Hatte sie vermutet, dass es bei ihr besonders förmlich zuginge, so wurde sie auf angenehme Weise eines Besseren belehrt. Teje, eine kleine, zierliche, energische Dame, scheuchte nach der zeremoniellen Begrüßung alle Dienerinnen hinaus. Dann zog sie sich mit Kija an ein schattiges, luftiges Plätzchen auf der Terrasse zurück, wo sie sich erleichtert niederließ.

»Stärk dich!« Sie forderte Kija auf zuzugreifen. »Du wirst viel Kraft brauchen.«

Lächelnd schaute sie ihr eine Weile beim Essen zu, selbst nur dann und wann einen Schluck trinkend.

»Wie geht es deiner Mutter? Ich höre, sie hat sich wacker im Norden geschlagen und Ägypten Ehre gemacht.«

Teje war die erste Person, die Kija auf ihre Mutter ansprach. Ihr Herz zog sich zusammen vor sehnsuchtsvollen Gedanken. Leise antwortete sie: »Ich freue mich, dass sie hier nicht vergessen ist. Sie liebt ihre Heimat sehr. Ich habe ihr so vieles zu verdanken. Sie ist eine kluge Frau.«

»Das scheinst du mir auch zu sein, mein Kind. Du trittst offensichtlich in ihre Fußstapfen.«

Kija blickte überrascht auf.

Teje lächelte erneut. »Du denkst vielleicht, ich sei alt und nicht mehr ganz zurechnungsfähig. Aber ich bin bestens über alles informiert, was so geschieht.« Sie machte eine kleine Pause und sagte dann: »Ich freue mich, dass wir uns nach all den vielen Jahren kennenlernen.«

Kija brauchte nur einen winzigen Moment, um den Sinn dieser Worte zu erfassen. Sie hatte also sehr wohl von der Liebesgeschichte ihres Sohnes in Qatna gewusst. Wusste sie womöglich auch jetzt Bescheid?

Teje verzog keine Miene. Sie blickte versonnen von der Terrasse hinüber zum Nil, dessen riesige Wasserebene grünlich-bräunlich in der Sonne schimmerte.

»Mein Sohn genießt nicht die Unterstützung aller Untertanen. Viele in der Bevölkerung lehnen die neue Religion ab, die alles Alte unterdrückt. Und die Volksseele macht sich Luft. Sie verehren jetzt heimlich einen neuen, jugendlichen Gott, den sie Sched – Retter – nennen. Und sie machen sich über die königliche Familie lustig. Kürzlich fand man Steinplättchen mit Darstellungen aus dem Familienleben, nur statt der Prinzessinnen waren es Affen, die sich da umarmten, Affenpaare halten sich an den Händen, ein Affe lenkt den königlichen Streitwagen!«

Kija nickte.

»Ich bin mir keineswegs sicher, dass mein Sohn all das wahrnimmt – wahrnehmen will. Er hat sich in seiner Gottesstadt verbarrikadiert. Weißt du, dass er geschworen hat, die Stadt nicht mehr zu verlassen, um ganz nah bei Aton zu sein? Ist das Sonnenlicht nicht überall?« Königin Teje schüttelte den Kopf. »Beim Volk kommt es nicht gut an, wenn der König sich nicht im Land zeigt. Beim Volk kommt auch nicht gut an, wenn man Jahrhunderte alte Sitten und Gebräuche zu schnell ändern möchte. Das Volk ist träge, die Priesterschaften nicht ohne Tücke. Es gibt so viele Verflechungen der wirtschaftlichen Interessen mit den bisherigen religiösen Vorstellungen. Ein Oberpriester war bisher auch Geldgeber und Landesherr, der über Zehntausende von kleinen Priestern, Tempeldienern, Händlern, Schuldnern, Wächtern herrschte. Dann die Gefahren von außen! Soeben wurde eine größere Revolte im Süden niedergeschlagen. Dass es in Kanaan und Syrien brodelt, ist dir ja bestens bekannt. Indirekt arbeitet das dem Hethiter in die Hand. Es soll ein attraktiver Mann sein mit einer außerordentlich schönen jungen Frau.«

Kija zuckte leicht mit den Achseln. Schuppiluliuma hatte bei ihren beiden Begegnungen in Qatna keinen derartigen Eindruck auf sie gemacht. Dagegen seine Drohungen umso mehr. Zunächst hatte sie ihm politisches Kalkül zur Wahrung der Grenze unterstellt, wie Talzu ihr die Zusammenhänge erläutert hatte. Doch sie war längst nicht so sicher, dass nicht doch expansive Pläne im Hintergrund lauerten. Oder hatte man im Land der tausend Götter etwa Angst vor Aton? Erst jetzt nahm Kija wahr, dass Teje sie intensiv betrachtete.

»Vielleicht ist dir statt des Königs mehr sein Gesandter ins Auge gefallen, der auch uns wiederholte Male besucht hat. Man sagt, er sei ein Freund deines Bruders.«

475

»Aber ja, ihn kenne ich seit Kindertagen«, bestätigte Kija so unbefangen wie möglich. Teje war ja außerordentlich gut im Bilde. Worauf sollte das hinauslaufen?

Die Königin schien ihre Gedanken lesen zu können. »Du wirst dich fragen, was ich sagen will, mein liebes Kind. Ich möchte dich einstimmen auf eine schwere Zeit, die du als Königin zu erwarten hast. In erster Linie werden alle von dir einen Sohn erwarten. Jeden Tag wirst du daraufhin beäugt werden, ob dir nicht vielleicht bei den Mahlzeiten übel wird. Nach jeder fruchtbaren Zeit wird dich der Leibarzt auf die untrüglichen Zeichen hin untersuchen, ob es nicht endlich soweit ist. Auch Echnaton wartet dringend auf dieses Kind, als ein Zeichen Atons. Du bist Priesterin gewesen, Kija, ich brauche dir nicht zu sagen, wie sehr man manchmal auf die Antwort der Gottheit wartet und beim Warten beinahe verzweifelt. Dass es meinem Sohn nicht gut geht, das weißt du. Man hat mir berichtet, wie du dich für seine Gesundung eingesetzt hast, mit bemerkenswerten Methoden, die bei unseren Tempel-Heilern durchaus Beachtung gefunden haben. Für den Moment scheint alles gut zu sein. Er erfreut sich an dir, das überdeckt das Schwarze in seinem Gemüt. Doch der Tod des Kindes hat offenbart, wie labil sein Zustand ist. Ich hoffe und bete, dass du ihm geben kannst, was er braucht. Das konnte Nofretete in der letzten Zeit nicht mehr. Deshalb ruht nun alle Last auf deinen Schultern. Eine schwere Aufgabe und du bist allein hier. Ich werde Achet-Aton nach den Feierlichkeiten wieder verlassen. Aber du bist jung, gesund, klug und willensstark. Es sollte dir also gelingen. Vielleicht geschieht auch noch das Wunder und du kannst das Herz des Volkes erobern – doch eins nach dem anderen, du hast recht«, schob sie rasch nach, »an oberster Stelle steht der Pharao.«

⊙◇⊙

Naninzi erreichte mit seinem ägyptischen Kollegen Achet-Aton als die Vorbereitungen zu den Hochzeitsfeierlichkeiten bereits in vollem Gange waren. Sie versetzten Echnaton in Hochstimmung. Die Einigung mit den Hethitern, die einem Friedensschluss gleichkam, war ihm die schönste Bestätigung seiner Entscheidung. Noch während der Überschwemmungszeit, wenn alle Feldarbeit ruhte, sollte die Ehe geschlossen und mit einem landesweiten Fest gefeiert werden. Schon wurden überall im In- und Ausland die Hochzeitsskarabäen verteilt, die die eingravierten Namen Echnaton und Kija trugen.

Nofretete schien sich mit der neuen Situation arrangiert zu haben. Sie unterließ es, den Pharao zu schmähen, sondern hatte sich anscheinend demütig auf ihrem Platz eingefunden, um den höchsten Rang nach der Königinmutter nicht auch noch zu verlieren. War sie einem Rat ihres Vaters gefolgt? Sie und die beiden Töchter mieden den Hof. Hinter den Kulissen aber wurde ein Netz gesponnen, ein Netz gegen die Nebenbuhlerin. Nofretete war sich sicher, dass ihr Plan gelingen würde, wenn der Tag nahte. Zu gut kannte sie ihren Gemahl.

Dass nach nur fünf Monaten Kija Echnatons Gemahlin wurde, kam ihr selbst unglaublich vor. Schließlich war das keine lange Jahre vorbesprochene, arrangierte Ehe, sondern sie waren auf sich beide gestellt gewesen, jeder auf seine Art. Fast mit ein wenig Neid schaute sie auf Echnaton, der sich seiner Gefühle für sie so sicher zu sein schien. Der Zeremonien habe es nicht bedurft, sagte er spät am Abend des Hauptfesttages zu ihr, er sei seit ihrer ersten Stunde in seiner Nähe der glücklichste Mensch.

Kija hatten die Zeremonien sehr ergriffen. Nur einmal in ihrem Leben hatte sie sich bisher gebunden, das war, als sie Priesterin ihrer Göttin wurde. Nun band sie sich und ihr Leben an einen Mann. Sie war des Pharaos Königsgemahlin und Große Geliebte, Königin des Oberen und Unteren Landes und von Kusch, deren Kronen sie trug, Herrin über viele Länder und Völker vom tiefen Süden bis zum hohen Norden. Die Geburtsomina hatten sich erfüllt.

Auf der über und über geschmückten, königlichen Barke zeigten sie sich Hand in Hand dem Volk, das ihre schöne, neue Königin jubelnd feierte, – wie sie geträumt hatte, vor vielen Jahren. Der Überschwang der Gefühle dieser Augenblicke hatte ihr Worte eingeflüstert, die sie auf Papyrus niederschrieb und Echnaton, als sie endlich alleine waren, verschämt überreichte. »Es ist nur ein kleiner Versuch«, flüsterte sie.

> *„Ich atme den erfrischenden Odem,*
> *der aus deinem Munde kommt.*
> *Deine Schönheit schaue ich täglich.*
> *Mein Wunsch ist, deine liebliche Stimme im Nordwind zu hören,*
> *auf dass mein Leib jung werde, aus Liebe zu dir.*
> *Reiche mir deine Hände, die deine Lebenskraft halten,*
> *damit ich sie empfange und durch sie lebe.*
> *Mögest du immer meinen Namen rufen,*
> *ohne dass er in deinem Mund erstirbt.*
> *Mein Herr Echnaton,*
> *du bist bei mir für immer und ewig,*
> *da du wie die Sonne lebendig bist. "*

»Weißt du, dass du erstmalig mir gegenüber von Liebe sprichst?«, fragte Echnaton gerührt und zog sie an sich. »Ich hatte schon die Befürchtung...«, Kija ließ ihn nicht aussprechen.

Der kommende Tag bedeutete für Echnaton die höchste Erfüllung. Noch vor Sonnenaufgang hatte er sich mit seiner neuen Königin im Großen Aton-

Tempel eingefunden. Beide wurden zeremoniell gekleidet. Sie trugen die abgestuften nubischen Perücken, die den Nacken weitgehend freiließen. Als Schmuck dienten scheibenförmige Ohrringe und ein breiter, kostbar funkelnder Schulterkragen. Der König war nur mit einem einfachen Lendenschurz bekleidet, die Königin mit einem schlichten, duftig weißen Gewand. Gemeinsam stiegen sie die Stufen zum Hochaltar hinauf, getragen von herrlicher Musik. Mit dem Erreichen der letzten Stufe brachen die Strahlen der Sonne über den östlichen Horizont und erleuchteten das opferbereite Paar, das gemeinschaftlich seine Arme zum Lobgesang erhob, in den Händen Lotosblüten und das Zeichen des Lebens haltend.

Die Truppenparade nahm Kija angetan mit den königlichen Insignien ab. Sie trug eine Krone mit der Uräusschlange über der Stirn. Das Land lebte zwar derzeit in Frieden, doch mussten die Grenzen und Handelsstraßen geschützt werden, deshalb wurde dem Militär viel Aufmerksamkeit beigemessen. Außer den unterschiedlichen Einheiten zu Fuß, die mit sichelförmigen Schwertern, Dolchen sowie Pfeil und Bogen bewaffnet waren, zogen auch Streitwageneinheiten und berittene Truppen an den Festgästen vorbei. Damit war der offizielle Teil noch lange nicht beendet. Vor dem abendlichen Festbankett galt es die Abordnungen aus dem ganzen Land, aber auch die vielen ausländischen Gesandten zu begrüßen, die die Glückwünsche und Geschenke ihrer Herrscher überbrachten. War das nicht erst gestern gewesen, dass sie selbst Teil einer solchen Gesandtschaft gewesen war? Kija merkte, wie sie in Anspannung geriet, als die edlen Boten der geliebten Brüder des Pharaos aufgerufen wurden: aus Babylonien, Mittani und dann aus Hattuscha. Doch vor ihnen erschien nicht wie sie erwartet hatte Tanuwa, sondern Naninzi. An ihn jetzt das Wort zu richten, war ihr nicht erlaubt. Sie beschloss, ihn so rasch wie möglich rufen zu lassen, ebenso wie Akija, den sie zu ihrer Freude unter den Gabenbringern entdeckte: er würde Nachrichten von zu Hause dabei haben.

Es wurde ein rauschendes Fest wie es Kija noch nie erlebt hatte. Alles gab es im Überfluss. Jede Sorte Fleisch, von denen Kija einige erst in Ägypten kennengelernt hatte, wie das köstlich zarte Hühnchen, das aus dem fernen Indien stammte. Kija und Echnaton saßen an reich gedeckten Tischen, ihnen gegenüber die Königinmutter Teje und andere hohe Familienmitglieder. Eine unübersehbare Zahl an Gästen, die mit höfischem Tanz graziler Frauen zu Harfenmusik, musizierenden Mädchen, akrobatischen Darbietungen, Wettspielen und vielem mehr unterhalten wurden. In den Pausen traten Erzähler auf, die ihre Geschichten so spannend vorzutragen verstanden, dass ihnen aller Aufmerksamkeit sicher war. Der das Märchen vom verwunschenen Prinzen gewählt hatte, ließ dazu ein sprechendes Krokodil auftreten, das das Schicksal des Prinzen darstellte. Die Menge war begeistert. Anhaltender

Beifall belohnte die Mühen. Bis tief in den Morgen wurde vergnügt gefeiert. Den Abschluss bildete der Lobgesang für Aton, als er erneut seine Strahlen über den östlichen Horizont sandte.

Echnaton hatte Kija reich beschenkt. Sie erhielt mehrere große Domänen, die nur für sie und ihren Hofstaat wirtschafteten, dazu Häuser und Gärten und das notwendige Personal. In einem unglaublichen Kraftakt war auch der ihr zugedachte Palast im Süden fertig gestellt worden, viel früher als Kija es für möglich gehalten hätte. Er wurde sofort ihr liebster Aufenthaltsort.

Hierher bestellte die Hochgeliebte Frau des Königs den hethitischen Gesandten Naninzi zu einer Audienz. Außer den besten Wünschen seines Herrschers, des Großkönigs von Hattuscha, hatte er ihr weder etwas zu sagen, noch zu übergeben. So entließ ihn Kija ihrerseits mit Dank, aber tief enttäuscht. Sie hatte so sehr auf eine Nachricht von Talzu gehofft. Auch von Akija erfuhr sie nicht viel. Die Frage, warum Hattuscha nicht den üblichen Gesandten geschickt hatte, vermochte er nicht zu beantworten. Dafür berichtete er umso mehr aus Qatna. Akizzi und Ehli-Nikalu waren wieder Eltern geworden, die Königinmutter wurde von Gicht geplagt. Unter den Herden hatte eine Seuche getobt und viele Tiere verenden lassen, doch die Ernte versprach gut zu werden.

Während man in Qatna das Erntefest und das Fest für die Ahnen feierte und die Arbeit auf den Feldern ruhte, waren in Ägypten wie alljährlich die Felder nach dem Rückgang der Überschwemmung vermessen worden und die Saat war ausgebracht. Kija hatte sich in ihre neuen Aufgaben eingefunden. Sie genoss die Stunden in ihrem Haus, auch wenn sie gerne mehr von Ägypten gesehen hätte. Doch alle entsprechenden Vorschläge stießen bei Echnaton auf taube Ohren. Hatte er anfänglich auf ihre Anwesenheit in der Stadt und immer an seiner Seite bestanden, so schien er es nunmehr gut zu heißen, wenn sie sich in Maru-Aton aufhielt, wo er sie fast täglich besuchte.

Es gab gute Tage, die sie mit Gesprächen, aber auch mit Spielen verbrachten. Echnaton hatte Kija ›Hunde und Schakale‹ beigebracht. Das Spielbrett hatte die Form eines Schuhs, in das tiefe Löcher gebohrt waren. In der Mitte war eine Palme aufgemalt, die ihre Blätter am oberen Ende entfaltete. Darüber lag zentral das Zielloch, das mit dem Zeichen für Unendlichkeit gekennzeichnet war. Den beiden Spielern standen je fünf Stöckchen, die durch die unterschiedlichen Tierköpfe unterscheidbar waren zur Verfügung. Sie wurden in die Löcher gesteckt, nachdem man abwechselnd gewürfelt hatte. Gewonnen hatte, wer alle fünf Stöcken durch gutes Würfeln und geschicktes Nutzen der Lochwege zuerst ins Ziel gebracht hatte. Das gelang fast ausnahmslos

Echnaton. Ihm fielen immer wieder solch geschickten Kombinationen ein, wie er seine Schakale übers Spielbrett hetzen konnte, dass Kija meinte, die wenigen Male, die sie als Siegerin hervorgegangen sei, habe er sie gewinnen lassen. Das bestritt er vehement. Er sei eben vom Glück verwöhnt.

Es gab aber auch seltsame oder gar schlechte Tage. Anfänglich hatte Kija es gar nicht wahrgenommen. Eigentlich war es sogar Amminaje, die sie darauf aufmerksam machte, dass der König manchmal merkwürdige Augen hatte. Als er dann eines Abends beim Aufstehen taumelte, hatte Kija einen Verdacht. Sie geleitete ihn zum Schlafgemach, wo er sofort in unruhigen Schlaf fiel und zu phantasieren begann. Wirres, unverständliches Zeug redete er, brach in Lachen aus, verfiel dann in Weinen, so dass sie versuchte ihn zu wecken. Das gelang ihr nicht, aber er schmiegte sich in ihre Arme und beruhigte sich allmählich. Am nächsten Tag ließ Kija Pentu, den königlichen Leibarzt, rufen und befragte ihn vorsichtig ohne den König zu erwähnen, was er mit den von ihr beschriebenen Symptomen verbinden würde?

»Ich würde sagen, dass das Folgen von der regelmäßigen Einnahme eines berauschenden Giftes sind«, gab er ihr Bescheid. Das deckte sich mit ihrer eigenen Vermutung.

Kija verdoppelte ihre Anstrengungen. Sie bot an, wieder im Großen Palast zu leben oder eben da, wo er sich aufhielt. Doch der König versicherte ihr, wie sehr er es liebe, die umtriebige und geschäftige Stadt zu verlassen und zu ihr in ihr friedliches Paradies zu kommen. Also bemühte sie sich, die Räume im Haus, in denen sie sich vorzugsweise aufhielten, immer ansprechend zu gestalten, für gute, duftende Luft zu sorgen. Sie schmückte die Badezimmer in unterschiedlicher Manier, verband die Aufenthalte dort mit kleinen erotischen Geschichten. Oder sie führte ihn in die im Garten verteilten Pavillons und Lauben. Die hatte sie immer wieder nach verschiedener Landesart bestückt, als befänden sie sich einmal in Kusch, einmal in einem Wüstenzelt, und entsprechend kostümierte sie sich auch. Häufig gelang ihr, den König dadurch in gelöste Stimmung zu versetzen und von seinen Sorgen abzulenken. Doch schwanger wurde sie nicht.

In Qatna hatte man das Neujahrsfest begangen und noch immer blieb Kijas Blutung nicht aus. Immer häufiger war der König bei seinen Besuchen kaum ansprechbar. Er verlangte nach Bier und anderen berauschenden Getränken, manchmal sogar nach Mohnsaft, den Kija aus Qatna mitgebracht hatte, um besser zu schlafen. Was er sonst zu sich nahm, wollte er Kija nicht sagen. Die Wirkung jedoch war verheerend. Zwar war er wach und aufnahmefähig und im alltäglichen Umgang war keine wesentliche Veränderung erkennbar, doch nützten Kijas Anregungen nicht mehr, um den König in Stimmung zu bringen. Weder erotische Gesänge, noch die Anwesenheit junger Mädchen halfen weiter. Kija versetzte Wein mit würzigen Kräutern und wohlduftenden Pflanzen mit erotisierender Wirkung. Ohne Erfolg. Hatte Kija zunächst angenommen, es läge an ihr, dass sie nicht schwanger wurde, so war sie mehr und mehr davon überzeugt, dass Echnaton seine Zeugungsfähigkeit verloren hatte oder diese zumindest erheblich gestört sein musste. Aber das wagte sie ihm nicht zu sagen, sah sie doch, wie sehr er litt. Sie lernte neue Seiten an ihm kennen. Er wurde unberechenbar und jähzornig. Auch in den täglichen Geschäften erfuhren seine Untergebenen die plötzlichen Stimmungsumschwünge und sie begannen ihn zu fürchten. An manchen Tagen schwankte er zwischen Apathie und Verzweiflung. Warum ließ Aton ihn im Stich?

Während er das Murren im Volk, das ihm aus allen Landesteilen gemeldet wurde, einfach wegwischte, konnte er die Probleme in den unter ägyptischer Oberhoheit stehenden Ländern in Kanaan und dem angrenzenden Syrien nicht ganz ignorieren. Nach der Zusage der Hethiter, die alte Grenze zu respektieren, hatte Echnaton den ihm ergebenen Amelu von Tyros, den Stadtfürsten Abi Milki, als ägyptischen Rabisu für die ganze Region eingesetzt und mit entsprechenden Befugnissen ausgestattet. Nun sollten die Neuigkeiten in Kanaan und Syrien verbreitet werden. Gegen die Entscheidung aber rebellierten einige andere Stadtfürsten. Warum sollte einer ihresgleichen über sie zu bestimmen haben? Zimrida von Sidunu und Azira von Amurru, die vorher in einem Bündnis mit Abi Milki standen, kündigten dieses auf und besetzten Gebiete um Tyros. Azira eroberte bis auf die Städte Sumura und Byblos alle levantinischen Küstenstädte in der näheren Umgebung. Abi-Milki unterrichtete Echnaton in mehreren Briefen von dieser gefährlichen Lage und warnte vor den Rebellen: »Siehe, der Festung Sur-Meer geht das Frischwasser und das Holz aus. Ich werde dir Ilu Milku als Boten senden. Nun sind keine hethitischen Truppen mehr hier, aber Aitakkama von Qadesch befindet sich mit Azira im Kampf gegen Birjawaza von Dimaschqa. Zimrida hat sich unterdessen mit Truppenteilen und Schiffen von Azira verstärkt, er belagert mich, es ist sehr gefährlich.«

Auch Rib-Addi von Byblos bat den Pharao wiederholt um Hilfe gegen die Truppen Aziras, ebenso der Stadtfürst von Gezer, denn dort regte sich zusätzlich Widerstand unter dem Volk der Habiru, die Gezer und Megiddo bedrohten. Der kostbare Frieden schien so schnell verloren zu gehen, wie er gewonnen worden war. Aja, Tutu und Aper-el bemühten sich, den König zu durchgreifendem Handeln zu bewegen. Doch Echnaton lehnte ab.

»Wichtig ist, dass wir mit den Großmächten in Frieden leben. Warum müssen wir uns in die Kleinquerelen unzufriedener Stadtfürsten einmischen? Wozu setze ich einen Gouverneur ein und statte ihn bestens aus, wenn er nicht fähig ist, Ruhe zu schaffen? Anstatt immer wieder Truppen zu fordern, deren Kämpfe zu sinnlosem Blutvergießen führen, habe ich erwartet, von euren Maßnahmen zu hören, um die Region zu befrieden. Habe ich nicht schon längst angeordnet, die Lehre des Aton bei unseren nördlichen Vasallen zu verkünden? Nun, wie ist diese aufgenommen worden von Azira von Amurru, Zimrida von Sidunu und wie sie alle heißen? Das ist doch das einigende Band! Das müssen sie und wir alle begreifen! Bringt mir also andere Nachrichten. Sonst will ich nichts mehr davon hören.«

Noch am Abend schimpfte er über seine unfähigen Berater. So erfuhr Kija von dem erneuten Unruheherd. Ihr war sofort klar, dass Schuppiluliuma wieder mit Waffengewalt eingreifen würde, spränge der Funke weiter nach Norden über. Und dafür würde Azira von Amurru am ehesten sorgen. Offenbar hatte er seine Lektion nicht gelernt. Was würde das für Qatna und Syrien, was würde das für sie bedeuten? Sie fühlte sich plötzlich von allen Seiten bedroht. Vorsichtig versuchte sie Echnaton denkbare Konsequenzen aufzuzeigen und ihre Befürchtungen zu erklären. Das hatte einen erneuten Zornesausbruch Echnatons zur Folge. Kija stecke wohl mit allen unter einer Decke. Erstmalig verließ er Maru-Aton noch am selben Abend. In der Nacht bereits wusste Nofretete davon.

Von Königin Beltums Ableben erfuhr Kija fast gleichzeitig, als Achet-Aton die Nachricht erreichte, Königin Teje ringe mit dem Tod. Während sie Königin Beltum keine Träne nachweinte, berührte sie die Vorstellung, die Königinmutter müsse sterben, außerordentlich. Obwohl es kaum zu Begegnungen gekommen war, hatte sie sie ins Herz geschlossen. Sie vertraute ihr. Nun war sie weit entfernt in dem Palast, den ihr Gatte Amenophis III. sich auf dem Westufer bei Theben hatte bauen lassen, umsorgt von ihren Lieben. Nur Echnaton fehlte. Dieser neue Schicksalsschlag brachte ihn an den Rand des Wahnsinns. Er suchte Zuflucht bei Kija, die alles tat, um ihn zu trösten. Aber die Fülle der schlechten Nachrichten, dazu die eigene Verzweiflung machten den König krank. Er bekam Fieber. Ärzte und Heiler befürchteten das Schlimmste. Kija umsorgte ihn liebevoll. Sie wusch und salbte ihn, sie behandelte ihn mit lindernden Umschlägen und heilsamen Kräutern. Nichts außer frischem Wasser bekam er zu trinken. Mehrmals täglich ließ sie die Wäsche wechseln und das Krankenzimmer durch Rauchopfer reinigen. Auch achtete sie streng darauf, dass der König immer in guter Luft lag, die sie durch duftende Essenzen aus Blüten noch verbesserte. Irgendwann war sie die einzige, die den festen Glauben hatte, das Fieber würde reinigend und heilend wirken. Sie behielt recht. Nach einer besonders schlimmen Nacht fiel der König gegen Morgen in tiefen Schlaf. Als er erwachte, fühlte er sich klar. Mit blanken Augen sah er Kija an, die fürsorglich neben ihm gewacht hatte.

Voller Dankbarkeit flüsterte sie ein kleines Gebet für die Göttin, die Mutter aller Lebewesen, bevor sie an seiner Brust vor Erleichterung weinte.

Die Genesung machte beste Fortschritte und Kija hatte den Eindruck, der König habe während des Fiebers Kraft gesammelt. Er wirkte wieder ruhig und besonnen bei den Beratungen mit den Ministern und Ratgebern. Zwischen ihm und Kija herrschte ein liebevoller Ton vor. Den Mittelpunkt ihres Lebens stellte der tägliche Priesterdienst für Aton dar, der immer mehr Raum einnahm und auch die wenig verbleibende gemeinsame Zeit bestimmte. Es dauerte etwas, doch dann empfand Kija den bestimmenden Zwang, der bis in die persönlichsten Regungen hinein griff. Immer weiter wachsende Vorschriften Echnatons ließen Kija ahnen, weshalb Viele die neue Religion ablehnten. Die Bildnisse und Reliefs von ihr und dem König, die Echnaton bei Thutmosis und dessen Kollegen in Auftrag gab, waren vielleicht das Abbild seiner Liebe zu ihr, aber je länger sie darüber nachdachte, desto mehr hatte sie den Eindruck, der König stelle eine Vorgabe dar, eine Anordnung an alle, so und nicht anders hätten sie zu leben unter der Strahlensonne Atons. Das war seine Heilslehre. Doch sie war nicht frei zu wählen, sondern sie musste angenommen werden. Diese Erkenntnis nahm ihr beinahe den Atem. Wie die Erkenntnis, dass ihre Tage gezählt sein dürften, wenn sich nicht bald ein Kind einstellte. An die Konsequenzen mochte sie gar nicht denken. Mit Sicherheit würde sie nicht einfach in den Harem im Nordpalast umziehen.

»Göttin, strafst du mich? Bin ich nicht mehr würdig, ein Kind zu empfangen, einen Sohn, weil ich in jungen Jahren fehlte? Ich werde ihn lieben, ehren und hüten wie meinen Augapfel. Göttin, gewähre mir dieses Kind zum Segen für die Menschen Ägyptens, zum Segen für alle Menschen!«

Kija besprach sich zum wiederholten Mal mit Amminaje. Schließlich schickte sie so unauffällig wie möglich eine ihrer Getreuen in Begleitung eines Boten nach Qatna. Sie sollten Erkundigungen über Mittel, die ihre Fruchtbarkeit erhöhen könnten, einziehen, aber auch über Mittel, die für den König gedacht waren. Obwohl sie wusste, das es äußerst riskant war, nutzte sie die Gelegenheit, Akizzi knapp die Lage zu schildern und ihn zu bitten, Talzu ebenfalls zu informieren. Dann hieß es Geduld zu haben. Die Wochen schleppten sich in Ungewissheit dahin. Sie machte Echnaton winzige Andeutungen, um seine Neugierde zu erregen, doch gelang es ihr immer schwerer ihn zu fesseln.

Endlich kehrte der Bote allein mit den nötigen Anweisungen zurück. Fieberhaft machte sich Kija sofort an die Vorbereitungen. Die Warnungen Amminajes, der König sei für derlei Rituale schwer zu gewinnen, schlug sie in den Wind. Schweren Herzens unterstützten Amminaje und zwei Dienerinnen aus Qatna ihre Herrin. Sie stellten einen Zusatz aus getrockneten, zerstoßenen Eidechsen her, der einem stimulierenden Getränk, wie dem Saft aus Granatäpfeln, beigegeben werden sollte, ferner unterschiedliche Heilpflanzenpasten, die im Genitalbereich aufgetragen werden mussten. Eine Mischung aus Öl versetzt mit feinst zerriebenem Metall war für sie beide gedacht. Kija arbeitete wie von Sinnen, um alles bestens herzurichten. Sie schmückte die für das Treffen vorgesehene Laube über und über mit betörend duftenden Blumen. Sorgfältig hatte sie alle Speisen und Getränke ausgewählt, von denen sie um ihre erotisierende Wirkung wusste. Erst als alles bereit war, bat sie den König zu sich.

Sie empfing ihn am Eingang zum Garten und führte ihn zur Laube, durch die angenehm der Abendwind strich. Sie trug ein hochgeschlossenes, duftiges Gewand, Blüten im schwarzen Haar, war nur leicht geschminkt. Fast schweigend aßen sie. Kija legte Echnaton liebevoll vor, und sie tranken sich mit köstlich gekühltem Saft zu, aus dem Echnaton Granatäpfel herauszuschmecken meinte. Hinter einem Paravent verborgen sang leise ein Mädchenchor ein ihm unbekanntes Lied. Er runzelte die Stirn, doch Kija beschwichtigte ihn. Fast beschwörend sagte sie: »Ich bitte dich, Liebster, schenke mir diesen Abend und diese Nacht. Lass einfach geschehen, was geschieht. Wirst du das tun?«

Zögernd nickte Echnaton. Kija hatte ihn immer wieder mit exotischen Ideen überrascht und beglückt – früher, dachte er, ohne sich klar zu machen, dass früher nur wenige Monate, nur wenige Wochen her war.

Kija erhob sich. Während sie ihr Obergewand löste, sprach sie. Sie rezitierte, doch Echnaton konnte nichts davon verstehen. Seine Augen versenkten sich zwischen ihren mit Lotos und Purpur geschmückten Brüsten. So war sie das erste Mal vor ihm erschienen. Kija besprengte ihn aus einer Schale, während sie immer weiter sprach, im Wechsel mit dem Chor, fremde Laute, ungewohnte Klänge in seinen Ohren. Dann führte sie ihn zum Lager, hergerichtet wie ein Brautbett: feinstes Linnen mit goldenen Bordüren versehen, duftend nach Blumen. Sie entledigte sich ihres Untergewandes und half ihm seinen Schurz abzulegen. Dann bedeutete sie ihm sich auf dem Bett auszustrecken. Ein neuer Gesang hob an, während Kija sanft über seine Augen strich, damit er sie schließe. Er spürte, wie sie etwas auf seine Lenden auftrug und sorgfältig verrieb. Dazu sprach sie Verse, ihre Stimme eindringlich erhoben, quälend. Er versuchte sich aufzurichten, doch hatte sie das wohl vorausgesehen, denn er wurde mit sanftem Druck festgehalten. Gleichzeitig hatte er das Gefühl, er könne seine Augen nicht mehr öffnen. Er fühlte sich unwohl, obwohl Kija nun begonnen hatte, zu den wohltuenden Tönen einer Harfe sein Glied mit einer Flüssigkeit oder Salbe zu massieren. Plötzlich durchzuckte ihn ein scharfer Schmerz, der es umgehend anschwellen und hart werden ließ. Kija ließ sich auf ihm nieder, vereinigte sich mit ihm so leicht wie noch nie, aber der Schmerz verließ ihn nicht. Im Gegenteil, er wuchs. Während er noch über den Schmerz nachdachte, vernahm er die ersten Worte, die er verstand. In einem eintönigen Singsang, der das Schaukeln ihres Leibes begleitete, wiederholte Kija wie in Trance die Worte.

„Möge der Köcher nie leer sei.
Möge mein Bogen nicht schlaff und lustlos werden,
möge mein Liebespfeil im Kampf treffen.
Legen wir uns nieder zur Nacht."

Mit einem Schrei setzte sich der König auf. Grob stieß er Kija von sich. Außer sich schrie er: »Was tust du? Du schamloses Weib. Du greifst zu Zauberei! Bist du von Sinnen? Hast du nichts begriffen? Willst du mich oder dich oder uns beide töten?«

Kija lag gedemütigt auf dem Boden. Schlagartig kam sie zur Besinnung. Ihre Mühe war umsonst gewesen. Alles war fehlgeschlagen. Was hatte sie nur getrieben?

Die pure Verzweiflung! Das sagte sie Echnaton, nachdem er sich etwas beruhigt hatte. »Ich bin verzweifelt, verstehst du? Ich bin verzweifelt. Ich weiß keinen Rat mehr.«

Sie brach haltlos in Tränen aus, die ihren Körper schüttelten und Echnaton tatsächlich besänftigten. Er legte brüderlich den Arm um sie. Seine Stimme war von tiefer Traurigkeit erfüllt.

»Vielleicht liegt es an mir, Liebes. Vielleicht habe ich den Willen Atons nicht richtig verstanden. Ich war so sicher, dass du die Auserwählte bist, dass ich alles sonst vergessen habe. Das war wohl ein großer Fehler, der jetzt bestraft wird.«

Er sah resigniert auf die weinende Kija herab. »Auch ich weiß mir keinen Rat mehr. Legen wir alles in Atons Hände.«

Während Echnaton willens war sich demütig zu fügen, gab Kija nicht auf. Nach einer der vielen schlaflosen Nächte hatte sie eine Erleuchtung: Aton selbst musste dem König einen Gottessohn ankündigen, in einem Traum oder durch ein Orakel. Vielleicht würde das die Verkrampfung lösen. Sie baute auf die große Vorstellungskraft des Königs, sie baute auf seine innige Beziehung zu Aton. Sie ließ Aja, den obersten Ratgeber des Königs, zu einem Gespräch bitten und trug ihm ihre Gedanken vor, nachdem sie ihm einen Eid abgenommen hatte, über alles Gesagte absolutes Stillschweigen zu bewahren.

◈◈◈

Das Neujahrsfest wurde in Achet-Aton prachtvoll begangen. Echnaton vollzog unbeeindruckt von Widerständen mit Kija alle Zeremonien. Den Aufruhr im In- und Ausland sperrte er aus. Doch in der Bevölkerung rumorte es mehr denn je. Der Geheimdienst meldete Pläne der nun im Verborgenen agierenden Amunspriesterschaft in Theben, die auf das Leben des Königs zielten. Treue Beamte des Königs wurden beschimpft oder gar angegriffen. Selbst in Achet-Aton tauchten Karikaturen auf, die Kija schon aus der Schilderung der Königinmutter kannte – das Herrscherpaar im Ornat mit Affenköpfen –, ohne dass die Urheber dingfest gemacht werden konnten.

Kija blieb nicht verborgen, dass sie nicht mehr den obersten Platz im Herzen des Königs hatte. Es wurde ihr zugetragen, dass er Damen seines Harems aufsuchte. Und er näherte sich Nofretete wieder an. Sabu, ihre oberste Dienerin, ließ keine Gelegenheit aus, dieses Thema anzuschneiden, so dass Kija mutmaßte, sie handle im Auftrag ihrer eigentlichen Herrin. Das alles quälte sie. Zumal wohl auch Aja ihren Plan nicht aufgegriffen hatte.

Doch sie irrte sich. Wenige Wochen nach dem Neujahrfest, im zweiten Monat der Überschwemmung verkündete Echnaton öffentlich, ohne zu ihrem Befremden mit ihr zuvor darüber gesprochen zu haben, ein Traum habe ihm offenbart, Kija sei erwählt, ein göttliches Kind zu empfangen. Aton selbst werde es schenken: das Lebende Abbild des Aton, Tutanchaton. Der König setzte also alles auf eine Karte. Er hatte sich festgelegt: er musste in der Frist von neun bis zehn Monaten Vater eines Sohnes werden. Weder er noch sie durften jetzt versagen.

In Achet-Aton wurde die Ankündigung eines Gotteskindes mit ungläubigem Staunen aufgenommen. Hatte man dergleichen schon jemals vernommen? Doch pries man in lauten Dankeshymnen die unendliche Güte der Gottheit.

Eine Vorstellung wie alles vonstatten gehen sollte hatte Kija nicht. Aber einen Vorgeschmack bekam sie umgehend. Pentu, der Leibarzt, und Merire, der Hohepriester des Aton, erschienen bereits am nächsten Tag in Maru-Aton, begleitet von Mahu, dem Obersten der Polizei, und einigen seinen Leuten. Sie ließen sich melden und Kija begrüßte sie überrascht in ihrer privaten Empfangshalle. Mit gestelzten Worten überbrachte Mahu die Anordnung des Pharaos, Kija möge zu ihrer Schonung und ihrem Schutz zukünftig Maru-Aton nicht mehr verlassen, es sei denn der König ließe sie mit einer Eskorte holen. Es würde für alles bestens gesorgt. Kijas Miene versteinerte, denn alle höflichen Umschreibungen nützten nichts. Sie verstand sehr wohl, dass sie ab sofort unter Hausarrest stand.

Doch das war noch nicht alles. Pentu forderte sie auf, ihre Damen hinauszuschicken. Erst dann bat er sie in Anwesenheit Merires, ihm genaue Auskünfte über ihr Befinden, ihre Ess- und Trinkgewohnheiten sowie ihren monatlichen Zyklus zu geben. Alle ihre Aussagen wurden sorgfältig protokolliert. Höflich verabschiedeten sich die beiden Würdenträger und versprachen, sobald die günstigen Daten feststünden, würde man sie davon in Kenntnis setzen.

In spontaner Reaktion beauftragte sie Memi, ihren Oberhofmeister, dem Pharao eine Nachricht zu überbringen. Doch er kehrte alsbald zurück mit der Mitteilung, die Ausgangssperre bezöge sich auf alle Bewohner Maru-Atons, also auch auf das Gesinde. Er hätte die Nachricht einem der Leute Mahus anvertrauen müssen. Davon habe er Abstand genommen. In panischem Entsetzen flüchtete sie in ihr intimstes Gemach und ließ den Tränen freien Lauf.

So fand Amminaje ihre Herrin.

»Ohne mir etwas zu sagen, mir, seiner geliebten Gemahlin! Er behandelt mich wie die letzte Sklavin. Kommt nicht einmal selbst, sondern schickt seine Diener. Was treibt ihn dazu mich einzusperren? Habe ich jemals angedeutet, ich wolle ihn verlassen?«

»Nein, Herrin, das hast du nicht. Aber vielleicht befürchtet er, du kämest jetzt auf die Idee. Wir wissen ja nicht, wie es weitergehen wird.« Sie wollte Kija nicht beunruhigen. Doch Gutes verhießen die Vorzeichen nicht.

»Du wirst sehen, alles wird sich wieder ändern, wenn du erst schwanger bist. Darauf kommt es jetzt als einziges an. Komm, ich werde dir ein erfrischendes Bad eingießen lassen und dich waschen. Dann wirst du dich besser fühlen. Vielleicht kommt der Pharao heute Abend.«

Der Pharao aber kam nicht am Abend, nicht am folgenden und an keinem der weiteren Abende. Er sandte auch keine Nachricht. Von der Außenwelt war Kija abgeschnitten. Selbst Sabu, sonst immer bestens über jeden Klatsch und Tratsch informiert, wusste nichts zu berichten. Ob es sich wirklich so verhielt oder sie den Auftrag Nofretetes ausführte, vermochte Kija nicht zu entscheiden.

Amminaje war außer sich vor Sorge. Zwar hatte Tanuwa ihr auch Instruktionen für den Fall erteilt, dass sie keine Bewegungsfreiheit hätten, doch empfand sie diese als letzte Maßnahmen, wenn alle anderen Pläne nicht mehr griffen. Wenn Kija nur ahnte, wie er sich um sie kümmerte. An was hatte er nicht alles vorausschauend gedacht. Amminaje war voller Bewunderung. Das gab ihr Kraft und Mut. Jetzt galt es, die Nerven nicht zu verlieren, sagte sie sich immer wieder. Es konnte Kija noch nichts geschehen. Schließlich erwartete man von ihr, dass sie gebären solle. Also waren die kommenden Monate sicher. Doch sie musste die nächste sich bietende Gelegenheit nutzen, um Tanuwa eine Nachricht zu senden.

Der zweite Monat der Überschwemmung verging. Am ersten Tag des dritten Monats erschien Pentu erneut und sprach mit Kija unter vier Augen. Die

Tage, die sie in Ungewissheit und Warten zugebracht hatte, hatten sie einem Wechselbad der Gefühle ausgesetzt, von Resignation bis zur Raserei. Bei der Begegnung mit Pentu aber war sie demütig. Sie flehte ihn an, mit dem Pharao zu sprechen, ihm zu versichern, dass sie alles täte, was er von ihr wünsche, nur möge er ihr die Huld seiner Anwesenheit erneut schenken und ihr erlauben, ihren herrlichen Palast hin und wieder verlassen zu dürfen. Pentu vertröstete sie. Er sei nur gekommen, um ihr wie versprochen, die günstigen Tage mitzuteilen. Sie möge sich vom dreizehnten bis zum siebzehnten Tag des Monats entsprechend vorbereiten. Doch versichere sie der König seiner unbedingten Zuneigung.

»Warum kommt er nicht?« Kija warf sich Amminaje in die Arme, von Tränen und wildem Schluchzen geschüttelt.

»Kija, du musst stark und tapfer sein. Vielleicht denkst du ganz falsch über ihn. Vielleicht hat er sich ebenso wie du zurückgezogen. Es ist doch denkbar, dass er sich im Haus seines Gottes auf eure Zusammenkunft vorbereitet. Das solltest du auch tun! Fleh zur Göttin, dass sie deinen Leib segnet, fleh zu ihr!«

Noch unter Tränen lachte Kija erleichtert. »Amminaje, meine liebste, beste Herzensfreundin. Warum hast du mir das nicht längst erklärt? Ja, so wird es sein! Und ich dumme Gans habe wieder einmal an ihm gezweifelt und kostbare Tage in Gram verschleudert.«

Sie legte Amminaje beide Hände auf die Schultern und blickte sie bittend an: »Wirst du mich vorbereiten wie damals zur heiligen Hochzeit? Wirst du mit mir alle nötigen Rituale vollziehen? Wirst du mit mir wachen und beten zu ihr, unserer Herrin?«

Als Antwort umarmte Amminaje die Freundin innig.

Kija erwartete den dreizehnten Tag. Sie hatte in der Nacht kaum geschlafen. Den gesamten Vormittag verbrachte sie mit Amminaje und ihren Getreuen aus Qatna, die sie für den abendlichen Empfang vorbereiteten. Ermattet legten sich alle zur Mittagsruhe nieder. Kija hatte sich in einer luftigen Laube gelagert und war kurz vor dem Einschlafen, als sie Geräusche hörte. Sie öffnete die Augen und hatte den Eindruck, sie schaue mitten in die Sonne. Geblendet senkte sie die Lider. Sie spürte wie flinke Frauenhände eine Binde über ihre Augen legten. Dann entfernte jemand ihren Leibschurz. Erschreckt presste sie ihre Beine zusammen. Offenbar hatten sich links und rechts von ihr Liebesdienerinnen niedergelassen, denn Kija spürte alsbald, wie sie geübt begannen sie zu liebkosen. Tränen schossen ihr in die Augen. Sie sollte ihren Liebsten nicht sehen?

»Echnaton«, flüsterte sie.

»Echnaton!«

Doch sie blieb ohne Antwort. Schließlich ergab sie sich in ihr Schicksal. Sollte kommen, was die Göttin ihr schickte. Sie versuchte, wie sie es gelernt hatte, sich zu entspannen, ruhig zu atmen und so spürte sie kaum den Besuch des Gottes. Sie blieb mit geschlossenen Augen liegen, auch als ihr längst die Binde wieder abgenommen worden war und sich niemand mehr außer ihr in der Laube aufhielt.

An den nächsten vier Tagen spielte sich genau dasselbe ab. Kija ließ alles über sich ergehen, wie von ihr erwartet wurde. Was aber an Liebe zu Echnaton in ihr verborgen gewesen sein mochte, starb, von Tag zu Tag.

Der vierte Monat der Überschwemmung brach an und Kijas Monatsblutung blieb aus. Pentu zeigte sich über diese Nachricht hocherfreut. Doch empfahl er noch einen weiteren Monat zu warten, bis man wirklich sicher sein könnte, auch wenn sich seiner Meinung nach alles vielversprechend anließe.

»Nach meiner Berechnung müsste das Kind im vierten Monat der Hitze geboren werden, noch vor Beginn des Neuen Jahres«, sagte er. Der König sei sicher sehr mit ihr zufrieden. Er habe die Freude, ihr zu berichten, dass der Pharao in seiner Güte ihr weitere Ländereien zur eigenen Bewirtschaftung geschenkt habe.

»Ich danke meinem Gebieter«, antwortete Kija tonlos. Sie werde diese gerne in naher Zukunft besichtigen.

Die Gewissheit, dass Kija schwanger war, wurde in Achet-Aton frenetisch gefeiert. Als sei nichts zwischen ihnen vorgefallen, vollzog der König erstmalig die Opfer für Aton wieder mit Kija zusammen und präsentierte sie anschließend dem Volk am Erscheinungsfenster. Sie wurde als zukünftige Mutter des Gottessohnes gepriesen. Nach den Zeremonien kehrte sie allein nach Maru-Aton zurück.

Ihr war längst nicht so übel wie bei ihrer ersten Schwangerschaft. Deshalb befürchtete sie täglich einsetzende Blutungen, die alles zunichte gemacht hätten. Was würde sie dann erwarten? Aus Angst gewöhnte sie sich an, Talzus Ring, der ihre letzte Rettung enthielt, nun Tag und Nacht zu tragen. Dankbar dachte sie an den Freund. Er hatte sie nie im Stich gelassen, hatte ihr zugehört, sich mit ihr beraten. »Ach wärst du doch hier«, flüsterte sie ab und an vor sich hin. »Du wüsstest sicher einen Ausweg. Aber vielleicht hat man dich auch eingesperrt wie ein Vögelchen ohne Flügel, mein armer Freund. Glaube mir, ich habe alles getan, was von mir verlangt wurde, um dein Leben zu schützen. Wirst du das je erfahren, geliebter Freund?«

Schließlich war Kija sicher, dass ein Kind in ihr wuchs. Sie fühlte sich wunderbar. Die bitteren Begleitumstände versuchte sie zu ignorieren. Langsam begann ihr Leib sich zu runden und auch ihre kleinen Brüste legten etwas zu. Sie erschrak, als zum ersten Mal ihr Bauch hart wurde. Sie frohlockte, als sie das erste Mal das Kind in sich strampeln spürte und sich die Bauchdecke lustig ausstülpte. Das hatte sie alles vergessen oder vor Jahren gar nicht wahrgenommen. Sie begann mit ihrem kleinen Tutanchaton zu sprechen, erzählte ihm Geschichten. Und sie sang ihm vor. Ein Lied nach dem andern, manchmal begleitete sie sich auf der Leier, manchmal spielten die Mädchen zur ihrer gemeinsamen Erbauung. Mit jedem Tag freute sie sich mehr auf ihren kleinen Liebling.

Echnaton besuchte sie regelmäßig, um sich über die Fortschritte der Schwangerschaft zu vergewissern. Er benahm sich fast närrisch, wenn er ihren Bauch betastete. Es kam vor, dass er sie mit Kosenamen und Liebesschwüren geradezu überschüttete, sie sein Ein und Alles nannte. Doch meistens hatte sie den Eindruck, dass sie nur das Gefäß war, in dem sein Sohn wuchs und nur dieser Sohn interessierte ihn.

Immerhin war ihre Bewachung gelockert worden. Sie durfte Besuch empfangen und hätte Maru-Aton wohl auch verlassen dürfen, doch verzichtete sie darauf freiwillig. In ihren vier Wänden fühlte sie sich sicher. Doch Amminaje nutzte umgehend die Phase der relativen Bewegungsfreiheit, um einen verschlüsselten Lagebericht außer Landes schmuggeln zu lassen. Auch sonst war sie nicht untätig gewesen seit die Situation sich merklich verschlechtert hatte. Sorgfältig hatte sie gewisse Diener und Dienerinnen ausgesucht und zu ihren Vertrauten gemacht. Wie, das blieb ihr Geheimnis. Sie waren ihr unbedingt ergeben. Ferner hatte sie ausgiebig erkundet, wo Kija das Gotteskind zu gebären hatte, – infrage kam der Palast oder aber ein Geburtstempel im Bezirk des kleinen oder großen Atontempels – und wie üblicherweise die ganze Phase vom Eintritt der Wehen bis zur Beendigung der Wöchnerinnenzeit in Achet-Aton gehandhabt wurde. All diese Informationen sammelte sie, um im schlimmsten Fall rasch handeln zu können. Amminaje staunte selbst über die Gelassenheit, ja Abgebrühtheit, mit der sie vorging.

Die Königinmutter Teje erlebte die Geburt ihres Enkelkindes nicht mehr. Sie schlief friedlich ein und wurde vom ganzen Land tief betrauert. Ihr einbalsamierter Leichnam wurde in einen goldglänzenden Sarkophag gelegt, der mit Blumen geschmückt auf die letzte Reise ging. Auf einer Barke wurde er von unzähligen Schiffen begleitet auf dem Strom hinab geführt nach Achet-Aton, um dort in der königlichen Gruft beigesetzt zu werden. Echnaton hatte sich durchgesetzt und seine Mutter zu sich geholt, deren Wunsch es eigentlich gewesen war, im Grab ihres geliebten Gemahls mit ihm erneut vereint zu werden. Mit einer Prozession wurde der Sarkophag vom Königspaar, den Familienangehörigen, höchsten Würdenträgern und Priestern in die östlichen Berge geleitet. Das Dröhnen der schweren Gongs ließ aufmerken. Alle Rituale wurden vollzogen und der dreifache goldene Schrein an dem für ihn bestimmten Platz in einen steinernen Sarkophag versenkt. Starr verfolgte Echnaton die heiligen Handlungen bis der Deckel aufgebracht und geschlossen wurde. Dann hob er den Krummstab und rief laut und beschwörend in Richtung der strahlenden Sonne:

»Es gibt keinen Tod! Auf Erden geht alles nach deinem Willen, denn du hast die Menschen geschaffen. Steigst du auf, so leben wir, sinkst du unter, so sterben wir. Du selber bist das Lebensziel. Zu dir ging die Seele der Toten, zu dir flog das Herz Tejes, meiner Mutter. Friede sei diesem Grab.«

Kija beweinte Teje aus tiefstem Herzen. Trotz der seltenen Begegnungen, war Teje für Kija ein Stückchen Heimat gewesen, verband sie sie doch mit ihrer Mutter und dadurch mit Qatna. Dankbar nutzte sie die geschlossene Sänfte, die an weiße Maulesel angeschirrt war, um auf dem Rückweg in die Stadt sich ihrer Trauer unbeobachtet hinzugeben.

Die Wehen setzten viel zu früh und mit unvorhergesehener Heftigkeit ein, als führe ein Messer in ihren Leib. Erschreckt schrie Kija auf. Amminaje eilte herbei. Sie sah, dass an einen Transport in den Tempel nicht mehr zu denken war. Ruhig traf sie alle nötigen Anordnungen. Zusammen mit Sabu führten sie die schwer atmende Kija in die vorbereitete Geburtslaube. Kija verlor etwas Blut. Das kam vor und musste nichts Schlimmes bedeuten, aber äußerste Wachsamkeit war angeraten.

Wie Amminaje gemutmaßt hatte, erhielt Maru-Aton, kaum hatte sich die Nachricht herumgesprochen, regen Besuch. So gut es ging, versuchte sie Kija Störungen zu ersparen, doch zumindest Pentu hatte sie Einlass zu gewähren. Immer standen nun mehrere Boten bereit, die ihren Herrschaften über den Stand der Dinge zu berichten hatten. Amminaje wusste nicht, wer alles auf diese Art mit Neuigkeiten versorgt wurde, doch mit Sicherheit gehörte Nofretete dazu. Sie war zu Kjas Überraschung während der Schwangerschaft diverse Male unangemeldet erschienen und hatte sich persönlich nach Kijas Wohlergehen erkundigt. Warm waren die beiden Frauen nicht miteinander geworden. Der König wurde zwischen ihnen nicht erwähnt, obwohl Kija wusste, dass Nofretete und die Mädchen wieder im Palast ein- und ausgingen oder Echnaton sie besuchte. Kija war zu sehr mit sich und ihrem Kind beschäftigt, um weiter darüber nachzudenken, was diese Besuche von Königin zu Königin zu bedeuten hatten. Doch Amminaje gab sich keinerlei Illusionen hin, was Nofretete im Schilde führte. Meine arme Kija, dachte sie jedesmal, wenn die Große Königsgemahlin sie wieder verließ, wann wird deine Leidenszeit zu Ende gehen?

Es fiel dem Gotteskind unendlich schwer sein Erdendasein zu beginnen. Stunde um Stunde kämpfte Kija, bis sie erschöpft in Schlaf fiel. Dass die Frauen sie wuschen und salbten, merkte sie nicht. Doch drehte sich das kleine Wesen in dieser Pause in die richtige Lage. Wenigstens diese Hürde war genommen. Nachdem das Fruchtwasser abgegangen war, ebbten die Wehen ab und alles Mühen, das Kind herauszupressen war vergeblich. Es wurde Nachmittag, es wurde früher Abend. Schließlich entschloss sich Amminaje Kija einen Trank einzuflößen, der die Wehentätigkeit unterstützen sollte. Unablässig flehte sie die Göttin um Hilfe an. Sie ahnte, dass auch die anderen Frauen heimlich ihre Göttinnen anriefen. Die ägyptischen Frauen lösten alle Knoten im Haus, um eine glückliche Entbindung herbeizuführen. Die Wirkung der Medizin zeigte sich schnell. Die Schmerzen wurden beinahe unerträglich. Kija brach am ganzen Körper der Schweiß aus, während sie abwechselnd schrie und keuchte. Die Frauen hatten sie auf den Gebärschemel gehievt. Sie trockneten sie liebevoll ab, massierten sie mit wohltuendem Öl, flößten ihr zu trinken ein, versuchten ihr auf alle erdenkliche Art und Weise die Geburt zu erleichtern. Endlich ließ sich das Kind erahnen. Ein Hauch von schwarzem Haar zeigte sich. Die Frauen feuerten Kija an. Sie sangen und klatschten rhythmisch, damit Kija durch einen geregelten Atem das Pressen besser ertrug. Dann riss der Damm. Mit einer gewaltigen Anstrengung drückte Kija das Kind aus sich heraus, den Kopf, die Schultern, den ganzen kleinen Körper. Den lauten Jubel, die Freudengesänge zur Ankunft des Gotteskindes, die Gebete der Priesterinnen und Priester vernahm sie nicht. Sie war der Ohnmacht nahe. Völlig ermattet fiel sie in die Arme der Helferinnen. Die Frauen zogen Kija zusammen mit dem Kind vorsichtig auf das Lager, damit sie etwas zu Atem kommen konnte. Doch kaum lag sie, fiel sie in Ohnmacht. Zur Besinnung kam sie, als sie den ersten Schrei hörte. Tränen liefen ihr über die Wangen, als Amminaje ihr ihr weinendes Söhnchen auf den Bauch legte, wo es sich beruhigte.

»Sprich seinen Namen aus«, drängte Amminaje.

Gehorsam flüsterte Kija: »Tutanchaton – du Lebendes Abbild des Aton!«

Zärtlich streichelte sie über den nassen Haarschopf, tastete vorsichtig das Gesichtchen ab, legte ihre Hände über den kleinen Rücken, bis die Kräfte sie verließen. Dass das Kind abgenabelt und gereinigt wurde, bekam sie nicht mit. Ihr Sohn wurde in ein weiches Tuch gewickelt und von Amminaje im Arm gewiegt. Er weinte nicht, sondern schaute wirr irgendwohin in den spärlich erleuchteten Raum. Die Frauen richteten Kija wieder auf, um das Ausstoßen der Nachgeburt zu beschleunigen. Noch nicht ganz erwacht, fand sie sich wieder in dieser jämmerlichen Haltung. Alles schmerzte, ihre Augen tränten. Da erschien Nofretete. Kija erschrak. Herrisch schickte die Königin bis auf Sabu und Amminaje alle aus der Laube. Die beiden Verbliebenen brachten Kija in eine einigermaßen erträgliche Haltung. Sie bedeckten sie mit frischem Linnen, weil sie immer noch stark schwitzte und der Nachtwind die Laube durchzog.

»Gut gemacht, du Große Geliebte des Königs«, lobte Nofretete. Ihr zynischer Ton war nicht zu überhören. »Unser Herr wird zufrieden mit dir sein und dich reich belohnen!«

Kija fiel es schwer die Augen offen zu halten, doch riss sie sich zusammen. Nofretete gegenüber wollte sie keine Schwäche zeigen. Ihr Blick suchte das Kind, das Nofretete eben an sich nahm.

»Leg ihn zurück«, wollte sie schreien, doch aus ihrer trockenen Kehle entfloh nur ein krächzender Laut.

Nofretete trat dicht zu ihr ans Lager und zeigte ihr den Sohn, als wollte sie sagen: schau ihn dir gut an. Dann beugte sie sich hinab zu Kija und flüsterte: »Der Pharao wird dir das schönste Grab schenken, reich ausgestattet mit allem, was du brauchst. Das verspreche ich dir.«

Sie richtete sich auf. Das Kind an sich gepresst blickte sie in Kijas angstgeweitete Augen und sagte sanft: »Ungeduldig und sehnsüchtig wartet der König auf seinen Sohn, um ihn bei seinem Namen zu nennen. Du bist zu schwach, Kija, Hochgeliebte Frau des Königs. Ich werde dir deshalb diesen Weg abnehmen und ihn in den Tempel bringen. Seine Amme wird ihn begleiten. Du siehst, es ist für alles gesorgt. Ruh dich aus!«

Dann verließ sie das Haus der Geburt.

Wie ein Schwert schnitten ihre Worte Kija ins Herz. Hilflos musste sie erdulden, dass sich Nofretete mit ihrem Kind entfernte. Mit aller Klarheit erkannte sie, dass sie es für immer verloren hatte. In diesem Moment löste sich die Plazenta. Ein Blutschwall ergoss sich. Amminaje rief die Dienerinnen. Sie betteten Kija wieder auf das Lager, während Amminaje verbissen versuchte, die Blutung zu stillen.

»Sabu, ich bitte dich, kümmere du dich um die Plazenta. Sie muss sicher in der vorgeschriebenen Weise in den Tempel gebracht werden. Ein Priester wird dich begleiten.«

Sabu nickte. »Was willst du tun?«

»Ich werde ihr hier diese Paste aus Gebärmutterwurz, Isiskraut, Kamille, Thymian und anderen Kräutern auftragen. Dazu benötige ich noch Absinthöl. Besorge es rasch!«, wandte sie sich an eine Dienerin. »Und zündet Räucherwerk an.«

Kaum hatte Sabu die Laube verlassen, winkte sie ihre Getreuen zu sich. »Halt ihr das Fläschen unter die Nase. Sie muss zu sich kommen.«

Es dauerte einige Momente, bis Kija ansprechbar war.

»Kija, Liebling, hör mir zu! Streng dich an, du musst verstehen, was ich dir sage.«

Kija nickte matt. Leise und eindringlich sprach Amminaje auf sie ein. »Vertrau mir!«, sagte sie zum Schluss unter Tränen.

Wieder nickte Kija. Mit nachlassender Stimme stieß sie kaum noch vernehmbar hervor: »Ich werde sterben, um zu leben.«

Die Frauen schrien auf.

Nur von Amminaje bemerkt, legte Kija ihre Hände übereinander, löste den geheimen Mechanismus ihres Ringes aus und schloss die Augen. Ihr Atem ging flach. Sie beruhigte sich. Man wusch und salbte sie. Die Blutung hatte sich gelegt. Dann hüllte man sie in frische, kühlende Tücher.

»Legt euch auch schlafen«, sagte Amminaje, »wir bewachen Kijas Schlaf.«

Sabu kehrte in dem Moment in die Geburtslaube zurück, als Kija ihren letzten Atemzug tat. Amminaje prüfte mehrfach ihren Atem. Dann schüttelte sie fassungslos ihren Kopf, brach in Tränen aus und erhob lautes Wehklagen. So lag es an Sabu, die Wartenden von Kijas Tod in Kenntnis zu setzen. Ein Priester trat herzu und bestätigte, dass Kija von nun an auf immer Aton schauen würde. Er wies die herbeigeeilten Diener an, die Leiche alsbald zum Vorbereitungshaus zu bringen. Dann begab er sich umgehend zum Tempel, um seinem Herrn die schreckliche Kunde zu überbringen. Auch Sabu stahl sich davon. Doch Amminaje hatte sie beobachtet. Sie wusste, wohin die treue Dienerin eilen würde.

Echnaton hatte viele Stunden im Benben-Haus verharrt. Seit er vernommen hatte, dass bei seiner geliebten königlichen Gemahlin Kija die Wehen eingesetzt hatten, suchte er die Zwiesprache mit Aton. Der Gott schwieg, doch schickte er voll Gnade seine Strahlen. Die Zeit verrann. Echnaton vertiefte sich ins Gebet, er verweigerte jede Nahrungsaufnahme. Er brachte Opfer dar für die glückliche Ankunft des Gotteskindes. Immer wieder wiederholte er die Zeremonien und noch immer nicht erschien Kija im Tempel. Es war schon gegen Abend als ein Bote die Nachricht überbrachte, Kija sei zu schwach zum Transport. Echnaton erstarrte. War das ein schlechtes Omen? Aton, dieser, dein Sohn muss geboren werden, er muss heil und gesund sein! Leise sprach der König: *„Du, der du den Samen in den Frauen reifen lässt, der du Flüssigkeit zu Menschen machst, der du den Sohn am Leben erhältst im Leib seiner Mutter und ihn beruhigst, dass er nicht weint, du Amme im Mutterleib, der du Atem spendest, um alle Geschöpfe am Leben zu erhalten. Kommt das Kind aus dem Leib heraus am*

Tag seiner Geburt, dann öffnest du seinen Mund zum Atmen und schaffst ihm, wes er bedarf."

Endlich kam die erlösende Nachricht aus Maru-Aton: der Sohn war geboren. Der König frohlockte. Er hatte es gewusst! Wie hatte er nur einen Augenblick zweifeln können? Vergib mir, oh Aton!

Mit dem Pharao stimmten alle Anwesenden im Tempel den Hymnus an. Die Musik von Harfen und Leiern erklang. Frauen wiegten sich im Tanz. Echnaton entzündete als Dank das Rauchopfer, während im Schlachthaus weitere Opfer vorbereitet wurden.

Und dann erschien es selbst, das Gotteskind. Trompetenschall kündigten sein Erscheinen an. Am Eingang des Tempels formierte sich eine Prozession, angeführt von der Großen Königsgemahlin, Nofretete. Auf ihren Armen trug sie das schlafende Kind. Sie stieg die Stufen zum Hochaltar hinauf bis vor den Pharao.

»Sieh den Sohn!«

Echnaton legte seine rechte Hand auf das Kind. Seine Augen waren voll Tränen. Überglücklich rief er aus:

> *„Großer lebendiger Aton, der in seinen Jubiläen ist,*
> *Herr von all dem, was die Sonnenscheibe umschließt,*
> *Herr des Himmels, Herr der Erde*
> *in der Sonnenschattenkapelle des leiblichen Königssohns*
> *Tutanchaton in Achet-Aton:*
> *Dies ist mein geliebter Sohn: Tutanchaton!"*

Ein Freudenfest begann, nicht nur bei den Versammelten im Tempel, die sich im Festhaus des Königs zu nächtlicher Stunde zusammen fanden, sondern in ganz Achet-Aton, als der kleine Neuankömmling, dem diese herrliche Feier galt, längst in der Obhut seiner Amme schlief. Alle waren auf den Beinen. Der König ließ überall Geschenke verteilen. Jeder sollte an seinem Glück teilnehmen. Wieder und wieder umarmte er seine Gemahlin Nofretete und seine Töchter Meritaton und Anchesenpaaton. Am liebsten hätte er die Welt umarmt.

»Ihr müsst euch beeilen. Jeden Augenblick können Nofretetes Häscher hier sein.«

Amminaje trieb die Diener an.

Kija war sorgfältig in schützende Leinentücher gewickelt, auf eine Bahre gelegt und festgebunden worden. Versehen mit Amuletten und Blumenschmuck verließ sie ihr geliebtes Haus Maru-Aton. Die Bewohner Maru-

Atons gaben ihr das Geleit in der Dunkelheit bis zur Grenze ihres Anwesens. Dann blieben die Träger der Bahre und die Lichtträger auf dem Weg zum Vorbereitungshaus mit dem Leichnam allein. Unbeobachtet von Spähern verhüllten sie sich und die Bahre mit dunklem Wolltuch. Sie verließen den vorgeschriebenen Weg und verschwanden in der Nacht.

◈◈◈

Mitten hinein in das rauschende Fest platzte die Nachricht von Kijas Tod.

Kija!

In seinem Freudentaumel hatte Echnaton die Mutter und Gemahlin, seine Liebste, seine süße Kija vergessen. Warum nur, warum musste sie ihr junges Leben opfern, nachdem sie dem heiß ersehnten Sohn das Leben eben erst geschenkt hatte? Er hätte sie umgehend besuchen müssen. Er hätte seine Ärzte schicken müssen. Er hätte sich nicht auf Nofretete verlassen dürfen, die ihm gesagt hatte, sie kümmre sich um alles. Er hätte, er hätte. Verzweiflung und Trauer legten sich auf sein Glück. Sie, die sein Ein und Alles gewesen war, hatte ihn verlassen. Sie, die es als Einzige verstand ihn zu berauschen. Die mit ihm den Sonnenaufgang gefeiert hatte wie keine je zuvor. Nie wieder würde er so empfinden können wie mit ihr, der Mutter seines Sohnes, seiner Großen Geliebten. Von Schmerz erfüllt sank er auf seinem Sessel nieder. Glaubte zu sterben.

Nofretete stand zutiefst erschrocken. Was war geschehen? Sie hatte keinen Auftrag erteilt. Sie versuchte den Priester, der die Nachricht überbracht hatte, zu sprechen. Noch während sich eine Dienerin den Weg durch die Menge bahnte, um ihn vor Nofretete zu führen, warf sich Sabu der Königin zu Füssen. Von ihr erfuhr Nofretete, was in Maru-Aton vorgefallen war, vom Todeskampf und dem anschließenden stillen Hinscheiden. Umso besser! Das dachte Nofretete ohne Gehässigkeit. Ihre Kusine tat ihr sogar leid. Doch das Schicksal hatte ihnen keine Wahl gelassen. Entweder Kija oder sie – für Ägypten! Die Wahl Atons war auf sie gefallen.

Nofretete ließ Echnaton Zeit für seinen ersten Schmerz. Dann erst trat sie zu ihm, um ihm Trost zu spenden. »Es war Atons Wunsch, diese außergewöhnliche Frau, die erwählt war, dem ›Lebenden Abbild des Aton‹ das Leben zu schenken, so schnell wie möglich zu sich zu holen. Du musst seinen Willen akzeptieren, Echnaton, wie du es immer getan hast. Du musst weiter seine Botschaft in die Welt tragen. Zusammen mit seinem Sohn, für den wir gut sorgen werden, du und ich.«

Regungslos saß der König in seinem Festhaus. Nofretete hielt seine Hand. Immer wieder musste sie beteuern, dass es sicher Atons Wunsch war, Kija zu sich zu holen. Dann straffte er sich.

»Wir werden sie mit allen Ehren, die der Gemahlin des Pharao zukommen, bestatten lassen. Sie soll in der königlichen Grablege an meiner Seite ihre Ruhestätte finden. Es darf ihr an nichts mangeln. Thutmosis persönlich soll die Ausstattung des Grabraumes vornehmen. Er soll sie im Leben darstellen wie sie Aton opfert, er soll sie als Königin zeigen, wie sie ihr Kind küsst unter der Strahlensonne des Aton, dessen Hände ihnen das Lebenszeichen reichen. Und er soll sie im Tod verewigen wie sie in der Geburtslaube liegt.«

Nofretete stimmte in allem zu. Sobald die Sonne aufgegangen sei, wolle sie sich um alles kümmern.

So geschah es auch. Gleich am Morgen gab Nofretete Anweisungen, Kijas Leichnam für ein königliches Begräbnis vorbereiten zu lassen. Es war schon fortgeschrittener Vormittag, als sich herausstellte, dass die Verstorbene zwar Maru-Aton verlassen, nie aber das Vorbereitungshaus erreicht hatte. Sie war verschwunden. Aber nicht nur sie, sondern auch Amminaje war unauffindbar.

Während zunächst in Achet-Aton möglichst unauffällig an allen erdenklichen Plätzen nach dem Leichnam gesucht wurde, bestellte Nofretete umgehend das gesamte Hauspersonal aus Maru-Aton sowie alle Personen, die am gestrigen Tag dort geweilt hatten in den Großen Palast ein. Doch das Verhör brachte keine Erkenntnisse: Kijas Leiche war unter der Aufsicht von Priestern und Würdenträgern von sechs vertrauenswürdigen Dienern weggetragen worden. Seither waren alle verschwunden.

Unwirsch entließ Nofretete die Befragten, nachdem sie ihnen strengstens Stillschweigen auferlegt hatte. Niemand durfte davon erfahren.

Sie musste nachdenken, was das alles zu bedeuten hatte und welche Schritte zu unternehmen waren. Auf keinen Fall durfte Echnaton vom Verschwinden informiert werden. Er würde außer sich geraten. Nofretete wusste um die vielen Feinde, die sie in Achet-Aton hatte und die mit Wonne dem König zutragen würden, sie stecke hinter Kijas Tod und hätte zudem die Leiche verschwinden lassen oder gar zerstört. Alles, was sie mühsam für sich und ihre Mädchen wieder in die Wege geleitet hatte, wäre dann dahin.

So rasch wie möglich bat Nofretete den obersten Vorsteher des Vorbereitungshauses zu sich. Nach reiflichem Überlegen war sie zur Erkenntnis gekommen, dass sie nicht umhin kam ihn einzuweihen. Sollte Kijas toter Körper nicht baldigst gefunden werden, so war eine entsprechende andere Frauenleiche statt ihrer nach den Vorschriften zu präparieren. Allerdings musste dann unter allen Umständen vermieden werden, dass der König seine Gemahlin noch einmal zu sehen bekam.

Als nächstes gab Nofretete Anweisung in der Kanzlei, Boten in alle Teile Ägyptens und in die Welt hinaus zu senden, um den Tod der Großen Geliebten zu verkünden, die infolge der Geburt des Sohnes zu Aton eingegangen war.

Den Auftrag, die Sarkophage und die Grabkammer herzurichten, hatte Echnaton persönlich erteilt und auch alle Abläufe des Begräbnisses eingeleitet. Für Achet-Aton und ganz Ägypten wurde Trauer angeordnet. Wehklagen durchzog die Stadt, wo gestern noch lauter Jubel geherrscht hatte. Kija war im Volk sehr beliebt gewesen. Nun fragten sich viele, wie es weitergehen würde. Dass Nofretete an den Hof zurückkehren würde, schien sicher. Und vermutlich war das auch die beste Lösung, denn der König zog sich in seinen Palast zurück, um mit seinem Gott erneut zu ringen.

Unterdessen ging die geheime Suche nach Kija, den Dienern und Amminaje fieberhaft weiter. Nofretete ließ über Achet-Aton hinaus in ganz Ägypten an den Anlegestellen von vertrauenswürdigen Helfern Erkundigungen einziehen, besonders Nil abwärts, ob jemand etwas Auffälliges beobachtet hatte. Viel Hoffnung machte sie sich nicht. Bei den vielen Möglichkeiten sich zu tarnen und dem regen Treiben auf dem Nil, auch wenn dieser sich langsam dem Tiefststand vor dem Einsetzen der Nilschwemme näherte. Die Überführung einer Leiche von einem Ort zum anderen war nichts Ungewöhnliches. In der Regel respektierte jeder die Todesbarken besonders und unterließ peinliche Befragungen.

Die Diener hatten mit der Bahre den kürzesten Weg zum Nil genommen, wo sie ein kleines, schlankes Boot erwartete. Kaum waren alle an Bord, legte es trotz der nächtlichen Gefahren auf dem Wasser ab, ließ sich von der Strömung ergreifen und trieb zunächst ohne Ruderschlag an Achet-Aton flussabwärts vorbei. Nachdem sie auch die Nordstadt passiert hatten, die schemenhaft im Mondlicht zu erkennen war, suchten sie bei der nächsten Anlegemöglichkeit erneut das östliche Ufer auf. Einer der Männer hob Kija vorsichtig heraus. Während er sie wie eine Kranke auf seinen Armen hielt, wurde ihr Gesicht rasch von allem verdeckenden Tuch befreit. Zwei der Männer versteckten das Boot notdürftig im Schilf, dann hasteten alle gemeinsam zu einer festgemachten Barke, die bereits mit allerlei Obst, Gemüse und anderen Marktprodukten beladen war. Sie betteten Kija so gut es ging mitten zwischen die Körbe, stießen vom Ufer ab, ruderten geschickt in die Mitte des Stromes und setzten ihren Weg ohne Behinderungen Richtung Norden fort.

Erst mit Einbruch der Morgendämmerung spannten sie das Sonnensegel auf, das Kija später, wenn die Sonne erbarmungslos niederbrannte, Schatten spenden sollte. Der Fluss bevölkerte sich langsam. Fischer nahmen ihre Arbeit auf, andere waren auf dem Weg zu den Märkten stromauf, stromab.

Die angenehme Temperatur so früh am Tag nutzte sogar eine der Beamtenbarken. Die Männer legten sich abwechselnd in die Ruder. Es galt den Vorsprung zu nutzen, obwohl sie immer darauf bedacht zu sein hatten nicht aufzufallen. Ihr Ziel war Memphis. Das mussten sie so schnell wie möglich mit ihrer kostbaren Fracht erreichen, sollte nicht alles vergebens sein. Sobald sie dort ankamen, suchten sie umgehend das Haus des Arztes Merti auf. Die Menge machte dem kleinen Zug mit der kranken Frau bereitwillig Platz. Man zog sich rasch die Schleier vor das Gesicht, um vor Ansteckung gefeit zu sein. Weitere Beachtung schenkte ihnen niemand.

Nachdem die Männer ihren Auftrag erledigt hatten und entlohnt worden waren, zerstreuten sie sich und waren alsbald im Gewühl der umtriebigen Stadt untergetaucht.

Merti hatte die so außerordentlich stille, wie tot wirkende Leidende in ein abseits gelegenes Zimmer bringen lassen. Dorthin zog er sich nun mit allerlei Tinkturen, Essenzen und Pasten zurück. Er wolle nicht gestört werden, wies er sein Personal an, es sei ein sehr schwieriger Fall. Vielleicht drohe sogar Ansteckung.

◈◈◈

Nofretete seufzte. So viel Ärger. Zum Glück gedieh das Kind prachtvoll. Ohne Probleme hatte es die Amme akzeptiert. Ihre beiden Töchter waren entzückt und hüteten es wie ihren Augapfel. Widerwillig wandte sie ihre Aufmerksamkeit wieder Kija zu. Wer könnte ein Interesse an ihrer Leiche haben und wer sollte geschädigt werden? Das waren die Hauptfragen. Erneut rief sie Sabu zu sich.

»Sabu, erinnere dich! Du musst weiter zurückdenken. Vielleicht liegt der Schlüssel gar nicht in den Ereignissen der letzten Tage und Wochen, sondern viel früher. Hast du seit du bei Kija dienst irgendetwas mitbekommen, was dir merkwürdig vorkam? Hatte die Königin fremde Besucher? Vielleicht aus ihrer Heimat? Kamen Boten? Briefe? Oder zu ihrer Vertrauten, dieser Amminaje? Denk nach!«

»Nur der Gesandte aus Qatna wurde vorstellig. Und er brachte Nachrichten von ihrer Mutter, ihren Brüdern soweit ich weiß. Eine der Qatnäerinnen muss mit einem Boten zusammen von hier nach Qatna geschickt worden sein. Der Bote kehrte allein zurück und brachte Kräuter und irgendwelche anderen Sachen. Allerdings weiß ich nicht wozu. Aber es muss sich um etwas Besonderes gehandelt haben, denn man versuchte das Ganze geheim zu halten. Das war schon als seine Sonne die Königin nicht mehr häufig besuchte.«

»Und weiter?«

Sabu dachte angestrengt nach. »Einmal besprachen sich die Herrin und

Amminaje, so dass ich sie verstehen konnte. Offenbar wollten sie nicht, dass die Frauen aus Qatna begriffen, worum es ging.«

»Und worum ging es?« Nofretete wurde ungeduldig.

»Ich habe nur sehr schlecht hören können, aber die Königin erwähnte hethitische Gesandte, zwei, einer hieß Talzu oder so ähnlich. Der zweite war mit Sicherheit schon hier. Ja, am Erneuerungsfest.«

»Naninzi?«

»Ja, das könnte sein. Offenbar musste die Königin dem hethitischen Groß-könig das Geheimnis einer roten Farbe verraten, eben wegen dieses Talzu oder so ähnlich, der sonst des Todes wäre. Es schien mir recht wirr zu sein und das Gespräch dauerte auch nicht lange. Mehr weiß ich nicht.«

»Könnte Amminaje in der Lage sein, die Königin zu entführen?«

Sabu schaute erschreckt auf. »Wozu? Sie ist ihr absolut ergeben. Sie hätte alles, wirklich alles für sie getan!«

»Ist dir aufgefallen, ob Amminaje oder eine der anderen Frauen aus dem heimischen Gefolge besonderen Umgang mit den Dienern pflegte, die jetzt verschwunden sind?«

Hilflos zuckte Sabu die Achseln. »Es sind ja so viele Möglichkeiten in den unterschiedlichen Gebäuden in Maru-Aton. Ich weiß es nicht. Vielleicht sollten wir Memi danach befragen?«

»Nein, lass deinen Mann aus dem Spiel. Du kannst gehen.«

Richtig erhellend waren Sabus Berichte nicht, dennoch hatte Nofretete das Gefühl weiter gekommen zu sein, vorausgesetzt Sabu hatte alles richtig verstanden. Kija war wegen eines hethitischen Gesandten vom Großkönig erpresst worden, um diesen vor dem Tod zu retten. Das war interessant. Sie musste also in einer besonderen Beziehung zu diesem Talzu stehen, sonst hätte sie wohl kaum Qatna bestens gehütetes Geheimnis preisgegeben, denn dass es sich um die Gewinnung der Purpurfarbe handelte, war sich Nofre-tete sicher. Wie ärgerlich, sie nun auch in den Händen dieser Nördler zu wissen. Das Täubchen hätte sie doch auch ihrem liebsten Echnaton verraten können! Aber das war jetzt nebensächlich. Es könnte doch sein, dass dieser Talzu, wer immer das sein mochte, unbedingt wenigstens die tote Kija bei sich haben wollte. Sie musste schnellstens herausfinden, wer das war. Jemand aus der Umgebung des Großkönigs, eine hochgestellte Persönlichkeit. Und er musste auch Amminaje kennen, denn nur sie schien Nofretete, auch nach der Charakterisierung durch Sabu, willens und in der Lage zu sein, den Leichnam aus Ägypten heraus und zu ihm zu bringen. Sie verfügte über medizinische Kenntnisse, um diesen entsprechend zu behandeln, damit eine Reise bei dieser Hitze überhaupt möglich wurde. Vielleicht hatte sie sich dafür entsprechende Mittel heimlich aus Qatna bringen lassen?

Wenn Kija überhaupt tot war!
Wie ein Blitz durchzuckte Nofretete dieser Gedanke.
Sie schickte sofort nach dem Priester. Der beteuerte, alle Untersuchungen hätten den Tod bestätigt. Er habe keine Atemtätigkeit und keinen Herzschlag feststellen können. Auch das Stechen sei ergebnislos verlaufen.
Nofretete erwog kurz Pentu, den Leibarzt, zu einer Unterredung zu bitten, doch dann entschied sie sich, eine ihrer Vertrauten aus dem Heilhaus rufen zu lassen. Die befragte sie nach Mitteln, die einen todesähnlichen Zustand herbeiführen könnten. Ja, die gäbe es. Doch nur Eingeweihte wüssten davon. Die infragekommende Person müsse allerdings über beste körperliche Verfassung verfügen, um die Einnahme der Mittel zu überstehen.
Nofretete schöpfte Hoffnung. Dass der Leichnam verschwunden war, war Katastrophe genug, aber eine lebende Kija –. Sie führte den Gedanken nicht zu Ende. Auch wenn sie hoffen konnte, dass Kija in ihrem Zustand keinesfalls überlebte, konnte sie erst vor ihr sicher sein, wenn sie einen Beweis für ihren Tod hatte. Keinesfalls würde sie die Verfolgung einstellen. Sie war sich sicher, dass die Reise nach Norden ging. Noch war Zeit, das Eintreffen im Land Hattuscha zu verhindern.

Amminaje hatte ihr Gesicht, Arme, Hände, Beine und Füße mithilfe von einem Sud aus Nüssen noch dunkler gefärbt. Ihre Kleider hatte sie zu einem Bündel gerollt, in dem sie auch etwas Schmuck von Kija, vor allem ihre Siegel, und dazu einige liebgewonnene Kleinigkeiten verborgen hatte. Es war riskant, aber das musste sie einfach wagen. An irgendetwas musste man doch später Kija, die Prinzessin von Qatna, wiedererkennen können. Fast mittellos verließen sie dieses Land des Überflusses. Es störte Amminaje nicht. Wichtig war nur, sie kamen heil hinaus. Sie verließ leise Haus und Anwesen und floh zum Nil.
Die Nacht verbrachte sie in Ufernähe. Es war eine der entsetzlichsten Nächte ihres Lebens. Die Geräusche des Flusses, das Knistern des Schilfs und all die ungezählten kleinen und großen Lebewesen, die die Nacht bevölkerten, brachten sie an den Rand des Erträglichen. Endlich graute der Morgen. Amminaje hastete aus ihrem Versteck zum Fluss. Hilfreiche Hände halfen ihr ins Boot. Es transportierte eine große Skulptur, die in der Werkstatt des Thutmosis entstanden und für Nen-nesu, einer Stadt im Norden, bestimmt war. Amminaje verstaute ihr Bündel, kauerte sich an ihren Platz im Heck und begann sofort mit der Arbeit: sie sollte die Männer auf ihrer Fahrt mit Mahlzeiten versorgen. Die kümmerten sich nicht um die vermeintliche Alte. So passierten sie auf der langen Fahrt ungehindert mehrere Kontrollen.

Ihre äußerlich ruhige Unauffälligkeit verlangte Amminaje allerdings unsägliche Beherrschung ab. Mit jedem Tag wuchs ihre Unruhe. Würden sie denn nie dieses verfluchte Nen-nesu erreichen? Und da hatte sie erst zwei Drittel der Strecke gemeistert.

Das Schicksal war gnädig, denn in Nen-nesu erhielten die Männer einen Auftrag für Memphis, wohin sie Naret- und Oleanderbäume zu bringen hatten und Amminaje konnte die Fahrt mit ihnen fortsetzen. Je mehr sie sich der Stadt näherten, desto ungeduldiger, aber auch sorgenvoller wurde sie. Was würde sie im Haus des Merti erwarten?

Es war schon fast dunkel, als Amminaje endlich vor dem Haus des Arztes stand, eine zerlumpte Alte, die krampfhaft ihr Bündel umklammerte. Sie klopfte und ein Diener öffnete. Als er sie sah, wollte er die Tür sofort wieder zuschlagen, doch Amminaje hatte damit gerechnet. Blitzschnell hatte sie ihr Bündel dazwischen gesteckt und stand nun mit einem Fuß in der Tür. Sie drückte dem erstaunten Öffner einen Skarabäus in die Hand und bedeutete ihm, diesen seinem Herrn zu bringen. Gleich darauf erschien Merti persönlich, umarmte sie und bat sie ins Haus. Ängstlich versuchte Amminaje in seinem Gesicht zu lesen, doch sie erkannte darin nur ein kleines, sie willkommen heißendes Lächeln. Man bot ihr zu trinken an. Dann konnte sie sich im Schein von Öllämpchen waschen. Ein sauberes, helles Gewand und allerlei Utensilien, um sich zu schmücken, lagen für sie bereit. Kaum trat sie aus der Tür, führte eine Dienerin sie in ein spärlich erleuchtetes Speisegemach, wo sich bereits der Herr des Hauses, seine Gemahlin und mehrere der Töchter, alle zu einem Festmahl gekleidet und mit der langen, gescheitelten Perücke auf dem Kopf, um einen runden Tisch auf Kissen niedergelassen hatten. Freundlich wies Merti Amminaje den letzten freien Platz ihm gegenüber an.

»Willkommen«, sagte er. »Wir hoffen, du hattest eine erträgliche Reise.«

Amminaje nickte dankend. Sie wollte endlich ihre brennendste Frage stellen, doch Merti nahm es mit den Tischgepflogenheiten sehr genau. Er schickte ein Gebet zu Aton, spendete Wasser und etwas Getreide, wies eine Dienerin an Räucherwerk zu entzünden, und gab dann das Zeichen, mit dem Mahl zu beginnen.

»Wenn ich mich recht erinnere, kennst du zwar meine liebe Frau, nicht aber meine Töchter«, nahm er mit vollem Mund das Gespräch auf. »Hier sitzt meine Älteste, Mutemuia. Das neben ihr ist Tij und zu meiner Linken sitzt Satamun. Die schöne Iset aber, direkt neben dir, könnte dir meines Erachtens schon irgendwo begegnet sein.«

Amminaje musste an sich halten, um nicht vor der Familie und den Dienerinnen einen lauten Schrei auszustoßen. Blass und dünn, aber lebendig,

502

lächelte sie eine müde, fast nicht wieder zu erkennende Kija an. Verstohlen schickte sie ihre Hand zu Amminaje hinüber und in stummer, glücklicher Freude dankten die beiden Frauen der Göttin für ihr Wiedersehen. Selten hatte ihnen eine Mahlzeit so gemundet wie diese.

Erst in ihrem gemeinsamen Schlafgemach konnten sie sich gegenseitig flüsternd ihre Abenteuer erzählen, wobei Kija sich weder an die Nilfahrt noch an die Ankunft bei Merti erinnern konnte. Aber von ihrer Wiedererweckung berichtete sie.

»Merti sagte, es hätte aller seiner Kunst bedurft, um mich zurückzuholen. Es grenze an ein Wunder, dass es gelang. Schließlich waren wir mehrere Tage und Nächte auf dem Wasser und ich war beileibe nicht im besten Zustand, als das Schlafmittel in meinen Körper gelangte. Danken wir der Göttin, dass sie wieder einmal ihre schützende Hand über uns hielt.«

»Siehst du dich denn imstande weiterzureisen?«

»Gleichgültig wie, Liebste, wir müssen so schnell wie möglich abreisen, schon um Merti und seine Familie nicht weiter zu gefährden. Auf uns wartet das Schiff des Ischpali, ein Händler aus Kizzuwatna, bereit sofort abzulegen, sobald wir es bestiegen haben. Ich werde mir nicht viel Mühe geben müssen, um seine kranke Frau namens Anna zu spielen. Du wirst als meine Dienerin mitreisen. Merti meinte, dass man bei den Kontrollen ein bisschen übertreiben müsse. Die Ägypter fürchten ansteckende Krankheiten mehr als den Biss der Kobra. Es kam übrigens vor gar nicht langer Zeit die Nachricht von Azira, eine Seuche grassiere in Amurru. Man weiß bei ihm nie, ob er die Wahrheit schreibt, aber diese Seuche könnten wir uns vielleicht zunutze machen, auch wenn ich daraus Schaden für Ischpali fürchte. Ob er je wieder einen ägyptischen Hafen anlaufen darf?«

◈◈◈

So kurz nach dem Tod der Königinmutter Teje machte sich die lange Prozession erneut auf den weiten Weg zum königlichen Grab. Das Volk blieb an der Stadtgrenze zurück. Nur Auserwählte folgten dem reich geschmückten Sarg, in dem die Große Geliebte des Pharao lag. Echnaton hatte sich in seiner Sänfte tragen lassen. Es sah sich nicht im Stande zu gehen, vielmehr erinnerte er wieder an einen alten, vom Schicksal geschlagenen Mann. Mühsam vollzog er die Rituale. Wenn es ging, überließ er diese den Priestern. Ungehemmt rannen die Tränen als der Sarg schließlich in die letzte äußere Hülle versenkt wurde und der steinerne Deckel diese verschloss.

Willig akzeptierte er, dass Nofretete endgültig mit den Mädchen in den Großen Palast zurückzog, sich des kleinen Tutanchaton annahm und sich auch wieder um Regierungsangelegenheiten kümmerte, während er sich in Aton versenkte. Gleichgültig ließ er geschehen, dass sie Maru-Aton auflöste, und alle Dinge, die Kija dort gehört hatten, verteilte. Ihre mitgebrachte Dienerschaft schickte sie zurück nach Qatna. Doch damit nicht genug. Alles sonstige Eigentum, Häuser, Ländereien und vieles mehr, wurden den beiden Töchtern gegeben, Inschriften und Darstellungen der Kija getilgt oder umgearbeitet. Es dauerte nicht lange und in Achet-Aton schien es nie eine Königin Kija gegeben zu haben. In der Priesterschaft munkelte man später sogar, Kijas sterbliche Überreste hätte Nofretete ins Tal der Könige überführen lassen, allerdings sei unterwegs die Mumie merkwürdigerweise verloren gegangen.

◁◁◁

Noch vor dem ägyptischen Neujahrsfest erreichte der ägyptische Kurier Qatna und überbrachte die frohe und die traurige Nachricht: Ägypten sei von Königin Kija, der Großen Geliebten des Pharao Amenophis IV., genannt Echnaton, der Prinzessin von Qatna, der heißersehnte Sohn Tutanchaton geschenkt worden. Doch sei die Mutter noch am selben Tag im Kindbett gestorben. Iset, Schala, Ehli-Nikalu, Kuari, auch Akizzi und alle, die Kija nahestanden, waren fassungslos und untröstlich. Akizzi ordnete die übliche Trauerzeit an. Sie war noch nicht ganz beendet, als Kijas Gefolge aus Ägypten, das es gerade noch vor Einsetzen der Nilschwemme verlassen hatte, zurückkehrte. Alle – außer Amminaje. Sie sei noch in der Nacht, in der die Königin gestorben sei, verschwunden.

Akizzi ließ umgehend die Hohepriesterin in den Palast bitten. Er empfing sie in seinen privaten Gemächern im Westflügel. Was er mit ihr zu besprechen hatte, duldete keine fremden Ohren.

»Was hat das zu bedeuten, Schala? Kannst du dir einen Reim darauf machen? Wo kann Amminaje sein? Sie wird Kija doch nicht in den Tod gefolgt sein?«

»Was sagen die anderen Frauen? Ich wüsste gerne, was genau vor, während und nach der Geburt vorgefallen ist. Irgendetwas stimmt da nicht. Ich habe keinerlei Nachrichten mehr von Amminaje erhalten, seitdem es sicher war, dass Kija ein Kind erwartet. Damals berichtete Amminaje, der Königin ginge es körperlich bestens, sie habe guten Appetit, sei kräftig und gesund. Mit Sicherheit wurde sie so gut versorgt wie keine Frau in ganz Ägypten, was sage ich, der ganzen Welt. Wieso stirbt sie dann kurz nach der Geburt?«

»Man sagt, Nofretete sei wieder am Hof und schalte und walte wie zuvor. Ob sie dahinter steckt?«

»Es wäre jedenfalls nicht das erste Mal, dass eine Nebenbuhlerin auf diese

Weise aus dem Weg geräumt würde. Kindbettfieber kann jede treffen, niemand würde Verdacht schöpfen. Doch warum verschwindet Amminaje?«
»Vielleicht hat sie Verdacht geschöpft und wurde deshalb in Gewahrsam genommen oder man hat sie umgebracht.«
»Vielleicht ist sie auch geflohen, nachdem sie merkte, dass sie für Kija nichts mehr tun konnte und schlägt sich zu uns durch. Zu viele Fragen, mein König. Lass mich mit den Frauen sprechen. Schick sie mir ins Haus der Göttin.«

Nur wenige Tage später setzten sich beide erneut zusammen.
»Ich habe doch Einiges erfahren können, was sich zu einem Bild zusammenfügen lässt.«
Schala berichtete von den anfänglich glücklichen Zeiten, von der späteren Isolierung Kijas, von den Hoffnungen, die sich an die Schwangerschaft knüpften, von den Besuchen Nofretetes und dem Tag der Geburt.
»Offenbar hatte Kija starke Eröffnungswehen, so dass Amminaje im Einverständnis mit der ägyptischen Hausvorsteherin beschloss, Kija zur Geburt in Maru-Aton zu behalten. Die Frau, von der ich das weiß, ist völlig verschüchtert und ängstlich. Sie machte sich offenbar größte Sorgen um ihre Herrin, nachdem sie erfuhr, dass sie plötzlich so angegriffen war, dass sie gleich in die Geburtslaube gebracht wurde. Allerdings tat sie dort nur kurze Zeit Dienst, weil sie keine Hebamme ist. Doch schaute sie so oft es ihre Arbeit zuließ vorbei. Sie sah viele fremde Menschen, Männer und Frauen, Priester, Boten. Sie hörte, dass das Kind geboren war und viele der Wartenden verschwanden, um die Kunde zu verbreiten. Nicht viel später erschien Nofretete, die Frau erkannte ihre Sänfte, und verließ kurze Zeit später die Laube mit dem Kind. Bereits kurz danach war die Königin tot und wurde weggebracht. Wie sie meint, ermordet von Nofretete. Eine andere wusste von allen diesen Ereignissen gar nichts, doch glaubte sie gehört zu haben, dass der Leichnam Kijas nicht aufzufinden war. Allerdings wurde dann doch die Bestattung begangen. Zwei andere Frauen gestanden, dass sie schreckliche Angst hatten, nachdem Amminaje verschwunden war, sie müssten alle sterben. Selbst als sie das Schiff bestiegen, gingen sie davon aus, Qatna nie wieder zu sehen.«
»Was heißt das nun? Viele Vermutungen sind im Spiel und wenig Fassbares.«
»Du hast recht. Sicher ist nur, dass etwas nicht stimmt. Ich habe mir überlegt, dass du eine Botschaft nach Achet-Aton schicken könntest. Du seist untröstlich über den Verlust deiner Schwester und auch ihre Mutter Iset sei voll des Wehklagens. Was denn genau passiert sei? Ob die geliebte Tote nicht nach Qatna heimkehren könnte? Dann müssen sie Stellung beziehen!«
»Wenn sie überhaupt antworten«, seufzte Akizzi.

Doch die Antwort kam sogar erstaunlich schnell. Von der Großen Königsgemahlin persönlich gesiegelt. Der Inhalt raubte Akizzi allerdings fast den Atem.

Man habe bereits mitteilen lassen, schrieb sie, dass Kija bedauerlicherweise im Kindbett verstorben sei. Es sei wohl selbstverständlich, dass die Königsgemahlin beim Pharao in Ägypten bliebe, dort sei ihr Platz und nirgends sonst. Was er, Akizzi, außerdem mit einer Verräterin wolle, die dem Großkönig von Hattuscha Qatnas größtes Geheimnis verraten habe, nur wegen eines gewissen Talzu. Man freue sich in Ägypten schon auf die neuen roten Stoffe aus Hattuscha, die der geliebte Bruder ihres Gemahls ihnen sicherlich bald zukommen lassen würde.

⊗⊗⊗

Auch in Hattuscha überbrachte ein Bote die Nachricht von der schweren Geburt Tutanchatons und dem alsbaldigen Tod der geliebten Königsgemahlin Kija. Allerdings stand der König mit dem Heer im Westen im Feld. Deshalb war der Bote vor die Tawananna und Königin Malnigal geführt worden. Von diesen erfuhr die Kanzlei die Neueigkeiten.

Tanuwa glaubte zu sterben vor Schmerz. Er sandte einen Kurier an den König, denn in dieser Angelegenheit konnte man nicht ohne ihn tätig werden. Dann ließ er sich beurlauben. Hannutti, Mursili, Mita, keiner der Freunde war da und zu seiner alten Großmutter wollte er mit seiner Trauer nicht zu gehen. Er dachte an Iset und Schala im fernen Qatna und all die Freunde dort. Er war schuld daran, dass sie diesen wunderbaren Menschen verloren hatten. Welch unglückseliger Dämon hatte ihn nur damals getrieben. Er hatte Kija ausgeliefert, in die Fänge Nofretetes getrieben, die der Nebenbuhlerin nicht tatenlos zusehen konnte. Tag und Nacht plagten ihn Vorwürfe, Schmerz, Trauer. Schließlich erschien Mitannamuwa bei ihm und befahl ihn zurück an seinen Arbeitsplatz. Tanuwa war ihm dankbar dafür. Die vielen Aufgaben lenkten ihn ab und linderten die qualvollen Stunden.

Der Mann, der ihn eines Abends aufsuchte, fand ihn allerdings in seinen Gemächern im Palast. Tanuwa war er bekannt, denn er diente im Haus Ehejas in Tarscha. Bevor Tanuwa ihn befragen konnte, reichte dieser ihm ein winziges Ledersäckchen. Tanuwa gab Anweisungen, den Mann mit Essen und Trinken zu stärken, dann zog er sich zurück. In seinem Kopf überschlugen sich die Gedanken. Wenn etwas mit den Eltern wäre, so hätte der Bote ihm das doch wohl gesagt? Vorsichtig öffnete er das Beutelchen und heraus fiel Kijas Amulett.

Im ersten Moment war Tanuwa sprachlos, doch dann füllte sein Herz sich mit Jubel: sie lebt! Sie lebt, ihr Götter habt Dank, war das einzige, was er denken konnte. Nach geraumer Zeit aber überfielen ihn Zweifel. Das Amulett sagte ihm nur, dass sie in Not war oder vielleicht Amminaje, mehr nicht. Es war das ausgemachte Zeichen, das Kija oder Amminaje ihm senden wollten, wenn sie dringend seiner Hilfe bedurften. Was alles konnte passiert sein, seit sie sich davon getrennt hatten. Er ließ den Mann rufen.

»Von wem hast du das erhalten?«

»Eine Frau kam zur Herrin und brachte es. Sie sagte nur drei Worte, mit denen mich dann die Herrin zu dir sandte. Ich solle mich beeilen, sagte sie noch. So habe ich den Esel getrieben, bis er zusammenbrach. Habe mir einen neuen geben lassen, um weiter zu hasten...«

Tanuwa unterbrach ihn. »Genug, lieber Freund. Ich werde dich reich entlohnen, sei versichert, und für die Verluste aufkommen. Nun sag mir rasch die Worte, die dir anvertraut wurden, dann kannst du sie für immer vergessen!«

»Das erste war dein Name, Herr, aber dein früherer. Das zweite lautete Alaschija und das dritte Tarscha. Mehr kann ich dir nicht sagen.«

»Ich danke dir!«

Am liebsten wäre Tanuwa noch in der Nacht aufgebrochen.

Tanuwa war Mitannamuwa dankbar, dass er keinerlei vertiefende Fragen stellte, die ihn in Verlegenheit hätten bringen können, warum er kurzfristig zu seinen Eltern nach Kizzuwatna reisen wollte. Er regelte seine dringendsten Angelegenheiten und bereits am übernächsten Morgen nach Erhalten der Nachricht brach er zu Pferd auf.

Er genoss den Ritt nach der ständigen Stubenhockerei. Er fühlte sich beflügelt, vor allem beflügelt von der Aussicht Kija wiederzusehen. Davon ging er aus, allen anderen Möglichkeiten ließ er keinen Eingang in seinen Kopf finden. Je mehr Tanuwa sich Tarscha näherte, desto mehr nahmen ihn doch gewisse Überlegungen gefangen.

In erster Linie beschäftigten ihn die dürftigen Ortsangaben, die ihm übermittelt worden waren, wobei wenigstens Tarscha eindeutig war. Kija wollte dorthin gelangen, so verstand er. Aber das Amulett hatte sie oder Amminaje vermutlich aus Alaschija geschickt, wo sie sich momentan aufhielten oder waren sie erst auf dem Weg dorthin? War damit die Kupferinsel oder die gleichnamige Hauptstadt gemeint, die im Süden der Insel lag? Tanuwa konnte sich nicht recht vorstellen, dass die beiden ausgerechnet in das mit Ägypten gut befreundete Alaschija und in die Residenz von König Kuschme-Schuscha, dem Herrn über Kupfer und Holz, geflohen waren. Vielleicht auf einem ägyptischen Handelsschiff, das zum Tausch für das begehrte Kupfer Silber und süßes Öl brachte? Der König würde seinem Bruder in

Achet-Aton doch sicher sofort Meldung machen. Allerdings nur, wenn er wüsste, dass nach den Frauen gesucht wurde. Und wenn gesucht wurde, dann vielleicht doch am ehesten in Qatna? Vielleicht hatten sie deshalb Alaschija angesteuert? Doch welchen Hafen? Wo sollte er suchen, wenn sie noch dort weilten? Tanuwa hoffte inbrünstig, alles Grübeln sei unnötig und die beiden wären schon längst in Tarscha eingetroffen. Er trieb sein Pferd an, als ginge es um Leben und Tod.

VIII

1337 bis 1333 v. Chr.

»Um nach Alschija zu gelangen, müssen wir zuerst nach Byblos! Selbst, wenn ich wollte, könnte ich dir deinen Wunsch nicht erfüllen und Alaschija direkt ansteuern lassen. Die Strömungen erlauben das nicht.«

Anna dankte ihrem Gemahl für seinen guten Willen und begab sich wieder auf ihr Lager. Dort wandte sie sich an ihre Dienerin, die eben ihre Kissen aufgeschüttelt hatte. »Es geht nicht! Wir können Byblos nicht vermeiden. Stell dir vor, so nah und doch unendlich fern!«

»Wird man in Byblos nicht bereits Kenntnis haben?«

»Wir können nur beten, dass wir schneller waren, obwohl wir viele Tage wegen des Sturms verloren haben.«

»Und was, wenn Ischpali eingeladen wird, so wie damals der Kapitän und Schiffseigner?«

»Er sagt nein. Es würde nur umgeladen, dann ginge es gleich weiter. Wir müssen uns einfach solange völlig ruhig und unauffällig verhalten. Keiner der Träger wird auf uns aufmerksam werden, du wirst sehen.«

Alles verlief ohne Probleme. Mit gutem Wind aus Osten gelangten sie schneller als gedacht zur Kupferinsel. Stolz erhob sich das schon von Ferne gut sichtbare, imposante Alaschija-Gebirge, das das heißbegehrte Metall barg. Ischpali ließ im Hafen der Hauptstadt Alaschija, der Mari genannt wurde, ankern. Hier gab es mehr als in Byblos zu erledigen, so dass die Reisegesellschaft das Schiff verließen und in der Herberge, in der Ischpali immer Wohnung nahm, Unterkunft suchten. Es dauerte nicht lange, da beglückte er Anna, die er hier als seine Kusine ausgab, mit der Nachricht, am nächsten Tag schon liefe ein Schiff aus, das zwar in mehreren Häfen der Insel Halt mache, dessen Zielort aber Tarscha sei. Die Versuchung war groß es zu besteigen, doch erlegte sich Kija Geduld auf. Sicherheit ging vor und Ischpali konnte sie vertrauen. Ob Talzu schon ihre Botschaft empfangen hatte? Ob sie ihn überhaupt je erreichen würde?

Die lange Reise auf dem Schiff hatte ihr dank der liebevollen Pflege von Amminaje nicht nur Tag um Tag ihre Gesundheit zurückgebracht, sondern auch genügend Zeit zum Nachdenken erlaubt. Sie hatte die Zeit in Ägypten Revue passieren lassen und die ganze Vorgeschichte überdacht. Sie hatte lange in sich hineingeblickt, um zu erfahren, was sie fürderhin von sich und ihrem Leben erwartete.

Die Lage war prekär. Kehrte sie nach Qatna zurück, so brachte sie alle in Gefahr, denn Nofretete würde sich ihre Flucht nicht bieten lassen. Vermutlich gab sie Tutanchaton längst als ihren eigenen Sohn aus. Kija kamen die Tränen als sie an ihr süßes Söhnchen dachte, mit dem ihr nur so wenige Stunden zusammen vergönnt gewesen waren – Minuten, in denen sie noch dazu zu schwach war, um es im Arm zu halten und zu betrachten. Sie erinnerte sich an die schwarzen Äugelein, die wie wild hin und her rollten. Händchen, Füßchen, alles klein und niedlich. Dagegen wirkte der Kopf richtig groß. Und die schwarzen Härchen! War es ihr Schicksal, ihre Kinder zu verlieren? Oder war es die Strafe der Göttin, dass sie als Sühne für das nicht in Liebe empfangene Mädchen, den wieder nicht in Liebe empfangenen Sohn herzugeben hatte? Darüber grübelte sie lange. Mitten in der Nacht unter dem weiten Sternenhimmel, als sie in einer geschützten Bucht ankerten, nahm sie Abschied von ihrem geliebten Kind. Sie warf Blüten, die sie im Haar getragen hatte, in die Wellen und sandte sie nach Süden, nach Ägypten als Gruß, beladen mit ihren Glück- und Segenswünschen für den Kronprinzen, der zum Segen für den Pharo, die Familie und das ganze Land heranwachsen sollte. Es würde ihm gut gehen, auch ohne die Fürsorge der Mutter, die ihn getragen und ihm das Leben gegeben hatte.

Sie dankte der Göttin, sie dankte allen Göttern, die es auf dem Erdenrund geben mochte, für das Geschenk, dass sie durch dieses Kind ihrerseits ein neues Leben erhalten hatte. Eigentlich läge sie jetzt in der königlichen Gruft, die sie sich vor noch gar nicht langer Zeit besehen hatte. Aber sie war lebendig und bereit für ihre nächste Aufgabe.

Was würde das sein? Wohin würde sie das Schicksal nun führen? Dass sie auf dem Weg nach Alaschija und von dort womöglich in das Reich des Schuppiluliuma war, das hatte sie vor allem zwei Menschen zu verdanken, die sie bedingungslos liebten und unter Einsatz des eigenen Lebens alles für sie taten: Amminaje und Talzu.

Wie weit im Voraus und wie umfassend Talzu seine schützende Hand über sie gehalten hatte, hatte sie nach und nach von Amminaje erfahren. Sie beichtete, dass er sie mehrfach in Qatna aufgesucht hatte, um mit ihr und Schala viele denkbare Szenarien durchzusprechen und die damit verbundenen Folgen. Talzu hatte sie in das umfangreiche Netz seiner Vertrauten von der Levante bis weit nach Ägypten eingeweiht. Immer wieder hatte er ihr Boten und Botinnen geschickt, denen sie Auskunft gab, wie alles stand.

Kija kam aus dem Staunen nicht heraus, was alles hinter ihrem Rücken passiert war. War sie blind und taub gewesen? Sie wollte wissen, wodurch Amminaje sicher sein konnte, dass sie es mit den richtigen Leuten zu tun hatte. Überall lauerten Verräter. Selbst die freundliche Sabu! Amminaje hatte vieldeutig gelächelt. Dann hatte sie ein Amulett aus blauer Fayence aus ihrem Gewand hervorgeholt. Entsetzt hatte Kija sie angesehen und ausgerufen: »Das ist der gewöhnlichste Talisman, den man sich nur denken kann. Jeder, aber auch wirklich jeder von Hattuscha bis Kusch trägt ein Udjat-Auge!«

»Ja eben, das ist ja der Kniff! Niemanden würde es je auffallen. Aber du musst genau hinsehen. Die von Talzu ausgegebenen weisen eine winzige Besonderheit auf: die Pupille ist gesondert umrandet. Außerdem wirst du bei keinem aus dem Kreis ein heiles finden. Alle sind leider, leider gebrochen! Aber sie sind so gebrochen, dass die Teile jeweils anpassen. So können wir uns untereinander leicht erkennen. Es gibt noch eine Erkennungsmöglichkeit. Man beginnt das Gespräch mit ›An‹ oder ›Ana‹, je nach Land ist es ein unauffälliger Laut oder heißt schön oder ist einfach ein Name. Ich dachte, davon wüsstest du, denn es war sicher Merti, der dir den Namen Anna als Tarnung vorgeschlagen hat, oder?«

Kija konnte nur verwundert den Kopf schütteln. Was alles hatte sich Talzu ausgedacht! Offenbar verbrachte er seine Zeit mit nichts anderem, als an sie zu denken! Kija wurde es heiß. So viele Jahre tat er das nun schon. Seit ihrer ersten Begegnung. Da hatte er ihr sein Herz geschenkt, ob sie es haben wollte oder nicht, und offenbar hatte er das ein für allemal getan. Und doch hatte er sich immer respektvoll ihr gegenüber gezeigt, nie gefordert, nie gedrängt. Ein-, zweimal hatte er sich offenbart, als es in ihm überquoll, sonst war er immer beherrscht, selbst wenn sie ihn beschimpfte oder gar davonjagte. Hoffentlich hatte Schuppiluliuma Wort gehalten! Kija durchfuhr es erneut heiß. Doch dieses Mal aus einem ganz anderen Grund. Was, wenn Talzu nicht mehr lebte? Hätten sie von seinem Tod in Ägypten gehört? Wohl kaum. Aber in Qatna vielleicht? Akizzi oder Schala hätten ihr davon geschrieben. Auch Ischpali hatte nichts dergleichen angedeutet. Allerdings hatte sie ihn danach nicht gefragt. Der Name Talzu oder Tanuwa war zwischen ihnen nie gefallen. Göttin, diese Ungewissheit! Innige Bittgebete schickte sie zur Göttin. Und sie leistete ihr den Schwur demütig anzunehmen, was sie ihr schickte.

Wenn Kija später in der Geborgenheit des Heiligtums der Schausga von Lawazantija an diese Lebensphase zurückdachte, fiel es ihr schwer zu glauben, dass es sich noch nicht einmal um ganz drei Jahre handelte! Diese wären erst etwas vor dem nächsten Frühlingsfest voll. So viel Gutes, so viel Schreckliches war passiert.

Wie gern hatte sie Alaschija verlassen, das ihr die liebste, treueste Freundin genommen hatte. Immer noch hatte sie das ungläubige Gesicht Amminajes vor Augen, als sie in ihren Armen starb. Die Freundin war am frühen Morgen von einem leisen Geräusch geweckt worden. Ohne über die Gefahr für sich nachzudenken, hatte sie sich auf die große Schlange geworfen, die eben Kijas Lager erreicht hatte. Schreiend war Kija aufgefahren, noch verwirrt vom Schlaf und voll Angst. Sie rief laut. Bis endlich eine der Hausmägde erschien, war es zu spät: Amminaje war gebissen worden. Die Schlange hatte sich davon gemacht. Kija versuchte durch Zeichen zu erklären, was passiert war, aber erst als Ischpali erschien und übersetzte, wurde Hilfe geholt. Das Tier war eine gefährlich giftige Levantenatter. Die scheuen Tiere kämen allerdings sehr selten in Häuser, meinte der Herbergsvater. Was half das nun?

»Amminaje, Liebste, bleib bei mir«, flehte Kija.

Auf die gut erkennbare Wunde in Halsnähe waren giftsaugende Blätter gelegt worden. Dazu wurde eine Paste aus in Wein eingelegter Fenchelwurzel aufgetragen.

Alles war vergebens. Amminaje wurde matter und matter, sie begann zu fiebern, musste erbrechen.

»Meine Kleine, meine liebste Kija. Du musst fliehen. Das war eine Attacke der Königin! Man sagt, die Ägypter schicken Schlangen, die töten!« Kija schüttelte unter Tränen den Kopf.

»Es darf nicht sein, dass wir uns so trennen müssen«, sagte Amminaje wenig später, hoch fiebernd.

Kija schüttelte erneut den Kopf. »Nein, niemals trennen wir uns, niemals!«

»Das stimmt«, flüsterte Amminaje kaum mehr vernehmbar, aber mit einem Lächeln, »du bist immer in meinem Herzen!«

»Und du in meinem«, hauchte Kija. Sie blickte in das Gesicht, in dem ungläubiges Staunen stand. Dann schloss Amminaje ihre Augen und starb.

Kija hatte die Freundin, die mehr als einmal ihr Leben gerettet hatte, auf der Insel zurücklassen müssen. Göttin, löst du so meinen Schwur ein? Muss ich von allen verlassen von Neuem beginnen? Einsam und voll Schmerz und Trauer, im Gepäck Amminajes Bündel, setzte sie auf dem Schiff des Ischpali den Weg nach Tarscha fort.

Dieser schickte, sobald sie die Küste erreicht hatten, einen Boten zum Haus des Eheja und der Kali. Seine Umsicht dürfte Kija erneut das Leben gerettet haben.

Als sie am nächsten Morgen in der Lagune von Tarscha anlegten, wurde Ischpali bereits erwartet. Eheja hatte sich persönlich zum Kai bemüht. Laut und jovial begrüßte er Ischpali, ließ sich von ihm aufs Schiff bitten zu einem Willkommenstrunk. Man dankte den Göttern und stieß auf die gelungene

512

Reise an. Eheja erkundigte sich nach den Geschäften in Alaschija, Scherzworte flogen hin und her, kurz, man ließ die Umgebung vernehmlich an der
glücklichen Heimkehr teilnehmen, während die Mannschaft bereits mit dem
Löschen der Ladung begann. Schon beim Betreten des Decks hatte Eheja
vorsichtig bedeutet, Anna-Kija solle sich nicht zeigen. Bei der ersten Gelegenheit teilte er leise und hastig mit, sein Haus habe von mehreren dubiosen
Gestalten Besuch erhalten, eindeutig Fremden, wenn auch unklar bisher sei,
woher genau sie stammten. Sie hatten sich zuvor auffällig nach allen aus Süden einlaufenden Schiffe erkundigt. Zwei der Kerle habe man habhaft werden
können, die anderen aber seien flüchtig. Höchste Vorsicht sei geboten.

Kija erschrak zu Tode. Warum wurde sie hier gesucht? Was war mit Talzu?
Warum kam sein Vater? Wie sollte es weitergehen? Es war zum Verzweifeln.

In einer gänzlich unwürdigen Haltung musste sie das Schiff verlassen.
Eingezwängt in einen großen Korb mit Töpferware aus Alaschija, hatten sie
und ihr Bündel zwei starke Kerle zusammen mit anderem Handelsgut auf
einen Ochsenkarren geladen. Nach geraumer Zeit setzte sich das Gefährt
in Bewegung und brachte sie, den Geräuschen nach zu urteilen vom Hafenviertel in die Stadt. Dort hielt es nicht an. Immer weiter holperte der Karren
im Einklang mit dem bedächtigen Schaukeln der Zugtiere. Selbst eine große
Stadt wie Tarscha mussten sie längst verlassen haben. Kija hörte schon ein
Weilchen keine entsprechenden Geräusche mehr. Offenbar war sie auf einer
Landstraße, die nicht eben in bestem Zustand war. Über ihr hüpften die
Tonwaren auf und ab und klapperten. Die Sonne brannte auf ihr Gefängnis,
doch sie getraute sich nicht, irgendetwas an ihrer Lage zu verändern. Ihre
Gliedmaßen spürte sie ohnehin schon längst nicht mehr.

Plötzlich hörte sie Pferdegetrappel. Der Wagen kam auf das langgezogene
Hooooh seines Fahrers zum Stehen. Ladung wurde hin- und hergeschoben,
schließlich zerrte man ihren Korb nach hinten. Hastig wurden die Schüsseln
beiseite geräumt, grelles Sonnenlicht blendete sie. Dann hob man den Korb
vom Wagen und legte ihn auf die Seite. Unfähig und hilflos wie ein Käfer
auf dem Rücken spürte Kija wie sie vorsichtig aus dem Korb gezogen wurde.
Noch während sie am Straßenrand auf dem Boden lag und vorsichtig ver
suchte ihre Glieder zu strecken, nahm der Ochsenkarren seine Fahrt wieder
auf und rumpelte davon.

Ein Schatten fiel über sie. Jemand hatte sich neben sie gekniet. Sie sah in
strahlende, blaue Augen.

»Kannst du reiten?«

Ach, diese süße Qual!

Kija war einen der steilen Berge geklettert, die im Osten die Stadt und das

Heiligtum von Lawazantija überragten und schaute auf die Ebene des Puruna im Süden, wo auch das Meer und das große Gebirge im Norden zu erahnen waren. Hier trafen sich die Ostroute, die zum Euphrat und nach Mittani verlief, und die Südroute, die über Ugarit bis ganz hinunter nach Ägypten führte. Sie vereinigten sich zu einer Straße, die eine Weile dem Flussverlauf folgte, bis sie sich nach Westen wandte und den Reisenden weiter durch die Ebene von Kizzuwatna zur Hauptstadt Adanija, zum Meer nach Tarscha oder nach Norden in das Land Hattuscha brachte.

Hier also war sie gestrandet. Hatte Unterschlupf gefunden in dem viel besuchten Heiligtum der Schauschga, auch Ischtar genannt, der Herrin der Liebe, die aber auch für das Wohlergehen der königlichen Familie und die Sicherung des Kriegsglücks des hethitischen Herrschers und seiner Generäle zuständig war. Hier saß sie, lernte mit Hilfe einer neu gewonnenen Freundin verbissen Hethitisch, versuchte sich sogar an dieser fürchterlichen Schrift, hoffte und bangte und wartete auf Talzu, der sie vor wenigen Wochen hierher gebracht hatte.

Noch nie in ihrem Leben hatte sie auf einem Pferd gesessen. Aber zerschlagen und kaputt wie sie aus ihrem Korb befreit worden war, hatte sie keine Wahl, als all ihren Schmerzen noch weitere hinzuzufügen. Nachdem sie sich einigermaßen wieder auf den Beinen halten konnte, hatte sie sich von Talzu auf das riesige Tier setzen lassen. Aus dem Stand heraus war er hinter hier aufgesprungen.

»Sitz so locker du kannst, lehn dich an mich. Keine Angst, ich halte dich«, hatte er gesagt. Mehr nicht. Das Pferd setzte sich in Bewegung und bald stoben sie auf einem Pfad neben dem eigentlichen Weg dahin. Sehnte sie sich einerseits nach dem Geschüttel des Ochsenkarrens zurück, so hätte sie doch mit niemandem ihren Platz tauschen mögen. In Talzus Armen auf dem Rücken dieses ungeheuren, schnaubenden Monstrums fühlte sie sich so sicher und froh wie schon lange nicht mehr, obwohl sie überzeugt war, dass nach kurzer Zeit ihre geplagten Knochen einfach auseinanderfallen würden. Unmöglich hätte sie später sagen können, auf welchen Wegen sie geritten waren. Talzu kannte sich bestens aus, denn sie begegneten kaum einem Menschen. Ab und an ließ er das Pferd im Schritt gehen. Er reichte ihr dann einen Schlauch, damit sie Wasser trinken konnte, bevor er wieder Galopp aufnahm. Sie hatten durch eine Furt den breiten Samra passiert. Erst danach hielten sie an. Vor ihnen lag eine kleine Ansammlung von armseligen Häuschen. Talzu sprang ab und hob Kija vom Pferd. Sie stieß einen verhaltenen Schrei aus, konnte kaum stehen, versuchte sich zu setzen, gab dieses Ansinnen sofort auf. Talzu hatte währenddessen sein Pferd festgebunden. Nun spähte er angestrengt in die Richtung, aus der sie gekommen waren. Er konnte nichts entdecken, keine Verfolger, keine Staubwolken, nichts. Erst jetzt wandte er sich ihr zu.

»Willkommen«, sagte er und seine Stimme klang unsagbar zärtlich. »Willkommen zu Hause, Malmada! Ich hoffe, dein neuer Name gefällt dir? Wir müssen uns schnell eine gute Geschichte für dich ausdenken, woher du kommst, weshalb du hier bist, woher wir uns kennen und wie wir zueinander stehen. Heute aber sollst du an all das nicht denken!«

Ohne weitere Umstände hob er sie hoch und trug sie in einen Unterstand, der mit Heu und Stroh gefüllt war. Dort lagerte er sie vorsichtig.

»Ruh dich aus. Ich hole unser Essen.«

Als er kurze Zeit später zurückkehrte, war Kija eingeschlafen.

Wie ein Häufchen Elend überstand sie den nächsten Tag. Talzu entschuldigte sich für all die Unbequemlichkeiten. Er würde sie in das Haus der Göttin Schauschga bringen. Dort sei sie sicher vor Nachstellungen. Sie wurden von einer Priesterin empfangen, die sie durch schier endlose Gänge, Höfe, Gärten und wieder Gänge führte. Jeden Schritt empfand Kija schmerzhaft, bei jeder Tür hoffte sie, sie würde sich für sie öffnen. Schließlich gelangten sie in einen hellen Raum, an den sich durch einen Vorhang getrennt ein Schlafzimmer anschloss. Dort standen Krüge mit Wasser und Schüsseln zum Waschen bereit. Dem Hauptraum war ein kleiner, überwachsener Freisitz vorgelagert. Von hier aus schaute man nach Südwesten. Das war ihre neue Wohnstatt. Eben neigte sich die Sonne nach einem heißen Tag zum Untergang. Grillen zirpten, es herrschte himmlische Ruhe. Eine Dienerin brachte ihnen Wasser und Wein, Früchte, Brot, etwas Käse und ließ sie dann allein. Talzu holte eine Schüssel mit Wasser und reinigte ihr sorgsam mit einem Stück Tuch Gesicht, Hals, Arme und Hände und Füße. Dann gab er ihr ein Salbgefäß. »Gegen die Reiterkrankheit«, sagte er lachend. »Ich habe am Anfang Unmengen davon verbraucht!«

Kija glaubte ihm kein Wort. Doch nahm sie dankbar die Linderung in Anspruch. Erstaunlicherweise schmerzte der Rücken am wenigsten.

»Du bist ein Naturtalent, das habe ich gleich gesehen, Du hast genau die richtige Haltung beim Reiten. Damit werden wir noch viel Freude haben.«

Talzu reichte Kija einen Becher mit Wein.

»Lass uns den Göttern danken«, sagte er und spendete von allem, was auf dem Tischchen stand. Er hatte das Obst aufgeschnitten, Brot und Käse waren in mundgerechte Stücke zerteilt. Er setzte sich neben sie und steckte ihr einen Bissen nach dem anderen in den Mund.

»Ich bin kein kleines Kind!«, protestierte Kija halbherzig. Zu glücklich war sie über seine Fürsorge, doch immer noch so erschöpft, dass sie gegen ihren Willen mitten im Essen einschlief.

Es hätten so herrliche Tage werden können für Talzu und Kija oder besser Tanuwa und Malmada oder vielleicht Talzu und Malmada oder doch Kija und

Tanuwa, dachte Kija seufzend. War das nicht seltsam, dass sie jetzt beide neue Namen hatten? Dabei blieben sie immer dieselben Menschen, oder? Sie hing etwas dem Gedanken nach, was es mit dem Namen eines Menschen auf sich hatte. ›Kija‹ machte sie für sich und die anderen zu einer bestimmten Person. Und Malmada? Ob sie sich daran gewöhnen könnte? Anna hatte ihr besser gefallen. Zu dumm, dass dieser Name den Feinden bereits bekannt war. Wären doch die Tage gezählt bis sie wieder Kija sein durfte! Nach diesem Stoßgebet kehrte sie zu Talzu und seinem abgebrochenen Aufenthalt in Lawazantija zurück.

Es wäre ja ohnehin nur um ein paar kostbare, unbeschwerte Tage gegangen, denn Talzus Zeit war begrenzt. Er war schon viel zu lange aus Hattuscha fort, weil er in Tarscha auf sie und Amminaje warten musste. Dabei war er in Hattuscha unentbehrlich. Dorthin mitnehmen konnte er Kija nicht, das war viel zu gefährlich. Dass die Kerle in Tarscha Kija und Amminaje auflauerten, war eindeutig. Eindeutig, wenn auch unerklärlich, war auch, dass sie eine Beziehung zwischen Talzu, dem Sohn des Eheja, und Kija hergestellt hatten. Wie sonst war ihr Überfall auf Ehejas Anwesen zu erklären? Nur Nofretete konnte sie geschickt haben – mit einem eindeutigen Auftrag. Man musste nun hoffen, dass sie Kijas Spur verloren hatten oder womöglich sogar auf Ischpalis Finte hereingefallen waren, der Eheja das Geheimnis, er habe seit Ägypten zwei hochstehende Frauen an Bord gehabt, die aber leider in Alaschija verstorben seien, so laut zugeflüstert hatte, dass geübte Ohren es durchaus hören konnten.

Kija – nein Malmada musste in Lawazantija bleiben, voll Dankbarkeit, an einem sicheren und schönen Platz untergekommen zu sein, bis – ja bis?

»Nach Qatna kannst du nicht zurück. Sie dürfen dort nicht einmal ahnen, dass du noch lebst, sonst bringst du sie in Gefahr. Die Große – so nannten sie Nofretete untereinander – würde nicht ruhen, deiner habhaft zu werden. Und ihr Zorn würde vor der Stadt nicht haltmachen, wenn sie dich aufnähme.«

»Muss ich hier sitzen und warten bis sie tot ist?«

»Nein, das nicht gerade. Aber lassen wir etwas Gras über alles wachsen. Dann taucht aus ich weiß nicht wo eine Malmada auf, die im Handumdrehen mein Herz erobert, und sie lebten glücklich bis ans Ende ihrer Tage«, fabulierte er scherzhaft drauflos. Dann wurde er plötzlich ernst, nahm ihre Hand und sagte: »Könntest du dir das vorstellen, Malmada?«

»Ist das ein Antrag?« Kija versuchte ebenfalls noch zu scherzen.

»Wenn du so willst«, antwortete er leise.

»Ja«, sagte sie.

Und dann küssten sie sich.

Das hätte Amminaje gefallen«, sagte Tanuwa später. Er lächelte zufrieden. »Sie war immer für mich!«

»Das habt ihr genial eingefädelt. Ihr seid solche Schurken. Was ihr alles hinter meinem Rücken besprochen und abgemacht habt, das ist nicht zu fassen!« Dann übermannte sie der Schmerz über den Verlust der geliebten Freundin.

»Komm, lass uns nachdenken«, versuchte Tanuwa sie abzulenken. »Wir müssen eine glaubhafte Geschichte für dich erfinden. Du kannst hier nicht lange bleibst. Ich kann mich unmöglich schon wieder von dir trennen!«

Kija schmiegte sich an ihn. Keinen Tag mehr mochte sie ihn missen. Hatten sie sich nach all diesen vielen Jahren nicht eben erst gefunden? Talzu hatte sie längst gefunden. In gewissem Sinn auch sie ihn. Als Freund schon seit ihrer ersten Begegnung. Dass er ihr so nahe stand, das hatte sie vielleicht manchmal gespürt, aber nicht gewusst – nicht wissen wollen. Dass es sie einmal unaussprechlich schmerzen würde, ihn fern von sich zu wissen, hätte sie nicht für möglich gehalten.

Wie waren sie nur so schnell auf das Thema gekommen, das wieder alles veränderte? Schon am nächsten Tag, im Frieden dieses herrlichen Fleckchens Erde, in ihrer kleinen neuen Welt hatte Talzu sie plötzlich gefragt, warum sie Schuppiluliuma das Geheimnis der Purpurschnecken verraten hatte.

»Woher weißt du das?«

»Ich habe ganz zufällig mitbekommen, wie Naninzi dem König diese Schnecken überbrachte.«

»Und weiter?«

»Nichts weiter. Es war klar, dass das alles nicht für meine Ohren bestimmt war. So schlich ich davon und war ratlos. Ich konnte mir nicht erklären, was dich dazu bewogen haben könnte.«

Kija sah ihn lange und eindringlich an. Schließlich nahm sie seine Hände und sagte: »Du!«

»Ich?«

»Ja, du! Du warst überhaupt der Grund, weshalb ich nach Ägypten zu Echnaton reiste.«

»Du sprichst in völligen Rätseln. Ich verstehe kein einziges Wort.«

»Hör zu. Nachdem du mit mir gesprochen hattest, kam dieser Naninzi zu mir in das Haus der Göttin. Als Frau verkleidet! Er habe eine Botschaft nur für mich allein von eurem König.«

»Von Schuppiluliuma?«

»Ja, von ihm. Offenbar befürchtete er, ich würde Akizzi und dir nicht gehorchen. Ich werde versuchen dir den Wortlaut zu wiederholen. Für dich, Talzu, Liebster, ist die Nachricht von großer Bedeutung.«

Kija konzentrierte sich, dann begann sie leise zu sprechen: »Schuppiluliuma, Großkönig Labarna von Hattuscha grüßt Kija von Qatna. Tue, was man von dir erwartet. Du hilfst damit nicht nur deiner Familie, deiner Stadt, der

517

ganzen Region, sondern auch einer Person, die dir nahesteht. Sie ist eigentlich das Ergebnis verbotener Geschwisterliebe. Auf diese steht für alle Beteiligten der Tod. Noch schütze ich sie. Doch wie lang, das liegt einzig in deiner Hand. Wirst du deinem Auftrag nicht gerecht, werden sie sterben. Doch nicht nur sie. Auch Qatna ist dann dem Untergang geweiht. Meine Truppen stehen in Halpa bereit. Als Zeichen deiner Ergebenheit wirst du meinem Boten das Geheimnis eures Purpurs preisgeben. Über seinen Besuch wirst du schweigen wie ein Grab, sonst wird dich und alle mein Zorn treffen. Überall.«

Stille füllte den Raum.

Das war also das Geheimnis, über das niemand sprechen wollte. Seine Ahnung, Eheja sei nicht sein Vater, war richtig gewesen. Doch wer dann? Das war ihm noch immer verborgen.

»Ich durfte dir nichts sagen, verstehst du?«, brach Kija das Schweigen. »Und es gab auch gar keine Gelegenheit mehr, denn du kamst nicht. Weder nach Qatna noch nach Achet-Aton. Ich habe sogar Naninzi einmal rufen lassen, weil ich hoffte, etwas von dir zu erfahren. Aber er steht wohl nicht auf unserer Seite. Warum kamst denn nicht du? Du warst doch der Gesandte für Ägypten.«

»Weil man mich befördert hat. Und zwar genau aus dem Grund, damit ich in Hattuscha bleiben muss. Aber, wer ist denn nun mein Vater? Vergib mir, ich…« Die ständige Anspannung zwischen Eheja und ihm, seine Mutter, die sühnte seit er denken konnte, all das ergab endlich einen Sinn.

»Es kann ja nur ein Bruder deiner Mutter, einer deiner Onkel sein! Es muss einen Grund geben, weshalb der König zwar davon weiß, aber dennoch deine Mutter und deinen Vater und auch dich schützt. Ahnst du es nicht? Ich glaube, weil dein Vater dem König besonders nahe steht. Er ist nicht nur sein bester Feldherr, sondern überdies sein inniger Freund.«

»Hannutti?«

»Wer sonst könnte gemeint sein?«

»Hannutti! Wenn das stimmt, würde sich so manches erklären. Die Andeutungen von Königin Henti und von meiner Großmutter. Auch warum die Verwandtschaft immer verstohlene Schutzzeichen machte, wenn ich und Hannutti zu Besuch waren.«

Tanuwa saß schweigend, seine Gedanken überschlugen sich.

Kija beobachtete ihn. Unwillkürlich musste sie an die Heilige Hochzeit mit ihrem Bruder Akkizi denken. Nach einer Weile sagte sie: »Göttin! Weshalb auch immer es zu der Vereinigung der Geschwister gekommen war, offenbar haben die Götter ihre Liebe gesegnet und ihnen ein Kind geschenkt. Muss man sie deshalb umbringen? Was steckt hinter diesem grausamen Gesetz? In Ägypten kann die Verwandtschaft zwischen König und Königin nicht nah genug sein, gilt es doch die Göttlichkeit und das Blut der königlichen Familie so rein wie möglich zu halten. Und in Qatna...«

Kija stockte. Doch dann erzählte sie Talzu ausführlich von der Heiligen Hochzeit. Wie sie Akizzis Kind empfangen hatte, ohne dass er wusste, dass sie die Göttin vertrat. Und dass sie das Kind nach wenigen Monaten verloren hatte und froh darüber war und sie sich nicht erklären konnte, warum die Göttin ihr das abverlangte. Und dass sie wohl deshalb jetzt bestraft wurde und ihr kleines, geliebtes Söhnchen auch verloren hatte, weil die Göttin sie nicht für würdig hielt, ein Kind zu haben. Kija redete wie rauschendes Wasser. Erst als sie ihre Seele entleert hatte, erschrak sie. Anstatt, dass Talzu sich mit den ihn betreffenden Neuigkeiten befassen konnte, sprach sie nur von sich.

»Bitte, bitte, entschuldige. Es brach einfach so aus mir heraus. Bitte verzeih mir!«

»Beruhige dich, Liebes. Es ist gut, dass du mir davon erzählt hast. Es wird keine Geheimnisse mehr zwischen uns geben und schon gar keinen Kummer, den einer dem anderen verheimlicht, versprichst du mir das?«

Liebevoll trocknete er ihre Tränen. Dann sagte er gedankenverloren: »Ich weiß nicht, warum Liebe unter Geschwistern bei uns so streng bestraft wird, aber es ist nun einmal so. Und meine arme Mutter ist an dieser dauernden Bürde beinahe zugrunde gegangen. Die Ärmste. Sie wird kaum fertig mit ihrer Schuld und vielleicht auch nicht mit der Todesangst. Sie kann ich nicht fragen. Es ist besser, ich spreche mit Hannutti, ob stimmt, was du vermutest. Bisher hatte ich nicht den Eindruck, dass die beiden sich besonders nah sind. In Hattuscha lebt eine Schwester, mit der er häufiger spricht und scherzt, zwischen ihm und meiner Mutter war dagegen immer eine gewisse Distanz. Auf der anderen Seite hat er sie zu Eheja gebracht. Es ist so verworren, Kija. Warum weiß der König davon? Hast du die Nachricht wirklich richtig verstanden? Ach, meine Einzige, was hast du für mich alles auf dich genommen! Und ich hatte keine Ahnung. Ich war so überzeugt davon, dass du nur Echnaton liebst. Kija!«

Das war fast ein Aufschrei.

»Es ist alles allein meine Schuld. Ich war es, der König Schuppiluliuma verriet, dass du und Echnaton – kannst du mir das jemals vergeben? Ich habe ihm gesagt, man täte dir den größten Gefallen, wenn ihr vereint würdet. Er solle dich schicken, Kija – ich Narr. Oh verzeih mir.«

Tanuwa wurde von Wort zu Wort verzweifelter, als er die ganze Tragweite ihrer Verstrickungen erkannte. Es gelang Kija nicht ihn zu beruhigen, obwohl sie ihm wieder und wieder versicherte, es sei alles der Wille der Götter.

Plötzlich erbleichte Tanuwa.

»Kija, du bist in doppelter Todesgefahr! Nicht nur durch Nofretete, sondern auch durch mich! Durch mich, versteh doch! Was habe ich nur verbrochen, dass die Götter so rachsüchtig sind? Ganz gleichgültig, welcher der Brüder mein Vater ist: wir drei können jederzeit des Todes sein, wenn es dem König beliebt oder irgendein sonstiger Mitwisser uns verrät. Aber auch du, der liebste Mensch unter der Sonne, die Einzige, die ich jemals liebte und lieben werde, für die ich jederzeit freudig sterben würde, auch du wärst betroffen von der erbarmungslosen Strafe, wenn du meine Frau würdest. Welch grausames Schicksal!«

Tanuwa erhob sich. Er raffte die wenigen Sachen zusammen, die er bei sich hatte. Fassungslos sah Kija ihm zu. Sie erkannte, dass er nicht zu halten war.

»Du bleibst hier in guter Hut, meine einzige Sonne. Ich verspreche dir bei allen Göttern, dass ich eine Lösung finden werde. Wirst du auf mich warten?«

Kija nickte: »Wirst du auf dich aufpassen?«

Sie umarmten sich und konnten kaum voneinander lassen.

Schließlich wandte sich Tanuwa zur Tür. »Wir geben nicht auf. Die Götter haben uns zusammengeführt. Es wird alles gut werden, glaub mir!«

Dann war er verschwunden. Kija konnte ihn auch nicht von ihrem Freisitz aus entdecken, so sehr sie sich anstrengte.

Kija-Malmada lebte sich schnell und gut im Heiligtum Lawazantija ein. Auf ihre Bitte hin bekam sie kleinere Aufgaben übertragen, die ihr neben dem Erlernen des Hethitischen die Tage des Wartens verkürzten. Sie gewann den Eindruck, dass die Göttin wieder Wohnung in ihr genommen hatte und sich ihr in den Träumen offenbarte. Das machte sie glücklich und gleichzeitig fürchtete sie die Gesichte, die ihr in früheren Tagen so häufig nur schreckliche Dinge gezeigt hatten. Die vielen Stunden, die sie allein zubrachte, nutzte sie sich die Geschichte der Malmada auszudenken, voller Hoffnung sie fände Talzus Gefallen und würde ihnen ein gemeinsames Leben ermöglichen. So schnell wie nur eben möglich.

Zu Hilfe nahm sie das Schicksal ihrer Amme Taja. Malmada sei als Kind einer edlen Familie von Terqa nach Qatna verschleppt worden, wo sie viele Jahre verbracht hätte. Einer der Edlen von Qatna hätte sie zu seiner Gattin gemacht. Der sei früh gestorben und die junge Witwe sei bei seinen verschiedenen Besuchen in Qatna dem Edlen Talzu aufgefallen. Aber wie wäre damit ihr nicht zu verleugnender ägyptischer Einschlag erklärt? Irgendein ägyptischer Vorfahr konnte bis Terqa gekommen sein. Nein, die Geschichte hatte aber einen erheblichen Haken: Naninzi und die anderen hethitischen Gesandten, die immer wieder Qatna passiert hatten, würden sie erkennen. Nein, es ging nicht. Sie hatte keine Wahl, sie musste im Verborgenen leben, bis sie ohne Gefahr für Leib und Leben als Kija auferstehen konnte.

⊚⊚⊚

Während Kija als Malmada versuchte, sich im Schutz des Heiligtums ein neues Leben aufzubauen, konnte sie nicht ahnen, welchen Eindruck ihr Tod und der vermeintliche Verrat des Purpurgeheimnisses im Zusammengang mit dem Freund des Königs, Talzu, bei ihrem Bruder Akizzi hinterlassen hatte. Er fühlte sich von allen verraten und verlassen. Überzeugt davon, dass Nofretete für Kijas Tod verantwortlich war und Echnaton das willenlos geschehen ließ, nachdem er sich an Kija genug ergötzt hatte, grollte er Ägypten. Diese persönliche Beleidigung war unverzeihlich. Auch das arrogante Verhalten der Großmacht, die mit einigen ausgesandten Priestern allen eine neue Religion aufzwingen wollte, war unerträglich. Dachte man in Achet-Aton, jeder ließe die uralten überkommenen Sitten seiner Väter sofort willig fahren? Auf Hilferufe gegen die Angriffe auswärtiger Mächte schwieg sie sich dagegen aus, ja, ignorierte die Nöte der Vasallen. Dabei wäre es ein Leichtes gewesen, ihnen beizustehen und so zu schützen, dass ein dauerhaftes Leben in Ruhe und Frieden möglich gewesen wäre.

Das nur aus der unmittelbaren Bedrohung heraus erpresste Abkommen mit Hattuscha hatte er ohnehin abgelehnt. Die Hethiter waren ihm seit seiner Jugend suspekt, sei es aus reiner Opposition dem Vater gegenüber, sei es aus dem Wissen, dass Hattuscha unbedingt Nordsyrien seinem Reichsverbund einverleiben wollte. Daran hatte sich nichts geändert.

Und nun auch noch Talzu! Sein innig geliebter Freund, dem er vertraut hatte wie keinem zweiten. Dazu hatte er also die Gespräche mit Kija genutzt: sie zu Verrat zu bewegen! Nur um Gewinn ging es ihm. Welch ein Heuchler! Er war wirklich nur ein Kaufmannssohn, wie es Kija immer gesagt hatte.

König Akizzi berief den Rat ein. In einer flammenden Rede gelang es ihm gegen die Bedenken der wenigen verbliebenen alten Ratsmitglieder die Anwesenden zu überzeugen. Angesichts der Gesamtlage sei es notwendig, sich mit den willigen syrischen Fürsten zu einem Bündnis zusammenzuschließen, das Desinteresse Ägyptens zu nutzen und im Verbund mit Qatna an der Spitze dem weiteren Vordringen Hattuschas Einhalt zu gebieten. Er habe Boten nicht nur zu den benachbarten Fürsten, sondern auch zu Tuschratta von Mittani sowie zum König im fernen Assyrien gesandt. Alle hätten Bereitschaft gezeigt, sich gegen Schuppiluliumas dreistes Vorgehen zu wehren. Im nächsten Frühjahr würde ein gewaltiges Heer an die alte Grenze zwischen Mittani und Kizzuwatna vordringen und die bereits in Nordsyrien und Mittani niedergelassenen Hethiter vor sich hertreiben.

»Unsere Waffenschmiede werden ab jetzt schwitzen!«, schloss der König die Ansprache, die mit lautem Beifall quittiert wurde. Die Skeptiker, wie

521

Akallina, Luwaja und Kuari, ließ man im allgemeinen Taumel nicht zu Wort kommen.

◎◎◎

Tanuwa wusste Hannutti wie jedes Jahr nach Beendigung der Feldzugzeit in seiner Residenz Puruschhanda. Dorthin begab er sich unverzüglich von Lawazantija aus, ohne zu versäumen unterwegs einen Boten an Mitannamuwa zu senden und ihn darüber zu unterrichten. Es kam ihm wie eine Reise in die Vergangenheit vor. Vor bald zwanzig Jahren war er auf der Route, die er jetzt wieder nutzte, in ein neues, in sein eigenes Leben geflohen. Wer würde ihn dieses Mal dort erwarten? Sein Onkel oder – sein Vater?

»Tanuwa, welche Überraschung!« Hannutti umarmte Tanuwa herzlich. »Wo brennt es?«

Mit einer vieldeutigen Geste schlug sich Tanuwa gegen seine eigene Brust und bat ihn um eine Unterredung unter vier Augen.

»So geheimnisvoll? Du machst mich neugierig! Schieß los.«

»Kali ist meine Mutter, aber Eheja nicht mein Vater. Das weiß ich jetzt mit Gewissheit. Doch wer ist mein Vater? Das möchte ich von dir wissen, Hannutti.«

Hannutti erhob sich. Er ging im Raum auf und ab, in einem inneren Kampf mit sich verwickelt. Schließlich setzte er sich Tanuwa gegenüber und sagte mit einem aufgesetzt klingenden Lachen: »Ich denke, ich könnte es sein.«

Tanuwa machte ein verblüfftes Gesicht. »Was soll das heißen? Willst du Mutter unterstellen…«

Entsetzt winkte Hannutti ab. »Nein, so meinte ich das nicht. Ich bin nur trotz der vielen Jahre, die vergangen sind, noch immer erstaunt. Obwohl ich mir keinen besseren Sohn als dich vorstellen könnte, das weißt du. Lass mir einen Moment, um mich zu sammeln«, bat er. »Ich will dir alles erklären, so gut es geht. Doch zunächst, mein lieber Junge, lass dich umarmen. Ich muss dir Abbitte tun! Vergib mir! Bis du damals so überraschend bei mir erschienen bist, hatte ich keine Ahnung, dass du leiden könntest. Oder sollte ich besser sagen, dass das von den Göttern auferlegte Schicksal sich nicht durch uns Menschen steuern lässt?«

Tanuwa wartete ab. Noch waren die Worte Hannuttis für ihn eher rätselhaft als erhellend.

»Vor ungefähr fünfunddreißig Jahren wurde wegen der im Land herrschenden Regennot das Kilammar-Fest begangen. Dabei wurden viele Rituale durchgeführt, um die zürnenden Götter zu besänftigen und um Fruchtbarkeit zu bitten. Männliche und weibliche Tiere der unterschiedlichen Rassen wurden zusammengeführt, damit sie Nachwuchs zeugten. Bei den Menschen entschied das Los. Aus allen Jugendlichen des Adels, die ihre Initiation vollzogen hatten, wurden durch Götterentscheid die ausgewählt, die das Ritual zu vollziehen hatten. Dazu gehörten sowohl Kali als auch ich. Kali war dreizehn Jahre alt, ihre Blutungen hatte eben erst eingesetzt. Ich war etwas mehr als ein Jahr älter, aber – vielleicht glaubst du mir das heute gar nicht mehr«, Hannutti lachte verlegen, »ich hatte keinerlei Erfahrung mit Mädchen und der Liebe. Aus der Rückschau würde ich sagen, dass zwischen Kali und mir keine richtige Vereinigung stattfand. Und doch wurde sie schwanger.«

Während Hannutti noch darüber sinnierte, verfolgte Tanuwa einen anderen Gedanken. »Es kann doch nicht euch zum Vorwurf gemacht werden, wenn das Los so entschieden hat, dass ihr zusammenkamt!«

»Lieber Junge. Du kennst in der Zwischenzeit die Gesetze Hattuschas weitaus besser als ich. Eines davon besagt, dass die Liebe zwischen Geschwistern bei Todesstrafe verboten ist.«

»Offenbar wurde bei der Abfassung dieses Gesetzes aber nicht bedacht, dass andere Vorschriften geradezu das Zusammentreffen von Geschwistern fördern könnten, wie es bei euch ja der Fall war. Der König muss euch entsühnen! Woher wusste er überhaupt davon?«

»Tanuwa, muss ich dich erinnern, dass der König der oberste Priester ist? Er hat Zugriff auf alles innerhalb der Tempel. Ich weiß nicht, wann und wie er es herausgefunden hat, doch er weiß es! Er hat es mir gesagt. In gewissem Sinn hat er mich sogar damit erpresst. Ich durfte dir beispielsweise gegenüber nicht erwähnen, dass er Naninzi als Sonderkurier zu Kija nach Qatna geschickt hat. Ich glaube, dass er sie mit dem Erhalt unserer und deines Lebens sogar geködert hat, damit sie wirklich nach Ägypten geht. Dass sie so tragisch sterben würde! Glaube mir, Tanuwa, ich fühle mit dir. Ich weiß, wie sehr du sie geliebt hast. Es ist oft hart, was die Göttern zum Wohl des Landes von uns fordern, selbst der König und die Königin mussten Opfer bringen. Ich hoffe, du kommst darüber hinweg, Lieber.«

Mitfühlend legte Hannutti seine Hand auf den Arm seines Sohnes. Tanuwa schwieg.

»Aber sag mir«, fuhr Hannutti nach einer Weile fort, »wie kam es, dass du davon erfahren hast, und von wem?«

Tanuwa hatte diese Frage erwartet. Er wollte Hannutti nicht belügen und doch konnte er ihm die Wahrheit nicht anvertrauen, schon um dessen, aber auch Kijas Sicherheit willen. So antwortete er, was er sich zurecht gelegt hatte: »Eine der Priesterinnen hat in einer geheimen Kammer gelauscht als Naninzi Kija die Botschaft unseres Königs überbrachte und sie mir verraten.«

»So weißt du darum schon so lange und hast bis heute geschwiegen?«, fragte Hannutti. Darauf gab Tanuwa keine Antwort.

523

»Weißt du, was das Verrückteste an der Geschichte war? Ich brachte Kali ja zu unserem Freund Eheja. Damals gehörte Kizzuwatna noch nicht zum Reich. Kali war sehr verstört. Ich gebe zu, dass ich mir damals darüber viel zu wenig Gedanken machte, aber dazu später. Bei einer Rast verkündete sie mir, wenn sie einen Jungen gebären sollte, würde sie ihn Tanuwa nennen. Ich kehrte nach Hattuscha zurück und erzählte Mutter davon. Sie war in alles eingeweiht und wen sie aus der Familie noch ins Vertrauen zog, weiß ich nicht. Dann wurdest du geboren. Eheja schickte uns einen Boten, um die Geburt seines und Kalis Sohnes Talzu anzuzeigen. Gut, sagte ich mir, dann eben Talzu. Und dann kommst du eines Tages daher und suchst dir als Decknamen Tanuwa aus! Kannst du dir mein Erschauern vorstellen? Ich dachte, die Götter sprechen mit mir.«

◎◎◎

Bevor Tanuwa nach Hattuscha aufbrach, um bei den Vorbereitungen für das ›Fest der Eile‹ seinen Teil zu leisten, hatte sich Hannutti entschieden. Er würde im Rahmen des Herbstfestes den König in Adanija zusammen mit Kali um Entsühnung bitten. Er war sich sicher, der König konnte sich ihrem Flehen nicht verschließen!

Es war Kali, die sich verschloss! Strikt weigerte sie sich ihren Bruder zum König zu begleiten. Hannutti redete mit größter Geduld auf sie ein, legte ihr sorgfältig alle Argumente dar, die für ihrer beider Schuldlosigkeit sprach, es sei doch auch um Tanuwa und seiner Zukunft willen ihre Pflicht. Es nutzte nichts. Alles, was er erreichte war, dass sie von Schluchzen geschüttelt wurde und sich in ihrem Hausschrein verbarrikadierte, als er ihr androhte, allein zum König zu gehen.

Aber genau das tat er. Sollten die Götter sie richten, wenn sie fehlgehandelt hatten.

Hannutti bat in aller Form den König um eine Audienz in einer seine Familie betreffenden Angelegenheit. Ahnte Schuppiluliuma, worum es ging? Es waren nur wenige Menschen anwesend, als Hannutti und Tanuwa den Raum im Palast des hethitischen Statthalters in Adanija betraten: der König, die Königinmutter, betagt wie sie war, ein Schreiber. Nach der Anrufung der Götter fragte der König den Obersten des Unteren Landes, Hannutti, nach seinem Begehr. Dieser wiederholte zunächst stockend, dann immer flüssiger, was er Tanuwa in Puruschhanda berichtet hatte. Schließlich warf er sich dem König zu Füßen.

»Ich bin der Meinung, dass wir ohne Schuld gehandelt haben, denn das Los der Götter hatte uns zusammengeführt. Wenigstens für unseren Sohn Tanuwa bitte ich den großen Wettergott von Hattuscha, die Sonnengöttin von Arinna und alle Götter um Entsühnung, gewährt von ihrem obersten Priester.«

»Was sagt deine Schwester Kali dazu? Warum ist sie nicht anwesend?«, fragte der König.

Die Dame, die wenig später eskortiert von der Leibwache des Königs den Raum betrat, tat allen zutiefst leid. Kali war durch ihren Kummer über die vielen Jahre ohnehin gezeichnet. Doch selbst ihr Schleiertuch konnte nicht verbergen wie sehr sie litt.

Schuppiluliuma bot ihr einen Platz an, fragte, ob sie wisse, was hier verhandelt würde und als sie bejahte, forderte er sie auf, ihre Sicht der Dinge zu schildern. Zur Überraschung aller, bat aber die Tawananna um das Wort.

»Genug hat dieses Kind gelitten!« Sie wies auf die zitternde Kali. »Ich will für sie sprechen. Wir haben vernommen, dass General Hannutti seine Vaterschaft von Tanuwa in Zweifel zieht, doch zu ihr steht. Das ehrt ihn. Ich teile allerdings seine Annahme, wie auch mein Sohn, der König. Selbst wenn wir keinen endgültigen Beweis vorlegen können, es sei denn die Götter gewährten ihn uns, so sind wir zu der Überzeugung gelangt, dass ein anderer als Hannutti Tanuwas Vater ist.«

Hannutti und Tanuwa blickten Königin Taduhepa erstaunt an. Wovon sprach sie?

»Vernehmt das schreckliche Geheimnis und verschließt es auf immer in euren Herzen Nicht Hannutti und Kali trifft der Vorwurf der Blutschande. Ihre Begegnung war ein furchtbares Versehen. Die Priester müssen die Ritualvorschriften prüfen, damit ein Fall wie der vorliegende zukünftig ausgeschlossen ist. Nie mehr dürfen bei den für das Losverfahren Bestimmten Bruder und Schwester teilnehmen!« Die Königin holte tief Luft. Mit klarer Stimme fuhr sie fort. »Es war mein ältester Sohn, der in verdammenswerter Liebe zu seiner Schwester Ziplantawi, Kalis bester Freundin, entbrannte. Er war mit dieser Leidenschaft so geschlagen, dass er nicht an sich halten konnte, obwohl sie nur schwesterliche Zuneigung für ihn empfand. Es kam zu der entsetzlichen Nacht. Der damalige Kronprinz schlich sich zu den Mädchen ins Zimmer. Zunächst war es vielleicht nur als Spiel von ihm gedacht. Vielleicht haben die beiden anfänglich sogar mitgemacht. Daraus wurde bitterer Ernst. Als Schuppiluliuma zufällig dazukam, beschäftigte sich Tudhalija mit Kali, die vergeblich versuchte sich seiner zu erwehren. Ziplantawi saß zitternd in einer Ecke. Am nächsten Morgen hatte sie sich erhängt.«

Der Königinmutter fiel es sichtlich schwer weiterzusprechen.

»Kali konnten wir mit Mühe davon abhalten sich ebenfalls etwas anzutun und dadurch Schuld auf sich zu laden. Nach nur kurzer Zeit hörten wir, sie würde sich nach Kizzuwatna verheiraten. Darüber waren wir sehr erleichtert. Da ahnten wir noch nichts von dem unglückseligen Zusammentreffen von

Kali und Hannutti. Das Ritual hatte kurz zuvor stattgefunden. Auch von der Schwangerschaft erfuhren wir erst später. Doch es war uns klar, dass wir die Vaterschaft Tudhalijas nicht ausschließen konnten. Heute scheint sie mir erwiesen, nachdem, was Hannutti soeben vorgetragen hat. Schuppiluliuma und ich vereinbarten damals Stillschweigen. Wir brachten den Göttern unzählige Sühneopfer dar und hofften auf ihre Vergebung. Dann wurde, nachdem mein geliebter Gemahl zum Gott geworden war, wie von ihm bestimmt Tudhalija als Ältester inthronisiert. Doch die Jahre und die Schuld hatten ihn nicht geläutert. Vielleicht haben die Götter ihn auch geschlagen mit seinem fehlgeleiteten Begehren. Wer weiß das schon. Jedenfalls streckte er nun seine Hände nach Henti aus, der Gemahlin seines jüngeren Bruders.«

Schuppiluliumas Gesichtszüge waren starr, nur der Zug um seinen Mund ließ seinen Schmerz erahnen.

Die Königin schwieg. Sie schritt hinüber zu Kali, die, übermannt von der Erinnerung, ihre Hände vor das Gesicht genommen hatte. Zärtlich strich sie ihr über den Kopf und murmelte: »Die Wege der Götter sind unerforschlich.«

Dann wandte sie sich an den König. »Es steht in deiner Macht, mein Sohn, diese drei zu entsühnen, sie sind ohne Schuld. Befreie sie von ihrer Last. Tanuwa aber nimm in die königliche Familie auf.«

❧❧❧

»Verstehst du, was das bedeutet?«

Tanuwa hatte Kija direkt nach dem Herbstfest in Lawazantija aufgesucht und alles berichtet.

»Ich kann mich frei bewegen, brauche nie mehr zu fürchten, deswegen zur Rechenschaft gezogen zu werden, ebenso Hannutti und meine Mutter. Für sie kam die Entsühnung allerdings zu spät. Sie ist eine gebrochene Frau. All die Jahre hat sie sich allein mit zwei furchtbaren Geschehnissen gequält. Ich zolle Eheja großen Respekt, dass er sich ihrer so angenommen hat.«

Tanuwa ergriff Kijas Hände und zog sie übermütig von ihrem Sitz hoch. »Du kannst mich zukünftig, wenn ich nach Hause komme, mit ›Prinz Tanuwa‹ begrüßen. Ich werde wie des Königs Neffe behandelt und gehöre nun zur engsten königlichen Familie. Ist das nicht alles unglaublich? Ich versteh die Welt nicht mehr und bin dabei so glücklich wie fast in meinem ganzen Leben noch nicht!«

Begeistert tanzte er mit ihr durch das Zimmer bis sie schließlich außer Atem auf einer Ruhestatt niedersanken.

»Wie finden wir nur eine Lösung für uns, mein liebster Prinz?«, fragte Kija eine ganze Weile später. »Ich habe soviel darüber nachgedacht und komme

526

einfach nicht weiter. Aber es geht doch nicht, dass du in Hattuscha bist und ich sitze hier im Süden. Ich werde darüber alt und grau und sterben.«

Tanuwa ließ sie zappeln. Er legte die Stirn in Falten, als denke er angestrengt nach. Irgendwann hielt er es nicht mehr aus. Er fing hell an zu lachen und riss damit Kija aus ihrem Nachdenken. Ein Blick in sein Gesicht und sie begriff, dass sie ihm auf den Leim gegangen war. Sie stürzte sich auf ihn und begann ihn mit ihren Fäusten zu traktieren.

»Du weißt etwas, du unsägliches Scheusal, und sagst es mir nicht. Du hast eine Idee und lässt mich neben dir verzagen.«

»Friede!« Tanuwa gab sich geschlagen. »Von nun an müssen wir uns sehr gesittet benehmen, mein Herz. Ich bin versetzt worden. Der König hat mich zu seinem Stellvertreter in Kizzuwatna bestellt. Ist das nicht wieder ein neues Wunder? Seit er Telipinu nach Halpa beordert hatte, blieb dieser Platz frei, als habe er auf mich gewartet. Ich kehre zurück in meine Heimat, in die Residenz in Adanija, in oberster Stellung. Hoffentlich ist sie für dich akzeptabel«, fügte er neckend hinzu, was eine neue Attacke Kijas nach sich zog. Damit würde er sie wohl immer und ewig aufziehen. Sie hatte es nicht besser verdient. Aber ein bisschen wehren durfte sie sich doch trotzdem gegen solche Frechheiten.

»Wie willst du mich in die Residenz einschmuggeln? Ich könnte mich täglich anders verkleiden, zum Beispiel als Alte, weißt du noch?«

»In dieser Rolle warst du überragend! Aber ernsthaft: dieses Problem habe ich noch nicht gelöst. Auf jeden Fall wirst du ebenfalls in oder ganz nahe bei Adanija leben, das ist sicher, Malmada. Von der Residenz komme ich dann immer durch einen Geheimgang zu dir. Nein, ohne Scherz. Wir werden eine Lösung finden. Hab ich nicht immer versucht meine Versprechen zu halten?«

Tanuwas neue Beschwingtheit fiel auf. Die ersten, die ihn damit aufzogen, waren die Freunde Mursili und Mita, die Tanuwa sich für seine Garde in Adanija erbeten hatte.

»Wenn ich es nicht besser wissen müsste«, sagte Mursili, »würde ich behaupten, seine Majestät ist verliebt!«

»Du bist doch ein Obertrampel«, rüffelte ihn Mita. »Du hast doch gehört, dass die Königin im Kindbett gestorben ist.«

»Natürlich weiß ich das. Aber vielleicht ist damit diese alte Geschichte zu Ende und sein Herz ist endlich frei. Ich sag dir, Mita, mein linker großer Zeh zuckt und das heißt: verliebt. Hast du denn keine Augen im Kopf, du Hornochse? Hast du unseren überlegten, schwermütigen Häuptling schon jemals so auf Wolken gehen sehen? Du kannst mir schon glauben, das liegt nicht nur an der neuen, interessanten Position, der guten Heimatluft und den kizzuwatnischen Köstlichkeiten! Da stecken vielmehr eine hübsche Frisur, zwei schöne Augen, zwei zärtliche Arme, zwei mhmmhm«, Mursili unterstrich seine Beschreibung der Person mit entsprechenden Luftmalereien seiner Hände, »ein leicht gerundeter Bauch, sein dickes hinteres Gegengewicht und sonst so allerlei dahinter. Und mal ehrlich, zu gönnen wär's ihm. Es ist an der Zeit, sonst wird er uns noch krank!«

»Vielleicht doch die Anna aus Hattuscha«, mutmaßte Mita.

»Siehst du die hier irgendwo? Wahrscheinlich hast du dich selbst in sie verguckt, alter Schwerenöter. Warten wir's ab, wir werden schon noch erfahren, wie das Elixier heißt.«

Hätte Tanuwa die Freunde reden gehört, hätte er sicher geschmunzelt. Doch schneller als gedacht, holten ihn und das Reich furchtbare Sorgen ein.

Tatsächlich waren Akizzis Umtriebe nach Kijas Tod den Hethitern bislang verborgen geblieben. Man hatte Qatna einfach keine Beachtung mehr geschenkt, ein sträfliches Versäumnis, das später vor allem Telipinu zum Vorwurf gemacht wurde, der in Halpa gleichsam vor der Haustür Qatnas residierte. Und vermutlich hätte es bis tief in den Winter hinein oder gar noch länger gedauert, dass in Hattuscha ruchbar geworden wäre, was sich da Gefährliches an seiner Südostecke zusammenbraute, hätte nicht eine assyrische Gesandtschaft beim hethitischen Statthalter in Ischuwa vorgesprochen, der umgehend persönlich den Großkönig in Hattuscha informierte. In aller Eile wurden die Vizekönige und sonstigen Verantwortlichen der betroffenen Regionen nach Hattuscha beordert, bevor die schlimmsten Winterstürme einsetzten.

Tanuwa wagte nicht einen Boten nach Lawazantija zu schicken, um Malmada von seiner plötzlichen Abreise zu unterrichten. Er wartete die Ankunft Telipinus ab, dann begaben sich beide unverzüglich in die Hauptstadt. Eine kleine Gruppe fand sich zu den Beratungen zusammen. Man wollte den Kreis der Eingeweihten so klein wie möglich halten. Außer dem König waren das der Kronprinz, der Vizekönig von Halpa, die Statthalter von Kizzuwatna und Ischuwa, die wichtigsten Generäle, die beiden Hauptgesandten für die südöstlichen und südlichen Angelegenheiten und der Leiter der Staatskanzlei.

»Wie kann diese Kreatur die gesamte Levante, dazu Mittani und sogar Assyrien aufwiegeln, und wir erfahren nichts, aber auch nicht das Geringste davon! Peinlicherweise müssen wir von den machtgierigen, falschzüngigen

Assyrern hören, was sich vor unseren Augen tut.« Schuppiluliuma donnerte seinen Sohn Telipinu an. Eine Verteidigung ließ er nicht gelten, es ginge darum, jetzt rasch Lösungsmöglichkeiten für den sich anbahnenden Konflikt zu entwickeln, die Ursachenerkundung müsse warten.

»Wissen wir denn, was König Akizzi bewogen hat, seine bisherige jahrelange politische Linie zu verlassen?«, fragte Arnuwanda, der Kronprinz. »Er hatte sich doch immer strikt gegen ein eigenständiges Syrien ausgesprochen, sympathisierte auffällig mit Ägypten, hat doch sogar seine Schwester dem Pharao zur Frau angedient, obwohl er zu der Zeit im Bündnis mit uns stand.«

»Nach unseren Kenntnissen geht er davon aus, dass Nofretete seine Schwester ermorden ließ, um deren Sohn und Thronfolger als ihren eigenen auszugeben«, antwortete Naninzi, Nachfolger von Tanuwa als Gesandter für den Süden.

»Gut, das mag vielleicht erklären, warum er sich von Ägypten abwendet. Aber warum von uns?«

Hannutti und Tanuwa warteten, was der König darauf antworten würde. Würde er preisgeben, dass er nicht unschuldig an Kijas Gang nach Ägypten war? Würde er preisgeben, dass er Kija mit Tanuwas Leben erpresst hatte? Verstohlen beobachtete Tanuwa gleichzeitig Naninzi. Doch der zeigte keinerlei Regung.

»Ich habe vielleicht auch einen Fehler gemacht«, sagte da der König mit leichter Resignation in der Stimme. Alle blickten überrascht auf den Herrscher. »Sagen wir so: ich habe mir auf nicht ganz lautere Weise das Geheimnis der roten Farbe beschafft, die Qatna so berühmt und reich gemacht hat. Das hat König Akizzi leider erfahren.«

In das aufkommende Stimmengewirr ging der König sofort dazwischen: »Beruhigt euch, Freunde. Wir können nichts damit anfangen. Das soll euch genügen. Aber auch König Akizzi muss bekannt sein, dass wir das Wissen um die Farbgewinnung nicht nutzen können. Deshalb denke ich, dass ihn nun doch auch die Machtgier ergriffen hat. Außerdem neigt er zu übersteigerten, ja unüberlegten Reaktionen, wie wir wissen. Sie sind deshalb trotzdem ernst zu nehmen, vor allem im Verbund mit den Herrschaften, die nie einen Hehl aus ihrer Sehnsucht nach der alten Macht Syriens machen, die sie selbst nur vom Hörensagen kennen. Tuschratta wird mit Begeisterung dabei sein. Er hat in Mittani noch viel zu viele Anhänger. Nicht richtig einzuschätzen ist Assur-uballit, der assyrische König, ein bedingungsloser Machtmensch. Wenn es ihm nützt, paktiert er mit allen gleichzeitig. Da dürfen wir uns nichts vormachen. Wie Naninzi uns gemeldet hat, hat erst vor kurzem der Pharao einen Brief seines Bruders aus Assyrien erhalten und Echnaton hat ihn im Kreis der Großen akzeptiert. Wie übrigens zuvor bereits sein Schwiegersohn

Burna-Buriasch von Babylonien und dessen Nachfolger Kara-hardasch, nun ja, ihm wird nichts anderes übrigbleiben, dem Kind! Dass der Assyrer uns Meldung von Akizzis Umtrieben machte, diente nur dazu uns zu erinnern, dass er seinen Teil vom Kuchen Mittani haben will, einen nicht zu kleinen! Ginge es nach ihm, wäre zukünftig der Euphrat die Grenze. Was er Akizzi geantwortet hat, möchte ich gar nicht wissen. Mit Sicherheit hat er volle Unterstützung zugesagt. Uns würde er das Jederzeit als genialen Schachzug verkaufen, der den schwachköpfigen Syrer in Sicherheit wiegen sollte.«

»Was du uns geschildert hast, meine Sonne«, ergriff sein Bruder Zida das Wort, »zeigt, dass schon viel zu viele Fürsten und Länder in den Konflikt einbezogen sind, als dass wir mit Diplomatie noch etwas erreichen könnten. Wir müssen uns stellen. Wir müssen vor allem in Nordsyrien unsere Macht so festigen, dass sie nicht jedes Jahr wieder auf dem Spiel steht. Das bedeutet, dass Mittani endgültig in den loyalen Kreis der Vasallen überführt werden muss. Das wiederum heißt für mich: Ausschaltung Tuschrattas und seiner Anhänger. Gleiches gilt für diesen Dauerunruheherd Qatna. Hier muss eine deutliche Lektion erteilt werden!«

»Und doch läge es meines Erachtens noch in den Händen von König Akizzi, was er angezettelt hat, auch wieder rückgängig zu machen«, warf Tanuwa ein.

Ein abschätziger Blick Naninzis traf ihn, dann meldete dieser sich. »Ich möchte dem ehrenwerten Statthalter nur ungern widersprechen«, sagte er, »doch haben sich die Zeiten in Kattanna erheblich geändert. Und kann man sich vorstellen, dass ein eitler Herrscher, der sich an die Spitze träumt, einen Rückzieher macht und eingesteht, er habe sich in der Einschätzung der Lage geirrt?«

Dem stimmten die meisten Anwesenden zu.

»Wenn er ein verantwortungsbewusster und weitsichtiger Regent ist, der für die Seinen denkt, mit Sicherheit.« Tanuwa versuchte verbissen die Männer umzustimmen.

»Du kannst es mit König Akizzi meinetwegen noch einmal versuchen«, sagte der König. »Darauf willst du doch hinaus, Tanuwa. Aber ich muss dir sagen, auch ich bin skeptisch, ob du bei ihm etwas bewirken kannst. Es wird seine und deine letzte Frist sein, so viel sei klar gestellt. Lenkt er nicht schleunigst und mit erkennbaren Beweisen ein, so werden wir uns so früh wie möglich im Frühjahr in Kizzuwatna sammeln und Tuschratta ruhigstellen. Währenddessen wird Telipinu, unterstützt durch einem Teil unserer Truppen, das Terrain in Kattanna für uns ebnen.«

Tanuwa kehrte unverzüglich nach Adanjia zurück. Er ordnete dort alle wichtigen Angelegenheiten. Vor allem setzte er seinen Mitarbeiterstab davon in Kenntnis, dass alle Vorsorgen getroffen werden müssten, damit der Truppenaufmarsch im Frühjahr ohne Störungen vonstatten ging. Ein Teil der Truppen würde sich in Tarscha einschiffen, um von Sumura aus den Angriff Telipinus auf Qatna zu unterstützen. Es galt viel zu bedenken. Das überließ Tanuwa den Strategen. Er selbst machte sich schon nach wenigen Tagen wieder auf die Reise. Er gönnte sich und Kija nur eine Nacht in Lawazantija und besprach mit ihr die Lage. So schnell wie möglich wollte er Qatna erreichen.

Kurz vor dem Abschied im Morgengrauen hatte er noch eine Eingebung. Er erbat sich von Kija eine Kleinigkeit, die eindeutig aus ihrem Eigentum stammte. Schweigend gab sie ihm ihr ägyptisches Siegel, das Amminaje für sie mit dem wenigen anderen Dingen gerettet hatte.

»Du wagst dich tatsächlich noch einmal unter meine Augen? Soll ich das Dummheit oder Dreistigkeit nennen? Was willst du?«

So frostig war Tanuwa in Qatna noch nie empfangen worden.

»Mein König«, sagte er, »ich komme als dein Freund, um dich zu warnen. Es ist unklug, was du planst. Auch setzt du auf die falschen Verbündeten.«

»Soll ich etwa auf dich setzen, du Verräter! Dir ging es doch von Anfang an nur um Reichtum und Macht! Gekonnt hast du dich in unsere Familie und unsere Herzen eingeschlichen, bis wir uns alle in Sicherheit wiegten. Was hast du meiner armen Schwester geboten oder sollte ich besser sagen, womit hast du sie gezwungen, dass sie keinen Ausweg mehr sah, als das Geheimnis unserer ›Keulchen‹ preiszugeben? Ach, ich will es gar nicht wissen. Du hast sie nach Ägypten gehetzt, wahrscheinlich ihren Tod schon einkalkuliert. Eines der vielen Opfer deiner heuchlerischen Machenschaften. Es war doch absehbar, dass Nofretete sich eine neue Königsgemahlin nicht bieten lassen würde. Aber ich werde Kija rächen! Und du wirst mich nicht daran hindern. Lange genug habe ich auf dich gehört.«

Tanuwa versuchte sich aus den erbosten Worten einen Reim zu machen. Gleichzeitig stieg sein Ärger.

»Hättest du nur ab und dann auf mich gehört! Vieles wäre dir und anderen erspart geblieben! Und jetzt bist du drauf und dran, dem Ganzen die Krone aufzusetzen! Sag mir, was willst du gegen die geballten Streitkräfte Hattuschas entgegensetzen? Die Nomaden der Syrischen Wüste und Amurrus?

531

Merkst du nicht, wie Nofretete dich die Arbeit machen lässt? Ägypten muss nicht einen Finger rühren! Und was erhoffst du dir von Tuschratta? Ist er etwa Herr in Waschukanni? Nein. Und von Assur-uballit? Er hat nichts anders zu tun, als hinter deinem Rücken zu lachen.«

Akizzi erbleichte. »Du Lügner! Das reimst du dir alles zusammen. Der Herr ist ja immer der Oberschlaueste. Man erzählt sich, dein König habe dich reich belohnt für deine treuen, selbstlosen Dienste für das Reich und dich als Statthalter in Kizzuwatna eingesetzt. Da wird man hier von dir in Zukunft noch weniger Gutes zu erwarten haben, nachdem du uns so nah auf den Pelz rückst.«

»Akizzi, ich bitte dich, ich flehe dich an, komm zur Vernunft!«

»Vernunft! Das ist dein Allheilmittel, was? Vernünftigerweise schicken wir Kija zu Echnaton, vernünftigerweise schließen wir einen Handelsvertrag mit Hattuscha... Ich habe deine Vernunft bis obenhin satt. Davon wird Kija nicht wieder lebendig!«

Tanuwa nahm einen letzten Anlauf. Er holte Kijas Siegel hervor und zeigte es dem König. Leise sagte er: »Sie lebt! Doch an geheimem Ort, um Nofretetes Rache zu entgehen.«

Akizzi schaute auf das Siegel, dann blickte er mit entsetztem Gesicht auf Tanuwa: »Du schreckst vor gar nichts zurück, nicht wahr? Nicht einmal vor der Würde der Toten. Was bist du nur für ein Mensch? Wie konnte ich mich nur so irren?«

Tanuwa war verzweifelt über so viel Starrsinn. »So sage ich dir aus alter Freundschaft: Ich werde nichts mehr für dich tun können. Die Götter mögen Qatna gnädig sein. Wappne dich wohl.«

»Und ich sage dir: Geh mir aus den Augen«, zischte Akizzi zurück. »Du verdankst es den besseren Tagen, dass ich dich nicht aufhängen lasse wie einen räudigen Hund. Deinem König kannst du ausrichten: ›Wir sind als freie Leute ein Bündnis mit dir eingegangen. Jetzt kündigen wir dieses auf‹.«

Tanuwa hatte verbittert wieder in Lawazantija Halt gemacht. Er gab Kija das Siegel zurück. »Ich konnte ihn durch nichts bewegen. Sein Hass auf mich ist grenzenlos und ich weiß nicht warum. Er geht davon aus, dass ich dich dazu gebracht habe, eure Purpurfarbe zu verraten, aus Gier. Stell dir das vor! Selbst als ich gegen mein eigenes Wort ihm anvertraute, dass du lebst, hat er mich nur beschimpft, ich würde vor keiner Finte zurückschrecken. Kija! Wenn er nicht einlenkt – und danach sieht es nicht aus, nach dem, was er mir als Botschaft für den Großkönig mitgab – weißt du, was dann geschieht?«

Kija nickte. »Du hast versucht, was du konntest, Liebster. Und du kennst

Akizzis Starrsinn und seine Schwäche, auf falsche Ratgeber zu hören oder gar im Alleingang schlechte Entscheidungen zu fällen. Wie oft hat Vater sich darüber gegrämt. Ich habe in deiner Abwesenheit darüber nachgedacht, ob eine Reise nach Qatna etwas nutzen würde? Akizzi könnte nicht abstreiten, dass ich lebe. Aber bin ich sein einziger Grund, dass er den Waffengang sucht? Außerdem würde meine Anwesenheit in Qatna Nofretete auf den Plan rufen und alles wäre, wie gehabt.«

»Nein, so wie es aussieht, können wir beide nichts tun. Wenn es nur allein den König betreffen würde! Aber ganz Qatna wird in Mitleidenschaft gezogen werden. Deine Stadt, Kija, dein Land! Es ist absurd, dass wir das nicht verhindern können. Wir müssen weiter nachdenken und die Götter anflehen. Es darf einfach nicht geschehen!«

»Ja«, flüsterte Kija, »es darf nicht geschehen. Was wird aus meiner Mutter, was aus Ehli-Nikalu und ihren Kindern, Schala, den Priesterinnen, den anderen Priesterschaften, Kuari und allen Brüder, Verwandte, Freundinnen? Können wir sie nicht wenigstens warnen?«

Tanuwa schüttelte den Kopf. Hatten die Götter Qatnas Untergang beschlossen? Kija dachte an ihren schrecklichen Traum, der seit ihrem Ägyptenaufenthalt nie wiedergekommen war. Damals hatte sie gehofft, das Schicksal sei abgewendet. Jetzt klang alles bedrohlicher, denn je. Machtlos standen sie beiden kleinen unglücklichen Menschchen da und hielten sich umklammert.

Bei all diesen katastrophalen Aussichten fiel es Kija und Tanuwa noch schwerer, ihre Trennungen zu ertragen. Sie litten darunter, doch keinem von beiden kam ein erleuchtender Gedanke. Als gemeinsamer Lebensort kam nur Adanija infrage. Die Stadt bot am ehesten die Möglichkeit sich unter größtmöglicher Verschwiegenheit einzuquartieren. Es war zur Überraschung aller Eheja, der eine Lösung fand und die Sache auch in die Hand nahm.

Eheja war einer der wenigen, im Land Hattuscha außer seiner Gemahlin und Tanuwa der einzige, der um Kija und Tanuwas Liebe wusste. Er war maßgeblich daran beteiligt gewesen, dass Kijas Flucht vom Schiff gelang und wohl auch – im Zusammenspiel mit dem guten Ischpali –, dass man in Ägypten überzeugt war, Kija hätte das Zeitliche in Alaschija gesegnet. Um Eheja und Kali vor Angriffen zu schützen, hatte Tanuwa dem Ziehvater allerdings nie gesagt, wo er Kija versteckt hielt und welchen Namen sie jetzt angenommen hatte. Die Kerle, die damals auf der Suche nach Kija und Amminaje waren, waren zwar verschwunden, auch die zunächst festgenommenen, und nicht mehr aufgetaucht, aber eine Sicherheitsgarantie war das trotzdem nicht.

Eheja hatte Tanuwas Verwandlung seit der Ankunft der jungen Dame sehr wohl verfolgt. Nicht nur das. Er hatte intensiv darüber nachgedacht, wie er den beiden Liebenden helfen könnte. Schließlich hatte er einen Plan. Er erwarb in Adanija ein hübsches Haus mit der Front zum Samra-Fluss, umgeben von hohen Mauern und einem eingewachsenen Garten, in dem man unbeobachtet den Sonnenuntergang genießen konnte. Er ließ es herrichten, möblieren und mit allem Nötigen für ein komfortables Leben ausstatten. Als Besteller wählte er vertrauenswürdige Domestiken aus, deren Familien teilweise schon in der dritten, vierten Generation seinem Haus dienten.

Gleich nach Tanuwas Rückkehr aus Qatna, ließ Eheja sich bei seinem Ziehsohn melden. Er fand ihn in äußerst bedrückter Stimmung vor. Auf seinem Tisch stapelten sich Tontafeln, Pergamente, Papyri.

Die beiden begrüßten sich herzlich.

»Viel zu tun, hm?«, bemerkte Eheja. »Wäre gut, wenn es auch mal aufbauende Abwechslung gäbe, oder?« Er stimmte sein joviales Lachen an und rieb sich dabei den Bauch.

War Tanuwa schon irritiert über den Besuch an sich, so wusste er die Heiterkeit nicht einzuordnen. Eheja spannte ihn nicht lange auf die Folter. Bei seiner letzten Reise nach Ugarit sei er durch reinen Zufall im Haus einer seiner Geschäftspartner, zwar zum höchsten Adel Ugarits gehörig, der Name täte aber nichts zur Sache, auf ein bedauernswürdiges Geschöpf aufmerksam geworden. Nachfrage habe ergeben, dass es sich um eine der Töchter handelte, die vor Jahren von einer furchtbaren Krankheit befallen von dieser genesen, aber nun vor allem im Gesicht so entstellt sei, dass eine Verheiratung nicht in Frage käme. Eine Last sei sie, wurde ihm Bescheid getan, die das Unglück anziehe und den Göttern keinesfalls wohlgefällig sein könnte. Nur das Flehen der armen Mutter habe verhindert, dass er sie nicht vertrieben hätte.

»Und nun frage ich dich, Tanuwa, muss einem solchen armen Wesen nicht geholfen werden? Hat die junge Frau das verdient, so vom eigenen Vater behandelt zu werden?«

Tanuwa hatte nicht verstanden, warum der Ziehvater ihn angesichts der Menge an Arbeit mit banalen Geschichten unterhielt. Doch dann begriff er mit einem Mal. Vollends als er ihm von dem neu erworbenen Haus erzählte, kannte Tanuwas Freude kaum Grenzen. Er musste an sich halten, um nicht bei seiner Dienerschaft, den Beamten und Wachleuten Aufmerksamkeit zu erregen.

So sachlich wie möglich fragte er Eheja: »Was erwartest du von mir in diesem Fall?«

»Nun ich denke, man könnte dem Vater ein Angebot unterbreiten und die junge Frau freikaufen. Mit deiner Erlaubnis, würde ich mich um alles küm-

mern. Wenn du mir die entsprechenden Papiere für sie ausstellen und siegeln
könntest, würde ich sie umgehend nach Adanija bringen und hier Sorge für
sie tragen. Sie kann sich natürlich in der Öffentlichkeit nur verschleiert zeigen, doch wird sie hier wenigstens ein würdiges Leben führen können.«

»Dein Ansinnen, Eheja von Tarscha, ehrt dich über alle Maßen. Willst
du es tatsächlich jetzt noch auf dich nehmen zu reisen? Es ist schon fortgeschrittener Herbst.«

»Meine Knochen plagen mich zum Glück nicht, solange das Wetter noch
schön ist. Mit jedem Tag, den wir warten, muss das arme Wesen länger leiden.
Nein, nein, wenn dann will ich die Dinge immer gleich erledigt wissen.«

Das war Eheja! Noch nie in seinem Leben war Tanuwa über die Tatkraft
seines Stiefvaters, die ihn früher oft unsäglich gequält hatte, so erfreut und
dankbar.

Noch vor der Wintersonnwende hatte die beklagenswerte Malmada aus
Ugarit eine neue Heimat und eine schöne, standesgemäße Bleibe in Adanija gefunden, ganz in der Nähe des Stadthauses ihres Gönners und Retters
Eheja, das ebenfalls am Fluss lag. Sie konnte ihr gnädiges Schicksal nicht
laut genug preisen. Während der ersten Zeit stand ihr Kali so gut es ging zur
Seite, um ihr das Einleben zu erleichtern. Bevor das Ehepaar nach Tarscha
zurückreiste, lud Malmada die ganze Familie zu sich ein, um ihren Einzug
mit einem Festmahl zu feiern. Die Räume waren mit den letzten Herbstblu-
men und duftendem Reisig geschmückt. In aller Stille, ohne weitere Gäste
reichten sich Kija und Tanuwa die Hände und versprachen einander, von nun
an zusammen durch das Leben zu gehen.

»Wie auch immer das aussehen wird«, fügte Kija lachend hinzu.

Die Geschichte der furchtbar entstellten Malmada sprach sich natürlich in
Adanija herum, aber auch, dass sie heilende Hände besaß und sehr gelehrt
war. Nach und nach suchten sie immer mehr Menschen auf, besonders Frau-
en, die ihre Hebammenkunst lobten. Im vorderen Teil des Hauses wurden
einige Räume für ihre Arbeit hergerichtet. Später nahm sie, im Einverständnis mit dem Tempel, Helferinnen auf, die von ihr lernten. Auch einfachere
Leute wies sie nie von ihrer Tür. So wuchs ihr Ruhm. Man liebte, schätzte
und ehrte sie. Doch ihr Gesicht bekam niemand je zu sehen.

»Bist du mir böse, Talzu?«, fragte sie, als sie die ersten Pasten hergestellt
hatte, weil eine ihrer Dienerinnen diese Hilfe brauchte. »Ich kann doch hier
nicht herumsitzen und gar nichts anderes machen, als auf dich zu warten.«

»Im Gegenteil, Liebste, ich bin stolz auf dich. Allerdings frage ich mich,
wie du den Leuten deinen dicken Bauch erklären möchtest, den du mit Sicherheit immer mal wieder haben wirst.«

Tanuwa hatte das ganz leicht dahin gesagt. Doch Kijas Augen füllten sich mit Tränen. »Glaubst du denn, dass die Göttin uns ein Kind schenken wird? Ich habe schon zweimal…«, Kija versagte die Stimme.

»Das glaube ich ganz bestimmt.«

Es war gut, dass Kija Ablenkung von den Sorgen um Qatna hatte und das viele Alleinsein nicht so spürte, denn Tanuwa nahm sein Amt ernst. Die Vorbereitungen für den Feldzug brauchten alle Aufmerksamkeit. Die Versorgung der vielen Menschen musste sichergestellt werden. Im Hafen von Tarscha hatten rechtzeitig Transportschiffe zu liegen. Waffen mussten geschmiedet werden.

Der Winter verging schnell. Immer noch hoffte Tanuwa auf das Wunder, dass Akizzi zur Besinnung käme. Einen beschwörenden Brief hatte er ihm noch heimlich gesandt, am Rande der Illoyalität seinem eigenen Herrscher gegenüber. Er blieb ohne Antwort.

Dagegen kamen von Telipinu nun in regelmäßigen Abständen Berichte, die Tanuwa weiter nach Hattuscha schicken ließ. Sobald es die Wege im Frühjahr erlaubten, füllte sich die Ebene von Kizzuwatna mit Kriegsvolk. Im Verbund mit Assyrien im Osten holten die gut bewaffneten Hethiter zum Schlag gegen Tuschratta und seine Leute in Mittani aus.

In Anwesenheit des Herrschers wurde das Kultbild der Schauschga von Lawazantija aus dem Tempel geholt, auf freiem Feld gewaschen, gesalbt und mit einem dunkelroten Tarpala-Tuch bekleidet, damit sie dem König im Krieg beistünde. Auf sie leisteten die Soldaten ihren Eid, tapfer für die hethitische Sache zu kämpfen. Sollten sie ihren Schwur brechen, so war ihnen Krankheit und Tod als Rache der beleidigten Gottheit sicher. Dann setzte sich das Heer Richtung Südosten in Bewegung.

Gleichzeitig waren aus Tarscha die Schiffe aufgebrochen, die Streitwagengespanne und Fußtruppen nach Sumura beförderten. Die Kriegsmeister hatten genau berechnet, wann sie in Sumura losschlagen mussten, um gleichzeitig mit Telipinu, dem hethitischen Vizekönig, der in Eilmärschen von Halpa aus mit Streitwagen und Fußtruppen nach Süden vorstieß, den Kampf zu eröffnen und so den größten Effekt zu erzielen.

Voll Gram dachte Tanuwa an Akizzi und all die Freunde in Qatna. Ob sie auf diesen Schlag vorbereitet waren?

◎◎◎

Nein, sie waren nicht vorbereitet. Zwar hatte Akizzi seine ›Ohren‹ nach Norden ausgesandt, um die Aktivitäten in Halpa unter Kontrolle zu haben, aber von der Zweifronten-Offensive ahnte er nichts. Die Ebene zum Meer hin wurde nicht mehr als sonst bewacht.

In Qatna waren alle Vorbereitungen rechtzeitig zum Abschluss gekommen, eine respektable Anzahl Krieger hatte sich in der Ebene gelagert, doch stellten sich keine sonstigen Truppen ein. Akizzi schickte zu Azira nach Amurru. Er warnte vor den berüchtigten Eilmärschen der Hethiter. Azira möge seine Truppen sofort in Marsch setzen. Er schickte nach Nuhasse, Zinzar, Tunip und Nija, Ugulzat und Barga, zu den Scheichs der Wüste, um sie an ihre Zusagen zu erinnern und zu mahnen. Er hoffte auf Nachricht von Tuschratta aus Mittani. Nichts geschah.

Dafür erschien ein einsamer Reiter vor dem Westtor. Der Gesandte Schuppiluliumas von Hattuscha: Naninzi.

»Überbringst du das Friedensangebot deines Königs?«, richtete der König das Wort an Naninzi, als die Wachen ihn in die kleine Audienzhalle eskortiert hatten.

Den Hohn ignorierend, erwiderte dieser: »Nein. Sicher nicht. Eher schickt er dir durch mich die letzte Warnung. Noch steht Telipinu nicht vor deinen Toren, doch Qatnas Tage sind gezählt, wenn du dich nicht umgehend unterwirfst und um Frieden flehst. Einen ähnlichen Rat würden dir vielleicht auch deine angeblichen Verbündeten geben.«

Was bildete sich dieser Zwerg ein? Blähte sich auf in seiner wichtigen Mission. Und was wusste er von seinen Verbündeten? In Akizzi wuchs der Zorn. Fast verlor er die Beherrschung. Doch diese Blöße mochte er sich nicht geben – vor einem Kurier.

»Verschwinde aus der Stadt«, sagte er und verließ den Raum.

Naninzi verschwand, aber nicht aus der Stadt.

Am nächsten Tag verdunkelte der Staub der anrückenden Hethiter den nördlichen Himmel.

Die hethitischen Verbände unter Telipinu griffen am frühen Morgen von Norden her in ihren schnellen Streitwagengespannen an. Ihnen folgten die Fußtruppen: Bogenschützen, Lanzen-, Speer- und Schwertträger. Damit hatten die Qatnäer gerechnet und sich rechtzeitig formiert. König Akizzi stritt in vorderster Linie seiner Streitwagenkämpfer. Bald trafen beiden Seiten aufeinander. Die Schlacht tobte. Der Vormittag war nicht weit gediehen, als ein Herold König Akizzi vermeldete, aus Westen nähere sich ein zweites Heer. Endlich! Akizzi atmete auf. Azira hatte sich also eines Besseren besonnen. Spät zwar, aber keinesfalls zu spät. Wenn die Streiter aus Amurru ihnen zu Hilfe kamen, könnten sie den Tag heute für sich entscheiden. Dann würde man weiter sehen. Akizzi feuerte seine Leute an. »Entsatz naht!« Diese Aussicht gab allen Mut. Doch der Mut wich blankem Entsetzen als man erkannte, dass keinesfalls Amurriter herbeieilten, sondern ein weiteres hethitisches Heer, angeführt von dem berüchtigten General Lupakki.

537

Ich Narr, dachte Akizzi bitter. Talzu hatte mich gewarnt, mehrfach. Warum hatte er an diese Möglichkeit nicht gedacht, dass die Feinde auch über das Meer anrücken konnten. Die Sache wurde aussichtslos. Wollte er nicht alle Kämpen verlieren, mussten sie sich schleunigst zurückziehen und neu sammeln. Das Signal zum Rückzug wurde überflüssig, denn die vereinigten Hethiter trieben die Qatnäer zurück über den Orontes zur Stadt. Auf dem Schlachtfeld blieben nur einige der ineinander verkeilten Fußtruppen. Wer sich nicht retten konnte, wurde niedergemacht. Das Lager, die Versorgungszelte, alles musste zurückgelassen werden und fiel in die Hände der Feinde. Es gab nur eine Richtung: zurück zur Stadt, zurück in den Schutz des Walls.

»Öffnet das Tor!«

Im Nu füllten sich die Weststadt und das Areal zwischen dem Palast und dem Haus der Göttin mit den rückströmenden Streitwagen. Viele waren auch um die Stadt herum nach Osten bis zum Fuß der Berge geflohen, in der Hoffnung nicht weiter verfolgt zu werden. Tatsächlich gaben die Hethiter am mächtigen Westwall und dem gutgesicherten Stadttor auf und wandten sich wieder der Ebene zu, bevor ein Pfeilhagel sie von oben erreichen konnte. Noch ehe die Sonne am höchsten stand, war der erste Tag der Schlacht vorüber. Man beobachtete von Qatna aus, wie die Hethiter ihre Zelte in der Ebene aufschlugen und sich lagerten. Was mit den vielen Toten und Verwundeten geschah, konnte man nicht erkennen.

Höchste Wachsamkeit war nun von Nöten. König Akizzi ließ auf allen vier Seiten den Wall und die Türme dauerhaft mit Wachposten besetzen, sei es, um herannahende Hethiter auszumachen, sei es, dass wider Erwarten Hilfe aus Süden oder Osten nahte. Die Wege nach Norden und Westen waren abgeschnitten.

Akizzis hatte sich tiefe Resignation bemächtigt. Es war unmöglich gegen diese Streitmacht vor dem Westtor auf der anderen Orontesseite zu bestehen. Trotz der vielen Waffen, trotz der vielen Kämpfer, die Qatna zusammengebracht hatte. Ohne die Unterstützung aus Nah und Fern, standen sie auf verlorenem Posten. Sinnlos würden Leben geopfert werden. Wie recht hatte Talzu, der einzige, wahre Freund, doch gehabt! Warum hatte er nur nicht auf ihn gehört? Warum hatte er nicht auf sich selber gehört und war seiner alten Linie treu geblieben? Rache für Kija – vielleicht. Aber in erster Linie hatte er seiner Eitelkeit schmeicheln wollen. Was wäre, wenn Talzu womöglich auch in diesem Punkt die Wahrheit gesagt hatte und Kija noch lebte? Dann gäbe es kein Wort, das stark genug wäre, um seine Dummheit zu beschreiben. Wenn er sich recht erinnerte, hatte doch jemand aus der rückkehrenden Dienerschaft gesagt, man suche in Achet-Aton nach Kijas Leiche! Müßige Gedanken, zu spät.

Sollte er einen Waffenstillstand erbitten? Lächerlich. Eine Großmacht wie Hattuscha verhandelte nicht über einen Waffenstillstand. Wenn, dann hatte sich Qatna zu unterwerfen und zwar bedingungslos, das hatte Naninzi deutlich zu verstehen gegeben. Ob er den Rat zusammenrufen lassen sollte? Eine Unterwerfung mussten sie gemeinschaftlich beschließen. Demütigend! Nach einem halben Kampftag gab das reiche Qatna, das sich so gebrüstet hatte, auf. An den Nachbarhöfen würde man sich totlachen. Diese räudigen Hunde! Ließen ihn alle im Stich. Wie konnte er nur auf solche Kanaillen wie Azira bauen?

Was würde aus Qatna werden, wenn sie weiterkämpften und verloren? Würden die Sieger die Stadt schonen? Was würde aus ihm, falls er die Schlacht überhaupt überlebte, was aus seiner Familie werden? Wie mit unbotmäßigen gegnerischen Königen und ihren engsten Angehörigen umgegangen wurde, war allgemein bekannt. Vor das Joch spannen war mit die mildeste Strafe. Er musste Maßnahmen zum Schutz ergreifen, sofort. Die Sippe hatte sich für die Zeit der Kämpfe im Palast zusammen gefunden, sofern sie nicht ohnehin dort lebte. Der König ließ alle rufen: seine Gemahlin Ehli-Nikalu, die Kinder – seit der Geburt von Ammut-pan, der in diesem Sommer sechzehn Jahre alt wurde, waren fünf dazu gekommen, drei Jungen, zwei Mädchen, das jüngste wurde noch gestillt –, die beiden Nebenfrauen mit ihrem Nachwuchs, die Verwandtschaft seiner Hauptgemahlin, seine Brüder und ihre Familien, die noch lebenden Onkel und Tanten aus den elterlichen Familien, Cousinen, Cousins, eine stattliche Anzahl kam da zusammen.

»Die Lage ist bedauerlich ernst. Ich will und darf euch das nicht verschweigen«, begann der König, als alle versammelt waren. »Ob wir ohne Hilfe gegen die Hethiter lange im Feld standhalten werden«, er machte eine Pause, »wage ich nicht zu hoffen. Schon eher könnten wir einer Belagerung der Stadt trotzen. Doch mit welchem Ende?«

Akizzi schaute in die traurigen Gesichter seiner Lieben. So hatte er sich den Waffengang gegen die Hethiter nicht vorgestellt! Als strahlenden Held und Sieger hatte er sich gesehen. Und jetzt musste er schauen, dass er seine Familie vor Schande und Tod bewahrte.

»Es gibt einen sicheren Ort im Palast, der euch Schutz bietet, wenn es je zum Schlimmsten käme, und das ist unsere Gruft. Nur wenigen ist bekannt, wie die geheime Tür zu öffnen geht. Wir werden sehr viele Lebensmittel einlagern, auch Wasser hinunter schaffen lassen, so dass leicht einige Tage überstanden werden können. Ich halte die Vorsichtsmaßnahme für unbedingt erforderlich. Achtet darauf, dass vor allem die Frauen und Kinder Zuflucht finden. Und nun lasst uns den Ahnen opfern und unsere Stadt der Herrin, Belet-ekallim, und allen Göttern anvertrauen.«

Danach traf sich der König mit den obersten Vertretern des Rates und seinen Heerführern, um ihr weiteres Vorgehen zu beratschlagen. Man wurde einig, am nächsten Tag noch einen Waffengang mit den Streitwagen zu versuchen, abhängig von der Lage am Morgen und in der Hoffnung, dass die angekündigten Truppen der anderen Fürsten einträfen. Den Bewohnern der Stadt wurde geraten, sich so gut es ging auf eine drohende Belagerung einzurichten.

Allein stieg der König über die geheime Treppe im Westflügel auf das Palastdach. In der schnell fallenden Nacht leuchteten die Lagerfeuer der Feinde. Was führten sie im Schilde? Konnte es sein, dass sie geduldig warteten, bis die Qatnäer wieder aus dem Schutz ihres Walls ausrückten, um sich dem Kampf zu stellen?

Alle Männer waren auf ihren Posten, die Kämpfer in Bereitschaft. Sie lagerten überall, wo sich die Möglichkeit bot. Allein im königlichen Palast waren alle drei großen Hallen über und über mit notdürftig Kampierenden belegt, die ihre Waffen griffbereit neben sich hatten. Nun musste das Tageslicht abgewartet werden.

Noch graute längst nicht der Morgen, als plötzliches Lärmen die Nacht erfüllte. Fackeln irrgeisterten in einiger Entfernung vor dem Westtor durch die Finsternis. Das unheimliche Geschrei vor dem Tor mischte sich mit den Alarmrufen auf der Innenseite. Alle, die sich in nächster und naher Umgebung des Tores aufhielten griffen sofort zu den Waffen. Im Licht einiger Späne und Fackeln rannten sie zum Tor, um es zu verteidigen. Unterstützung schien aus der nördlichen Unterstadt zu kommen. Zumindest war auch von dort Geschrei zu vernehmen und man konnte Fackeln ausmachen. Im Palast war man schlaftrunken auf die Beine gekommen. Es war unklar, was geschehen war oder gerade geschah. Da stürzten kurz hintereinander von der West- und Südseite Männer in den Palast.

»Die Hethiter sind in der Stadt!«, schrien sie. »Sie sind überall. Sie dringen durch das Nordtor ein. Der Hethiter Naninzi und die Leute des Tiru, dieses Verräters, haben es geöffnet. Kämpft um euer Leben!«

Ein fürchterliches Durcheinander entstand. »Zündet doch mehr Fackeln an«, brüllten einige.

»Wir müssen sofort die Palasttore schließen«, riefen andere.

Alle rannte kopflos hin und her. Vergeblich versuchten die Gruppenführer ihre Männer zu ordnen und zur Aufstellung zu bewegen. Die Feinde quollen herein. Schlachtengetümmel. Gemetzel. Mann gegen Mann. Die Feinde waren im Vorteil.

Noch schlugen die Waffen nur in der großen Audienzhalle aufeinander, doch aus den beiden anderen Sälen drückten die Männer zum großen Portal, das Thronsaal und Audienzhalle trennte, um den Kameraden zu Hilfe zu eilen und sich selbst zu befreien. Hastig waren alle Türen in die anderen Teile des Palastes verriegelt worden. Wer konnte, floh ins Freie, nur um dort von einer hethitischen Lanze getroffen zu werden.

Die Königsfamilie hatte die Nacht in ihren Gemächern, im westlichen Flügel, wo sich auch die Küchen und die Vorratskeller befanden, und in den Räumen neben dem großen Palastbrunnen verbracht. Voller Angst versammelten sie sich in der kleinen Audienzhalle. Einzig Ehli-Nikalu behielt die Übersicht. Mit ruhiger Stimme gab sie Anweisung. Zu zweit aufstellen. Ganz vorne die Kinder mit ihren Ammen, dann die anderen. Jeder musste etwas tragen: Decken, Teppiche, Lebensmittel, Wasserschläuche. Zum Schluss kamen die, die nicht mehr so gut zu Fuß waren. Sie schritt voran durch den Hof und betrat die Kanzlei. Sie winkte zwei Dienern, die so leise wie möglich das große Regal beiseite räumten. Dahinter war die geheime Tür in die Wand eingelassen. Mit sicheren Griffen betätigte Ehli-Nikalu den Mechnanismus. Die schwere Tür sprang auf und gab den Weg frei in die rettende Tiefe. Den Zug eröffneten zwei Fackelträger, die Licht im Gang verteilten. Diener halfen den Kindern hinunter auf die Treppenstufen. Auch Ehli-Nikalu griff mit zu. Ihre eigenen Kinder hatte sie ihrem Ältesten, Ammut-pan, anvertraut. Er hatte längst die Weihen erhalten, kannte den Weg und konnte die verängstigte Kinderschar sicher durch die verschiedenen Tore hinab geleiten, bis sie die Leitern in die Tiefe erreicht hatten. Ein Kind nach dem anderen kletterte hinab in den Vorraum der Gruft oder wurde hinuntergereicht.

Oben hatten die Letzten die Türe passiert. Diener brachten Körbe herbei. Alles, dessen man in der Eile in den Küchen habhaft werden konnte, wurde ergriffen, in die Körbe gepackt und in den Gang geschleppt, wo andere Helfer die Lasten übernahmen und weiter hinunter in die Gruft transportierten. Vor allem um ausreichend Wasser bemühte man sich. Doch der Weg in den Palastbrunnen war sehr weit. Schließlich gab Ehli-Nikalu Zeichen, die Tür zu schließen. Sie umarmte die treuen Diener, drückte ihnen noch einmal die Hände, dann verschwand sie im Dunkel. Während in den Palasthallen und in der ganzen Stadt das gegenseitige Abschlachten wütete, waren die Mitglieder der königlichen Familie in den Schutz der Ahnen geflohen, vom Erdboden verschluckt. Nur der König fehlte.

Die Tür bewegte sich in ihre alte Stellung zurück, der Eingang war wieder unsichtbar. Immer näher rückte der Kampflärm. Hals über Kopf flohen die Diener und Sklaven in den Küchentrakt. Als es nach außen kein Entrinnen mehr gab, weil der Palast eingenommen war, zogen sie sich immer weiter in die Vorratsräume und den Brunnenschacht zurück. Dort erwarteten sie ihr Schicksal.

Als der Morgen endlich graute und wenig später die Sonne ihre Strahlen über den Horizont sandte, glich die Stadt einem Heerlager, der königliche Palast aber einem einzigartigen, gigantischen Grab, Tote und Sterbende in schrecklicher Umarmung. Über die armseligen Menschenleiber hinweg wurde aus dem Palast getragen, was von Wert war. Vom obersten Stockwerk bis in die Kellergeschoße hinunter fiel alles der Plünderung anheim. Lebensmittelvorräte, das königliche Warenlager, die gehorteten Rohstoffe, alles wurde entdeckt und mitgeführt. Selbst die kostbaren Stoffe an den Wänden wurden heruntergerissen und die Fetzen eingepackt. Was gar nicht zu transportieren war, wurde zerstört. Alle Menschen, zumeist Sklaven und Diener, trieb man aus ihren Verstecken und belud sie mit den Kostbarkeiten, die Qatna auf Wagen verlassen würden.

Mit derselben Akribie wie der Königspalast wurde in der nördlichen Unterstadt das stolze Stadthaus geräumt. Wagen um Wagen verließ der Reichtum Qatnas in den Tagen nach dem Fall die Stadt, wurde nach Sumura gebracht und auf die Schiffe verladen.

Über die Stadt hatte sich Schweigen gesenkt. Gelegentlich waren Kommandorufe zu hören. Ein Teil der Hethiter hatte systematisch alle Häuser, von der armseligsten Hütte bis zu den Palästen, selbst im mörderlich stinkenden, verbotenen Viertel durchkämmt, die Männer gefangen genommen und vor die Stadt gebracht, wo sie unter strengster Bewachung zusammengepfercht ausharrten. Frauen und Kinder blieben unangetastet. Ebenso die Tempel und das gesamte Tempelpersonal. Diszipliniert folgten die hethitischen Soldaten ihren Anweisungen. Die Bevölkerung aber verfolgte mit stummem Entsetzen das Treiben, immer darauf gefasst, dass gleich ein Sturm losbrechen würde und das übliche Werk der Zerstörung seinen Lauf nähme. Doch außer im Palast geschah nichts dergleichen. Selbst die Handwerksviertel wurden geschont.

Als im Palast nichts mehr zu holen war und auch die letzten Schreie der Totgeweihten verstummt waren, ließ Telipinu in allen Stockwerken, in jedem Raum Holz, Holzkohle, Reisig, Stroh, alles, was gut brennbar war und was seine Männer aus der ganzen Stadt zusammengetragen hatten, verteilen. Die Haufen wurden mit Harz, Fett, Öl und Erdpech getränkt und entzündet. Wind strich durch Türen und Fenster, nahm das Feuer auf und hetzte es durch alle Räume. Als die ersten satten Flammen weithin sichtbar aus dem Palast schlugen, brach die Erstarrtheit der Menschen und das Heulen des Windes mischte sich mit den Klageliedern der verzweifelten Überlebenden. Die Hethiter verließen Qatna erst, als der Palast in hellen Flammen stand und das Gestein von der Hitze barst, so dass er Stück um Stück zusammenbrach. Er begrub unzählige Leichen, verschmort in ihren Lederwämsen, entstellt bis zur Unkenntlichkeit. Schwelender Rauch füllte den Himmelsraum über Qatna. Gestank von Tod und Verwesung durchzog die Stadt.

Kijas Vision hatte sich erfüllt.

An Löschen war nicht zu denken. Frauen, Kinder, Alte, Kranke, Priesterinnen und Priester bemühten sich, das Feuer nicht weiter um sich greifen zu lassen. Gefährdet war vor allem das Haus der Göttin direkt südlich von dem lichterloh brennenden Palast. Jede Bö aus dem Norden konnte den Funken überspringen lassen. Schala ließ Tücher wässern und im Hof und auf den Dächern bereit halten. Sollte es zum Brand kommen, wussten alle Bewohner, wohin sie sich zu retten hatten, auch Kijas Mutter Iset, die nach dem Tod von Königin Beltum Aufnahme im Haus der Göttin gewährt bekommen hatte.

Währenddessen wurde vor der Stadt ein Strafgericht gehalten. Ohne Regungen zu zeigen, ließ Telipinu zur Abschreckung eine Anzahl der Gefangenen töten. Von den Übriggebliebenen wurden die Stärksten abkommandiert. Sie mussten sich um die Toten kümmern, die noch auf dem Schlachtfeld lagen. Verwundete Hethiter waren von ihren Kameraden geborgen worden und wurden in den Zelten versorgt. Alle Qatnäer aber, die verwundet unter den Toten lagen, erhielten den Gnadenstoß.

Nicht unter den Toten und nicht unter den Lebenden war der König von Qatna. Die gesamte königliche Familie war verschwunden. Wohin hatte sie fliehen können? Alles war abgeriegelt.

Telipinu schickte seine Heerführer Nuwanza, Kurunta, Gassu und einige ihrer Leute erneut in die von Rauch geschwängerte Stadt. Er vermisste auch Naninzi, der mit seinen Getreuen das Tor in der Nacht erobert und dann geöffnet hatte, aber seither nicht mehr gesehen worden war. Also musste er noch in der Stadt sein.

Telipinu wies seine Leute an, nach ihm sowohl in dem Haus, das Tanuwa genutzt hatte, wenn er in diplomatischer Mission in Qatna weilte, als auch in Tirus Palast zu suchen, wo dieser, nunmehr betagt, immer noch unter Hausarrest stand. Dort wurden sie schließlich fündig. Ihnen bot sich ein solch grausames Bild, dass selbst die hartgesottenen Kriegsleute sich abwenden und gegen aufsteigende Übelkeit ankämpfen mussten.

In einem verließartigen Kellerraum hatten der alte, hasserfüllte Tiru und sein Bruder im Geiste, Naninzi, ein mörderisches Fest gefeiert. Niemand konnte später sagen, welcher Gott sich über ein solches Opfer gefreut hätte. Es war kein Opfer, es war eine Hinrichtung. Unter fürchterlichen Qualen musste Akizzi, König von Qatna, festgebunden auf einem Schemel, ohne Möglichkeit auf ein Entkommen, büßen. Büßen für die Schmach, die sein Onkel nie verwunden hatte, als seiner Familie wegen eines Versagens seines Vaters die Königswürde genommen worden war. Seine Schwester Beltum war an den neuen König gegeben worden, für ihn, Tiru, war Hohn und Spott geblieben. Stück für Stück hatte man sein Leben zerstört, allen voran sein eigener Schwager und dessen Brut. Nun hatte er sich gerächt.

Stück für Stück hatte er Akizzi das Leben genommen, unterstützt von einem Helfershelfer. Naninzis Hass auf Akizzi blieb unerklärlich, wandte sich aber wohl auch gar nicht gegen den König speziell, sondern war Ausdruck einer kranker Seele voller Hass gegen alle, die ihn wieder und wieder als Niemand, Sohn eines Niemand erniedrigt hatten. Hatte nicht bis zum Schluss der König ihn verspottet und bedauert, dass ihn die Purpurschnecken, die er so mühsam bis nach Hattuscha geschleppt hatte, nicht gefressen hätten. Wenigstens hätten sie einmal nicht so gestunken, denn Naninzis bestialischer Gestank überträfe ja den von zehntausend toten Schnecken. Sein Lachen hatte den König schließlich das Leben gekostet. Zwar war Tiru mit diesem raschen Tod nicht zufrieden, gerne hätte er das Leiden seines Neffen noch etwas verlängert, der auch immer noch nicht um Gnade gewinselt hatte.

Voller Entsetzen brachten Nuwanza und Kurunta Naninzi zurück in das hethitische Lager. Zuvor hatten sie aus dem Tempel Priester kommen lassen, die die sterblichen Überreste des Königs bergen und die nötigen Rituale vollziehen sollten, um diesen entweihten Ort zu reinigen. Gassu blieb zur Bewachung des alten Tiru zurück.

Wie der Wind machte die Nachricht von der schmachvollen Ermordung des Königs durch den eigenen Onkel die Runde in der Stadt. Statt Klagen breitete sich lähmendes Entsetzen aus. Die Göttin hatte wahrlich ihre Stadt verlassen! Immer mehr Frauen fanden sich vor dem Haus des Tiru ein, schweigend und fassungslos. Einige drangen in seinen Palast, dann immer mehr. Sie stießen Gassu und die anderen Hethiter hinaus auf die Straße, die, froh dem Grauen entrinnen zu können, machten, dass sie davon kamen ohne sich zu schämen. Dann blieb die Menge mit Tiru allein.

Telipinu beschloss trotz des Grausens Naninzi zu befragen. Wo und wie war er des Königs habhaft geworden? Warum hatte er ihn nicht, wie es seine Pflicht gewesen wäre, vor Telipinu gebracht? Doch er erfuhr nur, dass der König von Qatna einen verdienten Tod gestorben sei. Das Reich Hattuscha könne stolz auf seinen treuen Diener Naninzi sein. Er, nur er allein hätte den Aufrührer besiegt. Der Großkönig müsse ihn in den Kreis der Obersten aufnehmen, ihm Ländereien schenken, mit einer Gattin versorgen. Es war offenkundig, dass er von Dämonen geschlagen und irrsinnig geworden war. Vorsichtig erkundigte sich Telipinu dennoch nach der königlichen Familie. Erleichtert hörte er, Naninzi wisse von nichts. Sie sei bestimmt im Palast gewesen. Die dicke Königin habe er gesehen und auch das Jüngelchen, den Kronprinzen. Man solle ihn gefälligst in die Stadt zurückbringen, damit auch sie ihrer gerechten Strafe nicht entgingen. Telipinu ließ Naninzi festsetzen. Er wurde in einem vergitterten Karren gesteckt und streng bewacht.

Fragen bei den Kriegsgefangenen nach dem denkbaren Verbleib der Königssippe brachten keine Erkenntnisse. Man wähnte sie allenthalben im Palast. Doch da waren sie nicht, das wusste Telipinu. Man hatte ja alle Räume gesehen. Selbst auf dem Dach waren sie gewesen, von des Königs privaten Gemächern aus. Keine Kammer war ihnen verborgen geblieben.

Schließlich schickte Telipinu eine Eskorte in die Stadt und bat die Hohepriesterin zu sich. Wenn die Familie nicht im Palast war, nicht in irgendeinem der Adelspaläste oder in einer noch so niedrigen Hütte in der Stadt, so blieben nur die Tempel, die man respektiert hatte. Sie waren auf Schuppiluliumas Verfügung nicht durchsucht worden. Der Königspalast war dem Erdboden gleichzumachen, alle Kostbarkeiten der Stadt waren mitzunehmen als Entschädigung für die Kosten des Feldzugs. Auch sollte die Stadt so geschwächt werden, dass sie sich möglichst nie wieder zu ihrer alten Größe aufschwingen konnte. Ansonsten sollte das Leben in der Stadt weitergehen. Man wollte mit Qatna zukünftig in Frieden leben, die Stadt sollte im Reichsverband zufrieden sein. Deshalb hatte Telipinu sich verpflichten müssen, innerhalb seiner Soldaten auf Gehorsam und Disziplin zu achten, keine privaten Plünderungen, keine Schändungen zuzulassen. Vor allem waren die Götter zu schonen. Ihre Standbilder sollten in Hattuscha einen neuen, ehrenvollen Platz erhalten. Zusammen mit den vielen anderen Göttern würden pünktlich ihre Feste gefeiert und ihre Kulte ausgeübt werden, es würde ihnen an nichts fehlen. Doch diese Achtung, die das hethitische Reich den qatnäischen Göttern und ihren Häusern entgegenbrachte, mussten sie auch erwidern.

Telipinu empfing die Hohepriesterin Schala in seinem Zelt. Eine grauhaarige, ehrfurchtsgebietende Persönlichkeit trat ihm gegenüber, die sich trotz fortgeschrittenen Alters gerade hielt und ihn, den Sieger, mit klugen Augen ruhig und ohne Scheu musterte, bis Telipinu seinen Blick von ihr abwandte. Nach dem Austausch von Höflichkeiten kam er zur Sache. Er wolle den Frieden der Tempel keinesfalls stören, so beteuerte er, doch irgendwo müsse die Familie ja sein. Oder ob die Hohepriesterin sich vorstellen könne, dass so viele Personen geflohen seien und wenn ja, wann und wie und wohin?

Schala hörte Telipinu an, dann sagte sie mit fester Stimme: »Ich schwöre bei allem was mir heilig ist! Außer der Nebengemahlin unseres früheren Königs befindet sich niemand der königlichen Sippe, es sei denn er oder sie ist Mitglied der Tempel, in den Häusern der Götter der Stadt.« Nach ihrer Vorstellung, fuhr sie fort, könne es nur so sein, dass sich die gesamte Familie unter den ungezählten Toten des Palastes befinde. »Die Familie König Idandas ist ausgerottet, wie es die Göttin bereits vor langer Zeit prophezeit hat.«

Telipinu hatte den Eindruck, als erschauere sie unter dieser Erfüllung der göttlichen Weissagung. Er glaubte ihr und ließ sie gehen, nicht ohne sie mit allen Ehrbezeigungen verabschiedet zu haben.

Die Hethiter zogen ab, nachdem alle Fragen geregelt waren. Unter anderem wurde festgesetzt, dass die Stadt aus ihren Reihen einen neuen König bestimmen sollte. Die weitaus meisten Kriegsgefangenen durften in Qatna bleiben, sich an den Aufräumarbeiten beteiligen, die verbliebene Ernte einbringen und ihren üblichen Arbeiten nachgehen.

Der hethitische Strafzug gegen Qatna bildete für einige Zeit den Abschluss der Unruhen im Levanteraum. Alle syrischen Fürsten lenkten ein und auch Mittani wurde befriedet. Verhandlungen zwischen Hattuscha und Ägypten legten noch vor dem Herbstfest zur beiderseitigen Zufriedenheit erneut die Grenze zwischen den beiden Großmächten in Syrien fest.

◈◈◈

»Hast du davon gewusst?«, fragte Kija, als Talzu ihr möglichst schonend die tragische Geschichte erzählte, die ihm ein Bote des Telipinu in der Residenz berichtet hatte. Anfänglich war sie so froh gewesen, als sie hörte, Schala, die Priesterinnen und ihre Mutter hätten im Haus der Göttin wohlbehalten überlebt, ja von der ganzen Stadt sei nur der Palast in Mitleidenschaft gezogen worden.

»Was meinst du genau?«

»Dass die Kriegstaktik auf Verrat aufgebaut sein würde. Das meine ich. Oder nennst du das einen ehrenhaften Kampf nachts anzugreifen, sich durch Verräter die Tore öffnen zu lassen und dann abzuschlachten, wer sich einem in den Weg stellt? Zu brennen und zu morden? Ich wusste nicht, dass das große Hattuscha es nötig hat, auf diese Weise ohnehin unterlegene Städte einzunehmen. Das ist niederträchtig, sage ich dir.«

Tanuwa senkte den Kopf. Was sollte er darauf antworten? Dass eine Belagerung für alle unsinnig gewesen wäre? Man Exempel statuieren müsse als Abschreckung für andere? Man nur den Verursacher zu treffen suchte, sonst aber äußerste Milde habe walten lassen? Zumindest konnte er Kija ehrlich versichern, dass er an dem Plan des Nachtangriffs nicht beteiligt war, von den finsteren, krankhaften Taten Naninzis ebenso wenig wusste, wie von Tirus grausamer Rache. Man hatte ihn aus Qatna herausgehalten. Das war sicher Hannutti, wenn nicht gar dem König zu verdanken. Mit Schrecken erinnerte er sich an den ersten Feldzug gegen Qatna.

Beide hingen ihren Gedanken nach. Es dauerte geraume Zeit, bis Kija das Geschehen in seiner ganzen Tragweite erfasste. Vor Schmerz verhüllte sie ihr Haupt. So also hatte sich ihre Vision, die sie seit Kindertagen begleitet hatte, erfüllt.

Hätte man sie vermeiden können, wenn der König sich anders verhalten hätte, oder hatten die Götter unverbrüchlich festgeschrieben, was geschehen musste? Wie oft hatte sie darüber nachgedacht. Für einen Moment sah sie die schrecklichen Bilder, vermeinte sie den Gestank der langsam verkohlenden Leichen zu atmen, die erbarmungslose Hitze zu spüren, die letzten qualvollen Schreie zu hören. Doch nicht mehr in Rot waren diese Erinnerungen getaucht, sondern in Grau und Schwarz. Immer wieder schüttelte sie sich vor Entsetzen. Weinen konnte sie nicht.

»Und von der königlichen Familie weiß niemand etwas?«, fragte sie zum wiederholten Male.

Tanuwa schüttelte den Kopf. »Telipinu hatte den Verdacht, sie habe sich in den Tempeln versteckt, aber die Hohepriesterin schwor, dass sie im brennenden Palast ums Leben gekommen seien. Glaubst du, sie hat einen falschen Eid geleistet?«

Kija dachte an das Gottesurteil, das Akizzi heil überstanden hatte, das Verschweigen von Kenntnissen im Zusammenhang mit dem Mord an König Idanda. Diente es dem Wohl Qatnas, würde Schala weit gehen, das hatte sie längst erkannt. Angeblich blieb oft keine andere Wahl. Aber in diesem Fall? Wie schwierig war es, sie als Einzelperson vor der Welt zu verstecken. Wie sollte das mit Kindern, Alten, einer ganzen Sippschaft gelingen?

»Nein«, sagte sie, »ich bin der Meinung, sie hat die Wahrheit gesagt.«

Tanuwa gab sich damit zufrieden. Schweren Herzens ließ er Kija allein, um für einige Stunden wieder seinen Pflichten nachzukommen.

Kija zog sich zu ihrem Hausaltar zurück und sprach Gebete für die Toten und die Überlebenden. Dann lagerte sie sich, versuchte zu schlafen, doch die Gedanken ließen sie nicht los. Nie hatte sie in dem Traumgesicht die königliche Familie gesehen, nur namenlose Leiber. Dass die Götter, obwohl so viele Jahre vergangen waren, Akizzi bestraften, konnte sie noch verstehen. Sie hatte früher bisweilen sogar gehofft, dass die Götter ein Zeichen senden würde, um zu zeigen, dass man sie nicht betrügen könne. Doch dieser schreckliche Tod? Sie hatte grenzenloses Mitleid für den Bruder. Warum aber hatten die Götter auch seine Gemahlin, seine Kinder, Geschwister und die große Anverwandtschaft so grausam geschlagen? War es nicht doch denkbar, dass sie vorher geflohen waren? Nach Talzus Bericht war das ausgeschlossen. Übereinstimmend hatten Befragte ausgesagt, die königliche Familie habe sich im Palast zusammengefunden. Verständlich, dort hatten sie Schutz gesucht und sich in Sicherheit gewähnt.

Dann begann nachts das Morden im Palast. Aber ein hethitischer Offizier hätte wenigstens einige Mitglieder des Königshauses erkennen können, schon

547

allein an ihrer Kleidung, und sie als Geiseln vor Telipinu bringen müssen. War das Kampfesgetümmel in den dunklen Hallen so außer Kontrolle geraten, dass niedergestochen wurde, was sich bewegte? Kinder? Säuglinge? Alte Frauen? Warum hätten sie alle die Gemächer verlassen sollen, die ihnen zumindest noch geraume Zeit Sicherheit gewährten? Um nach draußen zu fliehen? Dieser Weg war ihnen verwehrt. Ganz plötzlich überkam Kija eine grausige Gewissheit. Sie wusste, wo die Familie Zuflucht gesucht hatte: bei den Ahnen.

Sie erstarrte, musste mit sich ringen, um nicht besinnungslos zu schreien. Sie war die letzte Überlebende aus der Dynastie des Idanda von Qatna.

⊚⊚⊚

Das Herbstfest dieses Jahres wurde im Land Hattuscha so ausgelassen gefeiert, wie schon lange nicht mehr. Die Unternehmungen in Syrien waren zu einem dauerhaften Abschluss gekommen. Die Ernte war gut, die Kaschkäer in der Nordregion sowie das Land Arzawa im Westen friedlich. Königin Malnigal erwartete ihr drittes Kind, das sicher wieder ein Mädchen werden würde. Mit drei Mädchen sei sie zum Glück gut beschäftigt und könne sich nicht überall einmischen, feixten freche Zungen. Auch der Winter verlief ungewöhnlich ruhig und er war weniger streng als die Jahre zuvor.

Als er zu Ende ging, war sich Kija sicher, dass sie schwanger war. Sie konnte ihr Glück kaum fassen. Gleichzeitig schickte sie heiße Bittgebete zur Göttin, ihr dieses Kind der Liebe zu lassen. Am liebsten hätte sie auch Talzu sofort aufgesucht, um ihm die großartige Neuigkeit zu berichten. Aber das war ihr nach wie vor verwehrt. Ihre Liebe lebten sie im Geheimen. Sie war dazu verdammt zu warten bis Talzu zu ihr kommen konnte.

»Vielleicht sind wir vor der nächsten Winter Tag- und Nachtgleiche zu dritt«, flüsterte sie Tanuwa zu, als er an diesem Abend erschien. »Ich bin gespannt, was für ein Vater du wirst.« Sie liebte es ihn aufzuziehen.

»Ein fabelhafter, einzigartiger, natürlich.«

»Dein Kind kannst du jedenfalls nicht durch zu viel Anwesenheit verziehen, so eingespannt wie du in deine Arbeit bist.«

Tanuwa schätzte diese feine Art an Kija. Sie beklagte sich nicht, doch wies sie ihn zart darauf hin, wie sehr sie bedauerte, dass ihnen immer noch nicht ein normales Ehe- oder ein Familienleben möglich war. Und dieser Zustand war unabsehbar. Bei den Verhandlungen mit Ägypten über den Grenzverlauf war zwar zu erkennen gewesen, Nofretete gehe von Kijas Tod in Alaschija aus, aber desto weniger konnte sie plötzlich von den Toten auferstehen. Wie lange musste sie dieses Versteckspiel noch aufrecht erhalten?

Tanuwa hatte seine Freunde Mursili und Mita eingeweiht, dass er sich in Malmada verliebt hatte. Das war unumgänglich, schließlich waren sie auch

548

seine persönlichen Beschützer. Er konnte sich ausmalen, wie sie ihn bemitleideten, dass er sich nun ausgerechnet nach der legendären Schönheit Kija offenbar die hässlichste Frau von Adanija ausgesucht hatte, so entstellt, dass niemand ihr Gesicht sehen durfte. Er freute sich auf den Tag, wenn es ihm endlich einmal gelingen würde, den schlagfertigen Mursili zum Schweigen zu bringen.

Aber zunehmend fiel es Tanuwa auch schwer, vor all den Menschen, die ihm lieb und teuer waren, sein Glück geheim zu halten. Wie zu einer Mätresse schlich er sich, wann immer es seine Zeit erlaubte. Wenn alles gut ging, würde er nicht nur seine geliebte Kija, sondern auch ihr gemeinsames Kind verleugnen müssen – doch was war das alles gegen das Leben dieser beiden Menschen! Ihre Sicherheit war oberstes Gebot. Sie konnten so dankbar sein, dass ihnen überhaupt ein gemeinsames Leben vergönnt war. Wie schnell war das vergessen! Wie schnell wurde man unersättlich und forderte mehr und mehr von den Göttern. Sie mussten unbedingt vermeiden, zu viel von ihnen zu fordern. So rasch konnte sich das Glück in Luft auflösen.

Tanuwa hatte die Neugierde seiner Mitmenschen unterschätzt. Es war auf Dauer in einem Ort wie Adanija unmöglich etwas geheim zu halten. Waren die Leute erst einmal aufmerksam geworden, so wurde beobachtet und geklatscht, zumal ein Schicksal wie das von Malmada die Herzen rührte. Aber nun war sie schwanger!

Eines Tages erschien Hannutti in Tanuwas Amtssitz.

Tanuwa freute sich sehr ihn zu sehen. Er habe ihn richtig vermisst, sagte er statt einer konventionellen Begrüßung. Die beiden umarmten sich.

»Hast du nichts zu tun?« Tanuwa erschrak dann ein wenig über sich selbst und schob rasch nach: »Ist etwas mit der Familie? Wie geht es Schummiri?«

Hannutti beruhigte ihn: »Die alte Dame hält sich wacker. Nein, in Hattuscha ist alles in Ordnung, außer…«, er machte ein vielsagendes Gesicht, »du weißt schon.«

Ja, er wusste schon: die Königin. So schön sie war, so eigenwillig war sie nach wie vor. Immer wieder brachte sie den König in Verlegenheit. Doch er trug es mit königlicher Gelassenheit. Wie oft wohl seine Gedanken zu Henti wanderten?

»Verzeih, hörst du mir überhaupt zu?«, riss Hannutti ihn aus seinen Gedanken. »Ich sagte gerade, in Hattuscha ist alles in Ordnung, aber hier anscheinend nicht.«

»Ist der König mit meiner Arbeit nicht zufrieden?«

»Mehr als das. Es gibt keinen Tag, an dem er seine Mitarbeiter nicht damit verärgert, dass er auf deine Vorbildhaftigkeit verweist.«

»Du übertreibst!«

»Wenn, dann nur wenig. Nein, mit deiner Arbeit ist der König, sind alle in Hattuscha äußerst zufrieden. Du machst deine Sache gut. Deine jahrelange Erfahrung zahlt sich aus! Wer hat dich eigentlich damals noch als erster in des Königs Kanzlei gebracht? Lass mich mal nachdenken.«

»Schon gut, Onkel, ich weiß, was ich dir zu verdanken habe!«

»Und nenn mich nicht Onkel«, sagten sie im Chor und lachten.

»Also weshalb bist du dann gekommen?«

Sie setzten sich und ließen sich einen kühlen Granatapfelsaft schmecken. Tanuwa gab Anweisung, dass sie nicht gestört werden wollten.

Hannutti kam wie es seine Art war gleich zur Sache.

»Dem König wurde zugetragen, dass du dich nicht standesgemäß gebunden hast.«

Er blickte Tanuwa erwartungsvoll an, wie er diese Mitteilung parieren würde. Doch der schwieg. Erst sollte Hannutti auf den Tisch legen, was man in Hattuscha zu wissen meinte.

»Natürlich erkundigte sich der König bei mir«, fuhr Hannutti also fort, »was ich von der Geschichte wüsste. Aber ich wusste nichts. Außerdem sagte ich ihm sofort, das sei ganz undenkbar. Es wäre dir absolut klar, dass eine Mesalliance mit deinem hohen Amt keinesfalls vereinbar sei. Nicht nur, weil du selbstverständlich weißt, dass du als Vertreter des Königs dich mehr als korrekt zu verhalten hast, sondern auch, weil das einfach gar nicht zu deinem Charakter passen will. Versteh mich nicht falsch, Tanuwa. Es geht nicht darum, dass du ab und an mit Mursili und Mita dein Vergnügen suchst, wie in alten Zeiten«, Hannutti zwinkerte Tanuwa verständnisvoll zu und klopfte ihm auf die Schulter. »Aber was da in Hattuscha kursiert, klingt nach einer festen Bindung, nach einer sehr festen Bindung, die wohl sogar durch Nachwuchs besiegelt werden soll. Was sagst du dazu? Unsinn? Gerüchte? Wahrheit?«

»Fast alles, was du bisher vorgetragen hast, Hannutti, stimmt.«

»Tanuwa! Das ist eine sehr ernste Sache. Es wurden Erkundigungen eingezogen. Unsere Kontakte zu Niqqmadu von Ugarit sind ausgezeichnet, wie du weißt. Eine Prinzessin Malmada ist in Ugarit nicht bekannt, aber ein Ort etwas südöstlich von Ugarit trägt diesen Namen. Es fanden sich auch keinerlei Hinweise auf ein Adelshaus, das eine der Töchter wegen eines missgebildeten Gesichtes verstoßen hätte.«

Jetzt hatte er Tanuwa doch beeindruckt: »Ich erkenne Mitannamuwas Handschrift, alles fein säuberlich recherchiert, Schritt für Schritt und diskret!«

»Das ist keine Antwort und erst recht keine Erklärung!«

»Hannutti! Ich bin dir so dankbar, dass du gekommen bist. Vielleicht hast du ja den rettenden Einfall! Wir wären so unsagbar erleichtert, wenn dieses unwürdige Versteckspiel ein Ende hätte. Wie ich dir eben sagte, stimmt fast alles von dem, was du vorgetragen hast. Es ist richtig: sie stammt nicht aus

Ugarit. Aber der Vorwurf, die Dame sei nicht von Stand, der ist sicher nicht berechtigt. Im Gegenteil. Wenn, dann bin ich derjenige, der ihrer nicht ganz würdig ist – auch wenn ich mich gegenüber meiner Jugendzeit ja erheblich verbessert habe«, fügte er lächelnd hinzu.

»Wirst du jetzt endlich die Katze aus dem Sack lassen? Du machst mich noch rasend.« Hannutti wurde ungeduldig. »Was ist das für eine irrsinnige Geschichte? Vielmehr: wer ist sie, die dein Herz erobert hat? Für dich gab es auf dieser großen weiten Welt doch offenbar und unverständlicherweise nur eine.«

Tanuwa rückte dicht an Hannutti und flüsterte ihm ins Ohr: »Und so ist es auch geblieben!«

Hannutti sah seinen Neffen an, als sei er nicht ganz bei Trost. Dann begann es in ihm zu arbeiten. »Du willst mir nicht erzählen, in Malmadas Kleidern steckt…«

Tanuwa verhinderte gerade noch, dass Hannutti den Namen aussprach. »Komm«, sagte er, »lass uns ein paar Schritte gehen.«

Hannutti erzählte später, Tanuwa habe unbedingt mit ihm den Gebirgszug wieder einmal zu Fuß ablaufen wollen. Während dieser Wanderung schwieg er zumeist, schüttelte nur immer wieder den Kopf oder murmelte Kommentare wie »muss Liebe schön sein« oder »so ein Tausendsassa, woher hat er das nur?« oder »sieh an, der alte Eheja ist doch zu etwas nutze« vor sich hin.

Einen rettenden Einfall hatte aber auch er nicht.

»Vor Nofretete kann man einfach nicht sicher sein!«, sagte er nach einem vorzüglichen Abendessen, bei dem er und Kija-Malmada sich etwas näher kennenlernen konnten.

»Ich kann aus ihrer Warte verstehen, dass sie vorsichtig ist. Man hat als Königin in Ägypten viel Macht, ist aber auch ständig Intrigen ausgesetzt. Und auf ihr lastet große Verantwortung. Ich denke, Echnaton hat sich nicht gefangen. Im Gegenteil, er ist in sich und in seinen Vorstellungen gefangen. Er kann einem leid tun.«

»Dass du nach allem, was du erdulden musstest, keinen Groll hegst, Kija, das erstaunt mich und ich bewundere dich dafür«, Hannutti trank ihr zu. »Aber Verständnis hin oder her, es gilt weiterhin auf der Hut zu sein. Ich würde denken, dass Hattuscha durchaus in der Lage ist dich zu schützen, aber gegen menschliche Hinterlist ist jede Waffe stumpf. Tanuwa hat ganz recht gehandelt, dass er dich so gut wie möglich verbarg. Diese Last werden jetzt einige Personen mehr mit euch teilen! In Hattuscha wird mein Bericht nur die vertrauenswürdigsten Zuhörer haben, die allerdings darauf brennen werden, die wundersame Malmada bald persönlich kennenzulernen. Das musst du schon ertragen, schöne Kija!

Zwei Jahre nach dem tragischen Tod der königlichen Familie von Qatna starb Echnaton verbittert und vereinsamt, selbst von Aton verlassen. Nach seiner Beisetzung im Königsgrab in Achet-Aton keimte nicht nur in Ägypten, sondern auch in Adanija kurz die Hoffnung auf, dass sich nun alles zum Besseren wenden würde. Dann aber wurde bekannt, wer der neue Pharao wurde: es war Nofretete, die Echnaton unter dem Namen Semenchkare auf dem Thron folgte. Das wurde noch hingenommen.

Doch dann beging Nofretete-Semenchkare einen Fehler. Sie proklamierte ihre älteste Tochter Meritaton, die Echnaton noch zur Großen Königsgemahlin erhoben hatte, als Kronprinzessin für den Pharaonenthron, bestrebt, die Dynastie fortzuführen. Den erbitterten Widerstand der längst wieder erstarkten Amun-Priesterschaft in Theben hatte sie weit unterschätzt. Auch viele aus dem Adel und vor allem das Volk wandten sich von ihr ab. Schon nach weniger als einem Jahr wurden beide Frauen ermordet.

Als diese Nachricht mit Eilboten von Kusch im Süden bis Hattuscha im Norden, nach Osten und Westen verbreitet wurde, feierte man in Adanija das größte Freudenfest, das diese Stadt jemals gesehen hatte. Endlich, endlich konnte Kijas wahre Identität aufgedeckt werden. Auch diese Nachrichten, nämlich dass sich hinter Malmada in Wahrheit Kija von Qatna verborgen hatte und wie sie wundersam errettet worden war, wurde durch Boten in die Welt getragen, aber nur zu sehr ausgewählten Plätzen. Der wichtigste hieß Qatna, wo Iset, Schala und viele andere zunächst nicht fassen konnten, was sie hörten.

Kija und Tanuwa aber wurden umgehend nach Hattuscha gebeten, wo Kija am großköniglichen Hof eingeführt und in einer feierlichen Zeremonie willkommen geheißen wurde. Beim Abschied nahm Großkönig Schuppiluliuma Tanuwa noch einmal zur Seite, um eine kurze Unterredung mit ihm zu führen. Dann waren die beiden in Gnaden entlassen.

»Was gab es noch Wichtiges«, fragte Kija unterwegs möglichst beiläufig, obwohl sie ihre Neugier kaum zügeln konnte. Sie hatte sehr wohl wahrgenommen, dass der König während des Gesprächs kurz zu ihr hinüber geschaut hatte.

»Er meinte, wir sollten unsere Verbindung baldigst in Ordnung bringen!«, war die lapidare Antwort. »Kija, Liebste«, lachte Tanuwa als er Kijas etwas fragende Miene sah, »darf ich daran erinnern, dass wir öffentlich noch keinen Ehebund geschlossen haben! Das geht nicht in unserer Stellung. Wir werden schon einen guten Moment finden. Jetzt werde ich erst einmal den Rückweg dazu nutzen, um ausgiebig um dich zu werben. Was meinst du?«

Die fröhliche Reise, bei der Tanuwa Kija viele der Stationen zeigen konnte, die in seinem Leben eine Rolle gespielt hatten, endete in Adanija allerdings mit einer erschütternden Nachricht. Nach vielen Jahren der Herrschaft war der allseits beliebte König von Kizzuwatna hochbetagt und ohne einen Erben gestorben. Nachdem das Land in den hethitischen Reichsverbund überführt worden war, hatte er seine Amtsgeschäfte ganz im Sinne Hattuschas und in enger Absprache mit diesem weitergeführt und sein Priesteramt vorbildlich ausgeübt. Große Trauer herrschte im ganzen Land.

Nach der vorgeschriebenen Frist trat der Rat zusammen, um einen neuen König zu bestimmen. Man war sich erstaunlich schnell einig und trug diese Würde Talzu, dem Ziehsohn des Ejeha von Tarscha an. Man war der Meinung, dass er Kizzuwatnas Interessen trotz seines Amtes als großköniglicher Statthalter im Reichsverband bestens vertreten werde.

Tanuwa erzählte die Neuigkeit Kija gleich am Abend. Der Rat hätte schon gewählt und sich für einen guten Mann entschieden, aber keinen aus dem Adel Adanijas. Viel mehr sagte er dazu nicht. Kija hatte den Eindruck, Talzu sei mit der Wahl zufrieden, und fragte nicht weiter nach. Doch schon am nächsten Tag erschien ein Bote, der Kija die Werbung des designierten Königs überbrachte und sie in dessen Namen bat, ihm doch in den Palast zu folgen. Kija war fassungslos.

»Ein solches Angebot wirst du schwer ablehnen können, liebes Herz.«

Kija war so verwirrt, dass sie diese Ungeheuerlichkeit gar nicht richtig wahrnahm.

»Wir werden dem zukünftigen König auf jeden Fall unsere Aufwartung machen«, entschied Tanuwa.

Im Palast wurden sie gebeten, einen Augenblick zu warten.

»Ich bin gleich wieder da«, sagte Tanuwa. Doch die Türen zum Aiudienzsaal wurden geöffnet bevor er zurückkehrte. Unruhig sah sie sich um. Von Talzu keine Spur. Sie konnte den König nicht weiter warten lassen, der Oberhofmeister forderte sie bereits zum zweiten Mal auf ihm zu folgen. Schließlich musste Kija allein eintreten. Sie wollte ihren Augen nicht trauen.

»Du!?«

Vor ihr stand im königlichen Ornat Tanuwa, der unter dem Thronnamen Talzu zum König von Kizzuwatna gekrönt werden sollte.

»Die Prophezeiung der Göttin!« Kija sank ehrfürchtig auf die Knie. »Auch diese ist in Erfüllung gegangen!«

Tanuwa-Talzu half ihr beim Erheben. Er ergriff Kijas Hände. Innig schaute er sie an.

»Wirst du meine Werbung annehmen, Kija von Qatna, und meine Königin werden?«

Glückstrahlend antwortete sie: »Ich werde wohlwollend darüber nachdenken, mein König. Aber ich denke, die Aussichten stehen nicht schlecht.«

Erst spät am Abend dieses Tages konnten sich die beiden aus der fröhlichen Festgesellschaft, die sich im Palast zu Ehren des neuen Königs zusammengefunden hatte, davonstehlen.

»Was machen wir jetzt? Dir steht doch die rechtmäßige Herrschaft in Qatna zu oder zumindest unserem ältesten Sohn, meine Königin. Hier bist du zwar auch Königin, aber du musst immer einen Schritt hinter mir gehen«, scherzte er. »Ich befürchte, du musst schon wieder wählen.«

»Ich werde nicht mehr wählen! In Qatna haben sie es gehalten, wie es einer ordentlichen Handelsstadt zukommt, auch wenn ihr stolzer Palast nun in Schutt und Asche liegt. Sie haben den Besten aus ihren Reihen zum neuen Herrscher erkoren. Aber ich würde mich freuen, alle einmal wieder zu sehen und das ist ja jetzt zum Glück möglich ohne Angst, Schrecken und Verzweiflung. Und daran hast du, mein Liebster, deinen Anteil! Ich bin so stolz auf dich!«

Versonnen schaute Kija ein Weilchen vor sich hin.

»Woran denkst du?«

»Ich habe geträumt, dass wir nicht nur nach Qatna reisen, sondern auch meinen Sohn Tut-anchaton treffen. Aber das war nur ein Traum und es soll ein Traum bleiben.«

Als Kija an diesem Abend das gemeinsame Schlafgemach betrat, erwartete sie ein Zimmer, schöner als im schönsten Traum. Der Raum war in einen Paradiesgarten verwandelt worden, sanft beleuchtet von wenigen Öllämpchen, die ihr den Weg zum Lager wiesen. Das Bett war mit weißem Linnen bezogen, das in dem diffusen Licht zu glänzen schien. Ein betörender Blütenduft hatte sich verbreitet. Blüten waren auf dem Linnen verteilt, ein Kranz aus rotem Oleander, im Wechsel mit kleinen Lilien und Thymian umrahmte die Kissen. Nie hatte Kija ein schöneres Brautbett gesehen.

Oh Göttin, welch ein Geschenk!

Nach all den Irrungen, den verzweifelten Tagen, an denen sie mehr an den Tod als an das Leben dachte, hatte sie den wunderbarsten Mann geschenkt bekommen und ihre Liebe hatte die Göttin gesegnet: ein wonniger Knabe schlief mit rosigen Wangen in seinem Bettchen.

»Komm«, sagte Tanuwa, »komm!«

Einer aus Nofretetes engstem Umfeld hatte die Zeichen der Zeit wieder einmal rechtzeitig erkannt: kein anderer als ihr eigener Vater Aja. Er suchte die Annäherung mit der mächtigen Priesterschaft von Theben und es gelang ihm mit dem Hinweis, unnötige Unruhen vermeiden zu wollen, dass unter seiner Obhut und Regentschaft sein Enkelsohn, Echnatons Sohn, Tutanchaton, dessen Mutter Kija längst von allen vergessen war, als Pharao von Ober- und Unterägypten und dem Lande Kusch inthronisiert wurde. Um die militärischen Belange kümmerte sich General Haremhab. Die Große Königsgemahlin des Kindes wurde die letzte überlebende Tochter von Echnaton und Nofretete: seine Schwester Anchesenpa-aton.

Auf Druck der Priesterschaft von Theben und unter dem Einfluss seines Mentors Aja verließ Tutanchaton nach wenigen Jahren Achet-Aton. Seine neue Hauptstadt wurde Memphis. Er kehrte zur alten Religion zurück und setzte die früheren Götter wieder ein. Fortan nannte er sich Tutanchamun, seine Gemahlin Anchesenpa-amun. Das Volk war zufrieden.

Für einen kurzen Atemzug herrschte Friede in der bekannten Welt. Die Spur Pharao Echnatons verwehte im Sand der Wüste von Achet-Aton. Doch einige Sandkörner hatten sich eingenistet in einem Mann namens Moses, der sich aus Ägypten auf den beschwerlichen Weg nach Kanaan machte.

Finis?

Initium!

556

Nachwort

Dieser Roman stützt sich auf die aktuellen Forschungsergebnisse der internationalen Ausgrabungen in Qatna (Syrien). Im Jahr 2002 wurde dort im Palast eine Gruft der königlichen Familien entdeckt. Ungestört durch Grabräuber oder Archäologen waren sie und die über 2000 Funde darin seit der Zerstörung des Palastes um 1340 vor Chr. sich selbst überlassen geblieben. Ihre Entdeckung ist eine archäologische Sensation, vor allem in Hinblick auf die wissenschaftliche Ausbeute, die in einem Atemzug mit der Auffindung des Grabes von Tutanchamun, den Königsgräbern der Skythen im Altaigebirge oder den Schriftrollen von Qumran genannt werden muss. Ferner herangezogen wurden Grabungsberichte, unter anderen zu Hattuscha (Türkei), der Hauptstadt der Hethiter und zu Achet-Aton/Tell el-Amarna (Ägypten), der aus dem Boden gestampften Residenz Echnatons. Archäologische Funde und vor allem altorientalische Schriftzeugnisse bieten eine enorme Fülle von Informationen, die sich in Briefen, autobiographisch gefärbten Schriften, mythischen Erzählungen, Omina bis hin zu banalen Testimonien des Wirtschaftslebens (Kaufverträge, Quittungen, Bestellzettel) finden. Sie bilden die historische Basis dieses Romans. Authentische Quellen wie Gebete – z.B. Auszüge aus dem sog. Sonnengesang Echnatons, hethitische Anrufungen –, Briefe – vor allem aus der berühmten Amarna-Korrespondenz –, Berichte und andere Texte haben hier Eingang in Übersetzung gefunden. Sie sind durch „besondere Anführungszeichen" gekennzeichnet.

Trotz dieser Anleihen ist das vorliegende Buch voll dichterischer Freiheit. Die Hauptperson beispielsweise, Kija, ist zwar als königliche Gemahlin Echnatons in ägyptischen Quellen bezeugt, aber man streitet sich in der Wissenschaft, ob sie eine Fremde war oder ob sie nicht doch einer Nebenlinie der königlichen Familie der 18. Dynastie entstammte. Bisher deutet nichts darauf hin, dass sie aus Qatna stammen könnte. Auch eine Inspektionsreise Echnatons als Kronprinz in den Levanteraum ist historisch nicht überliefert. Galt also die Maxime, so dicht an und mit den zeitgenössischen Quellen des 14. Jahrhunderts vor Chr. zu arbeiten, wie den berühmten Amarna-Briefen, so wurde auch auf sonstige Überlieferungen der Kulturen besonders des östlichen Mittelmeerraumes zurückgegriffen. Der Rest ist freie Erfindung.

Bei den Schreibungen der geographischen Bezeichnungen wie Orte, Länder, Gewässer und Gebirge, der Sachbegriffe und Personennamen wurde pragmatisch entschieden. Leitfaden war, eingeführte Namen und

Bezeichnungen zu verwenden. Wo möglich, wurde auf die zugrundeliegende Sprache zurückgegriffen. Im Alten Orient existierten viele unterschiedliche Kalendersysteme (Jahresbeginn, drei oder vier Jahreszeiten usw.). Sie wurden vereinheitlicht. Es gilt: Ägypten: drei Jahreszeiten à vier Monate, jeweils erster bis vierter Monat, jeweils Tag 1–30. Sonst: Aussaat, Reife, Ernte, Winter à drei Monate, erster bis dritter Monat, jeweils Tag 1–30. Jahresbeginn war im Zweistromland der Levante oder Hattuscha zumeist im Frühjahr, in Ägypten ungefähr in der Mitte des Juli. Die komplizierten Namen und Umrechnungen von Maßen und Gewichten wie Meßleine oder Mine, Talent, Schekel wurden möglichst vermieden.

Maria Courant

Dramatis personae

(recte = historisch bezeugte, kursiv = fiktive Person)

Abdi-Aschirta	König von Amurru, Vater des Azira
Aitakkama	König von Qadesch
Aja	Bruder der Teje, Vater der Nofretete, Erzieher Echnatons, später Pharao
Akallina	Bruder von König Idanda
Akizzi	Nachfolger des Idanda als König von Qatna
Amenophis III.	Pharao der 18. Dynastie von Ägypten (Neues Reich), regierte ungefähr zwischen 1388 und 1351 v. Chr.
Amenophis IV.	Pharao von Ägypten, Nachfolger von Amenophis III., nannte sich später Echnaton, geb. um 1374/73 v. Chr., gest. um 1335/34 v. Chr.
Amminaje	Priesterin der Göttin Belet-ekallim in Qatna
Amunhotep	Name des Kronprinzen von Ägypten, später Pharao Amenophis IV./Echnaton
Anchesen-aton	„sie lebt für Aton"; zweite Tochter des Echnaton und der Nofretete
Areimene	s. Henti
Arnuwanda	erster Sohn des hethitischen Königs Schuppiluliuma und seiner Gemahlin Henti
Artatama II.	Gegenkönig in Mittani
Assur-uballit I.	König von Assur/Assyrien, regierte von ca. 1353 bis 1318 v. Chr. und führte Assyrien zur Vorherrschaft in Mesopotamien
Attarsija/Atreus	König in Ahhijawa (als Vater der Henti nicht historisch bezeugt)
Azira	Sohn des Abdi-Aschirta, König von Amurru
Beltum	Tochter des Naplimma, Gemahlin des Idanda, Königin von Qatna
Burna-Buriasch II.	„König der Gesamtheit", Kassitischer König von Babylon/Babylonien, regierte von 1358 bis 1335 v. Chr.
Dunijo	Töpfer und Maler aus Mykene

Echnaton	späterer (Geburts-)Name von Pharao Amenophis IV.
Eheja	Edler und Kaufherr aus Tarscha in Kizzuwatna
Ehli-Nikalu	Hauptgemahlin des Akizzi, Tochter des Uppija
Hannutti	Oberkommandierender der Hethiter
Henti/*Areimene*	erste Gemahlin des hethitischen Königs Schuppiluli-uma
Idanda	Sohn des Ulaschuda, König von Qatna
Idrimi	Scheich eines Nomadenstammes auf dem Boden Qatnas
Iset	Nebenfrau König Idandas, Mutter der Kija
Kali	Schwester des Hannutti, Gemahlin des Eheja, Mutter des Talzu/Tanuwa
Kija	Tochter Idandas und der Iset (historisch in ägyptischen Quellen als Gemahlin Echnatons bezeugt, aber nicht als aus Qatna stammend)
Kuari	zweiter Sohn des Idanda und der Beltum von Qatna
Luwaja	Sohn des Naburu, Edler von Qatna, Vorsteher der Kaufleute
Malnigal	zweite Gemahlin von Schuppiluliuma, Tochter des Burna-Buriasch II. von Babylonien
Merit-aton	älteste Tochter des Echnaton und der Nofretete
Minos	Freskenmaler aus Kreta
Mitannamuwa	Oberster der Schreiber, Leiter der Staatskanzlei in Hattuscha
Naninzi	hethitischer Kurier
Niqmaddu II.	Sohn des Ammittamru I., König von Ugarit
Nofretete	Neferneferu-aton, „der Vollkommenste ist Aton"; Tochter des späteren Pharao Aja, Gattin des Echnaton, Mutter seiner sechs Töchter. Vermutlich gelangte sie auf den Pharaonenthron unter dem Namen Semenchkare
Pamba	hethitischer Gesandter
Pusur	Scheich eines Nomadenstammes auf dem Boden Qadeschs

Rib-Addi	König von Gubla/Byblos
Schala	Hohepriesterin der Göttin Belet-ekallim in Qatna
Schuppiluliuma	Sohn von Tudhalija II. und Taduhepa, Großkönig von Hattuscha, regierte von ca. 1355–1320 v. Chr.
Talzu/Tanuwa	Sohn des Eheja aus Tarscha und der Kali (ein König Talzu von Kizzuwatna ist historisch bezeugt)
Teje	Gemahlin von Pharao Amenophis III., Mutter von Amenophis IV.
Telipinu	zweiter Sohn des Schuppiluliumas und der Henti
Tiru	Sohn des Naplimma, Edler von Qatna
Tudhalija II.	regierte von ca. 1375 bis 1355 v. Chr.
Tudhalija	Sohn von Tudhalija II. und Taduhepa, regierte ca. 1355 v. Chr.
Tuschratta	König von Mittani. Sein Sohn folgte ihm auf dem Thron und war mit einer Tochter Schuppiluliumas verheiratet
Tutanchaton	„Lebendes Abbild des Aton"; Sohn des Echnaton und der Kija (historisch umstritten)
Uppija	Sohn des Akkula, Edler von Qatna, Sprecher des Rates in Qatna

Die im Roman verwendeten Namen der fiktiven Edlen von Qatna sind in den Schriftquellen aus Qatna bezeugt.

562

Glossar

Abasa (heth.)	Hauptstadt von Arzawa; griech. Ephesos
Achet-Aton (ägypt.)	Hauptstadt Echnatons, heute Tell el-Amarna
Adanija (heth.)	Ort im Land Kizzuwatna, heute Adana
Ägypten	Kemet (ägypt.) / Mizra (heth.) / Misir (akkad.)
Ahhijawa (heth.)	mykenisch-griechisches Gebiet: griechisches-Festland, Peloponnes, Inseln, ein Teil der kleinasiatischen Westküste mit Millawanda
Ahhijawisches Meer, Meer von Ahhijawa, Westmeer	Ägäis
Alalach	Land (auch Mukisch genannt) bzw. Ort in Nordsyrien
Alaschija (heth.)	Insel Zypern und gleichnamige Hauptstadt, vermutlich im Süden oder im Osten (Enkomi)
Amanos-Gebirge	hier liegen die Pässe, die Kizzuwatna und Nordsyrien verbinden
Amurru	Land in Syrien (Hauptort vermutlich Irqata)
Arantu	Fluss in Syrien, griech. Orontes
Aribi	Volk in Kanaan
Arzawa	Land im westlichen Kleinasien, Hauptstadt Abasa
Assur (akkad.)	das Land Assyrien bzw. die Hauptstadt
Assyrien	Reich am oberen Tigris, Hauptstadt Assur
Babylon	Hauptstadt von Babylonien, akkad. Babili
Babylonien	Reich an Euphrat und Tigris, eine der Großmächte, Hauptstadt Babili / Babylon
Bargyllos-Gebirge	Gebirgszug, der sich im Süden an das Amanos-Gebirge anschließt
Belet-ekallim	Herrin der Stadt, Göttin in Qatna
Biruta	griech. Berytos, heute Beirut (Libanon)
Byblos (griech.)	Ort an der Levanteküste, Gubla (heth./akkad.)
Dimaschqa	Ort in Syrien, griech. Damaskos
Dunkles Meer im Norden, Oberes Meer	Schwarzes Meer

563

Edle(r)	Titel in Qatna
Euphrat(es) (griech.)	Mala (heth.), Purattu (akkad.)
Fibel	Gewandnadel
Gaza	Ort in Kanaan, Gedschet (ägypt.)
Große königliche Gemahlin	Titel der Hauptgattin des ägyptischen Pharaos
Großes Meer, Unteres Meer	Mittelmeer
Gubla	s. Byblos
Gurtija	Ort in Zentralanatolien, evtl. gleichzusetzen mit Gordion (griech.) am Sangarios?
Halpa / Halab	heute Aleppo
Halys (griech.)	s. Marrassanta
Hattuscha	Land und gleichnamige Hauptstadt der Hethiter, die beim mod. Ort Boghazköy (Türkei) lokalisiert wird
Hethiter	Volk in Kleinasien
Idiqlat (akkad.)	Fluss, Tigris (griech.)
Ikkuwanija	Ikonion (griech.), heute Konya
Irqata	Ort in Syrien, im Roman der Hauptort Amurrus
Ischuwa	Land, zeitweilig zum Hethiterreich gehörig
Ischuwa-Fluss	Arsanias
Kanaan	Kinahhi, Region Palästina
Karkamisch	Ort am Euphrat
Kaschkäer	Bevölkerung der Kaschka-Länder, im Norden des Hethiterreiches
Kattanna (heth.)	Qatna
Kemet (ägypt.)	Ägypten
Kizzuwatna (heth.)	Land, ein Teil davon später die Landschaft Kilikia (griech.)
Knosos	Palastzentrum auf Kreta, in Linear B Quellen als Konoso bezeugt
Kreta	Insel, Keftu (ägypt.), Kaptara (akkad.)
Kupirijo	(Linear B) Zypern vgl. Alaschija
Kusch (ägypt.)	Nubien
Kuwalija	gedacht wurde an den Palast von Beycesultan

Kydnos	Fluss, an dem Tarscha liegt (heute Pamuk)
Labarna	Titel des hethitischen (Groß-)Königs
Lawazantija	heute Sirkeli?
Levante	hier als Synonym für die Regionen Syrien und Kanaan; im engeren Sinne die südlichen Länder
Libanon-Gebirge	Niblani- / Nablini-Gebirge (heth.), Zederngebirge
Luwier	Luwisch-sprechende Völker in ganz Kleinasien
Malidija	Ort in der oberen Euphrat-Region, heute Malatya
Marassanta	Fluss in Zentralanatolien, Halys (griech.), Kizilirmak (türk.), Roter Fluss
Memphis	Ort in Ägypten, zeitweilig Hauptstadt, Menhedsch (ägypt.), Unterägypten
Millawanda (heth.)	zu Ahhijawa gehörig, Miletos (griech.)
Mittani	Reich am oberen Euphrat mit hurritisch-sprachiger Bevölkerung
Mizra (heth.) / Misir (akkad.)	Ägypten
Mukisch	Land in Nordsyrien, Hauptstadt Alalah
Mykenai / Mykene (griech.)	Palastzentrum / Ort in Griechenland auf er Peloponnes, Mukanu (ägypt.)
Nablini- / Niblani-Gebirge (heth.)	Libanon
Nai-ti (ägypt.)	Ort Leontonpolis
Nenessa	heute vermutlich Aksaray (Türkei)
Nen-nesu (ägypt.)	Ort Herakleopolis magna
Nerik / Nerikka	zeitweise hetitischer Ort, Kultzentrum und Land im Norden von Hattuscha; häufig in kaschkäischer Hand
Nesa / Kanesch	alte hethitische Hauptstadt
Nil	Hauptfluss Ägyptens, ⁱtrw (ägypt.), Neilos (griech.)
Oberster / Großer	Titel im Land Hattuscha
Orontes (griech.)	s. Arantu
Panku	Adelsrat/Ratsversammlung in Hattuscha
Per-Bastet (ägypt.)	Bubastis (griech.)
Pla	hethitische Provinz im Nordwesten, den Kaschkäern benachbart; Sprache: palaisch

565

Puruna (heth.)	Fluss Pyramos (griech.) in Kizzuwatna/Kilikien
Puruschhanda	heute Acemhöyük? (Türkei), im Roman Sitz der Verwaltung des Unteren Landes, einer Provinz des Hethiterreiches
Purattu (akkad.)	Fluss Euphrat, heth. Mala
Qadesch	Stadtfürstentum in Syrien
Qatna	Stadtfürstentum in Syrien, heth. Kattanna
Rabisu (ägypt.)	Gouverneur/General
Samra (heth.)	Fluss Saros (griech.) in Kizzuwatna/Kilikien
Samuha	heute Sivas (Türkei)
Schauschga	Göttin Ischtar
Seine Sonne	Titel des Großkönigs im Land Hattuscha und des Pharao von Ägypten
Sidunu	Sidon (griech.)
Sumura	heute Tell Kazel?
Sur / Usu	Insel- bzw. Festland-Tyros (griech.)
Syrien	Region
Tadmor	Oase in der syrischen Wüste, griech. Palmyra
Tarscha	(heth.) Ort in Kizzuwatna, Tarsos (griech.) in Kilikien
Taru	Ort im Nil-Delta, griech. Sile
Tatta-Meer	Großer Salzsee; heute Tuz Gölü (Türkei)
Tauros und Antitauros	Gebirge, das sich von Westen nach Osten durch den gesamten Süden der Türkei zieht
Tawannana	Titel der Königin im Land Hattuscha
Telipinu-Erlass	Thronfolge-Erlass des letzten hethitischen Herrschers des Alten Reiches (um 1500 v. Chr.): „König kann nur ein erstrangiger Königssohn werden. Falls kein erstrangiger Königssohn vorhanden ist, folgt der Nächstrangige. Wenn es keinen Königssohn gibt, soll eine erstrangige Königstochter einen Mann heiraten, der dann zum neuen König ernannt wird." (Auszug)
Theben (in Ägypten)	Ort Thebai (griech.), Waset (ägypt.) in Oberägypten
Theben / Thebai (griech.)	Palastzentrum / Ort auf dem griechischen Festland

Tigris	Fluss; Idiqlat (akkad.)
Tippuwa	Ort im südlichen Halysbogen; heute Kaman-Kalehöyük?
Tiwatassa-Gebirge	Dindymos?
Tuwanuwa	Ort an der Südroute von Inneranatolien nach Kizzuwatna über den Pass „Kilikische Pforte"; Tyana (griech.)
Ugarit	Stadtfürstentum in Syrien, heth. Ugaritta
Wanax	Titel eines griechisch-mykenischen Königs
Waschukanni	Hauptstadt von Mittani, vermutlich mit Tell Fecheriye (Syrien) gleichzusetzen
Waset (ägypt.)	Theben in Ägypten
Zalpa	zeitweise hetitischer Ort, Lage vermutlich an der Halysmündung

Mine, Talent, Schekel = Gewichtseinheiten;
Messleine, Elle, Rute = Streckenmaße

568

Der sog. Große Sonnengesang des Echnaton

Aus: Hermann A. Schlögl, Echnaton (2008) 63-66.

»Schön erstrahlst du am Himmelshorizont,
du lebendige Sonne, die von Uranfang lebt!
Wenn du aufgehst im Osten,
erfüllst du jedes Land mit deiner Schönheit.
Du bist licht, groß und glänzend,
hoch über jedem Land.
Deine Strahlen umfangen die Erde
bis zum Ende all dessen, was du geschaffen hast.
Du bist Re, wenn du zu ihren Grenzen gelangst,
wenn du sie willfährig machst für deinen geliebten Sohn.
Bist du auch fern, deine Strahlen sind auf Erden,
du scheinst auf ihre Gesichter,
doch unerforschlich ist dein Lauf.
Gehst du unter im Westen,
dann ist die Erde dunkel, als wäre sie im Zustand des Todes.
Die Schlafenden sind in den Kammern,
bedeckt sind ihre Häupter, kein Auge sieht das andere.
Raubte man alle ihre Habe unter ihren Köpfen hinweg,
sie merkten es gar nicht.
Alle Raubtiere kommen aus ihren Höhlen,
jede Schlange ist bissig,
die Finsternis ist ein Grab.
Schweigend liegt die Erde da,
denn ihr Schöpfer ist zur Ruhe gegangen in seinem Horizont.
Hell aber wird die Erde, wenn du im Horizont aufgehst.
Leuchtest am Tag als Sonne auf,
dann schickst du deine Strahlen und vertreibst die Finsternis.
Die Beiden Länder sind tagtäglich im Fest.
Was auf Füßen steht, ist aufgewacht, denn du hast sie aufgerichtet.
Ihre Leiber sind rein, und sie haben Kleider angelegt,
ihre Arme sind in Anbetung erhoben, weil du erstrahlst.
Dann gehen sie ihrer Arbeit nach im ganzen Land.
Alles Vieh ist zufrieden mit seinen Kräutern, Bäume und Blumen wachsen.
Die Vögel fliegen aus ihren Nestern auf,

ihre Schwingen preisen deine Lebenskraft.
Alles Wild springt auf den Füßen umher,
alles, was fliegt und flattert, lebt,
seit du aufgegangen bist für sie.
Die Schiffe fahren stromab und stromauf,
jeder Weg steht offen, weil du leuchtest.
Die Fische im Strom springen vor deinem Angesicht,
deine Strahlen dringen auch in die Tiefe des Meeres.
Du, der du den Samen in den Frauen reifen lässt,
der du Flüssigkeit zu Menschen machst,
der du den Sohn am Leben erhältst im Leib seiner Mutter
und ihn beruhigst, dass er nicht weint,
du Amme im Mutterleib,
der du Atem gibst, um alle Geschöpfe am Leben zu erhalten.
Kommt das Kind aus dem Leib heraus am Tage seiner Geburt,
dann öffnest du seinen Mund zum Atmen
und schaffst ihm, wes es bedarf.
Wenn das Küken im Ei noch in der Schale piept,
gibst du ihm die Luft, um es am Leben zu erhalten.
Du hast ihm seine Frist gesetzt, um die Schale zu zerbrechen.
Es kommt heraus aus dem Ei, um sich zu melden zu seiner Frist,
es läuft auf seinen Füßchen, wenn es aus ihm herauskommt.
Wie vielfältig sind deine Werke, die vor dem Angesicht verborgen sind,
du einziger Gott, desgleichen nichts ist!
Nach deinem Wunsch hast du die Erde geschaffen, du ganz allein,
mit Menschen, Tieren und jeglicher Kreatur,
mit allem, was auf der Erde ist und mit Beinen umherläuft,
mit allem, was in der Luft ist und mit seinen Flügeln fliegt
in den Ländern Syrien und Nubien, dazu im Land Ägypten.
Jeden Mann setzt du an seinen Platz und schaffst, was sie brauchen.
Jeder hat seine Nahrung, und seine Lebenszeit ist bestimmt.
Im Reden sind die Zungen verschieden, ebenso ihr Wesen und Aussehen,
denn du unterscheidest die Völker.
Du schufst den Nil in der Unterwelt
Und brachtest ihn herauf nach deinem Willen,
um die Menschheit am Leben zu erhalten, so wie du sie geschaffen hast,
du, ihrer aller Herr, der sich abmüht mit ihnen.
Du Herr aller Länder, für die du aufgehst,
du Sonne des Tages, gewaltig an Erhabenheit!
Du lässt auch alle fernen Länder leben,
denn du hast einen Nil an den Himmel gesetzt, der zu ihnen herabfällt.

Eine Flut auf den Bergen bewirkt, dem Meere gleich,
dass ihre Äcker befeuchtet werden mit dem, was sie brauchen.
Wie herrlich sind deine Ratschlüsse, du Herr der unendlichen Dauer!
Du hast den auswärtigen Völkern den Nil am Himmel gegeben
Mit allen fremden Tieren dazu,
die auf ihren Beinen umherlaufen.
Aber der wahre Nil kommt aus der Unterwelt nach Ägypten!
Deine Strahlen säugen alle Felder.
Wenn du aufgehst, leben sie und wachsen für dich.
Du hast die Jahreszeiten geschaffen, damit deine Geschöpfe gedeihen kön-
nen,
den Winter, um sie zu kühlen, und die Sommerglut, damit sie dich spüren.
Den Himmel hast du fern gemacht, um an ihm aufzugehen,
um alles schauen zu können, was du geschaffen hast.
Einzig bist du, wenn du aufgegangen bist,
in all deinen Bildern als lebendiger Aton,
der erscheint und erglänzt, sich entfernt und sich nähert.
Du schaffst Millionen Gestalten aus dir allein,
Städte und Dörfer, Flure, Wege und Wasser.
Alle Augen sehen sich dir gegenüber,
wenn du als Tagessonne über dem Land stehst.
Aber wenn du fortgegangen bist
Und dein Auge nicht mehr da ist, das du um ihretwillen geschaffen hast,
damit du nicht allein nur dich selber schaust und das, was du geschaffen
hast –
auch dann bleibst du in meinem Herzen!
Denn kein anderer ist es, der dich kennt,
als dein Sohn Nefercheperure Echnaton;
ihn lässt du deine Absichten und deine Macht erkennen.
Die Welt entsteht auf deinen Wink, so wie du sie geschaffen hast.
Bist du aufgegangen, so leben sie,
gehst du unter, so sterben sie.
Du selbst bist die Lebenszeit, denn man lebt nur durch dich.
Die Augen schauen auf deine Schönheit, bis du zur Ruhe gehst.
Die Arbeit stht still, wenn du im Westen untergehst.
Dein Erscheinen aber macht alle Arme für den König stark,
und Eile ist in jedem Bein.
Seit du die Erde gegründet hast, erhebst du sie für deinen Sohn,
der aus deinem Leib hervorgegangen ist,
den König von Ober- und Unterägypten, Nefercheperure Echnaton.

Karten

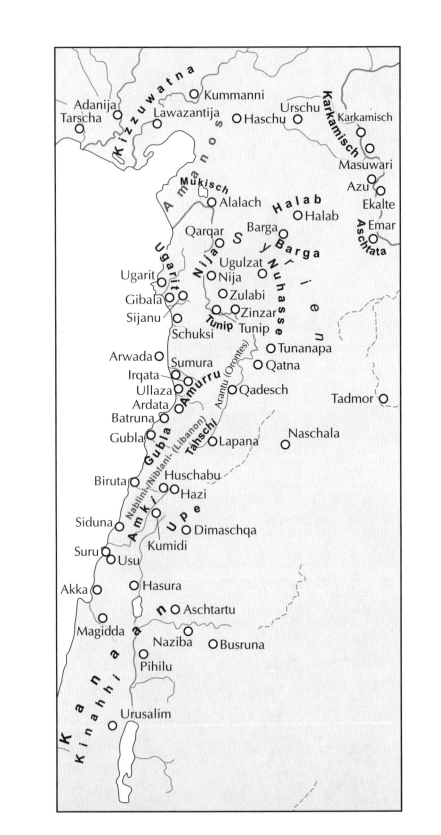

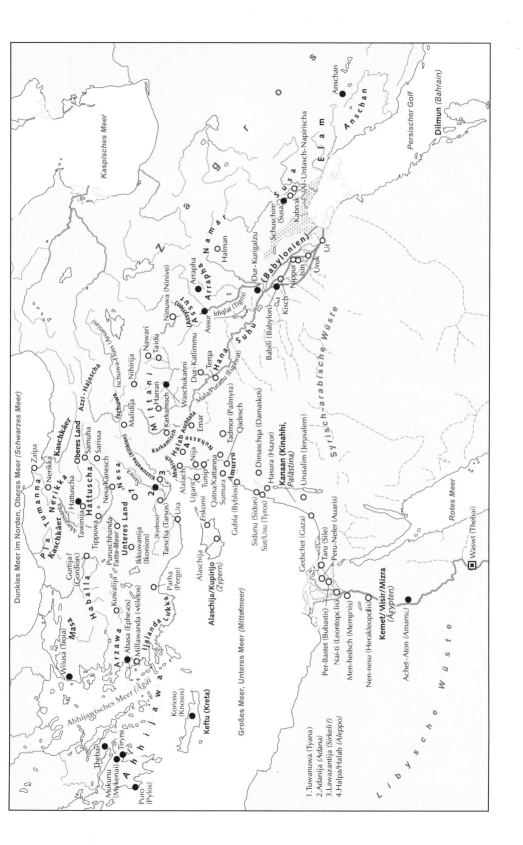